François Rabelais

FRANÇOIS RABELAIS

Gargantua und Pantagruel

Herausgegeben und übersetzt von
Horst und Edith Heintze
auf der Grundlage der deutschen Fassung von
Ferdinand Adolf Gelbcke
Erläutert von Horst Heintze und Rolf Müller

Mit Illustrationen von Gustave Doré

Insel Verlag

Kassettenmotiv: Pieter Brueghel d. Ä.,
Der Kampf zwischen Karneval und Fasten
Ausschnitt, 1559
Kunsthistorisches Museum, Wien

Frontispiz: François Rabelais. Stich von Gustave Doré
© Collection Viollet, Paris

Erste Auflage 2003
Insel Verlag Frankfurt am Main und Leipzig

Druck: Nomos Verlagsgesellschaft, Baden-Baden
Printed in Germany
ISBN 3-458-17154-1

1 2 3 4 5 6 – 08 07 06 05 04 03

Gargantua und Pantagruel

Einleitung

François Rabelais, der den Namen eines Begründers des Humanismus verdient, war Mönch und ist einem Kloster »entsprungen«. Er ist allerdings um des Studiums willen in einen geistlichen Orden eingetreten, und er hat ihn verlassen, als ihn die Regeln des Ordens an seinem Studium hinderten. Er konnte daher auch aus eigener Erfahrung sagen, daß ihm nichts Mönchisches fremd geblieben war.

Die Richtung der Interessen, die Rabelais schon als Mönch bewegten, wird in dem Brief deutlich, den er 1521 vom Kloster aus an den berühmten Hellenisten, den »Vater des französischen Humanismus«, Guillaume Budé, richtete. Budé war der angesehenste und einflußreichste humanistische Gelehrte Frankreichs, das Vorbild für die jungen Anhänger der klassischen Studien, als deren Pionier er bezeichnet werden darf. Seinen fortgesetzten Bemühungen und beredten Vorstellungen bei Franz I. ist es zu verdanken, daß die Philologie eine unabhängige Bildungsstätte erhielt, das sogenannte »Collège royal«, seit der Französischen Revolution »Collège de France« genannt. Auch Rabelais bekundete Budé seine Verehrung und gelobte ihm in feierlichen Worten, ihm auf seinem Wege nachzueifern. Ohne Griechisch, so wird er später im »Pantagruel« erklären, könne sich niemand einen Gelehrten nennen, wenn er nicht vor Scham erröten wolle. Bei diesem Studium des Griechischen ging es nicht einfach darum, eine neue Sprache zu beherrschen, die das Mittelalter vernachlässigt hatte. Griechisch repräsentierte für die Humanisten der Renaissance Kultur, Wissenschaft und künstlerische Vorbildhaftigkeit auf allen geistigen Gebieten. Es erschloß philologisch-historisch konkrete Kenntnisse und Erkenntnisse, die dem schematisch-lateinischen Mittelalter unbekannt geblieben waren. Methodisch lehrte das Studium der neuen Sprache ihre Anhänger das Gegenteil von scholastischer Abstraktion, nämlich die Berufung auf individuelle Erfahrung und ihre Manifestation durch wirkungsvolle Rede. Wenn Rabelais also im Kloster Griechisch studierte, so tat er dies nicht mehr als Mönch, sondern als werdender Humanist, der zu seiner freien Entfaltung schließlich die Mauern des Klosters hinter sich lassen mußte.

Der Brief an Budé verrät uns auch den weltlichen Umgang,

den Rabelais suchte. Er hat sich im Kloster kaum auf die Zelle und das Refektorium beschränkt, sondern unter den Mönchen und gebildeten Juristen der Umgebung Freunde gefunden, mit denen er das gemeinsame Studium fröhlich übte. Sein Streben nach Bildung vertrug sich nicht mit der asketischen Enthaltsamkeit der Gelehrtenstube und dem einsamen Bohren eines menschenscheuen Bücherwurms. Daher kam es auch, daß ihn, wie uns versichert wird, »alle kannten und alle liebten«.

Wäre die philologisch-literarische Beschäftigung mit dem Griechischen nur ein Steckenpferd für einige Liebhaber gewesen, so hätten die Franziskaner, zu denen Rabelais gehörte, ihrem lerneifrigen Klosterbruder sicher sein Vergnügen lassen können. Indessen hatte die Bibelübersetzung des Erasmus aus dem griechischen Original das höchste Mißfallen der Sorbonne erregt, und zur Verhütung weiterer ketzerischer Versuche war das Gebot an alle Orden ergangen, den Mönchen das Griechische zu untersagen und die entsprechenden Bücher einzuziehen. Von dieser Maßnahme wurde auch Rabelais betroffen, der von diesem Unglück in einem Brief an Budé berichtet. Um nicht an seinen geliebten Studien gehindert zu werden, sah er sich schließlich gezwungen, das bildungsfeindliche Kloster zu verlassen und bei dem toleranteren Benediktinerorden Zuflucht zu suchen. Die Philologie hatte sich deutlich als der Ernst des Lebens erwiesen, von dem sein weiteres Schicksal abhängen sollte.

Der entlaufene Mönch wurde von dem Bischof von Estissac, einem liberalen Kirchenfürsten und Gönner humanistischer Literatur, aufgenommen. Er erkannte in Rabelais einen Vertreter der neuen Intelligenz und bediente sich seiner zu weltlichen Geschäften. Der beredte Schüler der Griechen wurde Sekretär des Bischofs und zugleich Lehrer von dessen Neffen. Mit dem Bischof reiste er durch die Provinz Poitou, lernte nicht nur die amtlichen Geschäfte, sondern auch die gebildeten Kreise der Gesellschaft kennen, mit denen er über antike und moderne Literatur, über Homer oder Dante sprechen konnte. Eine solche Existenz war mit derjenigen im Kloster verglichen praktischer und freier. In ihrer Verbindung von literarischer und beruflicher Tätigkeit ist sie für viele Humanisten der Zeit kennzeichnend.

In seinem Bischof hatte Rabelais auch für spätere Jahre einen Helfer gefunden. Wir dürfen sicher annehmen, daß er sich in seiner Umgebung nicht schlecht befand, zumal er wieder seine Studien fortsetzen konnte. Dennoch ist der nächste Schritt, dessen nähere Umstände nicht mehr zu klären sind, nicht ungewöhnlich, wenn man den Zusammenhang von Rabelais' Lebensgang überblickt. Gegen 1527 gab er die sichere Unterkunft beim Bischof von Estissac auf und zog als reisender Scholar durch die Lande, vermutlich von einer französischen Universität zur anderen, wie es später auch sein Pantagruel zum Zwecke satirischer Beschreibung tun sollte. Ein sicheres Zeugnis haben wir erst wieder aus dem Jahre 1530, als sich Rabelais bei der Medizinischen Fakultät von Montpellier immatrikulieren ließ. Die Richtung, die Rabelais auf seinem Weg eingeschlagen hat, ist unverkennbar: sie führte aus der Enge eines nicht mehr geduldeten Klosterstudienaufenthalts durch die Praxis eines humanistischen Sekretärs hindurch auf die weite und freie Straße der Wissenschaften hinaus. Im Eifer seiner Studien fand er einen immer größeren Gesichtskreis, und die errungene Freizügigkeit erschloß ihm neue Lebensbereiche. In diese Perspektive gehört auch das medizinische Studium, das Rabelais in Montpellier aufgenommen hatte.

Nach dem Plan der zeitgenössischen Universitätsausbildung galt die Medizin als eine Art Fortsetzung und als gelehrtes Anwendungsgebiet der Philologie. In der Praxis kam es häufig vor, daß ein literarisch gebildeter Sekretär zugleich auch die Funktion des Leibarztes innehatte. Die alte starre Trennung der Wissensgebiete wurde in der Zeit Rabelais' gewaltsam durchbrochen, weil die neue bürgerliche Intelligenz bemüht war, die Wissenschaften mit der Empirie zu verbinden. Die Humanisten haben diese Aufgabe auch insofern praktisch gelöst, als sie mehrere Berufe in einer Person vereinigten. Es ist ein Zeichen praktischer humanistischer Universalität, wenn Rabelais in vielen Berufen zu Hause ist und ihre technischen Einzelheiten und Arbeitsvorgänge beherrscht. Die innere wissenschaftliche Verbindung der einzelnen Wissensgebiete war durch die Philologie zustande gekommen, die als erste Disziplin methodisch-kritisch konkrete Erkenntnis lehrte. So war auch Rabelais' Medizinstudium eng mit seinen philologischen Interessen verknüpft, und als er später die mit der Promotion zusammenhängenden Doktorvorlesungen hielt, erfüllte es ihn mit wissenschaftlichem Selbstbewußtsein, Hippokrates im griechischen Urtext zu lesen. Die philologisch zuverlässige Lektüre galt ihm als direkte Erklärung im Gegensatz zu der herrschenden Beschränkung auf lateinische Kommentatoren, die unsicher und ungeprüft waren. Für Rabelais war die richtige Interpretation der Alten Grundlage der ganzen Wissenschaft, weil sie es in den Künsten, zu denen auch die Medizin gerechnet wurde, bis zur größten Vollkommenheit gebracht hatten. Als der Doktor Rabelais entgegen kirchlichem Verbot Sezierungen an den Leichen Gehängter durchführte, kam es ihm in erster Linie darauf an, die Ansichten der antiken Meister zu beweisen. Das Experiment war für ihn nur eine Komponente, nicht zentrales Anliegen wissenschaftlicher Erkenntnis.

Die Zeit, die Rabelais nach seinem Studium in Lyon verbrachte, war für die Entfaltung seiner vielseitigen Begabungen besonders günstig. Lyon bedeutete neben Paris einen Mittelpunkt der künstlerischen und literarischen Renaissance, Umschlag- und Stapelplatz vieler materieller und geistiger Güter, die von jenseits der Alpen kamen. Italienische Bankiers und italienische Künstler regten das bürgerliche Leben an und schufen neue Tätigkeiten, zu deren produktivsten Zweigen das junge Druckerei- und Verlagswesen gehörte. Unter den oft sehr kühnen und unabhängigen Verlegern, mit denen Rabelais in engere Beziehung trat, fand sich ein Propagandist weltlich-humanistischen Wissens vom Schlage Etienne Dolets, der später wegen Atheismus und Rebellion den Scheiterhaufen besteigen mußte. Die Verleger wußten als unternehmungstüchtige Männer auch die verschiedensten Arten von Literatur zu fördern oder ins Leben zu rufen. Ihre Initiative ist eine der Voraussetzungen dafür, daß Rabelais im gleichen Jahre 1532 so entgegengesetzte Werke wie seine lateinischen medizinisch-wissenschaftlichen Schriften und das erste Buch des in volkstümlicher Umgangssprache verfaßten Abenteuerromans von Pantagruel, das unter dem durchsichtigen Anagramm-Pseudonym Alcofribas Nasier herauskam, veröffentlichen konnte.

Rabelais war nach Lyon gekommen, um das zwar wenig lukrative, jedoch angesehene Amt des städtischen Hospitalarztes zu übernehmen. Er arbeitete als Mediziner, blieb aber auch Philologe, der lateinische Texte herausgab, die ihm einen gelehrten Ruf verschafften. Bei seiner Zusammenarbeit mit Verlegern war er auch auf jene Literatur gestoßen, von der sich sein praktischer Sinn für geistreiche Erfindung besonders angezogen fühlen und zum Wetteifer angeregt werden mußte. So wurde er zum dritten auch noch Verfasser eines satirischen Romans, mit dem er jene Stufe weltoffener Bildung bekundete, die ihm schließlich seinen Weltruhm eintragen sollte. Mit einem Titel wie »Die schrecklichen und erstaunlichen Taten und Abenteuer des hochberühmten Pantagruel, Königs der Dipsoden und Sohnes des mächtigen Riesen Gargantua« überschritt Rabelais die Grenzen des nur gelehrten Humanismus, wie sie der Verfasser der lateinischen Grabschrift vertrat, der seinem berühmten Kollegen vor der Nachwelt ein seriöses Ansehen geben wollte.

Eine wichtige Etappe auf Rabelais' humanistischem Bildungsgang, der ohnehin nicht zur Seßhaftigkeit bestimmt war, bildeten die Italienreisen im Gefolge eines einflußreichen und mit diplomatischen Geschäften beauftragten Kirchenfürsten, des Erzbischof-Kardinals Jean Du Bellay. Die französische Literaturgeschichte kennt einen ärmeren und dennoch viel berühmteren Verwandten des Kardinals, Joachim Du Bellay, von dem unter anderem elegisch-satirische Gedichte über Rom und ein beredtes Manifest hoher nationaler Poesie, die sogenannte »Verteidigung und Würdigung der französischen Sprache« (1549), überliefert sind. Joachim Du Bellay bildete mit Pierre de Ronsard und einigen anderen gleichbegeisterten Dichter-Philologen die klassizistische Schule der Plejade, die trotz ihrer gelehrten Absichten einige unvergängliche Gedichte reinen und natürlichen Empfindens und echter Menschlichkeit hervorgebracht hat. Außer der allgemeinen geistigen Übereinstimmung, die bei charakteristischen Unterschieden alle Humanisten miteinander verband, findet sich zwischen Rabelais und Du Bellay zudem noch eine Entsprechung in den äußeren Umständen. Auch der arme Verwandte des Kardinals sollte in dessen Gefolge einmal als Sekretär nach Rom kommen und es mit dem Gefühl der Erschütterung vor der großen historischen und künstlerischen Vergangenheit der Stadt betreten. Von Rabelais ist uns bekannt, daß er sich für seinen ersten Romaufenthalt ein seinen Interessen entsprechendes Programm aufgestellt hatte: Umgang mit allen Gelehrten der berühmten Stadt, Erforschung der römischen antiken Topographie und Suche nach unbekannten Kräutern und Drogen, die er in dem fremden Lande etwa finden sollte. Die Beschreibung des klassischen Roms hat Rabelais schließlich nicht selber verfaßt, sondern hat sich darauf beschränkt, bei seiner Rückkehr in Lyon die entsprechende Arbeit eines Italieners, die bereits fertig vorlag, herauszugeben.

Zweimal ist Rabelais später noch nach Italien zu längeren Aufenthalten gereist, und zwar jedesmal im Gefolge Jean Du Bellays. Die Protektion seines Kardinals verschaffte ihm einen päpstlichen Freispruch von der Anklage der Apostasie, wie man die Flucht aus dem Kloster bezeichnete. Als weltlicher Geistlicher hatte er seitdem wieder auf Pfründe Anspruch, und ein zeitweiliges Kanonikat bei den Chorherren von Saint-Martin in der Nähe von Paris versprach ihm geruhsame Unterkunft. Aber Rabelais hätte seine eigene Natur verleugnen müssen, wenn er nicht bald wieder zu seiner humanistischen Wanderschaft aufgebrochen wäre.

Bedeutsam für seine weitere Lebenserfahrung war sicher der Dienst bei dem Bruder seines Kardinals, Guillaume Du Bellay, des Herrn von Langey, von dessen denkwürdigem Tod später im Roman die Rede sein sollte. Mehr noch als auf den diplomatischen Reisen ging es in seinem Gefolge um praktische politische Aufgaben. Guillaume Du Bellay war vom König beauftragt worden, die neu gewonnene Provinz Piemont zu verwalten, und Rabelais begleitete seinen Herrn als Leibarzt und Sekretär auf den ständigen Reisen, die damals die Regierungsgeschäfte oft recht beschwerlich machten. Auf jeden Fall bedurfte der Gouverneur der ärztlichen Pflege, und Rabelais hat ihm noch in seiner Sterbestunde beigestanden und den Leichnam zum Familienbesitz der Du Bellay geleitet. Aber auch in politischen Geschäften wird er viel im Umgang mit der Praxis gelernt haben und aus Erfahrung seine vernünftigen Grundsätze bestätigt gesehen haben. In der Art, wie später Pantagruel die Geschicke eines eroberten Landes bestimmt, spiegelt sich literarisch ein Geist friedlicher Vermittlung und humaner Gesinnung wider, wie er durch das Erleben und das Nachdenken aus der Sicht des Bürgers gereift war.

Die politischen Umstände der Zeit waren ganz allgemein dazu angetan, im Humanisten eine bürgerlich vernünftige Lebensauffassung wachsen zu lassen; Rabelais erlebt die Verschärfung der

Religionskämpfe, die als Folgeerscheinung der inneren Krise des Feudalismus wie ein heftiges Fieber die streitenden Parteien schüttelte. Fanatismus auf beiden Seiten der sich bekämpfenden Konfessionen machte die Toleranz zur vernünftig positiven Lösung, die das Gemeininteresse der Nation forderte. Gerade 1534, zur Zeit der Veröffentlichung von Rabelais' zweitem Buch, dem »Gargantua«, hatten polemische Angriffe gegen die Messe, in Plakatform sogar an die Tür zum Zimmer des Königs angenagelt und von diesem als politische Provokation empfunden, zu den heftigsten Verfolgungen der sogenannten Ketzer geführt, ohne damit der sich ausbreitenden Reformbestrebungen Herr zu werden, die unter Gewaltanwendung und Gegengewalt den Bürgerkrieg entfesselten. Eine aus humanistischem Geiste geborene Politik der Mäßigung und des Verhandelns, wie sie von dem liberalen Kanzler Michel de L'Hôpital vertreten wurde, konnte sich bei den schärfer werdenden Gegensätzen nicht behaupten. Erst ein halbes Jahrhundert später sollte mit Heinrich IV. die politische, das heißt die praktisch vernünftige Lösung gefunden werden, wobei man das Dogma den nationalen Interessen opferte. Als bürgerlicher Humanist neigte Rabelais zu einer weltlichen Frömmigkeit, wie sie Erasmus von Rotterdam vertrat: keine Kirche, sondern unabhängige persönliche Auslegung des Evangeliums nach dem reinen Text und Bewährung des Glaubens durch ein tugendhaft frommes Leben. Mit dieser geheimen Ketzerei setzte sich Rabelais sowohl den Verfolgungen der Sorbonne als auch den Angriffen des Kalvinismus aus. Vor der katholischen Inquisition mußte er stets auf der Hut sein, und auch von Genf, der Wirkungsstätte Kalvins, kam ein Verdammungsurteil gegen die Weltlichkeit des Humanismus, das Rabelais ausdrücklich einen Anlaß zu geistlichem Ärgernis nannte.

Betrachten wir die Summe der Bildungs- und Gelehrtenerfahrung in Rabelais' Lebenslauf, so erscheint seine Entwicklung im Vergleich zu den gewöhnlichen Gelehrten besonders vielseitig und praxisbezogen. Gewiß war auch er ein Vertreter des enzyklopädischen Wissens, das aus dem Mittelalter in die Neuzeit hinüberreichte und von der Voraussetzung eines abgeschlossenen Kreises der menschlichen Kenntnisse ausging. Wenn man nur genügend tief alle Wissenschaften und Künste ausschöpfte, so mußte man schließlich nach der Überzeugung dieser Gelehrsamkeit die Gesamtheit des möglichen Wissens erlangen. Rabelais besaß die Spannkraft eines außergewöhnlichen Gedächtnisses, dem ein Riesenmaß von wahllosen Materialien aufgeladen werden konnte: Lesefrüchte aller möglichen Autoren, Überlieferungen, Meinungen und kritische Einsichten. Wichtiger an seiner Gelehrsamkeit war jedoch, daß sie sich von einem praktischen Sinn leiten ließ, der das theoretisch-abstrakte Übergewicht, das dem Gelehrten so oft zum Verhängnis wird, glücklich überwand. Es wäre historisch übereilt, von einer modernen Wissenschaftlichkeit Rabelais' zu sprechen. Was ihn als Gelehrten sympathisch macht, ist einmal die Universalität, die sich auf seine Hinwendung zur Wirklichkeit gründet, und zum anderen die weltoffene Auffassung, mit der er die eigene Gelehrsamkeit als einen Spaß betrachten und den Gelehrten in sich auf Urlaub schicken konnte. Die geschichtliche Bedeutung dieser Haltung beruht auf ihrer Wirksamkeit als praktische Widerlegung des finsteren Ernstes, mit dem im mittelalterlichen Lehrgebäude das erstarrte System als letzte Wahrheit ausgegeben wurde. Es ist die »unschätzbare heitere Wendung« tiefgründiger Gelehrsamkeit, mit der sich Rabelais bis heute jung erhalten hat. Seine Gelehrsamkeit war die Ursache für seinen Humor, durch den wir seinem Menschenbilde noch näherkommen.

Wie sich Gelehrsamkeit und heitere Lebensauffassung zueinander verhalten sollen, hat Rabelais am überzeugendsten in seinem Helden Pantagruel dargestellt. Bei ihm finden wir gewiß auch den Gelehrten, den sein Autor sogar als einen Abgrund der Enzyklopädie alles Wissens bezeichnet. Der Geist aber, der sein Handeln vor allem bestimmt, ist der eines lebensfreudigen Optimismus, der in heiterer Selbstgewißheit von dem Guten in der Natur und dem Menschen überzeugt ist. Das Lachen bildet des Menschen höchstes Gut, versichert uns der Vorspruch, der den Roman als eine praktische Philosophie des menschlichen Lachens bezeichnet. Dieses Lachen verknüpft sich bei Rabelais mit so viel fortschrittlicher Vernunft, daß es bis in die Wurzeln eines elementaren Volksbewußtseins eindringt. Es ist geradezu als eine urtümlich französische, »gallische« Eigenschaft bezeichnet worden.

Die gallische Lebensfreude hat in der Geschichte oft eine nützliche und reinigende Rolle gespielt. Mit dem Lachen als unverwüstlichem Kriterium der vernünftigen Einstellung zur Wirklichkeit widerlegte sich derb und handgreiflich mancher Versuch der Diesseitsverleugnung und Naturentfremdung. Fröhliches Gelächter über allzu menschliche Schwächen war auch ein natürlicher Gleichmacher in einer von gesellschaftlichen Unterschieden beherrschten Welt. Der gallische Geist akzeptierte unbefangen die natürlichsten Lebensäußerungen, von denen die vornehmere Welt nichts wissen wollte. Er förderte jenen Aspekt verschwiegener Wirklichkeit zutage, der in der Tiefe des gesellschaftlichen Lebens machtvoll wirkte. Der Witz in den scheinbar oft nur burlesk erscheinenden Erzählungen ließ auf seine Art eine folgenschwerere Opposition erkennen. Die Novellen, Farcen oder Moralitäten verrieten die positiv-vernünftige Auffassung des Lebens, die den Bürger dazu befähigen sollte, Stück für Stück die feudale Ordnung auszuhöhlen und schließlich aufzuheben.

Das wahre Vergnügen, so könnte man ein lateinisches Sprichwort umkehren, ist auch immer eine ernste Sache. Wenn wir bei der Geschichte des Rabelaisschen Humors bis auf die Vorgänge im Innern der Gesellschaft zurückgehen, so können wir in den burlesk-heiteren Spiegelbildern des Lebens den Widerschein einer bürgerlichen Praxis erkennen, wie sie die Entwicklung des Frühkapitalismus ermöglichte. Noch besaß das Bürgertum im Schoß der feudalen Gewalten keine selbständige politische Autorität. Mit der Macht des Geldes jedoch, das unaufhaltsam die natural-wirtschaftliche Basis des Feudalismus unterspülte, wuchs seine unmittelbar praktische und produktive Bedeutung. Im Innern der Feudalität wucherten die Kräfte empor, die das »alte Regime« schließlich überwinden sollten. Das Geld förderte eine kapitalistische Produktion von wachsender Intensität und Ausdehnung, ohne daß deshalb bereits die mit dieser Entwicklung verbundene Teilung der Arbeit und ihres Gewinns als gesellschaftlicher Widerspruch offen zutage trat. Das Bürgertum errang seine ersten Erfolge auf der materiellen Ebene, und wenn auch die herrschende Feudalität diese Ebene als niedrig und unvornehm bezeichnete, so zeigte sie sich doch »praktisch« allen feudalen Ideologien überlegen. Der Genuß an dem, was die feine Welt verpönte, konnte für die anderen, die es wirklich mit der Praxis zu tun hatten, ganz unbefangen sein. Die Verwertung der Materie, wie sie in Rabelais' Roman durch die wunderbaren Eigenschaften des Pantagruelions allegorisch angedeutet wird, ist eine phantasievolle Vorstellung des Dichters auf der Grundlage eines spontanen Materialismus.

In den literarischen Formen, die der empirische Optimismus seit den Anfängen der Renaissance geprägt hatte, bestimmt inhaltlich als auch formal die Freude am unmittelbaren Hervorbringen das Wesen der Gattungen. Welche Gestalt die lachende Widerlegung der erfahrungsscheuen mittelalterlichen Abstraktionen auch annehmen konnte, sei es groteske Satire auf das Ritterum, derb-novellistische Verspottung der Mönche oder polemische Kritik am erstarrten Dogma, immer erwies sie sich in ihren künstlerischen Aussagen als produktiv. Die volkstümlichen Erzähler schöpften ohne vorgefaßte Ideen aus der Wirklichkeit. Die einfachste Satire oder das bescheidenste Wortspiel regten zur Nacheiferung an, wenn nur der subversive Geist einen Ausdruck fand, der die lebensfremden Ideologien lächerlich machte. Die Erfinder der Satiren, Grotesken oder Komödien befanden sich künstlerisch gewissermaßen im Zustand ursprünglicher Akkumulation. Es gab kaum eine Satire, die nicht ständig abgewandelt, erweitert, gesteigert und an Überliefertes angeknüpft wurde, was um so besser gelang, je reicher der Erfahrungsschatz und die Bildung des Autors war. Erzählungen konnten weit über die ursprüngliche Fabel hinaus entwickelt werden. Vor allem aber wuchs die Sprache über jede stilistische Eingrenzung und Verklammerung. Ihre satirische Beredsamkeit spottete der geistig beschränkten Wortarmut, wie sie bei den weltfremden Gelehrten und der Scholastik zu finden war. Uneingeengt von konventionellen Vorschriften, konnten die volkstümlich-humanistischen Schriftsteller mit dem Pfunde der Sprache wuchern. Ihr Wortreichtum brachte in lautlicher Gestalt und rhetorisch wirksam den materiellen Schöpferwillen zum Ausdruck, der in der optimistischen Auffassung des Lebens begründet war.

Die groteske Satire, wie sie von Rabelais meisterhaft gehandhabt wurde, war besonders geeignet, die sprachschöpferische Widerlegung der Lebensfremdheit durch die List des Erzählers hervorzubringen. Es handelte sich in literarischer Form um eine Negation des Negativen, das in dem zum System erhobenen Dogmatismus und in der Verstiegenheit der Ritterschaft, die sich in eine märchenhafte ideale Abenteuerlichkeit flüchtete, bestand. Die Satire überwand den reinen Idealismus, indem sie seine phantastischen Ausprägungen noch satirisch übersteigerte, bis sie sich durch ihre eigene Unglaubwürdigkeit ironisch aufheben mußten und ins Gegenteil der ideologischen Wirkung umschlugen. Aus den Wundertaten von Rittern erwuchs ihre Parodie durch ungeschlachte Riesen, die ihrerseits die grotesken Züge abwarfen und sympathische Verkörperungen urtümlicher Naturen wurden, wie sie in allen Volksepen zu finden sind. Die besondere Satire auf die Mönche führte bei Rabelais schließlich dazu, daß er einen Bruder Hans Hackepeter erfand, er so vernünftig, witzig und tatkräftig war, wie es nur ein volkstümlicher Held sein konnte.

Wenn Rabelais seine Leser dazu aufforderte, kräftig anzustoßen und in der Fröhlichkeit des guten Mutes am vollen Menschenleben teilzunehmen, so äußerte er auf sinnlich-heitere Weise humanistische Lebensfreude an allem Menschlichen. Wie später bei Molière, so ist auch bei Rabelais die komische Wirkung und das Gelächter human und befreiend. Den Romantikern erschien das gewaltige Lachen Rabelais' geradezu dämonisch-genial. Victor Hugo schrieb darüber berühmte Verse, die man etwa folgendermaßen übersetzen könnte: »... Und sein Gelächter bis an die Sterne / erfüllt den Abgrund unseres Geistes.« Das Lachen ist Rabelais' wirksamste Therapie, mit der er sich als wirklicher Künstler des Lebens ausweist.

Es war Rabelais' besondere und glückliche Konstellation, unter deren Zeichen das Werk so lebendig und ausgeglichen wurde, daß zu der gelehrten und der heiteren Wendung seines Humanismus die künstlerische trat und daß er als Künstler die Früchte der beiden anderen ernten konnte. Mit seiner Kunst, die von den gelehrten Zeitgenossen kaum gewürdigt worden war, machte der Humanist das neugewonnene und reichlich magazinierte Wissen erst richtig nutzbar und schöpfte die Tiefe der Lebensbejahung aus, die sich seinem Geist eröffnet hatte. Er gab dem fröhlichen Erkenntnisdrang Form und Gestalt, damit er als ein Werk der Phantasie aus sich selbst heraus fortzeugen konnte. In Charakteren und Handlungen entstand eine Welt der Erfindung, die stärkere Überzeugungskraft als die bloßen Ideen hatte. Pantagruel und Panurg und Bruder Hans Hackepeter verkörpern mit ihren Abenteuern, Gründungen und Entdeckungen und in den heiteren Dialogen den eigentlichen humanistischen Geist Rabelais'.

Uns ist heute die künstlerische Notwendigkeit, mit der sich diese Realisierung vollziehen mußte, viel bewußter geworden als den noch naiv miterlebenden Zeitgenossen. In der Poetik der Renaissance wurde eine jede Art geistiger Aneignung der Wirklichkeit als Kunst verstanden, und man hatte noch keine Methode entwickelt, um die spezifischen Eigenheiten der literarischen Gestaltung ästhetisch zu erfassen. Verhältnismäßig spät erst ist die literaturwissenschaftliche Betrachtung auf Rabelais' Kunst angewendet worden. Verstellt war der Weg hierzu lange durch eine allegorisch-moralische Deutung, die im Roman nur die Verschlüsselung verschiedenster Andeutungen entdecken wollte. Seit der Romantik genießen wir das Kunstwerk sentimentalisch, das heißt als mehr oder minder glückliches Nacherleben fröhlicher und unreflektierter Genialität. Sicher ist auch unsere heutige Ansicht eine »Interpretation«, weil wir über literaturwissenschaftliche Kategorien verfügen, die Rabelais noch unbekannt waren. Wir begegnen einem künstlerischen Erkenntnisvorgang, der sich im historischen Moment seiner Entstehung mit natürlicher Spontaneität vollzogen hatte, bewußt.

Die literarische Vorgeschichte der grotesk-satirischen Umgestaltung mittelalterlicher Epik nach Art von »Gargantua und Pantagruel« beginnt im Mittelalter mit spielmannsüblicher Komik im Vortrag der Heldenlieder, bei der es von derben Übertreibungen wimmelte. Auch das Tierepos wie der »Reineke Fuchs« stellte eine Travestie ritterlichen Lebens dar, die volkstümlichen Überlieferungen und Erfahrungen charaktertypischen Ausdruck gab. Die Geschichte der Gattung führt uns später in das früh bürgerliche Italien, zum ironischen »Rasenden Roland« von Ariost und zu den komisch-burlesken Epen, wie eines davon der fragwürdige Mönch und umherziehende Literat Teofilo Folengo, mit Künstlernamen Merlino Coccaio genannt, mit seinem »Baldus« in scherzhafter lateinisch-italienischer Mischsprache geschrieben hat. Rabelais' unmittelbare Anregung war indessen französisch und noch dazu ein Werk der Kolportage, dessen buchhändlerischen Erfolg er in Lyon an Ort und Stelle des Verlags beobachten konnte. Es war das im gleichen Jahr wie der »Pantagruel« erschienene Volksbuch von Gargantua, die sogenannte »Chronik«, die Rabelais sicher schon vorher gekannt hat. Sie berichtet in knappen Kapiteln über die Geburt und Jugend, Taten und schließliche Entrückung des Riesen Gargantua.

An die »Chronik« knüpfte Rabelais wörtlich im Titel an, indem er darauf hinwies, daß sein Pantagruel der Sohn des berühmten Gargantua sei, von dessen Abenteuern man kürzlich hatte lesen können. Rabelais' »Pantagruel« ist also zunächst eine Fortsetzung des Volksbuches von Gargantua, und erst zwei Jahre nach dem Erscheinen seines ersten Werkes und nach dessen sichtbarem Erfolg verfaßte er seinen eigenen »Gargantua«, der im Gesamtwerk als die Geschichte des Vaters an die erste Stelle gerückt ist. Auch diese Art der Ausdehnung und freien Kompilation ist für die volkstümliche Literatur charakteristisch. Der Stoff wird nicht einfach erfunden, sondern erfindungsreich bearbeitet. Einem Autor wie Rabelais ist es bei seinem Werk vor allem darauf angekommen, aus vorgebildeten Fassungen etwas Gehaltvolleres und Wirksameres zu machen.

Die Gargantinische »Chronik« zeigt die Struktur volkstümlich grotesker Nachbildung und Übertreibung der höfischen Epen um König Artus. Dem Herrn der Tafelrunde wird von seinem Zauberer Merlin geweissagt, daß ihn ein übermächtiger Gegner überfallen würde, vor dem ihn seine Ritter nicht schützen könnten. Auf Artus' Bitten hin schmiedet der Zauberer im fernen Land und auf einem richtigen Amboß ein Riesenpaar aus Walfischknochen, das mit Vergnügen sogleich den künftigen Recken Gargantua zeugt. Auf einer prächtigen Stute zieht die ungeschlachte Familie riesenmäßig durch Frankreich, mit dem Schwanz des gewaltigen Tieres einen ganzen Wald niedermähend und zusammengetriebene Herden zur Mahlzeit verschlingend. Schließlich gelangt Gargantua durch Merlins Hilfe übers Meer zu König Artus, erschlägt dessen Feinde, steckt ihren König und seine Feldherren in die Hosentasche und erhält zum Lohn einen wunderschönen neuen Anzug. In den Taten dieses Gargantua paaren sich Kraft und Gutmütigkeit, und sie lassen ihn nicht nur naiv, sondern auch sympathisch erscheinen. Dieser urtümliche Lebensoptimist war für Rabelais gerade der richtige Ansatz, um aus ihm den fröhlichen Heldenvater eines Renaissancegeschlechts zu machen.

Auch die Gestalt des Pantagruel, den Rabelais zum Sohn des

Gargantua umgedichtet hat, führt auf eine volkstümlich literarische Tradition zurück. In mittelalterlichen Schwänken spielt er den Teufel, der durstig macht und die Menschen mit scharfen Essenzen plagt. Es ist eine Nachwirkung dieser Tradition, wenn Rabelais seinen Pantagruel in den Tagen einer außergewöhnlichen Dürre zur Welt kommen läßt und ihm ein großes Salzfaß umbindet, aus welchem er dem schnarchenden Heer seiner Feinde kräftige Prisen in den Rachen streut. Doch verschwinden solche unmittelbaren Beziehungen auf die Fabeltradition vor der Vielzahl von Umgestaltungen und Erweiterungen, die nötig waren, um den größeren Durst der Rabelaisschen Helden auszudrücken: den Drang, alles Wissen zu erfassen und im Leben die unverwüstliche Kraft zu behaupten, die gesunder Sinn und tatkräftiges Handeln bedeuten. Pantagruel verkörpert in Riesengestalt die Freizügigkeit von Rabelais' eigener Lebenserfahrung. Die Phantasie seines Reiches mißt das Universum aus, das der erfindungsreiche Geist sich zu schaffen wünscht. Der Held wächst aus innerer Notwendigkeit ins Riesenhafte. Riesen, so erklärte Friedrich Engels bei der Charakterisierung der Renaissance, seien von dieser Zeit gezeugt worden, Riesen an Denkkraft und Leidenschaft. Hätte Rabelais seine Riesen nicht schon in der Volksdichtung vorgefunden, so hätte er sie wohl sicher von Kopf bis Fuß neu erfinden müssen.

Beide Riesengeschichten Rabelais', die von Gargantua und die von Pantagruel, schildern Kindheit und Jugend des Helden im Rahmen eines Entwicklungsromans. Ist der Akt der Geburt anschaulich genug beschrieben und die riesenhafte Zeugungskraft gewürdigt, so erscheinen schon die ersten Schritte, Taten und Äußerungen des an Herkules erinnernden Kraftknaben als Abschnitte eines überdimensionalen Ausbildungsganges. Der heranwachsende Recke verschlingt geradezu die Umwelt, als ob er sie sich restlos einverleiben wollte. Ist dann die Zeit herangekommen, daß er zur Schule geschickt werden soll, so provoziert er mit dem Problem seiner Erziehung eine ungeheure Satire auf die Scholastik, die in ihrer überholten Lehrautorität lächerlich gemacht wird. Pedantische Lehre, tierisch ernste Subtilität und ein lächerlich wirkendes Kauderwelsch wiegen bei aller Gelehrsamkeit nicht eine einzige Äußerung der Natur auf, die auch ungebildet noch vernünftiger ist als der weltfremde Lehrer. Gargantua kommt den Scholastiker-Sophisten unter die Fuchtel, ohne bei ihnen etwas Brauchbares zu lernen. Erst als sich die Humanisten seiner annehmen, beginnt seine eigentliche Ausbildung. Sie beruht auf den gleichen Grundsätzen wie das Studium Pantagruels, der von seinem Vater ermahnt und ermuntert wurde, sich aufs eifrigste um die Erwerbung aller wissenswerten Kenntnisse zu bemühen. In regelrechten pädagogischen Kapiteln entwickelt Rabelais sein humanistisches Erziehungsprogramm: vielseitiges Studium von Sprachen, Literaturen und Realien, körperliche Übungen, polytechnische Ausbildung und moralische Erziehung als Verbindung von Wissen und Gewissen.

Wenn Rabelais' Helden erwachsen sind und nach der eigentlichen Erziehungsepoche ihre epischen Taten zu vollbringen haben, so beweisen sie durch ihr Handeln, wie menschlich und vernünftig die Grundsätze der humanistischen Lehre gewesen sind. Anstatt sich blindlings in einen Krieg zu stürzen, versuchen sie, ihre Widersacher durch Worte und Beispiele zur Friedfertigkeit zu überreden. Den Kampf bestehen sie nur aufgezwungen und mit dem Ziel eines gerechten Friedens. Am Ende von Gargantuas Verteidigungskrieg setzt sich Rabelais' Humanität ein schönes Denkmal, indem er einen versöhnlichen Frieden schließen läßt und die gefangengesetzten Kriegstreiber dazu verurteilt, künftig Buchdruckerpressen zu betreiben, denn diese erscheinen dem Humanisten als eine Erfindung des Himmels, im Gegensatz zur Artillerie, die er als eine Erfindung des Teufels bezeichnet. Mit der menschlichen Behandlung besiegter Gegner geben jeweils Gargantua und Pantagruel dem üblichen ritterlichen Heldenthema einen neuen Sinn. Jedesmal erscheint gegen Ende der beiden ersten Bücher eine Utopie, die besser als die Feeninsel des Königs Artus die Idee einer Ordnung zu geben vermag, wie sie nach Überwindung kriegerischer Kämpfe von der Vernunft geschaffen werden könnte. Im »Pantagruel« finden wir diese Utopie in dem gewiß nicht nur burlesken Unterweltsbericht des Epistemon, im »Gargantua« ist es die berühmte Abtei Thelema.

Es hieße, Rabelais pedantisch und deshalb gegen seine Absicht ausdeuten, wollten wir die verschiedenen Themen und Motive, die in dem Roman versammelt worden sind, um ihrer selbst willen philologisch und historisch erklären. Weite Exkurse in jede gangbare Richtung gehören geradezu zur Methode, die Rabelais' Komposition bestimmt hat. Nicht systematischer Konstruktion, sondern schöpferischer Nachahmung volkstümlicher Typen verdankt er zwei so verschiedene Gestalten wie den listigen Panurg, der zum erstenmal im »Pantagruel« auftritt, und Bruder Hans Hackepeter, den Mönch, der Gargantua so tatkräftig in seinem Krieg gegen den König Pikrochol geholfen hat. Panurg wird zum Anlaß zahlreicher Novellen, wie sie im Stil der Renaissance üblich waren. Bruder Hans hingegen bringt seinen Autor auf den Gedanken eines humanistischen Antiklosters, nach dem griechischen Wort für freien Willen Thelema benannt, das Gargantua seinem wackeren Gefährten bauen läßt. Über Thelema stehen die Sätze, daß alles nach seiner Bestimmung verläuft und daß das Schicksal nur demjenigen hilft, der seinem eigenen Willen traut. Thelema ist das Wunschbild, in dem sich das Schicksal und die freie Individualität zu einer Harmonie verbinden, deren Devise lautet: Tue, was dir gefällt! Der Humanist scheint zu träumen, sich eine ideale Welt auszudenken, in der die praktischen Anlässe für seine Satire im voraus aufgehoben sind. Anders ist die Wirkung bei Panurg, der Pantagruel als ein ziemlich abgerissener Scholar begegnet war und sich dann der Schar seiner Begleiter und Freunde angeschlossen hatte. Er erinnert ganz ohne jeden Idealismus an die schlechte Realität, die mit List, Bosheit und Betrug angefüllt ist. Während für Thelema die bereits gebildeten Menschen zu ungetrübtem Zusammenleben ausgewählt sind, zeigt Panurg die Kehrseite der Elite, die in tatsächlicher Unfreiheit lebt und die dennoch ihr Recht aufs Dasein behauptet. Thelema ist ein humanistischer Mittelpunkt des Romans, weil er der freien Individualität eine ideale Verkörperung gibt. Panurg und seine Scherze und Streiche bilden einen ebenso bestimmenden Gegenpol dazu, und diese Gestaltung im Extremen läßt eine Dialektik erkennen, die später in Diderots Dialog zwischen »Rameaus Neffen« und dem »Philosophen« als Widerspruch zwischen bürgerlichem theoretischem Humanismus und einer keineswegs humanistischen Praxis voll ausgebildet worden ist. In Rabelais' Welt ist für beide Auffassungen Platz, weil sie in der Praxis des Humanismus seiner Zeit noch friedlich miteinander leben. Sowohl von Bruder Hans mit seiner thelemitischen Gründung wie von Panurg steckte ein Stück in Rabelais.

Das »Dritte Buch« von den Taten und Meinungen Gargantuas und Pantagruels ist erst 1546, zwölf Jahre nach dem zweiten, erschienen. Sein hauptsächlichster Gegenstand ist die alte Polemik, die an die sogenannte Frauenfrage geknüpft wurde, ob nämlich die Eheweiber eher die handgreifliche Satire der Schwänke als die Idealisierung im ritterlich-vornehmen Frauendienst verdienten. Rabelais hat in diesem Streit der Extreme eine heitere, philosophische Haltung eingenommen. Er überträgt das theoretisch-rhetorische Disputieren auf das komische Dilemma von Panurg, der zwischen der bürgerlichen Lust zur Ehe und der grotesken Furcht, Hahnrei zu werden, hin und her schwankt. Der Widerspruch, in den er sich dabei willkürlich hineinstürzt, könnte als eine Rache der scholastischen Abstraktion an ihrem mißratenen Schüler angesehen werden, indem Panurg bei einer praktischen Frage des Lebens bereits im voraus theoretisch und spitzfindig die Lösung erwartet. Während Pantagruel dem heiratslustigen Freunde den schlichten Rat gibt, die Ehe zu wagen und das ihm von seiner zukünftigen Frau bestimmte Schicksal, so gut es eben geht, zu tragen und zu meistern, beharrt Panurg darauf, die Antwort schon fertig vorzufinden, noch ehe er selbst den Versuch mit der Praxis gemacht hat. Gutwillig nimmt er die Komik auf sich, der jede überzeugte Erfahrungsfremdheit verfallen muß. Sein burlesk-abstrakter Standpunkt verführt ihn zu den falschen Ratgebern: Kartenschlägern, Traumdeutern, Wahrsagern, Philosophen, Theologen und ähnlichen Fachleuten ungeprüfter Gelehrsamkeit. Alle sagen ihm ironisch voraus, daß er vom Weibe betrogen werden wird, aber die Dunkelheit ihrer Worte, die eine notwendige Folge ihrer unbegründeten Spekulationen ist, läßt Panurg immer wieder hoffen, daß er eine positive Antwort finden wird. Wenn die Wahl schließlich auf einen Narren fällt, so bleibt man ganz im Rahmen der bisherigen Lösungsversuche. Das Närrische bei allen Beratern liegt in ihrer Blindheit für jegliche Wahrheit außerhalb der engen Sphäre, auf die sie ihr routinierter Beruf beschränkt hat. Ohne diesen seßhaften Berufsidiotismus, der das Gegenteil von Rabelais' Freizügigkeit darstellt, hätten die gelehrten Autoritäten Panurgs Frage nicht so kritiklos ernst nehmen können. Wenn sich dagegen der Richter Reitgans vollständig über die Fachjuristerei hinwegsetzt und seine Prozesse mit dem Würfel entscheidet, wobei ihm doch zumindest der Zufall zu Hilfe kommen kann, so verspottet diese Satire die ganze Zunft der gelehrten Pedanten. Der allgemeinen Ironie Rabelais' gegen bloßes Theoretisieren wird im Dritten Buch auch durch die Verspottung der mechanischen Auffassung von Zufall und Notwendigkeit Ausdruck gegeben, deren Paradoxie sich in Panurgs Furcht vor der Hahnreischaft komisch enthüllt.

Obwohl das Dritte Buch eine in sich geschlossene Handlung bietet und erst nach langer Unterbrechung als Fortsetzung des Romanwerks geschrieben wurde, hat es in der Struktur des Ganzen entsprechend seiner äußeren mittleren Stellung auch die Funktion eines handlungsmäßigen Mittelstücks und Bindeglieds. Die ersten beiden Bücher enthielten parallele Beschreibungen von Entwicklungsgeschichte, Kindheit, Jugend und Taten von Gargantua und Pantagruel. Im Dritten Buch wird ein Problem erwogen, mit dem die pädagogischen Romane abzuschließen pflegten: die Ehe. Sie erscheint als eine Frage, deren richtige Beantwortung eine noch größere Lebenserfahrung voraussetzt, als sie die Schule vermitteln kann. Um dieser Notwendigkeit zu entsprechen, erzählen Buch vier und fünf die Reise Pantagruels und Panurgs mit ihren Freunden, die eine allegorisch-exemplarische Wanderung darstellt, auf der die Wahrheit »erfahren« werden soll. Das epische Ausmaß der gemeinsamen Reise erlaubt einen Vergleich mit dem Gang Dantes durch die Jenseitsreiche, die dem Dichter die für das Leben geltenden Wahrheiten zeigte. Der Unterschied zu Dantes Weg besteht aber darin, daß der Dichter der »Göttlichen Komödie« abwärts zur Hölle und empor zum Purgatorium und zum Paradiese steigt, also eine vertikale Richtung einschlägt, während Pantagruels Fahrt auf der Ebene unserer Erde in die Weite führt, dem Ziel der großen Entdeckungen des Jahrhunderts entgegen. Für den Dichter an der Wende vom Mittelalter zur Neuzeit war das Universum noch einmal auf eine absolute, alles bewegende Vernunftidee bezogen. Der Humanist der Renaissance hingegen verstand die Welt als ein Meer von Erfahrungen, auf dem er sich mit der Lust konkreter Erkenntnis bewegte und das zu durchfahren das natürliche Bedürfnis seiner Riesen wurde. Pantagruel wollte mit Panurg und den übrigen Freunden die Nord-West-Passage durchschiffen, um auf diesem Wege zur fernen Seherin Bacbuc zu gelangen, die das Geheimnis der göttlichen Flasche hütete. Er wird am Ende nicht die Erleuchtungen des Paradieses schauen, sondern die tatkräftige Lehre vernehmen: »Trinke!« Trinke aus der Fülle des Lebens und gehe deinen Weg mit der Fröhlichkeit des Herzens und des frischen Selbstvertrauens. Das Ziel ist ein erneuter Anfang, der den Sinn des Lebens darein setzt, daß es erfahren wird.

Das »Vierte Buch« hat Rabelais 1552 auf der Rückreise von einem Italienaufenthalt veröffentlicht, worauf es die Sorbonne mit schöner Regelmäßigkeit wie alle übrigen Bücher verurteilte. Es enthält den Aufbruch zur Reise, die Begegnungen auf verschiedenen Inseln, wie den der Schikanusen, Fastennarren, Grimmlinge, Papifeigen und Papimanen, einen tragikomischen Seesturm, den Kampf gegen das Heer der Würste und andere Abenteuer. Im Fünften Buch wird die Reise fortgesetzt, über die Bimmelinsel, die Insel der Ignoranten ins Reich der Quintessenz, ins Teppichland und bis nach Laternien, wo man die Flasche in einem wunderbaren Tempel nach allerhand Sprüchen und Zeremonien auffindet. Obwohl es die Handlung zu ihrem vorgesehenen und notwendigen Abschluß führt, bleibt dieses fünfte Buch das Sorgenkind der Philologen. Es wurde vollständig erst über ein Jahrzehnt nach Rabelais' Tod veröffentlicht, und so scheint es denkbar, daß ein hugenottischer Pamphletist den unterbrochenen Faden aufgenommen und in Rabelais' Art einen mit Angriffen auf die Katholiken gespickten Schluß geschrieben hat. Der philologische Zweifel an der Urheberschaft braucht allerdings den Leser kaum zu bekümmern. Auch das Fünfte Buch verrät den authentischen Geist Rabelais'. Die künstlerischen Formen waren auch für einen Nachahmer so inspirierend ausgeprägt, daß eine überzeugende literarische Gestaltung entstehen konnte, die uns bis zum letzten Wort gefangenhält.

Wenn wir von dem allegorischen Charakter der Reise sprechen, so müssen wir uns daran erinnern, daß die Allegorie zu den gebräuchlichsten Ausdrucksmitteln der zeitgenössischen Dichtung gehörte. Wir sind es heute gewöhnt, unter einer Allegorie eine ausgeklügelt trockene Verbildlichung zu verstehen. Die Gerechtigkeit erscheint als eine weibliche Gestalt, in einer Hand die Waage, in der anderen ein Richtschwert und um die Augen eine Binde. Solche mechanischen Verkörperungen, die allgemein Bekanntem ein äußerliches Ansehen geben, sind auch von Rabelais verspottet worden. In seinen eigenen Allegorien ist er weit über den hilflosen Gemeinplatz hinausgegangen. Die allegorische Technik beflügelte seine Erfindungsgabe sowohl hinsichtlich des Gegenstandes als auch der Ausgestaltung, die ihm zu geben war. Allegorisch wurden neue Gestalten geschaffen und in Umstände und Situationen hineinversetzt, die verschiedenste Zeiterscheinungen illustrierten. So stellt die ganze Reise eine große Allegorie für das dar, was wir als Lebenserfahrung bezeichnet haben. Ihre einzelnen allegorischen Stationen spiegeln nicht zufällige Einfälle oder Figuren wider. Sie knüpfen an bekannten Vorbildern an, geben ihnen eine weitere Ausdeutung und erreichen so das Gleichgewicht von Phantasie und Ironie, von dem Rabelais' Zeitkritik sich leiten läßt. Allegorien werden für ihn zu konkreten Gestaltungen, mit denen er sich seiner Zeit bemächtigt und den einzelnen Erscheinungen eine reiche Bedeutung gibt. Diese Art der Kritik dürfen wir als eine Voraussetzung dafür ansehen, daß Rabelais ein Moralist des 16. Jahrhunderts werden konnte. Auch in der größten politischen Satire am Ende der Religionskriege, der gegen katholischen Fanatismus gerichteten »Satyre Ménippée«, ist die Allegorie nach Rabelais' Art zu aktuellen Zwecken wiederaufgenommen worden. Es fördert allerdings nicht den künstlerischen Genuß einer späteren Leserschaft, die für die Einzelheiten der Polemik kein Interesse mehr haben kann, wenn man versucht, bei jeder Person und jedem Abenteuer eine Erklärung zu geben. Im Mißbrauch anmerkender Gelehrsamkeit haben sich auch deutsche Forscher hervorgetan, so vor allem der als Rabelais-Übersetzer verdiente Gottlob Regis. Zu einem Text von rund tausend Seiten brachte er es auf die doppelte Seitenzahl Kommentar. Auch bei dieser Art von Positivismus zeigt es sich, daß Rabelais' Kunst der bloßen Gelehrsamkeit wohl am wenigsten zugänglich ist.

In allen angewandten literarischen Formen erweist sich Rabelais als Meister künstlerischer Beredsamkeit. Die Rede ist für ihn die aktivierende Kraft, die das Geistige belebt und zur inneren Entwicklung bringt. Man braucht nur eine Seite von seinem Roman zu lesen und findet ein Wortspiel, eine Anhäufung von Bezeichnungen, Namen oder Belegen oder exemplifizierenden Argumentationen, die eine unbekümmerte Lust an beredtem Ausdruck verraten. Rabelais' Freude an der Rede erscheint als ein künstlerischer Ausbruch seiner Freude am Leben. Seine Beredsamkeit schießt übers Ziel hinaus, um die Pedanten zu ärgern. Sie erfindet neue Formen und Ausdrücke, um die Dogmatiker, die die Wahrheit in feste Sprachregelung zwängen möchten, zu widerlegen. Vor Rabelais' siegreicher Wortkunst weichen die starren Abstraktionen zurück. Durch die Rede, wie er sie zu handhaben wußte, konkretisiert sich der Gedanke und erfaßt das Leben im Rhythmus der Dynamik, die der Schöpferkraft des Künstlers entspricht. Rabelais' Stil ist eine Poesie in Prosa genannt worden, wobei vor allem das Schöpferische als das Poetische verstanden sein wird. Humanistische Rhetorik im klassischen Sinn verwendete Rabelais nur dort, wo er bewußt den Brief- oder Redestil ciceronianischer Prägung nachahmte, um sich mit besonderer Würde auszudrücken. Sein lebendigster Stil ist der gesprochener Sprache, der das Dramatische ins Epos einführt. Als dem begabten Mann von der Feder und vom Leder des Humanismus seiner Zeit glückte Rabelais die wirksamste künstlerische Übertragung der produktiven Impulse des neuen Geistes in sprachlich-stilistische Impulse. Der Grad der Erneuerung fand im sprachlichen Kunstwerk die Möglichkeit, sich durch extensive Anschaulichkeit zu bekunden.

Die Kunst ist in der Renaissance ein kühner Aufklärer gewesen. Rabelais' tiefstes Verständnis für seine Gegenwart ist erst durch seine künstlerische Aussage erreicht worden. Im Roman hat Rabelais Wahrheiten zutage gefördert, die auf dem Grunde der Gesellschaft ruhten: Fabeln und Sagen des Volkes, Epik, Satire und Witz und die schöpferische Kraft des Volkssprachlichen. Dem vernünftigen Geist praktischer Erfahrung hat er epische Dimensionen gegeben und in ihrer Breite die Praxis seiner Zeit erfaßt, die auch »auf dem Grunde« der gesellschaftlichen Wirklichkeit vorhanden war. Auf diese Weise manifestiert seine Kunst unterirdische Bewegungen und Kräfte, die noch nicht in konkrete Erscheinung getreten waren wie im bürgerlichen Zeitalter. Wenn wir deshalb bei Rabelais von realistischer Gestaltung sprechen, so gewiß nicht im Sinne des kritischen bürgerlichen Realismus. Es entsprach nicht seiner historischen Situation, der Realität mit kritischem Zweifel entgegenzutreten, während sie ihn in ihrer unmittelbaren sinnlichen Fülle anlachte. Rabelais' Realismus ist elementarerer Natur, phantastisch und drastisch zugleich, beflügelt von einer Einbildungskraft, die noch entfernte menschliche Möglichkeiten nahe rückt. Nicht das alltägliche Maß, sondern der Widerspruch zum Erkünstelten und Lebensfremden ist die Grundlage dieses schöpferischen Realismus.

»Die Komödie ist zu Ende«, soll nach der Legende der sterbende Dichter ausgerufen haben, als er den Bettvorhang hinter sich zuzog. Eine Komödie war sein Leben gewiß nicht, und von seinem Tod wissen wir mit Sicherheit nicht mehr als den Ort und das Jahr: Paris 1553. Daß er noch über die Pfründe der Pfarrei von Meudon verfügt hatte, ist für die Geschichte seiner Entwicklung von geringerer Bedeutung. Wichtiger ist schon, daß ihn auch in seinen späteren Jahren die Inquisition verfolgte und er eine Zeitlang nach Metz ins Exil gehen mußte. Gegen Ende seines Lebens hatte er sich wahrscheinlich noch intensiver als vorher um die Vollendung seines Romans bemüht. Große Teile der Schlußkapitel, so vermuten anerkannte Rabelais-Forscher, waren noch von ihm selbst entworfen oder fertiggestellt worden. Auch an den schon erschienenen Teilen hat der Autor bei jeder neuen Auflage Verbesserungen vorgenommen. Das Ganze konnte er nicht mehr gedruckt vor sich sehen. Die »Komödie« war eben noch nicht zu Ende, als ihr Verfasser starb, denn seine Leser erwarteten von ihm den fünften und letzten Akt, der nicht als Schlußsatire, sondern als ermunternder Ausklang enden sollte.

Dem Leser, der in diesem Buch zum erstenmal mit Rabelais Bekanntschaft schließt, raten wir, sich an Pantagruels Devise zu halten und alles von der besten Seite zu nehmen: das unmäßige Fressen und Saufen, den Klosterhumor, den Naturalismus der Genitalien oder die Gymnasiastenscherze, an denen man sicher kein unbändiges Vergnügen mehr finden wird. Unbefangenheit ist eine der wichtigsten Voraussetzungen, um die lange Lektüre mit Gewinn zu überstehen. Man kann seinen Rabelais auch nicht teilen und einen halben Humanisten und einen halben Spaßvogel aus ihm machen. Das Werk ist ganz und aus einem Guß, wenn auch das Gegenteil einer systematischen Konstruktion, wie sie die Gelehrsamkeit der Scholastiker hervorbrachte. Rabelais gestaltet konkret, und seine Welt ist so reichhaltig wie sein Leben und seine Erfahrung. Ernstes und Heiteres hat er ineinandergeschlungen und der sinnlichen Freude ebensogut Raum gegeben wie der geistigen. Vielleicht haben wir nicht immer einen so langen Atem, wie ihn der Autor in manchen Kapiteln besessen hat. Über einige Kraftproben seines Stils oder seines Witzes mögen wir lächeln, weil sie uns gar zu kunstvoll erscheinen. Auch in diesen Punkten folgen wir am besten dem Rat, nichts übel aufzunehmen. Der Preis, den eine gutwillige Lektüre einbringt, ist hoch genug. Schließlich hat der Pantagruelismus für Leib und Seele des Lesers noch immer die heilsame Wirkung, die Rabelais seinem Zuhörer schon versprochen hat. Wen Rabelais einmal zum Lachen gebracht hat, der wird auch schmerzlos eine nützliche Selbstkritik vollziehen können, wenn er einmal dem Leben zu beschränkt und dogmatisch gegenübergestanden hat. Die Franzosen besitzen kein volkstümlicheres und besseres Buch, um dem unverwüstlichen gesunden Menschenverstand und seiner Lebenbejahung zu huldigen. Wir wünschen den deutschen Lesern, sich davon nach Kräften zu bedienen und an Rabelais, so wie er es sich erhofft hatte, Nutzen und Vergnügen zu finden.

Der Wert der Übersetzung hängt weniger vom philologischen Verständnis einzelner Wörter als vom richtigen Gefühl für das Ganze ab. Einen deutschen »Gargantua« hat es schon 1575 gegeben, veröffentlicht von Johann Fischart unter dem Titel: »Affenteurliche und Ungeheurliche Geschichtschrift Vom Leben, rhaten und Thaten der for langen weilen Vollenwolbeschraiten Helden und Herrn Grandgusier, Gargantoa, und Pantagruel, Koenigen inn Utopien und Ninenreich. Etwan von M. Francisco Rabelais Franzoesisch entworfen: Nun aber uberschrecklich lustig auf den Teutschen Meridian visirt, und ungefaerlich obenhin, wie man den Grindigen laußt, vertirt...« Schon die Sprache des Titels verrät uns, wie frei und unbefangen der gelehrte und poetisierende Übersetzer, der zudem ein eifriger Anhänger der volkstümlichen Reformation war, mit seinem Vorbild umsprang. Fischarts sprachliche Gestalt ist uns schwerer zugänglich als die Rabelais' den Franzosen. Aber auch die Sprache von Gottlob Regis, der 1832/41 die erste wirkliche deutsche Übersetzung herausgab, ist absichtlich so altertümlich, daß man sie manchmal falsch verstehen würde. Wir haben geglaubt, in der Übersetzung von Ferdinand Adolf Gelbcke (1880) den Text zu finden, der vor allem stilistisch gelungen ist und daher zur

Grundlage der neuen Ausgabe gemacht werden sollte. Nur wo Gelbcke nicht mehr dem Stand neuerer Forschung und Interpretation entspricht oder glaubte, Kleinigkeiten fortlassen zu dürfen, sind Verbesserungen versucht worden. Auch seine Verse mußten zumeist ein wenig poliert werden. Es versteht sich von selbst, daß ein ungekürzter Text dargeboten wird, wobei Rahmenwerke wie das Pantagruelinische Prognostikon und die sogenannten Trabantenerzählungen weggelassen sind. Wir dürfen dem Leser versichern, daß wir unsere Durchsicht mit Gewissenhaftigkeit durchgeführt haben, aber wir wissen auch, daß es bei der Länge des Textes zu viele Fallen gab, um allen zu entgehen. Wer den Text einmal schwerfällig oder dunkel finden sollte, rechne die Schuld nicht gleich Rabelais an, sondern bedenke, daß sich nicht alles in eine andere Sprache übertragen läßt und daß man auch in Frankreich noch über manchem rätselt, was Rabelais so leichten Herzens hingeschrieben hat.

Horst Heintze

Erstes Buch

Gargantua

Höchst erstaunliches Leben des großen Gargantua,
des Vaters Pantagruels,
ehedem verfaßt von Alcofribas Nasier[1],
Abstraktor der Quintessenz.[2]
Ein Buch voller Pantagruelismus

1 Anagramm von François Rabelais – 2 Alchimist; unter Quintessenz, späterer Bezeichnung des über Erde, Wasser, Feuer, Luft schwebenden fünften, feinsten Elements Äther bei Aristoteles, verstanden die Alchimisten häufig Alkohol

An die Leser

Geneigte Leser, die ihr lest dies Buch,
werft von euch alle eure Leidenschaft,
und wenn ihr lest, entfahre euch kein Fluch:
denn fürchtet nicht, daß es euch Übel schafft.
Vollkommen, Freunde, wird es euch nicht machen,
es sei denn in der Kunst, herzhaft zu lachen.
Ich konnte andern Stoff nicht für euch wählen,
seh ich doch, wie euch Angst und Kummer quälen.
Zu weinen nicht, zu lachen macht euch Mut;
denn Lachen ist des Menschen höchstes Gut.[1]

1 nach Aristoteles (»Über die Teile der Tiere« 3, 10)

Vorwort des Verfassers

Preiswerteste Zecher und ihr meine allerkostbarsten Lustseuchlinge – denn euch und niemand sonst ist dieses Buch gewidmet. In dem Dialog des Platon, welcher den Namen »Das Gastmahl« trägt, sagt Alkibiades, da er seinen Lehrer Sokrates, unstreitig der Fürst aller Philosophie, rühmt, er gleiche den Silenen. Silene aber nannte man damals gewisse kleine Büchsen, so wie wir sie jetzt in den Läden der Apotheker sehen; die waren von außen mit allerhand lustigen, nichtigen Figuren bemalt, mit Harpyien, Satyrn, aufgezäumten Gänschen, gehörnten Hasen, gesattelten Enten, fliegenden Böcken, gegabelten Hirschen und dergleichen Bildern mehr, die den Beschauer zum Lachen reizten, wie Silen, des guten Bacchus Schulmeister; im Innern aber enthielten sie köstliche Drogen wie Balsam, Ambra, Kardamom, Moschus, Zibet oder edle Steine und andere kostbare Dinge. So, sagte er, wäre Sokrates. Denn sähe man ihn bloß mit den Augen und schätze ihn nach dem äußern Schein, so möchte man keine Zwiebelschale für ihn geben, so häßlich sei sein Körper, so lächerlich seine Art, sich zu bewegen, so spitz seine Nase, so stierartig sein Blick, das Gesicht das eines Toren; so einfältig sei er in seinen Sitten, so bäurisch in seiner Kleidung, so arm an Glücksgütern, so unglücklich bei den Weibern, so untauglich zu jedem Staatsamte; und immer lache er, trinke jedem zu, mache sich über alles lustig und verstecke seine göttliche Weisheit allezeit. Aber öffne man diese Büchse, so fände man darin eine himmlische, unschätzbare Droge: einen mehr als menschlichen Verstand, bewunderungswürdige Tugend, unbesiegbaren Mut, unvergleichliche Enthaltsamkeit, eine gewisse innere Zufriedenheit, vollkommene Sicherheit seiner selbst und eine unglaubliche Verachtung alles dessen, worum die Menschen so eifrig wachen, laufen, sich mühen, seefahren und kämpfen.

Nun, werdet ihr denken, wozu dieses Vorspiel und Präambulum? Dazu, meine lieben Schüler, daß, wenn ihr oder andere müßige Narren die lustigen Titel lest, die wir den einzelnen Büchern unserer Erfindung vorgesetzt haben, als da sind: Gargantua, Pantagruel, Saufmagen, von der Hosenlätze Würdigkeit, Erbsen mit Speck *cum commento*[1] usw., daß ihr, sage ich, nicht leichtfertig

1 mit Kommentar (lat.)

den Schluß zieht, es sei darin nichts enthalten als Spötterei, Narrheit und muntere Lügen. Denn statt in die Sache selbst einzudringen, übt man gemeiniglich seinen Witz und Übermut an dem Aushängeschild, und das ist hier der Titel. Aber so leichtfertig soll man über anderer Tun nicht urteilen. Sagt ihr doch selbst, daß die Kutte den Mönch nicht mache; denn oft trägt der ein Mönchskleid, der innerlich alles andere als ein Mönch ist, und der einen spanischen Hut, der auch nicht ein Fünkchen spanischen Mut in sich fühlt. Deshalb müßt ihr das Buch aufschlagen und nachdenklich erwägen, was darin abgehandelt ist. Alsbald werdet ihr erfahren, daß die darin enthaltene Droge viel wertvoller ist, als die Büchse es versprach, das heißt, daß die darin behandelten Dinge in Wahrheit gar nicht so närrisch sind, wie der Titel es vermuten ließ.

Und gesetzt, ihr stießet, wenn ihr alles wörtlich nähmet, auf gar drollige Dinge, die wohl zum Titel paßten, so dürft ihr euch davon doch nicht festhalten lassen wie von Sirenengesang, sondern ihr müßt, was nur so zufällig in lustiger Weise geredet ist, in höherem Sinne deuten.

Habt ihr noch nie eine Flasche entkorkt? Den Teufel auch! Nun, erinnert euch nur, wie ihr euch dabei angestellt habt. Oder saht ihr noch nie, wie ein Hund, der nach Platon, Buch II vom »Staat«, das allerphilosophischste Tier ist, einen Markknochen fand? Wenn ihr das gesehen habt, so wird es euch gewiß auch nicht entgangen sein, mit welcher Andacht er ihn belauert, wie sorgfältig er ihn bewacht, wie begierig er ihn festhält, wie klug er ihn in Angriff nimmt, wie gierig ihn zermalmt und wie geschickt aussagt. Was treibt ihn zu alledem? Was hofft er durch seine Arbeit zu gewinnen? Welches Gut erstrebt er? Nichts als ein wenig Mark! Aber freilich, dieses Wenig ist köstlicher als das Viel anderer Dinge, denn wie Galen *III facult. nat.* und *XI de usu partium*[1] bezeugt, ist Mark die vollkommenste Speise, welche die Natur zubereitet.

Nehmt euch also an dem Hund ein Beispiel; wittert, erspähet, haltet hoch und teuer diese markreichen, schönen Bücher; seid dahinter her, packt sie fest an, lest begierig darin und denkt dabei oft nach, zermalmt den Knochen, saugt das innerste Mark heraus, nämlich das, was ich unter diesen pythagoreischen

1 »Über die natürlichen Kräfte« 3; »Über den Gebrauch der menschlichen Körperteile« II

Symbolen verstanden haben will, und seid der sichern Hoffnung, ihr werdet durch besagte Lektüre klug und tüchtig werden, ja einen ganz besondern Geschmack herausfinden, eine Geheimlehre, die euch über grundtiefe Geheimnisse und schauerliche Mysterien, die unsere Religion, unsern Staat und unser wirtschaftliches Leben betreffen, wichtige Aufschlüsse geben wird.

Glaubt ihr wirklich, daß Homer, als er seine »Ilias« und »Odyssee« dichtete, an all die Allegorien dachte, die Plutarch, Heraklides Pontikos, Eustathios, Phornutus und Politian, der jene alle wiederum ausbeutete, da hineinkalfatert haben? Nun, wenn ihr das glaubt, so kommt ihr weder mit Händen noch mit Füßen an meine Meinung heran. Ich meine, daß Homer an so etwas ebensowenig gedacht hat wie Ovid in seinen »Metamorphosen« an die heiligen Sakramente, wie dies ein einfältiger Mönch[1], ein rechter Bettelbruder, zu demonstrieren sich eifrig beflissen, da er doch vielleicht auf Leute stoßen könnte, die ebensodumm wären wie er, das heißt dem Sprichwort nach auf Dekkel, die zu seinem Topf paßten.

Glaubt ihr das aber nicht, nun, warum solltet ihr es dann bei diesen lustigen und neuen Geschichten nicht ebenso halten, um so mehr, als ich, während ich sie diktierte, auch nicht mehr dabei gedacht habe als ihr, die ihr euern Wein geradeso trinkt wie ich. Denn zu der Abfassung dieses herrlichen Buches verwandte ich keine andere Zeit, als welche zu meiner leiblichen Erquickung bestimmt war, das heißt die des Essens und Trinkens. Und das ist auch die richtige Zeit, um über so erhabene Gegenstände und tiefe Wissenschaften zu schreiben.

Wie auch Homer, dieses Urbild aller Gelehrten, dies gar wohl verstanden, desgleichen Ennius, welchen Horaz den Vater der lateinischen Dichter nennt, obgleich ein Dummkopf von ihm gesagt hat, seine Dichtung röche mehr nach Wein als nach Öl.

Dasselbe sagte solch ein Hansnarr auch von meinen Schriften, aber ich blas' ihm was! Duftet Wein nicht leckiger, wekkiger, schmeckiger, nicht köstlicher und wonniger als Öl? Wahrlich, wenn man von mir sagt, ich hätt' mehr in Wein als in Öl aufgehen lassen, so rechne ich mir das zu nicht geringerem Ruhm an als Demosthenes, dem man nachrühmte, er habe mehr

1 wahrscheinlich Waleys

in Öl als in Wein vertan. Denn das gilt mir als die größte Ehre und der größte Ruhm, daß man mich als lustigen Kumpan und guten Zechbruder anerkennt. In dieser Eigenschaft bin ich allen Pantagruelisten willkommen. Dem Demosthenes warf ein Grämling[1] vor, seine Reden röchen wie die Packleinwand eines dreckigen und schmutzigen Ölkrämers. Darum müßt ihr alles, was ich tu' und sage, immer auf das beste auslegen. Habt Ehrfurcht vor dem käseförmigen Gehirn, das euch all diese schönen Narrheiten ausheckt, und haltet mich, sosehr ihr könnt, immer bei guter Laune.

Also lustig, meine Lieben, und fröhlich gelesen und laßt es eurem Bauch und euren Lenden dabei wohl sein; aber vergeßt mir auch das Trinken nicht, ihr Eselsgesichter, sonst soll die Pest euch plagen! Und denkt dran, auf meine Gesundheit zu trinken. Ich tu' euch gleich Bescheid.

1 Pytheas

Erstes Kapitel

Vom Alter des Geschlechts, dem Gargantua entsprungen

Wenn ihr wissen wollt, aus was für einem alten und hochberühmten Geschlecht Gargantua entsprungen ist, so muß ich euch an die große Pantagruelische Chronik verweisen. Daraus werdet ihr ganz ausführlich erfahren können, wie die Riesen zur Welt kamen und wie Gargantua, Pantagruels Vater, in direkter Linie von ihnen abstammt. Nehmt es mir also nicht übel, wenn ich hier nicht weiter darauf eingehe, obgleich es eine Sache ist, die Eurer Herrlichkeit um so mehr gefallen müßte, je ausführlicher ich davon handeln würde, für welche Ansicht ich mich auf die Autorität Platons im »Philebos« und »Gorgias« und auf die des Flaccus[1] stützen kann, welcher sagt, daß es gewisse Geschichten gäbe, und dazu gehört die obige zweifelsohne, die immer ergötzlicher würden, je öfter man sie wiederhole.

Wollte Gott, es kennte ein jeder seinen Stammbaum, von Noahs Arche an gerechnet bis auf den heutigen Tag, so gut. Ich meine, daß es heute manchen Kaiser, König, Fürsten und Papst gibt, der von einem Kutten- oder Kiepenträger abstammt; wogegen wieder andere, arme Spittelleute, elende, erbärmliche Gesellen, sich wohl in direkter Linie von Königen oder Kaisern herleiten; nämlich wegen des erstaunlichen Übergangs der Herrschaft und Gewalt

von den Assyrern auf die Meder,
von den Medern auf die Perser,
von den Persern auf die Makedonier,
von den Makedoniern auf die Römer,
von den Römern auf die Byzantiner,
von den Byzantinern auf die Franzosen.

Um euch das zum Beispiel an mir zu zeigen, der ich hier zu euch rede, so bin ich des festen Glaubens, daß ich von irgendeinem mächtigen König oder Fürsten der alten Zeit abstamme. Denn gewiß habt ihr nie jemanden gesehen, der solche Lust gehabt hätte, König zu sein und mächtig, wie ich; um gut zu tafeln,

1 Horaz (Episteln 2, 3 »Dichtkunst« 365)

nicht zu arbeiten, sich um nichts zu bekümmern und seine Freunde sowie alle braven und gescheiten Leute reich zu machen. Indessen tröste ich mich damit, daß ich's in jener Welt sein werde, und zwar mehr, als ich es jetzt zu wünschen imstande bin. Mit solchen Gedanken oder noch besseren tröstet auch ihr euch in eurem Unglück und trinkt frisch einmal, wenn's angeht.

Um aber wieder auf unsere Hammel zurückzukommen,[1] so will ich kund und zu wissen tun, daß der bis in die grauesten Zeiten reichende Stammbaum Gargantuas uns durch die besondere Gunst des Himmels vollständiger erhalten ist als irgendein anderer, der des Messias ausgenommen, von dem ich nicht rede, weil mir das nicht zukommt und die Teufel, das heißt die Verleumder und Scheinheiligen, sich dagegen auflehnen. Er wurde von Jean Audeau auf einer Wiese gefunden, die dieser unterhalb Olive bei der Gualeauer Schleuse nach Narçay[2] hin besaß. Als er nämlich dort die Gräben ausheben ließ, stießen die Arbeiter mit ihren Hacken auf ein großes erzenes Grab von unmäßiger Länge; denn das Ende davon hat man nie aufgefunden, weil es weit in die Vienner Gemarkung hineinging. Sie öffneten besagtes Grab an einer Stelle, die mit einem Humpen bezeichnet war, um den in etruskischer Schrift die Worte: *Hic bibitur*[3], geschrieben standen, und fanden neun Flaschen, so aufgestellt, wie man in der Gascogne die Kegel aufzusetzen pflegt. Die mittelste stand auf einem grauen, fettigen, feuchten, großen, netten, kleinen, schimmeligen Büchlein, das noch stärker roch als Rosen, aber nicht besser.

In diesem wurde obenerwähnter Stammbaum gefunden, der in großer Kanzleischrift darin geschrieben stand, aber nicht auf Papier noch Pergament, noch Wachs, sondern auf einer Ulmenrinde[4], die jedoch das Alter so arg mitgenommen hatte, daß man kaum drei Buchstaben hintereinander erkennen konnte.

Ich Unwürdiger wurde dazugerufen, und mit Hilfe künstlicher Gläser und indem ich nach Aristoteles' Anweisung die Kunst, unsichtbare Buchstaben zu lesen[5], in Anwendung brachte, übersetzte ich ihn, wie ihr jedweder ersehen könnt, sofern ihr gute Pantagruelisten seid, das heißt, wenn ihr bei vollem Becher die erstaunlichen Taten Pantagruels lest. Dem Büchlein

1 s. Patelin – 2 Gehöft östl. von Rabelais' Geburtsstadt Chinon südwestl. Tours – 3 Hier wird getrunken (lat) – 4 Nach Plinius (»Naturgeschichte« 13, II) waren die ältesten Schriften in Ulmenrinde geritzt – 5 Bei Aristoteles ist davon nirgends die Rede

angehängt war eine Abhandlung: »Firlefanz mit Farlifenz«. Ratten und Mäuse oder, daß ich nicht lüge, anderes neidisches Viehzeug hatte den Anfang weggefressen; was übriggeblieben war, will ich aus Achtung für sein hohes Alter hierhersetzen.

Zweites Kapitel

Firlefanz mit Farlifenz, aufgefunden in einem alten Grabmal[1]

ↄ , m? der Zimbern starker Überwinder
:: 'ft die Luft aus Furcht vorm Morgentau:
= kommt, da strömen die Gebinder
:! regnet Butter aus der Wolken Grau.
Und als davon bedeckt des Meeres Au,
da ruft man: »Aufgefischt! Er sinkt noch weiter,
sein Bart ist schon ganz fettig, schau nur, schau!
So reicht doch wenigstens ihm eine Leiter.«

Sie meinten, den Pantoffel ihm zu lecken
sei mehr als Buße, Ablaß ganz und gar.
Da aber hört man sagen einen Gecken,
der einem Gründlingsloch entstiegen war:
»Nehmt euch in acht, ihr Herrn, hier droht Gefahr.
Da ist ein Aal, der kann sich nicht verstecken.
Nur hingeschaut! Er hat, ich seh es klar,
in seinem Chorhemd einen großen Flecken.«

Und als er das Kapitel wollte lesen,
Kalbshörner fand man nur. Er aber sprach:
»Mir ist noch nie so kalt ums Hirn gewesen,
die Mitra ist wie Eis, mich rührt der Schlag.«
Man wärmte ihn mit Rübenduft hernach
und ließ es sich am warmen Herd bequemen,
bis diese Schlagaus, diese Ach und Krach
man mit der neuen Deichsel könnte zähmen.

1 Das bis heute unenträtselte Gedicht nach der Übersetzung deuten zu wollen wäre vergebliche Mühe; es dürfte sich um einen gewollt paradoxen Scherz Rabelais' handeln

Von des Sankt Patrick Loche war die Rede,
von Gibraltars und andern Löchern mehr;
erwogen ward der Möglichkeiten jede,
sie zu vernarben, weil sie gar zu sehr
an Husten litten, andern zur Beschwer,
und sich auftäten bei dem kleinsten Winde;
doch wären sie verstopft, vernarbt, so wär
darauf zu rechnen, daß man Ruhe finde.

Nachdem sie so beschlossen, rupft den Raben
Herkul, der gradenwegs aus Libyen kam.
»Was«, sagte Minos, »alle andern haben
sie hinzitiert, nur mich nicht? Schand und Scham!
Und wollen noch, daß ich, mir selber gram,
für sie die Fische fang und Austern wittre?
Hol mich der Teufel, wenn ich länger lahm
mich jag und ihre Kunkelbäuche füttre.«

Sie auszuklopfen, kam Q. B., der Hinker,
er kam in heilger Starmätz Schutzgeleit;
der Vetter des Kyklopen macht es flinker,
er schlug sie tot, was weiter, Kleinigkeit!
Denn alles, was an Schuften hier gedeiht,
wird auf der Lohmühl endlich doch zerrieben.
Ja, lauft nur hin und wettert, flucht und schreit,
man zahlt nur, was man schuldig euch geblieben.

Danach geschah's: Der Vogel Jovis schwankte,
ob er zum Schlechtern hielte; doch sobald
er sah, wie wild und toll sich alles zankte,
erfaßt' ihn Sorge um die Reichsgewalt.
Vom Pfahl am Heringsmarkt, um den es schallt,
reißt er die Himmelsflamm; denn die Verräter,
so denkt er, unterwerfen nur zu bald
dem Massoretenspruch den reinen Äther.

Zuletzt kam man sich doch nicht in die Haare
trotz reiherbeinger Ate, die da saß
und sah, wie man Penthesileens Jahre,

als ob sie krautjung wäre, schier vergaß.
Ein jeder schrie: »Was soll das heißen, was?
Du alte Brandhex? Mußt du immer wiegeln?
Das römsche Banner raubtest du aus Haß,
das man gemacht mit Pergament und Siegeln.«

Wär Juno nicht, die unterm Himmelszelte
mit ihrem Ehherrn grade Vögel fing,
man hätt sich nicht beschränkt auf bloße Schelte;
ich meine, daß es ihr dann schlecht erging.
So ward beschlossen von dem ganzen Ring,
daß sie zwei Eier Proserpinas nähme,
doch fürchten solle Dorngebirg und Schling,
wenn ihres Wegs sie hierher wieder käme.

Und sieben Monat wen'ger zweiundzwanzig,
danach geschah's, daß der, von dem zerstört
Karthago ward, in ihrem Kreis befand sich
und dort auf gute Art sein Erb begehrt.
Wenn ihm zuletzt auch gar nichts weiter werd
als nur sein richtig Teil, so sei er willig;
doch, wer den Brei gekocht, daß dem beschert
ein Maul voll werde, sei nur recht und billig.

Dann kommt das Jahr! Ein türkischer Flitzbogen,
fünf Spindeln und drei Häfen zeigen's euch.
Da trägt ein König, tückisch und verlogen,
ein hären Kleid, dem Eremiten gleich.
O Jammer! Läßt man so ein ganzes Reich
zugrunde gehn um eines Heuchlers willen?
Genug, genug! Man täuscht uns nicht, entweich,
zum Teufel geh, dort deine Lust zu stillen.

Ist das vorbei, so wird ein andrer kommen,
der friedlich herrscht, umringt von edler Schar.
Der List, der Tücke ist die Macht genommen,
wer Gutes will, nicht mehr der Hilfe bar.
Was guten Menschen stets verheißen war:
die Freude füllet nun der Brust Behälter;

Lasttiere, frei der Last, sie schreiten dar
im Hochtriumphe jetzt als Königszelter.

Und diese angenehme Zeit wird währen,
solange Mars in Kett und Banden liegt;
dann eine kommen, die an Lust und Ehren
und Wohlsein noch die andern überwiegt.
Frisch greifet zu, seid dankbar und vergnügt,
ihr Lieben! Denn ist diese erst vergangen,
so fließt der Quell nicht wieder, er versiegt,
wie sehr ihr nach dem Einst auch mögt verlangen.

Und endlich, wer von Wachs war, wird logieret
zu Wachsfiguren, wie es sich gehört.
Nicht länger wird mit »hoher Herr« traktieret,
was Kerzen schwenkt und sich von Weihrauch nährt.
Ha! Wer doch könnte greifen nach dem Schwert!
Da sollte das Geschmeiß sich nicht mehr rühren.
Dem ganzen Plunder dann, soviel er wert,
ein Seilerstrick, den Hals ihm zuzuschnüren!

Drittes Kapitel

Wie Gargantua elf Monate im Mutterleib zubrachte

Grandgousier war seinerzeit ein lustiger Gesell, der so gern wie jeder andere damals bis auf den Grund trank und dazu Gesalzenes aß. Zu diesem Zweck hielt er sich stets einen tüchtigen Vorrat Mainzer und Bayonner Schinken, geräucherte Ochsenzungen, Würste verschiedener Art, wie gerade die Jahreszeit war, dito gesalzenes Rindfleisch mit Mostrich; auch an Kaviar fehlt's ihm nicht, noch an Bratwürstchen, die er aber nicht von Bologna kommen ließ, denn er fürchtete die lombardischen Giftbrocken, sondern von Bigorre, Longaulnay, La Brenne und Rouergue. Als er das Mannesalter erreicht hatte, vermählte er sich mit Gargamella, der Tochter des Schmetterlingskönigs, einer schönen, pausbackigen Dirn, und sie spielten so oft das Tier mit dem doppelten Rücken und rieben sich lustig aneinander, bis sie mit einem tüchtigen Jungen schwanger wurde, den sie bis zum elften Monat trug.

G Doré
SOTAIN

Denn so lange und auch wohl noch länger können Frauen die Frucht bei sich behalten, besonders wenn es ein Meisterstück ist, ein Menschlein, das einstmals große Heldentaten vollbringen soll. So erzählt Homer, daß das Kind, mit welchem Neptun die Nymphe schwängerte, erst nach einem Jahr, das heißt im zwölften Monat, zur Welt kam. Denn, sagt Aulus Gellius, *lib. III*[1], so erheischte es die Majestät Neptuns, damit das Kind auch ganz vollkommen gebildet wäre. Aus demselben Grund ließ Jupiter die Nacht, wo er bei Alkmene lag, vierundzwanzig Stunden währen, denn in weniger Zeit hätte er Herkules, der die Welt von Ungeheuern und Tyrannen reinigte, nicht fertigschmieden können.

Die Herren Pantagruelisten des Altertums haben, was ich sage, bestätigt und eine solche Geburt nicht allein für möglich, sondern das Kind, welches eine Frau im elften Monat nach dem Tod ihres Mannes zur Welt bringt, auch für legitim erklärt. Siehe Hippokrates, *lib. de alimento*[2]; Plinius, *lib. VII, cap. V*[3]; Plautus in *Cistellaria*[4]; Marcus Varro in der Satire »Das Testament«, wo er auf Aristoteles als Autorität hinweist; Censorinus, *lib. de die natali*[5]; Aristoteles, *lib. VII, cap. III et IV de natura animalium*[6]; Gellius, *lib. III, cap. XVI*[7]; Servius in *Egl.*[8], wo er den Vers Vergils: *matri longa decem etc.*[9] erläutert, und tausend andere Narren, deren Anzahl durch die Legisten noch bedeutend vermehrt worden ist; *ff.*[10] *de suis et legit., l. intestato, §fi.*, und *in Authent., de restitut. et ea quae parit in undecimo mense*[11]. Viele haben ihre Gesetzsudelei damit gespickt: *Gallus ff. de lib. et postum., et l. septimo ff. de stat. homin.*[12] und andere, die ich jetzt nicht weiter anführen will.

Auf dieses Gesetz hin können die Witfrauen noch zwei Monate lang nach dem Abscheiden ihrer Eheliebsten frank und frei das Liebesspiel betreiben. Und deshalb bitte ich euch, liebe Kumpane, inständigst, wenn ihr eine findet, die das Hosenab-

1 »Attische Nächte« 3 – 2 »Über die Nahrung« – 3 »Naturgeschichte« 7, 5 – 4 »Kästchenkomödie« 3, 14/15 – 5 »Über den Geburtstag« 7 – 6 »Über die Natur der Tiere« (»Tiergeschichte«) 7, 3/4 – 7 »Attische Nächte« 3, 16 – 8 Hirtengedichte – 9 Schon zehn Monde (verbarg im Schoß dich harrend) die Mutter (lat.; Hirtengedicht 4, 61) – 10 alte Anführungsart der Pandekten – 11 »Über Noterben und gesetzliche Erben«, Gesetz (3): »Ohne Testament...« (die Gesetze wurden mit den Anfangswörtern angeführt), letzter Paragraph; in den Authentiken (Bezeichnung für die »echten« Novellen, Nachträge des Gesetzbuchs des röm. Rechts), »Über die Rückerstattung (des Heiratsgutes) und die, welche im elften Monat (nach Ableben des Mannes) niederkommt« (Novelle 39) – 12 (Gesetz 29:) »Gallus (führte ein) . . .«, »Über die Erbeinsetzung oder Enterbung der Kinder und Nachgeborenen« und Gesetz (12:) »Im siebten (Monat) . . .« »Über den Zustand der Menschen«

knöpfen wert ist, nur immer frisch drauf und führt sie mir zu. Denn wird sie im dritten Monat schwanger, so erbt ihre Leibesfrucht des Hingeschiedenen Hinterlassenschaft. Und ist sie erst einmal schwanger, dann nur lustig weiter, laßt die Galeere segeln, ihr Bauch ist voll.

Ließ doch Julia, des Kaisers Octavianus Tochter, ihre Leibtrabanten auch nie eher drüber, als bis sie fühlte, daß sie schwanger war, wie ein Fahrzeug seinen Steuermann erst aufnimmt, wenn es kalfatert und vollgeladen ist.

Und wollte jemand die Frauen selbst tadeln, daß sie ihren schwangeren Leib solchermaßen noch überschwänzeln lassen, da doch die Tiere, sobald sie trächtig sind, das Männchen nicht mehr über sich dulden, so würden sie antworten, wie Populia dem Bericht des Macrobius zufolge, *lib. II Saturnal.*[1], einst geantwortet haben soll: »Wir sind auch keine Tiere, sondern Frauen, das heißt das appetitliche, lustige Kleinwild der Superfötation.«

Will der Teufel aber, daß sie nicht schwanger werden, dann dreht den Hahn zu und wischt euch das Maul.

Viertes Kapitel

Wie Gargamella, da sie mit Gargantua schwanger ging, eine erschreckliche Portion Kutteln aß

Die Umstände, unter welchen Gargamella gebar, und die Art, wie solches stattfand, waren aber folgende, und wenn ihr's nicht glaubt, so sollt ihr den Durchfall kriegen, wie sie ihn bekommen hat um ein Uhr nachmittags am dritten des Hornungs, weil sie zuviel Kutteln gegessen hatte. Kutteln sind nämlich die fetten Därme des Mastviehs; Mastvieh aber sind Ochsen, die man sowohl durch Stallfütterung als auf zweimähdigen Wiesen fett gemacht hat; zweimähdige Wiesen endlich sind solche, von denen man zweimal im Jahr Heu erntet. Nun, solcher fetten Ochsen hatten sie dreihundertsiebenundsechzigtausendundvierzehn Stück schlachten lassen; die sollten am Fastnachtsdienstag eingesalzen werden, damit man zum Frühjahr Salzfleisch genug hätte und der Wein besser mundete.

1 »Saturnalien« 2, 5

Da gab's denn natürlich Kutteln die Hülle und Fülle, und sie waren so gierig, daß sich alle die Finger danach leckten. Aber der Teufel war dabei im Spiel, und man konnte sie nicht lange aufbewahren, weil sie sonst zu stinken anfingen, und das wäre doch unschicklich gewesen. Also wurde beschlossen, sie ohne Zeitverlust zu vertilgen, und so lud man dazu alle Bürger von Cinais, Seuilly, La Roche-Clermault, Vaugaudry, wobei man auch die von Coudray, Montpensier, Gué de Vède[1] und andere der Nachbarschaft nicht vergaß – lauter tüchtige Zechbrüder, lustige Kumpane und famose Kegelschützen. Dem braven Grandgousier gewährte das eine ganz besondere Freude, und er befahl, daß man nichts sparen solle. Seiner Frau aber riet er, nur wenig davon zu essen, da ihre Zeit herannahe und solch Gedärm kein weich und leicht verdauliches Fleisch sei. »Der«, sagte er, »muß gar zu gern Dreck kauen, der auch noch den Sack frißt.« Allen Vorstellungen zum Trotz verspeiste sie dennoch sechzehn Faß, zwei Eimer und sechs große Töpfe voll. Eine schöne Menge Kot, die sich da in ihr anhäufte.

Nach dem Essen gingen sie alle miteinander ins Weidicht und tanzten da auf grünem Rasen beim Klang lustiger Flöten und sanft schnurrender Dudelsäcke so seelenvergnügt, daß es eine Götterlust war, zu sehen, wie sie sich ergötzten.

Fünftes Kapitel
Beim Bechern

Hierauf wurde an einem passenden Orte das Vesperbrot eingenommen. Hei, wie da die Flaschen kreisten, die Schinken umliefen, die Humpen flogen und die Becher klangen! Aufgekorkt! – Hierher! – Eingegossen! – Fix! – Einen Gespritzten! – Mir eine Butte ohne Wasser! – Putz mir das Glas voll hinunter, aber hübsch zierlich. – Reich mir Klaret[2]! – Voll den Becher, daß er überläuft! – Schluß mit dem Durst! – Verdammtes Fieber, willst du denn gar nicht weichen? – Meiner Treu, Gevatterin, ich kann nicht mitbechern. – Habt Ihr den Schnupfen, Liebste? – Freilich! – Zum Donnerwetter! Sprechen wir vom Trinken. – Ich

1 Dörfer und Gehöfte südwestl. Chinon – 2 hellroter Wein (franz. *clairet*)

trinke nur zu bestimmten Stunden wie des Papstes Maulesel. – Ich trinke nur aus meinem Brevier wie ein echter Pater Oberkapuziner[1]. – Was gab's eher: Durst oder Trinken? – Durst. Denn wer wird im Stande der Unschuld ohne Durst getrunken haben? – Trinken! Denn *privatio praesupponit habitum*[2]. Bin ein Gelehrter. *Foecundi calices quem non fecere disertum?*[3] – Wir Unschuldigen trinken nur zu viel ohne Durst. – Ich Sünder trinke nie ohne Durst, ist's nicht für jetzt, ist's für künftig; man sieht sich vor, so gut man kann. Ich trinke für den kommenden Durst, trinke ewig. Trinkewigkeit, Ewigkeitstrinken! – Holla! Gesungen, getrunken! Einen Rundgesang, stimmt an! – Wo ist mein Anstimmer? – Ei was, ich trinke nur *per procuram*[4]. – Begießt ihr euch, um wieder trocken zu werden, oder werdet ihr wieder trocken, um euch zu begießen? – Bah! Von der Theorie versteh' ich nichts, von der Praxis ein wenig. – Wer immer trinkt, stirbt nie. – Wenn ich nicht trinke, verdorr' ich, bin ich tot! Meine Seele wird in einen Froschteich fahren, denn im Trokkenen wohnt die Seele nicht. – O ihr Schenken! Umschöpfer! Machet aus einem Durstenden einen Trinkenden! – Daß doch diese zähen, trocknen Gedärme ewig begossen wären! – Wer's nicht spürt, trinkt umsonst! – Das geht alles ins Blut, die Blase bekommt keinen Tropfen davon. – Warum sollt' ich die Kaldaunen dieses Kalbes, das ich heute morgen ausgeweidet habe, nicht waschen? – Hab' mir den Magen damit vollgestopft. – Wenn das Papier meiner Schuldscheine so prächtig in sich hineinsöffe wie ich, guckten meine Gläubiger am Zahltag in die Röhre. – Eure Hand[5] verdirbt Euch die Nase. – Oh, wie viel anderer muß da noch hinein, eh' der wieder herauskommt. – Mit so kleinen Schlucken ruiniert man sich nur den Brustkasten! – Das ist ja nur ein Lockfläschchen! – Was für ein Unterschied zwischen einer Flasche und einem Fläschchen? – Ein gewaltiger! Die Flasche korkt man mit einem Pfropfen zu, das Fläschchen mit einem Stöpsel. – Schön! – Unsere Väter verstanden das Zechen besser; sie tranken aus Kannen! – Gut gefurzt, ist halbe gesungen. Laßt uns trinken! – Habt ihr nichts an den Fluß

1 Die Bettelmönche hatten Trinkflaschen in Form eines Breviers erfunden. – 2 Entbehrung setzt Gewohnheit voraus (lat.); Rechtsgrundsatz. – 3 Wen haben nicht beredt volle Pokale gemacht? (lat.); Horaz, Episteln 1, 5 – 4 in Stellvertretung (lat.), d. h., die andern trinken für mich, denn mir wird nicht eingeschenkt – 5 nämlich die zu oft das Glas hebt

zu bestellen? Muß die Kutteln waschen! – Ich schlucke wie ein Loch! – Ich saufe wie ein Templer! – Ich *tamquam sponsus*[1]*!* – Ich bin *sicut terra sine aqua*[2]. – Eine Metapher für Schinken! – Er ist eine Herausforderung zum Trinken, eine Faßschleife. Auf einer Faßschleife läßt man den Wein in den Keller hinunter, auf dem Schinken in den Magen. – Heda! Zu trinken, zu trinken! Der Stoff ist ausgegangen. *Respice personam, pone pro duos: bus non est in usu*[3]. – Wenn ich so viel Steigung hätt' wie Gefäll, wär' ich schon längst hoch oben in Lüften. –

So wurde Jacques Cœur ein reicher Mann,
so fangen die Bäume zu sprossen an,
so hielt Dionysos in Indien hof,
so wird in Melinde man Philosoph. –

Ein kleiner Regen schlägt einen großen Wind nieder. Lang saufen bricht den Donner. – Positus der Fall, mein Hähnchen gäb' solchen Wein, würdet ihr ihn saufen? – Ich spar's für euch. – He, Page, sperr 's Maul auf; ein Benefiz für dich. – Pater Leberecht, hier ist noch ein Töppchen voll. – Ich appeliere gegen den verfluchten Durst. Nimm meine Appelation zu Protokoll, Page! – Das geht nicht mit rechten Dingen zu. – Sonst hab' ich alles ausgesoffen, und jetzt lass' ich nichts nach. – Nur nicht gesputet, es soll ja alles zueinanderkommen. – Da sind noch ein paar Kutteln, um die sich's lohnt, die sind von dem falben Ochsen mit dem schwarzen Strich. Striegeln wir ihn der Wirtschaft zu Ehren. – Zum Teufel, trinkt doch – oder nein, ich bitte euch, trinkt! – Die Sperlinge fressen nur, wenn man sie auf den Schwanz klopft, und ich trinke nur, wenn man mich höflich bittet. – *Lagona edatera!*[4] In meinem ganzen Leib ist nicht ein Karnickelloch, aus dem mir dieser Wein nicht wie ein Frettchen den Durst vertriebe. – Der versteht's, der wird mit ihm fertig! – Beim Schall der Flaschen und Bouteillen tut kund und zu wissen: Wer seinen Durst verloren hat, soll ihn hier nicht suchen. Fortgesetzte Saufklistiere haben ihn schier aus dem Häuschen gebracht. – Gott der Allmächtige ist der Schöpfer der Sonne, wir sind die Schöpfer

1 wie ein Bräutigam (lat.); Psalm 19, 6, im Wortspiel mit lat, *spongia* Schwamm – 2 wie ein dürres Land (lat.); Psalm 143, 6 – 3 Gib acht, wen du vor dir hast, schenk für zwei ein: *bus* (die richtige Dativendung für *duo*) ist nicht gebräuchlich (lat.); *bus* in franz. Aussprache = trank, man soll aber die Gegenwart: trinke, gebrauchen. – 4 Zu trinken, Freund! (bask.)

der Tonne. – In meinem Mund ist Gottes Wort! *Sitio*[1]. – Der Stein ἄσβεστος[2] ist eher zu löschen als der Durst von meines Vaters Sohn. – *L'appétit vient en mangeant,*[3] sagt Angest on Mans, aber Durst verliert sich durchs Trinken. – Ein Mittel gegen den Durst! – Das Gegenteil von dem, was für Hundebiß gut ist: Lauf immer hinter dem Hund her, so wird er dich nicht beißen; trink immer vor dem Durst, so kann er dich nicht packen. – Aha! Ertappt! Muß dich wecken! Ewiger Schenke, bewahre uns vor Schlaf! Argus hatte hundert Augen zum Sehen, ein Schenke muß hundert Arme haben wie Briareus, um immerfort einzugießen. – Heda, wieder anfeuchten! Das Trockenwerden ist gar zu schön! – Weißen? – Zum Teufel, was ihr wollt. Hier hinein, vollgegossen, schwappvoll! Die Zunge klebt mir am Gaumen. – Trinke, Landsmann, trinke! – Kamerad, auf deine Gesundheit! – Lustig, lustig, la, la, la – der wäre auch besorgt, der! – Ha, *Lacrimae Christi*[4]*!* – Nein, 's ist Devinière, schmeckt nach Fichtenholz. – Ein ganz gutes weißes Weinchen. – Meiner Seel, es ist nur ein Wein wie Sammet. – He, he, aber einöhrig, gut frisiert und von reiner Wolle. – Nur Mut, Kameraden, ihr braucht nicht zu eilen, hab' nur den Auftakt gemacht. – *Ex hoc in hoc*[5], 's geht alles mit rechten Dingen zu. Jeder von euch hat's gesehen. Verstehe das Ding aus dem Effeff. *A brum, a brum,* bin Pater Teffteff. – Oh, über die schändlichen Säufer. Oh, daß sie in sich gingen! – He, du Page, Freundchen, ich bitte dich, füll mir den Becher hier und bekränz ihn. – Auf kardinalisch! – *Natura abhorret vacuum.*[6] – Heißt das nicht, wie eine Fliege getrunken? – So trinkt man in der Bretagne! – Aus, aus bis zur Neige! – Hinunter damit, ist die beste Arznei!

1 Mich dürstet (lat.); Johannes 19, 28. – 2 Asbest, eigtl. unlöschlich (griech.) – 3 Der Appetit kommt beim Essen (franz.). – 4 »Christustränen« (lat.); Süßweinsorte vom Fuß des Vesuvs – 5 aus dem (Glas) in den (Mund); Parodie von Psalm 74, 3 der lat. Bibelfassung – 6 Die Natur haßt das Leere (lat.); auf Aristoteles zurückgehender Grundsatz der Naturlehre bis ins 17. Jh.

Sechstes Kapitel
Wie Gargantua auf höchst seltsame Weise geboren ward

Während die Trinkgespräche so hin und her gingen, begab es sich, daß es Gargamella in ihren unteren Regionen schwach zu werden begann. Alsbald erhob sich Grandgousier vom Rasen und sprach ihr Mut zu, denn er glaubte, es seien die Kindswehen, und sagte ihr, daß sie auf grüner Weide wäre, wo ihr in Kürze neue Füße wachsen würden. Sie solle also nicht die Nase hängen lassen, da das kleine Ding nun doch einmal kommen wolle, und wenn es auch ein bißchen weh täte, so dauerte das doch nicht lange, und die Freude danach würde sie alle Schmerzen vergessen lassen, so daß sie sich ihrer kaum noch entsinnen könne.

»Also Mut, mein Lämmchen«, sagte er, »schaff das nur erst fort, dann machen wir recht bald ein anderes.« – »Ha«, sagte sie, »ihr Männer habt gut reden; aber dir zuliebe will ich mich bezwingen. Wollte Gott, du hätt'st ihn abgeschnitten.« – »Wen?« sagte Grandgousier. – »Ach«, sagte sie, »tue nur nicht so, du wirst mich schon verstehen.« – »Meinen?« sagte er. »Beim Bocksbart, wenn du darauf hinauswillst, so laß ein Messer bringen.« – »Ha«, sagte sie, »da sei Gott vor! Der Himmel mag mir vergeben, ich meinte es nicht im Ernst, und du mußt dich an meine Rede nicht kehren. Ich hab' es heute ohnehin schwer genug, wenn Gott mir nicht beisteht – und alles das um des deinigen willen, damit dir's wohl wäre.« – »Mut, Mut«, sagte er, »sei nur unbesorgt, die vier Ochsen vorn werden den Karren schon aus dem Dreck ziehen. Ich will nur unterdes noch einmal einen Schluck nehmen. Wenn dir etwas zustoßen sollte, so bin ich ganz in der Nähe. Im Handumdrehen kann ich bei dir sein.«

Kurze Zeit darauf fing sie an zu ächzen, zu jammern und zu schreien. Sofort lief eine ganze Schar weiser Frauen von allen Seiten herbei. Als sie sie unten befühlten, fanden sie etliche Stücke Gehäutes und einen sehr schlechten Geruch, weshalb sie glaubten, es sei das Kind; aber es war nur Durchlauf und kam aus einer andern Gegend, nämlich aus dem Mastdarm; denn, wie schon oben gesagt, sie hatte zu viel Kutteln gegessen.

Also gab ihr eine von der ehrbaren Schwesternschaft, eine greuliche alte Vettel, die für besonders heilkundig galt und vor sechzig Jahren aus Stengelbruch bei Knieheim ins Land gekommen war, etwas Stopfendes ein, das ihr aber die Gedärme so furchtbar zusammenzog, daß man sie mit den Zähnen nicht wieder hätte auseinanderreißen können, was ein schrecklicher Gedanke ist. So wie der Teufel, während der heilige Martin die Messe las, mit seinen schönen Zähnen das Pergament in die Länge zerrte, worauf er das Geschwätz der beiden Buhldirnen schrieb.

Infolge dieses fatalen Umstands öffneten sich die Kotyledonen[1] der Gebärmutter nach oben, das Kind schlüpfte hindurch, gelangte in die Hohlader, drang durch das Zwerchfell bis oberhalb der Achseln, wo besagte Ader sich teilt, nahm dann seinen Weg links und kam zum linken Ohr heraus. Sobald es geboren war, schrie es nicht wie andere Kinder bäh, bäh, bäh, sondern rief mit lauter Stimme: »Trinken, trinken, trinken!«, als ob es alle Welt zum Trinken einlüde, so daß es weithin über das ganze Land in Süfflingen und Trankreich zu hören war.

Ich fürchte nur, ihr werdet an diese wunderbare Geburt nicht glauben. Nun, wenn ihr nicht wollt, so schert mich das wenig; aber ein anständiger und vernünftiger Mensch glaubt, was man ihm sagt und was geschrieben steht. Oder ist es etwa gegen unsere Lehre, unser Bekenntnis, gegen unsere Vernunft oder die Heilige Schrift? Ich für mein Teil finde in der Heiligen Schrift nichts, was dagegenspräche. Wenn es nun Gottes Wille also gewesen wäre, möchtet ihr behaupten, daß er es nicht hätte tun können? Ach, ich bitt' euch, werdet nicht wirr im Kopf von solch törichten Gedanken! Ich sage euch, bei Gott ist kein Ding unmöglich. Wenn er wollte, so würden die Frauen künftig alle ihre Kinder durchs Ohr kriegen. – Wurde Bacchus nicht etwa aus Jupiters Lende geboren? Rocquetaillade nicht etwa aus seiner Mutter Ferse und Crocquemouche aus seiner Amme Pantoffel? Minerva nicht etwa aus Jupiters Gehirn durchs Ohr? Adonis nicht aus der Rinde eines Myrrhenbaumes? Kastor und Pollux nicht aus einem Ei, das Leda gelegt hatte und ausbrütete? Und wollt' ich euch nun gar das Kapitel des Plinius vorführen, das von seltsamen und unnatürlichen Geburten handelt, so würdet ihr erst recht euch verwundern und erstaunen. Und doch bin ich lange kein so dreister Lügner wie er. Lest nur das dritte Kapitel

1 Lappen des Mutterkuchens

des siebenten Buches seiner »Naturgeschichte«, und dann sagt, ob man mir nicht Glauben schenken kann.

Siebentes Kapitel
Wie Gargantua zu seinem Namen kam und wie er sich des Trinkens befliß

Als aber Papa Grandgousier, der immer frisch drauflos zechte und sich's mit seinen Genossen recht wohl sein ließ, das fürchterliche Gebrüll hörte, das sein Söhnlein bei seinem Eintritt in die Welt ausstieß, da er »Trinken, trinken, trinken!« schrie, sagte er: »Gar g'wandt du ja dein Stimm' erschallen läßt!«, worauf die Umstehenden, welche solches vernahmen, die Meinung äußerten, daß er den Namen Gargantua bekommen müsse, weil dies das erste Wort seines Vaters bei seiner Geburt gewesen sei: nämlich nach dem Vorbild und Exempel der alten Hebräer. Was jener auch allerhöchst genehmigte und der Mutter gleichfalls wohlgefiel. Und damit er zu schreien aufhöre, gab man ihm ordentlich zu trinken; dann aber wurde er zum Taufbecken getragen, wo man ihn taufte, wie das bei allen guten Christenleuten Brauch ist.

Darauf ließ man aus Pontille und Bréhémont[1] siebzehntausendneunhundertunddreizehn Kühe bringen, die für seinen täglichen Milchbedarf zu sorgen hatten; denn im ganzen Land war keine Amme zu finden, die ihn hätte säugen können, so viel Milch brauchte er zu seiner Nahrung, obgleich einige Scotisten haben behaupten wollen, seine Mutter hätte ihn gestillt und jedesmal eintausendvierhundertundzwei Maß, neun Nösel Milch aus ihren Zitzen hergegeben, was aber ganz unwahrscheinlich ist. Und ist daher solche Behauptung für unzitzlich, will sagen unsittlich, fromme Ohren beleidigend und für Ketzerei erklärt worden.

Dies währte ein Jahr und zehn Monate, zu welcher Zeit man auf den Rat der Ärzte damit anfing, ihn umherzutragen, und zugleich einen schönen Ochsenwagen nach Jean Denyaus Erfindung anfertigen ließ. In diesem wurde er lustig um-

1 Ortschaften südwestl. und nordöstl. Chinon

hergefahren, und das gewährte einen gar schönen Anblick, denn er war pausbäckig, hatte beinahe achtzehn Unterkinne und schrie auch wenig; aber er beschiß sich alle naslang, denn er hatte einen erstaunlich offenen Leib: einmal von Natur und dann infolge zufälliger Disposition, die er seiner Neigung zum reinen Herbstsaft verdankte. Von diesem nahm er keinen Tropfen ohne Grund zu sich. Denn geschah es, daß er schlecht gelaunt, ärgerlich, zornig oder traurig war, strampelte er mit den Beinen, weinte oder schrie er, so brauchte man ihm nur etwas zu trinken zu bringen, und sogleich wurde er still und war wieder seelenvergnügt. Eine seiner Wärterinnen sagte mir selbst und beschwor es hoch und heilig, daran sei er so gewöhnt gewesen, daß er schon bei dem bloßen Klang der Flaschen und Krüge in eine solche Verzückung geraten sei, als ob er die Freuden des Paradieses koste. Weshalb sie denn, in Anbetracht dieser himmlischen Gemütsanlage, jeden Morgen, um ihn zu erfreuen, mit einem Messer an die Gläser geschlagen oder die Flaschen mit ihren Pfropfen und die Krüge mit ihren Deckeln zum Klingen gebracht hätten, bei welcher Musik er sich dann sogleich erheitert, vor Lust gezittert, sich aufgerichtet, den Kopf hin und her bewegt und mit den Fingern die Bewegung des Lautenspiels nachgeahmt habe, während er den Grundbaß dazu mit dem Hintern intonierte.

Achtes Kapitel

Wie Gargantua angezogen ward

Als er älter wurde, befahl sein Vater, daß man ihm Kleider mache, und zwar in den Farben des Hauses, nämlich Blau und Weiß. Das tat man denn natürlich auch, und sie wurden nach der Mode, die damals gerade im Schwange war, zugeschnitten, genäht und fertiggemacht. Aus den alten Haushaltsregistern, die sich in der Rechnungskammer von Montsoreau vorfinden, ersehe ich, daß er folgendermaßen eingekleidet wurde:

Zu einem Hemd für ihn wurden geliefert neunhundert Ellen Leinwand von Châtelerault nebst zweihundert Ellen zu den Achselzwickeln, und es war nicht gekraust, denn das Krausen der Hemden ist erst später aufgekommen, seitdem den Nähmamsellen die Nadelspitze abgebrochen ist und sie deshalb mehr mit dem andern Ende arbeiten.

Zum Brustlatz wurden geliefert achthundertdreizehn Ellen weißer Atlas und zu den Nesteln fünfzehnhundert und ein halbes Hundefell. Zu jener Zeit fing man an, die Hosen an den Brustlatz zu knöpfen und nicht, wie bis dahin, diesen an jene, was auch wider alle Natur ist, wie Ockham dies in seinen Erläuterungen zu Meister Hosenbeins »Exponibilien«[1] klärlich dargetan hat.

Zu seinen Hosen wurden geliefert eintausendfünf und eine drittel Elle weißes Etaminleinen, das man in Streifen schnitt, die dann über dem Hintern zusammengefaßt wurden, um die Nieren vor Erhitzung zu beschützen. Aus den Zwischenräumen guckte so viel blauer Damast, wie nötig war, hervor. Dabei muß ich bemerken, daß er sehr schöne Beine hatte, die seiner ganzen Gestalt vortrefflich angepaßt waren.

Zum Hosenlatz wurden sechzehn und eine drittel Elle desselben Zeugs verschnitten; der Latz hatte die Form eines Strebepfeilers und war gar anmutig mit zwei goldenen Schnallen befestigt, in welche zwei emaillierte Haken eingriffen, deren jeder mit einem Smaragd von der Größe einer Orange verziert war. Denn dieser Edelstein besitzt, wie Orpheus *lib. de lapidibus*[2] und Plinius *lib. ult.*[3] behaupten, die Kraft, das männliche Glied zu erfrischen und zu stärken. Der Schlitz des Hosenlatzes war von der Länge eines Spazierstocks und der Einschnitt, wie die Hosen selbst, mit blauseidenem Damast gepufft. Hättet ihr aber die schöne Goldstickerei, die reizende getriebene Arbeit mit den köstlichen Diamanten, Rubinen, Türkisen, Smaragden und edlen Perlen daran gesehen, ihr würdet ihn mit einem Füllhorn verglichen haben, wie man dergleichen nur in Raritätenkabinetten sieht und wie es Rhea den beiden Nymphen Adrastea und Ida, den Ammen Jupiters, verehrte: immer galant, frisch, reizvoll – immer grünend, blühend, fruchtend – strotzend von Saft, blumenreich, früchteschwer – wonnevoll! Ich möcht' gern wissen, ob man etwas Schöneres hätte sehen können! Aber ich werde in meinem Buch »Von der Würdigkeit der Hosenlätze« davon noch des weitern handeln. Nur eins will ich hier schon sagen:

1 Bedeutungsabwandlungs- und -auslegungskunst eines Wortes in der scholastischen Disputierlogik. – 2 »Über die Steine« (um 300); Abhandlung eines unbekannten Verfassers über die natürlichen und übernatürlichen Eigenschaften der Edelsteine – 3 »Naturgeschichte« 37

Nämlich wenn dieser, von dem hier die Rede ist, sich schon hinsichtlich seiner Länge und Dicke bedeutend präsentierte, so war er auch im Innern wohl versorgt und versehen und glich den heuchlerischen Hosenlätzen so mancher Herrlein, die zum großen Leidwesen des weiblichen Geschlechts nichts als Wind enthalten, keineswegs.

Zu seinen Schuhen lieferte man vierhundertundsechs Ellen karmesinblauen Samt, der zierlich in parallele Streifen zerschnitten und röhrenartig aneinandergefügt wurde. Zu den Sohlen genügten eintausendeinhundert Kuhhäute; die waren in Form von Stockfischschwänzen zugeschnitten.

Zu seinem Leibrock wurden achthundert Ellen im Ton der Seide gefärbter blauer Samt verbraucht; rundherum war er reich mit Weinlaub bestickt und zeigte in der Mitte auf goldenem, stark mit Perlen verziertem Netzwerk gestickte Kannen, was darauf hinwies, daß er dereinst ein guter Zechbruder werden würde.

Der Gürtel war aus dreihundert und einer halben Elle Seidenserge gemacht, halb blau und halb weiß, wenn ich nicht irre.

Sein Degen war kein Valencianer Fabrikat, noch war sein Dolch in Saragossa geschmiedet; denn sein Vater haßte diese versoffenen Hidalgos ihres verdammten Mohrentums wegen; aber man gab ihm einen schönen Degen aus Holz und einen Dolch aus gegerbtem Leder, so schön bemalt und vergoldet, wie man's nur wünschen konnte.

Auch ein Geldbeutel wurde ihm angefertigt, und zwar aus dem Hodensack eines Elefanten, den Mijnheer Pracontal, Statthalter von Libyen, ihm verehrt hatte.

Zu seinem Oberkleid wurden geliefert neuntausendsechshundert weniger zwei drittel Ellen von dem schon obenerwähnten blauen Samt, der schräg mit Goldfäden durchwebt war, was, wenn man es vom rechten Punkt aus sah, eine gar nicht zu bezeichnende Farbe ergab, ähnlich der am Hals der Tauben, die dem Auge ganz besonders wohltat.

Zu seiner Mütze wurden geliefert dreihundertzwei und eine viertel Elle weißer Samt; sie war groß und rund, wie es sich für seinen Kopf gehörte. Denn sein Vater meinte, daß diese Maranenmützen, die wie aus Pastetenteig gemacht wären, den geschornen Köpfen, die sie trügen, noch einmal schlimm bekommen würden. Von oben hing eine schöne große blaue Feder, die ein Pelikan im wilden Hyrkanien[1] hatte lassen müssen, zierlich auf das rechte Ohr herab. – Auf der Brust trug er ein achtundsechzig Mark[2] schweres goldenes Medaillon, dessen emaillierte Oberfläche eine gar stattliche Figur zeigte, nämlich einen menschlichen Körper mit zwei einander zugewandten Köpfen, vier Armen, vier Füßen und zwei Ärschen, ganz, wie nach Platon im »Gastmahl« die menschliche Natur in ihrem geheimnisvollen Ursprung gewesen sein soll; rundherum standen in ionischer Schrift die Worte: Ἡ ἀγάπη οὐ ζητεῖ τὰ ἑαυτῆς[3].

Als Halsschmuck gab man ihm eine fünfundzwanzigtausenddreiundsechzig Mark schwere goldene Kette, deren einzelne

1 antike Landschaft an der Südostküste des Kaspischen Meers – 2 mittelalterliches Gewicht, in Frankreich = 244 g. – 3 Die Liebe suchet nicht das Ihre (griech.); I. Korinther 13, 5

Glieder die Form großer Beeren hatten; zwischen jedem Glied war ein aus einem großen Jaspisstein geschnittener Drache eingefügt, der von Strahlen und Funken umgeben war. Eine ähnliche Kette hatte einst König Necho getragen. Sie hing ihm bis auf die Magengegend herab, was ihm für sein ganzes Leben von großem Nutzen war, wie die griechischen Ärzte wohl wissen.

Zu seinen Handschuhen wurden sechzehn Koboldshäute, zu ihrem Besatz hingegen drei Werwolfsfelle genommen, und zwar auf den besondern Rat der Kabbalisten von Saint-Louand[1]. Was die Ringe anbetrifft, die er nach dem Willen seines Vaters, der dieses Adelszeichen der alten Zeit wieder zu Ehren bringen wollte, anstecken mußte, so trug er am Zeigefinger der linken Hand einen Karfunkel von der Größe eines Straußeneies, der überaus zierlich in Scharafi[2]-Gold gefaßt war. Am Mittelfinger derselben Hand trug er einen Ring aus vier Metallen, der so wunderbar geschmiedet war, daß der Stahl dem Gold und das Silber dem Kupfer keinen Eintrag tat. Ihn hatte Kapitän Chappuis verfertigt, und Alcofribas als ein guter Faktor hatte ihm dabei geholfen. Den Mittelfinger der rechten Hand schmückte ein spiralförmiger Ring, in welchen ein ganz vorzüglicher Rubin, ein spitzgeschliffener Diamant und ein Smaragd vom Pison, jeder von unermeßlichem Wert, eingesetzt waren. Hans Carvel, der berühmte Juwelier des Königs von Melinde, schätzte diesen Ring auf 69,894,018 goldene Langvlieser[3], und auf ebensoviel schätzten ihn die Fugger in Augsburg.

Neuntes Kapitel

Die Farben und die Tracht Gargantuas

Die Farben Gargantuas waren, wie schon gesagt, Weiß und Blau. Dadurch wollte sein Vater andeuten, daß ihm himmlische Freude durch ihn bereitet worden sei; denn Weiß bedeutete ihm Freude, Vergnügen, Wonne, Lust, Blau aber das Himmlische. Nun weiß ich wohl, daß viele meiner Leser über den alten Zechbruder spotten und seine Deutung der Farben als geschmacklos

1 Dorf mit Kloster westl. Chinon – 2 ägypt. Golddenar des 14. Jh. – 3 franz. Goldmünze des 14. Jh. mit dem Bild des Lamms Gottes

und ungeheuerlich verwerfen werden, weil doch ihrer Meinung nach Weiß Glauben und Blau Treue bedeutet. Aber nur sachte! Ohne euch aufzuregen, zu ärgern oder in Hitze zu geraten, denn es ist eine gefährliche Zeit, beantwortet mir nur ein paar Fragen. Seid so gut! Sonst will ich euch zu nichts zwingen, weder euch noch sonst jemand. Also nur ein Wörtchen zur Flasche.

Wer reizt, wer stachelt euch? Von wem habt ihr das, daß Weiß Glauben und Blau Treue bedeuten soll? Ihr antwortet, ein kümmerliches Büchlein hat es uns gesagt, das von den Bücherkrämern und Hausierern unter dem Titel »Die Farbenheraldik« verkauft wird. Wohl! Und wer hat es geschrieben? Nun, wer es auch gewesen sein mag, darin wenigstens hat er seine Klugheit bewiesen, daß er seinen Namen nicht auf den Titel setzte[1]. Sonst aber weiß ich wirklich nicht, was ich mehr an ihm bewundern soll, seine Unverschämtheit oder seine Dummheit. Erstens: seine Unverschämtheit, die ohne vernünftigen Grund oder Wahrscheinlichkeit, bloß auf die eigene Autorität hin es wagt, vorzuschreiben, was die Farben bedeuten sollen. So handeln Tyrannen, die an die Stelle der Vernunft ihr allerhöchstes Belieben setzen, nicht aber Weise und Gelehrte, die den Leser durch wohlerwogene Gründe zu überzeugen suchen. Zweitens: seine Dummheit, wenn er glaubt, daß nun gleich alle Welt ihre Wappenschilder nach seinen albernen Phantastereien und ohne Grund und Vernunft einrichten werde. Freilich sagt das Sprichwort: »Ein Schwein macht immer neuen Dreck!«, und so hat sich denn auch eine Anzahl Narren aus der Zeit der hohen Mützen[2] gefunden, die auf seine Schrift schwören; sie haben danach ihre Sinnsprüche und Devisen gedrechselt, ihre Maulesel beschabrackt, ihre Pagen angeputzt, ihre Hosen geschlitzt, ihre Handschuhe gestickt, ihre Betten befranst, ihre Wappen bemalt, Lieder gedichtet und, was viel schlimmer ist, ehrbare Frauen betrogen und heimliche Niedertracht an ihnen verübt. In ebensolcher Sinnesverwirrung befinden sich jene hofmäßigen Prahlhänse und Wortverdreher, die, wenn in ihrer Devise »Glauben« steht, dies durch einen jener Globen darstellen oder »Not« durch eine Note, »Mut zur Abwehr« durch ein Zweiglein Wer-mut, »Wachsendes Glück« durch eine Mondsichel und »Bankrott« durch eine

1 Der Name des Verfassers: Sicille, Wappenherold des Königs von Aragon, war zu Beginn der Vorrede genannt. – 2 d. h. aus altmodischer Zeit

rote Bank oder die durch ein »Nein« über einem Panzerhemd anzudeuten meinen, daß ihnen das Waffenkleid leicht dünke. Das sind so ungeschickte, fade, bäurische und barbarische Symbolisierungen, daß man jedem, der sich nach dem Aufschwung, welchen die Literatur in unserem Land genommen hat, dergleichen noch bedient, eine Larve von Kuhdreck vorbinden und einen Fuchsschwanz an den Kragen heften sollte.

Mit ebenso gutem Grund, wenn hier überhaupt von Gründen die Rede wäre, wo nur Phantasterei waltet, könnte man ja ein paar Leute hinmalen oder ein paar Hüte, um dadurch auszudrükken: »Ich leide« oder »Hüte dich«; desgleichen einen Senftopf neben ein züchtiges Mägdelein, um damit zu sagen: »Besänftige mich, oder ich züchtige dich«; oder man könnte sich's einfallen lassen, »Hilfe in der Not« durch einen Nachttopf, »Windbeutel« durch einen Hosenboden, »Angenehme Verheißung« durch einen Hosenlatz und »Warmen Händedruck« durch ein Häuflein dampfenden Hundedrecks zu versinnbildlichen.

Da machten es doch ihrer Zeit die ägyptischen Weisen anders, als sie Hieroglyphen schrieben: wer sie nicht verstand, nun, der verstand sie eben nicht; aber wer die Eigenschaft, Kraft und Natur der dargestellten Dinge kannte, der verstand sie auch. Der Grieche Horapollon hat zwei Bücher darüber geschrieben, und Poliphilos in seinem »Liebestraum« ist der Sache noch weiter nachgegangen. Auch in Frankreich haben wir davon ein Pröbchen in der Devise des Herrn Admiral[1], die vordem die des Octavianus Augustus war.[2] – Aber ich will mein Schifflein zwischen solchen Klippen und Untiefen nicht länger in Gefahr bringen, kehre also in den Hafen zurück, von dem ich ausgefahren bin, und werfe dort wieder Anker. Dabei hege ich allerdings die Hoffnung, noch einmal ausführlicher über diese Dinge zu schreiben und sowohl mit philosophischen Gründen wie durch anerkannte Autoritäten des Altertums zu beweisen, wieviel und welche Farben es in der Natur gibt und was durch eine jede von ihnen ausgedrückt werden kann – vorausgesetzt, daß mir der liebe Gott den Hutleisten, so nannte meine selige Großmutter den Weinkrug, nicht vertrocknen läßt.

1 Gouffier – 2 *Festina lente!* (lat.) Eile mit Weile!

Zehntes Kapitel
Was die Farben Blau und Weiß bedeuten

Weiß bedeutet also Freude, Fröhlichkeit und Wohlbefinden, und zwar keineswegs mit Unrecht, sondern mit vollem Recht und aus guten Gründen, wovon ihr euch überzeugen könnt, wenn ihr alle vorgefaßten Meinungen beiseite laßt und mir in meiner Auseinandersetzung folgen wollt.

Aristoteles sagt: Wenn zwei ihrer Art nach entgegengesetzte Dinge wie zum Beispiel gut und bös, Tugend und Laster, kalt und warm, schwarz und weiß, Freude und Trauer usw. so miteinander verbunden werden, daß das eine der einen Gattung vernünftigerweise zu dem andern der andern Gattung paßt, dann auch die übrigen Glieder beider Gattungen zueinander passen müssen. Zum Beispiel Tugend und Laster sind Entgegengesetzte einer Art, desgleichen gut und bös. Wenn nun eins der Entgegengesetzten der ersten Gattung zu einem der andern Gattung paßt wie Tugend und gut – denn Tugend ist doch unzweifelhaft etwas Gutes –, so müssen auch die anderen, welche nachbleiben, also bös und Laster, zueinander passen: Laster ist etwas Böses.

Diese logische Regel wohl verstanden, nehmt nun einmal die beiden Entgegengesetzten: Freude und Trauer, und die beiden anderen: weiß und schwarz, welches letztere physikalische Gegensätze sind. Bedeutet Schwarz Trauer, so muß Weiß Freude bedeuten.

Und diese Bedeutung ist nicht etwa eine durch menschliche Willkür aufgedrungene, sondern eine durch allgemeine Übereinstimmung angenommene, also *jus gentium,* wie die Philosophen es nennen, Völkerrecht, das in allen Ländern gilt. Alle Völker, Nationen und Zungen, die alten Syrakuser und etliche Argiver, die Querköpfe waren, nehme ich hier aus, tragen, wie ihr wißt, schwarze Kleider, um äußerlich dadurch ihre Betrübnis auszudrücken; alle Trauer ist schwarz. Solche allgemeine Übereinstimmung findet aber nicht statt, wo die Natur nicht einen besonderen Grund dazu und einen Fingerzeig gegeben hat, den jeder von selbst begreift, ohne daß ihn ein anderer darin zu unterrichten brauchte; es ist eine natürliche Forderung. Nach derselben Forderung der Natur versteht alle Welt unter

Weiß Freude, Lust, Wohlbehagen, Vergnügen und Ergötzung.

Im Altertum bezeichneten die Thraker und Kreter besonders glückliche und frohe Tage mit weißen Steinen, traurige und unglückliche mit schwarzen. Ist die Nacht nicht unheimlich, traurig und melancholisch? Der Mangel macht sie schwarz und finster. Belebt das Licht nicht die ganze Natur? Und das Licht wird an Weiße von keinem andern Ding übertroffen. Das zu bestätigen, könnte ich euch auf die Schrift von Laurentius Valla gegen Bartolus verweisen; aber das Zeugnis des Evangeliums wird euch genügen. Matthäus XVII sagt von der Verklärung unseres Herrn und Heilands: *Vestimenta eius facta sunt alba sicut lux* (Und seine Kleider wurden weiß wie das Licht), durch welche blendende Weiße den drei Aposteln ein Begriff und Vorgeschmack der ewigen Freuden gegeben werden sollte. Denn durch das Licht werden alle Menschen erfreut, wie auch von einem alten Weib erzählt wird, das keinen Zahn mehr im Mund hatte und doch noch alle Morgen *bona lux*[1] sagte. So beantwortete Tobias, der das Augenlicht verloren hatte, den Gruß des Engels Gabriel mit den Worten: »Was soll ich für Freude haben, der ich das Licht des Himmels nicht sehen kann?«[2] In dieser Farbe verkündeten die Engel Gottes bei der Auferstehung unseres Herrn die Freude der Welt (Joh. XX). Desgleichen bei seiner Himmelfahrt (Apostelgeschichte I); und der Apostel Johannes (Offenbarung IV, VII) sah die Getreuen im himmlischen und glückseligen Jerusalem angetan mit ebensolchen Gewändern.

Lest nur die Geschichten des Altertums, die griechischen wie die römischen, so werdet ihr finden, daß die Stadt Alba, Roms Stammutter, nach einer weißen Sau benannt worden ist, die man an dem Orte fand, wo die Stadt gegründet werden sollte; daß, wenn man einem siegreichen Feldherrn einen Triumph zuerkannte, er auf einem mit weißen Rossen bespannten Triumphwagen in Rom einzog, ebenso wenn ihm nur eine Ovation bewilligt wurde; denn durch kein Zeichen und keine andere Farbe hätte er die Freude über die ihm bewilligte Ehre so augenfällig ausdrücken können als durch Weiß. Lest nur nach, und ihr werdet finden, daß Perikles, der Herzog der Athener, jenem Teil seiner Truppen, der beim Losen weiße Bohnen zog, erlaubte, sich einen ganzen Tag lang auszuruhen und zu belustigen, während

1 Licht ist gut (lat.) – 2 Tobias 5, 13

die anderen kämpfen mußten.[1] Und so könnte ich euch noch tausend andere Beispiele und Zitate anführen, wenn dazu hier der Ort wäre.

Aber ich will euch lieber ein Problem zu lösen aufgeben, das Alexander von Aphrodisias für unlösbar erklärt hat: Warum fürchtet sich der Löwe, der doch durch sein bloßes Gebrüll alle Tiere in Schrecken setzt, vor einem weißen Hahn? Proclus, *lib. de sacrificio et magia*[2], meint, weil die Kraft der Sonne, welche doch das Organ und der Quell alles irdischen und siderischen Lichts ist, was Farbe, Eigenschaft und Art anbetrifft, im Hahn mehr versinnlicht und vollkommener zur Erscheinung gebracht sei als im Löwen. Manche wollen in der Gestalt des Löwen sogar böse Geister haben umgehen sehen, die dann vor einem weißen Hahn sogleich verschwanden.

Darum tragen auch die Gallier, das heißt die Franzosen, die diesen Namen davon erhielten, daß sie so weiß wie Milch (griechisch *gala*) sind, gern weiße Federn auf ihren Mützen. Denn sie sind von Natur fröhlich, offenherzig, liebenswürdig und überall gern gesehen; ihr Wahrzeichen und Wappenschild ist diejenige Blume, die an Weiße von keiner andern übertroffen wird: die Lilie.

Fragt ihr mich nun weiter, wie die Natur uns darauf führt, unter der weißen Farbe Freude und Lust zu verstehen, so antworte ich euch, daß diesbezüglich folgende Analogie und Übereinstimmung besteht: Weiß übt nämlich die äußerliche Wirkung aus, daß es das Auge erweitert und ausdehnt, wobei sich nach der Ansicht des Aristoteles (in den »Problemen« und »Von der Perspektive«) die Sehkräfte offenbar in der Auflösung befinden. Das lehrt auch die Erfahrung. Wenn man über schneebedeckte Berge zieht, wird man zuletzt über mangelnde Sehkraft klagen, wie Xenophon dies von seinen Truppen erzählt und Galen *lib. X de usu partium*[3] weitläufig auseinandersetzt. Ebenso wird das Herz von der Freude innerlich ausgeweitet und erleidet dadurch gleichfalls eine Auflösung der Lebenskräfte, die so weit gehen kann, daß sie ihm ganz schwinden und das Leben selbst durch ein Übermaß an Freude ausgelöscht wird, wie Galen *lib. XII metho.*,

1 s. Plutarch »Leben des Perikles« 27 – 2 »Über Opfer und Zauberei« – 3 »Über den Gebrauch der menschlichen Körperteile« 10

lib. V de locis affectis und *lib. II de symptomaton causis*[1] es bezeugt, von welchen derartigen Fällen im Altertum Marcus Tullius *lib. I quaest. Tuscul.*[2], Verius, Aristoteles, Titus Livius nach der Schlacht bei Cannä, Plinius *lib. VII, cap. 32 et 53,* A. Gellius *lib. III, 15* und andere uns berichten, denen zufolge Diagoras von Rhodos, Chilon, Sophokles, Dionysios, der Tyrann von Sizilien, Philippides, Philemon, Polykrita, Philistion, M. Juventius und andere vor Freude starben. Ähnlich sagt Avicenna *in canone* und *lib. de viribus cordis*[3] vom Safran, daß er das Herz ebensowohl belebe, wie es auch des Lebens beraube, wenn man ihn in zu großen Dosen nimmt, weil dann die Erweiterung und Auflösung zu gewaltig werde. Mehr darüber kann man in Alexander von Aphrodisias' *lib. primo problematum, cap. 19*[4] nachlesen. Dies war zu zeigen.

Aber ich bin näher auf die Sache eingegangen, als ich mir vorgenommen hatte. Ich reffe also meine Segel und behalte alles übrige meiner besondern Schrift vor; nur das will ich noch schnell sagen, daß Blau ganz ohne Widerstreit Himmel und Himmlisches bedeutet, ebenso wie Weiß Freude und Lust.

Elftes Kapitel
Von Gargantuas Jugend

Von seinem dritten bis zum fünften Jahr wurde Gargantua nach dem Willen seines Vaters, ganz wie es sich gehörte, genährt und gepflegt und verbrachte diese Zeit wie alle Kinder des Landes, das heißt, er trank, aß und schlief; aß, schlief und trank und schlief, trank und aß. Dabei wälzte er sich immer im Kot herum, beschmierte sich die Nase, besudelte sich das Gesicht, trat seine Schuhe schief, lauerte den Fliegen auf und lief den Schmetterlingen nach, über die sein Vater das Regiment führte; bepißte seine Stiefelchen, beschiß sein Hemd, schnaubte sich in seine Manschetten, rotzte in die Suppe, kroch überall umher, trank aus seinem Pantoffel, kratzte sich den Bauch an einem Korb und wetzte sich die Zähne mit einem Holzschuh; wusch die Hände im Spülicht, kämmte sich mit einem Becher, setzte sich zwischen zwei

1 »Über die Heilmethode« 12; »Über die befallenen Stellen« 5; »Über die Ursachen der Symptome« 2 – 2 Cicero »Tuskulanische Gespräche« I, 34 – 3 »Richtschnur der Heilkunde« 2, 129; »Über die Kräfte des Herzens« (»Über die Herzmittel«) 2, 2 – 4 »Probleme« 1, 19

Stühlen mit dem Arsch auf die Erde, deckte sich mit einem nassen Sack zu, trank zur Suppe, aß seinen Kuchen ohne Brot, biß, wenn er lachte, lachte, wenn er biß, spuckte ins Waschbecken, furzte feucht, pißte gegen die Sonne, duckte sich vor dem Regen unters Wasser, drosch Stroh, dämelte vor sich hin, spielte den Niedlichen, kotzte wie ein Reiher, klapperte mit den Zähnen, bestand auf seinen Kopf, redete Kraut und Rüben durcheinander, schlug den Sack und meinte den Esel, spannte den Wagen vor die Ochsen, kratzte sich, wo's ihn nicht juckte, zog sich die Würmer aus der Nase, war überall und nirgends, aß immer sein Weißbrot vorweg, beschlug die Heupferde, kitzelte sich selbst, um sich zum Lachen zu bringen, guckte in alle Töpfe, zündete den Göttern ein Strohfeuerchen an, sang *Magnificat*[1] in der Frühmette und fand, es wär' da am Platz, fraß Kohl und schiß Erbsenbrei, wußte Fliegen von Milch zu unterscheiden, riß den Fliegen die Flügel aus, zerfetzte das Papier, bekleckste das Pergament, machte sich aus dem Staube, begoß sich die Nase, machte die Rechnung ohne den Wirt, klopfte auf den Busch und fing keine Feder, hielt die Wolken für Rostflecke und Harnblasen für Laternen[2], holte aus einem Sack mehr, als drin war, machte den Esel, um Kleie zu kriegen, und aus der Hand eine Faust, streute den Hasen Salz auf den Schwanz, wollte das Panzerhemd Masche für Masche gestrickt haben, sah jedem geschenkten Gaul ins Maul, kam vom Hundertsten ins Tausendste, machte einen klugen Streich immer mit zwei dummen wieder wett, aß die Löcher im Käse und paßte auf, daß die Wölfe den Mond nicht fräßen; wartete, daß ihm die gebratenen Tauben ins Maul fliegen sollten, machte aus der Not eine Tugend, aß die Suppe nach dem Brot und scherte sich um glatte Kinne sowenig wie um Glatzen; kotzte jeden Morgen wie ein Reiher, ließ seines Vaters kleine Hunde aus seiner Schüssel fressen und aß auch wieder aus ihrer, biß sie in die Ohren, ließ sich von ihnen die Nase zerkratzen und blies ihnen in den Hintern, wofür sie ihm die Backen leckten. – Aber wißt ihr was, Kinder? – Ei, daß euch das Zipperlein beiß'! Der kleine Hurenbengel griff immer an seinen Wärterinnen herum, oben, unten, hinten, vorn – hü, Eselchen –, und fing schon an, sein Hosenlätzchen zu exerzieren. Alle Tage putzten es

1 katholischer Vespergesang zum Lobe Marias – 2 s. Villon »Das große Testament« 67

ihm die Wärterinnen mit Sträußen, Bänderchen, Blumen und allerhand Zierat heraus und hatten die Hand oft zum Spaß daran, gerad' wie man mit einem Pomadenstänglein spielt. Und dann wollten sie sich vor Lachen ausschütten, wenn's die Ohren zu spitzen anfing, als ob ihm das gefiele. Die eine nannt' es mein Röhrchen, die andere mein Stecknadelchen, die dritte mein Korallenzäckchen, die vierte mein Zäpfchen, die fünfte mein Pfröpfchen, mein Pufferchen, mein Stößerchen, mein Raspelchen, mein kleiner Kopfhänger, mein Zeitvertreibchen, mein Stehmätzchen, mein Blutwürstchen, mein Schlappschwänzchen. »Es ist meins«, sagte die eine. »Nein, meins«, sagte die andere. »Und ich soll wohl nichts davon abkriegen?« sagte die dritte; »gut, dann schneid' ich's ab.« – »Warum nicht gar, abschneiden!« sagte die andere, »das würde ihm ja weh tun; schneidet man so etwas ab, Mamsell? Dann wär' er ja ein Herr mit nichts dran.«

Und damit er auch wie die anderen kleinen Kinder des Landes hübsch spielen könne, machten sie ihm aus den Flügeln einer Mirebalaisschen[1] Windmühle ein Schnurrädchen.

Zwölftes Kapitel
Von Gargantuas Marstall

Aber dann, damit er für alle Zeit auch ein guter Reitersmann werde, ließ man ihm ein schönes, großes hölzernes Pferd machen, das laufen, springen, voltigieren, ausschlagen und tänzeln konnte und Schritt, Trab, Paß, Galopp, Schottisch, Kameltritt und Eselstrott ging, ganz wie er's wollte. Auch das Fell konnte er ihm verändern, wie die Diakone das ihrige nach den Festen verändern, so daß es bald ein Dunkelbrauner oder Hellbrauner, ein Gold- oder Brandfuchs, ein Mausefarbener oder Apfelschimmel, bald eine Isabelle oder Schecke, bald ein Zebra oder Schimmel war.

Er selbst machte sich aus einem dicken Knüppel noch ein Jagdpferd und aus einem Kelterbaum einen Schnelltraber zum tägli-

1 aus der westfranz. Landschaft Mirebalais, deren Windmühlen wahrscheinlich sprichwörtlich waren

chen Gebrauch, desgleichen fürs Zimmer einen Maulesel mit Schabracke aus einem Eichenstamm. Außerdem hatte er noch zehn bis zwölf Relais- und sieben Postpferde, die er alle bei sich schlafen ließ.

Einmal kam der Herr von Pumpenau mit großem Gefolge und Pomp zu seinem Vater zu Gast; zudem waren der Herzog von Brotsack und der Graf von Windau schon vorher eingetroffen. Für so viele Leute war in dem Haus kein Platz, und namentlich fehlte es an Stallung. Um zu erfahren, ob nicht irgendwo noch leere Ställe wären, wandten sich der Haushofmeister und der Fourier des besagten Herrn von Pumpenau an Gargantua, den kleinen Burschen, und fragten ihn im Vertrauen, wo die Ställe für die Staatspferde sich befänden; denn sie meinten, Kinder schwatzten doch immer alles aus. Da führte er sie die große Treppe des Schlosses hinauf durch einen Saal in eine lange Galerie und von da in einen großen Turm. Als sie in diesem nun abermals eine Treppe hinaufsteigen mußten, sagte der Fourier zum Haushofmeister: »Dieses Kind hält uns zum Narren, denn wo wären Ställe je im obern Stock eines Hauses?« – »Das versteht Ihr nicht«, antwortete ihm der Haushofmeister; »ich kenne Orte in Lyon, La Baumette, Chinon und auch anderwärts, wo die Ställe ganz oben im Haus liegen und wo man hinten doch zu ebener Erde hinausreitet. Aber um ganz sicher zu gehen, will ich ihn fragen.« Er fragte also Gargantua: »Wo führst du uns hin, mein Kind?« – »In den Stall«, sagte er, »zu meinen Staatspferden; wir sind gleich da, steigt nur noch diese Stufen hinauf.« – Damit führte er sie durch einen andern großen Saal in sein Zimmer und machte die Tür hinter sich zu. »Hier«, sagte er, »ist der Stall. Da ist mein Andalusier, dort mein Ungar. Das da ist mein Hellbrauner und das mein Paßgänger. Dies Jagdpferd aber« – dabei gab er ihm einen dicken Knüppel in die Hand – »will ich Euch schenken; ich habe es aus Frankfurt bekommen, und jetzt soll es Euer sein. Es ist ein tüchtiger Klepper und kann was aushalten; mit einem guten Falken, einem Dutzend Spaniels und ein paar Windhunden kann Euch kein Rebhuhn und kein Hase entwischen.« – »Bei Sankt Johann«, sagten sie, »da sind wir schön 'reingefallen, er hat uns eine Nase gedreht.« – »Das ist nicht wahr«, sagte er, »so schlechte Nasen, wie ihr habt, dreh' ich nicht.« Sagt nun selbst, was sie machen sollten? Sollten sie sich vor Scham ver-

kriechen oder über den Spaß lachen? Wie sie also ganz verblüfft die Treppe wieder hinunterstiegen, fragte er sie, ob sie nicht ein Bündel Weidenruten mitnehmen wollten. – »Wozu?« fragten sie. – »Damit ihr euch einen Maulkorb daraus machen könnt«, sagte er. – »Vor Schmutz brauchen wir uns heute nicht zu fürchten, denn wir sind tüchtig angeschmiert«, sagte der Haushofmeister. »O Bürschchen, du hast uns Heu an die Hörner gebunden; es sollt' mich nicht wundern, dich noch einmal als Papst zu sehen.« – »Mich auch nicht«, sagte er, »und dann sollst du mein Papillon und der Papagei dort soll mein Papchen sein.« – »Sieh doch, sieh«, sagte der Fourier. – »Aber«, sagte Gargantua, »ratet einmal, wie viele Nadelstiche in meiner Mutter Hemd sind?« – »Sechzehn«, sagte der Fourier. – »Nun, ein Evangelium ist das auch nicht«, sagte Gargantua, »denn da sind Hinterstiche und Vorderstiche, und du hast dich verzählt.« – »Wann?« sagte der Fourier. – »Damals, als man deine Nase zum Kanal für eine Dreckgrube machte und deine Kehle zum Trichter, um den Dreck in ein anderes Gefäß zu füllen, weil dem alten der Boden eingesunken war.« – »Potztausend«, sagte er Haushofmeister, »da sind wir an einen tüchtigen Schwadroneur geraten. Nun, Meister Plappermaul, bewahre Euch Gott vor Schaden, Ihr habt eine kecke Zunge.«

Damit machten sie, daß sie hinunterkamen, und unter dem Treppenbogen warfen sie den Knüppel hin, den ihnen Gargantua aufgeladen hatte; worauf dieser sagte: »Zum Henker, ihr seid schlechte Reiter. Braucht ihr etwa kein Pferd? Wenn ihr nach Cahuzac müßtet, was würdet ihr vorziehen, auf einer Gans zu reiten oder die Sau an der Leine zu führen?« – »Ich ziehe vor, lieber einmal zu trinken«, sagte der Fourier – und damit traten sie unten in den Saal, wo die gesamte Dienerschaft versammelt war, die sie durch die Erzählung dieser Geschichte in ein wieherndes Gelächter versetzten.

Dreizehntes Kapitel

Wie Grandgousier die bewunderungswürdigen Anlagen Gargantuas an der Erfindung eines Arschwisches erkannte

Gegen Ende des fünften Jahrs sah Grandgousier, der eben von einem siegreichen Zuge gegen die Kanarier zurückkehrte, seinen Sohn Gargantua wieder. Er war so erfreut, wie es von einem solchen Vater beim Anblick eines solchen Sohns nicht anders zu erwarten war, und unter Küssen und Liebkosungen richtete er allerlei Fragen an ihn, wie man sie an Kinder zu richten pflegt.

Trank dann auch eins mit ihm und seinen Wärterinnen, bei denen er sich unter anderem sehr genau erkundigte, ob sie ihn auch immer recht sauber und reinlich gehalten hätten, worauf Gargantua erwiderte, dafür habe er selbst Sorge getragen, so daß es im ganzen Land keinen reinlichern Jungen gegeben habe als ihn. – »Wie das?« fragte Grandgousier. – »Durch langwierige und interessante Versuche«, sagte er, »habe ich ein Mittel ausfindig gemacht, mir den Arsch zu wischen, so erlesen, so vortrefflich und zweckmäßig, wie man's nur wünschen kann.« – »Was für eins?« fragte Grandgousier. – »Das sollt Ihr gleich hören«, sagte Gargantua.

»Zuerst wischte ich mich mit einer samtenen Frauenmaske und fand das ganz gut. Die Weichheit der Seide verursachte mir ein ganz besonderes Wohlgefühl im Hintern.

Das nächste Mal mit einem samtenen Häubchen: dasselbe Gefühl!

Ein anderes Mal mit einem Halstuch, dann mit karmesinfarbenen Ohrenklappen; aber die Scheißgoldperlen, die daran waren, zerkratzten mir den Hintern. Ich wollte, daß dem Goldschmied, der sie gemacht hat, und dem Weibsbild, das sie trug, ein heiliges Feuer in die Gedärme fahre.

Das Übel verging, als ich mich mit einer Pagenmütze wischte, die nach Schweizer Art mit Federn besetzt war. Darauf fand ich hinter einem Busch eine kräftige junge Märzkatze und wischte mich mit der, aber ihre Tatzen kratzten mir die Schamleiste wund. Davon kurierte ich mich am folgenden Tag, indem ich mich mit meiner Mutter Handschuhen wischte, die mit Benzoe parfümiert waren. Hierauf wischte ich mich mit Salbei, Fenchel, Anis, Majoran und Rosen, mit Kürbis-, Kohl-, Runkelrüben-, Wein-, Pappel- und Weißdornblättern, womit man den Hintern scharlachrot färben kann; mit Königskerze und Lattich, was alles meinem Hinterkastell sehr wohltat; dann mit Bingelkraut, Pfefferminze, Nesseln und Beinheil, wovon ich aber den Blutfluß bekam. Also wischt' ich mich an meinem Latz und kuriert' es wieder. Dann wischte ich mich mit Laken, Bettdecken, Vorhängen, Kissen, Teppichen, Handtüchern, Tischtüchern, Servietten, Schnupftüchern und Pudermänteln. Hat mir alles wohler getan als einem Grindigen, wenn man ihn kraut.«

»Potztausend«, sagte Grandgousier, »aber welche Art gefiel

dir denn nun am besten?« – »Das war's eben, was ich herausfand«, sagte Gargantua, »und Ihr sollt gleich der langen Rede kurzen Sinn erfahren. Ich wischte mich mit Heu, Stroh und Werg, mit Kuhhaar, Wolle und Papier, aber

wischst du den Hintern mit Papier,
beschmierst du leicht das Säcklein dir!«

»Was?« sagte Grandgousier, »du kleines Hodensäcklein, bist du auch ein Zechbruder geworden und fängst schon an zu reimen?« – »Allerdings, mein König«, sagte Gargantua, »mache ich hin und wieder Verse und pflege beim Abräumen zu reimen. Hört nur, wie unser Abtrittsmarsch lautet:

Edler Kacker!
Lasse
wacker
nasse
Masse,
schissig,
flüssig,
munter
unter
dir sich
breit ergießen;
aber höre
diese Lehre
und die Witzung:
Eh die Sitzung
sich darf schließen,
wische säuberlich den Hintern,
soll's nicht durch die Hosen sintern!

Wollt Ihr noch mehr von der Sorte?« – »Ei, versteht sich«, sagte Grandgousier. Demnach fuhr Gargantua fort:

»Rondeau

Vorgestern, als ich kackte, war
ich schier bestürzt von dem Gestank,
der da in meine Nase drang;
durchstänkert ward ich ganz und gar!
Oh, hätt doch einer eine dar-
geführt, nach der ich seufzte bang,
dieweil ich schiß.

Ich hätt ihr Vorderexemplar
von Loch kalfatert fest und drang,
indes sie mit dem Finger schlank
meins Hinterlochs genommen wahr,
dieweil ich schiß.

Nun sagt, ob ich nicht schöne Verse weiß! Freilich habe ich sie nicht selbst gemacht; aber ich hörte, wie eine vornehme Dame sie hersagte, und habe sie in die Jagdtasche meines Gedächtnisses gesteckt.«

»Wollen wir lieber von dem vorigen sprechen«, sagte Grandgousier.

»Wovon?« sagte Gargantua, »vom Scheißen?« – »Nein«, sagte Grandgousier, »vom Abwischen.« – »Aber«, sagte Gargantua, »wollt Ihr nicht um ein Fäßchen bretonischen Wein wetten, daß ich Euch perplex machen werde?« – »Gewiß«, sagte Grandgousier.

»Nun seht«, sagte Gargantua, »es ist gar nicht nötig, daß man sich den Arsch wischt – nämlich, wenn er nicht dreckig ist –, und er ist nicht dreckig, wenn man nicht geschissen hat; also muß man erst scheißen, wenn man sich den Arsch wischen will.« – »Oho, du Bürschchen«, sagte Grandgousier, »wie klug du bist! Nächstens werde ich dich zum Doktor der lustigen Wissenschaften examinieren lassen; denn du hast, bei Gott, mehr Grips als Jahre.

Aber, bitte, fahre in deinem arschwischerischen Bericht fort, und, bei meinem Bart, statt eines Tönnchens sollst du sechzig von dem besten bretonischen Wein haben, der aber nicht in der Bretagne, sondern in dem gesegneten Land Véron[1] wächst.«

»Nachher«, sagte Gargantua, »wischte ich mich mit einem Kopftuch, einem Ohrkissen, einem Pantoffel, einer Jagdtasche, einem Korb – aber das war ein miserabler Arschwisch. Dann mit einem Hut, wobei bemerkt werden muß, daß es sehr verschiedenartige Hüte gibt: glatte, filzene, samtene, taftene und atlassene. Die Filzhüte sind aber die besten, weil sie den Dreck am vollständigsten wegnehmen.

Hierauf wischte ich mich mit einer Henne, einem Hahn, einem Küchlein; mit einem Kalbfell, einem Hasen, einer Taube, einem

1 fruchtbare Gegend nordwestl. Chinon

Kolkraben, einem Aktenbeutel, einem Barttuch, einer Kindermütze und einem Lockvogel.

Schließlich erkläre und behaupte ich nun hiermit, daß es keinen bessern Arschwisch gibt als ein recht flaumiges junges Gänschen, wenn man es nämlich so faßt, daß ihm der Kopf zwischen die Beine zu liegen kommt. Ihr könnt mir das auf Ehre und Gewissen glauben. Die Weichheit des Flaums wie die natürliche Wärme des Tiers tun dem Arschloch ganz besonders wohl, welches Gefühl sich dann sofort dem Mastdarm und den übrigen Eingeweiden mitteilt und von da zu Herz und Hirn weiterdringt.

Und glaubt nicht etwa, die Glückseligkeit der Heroen und Halbgötter im Elysium stamme von ihrem Asphodelus[1], Nektar und Ambrosia her, das ist Altweibergeschwätz! Meiner Überzeugung nach hat sie darin ihren Grund, daß man sich den Arsch dort mit jungen Gänsen wischt, was ja übrigens auch Duns Scotus' Ansicht ist.«

Vierzehntes Kapitel

Wie Gargantua von einem Sophisten[2] im Latein unterrichtet ward

Infolge dieser Unterhaltung war der gute Papa Grandgousier ganz außer sich vor Freude und Verwunderung über die außerordentliche Begabung und den wunderbaren Verstand seines Sohnes Gargantua. Redete also zu seinen Wärterinnen folgendermaßen: »Der König Philipp von Makedonien erkannte den ungemeinen Verstand seines Sohnes Alexander an der Art und Weise, wie er ein Pferd bändigte. Denn dieses Pferd war so wild und ungebärdig, daß niemand es zu besteigen wagte, da es jeden Reiter abwarf und dabei dem einen das Genick, dem andern die Beine, diesem den Schädel, jenem die Kinnbacken zerbrach. Alexander, der dies im Hippodrom, dem Ort, wo die Pferde umhergeführt und geritten wurden, oftmals gesehen hatte, entdeckte bald, daß die Wut des Tiers nur aus der Furcht vor seinem eigenen Schatten entspringe. Er ließ es also, sobald er es bestiegen hatte, gegen die Sonne laufen, so daß der Schatten nach hin-

1 Liliengewächs des Mittelmeergebiets; bei Homer auf Asphodeloswiesen in der Unterwelt wachsend – 2 gemeint ist Scholastiker

ten fiel, und machte dadurch das Pferd sanft und lenksam, woran der Vater des Sohnes göttlichen Verstand erkannte und ihn auf das sorgfältigste von Aristoteles, dem größten aller damaligen Philosophen Griechenlands, unterrichten ließ. Ebenso sage ich euch: Aus dem einzigen Gespräch, das ich hier in eurer Gegenwart mit meinem Sohn Gargantua geführt habe, erkenne ich, daß seinem Verstand etwas Göttliches innewohnt, so scharf, so fein, so tief erscheint er mir. Wenn er gut unterrichtet wird, so muß er die höchste Stufe der Weisheit erreichen. Deshalb will ich ihn einem gelehrten Mann übergeben, der ihn nach seinen Fähigkeiten unterweisen soll. Und ich werde in diesem Punkt nichts sparen.«

In der Tat empfahl man ihm einen gelehrten Doktor der Philosophie und Beredsamkeit namens Tubal Holofernes, und dieser brachte auch Gargantua das Abc so gut bei, daß er es vor- und rückwärts auswendig hersagen konnte. Dazu brauchte er fünf Jahre und drei Monate. Dann las er mit ihm den Donat, den Facetus, Theodulus und Alanus *in parabolis*[1], worauf er weitere dreizehn Jahre, sechs Monate und zwei Wochen verwandte. Aber dabei muß bemerkt werden, daß er ihm auch die gotische Handschrift beibrachte und daß er alle seine Bücher selbst schrieb; denn damals war die Buchdruckerkunst noch nicht erfunden.

Gewöhnlich trug er ein mächtiges Schreibzeug mit sich herum, das mehr als siebentausend Zentner wog und dessen Federbesteck allein so groß und dick war wie die Pfeiler von Ainay[2]. Das Tintenfaß aber hing an schweren eisernen Ketten und hatte die Größe einer Warentonne.

Dann las er mit ihm *De modis significandi*[3] nebst den betreffenden Kommentaren von Hurtebize, Lastträger, Allzuviel, Joh. Kalb, Ausschuß, Brettling und vieler anderer, wozu er etwas mehr als achtzehn Jahre und vier Monate brauchte. Dann aber wußte er auch alles so gut, daß er es beim Examen auswendig von hinten hersagen konnte und seiner Mutter an den Fingern bewies, daß *de modis significandi non erat scientia*[4].

1 in Gleichnissen (lat.); Facetus, Theodulus, Alanus sind die Verfasser dreier Teile eines Sammelwerks der »Acht moralischen Autoren« für den mittelalterlichen Schulgebrauch. – 2 Saint-Martin d'Ainay; älteste Kirche von Lyon – 3 »Über die Bedeutungsarten«; sprachlogische Abhandlung des scholastischen Philosophen Thomas von Erfurt (um 1325) – 4 »Über die Bedeutungsarten« keine Wissenschaft sei (lat.)

Dann las er mit ihm den »Kompost«[1] und brauchte dazu sechzehn Jahre und zwei Monate, worüber der Herr Präzeptor das Zeitliche segnete,

der vierzehnhundertzwanzig starb,
weil ihn die Syphilis verdarb!

Darauf bekam er einen andern, einen alten Hüstler namens Hans Döskopp, der las mit ihm den Hugutio, Everards Gräzismen, das *Doctrinale*[2], die *Pars*[3], das *Quid est?*[4], das *Supplementum*[5], den »Marmotret«[6], *De moribus in mensa servandis*[7], Senecas *De quatuor virtutibus cardinalibus,*[8] Passavantus *cum commento*[9] und *Dormi secure*[10], letzteres an Festtagen, desgleichen verschiedene Bücher derselben Art, vermittels deren er so gescheit wurde, wie noch niemand davon geworden ist.

Fünfzehntes Kapitel
Wie Gargantua andere Erzieher bekam

Da wurde sein Vater gewahr, daß er, obgleich er sich dem Studium mit großem Eifer widmete und seine ganze Zeit darauf verwandte, doch keinen rechten Gewinn davon hätte, vielmehr immer dümmer, einfältiger, träumerischer und verwirrter würde. Darüber beklagte er sich bei Don Philipp des Marays, dem Vizekönig von Papeligosse[11], und vernahm von diesem, daß es besser sei, überhaupt nichts zu studieren als solche Bücher unter solchen Lehrern. Denn all ihr Wissen sei nichts als Dummheit und ihre Gelehrsamkeit nur ein alter Latsch, um tüchtige und edle Geister zu erniedrigen und sie aller Jugendfrische zu berauben. – »Damit Ihr seht, daß ich wahr rede, betrachtet nur einmal einen unserer heutigen jungen Leute, der gerade zwei Jahre studiert hat, und wenn er nicht ein gesünderes Urteil, eine bes-

1 Volkskalender; der Name (eigtl. lat. *computus* Berechnung) entstand durch falsche Ableitung von lat. *compositum* Zusammengesetztes. – 2 »Lehrbuch der Knaben«; von den Humanisten nicht geschätzte lat. Versgrammatik von dem franz. Franziskanermönch Alexandre de Villedieu (um 1210) – 3 »Über die acht Redeteile«; zeitgenössische grammatische Abhandlung – 4 »Was ist?«; wahrscheinlich Schulbuch in Fragen und Antworten – 5 Nachtrag (lat.) – 6 »Affensäugling« (franz./lat.), eigtl. *Mammothreptus* (lat.– »Ammensäugling« (um 1475); Titel eines Bibelkommentars. – 7 »Über die Einhaltung der Tischsitten«; Anstandsbüchlein für Jugendliche von Sulpizio da Veroli (um 1490) – 8 Pseudo-Seneca »Über die vier Kardinaltugenden« – 9 mit Kommentar (lat.) – 10 »Schlaf ohne Sorge« (15. Jh.); Predigtsammlung für Geistliche – 11 Phantasieland, etwa dem Schlaraffenland entsprechend

sere Ausdrucksweise und mehr Redegewandtheit hat als Euer Sohn, sich nicht anstelliger und anständiger vor Leuten beträgt als jener, so nennt mich einen brennischen[1] Schinkenfresser.« – Das gefiel Grandgousier ausnehmend, und er befahl, daß die Probe gemacht würde.

So stellte ihm denn besagter des Marays bei der Abendmahlzeit einen seiner jungen Pagen vor, Eudämon[2] genannt und aus Villegongis gebürtig; der war nun so geschniegelt und gebügelt, so zierlich und gewandt in seinem Benehmen, daß er mehr einem kleinen Engel als einem Menschenkind glich. Dabei sagte er zu Grandgousier: »Seht dieses Kind! Er ist noch nicht zwölf Jahre alt, aber wenn es Euch gefällt, könnt Ihr gleich an ihm den Unterschied beobachten, der zwischen dem Wissen Eurer altfränkischen Perückenstöcke und dem unserer jungen Leute heutzutage besteht.« – Grandgousier war es zufrieden, die Probe anzustellen, und befahl dem Pagen, über ihrgendein beliebiges Thema zu reden. Nachdem Eudämon seinen Herrn, den Vizekönig, zuvor um die Erlaubnis gebeten hatte, dies tun zu dürfen, stellte er sich aufrecht hin, die Mütze in der Hand, mit freiem Antlitz, rosigem Mund und klarem Blick, und indem er seine Augen mit jugendlicher Bescheidenheit auf Gargantua richtete, begann er erstens dessen Tugend und Sittsamkeit, zweitens seine Gelehrsamkeit, drittens seine adlige Gesinnung und viertens seine körperliche Schönheit zu rühmen und zu preisen; fünftens ermahnte er ihn mit sanften Worten, seinen Vater, der es sich so angelegen sein lasse, ihm eine vortreffliche Erziehung zu geben, über alles zu ehren, worauf er ihn dann zum Schluß bat, ihn selbst als den geringsten seiner Diener betrachten zu wollen, der zur Zeit kein anderes Geschenk vom Himmel erflehe als die Gunst, ihm irgendeinen angenehmen Dienst erweisen zu können.

Dies alles trug er mit so passenden Handbewegungen, so deutlicher Aussprache, so beredter Stimme und in so wohlgefügtem, zierlichem Latein vor, daß er mehr einem Gracchus, Cicero oder Ämilius der alten Zeit als einem Jüngling unserer Tage ähnlich zu sein schien. Währenddem tat Gargantua nichts weiter, als daß er wie eine Kuh brüllte und sich die Mütze vors Gesicht hielt;

1 aus La Brenne, Sumpfgebiet südöstl. Chinon – 2 »Glückskind« (griech.); humanistische Namensbildung

ebensoleicht hätte man einen Furz aus einem toten Esel herausbringen können wie aus ihm ein Wort.

Darüber geriet sein Vater so in Zorn, daß er den Meister Hans Döskopp wollte töten lassen. Davon aber hielt ihn besagter des Marays durch kluge Vorstellungen zurück, so daß sich sein Zorn legte. Also befahl er, ihm sein Gehalt auszuzahlen, ihm noch einmal ordentlich zu saufen zu geben und ihn dann zum Teufel zu jagen: so würde er seinem Wirt wenigstens heute nicht zur Last fallen, wenn er blitzvoll wie ein Engländer krepierte.

Nachdem Meister Hans Döskopp das Haus verlassen hatte, beriet sich Grandgousier mit dem Vizekönig, was für einen Lehrer man nun für Gargantua nehmen sollte, und es wurde zwischen den beiden ausgemacht, Ponokrates[1], Eudämons Lehrer, diese Stelle zu geben, alle zusammen aber nach Paris zu schicken, damit sie mit der Art und Weise bekannt würden, wie man die französische Jugend derzeit erzöge.

Sechzehntes Kapitel

Wie Gargantua nach Paris geschickt ward, was für eine ungeheure Stute ihn dahin brachte und wie sie in der Beauce den Bremsen den Garaus machte

Zur selben Zeit sandte Fayolles, der vierte König von Numidien, aus dem Lande Afrika Grandgousier eine Stute, das ungeheuerste, größte und ungestaltste Tier, das man je gesehen hatte; denn, wie allgemein bekannt, kommt aus Afrika immer etwas Neues[2]. Sie war so groß wie sechs Elefanten zusammengenommen, hatte zehenartig gespaltene Hufe wie das Pferd Julius Cäsars, herabhängende Ohren wie die Ziegen des Languedoc und am Hintern ein kleines Horn; ihr Fell war rotbraun und stellenweise getüpfelt. Das Schrecklichste an ihr aber war der Schwanz, der fast ebenso lang und dick wie die Saint-Mars-Säule[3] bei Langeais und dazu so büschlig und struppig und ebenso stachelig wie eine Kornähre war.

Wenn euch das etwa wundernimmt, so wundert euch lieber

1 »Arbeitsstark« (griech.); Namensbildung Rabelais' – 2 sprichwörtliche antike Wendung – 3 20 m hoher antiker Turm bei der Ortschaft Saint-Mars nordöstl. Langeais und Chinon

über den Schwanz der skythischen Widder, der dreißig Pfund wog, oder über die Schafe in Syrien, deren Schwanz – Thenaud müßte denn lügen – so lang und schwer ist, daß man ihm ein Rollwägelchen unterbinden muß, das ihn trägt. Ihr Böcke hierzulande habt solche Schwänze freilich nicht.

Die Stute war auf drei Lastschiffen und einer Brigantine in den Hafen von Olonne[1] gebracht worden. Als Grandgousier sie sah, rief er aus: »Die ist gerade recht, um meinen Sohn nach Paris hinzutragen. Bei Gott, es geht alles nach Wunsch; er wird mit der Zeit ein großer Gelehrter werden. Wenn das liebe Vieh nicht wäre, müßten wir alle wie Gelehrte leben.[2]«

Am folgenden Tag, nachdem sie, wie sich von selbst versteht, erst noch einmal ordentlich getrunken hatten, machte sich Gargantua mit seinem Lehrer Ponokrates und seinen Leuten auf den Weg; auch der junge Eudämon begleitete ihn. Und weil es recht heiteres und mildes Wetter war, hatte Gargantuas Vater ihm Halbstiefel machen lassen, Stiefeletten, wie Babin[3] sie nennt. So zogen sie lustig ihres Wegs weiter und aßen und tranken, so gut sie nur konnten, bis über Orleans hinaus. Da kamen sie in einen mächtigen Wald, der wohl fünfunddreißig Meilen lang und siebzehn Meilen breit war. Dort gab es der Bremsen und Hornissen so viel, daß die armen Stuten, Pferde und Esel gar zu sehr geplagt wurden. Aber Gargantuas Stute rächte sich für die Beleidigung, die ihr und ihren Mittieren angetan wurde, so gründlich, wie jene es gewiß nicht erwartet hatten. Denn kaum hatte sie den Wald betreten und kaum begannen die Hornissen ihren Angriff, so hob sie ihren Schwanz zum Scharmützel auf und hieb damit so munter um sich, rechts, links, geradeaus, quer, nach hinten, nach vorn, dahin, dorthin, daß sie den ganzen Wald niederschlug, wie man Gras mäht. Seitdem gibt es dort weder Wald noch Hornissen mehr, und alles ist Ackerland geworden. Gargantua aber, als er dies sah, ergötzte sich sehr darüber, ohne sich übrigens besonders viel darauf zugute zu tun; er sagte nur zu seinen Leuten: »Das nennt man, sich einmal erbosen!« Und deshalb heißt das Land bis auf den heutigen Tag Beauce[4]. Aber ihr ganzes Frühstück bestand aus weiter nichts als aus Maulaufsperren, und zur

1 Les-Sables-d'Olonne südl. Nantes – 2 Verdrehung von: Wenn die Gelehrten nicht wären, müßten wir alle wie das liebe Vieh leben. – 3 Name einer Schuhmacherfamilie in Chinon – 4 sprich Bōß

Erinnerung daran gähnen die Edelleute von Beauce auch heute noch, statt zu frühstücken, und befinden sich dabei ganz wohl; denn sie können desto mehr spucken.

Zuletzt kamen sie in Paris an, wo man sich erst ein paar Tage Ruhe gönnte und Gargantua sich und seinen Leuten nichts abgehen ließ. Unterdes erkundigte er sich, was für gelehrte Leute es in der Stadt gäbe und was für Wein man hier tränke.

Siebzehntes Kapitel

Was Gargantua den Parisern zum Willkommen verehrte und wie er die großen Glocken von Notre-Dame an sich nahm

Nachdem sie sich einige Tage ausgeruht hatten, besah er sich die Stadt und wurde von den Leuten wie ein Wundertier angestaunt. Denn das Pariser Volk ist so einfältig, albern und dumm, daß ein Gaukler, ein Bänkelsänger, ein Maulesel mit Schellen oder ein Leiermann an einer Straßenecke gewiß sein kann, mehr Leute um sich zu versammeln als der beste, evangelischste Prediger. Und sie verfolgten ihn auf eine so unverschämte Weise, daß er zuletzt gezwungen war, sich auf den Türmen von Notre-Dame auszuruhen. Als er nun so viele Leute um sich herum geschart sah, sprach er mit lauter Stimme: »Ich glaube, diese Lümmel wollen, daß ich ihnen etwas zum Willkommen gebe und mein *Proficiat*[1] entrichte. Wohl, ich werde sie mit Wein traktieren, aber nur *par ris*[2].« Damit knüpfte er lachend seinen schönen Hosenlatz auf, zog seinen Spritzwurm heraus und bepißte sie so unmäßig, daß ihrer nicht weniger als zweihundertsechzigtausendvierhundertachtzehn, Weiber und Kinder nicht mitgerechnet, ersoffen.

Eine Anzahl von ihnen entrann dieser Wasserflut durch die Schnelligkeit ihrer Füße, und als sie zuletzt schwitzend, hustend, prustend und atemlos oben bei der Universität angelangt wären, fingen sie an zu zetern, zu fluchen, vor Zorn zu brüllen und zu lachen: »Sackerment, Sackerlot! Bei der Heiligen Jungfrau, er tauft uns *par ris!*« Seitdem wurde die Stadt Paris genannt, die nach Strabons Bericht *(lib. VI)* ehedem *Leuketia,* das ist die Weiße, geheißen hatte wegen der weißen Schenkel ihrer Weiber, und alle

1 Willkommensgabe für Bischöfe – 2 zum Scherz (franz.)

Anwesenden schworen sofort bei ihren Sprengelheiligen, daß ihr dieser neue Name für alle Zeiten bleiben solle. Denn die Pariser, die aus allerlei Volk von allerlei Gepräge bestehen, sind von Natur gewaltige Jureurs und Juristen, dazu auch ein bißchen eingebildet. Deshalb meint Joaninus de Barranco[1] *libro de copiositate reverentiarum*[2], daß sie im Griechischen *Parrhesiasten,* das heißt Großmäuler, hießen.

Hierauf besah er sich die großen Glocken, die in besagten Türmen hingen, und ließ sie melodisch aneinanderschlagen. Darüber kam ihm der Gedanke, daß sie sich ganz vortrefflich als Schellen um den Hals seiner Stute eignen müßten, die er nächstens, mit Briekäse und frischen Heringen beladen, seinem Vater zurückschicken wollte. Er nahm sie also mit nach Hause.

Kurze Zeit darauf kam ein Schinkenritter von Sankt Anto-

1 wahrscheinlich Phantasiegestalt – 2 »Über die Vielzahl der Ehrerbietungen«

nius[1], um seine Schinkenkollekte einzuheimsen, und damit man ihn schon von fern höre und die Speckseiten in den Rauchkammern erbebten, wollte er die Glocken heimlich entwenden. Aber er war doch so ehrlich, sie stehenzulassen, nicht gerade weil sie ihm zu heiß, aber weil sie ihm ein bißchen zu schwer zum Forttragen waren. Der von Bourg war's nicht, den kenn' ich dazu zu gut.

Die ganze Stadt aber geriet in Aufruhr; denn dazu ist sie, wie ihr wißt, immer fertig und bereit, so daß alle fremden Völker sich über die Langmut der Könige von Frankreich wundern, die diese Neigung nicht durch strenge Handhabung der Gesetze unterdrücken, obgleich tagtäglich allerhand Übel daraus entsteht. Wollte Gott, ich kennte die geheime Werkstatt, wo all die Glaubensspaltungen und Komplotte ausgeheckt werden, ebensogut, damit ich sie meinen Gemeindegenossen nachweisen könnte!

Der Ort aber, wo das Volk ganz außer sich und höchst aufgeregt zur Beratung zusammenkam, war, das könnt ihr mir glauben, Nesle, wo einst das Orakel von Leuketia war und wo es jetzt nicht mehr ist. Dort kam die Sache zur Sprache und protestierte man gegen die Wegnahme der Glocken.

Nachdem man sich lange hin und her gestritten, wurde zuletzt in Baralipton[2] beschlossen, den Ältesten und Würdigsten der Fakultät an Gargantua abzusenden, um ihm begreiflich zu machen, daß man die Glocken auf gar keinen Fall entbehren könne, und obgleich einige von der Universität der Ansicht waren, daß sich zu solchem Auftrag ein Philologe viel besser eigne als ein Philosoph, wurde dennoch Meister Hanselius de Schwanziardo zum Abgesandten gewählt.

1 Die Mönche des Antoniusordens konnten angeblich das Antoniusfeuer, eine im Mittelalter epidemisch auftretende Mutterkornvergiftung, und an Rotlauf erkrankte Schweine heilen, wofür sie beim Schlachtfest Speck und Schinken bekamen. – 2 Bezeichnung einer Schlußart in der scholastischen Logik

Achtzehntes Kapitel

Wie Hanselius de Schwanziardo abgesandt ward, um die Glocken von Gargantua zurückzufordern

Kahl wie Cäsar, den Doktorkragen um die Schultern geworfen und den Magen vorsichtigerweise mit Zuckerbrot und gut abgelagertem Weihwasser geschützt, begab sich Meister Hanselius, drei Pedelle mit roten Nasen voran und fünf oder sechs schmierige geleerte Magister hinter sich, in Gargantuas Behausung. Am Eingang begegnete ihm Ponokrates, der über diesen Aufzug höchst verwundert war und ihn für einen Mummenschanz hielt. Er erkundigte sich also bei einem der geleerten Magister aus dem Troß, was das für eine Maskerade wäre, und erhielt zur Antwort, sie seien gekommen, die Glocken zurückzufordern. Sobald er dies vernommen, eilte er zu Gargantua, um ihm diese Neuigkeit mitzuteilen, damit er sich auf eine Antwort vorbereite und überlege, was zu tun sei. Worauf dieser außer Ponokrates, seinem Präzeptor, auch noch seinen Haushofmeister Philotomos[1], seinen Stallmeister Gymnast und Eudämon kommen ließ, um sich mit ihnen zu beraten, was geschehen und was man antworten solle. Sie alle waren der Meinung, daß man die Ankömmlinge in die Trinkhalle führen und ihnen tüchtig zu trinken geben müsse, und damit sich der alte Hüsterich nicht rühmen könne, daß man die Glocken auf sein Verlangen zurückgegeben habe, solle man sofort, während er zeche, nach dem Schultheiß der Stadt, dem Rektor der Universität und dem Vikar von Notre-Dame schicken und ihnen die Glocken ausliefern, ehe noch jener seines Auftrags sich hätte entledigen können. Erst wenn sie da wären, wolle man seine schöne Rede anhören, was denn auch geschah; denn sobald sie gekommen waren, wurde der Philosoph in den Saal geführt, und hüstelnd begann er folgendermaßen:

1 »Tranchierfreund« (griech.)

Neunzehntes Kapitel

Hanselius de Schwanziardos Rede an Gargantua, daß dieser die Glocken wieder herausgebe

»Hm! Mhä! Hm! *Bonsdies,* werter Herr! *Bonsdies et vobis*[1], liebe Herren! 's wär' recht und billig, daß ihr uns die Glocken wiedergäbt, denn sie sind uns durchaus vonnöten. Mhä! Hm! Kr-asch! Die Gemeinde von London, das in Cahors liegt, und ebenso die von Bordeaux in der Provinz Brie haben uns umsonst schweres Geld dafür geboten; wir haben sie nicht verkauft von wegen der substantiellen Qualität ihrer elementarischen Wesenheit, so der tönenden Natur ihrer irdischen Bestandteile eingepflanzet ist, vermittels welcher sie die schwersten Gewitter bannen, so daß diese unseren Weinbergen, das heißt eigentlich nicht unseren, sondern den hier in unserer Nähe befindlichen, nicht schaden können. Denn wenn wir erst den Wein verlieren, bekommen wir weder Zins noch Gebühren. Gebt ihr sie mir auf mein Verlangen zurück, so verdiene ich auch zehn Stangen Wurst und ein Paar neue Hosen, die meinen Beinen sehr zupasse kommen würden: sie müßten denn nicht halten, was sie versprochen haben. Bei Gott, *Domine,* ein Paar Hosen sind eine gute Sache, *et vir sapiens non abhorrebit eam*[2]. Nicht jeder, der ein Paar haben möchte, hat sie. Ich spreche aus Erfahrung. Bedenket, *Domine,* seit achtzehn Tagen hab' ich mir diese schöne Rede ausgetüftelt. *Reddite quae sunt Caesaris Caesari et quae sunt Dei Deo. Ibi jacet lepus.*[3] Meiner Treu, *Domine,* wenn Ihr mit mir *in camera charitatis*[4] zu Abend essen wollt, *nos faciemus bonum cherubin*[5], so wahr mir Gott helfe! *Ego occidi unum porcum et ego habet bon vino*[6]. Guter Wein kennt kein schlecht Latein! Also wie gesagt, *de parte Dei, date nobis glokkas nostras*[7]. Ich verspreche Euch auch von der Fakultät ein Exemplar *Sermones de Utino, utinam*[8] Ihr uns die Glocken wieder hinhängt. *Vultis etiam pardonos? Per diem, vos habetis et nihil costabit vobis.*[9]

1 Guten Tag, und auch euch (hier wie im folgenden küchenlat.) – 2 und ein weiser Mann wird sie nicht verschmähen – 3 So gebet dem Kaiser, was des Kaisers, und Gott, was Gottes ist (Lukas 20, 25). Da liegt der Hase (im Pfeffer). – 4 Kammer der Nächstenliebe; wahrscheinlich Gästezimmer im Kloster – 5 wir werden einen guten Cherub machen, d. h. gut essen und trinken (Studentensprache). – 6 Ich habe ein Schwein geschlachtet und habe einen guten Wein. – 7 in Gottes Namen, gebt uns unsere Glocken. – 8 »Predigten« von Mattei d'Udine, auf daß – 9 Wollt Ihr auch Ablaß? Bei Gott, Ihr sollt ihn haben, und er wird Euch nichts kosten.

O lieber Herr *Domine! Glockidonaminor nobis,* wahrhaftig! *Est bonum urbis*[1]. Es braucht sie jeder. Passen sie Euch für Eure Stute, so passen sie uns für unsere Fakultät *quae comparata est jumentis insipientibus et similis facta est eis, psalmo nescio quo*[2], wenn ich's auf meinem Denkzettel richtig stehen habe, *et est unum bonum Achilles*[3]. Mhä! Hem! Hm! Kr-asch! Will's Euch beweisen, daß es Eure Pflicht und Schuldigkeit ist, sie uns wiederzugeben. *Ego sic argumentor: Omnis glocka glockabilis in Glockerio glockando, glockans glockativo, glockare facit glockabiliter glockantes. Parisius habet glokkas. Ergo gluc*[4]! He, he, he! Gut bewiesen, nicht? So steht's *in tertio primae*[5], in den *Darii*[6] oder sonstwo. Bei meiner Seele, es gab eine Zeit, wo's keiner mit mir im Argumentieren aufnehmen konnte. Jetzt aber bin ich manchmal ein bißchen konfus und kümmere mich nur noch um guten Wein, ein weiches Bett, ein warmes Feuerchen, eine wohlgefüllte Schüssel und stecke den Bauch am liebsten unter den Tisch. Eh, *Domine!* Ich bitt' Euch *in nomine Patris et Filii et Spiritus Sancti*[7], *Amen!* Gebt uns die Glokken heraus, dann errette Gott Euch vom Übel und Unsere liebe Fraue von der Gesundheit, *qui vivit et regnat per omnia saecula saeculorum*[8], *Amen.* Mhä! Kr-asch! Asch! Kr-r-r-a-sch!

Verum enim vero, quando quidem, dubio procul, edepol, quoniam, ita certe, meus Deus fidus[3], eine Stadt ohne Glocken ist wie ein Blinder ohne Stecken, wie ein Esel ohne Schwanzriemen, wie eine Kuh ohne Schellen. Ehe Ihr sie uns nicht wiedergebt, werden wir nicht aufhören, hinter Euch her zu heulen wie ein Blinder, der seinen Stock verloren hat, wie ein Esel ohne Riemen zu schreien und wie eine Kuh ohne Schellen zu brüllen. Ein gewisser lateinischer Verseschmied, der beim Spittel wohnte, sagte einmal, wobei er sich auf die Autorität eines gewissen Taponneus, nein, vielmehr hieß er Pontanus, eines weltlichen Poeten, berief, er wünsche, die Glocken wären aus Federn gemacht und

1 Gebt uns die Glocken wieder… Es ist Eigentum der Stadt. – 2 die gleichgestellt wurde dem unverständigen Zugvieh und ihm ähnlich geworden ist, in ich weiß nicht welchem Psalm (48, 13 u. 21 der lat. Bibelfassung)) 3 und ist ein guter Achilles, d. h. schlagender Beweis (scholastischer Ausdruck) – 4 Ich argumentiere folgendermaßen: Jede im Glockenstuhl glocklich glocksame Glocke, glockend durch Glockenklöppel, läßt die Glockenden glockbar glocken. In Paris sind Glocken. Also *gluc; ergo gluc* drückte aus, daß eine Schlußfolgerung nichts beweise) scholastischer Ausdruck). – 5 im dritten (Modus) der ersten (Figur des logischen Schlusses) – 6 Bezeichnung einer Schlußart in der scholastischen Logik – 7 im Namen des Vaters und des Sohnes und des Heiligen Geistes – 8 der lebt und regiert für alle Zeiten der Zeiten – 9 Aber wahr und wahrhaftig, da nämlich, sonder Zweifel usw.; Wortschwall rhetorischer Wendungen zur Einleitung der Schlußfolgerung

ihr Klöppel ein Fuchsschwanz; denn sie verursachten ihm Kopfweh, wenn er seine Carmina dichte. Aber bim, bam, bum, ting, tang, tong – eh' er sich's versah, hatten wir ihn als Ketzer fest. Ja, ja, die machen wir wie aus Wachs. Und mehr sagte der Zeuge nicht aus. *Valete et plaudite*[1]. *Calepinus recensui*[2].«

Zwanzigstes Kapitel

Wie der Sophist sein Tuch davontrug und es zwischen ihm und den anderen Magistern zum Prozeß kam

Der Sophist hatte kaum seine Rede beendet, als Ponokrates und Eudämon in ein so unbändiges Gelächter ausbrachen, daß sie glaubten, ihren Geist aufgeben zu müssen, wie Crassus, der vor Lachen starb, als er einen Esel Disteln fressen sah, oder wie Philemon, dem es nicht besser erging, als ein Esel vor seinen Augen die Feigen wegputzte, die für ihn zum Mittagsmahl hingestellt worden waren. Als nun aber Meister Hanselius selbst in das Gelächter einstimmte, wuchs ihre Heiterkeit noch mehr, bis dem Gehirn durch heftige Kontraktion die lakrimale Feuchtigkeit ausgepreßt und den Augennerven übermittelt wurde, so daß ihnen die Tränen von den Wangen herunterliefen und sie einem heraklitisierten Demokrit oder aber, wenn man das lieber will, einem demokritisierten Heraklit gleichsahen.

Nachdem sie sich wieder etwas beruhigt hatten, beratschlagte Gargantua mit seinen Leuten, was nun zu tun sei. Ponokrates war der Ansicht, man müsse dem wortgewandten Redner von neuem zu trinken geben, und da er sie mehr zum Lachen gebracht habe als Songecreux[3], so solle man ihm die zehn Stangen Wurst geben, die er in der lustigen Rede erwähnt hatte, dazu ein Paar Hosen, dreihundert Scheite Holz, fünfundzwanzig Maß Wein, ein Bett mit dreifachem Gänsefederpfühl und einen recht großen, tiefen Napf, alles Dinge, die seiner Meinung nach seinem Alter besonders not täten. Und wie man es beschlossen hatte, so wurde es ausgeführt, mit der einzigen Ausnahme, daß Gargantua, der nicht sicher war, ob man so schnell ein Paar pas-

1 Lebt wohl und klatscht Beifall; Schlußformel der röm. Komödien. – 2 Ich, Calepinus, hab's durchgesehen. – 3 Beiname des franz. Possenspielers Jehan de l'Espine, gen. du Pontalais (16. Jh.)

sende Hosen für seine Beine würde herbeischaffen können, und der obendrein nicht wußte, welchen Schnitt der Redner vorzöge, ob des leichtern Scheißens wegen hinten mit martingalischer Arschklappe oder Seemannshosen, die die Nieren nicht einpressen, oder welche nach Schweizer Schnitt, die den Bauch warm halten, oder Stockfischschwanzschnitt, die die Nieren weniger erhitzen, ihm sieben Ellen schwarzen Tuchs und dazu drei Ellen Futterzeug geben ließ. Das Holz wurde ihm von Tagelöhnern nach Hause getragen, die Würste und den Napf trugen die Magister der Freien Künste. Das Tuch aber wollte Meister Hanselius selbst tragen. Dem widersetzte sich einer der erwähnten Magister, Meister Jousse Bandouille, und stellte ihm vor, daß dies weder anständig noch für ihn passend sei: er solle es einen von ihnen tragen lassen. »Ha«, sagte Hanselius, »du Esel, du Dummkopf, du machst deinen Schluß nicht *in modo et figura*. Sieh, wozu die Suppositionen, die *parva logicalia* gut sind. *Panus pro quo supponit*[1]?« – »*Confuse*«, sagte Bandouille, »*et distributive*[2].« – »Du Rindvieh«, sagte Hanselius, »ich frage nicht *quomodo supponit,* sondern *pro quo: pro tibiis meis*[3], du Esel. Und darum werde ich's tragen, *egomet sicut suppositum portat adpositum*[4].« Und so schleppte er's ohne weiteres fort, wie Patelin es mit seinem Stoff tat.

Aber der Hauptspaß war der, daß, als der alte Bursche in der feierlichen Sitzung, die bei den Mathurinern stattfand, seine Würste und Hosen noch einmal forderte, sie ihm peremtorisch verweigert wurden; denn nach allen darüber eingezogenen Erkundigungen habe er sie bereits von Gargantua erhalten. Er entgegnete, daß dies freiwillig und aus bloßer Großmut gegeben worden sei, wodurch sie von ihrer eingegangenen Verpflichtung keineswegs entbunden wären. Aber man erwiderte ihm, er solle vernünftig sein und sich damit zufriedengeben, eine weitere Vergütung würde er nicht erhalten. »Vernünftig sein!« sagte er, »hier ist man nicht vernünftig. Ihr seid miserable Schurken und taugt alle nichts. Die Erde trägt keine größeren Schufte, als ihr

1 nach Modus und Figur (des logischen Schlusses). Sieh, wozu die »Vertretungen« (eines Worts durch ein anderes), die »Kleine Logik« (7. Abschnitt »Über die Eigenbedeutungen der Begriffe« der »Logischen Sümmchen«, eines vielbenutzten Logiklehrbuchs von Petrus Hispanus, gest. 1277, span. Arzt und Scholastiker) gut sind. Für wen tritt das Tuch ein? – 2 Unbestimmt … und für alles, was unter den Begriff fällt. – 3 wie es eintritt, sondern für wen: für meine Schienbeine – 4 ich, wie das vertretende (Hauptwort) das Beiwort trägt

seid. Einem Lahmen soll man nichts vorhinken. Ich kenne euch. Habe selbst genug Schelmerei mit euch getrieben, aber bei Gottes Blitz, dem König werd' ich's klagen, was ihr für Schändlichkeiten ausheckt und ausübt. Ein Lump will ich heißen, wenn er euch nicht lebendig verbrennen läßt als Schufte, Verräter, Ketzer, Verführer und Feinde Gottes und der Tugend, die ihr seid.«

Wegen dieser Reden strengten sie die Artikel wider ihn an, und er seinerseits klagte gegen sie. Die Sache wurde vom Gericht in die Länge gezogen und schwebt heute noch. Alle Magister taten ein Gelübde, sich nicht eher zu waschen, als bis der Spruch gefällt wäre, und ebenso gelobte Meister Hanselius, sich so lange nicht zu schneuzen.

Infolge dieser Gelöbnisse sind sie nun bis auf diesen Tag noch voller Schmutz und Rotz; denn der Gerichtshof hat die Akten noch immer nicht geschlossen. Wahrscheinlich wird der Spruch *ad calendas graecas,* das heißt mit anderen Worten auf Sankt-Nimmerleins-Tag, verschoben werden. Denn ihr wißt ja, diese Leute machen mehr möglich als die Natur und widersprechen ihren eigenen Artikeln, die doch besagen – siehe die Pariser –, daß Gott allein Ewiges schaffen könne, die Natur dagegen nur Zeitliches, da sie jedem Ding, das sie hervorbringt, Zeit und Ende setzt; denn *omnia orta cadunt*[1] usw.

Diese Nebelfresser aber machen alle Prozesse, welche bei ihnen anhängig sind, endlos und ewig. Wie ein Spruch des Lakedämoniers Chilon auf einer Votivtafel zu Delphi besagt: Elend sei der Begleiter jedes Prozesses, und wer einen Prozeß führe, sei der allerelendeste unter den Menschen. Denn eher werde er das Ende seines Lebens als seine beanspruchten Rechte anerkannt sehen.

1 alles, was entsteht, vergeht (lat.); nach Sallust »Jugurthinischer Krieg« 2, 3.

Einundzwanzigstes Kapitel
Gargantuas Studien nach der Methode seiner sophistischen Präzeptoren

Auf diese Weise vergingen die ersten Tage, und nachdem die Glocken an ihre alte Stelle zurückgebracht worden waren, erboten sich die Pariser, ihre Dankbarkeit für diese anständige Handlungsweise dadurch auszudrücken, daß sie Gargantuas Stute, solange er wolle, fütterten und unterhielten, was er mit Dank annahm. Man schickte sie also in den Wald von Fontainebleau; aber ich glaube, jetzt ist sie nicht mehr dort.

Nun wollte er seine Studien unter Ponokrates' Anleitung ernstlich beginnen; doch empfahl ihm dieser, vorderhand noch ganz in seiner gewohnten Weise fortzustudieren, damit er herausbekäme, wie seine alten Präzeptoren es angefangen hätten, daß er so lange Zeit so einfältig, albern und unwissend geblieben wäre. Also verbrachte er seine Zeit folgendermaßen: Zwischen acht und neun Uhr morgens wachte er gewöhnlich aus dem Schlaf auf, mochte es Tag werden, wann es wollte; so hatten die alten Erzieher es verlangt und sich dabei auf Davids Spruch berufen: *Vanum est vobis ante lucem surgere.* [1] Dann reckte, streckte und wälzte er sich noch einige Zeit lang im Bett hin und her, um seine Lebensgeister zu ermuntern, kleidete sich danach der Jahreszeit gemäß an, wobei erwähnt werden muß, daß er am liebsten einen langen, mit Fuchs gefütterten dicken Flauschrock trug, und kämmte sich mit dem Kamm Almains[2], das heißt mit seinen fünf Fingern. Denn auf andere Art sich zu kämmen, zu waschen oder zu reinigen hieße, so meinten die Präzeptoren, bloß seine Zeit unnütz verlieren.

Darauf schiß, pißte, kotzte, rülpste, furzte, gähnte, spuckte, hustete, schluchzte, nieste und rekelte er sich wie ein Erzpriester und frühstückte dann ein bißchen, damit ihm die frische Morgenluft keinen Schaden tät', so etwa leckere gebratene Kutteln, Karbonaden, Schinken, Röstzickel und als Einleitung vorher eine kräftige Primsuppe[3]. Ponokrates stellte ihm zwar vor, daß es gar nicht gesund sei, sogleich nach dem Aufstehen und bevor

1 Es ist umsonst, daß ihr früh aufstehet (lat.; Psalm 127, 2). – 2 Wortspiel mit franz. *main* Hand – 3 Suppe, die man in den Klöstern zur Prime, dem ersten Stundengebet um 6 Uhr, aß

man sich noch Bewegung gemacht habe, so stark zu essen; aber Gargantua erwiderte: »Was? Habe ich mir nicht schon Bewegung genug gemacht? Habe ich mich nicht wohl sechs- bis siebenmal im Bett herumgewälzt, eh' ich aufstand? Ist das noch nicht genug? Papst Alexander hat's nach der Vorschrift seines jüdischen Arztes[1] ebenso gemacht und dabei, allen seinen Neidern zum Trotz, bis an sein seliges Ende gelebt. Meine früheren Lehrer haben mich nun einmal daran gewöhnt; sie sagten, ein ordentliches Frühstück stärke das Gedächtnis, und selbst waren sie immer die ersten, die tranken. Auch fühle ich mich ganz wohl dabei und habe zu Mittag nur um so bessern Appetit. Meister Tubal, der in seiner Klasse der Erste war, sagte mir oft, daß es nicht so sehr darauf ankomme, sich außer Atem zu laufen, als darauf, sich beizeiten auf den Weg zu machen; ebenso kommt es auch hinsichtlich der Gesundheit unserer menschlichen Existenz nicht so sehr darauf an, daß man auf einmal soviel wie möglich trinkt, wie vielmehr darauf, daß man schon frühmorgens mit dem Trinken anfängt; *unde Versus*[2]:

Frühes Aufstehn ist nicht glücklich,
morgens trinken, das ist schicklich.«

Wenn er nun gut gefrühstückt hatte, ging er in die Kirche, wohin man ihm in einem großen Korb ein dickes, massiv gebundenes Brevier nachtrug, das, Deckel, Spangen und Pergamentblätter zusammen, nicht mehr und nicht weniger als elf Zentner und sechs Pfund wog. Hier hörte er sechsundzwanzig oder dreißig Messen, während sich sein Kaplan zu ihm gesellte, eingemummt wie ein Wiedehopf und den Atem schön mit Weintraubensirup balsamiert. Mit diesem murmelte er alle seine Kyries durch, die er so säuberlich aufzudröseln verstand, daß auch nicht ein Fläumchen davon auf die Erde fiel. Sobald er die Kirche verließ, brachte man ihm auf einem Ochsenkarren eine Ladung Rosenkränze von Saint-Claude, von denen jede Kugel so groß war wie ein Mützendeckel und von denen er, während er durch die Kreuzgänge und Galerien oder im Garten auf und ab ging, mehr herunterbetete, als sechzehn Eremiten zustande gebracht hätten.

Dann studierte er eine knappe halbe Stunde, die Augen auf das

1 Bonnet de Lates – 2 daher der Vers (lat.)

Buch geheftet; aber, wie der Komödiendichter[1] sagt, seine Seele war in der Küche.
Nachdem er nun vorher erst ordentlich gepißt hatte, setzte er sich zu Tisch. Und weil er von Natur einen trägen Magen hatte, fing er seine Mahlzeit mit einigen Dutzend Schinken, geräucherten Ochsenzungen, Blut- und Schlackwürsten und dergleichen Zeremonienmeistern des Weins an. Währenddem schütteten ihm vier von seinen Leuten ohne Unterbrechung den Senf schaufelweise ins Maul, worauf er einen erschrecklichen Schluck Weißwein zu sich nahm, um die Nieren zu erfrischen. Dann aß er, was die Jahreszeit gerade mit sich brachte, allerlei Fleisch, das ihm schmeckte, und hörte nicht eher auf, als bis sich ihm der Bauch spannte. Das Trinken aber war endlos und an keine Regel gebunden. Denn, sagte er, die Grenze des Trinkens habe der Mensch erst dann erreicht, wenn die Korksohlen seiner Pantoffeln einen halben Schuh hoch von der eingenommenen Feuchtigkeit aufgequollen wären.

Zweiundzwanzigstes Kapitel
Was für Spiele Gargantua spielte

Nachdem er dann sein kurzes Dankgebet mit Müh und Not heruntergehaspelt hatte, wusch er sich die Hände mit frischem Wein, stocherte sich die Zähne mit einem Schweinefuß und plauderte gemütlich mit seinen Leuten. Dann wurde ein Teppich über die Tafel gebreitet, und nun kamen Karten, Würfel und Damebrett an die Reihe. Da spielte er[2]:

Dreiblatt
Rappsen
Ersten
Hundert
Dornbusch
Wenigsten
Räuber
Rabuse
Triumph
Pikardisch
Renette
Barignin
Tricktrack
Alle Steine

1 Terenz (»Der Eunuch« 4, 8) – 2 Parodie auf die in der Scholastik übliche Pedanterie bei der Aufzählung von Fakten

Zehntpassen
Einunddreißig
Pasch und Sequenz
Dreihundert
Hau ihn!
Beet
Umschlag
Sitzenbleiben
Landsknecht
Hahnrei
Wer hat, sagt an
Pille Panke, Juppe vor!
Mariage
Ende gut, alles gut
Was meinst?
Wer's eine tut, auch's andre tut
Hintermann
Zöpfchen
Tarock
Wer sticht, hat's nicht
Schafskopf
Tormentille
Schnarchen
Gut Glück
Ehrenpreis
Alla morra
Schach
Fuchs
Marelle
Kuhschwanz
Weißblatt
Wagen gewinnt
Dreiwürfel
Tischchen
Nickenack
Lursche
Musketier
Büttel drauf!
Schlagen
Heller im Pott
Zwing dich
Dame
Maulaffe
Primus, Sekundus
Messerstiel
Schlüssel
Freifeld
Paar oder unpaar
Marder
Zwickmühle
Kugeln
Schuhflicker
Schuhu
Häschen, duck dich
Tirilitantäne
Ferkelchen vor
Elster
Hörnchen
Ochsenschlagen
Käuzchen
Ich zwick' dich, aber lach nicht
Stechen
Eselstriegeln
Backeback
Hurleburle
Ich setz' mich
Güldenblatt
Bundschuh
Dreh den Spieß
Metteläuten
Gevatter, Euern Sack!
Bocksbeutel
Schwimm ab!
Marseiller Feigen
Knüppelchen
Rädchen

Schind den Fuchs!
Bergschleife
Krachmandeln
Hafer verkaufen
Blas die Kohle!
Antwort geben
Tod und Leben
's Eisen aus dem Ofen
Falscher Bube
Wachtelfänger
Schranzenbuckel
Heiligen finden
Morchel suchen
Birnbaum
Pimpompet
Dreimalrum
Zirkel
Sau
Bauch an Bauch
Kubus
Stäbchen
Scheibe
Auch mit
Eichhörnchen
Kegel
Raspel
Flachkugel
Drehpfeil
Lanze nach Rom
Rühr im Dreck
Sechsblatt
Kurzkugel
Altweib
Krempel
Loch im Topf
Wie ich's wünsche
Piruett
Blättchen
Schnüffelschniff
Dudelsack
Pikett
Ins Weiße stechen
Frettchen
Sägemann
Schlößchen
Reih und Glied
Graben
Schnarchhals
Zinke
Mönch
Zugedeckt
Fall nicht um!
Häufeln
Schiffchen
Arschpauke
Besen
Hilf, Sankt Kosmas!
Brauner Käfer
Ich fang' dich ohne Grün
Faste gut!
Wolfsschwanz
Rachenfurz
Wilhelm, meinen Spieß!
Schwänzel
Trisette
Maienbaum
Schnake
Osse, min Osse
Apropos
Neunhand
Narrenkappe
Morsche Brücke
Ent' im Zaum
Krähe
Hahn im Korb
Colin Maillard
Mirelimuffeli
Schweinchen stirb!

Padde
Krummstab
Pumpert
Kugelfang
Königin
Schurzfell
Kopf an Kopf, hinten Zopf
Tannenzapfen
Totenmännchen
Knüpperling
Wasch der Frau die Mütz!
Finger im Ring
Hafer säen
Gaudieb
Mühle
Defende
Ringelrum
Hinschmeißen
Kapirole
Bäuerlein
Fledermaus
Totes Tier
Leiter auf
Arsch im Salz
Taubenflug
Dritten
Reisbinden
Aus dem Busch
Kreuzweis
Versteck's
Beutel am Arsch
Falkennest
Passavant
Feigen
Wind im Land
Friß den Senf
Kambos
Noch einmal
Pikando
Kopfbrech
Rabe
Kranich
Stich um Stich
Nasenstüber
Lerche
Katzenpfötchen,[1]

und nachdem man gehörig gespielt und seine Zeit gründlich totgeschlagen und verzettelt hatte, trank man wieder ein bißchen, das heißt etwa elf Kannen der Mann, und dann warf man sich gleich nach dem Saufen auf eine bequeme Bank oder ins weiche Bett, streckte sich der Länge nach aus und schlief seine rechtschaffenen zwei bis drei Stunden, ohne Böses zu denken und Übles zu reden. Wachte er danach auf, so rieb er sich ein Weilchen die Ohren; unterdes hatte man frischen Wein gebracht, und nun ging das Saufen erst recht los. Vergebens hielt Ponokrates ihm vor, daß es nicht gesund sei, so unmittelbar nach dem Schlafen zu trinken. »Das ist nach der guten Sitte der Väter«, sagte Gargantua. »Ich habe nun einmal von Natur so einen salzigen

1 Abel Lefranc gibt in seiner Rabelais-Ausgabe einen ausführlichen Kommentar zu diesen – oft nur erfundenen – Spielnamen; für deutsche Leser ist dies ohne Reiz.

Schlaf, daß er mich geradeso durstig macht wie ein Schinken.«

Hierauf fing er an, ein wenig zu studieren – die Paternoster vorweg. Damit er aber schneller damit fertig werde, bestieg er einen alten Maulesel, der schon neun Königen gedient hatte, und ritt, immer zwischen den Zähnen murmelnd und dazu mit dem Kopf wackelnd, hinaus, um zu sehen, wie man Kaninchen in Netzen fing.

Wenn er zurückkam, begab er sich sogleich in die Küche und sah nach, was für ein Braten am Spieß stäke. Und dann aß er, so wahr ich ein ehrlicher Mann bin, mit großem Appetit zu Abend, lud dazu auch gern einige Zechbrüder aus der Nachbarschaft ein und trank mit ihnen so apfer, als ob er noch gar nichts zu sich genommen hätte.

Zu diesen seinen Tischgenossen zählten unter anderen auch die Herren von Dämel, von Ohnewitz, von Knaupeling und von Schrotheim. Nach dem Abendessen wurden die lieben knöchernen Evangelien, das heißt die Würfel, wieder zur Hand genommen, oder man vertrieb sich die Zeit mit Häufeln, Landsknecht, Eins-zwei-drei und ähnlichen Spielchen, oder man besah sich die Mädchen in der Nachbarschaft etwas, oder man veranstaltete ein kleines Bankettchen oder nahm einen Nachtimbiß ein, dem dann zuallerletzt noch ein Nachttrunk folgte. Und dann schlief er in einem Zug bis zum nächsten Morgen um acht Uhr.

Dreiundzwanzigstes Kapitel

Wie Ponokrates Gargantuas Studienplan so einrichtete, daß keine Stunde des Tags unnütz verlorenging

Nachdem Ponokrates diese üble Lebensweise Gargantuas beobachtet, überlegte er bei sich, wie er ihn auf bessere Art in den Wissenschaften unterrichten könne. In den ersten Tagen aber ließ er ihn noch frei gewähren, denn er wußte wohl, daß die Natur sich nicht ohne große Gewalt plötzliche Veränderungen gefallen läßt. Um indessen seine Sache recht gescheit anzufangen, bat er einen berühmten Arzt jener Zeit, den Meister Theodor, um Rat, wie es am besten anzufangen sei, Gargantua auf den richtigen Weg zu bringen. Dieser purgierte ihn nach allen Regeln der Kunst mit Nieswurz[1] von Antizyra[2] und beseitigte dadurch die Entartung und verderbten Neigungen des Gehirns. Durch dasselbe Mittel bewerkstelligte dann Ponokrates, daß er alles vergaß, was er bei seinen früheren Präzeptoren gelernt hatte, darin den Timotheus nachahmend, der es bei allen seinen Schülern anwandte, wenn sie vor ihm schon von anderen Musikern unterrichtet worden waren. Und um seinen Zweck noch besser zu erreichen, führte er ihn in die Gesellschaft gelehrter Männer der Stadt, damit durch die von ihnen ausgehende Anregung die Neigung und Begierde, zu studieren und sich hervorzutun, in ihm wachse.

Darauf ordnete er seine Beschäftigungen so, daß auch nicht eine einzige Stunde des Tags unnütz verlorenginge, sondern seine ganze Zeit den Wissenschaften und der Erwerbung nützlicher Kenntnisse gewidmet sei. Demzufolge stand Gargantua um vier Uhr morgens auf, und während man ihn abrieb, wurden ihm einige Seiten aus der Heiligen Schrift laut und verständlich und mit solchem Vortrag vorgelesen, wie der Gegenstand es verlangte, zu welchem Dienst ein junger Page namens Anagnostes[3], aus Basché gebürtig, angestellt war. Angeregt von dem bedeutsamen Inhalt dieser Lektion, fühlte er sich dann meist veranlaßt, Gott zu loben und zu preisen und zu Ihm zu beten, dessen Majestät und wunderbare Ratschlüsse sich ihm durch die Lektüre offenbart hatten. Dann zog er sich etwas zurück, um seine natürlichen Bedürfnisse zu verrichten, während welcher Zeit sein Präzeptor das Vorgelesene mit ihm wiederholte und ihm die dunklen und schwierigen Stellen erklärte. Wenn sie zurückkamen, beobachteten sie den Himmel, ob er noch ebenso sei, wie sie es am vorhergehenden Abend vermerkt hatten, desgleichen, in welches Zeichen die Sonne trete und wie es an diesem Tag mit dem Mond aussähe. Hierauf wurde er angekleidet, gekämmt, frisiert, sauber gemacht und parfümiert, währenddem die Lektionen von gestern repetiert wurden. Diese sagte er aus dem Gedächtnis her und wandte sie auf bestimmte Fälle des praktischen Lebens an, was oft zwei bis drei Stunden in Anspruch nahm, aber gewöhnlich nicht länger dauerte, als bis er angezogen war. Dann

1 in der Antike angebliches Mittel gegen Geisteskrankheiten – 2 altgriech. Stadt an der Nordküste des Korinthischen Meerbusens; in der Antike bekannt durch ein dort hergestelltes Nieswurzmittel – 3 »Vorleser« (griech.)

studierte er drei gute Stunden lang mit seinem Lehrer, und wenn das zu Ende war, ging man aus. Unter fortwährender Besprechung des Gelesenen begab man sich nach dem Brack[1] oder auf die Wiese, wo man Ball, Pritschen- oder Dreiecksball, spielte, um den Körper ebenso zu üben und zu stärken, wie man zuvor den Geist geübt hatte. Dies Spielen war kein Zwang: man unterbrach die Partie und hörte auf, sobald man müde geworden oder in Schweiß geraten war. Hatte man sich dann abtrocknen und den Körper abreiben lassen, so wurde das Hemd gewechselt, man lustwandelte noch ein wenig und sah dann nach, ob das Mittagessen noch nicht bald fertig wäre. In Erwartung dessen wurden einige Sentenzen, deren man sich aus den Unterrichtsstunden erinnerte, fließend und mit Ausdruck zitiert; inzwischen kam Seiner Durchlaucht der Appetit, und endlich setzte man sich zu Tisch. Zu Beginn der Mahlzeit wurde gewöhnlich irgendeine unterhaltende Geschichte aus der alten Heldenzeit vorgelesen, bis Gargantua seinen Wein getrunken hatte. Dann fuhr man entweder in der Lektüre fort, oder man unterhielt sich auf angenehme Art über die Kräfte und Eigentümlichkeiten, die Wirkungen und die Natur verschiedener Dinge, besonders aber solcher, die sich gerade auf dem Tisch befanden, also des Brotes, Weins, Wassers, Salzes, der Fleischarten, Fische, Früchte, Kräuter oder Wurzeln, wobei auch über ihre Zubereitung gesprochen wurde. So lernte er in kurzer Zeit alles kennen, was Plinius, Athenäos, Dioskurides, Julius Pollux, Galenos, Porphyrios, Oppian, Polybios, Heliodor, Aristoteles, Älianus und andere darüber gesagt haben. Und um darin ganz sicherzugehen, wurden auch wohl die Schriften dieser Autoren zu den Unterhaltungen herbeigeholt, und Gargantua behielt das alles so fest und genau im Gedächtnis, daß es zu der Zeit keinen Arzt gab, der halb soviel von diesen Dingen gewußt hätte wie er. Hierauf wurde alles, was man am Morgen gelesen hatte, noch einmal durchgesprochen, und nachdem das Mahl mit einem leichten Quittenkonfekt beschlossen worden war, reinigte er sich die Zähne mit einem Stück Holz vom Mastixbaum, wusch sich Hände und Augen mit frischem Wasser und dankte Gott, indem er einige schöne Hymnen hersagte, die zum Preis der göttlichen Güte und Barmher-

1 Ballspielhaus

zigkeit gedichtet waren. Dann wurden Karten gebracht, aber nicht um damit zu spielen, sondern um mit ihrer Hilfe allerlei kleine Kunststücke und neue Erfindungen zu lernen, die alle auf die Rechenkunst Bezug hatten. Auf diese Weise gewann er die Arithmetik lieb und verbrachte seine Zeit nach dem Mittag- und Abendessen jetzt so angenehm, ja angenehmer als früher bei Würfeln und Karten. Und bald war er theoretisch wie praktisch in der Arithmetik so beschlagen, daß der Engländer Tunstall, der doch ausführlich darüber geschrieben, der Wahrheit gemäß bezeugen mußte, daß er gegen ihn nur ein Stümper sei.

Dasselbe war nun auch mit den anderen mathematischen Wissenschaften der Fall, namentlich mit der Geometrie, Astronomie und der Musik. Denn in der Zeit nach dem Essen, welche zur Verdauung bestimmt war, wurden tausend zierliche geometrische Zeichnungen und Figuren entworfen und sogar astronomische Regeln aufgestellt. Dann belustigte man sich damit, entweder vier-, auch fünfstimmig zu singen, oder man variierte nach Belieben ein gegebenes Thema. An Musikinstrumenten aber erlernte er die Laute, das Spinett, die Harfe, die Querpfeife wie die Flöte, die Viola und die Posaune.

Wenn dann auf diese Weise eine Stunde gut angewandt worden und die Verdauung beendigt war, verrichtete er seine natürlichen Bedürfnisse und setzte sich nun hin, um drei oder mehr Stunden eifrig zu studieren. Entweder wurde die Morgenlektion wiederholt, oder er fuhr mit dem Lesen eines angefangenen Buches fort oder übte sich im Schönschreiben, wobei er sich Mühe gab, die gotischen und lateinischen Buchstaben zierlich nachzubilden. – Hierauf verließ man das Haus in Begleitung eines jungen Edelmanns aus der Touraine, des Stallmeisters Gymnast, welcher Gargantua in der Reitkunst unterwies. Nachdem er die Kleider gewechselt, bestieg er einen feurigen Hengst oder ein spanisches Roß oder einen leichtfüßigen Berber und tummelte sich mit ihm, ließ ihn hoch in die Luft springen, setzte über Gräben und Barrieren oder ließ ihn im Kreis herumgehen, bald links-, bald rechtsherum. Brach auch, nicht etwa eine Lanze, denn es gibt nichts Dümmeres in der Welt, als zu sagen: Ich habe beim Turnier oder in der Schlacht zehn Lanzen gebrochen, das kann jeder Zimmermann ebensogut; ein viel besserer Ruhm ist es wahrhaftig, zehn Feinde mit einer Lanze niedergebrochen zu haben – nein, er brach mit seiner starken, tapfern, unwiderstehlichen Lanze ein Tor auf, durchbohrte einen Harnisch, rannte einen Baum nieder, stach einen Ring ab oder schleuderte einen Sattel, einen Panzer oder Waffenhandschuh zur Erde. Dabei war er vom Kopf bis zu den Füßen gewappnet. Und was nun erst das anbetraf, sich elegant auf dem Pferd zu zeigen, all die kleinen Reiterkunststückchen zu machen, darin nahm es keiner mit ihm auf. Der Reiter von Ferrara[1] war nur ein Stümper im Vergleich zu ihm. Besonders verstand er es, mit einem Satz von einem Pferd auf das andere zu springen, ohne die Erde dabei zu berühren, was man den »Sattelsprung« nennt; ebenso schwang er sich, die Lanze in der Hand, von jeder Seite ohne Hilfe der Steigbügel auf das Pferd und lenkte es ohne Zügel, ganz wie er wollte. Alles das dient der Zucht im Waffenhandwerk. Ein andermal übte er sich dann wieder mit der Streitaxt, die er so kräftig handhabte, so kunstvoll im Kreis schwang und mit der er jeden Angriff so geschickt abwehrte, daß er in jeglicher Hinsicht für einen Meister dieser Waffe gelten konnte. Dann focht er auch mit der Pike, dem zweihändigen Schwert, dem Säbel, dem Stoßdegen, dem kurzen Degen oder dem Dolch, bald gewappnet, bald ungewappnet, mit Schild, Tartsche oder Rondelle versehen oder den Mantel über den Arm geschlagen.

Übte sich in der Bären-, Hirsch-, Damwild-, Eber-, Hasen-, Rebhuhn-, Fasanen- und Trappenjagd, spielte mit dem Ball und schleuderte ihn bald mit den Händen, bald mit den Füßen in die Luft; rang, lief, sprang, aber nicht den Dreischrittsprung oder den auf einem Bein oder den sogenannten deutschen – »denn diese alle«, sagte Gymnast, »sind im Krieg nichts nutz« –, sondern er setzte mit einem einzigen Sprung über einen Graben, flog über eine Hecke, lief sechs Schritt an einer Mauer empor und kroch von da aus durch das Fenster, das einen Lanzenschaft hoch über der Erde war. Schwamm im tiefen Wasser auf dem Bauch, auf dem Rücken, auf der Seite, mit dem ganzen Körper, mit den Beinen allein, die eine Hand in der Luft, ein Buch darin haltend, ohne es naß zu machen, von einem Ufer der Seine zum andern, wobei er noch wie Julius Cäsar seinen Mantel mit den Zähnen

1 vielleicht Anspielung auf den in zeitgenössischen Chroniken erwähnten ferrar. Kunstreiter Cesare Fiaschi

hinterdreinzog; schwang sich dann mit einer Hand in ein Boot, sprang kopfüber wieder ins Wasser, tauchte bis auf den Grund, sondierte die Klippen, warf sich in Strudel und Abgründe; wandte das Boot, lenkte es, trieb es rasch vorwärts, ließ es langsam gleiten, gegen den Strom, mit dem Strom, hielt es gerade vor einem Wehr an, ruderte nur mit einer Hand, während er mit der andern das Ruder zur Verteidigung schwang, setzte die Segel, kletterte an den Masten empor, lief auf den Stengen hin, ju-

stierte den Kompaß, spannte die Seile und handhabte das Steuerruder.

Lief dann plötzlich vom Wasser weg den Berg hinan und ebensoleicht wieder hinunter, kletterte wie eine Katze auf die Bäume, sprang wie ein Eichhörnchen von einem Baum zum andern und brach, ein zweiter Milon, die stärksten Äste ab; stieg, mit zwei starken Dolchen und zwei tüchtigen Meißeln bewaffnet, wie eine Ratte auf das höchste Haus und ließ sich wieder zur Erde herab, ohne daß ein Sturz seine Glieder beschädigt hätte.

Schleuderte den Wurfspeer, die Stange, den Stein, die Lanze, den Saupieß, die Hellebarde; zog den Bogen bis zum Brechen an, spannte die schwerste Armbrust mit der bloßen Kraft seiner Lenden, visierte mit der Büchse, richtete die Kanone und schoß nach der Scheibe, nach dem Vogel, von oben hinunter, von unten hinauf, geradeaus, seitwärts oder hinterwärts wie die Parther.

Kletterte an einem Seil in die Höhe, dessen eines Ende an einem hohen Turm befestigt war und von da zur Erde herabhing, indem er sich mit beiden Händen daran festhielt, und ließ sich dann so jäh wieder herab, als ob er unten auf der weichsten Wiese ankäme. Er hing sich mit den Händen an eine große Stange, die zwischen zwei Bäumen aufgelegt war, und rutschte dann, ohne die Erde mit den Füßen zu berühren, so schnell darauf hin und her, daß man ihm im raschesten Lauf nicht nachkommen konnte.

Um seine Lungen und seine Brust zu üben, schrie er so laut wie tausend Teufel. Ich selbst habe einmal gehört, wie er Eudämon, der beim Montmartre stand, vom Sankt-Viktor-Tor etwas zurief. Eine solche Stimme hat Stentor im Kampfe vor Troja nicht vernehmen lassen.

Zur Stärkung seiner Muskeln hatte man ihm zwei große Bleigewichte machen lassen, deren jedes achttausendsiebenhundert Zentner wog und die er seine »Hanteln« nannte. Diese nahm er, eine in jede Hand, von der Erde auf, hob sie bis über den Kopf in die Luft und hielt sie so, ohne sich zu regen, wenigstens drei Viertelstunden lang und mehr, was gewiß ein unvergleichliches Kraftstück ist.

Er trat im Stemmen gegen die Stärksten an und hielt die Gewichte in der Schwebe, wobei er so fest auf den Beinen stand, daß es die Verwegensten vergebens versuchen durften, ihn umzurennen. Wie Milon hielt er einen Granatapfel in der Faust und versprach ihn demjenigen, der ihn ihm entwinden könne.

War unter so nützlichen Übungen die Zeit vergangen, so wurde er abgerieben, gewaschen und mit frischen Kleidern versehen, worauf man langsam nach Hause zurückkehrte; dabei nahm man den Weg über die Wiesen oder anderes Grasland, wo man alle Bäume und Pflanzen genau betrachtete und, was die Alten wie Theophrast, Dioskurides, Marinus, Plinius, Nikander, Macer und Galen[1] darüber geschrieben haben, damit verglich; auch ganze Hände voll davon mit nach Hause nahm, um es ei-

1 griech. und röm. Verfasser botanischer Werke

nem Pagen namens Rhizotom[1] zu übergeben, der außerdem eine große Kollektion von Hacken, Spaten, Harken, Schaufeln und andere Geräte zum Botanisieren in seiner Verwahrung hatte. Bis das Abendessen fertig war, wurden dann noch einige Stücke des früher Gelesenen wiederholt, und dann setzte man sich zu Tisch.

Hier muß bemerkt werden, daß die Mittagsmahlzeit stets sehr einfach und frugal war; man aß nur eben genug, um den größten Hunger zu stillen. Dafür aber war das Abendessen reichlich und üppig. Und das ist auch die rechte und wahre Diät, wie eine gute und zweckmäßige Heilkunst sie vorschreibt, obgleich viele Arztpfuscher, denen die Sophisten den Kopf verdreht haben, das Gegenteil behaupten.

Während der Mahlzeit wurde, soweit es dienlich schien, in der Lektion vom Mittag fortgefahren, die übrige Zeit aber mit gelehrten und nützlichen Gesprächen verbracht. Nach dem Dankgebet sang und musizierte man, auch ein harmloses Spielchen mit Karten, Würfeln oder Bechern wurde hin und wieder angefangen, und so verfloß die Zeit auf das angenehmste, bis man zu Bett ging. Zuweilen jedoch besuchten sie auch noch solche Orte, wo gelehrte und weitgereiste Leute zusammenkamen.

Ehe man sich schlafen legte, wurde, mitten in der Nacht, noch der freieste Platz im Haus aufgesucht, um von hier aus den Himmel zu beobachten; da achtete man auf die Kometen – wenn welche am Himmel waren –, auf die Sternbilder und auf die Stellung, die Aspekte, Appositionen und Konjunktionen der Gestirne.

Dann wiederholte er nach pythagoreischem Beispiel kurz noch einmal alles, was er im Lauf des ganzen Tags gelesen, gesehen, erfahren, getan und gehört hatte. Endlich noch ein Gebet zu Gott, dem Schöpfer aller Dinge, um sich im Glauben zu festigen, ihn für seine unendliche Güte zu preisen, ihm für alles Vergangene zu danken und sich für die kommende Zeit seiner himmlischen Gnade zu empfehlen – und dann begab man sich zur Ruhe.

1 »Wurzelschneider« (griech.)

Vierundzwanzigstes Kapitel
Wie Gargantua seine Zeit bei Regenwetter verbrachte

War zufällig schlechtes oder regnerisches Wetter, so verbrachte Gargantua die Zeit vor dem Mittagessen ganz wie gewöhnlich, nur daß dann ein hellflackerndes Feuer angezündet wurde, um die ungesunde Luft zu verbessern. Nach dem Mittagessen aber blieb man zu Hause, statt die gewohnten Übungen vorzunehmen; um indessen den Forderungen der Hygiene zu genügen, wurde Heu gebunden, Holz gesägt und gespalten und in der Scheune gedroschen. Darauf beschäftigte man sich mit Malen oder Schnitzen oder suchte das alte Spiel mit den Knöchelchen hervor, wie Leonicus es beschrieben hat und das unser Freund Laskaris zu spielen pflegt. Dabei wurden die Stellen in Erinnerung gebracht, wo die Alten dieses Spiel erwähnen, auch wohl nach einer passenden Metapher dafür gesucht, oder man ging und sah zu, wie Metalle geschmolzen oder Geschütze gegossen wurden; oder man besuchte die Werkstätten der Juweliere, Goldschmiede und Steinschneider oder die Alchimisten, Münzschläger, Posamentiere, Seiden- und Samtweber, Uhrmacher, Spiegelschleifer, Orgelbauer, Buchdrucker, Färber und derartige Gewerbsleute, wo man dann für ein kleines Trinkgeld die Handgriffe und Fertigkeiten der verschiedensten Handwerke kennenlernte. Oder man wohnte öffentlichen Vorlesungen, festlichen Akten, Proben und Deklamationen bei oder hörte berühmte Advokaten vor Gericht oder christliche Prediger von der Kanzel reden. Oder man ging in die Fechtsäle, wo sich Gargantua mit den Fechtmeistern in allen möglichen Waffen versuchte und ihnen zeigte, daß er ebensoviel könne wie sie, wenn nicht noch mehr. Und statt im Freien zu botanisieren, wurden die Läden der Drogisten, Kräuterhändler und Apotheker besucht und dabei die größte Aufmerksamkeit auf die Früchte, Wurzeln, Blätter, Harze und Samenarten, auf die fremden Salben und ihre Mischung, desgleichen auf die Art, wie man sie verfälscht, gerichtet. Oder man ging zu den Komödianten, Kunststückmachern und Marktschreiern und beobachtete ihre Bewegungen, Listen, Gaukeleien und ihre drollige Redeweise, besonders derer von Chauny in der Pikardie, die von Natur gewaltige Schwätzer und bewunderungswürdige Ausbünde in allerhand lustigen Affenpossen sind. Kehrten sie dann zum Abendessen nach Hause zurück, so aßen sie mäßiger und leichter verdauliche Speisen als an anderen Tagen, damit so der ungesunden Feuchtigkeit, die sich dem Körper mitteilt, entgegengearbeitet werde und es ihnen nicht schade, daß sie die gewohnte Bewegung hatten entbehren müssen.

Da Gargantua auf solche Weise geleitet und ebendieses Verfahren Tag für Tag unausgesetzt eingehalten wurde, so wird man leicht begreifen können, welche wohltätige Wirkung das auf einen jungen Menschen ausüben mußte, der im ganzen für sein Alter recht verständig war. Was ihm anfangs schwer erschien, kam ihm bald ganz leicht und angenehm vor und dünkte ihm mehr die Kurzweil eines Königs als das mühsame Studium eines Lernenden zu sein. Dennoch hielt es Ponokrates für zweckmäßig, einmal im Monat diese heftige Anspannung des Geistes zu unterbrechen und, wenn das Wetter klar und heiter war, schon früh am Morgen mit Gargantua die Stadt zu verlassen, um mit ihm nach Gentilly oder Boulogne, nach Montrouge oder Charenton-le-Pont, nach Vanves oder Saint-Cloud zu fahren. Dort verlebten sie den Tag so angenehm wie möglich, scherzten, lachten, tranken, spielten, sangen, tanzten, kollerten sich im Gras, jagten den Schmetterlingen nach, fingen Lerchen oder haschten Frösche und Krebse.

Aber obgleich an solchen Tagen alle Bücher und Lektionen beiseite gelassen wurden, verging die Zeit doch nicht ungenutzt. Auf blumiger Wiese rezitierte man aus dem Gedächtnis schöne Verse über den Ackerbau von Vergil[1], von Hesiod oder aus dem »Landmann« des Politian, oder man schmiedete allerhand zierliche lateinische Epigramme und übersetzte sie dann in französische Rundgesänge und Balladen. Beim Bankett schied man das Wasser aus dem gemischten Wein, wie Cato *de re rust.*[2] und Plinius es anzeigen, mittels eines Bechers aus Efeuholz, wusch den Wein in einem mit Wasser gefüllten Becken und zog ihn dann wieder mit einem Trichter heraus, ließ Wasser aus einem Glas ins andere laufen und bastelte allerlei kleine automatische Maschinen, das heißt solche, die sich von selbst bewegen.

1 »Vom Landbau« – 2 »Über die Landwirtschaft« III

Fünfundzwanzigstes Kapitel

Wie zwischen den Fladenbäckern von Lerné[1] und Gargantuas Landsleuten ein großer Streit ausbrach, der zu schweren Kämpfen führte

Um diese Zeit aber, nämlich Anfang Herbst, wo die Weinlese beginnt, wachten die Schäfer der Umgegend in den Weinbergen, um die Stare zu verscheuchen, die gar so lüstern nach den Trauben sind. Da geschah es, daß die Fladenbäcker von Lerné, die zehn bis zwölf Karren voll Fladen nach der Stadt brachten, über die große Kreuzung fuhren. Die Schäfer baten sie höflich, ihnen für ihr gutes Geld und zum Marktpreis etwas von ihrer Ware abzulassen. Denn man muß wissen, daß für alle, die an hartem Leib leiden, frische Fladen mit Weintrauben zum Frühstück eine vortreffliche Speise ist, besonders mit Gutedel, Muskateller, Traminer und Riesling. Es treibt wie ein Sauspieß, so daß schon manch einer sich beschiß, der nur zu furzen glaubte, weswegen dieses Gebäck auch »Winzerglaube« genannt wird. Aber die Fladenbäcker waren keineswegs geneigt, ihren Wünschen zu willfahren, beleidigten sie im Gegenteil gröblich, schimpften sie Hungerleider, Stumpfzähne, Rotköpfe, Saufbrüder, Bettnässer, Lümmel, Heimtücker, Tagediebe, Leckermäuler, Saufnickel, Prahlhänse, Taugenichtse, Flegel, Windbeutel, Freßbälge, Faulpelze, Zierbengel, Possenspieler, Vogelscheuchen, Pinsel, Glatzköpfe, Laffen, Lumpen, Grobiane, Bettelbrüder, Klapperzähne, Ochsentreiber, Dreckschäfer und gaben ihnen noch andere ehrenrührige Namen, dabei hinzufügend, daß so schöne Fladen nicht für Leute ihres Gelichters gebacken seien und daß sie sich an ihrem Schwarzbrot und ihren Haferkuchen satt fressen sollten. Auf welche Beleidigung einer von ihnen namens Forgier, ein gesetzter Mann, der bei seinen Gefährten etwas galt, erwiderte: »Seit wann sind euch so anmaßende Hörner gewachsen? Sonst habt ihr uns doch gern von eurer Ware verkauft, und jetzt weigert ihr euch? Das ist nicht gehandelt, wie es guten Nachbarn geziemt; so machen wir es nicht, wenn ihr zu uns kommt, um unsern schönen Weizen zu kaufen, aus dem ihr eure Kuchen und eure Fladen backt. Wir hätten euch wohl noch von unseren Trau-

1 Dorf südwestl. Chinon

ben dazugegeben, aber, kotz Butter, ihr sollt es bereuen! Wenn ihr wieder einmal mit uns zu tun habt, werden wir's ebenso machen, denkt daran!« Darauf sagte Marquet, der Altmeister der Fladenbäckerzunft, zu ihm: »Dir ist ja der Kamm heute morgen gewaltig geschwollen, du hast wohl gestern abend zuviel Hirsebrei gefressen? Komm, komm, ich werde dir Fladen geben.« Worauf Forgier, der in seiner Einfalt glaubte, daß Marquet ihm wirklich etwas von seiner Ware verkaufen wolle, näher trat und ein Geldstück aus seinem Beutel zog. Aber jener hieb ihm mit seiner Peitsche so heftig um die Beine, daß alle Knoten daran zu sehen waren. Darauf wollte er die Flucht ergreifen, aber Forgier schrie aus Leibeskräften um Hilfe und warf den dicken Knüppel, mit dem er seinen Korb trug, hinter ihm her und traf ihn so derb an der rechten Schläfe, daß Marquet mehr tot als lebendig vom Pferd fiel.

Sofort liefen einige Pächter, die in der Nähe Nüsse schlugen, mit ihren Stangen herbei und droschen damit auf die Fladenbäkker ein, als ob sie unreifes Korn dröschen. Die anderen Schäfer und Schäferinnen aber, als sie Forgiers Geschrei hörten, kamen ebenfalls mit ihren Schleudern gelaufen und verfolgten die Bäkker mit Steinschüssen, die so dicht wie Hagel niederfielen. Zuletzt holten sie sie ein und nahmen ihnen ungefähr vier bis fünf Dutzend von ihren Fladen ab, wofür sie jedoch den üblichen Preis erlegten und außerdem noch hundert Stück Nüsse und drei Körbe voll weißer Trauben dazugaben. Ohne ihren Weg nach Parilly weiter fortzusetzen, machten die Fladenbäcker kehrt und fuhren unter lauten und heftigen Drohungen gegen die Ochsenhüter, Pächter und Schäfer von Seuilly und Cinais nach Lerné zurück, nachdem sie Marquet, der bös verwundet war, wieder aufs Pferd geholfen hatten. Die Schäfer und Schäferinnen aber ließen sich's wohl sein bei ihren Fladen und Trauben und ergötzten sich beim Schall der Sackpfeife, während sie der Fladenbäcker spotteten, denen es wohl deshalb so schlecht ergangen wäre, weil sie am Morgen das Kreuz mit der unrechten Hand geschlagen hätten. Auch wuschen sie Forgiers Beine so sorgfältig mit gequetschten Weinbeeren, daß sie bald wieder gesund wurden.

Sechsundzwanzigstes Kapitel

Wie die von Lerné unter Anführung ihres Königs Pikrochol[1] *Grandgousiers Schäfer überfielen*

Sobald die Fladenbäcker in Lerné angekommen waren und ehe sie noch etwas gegessen und getrunken hatten, begaben sie sich schnurstracks auf das Kapitol und brachten daselbst ihre Klage vor ihren König Pikrochol, den dritten seines Namens. Sie zeigten ihm ihre zerbrochenen Körbe, ihre zerknitterten Mützen, ihre zerfetzten Kleider, ihre zerquetschten Fladen, vor allem aber ihren schwerverwundeten Marquet und bezeugten, daß all das von den Schäfern und Pächtern Grandgousiers jenseits Seuillys beim großen Kreuzweg verübt worden sei.

Alsobald geriet Höchstderselbe in einen furchtbaren Zorn, und ohne weiter viel zu fragen, ließ er im ganzen Lande den Heerbann verkündigen und daß bei Todesstrafe jedweder gehalten sei, zur Mittagszeit auf dem großen Platz vor dem Schloß in voller Waffenrüstung zu erscheinen. Um seiner Sache ganz gewiß zu sein, ließ er den Befehl durch Trommelschlag in der Umgegend der Stadt bekanntmachen; er selbst aber sorgte dafür, daß, während man das Mittagessen für ihn bereitete, seine Artillerie instand gesetzt, Banner und Wimpel entfaltet und eine große Menge Munition, Ausrüstung und Proviant auf Wagen geladen wurden. Während der Mahlzeit ernannte er die Heerführer. Durch Armeebefehl wurde die Vorhut Herrn Schäbig übergeben, bestehend aus sechzehntausendundvierzehn Bogenschützen, dazu dreißigtausendundelf Mann leichten Fußvolks; die Artillerie, welche alles in allem neunhundert Bronzegeschütze zählte, worunter Vier- und Achtundzwanzigpfünder, Haubitzen, Kartaunen, Passevolanten, Basilisken, Feldschlangen, Mörser, Falkaunen, Spirollen usw., kam unter den Befehl des Großstallmeisters Eisenfresser. Die Nachhut kommandierte der Herzog von Pfennigkratzer. Der König selbst und die Prinzen von Geblüt befanden sich im Mitteltreffen. Sobald alles beisammen war und die Armee sich in Bewegung setzen sollte, wurden dreihundert Mann leichte Reiterei unter Führung des Rittmeisters

1 »Bittergalle« (griech.)

Windschlucker vorausgeschickt, um die Gegend zu rekognoszieren und zu sehen, ob der Feind nicht irgendwo im Hinterhalt liege. Aber nach sorgfältiger Durchsuchung überzeugte man sich, daß im ganzen Lande der tiefste Friede herrsche und keine Truppenaufstellung stattgefunden hätte, weshalb Pikrochol befahl, es sollten alle Fähnlein so schnell wie irgend möglich vorrücken. Also gingen sie in losen Haufen vor, zerstreuten sich über die Felder, verwüsteten und zerstörten alles, was ihnen in den Weg kam, und schonten weder arm noch reich, weder Haus noch Heiligtum; schleppten Ochsen, Kühe, Stiere, Kälber, Färsen, Schafe, Hammel, Ziegen und Böcke mit sich fort; stahlen Hennen, Kapaune, Küken, Gänse, Gänseriche, Gänschen, Schweine, Sauen und Ferkel; schlugen die Nüsse herunter, plünderten die Weingärten, rissen die Reben aus und schüttelten alles Obst von den Bäumen. Es ist gar nicht zu sagen, was für Schaden sie anrichteten! Und dabei stießen sie auf keine Seele, die sich widersetzt hätte, sondern jeder ergab sich ihnen auf Gnade und Ungnade, und alle baten nur, sie doch menschlicher zu behandeln; denn sie wären ja immer gute und willige Nachbarn gewesen, die sie nie beleidigt hätten, wofür sie nun plötzlich so mißhandelt werden sollten, was Gott über kurz oder lang ihnen gedenken würde. Auf diese Vorstellungen gaben sie nur zur Antwort: »Wir werden euch schon lehren, Fladen zu fressen.«

Siebenundzwanzigstes Kapitel

Wie ein Mönch von Seuilly[1] *den Klostergarten vor der Plünderung der Feinde bewahrte*

So zogen sie raubend und plündernd im Land umher, bis sie nach Seuilly kamen, wo sie Männer und Frauen mißhandelten und alles mitnahmen, was nicht niet- und nagelfest war. Und obgleich hier die Pest in den Häusern wütete, gingen sie doch überall hinein und schleppten alles fort, ohne daß einer von ihnen zu Schaden gekommen wäre, was gewiß ein höchst merkwürdiger Fall ist. Denn die Pfarrer, Vikare, Prediger, Ärzte, Chirurgen und Apotheker, welche die Kranken besuchten, verbanden, behan-

1 Kloster südwestl. Chinon

delten, trösteten und ermahnten, waren allesamt an der Seuche gestorben, während diese verdammten Räuber und Mörder unangefochten davon blieben. Wie war das möglich, liebe Herren? Ich bitte, denkt ein bißchen darüber nach! – Als sie mit der Ausplünderung des Fleckens fertig waren, stürzten sie mit schrecklichem Geschrei nach der Abtei, fanden sie aber wohlverschlossen und verwahrt; also marschierte die Hauptarmee weiter nach der Furt des Vède[1], während sieben Fähnlein Fußtruppen und zweihundert Lanzenträger zurückblieben, die die Mauern des Klostergartens niederrissen und sich anschickten, den Weinberg zu plündern. Die armen Teufel, die Mönche, wußten schon nicht mehr, welchen von ihren Heiligen sie anrufen sollten. Auf alle Fälle wurde *ad capitulum capitulantes*[2] geläutet und daselbst beschlossen, man wolle eine feierliche Prozession veranstalten, der man mit allerlei schönen Gesängen und Litaneien *contra hostium insidias*[3] und Responsorien *pro pace* noch mehr Nachdruck zu geben gedachte.

In der Abtei aber befand sich zu der Zeit ein Klostermönch mit Namen Bruder Hans Hackepeter, ein junger, mutiger, frischer, kräftiger, gewandter, kecker, unternehmender, verständiger Mann, von hoher Gestalt, hager, mit dem Mund auf dem rechten Fleck und hervorragender Nase, ein tüchtiger Horahetzer, der seine Messe im Handumdrehen las und die Vigilien herunterlederte, daß es ein Vergnügen war – mit einem Wort, ein Mönch, wie es nur je einen gegeben hat, seitdem die mönchende Welt in Möncherei mönchelt. Übrigens sattelfest im Brevier wie der beste Pfaff! Dieser nun, da er den Lärm hörte, den die Feinde im Weinberg machten, kam heraus, um zu sehen, was sie dort trieben, und da er fand, daß sie ihren Weinberg plünderten, der ihnen doch das nötige Getränk fürs ganze Jahr liefern mußte, rannte er wieder in den Chor der Kirche zurück, wo die anderen Mönche versammelt waren und ratlos wie Glockengießer dastanden.[4] Und als er hörte, wie sie *im-im-pe-e-e-e-e-tum in-i-ni-i-mi-co-o-o-o-o-o-rum-um*[5] sangen, schrie er ihnen zu: »Zum Kuckuck mit eurem Geplärr! Singt lieber: ›Ade, mei Körble, der

1 Nebenfluß der Vienne westl. Chinon – 2 was zur Mönchsversammlung gehört, zur Mönchsversammlung (lat.) – 3 wider der Feinde Hinterlist (lat.); Psalm 58, 2 der lat. Bibelfassung – 4 nämlich wenn sie die Gießform zerbrechen und keine Glocke vorfinden; sprichwörtlich – 5 der Widersacher Ungestüm (lat.); Wechselgesangsworte des Breviers

Herbscht ist hin!‹ Der Teufel soll mich holen, wenn sie nicht in unsern Weinberg eingebrochen sind und uns die Reben und Trauben so glatt wegrasieren, daß wir die nächsten Jahre nichts als kümmerliche Nachlese haben werden. Heiliger Jakob! Was sollen wir armen Teufel dann trinken? Liebster Gott, *da mihi potum.*[1]« – Darauf sagte der Prior des Klosters: »Was will dieser Trunkenbold hier! Man führe ihn in den Karzer! Wie kann er sich unterstehen, den Gottesdienst zu stören?« »Aber«, sagte der Mönch, »der Weindienst wird uns eben ganz verteufelt gestört werden, wenn wir nichts dagegen tun. Ihr selbst, Herr Prior, liebt ja, vom Besten zu trinken, und so tut jeder anständige Mensch. Kein edles Gemüt verachtet den Wein, das ist eine Klosterdevise. Aber die Responsien, die ihr da singt, sind nicht am Platz. Warum sind denn unsere Horen zur Zeit der Ernte und Weinlese immer so kurz und in der Adventszeit und den ganzen Winter über so lang?

Der Bruder Macé Pelosse gesegneten Andenkens, der, hol' mich der Teufel, ein rechter Eiferer für unsere Religion war, sagte mir, wie ich mich wohl erinnere, einmal den Grund dafür, daß nämlich zu jener Zeit der Wein von uns gepreßt und zubereitet werden müßte, im Winter dagegen tränken wir ihn. Darum hört: Wer den Wein liebhat, der folge mir; denn der Schlag soll mich rühren, wenn einer von euch den Weinkrug wieder an die Lippen setzt, der nicht mitgeholfen hat, den Weinberg zu retten. Himmeltausendsakrament! Kirchengut? Nun und nimmermehr, bei allen Teufeln! Der heilige Thomas von Canterbury[2] wollte dafür sterben; werde ich dann nicht auch ein Heiliger, wenn ich dafür sterbe? Aber ich werd's doch nicht tun, ich werde andere sterben lehren.«

Damit legte er sein priesterliches Gewand ab und ergriff das Kreuzholz, das aus einem harten Eschenstamm gefertigt, so lang wie eine Lanze, dick wie eine geballte Faust und hier und da mit verwischten Lilien bemalt war. So schritt er in Hemdsärmeln hinaus, die Kutte als Schärpe umgebunden, und warf sich, das Kreuzholz schwingend, plötzlich auf die Feinde, die ohne Ordnung, Fahne, Trompete noch Trommel den Weinberg plünderten. Denn die Fahnen- und Bannerträger hatten ihre Standarten

1 gib mir zu trinken (lat.). – 2 Becket

und Feldzeichen gegen die Mauer gelehnt, die Trommelschläger ihre Kalbsfelle auf der einen Seite eingestoßen, um die Trommeln mit Trauben füllen zu können, und über die Trompeten waren schwere Traubenlasten gehängt: alles war außer Rand und Band. Er fiel sie so jählings und ohne Warnung an, daß er sie wie eine Herde Schweine zurücktrieb, rechts und links um sich hauend, wie's gerade kam. Dem einen zerklopfte er den Schädel, dem andern zerbrach er Arm und Bein, diesem das Genick, jenem alle Gliedmaßen, dem hieb er die Nase ein, jenem stieß er das Auge aus, zertrümmerte Kinnbacken, machte Zähne wacklig, verrenkte Schulterblätter, legte Gehirne bloß, verstauchte Hüften und zerknickte ihnen die Schienbeine. Versuchte es jemand, sich im dichten Weinlaub zu verstecken, so brach er ihm das Rückgrat und zerschlug ihm das Kreuz wie einem Hund.

Oder wollte sich einer durch die Flucht retten, so zerpochte er ihm den Kopf an der Schädelnaht, und wer sich auf einen Baum flüchtete und dort in Sicherheit wähnte, der wurde von unten her auf seinen Stock gespießt.

Schrie ihm ein alter Bekannter zu: »Ach, lieber Bruder Hans, mein bester Freund, mein teuerster Bruder Hans, ich ergebe mich!«, so antwortete er: »Natürlich ergibst du dich, aber zugleich gibst du deine Seele allen Teufeln!«, und damit versetzte er ihm einen tüchtigen Stoß. War aber einer oder der andere verwegen genug, ihm standhalten zu wollen, so zeigte er die ganze Kraft seiner Gliedmaßen. Dem durchbohrte er Brustfell und Herz oder stieß ihm in die Seite bis in den Magen hinein, so daß er gleich mausetot war. Andere traf er so gewaltig am Nabel, daß ihnen die Gedärme herausquollen, oder an die Hoden, daß ihnen der Sack riß. Solch ein schreckliches Schauspiel ist wohl noch nie gesehen worden.

Einige schrien: »Heilige Barbara!«, andere: »Heiliger Georg!«, noch andere: »Heiliger Gnademir!«, noch andere: »Unsere liebe Frau von Cunault, von Loreto, von der guten Mär, von Lenou, von Rivière!« Diese taten Gelübde: die dem heiligen Jakob, jene dem heiligen Schweißtuch von Chambéry, welches doch drei Monate später so glatt wegbrannte, daß auch nicht ein Fädchen davon gerettet wurde, oder der Abtei von Cadouin oder dem heiligen Johann von Angély oder dem heiligen Eutrop von Saintes oder dem heiligen Mexmus von Chinon oder dem heiligen

Martin von Candes oder dem heiligen Clouaud von Cinais oder den Reliquien von Javarzay oder tausend anderen solcher kleinen Heiligen. Etliche starben, ohne viel zu sagen; etliche sagten viel, ohne zu sterben. Die einen starben redend, die anderen redeten sterbend. Etliche schrien laut nach der Beichte: *Confiteor! Miserere! In manus!*[1] Das Geschrei der Verwundeten war so groß, daß der Prior der Abtei mit allen seinen Mönchen herauskam, und da sie die armen Leute mitten im Weinberg zu Tode verwundet liegen sahen, nahmen sie etlichen von ihnen die Beichte ab. Aber während die Priester ihre Zeit damit verloren, die Beichte zu hören, liefen die jüngeren Mönche und die Novizen zu Bruder Hans und fragten ihn, ob sie ihm nicht helfen könnten.

Er antwortete ihnen, daß sie alle, die auf der Erde lägen, abmurksen sollten. So hingen sie denn ihre Kutten nahebei auf ein Rebengeländer und fingen an, den Verwundeten den Garaus zu machen. Und was meint ihr, womit? Mit kleinen Messerchen, wie sie die Kinder hierzulande zum Auskernen der Nüsse gebrauchen. Darauf stellte sich Bruder Hans mit seinem Kreuzholz vor die Bresche, die der Feind geschlagen hatte; einige von den jungen Mönchen aber nahmen die Fähnlein und Standarten in ihre Zellen mit, um sich Strumpfbänder daraus zu schneiden. Als nun diejenigen, welche gebeichtet hatten, durch die Bresche hinauswollten, fiel der Mönch von neuem mit mörderischen Hieben über sie her, »denn«, sagte er, »diese haben jetzt gebeichtet und Buße getan und sind absolviert; sie kommen also geradewegs in den Himmel, so gerade wie eine Sichel oder wie der Weg nach Faye«.

Also wurden durch seine Tapferkeit alle Heerhaufen aufgerieben, die den Weinberg besetzt hatten, im ganzen dreizehntausendzweiundzwanzig Mann, Weiber und Kinder nicht mitgerechnet, wie sich von selbst versteht. Nie hat der Mönch Maugis, von welchem die Sage der vier Haimonskinder erzählt, so tapfer seinen Pilgerstab gegen die Sarazenen geschwungen wie unser Mönch sein Kreuzholz bei dieser Begegnung mit dem Feind.

1 Ich bekenne! Erbarme Dich! In Deine Hände (befehle ich meinen Geist)! (lat.); Anfänge verschiedener Gottesdienstformeln und Bibelworte

Achtundzwanzigstes Kapitel

Wie Pikrochol La Roche-Clermault im Sturm nimmt und wie schwer und ungern sich Grandgousier zum Krieg entschließt

Während der Mönch, wie eben erzählt, den in den Weinberg Eingedrungenen so übel mitspielte, setzte Pikrochol in großer Eile mit seinen Truppen durch die Furt des Vède und griff La Roche-Clermault an, wo er nicht den geringsten Widerstand fand, und weil es gerade Abend war, beschloß er, mit seinem Heer in der Stadt zu übernachten und sich von seinem rasenden Zorn etwas zu erholen. Am nächsten Morgen nahm er die Wälle und das Schloß im Sturm, verschanzte sich daselbst auf das allerbeste, versah auch die Festung mit der nötigen Munition; denn dieser Ort war sowohl von Natur als durch Befestigung und seiner Lage und Umgebung nach kaum einzunehmen. Lassen wir ihn also jetzt da und kehren wir zu Gargantua und Grandgousier zurück, von denen der eine sich in Paris mit wissenschaftlichen Studien und körperlichen Übungen beschäftigt, indes der andere sich nach dem Abendessen vor lustig flackerndem Kamin, darin Kastanien braten, die Eier wärmt, mit dem halbverkohlten Stöckchen, das ihm zum Schüren des Feuers dient, allerlei Figuren auf den Kaminmantel malt und Frau und Kindern von alten, vergangenen Tagen erzählt.

Zu solch einer Stunde war es, daß Pillot, einer der Schäfer, die in den Weinbergen die Wache hielten, vor ihn trat und ihm ausführlichen Bericht über die Gewalttaten und Räubereien abstattete, welche Pikrochol, der König von Lerné, auf seinen Ländereien und Besitzungen verübe; wie er das ganze Land ringsum geplündert, verwüstet und gebrandschatzt habe, ausgenommen den Klostergarten von Seuilly, der durch Bruder Hans Hackepeters rühmenswerte Tapferkeit unversehrt geblieben sei, und wie besagter König jetzt in La Roche-Clermault stehe, wo er sich und seine Truppen in großer Eile verschanze. – »Oho!« sagte Grandgousier, »was soll das heißen, ihr guten Leute? Träume ich, oder ist es wirklich wahr, was man mir da berichtet? Pikrochol, der immer und allezeit mein Freund, mein Bruder und Verbündeter gewesen ist, greift mich an? Was bewegt ihn dazu, was treibt ihn zu solchem Vorgehen? Auf wessen Anstiften tut er das? Hohoho, mein Gott und Heiland, hilf du mir, erleuchte mich, rate mir, was ich tun soll. So wahr ich deiner Gnade gewärtig bin, beteur' und schwör' ich dir, daß ich ihn nie erzürnt, nie einem seiner Leute Schaden noch seinem Land Gewalt zugefügt habe; im Gegenteil, wo ich ihm nützen konnte, habe ich ihn immer mit Leuten, Geld, Fürsprache und gutem Rat unterstützt. Daß er mir jetzt so weh tut, kann nur der böse Feind ihm eingegeben haben. Lieber Gott, du weißt, daß es mir an Mut nicht fehlt; denn vor dir ist ja nichts verborgen. Sollte er etwa von Sinnen gekommen sein, und du hättest beschlossen, ihn in meine Hand zu geben, damit ich ihm den Kopf wieder zurechtsetze? Nun, so verleihe mir Kraft und Weisheit, auf daß ich ihn durch rechte Züchtigung wiederum unter das Joch deines heiligen Willens beuge. Hohoho, liebe Leute, gute Freunde und ihr, meine treuen Vasallen, muß ich euch gar noch damit zur Last fallen, mir Hilfe zu leisten? Ach, mein Alter sehnt sich nach nichts weiter als nach Ruhe, und mein Lebtag ist mir nichts über den Frieden gegangen. Aber ich sehe, jetzt werde ich wohl meine armen, müden, schwachen Schultern mit dem Harnisch beschweren und Lanze und Streitaxt in meine zittrigen Hände nehmen müssen, um meinen unglücklichen Untertanen beizuspringen und sie zu beschützen. So wollen es Recht und Vernunft; denn ihre Arbeit erhält, ihr Schweiß ernährt mich, meine Kinder und meinen Hof. Dennoch aber werde ich nicht eher zum Krieg schreiten, als bis ich alle Versuche und Mittel zum Frieden erschöpft habe. Dazu bin ich fest entschlossen!«

Sofort ließ er seinen Rat zusammenrufen und legte ihm die Sache, wie sie war, vor. Es wurde beschlossen, man solle einen verständigen Mann an Pikrochol absenden, um zu erfahren, was ihn eigentlich dazu bewogen habe, so plötzlich den Frieden zu brechen und Länder, auf die er nicht den geringsten Anspruch habe, mit Krieg zu überziehen. Zugleich solle man nach Gargantua und seinen Leuten schicken, daß sie das Land schützen und verteidigen hülfen, wenn's nötig wäre. Dieser Beschluß fand Grandgousiers Beifall, und er befahl, ihn auszuführen. Also wurde einer seiner Lakaien, ein Baske, an Gargantua abgeschickt, um ihn so schnell wie möglich zurückzurufen. Dem Boten aber gab Grandgousier einen Brief folgenden Inhalts mit:

Neunundzwanzigstes Kapitel
Wie der Brief lautete, den Grandgousier an Gargantua schrieb

Der Eifer, mit welchem Du Deinen Studien obliegst, wäre ein hinreichender Grund, Dich nicht so bald in dieser philosophischen Ruhe zu stören, hätte nicht das Vertrauen, welches ich in unsern langjährigen Freund und Verbündeten gesetzt habe, die Sicherheit meiner alten Tage gefährdet. Da es nun aber einmal mein unglückliches Schicksal so will, daß ich von denen, auf welche ich mich verließ, bedrängt werde, so sehe ich mich gezwungen, Dich nach Haus zurückzurufen, damit Du unser Land und unsere Leute, die Dir nach dem Rechte der Natur anvertraut sind, schützen helfest. Denn so ohnmächtig die Waffen im Feld sind, wenn weiser Rat zu Haus fehlt, so überflüssig ist alles Studieren und so unnütz der beste Rat, wenn Tapferkeit ihn nicht zu rechter Zeit in die Tat umsetzt und ausführt. Mein Entschluß ist, nicht herauszufordern, sondern zu besänftigen, nicht anzugreifen, sondern zu verteidigen, nicht zu erobern, sondern meine Vasallen und meine Erblande vor Pikrochol zu schützen, der sie ohne Grund und Ursache überfallen hat, Tag für Tag sein wahnsinniges Unternehmen weiter fortsetzt und sich unleidliche Ausschreitungen gegen freie Leute erlaubt.

Ich habe es für meine Pflicht gehalten, den Versuch zu machen, ob ich seinen wütenden Zorn durch irgendein Anerbieten besänftigen könnte, und zu verschiedenen Malen Botschaft an ihn gesandt, um zu erfahren, wodurch und von wem er sich beleidigt glaubt, aber keine Antwort erhalten als trotzige Herausforderung und daß er in meinem Land schalten und walten werde, wie es ihm beliebe. Daran habe ich erkannt, daß Gott der Allmächtige ihn der Leitung seiner Willkür und Urteilslosigkeit überlassen hat, die, wenn sie von der göttlichen Gnade nicht gelenkt werden, nur böse sein können, und um ihn zu bändigen und wieder zur Besinnung zu bringen, meine Truppen unter die Fahnen gerufen. Von Dir aber, mein geliebter Sohn, fordere ich, daß Du, sobald Du diesen Brief gelesen, hierhereilest, um zu helfen – nicht mir so sehr, obwohl auch dazu Dein natürliches Gefühl Dich treiben muß, als vielmehr all den anderen, die Dir zugehören und die Du durch Vernunft retten und bewahren kannst. Wir werden uns Mühe geben, sowenig Blut wie möglich zu vergießen; läßt es sich irgendwie bewerkstelligen, so werden wir durch wirksamere Mittel, durch kluge Maßnahmen und Kriegslisten, alle retten und sie fröhlich in ihre Heimat zurückschicken.

Vielgeliebter Sohn! Der Friede des Herrn, unseres Heilandes, sei mit Dir. Grüße Ponokrates von mir, und Gymnast und Eudämon.

So geschrieben am Zwanzigsten des Herbstmonats.

Dein Vater Grandgousier.

Dreißigstes Kapitel

Wie Ulrich Gallet[1] an Pikrochol abgesandt ward

Nachdem er diesen Brief diktiert und unterschrieben hatte, befahl Grandgousier, daß Ulrich Gallet, sein Rechnungsführer, ein Mann, der mit Recht für klug und zuverlässig galt und von dessen Scharfsinn und Überlegung er schon in manchen schwierigen Fällen sich überzeugt hatte, sich, wie es beschlossen war, zu Pikrochol begebe und ihm Vorstellungen mache. Der gute Gallet reiste auch noch zur selben Stunde ab, und nachdem er die Furt durchquert hatte, erkundigte er sich nach Pikrochol bei dem Müller. Dieser erzählte ihm, daß Pikrochols Truppen ihm weder Feder noch Klaue gelassen hätten und daß sie jetzt La Roche-Clermault besetzt hielten; er riet ihm davon ab weiterzugehen, um nicht etwa in einen Hinterhalt zu fallen; denn ihre Wut sei ganz entsetzlich, was jener ihm aufs Wort glaubte und deshalb die Nacht über bei dem Müller blieb.

Am andern Morgen begab er sich dann, nur von einem Trompeter begleitet, vor das Tor der Festung und meldete der Wache, daß er den König zu dessen eigenem Nutzen zu sprechen begehre.

Als man dem König dies hinterbrachte, wollte er durchaus nicht gestatten, daß man das Tor öffne, sondern begab sich selbst auf die Wälle und schrie dem Gesandten zu: »Was gibt's? Was habt Ihr mir zu sagen?« Worauf dieser folgendermaßen zu ihm redete:

1 Anklang an Jean Gallet, einen nahen Verwandten und Amtskollegen von Rabelais' Vater, der

Einunddreißigstes Kapitel
Gallets Rede an Pikrochol

»Gerechtern Grund zum Schmerz kann wohl niemand haben, als wenn ihm von daher, wo er mit vollem Recht Huld und Wohlwollen erwarten durfte, Verdruß und Schaden zugefügt wird. Und nicht ohne Grund, obwohl ohne Vernunft, hat schon mancher, dem dies widerfuhr, solche Unwürdigkeit unerträglicher erachtet als sein Leben und – wenn sie anders nicht zu vermeiden war – sich mit eigener Hand den Tod gegeben.

Deshalb ist es nicht zu verwundern, daß König Grandgousier, mein Gebieter, über deinen wütenden und feindseligen Angriff tief entrüstet und in seinem Gemüt erschüttert ist. Eher wäre es zu verwundern, wenn die namenlosen Greuel, welche du und deine Truppen in seinem Land und an seinen Untertanen verübt, ihn unbewegt gelassen hätten; denn keine Art von Unmenschlichkeit gibt es, deren ihr euch nicht schuldig gemacht hättet, was ihm um so mehr Herzeleid bereitet, als er stets seinen Untertanen mit wahrhaftiger Liebe zugetan gewesen, wie solches einem sterblichen Menschen nur möglich ist. Doch unendlich mehr noch schmerzt es ihn, daß gerade du und die Deinigen es waren, die dieses Unrecht begingen und solchen Kummer ihm bereiteten, da zwischen dir und ihm, wie zwischen deinen Vätern und seinen Vorfahren seit alten Zeiten und Menschengedenken, innige Freundschaft bestand, die von ihnen wie von uns bis jetzt als etwas Heiliges angesehen und unverbrüchlich aufrechterhalten, bewahrt und gepflegt wurde, so daß nicht allein die eigenen Völker, sondern auch Barbaren wie die Bewohner der Bretagne, von Poitou und Maine und jene, die jenseits der Kanarischen Inseln und Isabellas leben, es für ebenso leicht erachteten, das Firmament zu erschüttern oder Abgründe über den Wolken aufzutürmen, wie euren Bund zu zerreißen, was sie bei allen ihren Unternehmungen so sehr fürchteten, daß sie es niemals wagten, einen zu reizen, um nicht auch den andern über sich zu bringen.

Ja, noch mehr! Diese heilige Freundschaft hat solchen Ruf erlangt, daß es wenige Völker gibt, gleichviel ob sie den Kontinent

1532/36 als Advokat an den obersten Pariser Gerichtshof entsandt wurde, um dort die Loireschiffer gegen einen Adligen zu vertreten

oder die Inseln des Ozeans bewohnen, die nicht begierig danach gestrebt hätten, durch Verträge und unter Bedingungen, die sie euch selbst zu stellen überließen, in euren Bund aufgenommen zu werden. Sie achteten ein solches Bündnis ebensohoch wie den Besitz ihrer Länder und Güter, so daß seit Menschengedenken kein Fürst und keine Bundesgenossenschaft so hochmütig und tollkühn gewesen wäre, nicht etwa eure Länder, nein, auch nur die eurer Verbündeten zu überfallen, und wenn, unbedachtem Rat zufolge, je einmal irgend etwas der Art gegen euch geplant wurde, schon die Erwähnung eures Bundes und der Hinweis darauf genug waren, um jeden solchen Versuch zu unterbinden. Welche Raserei also hat dich jetzt ergriffen, daß du jenes Bündnis brichst, alle Freundschaft mit Füßen trittst und, jedes Recht verhöhnend, die Länder meines Herrn feindlich überziehst, ohne doch von ihm oder den Seinigen gereizt, geschädigt oder herausgefordert worden zu sein? Wo bleiben da Treue und Gesetz, wo Vernunft, wo Menschlichkeit und wo die Furcht Gottes? Wähnst du, deine Missetaten würden dem ewigen Geist, dem allerhöchsten Gott, dem gerechten Vergelter alles menschlichen Tuns, verborgen bleiben? Wenn du dies wähnst, so täuschst du dich; denn alles kommt vor sein Gericht. Will es etwa dein böses Geschick oder der Einfluß der Gestirne, daß dein Glück und deine Ruhe ein Ende nehmen sollen? Denn alle Dinge haben ihre Zeit und haben ihr Ziel. Nachdem sie den höchsten Punkt erreicht, zerfallen sie in Trümmer, weil sie in solchem Zustand nicht lange verharren können. Das ist das Ende aller derer, die es nicht verstehen, ihr Glück und Wohlergehen vor Überhebung zu bewahren.

Wäre dies nun aber des Schicksals Wille, hätte deine Stunde geschlagen, und deine Ruhe sollte ein Ende nehmen, muß es dann geschehen, indem du meinem König unrecht tust, ihm, der dich erhöht hat? Muß, wenn dein Haus in Trümmer fallen soll, es auf den Herd dessen stürzen, der ihm zur Zierde diente? Das geht so gegen alle Vernunft, ist so wider allen gesunden Menschenverstand, daß ein lebendes Wesen es kaum begreifen kann und Fremde es so lange für unglaublich halten werden, bis die Folgezeit ihnen klar und deutlich beweisen wird, daß denen, welche sich von Gott und Vernunft abgekehrt haben, nichts in der Welt heilig ist, sobald sie ihren bösen Neigungen folgen wollen.

Wäre deinen Untertanen oder deinen Besitzungen irgendein Schaden von uns zugefügt worden; hätten wir Übelwollende gegen dich unterstützt, dich bei deinen Unternehmungen im Stich gelassen; wäre dein Name oder deine Ehre von uns gekränkt worden oder, richtiger zu sagen, hätte der böse Feind, um dich zu Unrecht zu verleiten, dir durch Trug und falsche Vorspiegelungen eingeredet, daß wir gegen dich etwas begangen hätten, was unserer alten Freundschaft nicht würdig gewesen wäre: so hättest du zuallererst nach der Wahrheit forschen und uns dann Vorhaltungen machen sollen; wir würden dich in alledem, was davon begründet gewesen, zufriedengestellt haben. Wie aber, allmächtiger Gott, verfährst du! Gleich einem treulosen Tyrannen unterstehst du dich, das Königreich meines Herrn zu plündern und zu verwüsten. Wähnst du ihn so feig oder so töricht, daß es ihm an dem Willen, oder so arm an Truppen, Geld, weisem Rat und Kriegskunst, daß es ihm an der Macht gebreche, deinen tückischen Angriff zurückzuweisen? – Verlasse augenblicklich diesen Ort und ziehe dich im Lauf des morgigen Tags in strengster Ordnung auf dein Gebiet zurück, ohne unterwegs Gewalttätigkeiten zu verüben. Für den Schaden, den du angerichtet hast, zahle tausend Zechinen, und zwar die eine Hälfte morgen, die andere an den Iden des nächsten Maimonds; bis dahin lasse uns die Herzöge von Mühlsteindreher, Kurzbein und Abschaum, desgleichen den Fürsten von Grinding und den Vizegrafen von der Filzlaus als Geiseln zurück.«

Zweiunddreißigstes Kapitel

Wie Grandgousier um des lieben Friedens willen die Fladen zurückgeben ließ

Damit schwieg der gute Gallet; aber Pikrochol antwortete auf alles, was er gesagt hatte, nichts weiter als: »Holt sie euch nur, holt sie nur! Es sind alles brave Leute, sie werden euch die Fladen schon kneten!« Also kehrte er zu Grandgousier zurück, den er auf seinen Knien und barhäuptig in einer Ecke seines Kämmerleins fand, wo er inbrünstig zu Gott flehte, er möge den Zorn Pikrochols besänftigen und ihn wieder zur Vernunft bringen, ohne daß er nötig habe, Gewalt anzuwenden. Sobald er seines treuen

Boten ansichtig wurde, fragte er ihn: »Nun, mein Freund, mein lieber Freund, was für Nachricht bringst du mir?« – »Es ist alles aus den Fugen«, sagte der gute Gallet, »dieser Mensch hat den Verstand verloren und ist von Gott verlassen!« – »Aber«, sagte Grandgousier, »was hat er denn für einen Vorwand zu all diesen Schandtaten?« – »Einen Grund hat er mir nicht angegeben«, erwiderte Gallet, »nur etwas von Fladen sprach er in seinem Zorn. Ich weiß nicht, vielleicht hat man seinen Fladenbäckern etwas zuleide getan.« – »Das muß ich genauer erfahren«, sagte Grandgousier, »ehe ich beschließe, was weiter zu tun ist.« Also befahl er, der Sache nachzugehen, und erfuhr bald, daß den Leuten Pikrochols einige Fladen mit Gewalt abgenommen worden wären und daß Marquet einen Schlag mit dem Kiepenholz auf den Kopf bekommen hätte, aber auch zugleich, daß die Fladen bezahlt seien und Marquet zuerst dem Forgier die Beine mit der Peitsche blutig geschlagen hätte. Der gesamte Rat war der Ansicht, man solle mit aller Macht Widerstand leisten. »Aber«, sagte Grandgousier, »da es sich nur um einige Fladen handelt, so werde ich lieber versuchen, ihn zufriedenzustellen; denn es widersteht mir gar zu sehr, Krieg zu führen.« Er erkundigte sich also, wieviel Fladen man weggenommen hätte, und als man ihm sagte, es möchten vielleicht vier bis fünf Dutzend gewesen sein, befahl er, noch in derselben Nacht fünf Wagen voll davon zu backen, und zwar einen Wagen voll von der allerfeinsten Butter, mit vielem Eigelb, schönem Safran und Gewürz, der für Marquet sein sollte, nebst siebenmalhunderttausendunddrei Heller Gold, um die Wundärzte, die ihn verbunden hätten, zu bezahlen, und außerdem schenkte er ihm wegen der erlittenen Schmerzen für sich und seine Nachkommen auf ewige Zeiten zu freiem Besitz die Meierei La Pomardière. Alles dies zu überbringen und auszurichten, wurde der gute Gallet abgesandt, der unterwegs am Weidicht haltmachen und eine Menge grüner Zweige abhauen ließ, um Wagen und Wagenlenker damit herauszuputzen. Er selbst nahm einen Zweig in die Hand, um dadurch anzudeuten, daß sie Frieden wünschten und zu unterhandeln gekommen seien.

Sobald sie beim Tor angelangt waren, begehrten sie, als von Grandgousier gesandt, mit Pikrochol zu reden. Der aber wollte sie weder in die Stadt hineinlassen noch zur Unterredung mit ihnen hinauskommen, sondern ließ ihnen sagen, er sei beschäftigt, sie möchten ihr Anliegen nur dem Hauptmann Eisenfresser vortragen, welcher gerade auf der Mauer eine Kanone aufstellte. Also sprach der gute Gallet zu diesem: »Lieber Herr, um diesen Zwist zu enden und euch jeden Vorwand zu nehmen, weshalb ihr unser altes Bündnis nicht wieder aufrichten wollt, bringen wir hier die Fladen, welche die Ursache des Haders gewesen sind. Unsere Leute haben nur vier oder fünf Dutzend genommen und sie reichlich bezahlt, wir lieben aber den Frieden so sehr, daß wir euch jetzt fünf Wagen voll davon zurückgeben; die eine Wagenladung ist für Marquet bestimmt, der sich am meisten beklagt. Um ihn ganz zufriedenzustellen, sind hier auch noch siebenmalhunderttausendunddrei Heller für ihn. Was aber das Schmerzensgeld anbelangt, das er außerdem vielleicht noch beansprucht, so übergebe ich ihm für ihn und seine Nachkommen zu freiem Besitz die Meierei La Pomardière. Seht hier die Schenkungsurkunde. Und so wollen wir mit Gottes Hilfe fortan in Frieden leben, und ihr kehrt zufriedengestellt in euer Land zurück, während ihr uns diesen Platz wieder übergebt, auf den ihr, wie ihr selbst gestehen müßt, nicht den geringsten Anspruch habt. Dann wollen wir wieder Freunde sein wie zuvor.« – Dies alles berichtete Eisenfresser dem König Pikrochol; aber er vergiftete ihm das Gemüt dabei nur noch mehr, indem er zu ihm sprach: »Diese Bauernlümmel fürchten sich! Grandgousier, der alte Saufaus, bescheißt sich vor Angst, so wahr ich lebe! In den Krieg ziehen, das ist seine Sache nicht; Flaschen leeren, versteht er besser. Meine Meinung ist, daß wir das Geld und die Fladen hierbehalten, im übrigen uns schnell verschanzen und unser Glück weiter verfolgen. Oder glauben sie etwa, es mit einem Narren zu tun zu haben, daß sie Euch mit diesen Fladen kirre machen wollen? Das kommt aber daher, daß Ihr früher zu gut gegen sie gewesen seid und Euch zu gemein mit ihnen gemacht habt; nun verachten sie Euch. ›Streichle einen Schurken, und er mißhandelt dich; mißhandle ihn, und er wird dich streicheln.‹« – »Sa, sa, sa«, sagte Pikrochol, »beim heiligen Jakob, die sollen's kriegen! Tu, wie du gesagt hast.« »Nur auf eins muß ich Euch aufmerksam machen«, fuhr Eisenfresser fort, »wir sind hier schlecht verproviantiert und nur spärlich mit Mundvorrat versehen. Wenn Grandgousier uns jetzt gleich belagert, so kann ich mir nur alle Zähne bis höchstens auf drei ausreißen lassen, und nicht bloß mir, sondern all unseren Leuten auch; selbst dann noch würden wir mit dem Vorrat zu schnell fertig werden.« »Ach was«, sagte Pikrochol, »wir haben Proviant genug. Sind wir hier zum Fressen oder zum Kämpfen?« – »Natürlich zum Kämpfen«, sagte Eisenfresser; »aber ›mit leerem Wanst ist schlecht getanzt‹, und ›Hunger frißt Kraft‹.« – » Genug räsoniert«, sagte Pikrochol; »nimm, was sie gebracht haben.« Also nahm er das Geld und die Fladen, auch die Ochsen und Wagen gleich mit dazu, und schickte sie ohne Antwort heim, nur daß ihnen verboten wurde, den Mauern noch einmal nahe zu kommen; den Grund würde man ihnen morgen sagen. So kehrten sie unverrichtetersache zu Grandgousier zurück, dem sie alles berichteten und ihre Meinung dahin abgaben, daß keine andere Hoffnung mehr bliebe, Pikrochol zum Frieden zu bewegen, als offener und nachdrücklicher Krieg.

Dreiunddreißigstes Kapitel

Wie etliche Hauptleute Pikrochols ihn durch unbedachten Rat in die äußerste Gefahr brachten

Nachdem die Fladen abgeladen waren, erschienen der Herzog von Abschaum, Graf Säbelraßler und Hauptmann Grünschnabel vor Pikrochol und redeten zu ihm wie folgt: »Herr, heute werden wir Euch zu dem allerglücklichsten und ritterlichsten Fürsten machen, den es seit dem Tod Alexanders des Großen gegeben hat.« – »Bedeckt euch, bedeckt euch«, sagte Pikrochol. – »Untertänigsten Dank, Majestät«, sagten sie, »wir tun nur unsere Schuldigkeit. Der Weg ist folgender: Ihr laßt einen Eurer Hauptleute mit einer kleinen Schar zur Bewachung dieses Platzes hier zurück, der uns sowohl von Natur wie kraft der Befestigungen, welche auf Euren Befehl errichtet worden sind, stark genug zu sein scheint. Eure übrige Armee teilt Ihr nach Eurem weisen Ermessen in zwei Heereshälften. Die eine stürzt sich sofort auf diesen Grandgousier und seine Truppen und wirft sie natürlich beim ersten Anprall über den Haufen. Dadurch kriegt Ihr Geld im Überfluß; denn der gemeine Kerl hat's haufenweise.

Wir sagen: der gemeine Kerl, weil ein nobler Fürst nie einen roten Heller hat. Schätze sammeln ist gemein.

Unterdessen marschiert die andere Hälfte gegen Aunis, Saintonge, Angoumois und Gascogne, von da weiter gegen Périgord, Médoc und die Landes und nimmt, ohne auf Widerstand zu stoßen, alle Städte, Schlösser und Festungen ein. In Bayonne, Saint-Jean-de-Luz und Fuenterrabía bemächtigen sie sich sämtlicher Schiffe, streifen die Küsten von Galicien und Portugal entlang und plündern die Seestädte bis nach Lissabon hin, wo Ihr reichlich alles finden werdet, was ein Eroberer nur nötig hat. Donner und Blitz! Spanien muß sich wohl ergeben; denn was wollen diese Tölpel anders anfangen? Dann fahrt Ihr durch die Meerenge von Sevilla[1] und errichtet dort zwei Säulen, prächtiger als die des Herkules[2], zu ewigem Gedenken Eures Namens. Von da an wird diese Meerenge die Pikrocholinische heißen.

Kaum habt Ihr die Pikrocholinische Meerenge passiert, so unterwirft sich Barbarossa Euch als Sklave.« – »Ich werde ihm Gnade angedeihen lassen«, sagte Pikrochol. – »Vorausgesetzt nämlich«, sagten sie, »daß er sich taufen läßt. Dann unterwerft Ihr Euch die Königreiche Tunis, Hippo, Algier, Bona, Cyrene, genug, die ganze Berberei. Immer weiterrückend, legt Ihr die Hand auf Mallorca, Minorca, Sardinien, Korsika und die anderen Inseln des Ligurischen und Balearischen Meers. Darauf wendet Ihr Euch mehr nach links und unterwerft das Narbonensische Gallien, die Provence, das Land der Allobroger, Genua, Florenz, Lucca und endlich Rom. Der arme Herr Papst stirbt schon vor Angst.« – »Aber den Pantoffel werde ich ihm nicht küssen«, sagte Pikrochol, »wahrhaftig nicht!«

»Als Beherrscher von Italien habt Ihr natürlich Neapel, Kalabrien, Apulien und Sizilien im Sack und Malta dazu. Freuen sollt's mich, wenn die verflossenen Ritter von Rhodos sich widersetzten, da könnt' man ihren Urin beschauen!« »Ich möchte aber gern nach Loreto gehen«, sagte Pikrochol. – »Nicht doch«, sagten sie, »das kann auf dem Rückweg geschehen. Von hier aus erobern wir Kreta, Zypern, Rhodos und die Zykladen und werfen uns dann auf Morea, das wir sofort in Besitz nehmen. Wir ha-

1 Straße von Gibraltar – 2 antiker Name der zwei Felsen beiderseits der Osteinfahrt der Straße von Gibraltar

ben's schon, und Sankt Trinian schütze dann Jerusalem; denn des Sultans Macht kann sich mit der Eurigen nicht messen.« – »Ich werde«, sagte er, »doch dann den Tempel Salomonis wieder aufbauen lassen?« – »Nein«, sagten sie, »noch nicht, damit wartet erst noch ein bißchen; Ihr müßt in Euren Unternehmungen auch nicht zu hastig sein.

Wißt Ihr nicht, was Octavianus Augustus gesagt hat? *Festina lente!*[1] Erst müßt Ihr Kleinasien, Karien, Lykien, Pamphylien, Lydien, Phrygien, Bithynien, Charazien, Satalia, Samagaria, Luga und Savasta bis zum Euphrat haben.« – »Werde ich auch Babylon und den Berg Sinai zu sehen bekommen?« fragte Pikrochol. – »Das ist«, sagten sie, »vorläufig noch nicht nötig. 's ist schon Plackerei genug, wenn Ihr das Hyrkanische Meer[2] durchschifft und durch die beiden Armenien und die drei Arabien auf Pferdes Rücken zieht.« – »Bei meiner Seele«, sagte er, »wir sind schon ganz todmüde, die armen Truppen dauern mich.« – »Wieso?« sagten sie. – »Ja, was werden wir denn in der Wüste trinken? Der Kaiser Julian und sein ganzes Heer kamen dort vor Durst um, wie uns berichtet wird.« – »I, das haben wir schon alles bedacht«, sagten sie. »Neuntausendundvierzehn große Schiffe, mit dem köstlichsten Wein beladen, gehen durch das Syrische Meer und landen in Jaffa. Dort finden sie zweiundzwanzighunderttausend Kamele und sechzehnhundert Elefanten, die man auf einer Jagd in der Nähe von Sigeilmes[3] einfängt, sobald Ihr Euch Libyen nähert. Und außerdem habt Ihr die ganze Karawane von Mekka. Wie kann's uns da an Wein fehlen?« – »Nun ja«, sagte er, »aber er wird nicht kühl sein.« – »Ach was«, sagten sie, »ein Held, ein Eroberer, der nach der Weltherrschaft strebt, kann's doch – beim Fischchen! – nicht immer so bequem haben. Dankt Gott, daß Ihr mit Euren Truppen heil und wohlbehalten bis an den Tigris gekommen seid.«

»Aber«, sagte er, »was macht denn unterdessen die andere Hälfte unserer Armee, die den alten Saufaus, den Grandgousier, geklopft hat?« – »Die feiert auch nicht«, sagten sie, »wir werden ihr schon wiederbegegnen. Die haben unterdessen Bretagne, Normandie, Flandern, Hennegau, Brabant, Artois, Holland und

1 Eile mit Weile! (lat.) – 2 antiker Name des Kaspischen Meers – 3 ehem. arab. Stadt und Provinz in Nordwestafrika

Seeland erobert, sind über den Rhein hinüber den Schweizern und Landsknechten auf den Pelz gerückt, und ein Teil von ihnen hat sich Luxemburg, Lothringen, die Champagne und Savoyen bis nach Lyon hin unterworfen, wo sie mit Euren Besatzungen zusammentreffen, die von ihren Eroberungen im Mittelmeer zurückgekehrt sind. Dann, nachdem sie Schwaben, Württemberg, Bayern, Österreich, Mähren und Steiermark in die Tasche gesteckt haben, treffen sie sich wieder in Böhmen. Hierauf geht's frisch über Lübeck her, über Norwegen, Schweden, Dänemark, Gotland, Grönland und die Ostländer[1] bis ans Eismeer. Ist man damit fertig, so werden die Orkneyinseln erobert und Schottland, England und Irland unterworfen. Von da schifft man über das Sandmeer zu den Sarmaten, besiegt und unterwirft sich Preußen, Polen, Litauen und Rußland, die Walachei, Transsylvanien, Ungarn, die Bulgarei und Türkei und ist in Konstantinopel.« – »Nur immer drauf«, sagte Pikrochol; »die sollen's ordentlich kriegen; denn ich will auch Kaiser von Trapezunt sein. Wär's nicht am besten, diese Hunde, die Türken und Mohammedaner, alle totzuschlagen?« – »Ei zum Teufel«, sagten sie, »das versteht sich von selbst, und ihre Güter und Besitzungen schenkt Ihr denen, die Euch so tapfer beigestanden haben.« – »Das ist nur recht und billig«, sagte er. »Ich schenke euch Karamanien, Syrien und das ganze Palästina.« »Ha, Herr«, sagten sie, »das nennt man Großmut! Wir bedanken uns schön. Möge Gott es Euch stets wohlergehen lassen.«

Ein alter Edelmann namens Echephron[2], ein Mann von großer Erfahrung, der sich auch im Krieg einen Namen gemacht hatte, war bei der Unterredung zugegen und sagte, als er dies hörte: »Ich fürchte, diese ganze Unternehmung gleicht der Geschichte vom Milchtopf, von dem jener Schuster sich ungeheure Reichtümer erträumte, bis er zerbrach und er ohne Mittagessen blieb. Was denkt Ihr mit all diesen schönen Eroberungen zu bezwecken? Was wird das Ende dieser Beschwerden und dieses Umherziehens sein?« – »Daß wir wieder nach Haus kommen«, sagte Pikrochol, »und uns nach Herzenslust ausruhen können.« – »Aber«, sagte Echephron, »wenn Ihr nun gar nicht wieder nach Haus kämet? Denn der Weg ist lang und voller Gefahren. Wäre

1 die Hansestädte – 2 »Klug« (griech.)

es da nicht besser, schon jetzt der Ruhe zu pflegen und sich nicht in solche Gefahr zu begeben?« – »Oho«, sagte Säbelraßler, »seht den Grillenfänger! Bei Gott, wollen wir nicht lieber hinter dem Ofen hocken und unser Leben mit den Weibern verbringen, Perlen auffädeln oder spinnen wie Sardanapal? Was sagt Salomo? Wer nicht wagt, gewinnt nicht Pferd noch Esel!« – »Und was sagt Malcoln?« erwiderte Echephron. »Wer zuviel wagt, verliert Pferd und Esel.« – »Basta«, sagte Pikrochol, »reden wir von etwas anderem. Ich fürchte, daß diese verdammten Legionen Grandgousiers, während wir in Mesopotamien sind, uns eins auf den Zopf geben werden. Was können wir dagegen machen?« – »Nichts einfacher als das«, sagte Grünschnabel. »Ihr schickt den Moskowitern einen kleinen Befehl, und sie stellen euch augenblicklich vierhunderundfünfzigtausend Mann auserlesene Krieger ins Feld. Oh, wenn Ihr mich zu Eurem Feldherrn machen wollt, so soll nichts verschont bleiben. Ich beiße, schmeiße, hacke, packe und töte ohne Gnade!« – »Wohlan«, sagte Pikrochol, »man mache sich fertig, und wer mich liebhat, folge mir nach.«

Vierunddreißigstes Kapitel

Wie Gargantua von Paris aufbrach, um seinem Land zu Hilfe zu eilen, sowie Gymnasts Begegnung mit dem Feind

Um ebendieselbe Zeit hatte Gargantua, der, sobald er seines Vaters Brief gelesen, von Paris aufgebrochen war, bereits die Brücke von La Nonnain auf seiner großen Stute überschritten; in seiner Gesellschaft befanden sich Ponokrates, Gymnast und Eudämon, die ihm auf Postpferden folgten, während der übrige Troß der Diener in kleinen Tagesreisen nachkam und seine Bücher und sein wissenschaftliches Rüstzeug mit sich führte. Als er nach Parilly kam, erfuhr er von dem Pächter Goguet, Pikrochol habe sich der Festung La Roche-Clermault bemächtigt und seinen Hauptmann Knobelbecher ausgeschickt, um den Wald von Vède und Vaugaudry zu besetzen; die Marodeure wären sogar bis zu Billards Krug gekommen, welchen sie ratzekahl ausgeplündert hätten; man könne es gar nicht sagen und glauben, wie sie das Land verwüsteten, worüber Gargantua sehr erschrak und nicht wußte, was er tun und sagen sollte. Aber Ponokrates, riet, zum Herrn von Vauguyon zu reiten, der zu aller Zeit ihr Freund und Verbündeter gewesen sei, von ihm würden sie gewiß etwas Näheres erfahren. Das taten sie denn auch und fanden jenen gern bereit, ihnen behilflich zu sein. Er meinte, daß es gut sein würde, einen von seinen Leuten auszuschicken, um die Gegend zu durchsuchen und zu erfahren, in welcher Verfassung der Feind sei; dann erst könne man nach Umständen das Weitere beschließen. Zu diesem Gang bot sich Gymnast an; aber es wurde für zweckmäßig erachtet, ihm noch einen Begleiter mitzugeben, der Wege, Stege und Flüsse der Umgegend genau kenne. Also machte er sich mit Prelinguand, Vauguyons Stallmeister, auf den Weg, und beide spähten unerschrocken umher. Unterdessen erfrischte sich Gargantua ein wenig, aß mit seinen Leuten etwas und ließ auch seiner Stute ein Maulvoll Hafer vorwerfen, vierundsiebzig Scheffel und drei Metzen nämlich. Gymnast und sein Begleiter aber ritten tapfer drauflos, so daß sie bald auf feindliche Truppen stießen, die überall hin zerstreut und ohne Ordnung raubten und plünderten, was das Zeug hielt. Sobald sie die Nahenden bemerkten, liefen sie ihnen in dichten Haufen entgegen, um sie auszuplündern. Gymnast rief ihnen entgegen: »Liebe Leute, ich bin ein armer Teufel, habt Erbarmen mit mir, ich bitte euch. Hier hab' ich noch ein paar Taler in der Tasche, die wollen wir zusammen vertrinken, denn es ist *aurum potabile*[1], und dies Pferd geb' ich euch zum Willkomm. Ihr könnt's verkaufen, dann nehmt mich aber auch als einen der Eurigen bei euch auf, denn kein Mensch versteht so gut wie ich, ein gestohlenes Huhn zu spicken, zu braten, herzurichten, zu zerschneiden und mit Anstand zu verzehren. Ich trinke mein *Proviciat*[2] allen braven Kumpanen!« Damit holte er seine Feldflasche heraus, und

ohne die Nase hineinzustecken,
ließ er den Inhalt sich trefflich schmecken.

Die Tölpel sahen ihm mit aufgerissenen Mäulern zu und streckten wie die Windhunde ihre Zungen eine Spanne weit her-

1 trinkbares Gold (lat.); im Mittelalter als Heilmittel geltende Goldlösung – 2 Wohl bekomm's (lat.)

aus, in der Erwartung, daß die Reihe nun an sie kommen würde; aber in demselben Augenblick kam der Hauptmann Knobelbecher herbeigelaufen, um zu sehen, was es hier gäbe. Also reichte Gymnast ihm die Flasche und sagte: »Da, Hauptmann, trinkt nur dreist; ich hab's schon vorgeschmeckt, es ist Gewächs von La Foye Monjault.«[1] – »Wie«, sagte Knobelbecher, »will sich der Schwerenöter hier über uns lustig machen? Wer bist du?« – »Ein armer Teufel«, sagte Gymnast. – »Oho«, sagte Knobelbecher, »wenn du ein armer Teufel bist, sollst du freien Weg haben, denn arme Teufel zahlen weder Kopf- noch Wegegeld, aber sie pflegen auch nicht so gut beritten zu sein wie du; also herunter vom Pferd, Herr Teufel, und läßt sich's nicht reiten, wie ich will, so reit' ich dich, oder der Teufel soll mich reiten.«

Fünfunddreißigstes Kapitel

Wie Gymnast den Hauptmann Knobelbecher und andere von den Leuten Pikrochols durch List tötete

Einige von ihnen, die das hörten, fingen an sich zu fürchten, bekreuzigten sich mit beiden Händen und meinten, daß er wirklich ein verkleideter Teufel sei. Einer aus der Menge namens Hans Hinz, ein Hauptmann der Freischützen, zog sein Gebetbuch aus der Tasche und rief mit lauter Stimme: »*Hagios ho Theos*[2]. Bist du Gottes, so sprich, bist du des Andern, so weiche von hinnen.« – Er wich aber nicht. – Das hörten viele aus dem Haufen und machten sich aus dem Staube, was Gymnast nicht entging und er bei sich erwog. Indessen tat er, als ob er vom Pferd steigen wollte; als er aber so, die Erde kaum mit dem Degen berührend, auf der linken Seite des Pferdes hing, machte er mit größter Geschicklichkeit den Steigbügelsprung, schwang sich kopfüber in die Luft und stand, dem Kopf des Pferdes den Rücken zugewandt, mit beiden Füßen auf dem Sattel. »Ich mach's immer gegen den Strich«, sagte er. Nun vollführte er den Luftsprung auf einem Fuß, drehte sich dabei linksherum und kam wieder in dieselbe Stellung wie früher auf dem Sattel zu stehen. – »Ha«, sagte

1 ehemals berühmtes Weindorf bei Niort im mittleren Westfrankreich – 2 Heiliger Gott (griech.); Anfang des katholischen Karfreitagsgesangs

Knobelbecher, »das mache ich dir jetzt nicht nach, ich weiß auch, warum.« – »Bah«, sagte Gymnast, »ich habe mich versehen und muß den Sprung noch einmal besser machen.« Sprang also wie vorher mit großer Kraft und Gewandtheit in die Luft, drehte sich aber rechtsum. Dann setzte er den Daumen der rechten Hand auf den Sattelknopf, hob sich, gestützt auf diesen Daumen, mit dem ganzen Körper in die Höhe, drehte sich dreimal auf ihm herum, überschlug sich beim vierten Mal, ohne irgendwo anzustoßen, hing sich zwischen die beiden Ohren des Pferdes, schwang sich, nunmehr auf dem Daumen der linken Hand, plötzlich in die Luft, machte das Mühlrad, schlug dann mit der rechten Hand kräftig auf den Sattel und gab sich dadurch einen solchen Schwung, daß er nach Frauenart auf die Kruppe des Pferdes zu sitzen kam.

Nun zog er leicht das rechte Bein über den Sattel und saß rittlings auf der Kruppe des Pferdes. »Aber«, sagte er, »es wird besser sein, wenn ich im Sattel sitze«: also stemmte er sich mit beiden Daumen gegen die Kruppe, überschlug sich in der Luft und saß im Sattel, schleuderte sich dann mit einem Satz wieder in die Höhe, kam mit geschlossenen Füßen auf den Sattel zu stehen, drehte sich hier mit ausgebreiteten Armen, so daß es wie ein Kreuz aussah, wohl hundertmal um sich selbst und schrie dabei mit lauter Stimme: »Ich bin besessen, ich bin besessen; haltet mich, Teufel, haltet mich, ich bin besessen!«

Als die einfältigen Soldaten ihn diese halsbrecherischen Kunststücke machen sahen, sprachen sie zueinander: »Sakkerment! Das ist ein Kobold, ein verkleideter Teufel. Ab hoste maligno libera nos, Domine![1]«, und liefen Hals über Kopf davon, wobei sie sich ängstlich umsahen wie ein Hund, der einen Gänseflügel gestohlen hat.

Sogleich steigt Gymnast, der seinen Vorteil wahrnimmt, vom Pferd, zieht seinen Degen und haut jäh auf die Vornehmsten ein, von denen er eine große Menge tötete und verwundete, ohne daß sie sich gewehrt hätten; denn sie hielten ihn für einen wahrhaftigen Teufel, sowohl wegen der Kraftstücke, die sie ihn hatten machen sehen, als wegen der Reden Knobelbechers, der ihn einen armen Teufel genannt hatte. Nur Knobelbecher machte den

1 Erlöse uns, Herr, vom bösen Feind! (lat.)

Versuch, ihm von hinten her mit seinem Flamberg den Schädel zu spalten; aber Gymnast war zu gut gewappnet, so daß er bloß die Erschütterung spürte. Schnell wandte er sich nach Knobelbecher um und schleuderte seinen Spieß nach ihm, womit er diesem, der sich nur den Oberkörper deckte, auf einmal Magen, Gedärme und die Hälfte der Leber zerschnitt, so daß er zu Boden stürzte und mehr als vier Schüsseln Suppe und mit der Suppe zugleich seine Seele von sich gab.

Hierauf zog sich Gymnast zurück, in der richtigen Erwägung, daß man sein Glück nie zu weit verfolgen dürfe und es einem tapfern Ritter nicht gezieme, es zu Tode zu hetzen. Bestieg also sein Pferd wieder, gab ihm die Sporen und kehrte, von Prelinguand begleitet, geradenwegs nach Vauguyon zurück.

Sechsunddreißigstes Kapitel

Wie Gargantua das Schloß von Vède zerstörte und wie sie durch die Furt setzten

Hier berichtete er, wie er den Feind gefunden hätte und durch welche Kriegslist es ihm gelungen sei, mit einer so großen Schar fertig zu werden; er versicherte, sie seien alle Vagabunden, Räuber und Plünderer, die von Kriegszucht keinen Begriff hätten und die man, wo sie sich auch immer zeigten, leicht wie das Vieh vor sich hertreiben könnte. Also bestieg Gargantua, begleitet von dem erwähnten Gefolge, seine große Stute, und da er unterwegs auf einen hohen, riesigen Baum stieß – die Leute nannten ihn den Sankt-Martins-Baum, weil er aus einem Pilgerstab gewachsen sein sollte, den der heilige Martin vormals hier in die Erde gesteckt hatte –, so sagte er: »Den kann ich gerade brauchen, der soll mir als Spazierstock und als Lanze dienen.« Also riß er ihn ohne Anstrengung aus der Erde, streifte die Zweige ab und stutzte ihn zu seinem Zwecke zurecht. Während dies geschah, brunzte seine Stute, die sich den Leib etwas erleichtern wollte, so unbändig, daß sieben Meilen rundum die Gegend überschwemmt wurde, alle Flüssigkeit in den Vède ablief und sich sein Wasser oberhalb dermaßen staute, daß alle feindlichen Heerhaufen jämmerlich ersoffen, bis auf etliche, die längs des höher gelegenen linken Ufers hingezogen waren. Als Gargantua sich dem Wald von Vède näherte, machte Eudämon ihn darauf aufmerksam, daß sich in dem Schloß noch ein Trupp Feinde befände. Um sich darüber Gewißheit zu verschaffen, schrie Gargantua, so laut er konnte: »Seid ihr da oder nicht? Wenn ihr da seid, so macht, daß ihr fortkommt; seid ihr aber nicht da, so ist nicht weiter davon zu reden.« Ein verdammter Kanonier, der gerade auf der Schanze stand, feuerte statt aller Antwort seine Kanone ab und traf Gargantua derb an der rechten Schläfe; doch tat ihm das nicht weher, als ob man ihn mit einem Pflaumenkern geworfen hätte. »Was soll denn das heißen«, sagte er, »warum werft ihr mit Weinbeeren nach uns? Die Ernte könnte euch teuer zu stehen kommen!« Denn er dachte wirklich, die Kanonenkugeln wären Weinbeeren. Die anderen, die auf dem Schloß waren und sich die Zeit mit Plündern vertrieben, liefen, als sie den Schuß hörten, auf die Wälle und Türme und feuerten aus Falkaunen und Donnerbüchsen wohl mehr als neuntausendfünfundzwanzig Schüsse auf ihn ab, wobei sie immer nach seinem Kopf zielten und so gut trafen, daß er Ponokrates zurief: »Lieber Freund, diese Fliegen machen mich noch ganz blind; lange mir doch einen Weidenzweig her, damit ich sie mir abwehren kann«; denn er hielt die Blei- und Steinkugeln der Artillerie für Schmeißfliegen. Ponokrates aber belehrte ihn, daß es keineswegs Fliegen, sondern grobe Geschosse wären, die vom Schloß herkämen. Da rannte er mit seinem mächtigen Baum gegen das Schloß und schmiß die Türme und Befestigungen in tausend Stücke, bis alles dem Erdboden gleichgemacht war, und so wurden auch die, die drin waren, mit zerschmettert und erschlagen.

Von da weiterziehend, kamen sie an den Mühlendamm und fanden die ganze Furt so voller Leichen, daß die Mühle stillstehen mußte; diese waren nämlich alle bei der Urinüberschwemmung durch die Stute ersoffen. Unsere Reisenden wußten nicht, wie sie hindurchkommen sollten; Gymnast aber sagte: »Wenn die Teufel durchgekommen sind, werde ich auch schon durchkommen.« – »Ja«, sagte Eudämon, »die sind durchgekommen, weil sie doch die verdammten Seelen fortschleppen mußten.« – »Nun, bei Sankt Trinian«, sagte Ponokrates, »dann kommt Er auch durch.« – »Das wollen wir gleich sehen«, sagte Gymnast, »oder ich bleibe stecken.« Damit gab er seinem Pferd die Sporen, das ohne Widerstreben und ohne vor den Kadavern zu scheuen hindurchschritt. Denn er hatte es nach Älians Anweisung daran gewöhnt, weder Geister noch Leichen zu fürchten; nicht daß er, wie Diomedes es mit den Thrakern gemacht, Leute zu diesem besonderen Zweck getötet oder wie Odysseus die Erschlagenen seinem Pferd vor die Füße geworfen hätte, wie Homer erzählt, sondern er hatte ihm eine ausgestopfte Puppe ins Heu gelegt, über die es immer hinwegschreiten mußte, wenn es zu dem Hafer, den er ihm vorhielt, gelangen wollte. Die drei anderen folgten ihm anstandslos, nur Eudämons Pferd trat bis übers Knie in den Bauch eines großen, dicken Kerls, der hier ersoffen war, und konnte sich nicht wieder losmachen, was erst gelang, als Gargantua mit seinem Stock die herausquellenden Gedärme des Kerls ganz unters Wasser drückte, während das Pferd das Bein in die Höhe hob. Hier darf als eine für die Pferdeheilkunde wichtige Tatsache nicht unerwähnt bleiben, daß besagtes Pferd durch die Berührung mit den Gedärmen des dicken Kerls vom Spat, den es an diesem Bein hatte, vollständig kuriert wurde.

Siebenunddreißigstes Kapitel

Wie Gargantua sich die Kanonenkugeln aus den Haaren kämmte

Bald nachdem sie den Vèdefluß durchschritten, kamen sie im Schloß Grandgousiers an, der sie mit großer Ungeduld erwartete. Was das für ein Herzen und Küssen war! Fröhlichere Menschen hat's noch gar nicht gegeben! Ja, *Supplementum supplementi chronicorum*[1] berichtet sogar, daß Gargamella bei dieser Gelegenheit vor Freude gestorben sei. Ich für mein Teil weiß nichts davon, kümmere mich übrigens auch um sie sowenig wie um jede andere. Dagegen muß der Wahrheit gemäß bezeugt werden, daß Gargantua, als er sich umkleidete und mit seinem Kamm durch das Haar fuhr – der Kamm war hundert Klafter lang und aus ganzen Elefantenzähnen zusammengesetzt –, bei jedem Strich mehr als sieben Kanonenkugeln herunterbrachte, die ihm bei dem Geplänkel im Wald jenseits des Vède darin hängengeblieben waren. Als Grandgousier dies sah, glaubte er, daß es

1 »Nachtrag zum Nachtrag der Chroniken«; Phantasietitel

Läuse wären, und sagte zu ihm: »Mein Gott, lieber Sohn, bringst du uns diese Sperber von Montaigu so weit her mit? Ich wollte nicht, daß du dort hingingest.« Worauf Ponokrates ihm entgegnete: »Gnädiger Herr, Ihr glaubt doch nicht etwa, daß ich ihn in das lausige Kolleg, das den Namen Montaigu führt, gegeben habe? Lieber hätte ich ihn ja unter die Spittelleute des heiligen Innozenz gesteckt, so wohl ist mir die schaudervolle Grausamkeit und Niederträchtigkeit, die dort geübt wird, bekannt. Die Galeerensklaven bei den Mauren und Tataren, die Mörder in den Strafgefängnissen, von Euren Hunden hier im Haus gar nicht zu reden, werden tausendmal besser behandelt als die armen Unglücklichen in jenem Kolleg. Wenn ich König von Paris wäre, so würde ich s, hol' mich der Teufel, an allen Ecken anzünden und Vorsteher wie Lehrer bei lebendigem Leib darin verbrennen lassen, da sie es dulden, daß solche Unmenschlichkeiten vor ihren Augen begangen werden.«

Darauf nahm er eine Kugel von der Erde auf und fuhr fort: »Dies sind Kanonenkugeln, die Eurem Sohn von dem verräterischen Feind zugeschleudert wurden, als er an dem Wald von Vède vorüberritt. Aber sie haben ihren Lohn erhalten und sind alle unter den Trümmern des Schlosses begraben worden wie die Philister, da Simson die Säulen umriß, und wie jene, welche der Turm in Siloah erschlug, wie Lukas Kap. 13 zu lesen. Und ich bin der Meinung, daß wir nun unsern Feind verfolgen sollten, da die Stunde günstig ist; denn die Gelegenheit hat alle ihre Haare an der Stirn; ist sie vorüber, so zieht man sie nicht mehr zurück, hinten am Kopf ist sie kahl und kehrt nie wieder um.« »Wahrhaftig«, sagte Grandgousier, »davon kann jetzt noch nicht die Rede sein; erst will ich heute abend einen Schmaus geben, und jetzt heiße ich euch bestens willkommen.«

Also wurde ein Nachtessen hergerichtet. Dazu briet man sechzehn Ochsen, drei Färsen, zweiunddreißig Kälber, dreiundsechzig Zicklein, fünfundneunzig Hammel, dreihundert Spanferkel, zweihundertundzwanzig Rebhühner, siebenhundert Schnepfen, vierhundert Kapaune von Loudun und Cornouaille, sechstausend Küchlein und ebensoviel Tauben, sechshundert Hühner, vierzehnhundert Hasen, dreihundertunddrei Trappen und siebzehnhundert gemästete Hähne. Wild hatte man so schnell nicht beschaffen können. Außer elf Wildschweinen, welche die Abtei

Turpenay geschickt, achtzehn Stück Rotwild, die Herr von Grammont geliefert, und achtzehn Fasanen, die Herr des Essars hergeschickt hatte, war nichts weiter da als noch etliche Dutzend Holztauben, Wasservögel, Krickenten, Rohrdommeln, Regenpfeifer, Haselhühner, Ringelgänse, wilde Enten, Brandgänse, Kropfgänse, Reiher, Wasserhühner, Buschreiher, Störche, Zwergtrappen, Flamingos, die zu den Phönikopteren gehören, und indische Hühner nebst einer beträchtlichen Menge Kuskussu[1] und einer reichen Auswahl der verschiedensten Suppen: also Lebensmittel genug, die auch von den Köchen Grandgousiers, Tellerleck, Zwiebelfleisch und Schnappsack, ganz vortrefflich zubereitet worden waren. Das Getränk besorgten Janssen, Michel und Nagelprob zur allgemeinen Zufriedenheit.

Achtunddreißigstes Kapitel

Wie Gargantua sechs Pilgersleute im Salat verspeiste

Hier will die Geschichte, daß wir erzählen, was sechs Pilgersleuten widerfuhr, die von Saint-Sébastien bei Nantes gekommen waren und aus Furcht vor den Feinden sich für die Nacht im Garten unter dem Bohnenstroh zwischen Kohl und Lattich versteckt hatten. Gargantua, dem ein bißchen flau geworden war, erkundigte sich nämlich, ob er nicht ein Maulvoll Lattichsalat bekommen könne.

Als er dann hörte, daß hierzulande der allergrößte und schönste Lattich wüchse, so groß wie Pflaumen- und Nußbäume, bekam er Lust, selbst danach zu gehen, und holte sich so viel davon, wie's ihm gerade genug schien, wobei er zugleich die sechs Pilgersleute forttrug, die vor Angst kein Wort zu reden noch sich zu räuspern wagten.

Wie er nun den Lattich am Brunnen wusch, sprachen die Pilgersleute leise zueinander: »Was macht er nur? Wir ersaufen ja hier in dem Lattich! Sollen wir nicht lieber reden? Aber dann wird er meinen, daß wir Kundschafter seien, und uns totschlagen.« – Während sie noch miteinander beratschlagten, legte sie Gargantua samt dem Lattich in eine Küchenschüssel, geradeso

1 nordafrikan. Grützegericht

groß wie das Faß von Citeaux[1], tat Essig, Öl und Salz daran und fing an zu essen, um sich vor dem Abenbrot etwas zu erfrischen. Fünf von den Pilgern hatte er schon ins Maul gesteckt, nur der sechste war noch in der Schüssel unter einem Lattichblatt versteckt, über das sein Pilgerstab etwas hervorragte. Grandgousier, der das sah, sagte zu Gargantua: »Ich glaube, da ist das Horn von einer Schnecke; iß die nicht.« – »Warum nicht?« fragte Gargantua, »diesen Monat sind sie gesund!« Und damit faßte er den Pilgerstab, zog daran den Pilger mit in die Höhe und aß ihn ohne weiteres auf. Dann trank er einen ungeheuren Schluck Rotwein hinterher und wartete nun, bis das Abendessen fertig sein würde.

Die Pilger aber, die er zu sich genommen hatte, suchten sich, so gut es gehen wollte, vor den Mühlsteinen seiner Zähne zu retten und meinten, man habe sie in ein unterirdisches Gefängnis gesteckt. Als Gargantua den großen Schluck trank, glaubten sie in seinem Maul ersaufen zu müssen, und fast hätte der Weinstrom sie in den Abgrund seines Magens hinabgeschwemmt. Mit knapper Not und wie Micheliten[2] mit Hilfe ihrer Pilgerstäbe hin und her springend, retteten sie sich an den Rand seiner Zähne. Aber einer von ihnen, der mit seinem Stock in der Gegend herumtastete, um zu sehen, ob es da sicher sei, stieß unglücklicherweise in einen hohlen Zahn und traf den Nerv des Kiefers; dies verursachte Gargantua einen solchen Schmerz, daß er furchtbar zu schreien anfing. Um sich von dem Schmerz zu befreien, ging er hinaus unter den Nußbaum und stocherte sich da die Pilgersleute aus den Zähnen.

Den einen packte er bei den Beinen, den andern bei den Schultern, den dritten am Schnappsack, den vierten an der Tasche, den fünften am Gurt; aber den armen Bußgänger, der ihm mit dem Stock so weh getan hatte, griff er beim Hosenlatz, was für diesen ein wahres Glück war; denn er zerdrückte ihm dabei eine Schankerbeule, die ihn seit der Zeit, wo sie durch Ancenis gekommen waren, sehr geplagt hatte. Die erlösten Pilger machten sich schnell durch den Garten davon, und der Schmerz hörte auf; zu

1 Zisterzienserkloster im mittleren Westfrankreich; sein Weinfaß soll 800 hl gefaßt haben. – 2 Pilger zum Mont-Saint-Michel, einem dem hl. Michael geweihten Benediktinerkloster auf einem Felsen vor der nordfranz. Küste

gleicher Zeit rief Eudämon zum Essen, das nun fertig war. – »Ich will nur erst noch einmal auf den Schmerz pissen«, sagte Gargantua. Er pißte aber so reichlich, daß sein Wasser den Pilgern den Weg abschnitt und sie gezwungen waren, über den Abflußkanal zu setzen. Als sie nun von dort am Rande des Schloßwaldes entlang auf der Landstraße weitergingen, fielen sie alle, bis auf Fournillier, in eine Wolfsgrube, aus der sie nur mit Hilfe ebendesselben Fournillier, der die Schlingen und Netze zerriß, glücklich erlöst wurden. Dann verbrachten sie den Rest der Nacht in einer Hütte unweit Coudray und wurden daselbst durch die frommen Reden eines ihrer Kameraden namens Lasdaller sehr erbaut, der ihnen zu Gemüte führte, wie alles, was ihnen zugestoßen, schon von David (Psalm soundsoviel)[1] vorher verkündet worden sei. »*Cum exsurgerent homines in nos, forte vivos deglutissent nos*; das war, als wir mit Essig, Öl und Salz im Salat gegessen wurden. *Cum irasceretur furor eorum in nos, forsitan aqua absorbuisset nos*; das war, als er den großen Schluck trank. *Torrentem pertransivit anima nostra,* als wir über den Abflußkanal setzten. *Forsitan pertransisset anima nostra aquam intolerabilem,* nämlich sein Blasenwasser, das uns den Weg abschnitt. *Benedictus Dominus, qui non dedit nos in captionem dentibus eorum. Anima nostra sicut passer erepta est de laqueo venantium,* das heißt, als wir in die Wolfsgrube fielen. *Laqueus contritus est,* von Fournillier, *et nos liberati sumus. Adjutorium nostrum etc.*«

Neununddreißigstes Kapitel

Wie der Mönch von Gargantua bewirtet ward und was er beim Abendessen für treffliche Reden führte

Als Gargantua endlich bei Tische saß und der erste Heißhunger gestillt war, begann Grandgousier von dem Ursprung und der Veranlassung des Kriegs zwischen Pikrochol und ihm zu erzählen und kam auch darauf zu sprechen, wie erfolgreich Bruder

1 124, 2/8: ... wenn die Menschen sich wider uns setzen, so verschlängen sie uns lebendig, wenn ihr Zorn über uns ergrimmte, so ersäufte uns Wasser, Ströme gingen über unsre Seele; es gingen Wasser allzu hoch über unsre Seele. Gelobet sei der Herr, daß er uns nicht gibt zum Raub in ihre Zähne! Unsre Seele ist entronnen wie ein Vogel dem Stricke des Voglers; der Strick ist zerrissen, und wir sind los. Unsre Hilfe usw. (lat.)

Hans Hackepeter den Klostergarten verteidigt hätte, wobei er ihn hinsichtlich seiner Tapferkeit über Camillus, Scipio, Pompejus, Cäsar und Themistokles stellte. Sofort verlangte Gargantua, daß man den Mönch herbeihole, damit man mit ihm beraten könne, was weiter zu tun sei, und bald sah man ihn, begleitet von dem Haushofmeister, der nach ihm geschickt worden war, lustig auf Grandgousiers Maultier, das Kreuzholz in der Hand, dahertraben. Er wurde auf das allerfreundlichste mit Zurufen und Umarmungen empfangen. »Holla, Bruder Hans, bester Bruder Hans, Gevatterchen, du Teufelskerl, laß dich umarmen. Herzensfreund, umarme mich. Möcht' dir das Kreuz zerbrechen vor Liebe, du Schwerenöter!« Und dazwischen warf Bruder Hans allerlei lustige Scherzreden, man konnte gar nicht zuvorkommender und liebenswürdiger sein als er. – »Fix, fix«, sagte Gargantua, »einen Sessel her, hierher zu mir, an dies Ende.« – »Wenn's Euch so gefällt«, sagte der Mönch, »mir ist's recht! Page, bring mir Wasser! Einen Kübel voll, mein Söhnchen, einen Kübel; muß mir die Leber erfrischen. Gib nur her, werde damit gurgeln.« – »*Deposita cappa*«, sagte Gymnast, »legt die Kutte ab.« – »Beileibe nicht«, sagte der Mönch; »*in statutis ordinis*[1] steht ein Kapitel, das dazu nicht stimmen möcht'.« – »Bah«, sagte Gymnast, »was schert uns hier Euer Kapitel? Die Kutte beschwert Euch nur die Schultern. Legt sie ab.« – »Laßt sie nur, wo sie ist, mein Freund«, sagte der Mönch; »sie soll mich wahrlich nicht am Trinken hindern. Ich fühl' mich am wohlsten, wenn ich sie anhabe. Leg' ich sie ab, so schneiden die Herren Pagen Strumpfbänder draus, wie sie mir's schon einmal in Coulaine angetan haben. Außerdem verdirbt mir's den Appetit. Sitz' ich dagegen in meiner Kutte bei Tisch, so sauf' ich, straf' mich Gott, mit dir und deinem Gaul. Also lustig. Gott bewahre die Gesellschaft vor allem Übel. Zwar hab' ich schon zu Abend gegessen, werde aber darum doch nicht weniger zulangen; denn ich hab' einen famosen Magen, so hohl wie Sankt Benedikts Stiefel und immer offen wie 'ne Advokatentasche. Von allen Fischen außer der Schleie nimm dir[2], vom Rebhuhn die Flügel und von einer jungen Nonne die Schenkel. Heißt das nicht lustig gelebt, wenn man knüppeldick stirbt? Unser Prior ißt das Weiße vom Kapaun am liebsten.« – »Darin«,

1 in den Regeln unseres Ordens (lat.) – 2 den Rücken und laß den Bauch; Sprichwort

sagte Gymnast, »gleicht er also den Füchsen nicht; die fressen von den Kapaunen, Hühnern und Küken, die sie fangen, das weiße Fleisch nie.« – »Warum nicht?« fragte der Mönch. – »Darum«, sagte Gymnast, »weil sie keinen Koch haben, der sie ihnen kocht, und wenn sie nicht ordentlich gekocht sind, bleibt das Fleisch rot und wird nicht weiß. Röte des Fleisches ist immer ein Zeichen, daß es nicht genug gekocht worden ist, außer bei Hummern und Krebsen, die vom Kochen so rot werden wie Kardinäle.« – »Potz Fest, wie Bayard sagt«, erwiderte der Mönch, »da muß der Bruder Krankenpfleger in unserer Abtei doch einen recht schwach gesottenen Kopf haben; denn seine Augen sind so rot wie Schüsseln aus Erlenholz. – Dieser Hasenschenkel ist gut gegen Gicht.

Apropos Schenkel! Warum sind bei den jungen Mädchen die Schenkel immer kühl?« – »Von diesem Problem«, sagte Gargantua, »haben weder Aristoteles noch Alexander von Aphrodisias, noch Plutarch etwas gewußt.« – »Das kommt«, sagte der Mönch, »von den drei Ursachen, derentwegen ein Ort überhaupt kühl ist. Erstens, weil Wasser dran entlangläuft; zweitens, weil's ein schattiger, dunkler Ort ist, wo die Sonne nie hinscheint, und drittens, weil's da beständig bläst, entweder aus dem Loch oder dem Unterrock oder dem Hemd, aber besonders aus dem Hosenlatz. He, Pate, eingeschenkt! Sapristi! Wie gut doch der liebe Gott ist, daß er uns volle Becher gibt. Ich schwör's bei Gott, hätt' der Herr Christus zu meiner Zeit gelebt, die Juden hätten ihn am Ölberg nicht gefangennehmen sollen. Und hol' mich der Teufel, wenn ich nicht den Herren Aposteln die Haxen zerhauen hätte, die so feig davonliefen und ihren Herrn und Meister in der Not steckenließen, nachdem sie doch noch eben so schön mit ihm zu Abend gegessen hatten. Solche Kerle, die sich aus dem Staube machen, wenn's drauf ankommt, die Plempe zu ziehen, hass' ich wie Gift. Ha, ich sollte nur so achtzig oder hundert Jahre König von Frankreich sein, die räudigen Hunde, die Ausreißer von Pavia, sollt' ich schon stäupen, so wahr mir Gott helf'! Möchten sie alle die Pest kriegen! Warum starben sie nicht lieber, als daß sie ihren guten König in solcher Not verließen? Ist's denn nicht besser und ehrenhafter, in tapferem Kampf zu sterben, als fliehend ein ehrloses Leben davonzutragen? Dies Jahr wird's wohl so gut wie gar keine Gänse geben. He du, lieber

Freund, lange mir mal das Schweinefleisch her. Zum Teufel, Mostsoße ist auch keine mehr da. *Germinavit radix Jesse*[1]. Ich will des Todes sein, wenn ich nicht vor Durst sterbe. Dieser Wein ist nicht übel. Was für welchen trinkt man in Paris? Der Teufel soll mich holen, wenn ich nicht dort seinerzeit sechs Monate lang für jedermann, der zu mir kam, offene Tafel gehalten habe. Kennt ihr Bruder Claude aus dem obern Bar? Oh, was das für ein prächtiger Kumpan ist! Aber es muß ihn eine Mücke gestochen haben; denn lange schon tut er nichts weiter als nur studieren. Ich für meinen Teil studiere nie. In unserer Abtei studieren wir alle nicht, wir fürchten, uns die Haut abzuschinden. Unser seliger Abt pflegte immer zu sagen, es gäbe nichts Abscheulicheres als einen gelehrten Mönch. Wahrhaftig, lieber Herr und Freund, *magis magnos clericos non sunt magis magnos sapientes*.[2] – So viel Hasen wie dies Jahr sind noch gar nicht dagewesen. Trotz aller Mühe, die ich mir gegeben habe, kann und kann ich keinen guten Falken oder Habicht bekommen. Herr von Bellonnière hatte mir einen abzurichten versprochen; aber der ist neulich lungenlahm geworden, wie er mir schrieb. Die Rebhühner fressen uns in diesem Jahr noch die Ohren ab. Doch mit Schlagnetzen zu fangen macht mir keinen Spaß; denn ich hole mir dabei den Schnupfen. Wenn ich nicht herumlaufen und mir tüchtig Bewegung machen kann, ist mir nicht wohl. Freilich, bei dem Setzen über Busch und Hecken muß meine Kutte oft genug Haare lassen. Ich habe einen prächtigen Hühnerhund; des Teufels will ich sein, wenn ein einziger Hase ihm durchbrennt. Ein Lakai sollte ihn dem Herrn von Maulevrier bringen, aber ich stibitzt' ihn weg. Tat ich unrecht daran?« – »Ei bewahre, Bruder Hans«, sagte Gymnast; »bei allen Teufeln, nein!« – »Also auf die Gesundheit dieser Teufel, solang es noch welche gibt«, sagte der Mönch. »Gütiger Himmel, was hätte das Hinkebein auch mit dem Hund anfangen sollen? Dem verdammten Lahmfuß ist es viel lieber, wenn man ihm ein paar Ochsen schenkt.« – »Was muß ich hören«, sagte Ponokrates; »Ihr flucht, Bruder Hans?« – »Ich verbräme meine Rede nur mit etlichen rhetorischen Floskeln in Ciceros Art«, sagte der Mönch.

1 Es sproßte die Rute Jesse (lat.); Anklang an Jesajas 11, 1. – 2 die gelehrtesten Geistlichen sind nicht die gescheitesten (küchenlat.).

Vierzigstes Kapitel

Warum alle Welt vor den Mönchen Scheu hat und warum etliche eine größere Nase haben als andere

»Bei meinem Christenglauben«, sagte Eudämon, »ich kann mich gar nicht genug darüber wundern, wie anständig sich dieser Mönch beträgt. Er setzt uns hier alle dadurch in Erstaunen. Woher es nur kommt, daß man die Mönche Störenfriede nennt und sie aus jeder guten Gesellschaft entfernt, ganz wie die Bienen die Drohnen aus ihren Stöcken verjagen. *Ignavum fucos pecus,* sagt Maro[1], *a praesepibus arcent.*[2]« Darauf antwortete Gargantua: »Es ist nur allzu wahr, daß Kutte und Kapuze den Schimpf, die Schmähreden und Verwünschungen der Welt auf sich ziehen, wie der Wind Cäcias die Wolken anzieht. Der entscheidende Grund dafür ist wohl der, daß sie sich vom Schmutz der Welt, das heißt von den Sünden, nähren, und ebendeshalb verbannt man sie als Dreckfresser an ihre Aborte, das heißt in ihre Klöster und Abteien, die ebenso abseits vom allgemeinen Verkehr liegen wie in einem Haus die heimlichen Gemächer. Wenn du aber begreifst, weshalb in einem Haushalt ein Affe stets gefoppt und geneckt wird, so wirst du auch begreifen, weshalb die Mönche von alt und jung mißachtet und gemieden werden. Der Affe bewacht nicht das Haus wie der Hund, zieht nicht im Joch wie der Ochs, gibt nicht Milch noch Wolle wie das Schaf und trägt nicht Lasten wie das Pferd; er verdirbt und beschmutzt nur alles, und deswegen wird er geneckt und geprügelt.

Ebenso ackert der Mönch, ich meine, der müßige, auch nicht wie der Bauer, beschützt nicht das Land wie der Soldat, heilt nicht Kranke wie der Arzt, predigt und lehrt nicht wie der würdige Geistliche oder der Schulmeister, schafft auch dem Staat nicht bequeme und angenehme Dinge zur Stelle, wie es der Kaufmann tut. Das ist der Grund, weshalb sie allgemein verachtet und verabscheut werden.« – »Aber«, sagte Grandgousier, »sie beten doch für uns.« – »Nichts weniger als das«, sagte Gargantua. »Mit Glockengebimmel freilich plagen sie ihre Nachbarschaft genug; denn: ›Eine Messe, Frühmette oder Vesper gut ein-

1 Vergil – 2 Drohnen, das unnütze Volk, sie halten es fern von den Stöcken (lat.; »Vom Landbau« 4, 168).

geläutet, ist halb gelesen‹, sagt der Mönch. Sie murmeln eine Menge Legenden und Psalmen her, die sie nicht verstehen, und plappern ihre mit Ave-Marias gespickten Paternoster herunter, ohne etwas dabei zu denken; aber das nenn' ich Gespött treiben mit dem lieben Gott, nicht beten. Überdies beten sie gar nicht für uns, sondern nur deshalb, weil sie fürchten, daß ihnen sonst ihre fetten Mahlzeiten und ihre Suppen verlorengehen könnten. Die wahren Christen aller Stände, aller Orten und zu allen Zeiten beten selbst zum lieben Gott, und der Heilige Geist bittet und heischt für sie, und Gott nimmt sie in Gnaden an. So einer ist hier unser Bruder Hans; deswegen sucht auch jeder seine Gesellschaft. Er ist nicht bigott, geht nicht zerlumpt einher, ist ehrlich, lustig, verständig und ein guter Tischgenosse. Er arbeitet, schafft auf dem Feld, nimmt sich der Unterdrückten an, ermutigt die Betrübten, hilft den Notleidenden und beschützt den Klostergarten seiner Abtei.« – »Ich tue noch viel mehr«, sagte der Mönch. »Während ich meine Frühmetten und Totenmessen herunterhasple, dreh' ich Armbrustränge, poliere Spanner und Bolzen oder stricke Netze zum Kaninchenfang. Nie bin ich müßig. Aber fix, fix, zu trinken her! Reicht mir auch das Obst einmal. Das sind Kastanien aus den Wäldern von Estroc; mit gutem jungem Wein zusammen sind das die echten Windfabrikanten. Sind da drinnen nur noch nicht munter geworden. Bei Gott, ich saufe aus allen Pfützen wie das Pferd eines Promotors[1].« – »Bruder Hans«, sagte Gymnast, »wischt doch den Tropfen ab, der Euch da an der Nase hängt.« – »Hahaha«, lachte der Mönch, »wär' ich etwa in Gefahr zu ersaufen, da mir's Wasser schon bis an die Nase geht? Aber nein! *Quare? Quia*[2]

es fließt heraus, doch nicht hinein,
denn sie ist vollgefüllt mit Wein.

O bester Freund, wer ein Paar Winterstiefel von dem Leder hätte, der könnte ganz dreist damit Austern fischen gehen; die würden kein Wasser ziehn.« – »Wie kommt's nur«, fragte Gargantua, »daß Bruder Hans eine so schöne Nase hat?« – »Weil's dem lieben Gott so gefallen hat, der uns alle nach seinem göttlichen Willen bereitet und formt wie ein Töpfer sein Geschirr«, sagte Grandgousier. – »Weil er der erste auf dem Nasenmarkt

1 geistlicher Gerichtsbeisitzer – 2 Warum? Weil... (lat.)

war und sich die größte und schönste aussuchen konnte«, sagte Ponokrates. »Hottetotte«, sagte der Mönch, »nach der richtigen Mönchsphilosophie kommt's daher, weil meine Amme weiche Brüste hatte; wenn sie mich stillte, versank meine Nase darin wie in Butter und konnte sich ausdehnen und ungehindert aufgehen wie Teig im Backtrog. Von den harten Brüsten der Ammen werden die Kinder plattnasig. Aber munter, lustig! *Ad formam nasi cognoscitur ad te levavi*[1]. Eingemachtes ess' ich mein Lebtag nicht. Page, eingeschenkt! Item Röstbrot!«

Einundvierzigstes Kapitel

Wie der Mönch Gargantua einschläferte sowie von seinen Horen[2] und Brevieren

Nach beendigtem Abendessen berieten sie sich miteinander über die vordringlichen Fragen und beschlossen dann, um Mitternacht auszureiten, um zu sehen, ob die Feinde auf ihrer Hut wären und was sie trieben. Bis dahin wollten sie etwas ruhen, um dann frischer zu sein. Aber Gargantua konnte mit aller Gewalt nicht einschlafen, so daß der Mönch zu ihm sagte: »Ich schlafe niemals so gut ein wie während der Predigt oder wenn ich bete. Also bitt' ich Euch, laßt uns die sieben Bußpsalmen zusammen hersagen, und Ihr sollt einmal sehen, wie das hilft.« Dieser Vorschlag gefiel Gargantua; sie fingen also mit dem ersten Psalm an, aber bei dem *Beati quorum*[3] waren sie alle beide schon fest eingeschlafen. Doch noch vor Mitternacht wachte der Mönch wieder auf, so sehr war er an die Zeit der klösterlichen Frühmetten gewöhnt. Sobald er wach geworden war, weckte er auch die anderen, indem er mit lauter Stimme das Lied zu singen begann:

O Reginhard, mein Reginhard,
erwach, erwach, mein Reginhard.

Nachdem sie alle munter geworden waren, sprach er: »Liebe Herren, man pflegt zu sagen, die Frühmette fange mit Husten und das Abendessen mit Trinken an. Wollen wir's heute einmal

1 An der Form der Nase erkennt man: Ich habe mich erhoben zu dir (der du im Himmel sitzest; Psalm 122, 1 der lat. Bibelfassung) – 2 Stundengebet – 3 Wohl dem... (lat.; Psalm 32, 1); 2 Bußpsalm

umgekehrt machen und unsere Frühmette mit Trinken anfangen; heute abend kann ja dann jeder, wenn er sich zu Tisch setzt, soviel husten, wie er will.« – Worauf Gargantua erwiderte: »Wie, sogleich nach dem Schlafen wollt Ihr trinken? Das wäre eine schlechte ärztliche Diät. Erst muß man den Magen und die Gedärme von dem Ballast und allem Unrat gereinigt haben.« – »Das nennt man wie ein Arzt gesprochen«, sagte der Mönch. »Hundert Teufel sollen mir in den Leib fahren, wenn's nicht mehr alte Zechbrüder als alte Ärzte gibt. Ich habe mit meinem Appetit einen Vertrag geschlossen, daß er sich immer mit mir zugleich schlafen legen muß; dafür steht er dann auch wieder mit mir auf, und den Tag über seh' ich auf gute Ordnung. Macht Euch den Leib frei, soviel es Euch gefällt, ich halte mich an mein Speifederchen.« – »Was für ein Speifederchen«, fragte Gargantua, »was meinst du damit?« – »Nun, an mein Brevier«, sagte der Mönch; »wie die Falkner ihre Vögel, ehe sie sie atzen, an einem Hühnerbein zupfen lassen, damit ihr Gehirn frei und der Appetit gereizt werde, so nehme ich alle Morgen das kleine, putzige Brevier zur Hand, um mir die Lunge zu purgieren, und dann bin ich zum Trinken wieder fertig.«

»Auf welche Art betet Ihr denn Eure schönen Horen?« fragte Gargantua. – »Nach der Art der Mönche von Fécamp[1]«, sagte der Mönch, »drei Psalmen und drei Lektionen, aber wer nicht will, auch nichts. Ich lasse mir meine Horen nicht vorschreiben. Die Horen sind für den Menschen da und nicht der Mensch für die Horen. Deshalb nehme ich meine wie Zügel, länger oder kürzer, wie mir's gerade paßt. *Brevis oratio penetrat coelos, longa potatio evacuat scyphos*[2]. Wo steht das geschrieben?« – »Das weiß ich wahrhaftig nicht«, sagte Ponokrates; »aber das muß man sagen, du bist ein rarer Junge.« – »Ganz wie du«, sagte der Mönch. »Doch – *venite apotemus*[3].« Man brachte eine tüchtige Portion gebratenen Fleisches nebst schöner Krautsuppe, und der Mönch aß und trank nach Herzenslust. Etliche leisteten ihm Gesellschaft, andere nicht. Dann rüsteten sich alle und legten ihre Panzer an. Auch den Mönch wappneten sie wider seinen Willen, obgleich er

1 Benediktinerkloster an der Küste der Normandie – 2 Kurzes Beten dringt zum Himmel, langes Trinken leert die Becher (lat.). – 3 Kommt, laßt uns trinken (lat.); Parodie von Psalm 94, 6 der lat. Bibelfassung: *venite adoremus,* kommt, laßt uns anbeten.

meinte, die Kutte schütze seinen Magen schon genug und er brauche keine andere Waffe als sein Kreuzholz. Aber da sie darauf bestanden, ließ er's geschehen. So steckte man ihn vom Kopf bis zu den Füßen in eine Rüstung, schnallte ihm einen großen Säbel um und setzte ihn auf ein starkes Streitroß. Auch Gargantua, Ponokrates, Gymnast und Eudämon nebst fünfundzwanzig der Tapfersten von Grandgousiers Haustruppen saßen auf, jeder vollständig gerüstet und die Lanze in der Faust: lauter Sankt George. Hinter jedem, auf der Kruppe des Pferdes, saß noch ein Büchsenschütz.

Zweiundvierzigstes Kapitel

Wie der Mönch seinen Gefährten Mut zusprach und an einem Baum hängenblieb

So zogen die edlen Krieger auf ihr Abenteuer aus und unterhielten sich darüber, was sie zu tun und wovor sie sich zu hüten hätten, wenn der Tag der großen, fürchterlichen Schlacht anbräche. Der Mönch aber sprach ihnen Mut zu und sagte: »Kinder, verscheucht nur alle Furcht und allen Zweifel, ich werde euch schon führen. Gott und der heilige Benedikt sind mit uns. Hätt' ich so viel Kraft wie Mut, bei Gott, ich wollt' sie wie die Enten rupfen! Ich fürchte mich vor gar nichts, ihre Artillerie ausgenommen. Indessen weiß ich einen Spruch, den mich der Untersakristan in unserer Abtei gelehrt hat; der schützt vor den Kugeln, nur daß ich nicht dran glaube, und so wird er mir wohl nichts helfen. Dafür soll mein Kreuzstock Wunder tun. Hol' mich der Teufel, wenn ich nicht den von euch, der etwa das Hasenpanier ergreifen wollte, mit meiner Kutte aufzäume und statt meiner zum Mönch mache; so 'n Rock kuriert alle Feigheit. Kennt ihr nicht die Geschichte von Herrn von Meurles' Windhund? Der war auf der Jagd den Teufel nichts wert; da hing ihm sein Herr eine Kutte über, und nun konnte sich weder Hase noch Fuchs mehr vor ihm retten. Ja, was noch viel erstaunlicher war, er belegte alle Hündinnen ringsum im ganzen Land, obgleich er vorher lendenlahm und *de frigidis et maleficiatis*[1] gewesen war.«

1 einer »Von den Frigiden und durch Hexerei Impotenten«; Abschnitt des kirchlichen Gesetzbuchs

Eben als der Mönch zornig diese Worte sprach, ritt er auf dem Weg nach dem Weidicht unter einem Nußbaum hin und blieb mit dem Visier seines Helms an dem Stummel eines abgebrochenen Astes hängen. Dessenungeachtet gab er seinem Pferd heftig die Sporen, das in diesem Punkt etwas kitzlig war und einen Satz nach vorn machte. Der Mönch, der das Visier vom Ast nicht losmachen konnte, ließ die Zügel fahren und hielt sich mit einer Hand an dem Stumpf fest, während das Pferd unter ihm fortlief. So hing er an dem Nußbaum und schrie Zetermordio, daß man ihm zu Hilfe kommen solle, und schimpfte über Verrat. Eudämon, der ihn zuerst bemerkte, rief Gargantua zu: »Herr, kommt doch her und seht, hier hängt ein Absalom.« Als nun Gargantua herbeigekommen war und den Mönch in dieser Lage sah, sagte er zu Eudämon: »Du hast ihn fälschlich mit Absalom verglichen; dieser hing an seinen Haaren, der Mönch aber, da ihm der Kopf geschoren ist, hat sich an den Ohren aufgehängt.« – »Helft mir, zum Teufel«, sagte der Mönch, »jetzt ist keine Zeit zum Schwatzen. Ihr scheint mir zu den Dekretalenpfaffen zu gehören, die sagen, man müsse seinen Nächsten, der in Todesgefahr schwebt, bei Strafe dreifacher Exkommunikation erst ermahnen, zu beichten und sich in den Stand der Gnade zu setzen, eh' man ihm hilft. Säh' ich nur mal so einen in den Fluß fallen und dem Ertrinken nah, ich wollt' gewiß nicht hinlaufen und ihm die Hand reichen, sondern würd' ihm einen schönen, langen Sermon halten *de contemptu mundi et fuga saeculi*[1] und ihn dann erst herausfischen, wenn er schon tot wäre.« – »Rühr dich nur nicht, mein Püppchen«, sagte Gymnast, »ich werde dich gleich herunterholen; bist ja mein kleines, allerliebstes Mönchlein.

Monachus in claustro
non valet ova duo,
sed quando est extra,
bene valet triginta[2].

Habe doch schon mehr als fünfhundert Gehenkte gesehen, aber keinen, der mit solchem Anstand gebaumelt hätte; wenn ich's so gut verstünde, wollt' ich mein Lebtag hängen!« – »Habt Ihr nun bald genug gepredigt?« schrie der Mönch. »Helft mir um Gottes willen, wenn Ihr's dem Andern[3] nicht zu Gefallen tun wollt. Aber bei meiner Kutte, Ihr sollt's bereuen, *tempore et loco praelibatis*[4].«

Endlich stieg Gymnast vom Pferd, kletterte auf den Nußbaum, faßte den Mönch mit der einen Hand unter der Achselhöhle und hob ihn in die Höhe, machte mit der anderen das Visier vom Ast los und ließ ihn zur Erde fallen, während er selbst nachsprang. Kaum war der Mönch wieder auf festem Boden, als er sich die Rüstung vom Leibe riß und Stück für Stück auf die

1 über Weltverachtung und Weltflucht (lat.) – 2 Der Mönch ist kaum zwei Eier wert, / solang er sitzt am Klosterherd, / doch ist er draußen etwas freier, / so gilt er mehr als dreißig Eier (lat.). – 3 Teufel – 4 gegebener Zeit und gehörigen Orts (lat.)

Erde schleuderte; dann griff er nach seinem Kreuzholz und bestieg sein Pferd wieder, das Eudämon unterdes eingefangen hatte. Dann ritten sie munter auf dem Weg nach dem Weidicht weiter.

Dreiundvierzigstes Kapitel

Wie Gargantua auf Pikrochols Vorhut stieß und der Mönch den Hauptmann Frühreißaus tötete, selbst aber gefangengenommen ward

Rasender Zorn ergriff Pikrochol, als er von denen, die nach dem Tode des Hauptmanns Knobelbecher davongelaufen waren, vernahm, daß die Teufel seine Truppen angegriffen hätten. Die ganze Nacht wurde Kriegsrat gehalten, wobei Grünling und Eisenfresser die Ansicht vertraten, seine Truppen seien stark genug, um allen Teufeln, wenn sie kämen, Trotz zu bieten. Was Pikrochol doch ein wenig bezweifelte und überhaupt der ganzen Sache nicht traute. Trotzdem schickte er sechzehnhundert Mann leichte Reiterei unter dem Befehl des Grafen Frühreißaus zum Rekognoszieren aus, die aber alle vorher mit Weihwasser besprengt wurden und von denen jeder, um ganz sicherzugehen, als Feldzeichen eine Stola, wie eine Schärpe um den Leib geschlungen, trug, so daß die Teufel, wenn sie ihnen etwa in den Weg kämen, vor dem gregorianischen Wasser[1] und den Stolen davonliefen und verschwänden. Sie streiften bis nach Vauguyon und dem Siechenhaus, ohne eine Menschenseele anzutreffen, mit der sie ein Wort hätten reden können, ritten dann über die Hügel und fanden in der Hütte bei Coudray die fünf Pilgersleute, die sie, ohne sich an ihre Wehklagen, Beteuerungen und Gegenvorstellungen zu kehren, banden, mißhandelten und, als ob's Spione wären, mit sich nahmen.

Als sie bis in die Nähe von Seuilly gelangt waren, hörte Gargantua sie kommen und sagte zu seinen Leuten: »Jetzt, Kameraden, stoßen wir auf sie; aber es sind ihrer wohl zehnmal mehr als wir, sollen wir sie angreifen?« – »Zum Teufel, was denn sonst?« sagte der Mönch. »Schätzt Ihr etwa die Leute nach ihrer Zahl und

1 Mischung von Wasser, Wein und Asche zur Reinigung entweihter Kirchen

nicht nach ihrer Stärke und Tapferkeit?« Dann, laut die Stimme erhebend, schrie er: »Alle Teufel, drauf, drauf!« Als die Feinde dies hörten, glaubten sie, es wären wirkliche Teufel, und wandten sich zur Flucht, außer Frühreißaus, der seine Lanze einlegte und den Mönch damit kräftig gegen die Brust stieß; aber sobald die Lanzenspitze die schreckliche Kutte berührte, bog sie sich um; es war, als ob man mit einer dünnen Kerze gegen einen Amboß gestoßen hätte. Gleich gab ihm der Mönch mit seinem Kreuzholz eins zwischen Hals und Ringkragen aufs Schulterblatt, so daß er gewaltig erschrak, die Besinnung verlor und vom Pferde taumelte.

Als der Mönch die Stola sah, die jener als Schärpe umhatte, sagte er zu Gargantua: »Das sind nur Pfaffen und noch lange keine Mönche; ich dagegen, bei Sankt Johann, bin ein ganzer Mönch und will sie wie die Fliegen totschlagen.« Damit jagte er ihnen in gestrecktem Galopp nach, bis er die Hintersten erreicht hatte, und mähte sie, links und rechts um sich hauend, wie Korn nieder. Unterdes wandte sich Gymnast an Gargantua und fragte ihn, ob sie auch die Fliehenden verfolgen sollten; doch dieser erwiderte: »Keineswegs. Es ist eine gute Kriegsregel, daß man den Feind nicht zur Verzweiflung treiben soll; denn die Not richtet seine Kraft und seinen Mut, die bereits wankend und hinfällig wurden, wieder auf und verdoppelt sie. Kein besseres Rettungsmittel für entmutigte und erschöpfte Truppen, als daß sie auf gar keine Rettung mehr hoffen können. Wie oft schon ist den Siegern der Erfolg wieder aus der Hand gerissen worden, weil sie sich nicht vernünftigerweise begnügen wollten, sondern danach trachteten, alle ihre Feinde zu töten und zu vernichten, damit auch nicht ein einziger davonkäme, die Kunde von ihrem Unglück heimzutragen. Dem fliehenden Feind muß man alle Türen und Tore öffnen und goldene Brücken bauen.« – »Aber«, sagte Gymnast, »sie haben den Mönch.« – »Haben sie ihn?« fragte Gargantua; »nun, bei meiner Ehre, das wird ihnen schlecht bekommen. Aber um ganz sicherzugehen, wollen wir uns noch nicht zurückziehen, sondern still hier warten. Denn ich glaube, ich kenne jetzt die Fechtweise unserer Feinde gut genug. Sie lassen sich vom Zufall leiten und haben keinen vernünftigen Plan.« Also warteten sie unter den Nußbäumen, während der Mönch die Feinde verfolgte und alles, was ihm in den Weg kam, ohne

Gnade niedermachte, bis er auf einen Reiter stieß, der einen von den armen Pilgersleuten hinter sich auf dem Pferd hatte. Als er diesem zu Leibe wollte, schrie der Pilger: »Ach, Herr Prior, liebster Herr Prior, bester Herr Prior, rettet mich, ich bitte Euch!« Durch welche Worte die Fliehenden veranlaßt wurden, sich umzusehen, und da sie gewahrten, daß der Mönch ganz allein hinter ihnen her war, hieben sie auf ihn ein wie auf einen hölzernen Esel. Aber er hatte ein dickes Fell, so daß er's nicht spürte, besonders wenn sie auf die Kutte schlugen. Also fingen sie ihn und gaben ihm zwei Bogenschützen zur Bewachung, meinten aber, da sie beim Wenden der Pferde keinen Feind sich gegenüber gesehen hatten, daß Gargantua mit seinem Haufen geflohen sei. Sie jagten also in aller Eile den Nußbäumen zu, um sie einzuholen, und ließen den Mönch mit den beiden Bogenschützen allein zurück. Als Gargantua den Lärm und das Wiehern der Pferde hörte, sagte er zu seinen Leuten: »Kameraden, ich höre den Hufschlag unserer Feinde und sehe, wie sie in dichten Haufen auf uns zusprengen; schließt die Reihen und stellt euch mitten auf den Weg; so wollen wir sie hier empfangen, ihnen zum Schaden und uns zur Ehre.«

Vierundvierzigstes Kapitel
Wie der Mönch sich seiner Wächter entledigte und Pikrochols Vorhut vernichtet ward

Da der Mönch sie so eilig davonreiten sah, vermutete er, daß es ihre Absicht sei, nun Gargantua und seine Leute anzugreifen, und er war sehr betrübt, ihnen nicht beistehen zu können. Die beiden Bogenschützen aber, die ihn bewachten, wären auch lieber den anderen gefolgt, um ihren Anteil an der Beute zu haben, und blickten ihnen unverrückt nach, wie sie das Tal hinunterritten. Da sprach er bei sich: »Diese Leute sind ungeübt im Waffenhandwerk, sonst hätten sie mir das Ehrenwort abgefordert und mir nicht meinen Degen gelassen.«

Plötzlich zieht er ihn und versetzt damit dem Bogenschützen, der ihm zur Rechten stand, einen Hieb, der diesem die jugularen Venen und sphagitiden Arterien am Hals wie die Kehle bis zu den beiden Halsdrüsen mitten durchschnitt, beim Zurückziehen aber das Rückenmark zwischen dem zweiten und dritten Wirbelknochen bloßlegte, so daß der arme Teufel tot zu Boden fiel. Dann, sein Pferd herumwerfend, stürzte er sich auf den andern, der, sobald er sah, daß sein Gefährte tot auf der Erde lag und der Mönch auf ihn zukam, mit lauter Stimme rief: »Ach, Herr Prior, liebster Herr Prior, bester Herr Prior, ich ergebe mich!« Wogegen der Mönch ebensolaut schrie: »Ach, Herr Posterior, liebster Herr Posterior, bester Herr Posterior, ich werde dir's auf deine Posteriora[1] geben!« – »Ach«, sagte der Bogenschütz, »lieber Herr Prior, Herzensprior, gnädigster Herr Prior, Gott mög' Euch zum Abt machen.« – »Dich aber will ich zum Kardinal machen«, sagte der Mönch, »bei meiner Kutte! Was? Erlaubst du dir, über die Diener der Religion zu urteilen? Werde dir gleich 'nen roten Hut aufsetzen!« Wogegen der Bogenschütz wieder schrie: »Herr Prior, Herr Prior, Herr Abt *in spe,* Herr Kardinal, Herr – was Ihr wollt! Ach, ach, beileibe nein, Herr Prior, mein guter, lieber, allerschönster Herr Prior, ich gebe mich gefangen!« – »Und ich dich dem Teufel«, sagte der Mönch. Damit spaltete er ihm den Schädel, indem er die Schuppe über dem Felsbein durchhieb, Stirnbein und Hinterhauptbein, Pfeilnaht nebst einem großen Teil des Scheitelbeins mitnahm, die beiden Hirnhäute durchschnitt und die beiden hinteren Gehirnventrikel vollständig bloßlegte, so daß ihm der abgetrennte Kopf an der Haut des Perikraniums hinten auf die Schulter hinabhing wie ein Doktorhut, auswendig schwarz, inwendig rot. Ohne einen Mucks von sich zu geben, stürzte er tot zu Boden. Darauf gab der Mönch seinem Pferde die Sporen und ritt denselben Weg, den die Feinde genommen hatten, zurück. Diese waren bereits mit Gargantua und seinen Gefährten auf der Landstraße zusammengestoßen und durch das ungeheure Blutbad, das Gargantua mit seinem großen Baum, desgleichen Gymnast, Ponokrates, Eudämon und die übrigen unter ihnen angerichtet hatten, an Zahl schon so zusammengeschmolzen, daß sie erschreckt und verwirrt, als ob sie den leibhaftigen Tod vor Augen sähen, zu fliehen begannen. Wie ihr einen Esel, den eine junonische Bremse oder Fliege in den Hintern sticht[2], hierhin, dahin, über Stock und Stein laufen, seine Last zu Boden werfen, Zaum und Zügel zer-

1 Hinterteil – 2 Juno verfolgte auf diese Weise ihre in eine Kuh verwandelte Nebenbuhlerin Io

reißen, keinen Augenblick stillstehen, nirgends Atem schöpfen seht und doch nicht erkennen könnt, was ihn in solchen Aufruhr versetzt, da ihr von dem, was ihn sticht, keine Ahnung habt, so flohen diese Leute, ihrer Besinnung beraubt, ohne zu wissen, warum: ein panischer Schrecken hatte ihre Seele ergriffen. Der

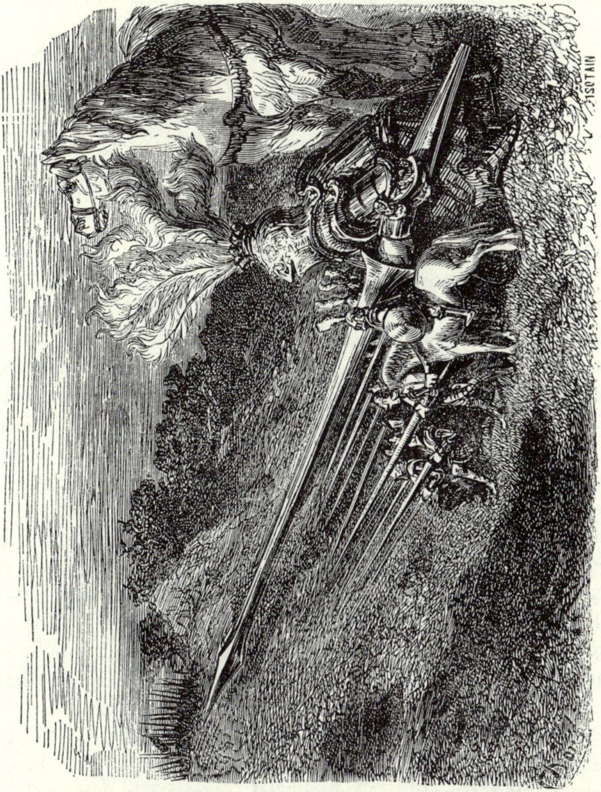

Mönch, der wohl sah, daß sie an nichts weiter dachten, als nur davonzukommen, stieg vom Pferd, erklomm dicht beim Wege ein Felsstück und hieb mit seinem großen Degen schonungslos auf die Fliehenden ein, von denen er so viele tötete und erschlug, daß ihm zuletzt der Degen entzweisprang. Da dachte er denn bei sich, daß er nun wohl genug niedergemetzelt und erschlagen habe und der Rest davonkommen könne, um die Kunde von ihrer Niederlage zu überbringen. Doch holte er sich von einem der Erschlagenen, die da unten lagen, erst eine Streitaxt und stieg dann wieder das Felsstück hinauf, um von dort aus behaglich zuzusehen, wie die Feinde flohen und über die Toten hinstolperten; alle aber mußten ihre Piken, Lanzen, Degen und Schießgewehre dalassen, und die, welche die Pilger gebunden mit sich fortschleppten, ließ er absteigen und gab ihre Pferde den Pilgersleuten, die er hier am Eingang des Hohlwegs bei sich zurückbehielt. Und auch Eisenfresser mußte als Gefangener dort zurückbleiben.

Fünfundvierzigstes Kapitel

Wie der Mönch die Pilger mit sich nahm und was für eine schöne Rede Grandgousier ihnen hielt

Nachdem das Gefecht zu Ende war, marschierte Gargantua mit seinen Leuten, von denen nur der Mönch fehlte, nach Hause zurück und kam mit Tagesanbruch wieder bei Grandgousier an, der in seinem Bett für ihr Heil und ihren Sieg betete. Als er sie alle so unversehrt und wohlauf sah, umarmte er sie herzlich und erkundigte sich gleich darauf nach dem Mönch. Gargantua sagte ihm, daß dieser ohne Zweifel dem Feind in die Hände gefallen sei. – »Das bedeutet ihnen nichts Gutes«, sagte Grandgousier, und darin hatte er recht. Denn noch bis auf den heutigen Tag gilt das Sprichwort: einem den Mönch auf den Hals schicken[1].

Danach befahl er, daß man ein Frühstück bereite, damit alle sich erquicken könnten. Als angerichtet war, rief man auch nach Gargantua; aber der war über das Verschwinden des Mönchs so betrübt, daß er weder essen noch trinken wollte.

Mit einemmal ist der Mönch wieder da! Vom Tor des Hinterhofs hört man es rufen: »Gymnast, lieber Gymnast, einen Trunk, einen kühlen Trunk!« – Alsbald lief Gymnast hinaus und sah, daß es Bruder Hans war, der die fünf Pilgersleute und Eisenfresser als Gefangene mit sich brachte; auch Gargantua ging ihm entgegen. Sie empfingen ihn auf das freudigste und führten ihn zu

1 jmd. prellen

Grandgousier, der ihn über sein Abenteuer befragte. Der Mönch erzählte ihm alles ausführlich: wie er in die Gefangenschaft geraten sei und wie er sich von den Bogenschützen losgehauen hätte, auch von der Metzelei am Weg und wie er die Pilger befreit und den Hauptmann Eisenfresser gefangengenommen. Darauf setzten sich alle fröhlich zum Mahl nieder, und bei Tisch fragte Grandgousier die Pilger, wo sie zu Hause wären, wes Wegs sie kämen und wohin sie gingen. Lasdaller antwortete für sie alle: »Ich, edler Herr«, sagte er, »bin aus Saint-Genou im Berry, der da ist aus Palluau, der aus Onzay, der ist in Argy zu Hause und der in Villebernin[1]. Wir kommen von Saint-Sébastien bei Nantes und kehren in kleinen Tagesreisen in unsere Heimat zurück.« – »Aber was habt ihr denn in Saint-Sébastien gemacht?« fragte Grandgousier. – »Wir sind dahin gegangen«, sagte Lasdaller, »um dem Heiligen dort Gelübde zu tun, damit er uns vor der Pest verschone.« – »O ihr törichten Leute«, sagte Grandgousier, »glaubt ihr wirklich, daß die Pest von dem heiligen Sebastian kommt?« – »Gewiß glauben wir das«, sagte Lasdaller, »unsere Prediger bezeugen es.« – »Lehren euch die falschen Propheten wirklich solchen Unsinn?« fragte Grandgousier. »Lästern sie so die Gerechten und Heiligen Gottes, daß sie sie den Teufeln gleichstellen, die der Menschheit nur Böses zufügen? Wie Homer die Pest durch Apollon in das Lager der Griechen tragen läßt und die Poeten einen Haufen übelwollender und rachsüchtiger Gottheiten ersonnen haben? Zu Cinais predigte mir ein solcher Heuchler auch, daß Sankt Antonius die Beine mit dem Brand plage, Sankt Eutropius Wassersucht brächte, Sankt Gildas den Leuten den Kopf verwirre und Sankt Genou die Gicht schicke. Aber ich statuierte an ihm ein Exempel, mochte er mich immerhin einen Ketzer schelten, so daß mir seitdem kein Duckmäuser mehr ins Land zu kommen wagt. Es wundert mich nur, daß euer König ihnen erlaubt, so etwas in seinem Reich zu predigen; denn sie sind strafbarer, als wenn sie durch Magie oder andere Schwarzkünste die Pest wirklich über das Land gebracht hätten. Die Pest tötet doch nur den Leib, diese Betrüger aber vergiften die Seelen.« Bei diesen Worten fiel ihm der Mönch in die Rede und fragte die Pilger: »Woher seid ihr, arme Bußgänger?« –

1 Orte in Mittelfrankreich

»Von Saint-Genou«, sagten sie. »Und was macht der Abt Tranchelion, der brave Zecher?« sagte der Mönch. »Und wie schmeckt's den guten Brüdern? Bei Gott, dieweil ihr auf der Wallfahrt seid, beschlafen sie eure Weiber!« – »He, he«, sagte Lasdaller, »für meine ist mir nicht bange; wer die bei Tage gesehn hat, riskiert seinen Hals gewiß nicht, um nachts bei ihr einzusteigen.« – »Das heißt recht wie ein Tor gesprochen«, sagte der Mönch. »Und wenn sie so häßlich wie Proserpina wäre, sind nur Mönche in der Nähe, so wird sie doch dran glauben müssen; denn ein guter Arbeiter bearbeitet jedes Stück. Die Pocken will ich kriegen, wenn Ihr sie bei Eurer Rückkehr nicht mit dickem Bauch wiederfindet. Der bloße Schatten eines Klosterturms ist fruchtbar.« – »Wie das Wasser des Nils in Ägypten«, sagte Gargantua, »wenn Strabon und Plinius *lib. VII, cap. III* die Wahrheit berichten[1]. Und nun bedenkt erst, die gute Nahrung, die Kleider, die Leiber!«

»So geht denn, ihr armen Leute«, fuhr Grandgousier fort, »im Namen des allmächtigen Schöpfers, der euch jetzt und immerdar geleiten möge, und unternehmt solche müßigen, nutzlosen Reisen so leichtfertig nicht wieder. Sorgt für eure Familien, jeder von euch arbeite in seinem Beruf, unterweist eure Kinder und lebt, wie der gute Apostel Paulus es uns gelehrt hat[2]. Wenn ihr das tut, so werdet ihr in der Obhut Gottes, seiner Engel und Heiligen verbleiben, und nicht Pest noch sonst ein Übel wird euch schaden.«

Darauf führte Gargantua sie in einen Saal, wo man sie speiste. Sie aber seufzten und sprachen zu ihm: »Oh, wie glücklich ist ein Land, das einen solchen Regenten hat. Wir sind von dem, was er zu uns gesprochen, mehr belehrt und erbaut worden als von all den Predigten, die wir jemals in unserer Stadt gehört haben.« – Worauf Gargantua erwiderte: »Schon Platon *lib. V de re publica*[3] sagt, daß die Staaten nur dann glücklich sein werden, wenn ihre Könige Philosophen oder Philosophen ihre Könige sind.« – Dann ließ er ihre Pilgersäcke mit Lebensmitteln und ihre Flaschen mit Wein füllen und schenkte jedem von ihnen ein Pferd,

1 Nach Strabon (»Erdbeschreibung« 15, 695) wirkte sich der Nil so fruchtbar aus, daß die Ägypterinnen Vierlinge zur Welt brächten; nach Plinius (»Naturgeschichte« 7, 3) waren es mindestens Drillinge. – 2 Epheserbrief 4, 1/3. – 3 »Über den Staat« 5

damit sie den Rest des Wegs leichter zurücklegen könnten, desgleichen einige Karlstaler zur Wegzehrung.

Sechsundvierzigstes Kapitel
Wie großmütig Grandgousier den gefangenen Eisenfresser behandelte

Als Eisenfresser vor Grandgousier gebracht wurde, befragte ihn dieser über Pikrochols Beginnen und was er denn eigentlich mit diesem lärmenden Kriegszug bezwecke. Worauf jener erwiderte, sein Zweck und seine Absicht gingen dahin, womöglich alles Land zu erobern und die Schmach zu rächen, welche seinen Fladenbäckern angetan worden sei. »Das«, sagte Grandgousier, »ist zu viel unternommen; wer alles haben will, bekommt nichts. Heutzutage erobert man nicht mehr Königreiche auf Kosten eines christlichen Bruders; diese Nachahmung der alten Herkulesse, Alexander, Hannibale, Scipionen, Cäsaren und ihresgleichen ist wider die Vorschrift des Evangeliums, welches vorschreibt, daß ein jeglicher sein Land und seine Besitzungen wahre, schütze, regiere und verwalte, nicht aber die eines andern mit Gewalt an sich reiße. Was Sarazenen und Barbaren ehedem Heldentaten nannten, nennen wir jetzt Räuberei und Schandtat. Besser hätte er daran getan, sich an dem Seinigen genügen zu lassen und, wie es einem König geziemt, darüber zu herrschen als mich an dem Meinigen zu schädigen und es feindselig zu verwüsten. Denn durch weises Regiment würde er das Seine vermehrt haben, wogegen er nun selbst vernichtet werden wird, da er mich berauben will. Ihr aber gehet mit Gott! Handelt, wie es recht ist; führt Eurem König seinen Irrtum zu Gemüte, den Ihr nun als einen solchen erkannt habt, und ratet ihm nie etwas um Eures eigenen Vorteils willen; denn was dem Allgemeinen schädlich ist, schadet auch dem einzelnen. Was Euer Lösegeld anbetrifft, so schenke ich es Euch und will auch, daß man Euch Eure Waffen und Euer Pferd zurückgebe. So muß es zwischen Nachbarn und alten Freunden gehalten werden, um so mehr, als unser Zerwürfnis ja nicht eigentlich Krieg zu nennen ist.

Wie denn Platon *lib. V de re publica* nicht wollte, daß man es Krieg nenne, wenn Griechen wider Griechen zu den Waffen griffen, sondern vielmehr Zwist; träte, so rät er, solch ein Unglück ein, so müsse man Mäßigung walten lassen. Nennt Ihr es Krieg, so ist es doch nur ein äußerlicher; bis in das Innere des Herzens ist er nicht gedrungen. Denn keiner von uns ist in seiner Ehre gekränkt worden; alles in allem handelt es sich nur darum, einen Fehler wiedergutzumachen, den unsere Leute begangen haben; wohlverstanden: die Eurigen wie die meinigen. Ihr hättet keinen Wert darauf legen sollen; denn die, welche miteinander in Streit gerieten, waren solcher Beachtung nicht wert; außerdem erbot ich mich, sie für das ihnen zugefügte Unrecht zu entschädigen. Möge Gott, zu dem ich flehe, daß er mich lieber aus diesem Leben hinwegnehme als daß ich oder einer der Meinigen sein Mißfallen errege, gerecht zwischen uns richten!« Nachdem er diese Worte gesprochen, rief er den Mönch zu sich und fragte ihn: »Lieber Bruder Hans, hast du diesen Hauptmann Eisenfresser gefangengenommen?« – »Herr«, erwiderte der Mönch, »er selbst steht vor Euch und ist ein verständiger, erfahrener Mann; ich möchte lieber, daß Ihr es durch sein Bekenntnis als durch mein Wort hört.« – »Ja, Herr«, sagte Eisenfresser, »er hat mich bezwungen, und ich bekenne mich offen als sein Gefangener.« – »Hast du ihm ein Lösegeld genannt?« fragte Grandgousier weiter. – »Nein«, sagte der Mönch, »darum kümmr' ich mich wenig.« – »Wieviel forderst du für ihn?« fragte Grandgousier. – »Nichts, gar nichts«, sagte der Mönch; »deswegen hab' ich's nicht getan.« – Also befahl Grandgousier, dem Mönch im Beisein Eisenfressers als Lohn für diese Beute die Summe von zweiundsechzigtausend Gulden auszuzahlen. Dies geschah auch, während Eisenfresser bewirtet wurde. Dann fragte Grandgousier ihn weiter, ob er lieber bei ihm bleiben oder zu seinem König zurückkehren wolle, worauf Eisenfresser erwiderte, daß er das zu tun wünsche, was Grandgousier ihm rate. »Dann«, entgegnete dieser, »kehrt zu Eurem König zurück, und möge Gott Euch geleiten.« Hierauf gab er ihm als Ehrengeschenk einen schönen Vienner Degen mit goldener, reich verzierter Scheide und ein goldenes Halsband, zweitausendsiebenhundert Mark an Gewicht und mit kostbaren Edelsteinen besetzt, im ganzen nicht weniger als einhundertsechzigtausend Dukaten und zehntausend Taler an Wert. Zuletzt bestieg Eisenfresser sein Roß, und Grandgousier gab ihm zur Sicherheit dreißig schwerbewaffnete

Reiter und einhundertzwanzig Bogenschützen mit, die, von Gymnast geführt, ihn nötigenfalls bis vor die Tore von La Roche-Clermault geleiten sollten. Sobald er davongeritten war, gab der Mönch Grandgousier die zweiundsechzigtausend Gulden, die er ausgezahlt bekommen hatte, wieder zurück und sagte: »Herr, solche Geschenke müßt Ihr nicht machen. Wartet damit, bis der Krieg zu Ende ist, denn man weiß nicht, was noch alles geschehen kann. Zum Kriegführen braucht man Geld; wo das fehlt, fehlt die beste Kraft; es ist der Nerv der Schlachten.« – »Gut«, sagte Grandgousier, »wenn alles vorbei ist, werde ich dich königlich belohnen wie auch alle die, die mir treu gedient haben.«

Siebenundvierzigstes Kapitel

Wie Grandgousier seine Legionen aufbot und wie Eisenfresser Grünling tötete, selbst aber auf Befehl Pikrochols getötet ward

Zur selben Zeit schickten die von Bessé, von Marché Vieux, von Bourg-Saint-Jacques, Raineau, Parilly, Rivière, Roches-Saint-Paul, Vaubreton, Pontille, Bréhémont, Pont-de-Clam, Cravant, Grammont, Bourdes, Lavillaumer, Huismes, Ligré, Ussé, Saint-Louand, Panzoult, Coudreaux, Véron, Coulaine, Chouzé, Varennes, Bourgueil, Isle-Bouchard, Croulay, Narçay, Candes, Montsoreau[1] und anderen benachbarten Orten Gesandtschaften an Grandgousier, um ihm kundzutun, daß sie von den Gewalttätigkeiten gehört hätten, welche Pikrochol gegen ihn verübe, und daß sie, eingedenk ihrer alten Bundesgenossenschaft, ihm all ihre Macht an Truppen, Geld und Kriegsbedarf zur Verfügung stellten. Nach Abmachungen, welche sie mit ihm getroffen hatten, belief sich die Geldhilfe auf einhundertvierunddreißig Millionen zwei und einen halben Taler in Gold; die Truppenmacht aber bestand aus fünfzehntausend schwerbewaffneten Reitern, zweiunddreißigtausend Mann leichter Reiterei, neunundneunzigtausend Bogenschützen, einhundertvierzigtausend Mann Fußvolk, elftausendzweihundert Kanonen verschiedenen Kalibers, Basilisken und Spirolen und aus siebenundvierzigtausend

1 Ortschaften um Chinon

Artilleristen, nebst Löhnung und Proviant für alle auf sechs Monate und vier Tage, welches Anerbieten Grandgousier weder zurückwies noch annahm.

Sondern nachdem er allerbestens gedankt, sagte er ihnen, er hoffe den Krieg so klug zu führen, daß es nicht nötig sein werde, so viele brave Leute damit zu behelligen. Dafür schickte er Boten aus, um die Legionen heranzurufen, die er zu jeder Zeit in seinen festen Plätzen La Devinière[1], Chavigny, Gravot und Quinquenais unterhielt; diese bestanden aus zweitausendfünfhundert Schwergewappneten, siebzigtausend Mann Fußvolk, sechsundzwanzigtausend Bogenschützen, zweihundert schweren Geschützen, zweiundzwanzigtausend Artilleristen und sechstausend Mann leichter Reiterei, alle in Fähnlein eingeteilt und nicht allein mit Zahl- und Proviantmeistern, Huf- und Waffenschmieden und allem, was zum Troß gehört, wohl versehen, sondern auch im Kriegshandwerk wohl erfahren, gut bewaffnet, treu und ergeben ihren Fahnen, ohne Widerrede folgsam ihren Hauptleuten, geübt in anstrengenden Märschen und ebenso kühn im Angriff wie vorsichtig bei gefährlichen Unternehmungen, so daß sie mehr einem wohlgefügten Orgel- oder Uhrwerk glichen als einer Armee und einem Heerbann.

Sobald Eisenfresser wieder zu Hause angelangt war, trat er vor Pikrochol und berichtete ihm ausführlich, was er getan und gesehen hatte. Zuletzt empfahl er ihm mit eindringlichen Worten, sich mit Grandgousier zu vertragen, den er als den wohlwollendsten Mann von der Welt kennengelernt habe. Es wäre doch nicht klug und recht, setzte er hinzu, seinen Nachbarn, die einem stets nur Liebes erwiesen, solchen Schaden zuzufügen. Und dabei sei die Hauptsache die, daß ihre Unternehmung ihnen doch nun und nimmer etwas anderes eintragen könne als Nachteil und Verlust. Denn die Macht Pikrochols sei nicht der Art, daß er Grandgousier so leicht in die Tasche stecken könne.

Kaum hatte er diese Rede beendigt, als Grünling ganz laut sagte: »Beklagenswert ist der Fürst, der Diener hat, die sich so leicht bestechen lassen wie dieser Eisenfresser da; denn sein Sinn ist, wie ich sehe, so verändert, daß er sich einfach mit unseren Feinden verbündet hat und gegen uns kämpfen würde, wenn sie

1 Weinberg der Familie Rabelais

ihn nur hätten haben wollen. Aber wie Tugend von jedermann, von Freund wie Feind, gelobt und hochgeschätzt wird, wird Büberei gar bald erkannt, und jeder mißtraut ihr. Und obgleich die Feinde sich ihrer zu ihrem Vorteil bedienen, verachten sie doch den Buben und Verräter.«

Bei diesen Worten zog Eisenfresser zornig seinen Degen und stieß ihn Grünling ein wenig über der linken Brustwarze in den Leib, so daß er augenblicklich tot zu Boden stürzte. Dann zog er den Degen wieder heraus und sprach mit Freimut: »So sterbe jeder, der treue Diener zu lästern wagt.« Darüber geriet Pikrochol in eine furchtbare Wut, und als er den Degen und die Scheide mit Blut befleckt sah, rief er: »Hat man dir diese Waffe dazu gegeben, daß du meinen guten Grünling vor meinen Augen damit tötest?« Dann befahl er seiner Leibwache, ihn in Stücke zu hauen, was diese auch sogleich tat, so daß das ganze Zimmer in Blut schwamm. Hierauf ließ er die Leiche Grünlings mit allen Ehren bestatten, die Eisenfressers aber über die Mauern in den Graben werfen.

Die Nachricht von dieser Gewalttat verbreitete sich im ganzen Heer, und viele fingen an, über Pikrochol zu murren, so daß Weinschnapper zu ihm sagte: »Herr, ich weiß nicht, wie diese Unternehmung ausgehen wird. Eure Truppen fangen an den Mut zu verlieren. Sie meinen, wir wären mit Proviant schlecht versehen; auch ist ihre Zahl durch zwei oder drei Ausfälle schon sichtlich zusammengeschmolzen. Die feindlichen Truppen verstärken sich dagegen immer mehr. Sollten wir belagert werden, so weiß ich wirklich nicht, wie wir uns vor gänzlichem Untergang retten könnten.« – »Ah bah!« sagte Pikrochol, »Ihr seid wie die Aale von Melun; Ihr schreit, ehe man Euch noch die Haut abzieht. Laßt sie nur kommen.«

Achtundvierzigstes Kapitel

Wie Gargantua Pikrochol in der Feste La Roche-Clermault angriff und die Armee besagten Pikrochols aufs Haupt schlug

Während Gargantua die Führung des gesamten Heers übernahm, blieb sein Vater in seinem Schloß zurück und sprach den Truppen mit tapferen Worten Mut zu, wobei er denen, welche sich auszeichnen würden, reiche Belohnung verhieß. Bald erreichten sie die Furt des Vède und setzten auf Booten und schnell gezimmerten Brücken alle mit einemmal hinüber. Als Gargantua die hohe, vorteilhafte Lage der Stadt erkannte, wollte er erst die Nacht abwarten und überlegen, was zu tun sei. Aber Gymnast sagte zu ihm: »Herr, die Art und Natur der Franzosen ist nun einmal so, daß sie nur dann etwas taugen, wenn sie frisch drauflosgehen. Dann sind sie ärger als die Teufel. Zögern sie aber, so taugen sie weniger als die Weiber. Ich bin also der Meinung, daß man gleich angreifen solle, sobald sich nur die Truppen ein wenig erholt haben.« Diese Rede fand Beifall. Die ganze Armee wurde im offenen Feld aufgestellt, während die Reserven auf der Anhöhe Stellung nahmen. Mit sechs Fähnlein Fußvolk und zweihundert Schwergewappneten rückte der Mönch in größter Eile durch die Sümpfe bis über Le Puy hinaus an die Straße, die nach Loudun führt. Unterdessen begann der Angriff. Pikrochols Truppen waren im Zweifel, ob es besser sei, dem Feind entgegenzurücken oder in der Stadt zu bleiben und sich zu verteidigen. Pikrochol selbst aber machte mit einem Haufen seiner Haustruppen einen wütenden Ausfall und wurde mit einem Hagel von Kanonenkugeln empfangen, die gegen das höher gelegene Terrain gerichtet waren, während Gargantuas Truppen sich nach der Niederung zurückzogen, um der Artillerie freien Spielraum zu lassen. Die in der Stadt verteidigten sich, so gut sie konnten; aber ihre Schüsse gingen über die Köpfe der Angreifenden hinweg, ohne ihnen Schaden zu tun. Einige von dem ausgefallenen Haufen, welche dem Kugelhagel nicht ausgesetzt waren, machten einen mutigen, aber erfolglosen Angriff auf unsere Truppen; sie waren in Gefahr, umzingelt und überwältigt zu werden. Da sie das sahen, wollten sie sich zurückziehen; aber der Mönch hatte ihnen den Weg verlegt, und nun wandten sie sich in größter Unordnung zur Flucht. Etliche von seinen Leuten wollten sie verfolgen, doch der Mönch hielt sie zurück; denn er fürchtete, daß ihre Reihen bei der Verfolgung in Verwirrung geraten möchten und der Feind dann aus der Stadt über sie herfiele. Als er indessen einige Zeit gewartet hatte und kein Feind sich blicken ließ, schickte er den Herzog Phrontistes[1] zu Gargantua, um die-

1 »Fürsorger« (griech.)

sen zu bewegen, die Höhe zur Linken zu besetzen, damit Pikrochol gehindert werde, sich von dieser Seite in die Stadt zurückzuziehen. Diesen Rat befolgte Gargantua und sandte sogleich vier Legionen vom Korps Sebastian[1] dahin ab; aber sie hatten die Höhe noch nicht erreicht, als sie bereits mit Pikrochol und seinen in Unordnung geratenen Haufen Stirn an Stirn zusammenrannten.

Heftig griffen sie ihn an, obgleich ihnen von den Mauern her mit Büchsen- und Kanonenschüssen arg zugesetzt wurde. Gargantua, der dies sah, rückte ihnen mit einer starken Macht zu Hilfe und ließ seine Artillerie munter gegen diesen Teil der Mauer spielen, so daß die ganze Besatzung der Stadt nach diesem Punkt hineilte. Kaum aber bemerkte der Mönch, daß die Seite der Stadt, welche er belagerte, von Truppen entblößt und nicht länger bewacht war, so rückte er mutig gegen die Festung vor und erklomm mit einigen seiner Leute die Mauer, fest davon überzeugt, daß die, welche unerwartet zum Kampf hervorbrechen, mehr Schrecken um sich verbreiten als jene, welche bereits tapfer im Kämpfen begriffen sind. Doch machte er noch keinen Lärm, sondern wartete, bis all die Seinigen, ausgenommen die zweihundert Reiter, die für alle Fälle draußen blieben, auf der Mauer waren.

Dann aber erhob er mit seinen Leuten ein furchtbares Geschrei; ohne Widerstand zu finden, hieben sie die Torwache nieder, öffneten den Reitern das Tor und eilten dann alle zusammen voll Kampfbegier nach dem östlichen Eingang, wo das Hauptgefecht stattfand. Hier fielen sie dem Feind in den Rücken und warfen ihn über den Haufen.

Als die Belagerten sahen, daß Gargantuas Truppen die Stadt auf allen Seiten genommen hatten, ergaben sie sich dem Mönch auf Gnade und Ungnade. Er befahl ihnen, Waffen und Rüstung abzulegen, und sperrte sie in die Kirchen ein, aus denen er vorher die Kreuzhölzer hatte wegnehmen lassen; vor die Türen stellte er Wachen, damit keiner herauskönnte. Dann ließ er das östliche Tor öffnen und zog hinaus, um Gargantua zu Hilfe zu eilen. Pikrochol, der meinte, daß die Hilfe aus der Stadt ihm gelte, wagte sich tollkühn vorwärts, bis Gargantua ausrief: »Ah, Bruder

1 »Ehrenwert« (griech.)

Hans, lieber Bruder Hans, gut, daß du kommst!« – Da erkannten Pikrochol und seine Truppen, daß alles verloren sei, und ergriffen die Flucht nach allen Seiten hin. Gargantua verfolgte sie bis Vaugaudry, wobei er viele Leute tötete und niederhieb. Dann ließ er zum Rückzug blasen.

Neunundvierzigstes Kapitel

Wie Pikrochol auf der Flucht vom Unglück ereilt ward und was Gargantua nach der Schlacht tat

Ganz außer sich setzte Pikrochol seine Flucht in Richtung auf Isle-Bouchard fort, als plötzlich sein Pferd auf dem Weg von Rivière strauchelte und zusammenbrach; wütend darüber zog er den Degen und stieß es in seinem Zorne nieder. Da er aber niemand fand, der ihm zu einem andern Pferd verholfen hätte, so versuchte er, aus einer Mühle, die nahebei war, einen Esel zu nehmen; doch die Müllerburschen zerbleuten ihm den Buckel, zogen ihm die Kleider vom Leib und warfen ihm dafür einen alten Kittel hin, damit er seine Blöße bedeckte. So schlich der arme Zornwütige weiter, und als er das Wasser bei Port-Huault überquert hatte, erzählt er sein Unglück einer alten Hexe, die ihm prophezeite, daß er sein Königreich wiedererlangen würde, wenn die »Fitchervögel« kämen. Seitdem weiß man nicht genau, was aus ihm geworden ist. Doch hat man mir gesagt, er befinde sich jetzt in Lyon, verdiene dort kümmerlich sein täglich Brot und sei noch, ganz wie früher, sehr zum Zorn geneigt. Bei allen Fremden erkundige er sich, ob die »Fitchervögel« noch nicht gekommen wären; denn dann hoffe er nach der Prophezeiung der Alten wieder in sein Königreich eingesetzt zu werden.

Nach dem Abzug des Feindes musterte Gargantua seine Truppen und fand, daß nur wenige von ihnen in der Schlacht umgekommen waren, nämlich einige Fußtruppen von der Rotte des Hauptmanns Tolmere[1]; außerdem hatte Ponokrates einen Schuß durchs Wams bekommen. Hierauf ließ er alle rottenweise speisen und befahl den Zahlmeistern, diese Mahlzeit der Stadt zu vergüten; denn er wolle nicht, daß ihr irgend etwas gewaltsam

1 »Kühn« (griech.)

auferlegt werde, da es doch seine Stadt sei. Nach der Mahlzeit mußten sich sämtliche Truppen auf dem großen Platz vor dem Schloß aufstellen, wo ihnen die Löhnung für sechs Monate ausgezahlt wurde. Dann ließ er auf demselben Platz alle die, welche sich von Pikrochols Partei in der Stadt befanden, zusammentreten und redete zu ihnen in Gegenwart der versammelten Fürsten und Hauptleute wie folgt:

Fünfzigstes Kapitel

Die Ansprache, welche Gargantua an die Besiegten hielt

»Unsere Väter, Vorfahren und Ahnen glorreichen Andenkens haben es weisen Sinnes und edlen Gemüts nach geschlagenen Schlachten stets so gehalten, daß sie in den eroberten Ländern nicht steinerne Denkmäler ihrer Siege und Triumphe, sondern in den Herzen der Besiegten Denkmäler und Trophäen ihrer Gnade errichteten. Denn werter erachteten sie ein durch Milde gestiftetes Andenken in den Herzen der Lebenden als stumme Inschriften auf Bögen, Säulen und Pyramiden, welche der Unbill des Wetters unterworfen sind und nichts als Neid erwecken. Erinnert euch nur der Großmut, welche sie am Tag von Saint-Aubin-du Cormier[1] und bei der Niederlegung der Mauern von Parthenay[2] walten ließen. Ihr habt gehört und mit Bewunderung vernommen, mit welcher Milde die Barbaren von Haiti von ihnen behandelt wurden, welche die Küsten von Olonne und Talmont[3] geplündert, entvölkert und verwüstet hatten. Bis in die Wolken stieg euer und eurer Väter Lob und Preis, als Alpharbal, der König der Kanarischen Inseln, von Machtgier getrieben, das Land von Aunis räuberisch überfiel und auf allen armorikanischen Inseln und an den umliegenden Küsten Seeräuberei trieb. Er wurde von meinem Vater, den Gott schützen und bewahren wolle, in gerechtem Kampfe verwundet, gefangengenommen und besiegt. Aber was geschah nun? Andere Könige und Kaiser, die sich doch katholische nennen, würden ihn mit Grausamkeit

1 nordwestfranz. Stadt, wo 1488 das Heer des franz. Königs über den Herzog der Bretagne siegte – 2 Stadt im mittleren Westfrankreich, die sich einer Adelserhebung angeschlossen hatte und 1487 auf die Zusicherung freien Abzugs hin vor dem Heer des franz. Königs kapitulierte – 3 franz. Hafenstädte südl. Nantes

behandelt, ins Gefängnis geworfen, ihm ein unerschwingliches Lösegeld auferlegt haben; er dagegen behandelte ihn rücksichtsvoll und mit Güte, ließ ihn in seinem eigenen Palast wohnen und sandte ihn – unglaubliche Großmut! –, mit Geschenken, Gnadenbezeugungen und Freundschaftsbeweisen aller Art überhäuft, unter sicherem Geleit in sein Land zurück. Und was war die Folge? Kaum zu Hause angelangt, versammelte er die Fürsten und Stände seines Reichs, erzählte ihnen von der Großmut, welche er erfahren, und bat sie, zu erwägen, auf welche Weise auch sie, gleich uns, der Welt ein Beispiel hoher und ehrenhafter Gesinnung geben könnten. Einstimmig beschlossen sie, ihre Habe und ihr Land, ja das ganze Königreich uns anzubieten und zu unserer Verfügung zu stellen. Alpharbal in eigener Person kehrte mit neuntausendachtunddreißig Lastschiffen, die nicht nur mit den Schätzen seines Hauses und seiner königlichen Familie, sondern auch mit denen fast des ganzen Landes beladen waren, zu uns zurück. Denn als er bei günstigem Westwind nordostwärts unter Segel gehen wollte, brachten viele des Volks Gold, Silber, Ringe, Edelsteine, Gewürze und Spezereien, Papageien, Pelikane, Affen, Zibetkatzen, Luchse und Stachelschweine herbei, die Schiffe damit zu füllen. Da war keines braven Hauses Kind, das nicht hingegeben hätte, was es irgend Wertvolles besaß. Als Alpharbal zu meinem Vater kam, wollte er ihm die Füße küssen; aber als seiner unwürdig, litt dieser es nicht, sondern umarmte ihn freundschaftlich. Dann brachte er seine Geschenke dar; aber als viel zu reich, wurden sie nicht angenommen. Er gab sich und seine Nachkommenschaft in freiwillige Knechtschaft und Sklaverei; das wurde nicht angenommen, weil es nicht recht erschien. So wie die Stände es beschlossen hatten, trat er meinem Vater alle Ländereien und das ganze Königreich ab, indem er ihm eine von allen daran Beteiligten unterschriebene Schenkungsurkunde vorlegte; aber auch das wurde entschieden abgelehnt und die Urkunde dem Feuer übergeben. Zuletzt wurde mein Vater von Mitleid so gerührt, daß er über die Gutherzigkeit und Einfalt der Kanarier in helle Tränen ausbrach und in gewählten Worten und passender Rede seine eigene großherzige Handlungsweise gegen sie herabzusetzen versuchte, indem er ihnen sagte, daß alles, was er getan, nicht der Rede wert sei; wenn er sich ehrenhaft gegen sie betragen hätte, so habe er damit nicht mehr als seine Schuldigkeit getan. Aber Alpharbal machte immer größere Angebote – und zuletzt, was geschah? Höchstens hätte man Alpharbal zwangsweise ein Lösegeld von zwei Millionen Talern auferlegen und seine ältesten Kinder als Geiseln nehmen können; statt dessen haben sie sich freiwillig auf ewige Zeiten für tributpflichtig erklärt und sich anheischig gemacht, uns jährlich zwei Millionen Taler in vierundachtzigkarätigem Gold zu zahlen. Das zahlten sie denn auch im ersten Jahr; im zweiten aber zahlten sie unaufgefordert zwei Millionen dreimalhunderttausend, im dritten zwei Millionen sechsmalhunderttausend, im vierten drei Millionen, und so steigerten sie denn freiwillig fortwährend den Betrag, bis wir zuletzt gezwungen waren, ihnen diese Steigerung des Tributs zu verbieten. Denn so ist nun einmal die Natur der Dankbarkeit! Die Zeit, welche sonst alles benagt und mindert, mehrt und vergrößert die Wohltat, weil das, was einem ehrenhaften Mann Gutes erwiesen wurde, durch edle Gesinnung in der Erinnerung wächst. Und da ich nicht gesonnen bin, von der althergebrachten Milde meiner Vorfahren abzuweichen, so spreche ich euch los und ledig: seid frei, wie ihr es vorher gewesen.

Beim Verlassen der Tore dieser Stadt wird ein jeder von euch eine dreimonatliche Löhnung erhalten, damit ihr euch nach Hause zu euren Familien begeben könnt; sechshundert Schwergewappnete sowie achttausend Mann Fußtruppen unter der Führung meines Stallmeisters Alexander sollen euch der Sicherheit wegen das Geleit geben, damit ihr nicht von den Landleuten mißhandelt werdet. Gott sei mit euch! Von ganzem Herzen bedaure ich, daß Pikrochol nicht hier ist; denn ich hätte ihn gern davon überzeugt, daß dieser Krieg wider meinen Willen und ohne die Absicht, meinen Besitz oder den Ruhm meines Namens zu vergrößern, von mir unternommen worden ist. Weil er aber von Sinnen ist und man nicht weiß, wie und wohin er verschwunden, so bestimme ich, daß sein Reich unvermindert seinem Sohn verbleibe, welcher, da er noch viel zu jung ist – denn er zählt kaum fünf Jahre –, von den vornehmsten Fürsten und den gelehrten Männern des Landes erzogen werden soll. Doch da ein herrenloses Reich leicht zerfällt, wenn der Gier und Habsucht seiner Verwalter nicht Zaum und Zügel angelegt werden, so verordne und befehle ich, daß Ponokrates über alle Statthalter als Regent gesetzt sei, daß jede erforderliche Gewalt ihm zustehe und daß er sich des Kindes annehme, bis er es für fähig erklären wird, selbst zu herrschen und zu regieren.

In Erwägung jedoch, daß schwächliche Nachsicht gegen Übeltäter und die zu weit getriebene Neigung, ihnen zu verzeihen, sie nur dazu verleitet, desto eher wieder Böses zu tun, indem sie wiederum auf Gnade rechnen;

in Erwägung ferner, daß Moses, zu seiner Zeit doch der sanftmütigste Mensch auf Erden, Aufruhr und Meuterei unter dem israelitischen Volk züchtigte;

in Erwägung endlich, daß Julius Cäsar, ein sehr milder Kaiser, von dem Cicero sagte, sein höchstes Glück habe darin bestanden, zu schonen und zu vergeben, seine hohe Tugend aber darin, dies auch immer gewollt zu haben, daß, sage ich, Julius Cäsar nichtsdestoweniger bei gewissen Gelegenheiten die Anstifter von Empörungen auf das strengste bestrafte:

will ich, daß ihr mir, ehe ihr von hier geht, erstens den Schlingel, den Marquet, ausliefert, der durch seinen strafbaren Übermut die Quelle und erste Ursache dieses Kriegs geworden ist, zweitens seine Spießgesellen, die Fladenbäcker, die es unterließen, ihm den Kopf zurechtzusetzen, und endlich alle Räte, Hauptleute, Offiziere und Beamte Pikrochols, die ihn aufgehetzt, ihm nach dem Mund geredet und geraten haben, über unsere Grenzen zu rücken und unsern Frieden zu stören.«

Einundfünfzigstes Kapitel

Wie Gargantua nach der Schlacht die Sieger belohnte

Nachdem Gargantua diese Rede beendigt hatte, wurden ihm, wie er es begehrt, die Aufwiegler ausgeliefert bis auf Säbelraßler, Grünschnabel und Abschaum, die schon sechs Stunden vor der Schlacht davongelaufen waren, der eine schnurgerade bis zur Anhöhe von Laignel, der andere bis ins Viretal und der dritte bis nach Logrono, ohne sich nur ein einziges Mal umzusehen oder Atem zu schöpfen, und zwei Fladenbäcker, die in der Schlacht geblieben waren. Gargantua tat ihnen übrigens nichts weiter zuleide, als daß er sie an den Pressen seiner neuerrichteten Druckerei arbeiten ließ. Dann ließ er die Gefallenen im Tal von Norettes und auf dem Feld von Brusle vieille mit allen Ehren bestatten, die Verwundeten verbinden und in seinem großen Lazarett verpflegen, den Schaden abschätzen, welchen Stadt und Bürger erlitten hatten, und ihn ihnen nach ihrer beschwornen Angabe vergüten, und endlich ließ er ein starkes Fort bauen, in das er eine tüchtige Besatzung legte, um späterhin besser vor plötzlichen Überfällen gesichert zu sein.

Vor der Abreise dankte er huldreichst allen Soldaten seiner Legionen, die an der Schlacht beteiligt gewesen waren, und schickte sie nach ihren Standorten und Garnisonen in die Winterquartiere zurück, ausgenommen die Hauptlegion, die sich in der Schlacht durch ihre Tapferkeit ausgezeichnet hatte, und die Anführer der Truppen, die er mit sich zu Grandgousier nahm.

Dieser wackere Mann war über den Anblick der Sieger unbeschreiblich erfreut. Er veranstaltete ihnen ein so prächtiges und köstliches Festmahl, wie ein ähnliches seit den Zeiten des Königs Ahasveros nicht gesehen worden war[1]. Als man von Tisch aufstand, verteilte er unter sie alles Tafelgeschirr: große antike Vasen, mächtige Gefäße, Schüsseln, Näpfe, Schalen, Kandelaber, Körbe, Teller, Bonbonnieren und noch viele andere Sachen, alles aus gediegenem Golde, das allein auf achtzehnhunderttausendundvierzehn Byzantinergulden geschätzt wurde, wobei die Edelsteine, die Emaille und die kunstvolle Arbeit, die den Wert des Metalls weit überstiegen, noch gar nicht gerechnet sind. Dann ließ er jedem einzelnen zwölfhunderttausend Taler bar aus seiner Schatzkammer auszahlen und belehnte obendrein jeden von ihnen für ewige Zeiten, er stürbe denn ohne Erben, mit einem seiner Schlösser nebst den dazugehörigen Ländereien, wie sie für jeden am günstigsten lagen. Ponokrates bekam La Roche-Clermault, Gymnast Coudray, Eudämon Montpensier; Tolmere gab er Rivau, Ithybole[2] Montsoreau, Akamas[3] Candes, Chironakte[4] Varennes, Sebastian Gravot, Alexander Quinquenais, Sophron[5] Ligré und anderen andere Besitzungen.

1 s. Esther 1, 1/9 – 2 »Geradtreffer« (griech.) – 3 »Nimmermüd« (griech.) – 4 »Handschaffer« (griech.) – 5 »Verständig« (griech.)

Zweiundfünfzigstes Kapitel
Wie Gargantua für den Mönch die Abtei Thelema[1] *bauen läßt*

So blieb nur noch der Mönch zu belohnen. Gargantua wollte ihn zum Abt von Seuilly machen, aber das schlug er aus. Darauf bot er ihm die Abtei von Bourgueil oder die von Saint-Florent an, welche von beiden ihm besser gefiele, oder alle beide zusammen, wenn er sie haben wollte. Doch der Mönch erklärte ganz entschieden, mit Mönchen und mit der Aufsicht über sie wolle er überhaupt nichts zu tun haben. »Wie soll ich«, sagte er, »andere leiten, der ich mich selbst nicht zu leiten verstehe? Seid Ihr der Meinung, daß ich Euch einige gute Dienste erwiesen habe und späterhin vielleicht noch erweisen kann, so erlaubt mir, eine Abtei nach meinem Sinn zu gründen.« Die Bitte fand Gargantuas Beifall, und so überwies er ihm zu diesem Zweck das Land von Thelema bis zur Loire, zwei Meilen von dem großen Wald bei Port-Huault. Hier sollte eine Ordensregel eingeführt werden, die das Gegenteil wäre von allem, was bisher bestanden. »Also müßte man keine Mauern darumbauen«, sagte Gargantua, »denn die anderen Abteien sind alle mit solchen Mauern umgeben.« – »Ganz gewiß«, sagte der Mönch, »und zwar aus guten Gründen; denn wo hinten und vorn solche Mauern sind, gibt es viel Murren, Verdruß und Verschwörung.« – »Und weil es in den Klöstern sonst üblich ist, den Ort, den eine Frau, ich meine eine anständige, züchtige, betreten hat, sogleich zu reinigen, so müßte bestimmt werden, daß in dieser Abtei jede Stelle sorgfältig gereinigt werden soll, die etwa ein Mönch oder eine Nonne betreten hätte. Und weil nach den bestehenden Ordensregeln alles begrenzt, abgemessen und nach Stunden eingeteilt ist, so dürfte es in dieser Abtei weder Uhr noch Sonnenuhr geben, sondern alles müßte nach Umständen und Bedürfnis getan werden. Denn«, sagte Gargantua, »es gibt keine größere Zeitverschwendung, als die Stunden zu zählen. Wozu soll das nützen? Und auch nichts Törichteres gibt es, als sich vom Schlag der Glocke, statt von Verstand und Überlegung leiten zu lassen.

Ferner: Weil die Frauen derzeit nur ins Kloster gesteckt wer-

1 Wille (griech.)

den, wenn sie bucklig, einäugig, lahm, häßlich, mißgestaltet, blödsinnig, geistesschwach, unförmig sind oder sonst Schaden gelitten haben, die Männer aber nur, wenn sie verschleimt, mißgeboren, blöd und eine Familienlast sind...« – »Apropos«, sagte der Mönch, »wenn eine Frau nicht hübsch und nicht gut ist, wozu taugt sie dann immer noch?« – »Zur Nonne«, sagte Gargantua. »Und zum Hemdennähen«, sagte der Mönch. »...So müßte die Regel sein, daß nur schöne, wohlgebildete, gutartige Leute beiderlei Geschlechts aufgenommen werden.

Ferner: Weil den Männern das Betreten der Frauenklöster verboten ist und sie sich nur heimlich und verstohlen dort einschleichen können, müßten überall, wo Männer wären, auch Frauen sein, und wo Frauen, auch Männer.

Ferner: Weil Männer und Frauen, sobald sie nach abgelegter Probezeit einmal aufgenommen sind, ihr ganzes Leben lang im Orden verbleiben müssen, sollte bestimmt werden, daß Männer wie Frauen die Abtei zu jeder Zeit und nach freiem Willen verlassen können.

Ferner: Weil die Ordensbrüder drei Gelübde abzulegen haben, nämlich das der Keuschheit, der Armut und des Gehorsams, so müßte hier als Regel gelten, daß man sich verheiraten darf, reich sein muß und in voller Freiheit leben kann. – Was das gesetzliche Alter betrifft, so sollten Frauen vom zehnten bis zum fünfzehnten Jahr, Männer aber vom zwölften bis zum achtzehnten aufgenommen werden.«

Dreiundfünfzigstes Kapitel
Wie die Abtei der Thelemiten gebaut und wie sie dotiert ward

Zum Bau und zur Herstellung der Abtei ließ Gargantua siebenundzwanzighunderttausendeinunddreißig goldene Langvlieser auszahlen; außerdem wies er so lange, bis alles fertig sein würde, jährlich sechzehnhundertneunundsechzigtausend Sonnentaler[1] und ebenso viele Sterntaler[2] auf den Dive[3]-Zoll an. Als Grund-

1 franz. Goldmünze seit 1475 mit dem gekrönten Lilienwappen und einer kleinen Sonne darüber – 2 Phantasiemünze – 3 Flüßchen westl. Chinon

stock und zum Unterhalt der Stiftung bestimmt, machte er eine Schenkung auf ewige Zeiten von dreiundzwanzig Millionen hundertneunundsechzigtausendfünfhundertundvierzehn Rosennobel[1] garantierter, amortisierter Grundrente, alljährlich zu zahlen an der Pforte der Abtei. Über alles dies gab er rechtskräftige Urkunden. Das Gebäude bildete ein Sechseck; an jeder Ecke befand sich ein großer runder Turm, sechzig Schritt im Durchmesser; alle diese Türme waren von gleicher Größe und Gestalt. Auf der Seite nach Norden floß die Loire vorüber, deren Ufern zunächst der Arktische[2] Turm stand; ihm folgte, nach Osten hin, ein Turm, Kalaer[3] genannt, diesem der Anatolische[4], diesem der Mesembrinische[5], darauf der Hesperische[6] und endlich der Turm Kryere[7]. Von einem zum andern Turm betrug die Entfernung dreihundertundzwölf Schritt. Das Gebäude bestand aus sechs Stockwerken, wenn man das Erdgeschoß als erstes rechnet. Das zweite war tonnenförmig gewölbt, die übrigen dagegen mit schöner flandrischer Stuckarbeit verziert, ähnlich dem untern Teil einer Hängelampe. Das Dach war mit dem feinsten Schiefer gedeckt, und auf dem First aus Blei standen allerhand kleine, schön vergoldete Figürchen von Menschen und Tieren. Die Dachtraufen, außerhalb der Mauern zwischen den Fenstern bis zur Erde hinablaufend, waren mit schrägen goldenen und azurnen Streifen bemalt und mündeten in große Kanäle, durch welche das Wasser unter dem Haus hin zum Fluß geführt wurde.

Dies Haus war hundertmal großartiger als die Schlösser Bonnivet, Chambord oder Chantilly; denn es bestand aus nicht weniger als neuntausenddreihundertzweiunddreißig Gemächern, jedes mit einem dazugehörigen Schlafzimmer, Kabinett, Ankleidezimmer, einer Kapelle und einem Ausgang nach einem großen Saal. Zwischen je zwei Türmen befand sich in der Mitte des Flügels eine gewundene Treppe, die in die Stockwerke hinaufführte. Die Stufen der Treppen waren teils aus Porphyr, teils aus numidischem Stein oder aus buntfarbigem Marmor und zweiundzwanzig Fuß breit bei einer Höhe von drei Fingern. Immer nach zwölf Stufen kam ein Absatz; jeder Absatz hatte zwei

1 engl. Goldmünze des 14. Jh. mit dem Bild der Rose von York und Lancaster – 2 Nördliche (griech.) – 3 Schönluftiger (griech.) – 4 Östliche (griech.) – 5 Mittägige (griech.) – 6 Westliche (griech.) – 7 Schaurigkalte (griech.)

schöne antike Bögen, durch die das Licht fiel und durch die man in einen loggiaartigen Raum von der Breite der Wendeltreppe trat; so stieg man bis über das Dach hinauf, wo das Ganze in einem Pavillon endete. Von dieser Treppe aus trat man nach beiden Seiten hin jedesmal in einen großen Saal, und von diesem kam man in die einzelnen Gemächer. Zwischen dem Arktischen und dem Turm Kryere lagen die schönen, geräumigen Büchereien, nämlich die griechische, lateinische, hebräische, französische, toskanische und spanische, je nach den Sprachen in verschiedenen Stockwerken untergebracht. An dieser Seite war eine merkwürdige Treppe, zu der man von außen her durch einen sechs Faden breiten Bogen gelangte; diese Treppe war so symmetrisch und so riesig gebaut, daß sechs Schwergewappnete mit eingelegter Lanze in einer Reihe bis oben hinaufreiten konnten. Zwischen dem Anatolischen und Mesembrinischen Turm erstreckten sich Galerien, die mit hervorragenden Heldentaten, geschichtlichen Darstellungen und Landschaften verschiedenster Art bemalt waren. Hier in der Mitte waren Treppe und Eingang denen auf der Flußseite ähnlich. Über dem Eingang aber stand in schöner antiker Schrift folgendes:

Vierundfünfzigstes Kapitel

Inschrift über der großen Eingangspforte von Thelema

Heuchlern und Frömmlern – Eintritt verboten!
Scheinheilge Mönche, Enkel der Goten,
Duckmäuser, Gimpel, Gog und Magog,
lumpige Bettler, Säufer am Trog,
Schelme und Schurken, Kutten und Zänker,
Streithammel, Ochsen und muffige Stänker,
ihr Mistgesindel, schert euch fort
und sucht euch einen andern Ort!
    Eure schlechten Bräuche
    sind wie eine Seuche.
    Doch wir wollen singen,
    und es wird gelingen,
    daß man weit verscheuche
    eure schlechten Bräuche.

Hier herein nicht, verfressene Richter,
Aktenvolk und Teufelsgelichter,
Rechtsschinder, Schreiber und Pharisäer,
Blutsauger der Armen, Wahrheitsverdreher!
Ihr Hetzer zum Streit und zu bösem Hohn,
holt euch zum Dank vom Galgen den Lohn!
Schreit nur – hier finden sich keine Verbrechen,
die euch so sehr in die Augen stechen.
Streiten, Prozessieren
soll uns nicht verführen
hier, wo Lust uns winkt;
mag, was arg uns dünkt,
euch auch amüsieren:
Streiten, Prozessieren.

Hier herein nicht, ihr Wuchrer und Schinder,
euch macht die Geldgier täglich blinder.
Ihr Taugenichtse, euer Geiz, so toll,
stopft niemals euch den Rachen voll.
An tausend Talern habt ihr nicht genug,
und all euer Sinnen ist nur Betrug.
Geht fort, bis ihr genug gehungerleidert
und euch der Tod sein »Halt!« entgegenschleudert.
Solche Menschenfratze
ist hier nicht am Platze,
wäre nicht am Ort;
schafft sie schleunig fort,
weit von unserm Schatze,
solche Menschenfratze.

Hier herein nicht, gehörnte Schwätzer,
ihr Kummerbolde und wilden Ketzer,
ihr Intriganten und ihr Schlächter,
ihr larvenhaften Tugendwächter.
Griechen und Römer, schlimmer als Hunde,
zahnlos und stinkend aus geiferndem Munde,
tragt eure Sünde fort aus dem Lande,
füttert euch anderswo mit eurer Schande!
Freude, Lob und Ehre,

merket euch die Lehre,
tun wir dem nur kund,
dem der Leib gesund,
daß sich stets ihm mehre
Freude, Lob und Ehre.

Hier herein ihr, und seid herzlich willkommen,
edle Ritter, ihr kühnen und frommen!
Hier ist der Ort, laßt traulich euch nieder,
Große und Kleine ergötzen sich bieder.
Kommt ihr zu Tausenden hergezogen,
bin ich euch allen gut und gewogen.
Ihr aller Lust und Freude Ehrenpreis,
ich nehm euch auf in meinen Freundeskreis.
Gerngesehne Gäste
treten zu dem Feste
ohne Ziererei;
höflich, frank und frei
grüßt der Wirt aufs beste
gerngesehne Gäste.

Hier herein, ihr Streiter reiner Lehre,
die ihr mit Freimut predigt, ob man euch auch wehre.
Hier habt ihr Wall und Turm und Graben
zum Schutz vor jedem heuchlerischen Raben,
der Gottes Wort beschmutzt mit seinen Krallen,
den Text verfälscht mit hinterlistgen Fallen.
Herein, daß man den wahren Glauben gründe
und daß man allen diese Wahrheit künde!
Gottes heilgem Worte
sei an diesem Orte
jedes Knie gebeugt!
Ehrfurcht stets bezeugt
als dem einzgen Horte
Gottes heilgem Worte.

Hier herein, ihr hochgebornen Frauen,
von edlem Sinn und himmlisch anzuschauen,
mit kühnem Mut zur rechten Stund,

mit schönem Wuchs und klugem Mund.
Der Ort ist aller Ehren Aufenthalt,
ein hoher Herr besitzt hier die Gewalt
und hat befohlen, daß man für euch streite
und euch zum Ehrensitz geleite.
Diesem edlen Gründer
wünschen Gottes Kinder
von dem Vater Lohn,
ebenso vom Sohn
und vom Geist nicht minder,
diesem edlen Gründer.

Fünfundfünfzigstes Kapitel

Wie das Haus der Thelemiten beschaffen war

Mitten im Hof stand ein schöner marmorner Springbrunnen und darauf die drei Grazien, die, mit Füllhörnern in den Händen, aus Brüsten, Ohren, Augen und anderen Öffnungen ihres Leibes das Wasser ausspien. Die Innenseite des Hauses gleich über dem Hof bestand aus schönen antiken Bogengängen auf mächtigen Porphyr- und Achatsäulen, deren langgestreckte, weitläufige Räume mit Gemälden, Hirschgeweihen, mit Hörnern vom Einhorn, Rhinozeros, Flußpferd, mit Elefantenzähnen und vielen anderen merkwürdigen Gegenständen ausgeschmückt waren. Die Frauenwohnungen nahmen den Raum vom Arktischen Turm bis zur Mesembrinischen Pforte ein; alles übrige wurde von den Männern bewohnt. Damit es den Frauen nicht an Zeitvertreib fehle, waren draußen vor ihrer Wohnung zwischen diesen beiden Türmen der Turnierplatz, die Reitbahn und das Theater angelegt; hier befanden sich auch die Schwimmanstalt und das dreistöckige Badehaus, das auf das köstlichste eingerichtet und mit wohlriechenden Bädern versehen war. Das Ufer des Flusses entlang erstreckte sich ein herrlicher Lustgarten mit einem wundervollen Labyrinth in der Mitte. Zwischen den beiden anderen Türmen standen die Ballhäuser. Auf der Seite des Turms Kryere lag der Obstgarten mit den prächtigsten Fruchtbäumen, die alle in Form des Quincunx[1] gepflanzt waren. Am

1 Fünfform (lat.); in der Art der Fünf des Würfels

Ende des Gartens fing der Wildpark an, der von Wild aller Art wimmelte. Zwischen dem fünften und sechsten Turm waren die Schießstände für die Büchsen-, Bogen- und Armbrustschützen angelegt. Die einstöckigen Wirtschaftsgebäude lagen vor dem Hesperischen Turm, hinter ihnen die Ställe, vor ihnen der Falkenhof, dem die erfahrensten Falkner vorstanden. Die Kreter, Venezianer und Sarmaten versahen ihn jährlich mit allerhand seltenen Vögeln wie Adlern, Geierfalken, Habichten, Weihen, Merlinfalken, Sperbern usw., die so vorzüglich gezähmt und abgerichtet waren, daß sie, wenn man sie fliegen ließ, alles fingen, was ihnen in den Wurf kam. Die Jägerei lag ein wenig weiter nach dem Park zu.

Alle Zimmer, Säle und Kabinette waren je nach der Jahreszeit auf verschiedene Art drapiert, die Fußböden durchweg mit grünem Tuch bedeckt und die Betten mit prächtigen gestickten Decken versehen.

In jedem Hintergemach befand sich ein Kristallspiegel mit goldenem, perlenbesetztem Rahmen, der so groß war, daß er die ganze Gestalt zurückwarf.

An den Eingängen zu den Frauensälen waren Diener aufgestellt, um die Herren, die den Damen ihre Aufwartung machen wollten, zu parfümieren und zu frisieren. Dieselben Diener brachten den Damen jeden Morgen Rosen-, Veilchen- und Orangenblütenwasser sowie ein Räuchergefäß mit aromatischen Drogen auf ihre Zimmer.

Sechsundfünfzigstes Kapitel

Wie die Ordensbrüder und -schwestern von Thelema gekleidet waren

Anfangs kleideten sich die Frauen ganz nach ihrem Geschmack und Belieben; später aber wurde, nach ihrem eigenen freien Beschluß, nachstehende Regel festgesetzt: Sie trugen scharlachne und feuerrote Strümpfe, die ihnen genau bis drei Finger übers Knie reichten, mit schön gestickten Zwickeln und Zackensäumen verziert; Strumpfbänder von derselben Farbe wie ihre Armbänder umschlossen das Bein ober- und unterhalb des Knies; die Schuhe, Stiefelchen oder Pantoffeln waren aus karmesinrotem oder violettem Samt, der in Form von Krebsbärten ausgeschnitten war.

Über dem Hemd trugen sie ein seidenes Leibchen und darüber eine Art Krinoline aus weißem, rotem, lohfarbenem oder aschgrauem Taft, über diesem aber einen Rock von Silbertaft mit Goldstickerei und Besatz oder, je nach ihrem Geschmack und wie's die Witterung allemal verlangte, von orangefarbenem, braungelbem, grünem, blauem, erbsengelbem, karmesinfarbenem oder weißem Atlas, Damast oder Samt, auch wohl von Gold- und Silberlahn, Brokat oder Drap d'or, was von den Festen abhing. Das Oberkleid war, immer mit Rücksicht auf die Jahreszeit, entweder aus Goldstoff, mit Silberfransen besetzt, oder aus rotem Atlas mit Goldstickerei oder aus blauem, weißem, schwarzem Seidenzeug oder aus Drap d'argent, Silberseide oder Goldbrokat mit verschiedenen Mustern.

Manchmal trugen sie im Sommer statt des Oberkleids entweder ein Jäckchen aus den obengenannten Stoffen oder einen maurischen Burnus aus violettem Samt, mit Goldschnüren und Goldfransen besetzt, zwischen denen kleine indische Perlen aufgenäht waren, und immer den schönen Federbusch von derselben Farbe wie die Ärmel und mit Goldflittern verziert; im Winter dagegen Oberkleider aus Atlas von verschiedener Farbe, mit Luchs, schwarzer Genette, kalabrischem Marder, Zobel oder anderem Pelzwerk verbrämt. Ihre Rosenkränze, Ringe, Arm- und Halsbänder waren aus den wertvollsten Edelsteinen wie Karfunkeln, Rubinen, Balasen, Diamanten, Saphiren, Smaragden, Türkisen, Granaten, Achaten, Beryllen, Perlen und was es sonst noch an köstlichen Steinen gibt. Ihr Kopfputz richtete sich nach der Jahreszeit: im Winter französische Art, im Frühling spanische, im Sommer toskanische, außer an Sonn- und Festtagen, wo man sich stets nach der französischen Mode frisierte, weil diese die würdigste und ehrbarste ist.

So waren auch die Männer auf ihre Weise gekleidet: die Strümpfe aus scharlachrotem, feuerrotem, schwarzem oder weißem Etamin oder Halbtuch; die Beinkleider aus Gold- oder Silberbrokat, Samt, Atlas, Damast oder Taft in verschiedenen Farben, besetzt, gestickt oder verziert, je nach Belieben; das Wams aus Seide von Gold und Silber, aus Samt, Satin, Damast oder Taft in derselben Farbe, ausgeschnitten, gestickt und prächtig zugerichtet; die goldenen Schnürnadeln emalliert; Brustlatz und Halstuch von Drap d'or, Drap d'argent oder brodiertem Samt; die Oberkleider so prächtig wie die der Frauen; die Gürtel von Seide, je nach der Farbe des Brustlatzes. Jeder trug an der Seite einen schönen Degen mit goldenem Gefäß und samtener Scheide von derselben Farbe wie die Strümpfe, reich mit Gold beschlagen, einen Dolch, desgleichen eine Mütze aus schwarzem Samt, mit vielen Schleifen und goldenen Knöpfen besetzt und mit einer weißen Feder besteckt, an der zwischen Goldflittern Rubine, Smaragde usw. herabhingen.

Dabei herrschte unter den Männern und Frauen eine solche Übereinstimmung, daß sie jeden Tag gleichmäßig gekleidet waren, und um jeden Verstoß in dieser Hinsicht zu verhüten, waren besondere Kavaliere bestellt, die den Männern jeden Morgen anzuzeigen hatten, was für eine Kleidung die Damen an diesem Tag tragen würden. Denn darin war der Wille der Frauen maßgebend für alle. Doch muß man nicht glauben, daß sie das viel Zeit gekostet hätte, eine so zierliche und reiche Toilette zu machen. Keineswegs! Die Garderobenmeister hatten den ganzen Anzug jeden Morgen schon bereit, und die Kammerzofen waren so geschickt, daß mit ihrer Hilfe die Toilette vom Kopf bis zu den Füßen im Handumdrehen erledigt war.

Um die Anzüge zu jeder Zeit leicht und bequem bekommen zu können, war außen am Park von Thelema ein großes Gebäude, gewiß eine halbe Meile lang und drinnen sehr hell, mit allem, was dazu nötig war, errichtet worden. Hier wohnten die Goldschmiede, Juweliere, Sticker, Schneider, Golddrahtzieher, Samtweber, Dekorateure und Bortenmacher; jeder von ihnen arbeitete in seinem Handwerk einzig und allein für die Brüder und Schwestern des Ordens. Die nötigen Zutaten und Stoffe lieferte Herr Nausikleitos[1], der alljährlich sieben Schiffe mit Goldbarren, Seide, Perlen und Edelsteinen von den Perlen- und Kannibaleninseln[2] hierherführte. Hatten die Perlen durch Alter gelitten, so wurden sie durch die Kunst der Meister wieder verjüngt, indem man sie – auf die Art, wie man Falken purgiert – von einem gesunden, kräftigen Hahn verschlucken ließ.

1 »Schiffberühmt« (griech.) – 2 ehem. span. Bezeichnung für die südl. Kleinen Antillen

Siebenundfünfzigstes Kapitel
Wie die Lebensweise der Thelemiten geregelt war

Eine bestimmte Lebensweise war ihnen durch Gesetze, Statuten oder Regeln nicht vorgeschrieben, sie ordneten sie ganz nach ihrem Willen und Belieben: standen auf, wann sie wollten, aßen und tranken, wann sie Appetit hatten, und arbeiteten oder schliefen, je nachdem sie die Lust dazu ankam. Niemals weckte sie jemand, ebensowenig wie jemand sie zum Essen oder Trinken oder sonstwozu nötigte. So hatte Gargantua es bestimmt. Ihre ganze Ordensregel bestand aus einem einzigen Paragraphen, der lautete:

TU, WAS DIR GEFÄLLT!

Denn freie Menschen von edler Geburt, guten Kenntnissen und in achtbarer Gesellschaft aufgewachsen, tragen von Natur einen Trieb und Stachel in sich, tugendhaft zu handeln und das Laster zu fliehen, welchen Trieb man Ehre nennt; wenn aber Gewalt und Zwang sie niederdrücken und knechten, so wird dieser freie und edle Hang zur Tugend in die Begierde verwandelt werden, das Joch der Dienstbarkeit abzuschütteln und zu zerbrechen. Denn immer treibt es uns, das Verbotene zu tun, und wir streben nach dem, was uns vorenthalten wird. Diese Freiheit feuerte sie zu löblichem Wetteifer an, nur immer das zu tun, was den anderen angenehm war. Sagte einer oder eine: Laßt uns trinken, so tranken sie alle; sagte er: Laßt uns spielen, so spielten sie alle; sagte er: Laßt uns spazierengehen, so gingen sie alle spazieren. Wollte einer mit dem Falken jagen oder pirschen, so bestiegen die Frauen sogleich ihre schönen Zelter, an der Hand das Jagdpferd und auf der zierlich behandschuhten Faust einen Sperber oder Falken, während die Männer die anderen Vögel trugen. Alle waren so wohlerzogen, daß es nicht einen unter ihnen gab, der nicht zu lesen, zu schreiben, zu singen, einige Musikinstrumente zu spielen, fünf oder sechs Sprachen zu sprechen und darin etwas Zierliches in Prosa oder Versen aufzusetzen verstanden hätte. Nie gab es tapferere, galantere, zu Fuß und Roß gerechtere, kräftigere, feurigere, waffenfähigere Kavaliere; nie züchtigere, liebenswürdigere, weniger launenhafte, in allen Handarbeiten geübtere, zu allen Beschäftigungen, die ehrbaren und freien Frauen anstehen, geschicktere Damen als die, welche hier versammelt waren.

Daher kam's denn auch, daß, wenn einer oder der andere von ihnen, weil seine Familie es wünschte, oder sei's aus einem andern Grunde, die Abtei verließ, er sicherlich eine der Frauen, der er sein Herz geschenkt hatte, mit sich nahm und heiratete. Und hatten sie zu Thelema in Lieb' und Freundschaft miteinander gelebt, so setzten sie dies in der Ehe erst recht fort und lebten bis an das Ende ihrer Tage wie an dem ihrer Vermählung.

Ich will aber doch nicht vergessen, hier zugleich eine rätselhafte Prophezeiung mitzuteilen, die, auf einer Bronzetafel aufgezeichnet, in den Grundmauern der Abtei gefunden wurde. Diese lautete wie folgt:

Achtundfünfzigstes Kapitel
Die rätselhafte Prophezeiung[1]

Ihr armen Menschen, harrend beßrer Tage,
faßt immer Mut und hört, was ich euch sage!
Wenn es zu glauben ist erlaubt,
daß in den Sternen über unserm Haupt
der Menschengeist die Zukunft lesen dürfe
und daraus Weisheit für das Leben schürfe,
wenn durch des Himmels Hilf und Macht
das Schicksal wird uns kundgemacht,
so daß man sicher könne prophezein,
was in dem finstern Schoß der Zeiten mag gedeihn,
so künd ich jedem, der mir schenkt Gehör,
daß nächsten Winter und vielleicht noch eh'r
in diesem Lande und an diesem Orte
es geben wird von Menschen eine Sorte,
der Ruhe feind, des lieben Friedens satt,
die ziehen frech umher, von Stadt zu Stadt,
und schüren Hader, Kampf und Streit
und jede Art von Ungerechtigkeit.

1 Das Gedicht, außer einigen Eingangs- und Schlußversen aus der Feder Saint-Gelais' stammend, spielt auf die Protestantenverfolgung an.

Wer ihnen glaubt, auf ihre Worte hört,
obwohl er selbst damit sein Glück zerstört,
der muß nach ihrem Wunsch die Freunde hassen,
und seine nächsten Lieben werden ihn verlassen.
Die höchsten Herrn, die Sprossen vieler Ahnen,
sind sicher nicht vor ihren Untertanen,
und Ehrerbietung, Schuldigkeit und Pflicht
verlieren all ihr Ansehn und Gewicht.
Sie werden sagen: »Alles Ding hat seine Zeit!
Was gestern hoch war, wird erniedrigt heut!;
Das wird ein Kampf, ein Toben und ein Streiten,
wie's nie geschah seit allerältsten Zeiten.
So weit die Kunden in den Büchern reichen,
sie wissen nichts, was hiermit zu vergleichen.
Da wird man sehn so manchen braven Mann,
der seinen heißen Mut nicht zügeln kann,
der Lockung folgen und sein frisches Leben
noch vor der Zeit dem grimmen Tode geben.
Und wen erst einmal so der Zorn erregt,
für den ist jede Rückkehr dann verlegt.
Er ruht nicht, bis die ganze Welt erschallt
von Lärm und Streit, der bis zum Himmel hallt.
In gleichem Ruf und Ansehn stehen dann
der Ehrvergeßne und der Ehrenmann.
Denn blindlings werden alle folgen im Gedränge
dem Irrtum und dem Wahn der dummen Menge
und beugen ihrem blöden Urteil sich.
O Sündflut arg! O Sündflut fürchterlich!
Ja, Sündflut! Daß mit einem Wort ich's sage,
denn dauern wird der Kampf bis zu dem Tage,
und eher wird die Erde ihn nicht los,
bis Wasserflut um -flut aus ihrem Schoß
urplötzlich schießt, der Wogen Schwall sich bäumt
und all die Frevler aus dem Wege räumt.
Und das mit Recht! Ihr Herz, vom Kampf erhitzt,
hätt auch der Herden Unschuld nicht beschützt,
es schonte selbst die armen Lämmer nicht
und wußte nichts von frommer Opferpflicht.
Wo solche Greuel ringsumher geschehn,

wie kann in Ruh die Erde da bestehn?
Die glücklich sind und viel von ihr erhalten,
nur um so unbarmherzger mit ihr schalten,
sie mühen sich mit listgen Schlingen,
die Welt in Sklaverei zu bringen,
bis sie sich endlich weiß nicht andern Rat
als dort bei ihm, der sie erschaffen hat.
Das schlimmst ist dann, daß die Sonne gar verbrennt,
bevor sie sinken sollt im Okzident,
und ihren Schein auslöscht auf unsrer Erde,
damit es dunkler als die Nacht hier werde,
so daß sie ihre Freiheit jäh verliert
und bar des Himmelslichts, das sie geziert,
nun plötzlich öde wird und wüst und leer.
Doch ehe solch Verderben, riesenschwer,
sie noch ereilet, wird sie, Raum zu geben
dem innern Wehe, fürchterlich erbeben.
So sehr erbebte nicht der Ätna, glaubt,
geschleudert auf des Titaniden Haupt,
Inarime ward heftger nicht erschüttert,
als Typhoeus' Zorn so fürchterlich gewittert
und er gestürzt mit grimmem Heulen
ins Meer der Berge Riesensäulen[1].
In wenig Stunden ist die Erd verheert
und in sich selber gänzlich umgekehrt,
und wie dann auf und ab die Wellen schäumen,
so rasch muß einer auch dem andern seine Stelle räumen.
Dann aber ist die Zeit herangebracht,
die diesem Kampf ein heilsam Ende macht.
Die Wasserflut, von der ich eben sprach,
verläuft sich und verschwindet nach und nach.
Eh sie zerrinnt, sieht man in Lüften fluten
ein flammend Licht von ungeheuren Gluten,
das Rettung kündet hoch aus Himmels Höh
und setzt ein Ziel den Wassern und dem Weh.
Dann ist vorüber alle Müh und Qual,
nun freun sich die Gerechten allzumal.

1 s. Vergil »Äneis« 9, 710/16

Am Ende haben sie den reichen Lohn,
die andern kommen kümmerlich davon,
damit, wenn aller Schmerz ans End gekommen,
ein jeder seines Schicksals Sinn vernommen.
So ward's bestimmt! O selig sind zu preisen,
die bis zu guter Letzt sich treu erweisen.

Als Gargantua dieses alte Schriftdenkmal zu Ende gelesen, seufzte er tief und sagte zu den Umstehenden: »Nicht jetzt erst werden die, die an dem wahren Glauben festhalten, verfolgt! Aber selig der, welcher kein Ärgernis gibt und unverwandt nach dem Ziel strebt, das Gott durch seinen Sohn uns vorgesteckt hat, ohne sich davon durch fleischliche Gelüste abwendig machen zu lassen.«

»Und was ist Eurer Meinung nach der Sinn und die Bedeutung dieser rätselhaften Verse?« fragte der Mönch. – »Was anders«, antwortete Gargantua, »als der Kampf und endliche Sieg der göttlichen Wahrheit.« – »Beim heiligen Goderan«, sagte der Mönch, »so leg' ich mir's nicht aus. Das Ding ist von Merlin[1], dem Zauberer; ich kenne seinen Stil. Mögt Ihr auch noch so viel Erhabenes da hineinlegen und herausdeuteln und Euch Gedanken machen, wie Ihr wollt, ich sehe darin nichts weiter als eine Allegorie des Ballspiels, allerdings in etwas dunklen Worten. Unter den Leuteverführern sind die zu verstehen, welche die Parteien anführen, gewöhnlich gute Freunde. Nach zwei Gängen tritt einer aus und der andere ein. Man glaubt dem ersten besten, der sagt, der Ball sei über oder unters Seil gegangen. Mit der Wasserflut ist der starke Schweiß gemeint. Das Netz, womit die Rakette bespannt sind, wird aus Schaf- und Ziegendärmen gedreht. Nach dem Spiel erholt man sich bei einem hellflackernden Feuer und wechselt das Hemd. Dann wird gewöhnlich gegessen und getrunken, und meist recht tüchtig, wobei die, welche die Partie gewonnen haben, natürlich in der allerbesten Laune sind. Auf zum Schmaus!«

1 Saint-Gelais

Zweites Buch

Des Pantraguel erstes

Pantagruel, König der Dipsoden[1]*, so wie er gewesen, und seine schrecklichen Vollbringungen und Heldentaten, verfaßt von dem in Gott ruhenden Herrn Alcofribas, Abstraktor der Quintessenz*

1 »Durstige« (griech.)

Zehnzeiler
von Herrn Hugo Salel an den Verfasser dieses Buches

Von allen wird zu allerhöchst geschätzt
der Dichter, der Genuß und Nutzen eint.
Du hast uns meisterlich ergötzt,
dein Buch ist froh und ernst gemeint.
Was nur als lockrer Spaß erscheint,
das bringt dem Leser viel Profit,
du bist ein neuer Demokrit,
belachst den Zufall unsres Lebens.
Geh ruhig fort im gleichen Schritt,
am Ende war die Mühe nicht vergebens.

Vorwort des Verfassers

Sehr ehrenwerte und tapfere Herren und Edle und ihr anderen alle, die ihr euch mit anmutigen und ehrbaren Dingen zu beschäftigen liebt, ihr habt unlängst gesehen, gelesen und erwogen die große und unschätzbare Chronik von dem ungeheuren Riesen Gargantua, und als Bekenner des wahren Glaubens habt ihr alles geglaubt, oft auch wohl, wenn der Redestoff euch gerade ausging, züchtigen Frauen und Jungfrauen schöne und lange Geschichten daraus erzählt, wofür euch großes Lob und ewiges Gedenken gebührt. Ja, ginge es nach mir, so entschlüge sich ein jeglicher all seiner besonderen Geschäfte, kümmerte sich nicht weiter um sein Handwerk und vergäße seine eigensten Angelegenheiten, um sich einzig und allein und ohne seinen Geist durch etwas anderes zu zerstreuen bloß mit dieser Chronik zu beschäftigen, bis er sie Wort für Wort auswendig wüßte. Sollte dann zufällig die Kunst des Buchdrucks in Vergessenheit geraten oder käm's, daß alle Bücher einmal zugrunde gingen, so könnte doch jeder sie seinen Kindern von A bis Z beibringen und sie so wie eine heilige Kabbala den Nachkommen und späteren Geschlechtern von Hand zu Hand überliefern. Denn es ist mehr gesunde Nahrung darin, als der große Haufe lausiger Narren meint, der von diesen kleinen lustigen Dingen noch weniger versteht als Raclet von den Institutionen des Justinian. Ich habe viele vornehme und mächtige Herren gekannt, die, wenn sie auf die Jagd oder Entenbeize gingen und die Spur des Wildes verloren hatten oder der Falke ruhig in der Luft schwebte, weil die Beute ihm entwischt war, die Nase hängenließen, wie sich leicht begreifen läßt; aber sobald sie, um ihre Zeit nicht ganz unnütz zu verlieren, sich der unschätzbaren Taten besagten Gargantuas erinnerten, waren sie gleich wieder guter Dinge. Doch gibt's auch noch andere Leute auf der Welt, und ich scherze nicht, die, wenn sie von heftigen Zahnschmerzen geplagt wurden und schon ihr ganzes Geld für Medizin ausgegeben hatten, ohne daß es etwas nützte, zuletzt kein wirksameres Mittel fanden, als daß sie unsere Chronik in zwei saubere, gewärmte Tücher wickelten, sie mit etwas Güldenkrautpulver bestreuten und auf die schmerzende Stelle legten. Und was soll ich erst von den armen Lustseuchlingen und Gichtbrüchigen sagen? Wie oft haben wir sie sehen müssen, eingeölt und mit Salben beschmiert, daß ihnen das Gesicht wie ein Beinhausschloß glänzte, mit klappernden Zähnen, als hämmerte man auf den Tasten einer Orgel oder eines Spinetts herum, mit schaumigem Rachen wie ein Eber, den die Hunde ins Netz getrieben haben! Und was taten sie? Ihr einziger Trost bestand darin, sich aus dem Buch, von dem ich rede, etwas vorlesen zu lassen. Und wie viele sahen wir da, die bei allen Teufeln schworen, daß diese Lektüre ihnen wirklich Erleichterung verschaffe, wenn man sie im Schwitzbad hielt, nicht mehr noch minder wie kreißenden Frauen, denen man das Leben der heiligen Margareta vorliest. Ist das etwa nichts? Zeigt mir doch in irgendwelcher Sprache, von irgendwelcher Fakultät, aus irgendwelcher Wissenschaft ein Buch, das solche Tugenden, solche eigentümlichen Kräfte und Vorzüge aufzuweisen hätte, und ich zahl' euch ein Schöppchen Kaldaunenspülicht. Nein, liebe Herren, und noch einmal nein! Es hat nicht seinesgleichen, der Art existiert kein zweites, das behaupte ich bis zum Scheiterhaufen ausschließlich, und wer das Gegenteil behauptet, den nenne ich dreist einen Verleumder, Vorbestimmungsgläubigen[1], Betrüger, Leuteverführer! Allerdings ist nicht zu leugnen, daß man an einigen Büchern ersten Kalibers auch gewisse verborgene Meriten entdecken kann, zum Beispiel an »Saufaus«, »Orlando furioso«, »Robert dem Teufel«, »Fierabras«, »Wilhelm ohne Furcht«, »Huon von Bordeaux«, »Montevieille« und »Matabrune«[2]. Aber mit unserer Chronik lassen sie sich nicht entfernt vergleichen. Übrigens ist ja auch, wie die untrügliche Erfahrung lehrt, der große Vorzug und Nutzen dieser Gargantuanischen Chronik allgemein anerkannt; denn die Verleger haben in zwei Monaten mehr davon verkauft, als Bibeln in neun Jahren abgesetzt werden. Nun aber ist es der Wunsch eures ergebenen Dieners, eure Kurzweil noch zu vermehren, und so bringe ich euch jetzt ein Buch von demselben Kaliber, nur daß es noch preis- und glaubwürdiger ist als das andere. Müßt aber nicht meinen, oder ihr wolltet euch denn willentlich selbst betrügen, daß ich das nur so hingesprochen hätte, etwa wie die Juden vom Gesetz sprechen . Nein, unter solchem Stern bin ich nicht geboren, und ist mir auch noch nie passiert, daß ich gelogen oder etwas behauptet hätte, was nicht wahr ge-

1 Kalvinisten – 2 Ritterromane

wesen wäre. Ich spreche von meiner Sache wie ein lustiger Onokrotalus[1], wollt' sagen Zoto- oder vielmehr Protonotarius, von Liebschaften: *Quod vidimus testamur*[2], nämlich von den haarsträubenden Vollbringungen und Heldentaten Pantagruels, dem ich gedient, seitdem ich mein Kinderröckchen auszog, bis jetzt, wo ich seinen Dienst verlassen habe und in mein altes Nest zurückgeflogen bin, um zu sehen, ob noch einer von den Meinigen am Leben ist.

Damit diese Vorrede übrigens zu Ende komme, will ich nur noch das eine sagen, daß ich Leib, Seele, Eingeweide und Gedärme hunderttausend Schock Teufeln überantworten will, wenn in dieser Geschichte ein einziges Wort gelogen ist. Euch aber soll das Antoniusfeuer brennen, soll Fallsucht zu Boden werfen, Krebs fressen, Blutfluß abzapfen,

das Übel schleich sich, ricke-racke,
hinein zum Loche mit Geknacke,
Quecksilber wird dann auch nichts nützen,
euch vor der Syphilis zu schützen,

und ihr sollt wie Sodom und Gomorrha in Schwefel, Feuersglut und Höllengestank umkommen, wenn ihr nicht getreulich alles glauben werdet, was ich euch in dieser Chronik berichte!

Erstes Kapitel

Von der Abstammung des großen Pantagruel und dem grauen Alter seines Geschlechts

Da wir keine Eile haben, so möchte es wohl nicht unnütz und überflüssig sein, euch an den ersten Quell und Ursprung zu erinnern, aus dem der gute Pantagruel hervorgegangen ist. Denn ich sehe, alle guten Chronisten haben das so gemacht, nicht nur die Araber, Berber und Römer, sondern auch die Griechen und die Heiden, die maßlose Säufer waren. Ich muß also bemerken – aber ich spreche hier von einer längst vergangenen Zeit, die wohl nun, nach alter Druidenweise zu zählen, mehr als vierzigmal vierzig Nächte hinter uns liegt –, daß am Anfang der Welt, bald

1 Pelikan, auch »Eselszungendrescher« (griech.); Onokrotalus statt franz. crotte-notaire Drecknotar für Protonotar, päpstlicher Kanzleijurist – 2 Wir tun kund, was wir gesehen haben (lat.); Offenbarung 1, 2.

nachdem Abel von seinem Bruder Kain erschlagen worden war, ein gewisses Jahr kam, wo die Erde, von dem Blute des Gerechten getränkt, allerlei Früchte in unglaublicher Fülle hervorbrachte, besonders aber Mispeln, so daß man es zu steter Erinnerung daran das Jahr der großen Mispeln nannte; denn drei Mispeln machten damals einen richtigen Scheffel voll. In diesem Jahr bestimmte man die Kalenden nach den griechischen Brevieren: der März fiel nicht in die Fasten, und die Hundstage waren im Mai. Im Oktober, vielleicht aber auch im September – denn ich möchte nichts behaupten, was ich nicht ganz bestimmt weiß –, war die in den Jahrbüchern so berühmte Woche der drei Donnerstage; sie hatte nämlich deren drei wegen der ungewöhnlichen Schalttage, weil die Sonne, nach Art der Sünder, ein bißchen links abwich und der Mond seinen Lauf um mehr als fünf Faden veränderte, wobei ein Schwanken des Firmaments, Aplanes genannt, bemerkt wurde, so daß der mittlere Stern der Plejaden seine Gefährten verließ und sich gegen die Äquinoktiallinie hinneigte, der Stern aber, den man die »Ähre« nennt, sich von der Jungfrau ab der Waage zuwandte, was gewiß ganz erstaunliche Ereignisse und so harte und schwierige Nüsse sind, daß die Astrologen sie nicht kleinkriegen können. Müßten auch lange Zähne haben, um da hinaufzureichen.

Es war nun natürlich, daß alle Welt diese Mispeln gern aß; denn sie sahen prächtig aus und waren von ganz vorzüglichem Geschmack. Wie aber Noah, der heilige Mann, dem wir so sehr dafür verpflichtet sind, daß er uns die Rebe pflanzte, von der jener nektarische, köstliche, unschätzbare, himmlische, fröhlich machende, göttliche Saft kommt, den wir Wein nennen, wie, sage ich, Noah sich im Trinken versah, weil er die große Macht und Stärke dieses Getränks nicht kannte, so aßen gleicherweise die Männlein und Fräulein jener Zeit von der schönen, gewaltigen Frucht mit großem Behagen; aber es hatte allerlei eigentümliche Folgen. Jedem von ihnen schwoll nämlich irgendein Teil seines Leibes auf erschreckende Weise, wennschon nicht jedem derselbe. Einigen drang der Bauch auf und wölbte sich wie eine Tonne; von denen steht geschrieben: *ventrem omnipotentem*[1], und

1 allmächtiger Bauch (lat.); Parodie von: allmächtiger Vater, im christlichen Glaubensbekenntnis

waren das alles behäbige, lustige Leute; aus ihrem Geschlecht entsprangen der heilige Schmerbauch und der heilige Karneval. Anderen schwollen die Schultern, und sie wurden so bucklig, daß man sie Montiferen oder Bergträger nannte, wie man solche noch überall, von gar verschiedenem Geschlecht und Stand, antrifft. Aus diesen entsprang der kleine Äsop, dessen rühmliche Taten und Aussprüche uns durch die Schrift aufbewahrt sind. Wiederum bei anderen reckte sich das Glied, welches man den Ackersmann der Natur zu nennen pflegt, über alle Maßen aus, wurde erstaunlich lang, groß, dick, fett und kräftig und bekam eine Art altertümlichen Kragens, so daß man sich seiner als Gürtel bediente und es fünf- bis sechsmal um den Leib schlang; war's aber gerade auf dem Anstand und hatte den Wind von hinten, so sahen die betreffenden Leute aus, als ob sie mit eingelegten Lanzen nach dem aufgehängten Schild zielten. Diese Rasse ist jedoch, wie die Frauen behaupten, ausgestorben; wenigstens klagen sie fortwährend darüber, daß es gar nicht mehr solche großen, dicken usw. gäbe. Ihr kennt schon den Rest des Liedes! Wieder anderen schwollen die Hoden son ungeheuer an, daß drei eine ganze Tonne anfüllten. Von diesen stammen die Lothringer Hoden, die in keinem Latz Raum haben und immer auf den Hosenboden hinunterfallen.

Anderen schoß es in die Beine, und diese waren anzusehen wie Kraniche oder Flamingos oder wie Leute, die auf Stelzen gehen. Die kleinen Abc-Schützen nennen sie in der Grammatik Jambus.

Anderen wuchs die Nase dergestalt, daß sie wie der Hals eines Destillierkolbens aussah; dabei war sie über und über scheckig, ganz mit Pusteln besät, voller Warzen, purpurrot, schwarz und rot gefleckt, überall mit Auswüchsen behaftet und wie mit Schmelz überzogen. Solch eine hatte der selige Kanonikus Panzoult, auch Piédebois, der Arzt in Angers war. Von Haferschleim hielt dieses Geschlecht durchaus nichts, aber dem reinen Rebensaft war es desto mehr zugetan. Aus ihm entsprangen Naso und Ovid und alle die, von denen geschrieben steht: *Ne reminiscaris*[1].

Noch anderen wuchsen die Ohren, die ihnen so groß wurden,

1 Gedenke nicht (meiner oder meiner Väter Missetaten; lat.); Anfang eines katholischen Kirchenlieds nach Tobias 3, 3 mit Anklang an franz. nez Nase

daß sie sich aus dem einen Wams, Hose und Weste machten und das andere als spanischen Mantel um sich schlugen. Wie man sagt, soll diese Rasse in Bourbon auch jetzt noch nicht ausgestorben sein, was der Grund ist, weshalb man immer von Bourboner Ohren spricht.

Andere endlich wuchsen in der ganzen Länge des Leibes, und von ihnen stammen die Riesen, von diesen aber Pantagruel ab. Und war der erste Chalbroth,

der zeugte Sarabroth,

der zeugte Faribroth,

der zeugte Hurtaly, der ein großer Suppenfresser war und zur Zeit der Sündflut regierte;

der zeugte Nimrod,

der zeugte Atlas, der mit seinen Schultern den Himmel stützte, so daß er nicht herunterfallen konnte;

der zeugte Goliath,

der zeugte Eryx, der das Becherspiel erfand;

der zeugte Titäus,

der zeugte Eryon,

der zeugte Polyphem,

der zeugte Cacus,

der zeugte Äthion, der zuerst die Pocken bekam, weil er, wie Bartachim meldet, im Sommer nichts Kühles zu trinken hatte;

der zeugte Enceladus,

der zeugte Cöus,

der zeugte Typhoeus,

der zeugte Alöus,

der zeugte Otus,

der zeugte Ägeon,

der zeugte Briareus, der hundert Hände hatte;

der zeugte Porphyrion,

der zeugte Adamastor,

der zeugte Antäus,

der zeugte Agathon,

der zeugte Porus, gegen den Alexander der Große kämpfte;

der zeugte Aranthas,

der zeugte Gabbara, der das Um-die-Wette-Saufen erfand;

der zeugte Goliath von Secundilla,

der zeugte Offot, der eine mächtig schöne Nase hatte, mit der er aus dem Faß trank;

der zeugte Artaches,

der zeugte Oromedon,

der zeugte Gemmagog, der die Schnabelschuhe erfand;

der zeugte Sisyphus,

der zeugte die Titanen, von denen Herkules abstammt;

der zeugte Enak, der sehr geschickt war, die Milben aus den Händen zu klauben;

der zeugte Fierabras, den Olivier, Pair von Frankreich und Gefährte Rolands, besiegte;

der zeugte Morgant, der zuerst mit einer Brille auf der Nase knöchelte;

der zeugte Fracassus, von dem Merlin Coccaj[1] schreibt, von welchem ist geboren Ferragus,

der zeugte Schnappapp, der das Räuchern der Ochsenzungen im Schornstein erfand, denn bis dahin hatte man sie nur eingesalzen wie die Schinken;

der zeugte Bolivorax,

der zeugte Longis,

der zeugte Lustold, der pappelholzene Hoden und ein Glied von Eschenholz hatte;

der zeugte Kaukelin,

der zeugte Eisenbeiß,

der zeugte Schlingschlung,

der zeugte Galehault, der die Flaschen erfand;

der zeugte Mirelangault,

der zeugte Galaffer,

der zeugte Schufting,

der zeugte Vollhart,

der zeugte Stuppold von Mulierscheid,

der zeugte Greifaus von Zitzelon,

der zeugte Tobold, den Ogier der Däne, Pair von Frankreich, besiegte;

der zeugte Mabrun,

der zeugte Vogelant,

der zeugte Hackelback,

der zeugte Järuth,

1 Folengo

der zeugte Grandgousier,
der zeugte Gargantua,
der zeugte den edlen Pantagruel, meinen hohen Gebieter.

Ich weiß wohl, daß beim Durchlesen dieses Stammbaums ein höchst vernünftiger Zweifel in euch aufsteigen wird. Ihr fragt: Wie kann das wahr sein, da doch das ganze Menschengeschlecht zur Zeit der Sündflut umgekommen ist, ausgenommen allein Noah und die sieben Personen, die er mit sich in die Arche nahm, unter denen aber der erwähnte Hurtaly sich nicht befand? Die Frage ist vollkommen berechtigt und hat allem Anschein nach ihren guten Grund; aber ich werde euch eine Antwort darauf geben, die euch durchaus befriedigen soll, oder mein Hirnkasten müßte wahrlich schlecht kalfatert sein. Weil ich nämlich damals nicht selbst dabei war und also als Augenzeuge es nicht bescheinigen kann, so berufe ich mich auf die Autorität der Massoreten, braver Burschen und kunstfertiger hebräischer Dudelsackpfeifer, die gewiß und wahrhaftig bezeugen, daß besagter Hurtaly allerdings nicht in der Arche war, denn seiner Größe wegen ging er nicht hinein, daß er aber rittlings darauf gesessen hätte, ein Bein hier, ein Bein da, wie die kleinen Kinder auf ihren Schaukelpferdchen und wie der Berner Stier[1], der bei Marignan getötet wurde, auf seiner dicken steinernen Kanone, was ein ganz hübsches, bequemes Reitpferd gewesen sein muß. Und so wurde nach Gottes Rat die Arche gerettet; denn er gab ihr mit den Beinen den Schwung und lenkte sie mit dem Fuß wie mit einem Steuerruder. Die Insassen reichten ihm zum Dank für seine guten Dienste reichlich bemessenes Futter zum Schornstein hinaus, und ab und zu sprachen sie auch miteinander wie, nach Lukians Bericht, Ikaromenippus mit Jupiter.

Habt ihr's nun verstanden? Dann trinkt einmal herzhaft eins darauf, aber ungewässert! Glaubt ihr's aber nicht, nun, so glaub' ich's auch nicht; dann glaub's, wer will.

1 Pontiner (gest. 1515) schweiz. Feldtrompeter, benannt nach dem Stierhorn, auf dem er zum Angriff blies

Zweites Kapitel

Von des gestrengen Herrn Pantagruel Geburt

Im Alter von fünfhundertvierundzwanzig Jahren zeugte Gargantua seinen Sohn Pantagruel mit seiner Frau Badebek, der Tochter des Königs der Amauroten in Utopien; sie starb aber bei der Geburt, denn das Kind war so über alle Maßen groß und schwer, daß es das Licht der Welt nicht anders erblicken konnte, als daß seiner Mutter der Atem darüber zu kurz wurde. Um Grund und Ursache richtig zu verstehen, weswegen ihm sein Name in der Taufe gegeben wurde, muß man wissen, daß in jenem Jahr in ganz Afrika eine solche Trockenheit herrschte, daß es sechsunddreißig Monate, drei Wochen, vier Tage, dreizehn Stunden und etwas länger nicht geregnet hatte und die Sonne eine so höllische Glut herabstrahlte, daß die Erde ganz verdorrt war.

So heiß und glühend wie damals war sie zu Elias' Zeiten nicht gewesen. Kein Baum im ganzen Land hatte weder Blatt noch Blüte, die Triften waren versengt, die Flüsse ausgetrocknet, die Quellen versiegt; die armen Fische, von ihrem Element im Stiche gelassen, zappelten und schrien auf dem Trockenen, und die Vögel fielen aus der Luft auf die Erde, da es gänzlich an Tau fehlte; Wölfe, Füchse, Hirsche, Eber, Damwild, Hasen, Kaninchen, Wiesel, Marder, Dachse und anderes Getier fand man mit verlechztem Rachen überall tot auf den Feldern.

Was nun aber die Menschen anbetrifft, so war das erst recht ein Jammer; man sah sie die Zungen herausstrecken wie Windhunde, die sechs Stunden hintereinander gelaufen sind. Viele stürzten sich in die Brunnen, und andere krochen in den Bauch einer Kuh, um nur im Schatten zu sein. Homer nennt sie Alibanten[1].

Das ganze Land lag danieder! Es war ein erbarmungswürdiger Anblick, zu sehen, was für Anstrengungen die armen Menschen machten, um sich von ihrem schrecklichen Durst zu befreien. In den Kirchen hatte man die größte Not, das Weihwasser vor Angriffen zu schützen. Die Herren Kardinäle und der Heilige Vater erließen die strengsten Gebote, so daß niemand es wagte, mehr

1 »Lebenssaftlose« (griech.)

als einmal davon zu nehmen; aber wenn jemand in die Kirche kam, sah man wohl zwanzig Arme und mehr mit offenem Maul hinter dem, der es spendete, herumlungern, um ein Tröpfchen zu erhaschen, wie der böse reiche Mann, nur daß ja nichts verlorenginge. O wie glücklich in jenem Jahr der, der einen kühlen und gefüllten Keller hatte! – Der Weltweise wirft die Frage auf, weshalb das Meerwasser salzig sei, und erzählt uns dabei: Phöbus habe einst die Lenkung des Sonnenwagens seinem Sohn Phaethon überlassen; dieser aber, unerfahren in der Kunst des Lenkens und unvermögend, die ekliptische Bahn zwischen den beiden Wendekreisen der Sonnensphäre einzuhalten, sei vom Weg abgewichen und der Erde so nahe gekommen, daß er alles unten liegende Land ausgedörrt und jenen Teil des Himmels in Brand gesteckt habe, der von den Gelehrten *Via lactea*[1], von den Lifferloffern[2] aber Jakobsstraße genannt wird, wogegen die vornehmsten Dichter uns glauben machen wollen, dies wäre die Stelle des Himmels, wohin die Milch der Juno geflossen sei, als sie Herkules stillte. Die Erde erhitzte sich aber bei dieser Gelegenheit so sehr, daß sie ungeheuerlich in Schweiß geriet und so das ganze Meer ausschwitzte, das denn natürlich salzig ist; denn Schweiß ist immer salzig. Wenn ihr euch davon überzeugen wollt, braucht ihr bloß euren eigenen zu kosten, oder paßt euch der der Lustseuchlinge besser? Mir auch recht!

Etwas Ähnliches ereignete sich nun in jenem Jahr: Eines Freitags nämlich, als alle Welt der Andacht pflog und sich zu einer prächtigen Prozession zusammengeschart hatte, um den lieben Gott mit allerlei Litaneien und schönen Chorgesängen zu bitten, daß er doch ein gnädiges Auge auf ihr Elend werfe, drangen große Wassertropfen aus der Erde hervor, ganz als ob jemand ungeheur schwitze. Da begann das arme Volk sich zu freuen, als sei ihm ein Heil widerfahren. Die einen meinten, die Erde helfe selbst dem herrschenden Mangel ab, da kein Tropfen Feuchtigkeit in der Luft sei, von dem man Regen erwarten könne, während andere, die gelehrter waren, die Ansicht vertraten, es sei Regen von den Antipoden, wie Seneca im vierten Buch seiner *Quaestionum naturalium*[3], wo er von dem Ursprung der Nilquel-

1 Milchstraße (lat.) – 2 vom Volk – 3 »Naturfragen«; von Antipodenregen ist in Buch 4 nicht die Rede.

len spricht, uns Ähnliches erzählt. Aber sie irrten sich beide; denn als die Prozession zu Ende war und nun ein jeder den Tau sammeln und in langen Zügen schlürfen wollte, fand es sich, daß es reine Salzlake und viel schlechter und salziger als Meerwasser war. Und weil Pantagruel gerade an diesem Tage geboren wurde, gab ihm sein Vater diesen seinen Namen: denn *panta* bedeutet im Griechischen »ganz und gar« und *gruel* in der hagaretischen Sprache[1] »durstig«. Dadurch wollte er andeuten, daß zur Stunde seiner Geburt die Welt ganz und gar durstig gewesen sei und er mit prophetischem Geist vorausschaue, es werde jener einst der Herr aller Durstigen sein, was ihm auch zu selbiger Stunde durch ein sicheres Zeichen verkündet wurde. Denn als Pantagruels Mutter Badebek niederkam und die weisen Frauen ihr beistanden, um das Kindlein in Empfang zu nehmen, gingen zuerst aus ihrem Leib hervor achtundsechzig Maultiertreiber, deren jeder ein mit Salz beladenes Tier am Halfter hinter sich herzog; darauf neun Dromedare mit Schinken und geräucherten Ochsenzungen, desgleichen sieben Kamele mit geräucherten Aalen und endlich fünfundzwanzig Karren, mit Porree, Knoblauch, Zwiebeln und Schnittlauch beladen, worüber die weisen Frauen gewaltig erschraken. Etliche von ihnen aber sprachen: »Das ist ein tüchtiger Vorrat, nun dürfen wir nicht mehr so faul im Trinken sein, sondern müssen uns wie die Landsknechte dazuhalten. Das sind lauter Weinsporen; wahrlich, ein gutes Zeichen!« – Während sie aber solche Reden unter sich führten, siehe, da ging Pantagruel hervor, ganz zottig wie ein Bär, und eine von ihnen sprach mit prophetischem Geist: »Er ist über und über behaart zur Welt gekommen und wird Wunderdinge vollbringen. Und wenn er leben bleibt, wird er alt werden.«

Drittes Kapitel

Wie Gargantua über den Tod seiner Frau Badebek trauerte

Wer aber über Pantagruels Geburt am meisten außer sich und ganz perplex war, das war sein Vater Gargantua. Dort lag seine

1 maurisch (nach Hagar, biblische Ahnherrin eines der arab. Stämme)

Frau Badebek tot, hier sein Sohn Pantagruel, der Neugeborne, so groß, so schön: er wußte nicht, was er sagen noch beginnen sollte. Zweifel plagten seinen Geist; sollte er aus Trauer um seine Frau weinen oder vor heller Freude über seinen Sohn lachen? Für alles beides hatte er gute philosophische Gründe, und das quälte ihn eben; denn er konnte sie *in modo et figura*[1] aufstellen, aber nicht mit ihnen zu Rande kommen. So blieb er wie eine Maus im Pech oder wie eine Gabelweihe im Schlagnetz stecken.

»Soll ich weinen?« sagte er. »Ach ja! Und warum? Meine liebe, gute Frau ist tot, sie, die hinten und vorn die beste auf der Welt war. Ich werde sie nun nicht mehr sehen, werde keine solche Frau wiederbekommen; ihr Verlust ist für mich unersetzlich. O mein Gott, was habe ich denn getan, daß du mich so züchtigst? Warum gibst du nicht lieber mir den Tod als ihr? Denn ein Leben ohne sie ist für mich doch nur ein langsames Dahinsterben! Ach, Badebek, mein Herzchen, mein Seelchen, mein Putchen – dabei war sie gute drei Morgen und zwei Faden lang gewesen –, mein Mätzchen, mein Lätzchen, mein Latschchen, mein Pantoffelchen, so soll ich dich nun nie mehr sehen? Ach, du armer Pantagruel! Und du hast deine gute Mutter, deine zärtliche Amme, deine vielgeliebte Herrin verloren! Ha, falscher Tod, wie tükkisch, wie grausam hast du gegen mich gehandelt, daß du mir die entrissest, die unsterblich zu sein verdiente.«

Und während er diese Worte sprach, heulte er wie ein Schloßhund. Sobald ihm aber Pantagruel wieder in den Sinn kam, kläffte er wie ein Mops, der seinen Herrn sieht. »Ach«, sagte er, »mein Söhnchen, mein kleines Schlingelchen, mein Stehaufchen, wie niedlich du bist, wie ich Gott dankbar sein muß, daß er mir einen so schönen, fixen, lustigen, allerliebsten Sohn geschenkt hat. Hoho, hoho, wie froh ich bin! Frisch getrunken und alle Schwermut vergessen! Schenkt vom Besten ein! Spült die Gläser rein und deckt den Tisch. Jagt die Hunde fort! Blast das Feuer in Gang, steckt die Kerzen an, macht die Tür zu und brockt mir ein paar Suppen ein. Laßt die Armen kommen und gebt ihnen, worum sie bitten. Da, nimm meinen Rock, will das Wams anziehen, daß ich die Gevatterinnen besser bewirten kann.«

In demselben Augenblick vernahm er die Litaneien und To-

1 nach Modus und Figur (des logischen Schlusses; lat.)

tengesänge der Priester, die seine Frau zu Grabe trugen. Alsbald hielt er mit seinen lustigen Reden inne und sprach in ganz verändertem Ton: »Gott, muß ich mich nun schon wieder härmen? Ich bin nicht mehr so jung, werde alt, und es ist eine gefährliche Zeit; ich könnte das Fieber bekommen, und dann wär' ich besessen. Bei meiner Ehre, es wird besser für mich sein, wenn ich weniger weine und mehr trinke. Meine Frau ist nun doch einmal tot, und bei Gott – *da jurandi* –[1], mit meinen Tränen werde ich sie auch nicht wieder lebendig machen; ihr ist wohl, sie ist wenigstens im Paradies, wenn nicht gar höher. Sie betet zu Gott für uns, ist glücklich und schert sich um all die Not und das Elend, die uns anfechten, nicht mehr. So wird es uns auch einmal gehen. Gott schütze den armen Witmann! Muß nur sehen, wo ich eine andere herkriege! – Aber was wollt ihr hier?« sagte er zu den weisen Frauen, »wo seid ihr, liebe Leute, weise kann ich nicht sehen. Geht nur zu ihrem Begräbnis, ich werde meinen Sohn unterdessen hier wiegen; denn ich bin sehr angegriffen und fürchte, ich könnt's nicht überstehen, möchte krank werden. Nehmt aber erst einen herzhaften Schluck, das wird euch guttun; auf Ehre, glaubt mir's.«

Also gingen sie zum Begräbnis und zu der Leichenzeremonie, während der arme Gargantua zu Hause blieb und folgendes Epitaphium verfaßte, das auf dem Grabstein eingemeißelt werden sollte:

Im Kindbett starb die edle Badebek,
sie war von allerfeinster Art.
Es nahm der Tod ein gutes Weib hinweg,
ihr Bauch war dick – ihr Leib war zart.
Gott straft sie sicherlich nicht hart,
wenn sie ihm je sein Werk verdarb;
hier ruht ihr Leib in Gottes Gegenwart,
sie schied am Tage hin, an dem sie starb.

1 mit Verlaub zu schwören (lat.)

Viertes Kapitel
Von Pantagruels Kindheit

Nach allem, was die alten Geschichtsschreiber und Poeten uns berichten, ist allerdings schon mancher auf recht kuriose Weise zur Welt gekommen, wovon hier ausführlicher zu reden uns zuviel Zeit nehmen würde; wer Muße dazu hat, lese nur das siebente Buch des Plinius nach. Aber von einer so wunderbaren Geburt wie der Pantagruels hat man wohl noch nie gehört, und fast ebenso unglaublich war es, in wie kurzer Zeit sein Leib wuchs und an Kräften zunahm. Daß Herkules in seiner Wiege zwei Schlangen tötete, will gar nichts sagen; denn die Schlangen waren klein und schmächtig. Pantagruel in seiner Wiege vollbrachte ganz andere, viel erstaunlichere Dinge. Davon will ich gar nicht reden, daß er zu jeder Mahlzeit viertausendsechshundert Kühen die Milch absog, daß alle Pfannenschmiede von Saumur in Anjou, von Villedieu in der Normandie und von Framont in Lothringen beauftragt werden mußten, eine Pfanne zu schmieden, in der sein Brei gekocht werden konnte, und daß man ihm diesen Brei in einem Trog reichte, der heute noch neben dem Rathaus zu Bourges steht; auch davon nicht, daß er aus diesem Trog ein großes Stück herausbiß, wie man noch heute ganz deutlich sehen kann.

Aber eines Tages, als er an einer seiner Kühe saugen sollte – denn andre Ammen hat er nach Überlieferung der Geschichte nie gehabt –, machte er den einen Arm aus den Wickeln los, womit er in der Wiege festgebunden war, faßte die Kuh bei den Kniekehlen und fraß ihr die beiden Euter, den halben Bauch, die Leber und die Nieren vom Leibe weg und würde sie gewiß mit Haut und Haar verschlungen haben, wenn sie nicht so fürchterlich gebrüllt hätte, als ob die Wölfe sie an ihren Beinen gepackt hielten. Auf dies Gebrüll kam man herbeigelaufen und entriß ihm die Kuh; aber das Kniestück behielt er in der Hand und kaute gemütlich daran weiter wie unsereins an einer Wurst. Und als man ihm den Knochen wegnehmen wollte, verschlang er ihn, wie ein Pelikan ein Fischchen hinunterschlingt, und sagte dabei *Bon, bon,* womit er zu verstehen geben wollte, denn sprechen konnte er noch nicht recht, daß es ihm gut geschmeckt habe und er noch mehr davon wünsche. Die Folge war, daß seine Wärterinnen ihn mit starken Tauen festbanden, wie sie in Tain für die Salztransporte nach Lyon angefertigt werden oder wie man sie im Hafen von Grâce auf dem großen Franzosenschiff[1] sieht. Aber eines Tags machte sich der große Bär, den sein Vater hielt, von der Kette los, kam zu ihm gelaufen und leckte ihm das Gesicht, denn die Wärterinnen hatten vergessen, ihm den Mund abzuwischen; sofort befreite er sich ohne große Anstrengung von seinen Banden wie Simson von denen der Philister[2], nahm meinen Meister Petz beim Kragen, zerriß ihn, wie man ein Hühnchen zerpflückt, und ließ sich das dampfende Fleisch vortrefflich schmecken. Gargantua aber, der fürchtete, daß er sich Schaden zufügen könnte, ließ vier dicke eiserne Ketten schmieden, um ihn damit zu binden, auch Krampen dazu, die an seiner Wiege festgemacht wurden. Von diesen Ketten könnt ihr die eine noch jetzt zu La Rochelle sehen, wo man sie jeden Abend zwischen den beiden dicken Hafentürmen ausspannt. Die zweite befindet sich in Lyon und die dritte in Angers; die vierte aber haben die Teufel geholt, um Luzifer daranzulegen, als er dereinst nach dem Genuß einer frikassierten Gendarmenseele einen schrecklichen Anfall von Kolik hatte und gar nicht zu halten war.

Also könnt ihr getrost glauben, was Nikolaus von Lyra über die Stelle im Psalter sagt, wo geschrieben steht: *Et Og regem Basan*[3], daß nämlich besagter Og, obgleich noch jung, doch schon so stark und kräftig gewesen sei, daß man ihn in seiner Wiege mit Ketten habe festbinden müssen. – Und so blieb er still und regte sich nicht, denn die Ketten konnte er so leicht nicht zerbrechen, um so weniger, als in der Wiege nicht Platz genug war, daß er ordentlich mit den Armen hätte ausholen können. Da geschah es aber, daß sein Vater Gargantua den Fürsten seines Hofs an einem hohen Festtag ein prächtiges Bankett gab. Wahrscheinlich war die gesamte Dienerschaft bei dem Fest beschäftigt, so daß man sich um den armen Pantagruel nicht kümmerte und er im reculorum[4] blieb. Was also tat er? Was tat er, liebe Leute? Hört! Zuerst versuchte er, die Ketten mit den Armen zu sprengen, was ihm jedoch nicht gelang, da sie zu stark waren; also strampelte er so heftig mit den Beinen, bis er das Fußende seiner Wiege zertrüm-

1 die 1527 in Le Havre gebaute »Grande Françoise« als bis dahin größtes franz. Schiff – 2 s. Richter 16, 8/12 – 3 Und Og, den König von Basan (lat.: Psalm 135, 11) – 4 im Winkel (makkaronisches Lat.)

mert hatte, das aus sieben Spannen dicken Balken gezimmert war. Nun konnte er die Beine herausstrecken, was er denn auch tat, bis er die Erde mit den Füßen erreicht hatte. Mit großer Anstrengung richtete er sich jetzt auf und trug seine Wiege mit sich auf dem Rücken davon wie eine Schildkröte, die eine Wand hinanklettert, ein Anblick, als ob ein großes Kauffahrteischiff von fünfhundert Tonnen auf den Schnabel gestellt worden sei. So trat er dreist in den Saal hinein, wo das Bankett stattfand, so daß alle Anwesenden erschraken; da er aber die Arme nicht frei hatte, konnte er die Speisen nicht mit den Händen erreichen, sondern war gezwungen, sich mit großer Mühe zu bücken und, soviel es ging, mit der Zunge davon aufzuschlecken. Sein Vater, der dies sah und daraus schloß, daß man ihn ohne Nahrung gelassen habe, befahl, ihm die Ketten abzunehmen, wozu auch die anwesenden Fürsten und Edelleute rieten; außerdem waren die Ärzte Gargantuas der Ansicht, daß Pantagruel zeit seines Lebens am Nierenstein leiden würde, wenn man ihn noch länger in der Wiege hielte. Man band ihn also los, worauf er sich sogleich hinsetzte und sich's tapfer schmecken ließ, doch erst nachdem er seine Wiege mit der Faust in fünfmal hunderttausend kleine Stücke zerschlagen hatte, wobei er erklärte, er würde sich nie wieder hineinlegen.

Fünftes Kapitel

Von den Taten des edlen Pantagruel während seiner frühen Jugend

So wuchs Pantagruel von Tag zu Tag heran und gedieh zusehends, worüber sein Vater herzliche Freude empfand. Da er noch klein war, ließ er ihm eine Armbrust machen, nach den Vögeln damit zu schießen, welche Armbrust heutigentags die Große Armbrust von Chantelle genannt wird. Dann schickte er ihn in die Schule, damit er etwas lerne und an Jahren zunehme, und so kam er zum Studium nach Poitiers, was ihm von großem Nutzen war, und weil er daselbst bemerkte, daß die Studenten manchmal nichts zu tun hatten und nicht wußten, was sie mit ihrer Zeit anfangen sollten, so tat ihm das grausam leid. Also brach er eines Tags von dem dortigen Fuchsstein ein Stück Felsen von zirka zwölf Faden im Geviert und vierzehn Spannen Dicke ab und stellte es mitten im freien Feld auf vier Pfeiler, damit die Studenten, wenn sie nicht wußten, womit sie sich die Zeit vertreiben sollten, hinaufklettern könnten, um sich oben bei vollen Flaschen, bei Schinken und Pasteten gütlich zu tun und ihre Namen mit Hilfe von Taschenmessern einzukratzen: welches Felsstück man jetzt den Hubstein[1] nennt. Und zur Erinnerung daran wird noch heutigentags niemand in die Matrikel der Universität Poitiers eingetragen, der nicht aus dem Roßquell von Croutelle getrunken, den Fuchsstein besucht und den Hubstein erklettert hat. Einige Zeit darauf, als er die schönen Chroniken seiner Vorfahren las, fand er, daß Gottfried von Lusignan, genannt Gottfried mit dem großen Zahn, welcher der Großvater des Mannesvetters der älteren Schwester der Tante von dem Schwiegersohn des Onkels der Schwiegertochter seiner Stiefmutter gewesen war, in Maillezais begraben liege; er machte sich also eines Tags dahin auf, um dies Grab zu besuchen, wie es der Anstand von ihm verlangte. Reiste also, von einigen seiner Kameraden begleitet, von Poitiers ab, kam durch Ligugé, wo er dem alten Abt Ardillon, durch Lusignan, Celles, Coulonges und Fontenayle-Comte, wo er dem gelehrten Tiraqueau einen Besuch abstattete, und gelangte nach Maillezais, wo er sich sofort zu dem Grabe Gottfrieds mit dem großen Zahn führen ließ. Er erschrak aber sehr, als er das Bildnis seines Vorfahren erblickte; denn dieser schien ihm in höchster Wut zu sein und hatte seinen Malchus[2] halb aus der Scheide gezogen. Auf seine Frage, was das zu bedeuten hätte, meinten die dortigen Domherren, dafür sei kein anderer Grund zu finden als: *Pictoribus atque poetis etc.*, das heißt, Malern und Poeten stünd' es eben frei, die Dinge nach ihrem Belieben darzustellen[3]. Aber diese Antwort befriedigte ihn keineswegs, und er sagte: »Ohne Grund wird das wohl nicht so gemalt sein. Mir scheint, es muß bei seinem Tod irgendeine Niederträchtigkeit gegen ihn begangen worden sein, welche zu rächen er seine Anverwandten auffordert. Ich werde suchen, der Sache auf die Spur zu kommen, und dann tun, was mir obliegt.« – Darauf reiste er wieder ab, aber nicht zurück nach Poitiers, sondern er beschloß,

1 vorgeschichtliches Großsteingrab bei Poitiers – 2 Krummsäbel; nach dem Kriegsknecht Malchus, dem Petrus ein Ohr abhieb (Johannes 18, 10) – 3 Horaz, Episteln 2, 3 »Dichtkunst« 9/10

auch die anderen Universitäten Frankreichs zu besuchen. Ging also über La Rochelle, wo er sich einschiffte, nach Bordeaux, fand indes, daß man sich an diesem Ort nicht eben sehr beschäftige, ausgenommen die Bootsknechte, die am Strand recht eifrig Karten spielten. Von da ging er nach Toulouse, wo er sich im Tanzen vervollkommnete und beidhändig fechten lernte, wie es dort bei den Studenten Brauch ist; als er aber sah, daß sie ihre Professoren wie Pökelheringe bei lebendigem Leib am Feuer räucherten[1], wollt' er nicht länger bleiben; »denn«, sagte er, »da sei Gott vor, daß ich auf solche Weise umkomme. Ich bin ohnehin schon durstig genug und brauche nicht noch gedörrt zu werden.« Darauf ging er nach Montpellier, wo er den vorzüglichen Wein von Mirevaux und gute Gesellschaft fand. Hier hatte er anfangs Lust, Medizin zu studieren; aber er besann sich bald eines andern, denn er fand, daß es ein gar zu trauriges und trübseliges Handwerk sei und die Ärzte gar zu vertrackt nach Klistieren röchen wie alte Teufel. Deswegen wollt' er es mit der Jurisprudenz versuchen; als er aber sah, daß alles in allem nur drei Zottelperükken und ein Kahlkopf von Legisten da waren, verließ er den Ort. Auf dem Weg von da besichtigte er die Brücke über den Gard und das Amphitheater zu Nîmes, und er brauchte dazu weniger als drei Stunden, was als ein mehr göttliches denn menschliches Werk anzusehen ist, und kam nach Avignon, wo er schon nach drei Tagen sterblich verliebt war; denn das ist päpstliches Land, und die Weiber spielen da gerne das Liebesspiel. Sobald sein Erzieher Epistemon[2] davon Wind bekam, suchte er ihn fortzubringen und ging mit ihm nach Valence in der Dauphiné; aber er sah bald, daß hier nicht viel zu holen sei. Die Lümmel der Stadt prügelten die Studenten weidlich durch, was ihn unmäßig verdroß; als also eines schönen Sonntags an einem öffentlichen Ort getanzt wurde und die Raufbolde einem Studenten das Mittanzen verwehren wollten, jagte sie Pantagruel, der das mit ansah, bis an die Ufer der Rhone, um sie dort alle zu ersäufen; aber sie verkrochen sich eine gute halbe Meile tief unter der Rhone wie Maulwürfe in die Erde. Man kann das Loch noch bis auf den heutigen Tag sehen. Dann reiste er ab und kam mit drei Schritten und ei-

1 wahrscheinlich Anspielung auf den franz. Rechtsprofessor Jean de Caturce (gest. 1532), der in Toulouse als Lutheraner verbrannt wurde – 2 »Verständig« (griech.)

nem Hops nach Angers, wo es ihm ganz gut gefiel und wo er längere Zeit geblieben wäre, wenn die Pest ihn nicht verjagt hätte.

So kam er nach Bourges und studierte hier lange mit großem Nutzen die Rechte. Er pflegte wohl zu sagen, daß die Rechtsbücher ihm wie ein schönes, herrliches, überaus köstliches Gewand aus Gold vorkämen, dessen Saum aber ringsum mit Kot beschmiert sei. »Denn«, so äußerte er sich, »in der ganzen Welt gibt es nicht so treffliche, künstlerisch ausgeführte, elegant geschriebene Bücher wie die Pandekten; doch der Saum daran, das heißt die Glosse des Accursius, ist im höchsten Grad schmierig, gemein und übelriechend – der reine Kot und Unrat.«

Von Bourges ging er nach Orleans und fand hier eine Menge ziemlich roher Studenten, die ihn mit einem großen Schmaus bewillkommneten und ihm in kurzer Zeit das Ballspiel so gründlich beibrachten, daß er für einen Meister darin gelten konnte. Denn die Studenten dort betreiben dies Spiel mit vielem Eifer; ab und zu wurden auch Ausflüge nach den Inseln gemacht, wo man Stoßball spielte. Das kopfbrecherische Studium dagegen vermied er dort ganz; denn er fürchtete, sich die Augen zu verderben. Hatte doch selbst einer der Professoren mehr als einmal in seinen Vorlesungen geäußert, daß es gar nichts Schädlicheres für das Sehen gäbe, als wenn man an den Augen litte. Und als eines Tags einer seiner Bekannten, der in den Wissenschaften allerdings kein Licht war, aber dafür desto besser zu tanzen und Ball zu spielen verstand, Lizentiat wurde, gab er den Lizentiaten dieser Universität folgende Devise:

Hast du in der Hand das Netz,
fängst geschickt den Ball darein,
hast im Kopf nur ein Gesetz,
aber flinken Tanz im Bein,
ist der Hut des Doktors dein.

Sechstes Kapitel

Wie Pantagruel einem Limousiner begegnete, der die französische Sprache verschandelte

Eines Tags, wann, weiß ich nicht genau zu sagen, ging Pantagruel nach dem Abendessen mit einigen seiner Genossen vor dem Tor auf dem Weg, der nach Paris führt, spazieren. Ein zierliches Studentlein, das des Wegs daherkam, begegnete ihnen, und nachdem sie sich gegrüßt hatten, fragte ihn Pantagruel: »Mein Freund, woher kommst du jetzt?« Worauf der Student antwortete: »Von der inkliten, zelebern Akademie, der Alma mater, so man Lutetia nennt.« – »Was will er damit sagen?« fragte Pantagruel einen seiner Leute. »Er meint, von Paris«, antwortete jener. – »Du kommst also von Paris?« sagte Pantagruel, »und wie verbringt ihr Herren Studenten dort in Paris eure Zeit?« – Worauf der Student erwiderte: »Wir transfretieren die Sequana *diluculo* und *crepusculo,* deambulieren in den Kompiten und Quadrivien besagter *urbis,* despumieren die latialische Verbokination und kaptivieren als wahrhaftige Amorabundi die *benevolentiam* des omnijugen, omniformen und omnigenen weiblichen Geschlechts. An gewissen Diekulen visitieren wir die Lupanaren vom Buhlfeld oder aus der Vogel-, Sack-, Bourbon- und Huslieugasse und inkulkieren in venerischer Ekstase unsere Veretra in die penitalen Rezesse dieser amikabilissimen Meretrizen. Hierauf kauponisieren wir in den meritorischen Tabernen zum Tannenzapfen, Kastell oder Magdaleine *spatulas vervecinas,* perforaminiert mit Petersilie. Sollte gerade Knappheit oder *penuria pecuniae* in unseren Marsupien herrschen und es ihnen an ferruginischem Metall gebrechen, so bezahlen wir die Zeche oppignerisch mit unseren *codicibus* und Vestimenten, in Erwartung der Tabellarien, so da kommen sollen von unseren Penaten und heimischen Laren[1].« – Dem entgegen sagte Pantagruel: »Was zum Teufel ist das für eine Sprache? Ich glaube, du bist ein Ketzer.« – »Nein, *Signore*«, erwiderte der Student; »sobald Aurora *digito aurifero* den *coelum* attigniert, begebe ich mich *libentissime* in irgendeins der schön ädifizierten Münster, irroriere mich daselbst mit der schönen lustralischen Aqua und nehme mein Teil von den missalischen Prekationen unserer Sakrifikulen. Und indem ich

1 Wir setzen über die Seine in der Morgen- und Abenddämmerung, ergehen uns auf den Kreuz- und Scheidewegen besagter Stadt, schäumen die lateinische Sprache ab und suchen als wahrhaftige Liebessüchtlinge die Gunst des allrichtenden, allgestaltigen und allartigen weiblichen Geschlechts zu erringen. Von Zeit zu Zeit besuchen wir die Hurenhäuser... und in lustseuchischer Ekstase rammen wir unsere Mannsglieder in die tiefsten Spalten dieser trautesten Dirnen. Dann schlemmen wir in den Wirtshäusern... schöne Hammelkeulen, mit Petersilie durchspickt. Sollte gerade Knappheit oder Geldmangel in unseren Börsen herrschen und es ihnen an dunklem Metall gebrechen, so bezahlen wir die Zeche auf dem Pfandwege mit unseren Büchern und Kleidern, in Erwartung der Sendungen, so da kommen sollen von unseren heimischen Herden.

meine präkulischen Horen murmle, abluiere und purifiziere ich meine *animam* von dem nokturnen *inquinamento*. Ich reveriere die Olympikolen; ich veneriere *latrialiter* den supernalischen Astripotenten. Ich diligiere und redamiere meinen Nächsten. Ich befolge die dekalogischen Präskripte und diszediere von ihnen nach der Fakultät meiner Kraft nicht um eines Unguikuls Breite. Doch da Mammon um keinen Tropfen in meinen Lokuli supergurgitiert, so bin ich allerdings in der Supererogation der Eleemosynen an die Egenten, welche *hostiatim* ihre Stipes begehren, etwas karg und träge[1].« – »Bah, bah«, rief Pantagruel, »was schwatzt der Narr? Ich glaube, er denkt sich solche Teufelssprache aus, um uns damit zu verhexen.« – Worauf einer von den Seinigen sagte: »Gnädiger Herr, ohne Zweifel will dieser junge Fant die Sprache der Pariser nachahmen; aber indem er so geschwollen redet, schindet er nur das arme Latein. Er hält sich für einen großen Redner und Sprachkünstler, weil er es verschmäht, so zu sprechen, wie es allgemein Brauch ist.« – Darauf sagte Pantagruel: »Ist dem so?« – Und der Student entgegnete: »*Signor Domine,* mein Ingenium ist nicht fähig, die Kutikel unserer vernakulen Sprache zu schinden, wie dieser flagitiose Nebulone sagt, sondern *operam do* und enitiere *per vela et remos,* sie durch latinikome Redundanz zu lokupletieren[2].« – »Bei Gott«, sagte Pantagruel, »ich werde dich sprechen lehren; aber erst antworte mir: Woher stammst du?« – Worauf der Student erwiderte: »Der primäre Ursprung meiner Aven und Ataven weist hin auf die limovizinischen Regionen, wo der Korpus des hagiotaten Sankt Martial requiesziert[3].« – »Aha«, sagte Pantagruel, »du bist also, schüttet man die Brühe zusammen, ein Limousiner und willst

1 Nein, mein Herr... sobald sich das Morgenrot mit goldträchtigem Finger am Himmel zeigt, begebe ich mich mit dem größten Vergnügen in irgendeine der schöngebauten Kirchen, netze mich daselbst mit dem schönen Weihwasser und nehme mein Teil von den Meßgebeten unserer Priester. Und indem ich meine Stundengebete murmle, säubere und reinige ich meine Seele von dem nächtlichen Unflat; ich verehre die Götter des Olymps; ich verehre anbetend den höchsten Herrn der Gestirne. Ich liebe meinen Nächsten und vergelte ihm seine Liebe. Ich befolge die Zehn Gebote und weiche von ihnen nach Maßgabe meiner Kraft nicht um Nagelbreite ab. Doch da Reichtum um keinen Tropfen in meiner Börse überfließt, so bin ich allerdings im Spenden von Almosen an die Armen, die, von Tür zu Tür ziehend, ihr Scherflein begehren, etwas karg und träge. – 2 Mein Herr Herr, mein Geist ist nicht fähig, die Haut unserer heimischen Sprache zu schinden, wie dieser schändliche Nichtsnutz sagt, sondern ich wende meine Mühe darauf und strebe mit Segeln und Rudern dahin, sie durch lateinfrisierte Überfülle zu bereichern. – 3 Der erste Ursprung meiner Ahnen und Urahnen weist hin auf die Gegend von Limoges, wo die sterbliche Hülle des allerheiligsten Sankt Martial ruht

hier den Pariser spielen. Wart, das werd' ich dir heimzahlen.« Damit faßte er ihn bei der Gurgel und rief: »Du schindest das Latein; beim heiligen Johann, den Fuchs sollst du schinden, dich selbst will ich lebendig schinden.« – Der arme Limousiner aber schrie dagegen: »Hoalt, hoalt! Hailiger Markus, zu Hülf! Oh, oh, loaßt's los, ums Himmels will' rührt's mi nit an!« – Worauf Pantagruel: »Siehst du, jetzt sprichst du, wie dir der Schnabel gewachsen ist«, und damit ließ er ihn los; denn der arme Limousiner hatte seine Hosen, die hinten geschlitzt und also mit keinem festen Boden versehen waren, über und über beschissen. – »Blas' mir Sankt Alipentin von unten her«, rief Pantagruel, »was ist das für ein Duft? Der Rübenfresser stinkt ja wie der Teufel!« So ließ er ihn laufen. Aber auf diesen machte die Szene solchen Eindruck, daß er sich nie wieder recht davon erholen konnte und später gar oft meinte, Pantagruel halte ihn noch immer an der Kehle fest. Starb auch nach einigen Jahren den Rolandstod[1], daran man die göttliche Gerechtigkeit erkennen soll und was ein Beweis dafür ist, wie Recht Aulus Gellius hat, wenn er sagt, daß man stets reden müsse, wie es der Brauch ist, und daß man, wie Octavianus Augustus meint, die verzwickten Ausdrücke so sorgfältig zu vermeiden habe wie Schiffer die Klippen.

Siebentes Kapitel

Wie Pantagruel nach Paris kam und von den schönen Werken in der Sankt-Viktoris-Bibliothek

Nachdem Pantagruel mit gutem Erfolg in Aurelianum[2] studiert hatte, beschloß er, die große Universität zu Paris zu besuchen; aber ehe er noch dahin abreiste, erfuhr er, daß zu Saint-Aignan, einem Kloster erstgenannter Stadt, schon seit zweihundert Jahren eine erschrecklich große Glocke in der Erde liege, die so schwer sei, daß keine Maschine sie hatte herausziehen können, obgleich alle Mittel angewandt worden waren, die Vitruvius *de architectura,* Albertus *de re aedificatoria,* Euklid, Theon, Archimedes und Hero *de ingeniis* angeben[3]. Es wäre, sagte man, alles um-

1 sprichwörtlich für verdursten – 2 lat. Name von Orleans – 3 Verfasser von Werken über Architektur, Mathematik, Mechanik

sonst gewesen. Auf die untertänigste Bitte der Bürger und Einwohner besagter Stadt beschloß er, sie in dem Glockenturm, wohin sie gehörte, aufzuhängen. Begab sich also nach dem Ort, wo sie lag, und hob sie, als wär's ein Sperberglöcklein, leicht mit dem kleinen Finger auf. Ehe er sie aber in den Turm hängte, wollte er denen in der Stadt ein kleines Ständchen damit bringen, läutete sie also durch alle Gassen, was die Leute ganz ungemein ergötzte. Aber es hatte üble Folgen; denn all der gute Wein in Orleans fing davon an zu arbeiten und verdarb. Das merkten die Leute erst in der darauffolgenden Nacht; jeder, der von dem Wein getrunken hatte, fühlte sich unwohl und bekam einen heftigen Auswurf, weiß wie Baumwolle; da sagten sie: »Nun haben wir den Pantagruel, die Kehlen sind uns ganz versalzen.«

Danach kam er mit den Seinigen in Paris an, wo alle Welt herbeilief, ihn zu sehen; denn wie ihr wißt, sind die Pariser Narren in allen möglichen Tonarten. Sie stierten ihn ganz verwundert an, waren aber in großer Furcht, er möchte ihnen das Parlamentshaus anderswohin, *a remotis*[1], tragen, so wie sein Vater ihnen einst die Glocken von Notre-Dame weggenommen hatte, um sie seiner Stute umzuhängen. Und nachdem er hier einige Zeit gewohnt und dem Studium der Sieben Freien Künste obgelegen, meinte er, es sei eine gute Stadt, um darin zu leben, aber nicht um darin zu sterben, denn die Spittelleute von Sankt Innozenz wärmten sich ihren Hintern mit Totenknochen.

Die Bibliothek von Sankt Viktor gefiel ihm ganz besonders, namentlich wegen gewisser Werke, die er dort fand und von denen ich hier ein kleines Verzeichnis geben will[2]:

Ruta salitus[3].
Peniculus juris[4].
Pantofla decretorum[5].
Malogranatum vitiorum[6].
Der Gottesgelahrtheit Zwirnknäuel.
Die Sündenschraube der Prediger, von Turelupin.
Der Elefantenziemer der Recken.
Bischöfliches Tollkraut.

1 beiseite (mittellat.) – 2 größtenteils Phantasietitel – 3 »Die Rute des Heils« – 4 »Das Schwänzchen des Rechts« – 5 »Der Pantoffel der Dekrete« – 6 »Der Granatapfel der Laster«

Marmotrectus de pavianis et meercatzibus, cum commento de Orbellis[1].

Decretum universitatis Parisiensis super gorgiasitate mulierculaum ad placitum[2].

Wie die heilige Gertrud einer Nonne zu Poissy in Kindsnöten erschien.

Ars honesti furzandi in societate, per M. Ortvinum[3].

Das Senfbüchslein der Buße.

Die Gamaschen *alias* Stiefel der Geduld.

Formicarium artium[4].

De supparum usu et honestate schöppiandi, per Silvestrem Prieratem, Jacospinum[5].

Der Lackierte, eine Hofgeschichte.

Der Notare Schnitzelkorb.

Das Ehepäcklein.

Der Schmelztiegel der Beschaulichkeit.

Die Alfanzereien des Rechts.

Weinstachel.

Käsesporn.

Bürstatorium scholarium.

Tartaretus de modo cacandi[6].

Römische Fanfaren.

Bricot de differentis supparum[7].

Der Hintern unter der Rute.

Der Schlumpschuh der Demut.

Der Dreifuß guter Gesinnung.

Der Kessel der Großmut.

Beichtväterliche Kletten.

Pfarrherrliche Nasenstüber.

Reverendi patris fratris Lubini, Schwätzingiae provincialis, de Speckseitiis fressendis lib. tres.

Pasquilli, doctoris marmorei, de capreolis cum artischocca comedendis, tempore papali ab ecclesia interdicto[8].

1 »Der Affensäugling der Paviane und Meerkatzen«, mit Kommentar von Orbeaux – 2 »Beschluß der Pariser Universität über die uneingeschränkte Busenfreiheit der Frauenzimmer« – 3 »Die Kunst des schicklichen Furzens in der Gesellschaft«, von Magister Gratius – 4 »Der Ameisenhaufen der Künste« – 5 »Über die Nutzbarkeit der Suppen und das redliche Tun des Becherns«, von dem Jakobinermönch Silvester Prierias – 6 Tartaret »Über die Art des Kackens« – 7 Bricot »Über die Unterschiede der Suppen« – 8 Pasquin, Doktor von Marmor, »Über das Essen von Ziegenfleisch mit Artischocken zu von der päpstlichen Kirche verbotener Zeit«

Des heiligen Kreuzes Findung, für sechs Personen, aufgeführt von der pfiffigen Brüderschaft.

Brille für die, so nach Rom wandern.

Majoris de modo faciendi wurstas[1].

Der Dudelsack der Prälaten.

Beda de optimitate cuttelarum[2].

Klage der Advokaten über die Sportelreform.

Der Prokuratoren Katz im Sack.

Von Erbsen mit Speck, *cum commento.*

Der Schmortopf der Indulgenzen.

Praeclarissimi juris utriusque doctoris Meister Raffelis Gierhalsii de flickandis glossae Accursianae bagatellis repetitio enucidiluculidissima[3].

Stratagemata francarchieri de Baignolet[4].

Landsturmius de re militari, cum figuris Tevoti[5].

De usu et utilitate escorchandi equos et equas, auctore M. nostro de Quebecu[6].

Über die Flegelei der Geistlichen.

M. n. Rosteripposspeeriofressenii de mustarda post prandium servienda lib. quatordecim, apostilati per M. Vaurillonis[7].

Das Klopfrecht der Kirchenrichter.

Jabolenus de cosmographia purgatorii[8].

Quaestio subtilissima, utrum Chimaera, in vacuo bombinans, possit comedere secundas intentiones, et fuit debatuta per decem hebdomadas in concilio Constantiensi[9].

Der Advokaten Wolfshunger.

Schmieralia Scoti.

Die Fledermaus der Kardinäle.

De calcaribus removendis decades undecim, per Albericum de Rosata[10].

Ejusdem de castrametandis crinibus lib. tres[11].

1 Majoris »Über die Art und Weise des Wurstmachens« – 2 Beda »Über die Vortrefflichkeit der Kutteln« – 3 Des allerberühmtesten Doktors beider Rechte, Meister Pillot Racle-deniers »Klärlich klarste Neuuntersuchung über das Zusammenflicken der Albernheiten des Rechtskommentars von Accursius« – 4 »Die Kriegslisten des Freischützen von Bagnolet« – 5 Franctaupin »Über das Kriegswesen«, mit Abbildungen von Tevot – 6 »Über Nutzen und Nützlichkeit des Abdeckens von Pferden und Stuten«, verfaßt von unserem Magister Quebecu – 7 Unseres Magisters Rostocostojambedanese vierzehn Bücher »Über die Senfreichung nach dem Essen«, mit Randbemerkungen von Magister Vaurillon – 8 Jabolenus »Über die Weltbeschreibung des Fegefeuers« – 9 »Höchst scharfsinnige Untersuchung, ob eine Chimäre, die im leeren Raum umhersummt, abstrakte Erkenntnisse verspeisen könne, worüber auf dem Konzil zu Konstanz zehn Wochen lang disputiert wurde« – 10 Elfmal zehn Bücher »Über das Abschnallen der Sporen«, von Alberico de Rosata – 11 Desselben drei Bücher »Über die Ausmessung der Haare«

Der Einzug Antonio de Leyvas in Brasilien.

Marforio, baccalarii cubantis Romae, de strigilandis sattelandisque cardinalium mulis[1].

Desselben Verfassers Verteidigungsschrift wider die, so behaupten, daß des Papstes Maulesel nur zu bestimmten Stunden fresse.

Prognosticatio quae incipit Silvii Bumskeul, balata per Magistrum nostrum Goldtraumium[2].

Kuttelii, episcopi, de emulgentiarum profectibus enneades novem, cum privilegio papali ad tiennium et postea non[3]

Jungfernsperenzchen.

Der Witfrauen nacktes Hinterteil.

Der Gugelhusten der Mönche.

Der Zölestiner Brimboria.

Die Bettelmannsakzise.

Das arme Luderchen.

Der Magisterleisten.

Ockhams Küchenjungen mit einfacher Tonsur.

Theologische Rattenfalle.

Magistri n. Grossschlundi de grabellationibus horarum canonicarum lib. quadraginta[4].

Purzelbaumatorium confratriarium, incerto auctore[5].

Die Schleckermönchsgugel.

Das spanische Galgenholz, neu gekerbt von Fra Inigo.

Wermut für arme Schlucker.

Poltronismus rerum Italicarum, auctore Magistro Bruslefer[6].

R. Lullius de allotriis principum[7].

Pfiffologicum ducomäusorum, auctore M. Jacobo Hogstraten haereticometra[8].

Hitzohodionis de magistro nostrandorum magistro nostratorumque gelagis lib. octo galantissimi[9].

1 Marforio, in Rom ruhender Bakkalaureus, »Über das Striegeln und Satteln der Maultiere der Kardinäle« – 2 »Vorhersage, die anfängt: Silvi Triquebille«, geblökt von unserem Magister Songecrusyon – 3 Des Bischofs Boudarini neunmal neun Bücher »Über die Vorteile des Abzapfwesens, mit päpstlichem Privileg auf nicht mehr als drei Jahre« – 4 Unseres Magisters Fripesaulcetis vierzig Bücher »Über die Ertüftelung der kirchlich vorgeschriebenen Bet- und Singstunden« – 5 »Der Purzelbaumplatz der geistlichen Brüderschaften«, von unbekanntem Verfasser – 6 »Die Memmenhaftigkeit in den italienischen Händeln«, verfaßt von Magister Bruslefer – 7 Raimundus Lullus »Über den Unfug der Fürsten« – 8 Ketzervermesser – 9 Chaultcouillons acht höchst artige Bücher »Über die Zechgelage der gegenwärtigen und künftigen Theologiemagister«

Der Bullisten, Kopisten, Skriptoren, Abbreviatoren, Referendare und Datare Windbeutelei, zusammengestellt von Regis.

Immerwährender Kalender für Gichtbrüchige und Lustseuchlinge.

Manieres fegendi caminos, per M. Eccium[1].

Der Krämer Bindfaden.

Annehmlichkeiten des Mönchslebens.

Der Betbrüder Wischiwaschi.

Geschichte der Irrwische.

Die Taktik der Tausendkrieger.

Winkelzüge der Offizialen.

Der Brummkreisel der Schatzmeister.

Salbadorium sophistarum.

Antipericatametanaparbeugedamphicribrationes excrementatorum[2].

Die Reimschnecke.

Der Alchimisten Blasebalg.

Spottvöglein der Bettelmönche, ausgeheckt von Bruder Heißars.

Die Hemmschuhe der Religion.

Der Klöppel der Bimmelanten.

Armpolster für alte Leute.

Maulkorb für den Adel.

Das Affenpaternoster.

Die Daumenschrauben der Andacht.

Küchentopf fürs ganze Jahr.

Der Mörtel der Politik.

Der Eremiten Fliegenwedel.

Der Pönitentiarier Chorpelz.

Bruder Liederlichs Tricktrack.

Tölpelius de vita et honestate Latzmannorum[3].

Barettii sorbonici moralisationes, per M. Leopoldum[4].

Handgepäck für Reisende.

Der Trinkbischöfe Saufkrug.

Die Stänkereien der Kölner Doktoren gegen Reuchlin.

Das Cymbalum der Frauen.

1 Eck – 2 »Die Wider-um-hinunter-zwischen-auf-bei-herum-Untersuchungen der Scheißisten« – 3 Lourdaudus »Über Leben und Ehrbarkeit der Hosenlatzstutzer« – 4 »Sorbonnische Doktorhutsversittlichungen«, von Magister Lupoldus

Der Kackriemen.

Schwanzelorium laqueiorum, per Pedefixem.

Die lustigen Schuhflicker.

Der Poltergeister und Kobolde Mummenschanz.

Gerson de auferibilitate papae ab ecclesia[1].

Der Titulierten und Graduierten Rutschbahn.

Jo. Dytebrodii de terribilitate excommunicationum libellus acephalos[2].

Ingeniositas invocandi diabolos et diabolas, per M. Gingolfum[3].

Der Ewigkeitsbrüderschaft Mengelmus.

Der Ketzer Mohrensprung.

Die Krücken Cajetans.

Süssrüssel, doctoris cherubici, de origine sammetphotarum et wendihalsorum ritibus lib. septem[4].

Neunundsechzig Breviere, Extraauswahl.

Der Schmerbauch der fünf Bettelorden.

Der Schmarotzer Rauchwerk, Auszug aus dem fahlen Stiefel, so der evangelischen *Summa* inkornifibuliert worden.

Gegen das Alpdrücken in Gewissensfällen.

Der Trommelbauch der Präsidenten.

Das Eselsgesicht der Äbte.

Sutoris adversus quemdam qui vocaverat eum schelmum et quod schelmi non sunt damnati ab ecclesia[5].

Cacatorium medicorum.

Der astrologische Schlotfeger.

Campi clysteriorum, per § C[6].

Der Windzieher der Apotheker.

Die Hinterlist der Chirurgie.

Justinianus de mucceribus tollendis[7].

Antidotarium animae[8].

Merlinus Coccajus de patria diabolorum[9],

1 Gerson »Über die Absetzbarkeit des Papstes durch die Kirche« – 2 Johannes Reichsuppes hirnloses Büchlein »Über die Schrecklichkeit des Kirchenbannes« – 3 »Sinnreiche Mittel zur Anrufung von Teufeln und Teufelinnen«, von Magister Gingolfus – 4 Moillegroins, des Zechdoktors, sieben Bücher »Über die Entstehung der Heuchler und die Sitten der Scheinheiligen« – 5 Couturier wider jemand, der ihn Schelm genannt hatte, und (darüber), daß Schelme von der Kirche nicht verdammt werden – 6 »Die Gefilde der Klistiere«, von Symphorien Champier – 7 Justinian »Über die Ausrottung der Mucker« – 8 »Der Gegengiftschrank der Seele« – 9 Teofilo Folengo »Über das Vaterland der Teufel«

von welchen Werken einige bereits im Druck erschienen sind, andere aber zur Zeit in Tübingen, der edlen Stadt, gedruckt werden.

Achtes Kapitel

Wie Pantagruel, während er in Paris war, von seinem Vater Gargantua einen Brief erhielt und wie dieser lautete

Wie sich von selbst versteht, studierte Pantagruel mit großem Eifer und ausgezeichnetem Erfolg, denn er hatte einen aufgeweckten Kopf und ein enormes Gedächtnis, das gewiß so groß war wie zwölf Weinschläuche und ebensoviel Ölfässer zusammengenommen. Eines Tags erhielt er von seinem Vater einen Brief folgenden Inhalts:

Vielgeliebter Sohn!

Von all den Gaben, all den Gnadengeschenken und all den Vorrechten, mit welchen der erhabene Schöpfer, Gott der Allmächtige, die menschliche Natur von Anbeginn gesegnet und geschmückt hat, erscheint mir keins so wunderbar und vortrefflich wie dieses: daß sie, die sterbliche, dennoch eine gewisse Unsterblichkeit erlangen und im vergänglichen Leben ihren Namen wie ihren Samen verewigen kann, welches durch Fortpflanzung in rechtmäßiger Ehe geschieht. So ist uns gewissermaßen wiedererstattet, was uns durch die Sünde unserer Ureltern verlorenging, von denen geschrieben steht, daß sie starben, weil sie dem Gebot Gottes, ihres Schöpfers, zuwiderhandelten, darob die herrliche Bildung, zu der sie erschaffen worden waren, dem vernichtenden Tod anheimfiel. Aber durch das Mittel der Fortpflanzung erhielt sich in den Kindern, was in den Eltern, und in den Enkeln, was in den Kindern unterging, und so immerfort bis zu dem Tag des Jüngsten Gerichts, da Jesus Christus Gott dem Vater sein Friedensreich frei von aller Gefahr und Sündenbeflekkung zurückgegeben haben wird. Denn dann soll ein Ende sein allen Geschlechtern und aller Missetat und allem ruhelosen Wechsel der Elemente, und der ersehnte Friede wird walten ewig und überall, und alle Dinge werden zu ihrer Vollendung gekommen sein. Nicht ohne Grund und Ursache danke ich also Gott, meinem Erhalter, daß er mich schauen läßt, wie mein graues Alter in Deiner Jugend neu erblüht. Denn wenn dereinst nach seinem Willen, der alles lenkt und bestimmt, meine Seele diese irdische Wohnung verläßt, so darf ich mich dennoch getrösten, nicht völlig zu sterben, sondern nur von einem Ort zum andern zu gehen, da Du als mein sichtbares Abbild in dieser Welt zurückbleibst, lebend, schauend und mit Ehrenmännern, die meine Freunde waren, verkehrend, wie ich zu tun pflegte, welcher Verkehr zwar, wie ich leider bekennen muß, trotz göttlicher Gnade und Hilfe nicht schuldlos gewesen ist – denn wir sündigen alle und bitten Gott täglich, daß er uns unsere Sünden vergebe –, aber doch ohne Schimpf und Schande vor Menschen. Indes, bliebest Du hier nur als mein leibliches Abbild zurück, aber Deine Seele wäre nicht ein Spiegel der meinigen, so würdest Du nicht als ein Hort und Hüter der Unsterblichkeit unseres Namens gelten können, und meine Freude darob wäre klein, da dann nur das geringere Teil von mir, welches das leibliche ist, nachbliebe, das bessere aber, die Seele, um dessentwillen unser Name unter den Menschen in gesegnetem Andenken dauert, entartet und verderbt wäre. Was ich nicht sage, weil ich Mißtrauen in Deine Tugend setzte, von welcher Du mir bereits hinreichende Beweise gegeben hast, sondern um Dich anzufeuern, immer mehr an Deiner Vervollkommnung zu arbeiten. Und so habe ich bei diesem meinem Schreiben nicht so sehr Deinen gegenwärtigen tugendhaften Wandel im Auge als vielmehr das eine, daß Du Freude daran findest, so zu leben und gelebt zu haben, und den mutigen Entschluß fassest, auch fortan so zu leben. Dazu wird Dir nützlich und heilsam sein, wenn Du Dich daran erinnerst, daß ich nichts an Dir gespart, wohl aber alles, was in meinen Kräften stand, für Dich getan habe, als hätte ich kein anderes begehrenswertes Gut auf Erden als das eine, noch mit meinen sterblichen Augen Dich vollkommen und tüchtig in jeder Tugend, in Redlichkeit, Biederkeit und in allem nützlichen und ehrbaren Wissen zu sehen und Dich nach meinem Tode zurückzulassen als einen Spiegel, der meine, Deines Vaters, Persönlichkeit widerstrahlen wird, ein Bild, nicht so rein vielleicht, wie ich wohl wünschte, aber doch voll eifrigen Strebens, es zu werden.

Obgleich mein Vater Grandgousier gesegneten Andenkens keine Mühe und Kosten scheute, damit ich mich ausbilden und mir alle zum Leben nötigen Kenntnisse zu eigen machen könnte, auch mein Fleiß und mein Eifer seinen Wünschen entsprachen, ja wohl noch darüber hinausgingen, so war doch die damalige Zeit, wie Du leicht begreifen wirst, den Wissenschaften noch nicht so günstig wie die gegenwärtige, und ich hatte nicht eine so große Anzahl von Lehrern, wie Du gehabt hast. Damals lag noch alles in der Finsternis und litt an der Unfruchtbarkeit und Barbarei der Goten, welche alle gute Literatur vernichtet hatten. Aber durch göttliche Gnade wurden während meiner Lebenszeit der Wissenschaft Licht und Würde zurückgegeben, und sie nahm einen solchen Aufschwung, daß ich, der ich als junger Mann nicht mit Unrecht für einen der Gelehrtesten meiner Zeit galt, jetzt kaum in die erste Klasse der Abc-Schüler aufgenommen werden würde. Was ich nicht aus eitler Ruhmredigkeit sage, obgleich ich dies, gestützt auf die Autorität des Marcus Tullius[1] in seinem Buch «Vom Alter« und nach dem Ausspruch Plutarchs in dem Buch »Wie man sich, ohne Anstoß zu erregen, selbst loben darf«, in diesem Brief an Dich füglich tun könnte, sondern vielmehr, um Dich anzutreiben, immer höher zu streben.

Jetzt sind alle Lehrfächer wieder eingeführt, die Sprachen neu belebt: Griechisch, ohne welches heutzutage niemand auf den Namen eines Gelehrten Anspruch erheben kann, Hebräisch, Chaldäisch und Lateinisch. Schöne, einwandfreie Drucke sind überall im Gebrauch, deren Herstellung erst zu meiner Zeit durch göttliche Eingebung erfunden wurde wie umgekehrt die Feuerwaffen durch satanische. Überall findet man eine Menge gelehrter, hochstudierter Professoren, reiche Bibliotheken, und meiner Meinung nach hat es weder zu Platons noch zu Ciceros, noch Papinians Zeiten solche Gelegenheit gegeben, etwas Tüchtiges zu lernen, wie jetzt. Bald wird niemand in irgendeiner Gesellschaft mehr am Platze sein, der sich nicht in Minervas Werkstatt geübt hat; Räuber, Henker, Abenteurer und Stallknechte sind heutzutage gelehrter als die Doktoren und Prediger meiner Zeit.

Ja, was soll ich sagen? Frauen selbst und Mädchen streben nach dem Ruhm und himmlischen Manna der Gelehrsamkeit. So habe auch ich mich trotz meines Alters gemüßigt gesehen, noch

1 Cicero

Griechisch zu lernen, was ich bis dahin nicht etwa wie Cato verachtet hatte, aber wozu mir in meiner Jugend die Gelegenheit nicht geboten wurde. Und hoch ergötze ich mich daran, die »Moralien« Plutarchs, die schönen »Dialoge« Platons, die »Denkmäler« des Pausanias und die »Altertümer« des Athenäos zu lesen, bis es Gott, meinem Schöpfer, gefällt, mich von dieser Erde abzurufen.

Darum, mein Sohn, ermahne ich Dich, daß Du Deine Jugend wohl anwendest, um in Wissenschaft und Tugend dazuzulernen. Du bist in Paris und hast Deinen Erzieher Epistemon; dort findest Du anregende mündliche Unterweisung, bei ihm Belehrung durch löbliches Beispiel. Ich setze voraus und will, daß Du die Sprachen gründlich erlernst; erstlich das Griechische, wie Quintilian es verlangt; zweitens das Lateinische, ferner das Hebräische, der Heiligen Schrift wegen, und so das Chaldäische und Arabische gleicherweise. Deinen Stil im Griechischen bilde nach Platon, im Lateinischen nach Cicero. Die Historie mußt Du unbedingt vollständig im Gedächtnis haben, wozu Dir die Kosmographien derer, die darüber geschrieben, von Nutzen sein werden. Für die Freien Künste, für Geometrie, Artihmetik und Musik habe ich Dir bereits Geschmack beigebracht, als Du noch ein kleiner Bube von sechs Jahren warst. Setze das nun weiter fort und erlerne die Astronomie in all ihren Gesetzen. Aber um die wahrsagerische Astrologie und um die Kunst des Lullius[1], welche nichts als Irrwahn und Torheit ist, bekümmere Dich nicht. Vom Zivilrecht will ich, daß Du die trefflichen Texte auswendig wissest und sie philosophisch zu analysieren verstehst.

Es ist mein Wunsch, daß Du Dich mit den Dingen der Natur eingehend beschäftigst, so daß es kein Meer, keinen Fluß, kein Bächlein gebe, von dem Du die Fische nicht kenntest. Kein Vogel der Luft, kein Baum oder Strauch, keine Staude, kein Kraut des Feldes, kein Metall im Schoß der Erde, kein Edelstein des Morgen- oder Mittaglandes darf Dir unbekannt bleiben.

Sorgfältig durchforsche die Schriften der griechischen, arabischen und lateinischen Ärzte und vernachlässige auch nicht die Talmudisten und Kabbalisten. Durch häufige Übungen in der Anatomie erwirb Dir eine umfassende Kenntnis der kleinen

1 Lullus

Welt, Mensch genannt. Jeden Tag verwende einige Stunden darauf, die Heilige Schrift zu studieren, zuerst in griechischer Sprache das Neue Testament und die apostolischen Briefe, dann in hebräischer Sprache das Alte Testament. *In summa,* mache Dich zu einem Abgrund des Wissens; denn bist Du erst älter und ein Mann geworden, so ist es mit dem ruhigen und friedlichen Studium für Dich vorbei, und Du mußt dann das Ritterwesen und das Waffenhandwerk erlernen, damit Du mein Haus verteidigen und unseren Freunden in ihren Kämpfen gegen die Angriffe Übelgesinnter beistehen kannst. Und um es kurz zu sagen, ich will, daß Du auch zeigest, was Du gelernt hast, welches nicht besser geschieht, als wenn Du öffentlich mit und gegen jedermann disputierst und mit den gelehrten Leuten sowohl in Paris als an anderen Orten lebhaften Verkehr unterhältst.

Aber da, wie der weise Salomo sagt, »die Weisheit nicht kommt in eine boshafte Seele«[1] und Wissen ohne Gewissen nur der Seele Verderb ist, geziemt es Dir, Gott zu dienen und ihn zu lieben und zu fürchten und alle Deine Gedanken und Deine Hoffnung auf ihn zu stellen und im innigen Glauben ihm verbunden zu bleiben, so daß keine Sünde Dich jemals von ihm scheiden kann. Hänge Dein Herz nicht an die Eitelkeit dieser Welt und hüte Dich vor ihren Übeln; denn dieses Leben ist vergänglich, aber Gottes Wort währet ewiglich. Diene allen Deinen Nächsten und liebe sie wie Dich selbst. Ehre Deine Lehrer, fliehe die Gesellschaft derer, denen Du nicht gleichen möchtest, und mißbrauche die Gaben nicht, welche Gottes Gnade Dir verliehen hat. Und wenn Du zu der Einsicht gekommen sein wirst, daß Du alles gelernt hast, was Du dort lernen konntest, so kehre heim zu mir, damit mein Auge Dich noch einmal sehe und ich Dir meinen Segen gebe, bevor ich sterbe.

Geliebter Sohn, der Friede und die Gnade des Herrn, unseres Gottes, seien mit Dir, Amen!

Utopien, den siebzehnten des Märzmondes.

Dein Vater Gargantua.

Als Pantagruel diesen Brief erhalten und gelesen hatte, fühlte er sich von neuem Mut und Eifer beseelt, soviel wie möglich zu

1 Weisheit Salomons I, 4

lernen, und wer ihn so studieren und vorwärtsstreben sah, mußte sich gestehen, sein Geist zehre von den Büchern wie das Feuer von trockenen Reisigbündeln, so unermüdlich und alles verschlingend war sein Eifer.

Neuntes Kapitel

Wie Pantagruel seinen Panurg[1] fand, den er dann sein Leben lang liebhatte

Eines Tags, als Pantagruel außerhalb der Stadt auf dem Weg nach der Abtei Saint-Antoine in Gesellschaft etlicher seiner Leute und mehrerer Studenten lustwandelte und allerlei unterhaltsame und gelehrte Gespräche mit ihnen führte, kam ihm ein Mann von schöner Gestalt und edler Haltung entgegen, der jedoch an verschiedenen Stellen seines Körpers grausam zerschunden und dessen Kleidung so zerfetzt war, daß es schien, als hätten die Hunde ihn angefallen oder als ob er einer von den Apfelpflükkern aus Perche sei. Sobald Pantagruel von fern seiner ansichtig wurde, sagte er zu seinen Begleitern: »Seht ihr jenen Menschen, welcher uns dort von der Charentonbrücke entgegenkommt? Der ist, so wahr ich lebe, nur arm an Besitz, denn seinem Äußern nach, darauf könnt ihr euch verlassen, hat ihn die Natur reich und edel gebildet; aber die Lust zu Abenteuern, die wißbegierigen Leuten eigen ist, hat ihn in solche Not und solches Elend gebracht.« – Und sobald jener nun herangekommen war, sprach er zu ihm: »Guter Freund, haltet, ich bitte, einen Augenblick an und antwortet mir auf das, was ich Euch fragen werde; es soll Euer Schaden nicht sein, denn ich fühle eine große Neigung in mir, Euch, soweit es in meiner Macht steht, aus Eurer Bedrängnis zu helfen, weil Ihr mir leid tut. Sagt mir also, wer Ihr seid, woher Ihr kommt, wohin Ihr geht, was der Zweck Eurer Reise ist und wie Ihr heißt.«

Worauf ihm der Reisende in deutscher Sprache antwortete: »Junker, Gott geb' Euch Glück und Heil. Zuvor, lieber Junker, ich laß Euch wissen, das, da Ihr mich von fragt, ist ein arm und erbarmlich Ding, und wär' viel darvon zu sagen, welches Euch

1 »Allgewitzt« (griech.)

verdrußlich zu hören und mir zu erzählen wär', wiewohl die Poeten und Orators vorzeiten haben gesagt in ihren Sprüchen und Sentenzen, daß die Gedächtnus des Elends und Armut, vorlangst erlitten, ist ein großer Lust[1].« – Dagegen erwiderte Pantagruel: »Mein Freund, ich verstehe dieses Kauderwelsch nicht; wenn Ihr wollt, daß man Euch verstehen soll, so redet eine andere Sprache.«

Da sagte der Reisende: *Albarildim gotfano dechmin brin alabo dordio falbroth ringuam albaras. Nin portzadikin almucatin milko prin alelmin en thoth dalheben ensouim: kuthim al dum alkatim nim broth dechoth porth min michais im endoth, pruch dalmaisoulum hol moth danfri him lupaldas im voldemoth. Nin hur diavosth mnarbotim dalgousch palfrapin duch im scoth pruch galeth dal chinon, min foulchrich al conin brutathen doth dal prin*[2].

»Versteht ihr etwas davon?« fragte Pantagruel seine Begleiter, und Epistemon antwortete: »Ich glaube, das ist die Antipodensprache; der Teufel versteh's!« – Also fuhr Pantagruel fort: »Lieber Gevatter, ich weiß nicht, ob die Mauern Euch vielleicht verstehen werden; aber von uns versteht niemand ein Wort.«

Sogleich begann der Reisende von neuem: *Signor mio, voi vedete per essempio che la cornamusa non suona mai, s'ella non ha il ventre pieno; cosi io parimente non vi saprei contare le mie fortune, se prima il tribulato ventre non ha la solita refettione. Al quale è adviso che le mani et li denti habbiano perso il loro ordine naturale et del tutto annichillati.*[3] Worauf Epistemon äußerte: »Das ist von derselben Sorte.«

Panurg aber sagte: *Lord, if you be so virtuous of intelligence, as you be naturally releaved to the body, you should have pity of me: for nature hath made us equal, but fortune hath some exalted and others deprived; nevertheless ist virtue often deprived and the virtuous men despised; for before the last end none is good*[4]. – »Das wird ja immer besser«, sagte Pantagruel; worauf Panurg wieder begann: *Jona andie guaussa goussy etan beharda er remedio beharde versela ysser landa. Anbat es*

1 Wortlaut des Originals – 2 Phantasiesprache – 3 Mein Herr, wie der Dudelsack nur dann tönt, wenn sein Bauch voll ist, so kann auch ich meine Abenteuer nur erzählen, wenn mein geplagter Bauch vorher seine gewohnte Mahlzeit erhalten hat. Denn es scheint ihm, daß Hände und Zähne ihrer natürlichen Verrichtung entwöhnt und völlig erstorben sind (ital.) – 4 Edler Herr, wenn Ihr an Einsicht so reich seid wie von Geburt groß an Gestalt, so solltet Ihr Mitleid mit mir haben; denn von Natur sind wir gleich, nur hat das Schicksal die einen erhöht und die andern erniedrigt. Trotzdem wird Tugend oft erniedrigt und der Tugendhafte verachtet; denn vor seinem Ende ist niemand gerecht (engl.).

otoy y es nausu ey nessassust gourray proposian ordine den. Nonyssena bayta facheria egabe gen herassy badia sedassu noura assia. Aran hondouan gualde cydassu naydussuna. Estou oussyc eg vinan soury hien er dastura eguy harm. Genicoa plasar vadu[1]. – »Aha«, rief Eudämon, »Genicoa! Kommst du mir so?« – Worauf Carpalim sagte: »Bei Sankt Trinian, der Teufel soll mir ins Maul fahren, wenn ich das nicht fast verstanden hätte.«

Panurg aber redete weiter: *Prust frest frinst sorgdmand strochdi drhds pag brlel ang Gravot Chavygny Pomardiere rust pkaldraeg Deviniere pres Nays. Couille kalmuch monach drupp del meupplist rincq drlnd dodelb up drent loch minc stz rinq jald de vins ders cordelis bur jocst stampenards*[2]. – Darauf sagte Epistemon: »Sprichst du eine Christensprache oder fuchsschwänzisch oder zaunpfählisch?« – Und Panurg erwiderte: *Heere, ik en spreeke anders geen taele dan kersten taele; my dunkt noghtans, al en seg ik u niet een woordt, mynen noot verklaert genoegh wat ik begeere: geeft my uyt bermhertigheyt yets waar van ik gevoet magh zyn*[3]. – Worauf Pantagruel sagte: »Immer dasselbe.«

Panurg aber fing wieder an: *Señor, de tanto hablar yo soy cansado, por que suplico a vuestra reverentia que mire a los preceptos evangelicos, para que ellos movan vuestra reverentia a lo que es de conscientia; y si ellos non bastarem, para mover vuestra reverentia a piedad, suplico que mire a la piedad natural, la qual y creo que le movera come es de razon: y con esso non digo mas*[4]. – Dem entgegnete Pantagruel: »Guter Freund, ich zweifle gar nicht daran, daß Ihr Euch in allerhand verschiedenen Sprachen auszudrücken wißt; aber sagt uns lieber in einer Sprache, die wir verstehen, was Ihr begehrt.«

Sofort erwiderte der Reisende: *Min Herre, endog ieg med ingen tunge talede, ligesom bœrn, oc uskellege creatuure: Mine klœdebon oc mit legoms magerhed udviser alligevel klarig hvad-ting mi best behof gioris, som er sandelig mad oc dricke. Hvorfar forbarme di ofver mig, oc*

1 Mein Herr, großer Not muß abgeholfen werden, und einer muß dem andern helfen. Erlaubt bitte, daß ich Euch mein Anliegen von ganz eigener Art vortrage – es gibt Leute, die gleich zornig werden. Erbarmt Euch meiner Not; gebt, was Ihr mögt. So Gott will, werde ich Euch ewig dankbar sein für das, was Ihr und die Euren für mich tun werden (bask.). – 2 Phantasiesprache – 3 Herr, ich spreche keine andre Sprache als Christensprache. Doch scheint mir, mein Elend sollte Euch deutlich genug sagen, was ich begehre, auch wenn ich kein Wort spräche. Gebt mir aus Barmherzigkeit etwas zu meiner Stärkung (holländ.). – 4 Mein Herr, ich bin des vielen Redens müde; darum flehe ich Euer Gnaden an, gedenkt der Gebote des Evangeliums und nehmt sie Euch zu Herzen. Sollten sie aber Euer Gnaden noch nicht zu Mitleid bewegen, so bitte ich Euch, folgt dem natürlichen Mitleid, das wird Euch schon rühren; mehr sage ich nicht (span.).

befal at give mig nogvet, af hvilcket ieg kand slyre min gœendis mage, ligerviis som mand Cerbero en suppe forsetter: Saa skalt du lefve lœ oc lycksalig[1]. – »Ich glaube«, sagte Epistemon, »so müssen die Goten gesprochen haben. Gefiel's Gott, sprächen wir mit dem Hintern auch nicht schlechter.«

Worauf der Reisende sagte: *Adon, scalom lecha: im ischar harob hal hebdeca bimeherah thithen li kikar lehem: chanchat ub laah al Adonai chen nen ral*[2]. – Da sagte Epistemnon: »Jetzt habe ich ihn verstanden; das war Hebräisch, und er sprach es gut und richtig.«

Aber der Reisende begann von neuem: *Despota tinyn panagathe, dioti sy mi uk artodotis? horas gar limo analiscomenon eme athlion, ke en to metaxy me uk eleis udamos, zetis de par emu ha u chre. Ke homos philologi pantes homologusi tote logus te ke remata peritta hyparchin, opote pragma afto pasi delon esti. Entha gar anakei monon logi isin, hinan pragmata (hon peri amphisbetumen) me prosphoros epiphenete*[3]. – »Was?« sagte Carpalim, einer von Pantagruels Leuten, »das war ja Griechisch, ich habe es verstanden. Sag an, warst du in Griechenland?;

Doch der Reisende fuhr fort: *Agonou dont oussys vous dedagnez algarou: nou den farou zamist vous mariston ulbrou, fousques voubrol tant bredaguez moupreton den goulhoust, daguez daguez non cropys fost pardonnoflist mnougrou. Agou paston tol nalprissys hourtou los echatonous, prou dhouquys brol pany gou den bascrou noudous caguons goulfren goul oustaroppassou*[4].

»Ich glaube, das sollte ich verstehen«, sagte Pantagruel; »das ist entweder die Sprache, die man bei uns in Utopien spricht, oder sie gleicht ihr wenigstens im Klang.« Da er sich eben zu erwidern anschickte, begann der Reisende wieder zu reden: *Jam toties vos per sacra perque deos deasque omnes obtestatus sum, ut si qua vos pietas permovet, egestatem meam solaremini, nec hilum proficio cla-*

1 Mein Herr, wenn ich auch die Sprache der Kinder und unvernünftigen Tiere spräche, so müßten Euch meine Kleider und meine Magerkeit doch deutlich sagen, was mir so dringend not tut: nämlich Essen und Trinken. Deshalb erbarmt Euch meiner und laßt mir etwas geben, womit ich meinen bellenden Magen zum Schweigen bringen kann, so wie man dem Zerberus eine Suppe vorsetzt. Dafür sollt Ihr lange und glücklich leben (dän.). – 2 Mein Herr, Friede sei mit Euch! Gefällt es Euch, Euren Diener zu verpflichten, so gebt ihm schleunigst ein Stückchen Brot; denn es steht geschrieben: Wer sich des Armen erbarmt, der leihet dem Herrn (Sprüche Salomos 19, 17; hebr.). – 3 Gnädigster Herr, warum gibst du mir kein Brot? Du siehst mich Armen vor Hunger sterben und hast doch kein Mitleid mit mir, sondern stellst mir unnötige Fragen. Dabei sind sich alle Gelehrten darüber einig, daß Worte und Reden müßig sind, wenn die Sache auf der Hand liegt. Worte sind nur dann nötig, wenn die Sache, über die man streitet, nicht ohne weiteres einleuchtet (altgriech.). – 4 Phantasiesprache

mans et ejulans. Sinite, quaeso, sinite, viri impii, quo me fata vocant abire, nec ultra vanis vestris interpellationibus obtundatis, memores veteris illius adagii, quo venter famelicus auriculis carere dicitur[1] – »Aber mein Gott, guter Freund, könnt Ihr denn nicht französisch sprechen?« fragte Pantagruel. – »Ei, warum denn nicht, Euer Gnaden«, erwiderte der Reisende, »und Gott sei Dank, daß ich es kann; ist es doch meine Muttersprache. Ich bin ja in der Touraine, diesem Garten Frankreichs, geboren und habe dort auch meine Jugend verlebt.« – »Dann«, sagte Pantagruel, »nennt uns Euren Namen und erzählt uns, woher Ihr kommt; denn in der Tat, ich habe eine so große Neigung zu Euch gefaßt, daß ich Euch, wenn Ihr damit zufrieden seid, nie wieder von mir lassen will. Wir beide wollen ein neues Freundespaar bilden wie Äneas und Achates.« – »Hoher Herr«, erwiderte der Reisende, »mein wirklicher und wahrhaftiger Taufname ist Panurg, und ich komme jetzt geradewegs aus der Türkei, wohin ich als Gefangener gebracht wurde, als man zu böser Stunde gen Metelin[2] zog. Gern will ich Euch meine Abenteuer erzählen, die wunderbarer sind als die des Odysseus; aber da es Euer gnädiger Wille ist, mich bei Euch zu behalten – und mit Freuden nehme ich dieses Anerbieten an, indem ich Euch verspreche, Euch nie zu verlassen, und ginget Ihr zu allen Teufeln –, so werde ich Zeit genug haben, dies in Muße zu tun. Jetzt habe ich vor allem das Bedürfnis, etwas zu essen; die Zähne jucken mich, mein Bauch ist leer, die Kehle trocken und der Hunger ganz ungeheuer: es fehlt also nichts. Wenn Ihr mir etwas zu verarbeiten geben wollte, soll's ein wahres Vergnügen sein, mich über dem Futter zu sehen; gebt also, ich bitte Euch um des Himmels willen, den Befehl dazu.« Demzufolge befahl Pantagruel, daß man ihn in seine Wohnung führe und ihm tüchtig zu essen gebe, was auch geschah. Und er aß sich an diesem Abend gründlich satt, ging mit den Hühnern schlafen und schlief bis zum Mittagessen des folgenden Tags, so daß er geradewegs vom Bett aus sich wieder zu Tisch setzte.

1 Schon so oft habe ich euch nun bei allem, was heilig ist, bei allen Göttern und Göttinnen beschworen, mir in meiner Not beizustehen, wenn Mitleid euch irgend rühren kann. Doch umsonst mein Jammern und Klagen. So laßt mich denn, ich bitte euch, ihr hartherzigen Männer, laßt mich hinziehen, wohin mich mein Schicksal ruft, und quält mich nicht länger mit euren unnötigen Fragen, eingedenk des alten Sprichworts: Ein hungriger Magen hat keine Ohren (lat.). – 2 Mytilene auf Lesbos, wo 1502 ein kleines franz. Kreuzfahrerheer von den Türken geschlagen wurde und 32 Gefangene verlor

Zehntes Kapitel

Wie Pantagruel eine besonders heikle und schwierige Rechtssache so geschickt entschied, daß sein Spruch allgemein bewundert ward

Eingedenk des Briefs und der Ermahnungen seines Vaters beschloß Pantagruel, nunmehr Zeugnis abzulegen von seiner Gelehrsamkeit. Er ließ deshalb an allen Ecken der Stadt Thesen anschlagen, und zwar waren es im ganzen neuntausendsiebenhundertvierundsechzig über die allerschwierigsten Punkte der verschiedensten Wissenschaften. Zuerst verteidigte er sie in der Strohstraße gegen sämtliche Lehrer, Studenten und Rhetoren der Freien Künste, die er ausnahmslos verdonnerte. Dann focht er mit den Theologen der Sorbonne sechs Wochen lang von morgens vier bis abends sechs Uhr, zwei Stunden ausgenommen, wo man sich ein bißchen erholte und eine kleine Erfrischung zu sich nahm. Diesen Disputationen wohnten viele Herren vom Gerichtshof, Requetenmeister, Präsidenten, Räte, Administratoren, Sekretäre, Advokaten usw. bei, auch die Schöffen der Stadt, desgleichen die Mediziner und Kanonisten. Die meisten von ihnen waren ganz verteufelt hartnäckig, aber all ihren Schlüssen und Trugschlüssen zum Trotz setzte er sie samt und sonders aufs trockene und bewies ihnen handgreiflich, daß sie Schafsköpfe wären, so daß alle Welt von seiner wunderbaren Gelehrsamkeit überzeugt wurde und davon sprach. Ja, sogar die Waschfrauen, Kupplerinnen, Hökerinnen und Marktweiber sagten, wenn er über den Markt ging, zueinander: »Das ist er!«, was ihm ebensoviel Spaß machte wie dem griechischen Rednerfürsten Demosthenes, da ein auf der Erde kauerndes altes Weib mit dem Finger auf ihn wies und dabei ausrief: »Der da ist es!«

Zu dieser Zeit aber schwebte vor dem obersten Gerichtshof ein Prozeß zwischen zwei großen Herren, dem Herrn von Lekkart und dem Herrn von Pissart, bei dem es sich um eine so wichtige und schwierige Rechtsfrage handelte, daß der Hof mit seinem Latein zu Ende war. Auf Befehl des Königs waren deshalb aus allen Parlamenten Frankreichs je vier der gelehrtesten und feistesten Mitglieder sowie die berühmtesten Professoren der Universitäten nicht allein Frankreichs, sondern auch Englands und Italiens, wie Jason, Philippus Decus[1], Peter von Schwerfall und viele andere solche alten Perücken, zusammenberufen worden. Nachdem sie aber siebenundvierzig Wochen die Nasen zusammengesteckt hatten, waren sie geradeso klug wie zuvor; sie konnten der Sache durchaus nicht auf den Grund kommen und das Gesetz ausfindig machen, das darauf anzuwenden gewesen wäre, worüber sie sich fast die Augen ausschämten. Da sprach eines Tags, als ihnen der Kopf wieder einmal vor lauter Gelehrsamkeit bald zu platzen drohte, einer der Klügsten, Erfahrensten und Gelehrtesten von ihnen namens du Douhet folgendermaßen: »Liebe Herren, wir sind nun schon so lange beisammen, ohne daß es uns gelingen will, klarer in dieser Sache zu sehen; je eifriger wir sie zu ergründen suchen, desto weniger verstehen wir sie, was uns sehr beschämt und unser Gewissen beschwert. Denn was wir auch beratschlagen, es ist doch alles nur Geschwätz und eitel Hinundherreden. Hört also meinen Rat. Ihr werdet von dem großen Mann, dem Meister Pantagruel, vernommen haben, der infolge der erstaunlichen Disputationen, die er geführt, als die erste gelehrte Größe unserer Zeit allgemein anerkannt ist. Meine Meinung ist nun die, daß wir ihn einladen und mit ihm Rats pflegen über diese Sache; denn ist irgend jemand imstande, damit zu Rande zu kommen, so ist er's.« – Dieser Vorschlag fand den Beifall aller seiner Kollegen; sogleich wurde nach ihm geschickt und er gebeten, den Prozeß Punkt für Punkt genau zu untersuchen, alles gehörig durchzusieben und ihnen dann sein Gutachten darüber nach seiner Rechtsansicht kundzutun; zugleich übersandten sie ihm die betreffenden Schriftstücke und Akten, die nicht weniger als vier große Eselsladungen ausmachten.

Pantagruel aber entgegnete ihnen: »Liebe Herren, sind die Leute, welche den Prozeß miteinander führen, noch am Leben?« Worauf man ihn beschied, daß sie allerdings noch am Leben seien. »Was zum Teufel«, sagte er weiter, »brauchen wir dann all das Geschreibsel, womit ihr mich belästigt? Ist es nicht tausendmal besser, wenn sie mir selbst ihre Sache vortragen, als daß ich diese Narrenspossen hier lese, die doch nichts anderes als verdammte Winkelzüge *à la* Cepola und Rechtsverdrehungen sind? Denn so viel weiß ich gewiß: Jeder, der diesen Prozeß in Händen

1 ital. Rechtsgelehrte

gehabt hat, ihr so gut wie die anderen, hat es sich angelegen sein lassen, soviel er nur immer konnte, *pro* und *contra* aufzufinden, und was leicht und einfach zu entscheiden war, ist auf diese Weise durch alberne, widersinnige Rechtsanwendungen, durch die abgeschmackten Ansichten eines Accursius, Baldus, Bartolus, de Castro, de Imola, Hippolytus, Panormus, Bertachin, Alexander, Curtius[1] und ähnlicher alter Schafsköpfe, die ganz und gar nichts von den Pandekten verstanden haben, dunkel geworden. Denn diesen guten Leuten fehlte es an allem, was zu einer richtigen Erkenntnis der Gesetze unerläßlich ist. Es ist ausgemacht, daß sie weder Griechisch noch ordentlich Lateinisch verstanden und bloß in der barbarischen gotischen Sprache zu Hause waren. Nun stammen aber alle Gesetze ursprünglich von den Griechen her, wie Ulpian *l. posteriori de origine juris*[2] dies bezeugt, und in allen finden sich griechische Ausdrücke und Wörter; später sind sie lateinisch abgefaßt worden, und zwar in einem so eleganten und vorzüglichen Latein, wie man es selbst bei Sallust, Varro, Cicero, Seneca, Titus Livius und Quintilian nicht findet. Wie hätten nun diese alten Dickschädel den Text der Gesetze verstehen sollen, sie, die niemals ein gutes lateinisches Buch unter die Nase bekommen haben, was man aus ihrem eigenen Stil ersieht, der mehr an einen Essenkehrer, einen Koch oder Küchenjungen als an einen Rechtsgelehrten erinnert?

Aber noch mehr: Gesetze werden sozusagen der Moral und Naturphilosophie aus dem innersten Leib herausgeschält; wie also hätten diese Tröpfe sie verstehen sollen, die sich, bei Gott, um Philosophie weniger bekümmert haben als mein Maulesel? Dabei besaßen sie an literarischen, geschichtlichen und Altertumskenntnissen geradesoviel, wie eine Kröte an Federn besitzt, und doch setzen alle Gesetzbücher dergleichen Kenntnisse voraus und können sonst nicht verstanden werden, wie ich das später einmal in einer besonderen Schrift beweisen werde. Wollt ihr aber, daß ich mich mit diesem Prozeß befasse, so laßt zuerst all die Akten verbrennen, und darauf laßt die beiden Parteien in Person vor mir erscheinen; wenn ich sie dann gehört habe, werde ich euch offen und ehrlich meine Meinung sagen.«

1 ital. Rechtsgelehrte – 2 »Über den Ursprung des Rechts« 2; gemeint ist Pomponius (Pandekten 2)

Dem widersprachen gar manche, wie es denn bekanntlich in jeder Gemeinschaft mehr Dumme als Kluge gibt und nach Titus Livius, wo er von den Karthagern redet, die große Menge immer zahlreicher ist als die kluge Menge. Aber du Douhet hielt ihm tapfer die Stange, indem er Pantagruel darin beistimmte, daß all diese Aufnahmen, Protokolle, Eingaben, Repliken, Bescheide und wie das Teufelszeug sonst heiße nichts als Rechtsverdrehungen und Verschleppungen wären und der Teufel sie alle holen würde, wenn sie nicht rechtschaffen, evangelisch und philosophisch nach dem Naturrecht in der Sache zu Werke gehen wollten. Genug, die Papiere wurden samt und sonders verbrannt und die beiden Edelleute aufgefordert, vor Gericht zu erscheinen.

Die also Erschienenen redete Pantagruel folgendermaßen an: »Seid ihr die beiden Leute, die diesen großen Prozeß miteinander führen?« Worauf sie zur Antwort gaben: »Ja, Herr.« – »Welcher von euch ist der Kläger?« – »Das bin ich«, sagte der Herr von Leckart. – »So erzählt mir Eure Sache Punkt für Punkt und der Wahrheit gemäß; denn bei Gott, wenn Ihr nur ein Jota dazulügt, so reiß' ich Euch den Kopf vom Leibe und werde Euch zeigen, daß man vor Gericht die Wahrheit sprechen muß. Hütet Euch also, etwas hinzuzusetzen oder zu verschweigen. Jetzt fangt an!«

Elftes Kapitel

Wie die Herren von Leckart und von Pissart ihre Sache vor Pantagruel ohne Advokaten verfochten

Demnach fing Herr von Leckart an wie folgt: »Mein Herr, ich sage nichts als die Wahrheit, wenn ich sage, daß eine von meinen Mägden auf den Markt ging, um daselbst Eier zu verkaufen.« – »Bedeckt Euch, Leckart«, sagte Pantagruel. – »Sehr verbunden«, sagte Herr von Leckart. »Bei dieser Gelegenheit kam sie, gegen den Zenit hin, zwischen die beiden Sechsheller- und Zweigroschentropen; denn in den Rhipäischen Bergen war in diesem Jahre gerade das Narrenfutter sehr schlecht geraten, weil die Narrenspossen unter den Rotwelschen und Akkursierern aufständisch geworden waren, was wieder in den Unruhen der Schweizer seinen Grund hatte, die sich haufenweise zusammenscharten, um nach Schnabelwetz, dem ersten Jahresloch, zu ziehen, wo den Mädchen Rindersuppe und Kohlenschlüssel ausgeteilt wurden, damit sie die Hunde mit Hafermus füttern könnten. Die ganze Nacht über tat man, die Hand immer an der Kanne, nichts weiter, als daß man Boten und reitende Diener mit Aufträgen aussandte, um die Schiffe anzuhalten, denn die Schneider wollten aus den Tuchschnitzeln

ein Blasrohr schneidern so hehr,
zu bedecken das ganze Meer,

welches, wie die Heubinder meinten, derzeit mit einer Kohlsuppe schwanger ging; aber die Ärzte erklärten, der Urin zeige dies keineswegs so deutlich an,

denn ein Straußenmagen
kann Pflöcke mit Senf vertragen,

wenn nicht etwa die Herren vom Gericht aus b-Moll befohlen hätten, daß die Lustseuche die Seidenwürmer verschonen solle. Die Rüpel hatten aber schon angefangen, den Zweitritt nach der Mensur zu tanzen,

am Feuer mit einem Bein
und den Kopf mittenhinein,

wie der brave Bettelkönig Ragot sagt. Ja, liebe Herren, Gott bestimmt alles nach seinem Wohlgefallen, und gegen das böse Geschick zerbricht ein Kärrner Peitsch' und Genick. Das war auf dem Rückzug von Bicoque, als man Meister Antitus von Kresseling zum Lizentiaten der Tölpelei promovierte, wie die Kanonisten sagen: *Beati tolpatii, quoniam ipsi stolperavunt*[1]. Denn beim heiligen Fasten vom heiligen Fiacre von Brie, was macht denn die Fastenzeit so feierlich, als daß

– – das Pfingstfest
's Geld aus der Tasch preßt.

Nichtsdestoweniger nur immer drauf, denn

bei einem kleinen Regen
pflegt sich der größte Wind zu legen,

wohlverstanden, wenn der Gendarm den Heller nicht zu hoch aufs Faß legt, so daß der Gerichtsschreiber sich seine Gänsefederfinger kreuzweise lecken muß; und dabei sehen wir klärlich, daß sich jeder an seiner Nase zupft, vorausgesetzt, daß er nicht eben

1 Glücklich die Tolpatsche, denn sie sind von selbst gestolpert (makkaronisches Lat.).

perspektivisch nach dem Schornstein guckt, wo das Weinzeichen mit den vierzig Reifen hängt, die wegen des Pumpquinquenniums von der äußersten Wichtigkeit sind. Wer ließe bei einem solchen Anblick seinen Vogel nicht nach Futter fliegen? Denn das Gedächtnis leidet oft sehr darunter, wenn man die Strümpfe verkehrt anzieht. Sa, sa, sa, Thibaut, Gott bewahr' dich vor Unglück.«

»Nur ruhig, mein Freund«, sagte Pantagruel, »nur ruhig! Bleibt hübsch bei der Stange und ereifert Euch nicht. Die Sache ist mir ganz klar, fahrt nur fort!«

»Die Magd, von der ich rede«, fuhr Leckart fort, »sagt also zwar ihr *Audi nos*[1] und ihre Stoßgebete her; aber sie kann sich doch wegen der Universitätsprivilegien nicht vor Hinterlist schützen, außer daß sie sich andächtig bespritzt, ein Läppchen vorhält und einen Rapierstoß nach dem Ort hin führt, wo die alten Fahnen verkauft werden, die die flandrischen Maler gebrauchen, wenn sie die Heupferde beschlagen wollen, wobei mich nur wundernimmt, weshalb die Welt keine Eier legt, da's doch so schönes Wetter zum Brüten ist.«

Hier wollte der Herr von Pissart eine Bemerkung machen, aber Pantagruel unterbrach ihn mit den Worten: »Himmeldonnerwetter! Wie untersteht Ihr Euch, ohne meine Erlaubnis dreinreden zu wollen? Ich quäle mich hier ab, Eure Streitsache anzuhören, und Ihr wollt mir noch Querelen machen? Das Maul gehalten, zum Teufel! Wenn der ausgeredet hat, könnt Ihr loslegen. Fahrt nur fort«, sagte er zu Herrn von Leckart, »und übereilt Euch nicht.«

»Da nun«, sagte Leckart,

»die Pragmatische Sanktion
kein Wörtchen spricht davon

und der Papst jedwedem erlaubt, soviel zu furzen, wie er will, wenn nur, bei aller Armseligkeit der Welt, die Jacke rein bleibt und offenbare Hurerei vermieden wird, so geschah es mit Bewilligung des Regenbogens, der wegen der Lerchenbrut in Mailand poliert worden war, daß die Magd trotz des Protestes der kleinen verwünschten Fischchen, die dazumal notwendig waren, um die alte Stiefelkonstruktion zu verstehen, ihr Hüfternes heruntertrat.

1 Erhöre uns... (lat.); katholische Gebetsformel

Hans Kalb, ihr Vetter, der mit einem großen Raketenstock hantierte, riet ihr aber, ehe sie das zweifelhafte Geschäft riskierte, das Papier zu verbrennen, und dann – Rapuse, Zäpfchen, eins, zwei, drei usw. Denn *non de ponte vadit qui cum sapientia cadit*[1], weil die Herren vom Rechnungshof nicht übereinkommen konnten, ob sie die deutschen Flöten vorladen sollten oder nicht, aus denen die ›Fürstenbrille‹[2] erbaut wurde, die kürzlich in Antwerpen gedruckt worden ist. Daraus sieht man, meine Herren, woher der schlechte Bericht stammt; ich glaube dem Gegner *in sacer verbo dotis*[1]. Gehorsam dem Befehl Seiner Majestät des Königs, hatte ich mich vom Fuß bis zum Kopf mit einem Magenpflaster bewaffnet und war von Haus gegangen, um nachzusehen, ob meine Winzer ihre hohen Mützen auch ordentlich ausgezackt hätten zum ›Männekenspiel‹; denn es war gerade eine gefährliche Zeit, des Durchfalls wegen, und viele Landsknechte waren bei der Musterung zurückgewiesen worden, obgleich die Schornsteine im Verhältnis zum Rotz und Spat hoch genug waren. So war denn im ganzen Land Artois ein sehr ergiebiges Kasserollenjahr, was für die Herren mit dem Wurstmesser keine kleine Erleichterung bedeutete; ohne daß man vom Leder zu ziehen brauchte, konnte man so viel Spaßvogelwild essen, daß man hätt' platzen mögen. Ich aber wollte, es hätte ein jeder eine so schöne Stimme wie ich, alsdann würde man viel besser Ball spielen, und die kleinlichen Tüfteleien über die Etymologie der Schrittschuhe würden viel leichter die Seine hinunterlaufen, um dort an der Müllerbrücke ein für allemal Dienst zu tun, wie der König von Kanarien dies vordem verordnet hat, welcher Befehl sich noch bis auf den heutigen Tag in der hiesigen Gerichtskanzlei vorfindet. Deshalb bitte ich Eure Herrlichkeit, in dieser Sache zu entscheiden, was Rechtens ist, nebst Kosten, Schadenersatz und Zinsen.«

Hierauf fragte Pantagruel ihn: »Habt Ihr nichts weiter zu sagen, mein Freund?« Und Herr von Leckart antwortete: »Nein, Herr, denn ich habe der langen Rede kurzen Sinn vorgetragen und bin, auf Ehre, nirgends von der Wahrheit abgewichen.« – »Also, Herr von Pissart«, sagte Pantagruel, »so sprecht Ihr jetzt.

1 es geht nicht von der Brücke, wer mit Klugheit fällt (lat.); scherzhafte Vertauschung von *cadit* und *vadit*. – 2 von Meschinot – 3 für *in verbo sacerdotis* (lat.) aufs Priesterwort

Redet unbefangen und macht es kurz, ohne darum etwas auszulassen, was zur Sache gehört.«

Zwölftes Kapitel
Wie Herr von Pissart seine Sache vor Pantagruel verfocht

Also begann Herr von Pissart wie folgt: »Gnädigster Herr und ihr, hochzuverehrende Herren, wenn die Ungerechtigkeit der Menschen in einem kategorischen Urteilsspruch ebensoleicht sichtbar würde wie Fliegen in der Milch, so könnte die Welt, bei allen vier Ochsen, nicht so von Ratzen angefressen sein, und manches Paar Ohren wären noch auf Erden, das infolge dieser Anfressung schmählich zugrunde gegangen ist. Denn obgleich alles, was mein Gegenpart vorgebracht hat, dem Buchstaben und geschichtlichen Hergang nach der reine, wahrhaftige Flaum ist, so liegen doch List, Trug und allerlei kleine Winkelzüge in diesen Reden versteckt.

Brauche ich mir gefallen zu lassen, daß man mir, wenn ich eben, ohne etwas Arges zu sagen oder zu denken, meine Suppe essen will, den Kopf mit dem alten Gassenhauer:

Wer trinkt, wenn er die Suppe frißt,
wird blind, wenn er gestorben ist,

wirr und wirblig macht? Bei der gebenedeiten Jungfrau, haben wir nicht auf offenem Schlachtfeld, wo sich die Brüderschaft mit guten Schwarzbrotpüffen traktierte, große Kriegshelden Laute spielen, hosentrompeten und in schön befransten Schuhen umhertanzen sehen? Aber jetzt ist die Welt nicht mehr aus der Wolle der Leicesterbälle gewickelt. Der eine verludert sich, der andere fünf, vier, zwei. Und wenn der Hof nicht ein Einsehen hat, so wird's mit dem Taurändeln dies Jahr ebenso schlecht bestellt sein, wie's mit dem Bechern ist oder vielmehr sein wird. Wenn ein armer Kerl in die Badestube geht, um sich das Maul mit Kuhmist heizen zu lassen oder Winterstiefel zu kaufen, und die von der Scharwache oder die Büttel gehen da vorbei und kriegen ein Klistierdekokt oder ein bißchen was ›Eingemachtes‹ aus dem Nachtstuhl auf den Kopf, darf man deswegen gleich die Holzschüsseln frikassieren und die Köppli beschneiden? Wir denken freilich dies und das, aber Gott lenkt es anders, und wenn die Sonne unter ist, hockt alles Vieh im Schatten. Man soll mir nicht ein Wort glauben, wenn ich's nicht unwiderleglich durch offenbare Leute bezeugen werde. Im Jahr sechsunddreißig hatte ich mir einen Holsteiner gekauft, hochgedrungen, schönes Fell, gegrieselt, wie die Goldschmiede sagen; trotzdem setzte der Notar bloß *et cetera*. Ich bin kein Schriftgelehrter, daß ich den Mond mit den Zähnen herunterholen könnte, aber im ›Buttertopf‹, wo die vulkanischen Urkunden besiegelt werden, munkelte man, ein gesalzener Ochs könnt' den Wein augenblicklich und ohne Licht finden, stäk' er auch in einem Kohlensack hinter Pferde- und Lendenschienen, womit man Bauernfrikassee macht, das heißt Schöpsköpf'. Wer seine Liebste im Arm hat, sieht auch eine schwarze Kuh in einem verbrannten Wald gern. Ich legte die Sache den Gesetzkundigen vor, und sie entschieden *in pleno* dahin, daß es nichts Besseres gäbe, als des Sommers sein Korn im Keller zu mähen, wo an Papier, Tinte, Feder und Lyoner Messerchen kein Mangel sei – trara, trara –; denn sobald ein Harnisch nach Knoblauch riecht, frißt ihm der Rost die Leber an, und dann ereifert man sich, hast du nicht gesehen, gegen das Schlafen nach Tisch; daher kommt's denn auch, daß das Salz so teuer ist. Glaubt mir, liebe Herren, als die gute Frau ihren Taschenlöffel an der Leimrute klebenließ, um den Bericht des Gerichtsdieners zu bekräftigen, und das Wurstgeschling sich durch den Beutel der Wucherer hindurchdrückte, konnte man nichts Besseres tun, um sich vor den Kannibalen zu schützen, als daß man ein Bund Zwiebeln nahm, zusammengebunden mit dreihundert Steckrüben, dazu ein bißchen Kalbsgekröse vom feinsten Gehalt, wie's nur die Alchimisten haben, sich die Pantoffeln, so wie es gehen wollte, mit guter Buckelschmiere verkittete und verkalkte und sich in ein kleines Mauseloch verkroch, die Speckseite natürlich immer dabei in acht genommen. Und wenn der Würfel einem durchweg nichts anderes bringen will als zwei, höchstens drei, so nimmt man sich vorerst in acht, legt das Frauenzimmer über die Bettkante, fiedelt sie, hast du nicht gesehen, trallala und zecht, was das Zeug halten will, *blamirando froschibus* mit kothurnischen Reitstiefeln. Das ist dann etwas für die kleinen Flaumgänschen, die sich am Vordermastspiel ergötzen, derweil Metall geschlagen und den Kannegießern das Wachs geschmolzen wird. Allerdings ist es richtig, daß die quästionierten vier Ochsen ein etwas schwaches Gedächtnis hatten; doch was das anbetrifft, die Skala zu lernen, so brauchten sie sich vor keinem Kormoran und keiner savoyischen Ente zu fürchten, und die Leute bei uns setzten die beste Hoffnung auf sie. ›Denn‹, sagten sie, ›diese Kinder werden es noch weit im Algorithmus bringen, wir werden eine Rechtsrubrik haben und den Wolf ohne Zweifel fangen, wenn wir unsere Hecke oberhalb der Mühle pflanzen, von der die Gegenpartei gesprochen hat.‹ Aber dem Teufel gefiel das nicht; er steckte sich hinter die Deutschen, die mußten ihr verdammtes ›Trinke, trinke‹ mit doppeltem Einsatz aufspielen. Denn nur auf der Kleinen Brücke zu Paris allenfalls kann man ›Kauft Küchel‹ schreien, wenn sie auch Schöpfe wie die Reiher haben, es wäre denn, man wollte die Troddeln mit der frischgeschliffenen Tinte von versalen und kursiven Buchstaben schröpfen, was mir auch gleichgültig sein kann, vorausgesetzt nur, daß keine Würmer im Bestich davon entstehen. Und selbst den Fall angenommen, die Fratzengesichter hätten, als die läufigen Hunde zusammengekoppelt wurden, den Tintenstecher eher eingesteckt, als noch der Notar mit kabbalistischer Kunst seinen Bericht abgestattet, so folgt daraus doch noch nicht, unbeschadet der bessern Einsicht des Gerichtshofs, daß sechs wohlgemessene Morgen Wiesenland, wenn man nicht geradezu ins Becken bläst, drei Kübel feine Tinte ausmachen, da man ja bei König Karls Leichenbegängnis, wie ich auf Ehre versichern kann, ein Rauchfell, das heißt eins aus Wolle, für zwei und einen halben Sou haben konnte. Und gemeiniglich habe ich bei allen guten Sackpfeifern die Beobachtung gemacht, daß, wenn man auf den Vogelfang geht, dreimal mit dem Besen in die Esse fährt und seine Vollmacht vorzeigt, man eben nur seine Lenden anstrengt und in den Arsch pustet, wenn's etwa zu heiß drin ist und sie drückt.

Kaum zieht man seinen Zettel raus,
so händigt man die Kühe aus.

Und wurde ein solches Urteil auch bereits vor siebzehn Jahren in der Schwächungsklage *contra* Lump von Lumpenau gefällt, was ich das Gericht zu bemerken bitte. Ich behaupte natürlich nicht, daß man nicht billigerweise und nach Recht und Gesetz alle die depossedieren sollte, die Weihwasser saufen, wie man's mit einem Weberspieß macht, dessen Haken man denen einsetzt, die durchaus nicht anders als für ein gut Stück Geld abstehen wollen. *Tunc,* liebe Herrn, *quid juris pro minoribus*[1]? Denn der allgemeine Gebrauch des Salischen Gesetzes ist, daß, wer die erste Zündrute an die Kuh legt und in den Kirchengesang hineinschnoddert, statt seine Schuhzwecken singen zu lassen, zur Zeit der Gauchmär die Mangelhaftigkeit seines Gliedes mit dem Moose sühnen soll, so man während der Mitternachtsmette zusammenschindet und das als Wippe für die Anjouer Weine dient, die einem nach bretonischer Art, Wams an Wams, ein Bein stellen. Beschließt wie oben mit Auslagen, Schadenersatz und Zinsen.«

Nachdem Herr von Pissart geendet hatte, sagte Pantagruel zu Herrn von Leckart: »Mein Freund, habt Ihr darauf etwas zu erwidern?« – Worauf Herr von Leckart sagte: »Nein, mein Herr, denn ich habe nichts als die Wahrheit gesagt und bitte dringend, daß Ihr unsere Sache nun entscheidet; denn der Aufenthalt hier stürzt uns in große Unkosten.«

Dreizehntes Kapitel
Welches Urteil Pantagruel in der Streitsache der beiden Edelleute fällte

Jetzt erhob sich Pantagruel von seinem Sitz und mit ihm alle Präsidenten, Räte und Doktoren, die anwesend waren, und sprach zu ihnen folgendermaßen: »Gelt, ihr Herren, ihr habt nun *vivae vocis oraculo*[2] gehört, worum es sich in dieser Sache handelt.« Worauf sie alle entgegneten: »Allerdings haben wir etwas gehört, aber den Teufel nichts davon verstanden. Darum bitten wir Euch inständig *una voce*[3], daß Ihr den Spruch nach Eurem Ermessen fällt; wir werden ihn dann *ex nunc prout ex tunc*[4] für gültig erklären und ohne Einschränkung ihm beistimmen.« – »Wohlan denn, liebe Herren«, sagte Pantagruel, »weil es euch so gefällt, will ich es tun. Aber ich finde den Fall gar nicht so schwierig, wie er euch erscheint; meiner Meinung nach sind euer *paragraphus Cato,* eure *lex frater, lex Gallus, lex quinque pedum, lex vinum, lex si*

1 Welches Recht gibt es dann für die Minderjährigen? (lat.) – 2 durch mündlichen, unfehlbaren Ausspruch (lat.) – 3 einstimmig (lat.) – 3 von jetzt wie auch (rückwirkend) von früher an (lat.)

dominus, lex mater, lex mulier bona, lex si quis, lex Pomponius, lex fundi, lex emptor, lex praetor, lex venditor[1] und viele andere bei weitem schwieriger.« – Nachdem er dies gesagt, ging er ein paarmal im Saal auf und ab, wie es schien, in schweren Gedanken, denn er stöhnte wie ein Esel, dem man den Gurt zu stark anzieht, und erwog bei sich, wie einem jeden sein Recht werden solle, unwandelbar und ohne Ansehen der Person. Dann kehrte er zu seinem Sitz zurück und verkündete das Urteil wie folgt:

»Sintemalen der hohe Gerichtshof die zwischen den Herren von Leckart und von Pissart gängige Streitsache eingesehen, vernommen und wohl erwogen, bescheidet er obengenannte Herren dahin, daß in Ansehung der Horripilation der Speckmaus, die kühnlich von dem Sommersolstitium abirrte, um die Gallenbläschen zu umschwirren, so in dem diarhomen Klima eines Affen zu Pferde, der die Armbrust auf die Lenden spannt, inquiniliert und bauernmatt gesetzt waren, der Kläger gerechte Befugnis hatte, die Galeone zu kalfatern, welche die gute Frau mit einem beschuhten und einem unbeschuhten Bein flottmachte, sofern sie ihr nach ihrem Gewissen schlicht und schlank so viel von der kleinen Sorte zurückgab, wie Haare in achtzehn Kuhschwänzen und alles miteinander und gar nichts vorhanden sind. Desgleichen wird er für unschuldig erklärt des besondern Falles der Klunkern, von denen man annahm, daß er sie sich dadurch zugezogen hatte, daß er nicht fröhlich scheißen konnte, weil ein Paar durchfurzte Handschuhe, die nach Nußlicht rochen, wie man's bei ihm zu Haus in Mirebalais brennt, ihn daran hinderten, da er doch die Buline mit den bronzenen Kugeln schießen ließ, womit die Strohdeckenbinder streitigerweise ihr Gemüse buken, das ganz mit Murmeltier auf ungarische Schellenweise gesattelt war und das, was nicht zu übersehen ist, sein Schwager in einem limitrophen Korb trug, der einen roten Vorstoß, drei buntgestickte Balken und in der Ecke einen kleinen Hundestall hatte, aus dem man mit einem Visierstock nach einem wurmförmigen Holzvogel schoß. Was dagegen dem Kläger zur Last gelegt wurde, daß er ein Pletzer, ein Käsefresser und Mumienteerer sei, welches alles, wie besagter Angeklagter klärlich bewiesen, bim-

1 nach alter Art mit den Anfangswörtern angeführte und als dunkel verrufene Abschnitte des Gesetzbuchs des röm. Rechts.

meldibammel nicht wahr ist, so verdammt ihn der Gerichtshof zu drei Satten Sauermilch, nach Landesüblichkeit justischlampiert und mundiert, dem Beklagten zu zahlen Mittsommer im Mai; dagegen soll Angeklagter gehalten sein, das erforderliche Heu und Werg zum Verstopfen der in die feingeränderten Unterröcke eingehähnelten gutturalen Fußangeln zu stellen. Übrigens Freunde wie zuvor, ohne Kosten und von Rechts wegen!«

Nachdem dies Urteil verkündet worden war, zogen sich die beiden Parteien höchst zufrieden mit dem gefällten Spruch zurück: eine fast unglaubliche Tatsache. Denn noch nie seit dem großen Regen war es vorgekommen und wird auch wohl in dreizehn Jubeljahren nicht wieder vorkommen, daß beide Parteien, deren jede doch etwas anderes will, mit dem schließlich gefällten Urteil zufrieden sind. Was aber die Räte und die übrigen Doktoren, die der Sitzung beiwohnten, anbetrifft, so konnten sie sich drei Stunden lang von ihrer Verzückung nicht erholen, so sehr waren sie insgesamt außer sich über Pantagruels übermenschlichen Scharfsinn, den sie bei der Entscheidung dieses hoch wichtigen und überaus kitzligen Falles deutlich erkannt hatten. Und in diesem Zustand wären sie noch jetzt, wenn nicht ein Schwall Weinessig und Rosenwasser herbeigeschafft worden wäre, um sie wieder zur Besinnung und zu sich zu bringen, wofür Gott vor allem gepriesen sei.

Vierzehntes Kapitel

Panurg erzählt, wie er der Gefangenschaft der Türken entronnen

Pantagruels Urteilsspruch wurde sofort ruchbar und aller Welt bekannt, unzähligemal gedruckt und in den Archiven des Justizpalastes hinterlegt. Allgemein hieß es: »Salomo, der durch seinen weisen Spruch der Mutter ihr Kind zurückgab, hat nicht entfernt ein solches Meisterstück der Weisheit geliefert wie der brave Pantagruel! Wahrlich, wir können uns glücklich schätzen, ihn in unserem Land zu haben.« – Man wollte ihn unverzüglich zum Requetenmeister und Präsidenten des Gerichtshofs ernennen, aber er schlug das Anerbieten aus und dankte höflichst. »Denn«, sagte er, »mit diesen Ämtern ist eine zu große Abhängigkeit verbunden, und wer sie bekleidet, wird sich bei der allgemeinen Schlechtigkeit der Menschen kaum rein erhalten können. Glaubt mir, wenn die himmlischen Gerichtsstühle mit Leuten der Art besetzt sind, so werden wir nach siebenunddreißig Jubeljahren

noch kein Jüngstes Gericht haben, und Cusanus wird sich in seiner Annahme täuschen, darauf mache ich euch schon jetzt aufmerksam. Wenn ihr aber ein paar Flaschen guten Wein übrig habt, so wäre mir ein solches Geschenk ganz angenehm.« Das ließen sie sich nun nicht zweimal sagen und schickten ihm den allerbesten, den sie nur in der Stadt auftreiben konnten, wovon er auch gehörig trank. Aber der arme Panurg trank noch viel mehr; denn er war ausgedörrt wie ein Pökelhering und schlich wie eine verhungerte Katze umher. Da ihm nun einer, als er gerade einmal Atem schöpfte, den mit Wein gefüllten Riesenhumpen unter die Nase rieb und sagte: »Nur sachte, Gevatter! Ihr seid ja ganz versessen auf das Saufen!«, erwiderte er: »Hol's der Teufel, glaubst du etwa, ich wäre so einer von den kleinen Pariser Nippern, die wie Vögelchen trinken und ihr Mäulchenvoll nur zu sich nehmen, wenn man ihnen wie den Sperlingen den Schwanz streichelt? Eia, Herzbrüderchen, wenn's mich ebensoleicht höbe, wie's leicht hinuntergeht, wär' ich, mit Empedokles zu reden, schon längst über die Mondsphäre hinaus. Aber zum Teufel, ich weiß nicht, wie's zugeht: Dieser Wein ist doch gut und vortrefflich, aber je mehr ich davon trinke, desto durstiger werd' ich. Es kann wohl nicht anders sein, als daß meines Herrn Pantagruel Schatten Durstige in die Welt setzt, so wie der Mond Husten und Schnupfen hervorruft«, worüber die Umstehenden in lautes Gelächter ausbrachen.

Pantagruel, der das sah, fragte: »Worüber lacht Ihr da, Panurg.« – »Ach, Herr«, erwiderte dieser, »ich meinte nur, wie schlimm doch diese Türken dran wären, daß sie keinen Tropfen Wein trinken dürfen. Und stünde auch sonst in dem ganzen Koran kein unrechtes Wörtchen, schon allein deshalb würd' ich mich nie zu ihrem Glauben bekennen.« – »Apropos«, sagte Pantagruel, »erzähle mir doch, wie du ihren Klauen entronnen bist.« – »Straf' mich Gott, Herr«, sagte Panurg, »wenn ich ein einziges Wort dazulügen werde.

Diese türkischen Hundsfötter hatten mich wie einen Hasen mit Speck umwickelt und an den Bratspieß gesteckt; denn mager, wie ich bin, wäre ihnen mein Fleisch sonst eine zu schlechte Kost gewesen. So brieten sie mich bei lebendigem Leibe. Ich aber befahl mich der göttlichen Gnade, dachte an Laurentius, den guten Heiligen, und war voll sicherer Hoffnung, daß Gott mich aus solcher Drangsal erlösen werde, was denn auch auf höchst wunderbare Weise geschah. Als ich nämlich aus tiefster Seele zu Gott schrie: ›Herr, Herr, du mein Gott, hilf mir, rette mich um deiner Ehre willen, mache mich frei von den Banden dieser ungläubigen Hunde!‹, siehe, da entschlief der Bratenwender nach göttlichem Ratschluß, oder war's Merkurs Verdienst, der ja auch den hundertäugigen Argus so listig einschläferte? Sobald ich merkte, daß der Spieß sich nicht mehr drehte, sah ich mich nach ihm um und wurde gewahr, daß er eingeschlafen war; schnell erfaßt' ich mit den Zähnen ein glühendes Scheit an dem Ende, wo es noch nicht brannte, und warf es dem Bratenwender in den Schoß, gleich darauf noch eins, das ich, so gut es ging, in das Feldbett schleuderte, das neben dem Herd stand und in dem ein Strohsack lag, der meinem Herrn Bratenwender gehörte. Der Feuerbrand entzündete das Stroh, das Stroh das Bett und das Bett die Fichtenbretter der Küchendecke. Das beste aber war, daß der Brand, den ich dem Hundsfott in den Schoß geworfen hatte, ihm das ganze Schambein versengte und das Feuer schon an den Hoden herumleckte, als er ganz verstört aufsprang und, so laut er konnte, zum Fenster hinausschrie: *Dal baroth, dal baroth,* was soviel heißen will wie: Feuer, Feuer! Dann kam er geradewegs auf mich zugelaufen und wollte mich vollends ins Feuer werfen; als er aber die Stricke, mit denen mir die Hände zusammengebunden waren, bereits durchschnitten hatte und eben dabei war, mir auch die Beine loszuschneiden, kam der Herr des Hauses herein, der mit einigen anderen Muftis und Paschas auf der Straße spazierengegangen war, den Feuerlärm gehört und den Rauch gerochen hatte und der nun herbeieilte, um retten zu helfen und den Hausrat hinauszutragen.

Kaum daß er eingetreten, zieht er den Bratspieß, an dem ich stak, aus mir heraus und stößt ihn meinem Bratenwender in den Leib, der infolge dieser Durchbohrung – wahrscheinlich aus Mangel an guter Nachbehandlung – starb; denn der Spieß war ihm etwas über dem Nabel in den Leib gedrungen, dann nach rechts gegangen, hatte den dritten Leberlappen und weiter hinauf das Zwerchfell durchbohrt, bis er endlich, nachdem er den Herzbeutel durchschnitten, oben zwischen dem Rückenwirbel und dem linken Schulterblatt wieder herausgekommen war. Als mir der Spieß aus dem Leib gezogen wurde, war ich neben dem Feuerrost zu Boden gefallen und hatte mir dabei etwas weh getan, doch nicht allzusehr, denn die Speckhülle schützte mich; mein Pascha aber, der merkte, daß die Geschichte schlimm stand und sein Haus und all sein Gut unrettbar verloren seien, verschwor sich allen Teufeln und schrie nach Grilgot, Astarot, Rapallus und Griboullis, daß sie ihm helfen sollten: nach jedem neunmal.

Da fing ich nun doch an, mich für ein paar Heller zu fürchten; denn ich hatte Angst, die Teufel möchten wirklich kommen, um den Narren zu holen, und dann wären sie wohl die Leute dazu gewesen, mich auch gleich mitzunehmen. War ich doch schon halb gebraten, und der Speck konnte mein Verderben werden; denn auf Speck sind diese Teufel ganz besonders versessen, wofür ich die Autorität des Philosophen Jamblichus und die von Murmault in seiner Apologie *de bucliacis et crypelibus pro magistros nostros*[1] anführen kann. Aber ich schlug das Kreuz und schrie: *Hagios, athanatos ho theos,*[2] und so kam keiner. Das wurde meinem alten Pascha zuletzt auch klar, deshalb wollte er sich nun selbst ums Leben bringen und sich seinen Bratspieß ins Herz stoßen; er stemmte ihn also gegen die Brust, aber da er zu stumpf war, konnte er ihn nicht hineinbringen: wie sehr er auch drückte, es half alles nichts. So ging ich zu ihm und sagte: ›Messire Schuftino, du vergeudest nur deine Zeit, so wirst du dich nicht umbringen; du wirst dir nur böse Wunden beibringen, unter denen du dein Leben lang zu leiden hast, von den Badern geschunden; willst du aber, so werde ich dich ordentlich totmachen, und zwar so, daß du's gar nicht spüren sollst; glaub mir, ich habe schon manchem dazu verholfen, der sich ganz gut dabei befunden hat.‹ – ›Ach, bester Freund‹, sagte er, ›damit würdest du mir einen großen Gefallen erweisen, ich will dir dafür auch meine Börse geben; hier hast du sie, es sind sechshundert Zechinen und mehrere kostbare Diamanten und Rubine darin.‹« – »Und wo sind die jetzt?« fragte Epistemon. »Bei Sankt Johann«, sagte Panurg, »weit, sehr weit von hier, wenn sie überhaupt noch sind. ›Wo ist der Schnee vom letzten Jahr?‹, was unserem guten Villon, dem Pariser Poeten, so schwere Sorge gemacht hat.« – »Ich bitte dich, erzähle deine Geschichte zu Ende«, sagte Pantagruel, »damit wir erfahren, was du mit deinem Pascha angefangen hast.« – »So wahr ich ein ehrlicher Kerl bin«, sagte Panurg, »es ist alles die pure Wahrheit, was ich Euch berichte. Ich wickelte ihn also in eine alte, halbverbrannte Hose, die auf der Erde lag, und

1 »Über die Buckligen und Krüppligen zum Besten unserer Theologiemagister« – 2 Heiliger, unsterblicher Gott (griech.)

band ihm mit einem Strick Hände und Füße zusammen, so daß er sich nicht rühren konnte; dann stieß ich ihm den Bratspieß durch die Kehle in den Leib und hängte ihn damit an zwei Haken auf, die dort eingeschlagen waren, um die Hellebarden daraufzulegen. Sodann schürte ich ihm ein tüchtiges Feuerchen unter und röstete mir meinen Mylord, wie man einen Hering im Kamin röstet, worauf ich seinen Beutel und einen kurzen Speer, den er auf den Haken gelegt hatte, an mich nahm und mich schleunig davonmachte. Gott weiß, wie bocksmäßig der Kerl hinter mir herstank.

Auf der Straße traf ich eine Menge Leute, die Wasser herbeischleppten, um das Feuer zu löschen. Als sie mich, halb verbrannt, wie ich war, zu sehen kriegten, wurden sie natürlich von Mitleid ergriffen und schütteten alles Wasser über mich aus, was mich außerordentlich erfrischte und mir höchst angenehm war. Dann gaben sie mir auch etwas zu essen; doch konnte ich nicht viel hinunterbringen, weil sie mir, ihrer Gewohnheit nach, nur Wasser dazu reichten. Weiter taten sie mir aber nichts zuleide, ausgenommen ein kleiner häßlicher Türke, der vorn auf der Brust einen großen Buckel hatte und der an meinem Speck herumknabberte, bis ich ihm mit meinem Spieß einen solchen Hieb auf die Finger gab, daß er das Wiederkommen vergaß, und eine junge Kurtisane, die mir einen Topf mit eingemachten Myrobalanen, wie man sie dort ißt, hinreichte, dabei aber mein verkohltes Hemd, das mir nicht mehr bis ans Knie ging, ein bißchen gar zu sehr fixierte. Indessen muß ich hier noch erwähnen, daß dies Gebratenwerden mich radikal von einer Ischias kurierte, an der ich sieben Jahre lang gelitten hatte, und zwar gerade an der Seite, wo mein Bratenwender mich beim Einschlafen über dem Feuer hatte hängenlassen.

Während man sich so mit mir beschäftigte, hatte das Feuer überhandgenommen; mehr als zweitausend Häuser standen schon in Flammen, bis es zuletzt einer aus der Menge bemerkte und ausrief: ›Bei des Propheten Bart, die ganze Stadt brennt, und wir stehen hier müßig!‹ – So machte denn jeder, daß er nach Hause kam; ich aber schritt dem Tor zu. Draußen auf einer kleinen Erhöhung wandte ich mich um wie Lots Weib und erblickte die ganze Stadt in hellen Flammen, worüber ich mich so freute, daß ich fast zu platzen glaubte. Doch dafür strafte mich Gott.« –

»Wieso?« fragte Pantagruel. – »So«, sagte Panurg. »Als ich nämlich seelenvergnügt das schöne Feuer betrachtete, mich darüber lustig machte und ausrief: ›O ihr armen Flöhe, ihr armen Mäuschen, ihr werdet einen schlechten Winter haben; denn das Feuer ist euch in den Strohsack geraten!‹, sprangen plötzlich mehr als sechs-, ja mehr als dreizehnhundertundelf große und kleine Hunde aus der Stadt hervor, die alle vor dem Feuer davonliefen. Sie stürzten gerade auf mich los, und da sie mein halbgeröstetes Fleisch witterten, hätten sie mich sicherlich im Nu zerrissen, wenn mein guter Engel mir nicht ein prächtiges Mittel gegen das Zahnweh eingegeben hätte.« – »Wieso«, fragte Pantagruel, »war's dir vor Zahnweh bange? Ich denke, deine Ischias war auskuriert?« – »Donnerwetter«, sagte Panurg, »ist das etwa kein Zahnweh, wenn einen die Hunde an den Waden packen? Aber ich erinnerte mich an meinen Speck und warf ihn mitten unter sie; sogleich fielen sie samt und sonders darüber her und bissen sich wütend herum, wer von ihnen ihn haben sollte. Darüber ließen sie mich gehen, und ich lasse sie auch gehen! Mögen sie sich das Fell zerfetzen. Unversehrt und mit heiler Haut kam ich davon. Vivat das Gebratenwerden!«

Fünfzehntes Kapitel

Panurg gibt eine ganz neue Art an,
wie man die Stadt Paris mit Mauern umgeben könnte

Um sich vom Studieren etwas zu erholen, ging Pantagruel eines Tags nach der Vorstadt Saint-Marcel spazieren, um das Gobelinlusthaus[1] zu besuchen. Panurg begleitete ihn und trug wie immer eine Flasche Wein und ein Stück Schinken unter dem Mantel bei sich; denn ohne das ging er niemals aus. Das, erklärte er, wäre seine Schutzwaffe, andere Waffen trüge er nicht. Wollte ihm Pantagruel solche dennoch aufdrängen, so beteuerte er, es würde ihm nur die Milz erhitzen. – »Aber wie willst du dich denn wehren«, fragte Epistemon, »wenn man dich anfällt?« – »Mit Fußtritten«, erwiderte Panurg; »wenn man doch nur die spitzen Degen verbieten wollte!«

1 Pariser Wandteppichmanufaktur, gen. *Folie Gobelin*

Als sie wieder nach Hause gingen, sah Panurg die Stadtmauern an und sagte spöttisch zu Pantagruel: »Seht nur einmal diese famosen Mauern; wie stark und gewaltig sie sind! Gerade stark genug, um mausernde Gänse zu beschützen. Bei meinem Bart,

für eine Stadt wie diese sind sie doch gar zu erbärmlich; sechs Klafter davon und mehr bläst ein einziger Kuhfurz um.« – »Lieber Freund«, entgegnete Pantagruel, »weißt du nicht, was Agesilaos einst antwortete, als man ihn fragte, warum die große Stadt Lakedämon nicht mit einer Ringmauer umgeben sei? ›Dies‹, sagte er und wies dabei auf die kriegserfahrenen, tapferen und wohlbewaffneten Einwohner und Bürger der Stadt, ›dies sind ihre Mauern‹, womit er sagen wollte, daß nur Menschenbein wirksam schütze und kein Ort und keine Stadt festere und zuverlässigere Mauern haben könne als die Tapferkeit ihrer Bürger und Einwohner. Ebenso ist diese Stadt durch eine zahlreiche, kriegerische Bevölkerung stark und bedarf keiner andern Mauer.

Wollte man sie in der Art von Straßburg, Orleans und Ferrara befestigen, so würde das schon der ungeheuren Kosten wegen unmöglich sein.« – »Aber wenn die Feinde anrücken«, sagte Panurg, »ist es immer gut, ein steinernes Antlitz zeigen zu können, wär's auch nur, um ›Wer da?‹ zu schreien. Und was die ungeheuren Summen Geldes anbetrifft, welche Eurer Meinung nach die Befestigung kosten würde, so wollte ich den Herren in der Stadt gegen ein gutes Weingelage wohl eine ganze neue Art angeben, wie man sie billig anlegen könnte.« – »Und auf welche Weise?« fragte Pantagruel. – »Haltet nur reinen Mund«, fuhr Panurg fort, »dann will ich's Euch sagen. Ich habe bemerkt, daß die Venusmäulchen der Weiber hierzulande viel wohlfeiler sind als die Steine; man müßte also daraus die Mauern aufrichten, und zwar in schönster architektonischer Ordnung: die ganz großen unten, die mittelgroßen, wie ein Eselsrücken spitz zulaufend, in der Mitte und die ganz kleinen oben. Darüber dann, wie auf dem dicken Turm zu Bourges, ein hübsches kleines Glaserdiamantstachelwerk aus wohlgesteiften Klingen, wie sie in allen klösterlichen Hosen zu finden sind. Welcher Teufel könnt' einer solchen Mauer etwas anhaben? Kein Metall hält so viel Stöße aus. Setzten ihr die Feldschlangen gar zu sehr zu, so feuerte die gesegnete Venusfrucht ein Spritzerchen ab. Donnerwetter, nur nicht naß machen! Und der Blitz kann auch nicht hineinschlagen. Warum? Weil's heilige, gefeite Dinger sind. Aber freilich, ein Übelstand wäre immer dabei.« – »Hoho, haha«, lachte Pantagruel, »und welcher?« – »Die Fliegen sind gar so verdammt hinter ihnen her; sie würden sie scharenweise beschmutzen und das ganze schöne Mauerwerk verderben. Doch dem könnte man abhelfen, wenn man sie mit guten Fuchsschwänzen oder guten, dicken provenzalischen Wedeln tüchtig ausfegte. Und da wir gerade zum Abendessen gehen, will ich Euch doch bei dieser Gelegenheit ein hübsches Geschichtchen zum besten geben, das Frater Lubinus *libro de compotationibus mendicantium*[1] uns erzählt.

Zur Zeit, als die Tiere noch sprechen konnten, was keine drei Tage her ist, ging ein braver Löwe im Wald von Bièvre spazieren und sagte seine Gebete vor sich hin, als er unter einen Baum kam, auf dem ein nichtsnutziger Kohlenbrenner saß und sich Äste abhieb. Sobald der den Löwen sah, warf er seine Axt nach ihm und verwundete ihn schwer am Schenkel. Hinkend lief der Löwe im Wald umher, um Hilfe zu suchen, bis er einem Zimmermann begegnete, der mitleidig seine Wunde untersuchte, sie, so gut es ging, reinigte und Moos hineinstopfte; dann empfahl er dem Löwen, ja die Fliegen abzuwehren, daß sie ihren Schmeiß nicht hineinlegten; er wolle unterdessen gehen und Zimmermannskraut suchen. So spazierte mein Löwe weiter im Wald umher, als ihm ein altes Weib, das Reisig gesammelt hatte, entgegenkam. Kaum daß sie des Löwen ansichtig wurde, fiel sie vor Schrecken hintenüber, und der Wind blies ihr Kleid, Unterrock und Hemd bis über die Schultern vom Leibe. Mitleidig lief der Löwe hinzu, um zu sehen, ob sie nicht Schaden genommen hätte, und als er ihre ›Wie heißt's doch?‹ sah, sagte er: ›Ach, du arme Frau, wer hat dich so verwundet?‹ Dann winkte er einem Fuchs, der eben vorbeilief, und rief ihm zu: ›Pst, pst! Gevatter, hierher! Sehr nötig!‹

Als nun der Fuchs herbeigekommen war, sagte er zu ihm: ›Lieber Freund und Gevatter, man hat diese arme Frau hier auf sehr schmähliche Weise zwischen den Beinen verwundet; es ist ein schrecklicher Spalt! Sieh nur, die Wunde geht vom Arsch bis zum Nabel und mißt vier, ja vielleicht sechseinhalb Spannen. Das muß mit der Axt geschehen sein und fast glaub' ich, die Wunde ist nicht mehr ganz frisch; damit jedoch die Fliegen nicht hineinkommen, bewedle sie, ich bitte dich, ein bißchen, von außen und von innen. Du hast ja einen langen, schönen Wedel; also wedle nur, wedle, lieber Freund, nur immer tüchtig gewedelt; tu's mir zuliebe; ich gehe indes und hole Moos, um es hineinzustopfen. Wir müssen doch einer dem andern behilflich sein. Bewedle sie also und laß dich die Mühe nicht verdrießen; nur immer zu, lieber Freund, wie sich's gehört; denn solche Wunde will immer bewedelt sein, wenn sie einen nicht plagen soll. Darum

1 im Buch »Über die Saufgelage der Bettelmönche«

nur immer frisch gewedelt, Gevatterchen, tüchtig, tüchtig; hat dich doch der liebe Gott mit einem großen, dicken Wedel gesegnet, also zeig auch, was du kannst, und werde nicht müde. Ein braver Wedler, der immer wedelt, wedelt sein Vögelchen rein und läßt sich selbst von den Fliegen nicht bewedeln. Nur immer zugewedelt, mein Püppchen, nur immer zu, mein Hähnchen, ich komme gleich wieder.‹ – Damit ging er fort, um Moos zu holen; aber noch aus der Ferne rief er dem Fuchs zu: ›Nur immer frisch gewedelt, Gevatter, nur immer zu, laß dich die Mühe nicht verdrießen, Gevatterchen; ich werde dich auch Don Pedro von Kastilien als Oberhofwedler rekommandieren. Nur immer zugewedelt, weiter ist gar nichts nötig.‹ – Der arme Fuchs wedelte, so gut er konnte, hierhin, dahin, auswendig, inwendig; aber das hinterlistige alte Weib ließ einen nach dem andern fahren, so daß es wie hundert Teufel zu stinken anfing. Dem Fuchs wurde gar übel zumute; er wußte zuletzt nicht mehr, wohin er sich kehren und wenden sollte, um dem Gestank zu entgehen, der von dem alten Weib abging. Da, als er sich so in seiner Angst nach allen Seiten drehte, bemerkte er, daß sie hinten noch ein anderes Loch hatte, kleiner zwar als das, welches er bewedelte, aus dem aber der greuliche Stinkewind herausblies. Endlich kam der Löwe mit dem Moos zurück, von dem er wohl achtzehn Arme voll gesammelt hatte, und machte sich nun daran, es mit einem Stock, den er dazu mitgebracht hatte, in die Wunde hineinzustopfen; dabei wunderte er sich, wie tief das Loch sei, und meinte, es gingen wohl noch zwei volle Fuhren hinein. – Der Fuchs aber sagte zu ihm: ›Ach, Gevatter Löwe, liebster Freund, ich bitte dich, stopfe nicht alles Moos in dieses Loch, sondern laß noch etwas übrig; denn dahinten ist noch ein anderes, das zwar kleiner ist, aus dem es aber wie fünfhundert Teufel stinkt; der Duft hat mich schier vergiftet.‹ – Also sollte man die Mauern vor den Fliegen schützen und Leute anstellen, deren Geschäft es wäre, sie fortwährend zu bewedeln.«

Darauf entgegnete Pantagruel: »Woher weißt du, daß die Scham der Frauen hier so niedrig im Preise steht? In dieser Stadt gibt es eine Menge züchtiger, keuscher und unberührter Frauen.« – »*Et ubi findimus*[1]?« erwiderte Panurg. »Ich sage Euch

1 Und wo finden wir sie? (küchenlat.)

nicht bloß, was ich meine, sondern was ganz gewiß und ausgemacht ist. Obgleich ich erst neun Tage in dieser Stadt bin, kann ich mich doch rühmen, bereits mehr als vierhundertundsiebzehn bewedelt zu haben. Noch heute morgen begegnete mir ein Kerl, der zwei kleine Mädchen von höchstens zwei bis drei Jahren nach äsopischer Weise in einem Quersack über die Schultern gehängt trug, die eine vorn, die andere hinten. Er sprach mich um ein kleines Almosen an, und ich entgegnete ihm, daß ich mehr Eier als Pfennige im Sack hätte.

Darauf fragt' ich ihn: ›Sagt doch, guter Freund, sind die beiden Mädchen da noch Jungfern?‹ – ›Kamerad‹, erwiderte er, ›Ich trage sie nun seit zwei Jahren mit mir herum, und was die davorn betrifft, die ich immer vor Augen habe, so glaube ich allerdings, daß sie noch Jungfer ist, doch dafür stehen kann ich nicht; was aber die dahinten angeht, von der kann ich gar nichts sagen.‹«

»Wahrhaftig«, meinte Pantagruel, »du bist ein lustiger Kumpan und sollst meine Livree tragen.« – Also ließ er ihn zierlich und ganz nach der Mode kleiden; doch verlangte Panurg, daß man ihm den Latz drei Fuß lang und viereckig, nicht rund schneide, was denn auch geschah und ihm recht proper stand. Oft hörte man ihn sagen, wie doch die Leute die Annehmlichkeit und den Nutzen eines großen Latzes noch gar nicht begriffen hätten und daß erst die Zukunft sie lehren müsse, wie alles zu rechter Zeit erfunden würde.

»Gott schütz' den Kameraden«, sagte er, »dem der lange Latz einst das Leben rettete. Gott schütz' auch den, dem der lange Latz einmal zu einhunderttausendundneun Talern verhalf. Und Gott schütz' auch den, der einst durch seinen langen Latz eine ganze Stadt vor dem Hungertod errettete. Bei Gott, wenn ich Muße habe, werde ich ein Buch über die Vortrefflichkeit der langen Hosenlätze schreiben.« – Und in der Tat verfaßte er auch über diesen Gegenstand ein schönes, dickes Buch mit vielen Zeichnungen, das aber, soviel ich weiß, bis jetzt noch nicht im Druck erschienen ist.

Sechzehntes Kapitel

Von Panurgs Charakter und Gewohnheiten

Panurg war von mittlerer Statur, nicht zu groß und nicht zu klein, hatte eine Adlernase, die wie ein Rasiermesser gebogen war, und zählte damals etwa fünfunddreißig Jahre: ein Kerl, so fein, daß er sich wie ein bleierner Dolch vergolden ließ, von gewandten Manieren, nur etwas zu sehr aufs weibliche Geschlecht erpicht und von Natur mit einer Krankheit behaftet, von der es damals hieß:

Geldmangel, aller Leiden größtes du!

Indessen hatte er dreiundsechzig verschiedene Arten, sich davon zu kurieren, von denen Stibitzen noch die anständigste und alltäglichste war. Dabei war er voll boshafter Streiche, ein Gauner, Säufer, Bummler, Nachtschwärmer, wie es nur einen in Paris gab:

im übrigen der allerbeste Mensch!

Gegen Gerichtsdiener und Scharwächter hatte er immer etwas *in petto*.

So führte er einmal drei oder vier deftige Burschen, die er vorher den ganzen Abend wie die Templer hatte saufen lassen, auf die Anhöhe von Sainte-Geneviève oder in die Nähe des Kollegs Navarra, und sobald die Scharwache den steilen Weg heraufkam – um das zu erfahren, stellte er seinen Degen aufs Pflaster und hielt das Ohr daran, bis er zu klingen anfing, was ein sicheres Zeichen war –, nahmen er und seine Genossen einen beladenen Karren und stießen ihn mit aller Gewalt den Abhang hinunter, so daß er die Wache umwarf und die armen Kerle sich wie die Schweine im Kot wälzten; dann liefen sie alle nach der entgegengesetzten Seite davon, denn in weniger als zwei Tagen kannte er alle Straßen, Gassen und Durchschlüpfe von Paris wie sein *Deus det*[1].

Ein anderes Mal streute er längs des Wegs, auf dem die Scharwache kommen mußte, einen Streifen Pulver hin, das er gerade in dem Augenblick anzündete, wo sie dahinkam, und ergötzte sich daran, wie sie zusammenschraken, als ob das Antoniusfeuer ihnen in die Beine gefahren sei, und Reißaus nahmen. Besonders

1 Gott gebe (uns seinen Frieden; lat.); Anfang eines Nachtischgebets

aber verfolgte er die armen Magister der Freien Künste und die Theologen. Begegnete er einem von ihnen auf der Straße, unterließ er es gewiß nicht, ihm einen Schabernack zu spielen: Entweder bewarf er ihm den Doktorkragen mit Dreck oder heftete ihm Fuchsschwänzchen an oder Hasenohren oder verhöhnte ihn auf sonst irgendeine Weise. Eines Tags, als man alle Theologen zu einer Disputation in die Sorbonne berufen hatte, präparierte er einen bourbonischen Teig aus Knoblauch, Galban, *Asa foetida*[1], Bibergeil und warmem Menschenkot, dem er noch etwas Eiter aus Schankerbeulen beimengte, und bestrich damit das ganze Gitter der Sorbonne, so daß der Teufel selbst es vor Gestank nicht hätte aushalten können. Die guten Leute mußten samt und sonders vor aller Welt wie die Gerberhunde kotzen, und zehn oder zwölf starben an der Pest, vierzehn bekamen Aussatz, bei achtzehn bedeckte sich der ganze Leib über und über mit Geschwüren, und mehr als siebenundzwanzig wurden venerisch, was alles ihn sehr wenig nagte. Gewöhnlich trug er unter dem Rock eine Peitsche, womit er die Pagen, die ihren Herren Wein holten, unbarmherzig durchprügelte, um sie zu größerer Eile anzuspornen. In seinem Wams hatte er sechsundzwanzig Täschchen und in jedem irgend etwas: in dem einen ein Fläschchen mit Bleiwasser und ein kleines Messerchen, wie's die Kürschner haben, damit schnitt er die Geldbörsen ab; in einem andern ein wenig scharfen Essig, den er den Leuten in die Augen spritzte; im dritten eine Portion Kletten, die mit kleinen Gänse- und Hühnerfedern befiedert waren, um sie den Leuten an die Kleider oder Mützen zu werfen; auf diese Weise setzte er ihnen Hörner auf, die sie dann oft ihr Leben lang mit sich in der Stadt herumtrugen; den Frauen aber warf er etwas Ähnliches, jedoch in Form eines männlichen Gliedes, hinten an die Kleider. Wieder in einem andern Täschchen hatte er eine Anzahl kleiner Tütchen mit Flöhen und Läusen, die er sich von den Spitelleuten zu Sankt Innozenz verschafft hatte und die er dann mit einem Röhrchen oder einem Federkiel den feinsten Damen unter die Halskrause blies, sogar in der Kirche; denn niemals ging er auf den Chor hinauf, sondern saß immer im Schiff, mitten unter den Frauen, sowohl während der Messe als während der Vesper und der Predigt.

1 Stinkasant; ehem. vielbenutztes Heilmittel aus dem Saft eines asiat. Doldengewächses

In einem andern eine Anzahl Häkchen und Ösen, mit denen er Männer und Frauen, die gerade nebeneinander saßen, zusammenheftelte, besonders wenn sie recht schöne Taftkleider anhatten, die zerrissen, sobald sie aufstanden.

In einem andern ein Feuerzeug mit Schwamm, Schwefelfaden, Feuerstein und allem, was dazugehört.

In einem andern zwei oder drei Brenngläser, womit er zuweilen Männer und Frauen in der Kirche zur Verzweiflung brachte, so daß sie nicht aus noch ein wußten; denn er sagte, es sei doch nur ein kleiner Unterschied zwischen einer bußfertigen Frau in der Mette und einer mußfertigen Frau im Bette.

In einem andern hatte er einen Vorrat an Zwirn und Nadeln, womit er allerhand lose Streiche verübte. Eines Tags zum Beispiel, als ein Franziskaner im Großen Saal am Ausgang des Justizpalastes die »Herrenmesse« las, half er ihm beim Ankleiden, nähte ihm aber dabei die Stola an Kutte und Hemd fest, worauf er sich zurückzog, sobald die Herren des Gerichtshofs kamen, um die Messe zu hören. Nach dem *Ite missa est* wollte der gute Pater sein Meßgewand wieder ausziehen; aber da Hemd und Kutte daran festgenäht waren, zog er diese mit herunter und zeigte der ganzen Versammlung seinen Schönwedel, der durchaus nicht klein war, bis einer vom Gericht, als des Ziehens und Zerrens kein Ende wurde, sagte: »Was, zum Teufel, denkt der gute Pater sich? Sollen wir ihm etwa den Hintern küssen? Blas' ihm das Antoniusfeuer was!« Seitdem wurde befohlen, daß die armen, guten Väter sich nicht mehr vor allen Leuten auskleiden dürfen, sondern nur in ihren Sakristeien, besonders aber nicht in Gegenwart von Frauen; denn es wäre ein Anlaß zu sündhafter Begehrlichkeit. Etliche aber fragten: »Wie kommt es doch, daß die Mönche ein so großes Gemächt haben;« Was Pantagruel folgendermaßen erklärte: »Warum«, sagte er, »haben die Esel so lange Ohren? Darum – wie Alliacus in seinen ›Vermutungen‹ ganz richtig bemerkt –, weil ihre Mütter ihnen keine Häubchen aufsetzen, wenn sie klein sind. Aus demselben Grund haben die guten Väter ein so großes Gemächt; denn sie tragen keine festen Hosen, und so kann sich ihr armes Glied frei und ungehindert ausdehnen, bis es ihnen zuletzt ums Knie schlenkert wie der Rosenkranz den Weibern. Aber weshalb es nun auch so dick ist, das kommt daher, weil durch besagtes Schlenkern die Leibessäfte nach diesem Glied hingezogen werden; denn, wie die Rechtslehrer sagen, Aufregung und Bewegung wirken anziehend.«

Item hatte er eine andere Tasche voll von Federalaun, den er den eleganten Frauen in den Nacken streute, so daß sie sich vor allen Leuten auskleiden mußten oder wie ein Hahn auf glühenden Kohlen oder eine Kugel auf einer Trommel umhertanzten; andere liefen auf die Straße hinaus und er natürlich hinterdrein. Denen, welche sich auskleideten, deckte er als höflicher Kavalier den Rücken mit seiner Mütze.

Item hatte er in einer andern ein kleines Fläschchen mit schmierigem Öl; traf er nun einen Mann oder eine Frau, die ein besonders schönes Kleid anhatte, so beschmierte er es und verdarb es ihr an den besten Stellen, indem er es anfaßte und dabei sprach: »Ei, was das für ein feines Tuch, für ein prächtiger Atlas ist! Ein ganz vortrefflicher Taft, Madame! Ihr habt ein nagelneues Kleid und dazu einen neuen Freund; schütz' Euch Gott!« Bei diesen Worten legte er die Hand auf den Rock, und die Spur davon blieb für alle Zeiten

so eingedrückt zu selbger Stund
in Seel und Leib und Leutemund –
der Teufel macht's nicht wieder rund!

Zuletzt sagte er noch zu ihnen: »Madame, nehmen Sie sich in acht, daß Sie nicht fallen, 's hat da vorn bei Ihnen ein großes schmutziges Loch!«

Item eine andere, die ganz mit pulverisierter Euphorbie angefüllt war; darein tunkte er ein feines, reichgesticktes Taschentuch das er der schönen Weißkrämerin des Justizpalastes gestohlen hatte, als er ihr ein Läuschen vom Busen abnahm, das er vorher selbst dahingesetzt hatte. Befand er sich nun in Gesellschaft von Frauen, so brachte er das Gespräch auf Wäsche und fragte die eine oder andere, wobei er ihr die Hand auf den Busen legte: »Sagen Sie doch, Madame, ist das flandrische Arbeit oder Hennegauer?« Dann zog er sein Taschentuch heraus und sagte: »Sehen Sie einmal her, was das für eine schöne Arbeit ist, die ist aus Fikkenstädt oder Pforzheim«, und damit hielt er ihnen das Tuch so dicht unter die Nase, daß sie vier Stunden hintereinander niesen mußten. Unterdessen furzte er wie ein Maulesel, und wenn die Frauen lachend sprachen: »Panurg, Ihr furzt wohl?«, erwiderte er: »Ei, Madame, ich kontrapunktiere nur zu Ihrer Nasenmusik.«

In einer andern hatte er eine Zange, einen Schraubenzieher, einen Dietrich und mehrere andere Werkzeuge, mit denen er jede Tür und jeden Koffer öffnete. In einer andern eine Menge kleiner Becher, womit er sehr kunstfertig zu spielen verstand; denn er hatte Finger an seinen Händen wie Minerva oder Arachne und hatte auch einstmals den Marktschreier gespielt. Und wenn er einen Gulden oder sonst ein Geldstück wechselte, so mochte der Wechsler noch so gerieben sein, Panurg ließ ihm gewiß jedesmal fünf oder sechs Groschen vor den Augen verschwinden, einen nach dem andern, ganz glatt und still und ohne daß der Wechsler auch nur eine Ahnung davon gehabt hätte.

Siebzehntes Kapitel

Wie sich Panurg Ablaß holte, alte Weiber verheiratete und was für Prozesse er in Paris führte

Eines Tags traf ich Panurg ein wenig niedergeschlagen und schweigsam; ich zweifelte nicht, daß ihm das Geld ausgegangen sei, und sagte deshalb zu ihm: »Man sieht dir's am Gesicht an, Panurg, daß du krank bist; ich kenne auch das Übel, an dem du leidest, es ist die Schwindsucht im Geldbeutel. Laß dich das aber nicht kümmern, denn ich habe noch

sechs Dreier und einen Heller,
davon nicht Vater noch Mutter weiß.

Wenn du's brauchst, kannst du so sicher darauf rechnen wie auf die Lustseuche.«

»Scheiß aufs Geld«, erwiderte er, »ich werde davon noch einmal mehr als genug haben; denn ich besitze den Stein der Weisen, der das Geld aus den Beuteln anzieht wie der Magnet das Eisen. Aber komme, wollen wir uns Ablaß holen.« – »Ich bin«, entgegnete ich ihm, »hier auf Erden eben kein großer Ablaßholer; wie's dort oben sein wird, weiß ich freilich noch nicht; aber laß uns in Gottes Namen gehen, auf einen Pfennig mehr oder weniger kommt mir's nicht an.« – »Vorher aber«, sagte er, »leih mir einen Pfennig auf Zinsen.« »I, warum nicht gar«, sagte ich, »ich will dir herzlich gern einen schenken.« – »*Grates vobis, dominos*[1]«, ent-

1 Ich danke Euch, mein Herr (küchenlat.).

gegnete er. So machten wir uns also auf den Weg, zuerst nach Saint-Gervais, wo ich mir meinen Ablaßzettel nahm, doch nur am ersten Gotteskasten; denn ich bin in diesen Dingen sehr genügsam. Darauf sagte ich mein Gebetlein her und bat die heilige Brigitta um ihre Fürsprache. Er aber holte sich Ablaß an allen Kästen und reichte jedesmal dem Ablaßerteiler ein Geldstück hin. Von da gingen wir nach Notre-Dame, Saint-Jean, Saint-Antoine und in noch andere Kirchen, wo Ablaßstände waren; ich, wie gesagt, nahm keinen mehr, er aber küßte an jedem Gotteskasten die Reliquien und gab überall etwas. Als wir uns endlich wieder nach Hause aufmachten, führte er mich in den Schloßkeller, um eins mit mir zu trinken, und zeigte mir dort zehn oder zwölf seiner Taschen, allesamt voller Geld. Ich bekreuzigte mich und fragte ihn: »Woher hast du all das Geld in so kurzer Zeit bekommen?« Worauf er erwiderte, er habe es aus den Gotteskästen genommen. »Als ich den ersten Pfennig hineinlegte«, sagte er, »wußt' ich ihn so geschickt zu drehen, daß er wie ein Groschen aussah; also nahm ich mit der einen Hand elf Pfennige, das heißt Dreier oder mindestens Zweier, wieder heraus, mit der andern aber drei oder vier Dutzend. So macht' ich's in allen Kirchen, wo wir waren.« »Aber dadurch schadest du ja deiner Seele«, sagte ich, »und bist ein Dieb und Gottesfrevler.« – »Das ist deine Ansicht«, sagte er; »ich sehe das Ding anders an. Die Ablaßerteiler geben mir es ja selbst, wenn sie die Reliquien zum Kuß hinreichen und dabei sprechen: *Centuplum accipies*[1]. Dieses *accipies* ist nämlich nach hebräischer Analogie ein Futurum, das für den Imperativ steht, wie zum Beispiel in dem Gebot: *Diliges Dominum* und *dilige*[2]. Wenn mir also der Ablaßerteiler sagt: *Centuplum accipies,* so will er ausdrücken: *Centuplum accipe*[3]; so erklären's auch Rabbi Kimchi und Rabbi Esra[4] und alle Massoreten *et ibi Bartolus.* Übrigens hat mir Papst Sixtus[5] eine Rente von fünfzehnhundert Livres auf seinen und der Kirche Besitz angewiesen, weil ich ihn von einer Schankerbeule kuriert habe, die ihn so arg plagte, daß er befürchtete, lahm zu werden. Ich mache mich also nur selbst bezahlt aus dem Kirchenschatz, weil er nicht zahlt.

1 Du sollst es hundertfach empfangen (lat.). – 2 Du sollst den Herrn lieben; liebe ihn (lat.). – 3 Empfang es hundertfach (lat. – 4 jüd. Grammatiker und Bibelkommentatoren des 12./13. Jh. – 5 IV.

Ach, liebster Freund«, fuhr er fort, »wenn du wüßtest, wie ich auf dem Kreuzzug meinen Kohl geschmälzt habe! Maul und Nase würdest du aufsperren. Mehr als sechstausend Gulden hat's mir eingebracht.« – »Und wo, zum Teufel«, fragte ich, »ist all das Geld geblieben? Denn jetzt hast du doch keinen roten Heller mehr davon.« – »Dahin gegangen«, sagte er, »woher es gekommen; es wechselt nur den Herrn. Aber gute dreitausend habe ich mit Verheiraten verläppert, nicht von jungen Mädchen, denn die kriegen auch so Männer genug, sondern von ganz alten Weibern, die keinen Zahn mehr im Maul hatten. Wenn ich so dachte, wie diese guten Seelen ihre Jugendzeit einst angewendet hatten, wie sie mit aufgerichtetem Steiß immer und für jeden, der da kam, zum Klemmen willig und bereit gewesen waren, bis keiner mehr etwas von ihnen hatte haben wollen, da taten sie mir leid, und ich sagte zu mir: Bei Gott, ich werde dafür sorgen, daß sie noch einmal vor ihrem Ende das Vergnügen genießen. Also gab ich der einen hundert, der andern hundertzwanzig, der dritten dreihundert Gulden usw., je nachdem, wie häßlich, widerwärtig und abscheulich sie waren. Denn je greulicher und scheußlicher, desto mehr mußte ich ihnen geben, sonst wäre kein Teufel auf sie gesprungen. Dann sucht' ich mir einen dicken, fetten Brennholzträger und machte die Hochzeit mit ihm fest; aber eh' ich ihm die Alte wies, zeigte ich ihm die Taler und sagte: ›Siehst du, guter Freund, das soll dein sein, wenn es dir auf ein paar ordentliche Stöße nicht ankommt.‹ Gleich wurden sie geil wie alte Maulesel, und nun ließ ich ein gutes Essen herrichten und vom Besten einschenken, auch alles recht stark würzen, damit die Alten in Zug und Feuer kämen. Zuletzt besorgten sie das Geschäft ganz vorzüglich, und nur denen, die gar zu niederträchtig häßlich und gar zu abscheulich waren, ließ ich einen Sack übers Gesicht stülpen.

Und dann haben mich auch die Prozesse sehr viel Geld gekostet!« – »Wie kamst du«, fragte ich, »zu Prozessen, da du doch weder Land noch Haus besitzt?« – »Ja sieh, lieber Freund«, sagte er, »da plagte zum Beispiel der Teufel die jungen Mädchen der Stadt, eine Art Pelerine oder Mieder zu erfinden, das den Busen so völlig bedeckte, daß man nicht einmal die Hand darunterstekken konnte, denn der Schlitz war hinten, und vorn war es restlos geschlossen. Damit waren natürlich die armen Courmacher,

Augenverdreher und Liebebedürftigen sehr unzufrieden. Eines schönen Dienstags reichte ich also gegen besagte junge Mädchen eine Klage beim Gerichtshof ein, in welcher ich behauptete, in meinen Belangen gekränkt zu sein, und ankündigte, daß, wenn ein Befehl des Gerichtshofs dem nicht abhülfe, ich mich gezwungen sehen würde, meinen Hosenlatz nach hinten zu verlegen. Sofort errichteten die jungen Mädchen ein Syndikat, setzten ihre

Gründe auseinander und erhielten den Befehl, ihre Sache zu verteidigen; aber ich ging ihnen so tapfer zu Leibe, daß der Gerichtshof zuletzt entschied, die hohen Pelerinen dürften nicht mehr getragen werden, wenn sie nicht vorn mit einem Schlitz versehen wären. Indessen kostete mich dieser Prozeß viel Geld. – Einen andern, und zwar einen sehr ekligen und schmutzigen, führte ich gegen Meister Scheißkübler und Genossen: Sie sollten ihre Faß- und Quartsentenzen[1] nicht verborgenerweise des Nachts, sondern am hellichten Tag in den Strohschulen[2] vor all den anderen Sophisten ausschöpfen; aber wegen eines Formfehlers wurde ich zu den Kosten verurteilt. – Wieder ein anderes Mal überreichte ich dem Gerichtshof eine Klage gegen die Maulesel der Präsidenten, der Räte usw., worin ich verlangte, daß, wenn sie nun schon einmal im Hof des Justizpalastes an ihren Zügeln kauen müßten, die Rätinnen ihnen wenigstens Sabberlätzchen nähen sollten, damit sie das Pflaster nicht mit ihrem Geifer besudelten und die Dienerschaft des Palastes unbehindert Würfel oder Schrift und Adler drauf spielen könne, ohne sich die Knie zu beschmieren. Diesen Prozeß gewann ich, aber er kostete mich viel Geld.

Und nun erst die kleinen Zechgelage und Schmausereien, womit ich das Dienervolk des Justizpalastes täglich traktierte!« – »Was gingen die dich an?« fragte ich. –, »Ach, liebster Freund«, erwiderte er, »du weißt gar nicht, was Jux ist; ich aber nehm' es darin mit jedem König auf. Wenn du dich ein einziges Mal mit mir zusammentun wolltest, dein blaues Wunder solltest du sehn!« – »Nein, nein«, sagte ich, »lieber nicht, denn, bei Adauras[3], man wird dich noch einmal hängen.« – »Und dich«, sagte er, »noch einmal begraben! Was ist nun nobler, Luft oder Erde? He, du dummes Schaf?

Schmauste die Dienerschaft, so blieb ich bei den Mauleseln und schnitt einen von den Steigbügelriemen, an der Seite, wo man aufsteigt, so weit durch, daß er nur noch mit einem Fäserchen zusammenhing. Wenn nun der protzige Herr Gerichtsrat oder wer's gerade war aufsteigen wollte, fiel er vor allen Leuten wie ein Schwein auf die Erde, was mir für mehr als hundert Franken zu lachen gab. Am meisten Spaß aber machte mir der Ge-

1 Anspielung auf die »Sentenzen« von Petrus Lombardus – 2 gemeint sind die philosophischen Hörsäle in der Pariser Rue de Fouarre (»Strohstraße«) – 3 »Inlüften« (lat.)

danke, was der Diener erst zu Hause für eine Tracht Prügel kriegen würde, so daß mir mein Geld für das Zechgelage nicht ein bißchen leid tat.«

Genug – wie ich das schon oben sagte –, er hatte dreiundsechzig Arten, um sich Geld zu verschaffen, aber auch zweihundertundvierzehn, um es wieder loszuwerden, wobei noch gar nicht mitgerechnet ist, was er sich unter die Nase steckte.

Achtzehntes Kapitel

Wie ein großer englischer Gelehrter mit Pantagruel disputieren wollte und von Panurg besiegt ward

Um dieselbe Zeit kam aus England nach Paris ein gelehrter Mann namens Thaumast[1], welcher von Pantagruels unvergleichlicher Gelehrsamkeit gehört hatte und ihn kennenlernen wollte, um sich selbst zu überzeugen, ob das, was die Fama von ihm berichtete, wirklich wahr sei. Sobald er in Paris angekommen war, begab er sich nach dem Gasthaus zu Saint-Denis, wo Pantagruel wohnte, und wurde von Panurg in den Garten geführt, bei welcher Gelegenheit er nach Art der Peripatetiker[2] ein philosophisches Gespräch mit ihm anknüpfte. Als er bei Pantagruel eintrat und ihn so groß und stark sah, fing er vor Fucht an zu zittern, grüßte ihn dann aber höflich, wie es sich geziemt, und sagte: »Wohl ist es wahr, was Platon, der König der Philosophen, sagt, daß, wenn das Bild der Wissenschaft und Weisheit menschlichem Auge sichtbar wäre, es alle Welt zur Bewunderung anreizen würde; denn schon ihr durch die Luft erschallender Ruhm, wenn er das Ohr ihrer Freunde und Verehrer, so man Philosophen nennt, trifft, läßt diesen nicht Rast noch Ruh, sondern treibt und jagt sie zu dem Ort, wo sie den Erlauchten sehen können, in welchem sich die Wissenschaft einen Tempel erbaute und ihre Orakel verkündet. Solches ist uns an der Königin von Saba gezeigt worden, welche aus dem fernen Orient und von den Ufern des Persischen Meers herbeieilte, um des weisen Salomonis häusliches Leben kennenzulernen und seine Weisheit zu ver-

1 »Bewundernswert« (griech.) – 2 Schüler des Aristoteles, der im Umhergehen lehrte

nehmen; solches an Anacharsis, welcher von Skythien bis nach Athen ging, um Solon zu sehen; an Pythagoras, der die Wahrsager von Memphis, an Platon, der die ägyptischen Magier und Archytas von Tarent aufsuchte; solches an Apollonius von Tyana, der bis zum Gebirge Kaukasus wanderte, das Land der Skythen, Massageten und Inder durchzog und den gewaltigen Strom Pison bis zu den Brahmanen hinabschiffte, um Hiarchas zu sehen, und von da aus Babylonien, Chaldäa, Medien, Assyrien, Parthien, Syrien, Phönikien, Arabien, Palästina und Alexandria bis nach Äthiopien durchstreifte, um die Gymnosophisten aufzusuchen. Ein ähnliches Beispiel bietet uns auch Titus Livius, den zu sehen und zu hören viele wißbegierige Leute von den fernsten Grenzen Frankreichs und Spaniens nach Rom kamen. Zwar kann es mir nicht einfallen, mich diesen vortrefflichen Männern gleichstellen zu wollen; aber auch mein Begehren geht dahin, ein Wissensdurstiger und ein Liebhaber nicht bloß der Wissenschaft, sondern auch der Männer der Wissenschaft genannt zu werden. So, da ich den Ruf von deiner unschätzbaren Gelehrsamkeit vernahm, habe ich Vaterland, Haus und Familie verlassen und bin hierhergeeilt, nicht achtend der Länge des Wegs noch der Beschwerde der Seereise, noch der Unbekanntschaft mit dem fremden Land, um dich zu sehen und mich mit dir über einige Punkte der Philosophie, Geometrie und Kabbalistik, darüber ich in Zweifel bin und die mein Gemüt beunruhigen, zu beraten. Kannst du mir sie lösen, so gebe ich mich und meine Nachkommenschaft dir zu Sklaven, denn nichts Werteres besitze ich, was ich bieten könnte. Ich werde die Punkte schriftlich aufsetzen und sie allen Gelehrten der Stadt morgen bekanntmachen, damit wir öffentlich darüber vor ihnen disputieren.

Aber nun merke wohl, wie dies geschehen soll: Ich will nicht *pro* und *contra*[1] disputieren wie die einfältigen Sophisten hierzulande und anderswo, auch nicht nach Art der Akademiker mit einstudierten Reden, noch durch Zahlen, wie Pythagoras es getan und Picus Mirandula zu Rom es tun wollte, sondern ich will, ohne zu reden, nur durch Zeichen verhandeln; denn die Gegenstände sind so schwierig, daß menschliche Worte unzureichend sein würden, ihnen beizukommen. Gefällt es also deiner Herr-

1 für und wider (lat.)

lichkeit, sich mir zu stellen, so könnte dies morgen früh um sieben Uhr in der Aula des Kollegiums Navarra geschehen.«

Nachdem er so geredet, antwortete Pantagruel ihm huldreich wie folgt: »Werter Herr, es ist nicht meine Absicht, irgend jemandem etwas von den Gaben vorzuenthalten, womit Gott in seiner Gnade mich gesegnet hat; denn alles Gute kommt von ihm, und sein Wille ist, daß es sich mehre, sofern man würdigen Leuten begegnet, die geeignet sind, das himmlische Manna der erhabenen Wissenschaft zu empfangen. Und da du nun, wie ich sehe, unter diesen zur Zeit eine hervorragende Stelle einnimmst, so zeige ich dir hiermit an, daß du mich zu jeder Zeit bereit finden sollst, allen deinen Wünschen nachzukommen, soweit dies überhaupt in meiner Macht steht, und zwar um so williger, als ich mehr von dir zu lernen hoffe als du von mir. Wie du es begehrst, wollen wir deine Zweifel gemeinsam untersuchen und ihrer Lösung auf dem Grund jenes unerschöpflichen Brunnens nachgehen, woselbst sich, wie Heraklit sagt, die Wahrheit verbirgt. Die Art der Beweisführung, welche du vorgeschlagen, nämlich durch Zeichen, lobe ich sehr; denn so werden wir einander verstehen und das Händeklatschen der einfältigen Sophisten, wodurch sie oft die besten Argumentationen unterbrechen, vermeiden. Ich werde mich morgen zur bestimmten Stunde an dem von dir bezeichneten Ort einfinden; aber ich bitte dich, allen Streit und Zank laß uns fernhalten, denn wir wollen ja nicht unsere Ehre und den Beifall der Leute, sondern einzig und allein die Wahrheit suchen.« Worauf Thaumast erwiderte: »Gott möge dir gnädig sein, Herr, wie ich dir danke, daß deine Herrlichkeit sich zu meiner Niedrigkeit herablassen will. Lebe wohl denn bis morgen!« – »Lebe wohl«, sagte Pantagruel.

Meine Leser können sich denken, daß Thaumast und Pantagruel in dieser Nacht ungewöhnlich aufgeregt und sehr gedankenvoll waren. Thaumast erklärte dem Kellner der Cluny-Herberge, wo er abgestiegen war, daß er noch nie in seinem Leben so durstig gewesen sei wie diesen Abend. »Mir ist immer«, sagte er, »als ob Pantagruel mich an der Kehle hielte; laßt mir also etwas Ordentliches zu trinken bringen, auch frisches Wasser zum Gurgeln!«

Pantagruel dagegen setzte sich mit Gewalt dahinter und stöberte den ganzen Abend in Büchern herum wie

Beda, *De numeris et signis*[1],
Plotin, *De inenarrabilibus*[2],
Proculus, *De magia*[3],
Artemidor, *Per onirocriticon*[4],
Anaxagoras, *Peri semeion*[5],
Dinarius, *Peri aphaton*[6],
Philistions Schriften,
Hipponax, *Peri anecphoneton*[7]

und dergleichen, bis Panurg endlich zu ihm sagte: »Schlagt Euch doch die Gedanken aus dem Kopf, Herr, und legt Euch schlafen; denn Ihr seid so aufgeregt, daß Ihr Euch durch diese Überspannung Eurer Denkkraft noch ein Fieber zuziehen werdet. Trinkt noch fünfundzwanzig- bis dreißigmal ordentlich, und dann legt Euch ruhig zu Bett und schlaft Euren Stiefel weg, ich werde dem Herrn Engländer morgen schon antworten; einen Schelm sollt Ihr mich nennen, wenn ich ihn nicht *ad metam non loqui*[8] bringe.«

»Aber, lieber Panurg«, sagte Pantagruel, »er ist ungeheuer gelehrt; wie willst du gegen ihn aufkommen?« – »Oho«, sagte Panurg, »das laßt meine Sorge sein, davon sprecht nicht weiter, ich bitte Euch. Gibt's klügere Leute als die Teufel?« – »Ohne besondere göttliche Gnade schwerlich«, sagte Pantagruel. – »Und doch«, sagte Panurg, »hab' ich mich oft genug mit ihnen herumgebalgt und sie noch immer auf den Hintern gesetzt. Darum verlaßt Euch drauf, den großmäuligen Engländer werde ich morgen vor aller Welt Blut und Wasser schwitzen lassen!« – Darauf zechte Panurg die ganze Nacht hindurch mit den Pagen und verspielte seine letzte Hosenschnalle in *Primus et Secundus* und Häufeln. Als die Zeit herangekommen war, begleitete er seinen Meister Pantagruel an den bezeichneten Ort.

Groß und klein, ganz Paris war hier versammelt, und jeder dachte: Dieser Teufel von Pantagruel, der alle Sophisten, Phantasten und Gelbschnäbel besiegt hat, wird diesmal eine tüchtige Schlappe abbekommen. Sollte doch der Engländer ein wahrer Vauvertscher Teufel[9] sein. Nun, wir werden ja sehen, wer Sieger bleibt.

1 »Über Zahlen und Zeichen« – 2 »Über die Unaussprechlichkeiten« – 3 »Über die Zauberei« – 4 »Über die Traumdeutung« – 5 »Über die Zeichen« – 6 »Über die Unsagbarkeiten« – 7 »Über die Unverlautbarkeiten« – 8 so weit, daß er nichts mehr sagen kann (lat.) – 9 Gespenst, das im Schloß Vauvert südl. Paris umgegangen sein soll

Thaumast erwartete sie in Gegenwart der ganzen Versammlung. Sobald Pantagruel und Panurg in den Saal traten, fingen alle Schüler, Studenten und deren Vertreter an in die Hände zu klatschen, wie's der dumme Brauch ist. Aber mit lauter Stimme, die wie Kanonendonner dröhnte, schrie Pantagruel ihnen zu: »Ruhe da, alle tausend Teufel, Ruhe, oder ich schlage euch lärmenden Schurken, bei Gott, die Köpfe zu Brei!«, was sie so verdutzte, daß sie gleich stockstill dasaßen. Keiner hätte auch nur zu hüsteln gewagt, und wenn er fünfzehn Pfund Federn hätt' hinunterschlucken müssen. Vom bloßen Klang dieser Stimme war ihnen so trocken im Maul geworden, daß sie alle die Zungen einen halben Fuß zum Rachen heraushängen ließen, als ob ihnen Pantagruel den Schlund versalzen hätte. Darauf begann Panurg folgendermaßen, an den Engländer gewandt: »Bist du hier erschienen, um streitsüchtig über die Thesen, die du aufgestellt hast, zu disputieren oder um zu lernen und zu erfahren, inwiefern sie Wahrheit enthalten?« – Worauf Thaumast antwortete: »Kein anderer Zweck hat mich hierhergeführt als der Wunsch, die Wahrheit zu erfahren über das, worüber ich stets im Zweifel war und worüber mir weder Bücher noch Gelehrte haben Aufklärung geben können. Mit Hinundherreden aber will ich darüber nicht disputieren; denn das ist ein verächtliches Ding, welches ich den sophistischen Scharlatanen überlasse, die in ihren Disputationen nicht die Wahrheit suchen, sondern nur Zank und Streit.«

»Aber«, sagte Panurg, »wenn nun ich, der ich nur ein kleiner Schüler des großen Pantagruel bin, dich in dem, was du verlangst, zufriedenstellen könnte, wär' es da nicht unbillig, meinen Meister damit zu belästigen? Es wird deshalb besser sein, wir bestellen ihn zum Schiedsrichter zwischen uns, und er steht dir erst dann Rede, wenn ich deinem Wunsch nach Erkenntnis nicht habe genügen können.« – »Wahrlich, das ist wohlgesprochen«, sagte Thaumast; »laß uns beginnen!«

Hier muß beiläufig noch erwähnt werden, daß Panurg auf seinem langen Hosenlatz ein prächtiges Büschel roter, weißer, grüner und blauer Seide trug, in dem eine schöne große Pomeranze stak.

Neunzehntes Kapitel

Wie Panurg den pantomimisch disputierenden Engländer perplex machte

Wie nun die ganze Versammlung schweigend und aufmerksam dasaß, hob der Engländer beide Hände getrennt in die Luft, legte ihre Fingerspitzen zusammen, die auf diese Weise, was man bei uns in Chinon einen Hühnersteiß nennt, bildeten, und schlug viermal mit den Nägeln gegeneinander; dann spreizte er die Finger wieder aus, schlug einmal stark mit der flachen Hand in die andere, wiederholte dies mit geschlossenen Fingern noch zwei-, mit der flachen Hand noch viermal und faltete dann beide Hände wie zum Gebet.

Sogleich erhob Panurg die rechte Hand, streckte den Daumen in das rechte Nasenloch, brachte die übrigen vier Finger mit der Nasenspitze in eine Linie, kniff das linke Auge zu und schielte mit dem rechten, wobei er Augenbraue und Lid stark zusammenzog. Dann hob er die Linke auf und hielt sie mit ausgestreckten Fingern, aber emporgerichtetem Daumen ungefähr eine Armeslänge entfernt der Rechten gegenüber, senkte hierauf beide in gleicher Stellung gegen die Erde und hielt sie zuletzt in mittlerer Höhe dem Engländer entgegen, als ob er ihm nach der Nase ziele.

»Und wenn Merkur«, begann der Engländer, aber Panurg unterbrach ihn sofort mit den Worten: »Maske, du hast gesprochen!«, worauf der Engländer wieder anfing, seine Zeichen zu machen. Er hob die geöffnete linke Hand hoch in die Luft, schloß die vier Finger und hielt dabei den ausgestreckten Daumen an die Nasenspitze; darauf reckte er die rechte Hand, gleichfalls geöffnet, in die Höhe, ließ sie wieder etwas sinken und legte den Daumen an den kleinen Finger der linken, da wo dieser die Handfläche berührte; die vier Finger aber bewegte er leicht in der Luft hin und her. Dann wiederholte er dasselbe mit veränderten Händen. – Ohne sich irgendwie irremachen zu lassen, zog Panurg jetzt seinen trismegistischen[1] Hosenlatz in die Höhe, holte mit der Rechten ein längliches Stück Ochsenrippe heraus, dazu zwei

1 dreimalgroß (griech.)

ähnlichgestaltete Hölzer, von denen das eine schwarz wie Ebenholz, das andere fleischrot gefärbt war, steckte sie sich zwischen die Finger dieser Hand und entlockte ihnen, indem er sie aneinanderschlug, Töne, die dem Geklapper der bretonischen Aussätzigen glichen, nur daß sie lauter und harmonischer waren; dabei schnalzte er lustig mit der Zunge und sah den Engländer starr an.

Die Theologen, Mediziner und Wundärzte meinten, er wolle dadurch zu verstehen geben, daß der Engländer ein Aussätziger sei; die Gerichtsräte, Legisten und Dekretalisten waren dagegen der Ansicht, er wolle dadurch andeuten, aussätzig sein sei eine besondere Art menschlicher Glückseligkeit, wie schon der Heiland gesagt hat. – Nichts weniger als eingeschüchtert davon, hob der Engländer jetzt beide Hände in die Höhe und hielt sie, die drei Hauptfinger eingebogen, die Daumen zwischen Zeige- und Mittelfinger durchgesteckt und die beiden kleinen Finger ausgestreckt, Panurg entgegen. Darauf näherte er sie einander so weit, daß der Daumen der rechten Hand den der linken und der kleine Finger der linken den der rechten berührte. – Dies erwiderte Panurg, ohne ein Wort zu sagen, durch folgendes Zeichen: Er legte Daumen und Zeigefinger der linken Hand mit den Spitzen aneinander, so daß sie einen schnallenförmigen Raum bildeten, ballte darauf die rechte Hand bis auf den Zeigefinger zusammen und steckte diesen in besagten Raum, ihn mehrmals hin- und herziehend; dann spreizte er Zeige- und Mittelfinger der rechten Hand, so weit er konnte, auseinander und zielte damit nach Thaumast. Nun hielt er den Daumen der linken Hand in den linken Augenwinkel, breitete die übrige Hand wie einen Flügel oder eine Flosse aus und bewegte sie sanft hin und her; dasselbe machte er mit der rechten Hand am rechten Auge.

Hier fing Thaumast an, zu erbleichen und zu zittern, und machte ihm folgendes Zeichen entgegen: Nachdem er mit dem Zeigefinger der rechten Hand gegen das Mäuschen der linken geklopft hatte, steckte er ihn in eine ähnliche, mit der linken Hand gebildete Schnalle, aber nicht wie Panurg von oben, sondern von unten her. Was Panurg damit beantwortete, daß er die eine Hand gegen die andere schlug und auf die Handfläche blies, dann aber den Zeigefinger der rechten von neuem in die Fingerschnalle steckte und zu wiederholten Malen damit hin- und herfuhr; darauf reckte er Thaumast das Kinn entgegen und starrte ihn an. – Die Leute, welche von diesen Zeichen nichts verstanden, begriffen doch so viel, daß er Thaumast stillschweigend damit fragen wollte: »Was habt Ihr darauf zu erwidern?« Dieser, in tiefe Gedanken versunken und wie in Ekstase, fing an große Tropfen zu schwitzen; dann raffte er sich auf, legte die Fingerspitzen beider Hände gegeneinander, spreizte die Finger aus, so daß sie einen Halbkreis bildeten, und hob in dieser Haltung beide Hände, so hoch er konnte, in die Höhe.

Sofort stemmte Panurg den Daumen der rechten Hand an die Kinnbacke, steckte den kleinen Finger dieser Hand in die Schnalle der linken und ließ Ober- und Untergebiß gegeneinanderschlagen, daß es gar wonnig klang.

Jetzt erhob sich Thaumast in großer Bedrängnis, aber dieweil er aufstand, entfuhr ihm ein gewaltiger Bäckerfurz, denn die Hefe kam hinterdrein, und dabei ging's ihm wie der stärkste Essig von vorn ab, so daß es verdammt zu stinken anfing und die Anwesenden sich die Nasen zuhielten, das heißt, er beschiß sich vor Angst. Die rechte Hand mit zusammengelegten Fingerspitzen reckte er in die Höhe, während er die linke flach auf der Brust ruhen ließ. Wogegen Panurg seinen langen Hosenlatz mit dem Büschel daran herauszog, ihn mit der linken Hand in halber Armeslänge vor sich in die Höhe hielt und mit der rechten die Pomeranze herunternahm, die er siebenmal in die Luft warf; beim achten Mal aber verbarg er sie in der geballten Faust, die er ruhig emporgereckt hielt, während er seinen schönen Hosenlatz, Thaumast entgegen, hin und her schwenkte.

Diesem schwollen jetzt beide Backen an wie einem Dudelsackpfeifer; er pustete, als ob er eine Schweinsblase aufzublasen hätte. Panurg aber steckte darauf einen Finger der linken Hand in den Hintern und sog dabei die Luft in sich wie einer, der Austern ißt oder Suppe schlürft; dann öffnete er den Mund ein wenig und schlug mit der flachen Hand darauf, wodurch er einen lauten, tiefen Ton hervorbrachte, der klang, als ob er durch die Luftröhre aus dem Bauch käme.

Das machte er sechzehnmal, indes Thaumast ohne Aufhören wie eine genudelte Gans keuchte. Darauf steckte Panurg den Zeigefinger der rechten Hand in den Mund, drückte mit den Mundmuskeln dagegen und zog ihn plötzlich heraus, was einen Ton gab, der dem Knall einer Holunderbüchse, wie kleine Jungen sie abzuschießen pflegen, nicht unähnlich war. Das machte er neunmal.

Da schrie Thaumast: »Ha, das große Geheimnis! Er hat die Hand bis zum Ellbogen drin[1]!« Zog daraufhin einen Dolch heraus, den er im Gürtel trug, und hielt ihn mit der Spitze nach unten vor sich hin. Panurg aber nahm seinen langen Hosenlatz, klopfte heftig damit gegen seine Lenden, hob beide Hände giebelförmig über dem Kopf in die Höhe, streckte die Zunge, so weit er konnte, zum Hals heraus und verdrehte die Augen im Kopf wie eine Ziege, die krepiert. – »Ha, ich verstehe«, sagte Thaumast, »aber wie das?« Und dabei verfuhr er dergestalt, daß er den Griff seines Dolchs gegen seine Brust stemmte und mit der flachen Hand, deren Finger er etwas zurückbog, gegen die Spitze drückte. Da neigte Panurg den Kopf ein wenig nach links, steckte den Mittelfinger ins rechte Ohr, während er den Daumen aufwärts gerichtet hielt, kreuzte darauf die Arme über der Brust, hustete fünfmal und stampfte beim fünftenmal mit dem Fuß auf die Erde; hob den linken Arm auf, schloß alle Finger bis auf den Daumen, den er an die Stirn hielt, und schlug sich mit der rechten Hand sechsmal gegen die Brust. – Thaumast aber, als ob er damit nicht zufrieden wäre, legte den Daumen der linken Hand an die Nasenspitze und schloß die anderen Finger. Da steckte Panurg beide Mittelfinger in die Mundwinkel, riß sie so weit auseinander, daß man alle Zähne sehen konnte, und zerrte mit den beiden Daumen die Augenlider so tief herunter, daß es nach dem Urteil aller Anwesenden erschreckend häßlich aussah.

Zwanzigstes Kapitel

Wie Thaumast Panurgs Tugenden und Gelehrsamkeit pries

Jetzt erhob sich Thaumast, entblößte sein Haupt und bedankte sich auf das allerverbindlichste bei Panurg. Dann sprach er zu den Versammelten mit lauter Stimme: »Hochgeehrte Anwesende, wohl kann ich nunmehr mit den Worten des Evangeliums

1 d. h. des Rätsels Lösung gefunden

sagen: *Et ecce plus quam Salomon hic*[1]. Ihr besitzet in eurer Mitte einen unvergleichlichen Schatz, den Herrn Pantagruel, dessen Ruf mich aus den fernsten Gegenden Englands hierhergelockt hat, um mit ihm über unlösbare Probleme der Magie, Alchimie, Kabbalistik, Geomantie, Astrologie und Philosophie, so meinen Geist schwer bedrückten, zu beraten. Nunmehr aber zürne ich diesem Ruf als einem, der eher von Neid erfüllt zu sein scheint; denn er berichtet nicht den tausendsten Teil von dem, was wirklich ist. Ihr selbst seid Zeuge gewesen, wie jener, der doch nur sein Schüler ist, mich befriedigt und mir mehr beantwortet hat, als ich ihn gefragt habe. Er hat mir alles sonnenklar gemacht und nebenbei noch andere höchst wichtige Zweifel gelöst. Seid versichert, daß er mich einen Blick hat werfen lassen in den Schacht und die unterste Tiefe der Gesamtwissenschaft, und das in einer Form, von der ich glaubte, daß selbst die Anfangsgründe davon unbekannt seien; denn wir haben nur durch Zeichen disputiert, ohne ein Wort dabei zu sprechen. Indes werde ich, was wir disputiert und ausgemacht haben, niederschreiben, damit niemand etwa meine, es sei alles nur eitel Spott gewesen, und werde es drucken lassen, so daß ein jeder daraus Belehrung ziehen kann, wie ich es getan. Was aber würde der Meister nun erst verkündet haben, da schon der Schüler sich so hervorragend bewährt hat! Denn *non est discipulus super magistrum*[2].

Indessen preise ich Gott und danke euch, wie es meine Pflicht ist, für die Ehre, so ihr uns bei dieser Gelegenheit erwiesen habt; möge Gott euch das ewig lohnen!« Ähnlich dankte auch Pantagruel der Versammlung, dann nahm er Thaumast mit sich zu Tisch, und darauf könnt ihr euch verlassen, sie zechten, bis ihnen die Knöpfe vom Bauch herunterplatzten – denn damals knöpfte man den Bauch zu wie heutzutage das Wams – und bis es hieß: Wer bist? Wo kommst her? Heilige Mutter Gottes, wie sie schlampampten, wie die Flaschen die Runde machten und wie's da durcheinanderschrie: »Aufgekorkt! Eingeschenkt! Wein her, Junge, zum Teufel, hierher, hierher!« – Da war keiner, der nicht seine fünfundzwanzig bis dreißig Maß hineingesogen hätte, und wißt ihr, wie? *Sicut terra sine aqua*[3]; denn es war heiß, und sie hat-

1 Und siehe, hier ist mehr als Salomo (lat.); Matthäus 12, 42 u. Lukas 11, 31. – 2 der Jünger ist nicht über den Meister (lat.); Matthäus 10, 24 u. Lukas 6, 40. – 3 Wie ein dürres Land (lat.); Psalm 143, 6

ten sich gar zu durstig geredet. – Was aber die ausführlichere Behandlung der Thesen, die Thaumast aufgestellt hatte, und die Bedeutung der Zeichen anbetrifft, deren sie sich bei dieser Disputation bedienten, so könnt' ich euch das nach ihren eigenen Mitteilungen allerdings hier darlegen; aber mir ist zu Ohren gekommen, Thaumast habe darüber ein dickleibiges Buch geschrieben und in London drucken lassen, worin das alles haarklein und lückenlos auseinandergesetzt ist. Deshalb kann ich mir hier die Mühe sparen.

Einundzwanzigstes Kapitel
Wie Panurg sich in eine vornehme Dame aus Paris verliebte

Durch diese Disputation mit dem Engländer, in der er so entschieden Sieger geblieben war, hatte sich Panurg in ganz Paris einen rühmlichen Namen gemacht; seitdem trumpfte er erst recht mit seinem Hosenlatz auf und ließ ihn oben mit römischer Stikkerei verzieren. Sein Lob war in aller Mund, ja sogar ein Lied wurde auf ihn gedichtet, das die kleinen Kinder beim Milchholen sangen; in den Gesellschaften, wo Frauen und junge Mädchen zusammenkamen, war er gern gesehen, was ihn so zuversichtlich machte, daß er sich in den Sinn kommen ließ, eine der vornehmsten Damen der Stadt erobern zu wollen.

Ohne lange Vorreden und Beteuerungen, wie schmachtlappige Träumer und Fastenliebhaber, die kein Fleisch anrühren, sie zu machen pflegen, sprach er eines Tags zu ihr: »Madame, unstreitig würde es dem Staat von großem Nutzen, uns beiden höchst angenehm, Eurem Geschlecht ehrenvoll und mir persönlich ein dringendes Bedürfnis sein, wenn Ihr Euch von meiner Rasse decken ließet; das könnt Ihr mir aufs Wort glauben, und ich werd' es Euch durch die Tat beweisen.« Bei diesen Worten stieß ihn die Dame mehr als hundert Meilen von sich und rief: »Ihr Scheusal von einem Narren, wie könnt Ihr so zu mir reden? Wen glaubt Ihr vor Euch zu haben? Fort, aus meinen Augen, und laßt Euch nie mehr vor mir blicken, sonst lass' ich Euch Arm und Bein entzweischlagen.«

»Oh«, sagte er, »das sollte mir sehr gleichgültig sein, wenn wir beide uns nur zusammentäten und ein bißchen Versteckens miteinander spielten. Denn hier«, dabei zeigte er auf seinen langen Hosenlatz, »wohnt Meister Donnerstag, der Euch ein Liedchen vordonnern kann, das durch Mark und Bein geht. Ist ein galantes Kerlchen, das die Schlupfwinkel und all die Körnchen im Mauseloch zu finden weiß, so daß man hinter ihm nicht auszufegen braucht.«

Worauf die Dame entgegnete: »Hinweg, du Unverschämter, aus meinen Augen! Wenn du noch ein einziges Wort sagst, so schrei' ich um Hilfe, und man wird dich mit Knütteln fortjagen.« – »Ei was«, sagte er, »Ihr seid ja nicht so böse, wie Ihr Euch anstellt, oder ich müßte mich ganz und gar in Eurer Physiognomie getäuscht haben; denn eher würde ja die Erde zum Himmel auffahren oder der Himmel in den tiefsten Abgrund rutschen, eher würde die ganze Natur sich umdrehen, als daß so viel Schönheit und Anmut wie die Eure einen Tropfen Gift und Bosheit in sich bärge. Zwar heißt es:

> Ein schönes Weib war immer rar,
> das nicht auch widerspenstig war,

aber das gilt nur von gewöhnlichen Schönheiten; die Eure dagegen ist so unvergleichlich, so wundervoll, so himmlisch, daß ich der Ansicht bin, die Natur habe Euch als Exempel hingestellt, um zu zeigen, was sie zustande bringen kann, wenn sie ihre ganze Kraft und Kunst zusammennimmt. Ihr seid aus lauter Honig, lauter Zucker, lauter himmlischem Manna. Euch hätte Paris den goldenen Apfel reichen sollen, Euch und nicht der Venus, der Juno oder Minerva; denn so viel Herrlichkeit, wie Ihr besitzt, besaß nicht Juno, so viel Weisheit nicht Minerva, noch Venus so viel Liebreiz. O ihr himmlischen Götter und Göttinnen, wie glückselig wird der sein, dem ihr es vergönnen werdet, sie zu umhalsen, zu küssen und seine Haut an ihr zu reiben. Aber bei Gott, der werd' ich sein! Schon liebt sie mich inbrünstig; ich weiß es, ich bin dieser Günstling der Feen! Also um weiter keine Zeit zu verlieren, fangen wir an, frisch aufgestiegen!«

Damit wollte er sie umarmen, aber sie machte Miene, zum Fenster hinauszuschreien und die Nachbarn zu Hilfe zu rufen. Also beeilte sich Panurg davonzukommen; im Weggehen sagte er noch zu ihr: »Wartet nur, schöne Frau, ich komme gleich wieder; bemüht Euch nicht, ich werde die Nachbarn schon selbst holen.« Damit ging er fort, ohne sich die erlittene Abweisung weiter zu Herzen zu nehmen; denn er aß und trank trotzdem mit nicht weniger Appetit.

Am nächsten Tag war er in der Kirche, wo sie die Messe zu besuchen pflegte, und reichte ihr am Eingang das Weihwasser, wobei er sich tief vor ihr verneigte; dann kniete er dicht neben sie hin und sagte zu ihr: »Schöne Frau, ich bin so verliebt in Euch, daß ich weder mein Wasser abschlagen noch große Geschäfte machen kann; wenn mir nun ein Leid zustieße, was dann?« – »Was kümmert mich das?« erwiderte sie; »macht, daß Ihr fortkommt, und laßt mich beten.« – »Rätselt lieber«, sagte er, »über das Wortspiel: Sie hat eine Perlenkette.« – »Das verstehe ich nicht«, sagte sie. – »Ei«, sagte er, »sie hat einen Kerl im Bette! Betet also, daß Gott mir gewähre, was Euer edles Herz begehrt, und leiht mir indes Euren Rosenkranz.« – »Nehmt ihn«, sagte sie, »und belästigt mich nicht weiter.«

Damit wollte sie ihren Rosenkranz, der aus Duftholz und aus schönen dicken Goldperlen bestand, abnesteln; aber Panurg zog schnell eins von seinen Messerchen heraus, schnitt ihn ohne weiteres los und nahm ihn als gute Beute an sich. Dann fragte er: »Kann ich Euch nicht etwa mit meiner Klinge dienen?« – »Nein, nein«, erwiderte sie. – »Sonst«, sagte er, »steht sie Euch zu Diensten, Heft und Klinge, Kopf und Kragen.« – Die Dame aber war ihres Rosenkranzes wegen in Unruhe, denn sie brauchte ihn täglich in der Kirche, und dachte: Dieser Schwätzer ist ein loser Gesell, wer weiß woher gekommen, und ich werde meinen Rosenkranz wohl nie wiedersehen. Was wird mein Mann dazu sagen? Er wird mir gewiß zürnen, aber ich werd' ihm sagen, ein Dieb hätt' ihn mir in der Kirche abgeschnitten, und er wird es glauben, wenn er das Ende des Bandes an meinem Gürtel sieht.

Nachmittags ging Panurg wieder zu ihr, einen großen Beutel mit Zahl- und Rechenpfennigen in seinem Ärmel, und redete sie folgendermaßen an: »Wer von uns beiden liebt denn nun den andern eigentlich mehr, Ihr mich oder ich Euch?« Worauf sie erwiderte: »Was mich anbetrifft, so hasse ich Euch nicht; denn Gott befiehlt, daß jeder seinen Nächsten lieben soll.« – »Aber«, sagte er, »seid Ihr denn gar nicht verliebt in mich?« – »Ich habe Euch«, entgegnete sie, »schon mehrmals gesagt, daß Ihr so nicht mit mir reden sollt; wenn Ihr es dennoch nicht laßt, so werde ich Euch zeigen, was es heißt, mir ungeziemend zu begegnen. Entfernt Euch und gebt mir meinen Rosenkranz wieder; denn mein Mann wird danach fragen.«

»Wie«, sagte er, »Euren Rosenkranz? Das werde ich beileibe nicht tun, aber ich will Euch einen andern dafür geben. Wollt Ihr einen aus Goldemail mit großen Kugeln oder aus mattem Gold in Form von Stäbchen oder aus Elfenbein oder aus großen Hyazinthen oder großen geschliffenen Granaten mit schönen Perlen aus Türkis oder einen aus Rubinen mit achtundzwanzigfacettigen Diamanten? Doch nein, das alles ist Eurer nicht würdig. Ich weiß da einen aus schönen Smaragden mit rundkörnigem Amber, der auf dem Schloß eine Perle, so groß wie eine Pomeranze, hat und nur fünfundzwanzigtausend Dukaten kostet, den will ich Euch schenken das soll mir ein Vergnügen sein, denn das Geld dazu hab' ich ja, wobei er mit seinen Rechenpfennigen klimperte, als ob es Goldgulden wären. »Und wollt Ihr nicht auch ein Kleid aus dunkelviolettem Samt mit hellen Pünktchen oder aus broschierter Seide oder ein karmesinrotes? Oder Ketten, Goldschmuck, Stirnbänder, Ringe? Ihr braucht nur ja zu sagen, auf fünfzigtausend Dukaten kommt es mir nicht an.« Bei diesen Reden lief ihr das Wasser im Mund zusammen, dennoch sagte sie: »Nein, ich danke, ich will nichts von Euch.« »Aber ich, zum Teufel, will etwas von Euch, und etwas, was Euch gar nichts kosten soll und nicht ärmer macht. Seht nur« – hier wies er auf seinen langen Latz – »diesen Meister Kohlstrunk, der durchaus eingepflanzt sein will!« Und damit wollte er sie umarmen, sie aber fing an zu schreien, doch nicht sehr laut, worauf Panurg, ohne sich weiter zu verstellen, zu ihr sagte: »Ihr wollt mich also nicht ein bißchen drüberlassen? Nun, so hol' Euch der Teufel; Ihr verdient die hohe Ehre gar nicht. Aber so wahr ich lebe, die Hunde sollen Euch reiten!« – Damit machte er, daß er davon kam, denn wo Prügel in der Luft hingen, da war er von Natur ein wenig furchtsam.

Zweiundzwanzigstes Kapitel

Wie Panurg der Pariser Dame einen Streich spielte, der ihr nicht gut bekam

Den Tag darauf war Fronleichnamsfest, an dem sich die Frauen mit ihren allerschönsten Kleidern herauszuputzen pflegten. Unsere Dame trug ein wunderschönes Oberkleid aus karmesinrotem Seidenstoff und einen Rock aus kostbarem weißem Samt. Am Heiligen Abend vorher suchte Panurg überall umher, bis er eine orgoosische Lycisca[1] fand, die er an seinem Gürtel festband und mit sich nach Hause nahm, wo er sie den Tag und die Nacht über auf das beste fütterte, am Morgen aber tötete und

1 läufige (griech.) Hündin (Hundename bei Vergil »Hirtengedichte« 3, 18)

von ihr – nun, die griechischen Geomantiker werden schon wissen, was – nahm, das er in lauter kleine Stücke zerschnitt und zu sich steckte. Dann begab er sich in die Kirche, wo die bewußte Dame der Sitte gemäß sich der Prozession anschließen wollte. Als sie eintrat, reichte er ihr, ehrerbietig grüßend, das Weihwasser und setzte sich, nachdem sie ihr Gebet gesprochen, zu ihr auf die Bank, wobei er ihr ein Blatt in die Hand steckte, auf dem folgendes Rondeau geschrieben stand:

Dies eine Mal, als ich Euch, holde Schöne,
mein Leid geklagt, habt Ihr gezeigt die Zähne,
verstießet ohn Erbarmen mich von Euch,
obwohl ich nie mit einem bösen Streich
in Wort noch Werk, Schimpf oder Scherz Euch höhne.
Mißfielen Euch so meiner Liebe Töne,
warum sagt Ihr's nicht selbst und schicktet jene
von bösem Ruf: »Freund, macht euch fort sogleich,
  dies eine Mal!«
Ich kränk Euch nicht, wenn ich erwähne,
daß mir das Herz entbrannt wie dürre Späne
von Eurer Schönheit, die so voll und reich.
Ich wünsche weiter nichts, als daß Ihr Euch
umlegen laßt, wonach ich lange stöhne,
  dies eine Mal!

Als sie das Blatt entfaltete, um zu sehen, was darinstände, streute ihr Panurg schnell sein Präparat in Ärmel und Falten des Kleides; dann sagte er: »Madame, den armen Verliebten geht es gemeiniglich übel. In Anbetracht meiner hoffe ich, daß die traurig durchwachten Nächte, die Pein und Unruhe, die ich aus Liebe zu Euch erdulden muß, mir von den Qualen des Fegefeuers einst abgerechnet werden. Bittet wenigstens Gott, daß er mir ein bißchen Geduld verleihe.«

Panurg hatte seine Rede noch nicht beendet, als schon alle Hunde in der Kirche das Präparat, mit dem er sie bestreut hatte, zu wittern anfingen und zu der Dame gelaufen kamen. Große, kleine, dicke, magere, alle die Fahnen herausgehängt, schnupperten an ihr herum, schlugen ihr Wasser an ihr ab und beseichten sie über und über; es war ein wahrer Greuel.

Zuerst verjagte sie Panurg ein bißchen, dann empfahl er sich und stellte sich an einen Nebenaltar, von wo aus er den weiteren Verlauf beobachtete; die abscheulichen Hunde beseichten und beschissen all ihre Kleider, ein großer Windhund pißte ihr sogar auf den Kopf, andere auf die Ärmel oder den Rock, und die kleinsten bepinkelten ihr die Schuhe. Die Frauen, welche in der Nähe saßen, hatten ihre liebe Not, sie nur etwas zu schützen. Panurg aber sprach lachend zu einem der vornehmen Herren der Stadt: »Diese Dame, glaube ich, ist läufig oder hat sich unlängst von einem Windhund belegen lassen.« Und nachdem er gesehen hatte, daß alle Hunde um sie herumknurrten wie um eine läufige Hündin, verließ er die Kirche und ging zu Pantagruel. Wo er unterwegs auf der Straße einen Hund traf, gab er ihm einen Fußtritt und sagte dabei: »Warum gehst du nicht zu deinen Kameraden auf die Hochzeit? Zum Teufel, mach, daß du hinkommst!« Zu Hause aber sagte er zu Pantagruel: »Herr, ich bitte Euch, kommt und seht, wie alle Hunde des Landes sich um die schönste Frau der Stadt geschart haben und sie durchaus besteigen wollen«; welcher Aufforderung Pantagruel willig folgte, um sich dies Wunder anzusehen, das ihm ebenso unterhaltend wie neu erschien, aber das Beste kam erst bei der Prozession. Da sah man wohl mehr als sechsmalhunderttausendundvierzehn Hunde um sie herum, die ihr auf schreckliche Weise zusetzten; wohin sie ging, hefteten sich immer neue Hunde an ihre Spur und bepißten den Weg, den sie mit ihren Kleidern berührt hatte. Alle Leute blieben stehen und sahen zu, wie ihr die Hunde bis an den Hals hinaufkletterten und die schönen Kleider verdarben, bis ihr zuletzt nichts übrigblieb, als in ihr Haus zu flüchten. Aber auch da waren die Hunde noch hinter ihr her, so daß sie sich verstecken mußte und die Kammerzofen vor Lachen platzen wollten. Als sie endlich im Haus drinnen war und man die Pforte hinter ihr zugemacht hatte, liefen alle Hunde der Umgegend hin und pißten so gewaltig gegen die Haustür, daß aus ihrem Urin ein Bach entstand, in dem Enten hätten schwimmen können. Und das ist derselbe Bach, der noch jetzt bei Sankt Viktor vorbeifließt und in dem Gobelin seinen Scharlach färbt, weil er in Hundeharn am schönsten wird, wie Meister d'Oribus dies ehedem öffentlich verkündet hat. Er hätte, bei Gott, eine kleine Mühle treiben können, wenn auch keine so große wie die vom Basacle bei Toulouse.

Dreiundzwanzigstes Kapitel

Pantagruel erhält die Nachricht, daß die Dipsoden[1] in das Land der Amauroten eingefallen sind, und verläßt Paris, desgleichen weshalb die Meilen in Frankreich so kurz sind

Einige Zeit darauf erhielt Pantagruel die Nachricht, daß sein Vater Gargantua von der Fee Morgana in das Feenland entrückt worden sei, wie Ogier und Artus vor ihm, und daß die Dipsoden, sobald sie von dieser Entrückung gehört, über ihre Grenzen gebrochen wären, einen großen Teil Utopiens verwüstet hätten und jetzt die Hauptstadt der Amauroten belagerten. Ohne also von jemand Abschied zu nehmen, denn hier war Eile geboten, reiste er von Paris ab und kam bald darauf in Rouen an. Unterwegs fiel es ihm dabei auf, daß die französischen Meilen im Verhältnis zu denen anderer Länder doch recht kurz wären, und so fragte er Panurg, woher das käme. Dieser erzählte ihm eine Geschichte, die der Mönch Marotus vom See in seinen »Taten der Könige von Kanarien« uns berichtet. »In alter Zeit«, sagte er, »waren die Länder weder nach Meilen noch Milliarien, noch Stadien, noch nach Parasangen[2] ausgemessen, bis der König Pharamond dies tat, und zwar auf folgende Weise: Er nahm einhundert fixe, verliebte, junge Pariser Burschen, ebensoviel saubere Mädel aus der Pikardie und befahl, daß man sie acht Tage lang gut füttern und gut pflegen solle. Dann ließ er sie vor sich bringen, wies einem jeden Burschen sein Mädel zu, versah sie mit gutem Reisegeld und befahl ihnen dann, nach verschiedenen Orten hinzugehen, dahin und dorthin. Jedesmal wenn sie sich über die Mädel hermachten, sollten sie einen Stein setzen, und das sollte dann eine Meile sein. Lustig machten sich die jungen Leute auf den Weg, und weil sie frisch und ausgeruht waren, so passierte alle naslang etwas, weshalb denn auch in Frankreich die Meilen so kurz sind.

Nachdem sie aber ein gut Stück Wegs zurückgelegt hatten, wurden die armen Teufel matt, und das Öl in der Lampe ging ihnen aus; sie bockten also nicht mehr so oft und waren mit einem Mal täglich zufrieden, das heißt die Männer. Daher kommt es,

1 »Durstige« (griech.) – 2 pers. Längenmaß (Farsang) = 6 km

daß die Meilen in der Bretagne, den Landes, in Deutschland und anderen entfernteren Ländern so lang sind. Andere geben andere Gründe dafür an, aber dieser scheint mir der richtige zu sein«, was aucn Pantagruel einleuchtete.

Von Rouen gingen sie nach Honfleur, wo sich Pantagruel, Panurg, Epistemon, Eusthenes und Carpalim einschifften. Während sie noch auf günstigen Wind warteten und ihr Schiff kalfatern ließen, erhielt Pantagruel von einer Dame aus Paris, mit der er längere Zeit ein zärtliches Verhältnis unterhalten hatte, einen Brief, welcher folgende Aufschrift trug:

Dem geliebtesten der Schönen
und dem treuvergessensten der Kavaliere
P. N. T. G. R. L.

Vierundzwanzigstes Kapitel

Von dem Brief, welchen die Dame aus Paris Pantagruel sandte, sowie die Erklärung des Worts, welches in den goldenen Ring eingegraben war

Als Pantagruel diese Aufschrift las, war er sehr verwundert, und nachdem er den Boten, welcher den Brief gebracht, nach dem Namen der Absenderin gefragt hatte, erbrach er ihn, fand aber nichts darin als einen goldenen Ring mit einem Tafeldiamanten[1]. Er rief also Panurg und teilte ihm die Sache mit; dieser war der Ansicht, das Blatt Papier werde wohl beschrieben sein, aber so, daß man die Schrift nicht sehen könne. Um sich darüber Gewißheit zu verschaffen, stellte er verschiedene Versuche an. Vielleicht war der Brief mit aufgelöstem Salmiak geschrieben, dann mußte die Schrift sichtbar werden, wenn er sie ans Feuer hielt; oder mit Wolfsmilch, dann mußte er den Brief in Wasser legen; oder mit Zwiebelsaft, dann mußt er ihn dem Licht aussetzen; oder mit Lauge aus Feigenholzasche, dann mußte er mit Nußöl eingerieben werden; oder mit Krötenblut, dann mußte er ihn mit der Milch einer Wöchnerin, die ihre erste Tochter geboren hatte, betupfen; oder mit Tau, den man auf Judenkirschen findet, dann mußte er mit der Asche eines Schwalbennestes be-

1 flachgeschliffener Edelstein

handelt werden; oder mit Rabengalle, dann mußte man ihn mit Ohrenschmalz einreiben; oder mit Springwolfsmilch, dann mußte er in Weinessig gelegt werden; oder mit Walrat, auch grauer Amber genannt, dann war Fledermausfett das beste. Alles das versuchte er, aber ohne Erfolg. Zuletzt tauchte er ihn ganz langsam in frisches Wasser und zog ihn dann mit einemmal wieder heraus, um zu sehen, ob er nicht mit Alaun geschrieben sei; aber auch das war vergebens. Also ließ er den Boten kommen und fragte ihn: »Sage mir, Freund, hat die Dame, die dich sandte, dir nicht einen Stock mit auf den Weg gegeben?«; denn er dachte, sie hätte sich vielleicht der List des Aulus Gellius bedient[1]. Aber der Bote erwiderte, daß sie ihm keinen Stock mitgegeben habe. Darauf wollte Panurg ihm die Haare abscheren lassen, um zu sehen, ob die Botschaft ihm nicht etwa auf den nackten Kopf geschrieben worden sei; aber er bedachte, daß die Haare in so kurzer Zeit nicht wieder so lang hätten wachsen können, und stand davon ab. Also sagte er zu Pantagruel: »Bei Gott, Herr, hier weiß ich nicht, was ich tun noch sagen soll. Um zu erfahren, ob hier irgend etwas geschrieben steht, habe ich fast alle Mittel erprobt, die Francesco di Nianto[2], der Toskaner, angibt, um Schriften sichtbar zu machen; auch was Zoroaster *peri grammaton acriton*[3] und Caphurnius Bassus *de litteris illegibilibus*[4] darüber sagen, hab' ich zu Rate gezogen; aber es will nichts erscheinen, und so glaube ich denn, daß außer dem Ring wirklich nichts vorhanden ist. Darum laßt uns diesen betrachten.« Sofort bemerkten sie, daß in den Ring die hebräischen Worte *Lamah hasabthani* eingegraben waren, und riefen Epistemon herbei, den sie fragten, was das heiße. Worauf dieser ihnen sagte, das sei Hebräisch und bedeute: »Warum hast du mich verlassen?« – Da rief Panurg sogleich aus: »Jetzt verstehe ich's; seht diesen Diamanten, es ist ein falscher, und die Dame will damit sagen: ›Falscher! Warum hast du mich verlassen?‹« – Dies dünkte auch Pantagruel wahrscheinlich; er dachte daran, daß er die Dame, ohne ihr Lebewohl zu sagen, verlassen hatte, was ihn jetzt betrübte; gern wäre er nach Paris zu-

1 Nach Gellius (»Attische Nächte« 17, 9) beschrieben die Spartaner zur Übermittlung geheimer Botschaften von oben nach unten einen spiralförmig um einen Stock gewickelten Papierstreifen, den der Empfänger um einen gleich dicken Stock legte und so entziffern konnte. – 2 »von Nichts« (ital.); wahrscheinlich Phantasiegestalt – 3 »Über schwer zu entziffernde Buchstaben« – 4 »Über unlesbare Buchstaben«

rückgekehrt und hätte sie um Verzeihung gebeten, aber Epistemon erinnerte ihn daran, wie Äneas von Dido geschieden sei, und an das Wort des Tarentiners Heraklides, daß, wenn das Schiff vor Anker läge und die Not dränge, es besser sei, das Tau zu kappen als es loszubinden. Deshalb müßten jetzt all seine Gedanken darauf gerichtet sein, so schnell wie möglich in seine gefährdete Vaterstadt zurückzukehren. Und da eine Stunde danach sich ein frischer Nordnordwest erhob, so setzten sie alle Segel und gewannen das offene Meer. In wenigen Tagen passierten sie Porto Santo und Madeira, und nachdem sie die Kanarischen Inseln angelaufen hatten, fuhren sie an Kap Blanco, Senegal, Kap Verde, Gambia, Sagres, Melli und am Kap der Guten Hoffnung, das sie links liegenließen, vorüber bis nach dem Königreich Melinde, wo sie abermals anlegten. Von da ging es mit dem Passatwind an Meden, Uti, Uden[1], Gelasin[2] und den Feeninseln vorbei auf das Königreich Achoria[3] zu, bis sie zu guter Letzt in den Hafen von Utopien einliefen, der drei Meilen oder etwas mehr von der Hauptstadt der Amauroten entfernt liegt.

Sobald sie sich von der langen Seefahrt an Land ein wenig erholt hatten, sprach Pantagruel: »Kinder, von hier ist die Stadt nicht weit; bevor wir uns aber dahin auf den Weg machen, möchte es ratsam sein, zu überlegen, was wir tun wollen, damit wir's nicht wie die Athener machen, die immer erst nach der Tat berieten. Seid ihr entschlossen, mit mir zu leben und zu sterben?« – »Ja, Herr«, riefen sie alle, »verlaßt Euch auf uns wie auf die Finger Eurer Hand.« »Ein Punkt allein«, fuhr er fort, »gibt mir zu denken und liegt mir schwer im Sinn: Ich weiß nichts über die Stellung und die Zahl der Feinde, welche die Stadt belagern; wäre ich mir darüber im klaren, so würde ich mit größerer Zuversicht ans Werk gehen. Laßt uns also miteinander beratschlagen, wie wir darüber etwas erfahren können.« – Worauf alle riefen: »Laßt uns hingehen und spähen; indessen erwartet uns hier, wir bringen Euch noch heute sichere Nachricht.«

»Ich übernehme es«, sagte Panurg, »mitten ins Lager der Feinde zu dringen, ohne daß sie mich erkennen sollen, auf ihre Kosten zu zechen und mich mit ihnen herumzuraufen; ich will

1 »Nichts«, »Garnicht«, »Überhauptnicht« (griech.) – 2 »Lachland« (griech.) – 3 »Nirgendheim« (griech.)

ihre Geschütze beäugen, in den Zelten aller Hauptleute herumschnüffeln, durch ihre Rotten stolzieren und des Teufels sein, wenn sie mich fassen sollten: denn ich bin vom Geschlecht des Zopyrus.« – »Und ich«, sagte Epistemon, »kenne alle Kriegskünste und Heldentaten der tapferen Heerführer und Recken des Altertums und bin in den Listen und Kniffen der Kriegführung bewandert; ich will hin zu ihnen, und selbst wenn ich erkannt und verraten werde, will ich mich doch wieder davonmachen und ihnen vorlügen, was mir gefällt: denn ich bin vom Geschlecht des Sinon.« – »Und ich«, sagte Eusthenes, »dringe über die Gräben, allen Wächtern und Hütern zum Trotz, geh' ihnen zu Leibe und schlage ihnen Arm und Beine entzwei, und wären sie so stark wie der Teufel: denn ich bin vom Geschlecht des Herkules.« – »Und ich«, sagte Carpalim, »schlüpfe wie ein Vogel hinein, denn ich bin gewandt und habe ihre Gräben übersprungen, ihr ganzes Lager durchlaufen, ehe sie mich überhaupt bemerken; ich fürchte weder Stoß noch Pfeil, noch eines Rosses Schnelligkeit, wär's auch des Perseus Pegasus oder Pacolet, ich würde ihnen doch sicher entlaufen. Auf den Kornähren, den Halmen der Wiese will ich dahinschreiten, ohne daß sie sich beugen sollen: denn ich bin vom Amazonengeschlecht der Camilla[1].«

Fünfundzwanzigstes Kapitel

Wie Panurg, Carpalim, Eusthenes und Epistemon, Pantagruels Begleiter, auf höchst schlaue Art sechshundertundsechzig Reiter ums Leben brachten

Als er noch so sprach, bemerkten sie sechshundertundsechzig Reiter, die auf schnellen Rossen daherkamen, um nach dem vor kurzem gelandeten Schiff zu spähen und seine Besatzung womöglich gefangenzunehmen. Sogleich sagte Pantagruel: »Kinder, zieht euch ins Schiff zurück, denn dort kommen Feinde; ich werde sie aber alle wie wilde Tiere töten, und wenn ihrer noch zehnmal soviel wären. Macht nur, daß ihr ins Schiff kommt, und seht's euch zur Kurzweil von weitem mit an.« – Worauf Panurg

1 s. Vergil »Äneis« 7, 803/II

erwiderte: »Nein, Herr, das wäre nicht wohlgetan; vielmehr geht Ihr mit den anderen ins Schiff und überlaßt es mir, mit ihnen fertig zu werden. Aber Ihr habt keine Zeit zu verlieren, also schnell, schnell.« Und die anderen sprachen: »Er hat recht, Herr! Zieht Euch zurück und laßt uns mit Panurg hier; wir wollen ihm helfen, und Ihr werdet schon sehen, was wir können.« Darauf entgegnete Pantagruel: »Nun wohl, sei es so! Solltet ihr aber zu schwach sein, so werde ich euch gewiß nicht im Stich lassen.« – Sofort nahm Panurg zwei dicke Schiffstaue und befestigte sie am Gangspill auf Deck; dann brachte er sie an Land und legte sie so auf die Erde hin, daß das eine einen großen Kreis beschrieb, das andere in diesem einen kleineren. Hierauf sagte er zu Epistemon: »Geht Ihr ins Schiff, und sobald ich Euch zurufe, dreht das Spill, so schnell Ihr könnt, herum und holt die Taue ein.« Und zu Eusthenes und Carpalim sagte er: »Ihr, Kinder, bleibt hier und erwartet ruhig den Feind; widersetzt euch nicht, sondern tut, als ob ihr euch gefangengäbt. Nehmt euch aber in acht, daß ihr nicht in den Kreis tretet, sondern haltet euch draußen.« Dann eilte er nach dem Schiff, nahm dort eine Tracht Stroh und ein Fäßchen Pulver, streute es zwischen den beiden Tauen aus und stellte sich mit der Lunte in der Hand daneben. Jetzt stürmten die Reiter heran, und die vordersten ritten bis zum Schiffe vor; aber das Ufer war schlüpfrig, und so stürzten etliche vierundvierzig von ihnen mit ihren Pferden zu Boden, worauf die anderen sich hinzudrängten, weil sie glaubten, daß jene auf Widerstand gestoßen wären. Panurg aber sprach: »Liebe Herren, ich fürchte, ihr habt euch weh getan; laßt uns das nicht entgelten, denn nicht wir sind schuld daran, sondern das Meerwasser, welches den Boden so schlüpfrig macht. Wir ergeben uns ohne Widerstand.« Dasselbe sagten auch seine beiden Gefährten und Epistemon, der auf dem Oberdeck stand. Unterdessen ging Panurg etwas beiseite, und als er sah, daß alle Reiter – aber nicht seine Gefährten, die dem vordrängenden Feind Platz gemacht hatten – innerhalb des von den Tauen gebildeten Kreises waren, schrie er Epistemon zu: »Angezogen, angezogen!« Sogleich begann Epistemon das Spill zu drehen: die beiden Taue faßten die Beine der Pferde, und eins, zwei, drei lagen sie mit ihren Reitern am Boden; diese zogen ihre Degen aus der Scheide und wollten sich aufraffen, aber Panurg zündete das umhergestreute Pulver an, und so verbrannten sie alle wie die Seelen der Verdammten. Nicht Roß, nicht Reiter kam davon, nur einem einzigen, der ein türkisches Pferd ritt, gelang es zu entfliehen; aber kaum, daß Carpalim es bemerkte, lief er ihm mit solcher Schnelligkeit und Gewandtheit nach, daß er ihn in einer Entfernung von hundert Schritt schon eingeholt hatte, seinem Pferd auf die Kruppe sprang, ihn von hinten mit den Armen umschlang und nach dem Schiff zurückbrachte. – Über diese Niederlage des Feindes war Pantagruel ungemein erfreut, und er lobte alle seine Gefährten ihres klugen Anschlags wegen. Dann ließ er sie sich am Strand gehörig erfrischen und gab ihnen tüchtig zu essen und zu trinken, wobei sie bäuchlings auf der Erde lagen, der Gefangene mitten unter ihnen. Doch war der arme Teufel nicht ohne Besorgnis, Pantagruel möchte ihn mit Haut und Haar auffressen, was er auch ganz gut hätte tun können, denn den Schlund dazu hatte er, und es wäre ihm nicht schwerer geworden als euch, ein Pfefferküchlein zu verschlukken, hätt' auch seinem großen Maul nicht mehr getan als ein Hirsekörnlein einem Eselsrachen.

Sechsundzwanzigstes Kapitel

Wie Pantagruel und seinen Gefährten das Pökelfleisch widerstand und Carpalim sich aufmachte, Wildbret herbeizuschaffen

Als sie so schmausten, sagte Carpalim: »Bei Sankt Quenets Bauch, sollen wir denn überhaupt kein Wildbret mehr zu essen kriegen? Dies Pökelfleisch widersteht mir nun wahrlich gar zu sehr. Will doch von den verbrannten Pferden eine Keule holen, die wird gewiß gut durchgebraten sein.« Indem er aber aufstand, um sein Vorhaben auszuführen, bemerkte er am Rande des Waldes einen feisten Rehbock, den wahrscheinlich Panurgs Feuer aus dem Dickicht getrieben hatte. Sogleich setzte er sich mit solcher Schnelligkeit in Lauf, daß er wie ein Armbrustbolzen dahinflog und das Tier auch wirklich fing; außerdem aber erhaschte er während des Laufs mit den Händen in der Luft noch vier Groß- und sieben Zwergtrappen, sechsundzwanzig graue und zweiunddreißig rote Rebhühner, sechzehn Fasane, neun Waldschnepfen, neunzehn Reiher und zweiunddreißig Ringeltauben,

mit den Beinen aber trat er zehn oder zwölf junge Hasen und Kaninchen, die schon aus den Kinderschuhen heraus waren, achtzehn Rallen, fünfzehn Frischlinge, zwei Dachse und drei große Füchse nieder, die er auf dem Rückweg, nachdem er den Rehbock durch einen Säbelhieb getötet, auflas und mitnahm. Schon von fern, sobald man ihn hören konnte, rief er mit lauter Stimme: »Hehe, Panurg! Essig! Essig!« – Der gute Pantagruel meinte, daß ihm schwach geworden sei, und befahl, man solle ihm schleunigst etwas Essig bringen. Aber Panurg roch den Braten gleich und machte den edlen Pantagruel darauf aufmerksam, daß er ein feistes Reh auf den Schultern trüge und sein ganzer Gürtel mit Hasen gespickt sei. Alsbald schnitzte Epistemon in der neun Musen Namen neun prächtige hölzerne Bratspieße nach altväterischer Art, Eusthenes half die Felle abziehen, und Panurg stellte zwei Reitsättel zu einem Feuerbock zusammen; der Gefangene mußte die Bratspieße drehen, und bald war das Wild an demselben Feuer, an dem die Reiter schmorten, gar gebraten. Dann wurde tapfer geschmaust und der Essig dabei nicht gespart; keiner hielt sich zurück – den Teufel auch! Jeder hieb ein, daß es eine wahre Lust war; Pantagruel aber sprach: »Wollte Gott, daß jeder von euch ein paar Falkenglöcklein unter den Kinnbacken hätte, ich aber unter meinen die Turmglocken von Rennes, Poitiers, Tours und Cambrai; das möcht' wohl einen närrischen Lärm geben, wenn wir die Backen so bewegen.« – »Aber«, meinte Panurg, »es wird, denke ich, besser sein, wenn wir uns nun ein bißchen um unser Geschäft kümmern und überlegen, wie wir den Feind besiegen wollen.« – »Wohl gesprochen!« sagte Pantagruel. Damit wandte er sich an den Gefangenen und sprach zu ihm: »Freund, jetzt die Wahrheit gesagt und nicht gelogen, wenn du nicht bei lebendigem Leibe geschunden sein willst, denn du mußt wissen, daß ich kleine Kinder fresse! Also gib uns genaue Auskunft über Stellung und Stärke des feindlichen Heers.«

Darauf antwortete der Gefangene: »Ich sage Euch nur die Wahrheit, Herr! In unserm Heer befinden sich dreihundert Riesen mit steinerner Rüstung, alle von wunderbarer Größe, wennschon kleiner als Ihr, ausgenommen ihr Anführer, der Werwolf heißt und eine Rüstung trägt, die aus kyklopischen Ambossen geschmiedet ist; ferner sind da hundertdreiundsechzigtausend

Streiter zu Fuß, die Koboldshautpanzer tragen, starke, tapfere Leute, elftausendvierhundert schwergewappnete Reiter und dreitausendsechshundert Doppelkartaunen außer unzähligem leichtem Geschütz; ferner vierundneunzigtausend Mann Pioniere und einhundertundfünfzigtausend Huren, schön wie Göttinnen.« – »Das ist was für mich«, sagte Panurg –, »teils Amazonen, teils aus Lyon, Paris, Tours, Angers, Poitiers, der Normandie oder aus Deutschland gebürtig. Wahrlich, aus aller Herren Ländern und von allen Zungen gibt's da welche.« – »Aber«, fragte Pantagruel, »ist der König auch dabei?« – »Ja, Herr«, antwortete der Gefangene, »er selbst ist bei den Truppen; wir nennen ihn Anarch[1], König der Dipsoden, welches soviel heißt wie ›durstige Leute‹, denn niemals saht Ihr Leute, die fortwährend so durstig sind und so gern trinken. Sein Zelt bewachen die Riesen.« – »Schon gut«, sagte Pantagruel. »Nun, Kinder, seid ihr entschlossen, mit mir zu gehen?« Worauf Panurg antwortete: »Den möge Gott verderben, der Euch verläßt! Ich habe mir schon etwas ausgedacht, auf welche Weise ich sie alle wie die Schweine abschlachten will, so daß dem Teufel nicht ein Härchen verlorengehen soll. Nur eins gibt mir zu denken.« – »Und was wäre das?« fragte Pantagruel. »Ich fürchte, daß ich mich in so kurzer Zeit nicht durch all die Frauenzimmer werde hindurcharbeiten können,

so daß nicht eine bliebe,
mit der ich es nicht triebe.«

»Hahaha«, lachte Pantagruel, und Carpalim sagte: »Zum Teufel, bin ich nicht auch noch da?« – »Und ich?« meinte Eusthenes; »seit wir von Rouen abgefahren sind, ist mir der Zeiger nicht über zehn oder elf gegangen und ist hart und aufgedrungen wie alle Teufel.« – »Gut«, sagte Panurg, »du sollst die Dicken und die Harttraber kriegen.«

»Wie«, sagte Epistemon, »alle wollen in den Sattel steigen, und ich darf wohl den Esel führen? Der Teufel soll mich holen, wenn ich nicht auch dabeisein will. Hier muß Kriegsrecht gelten: *Qui potest capere capiat.*[2]« – »Nein, nein«, sagte Panurg, »bind deinen Esel fest und reite wie die anderen.« Der gute Pantagruel

1 »Machtlos« (griech.) – 2 Nehme, wer nehmen kann (lat.).

aber lachte aus vollem Hals, dann sagte er: »Meiner Ansicht nach macht ihr die Rechnung ohne den Wirt, denn ich fürchte, noch vor Abend wird man euch so mit Schwert und Lanze auf dem Buckel herumgeritten sein, daß euch alle Kraft und Lust zum Reiten vergangen sein wird.«

»Genug!« sagte Epistemon; »wir wollen sie alle braten, sieden, frikassieren und in die Wurst hauen. Xerxes zählte ihrer weitaus mehr, denn wenn man Herodot und Trogus Pompejus glauben will, hatte er dreißigmal hunderttausend Krieger, und doch besiegte Themistokles ihn mit einer Handvoll Leute. Also nur nicht ängstlich!« – »Scheiß drauf!« sagte Panurg, »mein Hosenlatz ist Manns genug, die Männer wegzublasen, und Sankt Lochian, der drin logiert, wird schon die Weiber fegen.« – »Also vorwärts, Kinder«, sagte Pantagruel, »laßt uns aufbrechen.«

Siebenundzwanzigstes Kapitel

Wie Pantagruel zum ewigen Gedenken an die vollbrachte Heldentat und Panurg an die verspeisten Hasen eine Trophäe errichteten; desgleichen wie Pantagruel aus seinen Fürzen Männlein und aus seinen Fisten Weiblein erschuf und Panurg einen starken Lanzenschaft auf zwei Gläsern zerbrach

»Bevor wir aber«, fuhr Pantagruel fort, »diesen Ort verlassen, will ich zum Gedenken an die hier vollbrachte Heldentat eine schöne Trophäe errichten.« Also stellten sie unter Scherzen und rustikalen Gesängen einen Pfahl auf, an dem sie einen Reitersattel, eine Roßstirn, Panzer, Steigbügel, Sporen, einen Brustharnisch, Beinschienen, eine Streitaxt, eine Degenklinge, einen Waffenhandschuh, Halsbergen und ein Paar Reiterstiefel, mit einem Wort alles, was zu einem Triumphbogen oder einer Trophäe gehört, aufhängten. Darunter schrieb Pantagruel zum ewigen Gedenken folgendes Siegesgedicht:

Hier war es, wo vier Helden starken Muts
sich schmückten mit des Ruhmes höchsten Ehren;
denn Waffen nicht allein, auch Klugheit tut's,
wie Fabius und die Scipionen lehren.

Sechshundertsechzig allgewaltge Hauer
verbrannten sie wie Läuse in der Spreu,
daß lerne König, Herzog, Turm und Bauer,
daß Klugheit nützlicher als Stärke sei!
Den Sieg verleiht
zu aller Zeit
nicht Glück allein.
Der Herr bereit'
in Herrlichkeit
den Glorienschein.
Er hilft dem Stärksten nicht und Größten,
nur dem, der seiner Hilfe traut.
Wer auf ihn hofft, den wird er trösten,
sein Heil ist nicht auf Sand gebaut.

Während Pantagruel die obigen Verse verfaßte, befestigte Panurg an einem andern Pfahl das Gehörn des Rehbocks nebst dessen Fell und Vorderfüßen, darunter die Löffel von drei Hasen, das Rückgrat eines Kaninchens, die Kiefer eines Hasen, vier Trappenflügel, acht Taubenbeine, ein Fläschchen mit Weinessig, ein Tütchen Salz, ihren hölzernen Bratspieß, eine Spicknadel, einen alten durchlöcherten Kessel, einen Soßennapf, ein irdenes Salzfaß und einen Beauvaiser Becher. Darunter setzte er, Pantagruels Verse parodierend, folgende Inschrift:

Hier war es, wo vier Bürschchen leichten Muts
ins Gras sich setzten, Bacchus zu verehren,
und tranken – selbstverständlich etwas Guts! –,
als ob sie nimmersatte Fischchen wären.
Dabei kam Meister Has in ihre Scheren;
an Keul und Rücken faßt' ihn Zahn und Hand,
bei Salz und Essig konnt er sich nicht wehren,
denn Essig ist mit Essen nah verwandt.
Die beste Speis,
wenn's gar zu heiß
dem Zecher wird,
ist, die im Kreis
dir becherweis
geboten wird;
doch brät ein Häschen dir der Wirt,
nicht anders als mit Essig sei's!

Bereuen wird, wer darin irrt,
denn Essig ist des Hasen Preis!

Darauf sagte Pantagruel: »Nun aber fix, Kinder! Nur zu lange schon haben wir uns hier beim Schmaus aufgehalten; wer gar zu sehr zu schmausen liebt, wird keine Heldentaten vollbringen. Den besten Schatten geben die Kriegsfahnen, Dampf der Streitrosse geht über Schüsseldampf und Harnischklingen über Becherklang!« – Worauf Epistemon lachend erwiderte: »Ich bin der Ansicht, daß kein Schatten über den Schatten einer Küche geht und kein Dampf lieblicher ist als Pastetenduft, kein Klingen schöner als Becherklang.« – Panurg aber sagte: »Ich halt's mit dem Schatten von Bettvorhängen, dem Dampf von Weiberbrüsten und dem Klötengerassel.« Dabei sprang er auf und ließ einen fahren, machte einen Satz, pfiff dazu und rief mit erhobener Stimme fröhlich: »Es lebe unser Herr Pantagruel!« Pantagruel, als er dies sah, wollte es ihm nachmachen; aber von dem Furz, den er ließ, erbebte die Erde neun Meilen in der Runde und erzeugte mit der verdorbenen Luft zusammen aus sich mehr denn dreiundfünfzigtausend winzige, mißgestaltete Zwerge, mit einem Fist aber, den er hinterherschickte, ebensoviel Zwerginnen, alles verhutzelte kleine Dinger, wie man sie ab und zu und hier und da zu sehen kriegt, die niemals wachsen, es sei denn nach unten wie Kuhschwänze oder in die Runde wie limousinische Rüben. – »Donnerwetter«, sagte Panurg, »wie Eure Fürze fruchtbar sind! Wahrlich, eine putzige Sorte Männlein und Fräulein! Die muß man zusammentun, das wird ein Geschlecht von Schmeißfliegen geben.« Und wirklich, Pantagruel tat das und nannte sie Pygmäen; dann sandte er sie nach einer benachbarten Insel, wo sie sich seitdem sehr vermehrt haben. Aber die Kraniche führten fortwährend Krieg gegen sie, und sie wehrten sich auf das tapferste, denn diese kleinen Menschenzipfelchen – Striegelgriffe nennt man sie in Schottland – sind sehr cholerisch. Das kommt wahrscheinlich daher, daß bei ihnen Herz und Scheiße so dicht beieinanderliegen.

Jetzt ergriff Panurg zwei Gläser von gleicher Größe, die in der Nähe standen, füllte sie bis an den Rand mit Wasser und stellte sie auf zwei Bänke, die ungefähr fünf Fuß voneinander entfernt waren; alsdann nahm er einen Lanzenschaft von fünfeinhalb Fuß Länge und legte ihn so auf die beiden Gläser, daß seine zwei Enden gerade den Glasrand berührten. Darauf ergriff er einen dikken Knüppel und sagte zu Pantagruel und den anderen: »Jetzt sollt ihr sehen, wie leicht wir unsere Feinde besiegen werden; denn wie ich diesen Schaft auf den Gläsern mitten durchschlagen will, ohne dabei die Gläser zu zerbrechen, ja ohne auch nur einen Tropfen Wasser zu verschütten, so werden wir den Dipsoden die Köpfe zerbleuen, ohne daß jemand von uns verwundet werden soll oder sonst Schaden erleidet. Damit ihr indessen nicht meint, es gehe nicht mit rechten Dingen zu, so führe du den Streich, Eusthenes, aber mit aller Kraft«, was dieser auch tat, und richtig brach der Schaft mitten entzwei, ohne daß ein Tröpfchen Wasser dabei verschüttet worden wäre. – Da sagte Panurg: »Oh, ich weiß noch ganz andere Stücke; jetzt aber kommt, unserer Sache sind wir sicher.«

Achtundzwanzigstes Kapitel

Wie Pantagruel die Dipsoden und die Riesen auf wunderbare Weise besiegte

Nach all diesen Reden rief Pantagruel den Gefangenen zu sich und entließ ihn mit folgenden Worten: »Kehre jetzt«, sagte er, »zu deinem König ins Lager zurück und berichte ihm, was du gesehen hast; sage ihm, daß er mich morgen zu Mittag erwarten soll, denn sobald meine Galeeren angekommen sind, was spätestens morgen früh geschehen sein wird, werde ich ihm mit meinen achtmalhunderttausend streitbaren Männern und siebentausend Riesen, von denen jeder größer ist als ich, beweisen, wie unbedacht er gehandelt hat, mein Land zu überfallen.« Damit wollte Pantagruel ihn glauben machen, daß er ein starkes Heer auf dem Meer schwimmen habe.

Der Gefangene aber entgegnete, daß er sich ihm als Sklave unterwürfe und zufrieden sei, nie wieder zu den Seinigen zurückzukehren, vielmehr gern mit Pantagruel gegen sie kämpfen wolle, wenn es ihm um Gottes willen so gefiele. Das aber wollte Pantagruel nicht, sondern er befahl ihm, sich augenblicklich aufzumachen und dahin zu gehen, wohin er's ihm aufgetragen habe. Zugleich übergab er ihm ein Büchschen mit Euphorbium und Brennwurzbeeren, in Branntwein eingemacht, mit dem Befehl, es dem König auszuhändigen und ihm zu sagen, wenn er eine Unze davon essen könne, ohne darauf trinken zu müssen, so möge er ihm in Gottes Namen Widerstand leisten. Mit gefalteten Händen bat der Gefangene, daß man seiner wenigstens in der Schlacht schonen möchte, worauf Pantagruel ihm entgegnete: »Wenn du deinem König alles getreulich berichtet haben wirst, setze deine ganze Hoffnung auf Gott, so wird er dich nicht verlassen; denn sieh, obgleich ich stark und mächtig bin, wovon du dich selbst überzeugen kannst, und ein zahlloses Herr unter Waffen habe, verlasse ich mich dennoch nicht auf meine Kraft und Klugheit, sondern setze all mein Vertrauen auf Gott, meinen Schöpfer, welcher die nicht verläßt, so auf ihn bauen und ihn im Herzen tragen.« Danach bat ihn der Gefangene, hinsichtlich seines Lösegelds nicht zu hart mit ihm zu verfahren, worauf Pantagruel erwiderte, daß es nicht seine Art sei, die Leute zu schinden und zu berauben, sondern vielmehr sie zu bereichern und ihnen die volle Freiheit zu geben. »Deshalb«, sagte er, »gehe mit Gott und meide schlechte Gesellschaft, damit es dir nicht schlecht ergehe.«

Als der Gefangene fortgegangen war, sprach Pantagruel zu seinen Gefährten wie folgt: »Kinder, ich habe dem Gefangenen vorgegaukelt, daß wir ein großes Heer auf dem Meer schwimmen hätten und erst morgen mittag angreifen würden, damit sie aus Furcht vor der anrückenden Macht diese Nacht damit hinbringen sollen, alles instand zu setzen und sich zu verschanzen. Meine Absicht ist, sie dann im ersten Morgenschlaf zu überfallen.«

Jetzt wollen wir Pantagruel und seine Jünger einen Augenblick verlassen und von König Anarch und seinem Heer berichten.

Sobald der Gefangene im Lager angekommen war, begab er sich zum König und erzählte ihm, daß ein ungeheurer Riese namens Pantagruel gelandet sei, der sechshundertneunundfünfzig Mann besiegt und unbarmherzig gebraten hätte, von denen nur er allein entkommen sei, um diese Nachricht zu überbringen. Außerdem habe ihm besagter Riese den Auftrag gegeben, dem König anzuzeigen, er solle ihn morgen zu Mittag erwarten, dann werde er sich hier einfinden.

Darauf überreichte er auch die Büchse mit dem Eingemachten; aber sobald der König einen Löffel voll davon gekostet hatte, brannten ihm Schlund und Zäpfchen, als ob ihm die Zunge bersten wollte. Was er auch dagegen anwandte, half nichts, er mußte in einem fort trinken; sobald er den Becher vom

Mund nahm, brannte ihm die Zunge wie Feuer. Zuletzt füllte man ihm den Wein mit einem Schlauch in die Kehle hinein. Als dies die Hauptleute, die Paschas und die von der Leibwache sahen, kosteten sie auch ein bißchen von dem Eingemachten, um zu sehen, ob es wirklich so durstig mache; aber es ging ihnen nicht besser als dem König. Sie zechten so unmäßig, daß sich bald im ganzen Lager das Gerücht verbreitete, der Gefangene sei zurückgekommen und morgen würde der Feind angreifen; der König und alle Hauptleute samt den Leibtruppen söffen schon wie die Löcher, um sich dafür vorzubereiten. Also beeilte sich jedermann im Heer, auch das Seinige zu tun, bis sie sich alle so vollgesoffen hatten, daß sie wie die Schweine mitten im Lager hinfielen und einschliefen.

Kehren wir nun wieder zum wackeren Pantagruel zurück und erzählen, was er weiter tat. Als er den Ort, wo er die Trophäe errichtet hatte, verließ, nahm er den großen Mast ihres Schiffs als Spazierstock in die Hand, tat zweihundertsiebenunddreißig Ohm Weißwein, guten Anjouer und einigen von Rouen, in den Mastkorb und hängte sich die Schiffsjolle, mit Salz gefüllt, an den Gürtel, ähnlich wie Landsknechte ihre Brotkörbe zu tragen pflegen. Dann machte er sich mit seinen Gefährten auf den Weg. Als sie dem feindlichen Lager näher kamen, sagte Panurg: »Herr, ich mache einen Vorschlag zur Güte. Sollten wir nicht den Wein da im Mastkorb vertilgen und auf gut bretonisch eins trinken?«

Damit war Pantagruel einverstanden, und so tranken sie die zweihundertsiebenunddreißig Ohm reinweg aus, daß kein Tropfen nachblieb als gerade so viel, um das Tourainer Lederfläschchen vollzufüllen, das Panurg immer bei sich trug – er nannte es sein Vademekum –, und etwas Trub, um Essig daraus zu machen. Und nachdem sie so die Ziege ordentlich gemolken hatten, ließ Panurg Pantagruel eine Teufelsmedizin aus Lithontripon[1], Nephrokathartikon[2], kantharidisierter Quittenlatwerge und anderen harntreibenden Mitteln hinterschlucken, worauf dieser zu Carpalim sagte: »Jetzt mach dich nach der Stadt auf und klettere wie eine Ratte die Mauer hinauf, was du ja so gut verstehst. Sage denen da drinnen, daß sie sogleich einen Ausfall machen und den Feind rasch angreifen sollen. Dann steige wieder herunter und zünde mit einer brennenden Fackel alle Zelte und Baracken des Lagers an; wenn du das getan hast, so schreie, so laut du kannst, mit deiner gewaltigen Stimme, dann aber mach, daß du fortkommst.« – »Wäre es nicht gut«, fragte Carpalim, »wenn ich erst noch all ihre Geschütze vernagelte?« – »Nein,

1 »(Blasen)steinzertrümmerer« (griech.) – 2 »Nierenputzer« (griech.)

nein«, sagte Pantagruel, »zünde nur das Pulver an.« – Schnell entfernte sich Carpalim und tat, wie Pantagruel ihn geheißen. Die ganze Besatzung rückte aus der Stadt, indes er alle Zelte und Baracken in Brand steckte, wobei er über die Leiber der Schnarchenden hinwegschritt, ohne daß sie etwas gemerkt hätten, so fest schliefen sie. Als er zu den Geschützen kam, zündete er die Munition an, geriet dabei aber selbst in Gefahr, denn das Feuer verbreitete sich so schnell, daß es ihn fast mitverschlungen hätte. Nur seiner wunderbaren Schnelligkeit hatte er es zu verdanken, daß er nicht wie ein Ferkel gebraten wurde; geschwinder als ein Pfeil flog er von dannen.

Sobald er außerhalb der Verschanzungen war, fing er fürchterlich an zu schreien, als ob alle Teufel am Spieße steckten, so daß die Feinde aus dem Schlaf emporfuhren – aber wie? Natürlich ganz schlaftrunken, wie's beim Läuten der Frühmette geschieht, was die Luçonesen[1] das »Sackkrabbeln« nennen.

Zu gleicher Zeit fing Pantagruel an, das Salz, das er in der Jolle bei sich trug, weit um sich her zu streuen, und weil sie mit offenem Maul schliefen, kam's ihnen in die Kehle, so daß sie wie die Füchse zu prusten begannen und schrien: »Ach, Pantagruel, wie das brennt, wie das brennt!« Hierauf fühlte er einen starken Drang, sein Wasser abzulassen, denn die Arznei, die Panurg ihm eingegeben hatte, fing an zu wirken; er ließ es also in ihr Lager laufen, und zwar in so ungeheuren Massen, daß er alle unter Wasser setzte und das Land zehn Meilen in der Runde davon überschwemmt wurde. Und hier sagt die Geschichte, wenn die große Stute seines Vaters ihrerseits dabeigewesen wäre und auch ihr Wasser gelassen hätte, so würde das eine Sündflut gegeben haben, schrecklicher als die zu Deukalions Zeiten; denn von ihr allein wäre jedesmal ein Strahl ausgegangen, größer als die Rhone und die Donau. – Als nun die, welche aus der Stadt gerückt waren, das sahen, sprachen sie: »Sie sind alle eines elenden Todes gestorben, wir sehen ihr Blut fließen!« Denn da sie bei dem Feuerschein von den Zelten und bei dem schwachen Mondlicht nichts deutlich erkennen konnten, so hielten sie Pantagruels Urin für Feindesblut. Die aber, welche, aus dem Schlaf erwachend, nicht allein ihre Zelte in Flammen stehen sahen, sondern

1 Bewohner der Landschaft Luçon an der mittleren Westküste Frankreichs

zugleich auch die Urinüberschwemmung gewahr wurden, wußten gar nicht, was sie denken noch sagen sollten. Einige glaubten, das Ende der Welt und das Jüngste Gericht, wo alles in Feuer aufgehen soll, sei gekommen; andere meinten, die Meergötter Neptun, Proteus, Triton usw. verfolgten sie, man sähe ja, das sei Meerwasser. Aber wer nun erst berichten könnte, wie Pantagruel gegen die dreihundert Riesen loszog! Oh, liebste Muse, schönste Kalliope, beste Thalia, jetzt geht mir nicht von der Seite, jetzt verleiht meiner Seele Schwingen; denn hier stehen die Ochsen am Berg, hier schwankt das Wägelchen, hier ist die Schwierigkeit, wie diese schreckliche Schlacht beschreiben, die nun geschlagen wird! – Hätt' ich wenigstens einen Becher von dem Allberbesten vor mir, den jene einst trinken, die diese höchst wahrhaftige Geschichte lesen werden.

Neunundzwanzigstes Kapitel

Wie Pantagruel die dreihundert Riesen in der Steinrüstung nebst ihrem Anführer Werwolf besiegte

Als die Riesen sahen, daß das ganze Lager unter Wasser stand, trugen sie ihren König Anarch, so gut es gehen wollte, auf den Schultern davon wie Äneas seinen Vater Anchises aus dem brennenden Troja. Panurg, der das bemerkte, sprach zu Pantagruel: »Seht, Herr, dort kommen die Riesen; nun haut tüchtig mit Eurem Mastbaum drein, denn jetzt ist der Augenblick, wo Tapferkeit sich zeigen kann. Wir anderen werden auch nicht faul sein, und ich für meine Person werde schon dafür sorgen, daß recht viele ins Gras beißen; denn erschlug nicht David einen Goliath? Und Eusthenes, der große Schlingel, der stärker als vier Ochsen ist, wird sie auch nicht schonen. Also Mut gefaßt, frisch drauflosgegangen und zugestoßen.« – »Oh«, sagte Pantagruel, »Mut habe ich mehr als für fünfzig Franken; aber auch Herkules vermied es, mit zweien auf einmal anzubinden.« – »Da habt Ihr aber danebengeschissen«, entgegnete Panurg; »Ihr wollt Euch doch nicht Herkules gleichstellen? Ihr habt doch bei Gott mehr Kraft in den Zähnen und mehr Verstand im Arsch als Herkules in Leib und Seele zusammen. Wie man sich einschätzt, soviel ist man wert!« – Als er noch so redete, kam Werwolf mit seinen Riesen daher, und kaum daß er Pantagruels ansichtig wurde, so schwoll ihm der Kamm vor Dünkel und Hochmut; denn er meinte, das arme kleine Menschlein leicht töten zu können. Deshalb sprach er zu den ihn begleitenden Riesen: »Beim Barte des Propheten, daß keiner von euch Flachlandrüpeln sich untersteht, mit dem da kämpfen zu wollen, sonst soll er mir's mit seinem Leben bezahlen. Ich allein will's mit ihm ausmachen, und ihr könnt zum Zeitvertreib zusehen.« Also zogen sich alle Riesen und der König dorthin zurück, wo die Flaschen standen, und auch Panurg und seine Gefährten folgten ihnen dahin. Panurg aber tat so, als ob er eben die Lustseuche gehabt hätte, verdrehte den Hals, zuckte mit den Fingern und sprach mit heiserer Stimme: »Gut, Kameraden! Wir nichts halten von Krieg, lieber mit euch schmausen und zechen, laßt Herren sich schlagen!« – Und da der König und seine Riesen dies zufrieden waren, so schmausten sie mit ihnen.

Während nun Panurg den Riesen die Sagen von Turpin, die Legenden vom heiligen Nikolaus und ein Altweibermärchen erzählte, sprach Werwolf ein Wörtchen mit Pantagruel vermittels seiner Keule, die neuntausendsiebenhundert Zentner und zwei Viertelpfund schwer, aus Chalyber[1]-Stahl geschmiedet war und am dicken Ende dreizehn diamantene Stacheln trug, von denen der kleinste so groß war wie die größte Glocke von Notre-Dame in Paris – na ja, vielleicht um eines Nagels oder höchstens eines Messers Breite, von der Sorte, mit der man den Halunken die Ohren abschneidet, kleiner, denn lügen möcht' ich nicht, aber größer war der Unterschied auf keinen Fall. Außerdem besaß die Keule die Zauberkraft, daß sie selbst nicht zerbrach, aber alles in tausend Stücke schlug, was sie nur berührte. Als Pantagruel den Riesen so in stolzer Sicherheit auf sich zuschreiten sah, hob er die Augen gen Himmel, empfahl sich inbrünstig der göttlichen Gnade und tat folgendes Gelübde: »Herr, mein Gott, der Du je und je mein Schutz und mein Hort gewesen, sieh die Not, in der ich mich jetzt befinde. Mich hat nur die Pflicht hierhergeführt, welche Du jedem Menschen auferlegt hast, sich selbst, Weib und Kind, Familie und Vaterland zu schützen und zu verteidigen, mit alleiniger Ausnahme des Glaubens, der Deine eigene Sache ist; denn dazu willst Du keinen Helfer als das katholische Bekenntnis

1 durch Bergbau und Stahlerfindung berühmtes antikes Volk südl. des Schwarzen Meers

und den Dienst Deines Worts und hast alle Wehr und Waffen verboten, weil Du, der Allmächtige, in Deiner eigenen Angelegenheit und wo immer sie in Frage kommt Dich selbst schützen kannst über alle unsere Begriffe. Denn Dir dienen tausendmal millionenmal hundert Millionen Engel, deren geringster stark genug ist, uns Menschenkinder alle miteinander zu vernichten und Himmel und Erde nach Gefallen umzukehren, wie vorzeiten an Sanheribs Heer bezeugt ward[1]. Wenn es Dir aber gefällt, mir in dieser Stunde beizustehen, wie ich auf Dich all meine Zuversicht und Hoffnung stelle, so gelobe ich Dir, allerorten, sowohl im Lande Utopien als wo sonst ich zu Macht und Herrschaft gelangen werde, Dein heiliges Evangelium lauter, unverfälscht und unverkürzt predigen zu lassen und darauf zu sehen, daß die Mißbräuche der Frömmler und falschen Propheten, die durch ihr Menschenwerk und ihren Teufelstrug alle Welt vergiftet haben, in meinem Reich verschwinden werden!«
Alsbald vernahm man eine Stimme vom Himmel, welche sprach: *Hoc fac et vinces,* das heißt: »Tue also, und du wirst siegen.« Pantagruel aber, der Werwolf mit aufgesperrtem Rachen auf sich zukommen sah, ging ihm kühn entgegen und schrie ihm nach Art der Spartaner, um Furcht zu erregen, mit schrecklicher Stimme zu: »Stirb, Elender, stirb!« Damit schleuderte er ihm aus der Jolle, die er am Gürtel trug, mehr als achtzehn Tonnen und eine halbe Metze Salz ins Gesicht, so daß ihm Kehle, Schlund, Nase und Augen ganz voll davon wurden. Wütend darüber, führte Werwolf mit seiner Keule einen Hieb nach ihm, der ihm den Schädel spalten sollte; aber Pantagruel, leichtfüßig, gewandt und vorsichtig, wie er war, trat mit dem linken Fuß einen Schritt zurück, so daß der Schlag nur die Jolle traf, sie in viertausendsechsundachtzig Stücke zerschmetterte und das restliche Salz weit über die Erde hin verstreute. Sobald Pantagruel dies sah, reckte er tapfer seine Arme aus und gab ihm nach allen Regeln der Fechtkunst mit seinem großen Mastbaum einen gewaltigen Stoß just über die Brustwarzen; dann, die Waffe nach links wendend, versetzte er ihm damit zwischen Hals und Halskragen einen kräftigen Hieb und stach ihm zuletzt mit der Spitze des Mastes nach dem Gemächt, wobei der Mastkorb zerbrach und drei

1 s. 2. Könige 19, 35

oder vier Faß Wein, die noch darinlagen, ausflossen, so daß Werwolf nicht anders glaubte, als er habe ihm die Blase durchstoßen und der Wein, den er fließen sah, sei sein Urin. Eben wollte Pantagruel diesen Stoß wiederholen, als Werwolf mit geschwungener Keule auf ihn losstürzte und einen so furchtbaren Hieb nach ihm führte, daß er ihm sicherlich den Kopf bis zur Milz würde eingeschlagen haben, wäre Pantagruel nicht mit Gottes Hilfe nach rechts gesprungen; so schlug die Keule dreiundsiebzig Fuß tief durch einen Felsen in den Erdboden, wobei mehr als neuntausendundsechs Tonnen Funken in die Höhe flogen. Wie Pantagruel nun sah, daß er sich umsonst abmühte, die Keule, die in dem Felsen eingeklemmt war, wieder herauszuziehen, lief er ihn von neuem an und wollte ihm schlankweg den Kopf abschlagen; aber unglücklicherweise berührte er mit seinem Mastbaum Werwolfs Keule, von der wir wissen, daß sie Zauberkraft besaß, und so brach der Mast drei Fingerbreit über dem Griff ab. Außer sich wie ein Glockengießer schrie Pantagruel: »Panurg, Panurg! Zu Hilfe! Zu Hilfe!« Dieser, der das Geschrei hörte, sagte zum König und zu den Riesen: »Bei Gott, die werden sich noch Schaden tun, wenn ich sie nicht auseinanderbringe!« Aber die Riesen freuten sich wie die Hochzeiter darüber, und als Carpalim aufstehen wollte, um seinem Herrn zu Hilfe zu eilen, sagte einer von ihnen zu ihm: »Bei Golfarin, Mohammeds Schwestersohn, wenn du dich rührst, steck' ich dich hinten 'rein wie ein Seifenzäpfchen; leide ohnedies an hartem Leib und kann kaum schieten, ohne die Zähne aufeinanderzubeißen.« – Pantagruel, der nun seiner Waffe beraubt war, schlug mit dem Stumpf des Mastes blindlings auf den Riesen los, was auf diesen ganz dieselbe Wirkung ausübte, als ob man einen Amboß mit Nasenstübern traktierte. Unterdessen hatte Werwolf seine Keule wieder aus der Erde herausgezogen und schwang sie von neuem, um Pantagruel damit zu Boden zu schmettern; der aber wich durch schnelles Hinundherspringen fortwährend seinen Schlägen aus, bis er in dem Augenblick, als Werwolf ihn wieder bedrohte und aus Leibeskräften schrie: »Ha, du Bösewicht! In Stücke will ich dich hauen wie Hackepeter; du sollst mir keine Leute mehr durstig machen!«, dem Riesen einen gewaltigen Fußtritt vor den Bauch gab, daß dieser alle Beine gen Himmel streckte, worauf er ihn einen Bogenschuß weit mit dem Hintern auf der Erde fortschleifte. Da schrie Werwolf, dem das Blut aus Maul und Nase quoll, mit lauter Stimme: »Mahom! Mahom! Mahom!«, und die Riesen sprangen auf, um ihm zu Hilfe zu eilen; aber Panurg sagte zu ihnen: »Wenn ich euch raten soll, bleibt lieber hier, denn unser Herr ist jetzt gerade wütend und schlägt blindlings um sich, ohne zu sehen, wohin's trifft; es könnte euch übel bekommen.« – Aber die Riesen achteten nicht auf seine Worte, denn sie sahen, daß Pantagruel ohne Waffen war. Als er sie nun auf sich zukommen sah, faßte er Werwolf bei den Füßen, hob ihn samt seiner Amboßrüstung wie eine Lanze in die Luft und schlug damit auf die Steinpanzer der Riesen los wie ein Steinmetz, bis keiner von ihnen mehr auf den Beinen stand. Dies Zertrümmern der Steinharnische machte einen so fürchterlichen Lärm, daß man dabei unwillkürlich an das Getöse denken mußte, mit welchem der Butterturm von Saint-Étienne zu Bourges in der Sonne schmolz. Indessen schlachteten Panurg, Carpalim und Eusthenes die am Boden Liegenden ab und vergaßen dabei natürlich keinen; Pantagruel aber war anzusehen wie ein Schnitter, der mit seiner Sense, Werwolf nämlich, das Gras, nämlich die Riesen, auf der Wiese mäht. Bei diesem Umherhauen verlor Werwolf den Kopf, welches geschah, als Pantagruel Leberwurstfresser niederhieb, der eine ganz besonders schöne Rüstung aus Grauwacke trug, von welcher ein Splitter Epistemon die Kehle durchschnitt; die anderen hatten meist nur leichte Rüstungen aus Tuffstein oder Schiefer. – Als Pantagruel zuletzt sah, daß sie alle tot waren, warf er Werwolfs Leichnam mit großer Gewalt in die Stadt hinein, wo er auf dem Marktplatz wie ein Frosch platt auf den Bauch zur Erde fiel und im Fallen noche einen verbrannten Kater, eine nasse Katze, ein förzelndes Entlein und ein aufgezäumtes Gänschen totschlug.

Dreißigstes Kapitel

Wie Epistemon, der um einen Kopf kürzer geworden war, auf höchst geschickte Weise von Panurg kuriert ward, nebst Nachrichten über Teufel und Verdammte[1]

Sobald Pantagruel diesen riesigen Kampf zu Ende gekämpft hatte, zog er sich dorthin zurück, wo die Weinflaschen standen, und rief Panurg und die anderen zu sich, die auch fix und munter herbeigelaufen kamen bis auf Eusthenes, dem einer der Riesen beim Abmurksen das Gesicht ein bißchen zerkratzt hatte, und Epistemon, der gar nicht kam. Darüber wurde Pantagruel so traurig, daß er sich das Leben nehmen wollte; aber Panurg sagte zu ihm: »Mein Gott, Herr, wartet doch noch ein bißchen damit; wir wollen ihn unter den Toten suchen und erst sehen, wie es mit ihm steht.«

Also suchten sie nach ihm und fanden ihn mausetot, den blutigen Kopf unterm Arm. Sofort schrie Eusthenes laut auf: »Ha, tückischer Tod, so hast du uns den edelsten der Menschen entrissen!«, bei welchen Worten sich Pantagruel in allerhöchster Betrübnis von seinem Sitz erhob und zu Panurg sprach: »Oh, mein Lieber, so war denn doch falsch, was du uns aus den beiden Gläsern und dem Lanzenschaft prophezeitest!« – Panurg aber antwortete beschwichtigend: »Kinder, weint nur nicht; er ist noch ganz warm, und ich werde ihn schon wieder lebendig und gesund machen, ganz so wie er früher gewesen ist.« Nach diesen Worten nahm er den abgeschnittenen Kopf und hielt ihn an seinen Hosenlatz, damit er warm bleibe und der Wind ihn nicht abkühle, während Eusthenes und Carpalim den Leib nach dem Platz trugen, wo sie vorher gezecht hatten, nicht in der Hoffnung, daß er geheilt werden könne, sondern um ihn Pantagruel zu zeigen. Panurg dagegen hörte nicht auf, Mut einzusprechen, und sagte: »Wenn ich ihn nicht heile, will ich selbst den Kopf verlieren« – so wetten nur Narren –; »hört also mit eurem Flennen auf und helft mir lieber.« Darauf wusch er Kopf und Hals

1 Die Quellen für Epistemons Unterweltsbericht sind Lukian, die Bibel und altfranz. Schwänke (s. Manfred Bambeck, Epistemons Unterweltsbericht im 30. Kapitel des Pantagruel. Etudes Rabelaisiennes I, Genf 1956). Die Unterwelt erscheint bei Rabelais als Umkehrung einer nicht gerecht geordneten Welt; erst durch die Hölle wird sie fröhlich auf die Beine gestellt: die Großen werden zu niedriger Arbeit verdammt, während die Armen und die praktischen Philosophen das »Leben« genießen können.

sehr sorgfältig mit Weißwein, den er vorher mit pulverisiertem Menschenkot, wovon er immer etwas in einem seiner Täschchen bei sich trug, versetzt hatte, bestrich beide mit einer Salbe, die ich nicht kenne, und fügte sie dann so aneinander, daß ganz genau Ader an Ader, Nerv an Nerv, Wirbel an Wirbel kam, damit er nicht etwa querköpfig würde, denn solche Leute haßte er auf den Tod. Dann nähte er das Ganze rundherum mit fünfzehn oder sechzehn Stichen fest, weil sonst, wie er sagte, der Kopf leicht wieder herunterfallen könnte, und legte zuletzt noch ein Pflaster um die Wunde, das er Auferstehungspflaster nannte.

Gleich darauf fing Epistemon an zu atmen, schlug die Augen auf, gähnte, nieste ein paarmal und ließ einen regelrechten Bauernfurz fahren. »Jetzt ist er wieder gesund«, sagte Panurg und gab ihm einen Becher Landwein mit gebranntem Zucker zu trinken. – Auf solch geschickte Weise wurde Epistemon kuriert, nur blieb er noch etwa drei Wochen lang etwas heiser und litt an einem trockenen Husten, gegen den nichts als fortwährendes Trinken half. Bald fing er zu sprechen an und erzählte, daß er die Teufel gesehen und mit Luzifer ganz gemütlich geplaudert hätte; überhaupt habe er sich in der Hölle und in den elysischen Gefilden nichts abgehen lassen. Seiner Versicherung nach waren die Teufel die besten Kumpane von der Welt, und was die Verdammten anbeträfe, so täte es ihm wirklich leid, daß Panurg ihn so bald wieder lebendig gemacht habe; »denn«, sagte er, »die zu sehen ist ein wahrer Spaß.« – »Wieso?« fragte Panurg. – »Man behandelt sie«, versetzte Epistemon, »gar nicht so schlecht, wie ihr euch einbildet; aber sonderbarerweise sind und treiben alle etwas anderes als vordem. So flickte zum Beispiel Alexander der Große alte Hosen und erwarb sich damit kümmerlich sein Brot; Xerxes schrie Senf in den Straßen aus; Romulus betrieb ein kleines Salzgeschäft; Numa war Nagelschmied, Tarquinius Wucherer, Piso Bauer, Sulla Bootsmann, Kyrus Kuhhirt, Themistokles Glaser, Epaminondas Spiegelschleifer, Brutus und Cassius Feldmesser, Demosthenes Winzer, Cicero Ofenheizer, Fabius Rosenkranzfädler, Artaxerxes Seiler, Äneas Müller, Achilles Anstreicher, Agamemnon Tellerlecker, Odysseus Schnitter, Nestor Lumpensammler, Darius Abtrittsreiniger, Ancus Marcius Schiffsteerer, Camillus Flickschuster, Marcellus Bohnenaushülser, Drusus Bierzapfer, Scipio Africanus schrie Essig im Stiefel

aus, Hasdrubal war Laternenputzer, Hannibal Hühnerhändler, Priamus verkaufte alte Fetzen, und Lanzelot vom See war Schinder.

Die Ritter von der Tafelrunde waren samt und sonders arme Schlucker, die auf dem Kokytos, Phlegethon, Styx, Acheron und dem Lethe wie die Bootsleute in Lyon und Venedig Ruderdienste verrichteten, wenn die Herren Teufel spazierenfahren wollten: einen Nasenstüber und nicht mehr
die Fahrt hin und her,
dazu abends ein Stück verschimmeltes Brot.

Trajan war Froschjäger, Antonin Lakai, Commodus Dudelsackpfeifer, Pertinax Nußknacker, Lucullus Würstchenbrater, Justinian Spielzeughändler, Hektor Gastwirt, Paris ein ganz zerlumpter Kerl, Achilles Heubinder, Kambyses Maultiertreiber, Artaxerxes Topfauswischer, Nero Fiedelmann und Fierabras sein Diener, der ihm aber tausend Streiche spielte und ihn Schwarzbrot essen und gegorenen Wein trinken ließ, während er selbst vom Besten aß und trank.

Julius Cäsar und Pompejus kalfaterten Schiffe; Valentin und Orson dienten in einer höllischen Badestube als Bartkratzer; Guinglain und Gawein waren armselige Schweinehirten; Gottfried mit dem großen Zahn verkaufte Schwefelfäden; Gottfried von Bouillon war Holzschnitzer, Jason Küster, Don Pedro von Kastilien Bettelbruder, Morgant Bierbrauer, Huon von Bordeaux Faßbinder; Pyrrhus wusch das Küchengeschirr; Antiochus war Schornsteinfeger, Romulus Pantoffelflicker, Oktavian Papierschaber, Nerva Stallknecht; Papst Julius verkaufte Pastetchen, hatte aber seinen großen, abscheulichen Bart abgeschoren; Johann von Paris war Stiefelputzer, Artus von Bretagne Mützenreiniger; Perceforêt bot Messer feil; Papst Bonifatius VIII. schäumte die Töpfe ab; Papst Nikolaus III. war Papiermüller, Papst Alexander Rattenfänger, und Papst Sixtus schmierte die Venerischen ein.«

»Was der Teufel«, sagte Pantagruel, »gibt's die da auch?« – »Gewiß«, entgegnete Epistemon, »und nirgends mehr als dort, wohl hundert Millionen und mehr; denn wer die Lustseuche hier nicht gehabt hat, kriegt sie dort.«

»Potztausend, da brauch' ich mich nicht zu fürchten«, sagte Panurg, »denn ich bin im Loch von Gibraltar und bei den Säulen des Herkules gewesen und hab' mir von der besten Sorte geholt.«

»Ogier der Däne war Harnischputzer, König Tigranes Dachdecker, Galienus Restoratus Maulwurfsfänger, die vier Haimonskinder Zahnzieher; Papst Kalixt rasierte die Spalten; Papst Urban war Speckjäger, Melusine war Küchenmagd, Matabrune Waschfrau, Kleopatra Zwiebelhökerin; Helena vermittelte Stubenmädchen; Semiramis vertrieb Ungeziefer; Dido verkaufte Pilze, Penthesilea Kresse; Lukrezia war Spitalswärterin, Hortensia Spinnerin, und Livia schabte Grünspan.

So sauer und kümmerlich verdienten sich die, welche hier auf Erden mächtige und berühmte Leute gewesen waren, da drüben ihr bißchen Brot. Dafür waren die Philosophen und armen Leute dieser Welt dort große Herren. So sah ich Diogenes in einem prächtigen Purpurmantel und mit einem Zepter in der Hand, wie er Alexander dem Großen eine Tracht Prügel gab, weil er ihm die Hosen schlecht geflickt hatte, was diesen schmählich wurmte. Desgleichen Epiktet, der, elegant französisch gekleidet und von jungen Frauenzimmern umgeben, in einer schönen Laube saß, scherzte, zechte, tanzte und sich nichts abgehen ließ. Er schien mir eine Unmenge Sonnentaler zu haben. Über dem Rebengitter stand sein Wahlspruch, der folgendermaßen lautete:

Tanzen ,springen, ringelreihn,
sich mit keiner Arbeit quälen,
lustig trinken kühlen Wein,
nichts, als Sonnentaler zählen!

Als er mich zu sehen bekam, lud er mich höflich ein, ihm Gesellschaft zu leisten, was ich mit Vergnügen annahm, und so zechten wir recht theologisch miteinander. Währenddem kam Kyrus herangehumpelt und bat um Merkurs willen um einen Heller; er wollte sich dafür ein paar Zwiebeln zum Abendessen kaufen. ›Nichts, nichts‹, sagte Epiktet, ›Heller geb' ich nicht. Hier, Bursche, hast du einen Taler, und führe dich ordentlich auf.‹ Kyrus war über die Maßen froh, solch ein Almosen erwischt zu haben; aber die anderen verdammten Spitzbuben, die Könige da unten wie Alexander, Darius usw., stibitzten's ihm in der Nacht wieder weg. – Ferner sah ich Patelin, des Rhadamanthys Schatzmeister, wie er von Papst Julius Pastetchen kaufen wollte und ihn fragte, was das Dutzend davon koste. ›Drei Silberdreier‹, sagte der Papst. ›Drei Stockhiebe werden auch genug sein‹, sagte Patelin; ›da hast du sie, du Gauner! Jetzt kannst du gehn und mehr holen.‹ Der arme Papst schlich weinend davon; als er aber zu seinem Herrn, dem Pastetenbäcker, kam und ihm klagte, daß man ihm die Pastetchen mit Gewalt abgenommen hätte, zerhieb ihm der das Fell mit einem Riemen dergestalt, daß es wahrlich zu einem Dudelsack untauglich gewesen wäre. – Auch sah ich Meister Jean Lemaire, wie er den Papst spielte und sich von allen Königen und Päpsten dieser Welt die Füße küssen ließ, wobei er sich unbändig in die Brust warf und ihnen den Segen mit folgenden

Worten erteilte: ›Kauft Vergebung eurer Sünden, ihr Schurken! Kauft, ich geb's wohlfeil. Ich absolviere euch von Brot und Suppe und erteile euch Dispens, immer nichts zu taugen.‹ Dann rief er Caillette und Triboulet[1] und sprach zu ihnen: ›Meine Herren Kardinäle, stellt ihnen die Ablaßbriefe aus und gebt jedem einen tüchtigen Knuff in die Rippen!‹, was denn auch sofort geschah. – Desgleichen sah ich Meister François Villon, wie er Xerxes fragte, was eine Portion Senf koste. ›Einen Heller‹, entgegnete Xerxes. Worauf Villon ihn anfuhr: ›Was, du verdammter Schurke! Die ganze Büchse kostet nur einen halben, was unterstehst du dich, hier die Preise so hochzuschrauben?‹ Damit pißte er ihm in den Zuber, ganz wie's die Senfverkäufer in Paris zu machen pflegen. – Ferner sah ich den Freischützen von Bagnolet[2], der hier den Posten eines Ketzerinquisitors bekleidete, wie er auf frischer Tat Perceforêt abfaßte, der gerade sein Wasser gegen eine Mauer abschlug, auf welcher das Antoniusfeuer abgebildet war. Er erklärte ihn sofort für einen Ketzer und würde ihn unfehlbar haben verbrennen lassen, wenn nicht Morgant sich für ihn verwendet und dem gestrengen Herrn Richter als sein *Proficiat* und andere kleine Sporteln zwölf Tonnen Bier gegeben hätte.«

»All diese schönen Geschichten sollst du uns nur ein andermal erzählen«, sagte Pantagruel; »jetzt möcht' ich nur noch von dir erfahren, wie's den Wucherern dort geht.« – »Die sah ich verrostete Nadeln und alte Nägel in den Rinnsteinen der Straße suchen«, erwiderte Epistemon, »ganz wie die armseligsten Schelme hier bei uns. Aber der Zentner von dem Zeug ist nicht ein Maulvoll Brot wert, und dabei finden sie so wenig, daß die armen Tröpfe manchmal drei Wochen lang kein Krümchen in den Magen bekommen. Trotzdem quälen sie sich Tag und Nacht und berechnen ihren Gewinn im voraus, obgleich sie, aller Müh und Not ungeachtet und wie unermüdlich sie auch sind, am Ende des Jahrs höchstens ein paar Heller verdient haben.«

»Nun aber, Kinder«, sagte Pantagruel, »wollen wir auch einen Bissen essen und etwas trinken dazu; denn diesen ganzen Monat schmeckt's vortrefflich.« – Also machten sie sich über die aufge-

1 Hofnarren Ludwigs XII. von Frankreich – 2 Eulenspiegelgestalt des im Anhang zu Villons Werken gedruckten »Selbstgespräches des Freischützen von Bagnolet« eines unbekannten Verfassers

stapelten Flaschen her und hieben tüchtig in den Mundvorrat des Lagers ein. Aber der arme König Anarch ließ den Kopf hängen, was Panurg sofort bemerkte; deshalb sagte er: »Was geben wir denn nur diesem Herrn König für eine Beschäftigung, damit er sein Handwerk schon kenne, wenn er zum Teufel fährt?« – Worauf Pantagruel versetzte: »Die Idee ist wahrhaftig nicht schlecht; tu mit ihm, was dir gefällt, ich schenke ihn dir.« – »Schönen Dank«, entgegnete Panurg, »ein Geschenk soll man nicht zurückweisen, und da es von Euch kommt, weiß ich es zu schätzen.«

Einunddreißigstes Kapitel

Wie Pantagruel in die Stadt der Amauroten einzog und wie Panurg König Anarch verheiratete und ihn Zwiebeltunke in den Straßen verkaufen ließ

Nach diesem wundervollen Sieg schickte Pantagruel Carpalim in die Stadt der Amauroten und ließ daselbst verkündigen, daß König Anarch gefangen und der Feind samt und sonders vernichtet sei. Sobald die Einwohner dies vernommen hatten, gingen sie ihm in feierlichem Zug, festlich geschmückt und mit himmlischer Freude entgegen und führten ihn dann mit Siegesgepränge in ihre Mauern. Freudenfeuer wurden in allen Straßen angezündet und Tische gedeckt, die unter der Last der aufgetragenen Speisen zu brechen drohten: das goldene Zeitalter schien zurückgekehrt zu sein, so allgemein herrschten Jubel und Wohlleben.

Pantagruel aber sprach zu ihrem versammelten Senat: »Liebe Herren! Man muß das Eisen schmieden, solange es warm ist; bevor wir uns also weiter vergnügen, will ich erst das Reich der Dipsoden durch einen Handstreich in unsere Gewalt bringen. Deshalb mache sich, wer mit mir ziehen will, für morgen nach dem Frühseidel fertig, denn dann setze ich mich in Marsch. Nicht, daß ich noch mehr Leute zu dieser Eroberung brauchte, denn so viele dazu nötig sind, habe ich schon; aber ich sehe, die Stadt ist mit Einwohnern so überfüllt, daß sie sich kaum auf den Straßen bewegen können: darum will ich einen Teil davon als Kolonie nach Dipsodien führen und ihnen dort Land anweisen;

denn jenes Land ist schön, gesund, fruchtbar und vor allen Ländern der Erde gesegnet, wie viele von euch wissen werden, die schon einmal dort gewesen sind. Jeder also, der mit mir kommen will, mache sich, wie gesagt, fertig.« – Die Kunde von diesem Beschluß verbreitete sich wie ein Lauffeuer durch die ganze Stadt, und am andern Morgen fanden sich nicht weniger als achtzehnhundertsechsundfünfzigtausendundelf Bürger, Weiber und Kinder natürlich nicht mitgerechnet, auf dem großen Platz vor dem Schloß ein. Darauf setzte sich der ganze Zug auf dem kürzesten Wege nach Dipsodien in Bewegung, und alle marschierten in so schöner Ordnung wie die Kinder Israels aus Ägypten, als sie durchs Rote Meer zogen.

Aber bevor wir sie auf diesem Kreuzzug weiterbegleiten, will ich noch erzählen, was Panurg mit seinem Gefangenen, dem König Anarch, anfing. Er erinnerte sich, was Epistemon von den Königen und Reichen dieser Welt berichtet hatte und wie sie in den elysischen Gefilden mit niedrigen und schmutzigen Verrichtungen ihr Brot verdienen mußten. Demzufolge steckte er seinen König eines Tags in eine nette kleine Leinwandjacke, die wie eine Albanermütze ausgezackt war, und gab ihm dazu zierliche Pumphosen, aber keine Schuhe, denn die, meinte er, würden dazu nicht passen. Ferner setzte er ihm eine kleine blaue Mütze mit einer großen Hahnenfeder auf – oder nein, ich irre mich, es waren zwei Hahnenfedern – und band ihm einen grünblauen Gürtel um, der ihm, wie er sagte, besonders gut stünde, da er selbst noch so »grün« und zugleich immer »blau« sei. Dann führte er ihn zu Pantagruel und fragte diesen: »Kennt Ihr das Bürschchen?« – »Nicht, daß ich wüßte«, sagte Pantagruel. – »Ei, das ist ja unser gediegener Herr König! Will nun etwas Respektables aus ihm machen. Diese verdammten Könige sind hier auf Erden doch nur Schafsköpfe, die zu nichts weiter taugen, als ihre Untertanen zu quälen und die Welt durch ihre abscheulichen Kriege, die ihr einziges Vergnügen sind, in Verwirrung zu bringen. Ich habe ihm also ein Handwerk ausgesucht: er soll Zwiebeltunke in den Straßen feilbieten. Nun, schreie mal: ›Wer kauft Zwiebeltunke?‹« – Also schrie der arme Teufel. – »Das ist viel zu leise«, sagte Panurg und zupfte ihn dabei am Ohr, »schrei lauter im hohen C! So, das war recht! Du Kerl hast eine ganz gute Kehle und wirst noch Gott danken, daß du nicht mehr König bist.«

Alles das amüsierte Pantagruel köstlich, denn ich wage zu sagen, daß Anarch der beste Kerl von hier bis zur nächsten Nasenspitze war. Also wurde er Straßenverkäufer und schrie Zwiebeltunke aus. Zwei Tage danach verheiratete ihn Panurg mit einer alten Lampenputzerin und richtete auch die Hochzeit aus, bei der es prächtigen Hammelkopf, Blutwurst mit Senf und Kutteln mit Knoblauch gab, von welchen letzteren er Pantagruel fünf Eselsladungen hinschickte, der alles aufaß und höchst delikat fand. Außerdem sorgte er dafür, daß es beim Fest nicht an gutem Trester- und Vogelbeerwein fehlte. Damit die jungen Leute auch tanzen könnten, mietete er ihnen einen Blinden, der mit seiner Fiedel aufspielen mußte. Nach dem Festmahl führte er sie aufs Schloß, um sie Pantagruel zu zeigen. Als er die Neuvermählte vorstellte, sagte er: »Ihr braucht nicht bange zu sein, die knallt nicht mehr!« – »Wieso?« entgegnete Pantagruel. – »Weil sie schon angebohrt ist«, sagte Panurg. – »Was soll das heißen?« fragte Pantagruel. – »Ihr wißt doch«, sagte Panurg, »wenn man Kastanien im Feuer brät, die ganz fest in der Schale sitzen, so knallen sie; damit sie das nicht tun, bohrt man sie an. Nun, diese junge Frau ist schon unten angebohrt, und deshalb wird sie nicht knallen.«

Pantagruel schenkte ihnen einen kleinen Laden nach einem Hintergäßchen hinaus und außerdem einen Steinmörser, um die Zwiebeln darin zu zerstampfen. So gediehen die jungen Leute ganz vortrefflich, und Anarch wurde der allerliebenswürdigste Zwiebeltunkenhändler, den es je in Utopien gegeben hat. Aber man erzählt sich, die Frau hätte ihn manchmal gottsjämmerlich verprügelt und der Tropf wäre so albern, daß er sich nicht zu wehren wagte.

Zweiunddreißigstes Kapitel

Wie Pantagruel mit seiner Zunge ein ganzes Heer bedeckte und was der Autor in seinem Munde sah

Als nun Pantagruel mit all seinen Truppen ins Land der Dipsoden einrückte, war die ganze Bevölkerung sehr erfreut darüber und unterwarf sich ihm ohne weiteres; aller Orten, wohin er kam, brachte man ihm unaufgefordert die Schlüssel der Städte entgegen, nur die Halmyroden[1] machten den Versuch, ihm Widerstand zu leisten, und antworteten seinen Herolden, daß sie sich nur auf gute Bedingungen hin unterwerfen würden.

»Was verlangen sie noch mehr«, sagte Pantagruel, »als die Hand im Topf und das Glas in der Faust; I, mit denen werden wir nicht viel Federlesens machen.« – Man beschloß also, die Stadt zu stürmen, und alle Vorbereitungen dazu wurden getroffen. Aber auf dem Weg dahin überraschte sie auf offenem Feld plötzlich ein gewaltiger Regenguß. Alles lief durcheinander, und einer drängte den andern, bis Pantagruel ihnen durch die Hauptleute sagen ließ, es hätte nicht viel zu bedeuten, er sähe über den Wolken, daß es nur ein kleiner Schauer sei, und wenn sie sich ordentlich in Reih und Glied stellen würden, so wolle er sie alle sicher bedecken. Das taten sie und stellten sich dicht nebeneinander, worauf Pantagruel seine Zunge bloß zur Hälfte herausstreckte und sie doch alle damit bedeckte wie eine Henne ihre Küchlein.

Ich aber, der ich euch diese wahrhaftige Geschichte erzähle, hatte mich unter ein Kleeblatt geflüchtet, das so groß war wie der Brückenbogen von Mantrible. Als ich nun alle so schön bedeckt sah, wollte ich neben ihnen auch Schutz suchen; aber es gelang mir nicht, denn es waren ihrer so viele, daß, wie man zu sagen pflegt, das Leder zu kurz wurde. Da kletterte ich, so gut ich konnte, nach oben und lief zwei Meilen auf der Zunge entlang, bis ich endlich in den Mund gelangte. Himmlische Götter und Göttinnen, was ich da sah! Möge mich Jupiter mit seinem dreistrahligen Blitz zerschmettern, wenn ich eine einzige Silbe lüge. Ich ging da umher wie in der Sophienkirche zu Konstantinopel und sah große Felsen wie die dänischen Klippen – es waren wohl seine Zähne – und große Wiesen und Wälder und feste Städte, die gewiß nicht kleiner waren als Lyon oder Poitiers. Der erste, auf den ich stieß, war ein gewöhnlicher Landmann, der Kohl pflanzte. Ganz erstaunt fragte ich ihn: »Was machst du da, guter Freund?« – »Ich pflanze Kohl«, antwortete er. – »Und weshalb tust du das?« fragte ich weiter. »Ei, lieber Herr«, antwortete er, »nicht jeder steckt so bequem in seinen Hosen; wir können eben nicht alle reich sein. Ich erwerbe mir damit meinen Unterhalt, denn ich verkaufe den Kohl auf dem Markt der Stadt, die Ihr da-

1 »Salzige« (griech.)

hinten liegen seht.« – »Herrje!« rief ich aus, »ist denn hier eine neue Welt?« – »Mir ist sie just nicht neu«, versetzte er; »aber man sagt, es soll außer dieser noch eine andere geben mit Sonne, Mond und allerhand sonstigen schönen Sachen, doch diese hier ist älter.« – »Aber, mein Freund, wie heißt denn die Stadt, wo du deinen Kohl verkaufst?« fragte ich. – »Sie heißt Aspharagos[1]«, erwiderte er, »und es wohnen ehrliche Christenmenschen darin,

1 »Schlund« (griech.)

die Euch gewiß gut aufnehmen werden.« Also beschloß ich, dahin zu gehen.

Unterwegs traf ich einen jungen Burschen, der Tauben fing; ich fragte ihn, wo die Tauben herkämen, und er sagte: »Aus der andern Welt.« So konnt' ich mir's nicht anders denken, als daß die Tauben hereinfliegen, wenn Pantagruel gähnt, weil sie seinen Schlund für einen Taubenschlag ansehen. Darauf gelangte ich in die Stadt, welche, wie ich bemerkte, schön, wohl befestigt und frei gelegen war; als ich aber hineingehen wollte, fragte mich der Torwächter nach meinem Gesundheitspaß. – »Herrscht denn hier in der Umgegend die Pest?« fragte ich ganz erstaunt. – »Ach, Herr!« sagte er, »hierherum sterben sie wie die Fliegen.« – »Nicht möglich!« sagte ich, »und wo?« – »Besonders in Laringen und Pharingen[1]«, was, wie ich erfuhr, zwei große und reiche Handelsstädte waren, etwa wie Rouen und Nantes. Die Ursache der Pest, die in einem Zeitraum von acht Tagen mehr als zweimalhundertsechzigtausendundsechzehn Menschen hingerafft hatte, war eine greulich stinkende, ungesunde Ausdünstung, die erst seit kurzem aus den dortigen Schluchten emporstieg. Das erregte meine Aufmerksamkeit, und je mehr ich darüber nachdachte, desto mehr gelangte ich zu der Überzeugung, es müsse dies der übelriechende Atem sein, der aus Pantagruels Magen komme, weil er, wie oben erzählt, soviel Kutteln mit Knoblauch gegessen hatte.

Als ich die Stadt wieder verließ, begab ich mich in das Felsgebirge, das von seinen Zähnen gebildet wurde, und bestieg einen der Berge, wo ich die reizendste Gegend der Welt vorfand: schöne große Plätze zum Ballspielen, herrliche Laubengänge, saftige Wiesen, sehr viele Weinberge und eine Unzahl niedlicher Landhäuser in italienischem Geschmack, die auf den Feldern verstreut lagen. Hier blieb ich vier Monate und befand mich so wohl wie noch nie. Dann stieg ich die Backenzähne hinunter, um an den Rand der Lippen zu gelangen; aber auf dem Weg dahin wurde ich in einem großen Wald, der mehr nach den Ohren hin lag, von Räubern überfallen und ausgeplündert. Von da kam ich zu einem kleinen Marktflecken, auf einem Abhang gelegen, dessen Namen ich aber vergessen habe. Hier fand ich noch besseres

1 »Kehlkopf-« und »Gurgelstadt« (griech.)

Unterkommen und konnte auch etwas Geld verdienen. Und was meint ihr wohl, womit? Mit Schlafen! Denn hier mietet man sich die Leute zum Schlafen! und bezahlt fünf bis sechs Groschen den Tag; wer aber ordentlich zu schnarchen versteht, kann auch sechs bis sieben verdienen. – Ich erzählte den Ortsvorstehern, wie ich im Tal ausgeplündert worden sei, und sie sagten mir, daß die Leute dort von schlechtem Ruf und ausgemachte Räuber wären. So fand ich, daß es dortzulande, gerade wie bei uns ein Dies- und Jenseits der Berge, so ein Dies- und Jenseits der Zähne gibt; aber diesseits ist es viel besser, und auch die Luft ist reiner. Dabei erwog ich, wie wahr doch das Wort sei, daß die eine Hälfte der Welt nicht wisse, was die andere treibt; denn niemand hat bisher über dieses Land geschrieben, in welchem es doch außer unwirtsamen Strecken und einem großen Meeresarm fünfundzwanzig bewohnte Königreiche gibt. Aber nunmehr habe ich ein dickes Buch verfaßt, dem ich den Titel »Geschichte der Gurgelinger« gegeben habe, weil diese Völkerschaften meinem Herrn Pantagruel an der Gurgel wohnen.

Zuletzt trieb es mich denn doch wieder davon; ich stieg also auf den Bart, ließ mich von da auf seine Schulter hinab, kletterte zur Erde hinunter und fiel endlich vor seine Füße hin. Als er mich zu Gesicht bekam, fragte er mich: »Wo kommst du her, Alcofribas?« – »Aus Eurem Maul, Herr!« antwortete ich. – »Und wie lange bist du dort gewesen?« – »Seit Ihr gegen die Halmyroden zogt.« – »Das ist ja sechs Monate her«, sagte er. »Und wovon hast du dich genährt? Was hast du getrunken?« – »Von Euch selbst, Herr«, entgegnete ich, »und von dem Besten, was durch Eure Kehle ging, nahm ich meinen Zoll.« – »Aber«, fuhr er fort, »wohin hast du gekackt?« – »Alles Euch in den Hals, Herr«, erwiderte ich. – »Hahaha«, lachte Pantagruel, »du bist mir ja ein schmucker Gesell. Nun, wir haben unterdes mit Gottes Hilfe das ganze Land der Dipsoden erobert, und ich schenke dir die Herrschaft Salmigondien[1].« – »Danke schön, Herr«, versetzte ich, »Ihr belohnt mich weit über mein Verdienst.«

1 »Salzragoutlingen« (franz.)

Dreiunddreißigstes Kapitel

Wie Pantagruel erkrankte und auf welche Weise er kuriert ward

Kurze Zeit darauf erkrankte der gute Pantagruel; er litt an schrecklichen Magenbeschwerden, so daß er weder essen noch trinken konnte, und wie denn ein Unglück selten allein kommt, so kriegte er zugleich auch die heiße Pisse, die ihn ganz unmäßig quälte. Seine Ärzte ließen ihm indessen die wirksamste Pflege angedeihen, und mit Hilfe ihrer lindernden und harntreibenden Mittel verpißte er sein Unglück bald. Aber so heiß war sein Urin gewesen, daß er sich seitdem noch nicht abgekühlt hat und daß man ihn, wie er nun gerade seinen Lauf genommen, noch bis zum heutigen Tag an verschiedenen Orten Frankreichs als warme Quelle findet, zum Beispiel in Cauterets, Limoux, Dax, Balaruc, Néris, Bourbon-Lancy und anderwärts; ferner in Italien: in Monte Grotto, Abano, San Pietro di Padua, Santa Elena, Casa Nuova, San Bartolommeo; ebenso in der Grafschaft Bologna: in Porretta, und an tausend anderen Orten. Und hier muß ich meine Verwunderung darüber aussprechen, daß so viele vernagelte Philosophen und Ärzte ihre Zeit damit vergeuden, sich darüber zu zanken, ob die Wärme dieser Quellen von dem in der Erde lagernden Borax oder Schwefel oder Alaun oder Salpeter herstamme; denn das ist alles Unsinn. Sie sollten sich lieber den Arsch mit Brennesseln wischen als über Dinge streiten, die sie doch nicht verstehen. Zudem ist die Lösung nichts weniger als schwierig; denn es bedarf gar keiner Gründe weiter, weshalb diese Quellen warm sind, als des einen und einzigen: weil sie von Pantagruels heißer Pisse herstammen! Um aber noch kurz anzugeben, wodurch er von seinem Hauptübel geheilt wurde, genüge es hier, zu sagen, daß er außer verschiedenen anderen Mixturen vier Zentner *Scammonium colophoniacum,* einhundertachtunddreißig Karren Kassie und elftausendneunhundert Pfund Rhabarber schluckte. Dann aber mußte nach dem Rat der Ärzte noch das, was so schwer im Magen lag, herausgeschafft werden. Dazu ließ man siebzehn große kupferne Kugeln anfertigen, jede größer als die auf Vergils Obelisken in Rom und so beschaffen, daß sie durch eine Feder in der Mitte geöffnet und geschlossen werden konnten. In die eine Kugel stieg einer von seinen Leuten mit einer Laterne und einem brennenden Licht, worauf Pantagruel sie wie eine kleine Pille hinunterschluckte; in die nächsten fünf stiegen fünf Bauersleute mit um den Hals gehängten Hakken, in drei andere drei Knechte mit Schaufeln und in die letzten acht Gassenkehrer mit Körben am Hals: sie alle wurden wie Pillen hinuntergeschluckt. Im Magen machte jeder seinen Verschluß auf und stieg aus seinem Gehäuse, voran der mit der Laterne, worauf sie alle mehr als eine halbe Meile weit in einem schrecklichen Kot fortwateten, aus dem mephitische Dünste aufstiegen, ärger als aus dem Kamarinischen Sumpf[1] oder dem Stinksee der Sorbonne, von dem Strabon berichtet. Und hätten sie nicht Herz, Magen und Weinpott, vulgär Nischel, gehörig antidotiert gehabt, so würden sie von diesen scheußlichen Dünsten ohnmächtig geworden und erstickt sein. Himmel, was das für ein Gestank war, was für eine pestilenzialische Ausdünstung! Wie das unseren jungen Gallierinnen in die falschen Nasen[2] gestunken haben würde! Schnüffelnd und umhertappend näherten sie sich der fäkalischen Materie und fanden einen berghohen Haufen Unrat. Die Pioniere gruben ihn ab, die anderen schaufelten ihn in die Körbe, und nachdem alles rein gefegt war, zog sich jeder wieder in seine Kugel zurück.

Sofort zwang sich Pantagruel zum Kotzen und spie sie wieder aus, was ihm so leicht vonstatten ging wie euch ein Rülps. Fröhlich stiegen sie aus ihren Pillen ans Tageslicht, was mich unwillkürlich an die Griechen und ihr Trojanisches Pferd erinnerte. Nun war Pantagruel völlig kuriert und wieder so munter wie vorher. Von den kupfernen Pillen aber befindet sich die eine noch jetzt in Orleans auf dem Glockenturm der Heiligenkreuzkirche.

Vierunddreißigstes Kapitel

Ende des gegenwärtigen Buches und des Autors Entschuldigung

Jetzt, liebe Herren, habt ihr den Anfang der wunderbaren Geschichte meines Herrn und Meisters Pantagruel vernommen.

1 bei der antiken Stadt Camarina an der Südostküste Siziliens – 2 Gesichtshalbmasken

Hier schließe ich das erste Buch, denn der Kopf tut mir ein bißchen weh; ich fühle, daß mir der junge Wein die Register meines Gehirns doch etwas in Unordnung gebracht hat. Den Rest der Geschichte soll euch die nächste Frankfurter Messe bescheren; da werdet ihr erfahren, wie Panurg sich verheiratete und gleich im ersten Monat nach der Hochzeit Hahnrei wurde; wie Pantagruel den Stein der Weisen fand, nebst Andeutungen, auf welche Weise man ihn überhaupt finden kann und anwenden muß; wie er das Kaspische Gebirge überstieg, den Atlantischen Ozean durchschiffte, die Kannibalen besiegte und die Perleninseln eroberte; wie er die Tochter des indischen Königs Presthan[1] heiratete, sich mit dem Teufel herumbalgte, fünf Höllenkammern in Brand steckte und die große schwarze Kammer plünderte; wie er Proserpina ins Feuer warf und Luzifer vier Zähne und am Hintern ein Horn ausbrach; wie er in die Regionen des Mondes hinaufstieg, um sich zu überzeugen, ob es wirklich wahr wäre, daß der Mond gar nicht ganz vorhanden sei, sondern sich zu drei Vierteln in den Köpfen unserer Weibsbilder befände, und tausend andere gar allerliebste, lustige und durch und durch wahre Dinge mehr[2]. Gewiß, ich werde alle Hände voll zu tun haben! Nun, gute Nacht, liebe Herren! *Perdonate mi*[3] und gedenkt meiner Fehler nicht mehr als eurer eigenen.

Solltet ihr aber sprechen: »Meister, es scheint uns nicht sehr weise von Euch gehandelt, daß Ihr uns solche Possen und anzüglichen Narrheiten hinschreibt«, so antworte ich euch, daß ihr gewiß ebensowenig weise handelt, wenn ihr euch daran vergnügt, sie zu lesen. Lest ihr sie aber, um euch auf heitere Art damit die Zeit zu vertreiben, wie ich sie mir vertrieb, als ich sie niedergeschrieben habe, nun, so verdienen wir beide es gewiß eher, daß uns vergeben werde, als die Sarabaïten[4], Duckmäuser, Krummbuckel, Heuchler, Scheinheiligen, Augenverdreher, Kuttenheiligen und anderes derartiges Gesindel, das sich verstellt, um die Leute zu betrügen. Denn während sie dem gläubigen Volk weismachen, sie wären mit geistlicher Betrachtung und Andachtsübung, mit Fasten und Kasteien beschäftigt und hielten ihr biß-

1 Zusammenziehung von franz. *Prestre Jehan* Priester Johannes; legendärer Name – 2 scherzhafte Verheißungen, die in den folgenden Büchern nicht erfüllt werden – 3 Verzeiht mir (ital.). – 4 ägypt. Wüstenmönche

chen Sterblichkeit nur eben so bei Atem, lassen sie es sich Gott weiß wie wohl sein und gut schmecken, *et Curios simulant, sed bacchanalia vivunt*[1]. Das könnt ihr in großer, feuriger Schrift von ihren roten Backen und ihren Schmerbäuchen ablesen, vorausgesetzt, daß sie sich nicht mit Schwefel pudern. Und was ihr Studium betrifft, so beschränkt sich das allein darauf, in den Pantagruelinischen Büchern herumzuschnüffeln, aber nicht etwa, um sich zu erheitern, sondern nur um einem andern böswillig zu schaden, das heißt zu nörgeln, spitzfindeln, silbenklaubeln, hinterlisteln, arschtritteln, höllenfeuern – mit einem Wort: zu verleumden. Sie gleichen darin dem Dorfgesindel, das zur Kirschenzeit die Haufen der Kinder umwühlt, um die Kerne herauszuklauben und sie den Drogisten zu verkaufen, die das Mahaleb[2]-Öl daraus gewinnen.

Flieht, verabscheut, haßt sie, wie ich es tue, und ihr werdet euch wohl dabei befinden, das könnt ihr mir glauben. Noch einmal, wollt ihr gute Pantagruelisten sein, das heißt, wollt ihr in Frieden, Freude, Gesundheit leben und euch's allzeit recht gut schmecken lassen, so traut nun und nimmermehr denen, die aus einer Kutte schauen.

1 und sie tun wie ein Curius, leben jedoch wie ein Wüstling (lat.); Juvenal, Satiren 2, 3. – 2 Weichselkirsche (arab.)

Drittes Buch

Des Pantagruel zweites

François Rabelais an den Geist der Königin von Navarra[1]

Tiefsinniger, entrückter, hoher Geist,
der in des Ursprungs Himmelskreisen thront,
indes dein Wirt und Wohnsitz bleibt verwaist,
des Leibes Lieblichkeit, der, treu gewohnt
fortwandernd, allen deinen Wünschen front,
empfindungslos und gleichsam wie von Sinnen:
kannst du nicht einen Augenblick entrinnen
aus deinen überirdisch ewgen Sphären,
da mit dem dritten Teil ich will beginnen
von des Pantagruel vergnügten Mären?

1 Margarete von Navarra

Vorwort des Verfassers,
Meister François Rabelais, zum dritten Buch der heroischen Taten und Reden des guten Pantagruel

Gute Leutchen, sehr erlauchte Zecher und ihr, meine allerwertesten Podagristen, sagt doch, habt ihr jemals Diogenes, den kynischen Philosophen, gesehen? Na, wenn ihr ihn gesehen habt, so ist das ein Beweis, daß ihr damals nicht blind gewesen seid, oder mein Verstand und meine Logik müßten mir vollends abhanden gekommen sein. Ach, es ist doch ein schön Ding, das helle Sonnenlicht zu schauen – Wein und Sonnentaler sind übrigens auch nicht übel! –; das sehen wir an dem Blindgebornen, von dem uns die Heilige Schrift erzählt, daß er nach dem Willen des, der allmächtig ist, die Wahl hatte, zu wünschen, was er wollte, und der sich keinen Augenblick bedachte, sondern nur das Augenlicht begehrte. Wie sich von selbst versteht, könnt ihr dann auch nicht mehr jung sein, was in betreff des Weins, nicht des Wahns, eine respektable Eigenschaft ist, nämlich um über die Natur hinauszuphilosophieren und schlürfend im Rate des Bacchus über Gehalt, Farbe, Blume, Güte, Stärke, Süße, Kraft, Wirkung und Würde dieses gesegneten und vielbegehrten Getränks eure Stimme abzugeben.

Solltet ihr ihn aber, wie ich fast geneigt bin anzunehmen, nicht gesehen haben, so werdet ihr doch wenigstens von ihm gehört haben. Denn bis auf den heutigen Tag sind alle Lande seines Ruhms und seines Namens voll, und wenn ich nicht sehr irre, seid ihr ja alle phrygischer Herkunft und habt, wenn auch nicht soviel Gold, so doch wenigstens das von Midas, was die Perser an ihren Spähern ganz besonders schätzten und Kaiser Antonin[1] sich am meisten wünschte; die Rohaner Feldschlange ist darauf getauft: Schönohr. Hättet ihr aber wirklich nichts von ihm gehört, nun, so werde ich euch jetzt, um Becher und Rede in erwünschten Gang zu bringen, eine kleine Geschichte von ihm erzählen. Also trinkt und hört zu. Damit ihr aber nicht gar zu unwissend seid, teile ich euch vorher mit, daß er seinerzeit ein grundgescheiter, kreuzfideler Philosoph war; wenn er etwa seine

1 Caracalla

kleinen Fehler hatte, so fehlt's euch auch nicht daran: wir hai alle welche, vollkommen ist Gott allein. Und so kam's, d Alexander der Große, der doch einen Aristoteles zum Lehrer un. Gefährten gehabt hatte, eine solche Hochachtung für ihn besaß, daß er, wie er sich äußerte, Diogenes von Sinope hätte sein mögen, wenn er nicht Alexander gewesen wäre.

Als die Korinther von ihren Spähern erfuhren, daß Philipp von Makedonien mit vielem Kriegszeug und einem großen Heer heranzöge, um sie und ihre Stadt zu belagern und zu verderben, waren sie nicht ohne Grund sehr erschrocken und beeilten sich allesamt, Vorkehrungen jeder Art zu treffen, um dem feindlichen Angriff zu widerstehen und ihre Stadt zu verteidigen. Zu diesem Zweck schafften die einen ihre bewegliche Habe, Korn, Vieh, Wein, Früchte, Lebensmittel und Kriegsbedarf in die befestigte Stadt, währenddessen andere die Mauern ausbesserten, Bastionen errichteten, Außenwerke anlegten, Gräben zogen, Gegenminen gruben, Schanzkörbe flochten, Plattformen instand setzten, Kasematten ausräumten, Balkensperren erneuerten, Palisaden einrammten, Schanzen flickten, Zwischenwälle aufwarfen, Wachhäuschen auf die Türme setzten, Brustwehren aufstellten, Schießscharten durchbrachen, die Mauerkronen mit Eisenspitzen versahen, Fallgatter und Torsperrvorrichtungen reparierten, Schildwachen aufpflanzten und Patrouillen aussandten. Da war jeder auf seinem Posten, und jeder trug seine Kiepe. Die einen polierten Panzer, lackierten Sättel, putzten Pferdeharnische, Roßstirnen, Beinschienen, Armschienen, Helme, Wehrgehänge, Sturmhauben, Kettenhemden, Achselstücke, Halsbergen, Brustharnische, Schilde, Panzerhandschuhe, Eisenschuhe und Sporen; die andern waren damit beschäftigt, Bogen, Schleudern, Armbrüste, Bolzen, Katapulte, Granaten, Pechpfannen, Feuertöpfe, Ballisten, Skorpione und andere Kriegsmaschinen zur Abwehr und Zerstörung der Belagerungstürme herzurichten; sie schärften Spieße, Piken, Hellebarden, Hakenstangen, Lanzen, Pfeile, Morgensterne, Partisanen, Streitäxte, Beile, kurze, mittlere und lange Wurfspeere; sie schliffen Pallasche, Säbel, Schwerter, Degen, Stilette, Springdolche, Handmesser und allerlei andere Angriffswaffen. Ein jeder holte seine alte Plempe hervor und machte sie wieder blank; da war kein Weib so zimperlich oder so alt, die nicht ihren Harnisch hätte putzen lassen, denn was das Draufgehen anbetraf, so waren die alten Korintherinnen wahre Mordsweiber.

Diogenes, der alle Welt in solch geschäftigem Eifer sah und dem selber von den Behörden der Stadt keinerlei Aufgabe übertragen worden war, betrachtete sich das Ding einige Tage lang, ohne ein Wort zu sagen. Dann plötzlich, als ob der kriegerische Geist über ihn gekommen sei, rollte er seinen Mantel zur Schärpe zusammen, streifte die Ärmel bis zum Ellbogen auf, schürzte sich das Gewand wie ein Äpfelpflücker, gab einem alten Gefährten seinen Bettelsack, seine Bücher und Manuskripte in Verwahrung und machte sich nach dem Kranion, einem Hügel und Vorgebirge mit schöner Esplanade unweit Korinth, auf den Weg; dahin rollte er auch seine tönerne Tonne, die ihm bei schlechtem Wetter als Wohnung diente. In höchster Aufregung und ohne seinen Armen auch nur einen Augenblick Ruhe zu gönnen, machte er sich daran, sie zu drehen, zu wenden, hin und her zu schwenken, schaukeln, auf den Kopf zu stellen, zu schütteln, daran zu klopfen, darauf zu schlagen, sie umzustürzen, mit dem Fuß vor sich herzustoßen, etwas hineinzugießen, es wieder auszuschöpfen, sie erklingen zu lassen, zuzudecken, aufzudecken, nach rechts zu rollen, nach links, geradeaus, zurück, sie in die Höhe zu heben, auszuwaschen, hineinzukriechen, wieder herauszukriechen, darauf zu reiten und sich hineinzulegen; dann rollte er sie den Kranion hinab ins Tal, dann wieder den Berg hinauf wie Sisyphus seinen Stein, so daß er sie beinahe zertrümmert hätte. Einige seiner Freunde, die das sahen, fragten ihn, weshalb er denn Leib und Seele und die arme Tonne so quäle, worauf der Philosoph ihnen erwiderte, der Staat habe ihm eben keine andere Beschäftigung angewiesen, und so mache er sich wenigstens etwas mit seiner Tonne zu schaffen, um doch nicht ganz müßig und unbeschäftigt zu sein, während alle anderen es sich so sauer werden ließen.

So ich! Und bin ich auch nicht besorgt, so bin ich doch bewegt. Niemand hielt mich für gut genug, mit Hand ans Werk zu legen, und dabei muß ich sehen, wie jetzt jeder in diesem edlen Reich, diesseits wie jenseits der Berge, sich abmüht und voll Eifers ist, sein Vaterland zu schützen und zu verteidigen oder dem Feind entgegenzurücken und ihn anzugreifen, und das alles in so beispielhafter Zucht und Sitte, mit so bewunderungswürdiger

Ordnung, zu so sichtbarem Nutzen für die Zukunft – denn nun wird Frankreich sichere Grenzen gewinnen und nichts mehr zu fürchten brauchen –, daß ich mich fast der Ansicht des guten Heraklit anschließe, der den Krieg für den Vater aller wünschenswerten Güter hielt, und nicht glauben kann, *bellum* sei eine Antiphrase von *bellus* [1], wie gewisse alte lateinische Wurzelkauer meinen, die am Krieg durchaus nichts Hübsches finden, sondern es vielmehr für einen ganz sinnentsprechenden Ausdruck halten möchte, da der Krieg alles, was gut und schön ist, zur Erscheinung bringt und alles Böse und Garstige offenbar macht. Daß dem so ist, folgert schon allein daraus, daß der weise und friedliebende König Salomo uns die unaussprechliche Vortrefflichkeit der göttlichen Weisheit nicht besser darzustellen gewußt hat, als daß er sie mit einem wohlgerüsteten und wohlgeleiteten Kriegsheer verglich.

Da ich also in die Reihe derer, die den Feind angreifen, nicht aufgenommen und eingestellt wurde, man mich dafür als zu einfältig und schwach erachtete, auch von denen, die des Landes Verteidigung übernahmen, ohne Auftrag blieb, und wäre es nur der gewesen, Schanzkörbe zu schleppen, Erde zu schaufeln oder Steine zu klopfen, so hielt ich es doch für eine zu große Schmach, zur Rolle eines müßigen Zuschauers so vieler tapferer, beredter und heldenhafter Leute verdammt zu sein, welche vor den Augen ganz Europas diese bedeutende Historie und Tragikomödie aufführen, während es mir nicht vergönnt sein sollte, mich gleichfalls nützlich zu machen und das bißchen Kraft, das ich besitze, der Allgemeinheit zu weihen. Denn wenig Ruhm, scheint mir, erwerben die, welche nur mit den Augen dabei tätig sind, sonst aber ihre Kräfte schonen, ihr Vermögen in Sicherheit bringen, ihr Silber vergraben, sich wie verdrossene Tagediebe den Kopf mit einem Finger krauen, Fliegen fangen, wie arkadische Esel beim Klang der Lieder die Ohren spitzen und nur durch Mienen andeuten, daß sie dem Stück Beifall zollen.

Also traf ich meine Wahl und glaubte nichts Überflüssiges und Unnützes zu tun, wenn ich meine Diogenestonne, das einzige, was ich aus früherem Schiffbruch in der Meerenge des Unglücks gerettet habe, ein wenig hin- und herrollte. Was dabei heraus-

1 Krieg ... angenehm (lat.)

kommen wird, fragt ihr? Bei der hochgeschürzten Jungfrau, das weiß ich selbst nicht! Laßt mich nur erst ein paar Züge aus dieser Flasche tun; ist sie doch mein einziger und wahrhaftiger Helikon, mein Zauberbrunnen, meine ausschließliche Begeisterungsquelle. Trinkend bedenk' ich, erwäg' ich, entschließ' ich und entscheid' ich mich. Nach dem Epilog lach', schreib', dicht' und – trink' ich. Trank Ennius nicht auch beim Schreiben, und schrieb er nicht beim Trinken? Dichtete Aischylos nicht beim Bechern und becherte beim Dichten, wenn nämlich Plutarch *in symposiacis*[1] Glauben zu schenken ist? Homer schrieb niemals nüchtern und Cato immer erst dann, wenn er getrunken hatte. Ihr seht daran, daß ich mir die Allerbesten und Gefeiertsten zum Vorbild nehme. Außerdem ist er gut und kühl wie die Stoffe im zweiten Grad[2]. Gott, der Herr Zebaoth, welches heißt der Heerscharen, sei ewiglich dafür gepriesen! Und wollt ihr ohne großes Aufheben auch einen Becher voll oder ein paar zu euch nehmen, so finde ich darin nichts Unpassendes, vorausgesetzt, daß ihr Gott dem Herrn ebenfalls die Ehre gebt.

Da das also nun einmal mein Geschick und meine Bestimmung ist, denn nicht jedem ist es auferlegt, nach Korinth zu kommen und dort zu wohnen,[3] so denk' ich, bald dem einen, bald dem andern meine Dienste zu widmen, damit ich doch nicht ganz müßig und unnütz bleibe. Den Schippern, Pionieren, Schanzgräbern will ich zur Hand gehen, wie Neptun und Apollo unter Laomedon vor Troja[4] und Renaud de Montauban in seinen alten Tagen es gemacht haben: will die Maurer bedienen, für die Maurer kochen und, wenn sie gegessen haben, ihnen obendrein auf meiner Sackpfeife die Pfiffe der pfiffigen Pfiffiologen vorpfeifen. So gründete, erbaute und errichtete Amphion beim Spiel seiner Leier die große und berühmte Stadt Theben. Den Kriegsleuten will ich mein Faß frisch anstecken und aus dem Spundloch, das ihr aus den früheren Büchern besser kennen würdet, wenn die betrügerischen Drucker es nicht so schmählich verbohrt und besudelt hätten, ein köstlich Drittelchen landläufigen Narrentums und ein lustig Viertelchen pantagruelistischer Weis-

1 »Tischgespräche« – 2 von mäßiger Temperatur; nach medizinischer Fachsprache, in der nach Galen die Eigenschaften warm, trocken usw. in 4 Grade unterteilt wurden – 3 nach Horaz, Episteln 1, 17, 36 – 4 Auf Geheiß Jupiters mußten Apollo und Neptun für den trojan. König Laomedon die Mauern der Stadt errichten.

heitssprüchlein – oder nennt sie meintwegen diogenische, mir auch recht! – abzapfen. Weil ich nun einmal ihr Genosse nicht sein kann, so will ich wenigstens allen ein treuer Pfleger und Versorger sein, ihnen, soviel in meinen Kräften steht, Mut zusprechen, wenn sie ängstlich werden, und ihre Tapferkeit wie ihre herrlichen Waffentaten rühmen, ohne müde zu werden. Kotz Bitterklee und Ampfer, werd's schon zustande bringen, es müßte denn der März die Fasten im Stich lassen; aber er wird sich wohl hüten, der Schlingel!

Ich erinnere mich, von Ptolemäus, dem Sohn des Lagus, gelesen zu haben, daß er einmal den Ägyptern unter anderen Beutestücken, die er auf seinen Eroberungszügen erworben, im Theater auch ein pechschwarzes Kamel vorführte und einen zweifarbigen Sklaven, der halb schwarz, halb weiß war – aber nicht der Quere, das heißt dem Zwerchfell nach wie die der Venus geweihte Frau, die der Philosoph von Tyana[1] zwischen dem Hydaspes und Kaukasus sah, sondern der Länge nach, perpendikulär –, in der Hoffnung, er werde durch diese in Ägypten noch nie gesehenen Dinge die Liebe des Volks in höherem Maße gewinnen. Aber was geschah? Beim Anblick des Kamels erschraken alle und waren entrüstet; als sie aber den zweifarbigen Menschen zu Gesicht bekamen, machten sich die einen über ihn lustig, während ihn die anderen als ein abscheuliches, unnatürliches Geschöpf verwünschten. Genug, was er gehofft hatte, nämlich den Ägyptern zu gefallen und die Liebe, die sie von Natur zu ihm hegten, noch zu steigern, traf nicht ein, sondern er mußte die Erfahrung machen, daß schöne, angenehme und vollkommene Dinge ihnen mehr Genuß und Freude gewährten, als was lächerlich und häßlich war. Man zollte dem Sklaven wie dem Kamel nichts als Verachtung, und da man sich um beide nicht weiter kümmerte und ihnen die gehörige Pflege fehlte, so tauschten sie den Tod für das Leben ein.

Dieses Beispiel läßt mich zwischen Furcht und Hoffnung schwanken, ob ich nicht statt des ersehnten Beifalls gerade das ernten werde, was ich am meisten verabscheue, ob mein Schatz nicht zu Kohlen werden wird, ob ich nicht statt der Venus einen Hund werfe[2] und es mir passiert, daß ich meine Leute ärgere,

1 Apollonius – 2 höchster und niedrigster Wurf beim röm. Würfelspiel

statt sie zufriedenzustellen, kränke, statt sie zu erheitern, ihnen mißfalle, statt zu gefallen, und das Schicksal des Hahns des Euklion teile, den Plautus in seiner »Topfkomödie« und Ausonius in seinem »Gryphus« und anderswo gewürdigt hat: dem dafür, daß er den Schatz aus der Erde gescharrt hatte, der Hals abgeschnitten wurde. Wäre das nicht, um aus der Haut zu fahren? Und ist es etwa so unmöglich? 's wär' nicht das erste Mal! Aber nein, beim Herkules! Bemerk' ich an ihnen allen doch so etwas Spezifisches, so etwas Besonderes, Eigentümliches, das unsere Väter mit dem Namen Pantagruelismus bezeichneten und das darin besteht, nichts krummzunehmen. Werden schon das frische, freie, fröhliche Gemüt zu schätzen wissen! Fand ja stets, daß sie schon mit dem guten Willen allein zufrieden waren, wenn's auch mit dem Vermögen zuweilen haperte. So lasse ich mir denn darüber keine grauen Haare wachsen und kehre zu meinem Fäßchen zurück.

Also herbei, Genossen! Die Becher gefüllt! Ausgetrunken! Schmeckt euch der Wein nicht, so laßt ihn stehen. Ich bin keiner von den lästigen Saufausbrüdern, die ihre Kumpane durchaus und mit aller Gewalt zum Trinken, ja, was noch schlimmer ist, zum Pokulieren, Stiefeln und Bechern zwingen wollen. Jeder ehrliche Zecher, jeder brave Gichtknoten, jeder, der Durst hat und zu meinem Faß kommt – wenn er nicht trinken will, gut, so trink' er nicht; will er aber trinken und schmeckt der Wein dem edlen Herrn, so trink' er frisch, frei und in vollen Zügen. Bezahlt wird hier nichts, und gespart wird auch nichts. Das ist meine Losung. Braucht auch niemand zu fürchten, daß der Wein etwa alle werden könnte wie auf der Hochzeit zu Kana in Galiläa. Wieviel durch den Hahn abläuft, soviel wird durchs Spundloch immer wieder nachgefüllt, und so ist das Faß ohne Ende; es quillt in ihm und fließt daraus unaufhörlich und gleicht darin dem Becher des Tantalus, wie die weisen Brahmanen ihn *in figura* darstellen, oder dem berühmten Salzgebirge in Iberien, das Cato so preist, oder dem goldenen Zweig, der der unterirdischen Göttin geweiht war und von dem Vergil uns singt.[1] Es ist ein wahres Füllhorn der Heiterkeit und des Scherzes, und selbst wenn's manchmal scheint, als ob's bis auf die Neige geleert wär', ist es noch lange

1 s. »Äneis« 6, 136/43

nicht erschöpft. Liegt doch, wie in Pandoras Büchse, die Hoffnung und nicht, wie im Faß der Danaiden, die Verzweiflung auf dem Grund. Achtet nur darauf, was ich euch gesagt habe, und vergeßt nicht, was für Leute es sind, die ich mir zu Gast lade. Denn darüber täusche sich niemand: Wie Lucilius sich dagegen verwahrte, an jemand anders als an seine Tarentiner und Consentiner geschrieben zu haben, so habe auch ich es nur auf euch, ihr braven Zecher und ehrlichen Podagristen, abgesehen. Die Sportelschlucker und Nebelfresser haben Vorm arsch dampf genug und genug Hakensäcke für die Jagd; laßt sie umherlungern, wo sie wollen, hier ist kein Wild für sie. Auch von den Quadratköpfen und den Silbenstechern schweigt, bei den vier Hinterbakken und dem lebenspendenden Bolzen, der sie bei eurer Zeugung zusammenkoppelte, beschwör' ich euch. Noch mehr von den Kuttenheiligen, denen ich wünscht', daß sie samt und sonders vor Syphilis und Aussatz schier von Sinnen kämen und unstillbarer Hunger und Durst sie plagen möcht'. Fragt ihr, warum? Darum, weil sie nicht vom Guten, sondern vom Übel sind, von dem Übel, davon uns zu erlösen wir täglich Gott bitten, ob sie auch hin und wieder die Beklagenswerten spielen. Aber ein alter Affe schneidet nun einmal keine schöne Fratze! Fort da, ihr Köter, mir aus dem Weg! Aus der Sonne mir, ihr Kuttenpack, hol' euch der Teufel! Kommt ihr gemeinen Wackelärsche hierher, mir meinen Wein zu beschnuppern und meine Tonne zu beseichen? Hier ist der Knüppel, der nach Diogenes' testamentarischer Verfügung seit seinem Tode daneben liegt, um alle Koboldsfratzen und Höllenhunde damit fortzujagen und kreuzlahm zu prügeln. Also zurück, ihr Duckmäuser! Platz da! Schert euch zu euren Schafen, ihr Köter, zum Teufel, ihr Heuchler! He? Noch da? Meinen Anteil von Papomanien[1] dafür, wenn ich euch krieg'! Kusch, kusch! Fort! Wird's? Wollt', daß ihr nimmer schißt als unter blutigen Geißelhieben, nimmer pißtet als auf der Wippe und warm nicht würdet als vom Prügelholz!

1 s. Buch 4, 48/54

Erstes Kapitel

Wie Pantagruel eine Kolonie aus Utopien nach Dipsodien führte

Nachdem Pantagruel ganz Dipsodien erobert hatte, verpflanzte er dorthin aus Utopien eine Kolonie von neun Milliarden achthundertsechsundsiebzig Millionen fünfhundertdreiundvierzigtausendzweihundertundzehn Mann, Weiber und Kinder nicht mitgerechnet, darunter Handwerker, Künstler und Gelehrte aller Art, um besagtes Land, das schwach besiedelt und größtenteils öde war, wiederaufzubauen, mehr zu bevölkern und in Flor zu bringen. Er tat dies nicht allein aus dem Grund, weil die Bevölkerung in Utopien sich so ungeheuer vermehrt hatte – denn ohne daß ich's euch zu sagen brauche, werdet ihr ja wissen, daß die Utopier so fruchtbare Zeugungsglieder und die Utopierinnen so große, heißhungrige, zähe und prächtig gezellte Gebärmuttern hatten, daß jeden neunten Monat in jeder Familie wenigstens sieben Kinder, Knaben und Mädchen, zutage gefördert wurden, ganz wie bei den Juden in Ägypten, wenn nämlich von Lyra nicht deliriert –, auch nicht, weil der Boden in Dipsodien so überaus fruchtbar, das Klima gesund und die Beschaffenheit des Landes so günstig waren, sondern hauptsächlich deshalb, um die alte Bevölkerung durch Vermischung mit seinen getreuen utopischen Untertanen in Unterwürfigkeit und Gehorsam zu halten. Denn diese letzteren hatten ja seit Menschengedenken keinen andern Herrn gekannt, anerkannt, verehrt und ihm gehorsam gedient als Pantagruel und hatten schon vom ersten Tag ihres Erdensaseins an die Süßigkeit und Lieblichkeit seines Regiments mit der Muttermilch eingesogen, so daß sie ganz davon durchtränkt und erfüllt waren. Deshalb war nicht allein sicher zu hoffen, sie würden, wohin man sie auch führe und wie sehr man sie auch zerstreue, lieber ihr Leben lassen als von dieser alten Treue weichen, wohl aber sie unverändert den Kindern ihres Bluts vererben, sondern es war auch anzunehmen, daß es ihnen gelingen würde, die dem Reich neu vereinigten Völker zu gleicher Treue und gleichem Gehorsam anzuhalten, was auch in der Tat geschah, so daß seine Absicht vollkommen erreicht wurde. Denn waren die Utopier schon vor ihrer Übersiedlung treu und dankbar gewesen, so waren die Dipsoden, nachdem jene einige Zeit mit ihnen zusammen gelebt hatten, es noch viel mehr, was sich aus dem natürlichen Eifer erklären läßt, den die Menschen gewöhnlich bei all dem, was sie gern tun, anfänglich an den Tag legen. Nur beklagten sie und haderten darüber mit dem Himmel und den Lenkern der Sphären, daß sie nicht schon früher vom Ruhm des guten Pantagruel gehört hätten.

Ihr werdet hieraus erkennen, meine lieben Zechbrüder, daß die richtige Art, sich ein erobertes Land untertänig zu machen und so zu erhalten, nicht, wie gewisse tyrannische Geister zu ihrer Schande und Unehre gemeint haben[1], darin besteht, daß man die Völker ausplündere, knechte, unterdrücke, ruiniere, schikaniere und mit eisernen Ruten peitsche, mit einem Wort, daß man sie nach Art des ungerechten Königs, den Homer Demoboros, das heißt Volksfresser[2], nennt, mit Haut und Haar verschlinge. Ich brauche euch dazu nicht auf die Geschichte des Altertums hinzuweisen, sondern rufe euch nur ins Gedächtnis, was unsere Väter und, wenn ihr nicht gar zu jung seid, was ihr selbst gesehen habt. Wie ein neugebornes Kind muß man sie nähren, wiegen, hätscheln; wie einen neugepflanzten Baum sie stützen, umhegen, vor allen schädlichen Einflüssen und Unbilden bewahren; wie einen von schwerster Krankheit Genesenden pflegen, schonen, kräftigen: so daß sie zu der Überzeugung gelangen, es gäbe auf der Welt keinen König noch Fürsten, den sie unlieber zu ihrem Feind und lieber zu ihrem Freund haben möchten. So eroberte Osiris, der große Ägypterkönig, das ganze Erdreich weniger durch die Gewalt der Waffen als dadurch, daß er den Unterdrückten aufhalf, weise und heilsame Lebensregeln aufstellte, zweckmäßige Gesetze gab, Milde walten ließ und Wohltaten spendete. Deshalb wurde er infolge des Befehls, den Jupiter an eine gewisse Pamyle ergehen ließ, von aller Welt Euergetes, das heißt Wohltäter, genannt. Hesiod in seiner »Theogonie« weist den guten Dämonen oder, wie wir sagen würden, den Engeln die Rolle von Mittlern oder Gliedern zwischen Göttern und Menschen zu: höhergestellt als die Menschen, stehen sie den Göttern nahe. Und da alle Schätze und Güter des Himmels durch ihre Hand zu uns gelangen, sie uns fortwährend Gutes erweisen und uns vor Übel bewahren, so nennt er ihr Amt ein königliches;

1 wahrscheinlich Anspielung auf Machiavelli – 2 Schimpfname für Agamemnon (»Ilias« 1, 231)

denn immer Gutes tun, nie aber Übles, das ist der Könige einzig wahres Tun.

So wurde Alexander von Makedonien Beherrscher der Welt, so Herkules Herr des Festlandes, indem er die Menschheit von Ungeheuern, von Unterdrückung, Erpressung und Tyrannei befreite, mit Milde herrschte, Billigkeit und Gerechtigkeit walten ließ, jedem Land nach seiner Beschaffenheit heilsame Ordnung und weise Gesetze gab, wo Mangel war, ihm abhalf, wo Überfluß sich zeigte, ihn beschränkte, alles Frühere verzieh und alte Vergehen in ewige Vergessenheit begrub, gleich der athenischen Amnestie, da Thrasybuls Tapferkeit und Geschick die Tyrannen gestürzt hatte, was später von Cicero geschildert und von Kaiser Aurelian nachgeahmt worden ist. Das sind die Zaubermittel, die Wundertränklein und Liebeselixiere, durch die man im Frieden sich bewahrt, was man mühsam mit dem Schwert errungen. Glücklicher kann kein Eroberer herrschen, sei er nun König, Fürst oder Weiser, als wenn er der Tapferkeit die Gerechtigkeit auf dem Fuße folgen läßt. Seine Tapferkeit bewährt er im Sieg und in der Eroberung, seine Gerechtigkeit aber dadurch, daß er zum Besten des Volks und aus Liebe zu ihm Gesetze gibt, Verordnungen trifft, Religionen stiftet und einem jeden zu seinem Recht verhilft, ganz wie der edle Dichter Maro[1] von Octavianus Augustus sagt:

Er, der gesiegt, lenkt der Besiegten Willen,
daß sie voll Freude sein Gebot erfüllen.

Darum nennt Homer in seiner »Ilias« die guten Fürsten und großen Könige κοσμήτορε λαῶν, was soviel heißt wie »Schmücker der Völker«. Solche Erwägung leitete Numa Pompilius, den zweiten König der Römer, diesen gerechten, staatsklugen und weisen Herrscher, als er befahl, daß dem Gott Terminus an seinem Fest, den sogenannten Terminalien, nur unblutige Opfer dargebracht werden sollten, wodurch er uns lehrt, daß es sich gezieme, die Reiche innerhalb ihrer Grenzen und was dazu erworben ist in Frieden, Sanftmut und Milde zu erhalten und zu regieren, nicht aber die Hände mit Blut und Raub zu beflecken. Wer anders handelt, wird nicht allein das Erworbene wieder verlieren, sondern er wird dazu auch noch den Schimpf

1 Vergil (»Vom Landbau« 4, 559/60)

und die Schande tragen müssen, daß er es sträflich und unrechtmäßig erworben habe, was daraus geschlossen wird, daß es ihm unter den Händen wieder zerronnen ist; denn unrecht Gut gedeiht nicht. Und sollte er selbst es sein ganzes Leben lang ungestört genießen, so würde doch, wenn seine Erben es einmal verlören, den, der es erworben, dieselbe Schmach treffen, und man würde seinem Andenken als dem eines ungerechten Eroberers fluchen; denn ein Sprichwort sagt: »Ungerecht erworbenes Gut vererbt sich nicht bis über das dritte Glied hinaus.« Und nun bemerkt zugleich, meine lieben Gichtknoten, wie Pantagruel hier aus einem Engel zwei machte, gerade das Gegenteil von dem, was Karl der Große tat, der aus einem Teufel zwei machte, als er die Sachsen nach Flandern und die Flamen nach Sachsen verpflanzte. Denn da die Sachsen, die er zum Reiche geschlagen, sich nicht wollten bändigen lassen und immer wieder empörten, sobald er nur etwas weiter weg, in Spanien oder sonstwo, war, siedelte er sie nach dem ihm von Natur ergebenen Land, nach Flandern, um, wie er seine alten Untertanen, die Hennegauer und Flamen, nach Sachsen schickte, da er sich auf ihre Treue auch in der Ferne meinte verlassen zu können. Aber wie sich bald herausstellte, verharrten die Sachsen in ihrer alten Widerspenstigkeit; die Flamen dagegen, seit sie in Sachsen wohnten, nahmen die Sitten und die Widersetzlichkeit der Sachsen an.

Zweites Kapitel

Wie Panurg Burgherr von Salmigondien in Dipsodien ward und wie er seinen Weizen grün verzehrte

Durch eine Weisung an die Regierung von Dipsodien verlieh Pantagruel Panurg die Herrschaft Salmigondien, die eine feste jährliche Einkunft von 6,789,106,789 Goldgulden abwarf, wozu noch ein allerdings ungewisser Ertrag von den Maikäfern und Schnecken kam, der sich aber doch, ein Jahr ins andere gerechnet, immer noch auf 2,435,768 bis 2,435,769 Dukaten belief. Manchmal, wenn es gerade ein gutes Maikäferjahr war und die Schnecken recht begehrt wurden, stieg er auch wohl an bis auf 1,234,554,321 Zechinen; das geschah aber nicht alle Jahre. Der neue Burgherr wirtschaftete so vortrefflich und umsichtig, daß er bereits in weniger als vierzehn Tagen mit den dreijährigen Einkünften seiner Herrschaft, das heißt mit den festen wie den zufälligen, fertig war. Nicht etwa daß er Klöster gestiftet, Kirchen gebaut, Schulen und Hospitäler dotiert oder sonst irgendwie seinen Speck vor die Hunde geworfen hätte, keineswegs. Alles ging in unzähligen kleinen Schmausereien und lustigen Gelagen drauf. Sein Haus stand offen für jedermann; was nur ein guter Kumpan war, alle jungen Damen und Herzliebchen waren willkommen. Da wurden die Wälder abgeholzt, die herrlichsten Stämme verbrannt, um als Asche verhandelt zu werden, Geld vorausgenommen, teuer gekauft, wohlfeil verkauft, mit einem Wort: er verzehrte den Weizen grün. – Pantagruel, dem man dies hinterbrachte, wurde darüber nichts weniger als zornig oder ärgerlich, ja nicht einmal betrübt, denn, wie ich schon öfters sagte, er war der allerbeste, der prächtigste und liebste Mensch, der sich je den Degen umgeschnallt hat. Alles nahm er von der guten Seite, alles legte er zum besten aus, nichts grämte ihn oder brachte ihn in Harnisch. Er hätte ja auch nicht mit einer so göttlichen Vernunft begabt sein müssen, wenn er sich hätte ärgern oder über etwas beklagen wollen. Denn alle Güter, über die der Himmel sich wölbt und welche die Erde nach jeder Richtung hin, nach Höhe, Tiefe, Länge oder Breite, in sich schließt, sind doch wirklich nicht wert, daß sie unsere Leidenschaften erregen oder Geist und Gemüt beunruhigen. Deshalb zog er Panurg nur beiseite und stellte ihm ganz freundschaftlich vor, daß, wenn er so leben wolle und nicht besser wirtschafte, es fast unmöglich wäre oder zumindest sehr schwerhalten würde, ihn jemals reich zu machen. – »Reich?« erwiderte Panurg, »habt Ihr Euch das wirklich in den Kopf gesetzt? Macht Euch das Sorge, wie ich in dieser Welt reich werde? Bei Gott und allen guten Menschen, lustig leben, das ist die Hauptsache! Andere Sorge schleiche sich nie in das Allerheiligste Eures göttlichen Hirns. Nie und nimmer laßt Euch seine Heiterkeit durch solche mit irdischen Bedenken verbrämten Gedankennebel trüben. Alle Welt schreit: ›Gute Wirtschaft! Gute Wirtschaft!‹ Aber die so schreien, wissen nicht, was gute Wirtschaft ist. Sie sollten sich von mir darin unterrichten lassen.

Begreift doch nur, in dem, was Ihr mir da vorwerft, mache ich es ja nur so wie die Universität und das Parlament von Paris, die bekanntlich beide die personifizierte Idee der Pantheologie[1] und Gerechtigkeit sind; wer das bezweifelt oder nicht unverbrüchlich daran glaubt, ist ein Ketzer! Sie verschmausen ihren Bischof oder, was dasselbe ist, die Einkünfte seines Bistums von einem Jahr, ja auch von zweien, manchmal an einem einzigen Tag, nämlich an dem, wo sie ihn in sein Amt einführen. Wenn er nicht gesteinigt werden will, kann er sich dem gar nicht entziehen. Überdies erfülle ich zugleich die Forderungen der vier Kardinaltugenden.

Erstens der Klugheit, indem ich Geld vorausnehme; denn wer weiß, wie der Hase läuft und ob die Welt noch drei Jahre zusammenhalten wird? Aber auch angenommen, daß sie noch länger zusammenhält, wer wird so töricht sein und mit Bestimmtheit darauf rechnen, daß er nach drei Jahren noch lebt?

> Wer hätt die Götter so in Händen doch,
> daß er könnt sagen: Morgen leb ich noch?[2]

Zweitens der Gerechtigkeit, nämlich der nach Angebot und Nachfrage, indem ich teuer einkaufe – sagen wir: auf Pump – und wohlfeil verkaufe – versteht sich: gegen bar. Denn was sagt Cato in seiner ›Hauswirtschaft‹ darüber? ›Ein Familienvater‹, sagt er, ›muß fortwährend verkaufen, dann kann's gar nicht anders sein, als daß er reich wird, wenn nur der Vorrat immer reicht.‹ Dann der Gerechtigkeit nach Verdienst, indem ich nämlich gute, wohlgemerkt gute, und anständige Kumpane, die das Schicksal wie Odysseus ohne den erforderlichen Mundvorrat auf dem Hungerfelsen abgesetzt hat, durchfüttere, desgleichen gute, wohlgemerkt gute, und junge, wohlgemerkt junge, Kumpaninnen. Denn nach dem Ausspruch des Hippokrates können junge Leute den Hunger schwer ertragen, besonders wenn sie lebhaft, aufgeweckt, munter, lustig, beweglich und etwas heftiger Natur sind, und solche machen dann aufrichtigen Leuten auch gern und willig wieder ein Vergnügen und erweisen sich so gut platonisch und ciceronianisch gesinnt, daß sie nicht etwa meinen, bloß um ihrer selbst willen auf der Welt zu sein, sondern vielmehr ihre Pflichten gegen ihr Vaterland und ihre Freunde mit Hingabe ihrer ganzen Person zu erfüllen suchen.

1 Theologie als Universalwissenschaft – 2 Seneca »Thyestes« 619

Drittens der Kraft, indem ich wie ein zweiter Milon große Bäume niederschlage und Wälder rode, die ja doch nur ein Brutnest für Wölfe, Eber und Füchse, ein Versteck für Räuber und Mörder, eine Werkstatt für Falschmünzer und ein Zufluchtsort für Ketzer sind, und indem ich sie gründlich lichte, in schönes freies Feld verwandle und unter Oboen- und Dudelsackklang die Stühle für das Jüngste Gericht bereitstelle.

Viertens endlich der Mäßigkeit, indem ich wie ein Eremit mein Getreide grün verzehre, von Salat und Wurzeln lebe, mich aller fleischlichen Lust enthalte und für die Krüppel und Notleidenden spare. Denn auf diese Weise brauche ich keine Jäter, die ich bezahlen müßte; keine Mäher, die bekanntlich sehr viel und am liebsten ohne Wasserzusatz trinken; keine Garbenbinderinnen, die mit Kuchen gefüttert werden wollen; keine Drescher, die gemäß der Vergilschen Thestylis die Gärten hinsichtlich des Knoblauchs, der Zwiebeln und Schalotten sehr unsicher machen; keine Müller, die gewöhnlich alle Spitzbuben sind, und keine Bäcker, die ebensowenig was taugen. Sind das keine Ersparnisse? Und dann, was verwüsten nicht erst die Feldmäuse, was verdirbt nicht in den Scheunen, was fressen nicht die Würmer auf!

Dagegen macht man aus den grünen Halmen eine prächtige grüne Soße, die nicht schwer im Magen liegt, leicht verdaulich ist, den Kopf klärt, die Lebensgeister anregt, das Auge erfreut, den Appetit fördert, dem Gaumen behagt, das Herz stärkt, die Zunge kitzelt, den Teint reinigt, die Muskeln spannt, das Blut abkühlt, das Zwerchfell entlastet, die Leber erfrischt, die Galle zähmt, die Nieren erleichtert, die Glieder schmeidigt, das Rückgrat ölt, die Harnröhre putzt, die Samendrüsen weitet, die Hoden anhebt, die Blase leert, die Genitalien schwellt, die Vorhaut zurechtrückt, die Eichel stählt und das Glied steift; scheißen, rülpsen, seichen, furzen, niesen, seufzen, husten, spucken, kotzen, gähnen, schnauben, einatmen, ausatmen, schnarchen, schwitzen, den Hahn anspannen und dergleichen mehr geht nach der grünen Soße tausendmal besser vonstatten.«

»Ich verstehe«, erwiderte Pantagruel; »du willst sagen, daß Verstand dazu gehört, recht viel in kurzer Zeit durchzubringen, und daß dumme Leute so etwas nicht zustande bringen. Du bist nicht der erste, der auf diese Ketzerei verfallen ist. Nero ging dir darin voran, denn mehr als irgendeinen Sterblichen bewunderte er seinen Oheim Caligula, dem es kraft seiner erstaunenswerten Erfindungsgabe gelungen war, mit dem ganzen Vermögen und Erbe, das Tiberius ihm hinterlassen, in wenigen Tagen fertig zu werden.

Anstatt jene Tisch- und Luxusgesetze der Römer, das Orchische, Fannische, Didische, Licinische, Cornelische, Lepidanische, Antische, oder die der Korinther zu befolgen, die jedem verbieten, mehr in einem Jahr zu verzehren, als seine Jahreseinnahme beträgt, hast du der *protervia*[1] geopfert, was bei den Römern ebensolch Opfer war wie das des Passahlamms bei den Juden. Da aß man soviel, wie man essen konnte, und was übrigblieb, wurde ins Feuer geworfen; für den nächsten Tag etwas zurückzulassen war verboten. Das kann ich von dir so gut sagen, wie es Cato von Albidius sagte, der, nachdem er alles, was er besessen, auf unerhörte Weise verschwendet hatte und ihm nichts mehr geblieben war als ein Haus, auch dieses noch anzündete, bloß um sagen zu können: *Consummatum est!*[2], geradeso wie nachmals der heilige Thomas von Aquino sagte, als er das ganze Neunauge aufgegessen hatte. Mir ist's gleich.«

Drittes Kapitel

Was Panurg zum Lobe der Schuldner und Gläubiger sagt

»Aber wann denkst du denn aus deinen Schulden herauszukommen?« fragte Pantagruel. »An den griechischen Kalenden«, erwiderte Panurg, »wenn alle Welt zufrieden sein wird und jeder sich selbst beerbt. Gott bewahre mich davor, daß ich je herauskomme; kein Mensch würde mir dann mehr einen Heller leihen. Wer am Abend keinen Sauerteig übrigläßt, dem geht auch am Morgen der Teig im Backtrog nicht auf. Nichts Besseres, als Schulden haben! Da bittet man unablässig den lieben Gott für dich, daß er dir ein gesundes, glückliches, langes Leben schenke,

1 dem Mutwillen, statt *propter viam* der Reise wegen (lat.) – 2 Es ist vollbracht! (lat.); Worte des sterbenden Christus (Johannes 19, 30), nach einer Anekdote von Thomas von Aquino gebraucht, als er an der Tafel Ludwigs IX. von Frankreich eine Hymne vollendet, dabei aber gedankenlos ein für den König bestimmtes Neunauge gegessen hatte, so daß sich die Gäste, den Ausruf auf den Fisch beziehend, über die Gotteslästerung entsetzten

und weil man fürchtet, sein Geld bei dir zu verlieren, so redet man vor den Leuten nur das Beste von dir, damit sich immer Neue finden, die dir borgen, neue Quellen fließen und alte Löcher mit frischem Lehm zugeschmiert werden können, den andere hergeben sollen. Als man ehedem in Gallien die Leibeigenen, Dienstmannen und Ausrufer der Leichenfeierlichkeiten bei den Begräbnissen ihrer Herren und Gebieter dem druidischen Brauch gemäß lebendig verbrannte, waren da nicht jene um das Leben dieser Herren in steter Besorgnis? Mußten sie doch mitsterben, wenn diese starben. Flehten sie nicht unaufhörlich zu Merkur, ihrem mächtigen Gott, und zu Dis[1], dem Vater der Batzen, daß er ihnen ein langes Leben und kräftige Gesundheit verleihen möchte? Trugen sie nicht ängstlich Sorge, sie auf das beste zu hegen und zu pflegen? Konnten sie doch wenigstens bis zu ihrem Tode mit ihnen zusammen leben. So werden Eure Gläubiger, des könnt Ihr gewiß sein, inbrünstiger für Eure Erhaltung zu Gott beten und Euren Tod um so mehr fürchten, als ihnen das Hemd näher als der Rock und das Geld lieber als das Leben ist. Beweis dafür die Wucherer von Landerousse, die sich unlängst aufhängten, weil das Korn und der Wein im Preis fielen und bessere Zeiten kamen.« – Da Pantagruel nichts erwiderte, fuhr Panurg fort: »Wahrhaftig, wenn ich's recht bedenke, so tut Ihr mir ein schweres Unrecht an, daß ihr mir meine Schulden und meine Gläubiger so unter die Nase reibt; denn ebendarauf bilde ich mir nicht wenig ein. Ich meine, es sei etwas Herrliches, Verehrungswürdiges und Erstaunliches, daß ich, entgegen der Lehre aller Philosophen, die behaupten, aus nichts könne nichts werden, ohne Grundsubstanz etwas gemacht und geschaffen habe. Was geschaffen? Eine Menge schöner und guter Gläubiger; denn das behaupte ich bis zum Scheiterhaufen – ausschließlich! –, Gläubiger sind schöne und gute Geschöpfe. Wer nicht leiht, ist ein häßliches und böses Geschöpf, eine Ausgeburt der verteufelten Hölle. – Und was gemacht? Schulden. Oh, was für ein rares Ding das ist! Die reine Antike! Schulden, sage ich, unzähliger als all die Silben, die man aus sämtlichen Vokalen und Konsonanten zusammensetzen kann, was der edle Xenokrates, wie bekannt, einst zu berechnen versucht hat. Berechnet man aber die Vor-

1 röm. Gott der Unterwelt, später mit dem Reichtumsgott Pluto gleichgesetzt

trefflichkeit der Schuldner nach der Zahl ihrer Gläubiger, so ist das die wahre praktische Arithmetik.

Was meint Ihr, wie wohl ich mich fühle, wenn ich so alle Morgen diese Schar demütiger, dienstbeflissener, kratzfüßelnder Gläubiger um mich versammelt sehe; wenn ich bemerke, wie der eine oder andere von diesen Schlingeln, dem ich vielleicht etwas herablassender zulächle oder einen bessern Bissen vorsetze als den übrigen, nun gleich meint, er werde vor allen andern bezahlt werden, und schon mein Lächeln für bares Geld nimmt? Da komme ich mir vor wie der liebe Gott im Passionsspiel von Saumur[1], umgeben von Engeln und Cherubim, alles meine Klienten, meine Schmarotzer, meine Begrüßer, meine Gutenmorgensager, meine Lobredner! Wirklich, ich glaube, wenn Hesiod von einem heroischen Tugendberg spricht, so versteht er darunter nichts anders als das Schuldenmachen, einen Berg, den ich, all meinen Mitbewerbern voran, erklommen habe und nach dem die ganze Menschheit strebt und trachtet. Aber der Weg dahin ist schwer, und nur ganz wenige gelangen hinauf, obschon die Neigung und Begierde, neue Schulden und Gläubiger zu machen, heut allgemein verbreitet und ungemein lebhaft ist. Denn nicht jeder, der Schuldner sein möchte, kann es werden, und ein Gläubiger ist nicht so leicht gemacht, wie man gewöhnlich meint. Und diese höchste Glückseligkeit wollt Ihr mir verwehren, indem Ihr mich fragt, wann ich aus meinen Schulden herauskommen werde? Ei, so helf' mir der heilige Babolin[2], wenn ich nicht mein Lebtag Schulden für das beste Band zwischen Himmel und Erde gehalten habe, für das, was einzig und allein die Menschheit zusammenhält, die sonst verkommen müßte, vielleicht gar für jene große Seele des Weltalls, die, wie die Akademiker sagen, alle Dinge belebt. Daß dem wirklich so ist, muß Euch sofort einleuchten, wenn Ihr es nur einmal versucht, Euch eine Welt dem Begriff und Wesen nach vorzustellen – meinetwegen die dreißigste von denen, die der Philosoph Metrodoros sich ersann, oder die achtundsiebzigste des Petronius –, in der es keine Gläubiger und Schuldner gäbe: eine Welt ohne Schuldigsein! Ei, da würden die Gestirne auch keine geregelten Bahnen haben, und alles ge-

1 besonders erfolgreiche Aufführung der Leidensgeschichte Christi in Saumur 1534 – 2 legendärer Heiliger

riete in Verwirrung. Jupiter, der dem Saturn nichts schuldig zu sein meinte (würde ihn aus seiner Sphäre verdrängen und alle Intelligenzen, Götter, Himmel, Dämonen, Genien, Heroen, Teufel, Erde, Meer und sämtliche Elemente an seiner homerischen Kette aufhängen[1]. Saturn und Mars würden sich zusammentun und die ganze Welt untereinanderrühren. Merkur würde sich den anderen nicht unterordnen und nicht mehr, wie die Etrusker ihn nannten, ihr Camill[2] sein wollen; denn er wäre ihnen ja nichts schuldig. Venus würde nicht mehr verehrt werden, da sie nichts gespendet. Der Mond erschiene blutig und finster; denn weshalb sollte die Sonne ihm ihr Licht leihen, dazu wäre sie ja nicht verpflichtet. Auch der Erde würde sie nicht mehr leuchten, der die anderen Gestirne ihren wohltätigen Einfluß gleichermaßen vorenthalten würden, da sie ihnen keine Dünste zukommen ließe, von denen jene sich nähren, wie nach Heraklit die Stoiker behaupten und Cicero es bestätigt. Zwischen den Elementen gäb' es keine Beziehung mehr, keinen Austausch, keinen Wechsel; denn keines hätte Verbindlichkeiten gegen das andere, von dem es ja ebenfalls nichts empfinge. Aus der Erde käme kein Wasser, Wasser verwandelte sich nicht in Luft, Luft nicht in Feuer, und das Feuer erwärmte nicht die Erde. Diese brächte nur Ungeheuer, Titanen und Giganten hervor; kein Regen regnete, kein Licht leuchtete, kein Wind wehte; es wär' kein Sommer noch Herbst. Luzifer sprengte seine Fesseln, bräche mit den Furien, den Rachegeistern und gehörnten Teufeln aus dem Abgrund der Hölle hervor und suchte alle Götter der großen wie kleinen Völker aus ihren Himmeln zu vertreiben. – Ach, eine Welt, in der nichts geliehen würde, wäre eine wahre Hundewelt, eine Machenschaft, skandalöser als die Wahl des Rektors von Paris, eine Teufelei, konfuser als die Passionsspiele von Doué. Kein Mensch spränge dem andern bei; da könnt' einer lange ›Feuer! Feuer! Wasser! Mörder! Hilfe! Hilfe!‹ schreien, ehe man auch nur den Finger für ihn rührte. Hat er doch nichts geliehen, also ist man ihm auch nichts schuldig! Niemand hätte ein Interesse daran: mag er abbrennen, Schiffbruch erleiden, Hab und Gut verlieren oder umkommen; weil er nichts geliehen, leiht man auch ihm

1 Nach Homer (»Ilias« 8, 19/27) erklärt Zeus, Götter und Erde an einer goldenen Kette emporziehen zu können. – 2 Opferaltarknabe (lat.)

nichts. Kurz und gut, aus einer solchen Welt wären Glaube, Liebe und Hoffnung verbannt, denn die Menschen sind nun einmal dazu da, sich gegenseitig zu helfen und sich beizuspringen; Mißtrauen, Bosheit und Verachtung mit all ihrem Gefolge von Übeln, Fluch und Elend würden an die Stelle jener Güter treten, als ob Pandora ihre Büchse ausgeleert hätte. Die Menschen würden reißende Tiere gegeneinander sein, Werwölfe und Kobolde, wie Lykaon, Bellerophon und Nebukadnezar es waren, Räuber, Mörder, Giftmischer, Übeltäter, Übelwoller, Übelsinner, voll von Haß einer gegen alle wie Ismael[1], wie Metabus[2], wie Timon von Athen, der deshalb den Namen Μισάνθρωπος[3] bekam. Wahrlich, 's wär' leichter, Fische in der Luft zu füttern und Hirsche auf dem Grund des Meeres zu weiden als solche nichtsnutzige, nichtsleihende Welt in Gang zu halten. Daß sie verdammt sei!

Und nun stellt Euch nach dem Muster dieser lausigen, jämmerlichen, nichtsleihenden Welt die andere, die kleine Welt, den Menschen, vor, so habt Ihr die allergreulichste Verwirrung. Da leiht der Kopf die Sehkraft seiner Augen nicht, um Hände und Füße zu leiten; die Füße wollen nicht mithelfen, den Kopf zu tragen, die Hände für ihn nicht arbeiten; das Herz weigert sich, sich um der Glieder willen müde zu schlagen, und leiht ihnen die Pulsschläge nicht; die Lunge leiht dem Herzen nicht ihre Atemzüge, die Leber spendet zu seinem Unterhalt kein Blut; die Blase verschmäht es, den Nieren etwas zu schulden, und der Urin stockt; angesichts solcher Unnatur versinkt das Gehirn in Dumpfheit und regt die Nerven nicht mehr zum Fühlen, die Muskeln nicht mehr zur Bewegung an. Kurz, in dieser aus allen Fugen gegangenen Welt, wo nichts geschuldet, nichts gegeben und nichts geliehen wird, herrscht eine wildere Empörung als die, welche uns Äsop in seiner Fabel geschildert hat. Kein Zweifel, daß sie zugrunde gehen muß, und zwar bald; kein Äskulap kann ihr auf die Beine helfen. Der Leib zerfällt, und die beleidigte Seele geht zum Teufel wie mein Geld.«

1 s. 1. Moses 16, 12 – 2 s. Vergil »Äneis« 11, 539 – 3 Menschenfeind (griech.)

Viertes Kapitel

Was Panurg weiter zum Lobe der Schuldner und Gläubiger sagt

»Jetzt aber stellt Euch eine andere Welt vor, so eine, wo jeder leiht und jeder schuldet, wo alle Schuldner und alle Gläubiger sind. Oh, welche Harmonie in den regelmäßigen Bewegungen der Sphären! Mir ist, als ob ich ihr lauschte wie ein zweiter Platon. Welche Sympathie unter den Elementen, wie freut sich die Natur ihrer Werke, ihrer Schöpfungen! Dort Ceres, beladen mit Garben, Bacchus, mit Weintrauben, dort Flora mit Blumen, Pomona mit Früchten und Juno, umspielt von ihrem klaren, heitern, erfrischenden Äther! Ich versinke in seliges Anschauen. Und unter den Menschen Frieden, Liebe, Zärtlichkeit, Treue, Ruhe, Gelage, Feste, Spiele, Freud und Lust. Gold, Silber, Kleingeld, Ketten, Ringe und allerlei Waren gehen von Hand zu Hand. Kein Prozeß, kein Krieg, kein Streit! Da gibt's keinen Wucherer, keinen Knicker und Knauser, keinen Neinsager. Himmlischer Gott, wäre das nicht das Goldene Zeitalter, die Herrschaft des Saturn[1], der reine Begriff der olympischen Regionen, wo alle Tugend ein Ende hat und nur die Liebe waltet, regiert, herrscht und triumphiert? Alle wären gut, alle schön, alle gerecht. O glückliche Welt! O glückliche Leute dieser Welt, o drei- und viermal selige! Ist mir doch, als wäre ich schon darin. Bei der alleinseligmachenden Traube, gäbe es in dieser Welt dann einen Papst, der Kardinäle genug und ein Heiliges Kollegium zur Hand hätte, so würdet Ihr in wenigen Jahren die lieben Heiligen dichter gesät und mehr Wunder vollbringen, würdet sie reichlicher mit Legendenlesungen, Gelübden, Bildern und Kerzen gespickt sehen als in den neun Bistümern der Bretagne zusammengenommen, wobei ich nur Sankt Ivo auslasse. Denkt nur daran, wie Patelin, als er Guillaume Jousseaumes Vater über alles rühmen und in den dritten Himmel hineinloben wollte, nichts Besseres von ihm zu sagen wußte als:

Oh, wie
er allen seinen Kunden lieh!

Welch ein großes Wort! Und danach stellt Euch nun den Mi-

1 König des Goldenen Zeitalters der röm. Sage

krokosmos, das heißt die Welt im kleinen, vor, den Menschen mit seinen dienstleistenden, dienstheischenden, gegenseitig sich fördernden Gliedmaßen, also den natürlichen Menschen; denn die Natur hat den Menschen nur zum Geben und Empfangen geschaffen. Vollendeter als diese ihm gesetzte Ordnung ist nicht die Harmonie der Sphären. Der Zweck, den der Schöpfer dieses Mikrokosmos verfolgte, ist der, die Seele zu erhalten, die er ihm als Gast gab, und das Leben. Das Leben ist das Blut, das Blut ist der Sitz der Seele. Deshalb ist es die einzige Arbeit dieser kleinen Welt, immer neues Blut zu erzeugen. An dieser Erzeugung beteiligen sich alle Glieder in besonderer Weise, und ihre Stellung zueinander ist derart, daß immer eins vom andern nimmt, immer eins dem andern leiht, eins dem andern etwas zu verdanken hat. Den zureichenden Stoff zur Bereitung des Bluts gibt die Natur im Brot und im Wein. In diesen beiden sind alle anderen Nahrungsmittel enthalten, deshalb auch das altgotische Wort *Cumpan*-schaft. Um sie aufzufinden, zuzubereiten und gar zu kochen, bewegen sich die Hände und schreiten die Füße, die Träger der ganzen Maschine; die Augen leiten alles. Der Kitzel im Magenmund, hervorgerufen durch die gallige Säure, die in den Magen fließt, mahnt diesen, Speise einzunehmen. Die Zunge wählt, die Zähne kauen, der Magen empfängt und verdaut sie, indem er sie in Milchsaft verwandelt. Die Saugadern und Blutgefäße der Magenwand saugen, was davon gut und tauglich ist, auf – während das übrige als Exkrement durch besondere Gänge ausgestoßen wird – und führen es der Leber zu, welche es wiederum, und zwar in Blut, verwandelt. Welche Freude für die Werkleute, wenn sie jetzt den goldenen Strom sehen, der allein sie nährt! Größer ist nicht die Freude der Alchimisten, wenn sie nach langer Arbeit, nach schweren Sorgen und Kosten die Metalle in ihren Retorten sich verwandeln sehen. Nunmehr beeilt und bemüht sich ein jedes Organ, diesen kostbaren Schatz zu reinigen und zu läutern. Die Nieren scheiden durch ihre Saugadern das Wässerige, das ihr Urin nennt, aus und führen es durch den Harnleiter nach unten, wo sich dafür ein passender Behälter befindet, die Blase nämlich, die sich, sobald es nötig wird, nach außen entleert. Die Milz zieht die erdigen Teile heraus, jenen Niederschlag, den wir Melancholie nennen, die Gallenblase den cholerischen Überschuß. Jetzt wird der Schatz in eine andere

Werkstatt gebracht, um noch mehr geläutert zu werden: dies ist das Herz, welches mittels seiner Zusammenziehung und Ausdehnung das Blut so verdünnt und erwärmt, daß es in der rechten Herzkammer seine ganze Vollkommenheit erlangt und von da aus durch die Venen allen Organen zugeleitet wird. Jedes Organ zieht etwas davon an sich und ernährt sich auf diese Weise: Füße, Hände, Augen, genug, alle Glieder, die erst gegeben haben, empfangen jetzt und werden Schuldner. Aus der linken Herzkammer aber wird das Blut, so verfeinert, daß man es vergeistigt nennen möchte, nun mittels der Arterien allen Organen zugeführt, um das Blut in den Venen zu erwärmen und zu durchlüften.

Unterdessen ist die Lunge unablässig bemüht, es mit ihren Flügeln und Blasebälgen zu erfrischen, wofür ihr das Herz zum Dank einen Teil des allerbesten durch die Pulmonalarterie zusendet. In diesem wundervollen Netz wird es zu guter Letzt so geläutert, daß es die Lebensgeister erzeugt, mittels deren es Vorstellungen bildet, unterscheidet, urteilt, begründet, erwägt, beschließt und sich erinnert. Bei allem, was tugendhaft ist, ich stehe verwirrt, überwältigt, verliere mich selbst, wenn ich meine Blicke in die unergründliche Tiefe dieser leihenden und borgenden Welt versenke! Glaubt es mir: Leihen ist etwas Göttliches, Borgen eine heroische Tugend. Und das ist noch nicht alles. Die leihende, borgende, schuldende Welt ist so gut, daß sie, nachdem sie sich beköstigt und ernährt hat, auch noch daran denkt, denen zu leihen, die noch nicht geboren sind, um sich durch solches Darlehen selbst zu erhalten und sich in Ebenbildern, das heißt in Kindern, zu vervielfältigen. Zu diesem Zweck legt jedes Organ einen Teil vom Besten seiner Nahrung beiseite und befördert ihn nach unten. Hier hat die Natur entsprechende Gefäße und Sammelplätze angelegt, von wo dieser Teil auf vielen Umwegen und nach vielen Umwandlungen sowohl im Manne wie im Weibe zu der geeigneten Stelle und zu der Form gelangt, die ihn dazu fähig macht, das Menschengeschlecht zu erhalten und fortzupflanzen. Alles das hängt mit der Pflicht des Leihens und des Borgens auf das innigste zusammen, weswegen man auch von einer ehelichen Schuld oder Pflicht spricht. Wo man sich dieser entzieht, wird die Natur untergraben, die Organe geraten in Unordnung, und die Sinne verwirren sich; wo man ihr aber die vorgeschriebene Summe leiht, da herrschen Freude, Heiterkeit und Lust.«

Fünftes Kapitel

Wie Pantagruel seinen Abscheu gegen Schuldner und Borger ausspricht

»Das ist alles ganz gut«, sagte Pantagruel, »du weißt deine Worte schon zu setzen, und man sieht, daß dir die Sache am Herzen liegt. Aber schwatzte nur immer zu und beweise meinetwegen bis Pfingsten, zuletzt wirst du dich doch wundern, daß du mich nicht überzeugt hast und daß ich mich trotz all deiner schönen Reden nie in Schulden stürzen werde. ›Seid niemand etwas schuldig, außer daß ihr euch untereinander liebet[1]!‹ sagt der Apostel. Du setzt mir allerhand Metaphern und Redefiguren vor, die mir ja auch ganz gut gefallen haben; trotzdem sag' ich dir, wenn ein schamloser Betrüger, ein nichtsnutziger Schuldenmacher in eine Stadt kommt, deren Bürgern sein schlimmer Ruf nicht unbekannt geblieben ist, so erschrecken sie darüber und ängstigen sich, als zöge die leibhaftige Pest bei ihnen ein, wie damals in Ephesus, wo der tyannische Weise[2] sie sah. Und ich mein', die Perser hatten nicht unrecht, wenn sie die Lüge für das zweite, das Schuldenmachen aber für das erste Laster hielten; denn Lügen und Schuldenmachen gehören gewöhnlich zusammen. Damit will ich nicht behaupten, daß man nie Schulden machen und nie etwas leihen solle. Niemand ist so reich, daß er nicht auch einmal etwas borgen müßte, und niemand so arm, daß er nicht auch einmal etwas leihen könnte. Die Sache verhält sich aber so, wie es Platon in seinen ›Gesetzen‹ sagt, wenn er verordnet, daß man dem Nachbarn nicht erlauben solle, auf seinem Grund und Boden Wasser zu schöpfen, ehe er nicht auf seinem eigenen mit Hacke und Spaten so tief gegraben habe, bis er, ohne eine Quelle oder eine Wasserader zu finden, auf Ton gestoßen sei; denn solche Erdschicht ist fettig, schlüpfrig, fest und dicht, so daß sie das Wasser aufhält und nicht durchdringen läßt. Das aber ist ja eben überall und zu jeder Zeit das Schändliche, daß man lieber Schulden machen als arbeiten und etwas verdienen will. Deshalb sollte man meiner Ansicht nach nur dem leihen, der trotz aller Arbeit

1 Römer 13, 8 – 2 Apollonius

nichts hat erwerben können oder der durch einen unerwarteten Zufall Hab und Gut verloren hat. – Aber laß uns jetzt abbrechen, und in Zukunft nimm dich vor Schulden in acht. Was einmal geschehen ist, werde ich in Ordnung bringen.«

»Das allerwenigste, was ich tun kann«, versetzte Panurg, »ist, Euch zu danken, und wenn der Dank nach der Absicht des Wohltäters zu bemessen ist, so muß der meinige unendlich, ewig sein, denn die Huld, womit Eur' Gnaden mich überhäufen, ist über jede Schätzung erhaben, übersteigt jedes Gewicht und jedes Maß, ist ohne Grenzen und ohne Ende. Wollte man ihn dagegen nach dem Umfang der Wohltat und nach der Befriedigung des Empfängers bemessen, so dürfte er kümmerlich genug ausfallen. Laßt es mich offen bekennen: Ihr erweist mir viel mehr Gutes, als mir zukommt, viel mehr, als ich um Euch verdient habe, und viel mehr, als ich beanspruchen darf, aber dennoch – nicht soviel, wie Ihr ohne Zweifel beabsichtigt. Das ist es wahrhaftig nicht, was mir Sorge macht, was mir im Sinn liegt und mich plagt, das nicht! Wenn ich nun keine Schulden mehr habe, wie wird mir's dann gehen? Darauf könnt Ihr Euch verlassen, in den ersten Monaten werde ich eine traurige Rolle spielen; denn ich bin nicht dazu erzogen und nicht daran gewöhnt. Ich fürchte sehr, kein Furz wird mehr in Salmigondien gelassen werden, der nicht auf meine Nase gezielt wäre; alle Furzer der Welt werden sich ausfurzen und dazu sprechen: ›Das für die, die keine Schulden haben!‹ Das halt' ich nicht aus, das ist mein Tod! Verfaßt mir nur immer die Grabschrift; ganz eingepökelt in Fürzen werde ich in die Grube fahren, und wenn dann eines schönen Tags die gewöhnlichen Mittelchen der Ärzte nicht mehr ausreichen wollen, um den armen Weibsleuten die kneifenden Winde aus dem Bauch zu treiben, so wird die Asche meines sündigen und durchfurzten Leibes ihnen Trost und Erleichterung verschaffen: ein Prischen davon genommen, und sie werden mehr furzen, als ihnen lieb ist. Darum bitt' ich Euch flehentlich, Herr, laßt mir wenigstens ein Hundertstelchen von meinen Schulden übrig; beschwor doch auch der Bischof von Chartres, Miles d'Illiers, König Ludwig XI., der ihn von seinen Prozessen befreit hatte, händeringend, ihm wenigstens einen zu lassen, damit er nicht ganz aus der Übung käme. Lieber würde ich ihnen die Schnecken- und Maikäfereinnahmen überlassen, nur nichts vom Stammkapital.« – »Genug davon«, fiel ihm Pantagruel ins Wort, »wie schon gesagt, brechen wir ab.«

Sechstes Kapitel

Warum die Neuvermählten davon befreit waren, in den Krieg zu ziehen

»Was war das doch für ein Gesetz«, fragte Panurg, »in dem verordnet und beschlossen worden war, daß jeder, der einen Weinberg anlegte oder ein neues Haus baute oder sich ein Weib nähme, für ein Jahr von Kriegsdienst befreit sein sollte?« – »Das war das Mosaische«, erwiderte Pantagruel. – »Aber warum, wer ein Weib nahm?« fragte Panurg weiter. »Denn was die Anleger von Weinbergen anbetrifft, so bin ich zu alt, als daß mich das noch kümmern könnte, und die guten Leute, die mit toten Steinen bauen, stehen im Buch meines Lebens überhaupt nicht verzeichnet; denn ich baue nur Lebendiges, das heißt Menschen.« – »Nach meinem Dafürhalten«, sagte Pantagruel darauf, »geschah es deshalb, damit jeder im ersten Jahr sich ungestört seiner Liebe erfreuen, sein Geschlecht fortpflanzen und für Erben sorgen konnte. Wurde er dann auch im zweiten Jahr im Kriege getötet, so blieben sein Name und Wappen doch seinem Kinde. Dabei erfuhr man zugleich auf sichere Art und Weise, welche Frauen fruchtbar und welche unfruchtbar waren – denn bei dem Alter, in dem sie heirateten, schien der Versuch eines Jahres hinreichend –, was nach dem Tode des ersten Gatten bei einer Wiederverheiratung von Wichtigkeit war. Die fruchtbaren gab man an solche, welche Kinder haben wollten, die unfruchtbaren aber an solche, denen nichts daran gelegen war, die aber wohl an ihren Tugenden, Fähigkeiten und ihrer Liebenswürdigkeit Gefallen fanden und sie zu dem Zweck nahmen, daß sie ihnen das Haus angenehm machten und die Wirtschaft führten.« »Die Prediger in Varennes«, sagte Panurg, »eifern gegen jede Wiederverheiratung als etwas Törichtes und Ungeziemendes.« – »Ja«, versetzte Pantagruel, »das ist für sie schlimmer als die Pest.« – »Auch für Pater Steckhinein«, fuhr Panurg fort, »der neulich in Parilly vor der ganzen Gemeinde gegen die zweiten Ehen loszog und bei seinem Seelenheil schwor, er wolle tausendmal lieber hundert

Jungfern entjungfern als eine einzige Witwe neu versohlen. Der Grund, den Ihr anführt, scheint mir zwar ganz gut und vernünftig; aber was meint Ihr, wenn man ihnen diese Ausnahme einfach nur deshalb gestattete, weil sie, wie nicht mehr als recht und billig, ihre Herzallerliebsten im ersten Jahr so eifrig bedienten und ihre Samensäcklein so ausschüttelten, daß sie zuletzt ganz schachmatt, hinfällig, entnervt und schwach wurden und am Tag der Schlacht wahrscheinlich bei der Bagage untergetaucht wären wie die Enten, statt sich dahin zu stellen, wo tapfere Krieger, von Bellona[1] geführt, zum Angriff vorgehen und wuchtige Hiebe austeilen; weil ihre Leistungen unter Mars' Fahne doch nicht der Rede wert gewesen sein würden, da sie schon hinter Venus' Bettvorhängen zuviel Stöße ausgeteilt? Daß dem wohl so gewesen sein wird, sehen wir auch daran, daß es noch jetzt in allen vornehmen Familien ein alter, guter Brauch ist – es gibt deren auch noch andere –, die jungen Ehemänner einige Tage nach der Hochzeit zu irgendeinem Onkel auf Besuch zu schicken, um sie von ihren Frauen zu trennen und damit sie sich ausruhen und neue Kräfte zu neuen Taten sammeln, wenngleich sie manchmal weder Onkel noch Tante haben. Geradeso wie König Möchtegern nach dem Treffen bei Sengeviel uns, nämlich mich und Hahnewachtel, nicht eigentlich fortjagte, sondern nur nach Haus entließ, damit wir uns erholen sollten. Er sucht seins noch heute. Meines Großvaters alte Frau Pate pflegte mir, als ich noch klein war, zu sagen: Paternoster, Litaneien,

gut, wer sie behalten kann;
geht ein Pfeifer aus, zu heuen,
nimmt er es wohl auf mit zweien,
die ihr Tagwerk schon getan.

Was mich zu dieser Ansicht bringt, ist der Umstand, daß die, welche Reben pflanzen, doch schwerlich schon im ersten Jahr Trauben essen oder Wein trinken werden; ebensowenig werden, die ein neues Haus bauen, schon im ersten Jahr darin wohnen, wenn sie nicht an den schädlichen Ausdünstungen ersticken wollen, von denen Galen *lib. II* ›Über Atmungsbeschwerden‹ spricht. Übrigens habe ich nicht ohne Grund und Ursache gefragt, bitte also, nicht übelzunehmen.«

1 röm. Kriegsgöttin

Siebentes Kapitel

Wie sich Panurg einen Floh ins Ohr setzte und seinen prächtigen Hosenlatz abtat

Am Tag darauf ließ sich Panurg nach jüdischem Brauch das linke Ohrläppchen durchbohren und befestigte darin einen kleinen, kunstvoll gearbeiteten goldenen Ring, in dessen Kapsel er einen Floh einsperrte, und zwar – damit ihr alles recht genau wißt – einen schwarzen; es ist immer gut, wenn man alles recht genau weiß. Die Verpflegung des Tierchens kostete, wie die Haushaltsbücher ausweisen, je Quartal kaum mehr als die Mitgift einer hyrkanischen Tigerin, also über sechshunderttausend Maravedis[1]. Das war ihm aber jetzt, wo er keine Schulden mehr hatte, doch zu üppig; deshalb speiste er ihn später nach Art der Tyrannen und Advokaten mit dem Schweiß und Blut seiner Untertanen. Hierauf nahm er vier Ellen gröbsten Wollstoff, hüllte sich darein wie in einen langen, geschlossenen Mantel, legte die engen Beinröhren ab und heftete sich eine Brille an die Mütze[2]. So erschien er vor Pantagruel, der über den seltsamen Aufzug nicht wenig verwundert war, besonders als er den schönen, prächtigen Hosenlatz nicht mehr sah, von dem er doch wußte, daß Panurg ihn als seinen letzten Rettungsanker in allen Widerwärtigkeiten und Stürmen des Lebens betrachtete. Da sich der gute Pantagruel dies nicht zu erklären wußte, fragte er, was dieser Mummenschanz bedeute. – »Hab' mir einen Floh ins Ohr gesetzt«, sagte Panurg: »Ich will heiraten.« – »Ah«, sagte Pantagruel, »das freut mich, wenn ich darauf auch eben kein glühendes Eisen anfassen möchte. Trotzdem ist das doch keine Art für einen Verliebten, daß er die Strümpfe auf die Hacken und das Hemd auf die Knie herunterhängen läßt, noch pflegen wohlanständige und gesetzte Leute sich in solche talarähnlichen Mäntel aus grobem Stoff zu hüllen. Wenn Ketzer und Sektierer sich manchmal so eingemummt haben, will ich sie deshalb nicht tadeln und schlecht über sie urteilen, obgleich viele meinen, sie täten es in der betrügerischen und heuchlerischen Absicht, das einfache Volk damit zu verführen. Ein jeder folgt seinem Sinn, besonders in den äußeren und gleichgültigen Dingen, die an und für sich weder böse

1 ehem. span. Münze – 2 Zeichen eines gelehrten Berufs

noch gut sind, weil sie nicht aus unserm Herzen und Gemüt, dem Quellgrund alles Guten und alles Bösen, entspringen: des Guten, wenn es ein guter und vom reinen Geiste der Liebe regierter Trieb ist, des Bösen, wenn ein unreiner Geist diesen Trieb verdirbt. Indessen mißfällt mir alles Auffallende sowie das Hinwegsetzen über die einmal angenommene Sitte.«

»Die Farbe«, entgegnete Panurg, »ist Topfbraun. Warum sich darüber den Kopf kratzen? Ist doch mein Sacktuch und mein Sach' doch solid; will nun beides in die Hand nehmen und mein Aug' darauf haben. Weil ich nun einmal keine Schulden mehr habe, so wird's, hilft Gott mir nicht, bald keinen trübseligern Menschen geben als mich. Seht nur die Brille hier. Wer mich von weitem sieht, sollt' mich für Pater Jean Bourgeois halten. Ich glaube, eh' ein Jahr herum ist, predige ich noch einmal den Kreuzzug. Gott gebe nur, daß meine Eier nicht faulen! Seht Ihr dies Sacktuch? Glaubt mir, darin stecken geheime Kräfte, von denen die wenigsten eine Ahnung haben. Erst diesen Morgen hab' ich's umgetan, und schon juckt's mich, kitzelt's mich, brennt's mich, verheiratet zu sein, um wie ein sacktuchener Teufel auf meiner Frau herumreiten zu können, ohne Prügel befürchten zu müssen. Oh, was werde ich für ein Hausvater sein! Nach meinem Tode wird man meinen Kadaver auf einem Ehrenscheiterhaufen verbrennen und meine Asche als Andenken an einen perfekten Hausvater aufbewahren. Kotzdonner, hier unter dem Sacktuch wird nicht laviert, hier segelt man geradeaus. Betrachtet mich nur von hinten und von vorn: die reine antike Toga, das Friedenskleid der Römer! Habe mir's von der Trajanssäule in Rom abgeguckt und vom Triumphbogen des Septimius Severus. Die Kriege hab' ich satt und bin des Panzerhemds und der Ritterrüstung überdrüssig. Meine Schultern sind müde, den Harnisch noch länger zu tragen. Mögen die Waffen ruhen und die Toga an die Reihe kommen, wenigstens für das erste Jahr nach meiner Hochzeit, wie Ihr mir das gestern aus dem Mosaischen Gesetz vordemonstriert habt.

Was aber die strammen Hosen anbetrifft, so sagte mir meine Großtante Laurentia einmal, sie wären von wegen des Latzes da. Glaub's gern. So sagte der lustige Kindskopf Galen *lib. IX* ›Über den Gebrauch der Gliedmaßen‹, der Kopf sei nur der Augen wegen da, denn die Natur hätte ihn uns ebensogut am Knie oder am

Ellbogen anbringen können; aber da die Augen dazu bestimmt seien, in die Ferne zu spähen, habe sie sie gleichsam an einem Mast ganz oben am Leib, im Kopf, angebracht, wie wir in den Häfen des Meeres Leucht- und Feuertürme errichtet finden, damit ihr Licht weit zu sehen sei. Und weil ich nun einige Zeit – zum mindesten ein Jahr lang – von meinen Kriegsdiensten ausruhen, das heißt heiraten möchte, so trage ich keinen Latz mehr und also auch keine engen Hosen. Denn der Latz ist ja das erste und hauptsächliche Waffenstück eines Kriegers, weswegen ich auch bis zum Scheiterhaufen – natürlich ausschließlich – behaupte, daß die Türken mangelhaft bewaffnet sind, da sie nach ihren Gesetzen keinen Latz tragen dürfen.«

Achtes Kapitel

Welchermaßen der Hosenlatz bei Kriegern das erste und hauptsächliche Waffenstück ist

»Was?« sagte Pantagruel, »du behauptest, der Hosenlatz wäre das erste und hauptsächliche Waffenstück? Das ist ja etwas ganz Neues und Paradoxes. Bis jetzt hab' ich immer geglaubt, die Bewaffnung finge mit den Sporen an.« – »Ja, ich behaupte das«, sagte Panurg, »und nicht mit Unrecht. Seht nur, wie die Natur, die doch die Bäume, Sträucher, Kräuter und Zoophyten, die sie erschaffen hat, auch erhalten will, so daß die Gattungen bleiben, wennschon die Individuen vergehen – seht nur, sage ich, wie die Natur die Keime und den Samen dieser Gewächse, auf denen ihre Erhaltung beruht, ganz besonders sorgfältig bewaffnet. Sehr zweckmäßig versieht und schützt sie sie mit Hülsen, Schoten, Schalen, Rinden, Kapseln, Wolle, Dornen oder Stacheln, die ihnen sozusagen als schöne, starke natürliche Hosenlätze dienen müssen. Am deutlichsten kann man dies an den Bohnen, Fasolen, Erbsen, Nüssen und Pfirsichen, an der Baumwollpflanze, den Koloquinten, dem Getreide, dem Mohn, den Zitronen, Kastanien und an dergleichen Pflanzen mehr beobachten, wo der Same augenscheinlich weit sorgfältiger bedeckt, verwahrt und geschützt ist als irgendein anderer Teil.

Solche Vorsicht hat die Natur in betreff der Erhaltung des Menschengeschlechts nicht walten lassen; so schuf sie den Menschen im Stande der Unschuld und im Goldenen Zeitalter nackt, zart, gebrechlich, ohne Schutz- noch Angriffswaffen, als ein belebtes Wesen, nicht als Pflanze, als ein Wesen, sozusagen für den Frieden, nicht für den Krieg bestimmt, wohlgeeignet, alle Früchte und Pflanzen zu genießen und friedliche Herrschaft über die Tiere auszuüben. Als aber später, im Ehernen Zeitalter und unter der Herrschaft Jupiters, die Bösartigkeit der Menschen wuchs, fing auch die Erde an, Nesseln, Disteln, Dornen und andere sich gegen den Menschen auflehnende Gewächse hervorzubringen, während fast alle Tiere, einem beklagenswerten Trieb folgend, sich seiner Herrschaft entzogen und stillschweigend untereinander verschworen, ihm nicht länger zu dienen und gehorsam zu sein, sondern ihm nach Kräften zu widerstreben und ihm zu schaden. Der Mensch aber, der sein altes Genußrecht und sein Regiment aufrechterhalten wollte, auch der Dienstbarkeit vieler Tiere nicht entbehren konnte, war in die Notwendigkeit versetzt, sich nach neuen Waffen umzusehen.« – »Bei der Gans vom heiligen Schnabel!« rief Pantagruel aus, »du bist ja seit dem letzten Regen ein gewaltiger Vielsauf, will sagen Philosoph geworden.« – »Nun seht«, fuhr Panurg fort, »wohin der natürliche Trieb ihn leitete und welchen Teil seines Körpers er zuerst bewaffnete: keinen andern, helf' mir Gott, als das Gemächt.

Und Priapus, der edle Mann,
hört auf, wenn er nicht länger kann.

Dies bezeugt der hebräische Heerführer und Philosoph Moses, wenn er uns erzählt, daß der Mensch sich mit einem zierlichen, soliden Latz versehen habe, den er auf äußerst sinnreiche Weise aus Feigenblättern anfertigte, die ihrer Dauerhaftigkeit, Faltung, Krausung, Glätte, Größe, Farbe, ihres Aromas und anderer tugendhafter Eigenschaften wegen besonders dazu geeignet schienen, das Gemächt zu schützen und zu bedecken. Eine Ausnahme bilden nur die schrecklichen lothringischen Schwänze, die nun einmal mit Verachtung jeden Hosenlatzes in ihrer Unförmigkeit dem Hosenboden zuzustürzen pflegen, wie ich denn einst zu Nancy an einem ersten Maientag den edlen Viardière, diesen galanten Mann, darüber betraf, daß er, um sich recht schmuck zu machen, sein Gemächt auf einem Tisch putzte, wo es wie ein spanischer Mantel weit ausgebreitet lag.

Wer also sprechen will, wie sich's schickt, muß zum Waffenknecht, der in den Krieg zieht, nicht sagen: ›Nimm deinen Weinpott, das heißt deinen Gehirnkasten, in acht‹, sondern: ›Nimm deinen Milchpott in acht‹; das aber, zum Henker, ist das Gemächt. Mit dem Kopf geht nur das Individuum zum Teufel, mit dem Gemächt dagegen das ganze Menschengeschlecht. Deshalb meint auch der brave Galen *lib. I de spermate*[1], es würde immer noch besser sein, kein Herz als keine Zeugungsglieder zu haben; denn in ihnen ruht wie in einem Heiligenschrein der verjüngende Keim der Menschheit. Und für weniger als hundert Franken bekenne ich mich, wenn man will, zu der Ansicht, daß wir in ihnen die eigentlichen Steine zu suchen haben, aus denen Deukalion und Pyrrha das Menschengeschlecht neu erstehen ließen, als es in der durch Dichtermund bezeugten Sündflut zugrunde gegangen war. Ja, sagt nicht auch der gelehrte Justinian *lib. IV de mucceribus tollendis: Summum bonum in hosis et latsibus*[2]. Aus diesen und anderen Gründen ist es nur zu verständlich, daß die Frau des Herrn von Merville bedenklich dreinschaute, als ihr Eheherr, der mit seinem König in den Krieg ziehen sollte, die neue Rüstung anprobierte – die alte, halb verrostete wollte nämlich seinen Bauch nicht mehr fassen –; sah sie doch, daß für Ehestab und Ränzlein, die auch ihr mit gehörten, gar zuwenig Sorge getragen war und daß nur ein Ringpanzerchen sie schützte. Also ermahnte sie den Gemahl, beides besser zu wappnen und lieber den großen Turnierhelm davorzuhängen, der ganz unnütz in einem Zimmer läge. Darauf beziehen sich folgende Verse im dritten Buch der ›Jungfernsperenzchen‹:

Die ihren Gatten fertig und bereit
zum Kampf gewaffnet sieht bis auf den Latz,
spricht so zu ihm: ›Verwahr doch, lieber Schatz,
ein bißchen besser jene Kleinigkeit!‹ –
War etwa schlecht der Rat? Du liebe Zeit!
Mich dünkt er gut; denn wie wär sie betrübt,
er käme zwar lebendig aus dem Streit,
doch ohne das, was sie am meisten liebt.

Wundert Euch also nicht über meine neue Art, mich zu kleiden.«

1 »Über den Samen« 1, 15 – 2 »Über die Ausrottung der Mucker« 4: Das höchste Gut lieg in Hosen und Lätzen (makkaronisches Lat.).

wöhnlich einen sehr herben Wein ausschenken und mit Essig zu kochen lieben. Natürlich würde ich dann noch ärger aufspielen, würde ihr das Gänseklein, als da sind Arm, Bein, Kopf, Lunge, Leber und Galle, so zusammenhauen und ihr die Kleider mit dem Prügel so zerfetzen, daß der Deibel nichts zu tun hätte, als sie am Höllentor in Empfang zu nehmen. Aber solche Streitereien kämen mir dies Jahr sehr ungelegen, ging' ihnen lieber aus dem Wege.« – »Also heirate nicht«, entgegnete Pantagruel. – »Aber«, sagte Panurg, »die Umstände, in denen ich mich befinde, müssen doch auch ins Auge gefaßt werden; ich bin ohne Schulden und ledig dazu, beachtet das, ohne Schulden, gerade zu der unglücklichsten Zeit! Stäke ich noch bis über den Hals in Schulden, so würden meine Gläubiger schon dafür sorgen, daß sie sich einen Familienvater in mir erhielten. Aber ohne Schulden und ledig, wie ich bin, wird sich niemand um mich kümmern und keiner mir solche Liebe erweisen als nur eine Ehefrau. Sollt' ich zufällig krank werden, so würde man mich eben nur so leidlich pflegen. Der Weise sagt: ›Wo kein Weib ist‹ – das heißt keine Hausfrau, kein rechtmäßiges Eheweib –, ›da seufzet der Kranke.‹[1] Das hab' ich deutlich genug an Päpsten, Kardinälen, Bischöfen, Äbten, Prioren, Priestern und Mönchen gesehen. Möchtet Ihr nun, daß es mir so erginge?« – »Also heirate«, erwiderte Pantagruel. – »Aber«, sagte Panurg, »wenn ich nun in der Krankheit meine ehelichen Pflichten nicht erfüllen könnte und meiner Frau dauerte das zu lange und sie machte sich mit einem andern zu schaffen, so daß sie mich armen Kranken nicht allein vernachlässigte, sondern meiner Not auch noch spottete und mich, wie das oft geschieht und was noch schlimmer ist, wohl gar bestehlen würde: hieße das nicht Qual zu Qual fügen, und möcht' man da nicht im bloßen Hemd auf die Straße laufen?« – »Also heirate nicht«, versetzte Pantagruel. – »Aber«, sagte Panurg, »wie soll ich sonst eheliche Söhne und Töchter bekommen, auf die ich meinen Namen, mein Wappen, meine Liegenschaften und Ersparnisse vererben kann – die nicht klein sein werden, denn ich werde nächstens ein gutes Geschäft machen und viele Renten tilgen – und die mir, wenn anderwärts nur Leid und Ärger mein

1 Jesus Sirach 36, 27 nach der lat. Bibelfassung, mit abweichender Lesart *aeger* Kranker statt *egens* Armer

Teil ausmachen, meine Freude wären, wie ich das täglich an Eurem liebevollen Vater und an Euch wie an so vielen trefflichen Menschen und ihrem Familienkreis beobachte? Ohne Schulden und ledig, wie ich bin, und dabei in Leid und Betrübnis, lacht Ihr mich aber nur noch aus, statt mich zu trösten.« – »Also heirate doch, bei Gott!« sagte Pantagruel.

Zehntes Kapitel

Wie Pantagruel Panurg auseinandersetzt, was für ein schwierig Ding es ist, in Heiratsangelegenheiten Rat zu erteilen, und wie man aus Homer oder Vergil das Glück befragen kann

»Euer Rat«, sagte Panurg, »hört sich, mit Verlaub, wie ein endloser Dauerkehrreim an; 's ist alles Spott, Stichelei, Wortgeklingel, Widerspruch. Eins hebt immer das andere auf, so daß ich nicht weiß, woran ich mich halten soll.« – »Das kommt daher«, versetzte Pantagruel, »weil in dem, was du selbst zutage bringst, soviel Ja und Aber enthalten sind, daß ich nicht weiß, worauf ich fußen und wonach ich meine Entscheidung treffen soll. Weißt du denn selbst, was du willst? Das ist doch schließlich die Hauptsache, alles andere ist ungewiß und hängt von den Fügungen des Himmels ab. Wir sehen gar viele Leute, die es so gut getroffen haben, daß ihre Ehe ein wahrer Abglanz paradiesischer Freuden ist. Andere dagegen sind elender dadurch geworden als die Teufel, welche in den Wüsteneien von Theben und Montserrat[1] die Eremiten in Versuchung führen. Man muß es eben blindlings wagen, die Augen verbinden, den Kopf unterducken und seine Seele Gott befehlen, wenn man's überhaupt wagen will. Sicherheit wüßt' ich dir nicht zu geben. Übrigens, eins könntest du immer noch tun, wenn's dir gefällt.

Hole Vergils Schriften her, und dann wollen wir das Buch dreimal aufs Geratewohl aufschlagen und aus dem soundsovielten Vers der Seite, je nachdem wir das vorher unter uns ausgemacht haben, das Schicksal deines Heiratsvorhabens herauslesen. Ähnlich haben die Homerischen Verse dazu dienen müssen,

1 nordostspan. Pilgerort mit Einsiedlerfelshöhlen

die Zukunft zu enthüllen. Sokrates, der in seinem Gefängnis den Vers rezitieren hörte, wo Achill sagt (Ilias IX, 363):

Ἦ ματί κε τριτάτῳ Φθίην ἐρίβωλον ἱκοίμην,

mag ich am dritten Tag zu den Fluren von Phthia gelangen,

sah voraus, daß er in drei Tagen sterben würde, und äußerte dies gegen Aischines, wie Platon im ›Kriton‹, Cicero im ersten Buch *de divinatione*[1] und Diogenes Laërtius berichten.

So fand Opellius Macrinus, der zu wissen begehrte, ob er römischer Kaiser werden würde, durch das Los folgenden Ausspruch (Ilias VIII, 102/03):

Ὦ γέρον, ἦ μάλα δή σε νέοι τείρουσι μαχηταί

σὴ δὲ βίη λέλυται, χαλεπὸν δέ σε γῆρας ὀπάζει,

Greis, wie wirst du bedrängt von jüngeren Kriegern in Kampfe,

du, den die Stärke verließ und quälendes Alter belästigt.

In der Tat war er bereits alt, und nachdem er den Kaiserthron nur ein Jahr und zwei Monate innegehabt hatte, wurde er von dem jungen, kräftigen Heliogabal gestürzt und getötet.

So fand Brutus, als er vor der Schlacht bei Pharsalus das Homerische Orakel befragte, folgenden Vers (Ilias XVI, 849):

Ἀλλά με μοῖρ' ὀλοὴ καὶ Λητοῦς ἔκτανεν υἱός,

Mich hat Letos Sohn und das mordende Schicksal getötet,

nämlich Apollo, dessen Name in dieser Schlacht die Losung war.

Ebenso haben im Altertum die Dichtungen Vergils oft dazu gedient, wichtige und bedeutende Begebenheiten vorauszusagen, sogar die Erlangung des römischen Kaiserthrons, wie es bei Alexander Severus der Fall war, dem auf seine Frage folgender Vers Bescheid gab (Äneis VI, 851):

Tu regere imperio populos, Romane, memento,

du aber, Römer, gedenke, die Völker der Welt zu beherrschen.

Wirklich wurde er nach einigen Jahren zum römischen Kaiser ausgerufen.

Auch Hadrian, begierig, zu erfahren, welche Meinung Trajan von ihm hege, befragte Vergil und erhielt als Antwort die Verse

1 »Über die Seherkunst« 1, 25

(Äneis VI, 808 ff.):

Quis procul ille autem, ramis insignis olivae
sacre ferens? Nosco crines incanaque menta
regis Romani,

Wer aber trägt da fern, bekränzt mit dem Zweig der Olive,
heilig Gerät? Wohl kenn ich im grauen Haare und Barte
dort den römischen König.

Er wurde später von Trajan adoptiert und folgte ihm in der Herrschaft.

Claudius der Zweite, dieser treffliche römische Kaiser, fand auf seine Frage den Vers (Äneis I, 265):

Tertia dum Latio regnantem viderit aestas,

bis drei Sommer ihn sahn als König in Latium herrschen,

und in der Tat regierte er nur zwei Jahre lang.

Als Claudius wissen wollte, ob er seinem Bruder Quintillus auf den Thron verhelfen solle, erhielt er die Antwort (Äneis VI, 869):

Ostendent terris hunc tantum fata,

zeigen nur wird ihn der Welt das Schicksal,

was sich auch erfüllte, denn siebzehn Tage, nachdem er die Herrschaft angetreten, wurde er ermordet.

Dieselbe Verkündigung wurde Kaiser Gordian dem Jüngern zuteil.

Clodius Albinus, ebenfalls begierig, sein Schicksal zu erfahren, stieß auf den Vers (Äneis VI, 857):

Hic rem Romanam magna turbante tumultu
sistet eques etc.,

der wird den römischen Staat im wirren Lärme der Waffen
ritterlich schirmen, der Punier und Gallier Aufruhr besiegen,

und Kaiser D. Claudius, Aurelians Vorgänger, der über seine Nachkommen Auskunft begehrte, erhielt sie in dem Vers (Äneis I, 278):

His ego nec metas rerum, nec tempora pono,

ihre Herrschaft begrenze ich weder räumlich noch zeitlich.

Er hatte auch wirklich eine lange Reihe von Nachkommen.

Und ebenso ging es Herrn Pierre Amy, als er wissen wollte, ob er den Nachstellungen der Franziskobolde entrinnen würde; er holte sich seine Antwort aus dem Vers (Äneis III, 44):

Heu, fuge crudeles terras, fuge littus avarum,

flieh dies grausame Land, ja flieh dies gierige Ufer,

und machte sich sofort aus dem Staub und entkam ihren Klauen mit heiler Haut.

Und noch tausend andere Fälle könnt' ich dir anführen, wo dergleichen auf gut Glück herausgegriffene Verse die Zukunft richtig vorausgesagt haben, wenn es nicht eben zu weitläufig wäre. Doch um jeder Enttäuschung vorzubeugen, will ich nicht etwa behauptet haben, daß solche Vorhersagen auch immer und in allen Fällen eintreffen.«

Elftes Kapitel

Wie Pantagruel es für unerlaubt erklärt, das Schicksal durch Würfel zu befragen

»I«, sagte Panurg, »das könnte man ja ebensogut und noch viel schneller mit drei blanken Würfeln machen.« – »Nein«, erwiderte Pantagruel, »auf die Art das Schicksal zu befragen ist ein Mißbrauch, ist unerlaubt und in Grund und Boden zu verdammen. Damit befasse dich niemals. Das verwünschte Buch ›Der Würfel Zeitvertreib‹ Ist vom Geist der Lüge ehemals zu Bura[1] in Achaia ausgeheckt worden; damals schon, vor der Statue des Buräischen Herakles, führte dieser Geist und führt noch jetzt an vielen Orten harmlose Seelen in schwere Versuchung und läßt sie sich in seine Netze verstricken. Du weißt, wie mein Vater dieses Buch in allen seinen Reichen verbot und seiner Schädlichkeit wegen sogar Lettern und Holzstöcke, womit es gedruckt worden war, verbrennen ließ, damit es ein für allemal und mit Stumpf und Stiel vernichtet werde. Und was ich hier von den Würfeln sage, das gilt auch von den Tali[2]; durch sie das Schicksal zu befragen ist ein ebenso schmählicher Mißbrauch. Der glückli-

1 Nordpeloponnes. Küstenstadt mit Orakel durch Würfel mit geheimen Zeichen – 2 röm. Würfel mit 4 bezeichneten Seiten

che Wurf, den Tiberius am Quell Aponus im Orakel des Geryon tat, kann nicht als Widerlegung dienen: auf solche Weise fängt der Lügengeist eben die einfältigen Seelen ein, um sie auf ewig zu verderben. Aber damit du trotzdem deinen Willen hast, magst du hier auf dem Tisch drei Würfe tun, und nach den geworfenen Augen wollen wir dann die Verse der aufgeschlagenen Seite abzählen. Du hast doch Würfel bei dir?« – »Mein Beutel ist voll«, sagte Panurg; »sind sie doch, wie Merl. Coccajus *libro secundo de patria diabolorum*[1] sagt, des Teufels Lenz, der mich als vogelfrei holen würde, wenn er mich ohne Würfel träfe.« Damit zog er die Würfel heraus und warf fünf, sechs und fünf. – »Macht zusammen sechzehn«, sagte Panurg. »Wir nehmen also den sechzehnten Vers, der auf der Seite steht. Die Zahl gefällt mir; ich glaube, es wird alles gutgehen. Will durch alle Teufel fahren wie eine Kugel durch aufgesetzte Kegel, wie eine Stückkugel durch ein Bataillon Fußvolk, wenn ich's hol' mich der Teufel, meiner Frau in der Hochzeitsnacht nicht ebensooft schiebe.« – »Daran zweifle ich nicht«, sagte Pantagruel, »hättest darum nicht nötig gehabt, dich so schaurig dem Teufel zu verschreiben; das erstemal schiebst du vorbei, das gilt fünfzehn[2], und am Morgen versuchst du's dann noch einmal, um die Scharte wieder auszuwetzen, so kommen sechzehn heraus.« »Meint Ihr?« sagte Panurg. »Ich denke, der tapfere Ritter, der hier unten am Bauch bei mir Wache hält, hat sich noch keinen Schnitzer zuschulden kommen lassen. Habt Ihr ihn jemals vorbeischieben sehen? Nein, gewiß nicht, nie und nimmermehr. Ich verstehe das Ding wie die heiligen Väter, das wird jeder Spieler mir bezeugen müssen.«

Nach diesen Reden wurden Vergils Schriften herbeigeholt. Bevor man sie aber aufschlug, sagte Panurg: »Das Herz im Leibe pocht mir wie ein Lämmerschwänzchen. Fühlt einmal meinen Puls – hier die Arterie an der linken Hand; er geht so schnell und voll, als ob man mich in der Sorbonne bei den Haaren hätte. Sollten wir nicht lieber, eh' wir anfangen, Herakles und die Tenitischen Göttinnen anrufen, die, wie man sagt, bei der Schicksalsverwaltung präsidieren?« – »Weder diese noch jenen«, sagte Pantagruel, »stich nur mit dem Fingernagel in das Buch.«

1 Teofilo Folengo »Über das Vaterland der Teufel« 2 – 2 d. h. Punkte für den Gegner bei einem Fehlwurf im Ballspiel

Zwölftes Kapitel

Wie Pantagruel aus dem Vergil das Schicksel der Heirat Panurgs erkundet

Also schlug Panurg das Buch auf und las den sechzehnten Vers der aufgeschlagenen Seite wie folgt:

Nec deus hunc mensa, dea nec dignata cubili est,
es nimmt der Gott ihn nicht als Tischkumpan,
die Göttin nicht als Bettgenossen an.

»Das klingt nicht sehr tröstlich für dich«, sagte Pantagruel. »Es deutet darauf hin, daß deine Frau auch so eine sein wird, die dich zum Hahnrei macht. Die Göttin nämlich, die ihre Gunst versagt, ist Minerva, die jungfräuliche, schreckengebietende, blitzeschleudernde, der alle Hahnreie, Weiberjäger und Ehebrecher, desgleichen alle unzüchtigen Frauen, die ihren Männern die gelobte Treue brechen, verhaßt sind. Der Gott ist Jupiter, der Donnerer und Blitzeschleuderer des Himmels, wobei zu bemerken ist, daß nach der Lehre der alten Etrusker die Manubien – wie die Strahlen vulkanischer Blitze genannt wurden – ganz allein der Minerva – Beweis dafür das Inbrandstecken der Schiffe des Ajax Oileus – und Jupiter, ihrem Haupteserzeuger, zustanden. Den anderen Göttern des Olymps ist das Blitzen nicht gestattet, weswegen sie auch von den Sterblichen nicht so gefürchtet werden. Ja, ich werde dir noch mehr sagen; du magst das als einen kleinen Exkurs in die höhere Mythologie betrachten: Als die Titanen Krieg begannen gegen die Götter, spotteten diese anfangs über solche Feinde und meinten, leichtes Spiel mit ihnen zu haben. Als sie aber sahen, wie jene den Pelion auf den Ossa türmten und schon am Olymp rüttelten, um ihn noch auf die beiden andern zu stülpen, erfaßte sie Schrecken. Sofort versammelte Jupiter einen Kriegsrat, und es wurde beschlossen, sich zu tapferem Widerstand zu rüsten. Da man aber die Erfahrung gemacht hatte, wie hinderlich oft die Weiber dem Heer gewesen und daß ihretwegen nicht selten Schlachten verlorengegangen waren, so wurde bestimmt, es sollte der ganze Troß von Göttinnen aus dem Himmel verbannt und, in Wiesel, Marder, Fledermäuse, Frösche und andere Tiergestalten verwandelt, nach Ägypten und in die fernsten Länder des Nils geschafft werden. Nur Minerva, die Göttin des Kriegs und der Wissenschaften, des Rats und der Tat, die in Waffen geborne, die im Himmel und in der Luft, auf dem Meer und der Erde gefürchtete Göttin, durfte zurückbleiben, um Jupiter beim Blitzeschleudern zu helfen.« – »Bei meinem Latz«, sagte Panurg, »und da soll ich wohl Vulkan sein, von dem der Dichter uns erzählt? Danke dafür! Hinke ich doch nicht wie er und war doch auch nie ein Falschmünzer oder Grobschmied. Möglich, daß meine Frau ebenso schön und reizend sein wird wie seine Venus; aber so ein liederliches Stückchen wird sie nicht sein und mich nicht wie ihn zum Hahnrei machen, was sich dieses Hinkebein gar noch gerichtlich und durch den Augenschein der ganzen Götterversammlung bescheinigen ließ. Nein, nein! Ich lege das Orakel anders aus. Es besagt, daß meine Frau züchtig, keusch und treu sein wird, nicht so geharnischt, so widerborstig, hirnverbrannt und hirnentsprungen wie Pallas; desgleichen, daß ich diesen Lümmel von Jupiter nicht zum Nebenbuhler haben werde und daß er seine Kruste nicht in meine Suppe tunken soll, wenn wir zusammen bei Tische sitzen. Schmucker Bursche das! Man muß nur sehen, wie der sich aufgeführt hat. Einen ausgemachtern Taugenichts und liederlichern Kuttenträ-, wollte sagen -jäger hat's überhaupt nicht gegeben. Schweinischer als ein Eber! Wurde er doch auch, wenn Agathokles der Babylonier nicht lügt, im kretischen Gebirge von einer Sau gesäugt. Geiler als ein Bock! Wie andere ja auch wieder bezeugen, daß die Ziege Amalthea seine Amme gewesen sei. Beim Acheron! Deshalb besprang er auch eines Tags den dritten Teil der ganzen Welt, Tiere, Menschen, Berge und Flüsse – alles miteinander: ich meine Europa. Dieser Sprunghaftigkeit wegen stellten ihn die Ammonier auch als springenden Bock, als gehörnten Widder dar. Aber ich bin kein dummer Amphitryon, kein blöder Argos mit hundert Brillen, kein feiger Akrisios, kein einfältiger Lykos von Theben, kein träumerischer Agenor, kein phlegmatischer Korythos von Toskana, kein breitschultriger Atlas[1]. Meinetwegen mag er sich hundert- und aber hundertmal in einen Schwan, Stier oder Satyr, in Gold oder Kuckuck, wie er es machte, als er Juno, seine Schwester, entjungferte, in Adler, Widder oder Taube, wie er es machte, als er die jungfräuliche Phthia aus Aigion liebte, in Feuer, Schlange oder selbst Floh, in

1 von Zeus geprellte Ehemänner, Väter usw. der griech. Sage

die Atome der Epikureer oder magistronostraliter[1] in höhere Zwecke verwandeln: ich werde ihn schon fassen! Und wißt Ihr, wie ich's dann machen werde? Potz Sterz! Wie's Saturn mit seinem Papa Himmel gemacht hat – Seneca hat mir das vorausgesagt und Lactantius bestätigt – und wie Rhea mit Attis: ich werde ihm das Gemächt vom Hintern schneiden, ratzekahl! Papst wird er dann freilich nicht mehr werden können, denn *testiculos non habet*[2].« – »Nur schön ruhig, mein Junge«, sagte Pantagruel; »jetzt schlage das Buch erst noch einmal auf.«

Es zeigte sich folgender Vers:

Membra quatit, gelidusque coit formidine sanguis,
und die Glieder zerbleut, das Gebein ramponiert,
daß das Blut in den Adern vor Angst gefriert.

»Das heißt«, erläuterte Pantagruel, »sie wird dich gottsjämmerlich durchprügeln!« – »Im Gegenteil«, erwiderte Panurg, »die Prophezeiung besagt, daß ich sie braun und blau hauen werde, wenn sie mich ärgern sollte. Meister Bakel wird das schon besorgen, und ist er nicht bei der Hand, so fress' mich der Teufel, wenn ich sie nicht bei lebendigem Leibe auffresse wie Kambles, der lydische König, die seinige.« – »Das Zeug dazu hast du«, antwortete Pantagruel, »selbst Herkules würde deine Wut nicht bändigen können; sagt mach doch, das As gelte immer für zwei, und mit zweien nimmt auch er's nicht auf.« – »Bin ich ein Aas?« rief Panurg. »Nein, nein«, versetzte Pantagruel, »ich dacht' an Schafkopf und Tricktrack.«

Als das Buch zum drittenmal befragt wurde, ergab sich folgender Vers:

Femineo praedae et spoliorum ardebat amore,
Begier entflammt sie, daß mit Weiberwitze
sie trachte, wie sie klemm und wie stibitze.

»Das heißt, sie wird dich bestehlen«, sagte Pantagruel, »und somit ist es nach diesen drei Prophezeiungen klar, daß du zum Hahnrei gemacht, durchgeprügelt und bestohlen werden wirst.« – »Im Gegenteil«, erwiderte Panurg, »unbändig lieben wird sie mich; so ist die Prophezeiung zu verstehen. Der Satiriker[3] lügt

1 theologiemagisterlich (scherzhaft lat.) – 2 er hat keine Hoden (lat.); nach mittelalterlicher Sage mußte jeder neugewählte Papst seine Mannheit prüfen lassen, damit sich nicht eine verkleidete Frau das Amt erschliche – 3 Juvenal (Satiren 6, 210)

nicht, wenn er sagt, daß ein Weib ihren Geliebten zuweilen gerade aus übermäßiger Liebe bestiehlt, indem sie ihm zum Beispiel einen Handschuh oder ein Band oder einen ähnlichen geringfügigen Gegenstand entwendet, bloß damit er ihn suche. Solche kleinen Späße und Neckereien, wie sie ab und zu unter Liebenden vorkommen, frischen die Liebe auf und stacheln sie an. So lassen die Messerschmiede von Zeit zu Zeit ihre Schleifsteine rauh machen, damit sie besser schleifen. Demzufolge deut' ich mir die drei Prophezeiungen ganz zu meinen Gunsten. Sonst appelier' ich!« – »Gegen die Entscheidungen des Schicksals kann man nicht appelieren«, sagte Pantagruel, »das bezeugen alle alten Rechtslehrer, und auch Baldus *L. ult. C. de leg.* [1] sagt es. Der einfache Grund dafür ist der, daß das Schicksal keinen über sich anerkennt, bei dem man Berufung einlegen könnte. Somit kann auch hier ein Minderjähriger nicht ins Recht gesetzt werden, wie *L. Ait praetor, § ult. ff. de minor.* [2] das sehr bezeichnend sagt.«

Dreizehntes Kapitel

Wie Pantagruel Panurg rät, durch Träume zu erforschen, ob die Heirat ihm Glück oder Unglück bringen werde

»Da wir also über die Vergilsche Prophezeiung verschiedener Meinung sind, so laß uns eine andere Art, die Zukunft zu erforsch, wählen.« – »Was für eine?« fragte Panurg. »Eine vortreffliche und althergebrachte«, erwiderte Pantagruel, »die sich vielfach bewährt hat: durch Träume nämlich; denn unter gewissen Bedingungen, die von Hippokrates *lib.* περὶ ἐνυπνίων[3], Platon, Plotinos, Jamblichos, Synesios, Aristoteles, Xenophon, Galen, Plutarch, Artemidoros Daldianos, Herophilos, Q. Calaber, Theokrit, Plinius, Athenäos[4] und anderen näher angegeben werden, sieht die Seele nicht selten im Traum zukünftige Dinge voraus. Ich brauche dir dies auch nicht erst weitläufig zu beweisen; ein Beispiel aus dem täglichen Leben wird es dir klarmachen. Wenn die Kinder, reingewaschen, satt gefüttert und getränkt,

1 Letztes Gesetz (3). Kodex »Über Vermächtnisse« – 2 Gesetz (7): »Der Prätor spricht...«, letzter Paragraph. Pandekten »Über die Jüngeren (als 25 Jahre)« – 3 »Über die Träume« – 4 griech. und röm. Ärzte, Philosophen, Dichter, Naturforscher usw.

fest eingeschlafen sind, gehen die Ammen ihrer Wege, um unterdessen ihre Freiheit zu genießen und zu tun, was ihnen beliebt; denn ihre fernere Gegenwart bei den Wiegen scheint unnötig zu sein. Nicht anders macht es unsere Seele; nachdem der Körper eingeschlafen und der Verdauungsprozeß beendet ist, hat sie bis zum Wiedererwachen nichts mehr zu tun. Sie macht sich also auf und eilt in ihre Heimat, welche der Himmel ist. Dort wird sie eines höhern Lebens teilhaftig, wie es ihr nach einem göttlichen Ursprung gebührt; im Anschauen jener unendlichen und geistigen Sphäre, deren Mittelpunkt allerwegen und deren Peripherie nirgends – das heißt nach der Lehre des Hermes Trismegistos Gottes –, vor der nichts zufällig, nichts zeitlich, nichts vergänglich, vor der alles Gegenwart ist, erkennt sie nicht allein das Vergangene in seinem kleinsten Wandel, sondern auch das Zukünftige, und indem sie es dem Körper mitteilt und durch seine Sinne und Organe auch anderen kundtut, wird sie zur Wahrsagerin und Prophetin. Allerdings überliefert sie das, was sie geschaut hat, nicht ganz genau, woran die Unvollkommenheit und Gebrechlichkeit der leiblichen Sinne sie verhindert, wie der Mond, der sein Licht von der Sonne empfängt, dieses auch nicht so rein, so hell, so lebenspendend und warm zurückstrahlt, wie er es empfangen. Deshalb verlangen die prophetischen Träume einen geschickten, klugen, gewandten, erfahrenen und vernünftigen Ausleger, einen vollkommenen Oneirokriten oder Oneiropolen, wie die Griechen einen solchen nannten. Denn schon Heraklit sagt, daß durch Träume nichts verkündet und nichts verschwiegen werde, da sie die zukünftigen Dinge, Glück oder Unglück und was uns oder andere trifft, nur im allgemeinen vorher anzeigen. Das beweist die Heilige Schrift, und die Profangeschichte bestätigt es; denn beide berichten von tausend Fällen, wo das, was Träume dem Träumenden für ihn oder andere vorhersagten, wirklich eintraf. – Nur die Bewohner von Atlantis und die der Insel Thasos, einer der Kykladen, genießen dieses Vorrecht nicht, denn dort träumen die Leute niemals; auch Kleon von Daulien, Thrasymedes und in unserer Zeit der gelehrte Villanovanus[1], ein Franzose, träumten nicht. – Morgen also, zu der Stunde, da die rosenfingerige Aurora die nächtlichen

1 Neufville

Schatten verscheucht, laß es dein Bemühen sein, ordentlich zu träumen. Dazu mußt du dich aller menschlichen Leidenschaften, der Liebe wie des Hasses, der Hoffnung wie der Furcht, entäußern. Denn wie einst der große Seher Proteus, sobald er in Feuer oder Wasser, in einen Tiger, Drachen oder eine andre fremde Gestalt verwandelt war, nie das Zukünftige verkündete, sondern dazu immer erst seine eigentliche und wahre Gestalt angenommen haben mußte, so kann auch der Mensch die göttliche Gabe und Fähigkeit der Weissagung nur dann empfangen, wenn das, was das Göttliche in ihm ist, also νοῦς und mens[1], sich in stiller, ruhiger, friedfertiger Verfassung, in einem nicht von Leidenschaften erregten oder von Außendingen abhängigen Zustand befindet.« – »Ich werde mir alle mögliche Mühe geben«, sagte Panurg. »Muß man dazu viel oder wenig zu Abend essen? Ich frage nicht ohne Grund, denn wenn ich nicht ordentlich zu Abend gegessen habe, so taugt mein Schlaf die ganze Nacht nichts, ich werfe mich von einer Seite auf die andere und träume Zeug, so leer wie mein Magen.« – »Nichts essen würde in Anbetracht deiner Wohlbeleibtheit und Gewohnheit jedenfalls besser sein«, entgegnete Pantagruel.

»Amphiaraos, der alte griechische Weissager, verlangte, daß der, welcher durch Träume Orakel von ihm erhalten wollte, vorher den ganzen Tag nichts äße und drei Tage lang keinen Wein tränke. Eine gar so strenge und gewaltsame Diät brauchen wir nun nicht anzuwenden; denn obgleich ich der Ansicht bin, daß, wer sich seinen Leib unmäßig mit allerlei Speisen vollstopft, nur schwer Kenntnis von geistigen Dingen erlangen wird, so glaube ich doch auch nicht, daß langes und hartnäckiges Fasten besonders dazu befähigt, in die göttlichen Geheimnisse einzudringen. Dir fällt dabei wohl ein, was mein Vater Gargantua, dem ich hier die Ehre gebe, so oft gegen uns zu äußern pflegte, wie schal, nüchtern und verschleimt die Schriften der ausgehungerten Eremiten wären, geradeso wie ihr Leib, mit dem sie sie schrieben. Und es ist auch wirklich schwer, daß der Geist gesund und klar bleibe, wenn der Leib Not leidet. Sagen uns doch die Philosophen und Ärzte, daß die Lebensgeister von dem Arterienblut erzeugt, geboren und in Bewegung gesetzt werden,

1 Geist (griech. u. lat.)

welches in dem wundervollen, unter den Gehirnventrikeln liegenden Netz gereinigt und geläutert wird. Als Beispiel führen sie einen Philosophen an, der meinte, in der Einsamkeit, fern von allem störenden Treiben, ruhiger denken, tiefer erwägen und erfolgreicher spekulieren zu können, bald aber fand, daß Hundegebell, Wolfsheulen, Löwengebrüll, Pferdegewieher, Elefantentrompeten, Eselsgeschrei, Schlangenzischen, Grillengezirp und Taubengurren ihn ohne Unterlaß verfolgten und demgemäß mehr Lärm um ihn her war als auf dem Jahrmarkt zu Fontenay oder Niort. Denn der Hunger tobte ihm im Leib, und im Kampf mit diesem bellt der Magen, die Sehkraft schwindet, die Venen saugen ihre eigene Substanz aus den fleischigen Teilen wieder auf und zerren den flüchtigen Geist, der um die Erhaltung seines natürlichen Nährkindes und Wohnsitzes, des Körpers nämlich, so wenig besorgt ist, nach unten, geradeso wie man einen Beizvogel, der eben von der Faust auffliegen will, an der Leine herunterzieht. Und hier führe ich noch die Autorität Homers, dieses Vaters aller Philosophie, an, der uns erzählt, wie die Griechen erst dann um Patroklos, den teuren Freund des Achilles, zu weinen aufhörten, als sich der Hunger bei ihnen zu melden anfing und der Körper keine Tränen mehr hergeben wollte. Denn in ihren vom langen Fasten erschöpften Leibern war eben nichts mehr, mit dem sie hätten weinen und jammern können.

Die Mittelstraße ist in allen Fällen gut und lobenswert, die halte ein! Iß zu Abend keine Bohnen, keinen Hasenbraten, auch kein anderes Fleisch, keine Seespinnen, keinen Kohl noch solche Speisen, die deine Lebensgeister beunruhigen und trüben können. Denn wie ein Spiegel das Bild der ihm vorgehaltenen Gegenstände nicht gut zurückwerfen kann, wenn seine glänzende Oberfläche von Hauch oder Nebel getrübt ist, so wird auch der Geist die Gestalt der durch den Traum enthüllten Dinge nicht klar in sich aufnehmen, wenn der Leib durch die Dünste der genossenen Speisen gequält und geängstigt wird, da beide durch Sympathie unlösbar miteinander verbunden sind. Iß also einige crustumenische[1] Birnen oder Bergamotten, eine Renette, ein paar Tourainer Pflaumen oder eine Handvoll Kirschen aus mei-

1 aus der altital. Stadt Crustumium nörd. Rom; von Vergil (»Vom Landbau« 2, 88) ihrer Birnen wegen gerühmt

nem Obstgarten; ich sehe nicht ein, warum deine Träume davon trügerisch, unwahr oder unzuverlässig werden sollten, was sie nach der Behauptung einiger Peripatetiker im Herbst zu sein pflegen, wo man mehr Früchte ißt als zu anderen Jahreszeiten, eine Ansicht, welche die alten Propheten und Dichter auf ihre mystische Weise so ausdrücken, daß sie sagen, die eitlen und trügerischen Träume lägen unter dem gefallenen Laub versteckt, weil dieses ja im Herbst von den Bäumen fällt. Denn der Gärungsstoff, welcher in den jungen Früchten reichlicher enthalten ist und, wie wir das beim Most sehen, leicht in den Körper übergeht, hat sich jetzt schon längst gelöst und verflüchtigt. Und dazu trinke von dem schönen Wasser aus meinem Brunnen.« – »Das ist freilich ein bißchen hart«, versetzte Panurg. »Aber – wenn's mich auch schwer ankommt – gut, ich werd' es tun, wenn's nur was nützt, doch unter der Bedingung, daß ich morgen, wenn ich ausgeträumt habe, etwas zeitiger frühstücken darf. Im übrigen befehle ich mich den beiden Toren Homers[1], und mögen Morpheus, Ikelos, Phantasos und Phobetor[2] mir gnädig sein! Helfen sie mir und lassen sie mich nicht im Stich, so will ich ihnen auch einen schönen flaumenen Altar errichten.«

Darauf fragte er Pantagruel: »Wäre es nicht gut, wenn ich ein paar Lorbeerreiser unters Kopfkissen legte?« – »Nein«, erwiderte Pantagruel, »das ist nicht nötig; das ist nichts als ein alter Aberglaube und ein widersinniger Brauch trotz allem, was Serapion von Askalon, Antiphon, Philochoros, Artemon und Fulgentius Planciades[3] darüber geschrieben haben. Dasselbe gilt – mit Erlaubnis des alten Demokrit – von der linken Krokodil- und Chamäleonschulter oder von dem Stein der Baktrier, Eumetrides genannt, oder von dem Ammonshorn, wie die Äthiopier einen Edelstein von goldener Farbe nannten, der wie das Horn des Jupiter Ammon geformt war und von dem sie behaupteten, er mache die Träume derer, die ihn trügen, gewiß und unfehlbar gleich göttlichen Orakeln. Dabei fällt mir auch ein, was Homer und Vergil von den beiden Toren der Träume sagen, denen du dich soeben befohlen hast. Das eine ist aus Elfenbein, und durch dies ziehen die wirren, trügerischen und unsicheren

1 s. »Odyssee« 19, 562/67 – 2 griech. Traumgötter – 3 griech. und röm. Schriftsteller; Verfasser von Werken über Traumdeutung

Träume; denn durch Elfenbein, wie fein man es auch spalte, kann man nichts sehen, seine Dichte und Engporigkeit läßt die Sehkraft nicht durch- und die sichtbaren Dinge nicht eindringen. Das andere ist aus Horn, durch welches die wahren, untrüglichen und sicheren Träume schreiten, da durch Horn vermöge seiner Klarheit und Durchsichtigkeit alles deutlich erkennbar ist.« – »Damit«, sagte Bruder Hans, »wollt Ihr gewiß zu verstehen geben, daß die Träume des gehörnten Hahnreis, wie unser Panurg mit Gottes und seiner Frau Hilfe einer werden wird, immer wahr und untrüglich sind.«

Vierzehntes Kapitel
Panurgs Traum und dessen Deutung

Am andern Tag um sieben Uhr morgens begab sich Panurg zu Pantagruel, bei dem außer anderen auch Epistemon, Bruder Hans Hackepeter, Ponokrates, Eudämon und Carpalim versammelt waren, zu denen Pantagruel, als er Panurg erblickte, sagte: »Seht, der Träumer kommt daher[1]!« – »Dieses Wort«, äußerte Epistemon, »kam den Kindern Israels einst teuer genug zu stehen.« – »Es geht mir«, sagte Panurg, »wie Guillot dem Träumer[2], ich habe die Hülle und Fülle geträumt, aber ich versteh's nicht; nur so viel weiß ich, daß ich im Traum ein junges, schönes, allerliebstes Weib hatte, die mich wie ein Püppchen hätschelte und liebkoste. Mir war außerordentlich wohl und behaglich zumute. Was für ein Schmeicheln, Krabbeln, Kitzeln, Kraulen, Küssen und Umarmen das war! Und zum Spaß setzte sie mir zwei niedliche kleine Hörnerchen auf die Stirn. Ich sagte ihr scherzend, sie sollte mir die Hörner doch lieber unter die Augen setzen, damit ich sehen könnte, wohin ich stieße; denn sonst würde Momus daran geradesoviel zu mäkeln finden wie an der Stellung der Rinderhörner. Aber trotz meiner Einwände pflanzte das unnütze Ding sie mir noch ein bißchen höher hinauf, und dabei wunderte mich am meisten, daß es gar nicht weh tat. Bald darauf aber kam mir's vor, wie, weiß ich selbst nicht, als

1 1. Moses 37, 19; Worte der Söhne Israels vor ihrem Mordanschlag auf ihren Bruder Joseph –
2 sprichwörtlich

wär' ich in ein Tamburin und sie in eine Eule verwandelt; mein Schlaf wurde unterbrochen, und mit einem Ruck wachte ich ärgerlich, verdrießlich und sehr verstimmt auf. Nicht wahr, ein rechter Mischmasch von Träumen. Steckt nun die Köpfe zusammen und legt ihn aus, so gut ihr könnt, ich werde indessen frühstücken! Heda, Meister Carpalim!« – »Wenn ich überhaupt etwas von Träumen verstehe«, sagte Pantagruel, »so wird dir deine Frau zwar nicht wirkliche, greifbare Hörner, wie sie etwa die Satyrn tragen, auf die Stirn setzen; aber sie wird die eheliche Treue brechen und dich zum Hahnrei machen, indem sie es mit einem andern hält. Das hat, wie ich schon andeutete, Artemidoros klipp und klar bewiesen. Ebenso wirst du nicht wirklich in ein Tamburin verwandelt werden, aber wie dieses bei Hochzeitsfesten geschlagen wird, so wird sie dich schlagen; auch in eine leibhaftige Eule wird sie nicht verwandelt werden, aber sie wird dich bestehlen, wie dies der Eulen Art ist. Und so stimmt denn dein Traum mit den Vergilschen Prophezeiungen vortrefflich überein, das heißt, du wirst zum Hahnrei, geprügelt und bestohlen werden.« – Hier rief Bruder Hans: »Er spricht wahr, bei Gott! Du wirst Hahnrei werden, Herzensbruder, darauf kannst du dich verlassen, du wirst ein Paar schöne Hörner zu tragen bekommen. Hehehe, Meister Cornibus, Gott schütze dich! Halt uns 'ne kleine Predigt, ich werde im ganzen Kirchspiel mit dem Klingelbeutel herumgehen.« – »Ich deute den Traum ganz anders«, sagte Panurg; »durch meine Heirat werde ich alle nur erdenklichen Güter der Welt und das Horn des Überflusses erlangen. Ihr meint, es wären Satyrhörner? *Amen, amen, fiat, fiatur, ad differentiam papae*[1]. Demnach werd' ich, wie die Satyrn, das Hähnchen immer sprungbereit und unermüdlich halten, was jedermann so heiß begehrt und was doch nur wenige vom Himmel erlangen. Werde also auch nie Hahnrei werden; denn ebendarum werden's ja die Ehemänner, weil's daran hapert. Sagt, warum bettelt das arme Volk? Weil es zu Hause nichts hat, womit es sich das Ränzel füllen kann. Warum kommt der Wolf aus dem Wald? Weil er drinnen keine Beute findet. Warum werden die Weiber mannstoll? Na – ihr werdet mich schon verstehen.

1 es geschehe (einmal in klassischem, einmal in Küchenlat.), im Unterschied zum Papst (dessen Kanzlei nur die klassische Form gebrauchte).

Fragt nur die Herren Schreiber, die Präsidenten, Räte, Advokaten, Prokuratoren und Glossatoren des hochwichtigen Abschnitts *de frigidis et maleficiatis*[1]. Möglich daß ich mich irre; aber wie mir's scheint, seid ihr ganz auf dem Holzweg, wenn ihr aus den Hörnern auf Hahnreischaft schließt. Trägt Diana nicht auch Hörner in Gestalt eines Halbmondes auf dem Kopf, und ist sie deshalb etwa ein Hahnrei? Wie zum Teufel sollte sie das sein, sie, die nie vermählt war? So ungewaschenes Zeug müßt ihr nicht reden, wenn ihr nicht gewärtigen wollt, daß sie's mit euch wie mit Aktäon mache. Auch der gute Bacchus trägt Hörner, Pan ebenfalls, Jupiter Ammon desgleichen und noch viele andere. Sind sie deswegen Hahnreie? Also wäre Juno eine Hure? Denn in Form der Metalepsis[2] hättet ihr das gesagt, wie wenn man ein Kind in Gegenwart seiner Eltern einen Kegel[3] oder Bastard nennt, was selbstverständlich soviel heißt, als nennte man seinen Vater einen Hahnrei und seine Mutter eine Ehebrecherin. Nein, nein, die Hörner, die meine Frau mir aufsetzt, sind Füllhörner, die von allerlei schönen Dingen überquellen, darauf könnt ihr schwören. Und was das andere anbetrifft, so werde ich munter und lustig sein wie ein Tamburinschläger auf einer Hochzeit, werde trommeln, tanzen und pupsen. Gewiß, es bedeutet nichts als Glück, und mein Weibchen wird so hübsch und nett sein wie ein Käuzchen. Wer's nicht glaubt,

verreck am Höllenstrang!
Lirumlarum, ein neuer Sang.«

»Was du zuerst von deinem Traum berichtetest«, fuhr Pantagruel fort, »halte ich nun mit dem zusammen, was du zuletzt davon sagtest. Zuerst warst du im Traum ganz selig, und dann erwachtest du mit einem plötzlichen Ruck, ärgerlich, verdrießlich und sehr verstimmt.« – »Gewiß, weil ich nicht zu Abend gegessen hatte«, warf Panurg ein. – »Ich ersehe daraus, daß alles schiefgehen wird, darauf kannst du dich verlassen; ein Schlaf, der so mit einem plötzlichen Ruck endet und aus dem der Schläfer ärgerlich und verstimmt erwacht, bedeutet nie etwas Gutes.

Nichts Gutes: irgendeinen bösartigen, gefährlichen Krankheitskeim, der im Körper versteckt und verborgen liegt und den

1 »Von den Frigiden und durch Hexerei Impotenten«; Abschnitt des kirchlichen Gesetzbuchs – 2 Vertauschung von Ursache und Wirkung; rhetorische Figur – 3 uneheliches Kind

der Schlaf, der nach den Lehren der Medizin den Verdauungsprozeß fördert, entwickelt und an die Oberfläche treibt, so daß durch diese leidige Bewegung der Schlaf gestört und das Sensorium in Mitleidenschaft gezogen wird, das man sprichwörtlich ›In ein Wespennest stechen‹, ›den Brei umrühren‹ oder ›die schlafende Katze wecken‹ nennt.

Ferner nichts Gutes in Hinsicht auf die Seherkraft der Seele im Schlaf, indem es uns zu verstehen gibt, irgendein Unglück sei im Anzug und bereite sich vor, das in kurzer Zeit eintreffen werde. Beweis dafür der Traum der Hekuba sowie der der Eurydike, der Gattin des Orpheus, aus dem, wie Ennius erzählt, beide erschreckt und mit einem Ruck erwachten. Hekuba mußte später sowohl die Hinschlachtung ihres Gatten Priamos und ihrer Kinder wie auch den Untergang ihres Vaterlands mit ansehen, und Eurydike starb bald darauf eines elenden Todes. So träumte Äneas, daß er mit dem erschlagenen Hektor rede, und fuhr plötzlich aus dem Schlaf auf. In derselben Nacht wurde Troja geplündert und verbrannt. Ein anderes Mal sah er im Traum seine Schutz- und Hausgötter, schreckte aus dem Schlaf hoch und hatte tags darauf schwer unter Stürmen auf dem Meer zu leiden. So wurde Turnus, der gleichfalls heftig bewegt aus einem Traum auffuhr, in dem ihm die höllische Furie erschienen war und ihn zum Kampf gegen Äneas aufgehetzt hatte, nach vielem Mißgeschick von ebendiesem Äneas erschlagen. Und solcher Fälle könnt' ich dir tausend aufzählen. Wenn ich von Äneas sprach, so denk' nur daran, was Fabius Pictor von ihm sagt, daß er nie etwas unternommen habe und nichts ihm begegnet sei, was ihm nicht in Traumgesichten geheißen und vorausgesagt worden wäre. Diesen Beispielen widerspricht auch die gesunde Vernunft nicht. Denn wenn Schlaf und Ruhe besondere Gaben und Wohltaten der Götter sind, wie die Philosophen dies behaupten und der Dichter es bezeugt, wenn er sagt:

> Das war die Stunde, wo den Müden Labe
> der Schlummer bot, der Götter holde Gabe[1],

so kann ohne ein bevorstehendes großes Unheil solche Gabe nicht schließlich mit Ärger und Verstimmung verbunden sein, sonst wäre Ruhe nicht Ruhe, Wohltat nicht Wohltat, die Gabe

1 Vergil »Äneis« 2, 268/69

nicht eine Gabe freundlicher Götter, sondern des bösen Feindes, nach dem Sprichwort: Ἐχθρῶν ἄδωρα δῶρα[1]. Wie wenn man einen Familienvater, der an einer reichbesetzten Tafel eben noch mit Appetit sein Mahl verzehrte, plötzlich erschreckt aufspringen sähe. Wer den Grund davon nicht wüßte, dürfte sich darüber verwundern. Aber was war's? Er hörte seine Diener ›Feuer! Feuer!‹, seine Mägde ›Diebe! Diebe!‹, seine Kinder ›Mörder! Mörder!‹ schreien; da mußte er wohl das Mahl im Stich lassen und hineilen, um Hilfe zu leisten und nach dem Rechten zu sehen. In der Tat erinnere ich mich auch, daß die Kabbalisten, Massoreten und rabbinischen Kommentatoren der Heiligen Schrift, wo sie davon reden, wie himmlische Erscheinungen als solche zu erkennen seien – denn oft nimmt Satanas die Gestalt eines Engels des Lichts an –, den Unterschied beider darin sehen, daß der gute Engel und Tröster, wenn er erscheint, den Menschen zuerst erschreckt, dann aber tröstet, beruhigt und beglückt, wogegen der böse Engel und Verführer ihn zuerst erfreut, dann aber geängstigt, ruhelos und verstört zurückläßt.«

Fünfzehntes Kapitel

Panurg bittet, ihn zu entschuldigen, wobei zugleich die klösterliche Geheimlehre vom Pökelfleisch erörtert wird

»Wer nur gut sehen kann und taub ist«, sagte Panurg, »den bewahre unser lieber Herrgott vor Schaden! Ich sehe euch wohl, aber für alles, was ihr sagt, bin ich taub. Ein hungriger Magen hat keine Ohren. Bei Gott, ich schreie vor Hunger, ich rase! Ich habe mich zu sehr plagen müssen! Wer mich in diesem Jahr noch einmal zum Träumen bringen wollte, müßt' es gerissener anfangen als Meister Mouche[2]. Nichts essen, zum Teufel! Die Pest soll mich holen! Auf, Bruder Hans, zum Frühstück! Wenn ich ordentlich gefrühstückt und mir den Magen tüchtig verproviantiert und vollgeschlagen habe, so will ich allenfalls und notgedrungen das Mittagessen drangeben. Aber nicht zu Abend essen? Bei der Kreuzspinne! Das nenn' ich Versündigung, dagegen em-

1 des Feindes Gab ist keine Gabe (griech.); Sophokles »Ajax« 5, 665. – 2 Taschenspieler

pört sich die Natur. Natur hat den Tag erschaffen, damit der Mensch sich rührt, arbeitet und seinen Geschäften nachgeht; daß er dies besser vermag, dazu steckt sie ihm ihre Lampe an, die helle, lustige Sonne. Die löscht sie des Abends aus, was soviel heißt wie: ›Kinder, ihr habt euch brav aufgeführt; nun ist's aber genug mit der Arbeit, nun kommt die Nacht. Laßt eure Geschäfte jetzt ruhen und stärkt euch an Brot und Wein und anderen guten Dingen; danach amüsiert euch noch ein bißchen, und dann schlaft ein und ruht euch aus, damit ihr morgen wieder frisch und zur Arbeit aufgelegt seid.‹ Geradeso machen's die Falkner, wenn sie ihre Vögel gefüttert haben; sie lassen sie auch nicht mit vollem Magen fliegen, sondern ruhig auf ihren Stangen verdauen. Auch der gute Papst, der ehemals die Fasten einführte, hat das sehr wohl eingesehen. Er verordnete, daß man bis zur None[1] fasten solle; von da an aber, den ganzen Rest des Tags, durfte man essen. Früher aßen überhaupt nur wenige Leute zu Mittag, eigentlich nur die Mönche und Domherren, weil sie weiter nichts zu tun haben; denn bei ihnen ist alle Tage Feiertag, und höchst gewissenhaft befolgen sie die Klosterregel *de missa ad mensam*[2] und warten nicht einmal auf den Abt, sondern fallen gleich über die Schüsseln her, und so, kauenden Mundes, anders aber nicht, warten sie so lange auf ihn, wie er will. Dafür aß jedoch alle Welt zur Nacht, einige Schwärmer und Kopfhänger vielleicht ausgenommen, weshalb das Abendmahl auch *coena* genannt wurde, das heißt das gemeinschaftliche oder was allen gemein ist. Du weißt das alles, Bruder Hans, also komm, mein Freund, zum Teufel! Mein Magen bellt vor Hunger wie ein Hund. Werfen wir ihm ein paar Schüsseln Suppe vor, um ihn zu besänftigen, wie die Sibylle dem Zerberus[3]. Du liebst die Brotsuppen, mir sagen die Fleischsuppen mehr zu, zumal wenn ein tüchtiges Stück Pflüger drin schwimmt, das mit neun Lektionen traktiert worden ist.« – »Ich verstehe dich«, sagte Bruder Hans. »Diese Metapher hast du dir aus dem Klosterkessel gefischt. Der Pflüger ist der Ochs, er pflügt oder hat gepflügt, und mit neun Lektionen traktieren heißt ihn auf die beste Art zubereiten. Denn

1 um 15 Uhr – 2 von der Messe zu Tisch (lat.) – 3 Nach Vergil (»Äneis« 6, 417/25) wirft die Apollopriesterin Deiphobe dem Unterweltshund Zerberus einen Bissen vor, damit sie mit Äneas ungefährdet ins Schattenreich gelangt.

nach einer zwar nicht schriftlich aufgezeichneten, aber von Hand zu Hand überlieferten Kabbalistik machten die guten Patres, wie ich mich wohl erinnere, wenn sie zur Frühmette aufstanden, immer erst gewisse Vorbereitungen von größter Wichtigkeit, eh' sie zur Kirche gingen: schissen in die Eimer, pißten in die Kübel, spuckten in die Näpfe, husteten in allen Tonarten und gähnten ihre Träume heraus, damit sie nichts Unreines mit zum Gottesdienst nähmen. Dann begaben sie sich voller Andacht in die heilige Kapelle, wie sie in ihrer Geheimsprache die Klosterküche nannten, und sorgten inbrünstig dafür, daß das Rindfleisch für die Diener des Heilands, die frommen Klosterbrüder, aufgesetzt werde. Oft zündeten sie das Feuer unter dem Kessel selbst an. War es eine Frühmette mit neun Lektionen, so mußten sie natürlich früher aufstehen und grölten sich von den Pergamentblättern herunter einen ganz andern Hunger und Durst, als wenn die Messe nur eine oder zwei Lektionen hatte. Je früher sie aber aufstanden, desto früher wurde auch, jener Kabbala zufolge, der Ochs aufs Feuer gesetzt, und

je länger drauf, desto besser gar
und desto zarter er somit war,

desto weniger strengte er die Zähne an, desto trefflicher mundete er, desto leichter ließ er sich verdauen, und desto nahrhafter war er für die guten Geistlichen, was denn doch letzten Endes die eigentliche, ja einzige Absicht ihrer Stifter hat sein können, da sie nicht bloß essen, um zu leben, sondern vielmehr leben, um zu essen, und auf dieser Welt nichts haben als das bißchen Leben. Also komm, Panurg!« – »Oh, du heimlicher Schelm, du Klosterfuchs, du Kabbalist, jetzt verstehe ich dich; kabbalierst gegen mein Kapital?« rief Panurg. »Nun, das Kapital mit Wucher und Zinsen schenk' ich dir und will mich mit den Kosten begnügen, weil du uns dies interessante Kapitel aus der Küchen- und Klosterkabbala so beredt vorgetragen hast. Aber nun rasch, Carpalim! Fix, fix, Bruder Hans, mein Schwänzchen! Guten Morgen, liebe Herren alle miteinander. Hab' nun genug geträumt, jetzt will ich trinken.« – Kaum hatte Panurg es gesagt, als Epistemon mit lauter Stimme rief: »Wie ist's unter den Menschen doch weit verbreitet und hergebracht, daß sie fremder Leute Unglück spüren, wittern, vorhersehen und vorhersagen; aber sehr selten geschieht es, daß jemand das eigene wittert, erkennt und vorhersieht oder -sagt. Gar fein deutet Äsop in seiner Fabel darauf hin, wenn er sagt, jeder trüge einen Quersack auf den Schultern, in dem vorn die Mängel und Mißgeschicke anderer stäken, so daß er sie immer vor Augen habe, während hinten die eigenen Mängel und Mißgeschicke verstaut seien, von denen er also nichts sähe noch wisse, wenn nicht etwa die Götter durch besondere Gnade ihm Einsicht darin gewährten.«

Sechzehntes Kapitel

Wie Pantagruel Panurg rät, die Sibylle von Panzoult zu befragen

Kurze Zeit darauf ließ Pantagruel Panurg zu sich rufen und sagte zu ihm: »Die Freundschaft, die ich dank langer Bekanntschaft zu dir hege, bewirkt, daß mir dein Glück und Wohlergehen fortwährend im Sinn liegt. Hör also, was ich mir gedacht habe. In Panzoult nahe bei Croulay wohnt, wie man mir gesagt hat, eine berühmte Sibylle, die alle zukünftigen Dinge voraussagt; nimm Epistemon mit dir, und macht euch beide auf den Weg, um zu hören, was sie sagt.« – »Das ist«, fragte Epistemon, »wohl eine Canidia oder Sagana[1], so eine Pythonissin oder Hexe? Ich komme darauf, weil jener Ort dafür berüchtigt ist, daß es dort mehr Hexen gibt als ehemals in Thessalien. Gern geh' ich nicht hin – es ist zweifellos etwas Unerlaubtes, und das Mosaische Gesetz verbietet es.« – »Wir sind ja keine Juden«, sagte Pantagruel, »und daß sie eine Hexe sei, ist zudem noch gar nicht ausgemacht und durch nichts bewiesen. Verschieben wir das Ausbeuteln und Sieben dieser Frage bis zu eurer Rückkehr. Wie können wir wissen, ob sie nicht eine elfte Sibylle, eine zweite Kassandra ist? Und angenommen, sie wäre keine Sibylle und verdiente den Namen nicht, was schadet es, wenn du dich in dieser Verlegenheit an sie wendest, da sie nun einmal in dem Ruf steht, mehr zu wissen und zu verstehen, als bei ihrem Geschlecht hierzulande sonst der Fall ist. Es kann niemals schaden, etwas zu erfahren und zu lernen, und wär' es

vom Toffel oder Stoffel,
vom Soffel oder Pantoffel.

1 s. Horaz, Epoden 5; Satiren 1, 8

Erinnerst du dich nicht, daß Alexander der Große nach dem Sieg über König Darius bei Arbela in Gegenwart seiner Satrapen einem Mann, der gehört zu werden verlangte, die Audienz verweigerte und es dann später tausend- und aber tausendmal bereute? Obgleich siegreich in Persien, war er doch von Makedonien, seinem Erbland, so weit entfernt, daß es ihn im höchsten Grade beunruhigte, keine Nachricht von dort erhalten zu können, was sowohl wegen der ungeheuren Entfernung als wegen der dazwischenliegenden großen Ströme, Wüsten und Gebirge unmöglich schien. In dieser nicht geringen Qual und Sorge – denn man hätte sein Land erobern, eine neue Dynastie einsetzen und ein neues Volk ansiedeln können, bevor er überhaupt ein Wort davon erfahren hätte – meldete sich bei ihm ein Mann aus Sidon, ein erfahrener, verständiger Handelsmann, doch arm und von unscheinbarem Äußern, um ihm zu sagen, daß er Mittel und Wege gefunden habe, wie er seinem Land in weniger als fünf Tagen von seinen indischen Siegen Nachricht geben und seinerseits über den Zustand seines makedonischen und ägyptischen Reiches Botschaft erhalten könnte. Alexander aber hielt das für so abenteuerlich und unmöglich, daß er dem Mann sein Ohr nicht leihen wollte und die Audienz verweigerte. Was hätte es ihn gekostet, den Mann anzuhören und seine Erfindung kennenzulernen? Würde es ihm geschadet haben, wenn er sich herbeigelassen hätte, zu erfahren, welches die Mittel und Wege wären, die jener ihm entdecken wollte? – Scheint doch die Natur uns nicht grundlos die Ohren offen erschaffen zu haben, ohne sie mit einem Deckel oder Verschluß zu versehen wie zum Beispiel die Augen, die Zunge oder andre Öffnungen unsres Körpers. Sie tat das, meine ich, deshalb, damit wir Tag und Nacht ununterbrochen hören und durch Hören lernen sollen; denn kein Sinn ist für die Wissenschaften von solcher Wichtigkeit. Wer weiß, ob jener Mann nicht ein Engel war, das heißt ein von Gott Gesandter wie Raphael, der zu Tobias geschickt wurde? Alexander wies ihn voreilig ab und bereute es zu spät.«

»Ihr sprecht sehr gut«, sagte Epistemon, »aber Ihr werdet mir doch nicht einreden, daß es großen Vorteil bringe, wenn man sich Rat und Auskunft holt von einer Frau, und dazu noch von solcher Frau, in solchem Land.« – »Was mich anbetrifft«, sagte Panurg, »so pflege ich beim Rat der Weiber, besonders der alten, immer ganz gut zu fahren. Er verschafft mir gewöhnlich einen Stuhlgang außer der Reihe, manchmal auch zwei. Bester Freund, sie sind wahre Prachtexemplare, man kann Staat mit ihnen machen; vor allem mein' ich die, die man Wehmütter nennt, ich nenne sie aber Sehmütter. Als Wehmütter wissen sie natürlich immer, woher der Wind weht; wenn ich sie aber Sehmütter nenne, geschieht das deshalb, weil sie auch in göttlicher Weise sehen und alles voraussagen, was kommen wird. Manchmal nenn' ich sie auch Mahnfrauen – nicht Zahnfrauen, denn Zähne haben sie selten –, so wie Juno von den Römern *Moneta*[1] genannt wurde. Und wirklich, nützliche und heilsame Mahnungen wurden uns oft von ihnen gegeben, worüber Ihr nur Pythagoras, Sokrates, Empedokles und unsern Meister Ortuin[2] zu befragen braucht. Deshalb preise ich auch aufs höchste den guten Brauch der Germanen, welche in den alten Weibern Priesterinnen sahen und ihren Rat in hohen Ehren hielten; sie fuhren immer gut dabei, wenn sie ihn befolgten. Ich erinnere nur an die alte Aurinia und an Mutter Velleda zu Vespasians Zeiten.[3]

Glaubt mir, das Pfropfenziehen, wollte sagen Prophezeien, liegt den alten Weibern in den Knochen. Also komm, machen wir uns denn auf! Leb wohl, Bruder Hans, ich empfehle dir meinen Latz.« – »Gut«, sagte Epistemon, »ich werde dich begleiten; aber das sage ich dir im voraus, sobald ich merke, daß es bei ihren Antworten nicht mit rechten Dingen zugeht oder daß sie Zauberei treibt, so mach' ich kehrt und gehe keinen Schritt mehr mit.«

Siebzehntes Kapitel

Wie Panurg mit der Sibylle von Panzoult redet

Drei Tage waren sie unterwegs, am dritten kamen sie an beim Hause der Wahrsagerin, das auf der Spitze eines Berges unter einem großen, schattigen Kastanienbaum stand. Ungehindert traten sie in die schlechtgebaute, ärmlich möblierte, rauchige Strohhütte. – »Nun wohl«, sagte Epistemon, »der große Scotist und trübselige Philosoph Heraklit verwunderte sich nicht, als er einst in ein ähnliches Haus trat, sondern bedeutete seine Anhänger

1 »Mahnerin« (lat.) – 2 Gratius – 3 s. Tacitus »Germania« 8

und Schüler, daß die Götter hier ebensogut wie in den prächtigsten Palästen wohnten. Solch eine Hütte, mein' ich, war es, in welcher die berühmte Hekale den jungen Theseus bewirtete,[1] und solch eine die des Hyrieus oder Önopion, in welche Jupiter, Neptun und Merkur zusammen einzutreten nicht verschmähten und wo sie zum Dank für Speise, Trank und Obdach den Orion pinkelnderweise in die Welt setzten[2].«

Sie fanden die Alte am Herd hingekauert. – »Das ist«, rief Panurg, »eine leibhaftige Sibylle, ein treues, unverfälschtes Abbild dessen, was Homer mit γρηὶ καμινοῖ[3] bezeichnet.« – Die Alte war schmutzig, zerlumpt, abgemagert, zahnlos, triefäugig, tropfnasig, zusammengekrümmt, schwach zum Erbarmen und kochte sich gerade mittels eines Stückes ranzigen Specks und eines alten Markknochens eine grüne Kohlsuppe. – »Donnerwetter», wagte Epistemon, »nun haben wir doch die Hauptsache vergessen: die goldene Wünschelrute! So wird sie uns keine Antwort geben.« – »Ich habe daran gedacht«, versetzte Panurg; »hier in meiner Reisetasche hab' ich einen Ring aus echtem Gold und schöne, blanke Karlinen.« Damit grüßte er sie ehrerbietig und überreichte ihr sechs geräucherte Ochsenzungen, einen großen Buttertopf voll Grieß, eine mächtige Bauchflasche voll Wein und einen Bocksbeutel voll ganz neu geprägter Karlstaler; dann steckte er ihr mit einer tiefen Verbeugung einen sehr schönen goldenen Ring mit einem kunstvoll gefaßten Krötenstein an den Ringfinger, setzte ihr darauf in kurzen Worten den Zweck ihres Besuchs auseinander und bat sie schließlich auf das höflichste, ihm über die beabsichtigte Heirat nähere Auskunft zu geben, damit er wisse, was ihm bevorstünde.

Eine Zeitlang verharrte die Alte in ihrem Stillschweigen; in sich versunken, bewegte sie die Kinnbacken hin und her. Dann setzte sie sich auf ein umgestürztes Getreidemaß, nahm drei alte Spindeln, drehte sie nach verschiedenen Richtungen und befühlte ihre Spitzen. Die spitzeste behielt sie in der Hand, die beiden anderen warf sie unter einen Hirsestampfer. Darauf nahm sie ihre Haspel und schwang sie neunmal herum; nach dem neunten Mal beobachtete sie, ohne weiter Hand anzulegen, die

1 s. Plutarch »Theseus« 14 – 2 s. Diodor »Historische Bibliothek« 5, 80 – 3 altes Ofenweib (griech.; »Odyssee« 18, 27)

Bewegung der Haspel und wartete, bis sie ganz stillstand.

Dann sah ich, wie sie eine ihrer Pantinen – wir nennen's Holzpantoffeln – auszog, sich die Schürze über den Kopf breitete wie die Priester ihr Achseltuch, wenn sie Messe lesen wollen, und sie mit einem alten bunten Band unter dem Kinn zusammenband. So vermummt, tat sie einen tiefen Zug aus der Flasche, nahm aus dem Bocksbeutel drei Karlinen, steckte sie in drei Nußschalen und legte diese auf einen umgestülpten Federtopf, fuhr dreimal mit dem Besen über den Herd und warf darauf ein Büschel Heidekraut und einen trocknen Lorbeerzweig ins Feuer. Während beides brannte, bewahrte sie tiefes Stillschweigen und sah zu, wie die Flammen es ohne alles Geräusch und Knistern verzehrten. Dann aber stieß sie mit schauerlich hohler Stimme einige fremdartig und wunderlich klingende Worte aus, so daß Panurg zu Epistemon sagte: »Potz Mäuschen, ich zittre am ganzen Leibe; mir ist, als ob ich verhext wäre. So spricht kein Christenmensch. Sieh nur, sie scheint mir auch um vier Spannen länger geworden zu sein, seitdem sie die Schürze über den Kopf gebunden hat. Und was bedeutet dies Wackeln mit den Kinnbacken? Was zuckt sie so mit den Achseln? Warum bibbern ihr die Lippen wie einem Affen, der Krebse frißt? Mir gellen die Ohren, mir ist, als hörte ich Proserpina toben; gewiß werden gleich die Teufel kommen. Ha, die scheußlichen Bestien! Komm, laß uns fortlaufen. Potz Mäuschen, ich sterbe vor Angst. Ich kann nun einmal die Teufel nicht ausstehen, sie sind mir in der Seele zuwider; es ist nicht zu spaßen mit ihnen. Machen wir uns davon! Leben Sie wohl, liebe Frau, schönen Dank für Ihre Güte. Ich werde lieber nicht freien, nein, nein. Ich gebe es ein für allemal auf.« – Damit wollte er aus der Stube laufen, aber das alte Weib kam ihm zuvor, indem sie mit der Spindel in der Hand in eine Art Garten oder Hof rannte, der sich neben dem Haus befand. Hier stand ein alter Maulbeerbaum; diesen schüttelte sie dreimal, kritzelte dann auf die acht Blätter, die herunterfielen, mit der Spindel ein paar kurze Verschen, warf die Blätter in die Luft und sagte: »Nun sucht sie, wenn Ihr wollte, und fangt sie, wenn Ihr könnt – das Schicksal Eurer Ehe steht darauf geschrieben.«

Nach diesen Worten kehrte sie in ihre Hütte zurück; auf der Türschwelle aber hob sie ihr Kleid, ihren Unterrock und ihr Hemd bis an die Hüften in die Höhe und zeigte ihnen den blan-

ken Hintern. Als Panurg das sah, sagte er zu Epistemon: »Beim Waldteufel! Sieh dort das Loch der Sibylle.« Die Alte aber schlug die Tür zu und ward nicht mehr gesehen. So liefen sie den Blättern nach, die sie mit vieler Mühe auflasen; denn der Wind hatte sie talwärts in die Büsche getrieben. Nachdem sie sie zusammengelegt, kam folgender Spruch heraus:

Aushülsen wird sie
deiner Ehre Zier;
ihr Bauch wird schwellen,
aber nicht von dir;
aussaugen wird sie
's Beste dir – sie kann's!
Abziehen dir die Haut,
jedoch nicht ganz!

Achtzehntes Kapitel

Wie Pantagruel und Panurg den Spruch der Sibylle auf verschiedene Weise deuten

Nachdem sie die Blätter aufgelesen hatten, machten sich beide, Epistemon und Panurg, halb vergnügt, halb mißmutig, wieder auf den Weg nach Pantagruels Hof: vergnügt, weil es nun wieder nach Hause ging; mißmutig, weil die Reise beschwerlich und der Weg holprig, steinig und in schlechtem Zustand war. Sie erzählten Pantagruel ausführlich, wie es ihnen auf der Fahrt ergangen war und wie sie die Sibylle angetroffen hatten; dann zeigten sie ihm die Maulbeerblätter und auch die Verschen, die daraufgekritzelt waren. Als Pantagruel sie gelesen hatte, sprach er mit einem Seufzer zu Panurg: »Da hast du's nun! Die Weissagung der Sibylle lautet geradeso wie das, was die Vergilschen Verse und deine Träume dir verkündet haben, nämlich daß deine Frau dich an deiner Ehre kränken, dich zum Hahnrei machen, sich mit anderen einlassen und von einem andern schwanger werden wird; außerdem wird sie dich ordentlich beluchsen, dich durchprügeln, dir das Fell über die Ohren ziehen und dich sonstwie mißhandeln.« – »Ach«, sagte Panurg, »Ihr versteht vom Auslegen dieses neuen Spruchs doch auch geradesoviel wie die Sau von der Muskatnuß! Nehmt mir's nicht übel, daß ich so spreche; aber Ihr habt mich schon ein wenig verärgert. Das Gegenteil ist doch viel natürlicher, hört nur! Die Alte sagt: Wie die Bohne nur sichtbar wird, wenn man sie aushülst, ebenso werden meine Tugenden und Vorzüge erst dann zu Ehren kommen, wenn ich mich verheirate. Hab' ich Euch doch oft sagen hören, daß erst die Anstellung, das Amt den Mann und was in ihm steckt erkennen läßt; das heißt, erst wenn jemand mit der Leitung von Geschäften betraut wird, erfahren wir, was für ein Mensch er ist und wieviel er taugt. Solange er bloß für sich lebt, weiß man ebensowenig von ihm wie von einer Bohne, die in der Hülse steckt. – Soviel, was den ersten Spruch anbetrifft! Oder wollt Ihr etwa behaupten, daß Ehre und Ruf eines honetten Menschen vom Arsch einer Hure abhinge?

Der zweite besagt, daß meiner Frau der Bauch schwellen wird – also das Allererwünschteste, was es in der Ehe gibt –, aber nicht von mir. Potztausend, das will ich meinen! Von einem schönen, kleinen, allerliebsten Kindchen wird ihr Bauch schwellen. Ach, wie ich den kleinen Bengel jetzt schon liebe, wie ich in ihn vernarrt bin! Das soll mein Augäpfelchen sein. Was kümmert mich dann noch die ganze Welt mit ihren Plackereien und Scherereien, wenn ich ihn ansehe und sein kindliches Lallen höre? Gesegnet die Alte! Wahr und wahrhaftig, ich will ihr in Salmigondien eine anständige Rente aussetzen, keine fortlaufende, die davonläuft wie ein toll gewordener Schüler, nein, eine solide, wohlfundierte, die so sicher fundiert ist wie ein Doktorstuhl. Oder wollt Ihr etwa, daß meine Frau mich unter dem Herzen tragen, mich empfangen, mich gebären soll, damit man sagen könnte, Panurg ist ein zweiter Bacchus, er ist zweimal geboren wie er[1], zweimal zur Welt gebracht wie Hippolytus[2], wie Proteus, der zuerst von Thetis und dann noch einmal von der Mutter des Philosophen Apollonius geboren wurde[3], oder wie die beiden Paliken[4] am Fluß Symaithos auf Sizilien? Seine Frau

1 einmal, vorzeitig, von seiner sterbenden Mutter Semele, dann von seinem Vater Zeus, der ihn in seinem Schenkel austrug – 2 Sohn des Theseus, nach Vergil (»Äneis« 7, 765/80) vom Heilgott Asklepios wieder zum Leben erweckt, nachdem er, von seiner Stiefmutter Phaidra verleumdet, von seinen Pferden zu Tode geschleift worden war – 3 nach pythagoreischer Seelenwanderungslehre (s. Philostratos »Das Leben des Wundermannes Apollonius von Tyana« 1, 4) – 4 zwei Schwefelquellen an der Ostküste Siziliens; nach griech. Sage Zwillingssöhne des Zeus und der Nymphe Thaleia, die sich aus Furcht vor Hera in der Erde verbarg, doch nach Geburt ihrer Kinder mit diesen wieder ans Tageslicht heraufkam –

ist mit ihm schwanger gegangen, in ihm sind die alte Palintokie[1] der Megarer und die Palingenese[2] des Demokrit erneuert? Unsinn! Davon sprecht mir nicht weiter.
Der dritte Spruch besagt, daß sie mir das Beste aussaugen wird. Darauf bin ich gefaßt. Ihr wißt, daß dies der Knüppel mit einem Ende ist, der mir zwischen den Beinen hängt. Ich werde bestimmt darauf sehen, daß es ihm an Kraft und Saft nicht mangelt. Sie soll gewiß nicht umsonst daran saugen; laßt sie nur, ein Stümmelchen und wohl auch noch mehr wird schon übrigbleiben. Ihr nehmt's bildlich und deutet es aufs Mausen und auf Dieberei. Auch diese Auffassung lasse ich gelten – die Allegorie gefällt mir, nur nicht in Eurem Sinn. Möglich, daß Eure aufrichtige Liebe zu mir Euch zu dieser ungünstigen und schiefen Auslegung verleitet hat, wie denn nach der Behauptung der Gelehrten die Liebe ein unglaublich ängstlich Ding ist und wahre Liebe nie ohne Furcht auskommt. Mein' also, Ihr versteht unter Mausen eigentlich nichts anderes, als was die lateinischen und alten Schriftsteller unter *furtum* verstanden haben, nämlich die süße Liebesfrucht, von der Venus will, daß sie heimlich und verstohlen gepflückt werde. Und warum, ehrlich gestanden? Weil der kyprischen Göttin – und darin pflicht' ich, beßrer Meinung unbeschadet, ihr bei – das Ding mehr gefällt, wenn es in raschem Anlauf zwischen den Türen, auf der Treppe, hinter einem Fenstervorhang, stehenden Fußes oder auf ein paar Reisigbündeln besorgt wird, als wenn man's bei hellem Tageslicht nach Art der Hunde oder unter prunkendem Betthimmel hinter brokatenen Vorhängen gemächlich und nach allen Regeln der Kunst abmacht, in der einen Hand die rotseidene Fliegenklappe, in der anderen die Federquaste, um sich die Fliegen abzuwehren, während sich das Frauenzimmer mit einem Strohhalm, den sie aus der Matratze gezogen, in den Zähnen stochert. Oder seid Ihr der Meinung, daß sie mich bestiehlt, wenn sie an mir saugt, wie man Austern aus der Schale schlürft oder – nach Dioskurides – kilikische Frauen die Kermeskörner[3] sammeln[4]? Unsinn! Wer maust, der saugt nicht, sondern greift schnell zu, wer stiehlt, der schlürft

1 eigtl. Rückerpressung der an die Gläubiger gezahlten Zinsen nach Vertreibung des Tyrannen Theagenes (um 600 v. u. Z.) durch die Einwohner von Megara west. Athen – 2 Wiedergeburt – 3 zum Färben benutzte südeurop. und vorderasiat. rote Schildlaus – 4 mit dem Mund

nicht, sondern schlingt hinunter und entreißt mit List und Gewalt.

Der vierte Spruch besagt, daß meine Frau mir die Haut abziehen wird, jedoch nicht ganz. Ein köstliches Wort! Ihr freilich seid der Meinung, das bedeute Prügel und Mißhandlungen. Gott schütze Euch! Wie könnt Ihr nur so törichtes Zeug reden! Erhebt Euren Geist doch bitte ein klein wenig aus der niedern Gedankensphäre zu der erhabenen Betrachtung der Wunder der Natur, und Ihr werdet die Irrtümer verdammen, in die Ihr bei der Auslegung der Weissagungen unserer gottbegeisterten Sibylle verfallen seid. Angenommen selbst – doch nicht zugegeben –, meine Frau hätte die Absicht und versuchte es auf Anstiften des bösen Feindes, mir einen schlimmen Streich zu spielen, mich zu entehren, zum Hahnrei zu machen, zu bestehlen und zu mißhandeln, es würde ihr dennoch nicht gelingen. Was mich in dieser Überzeugung bestärkt, finde ich gerade in diesem letzten Punkt; er ist aus der tiefsten mönchischen Pantheologie geschöpft. Bruder Dickarsch hat mir das einmal gesagt. Es war gerade an einem Montagmorgen, und wir aßen eine Schüssel Schlackwürste miteinander; dabei rauschte der Regen vom Himmel hernieder, wie ich mich noch recht gut erinnern kann. Gott schenke ihm einen fröhlichen Tag!

›Zu Anfang der Welt‹, sagte er, ›oder kurze Zeit darauf verschworen sich die Frauen gegen die Männer; sie wollten ihnen bei lebendigem Leibe die Haut abziehen, da sie ohne Unterlaß von ihnen mißhandelt würden. Alles war verabredet, ausgemacht, feierlich beschworen, aber – eitles Vorhaben der Frauen, große Schwäche des weiblichen Geschlechts! Sie fingen das Abhäuten – Glubieren nennt's Catull – bei dem nerven- und gefäßreichsten Glied, das heißt bei dem Teil an, der ihnen am meisten zusagte; aber seit sechstausend Jahren bis auf diese Stunde hat es ihnen nicht gelingen wollen, weiter damit zu kommen als bis zum Kopf. Die Juden, die das zuletzt verdroß, schnitten sich daher die Haut selbst ab; denn sie wollten lieber Beschnittene heißen, als daß sie sich's wie die anderen Völker immer von den Weibern herunterziehen ließen.‹ So wird mir meine Frau, die sich natürlich von der allgemeinen Verabredung nicht lossagen kann, die Haut auch abziehen, soweit sie nicht schon abgezogen ist. Und damit bin ich voll einverstanden; aber sie mir ganz und gar abzuziehen, das wird sie nicht versuchen, da könnt Ihr beruhigt sein, mein lieber König.«

»Was willst du aber dagegen sagen«, warf Epistemon ein, »daß der Lorbeerzweig, während sie auf ihn hinstarrte und schreckliche, wuterfüllte Töne ausstieß, so ohne alles Geräusch und Knistern vor unseren Augen verbrannte? Du weißt doch, daß das von übler Vorbedeutung ist, wie Properz, Tibull, Porphyrios, der scharfsinnige Philosoph, Eustathios, wo er von Homers ›Ilias‹ spricht, und andere mehr bezeugen.« – »Nun, wahrhaftig, du zählst mir da eine schöne Reihe von Schafsköpfen auf«, erwiderte Panurg, »verrückte Poeten, hirnverbrannte Philosophen, die geradeso voll spitzfindiger Narrheiten sind wie ihre Philosophie.«

Neunzehntes Kapitel

Wie Pantagruel den Rat der Stummen rühmt

Nach dieser Rede schwieg Pantagruel längere Zeit und schien ganz in Nachdenken versunken. Endlich sagte er zu Panurg: »Der böse Feind verblendet dich; dennoch höre! Ich habe gelesen, daß man schon in alten Zeiten weder die schriftlichen noch die mündlichen Weissagungen für die wahrhaftigsten und sichersten hielt. Selbst die Scharfsinnigsten und Klügsten irren sich da, was aus der Doppelsinnigkeit, Vieldeutigkeit und Dunkelheit der Worte wie aus der kurzen Fassung der Aussprüche zu erklären ist. Deswegen wurde Apollon, der Gott der Weissagung, auch Aomias[1] genannt. Die, welche man durch Zeichen oder Gebärden empfing, wurden für wahrhaftiger und sicherer erachtet. Dies war die Ansicht Heraklits, und auf solche Art weissagte Jupiter in Ammon und Apollon bei den Assyrern, weswegen sie ihn auch als einen alten, gesetzten Mann mit langem Bart und Gewand, nicht, wie die Griechen, jung und bartlos darstellten. Wollen wir doch das versuchen! Laß dir von einem Stummen ohne Worte, bloß durch Zeichen Rat erteilen.« – »Ich bin's zufrieden«, sagte Panurg. – »Aber«, sprach Pantagruel, »es muß ein wirklich Stummer sein, einer, der von Geburt taub und

1 »Dunkler« (griech.)

daher stumm ist; denn keiner ist so stumm wie der, der nie gehört hat.« – »Wie versteht Ihr das?« entgegnete Panurg. »Wäre dem wirklich so, daß kein Mensch sprechen könnte, der nicht sprechen gehört hätte, so würde das in logischer Schlußfolgerung zu einer ganz horriblen und paradoxen Behauptung führen. Aber lassen wir das. Ihr glaubt also nicht, was Herodot von den beiden Kindern erzählt, die auf Befehl des Königs Psammetich von Ägypten in eine Hütte eingeschlossen und dort in tiefstem Schweigen aufgezogen wurden? Nach einiger Zeit sprachen sie das Wort *bekus* aus, welches im Phrygischen soviel wie Brot bedeutet.« – »Das glaube ich allerdings nicht«, erwiderte Pantagruel. »Es ist Torheit, wenn man behauptet, wir hätten eine natürliche Sprache; alle Sprachen der verschiedenen Völker sind etwas Willkürliches und Herkömmliches, und die Träger des Sinnes, wie die Rhetoriker sich ausdrücken, bedeuten von Natur nichts, sondern nur je nach Übereinkunft etwas. Ich sage dies nicht ohne Grund. Denn Bartolus *L. prima de verbor. obligat.* [1] erzählt uns, zu seiner Zeit habe in Gubbio ein Mann gelebt mit Namen Messer Nello di Gabrielis, der durch einen Unfall taub geworden war, aber nichtsdestoweniger jeden Italiener verstand, wie leise dieser auch sprechen mochte, indem er die Gesten beobachtete und der Bewegung der Lippen folgte. Überdies las ich bei einem gelehrten und brillanten Schriftsteller[2], wie Tiridates, der König von Armenien, als er zur Zeit Neros Rom besuchte, feierlichst und mit großem Pomp dort empfangen wurde, da man ihn in seinen bundesfreundlichen Gesinnungen für den Senat und das römische Volk bestärken wollte. Alle Sehenswürdigkeiten der Stadt wurden ihm gezeigt und erklärt, und bei seinem Abschied ließ der Kaiser ihm prächtige und überaus kostbare Geschenke überreichen; außerdem stellte er ihm frei, sich das zu wählen, was ihm in Rom am besten gefallen habe, wobei er feierlich versprach, es ihm zu geben, möge es sein, was es wolle. Der König wählte aber nichts anderes als einen Possenreißer, den er im Theater gesehen und dank seinen Gestikulationen und Zeichen klar und deutlich verstanden hatte, obgleich alles, was er sprach, ihm unverständlich geblieben war. Denn, so äußerte er sich, unter seiner Herrschaft gäb' es Völker mit ganz ver-

1 Gesetz 1 »Über die Rechtskraft mündlicher Äußerungen« – 2 Lukian (»Dialog vom Tanz«)

schiedenen Sprachen, mit denen zu reden und zu verhandeln er vieler Dolmetscher bedürfe: dieser allein würde für alle ausreichen; er drücke sich durch Zeichen so deutlich aus, daß er mit den Fingern zu reden scheine. Darum mußt du dir einen wirklichen Taubstummen auswählen, damit seine Zeichen und Gesten auch die rechte Kraft der Weissagung besitzen und nicht nachgemacht, verstellt und einstudiert sind. Und dann wäre noch zu überlegen, ob man einen Mann oder ein Weib dazu nehmen soll.«

»Ich würde am liebsten ein Weib dazu wählen«, erwiderte Panurg, »wenn ich nur nicht zweierlei befürchtete. Erstens: Was Weiber auch sehen, immer glauben, denken und meinen sie, der heilige Ithyphallus[1] stecke dahinter. Jede Geste, jedes Zeichen, jede Bewegung, die man ihnen vormacht, beziehen und deuten sie auf einen Akt, der ihnen unablässig im Sinn liegt. Hier wäre also Irrtum unvermeidlich; denn all unsre Zeichen würden sie nur als erotische auslegen. Erinnert Euch, was sich zu Rom im Jahre 260 nach der Erbauung zutrug. Ein vornehmer junger Römer begegnete am Fuß des Cälischen Hügels[2] einer römischen Dame namens Verona, die taubstumm war, und fragte sie, ohne von ihrem Gebrechen eine Ahnung zu haben, was für Senatoren sie oben auf dem Hügel getroffen habe, wobei er nach Art der Italiener lebhaft mit den Händen gestikulierte. Sie, die seine Worte nicht vernehmen konnte, bildete sich natürlich ein, er verlange das von ihr, woran sie dachte und was ein junger Mann von Frauen gewöhnlich zu verlangen pflegt. Sie bedeutete ihm also durch Zeichen, die in Dingen der Liebe ungleich anziehender, wirksamer und zweckmäßiger sind als Worte, drüben in ihr Haus zu treten, und machte ihm durch Zeichen begreiflich, wie angenehm ihr das Spielchen sein würde. Genug, ohne daß ein Wort gefallen wäre, wurde tüchtig mit den Bollen gerasselt.

Zweitens befürchte ich, daß sie gar nicht antwortet, sondern schlankweg auf den Rücken fällt, um den tatsächlichen Beweis zu liefern, daß sie das stumme Verlangen bewillige. Oder aber, selbst wenn sie uns irgendein Antwortszeichen auf unsere Fragen gibt, daß dies so albern und töricht ausfällt, daß wir daran nur ihre verbuhlten Gedanken erkennen würden. Ihr wißt ja, da war die Nonne Schwester Hinterbäckchen zu Eierstätt, die der

1 der Phallus als Kultsymbol – 2 einer der 7 Hügel Roms

junge Mönch Steifhart geschwängert hatte; als das herauskam, ließ die Abtissin sie vor das Kapitel fordern und beschuldigte sie der Buhlerei. Zu ihrer Entschuldigung führte sie an, daß es nicht mit ihrem Willen geschehen sei, der Bruder Steifhart habe ihr Gewalt angetan. – ›Elende‹, versetzte die Äbtissin, ›es geschah im Schlafsaal, warum schriest du nicht laut? Wir alle wären dir zu Hilfe gekommen.‹ – Zu schreien habe sie nicht gewagt, antwortete sie, da im Schlafsaal Stillschweigen geboten sei. – ›Nun, so hättest du Elende‹, sagte die Äbtissein, ›wenigstens denen, welche mit dir im Zimmer schliefen, ein Zeichen geben können.‹ – ›Gab ich denn nicht so viel Zeichen, wie ich nur konnte, mit dem Hintern?‹ entgegnete Hinterbäckchen; ›aber niemand kam mir zu Hilfe.‹ – ›Und warum‹, fragte die Äbtissin weiter, ›kamst du Sünderin nicht unverzüglich zu mir und erhobst Klage gegen ihn? So hätt' ich es gemacht, wenn mir so etwas passiert wäre, um meine Unschuld zu beweisen.‹ – ›Ach‹, antwortete Hinterbäckchen, ›die Sünde drückte mich gar zu sehr, ich fürchtete, wenn ich plötzlich sterben sollte, in die ewige Verdammnis zu kommen; also beichtete ich ihm, eh' er das Zimmer verließ, und er erlegte mir als Buße auf, niemand ein Wort davon zu sagen. Hätt' ich das Beichtgeheimnis verraten, so wäre das eine schwere, von Gott und seinen Engeln verabscheute Sünde gewesen, und wer weiß, das himmlische Feuer hätte vielleicht unser ganzes Kloster verzehrt, und wir wären alle mit Dathan und Abiram[1] zur Hölle gefahren.‹«

»Darüber ist nicht zu lachen«, sagte Pantagruel. »Ich weiß nur zu wohl, daß diese ganze Kuttenschaft weniger die Gebote Gottes als ihre Ordenssatzungen zu verletzen fürchtet. – Nimm also einen Mann! Zickenäs scheint mir tauglich dazu, er ist taubstumm geboren.«

Zwanzigstes Kapitel

Wie Zickenäs Panurg durch Zeichen antwortet

Demzufolge wurde nach Zickenäs geschickt, der auch am andern Morgen kam. Panurg empfing ihn damit, daß er ihm ein

1 2 Empörer gegen Moses (4. Moses 16)

fettes Kalb, ein halbes Schwein, zwei Fäßchen Wein, eine Fuhre Korn und dreißig Franken in bar schenkte. Dann führte er ihn zu Pantagruel, bei dem gerade die anderen Herren des Hofes versammelt waren, und machte ihm folgende Zeichen vor: Erst gähnte er recht lange, wobei er mit dem Daumen der rechten Hand mehrmals das Zeichen des griechischen Buchstaben *Tau* vor dem aufgesperrten Mund machte. Dann hob er die Augen gen Himmel, ließ sie im Kopf herumrollen wie eine Ziege, die verwirft, hustete und seufzte laut, zeigte, daß der Latz ihm fehle, holte seinen Sackpuffer unterm Hemd hervor, nahm ihn in die Hand und ließ ihn laut schallend gegen die Lenden schlagen, worauf er sich, das linke Knie beugend, tief verneigte, und mit über der Brust gekreuzten Armen stehenblieb. Zickenäs, der all diesen Bewegungen mit aufmerksamen Blicken gefolgt war, hob jetzt die linke Hand, deren Finger bis auf Daumen und Zeigefinger eingebogen waren, und legte die Spitzen der beiden letzteren leicht aneinander. – »Ich verstehe, was er mit diesem Zeichen sagen will«, sprach Pantagruel. »Es bedeutet Ehe und außerdem, nach der Lehre des Pythagoras, die Zahl Drei. Du wirst dich also verheiraten.« – »Danke schön, mein kleiner Vergnügungsmeister, mein Gefangenenwärterchen, mein Wachtmeisterchen, mein Schutzmännchen, mein Polizeihauptmann«, sagte Panurg, zu Zickenäs gewandt. – Dieser hob jetzt seine linke Hand noch ein Stück höher, spreizte aber alle fünf Finger, so weit er nur konnte, auseinander. – »Durch dieses Zeichen der Fünfzahl«, sagte Pantagruel, »gibt er noch deutlicher zu verstehen, daß du dich verheiraten wirst. Und nicht allein verloben wirst du dich und Hochzeit feiern, sondern auch Beilager halten, und es wird alles gutgehen. Denn Pythagoras nennt die Fünf die hochzeitliche Zahl, sie bedeutet die wirkliche, die geschlossene Ehe; ist sie doch aus der Trias, welche die erste ungerade und überschüssige Zahl ist, und aus der Dyas, der ersten geraden Zahl, zusammengesetzt, so wie Mann und Weib miteinander verbunden sind. Im alten Rom zündete man bei Hochzeitsfesten fünf Kerzen an, und zwar durften es nie mehr noch weniger sein, gleichviel ob bei Reichen oder Armen. Ja, noch mehr: Die alten Heiden flehten um Glück für die sich Vermählenden zu fünf Göttern oder opferten einem Gott fünfmal. Sie flehten zu Jupiter Nuptialis[1], zu Juno, der Göttin der Ehen, zu Venus, der Liebreizenden, zu Peitho, der Göttin der Überredung und des schönen Ausdrucks, und zu Diana, welche den kreißenden Frauen beisteht.« – »Oh«, rief Panurg, »trefflicher Zickenäs, eine Meierei bei Cinais und eine Windmühle in Mirebalais[2] will ich dir geben.«

Jetzt nieste der Taubstumme aus Leibeskräften, so daß sein ganzer Körper davon erschüttert wurde, wobei er sich nach links wandte. »Donnerwetter«, sagte Pantagruel, »was ist das? Das ist ein schlimmes Zeichen! Es bedeutet, daß deine Ehe verhängnisvoll und unglücklich sein wird. Denn nach der Lehre des Terpsion ist das Niesen das Sokratische Daimonion: geschieht es

nach rechts hin, so zeigt es an, daß man den beschlossenen Weg getrost und dreist verfolgen kann, Anfang, Verlauf und Ende werden gut und glücklich sein; aber nach links hin bedeutet es das Gegenteil.« – »Ihr legt auch alles gleich zum Schlimmsten aus«, sagte Panurg, »und bringt die Dinge immer durcheinander wie ein rechter Davus[3]. Ich glaube nicht daran und bin überzeugt, daß der alte Kerl, der Terpsion, den Leuten etwas aufbindet.« – »Übrigens«, fuhr Pantagruel fort, »sagt auch Cicero im

1 Jupiter als Ehegott – 2 westfranz. Landschaft, deren Windmühlen wahrscheinlich sprichwörtlich waren – 3 alles verwirrender Sklave in der Komödie »Das Mädchen aus Andros« von Terenz

zweiten Buch *de divinatione*[1] etwas darüber, ich erinnere mich nur nicht, was.« – Panurg aber wandte sich wieder zu Zickenäs hin und machte folgende Zeichen: Er klappte seine Augenlider in die Höhe, verschob seine Kinnbacken nach rechts und links und ließ die Zunge halb zum Mund heraushängen. Hierauf zeigte er ihm die linke Handfläche, aus der nur der Mittelfinger lotrecht emporragte, und setzte diesen auf die Stelle des Hosenlatzes, die rechte Hand dagegen ballte er zur Faust zusammen bis auf den Daumen, den er nach der rechten Achsel hin zurückbog und dann über die Hinterbacke an den Ort hielt, welchen die Araber *al katim*[2] nennen, wechselte hierauf plötzlich die Hände und gab der Rechten die Gestalt der Linken, indem er sie an die Hosenlatzstelle führte, der Linken aber die Gestalt der Rechten, die er nun an das *al katim* hielt; dies machte er neunmal. Nach dem neunten Mal klappte er die Augenlider wieder herunter, brachte Kinnbacken und Zunge in ihre natürliche Lage und schielte nach Zickenäs, wobei er mit den Lippen bibberte wie ein Affe, der stillsitzt, oder wie ein Kaninchen, das Gras frißt. Alsbald hob Zickenäs die geöffnete rechte Hand in die Höhe, steckte sodann den Daumen bis zum ersten Gelenk zwischen das dritte Glied des Ring- und des Mittelfingers, die er fest an den Daumen andrückte, während er die anderen Glieder zur Faust einbog, streckte den kleinen und den Zeigefinger geradeaus und setzte die so gestaltete Hand, die er auf die beiden Finger wie auf zwei Beine stützte, Panurg auf den Nabel, wobei er den eingeklemmten Daumen fortwährend hin und her bewegte. So schritt er mit dieser Hand nach und nach über Panurgs Bauch, Magen, Brust, Hals bis zum Kinn, wo er ihm den schlenkernden Daumen in den Mund steckte, immer höher hinauf, fuchtelte ihm um die Nase herum und kam endlich bis unter die Augen, die er ihm mit dem Daumen ausstechen zu wollen schien. Wie Panurg sich auch erboste, sträubte und von Zickenäs loszumachen suchte, immer wirtschaftete dieser mit seinem wackelnden Daumen an ihm herum, jetzt an den Augen, jetzt an der Stirn, jetzt an der Mütze, bis Panurg in voller Wut ausrief: »Bei Gott, ich schlag' dich zu Boden, du Narr, wenn du mich nicht in Ruhe läßt und noch länger piesackst; ich werde dir dein Lumpengesicht zerbleuen, daß

1 »Über die Seherkunst« – 2 Kreuzbein

du dich selbst nicht wiedererkennen sollst – »Er ist ja taub«, sagte Bruder Hans, »und hört nicht, was du zu ihm sagst, du Dummerjan. Du mußt die Zeichensprache mit ihm reden; gibt ihm ein halb Dutzend über die Schnauze.« – »Was zum Teufel will denn dieser Klugscheißer?« rief Panurg; »er hat mir beinah die Augen ausgestochen, ich werde ihn mit einer Portion Nasenstüber traktieren, die mit Maulschellen gespickt sein sollen, bei Gott, wenn ich schwören darf!« – Damit drehte er sich um und ließ einen streichen; aber der Mann hielt ihn mit Gewalt fest und machte nun folgende Zeichen: Er ließ den rechten Arm ganz gerade aufs Knie herabhängen, ballte die Finger zusammen und steckte den Daumen zwischen Mittel- und Zeigefinger hindurch. Darauf rieb er sich mit der linken Hand den rechten Oberarm, währenddem er die rechte Hand langsam bis zum Ellbogen und höher emporhob, dann aber plötzlich wieder heruntersinken ließ. Diese Bewegung wiederholte er mehrere Male, bis er zuletzt die Hand gegen Panurg ausstreckte.

Dieser, voll Ärger, holte bereits aus, um dem Stummen eins zu versetzen; doch hielt er sich aus Achtung gegen Pantagruel zurück, der nun zu ihm sprach: »Wenn diese Zeichen dich schon so aufbringen, wie wird erst das, was sie bedeuten, dich verärgern! Was wahr ist, stimmt mit allem andern Wahren überein.[1] Der Stumme bezeugt und verkündet, daß du dich verheiraten, zum Hahnrei gemacht, ausgeplündert und geprügelt werden wirst.« – »Was das Heiraten anbetrifft«, erwiderte Panurg, »so bin ich damit einverstanden. Das übrige leugne ich. Glaubt doch nur, ich bitte Euch, daß noch nie ein Mensch so viel Glück mit Weibern und Pferden gehabt hat, wie mir vorbestimmt ist.«

Einundzwanzigstes Kapitel

Wie Panurg sich bei einem alten französischen Poeten, Schnurrkater mit Namen, Rat holt

»Ich habe wirklich nicht geglaubt«, sagte Pantagruel, »daß es einen Menschen gäbe, der so hartnäckig bei seiner vorgefaßten Meinung bleibt wie du; aber um dir jeden Zweifel zu nehmen,

1 logischer Grundsatz

wollen wir alles Erdenkliche versuchen. Höre also, was mir eingefallen ist. Die Schwäne, welche, wie du ja weißt, Apollon geweiht sind, singen nur dann, wenn sie ihren Tod herannahen fühlen, besonders die im phrygischen Fluß Mäander – was ich deshalb betone, weil Älianus und Alexander von Myndos berichten, sie hätten anderswo manche sterben sehen, die nicht sangen –, so daß der Gesang des Schwans ein sicheres Zeichen seines bevorstehenden Todes ist und er dann erst stirbt, wenn er gesungen hat. Ähnlich die Poeten, die ja auch unter dem Schutz Apollons stehen; bei herannahendem Tode werden sie gewöhnlich zu Sehern und verkünden, von ihrem Gott begeistert, in ihren Liedern die Dinge der Zukunft.

Außerdem habe ich oft sagen hören, daß jeder betagte und hinfällige Mensch, wenn er sich dem Tode nähert, das Zukünftige leicht erkennt, und erinnere mich auch, daß Aristophanes in einer seiner Komödien die alten Leute Sibyllen nennt: εἶϑ' ὁ γέρων σιβυλλιᾷ[1]. Denn wie wir, wenn wir vom Hafendamm aus die Seeleute und Reisenden in ihren Schiffen auf dem hohen Meer erblicken, nur schweigend hinausschauen und für ihre glückliche Landung Gebete zum Himmel senden, sobald sie sich aber dem Hafen nähern, sie mit Worten und Zeichen begrüßen und ihnen Glückwünsche zurufen, daß sie nun sicher eingelaufen und bei uns gelandet sind, so grüßen – nach der Lehre der Platoniker – die Engel, Heroen und guten Dämonen die Sterblichen, sobald sie sehen, daß diese sich dem Tode, diesem sichern Hafen des Heils, wo alle Unruhe der Erde ein Ende hat, nähern, und trösten sie, reden mit ihnen und verleihen ihnen bereits die Gabe der Weissagung. Ich will hier gar nicht so alte Beispiele anführen wie das von Isaak, von Jakob, von Patroklos mit Hektor oder von Hektor mit Achilleus[2], von Polymestor mit Agamemnon und Hekuba[3] noch das von dem Rhodier, welches Poseidonios anführt[4], oder was Calanus Indianus Alexander dem Großen[5], Orodes dem Mezentinus[6] usw. offenbarte; ich will dich nur an den tapfern und gelehrten Guillaume du Bellay, weiland Herrn von Langey, erinnern, der am 10. Januar im Jahre seines kriti-

1 daß ganz sibyllisch dem Alten wird (griech.; »Die Ritter« 61) – 2 s. Homer »Ilias« 16, 851/54; 22, 355/60 – 3 s. Euripides »Hekabe« 1259/81 – 4 s. Cicero »Über die Seherkunst« 1, 30 – 5 daß er, der auf dem Scheiterhaufen stirbt, Alexander bald wiedersähe in Babylon, wo dieser wirklich wenige Tage darauf dem Fieber erlag (Cicero »Über die Seherkunst« 1, 23; 30) – 6 s. Vergil »Äneis« 10, 739/41

schen Alters und nach römischer Rechnung im Jahre 1543 auf dem Berg Tarare[1] starb. Die drei oder vier letzten Stunden vor seinem Tode verwandte er darauf, mit kräftiger Stimme und klarem, heiterem Geiste das vorauszusagen, was wir teils seitdem erlebt, teils noch zu erwarten haben, wie schrecklich und sonderbar diese Prophezeiungen uns damals auch erschienen, da wir zu jener Zeit weder die Ursachen noch die Anzeichen von dem, was er voraussagte, erkennen konnten. – Nun wohnt hier, nahe bei Lavillaumer, ein alter Mann, ein Poet, Schnurrkater mit Namen, der in zweiter Ehe die lustige Seuche geheiratet hat, mit der er die schöne Basoche zeugte. Man sagt mir, daß er ebenjetzt in den letzten Zügen liegt; zu ihm geh und lausche seinem Schwanengesang. Vielleicht findest du bei ihm, was du suchst, und Apollon zerstreut all deine Zweifel« – »Das soll geschehen«, sagte Panurg. »Also komm, Epistemon, laß uns gleich aufbrechen, damit der Tod uns nicht zuvorkommt. Willst du auch mit, Bruder Hans?« – »Ei freilich, mein Pfeifchen«, erwiderte der Mönch, »schon aus Zuneigung zu dir, denn ich liebe dich von ganzer Leber[2].«

So machten sie sich auf den Weg und fanden den guten Alten allerdings in den letzten Zügen, aber nichtsdestoweniger heiter gestimmt, mit klarem Antlitz und leuchtendem Blick.

Panurg begrüßte ihn und steckte ihm dabei einen Goldring mit einem prächtigen orientalischen Saphir an den Ringfinger der linken Hand; dann überreichte er ihm, nach dem Beispiel des Sokrates[3], einen schönen weißen Hahn, der, sobald er auf das Bett gesetzt wurde, sein Gefieder schüttelte und mit heller Stimme zu krähen begann. Hierauf bat Panurg den Poeten höflich, ihm seine Meinung über die beabsichtigte Heirat zu sagen.

Der gute Alte befahl, daß man ihm Tinte, Feder und Papier bringen solle, was auch geschah. Dann schrieb er folgende Verse auf:

Nimm sie oder nimm sie nicht!
Nimmst du sie, so bist du schlau,
nimmst du sie dir nicht zur Frau,
so bist du erst recht ein Licht!

1 nordwestl. Lyon – 2 Die Leber galt als Sitz der Liebe. – 3 Anspielung auf Platon »Phaidon« 118: »Wir sind Asklepios einen Hahn schuldig«; Sokrates' letzte Worte.

Lauf und geh dabei im Schritt,
vorwärts und zurück im Tritt,
nimm sie, ja und nein.

Fast und iß zugleich wie zwei,
schürze auf und löse zu;
daß sie lebe, wünsche du,
und zugleich gestorben sei,
nimm sie, ja und nein[1].

Diesen Zettel gab er ihnen in die Hand und sagte dazu: »Nun geht, Kinder! Ich befehle euch in Gottes Schutz! Belästigt mich nicht weiter, weder mit dieser noch mit einer andern Sache. Ich habe heute, an diesem letzten Tag des Maien und meiner selbst, schon mit großer Müh und Not einen ganzen Haufen Schurken zum Haus hinausgejagt, unreine, stinkende Bestien, schwarze, bunte, fahle, weiße, aschgraue, in allen möglichen Farben, die mich nicht ungestört wollten sterben lassen, sondern mich mit ihren hinterlistigen Stichen, ihren Harpyiengriffen und allerlei tollen Nichtswürdigkeiten, die ihre Unersättlichkeit ausheckt, aus meinen süßen Gedanken rissen, darein ich versunken war, so daß ich das Glück und Heil, so Gott seinen Treuen und Auserwählten im jenseitigen Leben und in der Unsterblichkeit zugedacht hat, bereits schaute, fühlte und vorschmeckte. Flieht ihren Weg, seid nicht wie sie, laßt mich in Ruhe, daß es still um mich werde, ich bitte euch!«

Zweiundzwanzigstes Kapitel
Wie Panurg sich der Bettelmönche annimmt

Als sie die Kammer, wo Schnurrkater lag, verlassen hatten, rief Panurg ganz außer sich vor Schrecken: »Beim heiligen Kreuz, ich glaube, er ist ein Ketzer, oder der Teufel soll mich holen! Schimpft er nicht auf die Franziskaner und Dominikaner, die doch die beiden Hemisphären der Christenheit sind, durch deren

1 Aus diesem Rondeau von Cretin schließt man, daß Rabelais den Dichter hier als Schnurrkater eingeführt hat.

gyrognomische Zirkumbilivagination[1] der ganze antonomatische Matagrabolismus[2] der römischen Kirche, wenn er durch das Ketzergewäsch und die Irrlehre bedrängt wird und in Verwirrung gerät, wie durch zwei zölivagische Filopendulen[3] wieder homozentrisch zurechtgeschaukelt wird? Und was zum Teufel haben ihm die armen Teufel, die Kapuziner und Minimen, getan? Sind sie nicht schon genug geplagt, die armen Teufel, sind sie nicht schon genug von Not und Elend durchräuchert und durchstunken, diese armen Kuttenträger und Fischfresser? Was meinst du, Bruder Hans, kann der im Stande der Gnade sein? Bei Gott, er wird unfehlbar verdammt werden wie eine Schlange und zu dreißigtausend Schock Teufeln fahren. Auf diese würdigen und ruhmvollen Pfeiler der Kirche zu schimpfen! Nennt man das dichterische Raserei? Ich kann mich damit nie und nimmer abfinden, es ist Sünde, schwere Sünde! Er lästert wider die Religion. Ich bin im höchsten Grade empört.« – »Ich kümmere mich den Kuckuck darum«, versetzte Bruder Hans. »Schimpfen sie selbst doch auf alle Welt; wenn alle Welt wieder auf sie schimpft, so läßt mich das höchst gleichgültig. Sehen wir lieber, was er da aufgeschrieben hat.« – Nachdem Panurg den Zettel des guten Alten gelesen hatte, sagte er: »Der arme Saufaus faselt; aber man muß Nachsicht mit ihm haben, er pfeift auf dem letzten Loch, wir können nur den Leichenstein bestellen. Die Antwort, die er hier gegeben, macht uns nicht klüger, als wir vorher gewesen sind. Höre nur, Epistemon, mein Dicker! Nicht wahr? Das nennt man eine präzise Antwort! Wahrlich, ein feiner Sophist, ein Haarspalter, ein Original! Ich wette, daß er ein übergetretener Mohammedaner ist. Donnerwetter, wie er ängstlich ist, sich nur ja nicht den Mund zu verbrennen. Er liebt die zwiespältige Redeweise! Natürlich, die Hälfte von dem, was er sagt, muß schon wahr sein, und das ist genug. Oh, du Schleicher, bist du mir so einer von der Sorte des Sankt Jago von Bressuire?[4]« – »Tiresias, der berühmte Weissager«, versetzte Epistemon, »erklärte all denen, die sich Rat bei ihm holten, im voraus: Was ich euch sagen werde, trifft entweder ein, oder – es trifft nicht ein.

1 kreissonnenührliche Umnabelscheidenherummung; Wortgebilde Rabelais' – 2 umschreiberische Hirnzermarterung – 3 himmlische Gegengewichte – 4 Parodie auf den berühmten Wallfahrtsort Santiago de Compostela in Nordwestspanien durch eine ebenfalls nach dem Apostel Jakobus benannte Kapelle in dem unbekannten westfranz. Städtchen Bressuire

Und so machen es alle vorsichtigen Propheten.« – »Dessenungeachtet kratzte ihm Juno doch beide Augen aus«, entgegnete Panurg. – »Das geschah deswegen, weil er die Frage, die Jupiter gestellt hatte, besser löste als sie[1]«, meinte Epistemon. – »Aber«, fuhr Panurg fort, »was zum Teufel plagt nur diesen Meister Schnurrkater, daß er so ganz ohne Grund und Veranlassung die armen Pater Franziskaner, Dominikaner und Minimen beleidigt? Ich bin darüber zutiefst empört, das versichere ich dir, und kann unmöglich dazu stillschweigen. Er hat sich gröblich versündigt. Seine Seele werden dreißigtausend Körbe voll Teufel plagen.« – »Ich verstehe dich wirklich nicht«, sagte Epistemon; »ebenso empört bin ich darüber, daß du das, was der gute Poet über die schwarzen, fahlen und andersfarbigen Bestien äußerte, durchaus auf die Bettelmönche beziehst. Solche sophistische, phantastische Allegorie ist ihm meiner Ansicht nach gar nicht in den Sinn gekommen. Er sprach einfach nur von Flöhen, Läusen, Wanzen, Fliegen, Mücken und ähnlichem Ungeziefer, von denen die einen schwarz, die anderen fahl, grau, gelb oder braun sind und die nicht nur kranke Leute, sondern auch kräftige und gesunde quälen, peinigen und belästigen. 's ist auch möglich, daß er Askariden, Spulwürmer und andere Darmschmarotzer im Leibe hat oder, wie's in Ägypten und an den Ufern des Roten Meeres allgemein verbreitet ist, an seinen Armen und Beinen allerhand sprenklige Fadenwärmer, medinische, wie die Araber sie nennen, füttern muß. Immerhin machst du dich eines großen Unrechts schuldig, wenn du seinen Worten eine andere Deutung gibst: einmal gegen den ehrlichen Dichter, den du so verleumdest, und dann gegen die guten Mönche, denen du solche Niedertracht zur Last legst. Man soll von seinem Nächsten immer nur das Beste denken!« – »Lehre du mich die Fliegen in der Milch erkennen«, erwiderte Panurg. »Himmelkreuzdonnerwetter, er ist ein Ketzer, ein richtiger, durch und durch krätziger Ketzer, den man wie ein hölzernes Ührlein verbrennen muß[2]. Sein-Esel[3] wird zu dreißigtausend Fuhren Teufeln fahren, und weißt du, wohin? Geradewegs unter Proserpinas Nachtstuhl, mitten

1 In Ovids »Metamorphosen« (3, 316/38) entscheidet Tiresias Jupiters Frage, ob beim Liebesakt Mann oder Frau größere Lust empfinde, zugunsten der Frau. – 2 Clavel, einer der ersten hingerichteten Hugenotten in La Rochelle, war Uhrmacher, und mit ihm wurde eine seiner Uhren als das Werk eines Ketzers verbrannt. – 3 Seine Seel'

hinein in den Topf, über dem sie ihre höllische Notdurft verrichtet, links vom großen Höllenkessel, drei Klafter von Luzifers Klauen, dahin, wo es nach Daimogorgons schwarzer Kammer geht. Ha, der Bösewicht!«

Dreiundzwanzigstes Kapitel
Was Panurg vorbringt, um zu Schnurrkater zurückzukehren

»Aber laßt uns noch einmal zu ihm gehen«, fuhr Panurg fort, »und ihm sein Seelenheil vor Augen halten. Um Gottes willen, laßt uns das tun, es ist ein Werk der Barmherzigkeit; geht dann auch Leib und Leben verloren, so ist doch wenigstens seine Seele gerettet. Wir bringen ihn dahin, daß er seine Sünden bereut und den frommen Patern sein Unrecht abbittet, den abwesenden wie den anwesenden – und darüber nehmen wir ein Protokoll auf, damit sie ihn nach seinem Tode nicht in den Bann tun und als Ketzer verschreien, wie's die Irrwische[1] mit der Frau Obergerichtsverwalter von Orleans[2] gemacht haben –, und daß er in allen Klöstern der Provinz Almosen unter sie verteilen und tüchtig beten und Seelenmessen lesen läßt, was sie schon beschwichtigen wird. Und an seinem Todestag müssen sie für ewige Zeiten fünffache Kost bekommen; da muß der große Humpen, mit dem Allerbesten vollgeschenkt, rund um den Tisch gehen, für Laienbrüder wie Gehilfen, für Priester wie Domherren, für Novizen wie Eingekleidete. So wird der liebe Gott ihm wohl vergeben.

Oh, oh, aber ich bin ja ganz und gar auf dem Holzweg und rede irre. Hol' mich der Teufel, wenn ich zurückgehe. Bei Gott, die ganze Hütte ist schon voll von Teufeln. Ich höre, wie sie da drinnen sich balgen und teufelsmäßig darum streiten, wer sich die schnurrkaterliche Seele schnappen und sie schnurstracks Meister Luzifer hinbringen soll. Fort von hier! Ich gehe nicht hinein! Der Teufel soll mich holen, wenn ich hineingehe! Wer steht mir dafür, daß sie sich nicht etwa vergreifen und statt Schnurrkater den armen Panurg packen, der jetzt keine Schulden mehr hat? Als er bis über den Hals in Schulden steckte, haben

1 gemeint sind Franziskanermönche – 2 Louise de Mareau

sie's oft genug vergebens versucht. Fort da! Nein, ich gehe nicht hinein; ich stürbe vor Angst und Furcht. Es ist kein Spaß, so mitten unter gierige, lauernde, feilschende Teufel zu geraten. Fort, nur fort! Deswegen wird auch, darauf wett' ich, kein Franziskaner und Dominikaner, kein Karmeliter, Kapuziner, Theatiner noch Minime zu seinem Begräbnis kommen. Kann's ihnen auch gar nicht verdenken. Er hat ihnen ja nichts vermacht. Hol' mich der Teufel, wenn ich hineingehe! Wird er verdammt, so ist das seine Sache; weshalb schimpft er auf die frommen Pater, weshalb hat er sie fortgejagt, als er ihrer Hilfe, ihrer andächtigen Gebete und heiligen Ermahnungen gerade am meisten bedurfte? Warum vermachte er ihnen nicht wenigstens eine Kleinigkeit, ein Maulvoll, ein Magenpflästerchen, diesen armen, geplagten Leuten, die hier auf Erden nichts haben als das liebe Leben? Nein, mag 'reingehen, wer Lust hat; der Teufel hol' mich, wenn ich hineingeh'! Ginge ich, so holte mich der Teufel gewiß. Pest – weg da!

Aber Bruder Hans, willst du vielleicht, daß dich dreißigtausend Wagen voll Teufel auf der Stelle holen? Gut, so tu dreierlei. Erstens gib mir deinen Geldbeutel her; denn die Teufelsbrut kann das Kreuz nicht leiden. Sonst könnt' dir's gehen wie Jean Dodin, dem Steuereinnehmer von Coudray, der an die Furt des Vède kam, als gerade das Kriegsvolk den Steg abgebrochen hatte. Dort am Ufer traf der Genießer den Bruder Kuckelei, einen Franziskanermönch aus dem Kloster Mirebeau, und versprach ihm einen neuen Kittel, wenn er ihn auf den Schultern durchs Wasser tragen wolle; denn der Mönch war ein kräftiger Bursche. Wurden auch handelseinig; Bruder Kuckelei schürzte sich bis an die Hoden auf, lud wie ein Sankt Christophel meinen Dodin auf seinen Rücken und trug ihn, wie Äneas seinen Vater Anchises aus dem brennenden Troja, lustig davon, wobei er mit heller Stimme ein *Ave maris stella* [1] sang. Sobald sie jedoch an der tiefsten Stelle der Furt angekommen waren, gerade dem Mühlrad gegenüber, fragte er den Steuereinnehmer, ob er auch Geld bei sich habe. ›Gewiß‹, antwortete dieser, ›meine Geldkatze ist wohl gefüllt; du brauchst wegen des neuen Kittels nicht besorgt zu sein.‹ – ›Wie?‹ versetzte Bruder Kuckelei, ›weißt du nicht, daß

1 Sei gegrüßt, du Stern des Meeres (lat.); Anfang einer katholischen Marienhymne

Aber was reden wir von Harnischen und blitzenden Schwertern? Das paßt ja schlecht auf deine Plempe, die so lange außer Dienst gewesen ist und ruhig in der Scheide gesteckt hat, daß sie wie ein altes Kellerschloß verrostet ist. Also eins von beidem: Entweder du putzt sie, damit sie wieder blank wird, oder du läßt sie, wie sie ist. Dann aber geh nicht wieder zu Schnurrkater hinein. Was mich anbetrifft, ich gehe nicht. Der Teufel soll mich holen, wenn ich hineingehe!«

Vierundzwanzigstes Kapitel
Wie Panurg Epistemon um Rat fragt

Als sie Lavillaumer verlassen hatten und wieder unterwegs waren, um zu Pantagruel zurückzukehren, wandte sich Panurg an Epistemon und sagte zu ihm: »Liebstes Gevatterchen, alter Freund, du siehst, wie ratlos ich bin. Kannst denn du mir nicht helfen? Du weißt doch so viele Auswege.« – Darauf nahm Epistemon das Wort und stellte ihm vor, wie alle Welt sich über seine Maskerade belustigte; deshalb soll er etwas Nieswurz einnehmen, um den Krankheitsstoff wegzupurgieren, und dann seine gewöhnlichen Kleider wieder anziehen. – »Lieber Gevatter Epistemon«, sagte Panurg, »ich habe mir nun einmal in den Kopf gesetzt zu heiraten; aber ich fürchte mich vor der Hahnreischaft und daß es mir in der Ehe schlimm ergehen könnte. Daher habe ich dem heiligen Franziskus dem Jüngern[2], der in Plessis-lez-Tours von den Weibern so hoch verehrt wird, weil er die ›guten Männer‹[3] gestiftet hat, nach denen sie von Natur verlangen, gelobt, daß ich eine Brille an der Mütze und keine Hosen mit Latz tragen wollte, bis ich von dieser Ratlosigkeit befreit wäre und einen festen Entschluß gefaßt hätte.« – »Das ist wahrhaftig ein sonderbares und drolliges Gelübde«, erwiderte Epistemon. »Ich wundere mich wirklich, daß du nicht Vernunft annimmst, dir diese Albernheiten aus dem Sinn schlägst und endlich zur Ruhe kommst. Wenn ich dich so reden höre, muß ich an das Gelübde der langschopfigen Argiver denken, die, als sie im Kampf

1 s. »Ilias«, 5, 859/63 – 2 Franz von Paula (1416-1507), ital. Heiliger, Gründer des Bettelordens der Minimen – 3 franz. Bezeichnung der Minimen

um Thyrea gegen die Lakedämonier eine Schlacht verloren hatten, schworen, so lange die Köpfe glattzuscheren, bis sie ihre Ehre und das eroberte Gebiet wiedererlangt hätten;[1]; oder an das Gelübde des spanischen Sonderlings Miguel d'Oris, der seine Beinschienen nie ablegt[2]. Obschon ich in der Tat nicht weiß, wem mit größerem Recht jene grün-gelbe Kappe mit den Hasenohren zuerkannt werden muß, diesem ruhmreichen Ritter oder Enguerrand, der uns die betreffende Geschichte mit einer Breite, Ausführlichkeit und Langweiligkeit erzählt, die gegen alle Art und Kunst der Geschichtsschreibung, wie der samosatische Philosoph[3] sie uns gelehrt hat, verstößt. Denn wenn man diese lange Erzählung liest, so meint man, es sei die Einleitung und Vorrede zu irgendeinem großen Krieg oder einer wichtigen Staatsumwälzung, bis man endlich merkt, daß es sich um nichts weiter handelt als um einen hochlöblichen Rittersmann, um einen Engländer, der ihn zum Zweikampf herausfordert, und um Enguerrand, ihren Geschichtsschreiber, und seinen Senf. Man findet sich ebenso angeführt wie von dem Horazischen Berg, der wie ein kreißendes Weib jammerte und schrie und, als die ganze Nachbarschaft auf sein Wehgeschrei hin herbeilief, voller Erwartung, daß er etwas Wundervolles, nie Dagewesenes zutage fördern werde, nichts gebar als – eine kleine Maus.«

»Das kümmert mich keine Laus«, versetzte Panurg. »Vor Spott ist niemand sicher, ich werde mein Gelübde darum doch halten. Aber du und ich, wir beide haben uns nicht erst gestern bei Jupiter Philios[4] ewige Treue und Freundschaft geschworen – also, alter Junge, sage mir deine Meinung: Soll ich heiraten oder nicht?« – »In der Tat«, versetzte Epistemon, »es ist ein verzweifelter Fall, und ich bin ganz außerstande, hier eine Entscheidung zu treffen; wenn jemals das Wort des alten Hippokrates von Lango[5]: ›Das Urteil ist schwierig‹, In medizinischen Dingen seine Berechtigung gehabt hat, so gilt es hier erst recht. Es fällt mir wohl mancherlei ein, was man in dieser Verlegenheit tun könnte; aber alles sagt mir nicht ganz zu. So behaupten einige Platoniker, daß, wer seinen Schutzgeist sähe, sein Schicksal er-

1 s. Herodot »Geschichte« 1,82 – 2 bis sich ein engl. Ritter bereit erklärte, mit ihm zu kämpfen – 3 Lukian (»Über Geschichtsschreibung«) – 4 Jupiter als Beschützer der Freundschaft – 5 zeitgenössischer Name von Kos, der Heimatinsel des Hippokrates

fahren könne. Ich begreife ihre Lehre nur nicht recht, und so rate ich auch dir nicht, etwas darauf zu geben. Es wird großer Mißbrauch damit getrieben, wie ich das an einem sehr eifrigen und gelehrten Mann aus Ostangeln[1] gesehen habe. Das wäre das eine.

Ferner: Wenn die Orakel des Jupiter zu Ammon, des Apollo zu Lebadea, Delphi, Delos, Kirrha, Patara, Tegyra, Präneste, Lykien, Kolophon, an der Kastalischen Quelle und bei Antiochia in Syrien, die des Bacchus in Dodona, des Merkur in Pharä bei Paträ, des Apis in Ägypten, des Serapis in Kanopus, des Faunus in Mänalia und in Albunea bei Tivoli, des Tiresias in Orchomenos, des Mopsus in Kilikien, des Orpheus auf Lesbos und des Trophonios auf Leukas[2] noch bestünden, so würde ich dir raten – vielleicht aber auch nicht –, dahin zu gehen und zu hören, was sie zu deinem Vorhaben meinen. Doch du weißt ja, sie sind stummer geworden als die Fische, seitdem der König in Knechtsgestalt erschien und allen Orakeln und Prophezeiungen ein Ende bereitete, gleichwie vor dem Licht der aufgehenden Sonne alle Gespenster, Lamien[3], Lemuren[4], Werwölfe, Kobolde und Geister der Finsternis verschwinden. Übrigens, selbst wenn sie noch bestünden, würde ich dir nicht raten, ihren Antworten leichthin Glauben zu schenken. Nur zu viele sind davon getäuscht worden. Zudem erinnere ich mich, wie Agrippina es die schöne Lollia entgelten ließ, daß sie das Orakel des Apollo Clarius[5] darum befragt hatte, ob Kaiser Claudius sie heiraten werde. Dafür wurde sie zuerst verbannt und später schimpflich getötet[6].« – »Also will ich etwas Besseres vorschlagen«, sagte Panurg. »Nicht weit von Saint-Malo liegen die Ogygischen Inseln[7]; dahin wollen wir fahren, nachdem wir zuvor mit dem König gesprochen haben. Bei guten alten Autoren hab' ich einmal gelesen, daß auf einer der vier Inseln, namentlich auf der, welche der untergehenden Sonne am nächsten liegt, viele Zeichendeuter, Wahrsager und Propheten wohnen; dort soll Saturn mit goldenen Ketten an einen Felsen von Gold geschmiedet liegen, und Vögel – was für welche, weiß ich nicht, vielleicht dieselben Raben, die den heiligen Paulus, den ersten Eremiten, in der Wüste

1 Ostengland – 2 antike Orakelstätten – 3 Gespenster der griech. Sage – 4 Totengeister der röm. Sage – 5 nach seinem Tempel mit Orakel in der westkleinasiat. Stadt Klaros – 6 s. Tacitus »Annalen« 12, 22 – 7 von Plutarch erwähnte Inseln vor der engl. Küste (wahrscheinlich die Kanalinseln)

speisten – sollen ihm täglich Nektar und Ambrosia vom Himmel holen. Und jedem, so heißt es, der ihn darum befragt, sagt er sein Schicksal und was die Zukunft ihm bringen wird voraus. Denn die Parzen spinnen nichts, noch sinnt und beschließt Jupiter irgend etwas, von dem der Alte im Schlaf nicht Kunde erhielte. So wird allen weitern Kopfzerbrechens ein Ende sein, wenn wir ein bißchen hinhorchen, ob der mir aus der Zwickmühle heraushelfen kann.« – »Nun, wahrhaftig«, entgegnete Epistemon, »das ist denn doch der reine Aberglaube und ist gar zu märchenhaft; da fahre ich nicht mit.«

Fünfundzwanzigstes Kapitel

Wie Panurg Herrn Trippa[1] um Rat fragt

»Eins aber könntest du noch tun, ehe wir zu unserm König zurückkehren«, fuhr Epistemon fort, »wenn du meinem Rat folgen willst. Hier, nahe bei Isle-Bouchard, wohnt Herr Trippa, der, wie du weißt, vermittels der Astrologie, Geomantie, Chiromantie, Metopomantie[2] und wie all das Zeug heißen mag die Zukunft ergründet; wollen wir den zu Rate ziehen.« – »Davon weiß ich nichts«, sagte Panurg. »Ich weiß nur so viel von ihm, daß die Hoflakeien, während er Seiner Majestät einmal allerlei himmlische und transzendente Dinge vorpredigte, seine Frau, die ein schöner Fickstern ist, auf der Treppe zwischen den Türen gehörig bearbeitet haben. Er, der Erde und Himmel ohne Brille durchschaut, über Vergangenheit und Zukunft daherredet und alles, was geschehen wird, voraussagt, sah nur nicht, wie seine Frau mit dem Bürzel wackelte, und hat's auch nie ergründet. Wenn du aber meinst, können wir ja hingehen – man lernt nie zuviel.«

Tags darauf kamen sie bei Herrn Trippa an. Panurg schenkte ihm einen Wolfspelz, einen großen vergoldeten Degen mit samtener Scheide und fünfzig schöne goldene Engelstaler, worauf er ihm vertrauensvoll sein Anliegen vortrug. Nachdem Herr Trippa ihn eine Zeitlang angestiert hatte, sagte er: »Du hast die Metoposkopie[3] und Physiognomie eines Hahnreis, eines ganz

1 gemeint ist Agrippa – 2 Wahrsagen aus Sand, aus der Hand, aus der Stirnbildung – 3 eigtl. Wahrsagen aus der Stirnbildung

infamen, ausgemachten Hahnreis.« Darauf betrachtete er sehr genau Panurgs rechte Hand und fuhr fort: »Die böse Linie da übern Jupiterhügel hin findet sich nur in der Hand eines Hahnreis«, und nachdem er die verschiedenen Punkte mit einem Griffel aufgezeichnet und geomantisch miteinander verbunden hatte, setzte er hinzu: »Das ist klarer als der Tag: Kaum, daß du geheiratet hast, wirst du auch schon Hahnrei sein.« Dann verlangte er Panurgs Horoskop, und als dieser es ihm genannt, stellte er sein Himmelshaus sogleich in allen Teilen zusammen, erwog den Stand und die Aspekte nach ihrem Dreischein und sagte endlich mit einem tiefen Seufzer: »Ich hab's dir schon deutlich gesagt, daß du Hahnrei werden wirst, und hier ist ein neuer, unwiderleglicher Beweis dafür; ich kann es also nur eidlich bekräftigen. Außerdem wirst du aber auch von deiner Frau geprügelt und bestohlen werden, denn die Aspekte des siebten Hauses sind böse: Widder, Stier, Steinbock und die anderen Hornträger sind in der Aszension; im vierten Haus bemerke ich Jupiter im Niedergang und den Geviertschein Saturns mit Merkur in Konjunktion. Man wird dich schön einpfeffern, du armer Mann!« – »Ich werde dich dafür einbalsamieren, du alter Narr mit deinen schlechten Witzen«, sagte Panurg. »Wenn alle Hahnreie aufmarschieren, solls du ihnen die Fahne vorantragen. – Wo mir nur das Wärzchen da zwischen den beiden Fingern herkommt?« fuhr er fort und hielt die Faust mit den beiden wie zwei Hörner ausgespreizten ersten Fingern Herrn Trippa dicht unter die Nase. Dann sagte er zu Epistemon: »Das ist der leibhaftige Olus des Martial[1]; sein ganzes Studium dient dazu, die Übel und Mängel anderer Leute zu erkennen und auszuschnüffeln, und dabei treibt's die eigene Frau mit sonstwem. Er ist ein ärmerer Wicht als Iros[2] und dazu noch ruhmredig, dünkelhaft und unausstehlich wie siebzehn Teufel, mit einem Wort: ein πτωχαλαζών[3], wie die Alten dies Gesindel so bezeichnend nannten. Komm, laß uns gehen! Mag sich der Tollhäusler hier mit seinen Teufeln allein herumbalgen. Sie werden sich, denke ich, wohl hüten, solch einem jämmerlichen Schurken, der nicht einmal den ersten Grundsatz der Philosophie: ›Erkenne dich selbst‹, begriffen hat,

1 s. Epigramme 7, 10 – 2 Bettler, der mit Odysseus kämpft (Homer »Odyssee« 18, 1/116) – 3 erbärmlicher Prahler (griech.)

zu Diensten zu stehen. Er prahlt damit, den Splitter im Auge des andern zu sehen, und sieht den dicken Balken nicht, der ihm selbst durch beide Augen geht. Das ist so ein Polypragmon[1], wie ihn Plutarch schildert, so eine zweite Lamia[2], die in fremden Häusern, in der Öffentlichkeit und im Volksgedränge wie ein Luchs sah, zu Hause aber blinder war als ein Maulwurf; denn kam sie nach Hause, so nahm sie ihre Einsatzaugen aus dem Kopf, gleichwie man eine Brille von der Nase nimmt, und verwahrte sie hinter der Stubentür in einem alten Pantoffel.« Bei diesen Worten nahm Herr Trippa einen Tamariskenzweig. »Das ist gut gewählt«, sagte Epistemon; »Nikander bezeichnet dieses Gewächs als Wahrsagestrauch.« – »Willst du die Wahrheit jedoch noch deutlicher erfahren«, sagte Herr Trippa, »so will ich's mit der Pyromantie[3] versuchen oder mit der Aeromantie[4], welche Aristophanes in seinen ›Wolken‹ preist, oder mit der Hydromantie[5] oder der Lekanomantie[6], welche bei den Assyrern in so hohem Ansehen stand und die Hermolaus Barbarus[7] erprobte; in einem mit Wasser gefüllten Becken werde ich dir deine Zukünftige zeigen, wie sie sich von ein paar strammen Burschen bearbeiten läßt.« – »Wenn du deine Nase in meinen Hintern stecken willst«, sagte Panurg, »so vergiß ja nicht, die Brille vorher abzunehmen.« – »Oder mit der Katoptromantie[8], vermittels deren der römische Kaiser Didius Julianus alles voraussah, was ihm bevorstand; da kannst du ohne Brille im Spiegel sehen, was sie anstellt, gradso als ob ich sie dir im Quell des Minervatempels bei Paträ zeigte. Oder mit der Koskinomantie[9], die bei den feierlichen Zeremonien der Römer zur Anwendung kam; dazu brauchen wir ein Sieb und eine Schere, und du wirst tolle Sachen sehen. Oder mit der Alphitomantie[10], von der Theokrit in seinen *Pharmakeutriai* spricht; oder mit der Aleuromantie, wobei man Weizen und Mehl zusammenmischt; oder mit der Astragalomantie[11], wozu ich die Knöchlein hier bei der Hand habe; oder der Tyromantie[12], da käme mir der Bréhémonter Käse, den ich gerade habe, gut zupaß. Oder versuchen wir's mit der Gyromantie[13], ich werde dich Reifen treiben lassen, die, da kannst du si-

1 zudringlicher Neugieriger (griech.; Plutarch »Über die Neugierde«) – 2 s. Plutarch »Über die Neugierde« 2, 516 – 3 Wahrsagen aus Feuer – 4 aus den Luftströmungen – 5 aus Wasser – 6 aus einem Becken mit Wasser – 7 Barbaro – 8 Wahrsagen aus einem Spiegel – 9 aus einem Sieb – 10 Wahrsagen aus Gerstengraupen – 11 durch Würfel – 12 aus Käse – 13 aus Kreisen

cher sein, alle nach links fallen werden; oder mit der Sternomantie[1], deine Brust ist, Gott straf' mich, schlecht genug gebaut; oder mit der Libanomantie[2], wozu nichts nötig ist als ein bißchen Weihrauch; oder mit der Gastromantie[3], welche Jacoba Rhodigina, eine ferrarische Dame, die einen Dämon im Leib hatte, lange betrieb; oder mit der Kephalonomantie[4] wie ehemals die Deutschen, wobei sie einen Eselskopf auf glühenden Kohlen rösteten; oder mit der Keromantie, bei der man geschmolzenen Siegellack in Wasser tröpfelt, auf welche Weise du deine Frau und ihre Bearbeiter gleichfalls zu sehen bekommst; oder mit der Kapnomantie[5], wobei wir Mohnsamen und Sesamkörner auf glühende Kohlen streuen müssen – eine ganz vorzügliche Art! –; oder mit der Axinomantie[6], dazu haben wir ein Beil nötig und einen Gagatstein, den wir auf das Kohlenbecken legen – oh, wie schön bedient Homer sich dieser Art gegen die Freier der Penelope! Oder versuchen wir's mit der Onymantie, das heißt vermittels Öls und Wachses; oder mit der Tephramantie, wo die in die Luft gestreute Asche dir deine Frau in einer schönen Stellung zeigen wird; oder mit der Botanomantie[7], wozu ich hier Salbeiblätter habe; oder mit der Sykomantie[8], der göttlichen Kunst der Feigenblätter; oder mit der Ichthyomantie[9], der von Tiresias und Pulydamas gepriesenen und geübten, auch im Lykischen Hain, der Apollon geweiht war, im Weiher Dina betriebenen; oder mit der Chöromantie[10], schaffe nur reichlich Schweine her, die Blase soll für dich sein; oder mit der Kleromantie[11], wie man am heiligen Abend vor Epiphanias die Bohne im Kuchen findet; oder mit der Anthropomantie[12], die der römische Kaiser Heliogabal trieb; sie ist freilich ein bißchen unsauber, aber da du ja nun einmal zum Hahnrei bestimmt bist, so wirst du auch das aushalten. Oder ziehst du die sibyllinische Stichomantie[13] oder die Onomatomantie[14] vor? Wie heißt du?« – »Hans Arsch«, sagte Panurg. – »Oder die Alektryomantie[15]? Da mache ich einen Kreis und teile ihn vor deinen Augen in vierundzwanzig gleiche Teile. In einen jeden davon schreibe ich einen Buchstaben des Alphabets und lege auf jeden Buchstaben ein Gerstenkorn; dann setze ich einen

1 aus der Bruststimme – 2 aus Weihrauch – 3 aus der Bauchstimme – 4 aus dem Kopf eines Esels – 5 aus Rauch – 6 durch ein Beil – 7 aus Pflanzen – 8 aus Feigenblättern – 9 Wahrsagen aus Fischen – 10 durch Schweine – 11 durch das Los – 12 aus menschlichen Eingeweiden – 13 aus Versen – 14 aus dem Namen – 15 durch einen Hahn

jungen Hahn, der noch über keiner Henne gewesen ist, in den Kreis und schwöre darauf, daß er die Körner fressen wird, die auf den Buchstaben H, A, H, N, R, E, I liegen. So gewiß wird er dies tun, wie der weissagende Hahn einst Kaiser Valens, der den Namen seines Nachfolgers wissen wollte, die Körner von den Buchstaben Θ, E, O, Δ[1] wegfraß. Oder soll ich's lieber mit dem Haruspizium[2], dem Extispizium[3] oder mit dem Augurium, dem Vogelflug, versuchen? Oder soll ich dir aus der Stimme der Oszinen[4] und dem *Solistimum tripudium*[5] der Enten weissagen?« – »Meinetwegen aus dem Schißtipizium«, warf Panurg ein. – »Oder soll ich die Nekromantie[6] anwenden? Gleich werd' ich einen vor kurzem Verstorbenen vor dir erscheinen lassen, wie Apollonius von Tyana Achilles oder wie die Hexe von Endor es vor Saul machte; der wird dir alles haarklein erzählen, gradso wie der von Erichtho gerufene Geist, der Pompejus den ganzen Verlauf und Ausgang der pharsalischen Schlacht im voraus verkündete. Oder wenn du dich vor Toten fürchtest, wie das bei einem Hahnrei ganz natürlich ist, so tut's auch Skiomantie[7].«

»Geh zum Teufel, du hirnverbrannter Narr«, schrie Panurg; »laß dich von einem Albaner pfählen, so kriegst du wenigstens einen spitzen Hut[8]. Warum rätst du mir nicht lieber, einen Smaragd oder einen Hyänenstein unter die Zunge zu legen oder Wiedehopfzungen und Laubfroschherzen zu sammeln oder von einem Drachen Herz und Leber zu fressen, damit ich aus dem Schwanen- und Vogelgesang mein Schicksal vernähme wie seinerzeit die Araber in Mesopotamien? Daß dir verdammtem Hahnrei, dir behörntem, behurtem, verfluchtem Hexenmeister dreißig Teufel den Hals umdrehten! Kommt, laßt uns zu unserm König nach Hause gehen. Ich weiß sicher, er wird sehr unzufrieden sein, wenn er hört, daß wir in der Höhle dieses gelehrten Satans gewesen sind. Mir tut's leid, daß wir herkamen. Hundert Nobel und vierzehn Gemeine gäb' ich mit Vergnügen darum, wenn all der Wind, der je aus meinen Hosen blies, mitsamt sei-

1 Tth, e, o, d (griech.); Anfangsbuchstaben von Theodosius, der Valens 379 auf dem röm. Thron folgte – 2 röm. Weissagung aus den Eingeweiden der Opfertiere – 3 aus den Eingeweiden der Tiere – 4 weissagende Vögel (Rabe, Krähe, Eule u. a.) – 5 vollgültiger Tanz (lat.); Bezeichnung für das günstige Zeichen bei Befragung der Weissagehühner, wenn sie so gierig fraßen, daß ihnen die Körner wieder aus dem Schnabel fielen – 6 Totenbeschwörung – 7 Totenschattenbeschwörung – 8 d. h., treibe Unzucht mit einem der Albaner, die als Söldner in franz. Diensten hohe Spitzmützen trugen.

nem Speichel ihm den Schnauzbart verkleisterte. Himmelkreuzdonnerwetter, wie er mich mit Teufelsdreck, Hexengestank und Zauberei von oben bis unten durchräuchert hat! Der Teufel hol' ihn! Sagt amen und laßt uns eins trinken, denn was das Essen anbetrifft, so werde ich wohl zwei Tage lang – ach was, wenigstens vier – keinen Bissen hinunterbringen können.«

Sechsundzwanzigstes Kapitel
Wie Panurg sich bei Bruder Hans Hackepeter Rat holt

Panurg war über die Worte Herrn Trippas sehr verdrossen, und nachdem sie den Flecken Huismes hinter sich hatten, wandte er sich an Bruder Hans und sagte mit meckernder Stimme, wobei er sich hinter den Ohren kratzte: »So heitre mich doch ein bißchen auf, mein Dicker! Mein Kopf ist wie zerschlagen von dem Gewäsch dieses verteufelten Narren. Höre, kleines Säckchen, süßes Fräckchen,

tonsuriertes,	rasendes,	zugreifendes,
renommiertes,	affektiertes,	ausschweifendes,
ausgegornes,	sammelsurisches,	leutseliges,
eingebornes,	rundgezirkeltes,	leutquäliges,
berapptes,	gefüllseltes,	aufgebotliches,
gepapptes,	aufgeblasenes,	blendiges,
ausgestopftes,	geschniegeltes,	anständiges,
kalfatertes,	gebügeltes,	patziges,
masernes,	rindspulvernes,	kratziges,
hochnasiges,	baumelndes,	tatziges,
gipsernes,	positives,	treffendes,
plunderliches,	konjunktives,	kläffendes,
arabeskes,	genitives,	ochsiges,
wanstiges,	aktives,	ordinäres,
aufgeschwänztes,	ginganteskes,	feingezetteltes,
unverfrornes,	vitales,	auserwähltes,
gekrapptes,	reales,	stockiges,
kalandertes,	magistrales,	bockiges,
broschiertes,	klaustrales,	heißstichiges,
kunterbuntes,	monachales,	wurzeliges,

gezwirntes,
gepinkertes,
durchspicktes,
geschwornes,
spießbürgerliches,
gekröntes,
zerstückeltes,
verschmitztes,
geteertes,
bewamstes,
kaltgestelltes,
kapuztes,
lackiertes,
ebenholzenes,
brasilholzenes,
borstiges,
armbrustenes,
hackenstößiges,
rapierenes,
ausgelassenes,
subsidiäres,
tragisches,
satirisches,
transpontinisches,
digestives,
aufstoßendes,
konvulsives,
inkarniertes,
restauratives,
sigillatives,
maskuliniertes,
mannhaftes,
subtiles,
respektierliches,
vorspannhaftes,
klebriges,
tollkühnes,
massives,
laszives,
handliches,
mutiges,
großschnutiges,
absolutes,
resolutes,
starkknochiges,
kohlköpfiges,
doppelmenschiges,
artiges,
bartiges,
furchtbares,
pfeifendes,
kniefegendes,
neuversohltes,
blitzendes,
donnerndes,
blinkendes,
hämmerndes,
bockstößiges,
schellenklingelndes,
duftiges,
samenstreuendes,
klimperliches,
wölfisches,
bärisches,
pantomimisches,
puppisches,
wespisches,
linealisches,
alchimistisches,
algebraisches,
strotziges,
protziges,
glotziges,
klotziges,
unübertreffliches,
sekurables,
amables,
memorables,
notables,
palpables,
muskulables,
staffables,
zimperliches,
schnorziges,
weiberspäßiges,
leiberstößiges,
räubermäßiges,
abwedelndes,
einfädelndes,
kopfnußliches,
bußliches,
marschhineiniges,
arschbeiniges

Arke-Busen-Freundchen und Hodensäckchen, mein lieber Bruder Hans, vor dessen Weisheit ich alle erdenkliche Ehrfurcht habe. Deswegen hab' ich dich auch bis zuletzt aufgespart; jetzt gibt du mir deinen Rat. Sage mir, ich bitte dich, soll ich heiraten oder nicht?« Heitren Sinnes erwiderte Bruder Hans: »Ei zum Teufel, heirate nur immer frisch drauflos, heirate und laß deine beiden Glocken läuten, und zwar je eher, je lieber. Laß dich gleich auf der Stelle aufbieten. Donner und Wetter, worauf willst du warten? Weißt doch, daß das Ende der Welt im Anzug ist. Seit gestern sind wir ihm wieder um zwei Faden und drei Spannen näher gerückt. Der Antichrist ist schon geboren, wie man sagt. 's ist wohl wahr, bis jetzt kratzt er nur seine Amme und seine Wärterinnen und zeigt noch nicht seinen Pferdefuß, denn er ist noch klein. *Crescite. Nos qui vivimus, multiplicamini*[1], steht's nicht so geschrieben? Das ist Glaubensartikel, solange der Scheffel Korn noch drei Heller und das Fässel Wein sechs Dreier kostet. Oder willst du dich etwa am Jüngsten Tag, dum venerit judicare[2], mit vollen Eiern antreffen lassen?« – »Bruder Hans, mein Klosterhämmelchen«, sagte Panurg, »du hast wirklich einen klaren, einsichtigen Verstand und sprichst, wie sich's schickt. So flehte Leander, als er von Abydos in Asien durch den Hellespont zu Hero nach Sestos in Europa schwamm, zu Neptun und allen Meergöttern:

Wollt ihr mich sicher nur hinübertragen,
ersauf ich bei der Rückkehr ohne Klagen[3].

Er wollte auch nicht mit vollen Eiern sterben. Und in Salmigondien werd' ich dafür Sorge tragen, daß man jeden Übeltäter ein paar Tage, bevor er zum Hochgericht geführt wird, seinen Hodensack ordentlich ausschütteln läßt, so daß nicht so viel drin bleibt, um ein griechisches Ypsilon damit zu malen. Solch ein köstlicher Saft darf nicht verlorengehen. Immerhin möglich, daß er einen Menschen zustande bringt. Dann kann er ruhiger sterben – hat dann einen für den andern gestellt.«

Siebenundzwanzigstes Kapitel

Wie Bruder Hans Panurg lustigen Rat erteilt

»Bei Sankt Rigomer«, sagte Bruder Hans, »Panurg, liebster Freund, ich rate dir nichts, als was ich selbst tun würde, wenn ich an deiner Stelle wäre. Sieh nur zu, daß du ununterbrochen und hintereinanderweg dein Flinte abfeuerst, sonst bist du armer Tropf verloren, und es geht dir wie den Ammen, welche die

1 Seid fruchtbar. Mitten im Leben, mehret euch (lat.); Verschränkung von Bibelstellen (1. Moses 1, 22; 2. Korinther 4, 11). – 2 (wenn) er kommt, zu richten (lat.); Psalm 96, 13 – 3 Martial »Buch der Spiele« 25

Milch verlieren, wenn sie die Kinder nicht regelmäßig stillen. Wenn du dein Stängelchen nicht beständig in Übung hältst, verliert es auch die Milch und ist nur noch zum Pissen gut; der Sack kann dir dann nur noch als leerer Beutel dienen. Ich mache dich darauf aufmerksam, mein Lieber, denn ich habe manchen gesehen, der nicht mehr konnte, als er wollte, weil er nicht gewollt hatte, als er konnte. So gehen Rechte verloren, weil man sie nicht ausübt, wie die Rechtsgelehrten sagen. Also mein Söhnchen, halte den kleinen Kerl da unten, den Troglodyten und Latzodyten, in steter Arbeit und sieh darauf, daß er nicht wie ein Freiherr von seinen Renten lebt, ohne was zu tun.«

»Bei Jupiter, Bruder Hans, mein Leibsäckel, ich glaube dir«, sagte Panurg. »Du gehst ohne Umschweife grade auf die Sache los. Ich danke dir, daß du mich von aller Furcht befreit hast. Dafür möge der Himmel deinem Pflug ein gutes Ackerfeld geben immerdar! Auf deinen Rat hin werd' ich also heiraten. Es wird gewiß gutgehen, und wenn ich, wie sich von selbst versteht, hübsche Kammerzofen habe, sollst du der Schirmherr ihrer Schwesternschaft sein, wenn du mich besuchst. Und das wäre nun der Predigt erster Teil!« – »Horch«, sprach Bruder Hans, »auf das Orakel der Glocken von Varennes[1], was sagen die?« – »Ich höre sie«, versetzte Panurg. »Ihr Klang ist, meiner Treu, geschwängerter mit Weissagung als die Kessel Jupiters zu Dodona[2]. Höre nur: ›Nimm ein Weib, nimm ein Weib, nimm, nimm, nimm. Wenn du freist, freist, freist, sehr wohl gedeihst, -deihst, -deihst, nimm, nimm, nimm!‹ Sei versichert, ich werde nehmen. Alle Elemente drängen mich dazu. Mein Wort sei dir wie eine Mauer von Erz.

Was aber den zweiten Punkt anbetrifft, so scheinst du meinem Ackermännlein nicht recht zu trauen, als ob mir der Steife Gartengott nicht wohlwollte; aber er steht mir zu Gebote, ist gehorsam, diensteifrig und beflissen und pariert zu aller Zeit, tu mir die Liebe und glaube mir das. Ich brauche ihm nur die Riemen zu lösen, das heißt, die Nesteln, ihm nur die Beute zu zeigen und ›Drauf!‹ zu sagen, so stößt er schon. Und wär' meine Zukünftige so hungrig nach Liebe wie ehedem Messalina oder die Marquise

1 Varennes-sous-Montsoreau in Westfrankreich – 2 Im Orakel des Zeus im nordwestgriech. Dodona wurde in späterer Zeit aus dem Klingen eines ehernen Kessels geweissagt

von Winchester in England, ich würd' ihr immer noch mehr bieten können, als sie verlangt, davon kannst du überzeugt sein. Zwar weiß ich wohl, was Salomo sagt[1], der ein Meister und Sachverständiger war, und was nach ihm Aristoteles bezeugt, nämlich daß die Weiber unersättlich sind; ich aber will beweisen, daß ich von derselben Innung und ganz unverwüstlich beschlagen bin. Nur von solchen fabelhaften Beschälern wie Herkules, Prokulus, Cäsar oder Mohammed, der sich in seinem Koran rühmt, die Manneskraft von sechzig Ruderknechten zu besitzen, sprich mir nicht; der Bursche lügt. Auch nicht von jenem Inder, den Theophrast, Plinius und Athenäos so rühmend erwähnen und der es mit Hilfe eines gewissen Krauts siebzigmal und öfter an einem Tag zustande brachte. So was glaub' ich nicht, die Zahl ist erlogen; ich bitte dich, glaub's auch nicht. Aber das glaube – und du wirst nur glauben, was wahr ist –, daß mein Kerlchen, mein heiliger Ithyphallus, mein Signore Soundso der wahrhaftige *primo del mondo*[2] ist. Hör, mein Säckchen, hast du einmal die Kutte des Mönchs von Castres gesehen? Wenn man die in ein Haus brachte, offen oder verstohlen, geriet alles, was zugegen war, sogleich in helle Brunst: Tiere, Menschen, Männer, Weiber, ja sogar Ratzen und Katzen. Nun schwöre ich dir, daß ich an meinem Latz noch wunderbarere Wirkungen beobachtet habe. Von Haus und Hof, von Markt und Predigt will ich gar nicht reden; aber eines Tags, als ich zu Saint-Maixent[3] während des Passionsspiels in den Zuschauerraum trat, wurde ich Augenzeuge, wie durch die Kraft und geheimnisvolle Eigenschaft dieses meines Latzes alle Anwesenden, Spieler wie Zuschauer, in eine so schreckliche Versuchung gerieten, daß sie alle rammeln wollten, Engel, Menschen, Teufel und Teufelinnen. Der Souffleur warf sein Buch hin, der heilige Michael kletterte aus den Wolken herunter, die bösen Geister brachen aus der Hölle hervor und holten die armen Dämchen, ja selbst Luzifer sprengte seine Ketten. Ich aber, als ich dies Drunter und Drüber sah, verließ den Ort wie Zensor Cato das Fest der Flora, als er merkte, daß seine Gegenwart die Feier stören könnte.«

1 ...Drei Dinge sind nicht zu sättigen, und das vierte spricht nicht: Es ist genug; Die Hölle, der Frauen verschlossene Mutter, die Erde wird nicht Wassers satt, und das Feuer spricht nicht: Es ist genug (Sprüche 30, 15/16) – 2 Erste der Welt (ital.) – 3 westfranz. Kleinstadt

Achtundzwanzigstes Kapitel
Wie Bruder Hans Panurg die Furcht vor der Hahnreischaft ausredet

»Ich versteh' schon«, sagte Bruder Hans, »aber die Zeit wird mit allem fertig; kein Marmor, kein Porphyr, der nicht zuletzt alt und morsch würde! Wenn du jetzt auch noch nicht soweit bist, nach ein paar Jahren wirst du schon eingestehen müssen, daß manchem das Gemächt doch recht tief herunterhängt, wenn er keinen Fangbeutel trägt. Ich bemerke schon, wie grau dir das Haar wird. Dein Bart gleicht einer Landkarte, so verschiedene Schattierungen von Grau, Weiß, Braun und Schwarz weist er auf. Sieh, da ist Asien, da der Tigris und der Euphrat, dort Afrika und das Mondgebirge. Siehst du die Nilsümpfe? Da drüben liegt Europa und da Thelema. Dies ganz weiße Büschel sind die Hyperboreischen Berge[1]. Bei meiner durstigen Kehle, lieber Freund, wenn der Schnee so auf den Bergen liegt, das heißt auf Haupt und Kinn, wird's in den Tälern des Latzes wohl auch nicht gar zu heiß sein.« – »Ei, du Frostbeule«, entgegnete Panurg, »verstehst den Kuckuck was von Topik[2]. Wenn der Schnee auf den Bergen liegt, ist in den Tälern erst recht der Teufel los mit Donner, Blitz, Lawinen, Föhn, Wetterleuchten, Steinschlag und Stürmen. Willst du ein Beispiel? Geh in die Schweiz und sieh dir den See ›Wunderberlich‹[3] an, vier Meilen von Bern, gen Sitten hin. Du bemäkelst mein graues Haar und bedenkst dabei nicht, daß es von der Art des Porrees ist, der zwar einen weißen Kopf, aber einen grünen, steifen, kräftigen Stengel hat. Allerdings bemerke ich hin und wieder Anzeichen des Alters, versteh mich recht, des lebenskräftigen Alters; aber sag es niemand, es bleibt unter uns. So zum Beispiel finde ich den guten Wein besser und mehr nach meinen Geschmack als früher und fürchte mich mehr als sonst vor dem schlechten. Das schmeckt allerdings nach Niedergang und zeigt an, daß der Zenit überschritten ist. Aber was weiter? Bin darum immer noch der fidele Bursche wie vordem, ja mehr noch als vordem. Nein, zum Teufel, ich habe keine Angst, das macht mir keinen Kummer! Meine einzige Sorge ist

1 sagenhaftes Gebirge im äußersten Norden – 2 logisch-rhetorische Beweislehre – 3 Wortlaut des Originals; gemeint ist wahrscheinlich der Thuner See

die, daß meine Frau mich zum Hahnrei machen könnte, wenn unser König Pantagruel einmal längere Zeit von hier abwesend wäre und ich ihm wohl oder übel Gesellschaft leisten müßte, selbst wenn er zum Teufel ginge. Hahnrei, das ist das ominöse Wort, der Name, mit dem alle mich schrecken, die ich um Rat gefragt habe, und von dem sie behaupten, daß er mir vom Himmel bestimmt sei.« – »Ei«, sagte Bruder Hans, »nicht jeder, der will, kann Hahnrei werden; das ist gar nicht so leicht. Und bist du Hahnrei,

ergo ist dein Weib sehr schön,
ergo wird's dir gut ergehn,

ergo fehlt's dir nicht an guten Freunden, ergo wirst du selig sein. Das ist Mönchslogik. Du Sünder wirst es gar nicht besser haben wollen. Noch nie ist dir so wohl gewesen. Dir wird nichts mangeln, dein Gut wird sich mehren! Wenn's einmal so bestimmt ist, warum willst du dich sträuben? Warum, mein welkes, mein

schimmliges,	verzetteltes,	bekrätztes,
todmüdes,	verbetteltes,	ausgebeuteltes,
stoppliges,	ausgeschältes,	leergeblasenes,
erstarrtes,	infibuliertes,	abgewickeltes,
kaltdurchwässertes,	kapituliertes,	dünnbieriges,
bammelndes,	syndiziertes,	zähneklapperndes,
baumelndes,	narriertes,	malträtiertes,
schlappiges,	schikaniertes,	ruiniertes,
zerknittertes,	ausgekostetes,	subtrahiertes,
ausgekörntes,	eingerostetes,	ranziges,
ausgeweidetes,	besudeltes,	abgestunkenes,
kuddelmuddliges,	vernudeltes,	klappriges,
spaßiges,	gehudeltes,	lausiges,
verkrempeltes,	punzliges,	fledermausiges,
beschissenes,	runzliges,	abgeschliffenes,
havariertes,	zerwühltes,	abgegriffenes,
schwammiges,	abgestieltes,	impertinentes,
abgesahntes,	verprotztes,	impotentes,
ausgefiedeltes,	berotztes,	strapaziertes,
ausgequetschtes,	brüchiges,	heruntergekommenes,
bettelhaftes,	anrüchiges,	abgeschwommenes,
hartmäuliges,	pusteliges,	abgestandenes,
fiktives,	bubonisches,	versandetes,

zerriebenes,
wurmstichiges,
verludertes,
verklopftes,
fadenscheiniges,
windschiefes,
vermodertes,
faulsäftiges,
verkrüppeltes,
bofistiges,
ausgelaufenes,
durchsichtiges,
abgetröpfeltes,
unlustiges,
verkalbtes,
ausgelaugtes,
verbrauchtes,
verrauchtes,
beschnauchtes,
ausgesaugtes,
angebohrtes,
verdorrtes,
ausgeschmortes,
zerfasertes,
abgeeseltes,
entblättertes,
bestaubtes,
gescheitertes,
verkeiltes,
begrieseltes,
verschnupftes
gerupftes,
gezupftes,
schlotterndes,
stotterndes,
winziges,
verschlämmtes,
beklemmtes,
bedrücktes,
geknicktes,
geflicktes,
unwertes,
unbeschwertes,
verzweifeltes,
verteufeltes

Hodensäckchen – warum? Säckel hin, Säckel her. Wenn's dir nun einmal so bestimmt ist, Panurg, mein Freund, willst du etwa die Planeten zurückdrehen? Die himmlischen Sphären in Unordnung bringen? Der Kraft, die alles bewegt, ein Schnippchen schlagen? Willst du den Spindeln der Parzen die Spitze abbrechen, gegen die Spulen Klage erheben, der Haspel befehlen, die Garnwinden schelten, die Kunkel lästern und die Knäuel vielleicht selbst abwickeln? Pest über dich, Säckchen, das wäre ja ärger als die Titanen! Oder, Säcklein, wärst du lieber eifersüchtig ohne Grund, als daß du Hahnrei wärst und wüßtest es nicht?« – »Keins von beiden«, sagte Panurg. »Aber wenn ich's wüßt', so würde ich meine Maßregeln schon treffen, oder es müßte keine Knüppel mehr auf der Welt geben.

Meiner Seel, Bruder Hans, 's wird wohl doch am besten sein, wenn ich nicht heirate. Höre nur, was die Glocken jetzt sagen, wo wir ihnen näher gekommen sind: ›Nimm sie nicht, nimm sie nicht, nicht, nicht! Nimmst du sie – nimm sie nicht! –, steht die Reu, Hahnerei, dicht, dicht, dicht dabei!‹ – Himmeldonnerwetter, ich fange an, splitterrasendtoll zu werden. Und ihr Kalbsköpfe, wißt ihr denn gar kein Mittel dagegen? Hat die Natur den Menschen wirklich so hilflos geschaffen, daß ein verheirateter Mann nicht durch die Welt gehen kann, ohne in die Schlingen und Fangnetze der Hahnreischaft zu fallen?« – »Ei, ich wollt' dir schon ein Mittel angeben«, versetzte Bruder Hans, »wie deine

Frau dich ohne dein Wissen und Wollen nie zum Hahnrei machen kann.« – »Ach, ich bitte dich, Bruder Hans, mein Samtsäckchen, sag mir's, mein Freund«, rief Panurg. – »Versuch es also mit Hans Carvels Ring«, versetzte Bruder Hans. »Besagter Hans Carvel, des Königs von Melinde Großedelsteinmeister, war ein gelehrter, erfahrener, fleißiger, wohlwollender, verständiger, überlegender, sanftmütiger, freigebiger, menschenfreundlicher Mann, ein Vater der Armen, ein Philosoph, und dabei von heiterem Gemüt, ein guter Gesellschafter, ein Spaßvogel, wie's je einen gegeben hat, auch ein bißchen bei Leibe und etwas wacklig mit dem Kopf und nicht mehr ganz auf der Höhe, Der heiratete in seinen alten Tagen die Tochter des Landrichters Concordat, ein junges, schönes, aufgewecktes, zärtliches, zuvorkommendes Frauenzimmer, das gegen seine Nachbarn und die männliche Dienerschaft eher zu freundlich war. Daher kam es, daß er bereits nach einigen Wochen so eifersüchtig wurde wie ein Tiger und den Verdacht schöpfte, daß sie sich den Hintern von anderen klopfen ließ. Dem vorzubeugen, erzählte er ihr allerhand erschreckliche Geschichten von den traurigen Folgen des Ehebruchs, las ihr die Legende von den klugen Jungfrauen vor, predigte ihr Keuschheit, schrieb selbst ein Buch zum Lob der ehelichen Treue, worin er die Verworfenheit der leichtfertigen Eheweiber in Grund und Boden verdammte, und schenkte ihr überdies ein prächtiges Halsgeschmeide aus orientalischen Perlen. Dessenungeachtet mußte er sehen, daß sie nach wie vor recht frei und ungeniert mit seinen Nachbarn verkehrte, so daß seine Eifersucht immer mehr wuchs. So von seiner Leidenschaft gequält, lag er einst in der Nacht an ihrer Seite, als ihm träumte, er rede mit dem Teufel und klage diesem seine Not. Aber der Teufel beruhigte ihn und steckte ihm einen Ring an den Mittelfinger, wobei er folgende Worte zu ihm sprach: ›Ich schenke dir diesen Ring; solange du den am Finger trägst, wird sich deine Frau ohne dein Wissen und Wollen mit niemand fleischlich vermischen.‹ – ›Danke schön, Herr Teufel‹, sagte Hans Carvel. ›Möge Mohammed mich verdammen, wenn ich jemals diesen Ring vom Finger lasse.‹ Damit verschwand der Teufel; als aber Hans Carvel nun seelenvergnügt erwachte, sah er, daß er seinen Finger in dem – wie heißt's doch – seiner Frau stecken hatte. Ich habe noch vergessen, zu erzählen, daß die Frau, als sie den Finger fühlte, den

Arsch zurückzog, als ob sie hätt' sagen wollen: ›I, da muß man ja was andres reinstecken‹, und daß es Hans Carvel so vorkam, als ob man ihm den Ring vom Finger ziehen wollte. Nun, ist das nicht ein unfehlbares Mittel? Willst du mir also Glauben schenken, so sieh nur immer darauf, daß du den Ring deiner Frau am Finger hast.« – Damit hatten das Geplauder und der Weg ein Ende.

Neunundzwanzigstes Kapitel

Wie Pantagruel einen Theologen, einen Arzt, einen Rechtsgelehrten und einen Philosophen zusammenruft, um Panurg aus seiner Verlegenheit zu helfen

Als sie im Palast angekommen waren, statteten sie Pantagruel Bericht über ihre Reise ab und zeigten ihm den Wahrspruch Schnurrkaters. Pantagruel las die Verse ein um das andre Mal und bemerkte dann: »Noch nie hat eine Antwort mir so gefallen. Er will damit nichts anderes sagen, als daß in Heiratsangelegenheiten jeder selbst wissen muß, was er will, und jeder sich selbst raten soll. Das ist auch immer meine Meinung gewesen, und gleich das erste Mal, als du mich fragtest, habe ich dir dasselbe gesagt. Aber ich erinnere mich auch, daß du meinen Rat im geheimen verlachtest; denn Eigenliebe und Selbstsucht machen dich blind. Versuchen wir es demnach anders, nämlich so: Alles, was wir sind und haben, erschöpft sich in drei Dingen: in Leib, Seele und Gütern. Zum Schutz und zur Bewahrung dieser drei Dinge sind heutzutage drei Arten von Leuten bestellt: die Theologen für die Seele, die Ärzte für den Leib und die Rechtsgelehrten für die Güter. Nun ist mein Vorschlag, daß wir für nächsten Sonntag je einen Theologen, einen Arzt und einen Rechtsgelehrten zu Mittag einladen und gemeinschaftlich mit ihnen deinen schwierigen Fall beraten.« – »Beim heiligen Picault«, versetzte Panurg, »dabei wird nicht viel Gescheites herauskommen, das seh' ich schon jetzt. Erwägt doch nur, wie schlecht die Welt geleitet wird. Denn geben wir unsere Seele nicht unter die Obhut der Theologen, die doch zumeist Ketzer sind, unsern Leib unter die der Ärzte, die jede Arznei ohne Ausnahme verabscheuen und nie einen Löffel voll davon selbst einnehmen, unsern Besitz aber unter die der Advokaten, die sich wohl hüten, miteinander zu prozessieren?« – »Da sprichst du wie ein Mann von Welt«, sagte Pantagruel. »Aber was den ersten Punkt anbetrifft, so leugne ich ihn; sehe ich doch, daß es die hauptsächliche, sogar einzige und ausschließliche Beschäftigung der guten Theologen ist, durch Beispiel, Rede und Schrift die Irrtümer und Ketzereien, von denen sie also keineswegs selbst angesteckt sind, auszurotten und den wahren und lebendigen katholischen Glauben ins Herz der Menschen zu pflanzen und darin zu befestigen. Den anderen kann ich nur loben, denn ich sehe daran, daß die guten Ärzte die prophylaktischen und konservierenden Seiten ihrer Kunst so streng beachten, daß sie die therapeutische und die Heilmittellehre für sich gar nicht in Anspruch zu nehmen brauchen. Betreffs des dritten gebe ich zu, was du sagst; denn die guten Advokaten sind von der Aufrechterhaltung und Verteidigung fremder Rechte so sehr in Anspruch genommen, daß sie weder Zeit noch Lust haben, sich um das eigene zu kümmern. Daher denke ich, wir laden uns für nächsten Sonntag als Theologen unsern Pater Hippothadäus, als Arzt den guten Meister Rondibilis[1] und als Rechtsgelehrten unsern alten Freund Reitgans hierher zu Tisch ein. Und damit die pythagoreische Vierzahl voll werde, sei auch unser lieber Getreuer, der Philosoph Kreiselfritz, geladen; denn ein echter Philosoph – und der ist Kreiselfritz – hat auf jeden geäußerten Zweifel eine klare Antwort. Carpalim, sorge dafür, daß wir alle vier nächsten Sonntag zu Mittag da haben.«

»Ich glaube, eine bessere Auswahl hättet Ihr gar nicht treffen können;, sagte Epistemon, »im ganzen Reich nicht. Nicht etwa wegen der hohen Vortrefflichkeit, deren sich jeder der Erwählten in seinem Beruf rühmen darf und die über alles Lob erhaben ist, als vielmehr deswegen, weil Rondibilis verheiratet ist und es früher nicht war, Hippothadäus es nicht war und auch nicht ist, Reitgans es war und nicht mehr ist, Kreiselfritz es aber jetzt ist und auch früher schon war. Übrigens werde ich Carpalim einen Teil seiner Mühe abnehmen und, wenn's Euch recht ist, meinen alten Freund Reitgans selbst einladen; denn ich habe mit ihm über das Fortkommen seines braven und gelehrten Sohns zu reden, der zu Toulouse unter der Leitung des hochgelehrten und

1 gemeint ist vielleicht Guillaume Rondolet (1507–66), Medizinprofessor in Montpellier

tugendhaften Boyssonné[1] den Studien obliegt.« – »Mache das, wie du willst«, sagte Pantagruel, »und denke zugleich nach, ob ich nicht für den Sohn oder für den würdigen Herrn Boyssonné, den ich als einen der ausgezeichnetsten Männer seines Faches liebe und schätze, etwas tun könnte. Es würde mir ein wahres Vergnügen sein.«

Dreißigstes Kapitel

Welchen Rat der Theolog Hippothadäus Panurg in seiner Heiratsangelegenheit gibt

Kaum war am nächsten Sonntag die Mittagstafel gedeckt und das Essen fertig, als auch die Eingeladenen erschienen; nur Reitgans, der Richter von Fonsbeton, blieb aus.

Als der zweite Gang aufgetragen wurde, erhob sich Panurg und sprach mit einer tiefen Verbeugung: »Meine Herren, es handelt sich hier nur um ein Wort: Soll ich heiraten oder nicht? Wird meine Frage von euch nicht gelöst, so erachte ich sie für unlösbar wie die *Insolubilia*[2] des Alliacus. Denn ihr seid, ein jeder in seinem Fach, auserkorne, auserwählte, auserlesene Leute, sozusagen gute Erbsen auf des Koches Lesebrett.«

Nachdem sich Pantagruel und die übrigen Anwesenden dieser Bitte angeschlossen hatten, antwortete Pater Hippothadäus mit unglaublicher Bescheidenheit: »Mein Freund, du verlangst unsern Rat; aber zuvor ist es nötig, daß du selbst dir rätst. Fühlst du wirklich so dringlich den Stachel des Fleisches in dir?« – »Ach ja, recht sehr, ehrwürdiger Vater«, erwiderte Panurg, »wenn Ihr's nicht übelnehmen wollt.« – »Keineswegs, mein Freund«, sagte Hippothadäus. »Aber besitzest du in dieser Drangsal denn nicht die Gottesgabe und das besondere Gnadengeschenk der Enthaltsamkeit?« – »Dessen könnt' ich mich nun wohl weniger rühmen«, versetzte Panurg. – »So heirate, mein Sohn«, sagte Hippothadäus; »denn wahrlich, es ist besser, daß man heirate, als daß man am Feuer der bösen Lust schmore.« – »Das nennt man brav gesprochen«, rief Panurg, »und nicht um den heißen Brei her-

1 Jean de Boyssonné (16. Jh.), Rechtsprofessor und Gerichtsrat in Toulouse – 2 »Unlösbare Fragen«

umgegangen! Danke schön, ehrwürdiger Vater. Also kurz und gut und ohne viel Federlesens: Ich werde heiraten, und zwar bald! Ich lade Euch hiermit zu meiner Hochzeit ein. Beim heiligen Traktament, da wollen wir uns nichts abgehen lassen. Auch Hochzeitsschleifen sollt Ihr kriegen, und, potztausend, eine Gans wollen wir schmausen, die meine Frau nicht gebraten haben soll[1]. Bitte Euch auch, den Jungfernreigen anzuführen, wenn Ihr es nicht verschmähen wollt, mir soviel Lieb und Ehre zu erweisen.

Bleibt nur noch ein kleiner Skrupel zu beseitigen, ein ganz kleiner, ein Nichts, weniger als ein Nichts: Werd' ich nicht Hahnrei werden?« – »Sicher nicht«, erwiderte Hippothadäus, »wenn es Gottes Wille ist!« – »Oho«, rief Panurg, »Gott der Allmächtige stehe mir bei! Worauf weist ihr guten Leute mich da an? Auf das breitschultrige Wenn, das in der Dialektik alle Widersprüche und alle Unmöglichkeiten durchschleppt? Wenn mein transalpiner Maulesel fliegen könnt', so hätt' mein transalpiner Maulesel Flügel! Wenn es also Gott gefällt, so werde ich nicht Hahnrei werden, und wenn's ihm gefällt, so werd' ich einer. *Per Dio!*[2] Und wenn ich diesem Wenn nur irgendwie beikommen könnte, so wollt' ich noch nicht verzweifeln; aber Ihr schickt mich ohne weiteres in des lieben Gottes geheimen Rat und in sein allerheiligstes Kämmerlein. Hehehe, wie kommt man denn dahin, liebe Landsleut? Nein, Herr Pater, ich glaube, Ihr werdet besser daran tun, Euch zu meiner Hochzeit nicht zu bemühen; der Lärm und Spektakel der Hochzeitsgäste würd' Euch aus dem Konzept bringen. Ihr liebt die Ruhe, die Stille und die Einsamkeit; glaub', Ihr werdet schon von selbst nicht kommen. Und mit dem Tanzen geht's auch schlecht; Ihr würdet den ersten Reigen gewiß nicht gern anführen. Lieber schick' ich Euch den Schweinebraten aufs Zimmer und die Hochzeitsschleifen auch, da könnt Ihr, wenn's Euch gefällt, auf unsere Gesundheit trinken.«

»Ich bitte dich, mein Freund«, sagte Hippothadäus, »verstehe mich recht. Hab' ich dich beleidigt, als ich sagte, wenn es Gottes Wille ist? War das übel geredet? Liegt in diesem Wort eine Schmähung oder eine Kränkung? Ist damit nicht vielmehr nur

1 nicht nur eine vorgegaukelte wie bei Patelin, der den Tuchhändler mit den Worten einlädt: »Und schmausen sollt Ihr meine Gans, bei Gott, von meiner Frau gebraten.« – 2 Bei Gott! (ital.)

dem Herrn, dem Schöpfer, Beschützer und Erhalter, die Ehre gegeben? Wird er dadurch nicht als einziger Spender aller guten Gaben anerkannt? Bezeugte ich dadurch nicht, daß wir ganz von seiner Güte abhängen und ohne ihn nichts sind und vermögen, es walte denn seine Gnade in uns? Ist das etwas anderes als ein von der Religion vorgeschriebener Vorbehalt bei allen unseren Unternehmungen, bei dem, was wir uns vorsetzen, da ja doch alles nach seinen heiligen Willen geschieht, im Himmel wie auf Erden? Heißt das nicht seinen gebenedeiten Namen in Wahrheit heiligen? Mein Freund, wenn es Gottes Wille ist, so wirst du kein Hahnrei werden. Was aber dieser Wille ist, dies zu erfahren, darüber braucht man nicht zu verzweifeln wie über etwas Verborgenes, dazu man in seinem geheimen Rat sitzen oder in sein Allerheiligstes eindringen müßte. Der gütige Gott hat uns die Wohltat erwiesen, es in seinem Heiligen Buch zu offenbaren, zu verkündigen, zu bezeugen und klar auszusprechen.

Dort wirst du finden, daß du ganz sicher vor der Hahnreischaft bist, das heißt, daß deine Frau niemals leichtfertig und dir untreu sein wird, wenn du ehrlicher Leute Kind freist, ein Mädchen, auferzogen in Tugend und Redlichkeit, die stets nur Umgang gepflogen mit sittenreinen Menschen, die Gott liebt und fürchtet, die danach strebt, ihm durch den Glauben und die Befolgung seiner heiligen Gebote zu gefallen, dagegen fürchtet, ihn zu beleidigen und seine Gnade durch Mangel an Glauben und Übertretung seiner göttlichen Gebote zu verscherzen, welche Gebote ihr streng vorschreiben, den Ehebruch zu fliehen, einzig und allein ihrem Mann anzuhangen und nächst Gott nur ihn zu lieben und ihm zu dienen. Um sie aber auf diesem geraden Weg zu halten, mußt auch du deinerseits ihr in ehelicher Liebe zugetan sein, in der rechten Biederkeit verharren, ihr mit gutem Beispiel vorangehen und ein reines, keusches, tugendhaftes Eheleben führen, wie du willst, daß sie es führe. Denn wie nicht der Spiegel der beste ist, welcher einen köstlichen, mit Edelsteinen verzierten Rahmen hat, sondern der, welcher die Gegenstände treu und unverfälscht zurückwirft, so ist auch nicht die Frau zuhöchst zu schätzen, welche reich, schön, elegant und von edler Herkunft ist, sondern die, welche sich bestrebt, Gottes Wohlgefallen zu erlangen und es in Tugend ihrem Manne gleichzutun. Siehe, Luna nimmt ihr Licht nicht von Merkur noch von Jupiter oder Mars noch von irgendeinem andern Planeten oder Stern des Himmels; sie nimmt es nur vom Sonnengott, ihrem Gatten, und zwar nur so viel, wie er ihr durch seine Strahlkraft je nach seiner Stellung mitteilt. So sollst auch du deinem Weib ein Beschützer und ein Vorbild in allen Tugenden und Vortrefflichkeiten sein und, damit du dies kannst, ohne Unterlaß die Gnade deines Gottes erflehen.«

»Ihr wollt wahrscheinlich«, erwiderte Panurg und drehte dabei an seinem Schnauzbart, »daß ich das Musterweib heiraten soll, von dem Salomo schreibt[1]. Das ist tot, mausetot; ich bin ihm wenigstens, straf' mich Gott, soweit ich mich erinnern kann, noch nirgends begegnet. Nichtsdestoweniger schönen Dank, frommer Vater! Eßt jetzt dies Honigschnittchen, es hilft verdauen, und trinkt einen Becher Hippokras[2] dazu, das tut dem Magen gut! – Nun weiter!«

Einunddreißigstes Kapitel
Was Rondibilis, der Arzt, Panurg riet

Darauf fuhr Panurg zu reden fort: »Das erste Wort, das der Großkapaunierer der Laienbrüder zu Saussignac sprach, als er dem Bruder Ruderohr die Eier abgeschnitten hatte, war: ›Der nächste Herr!‹ Ich spreche wie er: Der nächste Herr! Wohlan denn, lieber Herr und Meister Rondibilis, gebt Ihr mir jetzt Auskunft: Soll ich heiraten oder nicht?« – »Bei meines Maultiers Paßgang!« entgegnete Rondibilis, »ich weiß nicht, wie ich diese heikle Frage beantworten soll. Eurer Äußerung nach fühlt Ihr den Stachel der Sinnlichkeit in Euch bohren. Ich finde nun, daß nach der Ansicht der Platoniker, welche unsere medizinische Fakultät akzeptiert, die fleischliche Begierde durch fünf verschiedene Mittel gedämpft werden kann. Erstens durch den Wein.« – »Das denk' ich«, sagte Bruder Hans. »Wenn ich so recht voll bin, will ich weiter nichts als schlafen.« – »Wohlverstanden«, fuhr Rondibilis fort, »wenn er im Übermaß genossen wird; denn der übermäßige Weingenuß bewirkt im menschlichen Körper eine Abkühlung des Bluts, Entspannung der Nerven, Zerteilung des

1 Sprüche 31, 10/31 – 2 Würzwein

Samens, Abstumpfung der Sinne und Hemmung der Bewegung, welches alles dem Akt der Zeugung unzuträgliche Dinge sind. Deshalb seht Ihr auch Bacchus, den Gott der Zecher, ohne Bart, ganz weibisch und im Frauengewand gleich einem Eunuchen oder Kastraten abgebildet. Etwas anderes ist es, wenn man den Wein mäßig genießt. Darauf weist schon das alte Sprichwort hin, wenn es sagt, daß Venus ohne Ceres und Bacchus fröstle, und aus der Erzählung des Diodorus von Sizilien erfahren wir[1], daß nach der Meinung der Alten, namentlich der Lampsaker, wie Pausanias bezeugt[2], Priapus der Sohn des Bacchus und der Venus war.

Zweitens durch gewisse Drogen und Pflanzen, die den Menschen zur Zeugung unwillig, ungeeignet und unfähig machen. Die Erfahrung lehrt uns, daß zum Beispiel *Nymphaea heraclia, Salix amerina,* Trauerweide, Hanfsamen, *Periclymenos,* Tamariske, Keuschbaum, Alraunwurzel, Schierling, Knabenkraut, Hippopotamushaut usw. durch ihre elementaren Kräfte sowohl wie durch ihre spezifischen Eigenschaften den Zeugungstrieb im menschlichen Körper lähmen und töten oder die Lebensgeister, welche ihn auf den von der Natur angewiesenen Punkt leiten sollen, zerstreuen oder die Wege und Kanäle, durch die er sich zu äußern hat, verschließen, wie wir dagegen auch solche besitzen, die den Menschen zum Akt der Liebe aufreizen, antreiben und befähigen.« – »Die hab' ich, Gott sei Dank, nicht nötig«, sagte Panurg; »aber wie steht's mit Euch, Meister? Doch nichts für ungut! Was ich sagte, war nicht bös gemeint.«

»Drittens durch anstrengende Arbeit«, sagte Rondibilis; »denn diese bewirkt eine so große Ermattung des Körpers, daß das Blut, welches zur Ernährung eines jeden Gliedes über den Körper verteilt ist, weder Zeit noch Muse, noch Fähigkeit hat, es darüber hinaus bis zur Samendestillierung zu bringen. Die Natur nimmt davon Abstand, weil sie zuerst für die Erhaltung des Individuums sorgen muß, ehe sie an die Fortpflanzung der Gattung und des menschlichen Geschlechts denken kann. Darum sagt man von Diana, daß sie keusch sei, weil sie stets mit der Jagd beschäftigt ist. So nannte man ehemals die Feldlager *castra,* was mit keusch zusammenhängt, weil sich die Athleten und Krieger dort

1 »Historische Bibliothek« 4, 6 – 2 »Reiseführer durch Griechenland« 9, 31

unaufhörlich abrackern mußten. So berichtet auch Hippokrates *lib. de aere, aqua et locis*[1] von einigen skythischen Stämmen, die seinerzeit *in puncto puncti* so schwach wie Eunuchen gewesen wären, weil sie tagaus, tagein auf den Pferden gelegen und sich keine Ruhe gegönnt hätten. Dagegen ist es die Ansicht der Philosophen, daß Müßiggang die Mutter der Ausschweifung sei. Als man Ovid einst fragte, was Ägisth zum Ehebrecher gemacht habe, antwortete er: ›Nur der Müßiggang.‹ Und könnte man den Müßiggang aus der Welt schaffen, so würde auch Cupido bald das Handwerk gelegt sein; sein Köcher, Bogen und Pfeil würden ihm dann nichts mehr helfen, er würde niemand mehr damit verwunden. Denn solch ein geschickter Schütze ist er nicht, daß er die hoch in der Luft ziehenden Kraniche und, wie's die Parther wohl taten, die Hirsche im vollen Lauf, das heißt die ruhelos tätigen, schaffenden Menschen, treffen könnte. Dazu müssen sie ihm stillsitzen, stilliegen, kauern, nichts tun! Auf die Frage, was für Geschöpfe oder Dinge die Liebesgötter denn eigentlich seien, gab Theophrast die Antwort, es seien die Leidenschaften müßiger Geister. So meinte auch Diogenes, Hurerei sei eine Beschäftigung solcher Leute, die sonst nichts zu tun hätten, und Kanachos, ein Bildhauer aus Sikyon, stellte die Venus im Gegensatz zu all seinen Vorgängern sitzend dar, um dadurch anzudeuten, daß Müßiggang, Faulenzen und Nichtstun die Unzucht großzögen.

Viertens durch eifriges Studieren; denn dadurch werden die Lebensgeister unglaublich geschwächt, so daß sie unfähig werden, das generative Sekret an den dazu bestimmten Ort zu treiben und auf die Schwellkörper zu wirken, deren Aufgabe es ist, es zur Fortpflanzung des menschlichen Geschlechts auszuschleudern. Um Euch zu überzeugen, daß dem wirklich so ist, betrachtet nur einmal einen in sein Studium vertieften Menschen und seht, wie alle Arterien seines Gehirns einer Bogensehne gleich gespannt sind, um den Kammern des Verstandes, der Einbildung, des Aufmerkens, des Urteilens und Entschließens, des Rückbesinnens und Erinnerns die zur Füllung nötigen Geister zuzuführen, und wie sie behend von einer zur anderen auf den durch die Anatomie bekannten Wegen nach dem Wundernetz

1 »Über Luft, Wasser und Örtlichkeiten«

hinlaufen, in welches die Adern münden, die in der linken Herzkammer entspringen und die Lebensgeister auf langen Umwegen zu animalischen umwandeln. Bei solch einem Menschen seht Ihr alle natürlichen Funktionen aufgehoben, alle äußeren Sinne erloschen, so daß Ihr ihn kaum für lebend haltet, ihn wie in Verzückung außer sich gerückt wähnt und Sokrates recht geben müßt, wenn er sagt, die Philosophie sei nichts als ein Brüten über dem Tode. Deshalb blendete Demokrit sich selbst, denn ihn dünkte der Verlust des Augenlichts ein geringeres Übel als die Störung, welche seine Betrachtungen durch die Verführung der Augen erlitten. Deshalb wird Pallas, die Göttin der Weisheit, die Schutzherrin der Gelehrten, als Jungfrau bezeichnet. Deshalb sind auch die Musen Jungfrauen und verharren die Grazien in immerwährender Keuschheit. Und wohl erinnere ich mich, gelesen zu haben[1], wie Cupido seiner Mutter auf ihre wiederholte Frage, weshalb er die Musen so ganz unbehelligt lasse, die Anwort gab, er fände sie gar zu schön, zu anmutig, ehrsam und keusch und – immer beschäftigt! Die eine mit Betrachtung der Sterne, die andere mit Berechnung der Zahlen, wieder eine mit dem Messen geometrischer Körper oder mit rhetorischer Erfindung oder mit Dichten und musikalischer Komposition, so daß er, wenn er sich ihnen nahe, seinen Bogen entspanne, seinen Köcher schließe und seine Fackel auslösche; denn er fürchte und schäme sich, ihnen weh zu tun. Dann nähme er sich die Binde von den Augen, um ihnen besser ins Gesicht schauen zu können, und lausche ihren lieblichen Gesängen und begeisterten Oden. Das mache ihm das größte Vergnügen von der Welt, so daß er oft, entzückt von ihrer Schönheit und Anmut und eingewiegt von süßen Harmonien, entschlummere und eher an alles andere denke als daran, ihnen ein Leid zuzufügen und ihre Übungen zu stören. Und so begreife ich, wie Hippokrates in dem obenerwähnten Buch, wo er von den Skythen spricht, sowie in seinem Buch *De genitura*[2] sagen kann, daß alle die, denen die neben dem Ohr liegenden parotischen Adern durchschnitten würden, zur Zeugung unfähig wären, und zwar aus demselben Grunde, den ich bereits angegeben habe, als ich von den geschwächten Lebensgeistern und dem durchgeisteten Blut sprach, dessen Behäl-

1 Lukian »Göttergespräche« (Aphrodite und Eros) – 2 »Über die Zeugung«

ter die Arterien sind, und daß er gleichfalls behauptet, es spiele das Gehirn und das Rückgrat eine sehr bedeutende Rolle bei der Zeugung.

Fünftens durch den Aktus selbst!« – »Na endlich!« sagte Panurg. »Darauf hab' ich schon lange gewartet. Das ist mein Mittel; möge die anderen brauchen, wer will!« – »Das ist«, sagte Bruder Hans, »was Pater Scyllino[1], der Prior von Saint-Victor bei Marseille, die Kasteiung des Fleisches nennt, und ich stimme darin mit dem Eremiten von Sainte-Radegonde oberhalb Chinon überein, daß die thebaischen Einsiedler ihre Leiber gar nicht besser kasteien, die Geilheit nicht besser bekämpfen und den Aufruhr ihres Fleisches nicht wirksamer dämpfen konnten, als indem sie dies Mittel zwanzig- bis dreißigmal täglich anwandten.« – Rondibilis aber sagte: »Wie ich sehe, ist Panurg an seinen Gliedmaßen wohlgebildet, von Säften wohltemperiert und von wohlkomplexionierten Lebensgeistern, in gehörigem Alter und nicht allein in der Verfassung, sondern auch von dem lobenswerten Wunsch beseelt, sich zu verheiraten; wenn er eine Frau mit gleichen Anlagen findet, so werden sie beide zusammen Kinder zeugen, die einer überseeischen Monarchie würdig sind. Je eher er also dazu schreitet, desto besser, wenn er seine Kinder noch versorgt sehen will.« – »Lieber Meister«, sagte Panurg, »zweifelt keinen Augenblick daran, ich werde mir's angelegen sein lassen, und zwar bald. Während Ihr so gelehrt redetet, hat mich der Floh im Ohr mehr gekitzelt denn je. Ihr müßt mir das Wort geben, auf meiner Hochzeit nicht zu fehlen. Da wollen wir tüchtig schmausen, das verspreche ich Euch. Und Eure Frau und alle Eure Nachbarn bringt Ihr natürlich mit, das versteht sich von selbst; ich bitte Euch darum. Es soll anständig hergehen.«

Zweiunddreißigstes Kapitel

Wie Rondibilis die Hahnreischaft für eine ganz natürliche Mitgift der Ehe erklärt

»Bleibt also nur noch ein ganz kleiner Punkt ins reine zu bringen – wißt ja, wie's einst auf den römischen Fahnen stand: S. P. Q.

1 gemeint ist vielleicht Roscelino (um 1250)

R.[1], ›So 'n Pünktchen quält recht‹. Werd' ich nicht etwa Hahnrei werden?« – »Potztausend, was fragt Ihr mich da?« rief Rondibilis aus. »Ob Ihr Hahnrei werden werdet? Liebster Freund, ich bin ein verheirateter Mann, und Ihr wollt erst einer werden; das aber schreibt Euch mit eisernem Griffel in Euer Gehirn: Wer verheiratet ist, der schwebt auch in Gefahr, Hahnrei zu werden. Hahnreischaft ist eine natürliche Mitgift der Ehe; geradeso natürlich wie der Schatten dem Körper folgt den Verheirateten die Hahnreischaft. Und sagt man Euch von jemandem die drei Wörtchen: ›Er ist verheiratet‹, und entgegnet Ihr darauf: ›Also ist er oder wurde er oder wird er Hahnrei oder kann es werden‹, so soll man Euch nicht nachsagen, daß Ihr nicht verstündet, eine vernünftige Schlußfolgerung zu ziehen.« – »Was sagt Ihr da?« rief Panurg aus; »ihr seid doch alle verdammte Schwarzseher!« – »Lieber Freund«, erwiderte Rondibilis, »hört mich an: Als Hippokrates einst von Lango nach Polystylo[2] reisen wollte, um den Philosophen Demokrit zu besuchen, schrieb er seinem alten Freund Dionys einen Brief, worin er diesen bat, seine Frau während seiner Abwesenheit zu ihren Eltern zu bringen, die ehrbare und unbescholtene Leute waren; denn er wolle nicht, daß sie allein zu Hause bleibe. Aber auch dort möchte er sie unablässig bewachen und genau darauf achten, wohin sie mit ihrer Mutter gehe und was für Leute sie bei ihren Eltern besuchten. ›Nicht etwa‹, so schrieb er, ›daß ich ihrer Tugend und Keuschheit mißtraue, von welcher ich zeither genug Beweise erhalten und mich überzeugt habe; aber – sie ist ein Weib!‹ – Damit ist alles gesagt. Die Weiber, lieber Freund, gleichen in mancher Hinsicht dem Mond, besonders aber darin, daß sie sich vor den Augen und in Gegenwart ihrer Männer Zwang antun und verstecken. Sind aber die Männer nicht da, machen sie sich's zunutze, lassen sich's wohl sein, schweifen und streifen umher, werfen die Maske ab und zeigen ihr wahres Gesicht, wie auch der Mond nie mit der Sonne zusammen am Himmel erscheint, sondern in seiner ganzen Fülle und Pracht nur sichtbar wird, wenn er am weitesten von der Sonne entfernt ist, namentlich des Nachts! So sind die Weiber al-

1 *Senatus Populusque Romanus* (lat.) Roms Senat und Volk – 2 zeitgenössische Namen von Kos, der Heimatinsel des Hippokrates, und von Demokrits Geburtsstadt Abdera an der Nordküste des Ägäischen Meers

lesamt: sie sind Weiber; denn dieser Name ›Weib‹ bezeichnet ein Geschlecht, so gebrechlich, veränderlich, launenhaft, unbeständig und unvollkommen, daß es mir – mit aller Ehrerbietung sei's gesagt – fast scheinen will, als ob die Natur, da sie es bildete, etwas abgewichen sei von der gesunden Vernunft, mit der sie doch sonst alles geschaffen und gebildet hat. Ich mag es hin und her überlegen, soviel ich will, ich finde dafür nur die eine Erklärung, daß sie bei der Schöpfung des Weibes mehr daran gedacht hat, den Mann zu vergnügen und die Fortpflanzung des menschlichen Geschlechts zu sichern, als an die Vollkommenheit des weiblichen Wesens selbst. Soviel steht fest, Platon selbst weiß nicht, wozu er die Weiber rechnen soll, ob zu den vernünftigen Geschöpfen oder zu den unvernünftigen Tieren. Denn die Natur hat ihnen an einer verborgenen, inwendigen Stelle eine Art Tier oder ein Organ eingesetzt, das sich beim Manne nicht findet und das gewisse salzige, salpetrige, boraxsaure, scharfe, beizende, ätzende Säfte ausscheidet, durch deren Anstachelung und schmerzhaftes Kitzeln – denn dieses Organ ist sehr reizbar und empfindlich – ihr ganzer Körper so erschüttert, ihr Sinn so verwirrt, ihr Gefühl so gespannt und ihre Denkkraft so gelähmt wird, daß man sie der Lust gieriger würde nachlaufen sehen als einst die Prötiden, Mimalloniden oder die bacchantischen Thyaden[1] am Tag ihrer Bacchanalien, hätte nicht glücklicherweise die Natur ihre Stirn mit etwas Scham genetzt. Das aber kommt daher, weil jenes schreckliche Tier, wie die Anatomie deutlich zeigt, mit allen wichtigen Teilen ihres Leibes in innigster Verbindung steht.

Ich nenne es Tier, wobei ich sowohl der Lehre der Akademiker als der Peripatetiker[2] folge. Denn wenn, wie Aristoteles sagt, selbständige Bewegung das untrügliche Merkmal eines belebten Wesens ist und alles, was sich selbst bewegt, Tier genannt wird, so nennt Platon es mit vollem Recht ein Tier, insofern er an ihm die willkürlichen Bewegungen der Beklemmung, Überstürzung, Faltenrunzelung und Empörung erkennt, welche oft so heftig sind, daß das Weib Bewußtsein und jede andere Bewegung darüber verliert, gleich als wäre es all seiner Kraft beraubt, ohnmächtig, im Starrkrampf, vom Schlage getroffen oder

1 antike Beispiele hemmungsloser Raserei – 2 die Schüler Platons und die des Aristoteles

scheintot. Außerdem bemerkt man an ihm eine bestimmte Geruchswahl: Nach der Beobachtung der Weiber selbst flieht es Stinkende und geht den Schönduftenden nach. Ich weiß sehr wohl, daß Galen zu beweisen sucht, es wären diese Bewegungen keine eigenmächtigen und selbständigen, sondern unwillkürliche, und daß seine Anhänger uns glauben machen wollen, von Geruchswahl sei bei ihm keine Rede, alles sei auf die unterschiedliche Kraft zurückzuführen, die von der duftenden Substanz ausginge. Aber wenn man ihre Gründe und Beweise scharf zergliedert und auf Kritolaos' Waage wiegt, so findet man, daß sie hier, wie so oft, mehr aus Leichtsinn schwatzen und von dem Kitzel getrieben werden, ihre Vorgänger zu kritisieren, als daß die Erforschung der Wahrheit ihnen am Herzen läge. Auf diesen Streit will ich nun nicht weiter eingehen. Nur soviel will ich noch sagen, daß die züchtigen Frauen, die keusch und untadlig leben und dieses unbändige Tier durch die Kraft ihrer Vernunft zügeln, nicht genug gepriesen werden können, und dann noch zum Schluß erwähnen, daß, sobald dies Tier von der ihm im Mann bereiteten Nahrung gesättigt worden ist – wenn es überhaupt gesättigt werden kann –, auch alle seine besonderen Bewegungen aufhören, seine Begierden schweigen und seine Wut sich legt. Deshalb wundert Euch nicht darüber, daß wir in steter Gefahr schweben, zum Hahnrei gemacht zu werden, da wir doch nicht immer und alle Tage die Mittel haben, diese Nahrung zu reichen.« – »Beim heiligen Gründling«, sagte Panurg, »und weiß Eure Kunst dagegen kein Mittel?« – »O ja, mein Freund«, erwiderte Rondibilis, »und zwar ein sehr gutes, das ich selbst anwende und von dem uns schon vor achtzehnhundert Jahren ein berühmter Autor[1] Kunde gab. Vernehmt!« – »Potz Blitz«, sagte Panurg, »Ihr seid doch wirklich ein prächtiger Mensch; ich liebe Euch von ganzer Seele. Eßt ein wenig von diesen eingemachten Quitten; durch die angenehm zusammenziehende Kraft, welche ihnen eigen ist, schließen sie den Magenmund auf eine höchst zweckmäßige Weise und fördern die erste Verdauung. Doch was fällt mir ein? Will ich den Meister lehren? Erlaubt mir, daß ich Euch diesen nestorianischen Humpen[2] zum Trunk reiche. Wollt

1 Äsop – 2 »War er gefüllt, so vermochte ein andrer vom Tische nur mühsam ihn zu heben« (Homer »Ilias« II, 636/37).

Ihr noch ein Schlückchen weißen Hippokras? Braucht Euch nicht vor dem Gewürz zu fürchten, es ist weder Sassaparille noch Ingwer noch Kardamom darin, nur etwas schönes, auserlesenes Zinnamom und schöner, feiner Zucker mit Weißem von Devinière, der bei der großen Esche wächst, oberhalb des Rabennußbaums.«

Dreiunddreißigstes Kapitel
Was für ein Mittel Rondibilis, der Arzt gegen die Hahnreischaft empfiehlt

»Zu der Zeit«, fuhr Rondibilis fort, »da Jupiter seinen olympischen Hausstand ordnete und für alle Götter und Göttinnen den Staatskalender aufstellte, wonach ein jeder von ihnen seinen bestimmten Festtag und seine Jahreszeit, seinen Orakel- und Wallfahrtsort und seine vorgeschriebenen Opfer bekam...« – »Machte er's nicht vielleicht«, fiel ihm Panurg hier in die Rede, »wie Dinteville, der Bischof von Auxerre? Dieser hochwürdige Herr liebte, wie alle braven Leute, ein gutes Glas Wein und hegte und pflegte daher des Bacchus Großvater, den Rebstock, gar sorglich. Nun geschah es aber zu seinem größten Herzeleid, daß die Weinblüte mehrere Jahre hintereinander durch Fröste, Nebel, Schnee, Reif, Hagelschauer und dergleichen Kalamitäten, die meist um die Zeit des Georgs-, Markus-, Vitalis-, Eutropius-, Philippus-, Heiligen-Kreuz- und Himmelfahrtsfestes einzutreten pflegen, elendiglich zugrunde ging; denn alle diese Feste fallen in die Zeit, wo die Sonne in das Zeichen des Stiers tritt. So kam er zu der Überzeugung, daß diese Heiligen Hagel- und Frostheilige, Verderber der Weinblüte wären. Also faßte er den Gedanken, ihre Feste zwischen Weihnachten und Typhania – so nannte er nämlich die Mutter der Heiligen Drei Könige – zu verlegen, wo sie, soviel sie wollten, hageln und frieren lassen könnten; zu der Zeit könne der Frost der Blüte nicht schaden und wäre eher noch förderlich. An ihrer Stelle wollte er dann die Feste des heiligen Christophorus und Johannis des Täufers, der Magdalena und Anna, des heiligen Laurentius und Dominikus setzen, das heißt Mitte August in den Mai hinein, da um jene Zeit Frost so wenig zu befürchten sei, daß dann von allen Handwerken der

Welt keine so sehr in Anspruch genommen würden wie die der Limonadenbrauer, Kremschläger, Laubenbauer und Weinkühler.«

»Jupiter aber«, nahm Rondibilis seine Rede wieder auf, »hatte gar nicht an den armen Teufel, den Hahnrei, gedacht, der gerade nicht bei der Hand, sondern im Justizpalast zu Paris war, wo er einem seiner Lehnsleute und Vasallen bei einem Hurenprozeß den Daumen halten mußte. Kaum aber hörte Hahnrei, was für ein Schaden ihm zugefügt worden sei, da ließ er seinen Klienten im Stich; denn ihm lag sehr daran, vom Hofstaat nicht ausgeschlossen zu werden, und erschien in Person vor dem großen Jupiter, erinnerte ihn an all die guten und angenehmen Dienste, die er ihm selbst vorzeiten erwiesen, und bat ihn inständig, ihn doch nicht so gänzlich ohne Fest, Opfer und Ehrenbezeugungen zu lassen. Jupiter entschuldigte sich damit, daß alle Plätze schon vergeben wären und sein Hofstaat vollzählig beisammen sei; aber mein Meister Hahnrei lag ihm so unablässig in den Ohren, daß er ihn doch noch in den Hofstaat und Kalender aufnahm, ihm auch auf Erden Opfer, Ehren und Fest bewilligte. Da aber in dem ganzen Kalender kein Tag mehr zu finden war, der nicht schon sein Fest gehabt hätte, so mußte er das seinige mit der Dame Eifersucht teilen. Demzufolge wurden seiner Herrschaft zugewiesen die Ehemänner, besonders die mit schönen Frauen, und als Opfer sollten ihm, so ward es bestimmt, dargebracht werden Verdacht, Mißtrauen, Argwohn, Schmollen, Aufpassen, Nachforschen und Bespitzeln der Männer gegenüber ihren Frauen; jedem Ehemann wurde nachdrücklich befohlen, ihn hoch und heilig zu halten, sein Fest zwiefach zu feiern und ihm die obengenannten Opfer zu bringen. Wer dies unterlasse, dem solle Meister Hahnrei Gunst, Hilfe und Beistand versagen, sein Auge von ihm abwenden, sein Haus nie betreten und in seiner Gesellschaft nie verweilen, wie sehr man ihn auch bitten würde; ohne Mitbewerber, stets allein mit seiner Frau, solle er ihn verkümmern lassen und ihn als Ketzer und Gottesfrevler fliehen, wie es die anderen Götter mit denen machten, welche ihnen die schuldige Ehre vorenthielten, also Bacchus mit den Winzern, Ceres mit den Ackerbauern, Pomona mit den Obstzüchtern, Neptun mit den Seeleuten, Vulkan mit den Schmieden und andere mit anderen. Hinzugefügt wurde die Verheißung des unfehlbaren Gegenteils, nämlich daß er seine volle Gunst all denen erweisen solle, die auf die angegebene Weise sein Fest feierten, jeden Handel aufgaben, ihre Geschäfte über der strengen Bewachung ihrer Frauen vernachlässigten, diese selbst aber, wie es die Opfervorschriften verlangten, in ihrer Freiheit beschränkten und durch Eifersucht quälten; solche solle er lieben, solle zu ihnen kommen, Tag und Nacht bei ihnen bleiben und sie an seiner Gegenwart nie Mangel leiden lassen. Ich habe gesprochen.«

»Hahaha!« lachte da Carpalim, »das ist ein noch viel einfältigeres Mittel als Hans Carvels Ring. Hol' mich der Teufel, wenn ich es nicht für wirksam halte. Die Natur der Weiber ist nun einmal so. Und wie der Blitz nur harte, feste, widerstandsfähige Gegenstände zerschmettert und entzündet, aber an morschen, weichen, nachgiebigen nicht haftet, so daß er wohl den stählernen Degen schmilzt, die samtene Scheide aber nicht beschädigt oder die Knochen im Leibe zerschmettert, aber das Fleisch nicht verletzt, das sie bedeckt, so ist auch bei den Weibern die ganze Spannkraft des Geistes, all ihre List und Widersetzlichkeit nur gegen das gerichtet, von dem sie wissen, daß es ihnen versagt und verboten ist.« – »In der Tat«, sagte Hippothadäus, »behaupten einige unserer Doktoren, daß das erste Weib unserer Erde, welches die Hebräer Eva nennen, wahrscheinlich nie in Versuchung gekommen sein würde, die Frucht vom Baum der Erkenntnis zu essen, wenn es ihm nicht verboten gewesen wäre. Und daß dem wirklich so ist, erhellt schon daraus, daß der listige Versucher gleich beim ersten Wort an dies Verbot erinnerte, als hätte er gefolgert: Es ist verboten, also mußt du davon essen, sonst wärst du ja kein Weib!«

Vierunddreißigstes Kapitel

Wie es die Frauen allgemein nach verbotenen Dingen gelüstet

»Damals in Orleans«, sagte Carpalim, »als ich noch ein großer Schürzenjäger war, hatte ich den Frauen gegenüber keine wirksamere rhetorische Floskel und kein überredenderes Element, um sie aufs Laken zu legen und nach dem Liebesspielchen lüstern zu machen, als wenn ich ihnen möglichst lebhaft, eindringlich und abscheuerregend vor Augen führte, wie eifersüchtig ihre Ehemänner wären. Ich hab' dieses Mittel nicht erfunden; davon ist schon in alten Schriften die Rede, und Gesetz, Beispiel, Vernunft und Erfahrung bestätigen es tagtäglich. Hat diese Überzeugung erst einmal Platz gegriffen in ihren Köpfen, so setzen sie ihren Männern ganz unfehlbar die Hörner auf, und sollten sie's, beim Schimmel – ich will nicht schwören –, wie Semiramis, Pasiphae, Egesta oder wie die Weiber auf der Insel Mendes in Ägypten machen[1], von denen uns Herodot und Strabon so schöne Geschichten erzählen, oder andere solche Säue.«

»In der Tat«, sagte Ponokrates, »mir ist erzählt worden, daß Papst Johannes XXII.[2], als er eines Tags nach Fontevrault[3] kam, von der Äbtissin und den Vorsteherinnen darum angegangen wurde, ihnen einen Indult zu bewilligen, kraft dessen sie unter sich beichten könnten, eine der andern, da geistliche Frauen doch zuweilen so allerhand kleine Schwachheiten hätten, die sie aus unüberwindbarer Scham einem Beichtvater nicht sagen könnten; unter sich würden sie viel freier und viel ungezwungener beichten. ›Ich möchte euch die Bitte gern gewähren‹, antwortete der Papst, ›wäre nur nicht ein Bedenken dabei: Die Beichte muß geheimgehalten werden, und das wird euch Frauen unmöglich sein.‹ – ›Oh, wir werden das ebensogut vermögen wie die Männer und noch besser‹, sagten sie. – Bald darauf übergab ihnen der Heilige Vater ein Schächtelchen, in das er einen jungen Hänfling hatte sperren lassen, und bat sie, es doch an einem sichern Ort aufzubewahren. Zugleich versprach er ihnen bei seiner päpstlichen Ehre, ihre Bitte erfüllen zu wollen, wenn sie die Schachtel geheimhielten, wobei er ihnen aber aufs allerstrengste und unter Androhung kirchlicher Strafen wie ewiger Exkommunikation untersagte, sie zu öffnen. Kaum vernahmen sie dieses Verbot, als sie auch schon vor Begierde brannten, zu erfahren, was in dem Schächtelchen wohl sei; sie konnten die Zeit gar nicht erwarten, bis der Papst aus der Tür war und sie freie Hand hätten. Nachdem der Heilige Vater ihnen seinen Segen gegeben hatte, kehrte er in seine Wohnung zurück. Er war noch nicht drei Schritte aus der Abtei, da liefen die guten Frauen samt und sonders auf einen

1 antike Beispiele von Sodomie mit verschiedenen Tieren – 2 Papst 1316 bis 35 – 3 Benediktinerkloster in Westfrankreich

Haufen zusammen, um die verbotene Schachtel zu öffnen und zu sehen, was darin wäre. Tags darauf kam der Papst wieder in die Abtei, um ihnen, wie sie meinten, den Indult zu erteilen; aber ehe er dazu schritt, befahl er, das Schächtelchen zu bringen. Es wurde gebracht, und – das Vögelchen war nicht mehr drin. Da gab er ihnen zu verstehen, daß es doch wohl ein zu schweres Ding für sie sein würde, das Beichtgeheimnis zu wahren; hätten sie ja nicht einmal die Schachtel, die er ihnen so dringend empfohlen, eine kurze Zeit lang verschlossen halten können.«

»Ah, ah! Schön willkommen, lieber Meister! Hab' Euch mit großem Vergnügen zugehört. Gott sei für alles gedankt und gepriesen! Ich hab' Euch nicht mehr gesehen, seitdem Ihr zu Montpellier mit unseren alten Freunden Ant. Saporta, Guy Bouguier, Balthasar Noyer, Tolet, Jean Quentin, François Robinet, Jean Perdrier[1] und François Rabelais die lustige Moralität von dem Mann, der eine stumme Frau geheiratet hatte, aufführtet.« – »Da war ich auch zugegen«, sagte Epistemon. »Der gute Mann wollte durchaus, daß seine Frau sprechen sollte, und durch die Kunst des Arztes und Chirurgen, der ihr das Zungenband durchschnitt, sprach sie denn auch – aber nun gleich so viel, daß der Mann wieder zum Arzt lief und ihn um ein Mittel bat, sie wieder zum Schweigen zu bringen. Der Arzt erwiderte ihm darauf, daß seine Kunst zwar Mittel und Wege kenne, die Frauen zum Sprechen zu bringen, aber keins, sie wieder schweigen zu lassen. Die einzige Rettung vor unaufhörlichem Weibergeschwätz sei Taubheit des Mannes. Also ließ sich der arme Teufel, ich weiß nicht durch was für Zauberkünste, taub machen. Als nun das Weib sah, daß er taub war und sie vergebens auf ihn einsprach, geriet sie in Wut. Darauf verlangte der Arzt sein Honorar; aber der Ehemann versicherte ihm, er sei stocktaub und verstehe nicht, was er haben wolle. Da streute ihm der Arzt ein Pulver auf den Buckel, wovon er toll wurde. Zuletzt taten sich der tolle Mann und das wütende Weib zusammen und prügelten den Arzt und Chirurgen halb zu Tode. Ich habe in meinem Leben nie so herzlich gelacht wie über dieses Possenspiel.«

»Aber um auf unsere Hammel zurückzukommen«, sagte Panurg, »Euer Kauderwelsch, in unsere ehrliche Muttersprache

1 Studienfreunde Rabelais', von denen sich Tolet einen Namen als Chirurg gemacht hat.

übertragen, will doch nichts anderes sagen als: Heirate nur immer frisch drauflos und scher dich nicht viel darum, ob du Hahnrei wirst. Da seid Ihr auf dem Holzweg, lieber Meister! Ich fürchte fast, Ihr werdet durch Eure Praxis verhindert sein, auf meiner Hochzeit zu erscheinen, und nehme diese Entschuldigung an.

Stercus et urina medici sunt prandia prima.
Ex aliis paleas, ex istis collige grana[1].«

»Ihr zitiert falsch«, sagte Rondibilis, »der zweite Vers lautet so:

Nobis sunt signa, vobis sunt prandia digna[2].

Wäre meiner Frau nicht recht zumute, so würde ich, bevor ich Weiteres unternähme, zuerst ihren Urin beschauen, ihr den Puls fühlen und sehen, wie's im Unterleib und um die Nabelgegend herum beschaffen wäre; denn so empfiehlt's Hippokrates II. Aphor. 35.« – »Nein, nein«, versetzte Panurg, »das geht nicht, das kommt uns Rechtsgelehrten zu, die wir den Abschnitt *De ventre inspiciendo*[3] haben. Ich gäbe ihr ein Rhabarberklistier. Laßt Euch übrigens nicht von wichtigeren Geschäften abhalten. Den Schweinebraten schick' ich Euch ins Haus und bleibe Euch auch sonst gewogen.« Damit näherte er sich ihm und ließ, ohne ein Wort zu sagen, vier Rosennobel in seine Hand gleiten. Rondibilis steckte sie ruhig ein und sagte dann, halb überrascht, halb unwillig: »Ei, ei, Herr, das wäre nicht nötig gewesen. Nichtsdestoweniger schönsten Dank! Von schlechten Leuten nehm' ich nie was, schlag' aber auch von braven Leuten nie was aus. Immer zu Diensten!« – »Gegen Bezahlung«, sagte Panurg. – »Natürlich«, sagte Rondibilis.

Fünfunddreißigstes Kapitel

Wie Kreiselfritz, der Philosoph, die schwierige Heiratsfrage behandelt

Darauf sagte Pantagruel zu Kreiselfritz, dem Philosophen: »Nun, lieber Getreuer, ist die Reihe an Euch, Euer Licht leuchten

1 Menschenkot und Urin sind bestes Futter des Arztes. / All das andre ist Spreu, diesen entsiebt er das Korn (lat.). – 2 Zeichen nur sind sie für uns, euch sind sie nährendes Brot (lat.). – 3 »Über die Bauchbeschauung«; Pandekten 25, 4

zu lassen; sagt Ihr jetzt: Soll Panurg heiraten oder nicht?« – »Alles beides«, sagte Kreiselfritz. – »Was sagt Ihr?« fragte Panurg. – »Was Ihr gehört habt«, sagte Kreiselfritz. – »Was habe ich gehört?« fragte Panurg. – »Was ich gesagt habe«, antwortete Kreiselfritz. – »Hahaha, steht's so? Ich reize weiter im Spiel!« rief Panurg. »Nur keine Faxen: Soll ich heiraten oder nicht?« – »Keins von beiden«, entgegnete Kreiselfritz. – »Hol' mich der Teufel«, sagte Panurg, »Ihr macht einen ganz irre; man könnte aus der Haut fahren, wenn man Euch so reden hört. Wartet mal, ich werde mir die Brille aufs linke Ohr setzen, damit ich Euch besser verstehen kann.«

In diesem Augenblick bemerkte Pantagruel an der Saaltür Gargantuas kleines Hündchen, das, nach dem Namen von Tobias' Hündchen[1], Kyne[2] genannt wurde. Da wandte er sich zu der Gesellschaft und sprach: »Unser König naht, erheben wir uns!« Und kaum, daß er dies gesagt, da trat Gargantua auch schon in den Bankettsaal. Alle erhoben sie sich, um ihn ehrfurchtsvoll zu begrüßen; Gargantua aber, nachdem er sich huldreich gegen die Versammlung verneigt hatte, sagte: »Liebe Freunde, ich bitte euch, nehmt Platz und laßt euch in eurer Unterhaltung nicht stören. Setzt mir hier an dieses Ende der Tafel einen Sessel her und gebt mir einen Becher Wein, damit ich ihn auf das Wohl der Gesellschaft leere. Eure Gesundheit! Und nun teilt mir mit, wovon ihr soeben gesprochen habt.« – Da berichtete Pantagruel, Panurg habe, als man den zweiten Gang aufgetragen, die schwierige Frage aufgeworfen, ob er sich verheiraten solle oder nicht. Pater Hippothadäus und Rondibilis hätten ihre Antworten bereits gegeben, und gerade, als er gekommen sei, habe der liebe Getreue Kreiselfritz zu antworten begonnen. Als Panurg ihn das erste Mal gefragt: »Soll ich heiraten oder nicht?«, habe er geantwortet: »Alles beides!«, dann aber, als die Frage wiederholt worden sei: »Keins von beiden!« Panurg beklage sich nun über diese sonderbaren und einander widersprechenden Antworten und erkläre, daß er sie nicht verstehe. – »Ich glaube sie zu verstehen«, sagte Gargantua. »Ganz ähnlich antwortete ein alter Philosoph[3], als man ihn fragte, ob er die und die, welche man ihm bezeichnete, zur Frau habe: ›Ja, ich hab' sie, sie aber hat

1 s. Tobias 11, 9 – 2 von griech. kyohn Hund – 3 Aristipp

mich nicht; ich besitze sie, werde aber nicht von ihr besessen.‹« – »So ungefähr«, sagte Pantagruel, »war auch die Antwort, welche eine griechische Hetäre gab, als man sie fragte, ob sie schon je mit Männern etwas zu schaffen gehabt hätte. ›Niemals‹, erwiderte sie, ›aber die Männer haben mit mir etwas zu schaffen gehabt[1].‹« – »Gleicherweise«, sagte Rondibilis, »sollten wir in der Medizin den neutralen und in der Philosophie den zentralen Standpunkt zu gewinnen suchen, nämlich durch Partizipation an beiden Extremen und durch Abnegation beider wie durch Einteilung der Zeit bald in das eine, bald in das andere.« – »Der heilige Apostel«, warf Hippothadäus hier ein, »scheint mir das noch klarer auszusprechen, wenn er sagt: ›Fortan müssen auch, die da Frauen haben, sein, als hätten sie keine[2].‹« – »Ich lege«, bemerkte Pantagruel, »dieses ›haben‹ und ›nicht haben‹ so aus: Ein Weib haben heißt soviel wie es zu dem Zweck haben, zu dem die Natur es erschuf, das heißt zu des Mannes Hilfe, Ergötzlichkeit und Gesellschaft; keins haben dagegen soviel wie sich ihm nicht mit Haut und Haar hingeben, nicht um seinetwillen von der höchsten und einzigen Liebe lassen, die der Mensch seinem Gott schuldet, nicht die Pflichten vernachlässigen, welche er gegen sein Vaterland, gegen das Gemeinwesen und gegen seine Freunde hat, und seine Studien und Geschäfte nicht verabsäumen, bloß um seinem Weibe zu gefallen. Wenn man ›haben‹ und ›nicht haben‹ In dem Sinne auffaßt, so finde ich in dieser Art, sich auszudrücken, nichts Unpassendes noch Widersprechendes.«

Sechsunddreißigstes Kapitel

Kreiselfritz, der Ephektiker und Pyrrhonist[3], fährt in seiner Antwort fort

»Ihr redet pures Gold«, erwiderte Panurg. »Aber ich muß wohl in den dunklen Brunnen gepurzelt sein, in dem, wie Heraklit sagt, sich die Wahrheit versteckt hat; denn ich sehe die Hand vor Augen nicht und verstehe von allem kein Wort. Alle meine Sinne sind gelähmt; ich glaube wahrhaftig, daß ich verhext bin. Muß einen andren Ton anschlagen! Holla, lieber Getreuer, nun

1 s. Plutarch »Ehestandsregeln« 18 – 2 1. Korinther 7, 29 – 3 Unschlüssiger und Zweifler

nicht geflunkert, ehrlich Spiel! Andere Karten her! Lassen wir das Entweder – Oder beiseite; diese schlecht verbundenen Glieder ärgern Euch nur, wie ich sehe. Also kurz und gut: Soll ich heiraten?« Kreiselfritz: »Es scheint das beste zu sein.« Panurg: »Wenn ich nun aber nicht heirate?« Kr.: »So find' ich daran auch nichts auszusetzen.« P.: »So, wirklich?« Kr.: »Wirklich – oder ich täusche mich.« P.: »Ich aber finde fünfhunderterlei daran auszusetzen.« Kr.: »Zählt auf.« P.: »Versteht sich, uneigentlich gesprochen, eine gewisse für eine ungewisse, eine bestimmte für eine unbestimmte Zahl genommen, soll heißen: sehr viel.« Kr.: »Ich höre.« P.: »Alle Teufel, ich kann nun einmal nicht ohne Frau sein.« Kr.: »Laßt doch die dummen Puten in Ruh'.« P.: »Himmelsackerment, meinetwegen! Meine Salmigondier sagen mit Recht, allein und ohne Weib schlafen wäre ein Sauleben, und Dido in ihren Klageliedern sagt ganz dasselbe[1].« Kr.: »Zu dienen.« P.: »Potz Zopf, darum aber handelt sich's ja eben. Also soll ich heiraten?« Kr.: »Kann sein.« P.: »Werd' ich gut dabei fahren?« Kr.: »Wie's trifft!« P.: »Und wenn ich's gut treffe, wie ich hoffe, werd' ich dann glücklich werden?« Kr.: »Wie's kommt!« P.: »Nun aber mal umgekehrt, wenn ich's schlecht treffe?« Kr.: »Dann bin ich nicht schuld.« P.: »Aber ratet mir doch, ich bitte Euch, was ich tun soll.« Kr.: »Was Ihr wollt!« P.: »Papperlapapp!« Kr.: »Flucht nur nicht, das bitt' ich mir aus.« P.: »In Gottes Namen, ich will ja tun, was Ihr mir ratet. Was ratet Ihr mir also?« Kr.: »Nichts!« P.: »Soll ich heiraten?« Kr.: »Ich hab's nicht geraten.« P.: »Also nicht?« Kr.: »Ich rate nicht ab.« P.: »Wenn ich nicht heirate, kann ich doch auch nicht Hahnrei werden.« Kr.: »Daran dacht' ich eben.« P.: »Aber setzt den Fall, ich heiratete.« Kr.: »Wohin soll ich ihn setzen?« P.: »Ich meine, nehmt an, ich wäre verheiratet.« Kr.: »Kann nicht annehmen, bin anderweitig beschäftigt.« P.: »I, verfluchter Rotz, wenn ich mich doch nur heimlich ein bißchen ausfluchen dürfte, so würde mir gleich leichter werden. Na, Geduld! Wenn ich also heirate, werd' ich dann Hahnrei werden?« Kr.: »Möglich!« P.: »Aber angenommen, meine Frau wäre keusch und züchtig, so werd' ich doch nicht Hahnrei?« Kr.: »Ein vernünftiger Schluß, wie mir scheint.«

1 »Nicht war mir vergönnt, ein ehelos Leben in Unschuld gleich dem Wilde zu führen«; Vergil »Aneis« 4, 550.

P.: »Hört einmal.« Kr.: »Solang Ihr wollt.« P.: »Wird sie keusch und züchtig sein? Darauf allein kommt's an.« Kr.: »Ich bezweifl' es!« P.: »Habt sie doch niemals gesehen!« Kr.: »Nicht, daß ich wüßte.« P.: »Wie könnt Ihr also etwas bezweifeln, von dem Ihr gar nichts wißt?« Kr.: »Aus guten Gründen!« P.: »Und angenommen. Ihr kenntet sie?« Kr.: »Dann erst recht.« P.: »He, Page, mein Bürschchen, hier hast du meine Mütze, ich schenk' sie dir, nimm nur die Brille in acht, und nun geh in den Hof hinunter und fluche da ein halbes Stündchen für mich. Will auch wieder einmal für dich fluchen, soviel du willst. – Wer wird mich denn aber zum Hahnrei machen?« Kr.: »Jemand!« P.: » Donner und Blitz, dann werd' ich dem Herrn Jemand den Buckel zerbleuen!« Kr.: »So sagt Ihr.« P.: »Dieser und jener und der kein Weißes im Auge hat[1] soll mich mit Haut und Haaren holen, wenn ich nicht meine Frau auf bergamesisch vernestle[2], sooft ich mein Serail verlasse.« Kr.: »Redet, wie sich's schickt.« P.: »Pah, einen Hundeschiß für all das Geschwätz; kommen wir zum Ende!« Kr.: »Habe nichts dagegen.« P.: »Wartet! Da Euch von der Seite nicht beizukommen ist, versuchen wir's von einer andern. Seid Ihr verheiratet oder nicht?« Kr.: »Keins von beiden und beides zugleich.« P.: »Gott steh' uns bei, der Schweiß rinnt mir von der Stirn, oh, oh, die ganze Verdauung stockt mir im Leib! Alle meine Phrenen[3], Metaphrenen[4] und Diaphragmen[5] sind mir über dem Versuch, Eure Reden und Antworten in meinen Verstandeskasten hineinzupressen, ausgerenkt und ausgeleiert!« Kr.: »Mir gleich!« P.: »Also, lieber Gevatter, ohne Umschweife: Seid Ihr verheiratet?« Kr.: »Man meint es.« P.: »Zum zweitenmal?« Kr.: »Möglich.« P.: »Habt Ihr Euch das erste Mal wohl dabei befunden?« Kr.: »Nicht unmöglich!« P.: »Und jetzt, das zweite Mal, wie geht's Euch da?« Kr.: »Nach des Schicksals Willen.« P.: »Ohne Scherz, befindet Ihr Euch wohl dabei?« Kr.: »Wahrscheinlich.« P.: »Nun, beim höchsten Gott und Sankt Christophels Huckepack, eher wollt' ich ja einem toten Esel einen Furz auspressen als Euch eine gescheite Antwort. Nun aber krieg' ich Euch! Hölle und Teufel zum Trotz, jetzt, lieber Ge-

1 der Teufel – 2 Die ersten Keuschheitsgürtel kamen aus Bergamo nordöstl. Mailand. – 3 das Zwerchfell, das in der Antike als Sitz der geistigen Regungen galt – 4 Rückenteil zwischen den Schultern – 5 Zwerchfell

treuer, die Wahrheit bekannt: Seid Ihr jemals Hahnrei geworden? Ich sage Ihr, der Ihr hier sitzt; ich sage nicht Ihr, der da unten Ball spielt.« Kr.: »So es mir nicht bestimmt war, nein!« P.: »Beim Fleisch, ich verzage, beim Blut, ich verzweifle, beim Leib, ich verzichte – er entschlüpft mir.«

Hier erhob sich Gargantua von seinem Sitz und sprach: »Gepriesen sei Gott für alles! Ich sehe, lieber Sohn, die Welt ist ein sauberes Bürschchen geworden, seitdem ich zum erstenmal ihre Bekanntschaft machte. Ist es dahin mit ihr gekommen, daß die klügsten und gelehrtesten Philosophen dieser Zeit zu den Pyrrhonisten, Aporetikern[1], Skeptikern und Ephektikern in die Schule und ins Phrontisterium[2] gehen? Gott im Himmel, eher könnte man die Löwen bei der Mähne, die Büffel bei der Schnauze, die Stiere bei den Hörnern, die Wölfe beim Schwanz, die Ziegen beim Bart und die Vögel bei den Beinen packen als solchen Philosophen bei seinem Wort. Lebt wohl, liebe Freunde!« – Mit diesen Worten verließ er die Versammlung. Pantagruel und die anderen wollten ihn begleiten, er aber lehnte es ab.

Nachdem Gargantua den Saal verlassen hatte, sagte Pantagruel zu den Gästen: »Der Timäos bei Platon zählte die Eingeladenen vor Beginn des Gastmahls, wir aber wollen sie zum Schluß zählen. Eins, zwei, drei – wo ist der vierte? War das nicht unser Freund Reitgans?« – Darauf berichtete Epistemon, daß er bei ihm gewesen sei, um ihn einzuladen, ihn aber nicht zu Haus angetroffen habe. Durch einen Gerichtsboten des myrelingischen Parlaments zu Myrelingen[3] hätte er den Befehl erhalten, unverzüglich in Person vor dem Parlament zu erschienen, um sich wegen eines Urteils, das er gefällt, vor den Amtsherren zu verantworten. Demzufolge wäre er tags zuvor abgereist, damit er zu rechter Zeit am Ort sei und nicht in Strafe falle oder in Abwesenheit verurteilt werde.

»Da muß ich mich doch gleich erkundigen«, sagte Pantagruel, »was das zu bedeuten hat. Reitgans bekleidet hier in Fonsbeton seit mehr als vierzig Jahren das Amt eines Richters und hat während dieser Zeit wohl über viertausend Urteilssprüche gefällt. Gegen mehr als zweitausenddreihundertundneun appellierten

1 Zweifler – 2 Denkstube – 3 Phantasiename

die verlierenden Parteien beim obersten Gerichtshof des myrelingischen Parlaments zu Myrelingen; doch wurden alle gutgeheißen, genehmigt und bestätigt, die Appellation aber zurückgewiesen. Daß man ihn nun noch in seinen alten Tagen persönlich vorladet, ihn, der sein ganzes Leben lang so tugendhaft seinem Beruf oblag, erscheint mir als ein besonderes Mißgeschick. Die Billigkeit verlangt, daß ich ihm mit meinem ganzen Einfluß hilfreich beistehe. Denn so arg ist die Welt jetzt geworden, daß das gute Recht der Hilfe und Unterstützung nicht entbehren kann. Daher überlege ich, wie ich verhüten kann, daß man ihm eine Grube gräbt.«

Danach wurde die Tafel aufgehoben. Pantagruel machte den Eingeladenen kostbare Ehrengeschenke an Ringen, Edelsteinen und goldenem wie silbernem Geschirr, und nachdem er ihnen noch bestens gedankt hatte, zog er sich in seine Gemächer zurück.

Siebenunddreißigstes Kapitel
Wie Pantagruel Panurg beredet, einen Narren um Rat zu fragen

Auf dem Weg dahin sah Pantagruel, wie Panurg ganz in Gedanken versunken in der Galerie stand und den Kopf hin und her bewegte. »Du kommst mir«, redete er ihn an, »wie eine gefangene Maus vor; je mehr sich die bemüht, vom Pech loszukommen, desto tiefer wühlt sie sich nur hinein. So gerätst auch du immer mehr in Zweifel und Ungewißheit, je eifriger du dich davon zu befreien strebst. Ich weiß nur noch ein Mittel, das dir helfen könnte. Vernimm! Ein altes, oft gehörtes Sprichwort sagt: ›Ein Narr kann einen Weisen lehren.‹ Da nun die Antworten der Weisen dich nicht befriedigt haben, so solltest du einen Narren um Rat fragen; möglich, daß es dir gelingt, auf diese Weise zu deinem ersehnten Ziel zu gelangen und zufriedengestellt zu werden. Du weißt ja selbst, wie oft durch den Rat, durch die Warnung und die Prophezeiung von Narren manche Fürsten, Könige und Staaten gerettet, Schlachten gewonnen und schwierige Lagen bewältigt worden sind; die einzelnen Fälle brauche ich dir nicht ins Gedächtnis zurückzurufen, ich meine, du bist mit mir einverstanden. Denn wie man den, der seine privaten und häuslichen

Angelegenheiten sorgsam und aufmerksam regelt, seine Gedanken nicht umherschweifen läßt, der keine Gelegenheit versäumt, sein Hab und Gut zu mehren und Reichtümer zu sammeln, dagegen Not und Armut vorsichtig fernhält, wie man den, sage ich, einen weltklugen Mann nennt, obgleich er vor den himmlischen Geistern vielleicht gerade als Tor gilt, so ist es, um vor diesen weise zu sein, das heißt wissend undweissagend kraft himmlischer Eingebung, und fähig, die Gabe der Offenbarung zu empfangen, notwendig, sich selbst zu vergessen, aus sich herauszugehen, jede irdische Regung in sich zu ersticken, seinen Geist von aller Menschensorge zu befreien und sich um nichts zu kümmern. Der allgemeine Sprachgebrauch bezeichnet dies als Narrheit.

So wurde der große Wahrsager Faunus, der Sohn des latinischen Königs Picus, vom unwissenden Volk Fatzkus genannt. So sehen wir bei den Komödianten, daß die Rolle des Narren und der lustigen Person immer dem Gescheitesten und Geschicktesten der ganzen Truppe zugeteilt wird. So behaupten die Mathematiker, Könige und Narren hätten ein und dasselbe Horoskop, und führen als Beispiel Äneas und Koröbos an, von welchem letztern Euphorion sagt, daß er ein Narr gewesen sei. Beide hatten dasselbe Sternbild. Auch bleib' ich bei meinem Gegenstand, wenn ich dir erzähle, was Jo. André[1] über den Kanon eines gewissen päpstlichen Reskripts sagt, welches an den Magistrat und die Bürgerschaft von La Rochelle gerichtet ist, wie auch, was Barbatias in seinen Anmerkungen zu den Pandekten und neuerdings Jason[2] in seinen Rechtsfällen über Meister Jahn, den berühmten Pariser Narren und Urahn Caillettes, mitteilt. Es geht dabei um folgendes:

In der Garküche des kleinen Châtelets zu Paris verzehrte ein Lastträger sein Stückchen Brot und labte sich dabei an dem Duft, welcher vom Bratrost aufstieg. Der Garkoch ließ das ruhig geschehen; als jener aber sein Brot aufgegessen hatte, faßte er ihn beim Kragen und verlangte Bezahlung für den Bratenduft. Der Lastträger entgegnete, daß er ja sein Fleisch gar nicht angerührt und von dem Seinigen überhaupt nichts genommen habe, ihm also auch nichts schuldig sei. Der Duft, um den es sich handle,

1 Andrea – 2 Mainus

verzöge sich ja doch nach draußen und ginge sowieso verloren; noch nie habe man gehört, daß Bratenduft in den Straßen von Paris verkauft worden wäre. Dagegen behauptete der Garkoch, daß er nicht verpflichtet sei, den Lastträger mit seinen Bratendüften zu füttern, und wenn er nicht zahle, so werde er ihm seine Trage wegnehmen. Also griff der Lastträger nach seinem Knüppel und setzte sich zur Wehr.

Bei dem Lärm lief das Volk von allen Seiten zusammen, und unter den Gaffern befand sich auch Meister Jahn, Narr und Bürger von Paris. Sobald der Garkoch seiner ansichtig wurde, sagte er zum Lastträger: ›Bist du's zufrieden, daß der edle Meister Jahn unsern Streit schlichtet?‹ – ›Schwerenot, ja‹, sagte der Lastträger, ›Ich bin's zufrieden!‹ – Nachdem sich also Meister Jahn den Fall hatte erzählen lassen, befahl er dem Lastträger, ein Geldstück aus der Tasche zu holen, worauf der ihm denn auch einen Tourainer Philippstaler reichte. Diesen legte sich Meister Jahn zuerst auf die linke Schulter, als ob er sein Gewicht prüfen wolle, dann ließ er ihn auf die linke Handfläche fallen, um zu hören, ob er auch von gutem Metall sei, und drückte ihn endlich an seinen rechten Augapfel, als wolle er die Prägung untersuchen. Dies alles verrichtete er unter dem lautlosen Schweigen des gaffenden Volkes, während der Garkoch ruhig abwartend dabeistand, der Lastträger aber in Verzweiflung geriet. Zuletzt warf er die Münze einigemal auf die Ladenschwelle, daß sie laut erklang. Dann sprach er mit der Würde eines Gerichtspräsidenten, den Narrenkolben wie ein Zepter in der Hand haltend und die Kappe mit den Eselsohren tief in die Stirn gedrückt, nachdem er sich zwei- bis dreimal tüchtig geräuspert hatte, laut und vernehmlich: ›Der hohe Gerichtshof entscheidet, daß der Lastträger, welcher sein Brot mit Bratenduft gegessen, den Garkoch, wie billig, mit dem Klang seines Geldes bezahlt haben soll, und befiehlt, daß ein jeder sich sofort in seine Behausung zurückbegebe, ohne weitere Kosten und von Rechts wegen.‹

Dieser Urteilsspruch des Pariser Narren schien den obenerwähnten Herren Doktoren so gerecht, ja so bewunderungswürdig, daß sie sich des Zweifels nicht erwehren konnten, ob das Parlament von Paris oder die Rota[1] zu Rom oder selbst der Areopag nach allen Regeln der Wissenschaft richtiger entschieden haben würde, wenn die Sache nämlich bei einem dieser Gerichte anhängig gemacht worden wäre.

Urteile nun selbst, ob du einen Narren befragen willst!«

1 oberstes geistliches Gericht

Achtunddreißigstes Kapitel

Wie Pantagruel und Panurg Triboulet[1] Ehrennamen geben

»Bei meiner Seele, das will ich«, entgegnete Panurg. »Ich fühle schon, wie sich mir der Darm öffnet; bislang war er teufelsmäßig zugeschnürt und wollt' nichts hergeben. Aber wie wir zu unserer Beratung die allerdickste Sahne der Weisheit genommen haben, so möcht' ich nun auch, daß bei dieser Konsultation der allerprofundeste Narr präsidiere.« – »Triboulet«, sagte Pantagruel, »scheint mir der geeignete Narr zu sein.« – »Ein Narr durch und durch«, sagte Panurg.

Pantagruel:	*Panurg:*
Ein geborner	Ein bannerherrlicher,
naturwüchsiger,	hochgeborner,
himmlischer,	hochtöniger,
lustiger,	B-dur-b-molliger,
quecksilbriger,	seßhafter,
grilliger,	gemütlicher,
exzentrischer,	niedlicher,
ätherischer	trutziger,
arktischer,	putziger,
heroischer,	ausgedonnerter,
genialer,	behängter,
prädestinierter,	beschellter,
augusteischer,	rosiger,
cäsarischer,	kosiger,
kaiserlicher,	trüffliger,
königlicher,	hochweiniger,
patriarchalischer,	kirchenstückiger,
origineller,	anfälliger,
loyaler,	päpstlicher,
herzoglicher,	konsistorialer,
ein bischöflicher,	ein konklaver,
doktorlicher,	bullistischer,
mönchischer,	synodaler,

1 eigtl. Le Feurial (gest. um 1525), franz. Hofnarr unter Franz I.

Pantagruel:	*Panurg:*
fiskalischer,	graduierter,
palatinischer,	bruderlustiger,
prinzipalischer,	ausgelassener,
prätorianischer,	windbeutliger,
totaler,	schleppentragender,
auserwählter,	hochnasiger,
kurialer,	bepfründeter,
flügelmännischer,	angestochener,
triumphierender,	einfältiger,
populärer,	flüchtiger,
hausbackener,	kollateraler,
exemplarischer,	störrischer,
vagierender,	artiger,
tribunaler,	geharnischter,
ziviler,	räuberischer,
nationaler,	schwanzwedelnder,
familiärer,	graublauer,
famoser,	faselnder,
allbeliebter,	schnauziger,
lateinischer,	schwülstiger,
ordinärer,	superhanswurstiger,
gefürchteter,	folgesätzlicher,
transzendentaler,	aufsteigender,
erhabener,	zenitaler,
spezialer,	prädikativer,
metaphysischer,	zehnfacher,
ekstatischer,	offizieller,
kategorischer,	perspektivischer,
übergeschnappter,	arithmetischer,
barettierter,	algebraischer,
ein tonsurierter,	ein kabbalistischer,
gerippter,	talmudistischer,
anatomischer,	hermeneutischer,
allegorischer,	kompendiöser,
tropologischer,	extrahierter,
pleonastischer,	hyperbolischer,
kapitaler,	gichtfüßiger,
hirniger,	hodenlahmer,

Pantagruel:
herziger,
intestinaler,
hepatischer,
milzsüchtiger,
legitimer,
azimutischer,
almukantaratischer,
proportionaler,
karmesinener,
in der Wolle gefärbter,
bürgerlicher,
fuchsschwänzelnder,
ironischer,
modalisierender,
hinterhaltiger,
maulfauler,
wunderlicher,
kompilatorischer,
abbreviatorischer,
moresker,
bullenfester,
mandatarischer,
kapuzinierter,
titulierter,
heimlicher,
ein mürrischer,
schwanzkrampfiger,
katarrhalischer,
zierbengliger,
vierundzwanzigkarätiger,
buntscheckiger,
gewürfelter,
verquerer,
stockiger,
pritschender,
schlauer,
gegängelter,
alter,

Panurg:
sauertöpfischer,
aufgeblasener,
küchenrüpliger,
hochstämmiger,
bratspießiger,
armseliger,
oberschlächtiger,
unterschlächtiger,
typischer,
berühmter,
kreuzfideler,
feierlicher,
privilegierter,
lümmelhafter,
gemeiner,
allzeitiger,
eingestimmter,
dreister,
hieroglyphischer,
authentischer,
preiswerter,
köstlicher,
fanatischer,
lymphatischer,
panischer,
ein verschrobener,
dickhäutiger,
protziger,
prahlender,
unruhiger,
wortspielender,
normaler,
bekappter,
umgekrempelter,
damaszierter,
ziselierter,
baritonierender,
gesprenkelter,

Pantagruel:	*Panurg:*
tölpelhafter,	trotziger,
dickbäuchiger	schußfester

Sonntagsnarr!

Pantagruel: »Und wenn man ehemals nicht ohne Grund die Quirinalien in Rom das Fest der Narren nannte, so könnte man in Frankreich ebensogut Triboulетalien feiern.« Panurg: »Und wenn die Narren Schwanzriemen trügen, so würde ihm der Hintern bald völlig durchgescheuert sein.« Pantagruel: »Und wenn er Gott Fatzkus wär', von dem wir vorhin sprachen, der Gemahl der Götting Fatalität, so wäre Bonadies sein Vater und Bonadea seine Großmutter.« Panurg: »Und wenn alle Narren Paßgänger wären, so würde er sie doch weit hinter sich lassen, obschon er krumme Beine hat! – Also auf, ohne Zögern hin zu ihm! Er wird uns gewiß den richtigen Rat geben.« – »Ich habe«, sagte Pantagruel, »die Absicht, der Gerichtssitzung beizuwohnen, in der das Urteil über Reitgans gefällt werden soll. Während ich nach Myrelingen gehe, welches jenseits der Loire liegt, sende ich Carpalim nach Blois, um Triboulet zu holen.« – So wurde Carpalim abgesandt; Pantagruel aber, von Panurg, Epistemon, Ponokrates, Bruder Hans, Gymnast, Rhizotom und einigen anderen begleitet, machte sich auf den Weg nach Myrelingen.

Neununddreißigstes Kapitel

Wie Pantagruel der Gerichtssitzung beiwohnte, wo Richter Reitgans abgeurteilt ward, welcher die Prozesse durch Würfeln entschied

Am folgenden Tag kam Pantagruel zur Stunde der Sitzung in Myrelingen an. Die Präsidenten, Beisitzer und Räte luden ihn ein, mit in den Gerichtssaal zu kommen und Ohrenzeuge zu sein, wie sie über die Gründe entscheiden würden, die Reitgans etwa angäbe, um ein Urteil zu rechtfertigen, das er gegen den Untersteuerrat Toucheronde gefällt und das dem Hundertergericht keineswegs billig scheine. Pantagruel nahm die Einladung mit Vergnügen an und fand Reitgans bereits auf der Anklagebank sitzen. Statt aller Gründe und Entschuldigungen brachte er nichts weiter vor, als daß er nachgerade alt geworden sei und nicht mehr so gut sähe wie früher, wobei er zugleich auf einige andere Mängel und Beschwerden hinwies, welche das Alter mit sich bringe, wie[1] *not. per Archid.*[2] *D 86c. tanta.* Deshalb könne er die Augen auf den Würfeln auch nicht mehr so deutlich erkennen wie vordem, und so sei es leicht möglich, daß er, dem alten, schwachsichtigen Isaak gleich, der Jakob für Esau genommen, bei der Entscheidung des fraglichen Prozesses eine Vier für eine Fünf gehalten hätte; denn er habe sich – und darauf namentlich stützte er seine Verteidigung – bei dieser Gelegenheit seiner kleinen Würfel bedient. Natürliche Unvollkommenheiten aber dürften nach allen Bestimmungen des Rechts niemandem als Verbrechen angerechnet werden, das erhelle aus *ff. de re milit. l. qui cum uno, ff. de reg. jur. l. fere ff. de aedil. ed. per totum, ff. de term. mot. l. divus Adrianus resolut. per Lud. Ro.*[3] *in l. si vero, ff. solu. matri.;* denn andernfalls würde man nicht den Menschen, sondern die Natur anklagen, sie *l. maximum vitium. C. de lib. praeter.*

»Was für Würfel meint Ihr?« fragte da Klogsnacker, der Erste Vorsitzende des Gerichtshofs. – »Nun, die Urteilswürfel«, erwiderte Reitgans, »*alea judiciorum*[4], von denen geschrieben steht *Docto. 26. quaest. 2. cap. sort. l. nec emptio. ff. de contrahend. empt. l. quod debetur. ff. de pecul. et ibi Bartol.*[5] und deren ihr Herren dieses allerhöchsten Gerichtshofs euch ja auch bedient. Dasselbe tun die Richter samt und sonders bei der Entscheidung von Prozessen, worin sie dem folgen, was D. Henricus Ferrandat in bezug darauf sagt *et not. gl. in c. fin. de sortil. et l. sed cum ambo. ff. de jud. Ubi Doct.* bemerken, daß zur Erledigung von Prozessen und Streitsachen das Los ein vorzügliches, untadeliges, nützliches und notwendiges Mittel sei. Noch bestimmter sagen das *Bald., Bartol. et Alex.*[6] *C. communia de leg. l. si duo.«* – »Und wie macht Ihr das, mein Freund?« fragte Klogsnacker. – »Darauf«, versetzte Reitgans, »antwort' ich kurz und gut: nach Vorschrift des Gesetzes *ampliorem, § In refutatoriis, C. de appel.* und wie es in *Gloss. l. 1. ff.*

1 Es folgen Angaben von Stellen des kirchlichen Gesetzbuchs (*c.*), der Pandekten (ff.), Rechtskommentare (*gloss.*) usw. – 2 Archidiakonus, Beiname des ital. Kirchenrechtsgelehrten Guido Baisius de Reggio (13./14. Jh.) – 3 Ludovicus Romanus, eigtl. Pontanus (gest. 1439), ital. Gelehrter des röm. Rechts – 4 in der Rechtssprache svw. Urteilszufälligkeit – 5 Bartolus – 6 Petrus Baldus, Barolus, Alexander Tartagno: ital. Rechtsgelehrte des 14./15. Jh.

quod met. causa heißt: *Gaudent brevitate moderni*[1]. Ich mache es wie ihr, liebe Herren, auch und wie's der Gerichtsbrauch verlangt, dem wir laut unsrer Rechtsverordnungen stets Folge leisten müssen, *ut not. extra. de consuet, c. ex literis, et ibi Innoc.* Nachdem ich die Klageschrift, die Aufschubsedikte, Vorladungen, Kommissionsberichte, Informationen, Vorverhandlungen, Beweisstücke, Anführungen, Aussagen *pro et contra,* Bittgesuche, Tatbestandsaufnahmen, Repliken, Dupliken, Tripliken, Beschwerden, Entschädigungsforderungen, Verteidigungen, Vergleichungen der Zeugenaussagen, Konfrontationsprotokolle, Klaglibelle, Postskripte, königlichen Befehle, Akteneinforderungsbefehle, Ablehnungserklärungen, Begleitschreiben, Rücksendungsschreiben, Rechtsgutachten, Einwendungen gegen einstweilige Verfügungen, Bescheide, Fristgewährungen, Zugeständnisse, Subhastationsedikte und all das Zeug von einem Ende bis zum andern aufmerksam durchgesehen und wieder durchgesehen, gelesen und wieder gelesen, untersucht und eifrig durchstöbert habe, wie es eines guten Richters Pflicht ist – siehe *Spec. de ordinario § 3 et tit. de offic. omn. jud. § fin. et de rescriptis praesentat. § 1* –, dann staple ich sämtliche Aktenstöße des Angeklagten an einem Ende meines Schreibtisches auf und tue für ihn den ersten Wurf; so ist es *not. l. favorabiliores ff. de reg. jur. et in cap. cum sunt eod. tit. lib. 6,* wo es heißt: *Cum sunt partium jura obscura, reo favendum est potius quam actori*[2]. Danach staple ich die Akten des Klägers am andern Ende auf, geradso wie ihr, liebe Herren, auch, *visum visu,* denn *opposita juxta se posita magis elucescunt*[3], *ut not. in l. 1 § videamus, ff. de his qui sunt sui vel alieni juris et in l. munerum. § mixta ff. de muner. et honor.,* und tue für ihn gleichfalls einen Wurf.« – »Aber woran erkennt Ihr denn, mein Lieber«, fragte Klogsnacker, »die Dunkelheit des zwischen den Parteien strittigen Rechts?« – »Geradso wie ihr, liebe Herren, auch, daran, daß auf der einen wie der andern Seite recht viele Aktenstöße liegen. In solchem Fall nehme ich, geradso wie ihr, liebe Herren, auch, meine kleinen Würfel zur Hand, wie es das Gesetz *Semper in stipulationibus, ff. de regulis juris,* desgleichen die *Lex versalis versificaque eod. tit.: Semper in obscuris quod minimum est sequimur*[4], vor-

1 Die Neuern fassen sich gern kurz (lat.) – 2 Wenn die Rechtsansprüche der Parteien nicht klar sind, soll lieber zugunsten des Angeklagten als des Klägers entschieden werden (lat.). – 3 Wenn man Gegensätze nebeneinanderstellt, werden sie augenfälliger (lat.). – 4 In Zweifelsfällen wird stets auf das Geringste erkannt (lat.)

schreibt, was in *c. in obscuris eod. tit. lib. 6* zum Kirchenrechtssatz erhoben wird. Ich habe auch große, bildschöne, richtige Würfel; aber die nehme ich, geradso wie ihr, liebe Herren, auch, nur dann, wenn die Sache klarer ist, das heißt, wenn weniger Aktenstöße da sind.«

»Nun, und wie sprecht Ihr dann das Urteil?« fragte Klogsnakker. – »Geradso wie ihr, liebe Herren, auch«, sagte Reitgans, »zugunsten dessen, der nach dem Ausweis der urteilsprechenden, tribunianischen, prätorialischen Würfel den besten Wurf hat. So verlangen es unsre Rechte *ff. qui pot. in pig. l. potior, leg. creditor. C. de consul. l. 1. Et de regulis juris in 6.: Qui prior est tempore potior est jure*[1].«

Vierzigstes Kapitel

Worin Reitgans die Gründe angibt, weshalb er die Prozesse erst genau durchsieht, ehe er sie durch die Würfel entscheidet

»Wenn Ihr aber, mein Lieber«, fragte Klogsnacker weiter, »die Prozesse ohnehin auf gut Glück und nach dem Fall der Würfel entscheidet, weshalb tut Ihr es dann nicht ohne allen Verzug, gleich am ersten Termin, wenn die streitenden Parteien vor Euch erscheinen? Wozu nützen Euch dann all die Schriftstücke und Belege, die in den Aktenstößen aufgehäuft sind?« – »Wozu?« antwortete Reitgans; »ei, sie nützen mir geradso, wie sie euch, liebe Herren, auch nützen, auf dreierlei Weise: Sie sind höchst notwendig, höchst zweckmäßig und der Authentizität halber ganz unentbehrlich. Erstlich verlangt es die Form so, die bei keiner Sache, wenn sie gültig sein soll, verletzt werden darf, wie *Spec.*[2] *tit. de instr. edit. et tit. de rescript. praesent.* dies beweist. Zudem wißt ihr doch selbst, daß im Gerichtsverfahren das Formelle das Substantielle oftmals völlig aufhebt, denn *forma mutata, mutatur substantia*[3], *ff. ad exhibend. l. Jul. ff. ad leg. Fal. l. Si is qui quadringenta. Et extra. de decim. c. ad audientiam, et de celebrat, miss. c. in quadam.*

1 Wer zuerst kommt, hat das Recht auf seiner Seite (lat.). – 2 Speculator, Beiname des franz. Kirchenrechtsgelehrten Guillaume Durand (1237–96), Verfasser eines »Rechtsspiegels« – 3 wenn die Form verändert wird, wird auch das Wesen verändert (lat.)

Zweitens verschaffen sie mir, geradso wie euch, liebe Herren, auch, eine heilsame und ehrenhafte Übung. Der verstorbene Meister Othoman Vadare, ein großer Arzt, wie ihr – *c. de comit, et archi. lib. 12* – zugeben werdet, hat mir oft gesagt, daß der Mangel an körperlicher Bewegung die einzige Ursache sei, weswegen ihr und alle Rechtsdiener eine so schwache Gesundheit hätten und nicht alt würden, was schon vor ihm *Bart. in l. I. c. de sent. quae pro eo quod* sehr richtig bemerkt hat. Deshalb hat man ja, liebe Herren, euch und folglich auch uns, *quia accessorium naturam sequitur principalis*[1], *de regulis juris l. 6 et l. cum principalis, et l. nihil dolo. ff. eod. tit. de fidejusso. l. fidejussor. et extra de offic. deleg. c. 1* gewisse anständige Erholungsspiele zugestanden, *ff. de al. lus. et aleat. l. solent et authent. ut omnes obediant, in princ. coll. 7 et ff. de praescript. verb. l. si gratuitam. et l. I. c. de spect. lib. II.* Derselben Ansicht ist auch D. Thomas[2] *in secunda 2 quaest. 168,* auf die sich D. Alber. de Ros.[3] beruft, welcher *fuit magnus practicus*[4] und ein gelehrter Doktor, wie Barbatias *in prin. consil.* bezeugt. Der Grund ist ausgesprochen *in gloss. in prooemio ff. § ne autem tertii:*

Interpone tuis interdum gaudia curis[5].

Und in der Tat, eines Tags, ich glaube, es war im Jahre 1489, als ich in der Rechnungskammer etwas zu tun hatte und mit bezahlter Erlaubnis des Türstehers in den Saal der Herren Finanzräte eintrat – denn ihr wißt doch, liebe Herren, pecuniae obediunt omnia[6], wie Bald. in l. singularia ff. si certum pet. et Salic.[7] *in l. receptitia c. de constit. pec. et Card. in Clem. I. de baptis.* dies bestätigt –, fand ich die Herren Beamten alle mit dem höchst gesunden Schinkenklopfen beschäftigt. Ob's vor oder nach dem Essen war, dessen erinnere ich mich wirklich nicht mehr, ist auch einerlei, genug, *hic not.*, daß das Schinkenklopfen ein anständiges, gesundes, altes und gesetzmäßiges Spiel ist, *a Musco inventore de quo c. de petit. hered. l. si post motam, et Muscarii I.* Auf das Schinkenklopfen steht keine gesetzliche Strafe, *l. I. c. de excus. artif. lib. 10.* Ich erinnere mich sehr wohl, wie damals gerade Herr Tielman Picquet ›Schinken‹ war und aus vollem Hals darüber

1 weil, was von der Hauptsache, auch von der Nebensache gilt (lat.) – 2 Thomas von Aquino – 3 Alberico de Rosata (14. Jh.), ital. Kirchenrechtsgelehrter – 4 ein großer Praktiker war (lat.) – 5 Unterbrich deine Mühen zuweilen durch ein Vergnügen (lat.); Vers aus den im Mittelalter viel gelesenen »Aussprüchen Catos« eines nicht näher bekannten Verfassers – 6 das Geld muß ... alles zuwege bringen (lat.); Prediger 10, 19. – 7 Salycetus, zeitgenössischer franz. Rechtsgelehrter

lachte, daß die Herren von der Kammer ihre Mützen zerschlugen, um ihm eins auf den Hintern zu brennen; den Mützenfrevel, meinte er, würden ihre Frauen ihnen gewiß nicht ungestraft hingehen lasen, wenn sie vom Amt nach Hause kämen, zufolge *c. 1 extra de praesumpt. et ibi gloss.* – Und so sage ich euch, liebe Herren, *resolutorie loquendo*[1], daß es in der ganzen Gerichtswelt keine aromatischere, das heißt stärkendere, Bewegung gibt, als die Schriftsäcke umzustürzen, in Faszikeln herumzuwühlen, Akten zu rubrizieren, Regale zu füllen und Prozesse durchzuarbeiten, ex Bart, et Joan, de Pra.[2] in l. falsa. de condit. et demonst. ff.

Drittens ziehe ich, wie ihr, liebe Herren, in Betracht, daß die Zeit alle Dinge zur Reife bringt; mit der Zeit kommt alles zutage, sie ist die Mutter der Wahrheit, *gloss. in l. I. C. de servit. authent. de restit. et ea quae pa. et Spec. tit. de requisit. cons.* Deshalb wart' ich, zaudr' ich, zögr' ich mit dem Urteil, ganz wie ihr, liebe Herren, auch, damit der Prozeß, gehörig untersucht, ventiliert und durchgesiebt, Zeit habe, reif zu werden, und die verlierende Partei die Entscheidung, wenn sie endlich fällt, leichter hinnimmt, wie *not. gloss. ff. de excus. tut. l. tria onera:*

Portatur leviter, quod portat quisque libenter[3].

Wollte man ihn schon anfangs, unreif und grün, wie er ist, entscheiden, so würde man dieselben schlimmen Folgen zu befürchten haben, die nach dem Ausspruch der Ärzte einzutreten pflegen, wenn man ein Geschwür öffnet, bevor es reif ist, oder einen Krankheitsstoff aus dem Körper herauszupurgieren versucht, der sich noch nicht vollständig ausgebildet hat. Steht ja doch geschrieben in authent. haec constit. innovat constit. princ. und wiederum *in gloss. in c. caeterum extra de juram, calumn.: Quod medicamenta morbis exhibent, hoc jura negotiis*[4]. Übrigens lehrt auch die Natur, daß die Früchte nicht eher gepflückt und genossen werden sollen, als bis sie reif sind, Instit. de rer. div. § Is ad quem, et ff. de act. empt. l. Julianus, und daß man auch die jungen Mädchen nicht eher verheiraten soll, als bis sie reif sind, *ff. de donat. inter vir. et uxor. l. cum hic status § si quis sponsam et 27 q. I. c.* Desgleichen sagt *gloss.:*

1 schlußfolgernd zu reden (lat.) – 2 Joannes de Prato (um 1450), ital. Rechtsgelehrter – 3 Leichter trägt sich, was man gern trägt (lat.). – 4 Was Arzneien den Krankheiten, das leisten die Rechte den Händeln (lat.)

Jam matura thoris plenis adoleverat annis virginitas[1].

Überhaupt soll man erst handeln, wenn die Zeit reif ist, 33. q. 2. § ult. et 33. de c. ult.«

Einundvierzigstes Kapitel

Wie Reitgans die Geschichte von dem Mann erzählt, der alle Prozesse schlichtete

»Dabei«, fuhr Reitgans fort, »fällt mir eine Geschichte ein. Zu der Zeit, als ich unter Brocardium juris[2] zu Poitiers die Rechte studierte, lebte in Smarves ein ehrlicher, braver Bauer, Peter Pinsel mit Namen, ein vorzüglicher Kirchensänger und allgemein geachteter, gesetzter Mann, ganz wie ihr, liebe Herren, auch der Mehrzahl nach seid, der, wie er zu erzählen pflegte, einmal den berühmten Gevatter Konzil von Lateran[3] mit seinem großen roten Hut und seine liebe Frau, die Pragmatische Sanktion, in ihrem weiten Atlaskleid und mit dem mächtigen achatnen Rosenkranz von Angesicht zu Angesicht gesehen hatte. Dieser gute Mann schlichtete mehr Prozesse, als im Justizpalast zu Poitiers, im Landgericht von Montmorillon und in der Gerichtsstube von Altparthenay zusammen entschieden wurden, weswegen er denn auch in der ganzen Umgegend von Mezeaulx, Estables, Chauvigny, Nouaillé, Croutelle, Aisgne, Ligugé, Mothe, Lusignan, Vivonne und den benachbarten Orten in hohem Ansehen stand. Alle Streitigkeiten, Zwiste und Prozesse entschied er in oberster Instanz, obgleich er kein Richter, sondern nur ein einfacher, ehrlicher Mann war, *Arg. in l. sed si unius. ff. de jurejur. et de verb. obl. l. continuus.* Kein Schwein wurde in der ganzen Gegend jemals geschlachtet, von dem er nicht seine Scheibe Speck und seine Wurst abbekommen hätte, und fast alle Tage war er entweder bei einem Schmaus, einem Festgelage, einer Hochzeit, einem Familienfest, einer Kindtaufe oder in der Schenke – wohlverstanden, immer zum Schlichten, denn er schlichtete nie anders, als daß die Parteien dabei miteinander trinken mußten, was, wie

1 Reif schon fürs Brautbett geworden, in ihren vollen Jahren, war die Jungfernschaft (lat.); Anklang an Vergil »Äneis« 7, 53 – 2 Rechtsgrundsatz – 3 1512/17

er sagte, ein Symbol der Versöhnung, der wiederhergestellten Harmonie und des erneuten guten Einvernehmens sei, *ut not. per Doct. ff. de peric. et com. rei. vend. l. 1.*

Saepe solet similis filius esse patri,
et sequitur leviter filia matris iter[1],

ut ait gloss. 6. qu. 1. c. Si quis. gloss. de consec. dist. 5. c. 1. fin. et est not. per Doct. C. de impub. et aliis subst. l. ult. et l. legitime. ff. de stat. hom. gloss. in l. quod si nolit. ff. de aedil. edict. l. quisquis. C. ad leg. Jul. Majestat. Excipio filios a moniali susceptos ex monacho[2], *per gloss. in c. impudicas. 27. qu. 1.*, und nannte sich Prozeßschlichter, war auch sehr hinter dem Geschäft her, indem er rechts und links vigilierte, denn *vigilantibus jura subvenium*[3], *ex leg. pupillus, ff. quae in fraud. cred. et ibid. l. non enim. et Inst. in prooemio,* und sobald er witterte, *ut ff. si quad. paup. fed. l. Agaso. gloss. in verbo olfecit, id est nasum ad culum posuit*[4], und hörte, daß im Land irgendein Prozeß oder eine Streitsache im Gange sei, so mischte er sich kurzerhand ein, um die Parteien zu versöhnen. Es steht geschrieben: *Qui non laborat, non manigeducat*[5], und *gloss. ff. de damn. infect. l. quamvis* sagt: *Currere* mehr als im Schritt *vetulam compellit egestas*[6], *gloss. ff. de lib. agnosc. l. si quis. pro qua facit. l. si plures. C. de condit. inserti.* Er ging jedoch so unglücklich dabei zu Werke, daß es ihm nie gelingen wollte, auch nur die allerkleinste Sache zu schlichten, und statt die Parteien zu versöhnen, brachte er es nur dahin, daß sie noch giftiger und erboster aufeinander wurden. Ihr wißt ja, liebe Herren:

Sermo datur cunctis, animi sapientia paucis[7],

gloss. ff. de alien. jud. mut. caus. fa. l. 2, und die Schankwirte von Smarves sagten, daß sie unter seinem Regiment in einem ganzen Jahr nicht soviel Schlichtewein verkauft hätten – so nannten sie den ›Guten‹ von Ligugé – wie unter seinem Vater in einer halben Stunde.

Darüber beklagte er sich einmal bei diesem und schob die Schuld an all seinen Mißerfolgen auf die Hartnäckigkeit der Leute heutzutage, indem er zugleich die kecke Behauptung hin-

1 Häufig pflegt der Sohn nach seinem Vater zu arten, doch an der Mutter Spur heftet die Tochter sich gern (lat.). – 2 Die von Mönchen gezeugten Nonnensöhne nehme ich aus (lat.). – 3 den Wachsamen hilft das Gesetz (lat.). – 4 Erklärung zum Wort: beroch, das heißt, die Nase an den Hintern hielt (lat.) – 5 Wer nicht arbeitet, hat nicht manche Dukaten (*manigeducat* für *manducat* ißt; (lat.). – 6 Sie rennt mehr als im Schritt, macht der Vettel die Armut Beine (lat.) – 7 Rede ist allen gegeben, doch wenigen Weisheit der Seele (lat.)

warf, sein Vater würde die Ehre und den Namen eines Friedensvermittlers wohl auch nicht erlangt haben, wenn die Welt damals schon so eigensinnig, streitlustig, unzufrieden und aus den Fugen geraten gewesen wäre wie jetzt, wodurch er sich gegen das Gesetz verging, welches den Kindern verbietet, ihren eigenen Vater zu schmähen, *per gloss. et Bart. l. 3. § si quis. ff. de condit. ob caus. et authent. de nupt. § sed quod sancitum. col. 4.*

Darauf antwortete Peter: ›Pinsel, mein Sohn, du mußt es anders anfangen.

Wenn *oportet*[1] ist dabei,
geht's von selber, eins, zwei, drei,

gloss. C. de appell. l. eos etiam. Ne, ne, da liegt der Hund nicht begraben. Daß du keine einzige Sache schlichtest, woher kommt das? Daher, daß du sie gleich zu Beginn anfaßt, solange sie noch grün und noch nicht reif ist. Ich schlichte sie alle! Warum? Weil ich sie erst dann in die Hand nehme, wenn sie richtig weich gekocht und mürbe sind. Wie heißt's *in gloss.:*

Dulcior est fructus post multa pericula ductus[1],

l. non moriturum C. de contrahend. et commit. stip.? Kennst du nicht das alte Sprichwort: Glücklich der Arzt, der gerufen wird, wenn die Besserung eintritt? Die Krisis ist vorüber, die Krankheit im Abzug, mag der Arzt kommen oder nicht. So neigten meine Parteien sich von selbst dem letzten Ziel allen Prozessierens zu, denn ihr Beutel war leer; sie gaben von selbst Zank und Streit auf, weil zu mehr Zank und Streit der Heller im Sacke fehlte:

Deficiente pecu, deficit omne, nia.[3].

Sie brauchten nur einen, der ihnen als Brautführer und als Vermittler diente, einen, der von Vertragen zu sprechen anfing, damit ja keiner der sich Streitenden die furchtbare Schande auf sich lüde, daß man von ihm gesagt hätte: Der hat zuerst klein beigegeben, der hat zuerst von Vergleich gesprochen, der ist zuerst müde geworden; mit seinem Recht muß es doch schwach bestellt gewesen sein, er wußte wohl, wo der Schuh ihn drückte. – Dann komm' ich, Pinsel, wie der Speck in die Erbsen; dann ist meine Zeit, mein Erntetag, mein günstiger Moment. Und glaube mir, Pinsel, mein lieber Sohn, auf solche Art wollt' ich

1 das Muß (lat.) – 2 Süßer ist eine Frucht, nach vielen Gefahren ergattert (lat.). – 3 Fehlt es im Beutel an Mo-, fehlt es an allem, -neten (lat.).

Frieden stiften oder wenigstens Waffenstillstand zwischen dem Allerchristlichsten König und den Venezianern, zwischen dem Kaiser und den Schweizern, zwischen den Engländern und den Schotten, dem Papst und Ferrara, ja – was soll ich mehr sagen? –, so wahr mir Gott helfe, zwischen dem Türken und dem Schah, den Moskowitern und den Tataren. Verstehe mich recht, ich würde sie eben fassen, wenn der eine oder der andere den Krieg satt hätt', wenn ihre Truhen leer, die Beute ihrer Untertanen erschöpft, ihr Krongut verkauft, ihre Länder verpfändet und Proviant wie Munition verbraucht wären. Bei Gott und seiner gebenedeiten Mutter, dann müßten sie wohl wieder Atem schöpfen und ihrem Frevel Grenzen setzen. Du findest diese Ansicht *in gloss. 37 d. c. si quando:*

Odero si potero, si non, invitus amabo‹[1].«

Zweiundvierzigstes Kapitel

Wie die Prozesse zur Welt kommen und wie sie groß werden

»Darum«, fuhr Reitgans fort, »mach' ich's wie ihr, liebe Herren, und warte die Zeit ab, bis ein Prozeß reif ist und bis er alle seine Glieder, das heißt Schriftstücke und Aktenstöße, vollkommen ausgebildet hat. *Arg. in l. si major. C. commun. divid. et de cons. di. 1, c. Solennitates, et ibi gloss.* Ein Prozeß wenn er zur Welt kommt, scheint mir, ganz wie euch, liebe Herren, auch, unförmlich und unvollkommen, einem jungen, neugebornen Bären gleich, der weder Beine, Tatzen, Fell, Haare noch Kopf hat, sondern nichts ist als ein Stück rohes, ungeformtes Fleisch. Das alles muß die Bärenmutter erst aus ihm herauslecken, *ut not. Doct. ff. ad l. Aquil. l. 2 in fin.* Geradeso ungegliedert und ungestaltet sehe ich, auch ihr, liebe Herren, die Prozesse zur Welt kommen. Ein Glied, höchstens zwei ist alles, was sie haben, da sind sie noch recht häßlich; aber wenn es sich erst sammelt, sich anhäuft und überläuft, dann kann man wohl sagen, es formt sich, es gliedert sich; denn *forma dat esse rei*[2], *l. si is qui. ff. ad l. Falcid. in c. cum dilecta. extra. de rescript. Barbatia*[3] *cons. 12 lib. 2,* und vor ihm *Bald.*

1 Kann ich's, will ich dich hassen, wenn nicht, widerstrebend dich lieben (lat.); Ovid »Liebeselegien« 3, 11, 35. – 2 die Form gibt der Sache erst Wesen (lat.). – 3 Barbatias

in c. ult. extra de consuet. et l. Julianus. ff. ad exhib. et l. quaesitum. ff. de leg. 3. Die Art, wie das geschieht, ist angegeben *in gloss. pen. qu. 1. c. Paulus*[1]:

Debile principium melior fortuna sequetur[2].

Wie ihr, liebe Herren, auch, so verschaffen die Gerichtsdiener, Schergen, Büttel, Schreiber, Prokuratoren, Kommissare, Advokaten, Untersuchungsrichter, Registratoren, Notare, Aktuare, Assessoren, *de quibus tit. est l. 3. Cod.,* den Prozessen durch starkes und immerwährendes Saugen an den Geldbeuteln der Parteien Kopf, Füße, Tatzen, Schnabel, Zähne, Venen, Arterien, Muskeln und Lebensgeister, das heißt Aktenstöße, *gloss. de cons. d. 4. c. accepisti:*

Qualis vestis erit, talia corda gerit[3].

Hic not.[4], daß die Kläger in dieser Hinsicht noch glücklicher zu schätzen sind als die Diener der Gerechtigkeit, denn *beatius est dare quam accipere*[5], *ff. commun. l. 3, et extra de celeb. Miss. c. cum Marthae et 24 qu. 1. c. Od. gloss.:*

Affectum dantis pensat censura tonantis[6].

So machen sie den Prozeß vollkommen, wohlansehnlich, wohlgebildet, wie *gloss. canonica* sagt:

Accipe, sume, cape sunt verba placentia Papae[7],

und noch klarer *Alber. de Ros.*[8] *in verb. Roma:*

Roma manus rodit, quas rodere non valet, odit;
dantes custodit, non dantes spernit et odit[9].

Und warum?

Ad praesens ova, cras pullis sunt meliora[10],

ut est gloss. in l. cum hi. ff. de transact. Die bösen Folgen des Gegenteils sind angedeutet *in gloss. C. de allu. l. fin.:*

Cum labor in damno est, crescit mortalis egestas[11].

Denn ein Pro-zeß nach den Regeln der Kunst ist stets ein Ex-zeß im Anhäufen der Akten. Zum Beweis haben wir goldene Sprüchlein: *Litigando jura crescunt; litigando jus acquiritur*[12]. *Item*

1 Julius Paulus (um 200), röm. Rechtsgelehrter – 2 Schwächlichem Anbeginn folgt einst ein besseres Glückslos (lat.). – 3 So wie mit dem Kleide, steht's ums Eingeweide (lat.). – 4 Bemerkt hier (lat.) – 5 geben ist seliger als nehmen (lat.); Apostelgeschichte 20, 35. – 6 Eines Gebenden Herz wägt ab der streng prüfende Donnrer (lat.). – 7 Hinnehmen, Packen, Krallen sind Wörter, dem Papst zu Gefallen (lat.). – 8 Alberico de Rosata – 9 Rom berappt die Hände und haßt, wo's nicht kann, ohne Ende; schützt, empfängt's die Spende, und haßt, bleibt sie aus, ohne Ende (lat.). – 10 Lieber heut Eier im Topfe als morgige Küken im Kopfe (lat.). – 11 Wenn die Arbeit erst ruht, wächst das Elend des Menschen (lat.); »Aussprüche Catos«. » 12 Durch Prozessieren gewinnen die Rechte; durch Prozessieren kommt man zum Recht (lat.).

gloss. in c. illud extra. de praesumpt. et C. de prob. l. instrumenta. l. non epistolis. l. non nudis:

Et cum non prosunt singula, multa juvant[1]*.«*

»Aber wie macht Ihr es denn in Kriminalfällen, mein Lieber«, fragte Klogsnacker, »zum Beispiel wenn der Schuldige *in flagranti crimine*[2] betroffen worden ist?« – »Geradso wie ihr , liebe Herren, auch«, erwiderte Reitgans. »Als Einleitung zum Prozeß lass' ich den Kläger sich gehörig ausschlafen, und dann lass' ich ihn mit einem guten, rechtsgültigen Zeugnis darüber vor mir erscheinen, nach *gloss. 32. qu. 7. c. Si quis cum:*

Quandoque bonus dormitat Homerus[3].

Aus diesem Akt entwickelt sich dann ein anderes Glied und aus diesem wieder eins, wie man Ring an Ring zu einem Kettenhemd zusammenschmiedet. Endlich seh' ich, daß der Prozeß durch Nachforschungen aller Art gehörig geformt und an allen Gliedern vollkommen ist. Dann greife ich zu meinen Würfeln. Und nicht etwa ohne vernünftigen Grund ziehe ich die Sache in die Länge, sondern habe dazu die Erfahrung für mich.

Noch wohl erinnere ich mich, wie im Lager vor Stockholm ein Gascogner namens Gratianaud aus Saint-Sever, der alles Geld im Spiel verloren hatte, sich fuchsteufelswild gebärdete; denn ihr wißt, *pecunia est alter sanguis*[4]*, ut ait Ant. de But.*[5] *in c. accedens. 2. extra ut lit. non contest. et Bald. in l. si tuis. C. de opt. l. per tot. in l. advocati. C. de advoc. div. jud.: Pecunia est vita hominis et optimus fidejussor in necessitatibus*[6]. Als er vom Spieltisch aufstand, schrie er all seinen Kameraden mit lauter Stimme zu: ›*Madre de Dios,* daß euch alle der Aff kratz! Hoab nu mei vierundzwanzig Heller schier verlore; oaber wenn's eima von euch juckt, will ich ihm dieselbige Zahl Hieb, Faustschläg und Kopfnüß reiche – soll mer nur kumme!‹ – Da ihm jedoch niemand darauf antwortete, ging er weiter zum Lager der Hundertpfünder[7] und wiederholte dieselben Worte, indem er sie aufforderte, sich mit ihm zu schlagen. Die aber sagten: ›Der Gascogner tut sich aus, mit eim jedem zu schlagen, aber er ist geneigter zu stehlen; darumb, lieben Frauwen, habt Sorg zu eurem Hausrat‹[8], und keiner aus ihren Reihen

1 Und was einzeln nicht nützt, hilft doch, sobald es sich häuft (lat.); Ovid »Liebesheilmittel« 420. – 2 auf frischer Straftat (lat.) – 3 Wenn zuweilen der gute Homer schläft (lat.); Horaz, Episteln 2, 3 »Dichtkunst« 359 – 4 Geld ist das zweite Blut (lat.). – 5 Antonio da Budrio (15. Jh.), ital. Rechtsgelehrter – 6 Geld ist des Menschen Leben und der beste Bürge in Nöten (lat.). – 7 Spottname für die Landsknechte – 8 Wortlaut des Originals

stellte sich ihm zum Zweikampf. Daraufhin ging der Gascogner ins Lager der französischen Freischützen und sagte dasselbe wie zuvor, lud sie auch durch allerhand gascognische Narrenpossen ein, mit ihm zu kämpfen; aber niemand gab ihm Antwort.

Also legte er sich zuletzt am Ausgang des Lagers neben den Zelten des dicken Ritters Christian von Crissé auf die Erde hin und schlief ein. – Nicht lange, so kam ein Landsknecht, der auch sein Geld verspielt hatte, mit blankem Degen herbeigelaufen, in der festen Absicht, sich mit dem Gascogner herumzuschlagen, weil's ihm nicht besser ergangen war als diesem:

Ploratur lacrimis amissa pecunia veris[1],

sagt *gloss. de poenit. dist. 3. c. sunt plures.* Nachdem er lange im Lager herumgesucht, fand er ihn hier schlafend und schrie ihn an: ›He, in des Teufels Namen, auf! Hab' mein Geld so gut verloren wie du, wollen uns nun dafür den Speck kitzeln, du Hundsfott, komm! Nimm dich in acht, daß meine Fuchtel nicht länger ist als dein Degen.‹ – ›Beim Haupt des heilgen Arnold‹, entgegnete ihm der Gascogner, noch ganz schlaftrunken, ›wer bischt? Was weckst mi oaf? Daß de Katz di schind! Ho, Sankt Sever, Hort der Gascogne, schloaf i süeß, un kümmt der Narr un weckt mi!‹ – Erneut forderte ihn der Landsknecht zum Kampf heraus; aber der Gascogner entgegnete ihm: ›Was, du Kerl, do i ausgeruet hoab? I zerbrech dir doch alle Knoche im Leibe! Rue di aach erst a bissel hier nebean aus, un dann woll mer klopfe.‹ – Jetzt, wo er seinen Verlust beschlafen hatte, war ihm die Neigung zum Raufen vergangen. Kurz, statt sich zu schlagen und vielleicht einander zu töten, gingen sie und tranken eins zusammen auf Kosten ihrer verpfändeten Degen. So hatte der Schlaf wohltätig gewirkt und die aufflammende Wut der beiden mutigen Streithähne gedämpft. Eine Bestätigung der goldenen Worte des *Joann. And.*[2] *in cap. ult. de sent. et re judic. lib. 6.: Sedendo et quiescendo fit anima prudens*[3].«

1 Echte Tränen vergießt man, geht man des Geldes verlustig (lat.); Juvenal »Satiren« 13, 134. – 2 Andrea – 3 Durch Sitzen und Ruhen kommt die Seele zur Einsicht (lat.); Aristoteles »Physik« 7, 3, 7

Dreiundvierzigstes Kapitel

Wie Pantagruel Reitgans wegen seiner Würfelsprüche entschuldigt

Sobald Reitgans schwieg, befahl ihm Klogsnacker, den Gerichtssaal zu verlassen, was sofort geschah. Dann sprach er zu Pantagruel: »Erhabener Fürst, nicht in Betracht der Verpflichtungen allein, welche Ihr durch unendliche Wohltaten diesem Parlament und der ganzen Markgrafschaft Myrelingen auferlegt habt, sondern ebensosehr in Betracht des scharfen Verstandes, richtigen Urteils und der bewunderungswürdigen Gelehrsamkeit, womit Gott, der Geber alles Guten, Euch gesegnet hat, dünkt es uns am besten, die Entscheidung dieses so neuen, seltsamen und befremdlichen Falles des Richters Reitgans, welcher sich in Eurer Gegenwart und vor Euren Augen und Ohren offen dazu bekannt hat, daß er durch die Würfel Recht spreche, Euch zu überlassen. Wir bitten Euch also, das Urteil so zu fällen, wie es Euch gerecht und billig scheint.« – Darauf erwiderte Pantagruel: »Liebe Herren, ihr wißt wohl, daß es meines Amtes nicht ist, Prozesse zu entscheiden; da ihr mir aber soviel Ehre erweist, möchte ich, statt mir das Richteramt anzumaßen, lieber als Bittsteller vor euch erscheinen. Ich nehme an Reitgans einige Eigenschaften wahr, die ihn meines Erachtens im hier vorliegenden Fall eurer Nachsicht empfehlen. Berücksichtigt zuerst sein Alter und dann den guten Glauben, in dem er gehandelt hat, zwei Dinge, denen, wie ihr wohl wißt, unsere Rechte und Gesetze so weit Rechnung tragen, daß, wo sie vorhanden sind, Vergehungen leichter entschuldigt und verziehen werden. Drittens finde ich in unseren Rechten auch noch einen anderen Punkt zu Reitgans' Gunsten, nämlich den, daß dieser einzige fehlerhafte Spruch in dem unendlichen Meer gerechter Urteilssprüche, die er früher gefällt, verschwinden, untergehen und sich verlieren sollte; denn seit mehr als vierzig Jahren hat man ja an ihm keinen Grund zu irgendeinem Tadel gefunden, wie, wenn ich einen Tropfen Meerwasser in die Loire fallen ließe, niemand diesen einzigen Tropfen würde schmecken und niemand sagen können, es sei das Wasser der Loire davon salzig geworden. Ja, fast will es mir scheinen, als ob hier, wie soll ich sagen, Gottes Hand ein wenig mit im Spiel gewesen sei, die es so bestellt und verordnet hat, daß alle jene früheren Urteilssprüche durch Würfelwurf vor diesem eurem ehrwürdigen und erhabenen Gerichtshof Beifall fanden, die Hand dessen, der, wie ihr wißt, seinen Ruhm darin sucht, die Weisen zu verwirren, die Mächtigen zu erniedrigen und die Einfältigen und Demütigen zu erhöhen.

Aber alles dies außer Betracht gelassen, möcht' ich euch lediglich bitten – doch nicht um der Verpflichtungen willen, die ihr gegen mein Haus zu haben meint und von denen ich nichts wissen will, wohl aber wegen der aufrichtigen Gewogenheit, mit welcher wir von alters her stets bestrebt waren, euer Amt und eure Würde diesseits und jenseits der Loire aufrechtzuerhalten –, daß ihr ihm für dies Mal Verzeihung angedeihen laßt, und zwar unter folgenden Bedingungen: Erstens soll er der von ihm geschädigten Partei Ersatz leisten oder dafür einen Bürgen stellen, was meine Sorge sein wird und wozu ich die nötigen Befehle geben werde; zweitens soll ihm ein jüngerer, gelehrter, umsichtiger, geschickter und ehrlicher Mann als Gehilfe zugeteilt werden, mit dessen Unterstützung er künftig sein richterliches Amt verwaltet. Wollt ihr ihm aber dieses Amt entziehen, so bitte ich euch um die Gunst, ihn mir zu überlassen. Ich werde in meinem Staat Stellen und Ämter genug finden, wo ich ihn brauchen und er mir nützlich sein kann. Und somit flehe ich zu Gott, dem Schöpfer und Erhalter, dem Geber alles Guten, daß er seine Gnade immerdar über euch walten lasse.«

Nachdem Pantagruel diese Worte gesprochen, verneigte er sich gegen den versammelten Hof und verließ den Gerichtssaal. An der Tür fand er Panurg, Epistemon, Bruder Hans und die anderen, die dort auf ihn warteten, worauf allesamt ihre Pferde bestiegen, um wieder zu Gargantua zurückzukehren. Unterwegs erzählte ihnen Pantagruel Punkt für Punkt die Geschichte des Reitgansischen Rechtsfalles. Bruder Hans bezeugte, daß er jenen Peter Pinsel gekannt, und zwar zu der Zeit, als er sich selbst unter dem würdigen Abt Ardillon im Kloster Fontaine-le-Comte aufgehalten habe. Gymnast sagte, er wäre gerade in dem Zelt des dicken Ritters Christian von Crissé gewesen, als der Gascogner dem Landsknecht die Antwort gegeben hätte. Panurg machte einige Bedenken geltend und wollte nicht recht an das gute Glück solcher Würfelsprüche glauben, besonders nicht, daß es so lange anhalten könne. Epistemon aber sprach zu Pantagruel: »Eine ähnliche Geschichte wird uns von einem Schultheiß zu Montlhéry erzählt. Was soll man aber zu solch einem Glücksspiel sagen, das sich so viele Jahre hindurch bewährt hat? Über ein oder zwei so aufs Geratewohl gefällte Urteile würde ich mich nicht wundern, namentlich nicht in solchen Fällen, die an und für sich zweifelhaft, dunkel, schwierig und verzwickt sind.«

Vierundvierzigstes Kapitel

Wie Pantagruel eine seltsame Geschichte von der Schwierigkeit menschlichen Urteils erzählt

»Ein solcher Fall war es, der vor Cn. Dolabella, dem Prokonsul von Asien, verhandelt wurde«, sagte Pantagruel. »Eine Frau in Smyrna hatte von ihrem ersten Mann ein Kind, das Abc hieß. Einige Zeit nach dem Tode dieses ersten Mannes verheiratete sie sich wieder und hatte mit dem zweiten Mann ebenfalls einen Knaben, Efg mit Namen. Da nun aber die Zuneigung der Stiefväter, Vitrizen[1], Noverzen[2] und Stiefmütter zu den Sprößlingen der ersten Ehe gewöhnlich nicht sehr groß ist, geschah es, daß dieser Mann und sein Sohn heimlich, verräterisch und hinterlistig Abc ermordeten. Als die Frau diese schändliche und tückische Tat erfuhr, beschloß sie, das Verbrechen nicht ungesühnt zu lassen, und ließ beide töten, um den Tod ihres Erstgeborenen zu rächen. Sie wurde ergriffen und vor Cn. Dolabella gebracht. Hier bekannte sie alles, ohne das geringste zu verschweigen, erklärte aber zugleich, daß sie die beiden mit Fug und Recht getötet hätte. Dies war der Tatbestand. Den Konsul dünkte die Sache so schwierig, daß er nicht wußte, wie er sie entscheiden sollte. Das Verbrechen der Frau war allerdings sehr schwer, sie hatte ihren zweiten Mann und ihr eigenes Kind getötet; aber auf der andern Seite schien ihm der Beweggrund zu dieser Tat ganz natürlich und gleichsam im Volksrecht begründet zu sein, denn gemeinsam hatten jene beiden verräterischer- und hinterlistigerweise ihren ersten Sohn ermordet, ohne daß sie von ihm gereizt oder beleidigt worden wären, aus bloßer Habsucht, um sich seines Erbteils zu bemächtigen. Er schickte also die Sache an den Areo-

1 Stiefväter – 2 Stiefmütter

pag nach Athen, um zu erfahren, was für ein Urteil dieser abgeben und was er beschließen würde. Der Areopag aber gab zur Antwort, nach hundert Jahren möge man ihm die streitenden Parteien selbst hinschicken, damit sie auf alle Fragen, die aus der Klageschrift nicht deutlich erhellten, Auskunft geben könnten. Das hieß mit anderen Worten, der Fall schien ihnen so schwierig und dunkel, daß sie nicht wußten, was sie darüber sagen und wie sie ihn entscheiden sollten. Wer diesen also durch Würfel ent-

schieden hätte, würde sich auf keine Weise haben irren können, denn wären die Würfel gegen die Frau gefallen, so hätte sie ja die Strafe verdient, weil sie sich die Rache angemaßt hatte, die allein dem Gericht zustand; wären sie aber für sie gefallen, so war ihr übermäßiges Leid Grund genug für die Tat. Doch wie Reitgans die Sache so lange hat treiben können, begreife ich immer noch nicht.«

»Etwas Verbindliches kann ich Euch darauf auch nicht erwidern, das muß ich zugeben«, sagte Epistemon. »Indessen möchte ich die Mutmaßung aussprechen, daß man diese glücklichen Urteilssprüche wohl auf die himmlische Gnade und auf die Gunst der alles lenkenden geistigen Wesen zurückführen könnte, die, in Betracht der Einfalt und ehrlichen Gesinnung des Richters Reitgans, der, mißtrauisch gegen sein eigenes Wissen und seine Fähigkeit, eingedenk der Gegensätze und Widersprüche der Gesetze, Edikte, Rechtsbräuche und Verordnungen und überzeugt von den Künsten des höllischen Verleumders, welcher, durch seine Diener, die bösen Advokaten, Räte, Prokuratoren und anderen Helfershelfer, in einen Boten des Lichts verkehrt, weiß in schwarz umwandelt und jeder Partei vorspiegelt, sie habe das beste Recht – wie denn keine Sache, Ihr wißt, so schlecht ist, daß sie nicht einen Anwalt fände, andernfalls es gar keine Prozesse in der Welt geben würde –, sich demütig Gott, dem gerechten Richter, empfahl, seine himmlische Gnade anrief, das Wagnis und die Last eines entscheidenden Urteilsspruchs auf die Schultern des dreimalheiligen Geistes ablud und seinen Ratschluß und Willen, als welchen wir den Spruch ansehen müssen, sich durch das Los erbat, die, sage ich, dies alles erwägend, die Würfel so rüttelten und schüttelten, daß sie für den fielen, der, als der gerechte Kläger, fordern durfte, sein gutes Recht von den Gerichten gewahrt zu sehen. Wie ja auch die Talmudisten sagen, daß es keineswegs sündhaft sei, das Schicksal zu befragen; in Ängsten und Zweifeln der Menschen tue sich der göttliche Wille auf diese Weise kund.

Wahrlich, ich möchte nicht meinen noch sagen und auf keinen Fall zugeben – denn ich kenne die schreckliche Ungerechtigkeit und die Verderbnis der Leute, die im myrelingischen Parlament zu Myrelingen das Recht verwalten –, daß ein Prozeß durch Würfel schlechter entschieden wird, mögen sie fallen, wie sie wollen, als wenn er durch die blutbesudelten, gottlosen Hände dieser Räuber geht. Stützt sich doch die ganze Art und Richtschnur ihrer Rechtspflege auf Tribonian, diesen gewissenlosen, ruchlosen und barbarischen Mann, der so bösgesinnt, verderbt, habgierig und ungerecht war, daß er die Gesetze, Edikte, Reskripte, Satzungen und Verordnungen an den Meistbietenden für schmutziges Geld verschacherte. So hat er die Gesetze zu kleinen Fetzen und Lumpen zerschnitten, wie sie jetzt in Gebrauch sind, indem er das übrige, was erst das gesamte Recht ausmacht, beseitigte und unterdrückte, weil er fürchtete, die Welt möchte seine Niederträchtigkeit klar erkennen, wenn er ihr das ganze Gesetz überlieferte und man die Bücher der alten Rechtsgelehrten über die Zwölf Tafeln und die Edikte der Prätoren zu Rate ziehen könnte. Darum wäre es oft besser für die streitenden Parteien, das heißt weniger schadenbringend, sie schritten auf Fußangeln daher, als daß sie ihr Recht der Entscheidung und dem Urteilsspruch solcher Leute unterstellten, wie denn schon Cato seinerzeit wünschte und vorschlug, es möchten die Gerichtshöfe mit Fußangeln gepflastert werden.«

Fünfundvierzigstes Kapitel

Wie Panurg Triboulet um Rat fragt

Am sechsten Tag war Pantagruel wieder zu Hause, und um dieselbe Zeit traf auch Triboulet zu Wasser von Blois dort ein. Als Willkommensgabe schenkte ihm Panurg eine schöne, kugelrunde, laut klappernde Schweinsblase mit Erbsen darin, einen schönen, vergoldeten hölzernen Degen, ein Täschchen aus Schildpatt, eine Korbflasche mit bretonischem Wein und eine Metze rotbäckiger Äpfel. »Ist er denn närrisch auf rotbäckige Metzen?« fragte Carpalim. – Triboulet gürtete sich den Degen und hängte das Täschchen um, nahm die Blase in die Hand, fraß einen Teil der Äpfel auf und trank den Wein bis auf den letzten Tropfen aus. Währenddessen beobachtete ihn Panurg aufmerksam, dann sagte er: »Ich habe doch schon für mehr als zehntausend Franken Narren gesehen, aber noch nie einen, der nicht von Herzen gern und in vollen Zügen getrunken hätte.« Darauf trug er ihm sein Anliegen in wohlgesetzten, gewählten Worten vor; aber noch bevor er ausgeredet, gab ihm Triboulet mit der Faust eins in den Rücken, drückte ihm die leere Flasche in die Hand, fuhr ihm mit der Blase unter die Nase und sagte statt aller Antwort, dabei den Kopf nach allen Seiten heftig hin und her bewegend: »Gott, Gott, großer Narr, achtgeben auf Mönch! Heiliger Dudelsack von Buzançais.« – Nach diesen Worten drehte er der Gesellschaft den Rücken zu und spielte mit der Blase, deren melodisches Rasseln ihn höchlich zu belustigen schien. Weiter war keine Antwort aus ihm herauszubringen, und als Panurg ihn dennoch ausfragen wollte, zog er seinen hölzernen Degen und ging ihm damit zu Leibe. »Das ist eine schöne Bescherung«, sagte Panurg, »das ist eine saubere Lösung. Wahr und wahrhaftig, ein rechter, echter Narr, das läßt sich nicht in Abrede stellen; aber ein noch größerer ist der, der ihn hierhergebracht hat, und ein dreimal größerer bin ich selbst, daß ich ihm mein Anliegen vorgetragen habe.« »Soll das etwa auf mich zielen?« fragte Carpalim. – »Anstatt uns zu ereifern«, begann Pantagruel, »wäre es besser, wir zögen seine Worte und Bewegungen etwas näher in Betracht; mir scheint, als ob etwas Tiefes und Verborgenes darin läge, und ich wundere mich jetzt kaum mehr darüber, daß die Türken solche Narren als Schriftdeuter und Propheten verehren. Bemerktet ihr, wie er den Kopf schüttelte und rüttelte, bevor er den Mund auftat und redete? Aus den Lehren der alten Philosophen sowie aus den Bräuchen der Magier und den Meinungen der Rechtsgelehrten könnt ihr entnehmen, daß eine solche Bewegung durch den Geist der Wahrsagung hervorgerufen wird, der, indem er sich plötzlich in die geringe und schwächliche Gehirnmasse ergießt, die in einem kleinen Kopf natürlich nicht groß sein kann, diese dermaßen erschüttert, daß nach dem Ausspruch der Ärzte Gliederzittern eintritt, teils wegen der Wucht und Heftigkeit des Stoßes selbst, teils wegen der Schwäche des den Stoß erleidenden Organs.

Ein augenscheinlicher Beweis dafür ist, daß es Leute gibt, die, solange sie nüchtern sind, einen mit Wein gefüllten Humpen nicht fest in der Hand halten können, ohne zu zittern. Dasselbe sehen wir bei der orakelnden Pythia, die, ehe sie das Orakel verkündete, den Lorbeer, den sie trug, heftig schüttelte. Ebenso erzählt uns Lampridius, daß Kaiser Heliogabal, um als Seher zu gelten, bei den Festen seines großen Idols mitten unter den fanatischen Verschnittenen öffentlich sein Haupt hin und her bewegt habe, und Plautus in seiner *Asinaria*[1] sagt, daß Saurias, den Kopf hin und her werfend, wie wutentbrannt und außer sich umhergegangen sei, so daß er allen ihm Begegnenden Furcht eingeflößt habe, und an einer andern Stelle gibt er als Grund, weshalb Charmides mit dem Kopf wackelte, den an, daß er in Verzückung

1 »Eselskomödie«

war. Desgleichen erzählt uns Catull in *Berecyntia et Attis* von einem Ort, wo die Mänaden, die rasenden und weissagenden Priesterinnen des Bacchus, Efeustäbe schwingend, das Haupt hin und her bewegten, wie dies bei gleicher Veranlassung auch die verstümmelten Gallen, die Priester der Kybele, taten, wenn sie ihre Opfer vollzogen, wovon denn auch nach den alten Theologen die Göttin ihren Namen führt; denn κυβιστᾷν bedeutet radschlagen, kreisen, sich drehen, den Kopf schütteln, sich krümmen. Und Titus Livius berichtet[1], daß bei den Bacchanalien in Rom die Männer und Weiber ausgesehen hätten, als ob sie weissagten, so hätten sie die eigentümlichen Bewegungen des Kopfs und die Verrenkungen der Glieder nachgeahmt. Denn die allgemeine Ansicht der Philosophen wie des Volks war die, daß Weissagung von den Göttern nicht anders verliehen werde als mit gleichzeitigen Wutausbrüchen, Verrenkungen des Körpers, mit Zittern und Hinundherschwanken, und zwar nicht allein, wenn der Weissagende die göttliche Eingebung empfing, sondern auch wenn er sie verkündete und von sich gab. Und in der Tat, als man den berühmten Rechtsgelehrten Julian[2] einmal fragte, ob jener Sklave, der in einem Haufen fanatischer und rasender Leute geredet und geweissagt hatte – jedoch ohne das Haupt dabei zu bewegen –, nach seiner Meinung bei Sinnen gewesen sei, gab er zur Antwort, daß man ihn dafür halte. – Und so finden wir bis zum heutigen Tag, daß Lehrer und Erzieher ihren Schülern die Köpfe schütteln, indem sie sie – wie den Topf bei seinen Henkeln – bei den Ohren fassen und hin und her zerren, also bei dem Körperteil, welcher nach der Lehre der weisen Ägypter dem Gedächtnis geweiht ist, um ihre Gedanken zu guter philosophischer Zucht zurückzubringen, wenn sie sich zufällig oder auch durch fremde Einflüsse anderswohin verirrt haben. Wie denn Vergil bekennt[3], selbst von Apollo Cynthius auf diese Weise zurechtgeschüttelt worden zu sein.«

1 »Seit Gründung der Stadt« 39, 13 – 2 gemeint ist Vivianus – 3 »Hirtengedichte« 6, 3

Sechsundvierzigstes Kapitel
Wie verschieden Pantagruel und Panurg die Worte Triboulets auslegen

»Er sagt, du seits ein Narr, und war für ein Narr, ein großer, der sich auf seine alten Tage noch durch eine Heirat will binden und knebeln lassen. Er sagt: ›Achtgeben auf Mönch!‹ Bei meiner Ehre, ein Mönch wird dich also zum Hahnrei machen. Du hörst es, ich verbürge meine Ehre dafür, und etwas Höheres kenne ich nicht, wär' ich auch alleiniger und unbestrittener Herr von Asien, Europa und Afrika zusammengenommen. Gib Obacht, wie sehr ich Triboulet, unserm Weisheitsnarren, beipflichte. Die anderen Orakel und Weissagungen stempelten dich bloß zum Hahnrei, sagten aber niemals klar, mit wem deine Frau Ehebruch treiben und wer dir die Hörner aufsetzen würde. Dieser edle Triboulet sagt es! Und eine schmähliche, höchst schandbare Hahnreischaft wird es sein. Wie, soll dein Ehebett auch noch von Möncherei befleckt und besudelt werden? Weiter spricht er dann vom Dudelsack von Buzançais, das will heißen, du bist der Dudeldei, dem man die Hörner aufsackt. Und wie er selbst – Triboulet nämlich –, als er König Ludwig XII. für einen seiner Brüder um das Salzamt von Buzançais bitten wollte, um den Dudelsack von Buzançais bat, wirst du, der du eine gute, anständige Frau heiraten möchtest, einen Hohlkopf, einen Windbeutel, ein aufgeblasenes, kreischendes Frauenzimmer, mit einem Wort: einen leibhaftigen Dudelsack heiraten. Und noch mehr: Vergiß nicht, daß er dir mit der Blase um die Nase fuchtelte und einen Faustschlag in den Rücken gab; das bedeutet soviel wie: Du wirst geschlagen, verhöhnt und bestohlen werden, wie du selbst den Kindern in Vaubreton die Schweinsblase gestohlen hast.«

»Ganz im Gegenteil!« sagte Panurg. »Nicht, daß ich so unverschämt wäre, mich in allen Stücken vom allgemeinen Narrentum ausnehmen zu wollen, nein! Ich zähle mit und gehöre dazu, das gesteh' ich ein. Närrisch ist die ganze Welt. Salomo sagt, die Zahl der Narren sei unendlich, und vom Unendlichen kann man, wie Aristoteles lehrt, weder etwas wegnehmen noch ihm etwas hinzufügen. Ich wär' gewiß ein großer Narr, wenn ich mich als Narr rühmen wollte, kein Narr zu sein; das tun nur Verrückte und ganz ausgesuchte Narren, denn, wie Avicenna sagt, die Arten der Narrheit sind unendlich verschieden. Sonst aber sprechen alle seine Worte und Bewegungen zu meinen Gunsten. Er sagt zu meiner Frau: ›Achtgeben auf Mönch!‹ Das heißt, sie wird, wie die Lesbia Catulls ihren Spatz, eine Mönchsgrasmücke, die Fliegen nachflattert, gern haben und ihre Zeit mit ihr so lustig verbringen wie Domitian, der alte Fliegenschnäpper. Weiter sagt er, sie werde so was Ländliches, so was Angenehmes an sich haben wie ein Dudelsack von Saulieu oder Buzançais. Nur ein Beweis, daß der wahrheitsliebende Triboulet meinen Geschmack und meine natürlichen Neigungen sehr richtig erkannt hat. Denn ich muß Euch gestehen, die lustigen Hirtinnen mit ihren zerzausten Haaren und nach Quendel duftenden Hintern gefallen mir viel besser als die vornehmen Damen bei Hof mit ihren Prunkgewändern und toilettigen Wassern. Das Dudeln der ländlichen Sackpfeife spricht mich mehr an als das Geklimper der Lauten, Fiedeln und Zithern. Dann hat er mir auch noch einen Schlag auf meinen allerwertesten Rücken gegeben. In Gottes Namen, mag mir der im Fegefeuer als empfangen angerechnet werden. Er hatte gewiß nicht die Absicht, mir weh zu tun, glaubte vielleicht, einen Pagen vor sich zu haben. Er ist ein ehrlicher Narr und weiß nicht, was er tut. Wer Böses von ihm denkt, versündigt sich an ihm, das könnt Ihr mir glauben. Ich verzeihe ihm von ganzem Herzen. Und daß er mir um die Nase herumfuchtelte, bedeutet nichts andres, als daß wir, meine Frau und ich, ein bißchen miteinander schäkern werden, wie Neuvermählte das immer zu tun pflegen.«

Siebenundvierzigstes Kapitel

Wie Pantagruel und Panurg beschließen, die Göttliche Flasche zu befragen

»Aber da ist noch ein anderer Punkt, den Ihr gar nicht beachtet habt, und doch liegt gerade da der Hase im Pfeffer: Er gab mir die Flasche wieder in die Hand! Was hat das zu bedeuten? Was wollte er damit sagen?« – »Wahrscheinlich nichts anderes«, erwiderte Pantagruel, »als daß deine Frau eine Säuferin sein wird.« – »Weit gefehlt«, sagte Panurg, »denn die Flasche war leer. Bei der Wirbelsäule des heiligen Fiacre von Brie, dieser weise Narr, dieser verzückte, nicht verrückte Triboulet verweist mich auf die Flasche! So erneure ich mein früheres Gelübde und schwöre in Eurer Gegenwart beim Styx und Acheron: Bis ich das Orakel der Göttlichen Flasche vernommen, will ich an meiner Mütze die Brille und an meinen Hosen keinen Latz tragen! Hab' einen guten Freund, einen klugen Mann, dem Ort und Land, wo sich ihr Tempel und ihr Orakel befinden, wohl bekannt sind. Er wird uns sicher zum Ziel führen. Begleitet mich, ich bitte Euch, schlagt mir's nicht ab. Will Euch auf der ganzen Fahrt der beste Gefährte von der Welt sein, ein Achates[1], ein Damis[2]. Weiß ja seit langem, daß Ihr das Reisen liebt und jeden Tag Neues sehen und Neues lernen möchtet. Glaubt mir, wir werden wunderbare Dinge zu sehen bekommen.« – »Ich wär' nicht abgeneigt«, erwiderte Pantagruel, »doch ehe wir eine so lange, so abenteuerliche und gefahrvolle Reise unternehmen ...« – »Gefahrvolle?« unterbrach ihn Panurg. »Wo ich bin, da laufen die Gefahren sieben Meilen in der Runde davon; wenn sich der Herrscher naht, hört die Macht aller andren Obrigkeit auf; wenn die Sonne aufgeht, entweicht die Finsternis, und in der Nähe der Gebeine des heiligen Martin von Candes verschwinden alle Krankheiten.« – »Immerhin müßten wir noch mancherlei erst in Ordnung bringen«, versetzte Pantagruel, »eh' wir uns auf den Weg machen könnten. Erstens müssen wir Triboulet nach Blois zurückschaffen« – was sofort geschah, nachdem ihm Pantagruel ein Gewand aus Goldstoff geschenkt hatte –; »zweitens ist es nötig, daß wir dem König, meinem Vater, unser Vorhaben mitteilen und Urlaub von ihm erbitten, und dann müssen wir eine Sibylle ausfindig machen, die uns als Führer und Dolmetscher dienen kann.« – Dafür, erwiderte Panurg, sei sein Freund Xenomanes[3] der geeignete Mann, außerdem gedenke er, über Laternien zu reisen und von dort eine gelehrte, brauchbare Laterne mitzunehmen, die ihnen auf ihrer Reise dieselben Dienste leisten solle wie die Sibylle Äneas, als er in die elysischen Gefilde hinabstieg.

Carpalim, der eben mit Triboulet fortging, hörte das und rief noch zurück: »He, du, Panurg, Herr Schuldenfrei, nimm Mylord Debitis[4] in Calais mit, das ist ein Stock, der den *debitoribus*[5],

1 treuster Gefährte des Äneas – 2 Schüler und Reisebegleiter des Apollonius von Tyana – 3 »Auslandsfreund« (griech.) – 4 *lord deputy*, engl. Statthalter von Calais – 5 Wortspiel zwischen lat. *debitis* den Schulden und *debitoribus* den Schuldnern

ich meine den Laternen, stramm auf dem Halse sitzt: da hast du gleich einen Stock zur Laterne.«

»Ich denke, es kann eine recht lustige Reise werden«, sagte Pantagruel, »alle Anzeichen sprechen dafür. Eins tut mir nur leid: daß ich nicht gut Laternisch spreche.« – »Oh, ich werde für alle sprechen«, sagte Panurg, »ich verstehe es wie meine Muttersprache; mir ist es ganz geläufig:

Briszmarg dalgotbric nubstzne zos,
isquebz prusq alborz crinqs zacbac.
Misbe dilbarkz morp nipp stancz bos,
strombtz Panurge, walmap quost grufz bac.

Nun, Epistemon, was ist das? Rate einmal.« – »Das sind wahrscheinlich lauter Namen von allerlei herumfahrenden, herumkriechenden, herumschwirrenden Teufeln.« – »Wohl gesprochen, Bruderherz«, sagte Panurg, »es ist das allerfeinste Hoflaternisch. Unterwegs werd' ich dir ein kleines, niedliches Vokabularium zusammenstellen, das sich so schnell zerschleißen soll wie ein Paar neue Schuhe; du bist damit fertig, eh' man die Hand umdreht. Übrigens lautet das, was ich dir eben vortrug, in unserer Sprache übersetzt, etwa so:

All die Zeit, da ich verliebt,
hatt ich Pech und war betrübt.
Ehestand ist beßrer Stand,
sagt Panurg – der hat Verstand.«

»Bleibt jetzt also nur noch übrig«, sagte Pantagruel, »daß wir den Willen des Königs, meines Vaters, vernehmen und ihn um Urlaub bitten.«

Achtundvierzigstes Kapitel

Wie Gargantua sich darüber ausspricht, daß es den Kindern nicht zukomme, ohne Wissen und Willen der Eltern zu heiraten

Als Pantagruel in den großen Saal des Schlosses trat, fand er dort den guten Gargantua, der gerade aus der Ratssitzung kam. Nachdem er ihm in aller Kürze ihre Abenteuer erzählt hatte, machte er ihn mit ihrem Vorhaben bekannt und bat ihn um seine Zustimmung sowie um Urlaub, damit sie es ausführen könnten.

Der brave Gargantua hielt zwei große Packen erledigter und noch zu erledigender Bittschriften in den Händen, die er sofort Ulrich Gallet, seinem langjährigen Geheimschreiber und Bittschriftsrat, übergab. Dann nahm er Pantagruel beiseite und sprach zu ihm mit einer ungewöhnlich heiteren Miene: »Vielgeliebter Sohn, ich preise Gott, der deiner Seele stets nur tugendhafte Wünsche eingibt. Es gefällt mir gar sehr, daß du diese Reise unternehmen willst; aber ich möchte, auch du hättest den Wunsch und das Verlangen, dich zu vermählen. Du wärst, scheint mir, nun wohl in den Jahren, daran zu denken. Panurg hat sich alle mögliche Mühe gegeben, die Hindernisse zu überwinden, die sich ihm in den Weg gestellt haben; rede nun auch für dich selbst!« – »Gnädigster Herr Vater«, antwortete Pantagruel, »bis jetzt habe ich an eine Heirat noch nicht gedacht, das überlasse ich ganz und gar Eurem Wohlgefallen und Eurem väterlichen Willen. Lieber wollt' ich, von diesem Eurem Wohlgefallen und Eurer Huld beglückt, tot zu Euren Füßen liegen als ohne darin leben und mich vermählen. Noch nie hab' ich gehört, daß irgendein Gesetz, sei es ein göttliches, bürgerliches oder barbarisches, den Kindern das Recht erteilt hätte, sich anders als nach dem Willen der Eltern und mit ihrer und der nächsten Anverwandten Zustimmung zu verheiraten. Alle Gesetzgeber haben den Kindern diese Freiheit verweigert und sie den Eltern vorbehalten.«

»Ich glaube dir, geliebter Sohn«, sagte Gargantua, »und preise Gott, daß alles, was du sprichst, so gut und lobenswert ist und daß durch die Fenster deiner Sinne nur edles Wissen in das Haus deines Geistes eingezogen ist. Denn zu meiner Zeit gab es auf dem Kontinent ein Land und in diesem Land eine Rotte duckmäuserischer Pastophoren[1], die, wie die Priester der Kybele in Phrygien, die Ehe so verabscheuten, als ob sie Kapaune, nicht jedoch üppige, geile Hähne gewesen wären, und die den Eheleuten im Punkte der Ehe Gesetze vorschrieben. Und wirklich, ich weiß nicht, was ich mehr verdammen soll, die freche Anmaßung solcher tyrannischen Finsterlinge, die, hinausgreifend über die Grenzen ihrer mystischen Tempel, sich in Dinge einmischen, die ihrem Beruf gradezu widersprechen, oder die abergläubische

1 Götterbildträger; hier svw. Priester

Dummheit der Eheleute, die solche böswilligen und barbarischen Gesetze gelten lassen und ihnen Folge leisten. Dabei sehen sie nicht ein, was doch augenscheinlicher ist als der Morgenstern, daß derartige Ehesanktionen nur zum Vorteil dieser Mystagogen, keineswegs aber zum Vorteil und Nutzen der Eheleute erlassen sind, was allein schon hinreichen sollte, jene in den Verdacht der Ungerechtigkeit und des Betrugs zu bringen. Um solche Frechheit zu erwidern, könnten sie ja ebensogut den Mystagogen Gesetze über ihre Opfer und Zeremonien geben, um so mehr, als diese doch von ihren Gütern zehren und ihnen den Lohn ihrer Arbeit und ihres Schweißes schmälern, nur damit sie in Überfluß und Müßiggang leben können. Und diese Gesetze würden, davon bin ich überzeugt, gewiß minder ungebührlich und minder schädlich sein als jene, welche ihnen auferlegt sind. Denn, wie du ganz richtig sagtest, kein Gesetz der Welt gibt den Kindern die Freiheit, sich ohne Wissen, Willen und Zustimmung ihrer Väter zu verheiraten. Aber kraft der Gesetze, von denen ich rede, kann jeder Wüstling, Übeltäter, Bösewicht, Galgenstrick, Lump oder Trunkenbold, jeder Gauner, Räuber, Strauchdieb oder Landstreicher ein jedes Mädchen, das ihm gefällt, und sei es noch so edel, schön, reich, züchtig und keusch, aus dem Haus ihres Vaters, aus den Armen ihrer Mutter, allen ihren Anverwandten zum Trotz, mit Gewalt fortzerren, sobald er sich nur mit einem dieser Mystagogen verbündet, der später die Beute mit ihm teilt. Haben je Goten, Skythen und Massageten schlimmer gehaust oder grausamer wirtschaften können, wenn ein feindlicher Ort nach langer und beschwerlicher Belagerung endlich in ihre Hände fiel? Da müssen dann die bekümmerten Väter und Mütter sehen, wie ein fremder, unbekannter, roher, ungeschlachter, mit Krankheiten behafteter, verlebter, blutloser, elender, verhungerter Kerl ihre schönen, zarten, reichen, blühenden Töchter ihnen entführt, die sie zärtlich in jeder Tugendübung aufgezogen, an Zucht und Sitte gewöhnt haben und die sie einst mit den in gleich sorgsamer Zucht aufgewachsenen Kindern ihrer Nachbarn und alten Freunde vermählen wollten, damit ihnen aus dem Glück solcher Ehe eine Nachkommenschaft erblühe, welche mit den guten Eigenschaften der Eltern zugleich deren Güter und Besitzungen ererben sollte. Sage selbst, was für ein furchtbarer Schlag für die Armen! Gewiß, größer als ihre Verzweiflung kann nicht die des römischen Volks und seiner Verbündeten gewesen sein, da sie den Tod des Drusus Germanicus vernahmen; bejammernswerter nicht die Trostlosigkeit der Lakedämonier, als sie Helena von dem ehebrecherischen Trojaner entführt sahen; heftiger nicht der Schmerz und die Klagen der Ceres, als ihr Proserpina, die geliebte Tochter, geraubt worden war; nicht der Gram der Isis um den Verlust des Osiris, der Venus um den Tod des Adonis, des Herkules, da Hylas sich verirrte, oder der Hekuba, da Polyxena ihr entrissen wurde. Dennoch sind sie so von dämonischer Furcht und von Aberglauben umstrickt, daß sie nicht wagen, sich zu widersetzen, bloß weil der Duckmäuser mit dabei war und den Bund geschlossen hat. Da sitzen sie nun in ihren Häusern, der geliebten Töchter beraubt. Der Vater flucht dem Tag und der Stunde seiner Vermählung; die Mutter wehklagt, daß sie nicht lieber fehlgeboren, als daß sie solch ein Unglückskind in die Welt gesetzt habe, und in Tränen und in Jammer geht der Rest ihres Lebens hin, das in Freuden und Frieden bei ihren Kindern hätte enden sollen. Andere gerieten wohl schon so außer sich und verloren so sehr alle Selbstbeherrschung, daß sie, unwillig, eine solche Schmach zu ertragen, sich erhängten oder ertränkten oder ihrem Leben auf andere Weise ein Ende machten.

Andere dagegen, von heldenmütigerem Geiste beseelt, ergriffen wie die Kinder Jakobs, da sie die Schwächung ihrer Schwester Dina rächten[1], den Schurken und seinen maulwürfischen Helfershelfer, wenn sie heimlich mit ihren Töchtern verkehrten und sie verführten, hieben sie kurzerhand in Stücke, töteten sie, wie solche Verräter es verdienen, und warfen ihre Leiber den Wölfen und Raben des Feldes vor, über welche ritterliche Mannestat dann die Duckmäuser zetermordio schrien, schreckliche Anklagen erhoben und laut den Arm der weltlichen Gerichtsbarkeit und der Staatsgewalt zu Hilfe riefen, von denen sie dreist und ungestüm verlangten, daß sie solchen Frevel exemplarisch bestrafen sollten. Aber in keinem Natur- noch Völkerrecht, in keinem kaiserlichen Gesetzbuch hat es je einen Paragraphen oder Abschnitt gegeben, der wider Vernunft und Natur solche Tat an Leib und Leben gestraft hätte. Denn das wäre kein braver Mann,

1 s. 1. Moses 34, 25/26

dem die Nachricht von der Entführung, Schmach und Schande seiner Tochter nicht schmerzlicher in die Seele schneiden würde, als wenn er selbst von ihrem Tod hören müßte. Stellt jemand aber den Mörder seiner Tochter auf frischer Tat, so hat er das Recht, ja, so fordert es die Natur von ihm, daß er ihn auf der Stelle töte, und keine Strafe kann ihn deswegen treffen.

So brauchen wir uns nicht zu wundern, daß, wer den Schurken, der seine Tochter betört und, gleichviel ob mit oder ohne ihre Einwilligung, aus ihrem Vaterhaus entführt, desgleichen den Duckmäuser, der ihm dabei behilflich ist, auf der Tat ertappt, den einen wie den andern wie Hunde totschlagen und ihre Leiber den wilden Tieren zum Fraß vorwerfen darf und soll, als nicht wert, der hohen, heiligen Mutter Erde süße letzte Umarmung, die wir Grab nennen, zu genießen. Geliebter Sohn, achte darauf, daß solches Recht immerfort in meinem Reiche gelte, auch wenn ich nicht mehr bin. Solange noch Atem und Leben in diesem meinem Leib sein wird, werde ich mit Gottes Hilfe selbst auf Ordnung sehen. Und weil du dich, was deine Vermählung betrifft, ganz auf mich verläßt, so ist dies auch meine Ansicht, und ich werde dafür Sorge tragen. Jetzt rüste dich zur Reise mit Panurg, und nimm auch Epistemon, Bruder Hans und wen du sonst noch wählen willst mit.

Von meinen Schätzen mache unbeschränkten Gebrauch; du kannst in allem, was du tun wirst, auf meine Zustimmung rechnen. Mein Arsenal von Thalasse[1] steht dir zu deiner Ausrüstung zu Gebote; nimm so viele Steuerleute, Matrosen und Dolmetscher, wie du willst. Mit dem ersten günstigen Wind lichtet dann die Anker, und Gott der Herr geleite euch und gebe euch seinen Schutz. Während deiner Abwesenheit werde ich mich nach einer Gemahlin für dich umsehen und die Vorbereitungen zu deiner Hochzeit treffen; sie soll so glänzend gefeiert werden wie noch nie eine Hochzeit.«

1 nach griech. *thalassa* Meer

Neunundvierzigstes Kapitel

Was für Vorbereitungen Pantagruel zu seiner Seefahrt trifft und von dem Kraut, genannt Pantagruelion

Einige Tage später, nachdem sich Pantagruel unter heißen Segenswünschen von seinem Vater Gargantua verabschiedet hatte, kam er im Hafen Thalasse in der Nähe von Saint-Malo[1] an, begleitet von Panurg, Epistemon, Bruder Hans Hackepeter, Abt von Thelema, und anderen Herren seines Hofs; unter ihnen befand sich auch Xenomanes, der Weitgereiste und Vielerfahrene, der auf Panurgs Befehl herbeigeeilt war, denn er war eine Art Afterlehnsmann der Herrschaft Salmigondien. Sofort rüstete er etliche Schiffe aus, nämlich gerade so viel, wie Ajax von Salamis einst den Griechen nach Troja zugeführt hatte[2]; Seeleute, Steuerleute, Ruderknechte, Dolmetscher, Handwerker, Kriegsleute, Lebensmittel, Geschütz, Munition, Kleidungsstücke, Barschaften, mit einem Wort alles, was für eine so lange und gefahrvolle Reise nötig war, wurde mitgenommen und eingeschifft. Da sah ich auch unter anderem, daß er einen reichlichen Vorrat von seinem Kraut Pantagruelion in grünem und rohem wie in verarbeitetem Zustand in die Schiffe laden ließ.

Dieses Kraut hat eine kleine, ziemlich harte, rundliche, stumpf auslaufende weiße Wurzel mit wenig Wurzelfasern, die nicht tiefer als eine halbe Armlänge in der Erde steckt. Auf dieser Wurzel erhebt sich ein einziger runder, rutenartiger, außen grüner und innen weißer hohler Stengel, ähnlich dem des Smyrniumkrauts, des *Olus atrum,* der Bohne und des Enzians; er ist holzig, spröde, ein wenig gerieft wie eine kannelierte Säule und voller Fasern, besonders in seinem mittleren Teil, *mesa* genannt, sowie in dem, welcher mit *mylasea* bezeichnet wird: diese Fasern sind es, welche das Gewächs so wertvoll machen. Der Stengel selbst wird gewöhnlich fünf bis sechs Fuß hoch.

Zuweilen aber, wenn nämlich die Pflanze einen weichen, leichten und nicht zu kalten Moorboden findet wie zum Beispiel den von Olonne oder von Rosea bei Präneste in Sabinien und wenn der Regen zur Zeit der Fischerspiele[3] und um die Sommersonnenwende herum nicht ausbleibt, erreicht er die Höhe

1 Hafenstadt an der franz. Kanalküste – 2 12 (Homer »Ilias« 2, 557) – 3 röm. Fest am 7. Juni

eines Lanzenschafts, ja, überragt wohl jene Bäume, die man nach Theophrast Dendromalachen[1] nennt. Obgleich die Pflanze nur einjährig ist und nicht wie ein Baum Jahre überdauernde Wurzeln, Stamm, Äste und Zweige hat, gehen doch von ihrem Stengel dicke und starke Seitentriebe aus. Die Blätter sind ohne Ausnahme grün, dreimal so lang wie breit, rauh wie die der Ochsenzunge und hart, dabei gelappt wie die des Beilkrauts und der Betonie und enden in Form einer Lanzenspitze oder der einer Lanzette, wie die Chirurgen sich deren bedienen. In ihrer Gestalt unterscheiden sie sich von Eschen- und Steinwurzblättern kaum und gleichen den Blättern des Wasserdostes so sehr, daß einige Botaniker unsere Pflanze für eine einheimische erklärt und den Wasserdost Wasserpantagruelion genannt haben. Die Zahl der in gleicher Entfernung um den Stengel stehenden Blätter ist fünf oder sieben, denn so innig hat die Natur diese Pflanze geliebt, daß sie ihren Blättern jene göttlichen und geheimnisvollen ungeraden Zahlen gegeben hat. Der Geruch der Blätter ist streng und für zarte Nasen wenig angenehm. Der Same sitzt am oberen Ende des Stengels, ein wenig unter der Spitze, und zwar in so reichlicher Menge wie nur bei irgendeinem andern Kraut; er ist länglichrund, rautenförmig, hellbraun oder vielmehr lohfarben, ziemlich hart und mit einer dünnen Schale bedeckt. Von den Singvögeln, namentlich den Hänflingen, Finken, Lerchen, Zeisigen und anderen, wird er sehr gern gefressen; aber dem Menschen, welcher oft und viel davon äße, würde er die Zeugungskraft lähmen, und obgleich die alten Griechen allerlei Kuchen, Törtchen und Fladen daraus bereiteten, die sie als Leckerbissen nach dem Abendessen genossen, um sich den Wein schmackhafter zu machen, stört er doch die Verdauung, ist dem Magen nicht zuträglich, verdirbt das Blut, legt sich durch seine erhitzende Wirkung aufs Gehirn und beschwert den Kopf mit lästigen Dünsten. Und wie wir bei mehreren Pflanzen sehen, daß sie zwei Geschlechter haben, ein männliches und ein weibliches, zum Beispiel der Lorbeer, die Palme, die Eiche, die Steineiche, der Affodill, die Mandragora, das Farnkraut, der Blätterschwamm, die Osterluzei, die Zypresse, der Polei, die Päonie usw., so hat auch dieses Gewächs eine männliche Pflanze, welche keine Blüten,

1 Baummalven

wohl aber reichlichen Samen trägt, und eine weibliche mit einer Menge kleiner weißlicher Blüten, die aber keinen nutzbringenden Samen ausstreuen, und welche, wie dies auch bei jenen anderen Pflanzen der Fall ist, ein breiteres und weicheres Blatt hat als die männliche, außerdem deren Höhe nicht ganz erreicht. Man sät das Pantagruelion zur Zeit, wenn die Schwalben kommen, und zieht es aus der Erde, wenn die Grillen anfangen, heiser zu werden.

Fünfzigstes Kapitel

Wie das berühmte Pantagruelion behandelt und zubereitet wird

Um die Herbst-Tagundnachtgleiche bereitet man dann je nach den Gewohnheiten der Völker und der Verschiedenheit der Länder das Pantagruelion auf verschiedene Weise zu. Nach Pantagruels Anweisung müssen die Stengel zuerst von den Blättern und dem Samen befreit und dann, wenn das Wetter trocken und das Wasser warm ist, fünf Tage lang in stehendem – nicht fließendem! – Wasser geweicht werden. Ist das Wetter aber neblig und das Wasser kalt, so soll das Einweichen neun bis zwölf Tage dauern. Darauf trocknet man sie in der Sonne und schält sie im Schatten, das heißt, man befreit die Fasern, welche, wie gesagt, der wertvollste Teil sind, von ihrer holzigen Hülle, die zu nichts taugt als zum Flackerfeuer oder zum Feueranzünden oder um die Schweinsblasen zur Freude der Kinder damit aufzublasen. Doch benutzen Genießer sie auch manchmal als Heber, um verstohlenermaßen den jungen Wein damit aus den Spundlöchern zu saugen. Um sich die mühsame Arbeit zu ersparen, bedienen sich einige neuere Pantagruelisten auch wohl der sogenannten Brechmaschinen, die eine Form haben ähnlich etwa der, in welche die erzürnte Juno die Finger ihrer Hand zusammenlegte, als sie die Niederkunft Alkmenes, der Mutter des Herakles, verhindern wollte[1]. Durch diese werden die Stengel hindurchgezogen, wodurch ihre holzigen Teile zerbrochen und zerquetscht werden, damit man die faserigen Teile gewinne. Mit solcher Art der Zubereitung begnügen sich die, welche den Ansichten der gesam-

1 »Fest ineinander verschränkte sie ihre Finger und hielt so die Geburt zurück« (Ovid »Metamorphosen« 9, 299/300).

ten Welt und der Lehre aller Philosophen entgegen ihren Lebensunterhalt durch Rückwärtsgehen verdienen[1]. Welche aber augenfälligeren Vorteil daraus erzielen wollen, machen es, wie es ehedem die Parzen machten oder wie es bei den nächtlichen Festen der Kirke zu machen Brauch war oder wie es Penelope den Freiern gegenüber machte[2], die sie während der langen Abwesenheit ihres Gatten Odysseus belästigten. Auf diese Weise gewinnt die Pflanze jene unschätzbaren Eigenschaften, von denen ich ein wenig reden werde – denn alles zu melden wäre unmöglich –, sobald ich zuvor noch ihren Namen erklärt habe.

Ich finde, daß die Pflanzen überhaupt auf sehr verschiedene Weise benannt worden sind. Die einen bekamen ihren Namen nach dem, der sie zuerst entdeckte, beobachtete, beschrieb, anbaute, pflegte oder veredelte; so *Mercurialis*[3] von Merkur, *Panacea*[4] von Panacea, der Tochter des Äskulap, *Artemisia*[5] von Artemis, das heißt Diana, *Eupatorium*[6] von König Eupator, *Telephium*[7] von Telephus, *Euphorbium*[8] von Euphorbus, dem Arzt des Königs Juba, *Gentiana*[9] von Genthius, dem König von Slawonien. Und welchen Wert man einst auf das Vorrecht, einer Pflanze seinen Namen geben zu dürfen, legte – wie ja auch Neptun und Pallas darum stritten, nach wem von ihnen das gemeinschaflich entdeckte und später nach Athene, also Minerva, Athen geheißene Stück Land genannt werden sollte –, das geht daraus hervor, daß Lynkos, der skythische König, dem jungen Triptolemos eifrig nach dem Leben trachtete, der, von Ceres gesandt, den Menschen den ihnen unbekannten Weizen zeigen sollte, bloß damit er selbst dieser so nützlichen und notwendigen Pflanze seinen Namen beilegen und die Ehre wie den unsterblichen Ruhm, sie entdeckt zu haben, sich aneignen könne. Für welche verräterische Absicht er von Ceres in einen Panther oder einen Luchs verwandelt wurde. Auch wurden vorzeiten zwischen zwei kappadozischen Herrschern, die wohl nichts Besseres zu tun hatten, langwierige Kriege nur darum geführt, wer von ihnen einer gewissen Pflanze seinen Namen geben sollte; sie wurde später, eben dieses Kampfes wegen, *Polemonia*[10], das heißt die Kriegerische, genannt.

1 die Seiler beim Spannen der Hanffasern – 2 d. h., sie spinnen und weben sie – 3 Bingelkraut – 4 Bärenklau – 5 Beifuß – 6 Wasserdost – 7 Fetthenne – 8 Wolfsmilch – 9 Enzian – 10 blaue Sperrkraut

Andere erhielten ihre Namen von den Ländern und Gegenden, aus welchen sie ursprünglich zu uns gekommen sind, zum Beispiel die medischen oder Paradiesäpfel, eine Art Zitronen, die man zuerst in Medien fand; die punischen, das heißt Granatäpfel, die aus Karthago oder Punien zu uns kamen; *Ligusticum* oder Liebstöckel, das aus Ligurien, das heißt von der genuesischen Küste, herstammt; Rhabarber, so benannt nach einem barbarischen Fluß Rha[1], wie Ammianus bezeugt; *Santonica,* griechischer Fenchel, Kastanie, Pfirsich oder *Persica, Sabina,* Stöchaskraut von meinen Hyerischen Inseln, die im Altertum Stöchaden hießen, *Spica celtica* usw.

Andere erhielten ihren Namen durch Antiphrase oder Gegenbenennung, zum Beispiel *Myriophyllum,* Tausendblatt, weil es nie tausend Blätter hat, oder *Holosteon,* was »ganz knöchern« bedeutet, ein äußerst schmächtiges, zartes Blümlein.

Andere sind nach ihren Wirkungen und Heilkräften benannt worden, zum Beispiel *Aristolochia*[2], welche den Frauen in Kindesnöten hilft; Flechten, welche die gleichnamige Krankheit heilen; *Saxifraga* oder Steinbrech, der Mauern zerbröckelt; *Callitrichos*[3], die das Haar verschönt; *Alyssum, Ephemerum, Bechium, Nasturtium*[4] wie die Gartenkresse heißt, Tollkraut oder *Hyoscyamus* usw.

Wieder andere nach wunderbaren Eigenschaften, die man an ihnen bemerkt hat, so das Heliotrop oder die Sonnenwende, welches der Sonne folgt; denn geht die Sonne auf, so öffnet es sich, und steigt sie höher, so richtet es sich auf, sinkt sie, so neigt es sich und schließt sich, sobald sie untergeht. Oder das *Adiantum*[5], das niemals Feuchtigkeit annimmt, selbst wenn es am Wasser wächst oder längere Zeit unter Wasser gehalten wird. So *Hieracia*[6], *Eryngion*[7] usw.

Noch andere danach, daß Männer oder Frauen in sie verwandelt wurden, so zum Beispiel *Daphne,* der Lorbeerbaum, von Daphne, Myrte von Myrsine, *Pitys,* Fichte, von Pitys, *Cynara* oder Artischocke, Narzisse, Safran, *Smilax* usw.

Andere nach ihrer Ähnlichkeit, wie *Equisetum*[8], weil es einem

1 Wolga – 2 Osterluzei – 3 braunstieliger Milzfarn (Frauenhaar) – 4 vielleicht Skorpionsblume – 5 »Unbenetztes« (griech.); braunstieliger Milzfarn (Frauenhaar) – 6 Habichtskraut – 7 »Ziegenbart« (griech.); Männertreu – 8 »Pferdeschwanz« (lat.); Schachtelhalm

Pferdeschweif gleicht, Fuchsschwanz oder *Alopecurus, Psyllium,* das einem Floh, *Delphinium*[1], das einem Delphin, Iris, deren Blüte einem Regenbogen ähnlich ist. Dahin gehören auch Ochsenzunge, Mausöhrchen, Bärenklau usw. Andrerseits sagt man, die Fabier hätten ihren Namen von *Faba,* Bohne, die Pisonen von *Pisum,* Erbse, die Lentuler von *Lens,* Linse, die Ciceronen von *Cicer,* Kichererbse, wie man denn auch in noch höherer Vergleichung von Venusnabel, Venushaar, Venuswaschbecken, Jupiterbart, Jupiterauge, Marsblut, Merkurfinger usw. spricht.

Andere endlich nach ihrer Gestalt, wie *Trifolium,* das drei, *Pentaphyllum,* das fünf Blätter hat, *Serpyllum,* das am Boden hinkriecht, *Helxine, Petasites* und *Myrobalani,* von den Arabern *Behen* genannt, weil sie der Eichel gleichen und ölig sind.

Einundfünfzigstes Kapitel

Weshalb das Kraut Pantagruelion heißt und von seinen wunderbaren Eigenschaften

Aus ähnlichen Gründen – nur die, welche sich auf Fabeln stützen, nehme ich aus, denn Gott bewahr' uns in dieser wahrhaftigen Geschichte vor allem Fabulieren! – hatte auch das Pantagruelion seinen Namen erhalten; Pantagruel nämlich war der Entdecker zwar nicht der Pflanze selbst, aber doch einer gewissen Art, sie zu verwenden, die den Diebsgesellen verhaßter, widerwärtiger, unheilvoller und schädlicher ist als etwa Flachsseide dem Lein, Schilf dem Farnkraut, Schachtelhalm den Schnittern, Sommerwurz den Kichererbsen, *Aegilops*[2] der Gerste, *Securidaca,* Beilkraut, den Linsen, *Antranium* den Bohnen, Lolch dem Weizen, Efeu dem Mauerwerk, Seerose und *Nymphaea Heraclia* den geilen Mönchen, Rutenkraut und Birkengerte den Schülern von Navarra, Kohl den Weinbergen, Knoblauch dem Magneten[3], Zwiebel dem Auge, Farnkrautsamen den schwangeren Weibern, Weidensamen den lüsternen Nonnen, Taxusschatten dem in ihm Schlafenden, Eisenhut den Leoparden und Wölfen, der Geruch des Feigenbaums den wütenden Stieren, Schierling den Gänsen,

1 Rittersporn – 2 Gerstenwalch – 3 Nach antiker Vorstellung verliert der Magnet seine Anziehungskraft, wenn er mit Knoblauch eingerieben wird.

Portulak den Zähnen und Öl den Bäumen. Denn gar manche von ihnen haben durch diese Verwendung ihr Leben schnell am kurzen Strick beschließen müssen, nach Art der Königin Phyllis von Thrakien, des römischen Kaisers Bonosus, Amatas, Frau des Königs von Latium, Iphis', Autolias, Lykambes', Arachnes, Phädras, Ledas, des Lyderkönigs Achäos und vieler anderer. Und alle waren höchlich darüber entrüstet, daß man ihnen, ohne daß sie krank gewesen wären, mittels dieses Pantagruelions die Kanäle, durch welche die geistreichen Sprüche aus- und die guten Bissen eingehen, fester zuschnürte als Bräune und Diphtheritis. Von anderen hörten wir, wie sie in dem Augenblick, wo Atropos[1] ihnen den Lebensfaden durchschnitt, heulten und jammerten, daß Pantagruel sie an der Kehle packe. Ach nein, nicht er! Er ist nie ein Henker gewesen. Es war das Pantagruelion, das Henkersdienste versah und ihnen die Halsbinde umlegte. Redeten also ungehörig und in falschen Ausdrücken, man wollt' es denn mit der Synekdoche entschuldigen, das heißt damit, daß sie mit dem Erfinder die Erfindung gemeint hätten, etwa wie man Ceres für Brot und Bacchus für Wein sagt. Aber bei den guten Einfällen in der Flasche da, die im Zuber kühlt, schwör' ich euch, nie hat der gute Pantagruel jemanden bei der Kehle gepackt, die vielleicht ausgenommen, die dem unendlichen Durst nicht zur rechten Zeit vorbeugten. Ferner heißt es Pantagruelion nach der Ähnlichkeit. Denn als Pantagruel zur Welt kam, war er genauso groß wie die Pflanze, von der ich rede, und an ihr konnte man ihn mit Bequemlichkeit messen. Wurde er doch zu der allerdurstigsten Zeit geboren, da diese Pflanze geerntet wird und der Hund des Ikarus[2] die Sonne so heftig anbellt, daß er alle Welt zu Troglodyten[3] macht und sie in die Keller und unterirdischen Behausungen scheucht.

Ferner heißt sie Pantagruelion wegen ihrer besonderen Kräfte und Eigenschaften. Denn wie Pantagruel der Inbegriff und das Muster aller fröhlichen Vollkommenheit war, was hoffentlich keiner von euch Zechern bezweifeln wird, so entdecke ich auch am Pantagruelion so mannigfaltige und so einzigartige Vorzüge, so besondere Kräfte und bewunderungswürdige Eigenschaften,

1 eine der drei antiken Schicksalsgöttinnen – 2 Sternbild des Großen Hundes mit dem hellsten Stern Sirius (Hundsstern), bei dessen gleichzeitigem Auf- und Untergehen mit der Sonne die »Hundstage« (24. 7.–24. 8.) beginnen – 3 Höhlenbewohner

daß die Bäume, als sie – nach der Erzählung des Propheten[1] – einen König des Waldes wählten, der über sie herrsche und sie regiere, sicherlich keinem andern als ihm die meisten Stimmen und Vota gegeben haben würden, wenn es in seinen Vorzügen bekannt gewesen wäre. Soll ich noch mehr sagen? Hätte Oxylos, der Sohn des Oreios, mit seiner Schwester Hamadryade das Pantagruelion gezeugt, so würde er über dessen Vortrefflichkeit gewiß noch um einiges mehr außer sich gewesen sein als über die der acht Kinder zusammengenommen, die unsere Mythologen so sehr gefeiert und deren Namen sie der Nachwelt überliefert haben. Nach ihnen hieß die älteste der Töchter Rebe, die zweite Feige, die dritte Nuß, die vierte Eiche, die fünfte Esche, die sechste Maulbeere, die siebte Pappel und die jüngste Ulme, die zu ihrer Zeit eine berühmte Wundärztin war.

Nur kurz erwähn' ich, daß der Saft des Pantagruelions, ausgepreßt und ins Ohr geträufelt, alles Ungeziefer tötet, das dort durch Fäulnis entstanden, und auch jedes andere Tierchen, das durch Zufall hineingeraten ist. Schüttet man etwas davon in einen Eimer mit Wasser, so gerinnt dies wie Molke und ist dann ein vortreffliches Mittel gegen Kolik und Dämpfigkeit der Pferde. Die in Wasser gekochte Wurzel wirkt erweichend bei Schrumpfungen, Steifheit der Gelenke, podagrischen Anschwellungen und Gichtknoten. Auf Brandwunden, gleichviel ob sie von Feuer oder Wasser herrühren, braucht man nur frisches Pantagruelion zu legen, ganz so wie man es aus der Erde zieht, ohne alle Zubereitung und Zutat, wobei man aber darauf achten muß, daß man es wechselt, sobald es auf der Wunde trokken geworden ist. Ohne diese treffliche Pflanze wären die Küchen ein Greuel, die Tafeln, selbst mit den köstlichsten Speisen beladen, ekelerregend, die Betten unerquicklich, wenn sie auch von Gold, Silber, Elektrum, Elfenbein und Marmor starrten. Ohne sie brächte kein Müller Korn in die Mühle noch Mehl heraus, und wie sollte man erst die Aktenstöße der Advokaten ins Gericht tragen? Wie den Gips in die Werkstatt? Wie zöge man ohne sie das Wasser aus dem Brunnen? Was würden die Gerichtsschreiber, Aktuare und Sekretäre anfangen ohne sie? Wär' es nicht mit allem Registrieren zu Ende, mit allen Steuerlisten?

1 Richter 9, 8/15

Müßte die edle Buchdruckerkunst nicht zugrunde gehen? Was spannte man in die Fensterrahmen? Wie sollte man die Glocken läuten? Sie schmückt die Isispriester, bekleidet die Pastophoren und hüllt jedes Menschenkind zuerst ein. Alle wolletragenden Bäume der Chinesen, alle Baumwollstauden von Tylos im Persischen Golf, alle Cynen der Araber[1], alle Reben von Malta zusammen bekleiden nicht so viele Leute wie diese einzige Pflanze. Sie schützt die Heere vor Kälte und Regen viel besser, als es ehedem die Tierhäute taten, hält von Theatern und Amphitheatern die heißen Sonnenstrahlen ab, umfriedet zur Lust des Jägers Wald und Gebüsch, taucht in die Flut der Seen und Meere hinab, dem Fischer zum Nutzen. Sie ist es, die den Stiefeln, Kurzstiefeln, Halbstiefeln. Langschäftern, Schuhen, Sandalen und Pantoffeln erst Form gegeben und Geltung verschafft hat. Sie strafft den Bogen, spannt die Armbrust und ist die Seele der Schleuder. Und als ob diese Pflanze den Manen und Lemuren geweiht und geheiligt sei, werden die Leiber der Verstorbenen nicht ohne sie der Erde übergeben.

Ja, noch mehr! Von ihr werden sogar unsichtbare Wesen angehalten, ergriffen und sozusagen gefangengenommen, und infolge dieser Haft und Gefangenschaft werden schwerfällige Mühlen zum erheblichen Vorteil des menschlichen Unterhalts leicht in Bewegung gesetzt, und immer hat es mich gewundert, wie die Erfindung solcher Anwendung den Weisen des Altertums so viele Jahrhunderte lang verborgen bleiben konnte, da der daraus entspringende Nutzen doch ganz unschätzbar ist und ihnen die unleidliche Arbeit auf den Handmühlen erspart haben würde. – Indem sie aber den Luftstrom auffängt, ist sie es auch, durch welche die gewaltigen Karavellen, die mächtigen Fregatten, die starken Galeonen und die schweren Lastschiffe von ihren Ankerplätzen fortgetrieben und nach dem Willen ihrer Steuerleute gelenkt werden. Durch sie sind Völker, welche die Natur zu einem verborgenen, unnahbaren und unbekannten Dasein bestimmt zu haben schien, zu uns gekommen und wir zu ihnen, was selbst den Vögeln nicht möglich wäre, wie leicht auch ihr Gefieder ist und welche Freiheit, die Luft zu durchmessen, die Natur ihnen auch gegeben hat. Taprobane[2] hat Lappland, Java

1 s. Plinius »Naturgeschichte« 12, 22 – 2 griech. Name von Ceylon

die Rhipäischen Berge gesehen; Phöbol[1] wird Thelema sehen, und die Isländer und Grönländer werden aus dem Euphrat trinken. Sie zeigte dem Boreas[2] die Burg des Auster[3], sie führte Eurus[4] zu Zephyr[5], so daß die Mächte des Himmels, die Götter der Erde und des Meeres erschraken, da sie gewahr wurden, wie mittels dieses göttlichen Pantagruelions die arktischen Völker angesichts der antarktischen das Atlantische Meer durchschiff-

ten, die beiden Wendekreise überschritten, sich in der heißen Zone tummelten, den ganzen Tierkreis durchmaßen, behaglich unter dem Äquator verkehrten und beide Pole gleicherweise am Horizont erblickten. Und, so von Schrecken ergriffen, sprachen die Olympier: »Dieser Pantagruel macht uns mit den wunderbaren Eigenschaften und der Verwendung seiner Pflanze den Kopf heißer, als es vormals die Aloaden[6] getan. Bald wird er sich ver-

1 nach Aristoteles eine Insel im Roten Meer – 2 Nordwind – 3 Südwind – 4 Südostwind – 5 Westwind – 6 Otos und Ephialtes, zwei Riesen der griech. Sage

mählen, und seine Frau wird ihm Kinder gebären. Gegen diesen Schicksalsschluß vermögen wir nichts; denn er ist durch die Hände und Spindeln der Schicksalsschwestern, der Töchter der Notwendigkeit, gegangen. Wer kann es wissen? Vielleicht entdecken seine Kinder gar noch eine Pflanze von ebenso wundervoller Kraft, vermöge deren die Sterblichen zu den Quellen des Hagels, den Spundlöchern des Regens und den Werkstätten des Blitzes vordringen; sie werden dann vielleicht ins Gebiet des Mondes einbrechen, in die Regionen der Himmelszeichen einfallen und Fuß darin fassen: die einen im Goldenen Adler, die anderen im Widder, die in der Krone, jene im Haar der Berenike oder im Silbernen Löwen! Ja, zuletzt werden sie sich mit uns zu Tisch setzen und unsere Göttinnen zu Weibern nehmen, was das einzige Mittel ist, uns Göttern gleich zu werden.« – Und dann steckten sie die Köpfe zusammen und berieten untereinander, wie dem vorzubeugen sei.

Zweiundfünfzigstes Kapitel

Wie eine gewisse Art Pantagruelion vom Feuer nicht zerstört werden kann

Was ich euch bis jetzt gesagt habe, ist groß und bewunderungswürdig; aber wenn ihr Mut besitzt, es zu glauben, so werde ich euch noch von einer andren göttlichen Eigenschaft des gesegneten Pantagruelions berichten. Glaubt es oder glaubt es nicht, mir soll's gleich sein! Ich habe kein anderes Verlangen, als nur die Wahrheit zu sagen, und das eben will ich tun. Aber die Sache ist schwierig und verfänglich, daher erst noch eine Frage an euch. Wenn ich zwei Kotylen[1] Wein und eine Kotyle Wasser, gut untereinander gemischt, in diese Flasche täte, wie würdet ihr sie wieder auseinanderbringen und scheiden, so daß ihr mir das Wasser ohne Wein und den Wein ohne Wasser zurückgeben könntet, wie ich beides hineingetan habe? Oder wenn die Fuhrleute und Schiffer, die euch soundso viele Faß und Liter Wein von Graves, Orleans, Beaune oder Mirevaux zu eurem Bedarf ins Haus liefern, die Hälfte stibitzten und austränken und den

1 Becher

Rest wieder mit Wasser auffüllten, wie die Limousiner mit den schönen Holzpantoffeln es machen, wenn sie die Weine von Argenton und Saint-Gaultier taufen: wie würdet ihr das Wasser wieder herausbringen, wie euren Wein wieder unverfälscht gewinnen? Ich weiß wohl, ihr meint durch einen Trichter aus Eppichholz; ja, so steht es allerdings geschrieben und ist durch vielfache Erfahrung bewiesen. Ihr habt's gewußt; aber wenn ihr's nicht gewußt und nie gesehen hättet, so würdet ihr es nicht für möglich gehalten haben. – Kommen wir also nun zur Sache. Denkt euch, wir lebten in der Zeit des Sulla, Marius, Cäsar oder sonst eines römischen Herrschers oder zur Zeit unserer alten Druiden, wo man die Leichen der Herren und Angehörigen verbrannte, und ihr wolltet nun die Asche eurer Weiber, eurer Väter, wie Artemisia die Asche ihres Gemahls Mausolos, in einen guten Becher Wein gemischt, zu euch nehmen oder sie in einer Urne, einem Reliquienkästchen aufbewahren. Wie wolltet ihr diese Asche von der Asche des Leichenfeuers trennen? Antwortet mir! Bei meiner Ehre, das sollte euch schwerfallen. Aber ihr könnt es, sage ich euch, sobald ihr von diesem göttlichen Pantagruelion so viel nehmt, wie nötig ist, um den Leichnam einzuhüllen, und ihn dann so eingewickelt und mit demselben Material zugebunden und zugenäht ins Feuer legt, mag es so heftig sein, wie es will. Das Feuer wird durch das Pantagruelion hindurch das Fleisch und die Knochen verbrennen, ihm selbst aber nicht den geringsten Schaden tun. Kein Stäubchen der darin befindlichen Asche wird verlorengehen, kein Stäubchen der Holzasche sich mit ihr mischen; das Pantagruelion aber wird schöner, weißer und reiner aus der Glut hervorgehen, als ihr es hineingelegt. Deshalb heißt es auch Asbest[1]. In Karpasia[2] und in der Umgegend von Dia Syene[3] findet ihr es im Überfluß und zu billigem Preis. Oh, es ist etwas Großes, über alle Begriffe Wundervolles, daß das Feuer, welches alles zerstört, verzehrt und verheert, dieses Pantagruelion, diesen karpasischen Asbest, nur läutert, reinigt und bleicht. Wollt ihr's nicht glauben und verlangt ihr wie die Ungläubigen und Juden Zeichen und handgreifliche Beweise, so nehmt ein frisches Ei, umwickelt es mit diesem göttli-

1 »Unauslöschliches« (griech.) – 2 antike Stadt an der Ostspitze Zyperns – 3 antike Stadt in Südägypten

chen Pantagruelion und legt es so in die heißeste Kohlenglut. Laßt es darin, solange ihr wollt. Wenn ihr es wieder herausnehmt, wird das Ei gekocht, hart oder verbrannt sein; aber das göttliche Pantagruelion blieb unverändert, unverwandelt, unversehrt vom Feuer, ganz so wie es vorher gewesen. Für weniger als fünfzigtausend Bordeleser Taler, herabgesetzt auf den zwölften Teil eines Groschens, könnt ihr den Versuch anstellen. Und wollt mir ja nicht etwa den Salamander damit vergleichen! Das ist nichts! Der verträgt wohl ganz gut ein Strohfeuerchen; aber in einer tüchtigen Kohlenglut – darauf könnt ihr euch verlassen – erstickt und verbrennt er ebenso wie jedes andere Tier. Das haben wir selbst gesehen, ein Galen hat es schon längst *in lib. 3 de temperamentis*[1] kund und zu wissen getan, und ebenso behauptet es Dioskurides. Auch mit dem Federalaun bleibt mir vom Leibe und mit dem Holzturm im Piräus, den L. Sulla nicht niederbrennen konnte, weil Archelaos, der die Stadt für König Mithridates verteidigte, ihn mit Alaun hatte bestreichen lassen. Auch den Baum führt mir nicht an, den Alexander Cornelius Eonem[2] nennt und von dem er sagte, er gleiche der misteltragenden Eiche und könne ebenso wie die Mistel selbst vom Feuer nicht zerstört werden[3]. Aus diesem Baum soll das berühmte Schiff Argo gezimmert und erbaut worden sein. Glaub' es, wer will; mich bitt' ich zu entschuldigen. Und ebensowenig vergleicht damit jene Baumart, wie wundervoll sie sonst auch ist, die man in den Bergen von Briançon und Embrun findet und aus deren Wurzeln der vortreffliche Baumschwamm wächst. Ihr Stamm gibt ein so vorzügliches Harz, daß Galen es sogar dem Terpentin gleichstellt; unter ihren zarten Nadeln sammelt sie den feinen Himmelshonig, das Manna, und obgleich sie harzig und ölig ist, ist sie unverbrennbar. Im Griechischen und Lateinischen heißt sie *Larix,* die Alpenbewohner nennen sie Lärche und die Antenoriden[4] und Venezianer *Larice,* wonach jenes Kastell in Piemont, wo Julius Cäsar, als er von Gallien zurückkam, betrogen wurde, den Namen Larignum trug. Julius Cäsar hatte nämlich an alle Bewohner der Alpen und Piemonts den Befehl erge-

1 »Über die richtige Mischung der Körpersäfte« 3,4 – 2 eigtl. Eon; von Plinius (»Naturgeschichte« 13,29) nach dem griech. Grammatiker Alexander Cornelius (I. Jh. v.u.Z.) angeführter unbekannter Baum –3 s. Plinius »Naturgeschichte« 13,39 – 4 Paduaner; Nachkommen Antenors, des sagenhaften Gründers der Stadt

hen lassen, für sein durchziehendes Heer Lebensmittel und Kriegsbedarf in den einzelnen Marschlagern an der Heerstraße aufzustapeln. Alle gehorchten, bis auf die von Larignum, welche sich auf die natürliche Stärke ihrer Feste verließen und die Kontribution verweigerten. Um sie dafür zu bestrafen, ließ der Feldherr seine Truppen sofort vor das Kastell rücken. Vor dem Tor erhob sich dort ein aus dicken Lärchenstämmen gebauter Turm, der so hoch war, daß man von seinen Zinnen aus jede Annäherung des Feindes durch einen Hagel von Steinen und Balken leicht verhindern konnte. Als Cäsar erfuhr, daß die im Turm keine anderen Verteidigungsmittel als Steine und Balken hätten und diese kaum bis zu den Laufgräben schleudern könnten, befahl er seinen Soldaten, rundherum um den Turm Reisigbündel aufzuschichten und dann in Brand zu stecken. Dieser Befehl wurde sogleich ausgeführt; die Reisigbündel wurden angezündet, und die Flamme schlug so gewaltig in die Höhe, daß sie das Kastell ganz umhüllte. Jeder glaubte, der Turm müßte von der Glut zerstört werden; aber als die Flamme erlosch und die Reisigbündel niedergebrannt waren, stand er noch unversehrt wie zuvor und hatte nicht den geringsten Schaden gelitten. Da befahl Cäsar, der dies sah, rund um die Feste außer dem Bereich der herabstürzenden Steine einen Graben zu ziehen und von da Sappen vorzutreiben, worauf sich dann die Lariganer unter gewissen Bedingungen ergaben. Von ihnen erfuhr Cäsar, was für wundervolle Eigenschaften dieses Holz besitzt, das nicht brennt und weder Flamme noch Kohle gibt. Demnach wäre es wohl würdig, dem wirklichen Pantagruelion an die Seite gestellt zu werden – um so mehr, als Pantagruel alle Türme, Tore, Fenster, Rinnen, Traufen und Dächer in Thelema daraus hatte fertigen und alle Buge und Hecks, Kombüsen, Laufgänge und Vorderkastelle seiner Lastsegler, Fregatten, Galeeren, Brigantinen, Schoner und anderen Schiffe seines Arsenals von Thalasse damit hatte decken lassen –, wäre nur nicht der Übelstand, daß die Lärche bei sehr starker Glut, die von anderen Holzarten ausgeht, zuletzt doch verändert und zersetzt wird, etwa wie Steine in einem Kalkofen, wohingegen der Pantagruelionasbest nur noch schöner und reiner, keineswegs aber verändert und zersetzt wird. Deshalb:

Arabien, Saba, Indien, prahlet doch
mit Weihrauch, Myrrhe, Ebenholz nicht mehr!

Hier kommt und schaut – wir haben Beßres noch:
holt Samen dieses Krauts euch übers Meer.
Gedeiht es dann bei euch, von Segen schwer,
so bringt den Göttern reichlich Dank zum Lohn
und gebet Frankreichs Glück die Ehr
in seinem Kraut Pantagruelion!

Viertes Buch

Des Pantagruel drittes

Dem erlauchten Fürsten, meinem hochwürdigsten und gnädigsten Herrn Odet, Kardinal von Châtillon

Erlauchter Fürst! Es ist pflichtgemäß zu Eurer Kenntnis gebracht worden, von wie vielen hochgestellten und angesehenen Leuten ich um die Fortsetzung der Pantagruelischen Fabeleien angegangen, ersucht und gedrängt worden bin und täglich noch werde, da, wie sie meinen, so viele Sieche und Kranke, so viele Verdrossene und Bekümmerte beim Lesen dieser Fabeleien ihr Leid eine kurze Weile vergessen, ihre Zeit lustig verbracht und Fröhlichkeit und Trost von neuem in sich verspürt hätten. Welchen ich zu erwidern pflege, daß, da ich nur zu meinem Vergnügen geschrieben, ich auch keinerlei Anspruch auf Lob oder Ruhm erhoben, sondern dabei nichts andres im Auge und Sinn gehabt hätte, als den Betrübten und Kranken in der Ferne durch meine Schriften ein wenig Linderung zu verschaffen, wie ich das auch denen, die mir nahe sind, im Fall der Not gern und willig durch meine Kunst und meine persönlichen Dienste täte. Zuweilen schildere ich ihnen dann wohl in ausführlichen Worten den wahren Arzt, so wie Hippokrates an verschiedenen Stellen, besonders aber im sechsten Buch der »Epidemien«, wo er von der Einführung seines Schülers als Arzt schreibt, desgleichen Soranus von Ephesus, Oribasius, Cl. Galen, Hali Abbas und andere mehr ihn in Bewegung, Haltung, Blick, Gang, Betragen, Anstand, Miene, Kleidung, Bart, Haaren, Händen, Mund, ja bis zu den Fingernägeln hin gezeichnet haben, geradeso als sollte er in einer vortrefflichen Komödie die Rolle eines Liebhabers oder Freiers spielen oder zum Kampf mit einem rüstigen Gegner in die Schranken treten. Und in der Tat vergleicht auch Hippokrates die ärztliche Praxis mit einem Kampf und einer Posse, die von drei Personen gespielt wird: dem Kranken, dem Arzt und der Krankheit. Sooft ich diese Schilderung las, mußte ich an die Antwort denken, die Julia einmal ihrem Vater Octavianus Augustus gab. Sie war eines Tages in einem außerordentlich prächtigen, aber unzüchtigen und üppigen Gewand vor ihm erschienen, das ihm im höchsten Grade mißfiel; doch hatte er kein Wort dazu gesagt. Tags darauf hatte sie ihre Kleidung verändert und ein züchtig verhüllendes Gewand angelegt, wie ehrbare römische Matronen es damals zu tragen pflegten. Als sie sich ihm so zeigte, konnte er, der tags zuvor mit keinem Wort sein Mißfallen über ihre unzüchtige Kleidung geäußert hatte, sein Wohlgefallen über diese Änderung nicht verhehlen und sprach zu ihr: »Oh, wieviel schicklicher und löblicher für eine Tochter des Augustus ist doch dieses Gewand!« Schnell gefaßt, entgegnete sie: »Ja, heute hab' ich mich für die Augen meines Vaters gekleidet; gestern kleidete ich mich, um meinem Mann zu gefallen!« – Ähnlich könnte der Arzt, wenn er sich in Miene und Kleidung maskiert, namentlich wenn er, wie es früher Mode war, ein reiches buntes Gewand mit vier Ärmeln anlegt – Petrus[1] Alexandrinus nennt es *in 6. epid.*[2] *Philonium*[3] –, denen, die solche Maskerade unpassend finden, antworten: »Das tue ich nicht aus Eitelkeit oder um damit zu prahlen, sondern nur für meinen Kranken, dem allein ich gefallen, keineswegs aber mißfallen oder unangenehm sein möchte.« Ja, noch mehr. Über eine Stelle in dem oben angeführten Buch des Hippokrates streiten wir und zerbrechen uns die Köpfe noch heute; aber nicht etwa darüber, ob ein grämliches, finsteres, abstoßendes, katonisches, unliebenswürdiges, mürrisches, strenges oder verdrießliches Aussehen des Arztes den Kranken verstimme – denn das hat die Erfahrung hinreichend bestätigt und steht außer allem Zweifel –, sondern darüber, ob diese Verstimmung wie die ihr entgegengesetzte Erheiterung daher komme, daß der Kranke aus den Mienen und dem ganzen Gehabe des Arztes auf den Ausgang und das Ende seiner Krankheit schließt, also aus heiteren auf einen guten und erwünschten, aus finsteren auf einen schlimmen und beklagenswerten, oder daher, daß die heiteren und finsteren, die ätherisch leichten wie die erdenschweren, die fröhlichen wie die schwermütigen Lebensgeister des Arztes in den Kranken übergehen, welch letzterer Meinung Platon und Averroes sind.

Besonders haben die obengenannten Autoren den Arzt darauf hingewiesen, wie er mit seinen Kranken reden, was er ihnen sagen, wie er sie unterhalten, wovon er mit ihnen plaudern soll und wie er dabei immer nur den einzigen Zweck und das einzige Ziel im Auge haben muß, sie durch unschuldige Mittel und ohne Gott zu kränken zu erheitern, sie aber ja nicht verstimmen darf.

1 gemeint ist Johannes – 2 »Kommentar zu Hippokrates' Buch über epidemische Krankheiten« 6 – 3 kuttenähnliches Gewand

So tadelt Herophilus den Arzt Kallianax auf das strengste, weil er einem Kranken auf die Frage, ob er nicht etwa sterben müsse, die unverschämte Antwort gab:

Auch ein Patroklus ward des Todes Beute,
der sich weit größern Ruhms als du erfreute,

und weil er einen andern, der ebenfalls etwas Näheres über seinen Zustand erfahren wollte und mit des edlen Patelin Worten die Frage an ihn richtete:

… und mein Urin?
Was sagt er, werd ich sterben?,

mit der närrischen Antwort abfertigte: »Wärst du Latonas – der schönen Kinder Phöbus und Diana Mutter – Sohn, dann nein!« – So tadelt auch Cl. Galen *lib. 4 comment, in 6. epid.* seinen Lehrer Quintus deshalb, weil er einem vornehmen Römer, der zu ihm sagte: »Du hast gefrühstückt, Freund, dein Atem riecht nach Wein!«, die herzlose Antwort gab: »Und der deinige riecht nach Fieber; was meinst du, was besser riecht, Wein oder Fieber?«

Aber die Verleumdungen, welche gewisse Kannibalen, Kopfhänger und Agelasten[1] gegen mich geschleudert hatten, waren so giftig und so sinnlos gewesen, daß mir die Geduld darüber gerissen war und ich beschlossen hatte, keinen Buchstaben mehr zu schreiben. Eine ihrer geringsten Schmähungen war die, daß sie behaupteten, meine Schriften wären voller Ketzereien, obwohl sie mir nicht eine einzige Belegstelle für ihre Behauptung anführen konnten. Ja, lustiges, tolles Zeug – unbeschadet aller Ehrfurcht gegen Gott und König! – war genug darin, denn das allein ist ja Zweck und Inhalt dieser Bücher, aber Ketzereien – keine, man müßte denn böswillig und gegen alle Vernunft und allen Sprachgebrauch an den Worten herumdeuteln und aus ihnen herauslesen, was ich selbst für tausend Tode – angenommen, es könnt' einer so viele sterben – nicht gedacht haben möchte, wie wenn zum Beispiel einer Brot statt Wein, Fisch statt Schlange, Ei statt Skorpion verstehen wollt'. Über solches Verfahren hab' ich mich oft in Eurer Gegenwart beklagt und es offen ausgesprochen, daß, wenn ich mich nicht für einen besseren Christen hielte, als sie ihrerseits gegen mich sind, und wenn ich in meinem Leben, meinen Schriften und Worten, ja nur in meinen Gedan-

1 »Nielacher« (griech.)

ken das kleinste Fünkchen Ketzerei verspürte, sie gar nicht so jämmerlich in die Netze des Lügengeistes, *i.e. diabolus*, der mich durch sie dieses Verbrechens zeiht, gefallen sein würden. Denn dann würde ich wie der Phönix den Holzstoß selbst geschichtet und das Feuer angezündet haben, um mich zu verbrennen. Darauf sagtet Ihr mir, daß der in Gott ruhende König Franz unsterblichen Angedenkens, durch solche Verleumdungen begierig geworden, sich selbst von ihrem Wert zu überzeugen, seinem hochgelehrten und allergetreuesten Vorleser befohlen habe, ihm meine Schriften – ich sage meine, weil man mir tückischerweise auch allerlei falsche und verdammungswürdige untergeschoben hat – vorzulesen, und daß er nichts Verdächtiges darin gefunden, wohl aber sich mit Abscheu über jene Schlangenfresser geäußert habe, die aus einem E, welches aus Versehen oder durch die Nachlässigkeit des Druckers statt eines e gesetzt und verschoben wurde, eine todeswürdige Ketzerei hatten machen wollen. Und ebenso gerecht und gütig hat sich sein Sohn, unser gnädigster, tugendhaftester und hochgepriesener König Heinrich, den Gott uns noch lange erhalten möge, gegen mich gezeigt, indem er mir durch Euch ein Privilegium und seinen ausdrücklichen Schutz gegen diese Verleumder verheißen hat. Solche frohe Botschaft habt Ihr mir in Paris mündlich bestätigt und nun neuerdings, als Ihr zu Besuch bei Sr. Eminenz Kardinal du Bellay wart, welcher sich zur Stärkung seiner Gesundheit nach einer langwierigen und schmerzhaften Krankheit in Saint-Maur aufhielt, diesem so gesunden, angenehmen, heitern, behaglichen, reizenden und an ländlichen Freuden und Genüssen so reichen Ort, den man wohl mit Recht ein Paradies nennen könnte.

Das, erlauchter Fürst, ist der Grund, weshalb ich jetzt furchtlos meine Feder dem Sturm wieder aussetze; denn ich hoffe, daß Ihr mir gegen alle Verleumder dank Eurer gnädigen Gunst an Wissen, Weisheit und Beredsamkeit ein zweiter Herkules von Gallien sein werdet, ein Alexikakos[1] an Tugend, Macht und Ansehen, von dem ich in Wahrheit sagen kann, was der weise Salomo von Moses, dem großen Propheten und Führer Israels, sagte, Buch Sirach XLV: »Er hat aus ihm kommen lassen den heiligen Mann Mose, der aller Welt lieb und wert war und dem

1 »Unheilabwehrer« (griech.); Beiname des Herkules

Gott und Menschen hold waren, des Name hoch gepriesen wird. Er hat ihn auch geehrt wie die heiligen Väter und hoch erhoben, daß ihn die Feinde fürchten mußten; und ließ ihn mit Worten viel Zeichen tun. Er machte ihn herrlich vor Königen und gab ihm Befehl an sein Volk und zeigte ihm seine Herrlichkeit.«

Ich aber gelobe Euch, daß ich alle, die sich an diesen lustigen Geschichten ergötzen werden, beschwören will, Euch und nur Euch allein dafür dankbar zu sein und den Herrn zu bitten, daß er Euch erhalte und Eure Macht und Größe stetig mehre, mir dabei kein anderes Verdienst zuschreibend als demütige Unterwürfigkeit und willigen Gehorsam gegen Eure Befehle. Denn Eure ehrende Ermahnung gab mir Selbstvertrauen und Erfindungsgeist; ohne Euch wäre mir der Mut geschwunden, und die Quelle meiner Lebensgeister hätte versiegen müssen. Möge Gott der Herr Euch in seinen heiligen Schutz nehmen.

Paris, den 28. Januar 1552

Eurer Erlaucht
untertänigster und treugehorsamster Diener
François Rabelais, Arzt

Vorwort des Verfassers

Den geneigten Lesern

Ihr braven, guten Leute, Gott segne und behüte euch! Wo seid ihr denn? Kann euch nicht recht sehen. Wart, wart, will meine Brille aufsetzen. Aha! Ja so – nach Fastnacht kommt Ostern. Nun seh' ich euch. Also was? Ihr habt ein gutes Weinjahr gehabt, wie ich höre. Nun, darüber werdet ihr keine Tränen vergießen. Und habt ein unfehlbares Mittel gegens Verdursten erfunden? Das nenn' ich brav und tugendhaft gehandelt. Und ihr, eure Weiber und Kinder, eure Verwandten und Angehörigen befinden sich alle wohl? Ei, das ist ja recht gut und schön und freut mich. Der liebe, gnädige Gott sei ewiglich dafür gepriesen, und wenn's sein heiliger Wille ist, mögt ihr noch recht lange so bleiben. Was mich anbetrifft, so bin ich Gott sei Dank auch noch auf den Beinen und empfehle mich euch. Mit Hilfe einer kleinen Dosis Pantagruelismus, das heißt einer gewissen Heiterkeit der Seele, die sich von zufälligen Dingen nicht stören läßt, bin ich gesund und munter und jederzeit zum Trinken aufgelegt. Ihr braven Leute fragt mich, woher das kommt? Unwiderlegliche Antwort: Weil es der Wille des allgütigen und allmächtigen Herrgotts ist, in den ich mich schicke, dem ich gehorche, dessen dreimalheiliges Wort voll froher Botschaft ich verehre. Das ist das Evangelium Lukas IV, 23, wo es mit bitterem Spott und blutigem Hohn von dem Arzt, der seine eigene Gesundheit vernachlässigt, heißt: »Arzt, hilf dir selber!« – So achtete Galen auf seine Gesundheit, weniger freilich aus Ehrfurcht vor dem heiligen Wort, obschon er die Bibel nicht verachtete und die frommen Christen seiner Zeit wohl kannte, auch mit ihnen verkehrte, wie dies aus *lib. XI de usu partium, lib. II de differentiis pulsuum, c. III, et ibidem lib. III, c. II, et lib. de rerum affectibus*[1] – wenn letzteres ihm zugeschrieben werden darf – ersichtlich ist, sondern vielmehr aus Furcht, zu jenen gezählt zu werden, von denen der Volksmund spöttisch sagt:

Ἰατρὸς ἄλλων, αὐτὸς ἕλκεσι βρύων,
Arzt für andre Leut, indessen
selbst von Schwären aufgefressen.

1 »Über den Gebrauch der menschlichen Körperteile« II; »Über die verschiedenen Pulsschläge« 2, 3 und 3, 2; »Buch über die Erkrankungen der Dinge (eigtl. Nieren)«

Mit großer Genugtuung rühmt er von sich – und wenn dem nicht so wäre, wolle er kein geschätzter Arzt sein –, daß er von seinem achtundzwanzigsten Jahr an bis in sein hohes Alter hinein stets kerngesund gewesen sei, einige leicht vorübergehende Fieberanfälle etwa ausgenommen, obwohl er von Natur keine sehr kräftige Konstitution und überdies einen schwachen Magen gehabt habe. Denn dem Arzt, so sagt er *lib. V de sanit. tuend.*[1], der seine eigene Gesundheit vernachlässigt, wird man schwerlich zutrauen, daß er für die anderer Leute besorgt sei. – Noch stolzer rühmt sich ein anderer Arzt, Asklepiades, er habe mit Fortuna einen Pakt geschlossen, daß er als Heilkünstler nicht berühmt werden wolle, wenn er von der Zeit an, wo er zu praktizieren begonnen, bis in sein höchstes Alter hinein auch nur einmal krank sein würde. Und wirklich, gesund an allen Gliedern gelangte er zu hohen Jahren und triumphierte über Fortuna; denn zuletzt starb er ohne eine vorhergegangene Krankheit durch einen Sturz von einer hohen Treppe, deren Stufen schlecht zusammengefügt und morsch geworden waren.

Sollte eurer Herrlichkeiten Gesundheit sich aber durch irgendeinen unglücklichen Zufall hier- oder dorthin verflüchtigt haben, etwa nach oben, unten, vorn, hinten, rechts oder links, nach innen oder nach außen, weit weg von oder hin zu euren Herrensitzen, so wünsche ich, daß ihr sie mit Gottes Hilfe so bald wie möglich wieder antreffen mögt. Zu guter Stunde legt dann die Hand darauf, nehmt sie fest, haltet sie und laßt sie nicht wieder los. Das erlauben die Gesetze, der König gestattet's, und ich rat' es euch. So erkannten die Gesetzgeber des Altertums jedem Herrn das Recht zu, seinen entlaufenen Sklaven, wo er ihn fände, zu ergreifen. Und steht denn, lieber Gott und liebe Leute, nicht geschrieben, und ist es nicht ein altes Gewohnheitsrecht in diesem unserem edlen, alten, schönen, blühenden und reichen Vaterland, daß der Tote den Lebendigen greift[2]? Lest nur, wie der brave, gelehrte, weise, humane, biedere und gerechte André Tiraqueau, Sr. königlichen Majestät Heinrich II. Rat am hochmögenden Parlament zu Paris, dies neuerdings dargelegt und erläutert hat. Nun aber ist Gesundheit unser Leben, wie Ariphron der

1 »Über den Schutz der Gesundheit« 5 – 2 d.h., er setzt durch seinen bloßen Tod den Rechtsnachfolger zum Erben ein; Rechtssprichwort

Sikyonier das sehr gut ausdrückt, wenn er sagt: »Leben ohne Gesundheit ist nicht Leben, ist ein nicht zu lebendes Leben: Ἄβιος βίος, βίος ἀβίωτος.« Ohne Gesundheit ist das Leben nur ein Dahinsiechen, eine Art Tod. Deshalb ergreift also, die ihr der Gesundheit entbehrt, das heißt tot seid, das Lebendige, greift das Leben, das heißt die Gesundheit.

Ich hoffe auf Gott den Herrn, daß er unser Gebet erhören wird, da wir in festem Glauben zu ihm beten, und unsere Bitte erfüllt, weil wir mit Maßen und bescheiden bitten. Mittelmaß galt den alten Weisen als golden, das heißt als etwas Köstliches, von allen Gepriesenes, überall Wohlgefälliges. Forschet nur in der Bibel, so werdet ihr finden, daß die Gebete derer, welche bescheiden baten, stets erhört worden sind.

Ein Beispiel dafür ist der kleine Zachäus[1], dessen Leib und Reliquien die Musaphiten[2] von Saint-Ayl bei Orleans zu besitzen sich rühmen und den sie Sankt Sylvan nennen. Er begehrte nichts weiter, als unsern Heiland bei Jerusalem zu sehen. Das war ein bescheidener Wunsch, denn das konnte jedermann; aber er war zu klein, und so wollte es ihm im Volksgedränge nicht gelingen. Deshalb lief und trippelte er hin und her, versuchte sich durchzudrängen, machte sich endlich Luft und stieg auf einen Maulbeerbaum. Der milde Gottessohn aber erkannte seine aufrichtige und demütige Liebe. Er bot sich seinen Blicken dar, und nicht bloß seinen Blicken, nein, er sprach auch mit ihm und trat in sein Haus und segnete die Seinigen. – Und dem Sohn eines Propheten in Israel, da er am Ufer des Jordans Holz spaltete – im sechsten Kapitel des vierten Buches der Könige steht's geschrieben –[3], flog das Eisen vom Stiel und fiel in den Fluß. Da betete er zu Gott, daß er es ihm doch wiedergeben möchte, was eine bescheidene Bitte war, und voller Glauben und Zuversicht warf er – nicht, wie die vermaledeiten Krittler und abscheulichen Wortverdreher sagen, die Axt dem Stiel, sondern – den Stiel der Axt nach. Alsbald geschahen zwei Wunder: Das Eisen stieg aus den Fluten empor und befestigte sich von selbst am Stiel. Hätte er begehrt, wie Elias in einem Flammenwagen gen Himmel zu fahren oder eine Nachkommenschaft zu haben, so zahlreich wie die Abrahams, oder reich zu sein wie Hiob oder stark wie Simson

1 s. Lukas 19, I/10 – 2 eigtl. mohammedanische Priester – 3 2. Könige 6,5/7

oder schön wie Absalom, was meint ihr, ob ihm das wohl gewährt worden wäre? Möchte zu bezweifeln sein.

Und da ich nun einmal von bescheidenen Wünschen in äxtlichen Dingen rede, so will ich – aber sagt nur, wenn's Zeit zum Trinken ist – euch doch erzählen, was in den Fabeln des weisen französischen Äsop davon geschrieben steht, des Phrygers meine ich nämlich, des Trojaners, von welchem Volk, den glaubwürdigsten Geschichtsschreibern nach – auch Max. Planudes bestätigt's –, die edlen Franzosen abstammen. Zwar sagt Älian, Äsop sei ein Thraker gewesen, und Agathias hält ihn, nach Herodot, für einen Samier. Das ist mir aber alles einerlei.

Seinerzeit lebte im Dörfchen Gravot ein armer Mann mit Namen Hodeling, ein Holzhacker, der mit Fällen und Spalten notdürftig sein Brot verdiente. Dem geschah es, daß er sein Beil verlor. Ihr könnt euch denken, wie traurig und betrübt er darüber war, denn das Beil war sein ein und alles, von dem lebte er; seines Beils wegen stand er bei allen Holzhändlern der Umgegend in Ansehen und Achtung, ohne Beil mußte er verhungern. Wenn ihn der Tod sechs Tage nach dem Unfall noch ohne Beil getroffen hätte, so würde er ihn ohne weiteres mit seiner Sense umgemäht und von der Erde vertilgt haben. In seiner Not fing er an, zu jammern, zu schreien, zu flehen und allerlei Gebete zu Jupiter emporzusenden, denn ihr wißt, Not ist ja die Erfinderin der Beredsamkeit. Mit gen Himmel gewandtem Gesicht, im Staub kniend, barhäuptig, die Arme hoch erhoben und die Finger ausgespreizt, rief er immer und immer wieder, ohne zu ermüden, dieselben Schlußworte seiner Klage: »Mein Beil, Jupiter, mein Beil, mein Beil! Will ja nichts weiter, o Jupiter, als mein Beil oder ein paar Pfennige, damit ich mir ein neues kaufen kann. Weh, o weh, ich Armer! Mein Beil!«

Jupiter war eben dabei, eine hochwichtige Staatsangelegenheit zu verhandeln, und die alte Mutter Kybele oder meinetwegen der junge, strahlende Phöbus, wenn euch der lieber ist, hatte das Wort. Aber Hodelings Geschrei war so laut, daß man es mit großem Befremden im Rat und in der Versammlung der Götter vernahm. »Wer zum Teufel brüllt denn da unten so entsetzlich?« fragte Jupiter. »Beim Styx, haben wir nicht die ganze Zeit über mehr als genug zu tun gehabt, die aller verschiedensten hochwichtigen Angelegenheiten zu entscheiden, und sind wir nicht

noch dabei? – Den Streit zwischen Presthan, dem König der Perser[1], und Sultan Soliman, dem Kaiser von Konstantinopel, haben wir geschlichtet; wir haben den Tataren den Paß zu den Moskowitern verlegt; das Gesuch des Scherifs[2] haben wir bewilligt und der ehrfurchtsvollen Bitte des Guolgotz Rais[3] geneigtes Ohr geschenkt; der Fall Parma ist geregelt, Maidenburg[4] und Mirandola desgleichen und Afrika auch, so heißt nämlich bei den

1 Tahmasp I. – 2 Mulei Mohammed – 3 Dragut Reis – 4 Magdeburg; 1550/51 von Moritz von Sachsen belagert und eingenommen

Sterblichen, was wir Aphrodisium[1] am Mittelländischen Meer nennen; Tripolis hat durch schlechte Hut seinen Herrn gewechselt; seine Zeit war gekommen.

Da sind nun die widerspenstigen Gascogner und wollen ihre Glocken wiederhaben[2]. Dort in der Ecke stehen die Sachsen, Osterlinge[3], Ostgoten und Alemannen, ehedem unbesiegbare Völkerschaften, jetzt aberkeids[4] und von einem lahmen Zwerglein[5] geknechtet. Sie bitten um Rache und Hilfe und daß wir ihnen ihren gesunden Menschenverstand und ihre alten Freiheiten wiedergeben sollen.

Was fangen wir aber mit diesem Rameau[6] und mit diesem Galland an, die mit ihrem Schwanz von Zuträgern, Helfershelfern und Zeugen uns die ganze Pariser Akademie in Aufruhr bringen? Ich bin da wirklich in der größten Verlegenheit, auf welche Seite ich mich schlagen soll. Sie scheinen mir beide ganz gute Burschen und tüchtige Bullen zu sein. Der eine hat schöne, klotzige Sonnentaler, der andere möcht' welche haben. Der eine hat was gelernt, der andere ist auch nicht dumm. Der eine liebt die braven Leute, den andern lieben sie. Der eine ist ein schlauer Fuchs, der andere eifert, schimpft und bellt auf die alten Philosophen und Redner wie ein Hund. Was sagst du dazu, Priapus, du altes Eselsgesicht? Hab' deinen Rat und deine Ansicht schon manchmal ganz vernünftig und akzeptabel gefunden,

et habet tua mentula mentem[7].«

»Majestät«, entgegnete Priapus, indem er sein Käppchen abzog und seinen roten, tief leuchtenden Kopf selbstbewußt in die Höhe reckte, »weil du den einen mit einem bellenden Hund und den andern mit einem schlauen, listigen Fuchs vergleichst, so mein' ich, zerbrichst du dir den Kopf nicht weiter darüber und machst es mit ihnen, wie du es schon einmal mit einem Hund und einem Fuchs gemacht hast.« – »Wieso?« fragte Jupiter, »wann das? Wovon sprichst du? Wo geschah das?« – »Wo bleibt dein Gedächtnis?« entgegnete Priapus.

»Unser würdiger Vater Bacchus mit dem karmesinfarbenen

1 Stadt in Nordwestafrika – 2 die wegen des Aufruhrs gegen die Salzsteuer 1548/49 beschlagnahmt worden waren – 3 Hansestädte – 4 Wortlaut des Originals: *abakeit* (schweiz.) heruntergekommen – 5 gemeint ist Karl V., röm.-deutsch. Kaiser 1519-56, der seit Jahren an Gicht litt – 6 Ramus – 7 dein Steher ist ein Versteher (lat.).

Gesicht da hatte, um sich an den Thebanern zu rächen, einen Wunderfuchs geschaffen, dem kein Tier der Welt etwas anhaben konnte, wieviel Schaden und Unheil er auch anstiften mochte. Der edle Vulkan aber hatte aus monesischem Erz[1] einen Hund geformt und ihm Leben und Seele eingehaucht; den schenkte er dir, und du schenktest ihn deinem Herzblättchen, der Europa. Europa gab ihn an Minos, Minos an Prokris weiter, und dieser verehrte ihn endlich Kephalos. Der Hund war gleichfalls gefeit, so daß er, ganz wie unsere Advokaten, alles fing, was ihm in den Wurf kam, und nichts seinen Griffen entgehen konnte. Es geschah, daß die beiden sich trafen. Was taten sie? Seiner Schicksalsbestimmung nach mußte der Hund den Fuchs fangen, der seiner Schicksalsbestimmung nach doch wiederum nicht gefangen werden konnte.

Die Sache kam vor deinen Rat. Du warst der Ansicht, daß gegen das Schicksal nichts zu machen wäre; aber die Schicksalsbestimmungen widersprachen sich ja. Daß beide als wahr, folgerichtig und wirksam nebeneinander bestehen könnten, wurde für eine Unmöglichkeit erklärt. Du schwitztest über dieser schweren Aufgabe große Schweißtropfen, die zur Erde fielen und dort zu Kohlköpfen wurden. Die gesamte hohe Ratsversammlung, die durchaus zu keinem Beschluß kommen konnte, entwickelte wenigstens einen fabelhaften Durst: mehr als achtundsiebzig Tonnen Nektar wurden in dieser Sitzung ausgetrunken. Da gab ich den Rat, du möchtest sie beide in Stein verwandeln, und augenblicklich war aller Verlegenheit abgeholfen. Allen durstigen Kehlen im ganzen Olymp ward sofort Waffenstillstand geboten. Dies geschah in dem Jahr, welches in der Umgegend von Theumesos zwischen Theben und Chalkis das Jahr der Butterhoden genannt wird. Deshalb rate ich dir, den Hund wie den Fuchs zu versteinern. Wird auch eine ganz passende Metamorphose sein; denn sie heißen beide Peter[2], und da nach dem Limousiner Sprichwort zu einem Ofenloch drei Steine gehören, so kannst du sie ja gut mit Peter von Coignet[3] zusammentun, den du schon aus demselben Grund versteinert hast. Das tote Dreigestein könnte dann als gleichschenkliges Dreieck im Haupttempel von Paris oder mitten auf dem Platz davor aufge-

1 Kupfer – 2 *petra* (griech.) Stein – 3 Cugnières

stellt werden, um wie beim Nasenpustspiel zum Auslöschen der Lichter, Fackeln und Kerzen zu dienen, weil sie, solange sie lebten, das Feuer der Zersplitterung, den Haß, die Sektiererwut und das Klüngelwesen so hundsföttisch unter den müßigen Gelehrten angefacht haben. Und das würde eine ewige Mahnung sein, daß solche kleinen hundsföttischen Eigensüchteleien vor dir eher der Verachtung als der Strafe verfallen. Ich habe gesprochen.«

»Priapus, mein Bürschchen«, erwiderte Jupiter, »ich sehe, du meinst es doch besser mit ihnen, als ich geglaubt hätte: so gut meinst du's nicht mit allen Leuten. Denn da es ihre höchste Begierde ist, sich und ihren Namen auf die Nachwelt zu bringen, so würde es ihnen ganz recht sein, wenn sie nach ihrem Tod in Stein und Marmor dastünden, statt in der Erde zu verfaulen. – Sieh doch, sieh, dort in der Gegend des Tyrrhenischen Meers, um die Apenninen herum, was für Schreckensszenen die Pastophoren dort aufführen. Dieser Wahnsinn wird auch seine Zeit dauern wie die limousinischen Öfen und dann vergehen – aber nicht so bald. Wir werden noch viel Kurzweil daran haben. Eins ist mir nur fatal: Unser Vorrat an Blitzen ist verteufelt zusammengeschmolzen, seitdem ihr Mitgötter, allerdings mit meiner Erlaubnis, so verschwenderisch damit umgegangen seid und sie rein zum Spaß auf Neuantiochia[1] geschleudert habt, was euch dann die großmäuligen Helden später nachmachten, die ihre Feste Truthahnburg gegen jeden Angriff verteidigen wollten, inzwischen aber ihre Pfeile auf Sperlinge verschossen. In der Zeit der Not hatten sie dann nichts, um sich zu verteidigen, so daß sie den Platz tapfer räumen und sich dem Feind ergeben mußten, gerade als dieser im Begriff war, die Belagerung als unnütz und aussichtslos aufzugeben, und nur an seinen Abzug und an die damit verbundene Schmach dachte. Vulkan, mein Sohn, vergiß also nicht, die nötigen Befehle zu geben: Weck mir die schläfrigen Burschen auf, die Kyklopen, Asteropes[2] und Brontes[3], Arges[4] und Polyphems, Steropes[5] und Pyrakmon[6], daß sie rüstig schaffen, und gib ihnen auch ordentlich was zu trinken. Wer sich am Feuer erhitzt, den soll man mit Wein kühlen. – Aber nun müssen wir doch dem Schreihals da unten das Maul stopfen. Merkur, sieh einmal nach, wer es ist, und frag ihn, was er will.«

1 wahrscheinlich Rom – 2 Blitzschmied – 3 Donnerfertiger – 4 Blitzhelle – 5 Blitzschmied – 6 Feueramboßler

Also machte Merkur das himmlische Klapploch auf, durch das man alles hört, was hier auf Erden gesprochen wird, und das etwa einer Schiffsluke oder, wie Ikaromenippus meint, einem Brunnenloch gleicht[1]. Sobald er sieht, daß es Hodeling ist, der sein verlorenes Beil wiederhaben will, sagt er es den Göttern. »Nun ja«, spricht Jupiter, »das fehlte noch; haben wir etwa nicht mehr zu tun, als verlorne Beile wieder herbeizuschaffen? Aber was sein muß, muß sein. Versteht mich: Es ist nun einmal vom Schicksal so bestimmt, genauso als ob es sich um das Herzogtum Mailand handelte. Und, die Wahrheit zu sagen, ihm ist ja sein Beil ebensoviel wert wie einem König sein Königreich. Also abgemacht, er soll es wiederhaben. Reden wir nicht mehr darüber. Laßt uns nun den Streit zwischen dem Klerus und der Duckmäuserinnung von Landerousse schlichten. Wie weit waren wir damit?«

Priapus war in der Kaminecke stehengeblieben. Sowie er den Bericht Merkurs gehört hatte, sagt er ganz höflich und verschmitzt: »König Jupiter, als ich ehemals auf deinen Befehl und durch deine besondere Gunst Aufseher der irdischen Gärten war, habe ich bemerkt, daß der Ausdruck ›Beil‹ in verschiedenem Sinne gebraucht werden kann. Es bedeutet ein Werkzeug, um damit Holz zu hacken und zu spalten, außerdem bedeutet es – zumindest war es so in früheren Zeiten – ein liebes, tüchtiges und vielgevögeltes Weib. Und ich sah, daß jeder brave Geselle seinen jungen Bettschatz ›mein Beil‹ nannte. Denn mit diesem Werkzeug« – während er das sagte, holte er seinen ellenlangen Stiel heraus – »verkeilen wir ihnen so mannhaft und wacker ihre Stielhalter, daß ihnen die epidemische Furcht der Weiber vergeht, die meinen, sie könnten ihnen aus Mangel an Zapfen auf die Hacken fallen. Ich kann mich erinnern – denn ich hab' ein Gemächt, wollt' sagen Gedächtnis, groß und schön genug, um einen Buttertopf zu füllen –, daß ich am Tag der Trompetenweihe, während der Feiertage des guten Vulkan im Monat Mai, auf einer schönen Blumenwiese Josquin des Préz, Olkegan, Hobrethz, Agricola, Brumel, Camelin, Vigoris, de La Fage, Bruyer, Prioris, Seguin, de La Rue, Midy, Moulu, Mouton, Guascoigne,

1 s. Lukian »Ikaromenippus oder Der Himmelsstürmer«

Loyset Compère, Penet, Fevin, Rouzée, Richardford, Rousseau, Consilion, Constantio Festi, Jacquet Bercan[1] gar melodisch singen hörte:

Als stieg zu seiner jungen Frau
Thibault, der große Rüpel,
versteckt' er unterm Bette schlau
sich einen dicken Knüppel.

›Mein süßer Freund‹, sprach sie ihn an,
›was habt Ihr da verborgen?‹
›Das ist, damit ich besser kann
für Euer Beilloch sorgen.‹

›Den Knüppel‹, sagt' sie, ›braucht Ihr nicht,
was soll mir solcher Stengel?
Wenn Karl, der dicke, bei mir liegt,
macht's mit dem Arsch der Bengel.‹

Neun Olympiaden und ein Schaltjahr darauf – o gutes Gemächt – vielmehr wollt' ich sagen Gedächtnis; ich irre mich oft bei der Unterscheidung und Anwendung dieser beiden Wörter – hörte ich Adrian Villart, Gombert, Janequin, Arcadelt, Claudin, Certon, Manchicourt, Auxerre, Villiers, Sandrin, Sohier, Hesdin, Morales, Passereau, Maille, Maillart, Jacotin, Heurteur, Verdelot, Carpentras, Lhéritier, Cadéac, Doublet, Vermont, Bouteiller, Lupi, Pagnier, Millet, Du Mollin, Alaire, Marault, Morpain, Gendre und andere fröhliche Musikanten in einem verborgenen Garten unter schönem Laubwerk, umgeben von einem Wall von Flaschen, Schinken, Pasteten und von mancherlei wohlfrisierten Schnepfen, lieblich singen:

Wenn ohne Stiel das schönste Beil
noch niemanden geführt zum Ziel,
so machen wir doch beides heil:
du bist mein Beil und ich dein Stiel.

1 zeitgenössische Komponisten, Sänger und Kapellmeister

Nun müßte man nur wissen, um welche Art von Beil dieser Schreihals Hodeling so jammert.«

Bei diesen Worten brachen die ehrwürdigen Götter und Göttinnen in ein brausendes Gelächter aus, so als ob ein Schwarm wilder Hummeln aufflöge. Vulkan machte mit seinem krummen Bein seiner Freundin zuliebe drei oder vier hübsche kleine Hopser. »Nun aber los«, sagte Jupiter zu Merkur, »steige du gleich zur Erde nieder und wirf dem Lümmel drei Äxte vor: die seinige, eine von Gold und eine von Silber, die zwei letzten aus einem Stück, sonst alle ganz gleich. Dann laß ihn wählen, und wenn er bescheiden ist und die seinige nimmt, so gib ihm die beiden anderen auch; nimmt er aber eine andere als die seinige, so haue ihm mit dieser den Kopf ab. Und so soll's von nun an mit allen gehalten werden, die ihre Axt verlieren[1].«

Als er diese Worte gesprochen, verdrehte Jupiter den Kopf wie ein Affe, der Pillen schluckt, und schnitt dabei ein so schreckliches Gesicht, daß der ganze Olymp zu zittern anfing. Merkur aber, angetan mit Spitzhut, Mäntelchen und Flügelschuhen, in der Hand den Schlangenstab, schlüpft sofort durch das KlappLoch, durchschneidet die Luft, steigt zur Erde hinab und wirft vor Hodeling die drei Äxte hin, indem er zu ihm spricht: »Du hast dir nun die Kehle trocken genug geschrien. Jupiter hat dein Flehen erhört. Sieh nach, welche von den drei Äxten deine ist, und nimm sie.« – Hodeling hebt das goldene Beil auf und betrachtet es genau; als er es aber so schwer findet, sagt er zu Merkur: »So wahr ich lebe, das ist nicht meins, das will ich nicht haben.« Ebenso macht er's mit dem silbernen; »das ist's auch nicht«, sagt er, »das kannst du für dich behalten.« Darauf nimmt er seine Holzaxt in die Hand, besieht sie sich von oben bis unten, erkennt sein Zeichen daran, und wie ein Fuchs, dem verlaufene Hühner begegnen, verzieht er die Nase zu einem Grinsen und ruft, vor Freude bebend: »Meiner Seel, die ist's. Wenn du mir sie wiedergibst, will ich dir zu den Iden – das ist der 15. Tag – des Mai auch einen schönen großen Topf Milch opfern, mit den allerreifsten, süßesten Erdbeeren obendrauf.« – »Nimm sie, mein Lieber«, sagte Merkur, »ich gebe sie dir. Und weil du unter diesen Äxten so bescheiden gewählt und nur Geringes begehrt hast,

1 nach einer Fabel des Äsop

schenke ich dir, wie Jupiter befohlen, auch noch die beiden anderen dazu. Dadurch wirst du ein reicher Mann, bleibe nun auch gut und brav.« – Hodeling bedankt sich ehrerbietig bei Merkur, demütigt sich vor dem großen Jupiter, steckt seine alte Axt in den Ledergürtel, den er umschnallt, so daß sie ihm fest auf dem Hintern sitzt wie bei Martin von Cambrai, und hängt die beiden anderen, die schwerer sind, um den Hals. So stolziert er durch das Land und wirft sich seinen Kirchspielbrüdern und Nachbarn gegenüber gewaltig in die Brust, indem er jeden mit den Worten Patelins: »Aha, hab' ich sie?« anredet. Tags darauf zieht er seinen weißen Kittel an, nimmt die beiden kostbaren Äxte auf den Bukkel und begibt sich nach Chinon, der trefflichen, alten, ehrwürdigen Stadt, die nach dem Urteil und der Versicherung gelehrter Massoreten ihresgleichen in der ganzen Welt nicht haben soll. Dort vertauscht er sein Silberbeil gegen blanke Silberlinge, sein Goldbeil gegen schöne goldne Heils-, Agnus-Dei- und Sonnentaler und kauft sich dafür eine ganze Menge Meierhöfe, Scheunen, Güter, Gehöfte, Landhäuser, Wiesen, Weinberge, Wälder, Äcker, Triften, Teiche, Mühlen, Gärten, Weidichte, Ochsen, Kühe, Schafe, Lämmer, Ziegen, Säue, Ferkel, Esel, Pferde, Hühner, Hähne, Kapaune, Küken, Gänse und Gänseriche, Enten und Erpel und anderes Federvieh mehr, so daß er in kurzer Zeit der allerreichste Mann im Land war, noch reicher als der lahme Maulevrier.

Als die Bauern und Holzhacker der Umgegend diesen Glückswechsel Hodelings sahen, erstaunten sie gewaltig, und das Mitleid und Bedauern, welches sie vorher für den guten Mann gefühlt hatten, verwandelte sich bald in Neid auf seinen so großen und unverhofften Reichtum. Sie kamen, forschten nach und erkundigten sich, auf welche Weise, an welchem Ort und welchem Tag, zu welcher Stunde, wie und bei welcher Gelegenheit er zu so großen Schätzen gekommen sei, und als sie hörten, er verdanke sie dem Umstand, daß er sein Beil verloren habe, sagten sie: »Ei, so braucht man ja nur sein Beil zu verlieren, um auch reich zu werden. Das Mittel ist leicht genug und kostet nicht viel Mühe. Die Umdrehung der Sphären, die Konstellation der Sterne und die Planetenaspekte sind also jetzt derart, daß, wer sein Beil verliert, mit einem Mal ein reicher Mann wird. Hihihi, hahaha – so sollst du verloren werden, Beil, bei Gott, mach, was du willst.« Also verloren sie alle ihre Beile. Der Teufel soll mich holen, wenn da auch nur einer gewesen wäre, der sein Beil behalten hätte; keiner braven Mutter Sohn, der nicht sein Beil verlor! Im ganzen Land wurde kein Holz mehr gespalten, kein Baum mehr gefällt, weil's kein Beil mehr gab. Ja, so erzählt die Äsopische Fabel weiter, ein paar kleine Staubgrafen[1] von zweifelhaftem Stammbaum, die ihre kleine Wiese und ihre kleine Mühle schon vorher an Hodeling verkauft hatten, um sich bei der Heerschau zeigen zu können, verkauften nun, da sie hörten, woher und wie er zu seinen Schätzen gekommen sei, auch noch ihre Degen, um sich Beile dafür zu kaufen, die sie wie die Bauern verloren, in der Hoffnung, daß ihnen aus diesem Verlust Haufen Goldes und Silbers erwachsen würden, darin ähnlich den kleinen Romläufern, die auch das Ihrige verkaufen und noch von anderen borgen, um von einem neugewählten Papst die Ablässe haufenweise einstreichen zu können. Du lieber Gott, was das für ein Schreien, Bitten, Klagen und Flehen zu Jupiter war! Jupiter, mein Beil, mein Beil! Mein Beil hier, mein Beil da, mein Beil, huhuhu, Jupiter, mein Beil! Die Luft ringsum erscholl von dem Geschrei und Geheul der Beilverlierer. Merkur war denn auch fix bei der Hand, ihnen Äxte zu bringen, und zwar einem jeden die seinige nebst einer goldnen und einer silbernen. Unter lauten Dankesversicherungen gegen den freigebigen Jupiter griffen alle nach der goldenen; aber sobald sie sich bückten, um sie vom Boden aufzunehmen, hieb ihnen Merkur, wie Jupiter es befohlen, die Köpfe vom Rumpf, und so waren der abgehauenen Köpfe geradeso viele wie der verlorenen Beile. Das kommt davon!

Ihr seht nun, wie denen geschieht, die bescheiden wünschen und die goldene Mittelstraße wählen. Nehmt euch ein Beispiel dran, ihr Duckmäuser vom flachen Lande, die ihr sagt, ihr gäbet eure Wünsche nicht für zehntausend Franken preis, und redet in Zukunft nicht so unverschämt – hab's oft gehört – daher wie: »Wollt' Gott, ich hätt' einhundertundachtundsiebzig Millionen in Gold; ha, wie würde ich frohlocken!« – Ihr Maulesel, was soll sich denn ein Kaiser, ein König, ein Papst noch mehr wünschen? Die Erfahrung lehrt denn auch, daß solche hirnverbrannten Wünsche euch nichts einbringen als Räude und Schafpocken,

1 gemeint sind Raubgrafen

aber in den Beutel keinen Heller; geradesowenig wie den beiden Liederjanen von Wünschern in Paris, von denen der eine sich so viele blanke Sonnentaler wünschte, wie in Paris von der Gründung der Stadt bis zur gegenwärtigen Stunde ausgegeben und im Kauf und Verkauf umgesetzt worden wären, notabene durchschnittlich nach dem Wert und den Preisen des allerteuersten Jahrs, das wir seitdem gehabt, berechnet. Was meint ihr, war der bei Appetit? Hat der die Pflaumen ungeschält gefressen? Waren dem die Zähne stumpf? – Und der andere wünschte sich die Kathedrale Notre-Dame vom Boden bis zur Decke ganz voll Nähnadeln und dann so viele Sonnentaler, um damit die Säcke vollzufüllen, die man mit diesen Nadeln zu nähen imstande sei. Das nenn' ich wünschen! Was sagt ihr dazu? – Aber was geschah? Eines schönen Tags hatte jeder von ihnen

Beulen am Hacken,
Schwären auf den Backen,
Gliederzwacken,
im Hals das Quaken
und Furunkel im Nacken;

das bißchen Brot aber, eben genug, um sich die Zähne dran zu putzen, war zum Teufel!

Also wünscht mäßig, nicht zuviel und nicht zuwenig, so wird es euch gewährt, besonders wenn ihr arbeitet und schafft, wie sich's geziemt. – »Aber«, sagt ihr, »es kann doch dem lieben Gott nichts ausmachen, ob er mir sechzigtausend Taler oder einen halben Dreier gibt. Ist er nicht allmächtig? Eine Million Goldstücke kostet ihn nicht mehr Mühe als ein Obolus.« – Ei, ei ! Und wer hat euch arme Leute denn gelehrt, so von der Allmacht und Vorherbestimmung Gottes zu denken und zu reden? Still, still, st, st, st ! Demütigt euch vor seinem heiligen Angesicht und kommt zur Erkenntnis eurer Schwachheit.

Darauf also, ihr Gichtbrüchigen, gründe ich meine Hoffnung und glaube fest, daß ihr eure Gesundheit wiedererlangen werdet, wenn es des Himmels Wille ist. Bittet vorderhand um nichts weiter als um eure Gesundheit und dann habt ein halbes Quentchen Geduld und lernt warten.

So freilich machen's die Genuesen nicht. Wenn sie des Morgens in ihren Kontoren und Schreibstuben kalkuliert, spintisiert und ausgetüftelt haben, wem sie an dem Tag die Denare ausquetschen, wen sie übers Ohr hauen, schinden, plündern und hinters Licht führen wollen, so gehen sie auf den Marktplatz und grüßen einander mit den Worten: *Sanità et guadain, messer*[1]. Gesundheit allein ist ihnen nicht genug, sie möchten auch noch Gewinn dazu haben, womöglich die Taler des *Guadaigne*[2] selbst. Daher geschieht es denn oft, daß sie weder das eine noch das andere bekommen. Nein, hustet euch zur Gesundheit einmal ordentlich aus, trinkt ein paar Schluck, schüttelt euch vergnügt die Ohren, und dann hört zu, was für Wunderdinge ich euch von dem guten und edlen Pantagruel erzählen werde.

1 Gesundheit und Gewinn, mein Herr (ital.) – 2 Guadagni

Erstes Kapitel

Wie Pantagruel seine Meerfahrt nach dem Orakel der Göttin Bakbuk[1] antrat

Am Tage der Vestalien, also im Juni, demselben Monat, in welchem Brutus Spanien eroberte und die Spanier unterwarf, demselben, in welchem der geizige Crassus von den Parthern besiegt und getötet wurde, nahm Pantagruel Abschied von dem guten Gargantua, seinem Vater, der, wie es bei den frommen Christen der Urkirche ein löblicher Brauch war, für seines Sohns und seiner Gefährten glückliche Reise inbrünstige Gebete zum Himmel sandte, und ging im Hafen Thalasse zu Schiff, begleitet von Panurg, Bruder Hans Hackepeter, Epistemon, Gymnast, Eusthenes, Rhizotom, Carpalim und vielen anderen Herren und Dienern seines Gefolges, unter denen sich auch Xenomanes, der Weitgereiste, Vielerfahrene, befand, der einige Tage zuvor, der Aufforderung Panurgs folgend, bei ihnen eingetroffen war. Aus gewissen triftigen Gründen hatte dieser für Gargantua seine große Seekarte der ganzen Welt zurückgelassen, auf der er den Weg bezeichnet hatte, den sie zu nehmen beabsichtigten, um zum Orakel der Göttlichen Flasche Bakbuk zu gelangen.

Die Zahl der Schiffe habe ich bereits im dritten Buch mitgeteilt. Zu ihnen gesellten sich noch eine Anzahl dreirudriger Galeeren, Rambergen, Galeonen und Feluken, alle wohl bemannt, gut kalfatert, vollkommen ausgerüstet und reichlich mit Pantagruelion versehen. Sämtliche Offiziere, Dolmetscher, Steuerleute, Kapitäne, Bootsleute, Ruderer und Matrosen versammelten sich auf der Thalamega, so hieß nämlich das große Admiralsschiff Pantagruels, welches als Schiffszeichen eine riesengroße Flasche führte, deren eine Hälfte aus glänzend poliertem Silber, die andere aus dunkelfarbig emailliertem Gold gefertigt war, um zweifellos anzudeuten, daß Weiß und Rot die Farbe der edlen Reisenden und »Flasche« ihre Losung sei.

Am Achterkastell des zweiten Schiffs war eine eigentümlich gestaltete Laterne aufgezogen, die sehr kunstvoll aus Marienglas oder Phengit gearbeitet war; dadurch sollte deutlich werden, daß sie über Laternien zu reisen gedächten. Das Zeichen des dritten

1 Flasche (hebr.)

Schiffs war ein schöner, dickbäuchiger Porzellanhumpen, das des vierten ein goldenes Trinkgeschirr mit zwei Henkeln, fast wie eine antike Vase. Auf dem fünften sah man einen mächtigen Pokal aus grünem Flußspat; auf dem sechsten eine Mönchsflasche aus vier verschiedenen Metallen; auf dem siebten einen reich mit Gold ausgelegten Ebenholztrichter; auf dem achten einen kostbaren Becher aus Eppichholz, mit damaszierter Goldverzierung; auf dem neunten ein Henkelgefäß aus feingeläutertem Gold; auf dem zehnten eine Trinkschale aus wohlriechendem Zedernholz, mit zyprischem Gold ausgelegt, in persischem Geschmack; auf dem elften eine Weinbütte aus Goldmosaik; auf dem zwölften endlich ein Stückfaß aus mattem Gold, ziseliert und mit einer Vignette aus großen indischen Perlen darauf: so daß niemand, der diese edle Flotte sah, sich hätt' der Freude erwehren können und nicht hätt' von Herzen lachen müssen, wär' er auch noch so traurig, griesgrämig und schwermütig, ja Heraklit, der weinende Philosoph, selbst gewesen. Mußte er sich doch sagen, daß diese Reisenden alle miteinander brave Leutchen und Zecher seien, denen man's an der Nase ansehen könne, daß ihre Reise in Fröhlichkeit und Wohlbehagen verlaufen und gute Heimkehr ihnen beschieden sein würde.

Auf der Thalamega also versammelten sich alle. Hier hielt Pantagruel eine kurze erbauliche Ansprache über das Wesen der Schiffahrt, die er mit allerlei passenden Stellen aus der Heiligen Schrift durchflocht, und als er damit zu Ende war, wurde in Gegenwart der Bewohner von Thalasse, die alle zur Mole geströmt waren, um der Einschiffung beizuwohnen, ein inbrünstiges Gebet zu Gott emporgesandt, worauf man den Psalm Davids: »Da Israel aus Ägypten zog«[1], anstimmte. Dann wurden auf dem Verdeck die Tafeln hergerichtet und Speisen aller Art aufgetragen. Die Thalasser, die den Psalm mitgesungen hatten, ließen jetzt aus ihren Häusern ebenfalls genug Speise und Tank herbeitragen und tranken denen auf dem Schiff zu wie diese ihnen. Und daher kam's, daß keiner von der ganzen Schiffsgesellschaft späterhin seekrank wurde noch im Magen oder im Kopf irgendwelche Beschwerden verspürte. Dem wären sie sicher nicht entgangen, wenn sie etwa ein paar Tage lang vorher Seewasser, rein

1 Psalm II4

oder mit Wein gemischt, getrunken oder Quittenfleisch, Zitronenschale, süßsauren Granatapfelsaft zu sich genommen oder strenge Diät gehalten oder Papier auf den Magen gelegt oder wer weiß was noch getan hätten, was törichte Ärzte denen, die zur See gehen, anzuempfehlen pflegen.

Nachdem die Becher oft geleert worden waren, begab sich jeder auf sein Schiff zurück, und dann gingen alle bei früher Tageszeit mit griechischem Levantewind[1], nach welchem der Obersteuermann Jamet Brayer ihre Fahrt bestimmt und die Kompaßnadel gerichtet hatte, unter Segel. Denn da das Orakel der göttlichen Bakbuk bei Cathay[2] in Oberindien liegt, so war es seine wie Xenomanes' Meinung, man dürfe nicht den gewöhnlichen Weg der Portugiesen wählen, welche stets, die heiße Zone durchquerend, jenseits des Äquators das Kap der Guten Hoffnung an der Südspitze von Afrika umschiffen und, indem sie den Polarstern völlig aus den Augen verlieren, einen ungeheuren Umweg machen; sondern man müsse soweit wie möglich mit Indien parallel bleiben und sich nach Westen hin um den Pol herumbewegen, so daß man ihn, wenn man im Norden wende, in gleicher Höhe wie im Hafen von Olonne[3] hätte, ohne sich ihm doch zu nähern, da man sonst durch das Eismeer am Vordringen gehindert werde. Folge man diesem einzig richtigen Weg in gleicher Parallele, so würde man den Breitengrad von Olonne, den man bei der Ausfahrt zur Linken gehabt hätte, bei der Rückfahrt nach Osten zur Rechten haben. Woraus ihnen ein unglaublicher Vorteil erwuchs; denn ohne Schiffbruch zu erleiden, ohne Havarie noch Verlust an Mannschaft und bei stets heiterem Wetter, einen einzigen Tag bei den Makräonischen Inseln ausgenommen, legten sie den Weg nach Oberindien in vier Monaten zurück, wozu die Portugiesen unter unzähligen Beschwerden und Gefahren nicht weniger als drei Jahre brauchen. Und darum bin ich, besserer Einsicht unbeschadet, der Ansicht, daß dies wohl der glückliche Weg sein wird, den jene Inder einschlugen, von denen Corn. Nepos, Pomp. Mela und nach ihnen Plinius uns erzählen, daß sie zur Zeit, da Q. Metellus Celer Prokonsul in Gallien war, nach Germanien hinübergeschifft seien, wo sie vom König der Sueben so ehrenvoll aufgenommen wurden.

1 Nordostwind – 2 Name Nordchinas bei Marco Polo – 3 Les Sables-d'Olonne südl. Nantes, auf demselben Breitengrad wie Quebec

Zweites Kapitel

Pantagruel kauft auf der Insel Medamothi[1] *allerlei schöne Sachen*

An diesem und den zwei folgenden Tagen sahen sie kein neues Land, auch sonst nichts Unbekanntes; denn sie hatten diese Route schon früher befahren. Am vierten Tag aber entdeckten sie eine Insel, Medamothi mit Namen, etwa von der Größe ganz Kanadas, welche mit ihren zahlreichen Leuchttürmen und den hohen Marmorzinnen, die sie rings umgaben, einen allerliebsten Anblick bot. Als Pantagruel sich nach dem Herrn der Insel erkundigte, erfuhr er, daß sie dem König Philophanes[2] gehöre, der zur Zeit abwesend sei, um der Vermählung seines Bruders Philotheamon[3] mit der Infantin Engys[4] beizuwohnen. Er ging also, während die Mannschaft der Schiffe im Hafen frisches Wasser einnahm, an Land und besah sich verschiedene Gemälde, Teppiche, Tiere, Fische, Vögel und andere exotische und fremdartige Waren, die auf der Mole und in den Kaufhallen des Hafens ausgestellt waren. Denn es war gerade der dritte Tag des großen und berühmten Jahrmarkts, der jährlich die reichsten und bedeutendsten Handelsleute Asiens und Afrikas an diesem Ort versammelt.

Bruder Hans kaufte von ihnen zwei seltene und kostbare Gemälde: einen Trauerkloß, nach der Natur gezeichnet, und einen Bedienten, der auf alle Art, durch Bewegung, Haltung, Miene, Gang und Gebärden, zum Ausdruck bringt, daß er einen Herrn sucht, erfunden und gemalt von Meister Charles Charmoys, Hofmaler Seiner Majestät des Königs, und bezahlte sie mit Affenmünze[5]. – Panurg kaufte ein großes Bild, eine Kopie der einst von Philomele angefertigten Stickerei, durch welche sie ihrer Schwester Prokne mitteilt und bildlich darstellt, wie ihr Schwager Tereus ihr Gewalt angetan und dann die Zunge abgeschnitten, damit sie das an ihr begangene Verbrechen nicht verrate[6]. Und bei meinem Laternenstiel schwör' ich's euch, es war ein herrliches, ein wundervolles Werk. Bildet euch aber, das bitt' ich mir aus, nicht etwa ein, daß da einfach so ein Mann auf einem

1 »Nirgendwo« (griech.) – 2 »Glanzfreund« (griech.) – 3 »Schaufreund« (griech.) – 4 »Nahebei« (griech.) – 5 d.h. mit Grimassen – 6 s. Ovid »Metamorphosen« 6, 412/674

Frauenzimmer gelegen hätte und weiter nichts. Das wäre denn doch ein bißchen gar zu dumm und zu plump gewesen. Nein, es war ganz anders, viel verständlicher. Wenn ihr wollt, könnt ihr's in Thelema sehen, links vom Eingang, in der obern Galerie. – Epistemon kaufte ein anderes, auf dem die Ideen des Platon und die Atome Epikurs nach der Natur dargestellt waren, und Rhizotom ein ähnliches: ein Echo nach der Natur. – Pantagruel ließ durch Gymnast achtundsiebzig Hautelisseteppiche kaufen, auf denen das Leben und die Taten des Achilleus zu sehen waren; jeder dieser Wandteppiche maß vier Faden in der Länge und drei in der Breite und war aus phrygischer Seide, mit Gold- und Silberfäden durchwirkt, gewebt. Auf dem ersten sah man die Vermählung des Peleus und der Thetis; dann kam die Geburt des Achilleus, dann seine Jugend, wie Papinius Statius sie uns erzählt, seine Waffen- und Heldentaten, wie Homer sie besingt, sein Tod und seine Leichenfeier, wie Ovid und Quintus Calaber sie schildern, und zuletzt die Erscheinung seines Schattens und die Hinopferung der Polyxena nach Euripides. – Außerdem kaufte er drei Einhörner, ein männliches mit goldbraunem und zwei Weibchen mit graugesprenkeltem Fell; desgleichen von einem jungen Skythen aus dem Lande der Gelonen einen Tarandus[1].

Dieser Tarandus ist ein Tier von der Größe eines jungen Stiers, mit einem Kopf wie ein Hirsch, nur etwas größer, mit schönem, reichverästeltem Geweih, gespaltenen Hufen, langem Fellhaar wie ein Bär und einer Haut, die kaum weniger fest ist als ein Brustharnisch. Nach der Aussage des Gelonen wird es in Skythien nicht sehr oft gefangen, da es nach den verschiedenen Orten, wo es weidet und sich aufhält, die Farbe wechselt, so daß es die der Kräuter, Bäume, Sträucher, Blumen, Gegenden, Weideplätze und Felsen, mit einem Wort: der Gegenstände, die ihm nahe sind, annimmt. Diese Eigenschaft hat es mit den Seepolypen, den Thoen[2], den indischen Lykaonen[3] und dem Chamäleon gemein, welches letztere eine so merkwürdige Eidechsenart ist, daß Demokrit ein ganzes Buch über seine Gestalt und Anatomie, über seine Eigenschaften und seine Bedeutung für die Magie geschrieben hat. Ich selbst habe gesehen, wie es die Farbe wechselt,

1 von Plinius (»Naturgeschichte« 8,34) erwähntes rindähnliches Tier (Ren oder Elch) in Skythien – 2 Schakalart – 3 Wolfsart

und zwar nicht nur dann, wenn es andersfarbigen Gegenständen nahe kam, sondern schon aus bloßer Furcht und Erregung. Auf einem grünen Teppich nahm es allerdings die grüne Farbe an; aber wenn es einige Zeit darauf gelegen hatte, wurde es der Reihe nach gelb, blau, braun und violett, in der Art etwa, wie der Kamm eines Puterhahns sich verfärbt, sobald dies Tier in Zorn gerät. Was alle an dem Tarandus bewunderten, war das, daß nicht bloß Gesicht und Haut, sondern sein ganzes Fell, also auch die Haare, die Farbe der nächsten Gegenstände annahmen. Neben Panurgs grobem Tuchmantel wurde es grau; neben Pantagruels Scharlachmantel färbten sich Haut und Haare rot; neben dem Steuermann, der wie die ägyptischen Isis- und Anubispriester gekleidet war, wurde sein Fell ganz weiß. Die beiden letztgenannten Farben nimmt das Chamäleon aber nie an. War es frei von Furcht und Aufregung, so hatte es seine natürliche Farbe, und sein Fell sah aus wie das der Esel von Meung[1].

Drittes Kapitel

Wie Pantagruel einen Brief von seinem Vater Gargantua empfing und von der merkwürdigen Art, wie man schnell Nachricht aus fremden und fernen Ländern erhalten kann

Während Pantagruel mit dem Ankauf dieser fremdartigen Tiere beschäftigt war, vernahm man auf der Mole zehn Böller- und Falkaunenschüsse, dazu lautes Freudengeschrei von allen Schiffen. Sofort wandte sich Pantagruel nach dem Ufer um und gewahrte einen der Schnellsegler seines Vaters Gargantua, der den Namen Chelidon führte, weil er auf seinem Heck eine in der Luft schwebende Meerschwalbe aus korinthischem Erz trug. Dies ist ein Fisch, etwa so groß wie ein Loiresälmling, fleischig und ohne Schuppen, mit knorpelartigen Flügeln – wie die Fledermäuse sie haben –, die sehr lang und breit sind und mit denen ich ihn oft wohl einen Bogenschuß weit fadenhoch über dem Wasser habe fliegen sehen. In Marseille nennt man ihn Lendole. Leicht wie

1 Meung-sur-Loire, Kleinstadt südwestl. Orleans, in der es vermutlich besonders viel Esel gegeben hat

eine Schwalbe war dieses Schiff und schien mehr über dem Wasser zu schweben, als auf ihm zu schwimmen. Auf ihm befand sich Malicorne, Gargantuas Truchseß, von diesem zu dem besondern Zweck abgesandt, sich nach dem Wohlbefinden seines trefflichen Sohns Pantagruel zu erkundigen und ihm ein Sendschreiben zu überbringen.

Nach dem freundlichen Begrüßen und Hüteschwenken fragte Pantagruel, noch ehe er den Brief geöffnet und sonst ein Wort gesprochen, den Truchseß: »Hast du auch Gosal[1], den himmlischen Boten, mitgebracht?« – »Jawohl«, erwiderte dieser, »er ist hier im Korb.« – Das war nämlich eine Taube aus Gargantuas Taubenschlag, die gerade, als der Schnellsegler abfuhr und sie mitnahm, Junge ausgebrütet hatte. Wäre Pantagruel ein Unglück zugestoßen, so würde er ihr ein schwarzes Bändchen an den Füßen befestigt haben; da ihm aber alles geglückt war und er sich wohl befand, knüpfte er ihr, nachdem er sie aus ihrem Kerker befreit, ein weißes um und ließ sie dann fliegen. Die Taube schwang sich sogleich empor und durchschnitt die Luft mit unglaublicher Schnelligkeit; denn bekanntlich gleicht nichts dem Flug einer Taube, die Eier oder Junge im Nest hat: eine so starke Begierde legte die Natur in sie, zu ihren Täubchen zurückzukehren und sie zu pflegen. In weniger als zwei Stunden durchmaß sie in der Luft den langen Weg, zu welchem der Schnellsegler trotz der Hilfe von Ruder, Segel und günstigem Wind drei volle Tage und Nächte gebraucht hatte, und wurde gesehen, wie sie wieder in den Taubenschlag zu ihren Nestlingen einflog. Sobald der edle Gargantua erfuhr, daß sie ein weißes Bändchen umgeknüpft trüge, war er voll Freude; denn er wußte nun, daß sein Sohn sich wohl befinde. Dieses Mittel pflegten Gargantua und Pantagruel stets anzuwenden, wenn sie von etwas, das ihnen sehr am Herzen lag, schnelle Nachricht erhalten wollten, wie etwa von dem Ausgang einer Schlacht zu Wasser oder zu Lande, von der Einnahme oder Verteidigung einer Festung, der Entscheidung einer wichtigen Streitfrage, der glücklichen oder unglücklichen Niederkunft einer Königin oder sonst einer vornehmen Dame, dem Tod oder der Genesung eines kranken Freundes oder Bundesgenossen und in ähnlichen Fällen. Sie fingen dann den Gosal ein und ließen ihn

1 Taube (hebr.)

von Hand zu Hand bis zu dem Ort hintragen, woher sie die heißersehnte Nachricht erwarteten. Wie immer er dann auch zurückkehrte, ob mit einem schwarzen oder weißen Bändchen, der langen Ungewißheit waren sie überhoben, da er in einer einzigen Stunde eine größere Strecke Wegs in der Luft zurücklegte als dreißig Kuriere zu Lande an einem Tag. Damit war viel Zeit gewonnen, und so werdet ihr mir glauben, wenn ich euch sage, daß man in den Taubenschlägen ihrer zahlreichen Meiereien zu jeder Zeit des Jahres Tauben mit Eiern oder Jungen fand, was ein jeder in seiner Wirtschaft auch erzielen kann, wenn er nur Steinsalpeter und Eisenkraut anwenden will.

Nachdem Pantagruel den Gosal hatte fliegen lassen, las er den Brief seines Vaters, der folgendermaßen lautete:

Vielgeliebter Sohn! Die Zärtlichkeit, welche ein Vater schon von Natur für seinen geliebten Sohn hegt, ist in Anbetracht und Erwägung der besonderen Vorzüge, womit die göttliche Gnade Dich gesegnet, dermaßen in mir gewachsen, daß sie mir, seitdem Du von mir geschieden, jeden andern Gedanken genommen hat. Mein Herz seufzt unter der Besorgnis, es möchte Deine Reise von irgendeinem Unheil oder Mißgeschick betroffen sein; denn Du weißt ja, wahre und aufrichtige Liebe ist nie frei von Furcht. Da nun nach Hesiods Ausspruch der Anfang die Hälfte des Ganzen ist oder, wie das Sprichwort sagt, das erste Jahr über die Ehe entscheidet, so habe ich, um meinen Geist von solcher Angst zu befreien, Malicorne ausgesandt, um über Dein Wohlbefinden während der ersten Tage Deiner Reise Gewißheit zu erlangen. Denn war der Anfang der Reise glücklich und nach meinen Wünschen, so kann ich danach leicht auf den Fortgang schließen und das Weitere voraussehen und bemessen. Ich habe wieder einige interessante Bücher erhalten, die ich Dir durch den Überbringer dieses Schreibens zusende; lies sie, wenn Du Dich von ernsteren Studien erholen willst. – Mein Bote wird Dir ausführlich berichten, was sich hier am Hof Neues zugetragen. Gottes Friede sei mit Dir! Grüße Panurg, Bruder Hans, Epistemon, Xenomanes, Gymnast und alle Deine übrigen Reisegefährten, meine lieben Freunde.

Aus Deinem Vaterhaus, den 13. Juni

Dein Vater und Freund Gargantua

Viertes Kapitel

Pantagruel schreibt an seinen Vater Gargantua und sendet ihm allerlei schöne und seltene Sachen

Nachdem er obigen Brief gelesen, redete Pantagruel mit dem Truchseß noch mancherlei, was so lange dauerte, daß Panurg zuletzt fragte: »Aber wann werdet Ihr denn trinken? Und wann wir? Und wann der Truchseß? Ich meine, für den Durst wäre nun genug geredet.« – »Du hast recht«, sagte Pantagruel, »laß also im Wirtshaus da drüben, wo der reitende Satyr über dem Tor hängt, einen Imbiß für uns zubereiten.« Während dies geschah, schrieb er folgenden Brief an Gargantua, den der Truchseß mitnehmen sollte:

Gütigster Herr Vater! Wie alle unerwarteten und unvorhergesehenen Ereignisse dieses vergänglichen Lebens heftiger und lähmender auf unsere Lebensgeister und auf unsere Seele wirken – oft in solchem Grade, daß sie sich vom Körper scheidet, obgleich das plötzlich eintretende Neue zufriedenstellend und erwünscht war –, als wenn die Ereignisse vorerwogen und vorhergesehen eintreten, so hat auch die unerwartete Ankunft Eures Truchsesses Malicorne mich in höchste Aufregung versetzt. Denn ich konnte nicht erwarten, daß ich vor Beendigung dieser unserer Reise einen Eurer Diener sehen oder irgendeine Nachricht von Euch erhalten würde. So begnügte ich mich mit der süßen Erinnerung an Eure erhabene Majestät, die im innersten Kämmerlein meines Gehirns eingezeichnet, ja, darin eingemeißelt und eingegraben ist, indem ich sie mir oft und lebhaft in ihrer wirklichen und wahren Gestalt vorstellte. Aber nun Ihr mich durch Euren gnädigen Brief beglückt und meine Seele durch die Nachricht erfreut habt, welche Ihr mir durch Euren Truchseß hinsichtlich Eures Wohlergehens und Eurer Gesundheit wie der Eures gesamten königlichen Hauses zugehen ließt, fühle ich mich gedrungen – wie ich es willig stets getan –, zuerst Ihn, den Erhalter aller Dinge, für die himmlische Gnade zu preisen, womit er Euch bislang in ungetrübter Gesundheit erhalten, zweitens aber Euch inbrünstig zu danken für die zärtliche und tief verwurzelte Liebe, die Ihr mir, Eurem sehr ergebenen Sohn und unwürdigen Diener, erweist. Ein Römer, Furnius mit Namen, sprach einst zu Kaiser Augustus, der ihm für seinen Vater, welcher der Partei des Antonius angehört hatte, Verzeihung gewährte, die folgenden Worte: »Durch die Wohltat, die du mir heute erweist, zwingst du mir die Schmach der Undankbarkeit auf, die ich nun aus Unvermögen, hinreichend dankbar zu sein, lebend und sterbend tragen muß.« So könnte auch ich sagen, daß das Übermaß Eurer väterlichen Liebe mir diese Qual und Notwendigkeit auferlegt, in Undankbarkeit leben und sterben zu müssen, wenn solches Verbrechen nicht durch den Ausspruch der Stoiker wieder aufgehoben würde, demzufolge bei jeder Wohltat dreierlei in Betracht kommt: erstens, der, welcher gibt, zweitens der, welcher empfängt, und drittens der, welcher vergilt; der Empfangende aber dem Geber hinreichend vergilt, wenn er die Wohltat gern empfängt und sie in ewigem Gedächtnis bewahrt, wie andrerseits der Empfänger der undankbarste Mensch von der Welt ist, wenn er die Wohltat mißachtet und vergißt. So denn, erdrückt von den unendlichen Verpflichtungen, die Eure grenzenlose Liebe mir auferlegt hat, und unfähig, ihnen auch nur im kleinsten Maße nachzukommen, werde ich der Schmach dadurch am ehesten entgehen, wenn ich die Erinnerung daran niemals in meinem Geist erblassen und meine Zunge nie müde werden lasse, zu bekennen und zu bezeugen, wie weit über mein Vermögen und meine Fähigkeit es gehe, Euch auf würdige Weise zu danken. Im übrigen setze ich mein Vertrauen in die Gnade und den Beistand des Allmächtigen und hoffe, daß das Ende unserer Reise dem Anfang entsprechen werde und wir gesund und wohlbehalten heimkehren. Ich werde nicht unterlassen, den Verlauf der Reise Tag für Tag aufzuzeichnen, damit Ihr nach unserer Rückkehr einen wahrhaften Bericht erhaltet. Hier an diesem Ort fand ich einen skythischen Tarandus, ein sehr eigentümliches und wunderbares Tier, das die Farbe seiner Haut und seiner Haare je nach den Dingen, denen es nahe kommt, verändert. Ich erlaube mir, Euch das Tier zu übersenden; es läßt sich so leicht halten und füttern wie ein Schaf. Desgleichen schicke ich Euch drei junge Einhörner, die ganz zahm und weniger scheu sind als junge Katzen. Ich habe dem Truchseß gesagt, wie sie behandelt werden müssen. Sie nehmen ihre Nahrung nicht vom Boden auf, denn daran hindert sie das lange Horn an der Stirn, sondern holen sie sich von den Obstbäumen oder aus dazu hergerichteten Raufen oder nehmen sie aus der Hand, wenn man ihnen Kräuter, Gräser, Äpfel, Birnen, Gerste, Körner, genug, alle Arten Früchte und Grünfutter hinreicht. Ich wundere mich, wie die Schriftsteller der Alten dieses Tier als wild, unbändig und gefährlich bezeichnen konnten und daß sie sagen, man habe es nie lebendig gesehen. Macht, wenn es Euch beliebt, einen Versuch, und Ihr werdet finden, daß es vielmehr das sanftmütigste Geschöpf der Welt ist, vorausgesetzt, daß man es nicht böswillig reizt. Ferner schicke ich Euch einige schön und kunstvoll gewirkte Teppiche, auf denen das Leben und die Taten des Achill dargestellt sind, und verspreche außerdem, alles, was ich auf unserer Reise Neues an Tieren, Pflanzen, Vögeln und Gesteinen entdeckte, Euch mitzubringen, so es Gott dem Herrn gefällt, dessen Obhut ich Euch hiermit empfehle. Medamothi, den 15. Juni. – Panurg, Bruder Hans, Epistemon, Xenomanes, Gymnast, Eusthenes, Rhizotom und Carpalim senden mit untertänigstem Handkuß ihre tausendmaligen Gegengrüße.

Euer ergebener Sohn und Diener Pantagruel

Während Pantagruel diesen Brief schrieb, wurde Malicorne von den anderen umringt, begrüßt und umarmt; ei, was da alles für Beteuerungen und Zärtlichkeiten zwischen ihnen ausgetauscht wurden! Als der Brief dann fertig war, speiste Pantagruel mit dem Truchseß und beschenkte ihn darauf mit einer schweren goldenen Kette, die achthundert Taler wert war und an der das siebte Glied immer abwechselnd mit großen Diamanten, Rubinen, Smaragden, Türkisen und Perlen verziert war. Vom Schiffsvolk erhielt jeder fünfhundert Sonnentaler. Seinem Vater Gargantua aber schickte Pantagruel den Tarandus, dem eine reiche goldbrokatne Decke umgehängt wurde, die Teppiche mit Achills Leben und Taten und die drei Einhörner, die gleichfalls reiche Goldschabracken trugen. Darauf verließ man Medamothi: Malicorne, um zu Gargantua zurückzukehren, Pantagruel, um seine Reise fortzusetzen. Auf hoher See ließ er sich die Bücher, die der Truchseß ihm mitgebracht hatte, von Epistemon vorlesen und fand sie lustig und unterhaltend; wenn ihr mich recht demütig darum bittet, werde ich euch eine Abschrift davon verschaffen.

Fünftes Kapitel

Wie Pantagruel einem Schiff mit Reisenden begegnete, die aus dem Lande der Laternier kamen

Am fünften Tag, als wir eben angefangen hatten, uns vom Kolur der Tagundnachtgleichen abzuwenden und uns auf demselben Breitengrad um den Pol herumzudrehen, bemerkten wir backbord einen Kauffahrer, der unter vollen Segeln auf uns lossteuerte. Unsere Freude darüber wie die der Handelsleute auf jenem Schiff war nicht gering; denn jeder war begierig, Nachrichten zu erhalten, wir von der See, sie vom Festland. Als wir uns einander genähert hatten, sahen wir, daß es Franzosen aus Saintonge[1] waren, und im weiteren Gespräch und Meinungsaustausch erfuhr Pantagruel von ihnen, daß sie aus Laternien kämen. Das trug dazu bei, unsere Freude wie die der ganzen Mannschaft noch zu erhöhen, und eifrig suchten wir etwas Näheres über Land und Sitten der Laternier zu erfahren. Sie erzählten uns, daß für die letzten Tage des kommenden Juli ein Generalkapitel der Laternier einberufen sei, und wenn wir zu jener Zeit, wie leicht zu bewerkstelligen, dort ankämen, so würden wir eine schöne, lustige und angesehene Versammlung von Laterniern antreffen; aus den gewaltigen Vorbereitungen, die im Gange wären, sei zu schließen, daß man die Absicht habe, tüchtig zu laternen. Weiter sagten sie uns, daß König Ohabe[2], der Herrscher des großen Reiches Gebarim[3], im Fall, daß wir sein Land berührten, uns gewiß mit großen Ehren empfangen und bewirten würde; er wie alle seine Untertanen sprächen Französisch, ganz so wie man's in der Touraine spricht. Während wir diese Nachrichten vernahmen, geriet Panurg mit einem Handelsmann aus Taillebourg namens Truthahn in Streit. Die Veranlassung dazu war folgende: Als dieser Truthahn Panurg ohne Hosen und mit einer Brille an der Mütze sah, sagte er zu seinen Gefährten: »Seht einmal den Hahnrei dort!« Panurg, der vermöge seiner Brille besonders gut hörte, vernahm diese Rede und sagte zu dem Kaufmann: »Wie zum Teufel sollt' ich ein Hahnrei sein, da ich doch gar nicht verheiratet bin wie du, was man dir gleich an deinem Flunschgesicht an-

1 ehem. Provinz an der mittleren Westküste Frankreichs – 2 »Freund« (hebr.) – 3 »Hähne« (hebr.), d.h. Gallier (lat. *gallus* Hahn)

sieht.« – »Allerdings bin ich verheiratet«, entgegnete der Kaufmann, »und möcht' auch nicht für alle Brillen Europas und alle Nasenkneifer Afrikas, daß es anders wäre; denn ich habe eine der niedlichsten, schönsten, ehrbarsten und züchtigsten Frauen von ganz Saintonge zum Weib, womit übrigens den anderen nicht zu nahe getreten sein soll. Ich bringe ihr von meiner Reise aber auch ein schönes Geschenk mit, einen prächtigen roten Korallenstengel, der seine elf Daumen Länge hat. Was hast du mit ihr zu schaffen? Worum kümmerst du dich? Wer bist du? Wo kommst du her? Oh, du Brillenträger des Satans, gib mir Antwort, wenn du von Gott bist.« – »Und du«, erwiderte Panurg, »gib mir Antwort, du: Was würdest du anfangen, wenn ich mit Übereinstimmung und unter Mitwirkung aller elementaren Kräfte diese deine allerniedlichste, schönste, ehrbarste und züchtigste Ehehälfte so verbimbambuliert hätte, daß Priapus, der steife Gartengott, der hier wegen beseitigter Hosen in voller Freiheit thront, ihr im Leib steckengeblieben und nicht wieder herauszubringen wäre, es sei denn, du zögst ihn mit den Zähnen heraus? Was, frage ich, würdest du anfangen? Würdest du ihn ewig drin stekkenlassen, oder würdest du ihn mit deinen schönen Zähnen herausziehen? Gib Antwort, du Gehörnter Mohammeds, der du des Teufels bist!« – »Ich würde dir mit meinem Degen eins über dein Brillenohr geben«, versetzte der Kaufmann, »und dich wie einen Hammel abstechen.« Damit versuchte er, seinen Degen zu ziehen, der aber nicht aus der Scheide gehen wollte, denn, wie ihr wißt, setzen alle Waffen auf dem Meer wegen der starken salzigen Feuchtigkeit leicht Rost an. Panurg versteckte sich hinter Pantagruel, aber Bruder Hans zog seine frisch geschliffene Plempe und würde den Kaufmann sicherlich wutentbrannt getötet haben, wenn der Kapitän des Schiffs und die anderen Passagiere nicht Pantagruel gebeten hätten, solche Gewalttat auf ihrem Schiff nicht zu dulden. So wurde der Streit beigelegt, Panurg und der Kaufmann reichten sich die Hände und tranken dann eins miteinander zum Beweis ihrer völligen Aussöhnung.

Sechstes Kapitel

Wie Panurg nach beendigtem Streite dem Kaufmann einen Hammel abzuhandeln versucht

Als der Streit vollends geschlichtet war, zischelte Panurg Epistemon und Bruder Hans heimlich ins Ohr: »Geht jetzt einmal ein bißchen beiseite, dann sollt ihr was zu sehen bekommen. Wenn nicht alle Stricke reißen, spiel' ich ihm ein närrisches Stückchen auf.« – Damit wandte er sich wieder zu dem Kaufmann und trank ihm mit gutem laternischem Wein tapfer zu, während ihm dieser höflich und wie sich's geziemte Bescheid tat. Danach bat ihn Panurg ehrerbietig, er möge ihm doch einen von seinen Hammeln verkaufen. »Ach, ach, lieber Freund und Nachbar«, entgegnete der Kaufmann, »wie Ihr es versteht, uns arme Leute über den Löffel zu balbieren. Seid ein feines Bürschchen, der Richtige, um Hammel zu kaufen. Ihr seht mir wahrhaftig eher nach einem Beutelschneider aus als nach einem, der Hammel kauft. Niklas, mein Junge, was meinst du, der könnte eine dicke Geldkatze in der Kaldaunenkneipe brauchen. Hihi, wer Euch nicht kennte, dem würdet Ihr's zeigen! Seht nur, liebe Leute, wie er den Hofgeschichtsschreiber herauskehrt!« – »Geduld«, sprach Panurg, » und hört, was ich Euch sage. Ihr erweist mir wirklich einen großen Dienst, wenn Ihr mir einen von Euren Hammeln überlaßt. Was wollt Ihr dafür haben?« – »Wo denkt Ihr hin, lieber Freund und Gevatter«, erwiderte der Kaufmann, »das sind langwollige; Jasons Goldenes Vlies stammt von ihnen her, der Hausorden von Burgund! Levantinische Hammel, größte Rasse, fetteste Sorte!« – »Schön, schön«, sagte Panurg, »verkauft mir nur bitte einen; ich bezahle ihn gut und bar mit okzidentalischer Münze, kleinstem Geld und schlankesten Talern. Was ist der Preis?« – »Liebster Freund und Nachbar«, erwiderte der Kaufmann, »hört einmal ein bißchen mit dem andern Ohr zu.« P.: »Nun?« K.: »Ihr geht nach Laternien?« P.: »So ist's.« K.: »Wollt Euch die Welt ansehen?« P.: »Justament!« K.: »Euch amüsieren?« P.: »Natürlich!« K.: »Ihr heißt, glaub' ich, Peter Schöps?« P.:So beliebt's Euch, mich zu nennen.« K.: »Nichts für ungut.« P.: »Bitte.« K.: »Seid, denke ich, des Königs Hofnarr?« P.: »Ja.« K.: »Nun seht, wie das paßt. Hahaha, Ihr wollt Euch die Welt ansehen, seid des Königs Hofnarr und heißt Peter Schöps! Der

Hammel da heißt auch Peter, genauso wie Ihr. Peter, Peter, Peter! Bäh, bäh, bäh! Was er für eine prächtige Stimme hat.« P.: »Sehr schön und harmonisch.« K.: »Lieber Freund und Nachbar, ich will Euch einen Vorschlag zur Güte machen: Setzt Ihr, Peter Schöps, Euch in die eine Waagschale, und ich will meinen Schöps Peter in die andere setzen; hundert Stück Buscher Austern wett' ich, daß er Euch im Gewicht, Wert und Preis aussticht und Euch so hoch hinaufschnellt, wie Ihr einmal hängt und baumelt.« – »Geduld, werdet nur nicht ausfallend«, sagte Panurg. »Dessenungeachtet würdet Ihr mir und Eurer Nachkommenschaft einen großen Gefallen tun, wenn Ihr mir diesen Peter oder meinetwegen einen andern, der weniger wert ist, verkaufen wolltet. Ich bitte Euch darum, werter Herr.« – »Lieber Freund und Nachbar«, erwiderte der Kaufmann, »aus der Wolle dieser Hammel werden die feinsten Rouener Tuche gewebt, gegen die sämtliche Stoffe von Limestre grobes Sacktuch sind. Aus ihren Häuten macht man den schönsten Maroquin, der als türkischer verkauft wird und der dem von Montélimar oder doch immerhin dem spanischen nichts nachgibt. Aus ihren Därmen dreht man Violin- und Harfensaiten, die ebensoteuer bezahlt werden wie die aus München oder Aquileja. He, was sagt Ihr dazu?« – »Ich sage, daß ich Euch sehr verbunden sein würde, wenn Ihr mir einen verkauftet«, entgegnete Panurg. »Nun, was meint Ihr? Seht, hier ist das bare Geld«, und damit zeigte er ihm seine mit blanken Henricustalern gefüllte Geldkatze.

Siebentes Kapitel

Fortsetzung des Handels zwischen Panurg und Truthahn

»Und ein Fleisch haben sie«, fuhr der Kaufmann fort, »ein Fleisch, ich sage Euch, liebster Freund und wertester Nachbar, ein Fleisch für Könige und Fürsten, so zart, so saftig, so appetitlich, der reine Balsam! Wie sie da sind, stammen sie aus einem Land, wo die Schweine – Gott steh' uns bei! – nichts als Mirabellen fressen und die Säue, wenn sie – mit Verlaub zu sagen – in die Wochen kommen, einzig mit Orangenblüten gefüttert werden.« – »Also verkauft mir einen«, sagte Panurg, »ich will ihn Euch königlich bezahlen, auf Bauernehre. Sagt nur Euren Preis.« –

»Liebster Freund und wertester Nachbar«, entgegnete der Kaufmann, »diese Hammel sind Abkömmlinge derselben Rasse, von welcher einer Phrixos und Helle ehemals über den Hellespont getragen hat.« – »Was Teufel«, sagte Panurg, »seid Ihr *clericus vel addiscens*[1]?« – »Warum nicht?« sagte der Kaufmann; »*ita,* das ist Kohl, *vere* Porree. Aber rr, rrr, rrr. He, Peterchen, rr, rrr. Diese Sprache versteht Ihr doch nicht. Laßt Euch sagen, wo sie auf den Feldern pissen, wächst das Korn, als ob der liebe Gott selbst dar-

auf gepißt hätte. Da ist weder Mergel noch Mist nötig. Ja, noch mehr! Aus ihrem Urin machen die Alchimisten den allerschönsten Salpeter, und mit ihren Köteln – bitte um Entschuldigung – heilen die Ärzte bei uns nicht weniger als achtundsiebzig verschiedene Krankheiten, wovon die, welche nach dem heiligen Eutropius von Saintonge benannt ist[2] und vor der Gott uns alle bewahren möge, noch die allerunschuldigste ist. Ja, ja, was sagt Ihr dazu, liebster Freund und wertester Nachbar? Sie kosten mich auch ein schönes Stück Geld.« – »Wenn sie bloß ihr Geld wert sind«, sagte Panurg; »verkauft mir nur einen davon, ich will ihn ja gut bezahlen.« – »Liebster Freund und wertester Nach-

1 Studierter oder Student (lat.) – 2 Wassersucht

bar«, fuhr der Kaufmann fort, »bemerkt nur einmal, was für Wunder der Natur an diesen Tieren offenbar werden, so zum Beispiel schon an einem Teil, den Ihr für ganz nutzlos halten werdet, ich meine am Horn. Wenn Ihr das mit einem eisernen Schlegel oder einer Mörserkeule, was gleichviel ist, ein wenig zerstoßt, es dann an einer sonnigen Stelle in die Erde grabt und tüchtig begießt, so schießen nach einigen Monaten die schönsten Spargel von der Welt hervor, schöner als die von Ravenna. Ich glaube nicht, daß ihr Herren von der Hahnreischaft solch ein Wunder mit euren Hörnern zustande bringt.« – »Sachte, sachte«, sagte Panurg. – »Weiß zwar nicht«, fuhr der Kaufmann fort, »ob Ihr ein Gelehrter seid; aber ich hab' schon viele Gelehrte gesehen, große Gelehrte mit recht stattlichen Geweihen. Ja, wahrhaftig! Wenn Ihr also ein Gelehrter seid, so werdet Ihr wissen, daß sich an den unteren Gliedmaßen dieser Tiere, das heißt in ihren Beinen, ein Knochen befindet, das Würfelbein oder das Sprungbein, der in früheren Zeiten zu dem königlichen Knöchelspiel benutzt wurde, wozu man eben nur von ihnen, vom indischen Esel und von der libyschen Gazelle, sonst von keinem Tier der Welt den betreffenden Knochen nahm. Kaiser Octavianus Augustus gewann in diesem Spiel an einem einzigen Abend mehr als fünfzigtausend Taler. Ihr Hahnreie braucht freilich nicht bange zu sein, daß ihr soviel gewinnen werdet.« – »Sachte, sachte«, sagte Panurg, »laßt's nun genug sein.« – »Und wie soll ich Euch, liebster Freund und wertester Nachbar«, fuhr der Kaufmann fort, »nun erst die inneren Teile, die Schultern, Keulen und Vorderschlegel, den Rücken, die Brust, die Nieren, die Leber und die Kaldaunen, den Bauch und die Blase – sehr geeignet zum Ballspiel – genugsam preisen? Wie die Rippen, aus denen man in Pygmänien die trefflichen kleinen Bogen macht, um mit Kirschkernen nach den Kranichen zu schießen? Wie den Kopf, der, mit ein wenig Schwefel abgekocht, einen wunderbar wirkenden Heiltrank gegen die Verstopfung der Hunde liefert?« – »Papperlapapp«, sagte der Schiffspatron, »ich meine, du hast deine Ware nun genug angepriesen. Willst du, so verkauf ihm einen; willst du nicht, so halt ihn nicht länger unnütz hin.« – »Euch zuliebe will ich ihm einen verkaufen«, entgegnete der Kaufmann; »laß ihn wählen, aber er soll mir drei tourainische Livre dafür zahlen.« – »Das ist viel Geld«, sagte Panurg; »für so viel kann man bei uns fünf, ja sechs

Hammel kaufen. Überlegt's ein wenig. Ihr wärt nicht der erste, der arm geworden wär' und sich den Hals gebrochen hätte, weil er gar zu schnell reich werden wollte; mir sind dergleichen schon mehr begegnet.« – »Daß dich das Fieber schüttle, du dickköpfiger Narr!« sagte der Kaufmann. »Beim wundertätigen Bild von Charroux[1], der schlechteste dieser Hammel ist viermal soviel wert wie der beste von denen, die die Coraxier[2] für ein Talent Gold das Stück einst in der spanischen Provinz Tuditanien verkauften. Und was meinst du Dummkopf aller Dummköpfe, was ein Talent Gold damals wert war?« – »Mein Gott«, sagte Panurg, »ereifert Euch doch nicht so. Da, nehmt das Gold, hier ist es«; und nachdem er dem Kaufmann die verlangte Summe bezahlt hatte, wählte er aus der ganzen Herde den allergrößten und -schönsten Hammel aus und trug ihn unter dem lauten Blöken des widerstrebenden Tiers sogleich davon, während all die andern gleichfalls zu blöken anfingen und dem scheidenden Gefährten nachsahen. Der Kaufmann aber sprach zu seinen Treibern: »Oh, oh, wie der gut gewählt hat. Der versteht's, der Schelm. Wahrhaftig den allerbesten, den ich für Herrn von Cancale bestimmt hatte, dessen Natur ich kenne. Die ist von der Art, daß er nie kreuzfideler ist, als wenn er eine rundliche, saftige Hammelkeule wie einen Ballschläger in der Hand hat und nach allen Regeln der Kunst mit einem guten scharfen Messer daran herumsäbeln kann.«

Achtes Kapitel

Wie Panurg den Kaufmann und seine ganze Herde im Meer ersäuft

Plötzlich – ich weiß selbst nicht, wie es geschah; es ging so rasch, daß ich kaum hinsehen konnte – wirft Panurg, ohne ein Wort zu sagen, seinen widerstrebenden und blökenden Hammel ins Meer. Sogleich fangen die anderen Schafe an zu schreien und zu blöken und eins nach dem andern sich hinterdrein ins Meer zu stürzen. Alle drängen, wer als erster von ihnen dem Gefährten

1 Benediktinerkloster in Mittelfrankreich, zu dessen Reliquien die angebliche Vorhaut Christi zählte – 2 antikes Volk an der Nordostküste des Schwarzen Meers (s. Strabon »Erdbeschreibung« 3)

nachsprängе. Sie aufzuhalten war ganz unmöglich, denn bekanntlich ist es die Natur der Schafe, daß sie dem vorangehenden folgen, wohin es auch sei. Deshalb nennt Aristoteles *lib. IX de hist. anim.* das Schaf das dümmste und albernste Tier von der Welt. Der Kaufmann, der zu seinem nicht geringen Entsetzen seine Hammel so vor seinen Augen zugrunde gehen und ersaufen sah, tat alles Erdenkliche, um sie zurückzuhalten; aber vergebens – einer nach dem andern sprang ins Meer und ersoff. Zuletzt faßte er einen der größten und schönsten bei den Füßen und versuchte ihn auf dem Oberdeck zurückzuhalten, um so auch die übrigen vor dem Untergang zu retten; aber der Hammel war so stark, daß er ihn mit sich ins Meer riß, wo er ertrank, in ähnlicher Lage, wie die Schafe des einäugigen Kyklopen Polyphem Odysseus und seine Gefährten aus der Höhle schleppten. – Die anderen Treiber und Schafknechte, die es versuchten, die Tiere an den Hörnern, Beinen oder am Fell festzuhalten, wurden gleichfalls mit ins Meer gerissen, so daß alle jämmerlich ertranken.

Während dies vor sich ging, stand Panurg mit einer Ruderstange in der Hand neben der Schiffsküche, doch nicht, um den Schafknechten damit beizuspringen, sondern um zu verhindern, daß sie wieder am Schiff emporkletterten und auf diese Weise dem Tod entgingen, wobei er ihnen wie ein kleiner Bruder Olivier Maillard oder Jean Bourgeois nach allen Regeln der Rhetorik vor Augen führte, wie nichtig und erbärmlich diese Welt und wie herrlich und glückselig dagegen das Leben im Jenseits sei, wieviel seliger zu preisen die Abgeschiedenen als die, welche noch in diesem Jammertal wallten, auch einem jeden von ihnen versprach, ihm nach der Rückkehr aus Laternien auf der höchsten Spitze des Mont Cenis ein schönes Zenotaphium und Ehrendenkmal setzen zu wollen. Sollten sie indes ihren Lebensekel überwinden können oder passe ihnen das Ersaufen nicht, so wünsche er ihnen, daß sie einem Walfisch begegnen möchten, der sie, wie den Propheten Jonas, am dritten Tag auf irgendeiner Fabelinsel heil und unversehrt wieder ausspie. – Nachdem das Schiff von dem Kaufmann und seinen Hammeln gesäubert war, sagte Panurg: »Ist noch eine Schafsseele hier? Wo sind Thibaut Lämmerlins[1] und Renaud Böckelins ihre, die schlafen, wenn die

1 Agnelet

anderen weiden? Weiß nicht! War das nicht ein gutes altes Kriegsstückchen? Was sagst du dazu, Bruder Hans?« – »Ich sage, du hast es ganz schön gemacht«, erwiderte jener; »eins nur hab' ich daran auszusetzen. Sonst war es Brauch, daß man den Soldaten vor einer Schlacht oder einem Sturm für den Tag des Kampfes doppelte Löhnung versprach; gewannen sie die Schlacht, so war genug da, um sie zu bezahlen, verloren sie sie dagegen, so wär's doch eine Schande gewesen, wenn sie dann noch die Bezahlung verlangt hätten wie die davongelaufenen Gruyerzer[1] nach der Schlacht von Cérisoles[2]. So hättest du dir die Bezahlung auch ersparen können und hättest dein Geld im Beutel behalten.« – »Was kümmre ich mich um das lausige Geld«, entgegnete Panurg. »Mir ist der Spaß, bei Gott, mehr wert als fünfzigtausend Franken. Aber komm, wir wollen jetzt wieder auf unser Schiff gehen; der Wind ist günstig. Und merk dir's, Bruder Hans: Noch nie hat mir einer etwas Liebes angetan, dem ich's nicht gelohnt hätt' oder wenigstens dankbar gewesen wäre. Nein, undankbar bin ich nicht, bin's nie gewesen und werd's nie sein. Wer mir aber etwas Böses zufügte, hat's auch noch nie getan, ohne daß er hier oder dort dafür hätt' büßen müssen. So dumm bin ich nicht.« – »Da verdammst du dich ja selbst zum Höllenfutter«, sagte Bruder Hans. »Steht nicht geschrieben: *Mihi vindictam etc.*[3]? Guck nur ins Brevier.«

Neuntes Kapitel

Wie Pantagruel auf der Insel Ennasin[4] landet und von den sonderbaren Verwandtschaften daselbst

Der Zephir hielt, mit einer kleinen Abweichung nach Südwest, stetig an, und wir sahen an diesem Tag kein Land. Am dritten Tag in der Mückenfrühe[5] kam dann eine dreieckige Insel in Sicht, die in Gestalt und Größe Sizilien glich; man nannte sie die Verwandtschaftsinsel. Die Bewohner, und zwar Männer wie Weiber, gleichen den roten Poitevinern, nur daß ihre Nasen,

1 Einwohner der westschweiz. Stadt Gruyères – 2 franz. Form von Ceresole d'Alba, ital. Dorf südl. Turin; Sieg der Franzosen über die Kaiserlichen 1544 – 3 Die Rache ist mein... (lat.; 5. Moses 32,35) – 4 »Nasenlos« – 5 3-4 Stunden nach Sonnenaufgang

selbst die der kleinen Kinder, die Form eines Treffas haben, weshalb auch die Insel den alten Namen Ennasin trug. Alle waren, wie sie sich rühmten, untereinander verwandt und verschwägert, und der dortige Inselvogt sagte uns geradezu: »Ihr Leute aus der andern Welt haltet es für etwas so Erstaunliches, daß einmal von einer einzigen römischen Familie – der der Fabier – an einem Tag – dem 13. Februar – aus einem Tor – der *Porta carmentalis*, die am Fuß des Kapitols zwischen dem Tarpejischen Felsen und dem Tiber lag und später *Porta scelerata* genannt wurde – zur Abwehr gewisser Feinde – der Vejischen Etrusker nämlich – dreihundertsechs Krieger mit einem Gefolge von fünftausend Mitstreitern, ihren Vasallen, ausgezogen, die samt und sonders untereinander verwandt waren und alle miteinander beim Fluß Cremera, der dem See von Bagano entströmt, erschlagen wurden. Wir hier könnten nötigenfalls dreimalhunderttausend Mann stellen, die alle miteinander verwandt wären und alle zu e i n e r Familie gehörten.«

Übrigens waren ihre verwandtschaftlichen Beziehungen von der sonderbarsten Art; alle waren so untereinander versippt und verschwägert, daß wir keinen fanden, der des andern Vater oder Mutter, Bruder oder Schwester, Onkel oder Tante, Vetter oder Neffe, Eidam oder Schnur, Pate oder Patin gewesen wäre, mit Ausnahme eines einzigen alten, langen Ennasiers, der, wie ich mit eigenen Ohren hörte, ein kleines Mädchen von drei bis vier Jahren mit »lieber Vater« anredete und von dieser mit »liebe Tochter« angeredet wurde. Die Verwandtschaft oder Sippe bestand bei ihnen darin, daß zum Beispiel einer zu seiner Frau »mein Aal« und sie zu ihm »mein kleiner Tümmler« sagte. »Die werden tüchtig Tran lassen«, meinte Bruder Hans, »wenn sie sich aneinander reiben.« Einer fixen Dirn rief ein anderer »Guten Morgen, Striegel« zu, und sie erwiderte seinen Gruß mit »Schönen Dank, Kalbsschwanz«. – »Haha«, lachte Panurg, »da haben wir einen Striegel, ein Kalb und einen Schwanz: macht einen gestriegelten Kalbsschwanz. Dieser Kalbsschwanz mit schwarzen Streifen wird wohl gehörig gestriegelt werden.« – Wieder einer begrüßte seinen Schatz mit den Worten: »Grüß' dich Gott, lieber Sekretär!«, und sie entgegnete: »Schönen Dank, lieber Prozeß.« – »Beim heiligen Trinian«, sagte Gymnast, »dieser Prozeß liegt gewiß oft auf dem Sekretär.« Einer nannte eine »meine liebe

Hand« und sie ihn »mein Langer«. »Das macht einen Handlanger der Liebe«, sagte Eusthenes. Ein andrer grüßte die Seinige mit den Worten: »Guten Tag, meine Axt«, und sie dagegen: »Desgleichen, lieber Stiel.« – »Donnerwetter«, rief Carpalim, »hier hat also der Stiel seine Axt und die Axt ihren Stiel. Ob das wohl der große Stil ist, wie die römischen Kurtisanen ihn verlangen, oder der weite Ärmelstil der Barfüßer[1]?« – Als ich weiterging, sah ich einen Tölpel, der nannte seine Verwandte »meine Matratze« und sie ihn »meine Wolldecke«, und wirklich sah er so

aus, als wollte er sie decken. Einer nannte eine »liebe Krume« und sie ihn »liebe Kruste«; einer eine »Langohr« und sie ihn »Grauchen«; einer eine »Schlappschuh« und sie ihn »Pantoffel«; einer eine »Stiefelschaft« und sie ihn »Gamasche«; einer eine »Fausthandschuh« und sie ihn »Fingerling«; einer eine »Schwarte« und sie ihn »Speck«, so daß zwischen ihnen die Speckschwartenverwandtschaft bestand. Aus ähnlichen Verwandtschaftsgründen nannte einer eine »mein Eierkuchen« und sie ihn »mein Ei«; die waren also wie Ei und Eierkuchen miteinander verwandt. Desgleichen nannte einer eine »mein Eingeweide« und sie ihn »mein Reisigbündel«, wo nun allerdings nach unsrer Art, die Dinge anzusehen, keine Verwandtschaft, Brüder-

1 d.h. großzügige Auffassung der Ordensregeln

schaft, Verbindung noch Blutsgemeinschaft festgestellt werden konnte, sie müßte denn das Eingeweide von dem Reisigbündel gewesen sein. Ein anderer grüßte seine Liebste mit den Worten: »Gott zum Gruß, meine Schale«, worauf sie ihm erwiderte: »Ein gleiches, liebe Auster.« – »Das wäre also die Auster in der Schale«, sagte Carpalim. – So sagte einer zu der Seinigen: »Glück auf, liebe Schote«, und sie erwiderte: »Dasselbe dir heut und immerdar, liebe Erbse.« – »Also eine Erbse in der Schote«, sagte Gymnast. – Ein großer, garstiger Kerl auf dicken Holzsohlen, dem eine runde, fette, kleine Dirn begegnete, sagt zu ihr: »Gott schütz' dich, mein Kreiselchen, mein Dreiselchen, mein Turbelchen«, und sie entgegnete schnippisch: »Desgleichen, liebe Peitsche.« – »Beim Blute des heiligen Greulich«, sagte Xenomanes, »sollte der Kerl wirklich die richtige Peitsche sein, um so einen Kreisel zu treiben?« – Ein glattgekämmter und geschniegelter Schulmeister, ein gelehrter Doktor, der eine Zeitlang mit einer vornehmen Dame geschwatzt hatte, sagte, als er sich ihr empfahl: »Schönen Dank, gute Miene«, worauf sie: »Vielmehr Euch Dank, böses Spiel.« – »Gute Miene zum bösen Spiel«, meinte Pantagruel, »diese Verwandtschaft ist nicht übel.« – Ein Holzhackerkandidat, der vorüberging, rief einem jungen Mädchen zu: »Hehe, wie lang ich dich nicht gesehen hab', mein Dudelchen!« – »Freut mich, dich zu sehen, lieber Sack«, erwiderte sie. – »Wenn ihr die beiden zusammenbringt«, sagte Panurg, »und ihnen in den Hintern blast, so ist der Dudelsack fertig.« – Ein anderer nannte sein Mädchen »Sau« und sie ihn »Heu«. Da mußte ich daran denken, daß die Sau an diesem Heu gewiß sehr gern zupfte. – Nicht weit von uns empfahl sich ein buckliger Stutzer seiner Liebsten mit den Worten: »Adieu, liebes Loch«, und sie entgegnete: »Gott behüte dich, lieber Pflock!« Bruder Hans aber sagte: »Das glaub' ich, sie ist gewiß ganz Loch und er ganz Pflock. Bliebe nur noch auszumachen, ob dieses Loch auch von diesem Pflock hinreichend verkeilt werden kann.« – Wieder einer sagte zu seinem Mädchen: »Guten Tag, meine Maus«, und sie: »Guten Tag, mein Tapferer!« – »Ja, ja«, sagte Ponokrates, »dieser Tapfere wird wohl oft ins Mauseloch kriechen.« – Ein junger Bengel, der mit einer durchtriebenen Dirn plauderte, sagte zu ihr: »Also vergiß nicht, Fist!« – »Werde schon daran denken, Furz«, entgegnete sie. – »Sind die beiden auch miteinander verwandt?« fragte Pantagruel den Inselvogt. »Ich sollte meinen, sie sind sich spinnefeind und stehen in keinem freundschaftlichen Verhältnis zueinander; denn er hat sie Fist genannt. Bei uns könnte man eine Frau gar nicht ärger beschimpfen, als wenn man ihr einen solchen Namen geben wollte.« – »Ihr guten Leute aus der andern Welt«, versetzte der Inselvogt, »habt wenig so nahe Verwandtschaftsgrade, wie der ist, in welchem dieser Fist und dieser Furz zueinander stehen. Jeglichem Auge verborgen, sind sie doch ein und demselben Loche entsprungen und in ein und derselben Minute zur Welt gekommen.« – »Da hat wohl ein Nordwest ihre Mutter besäuselt?« fragte Panurg. – »Was für eine Mutter?« entgegnete der Vogt. »Das ist ein Verwandtschaftsverhältnis, wie eure Welt allein es kennt. Diese hier haben weder Vater noch Mutter; das haben nur die Leute hinterm Mond, die Heu in den Stiefeln tragen.«

Alles das sah und hörte der gute Pantagruel; bei dieser Rede schien ihm aber doch die Geduld auszugehen.

Nachdem wir uns dann die Insel und die Lebensweise des ennasischen Volkes noch etwas näher angesehen hatten, gingen wir in ein Wirtshaus, um uns ein wenig zu stärken. Da wurden gerade Hochzeiten gefeiert, wie es hier üblich ist, und Speise und Trank gab es genug. Während wir dort waren, kopulierte man auf die lustigste Weise eine Birne, dem Anschein nach ein recht dralles Frauenzimmer – obgleich einige schon davon genascht hatten und meinten, sie sei ein wenig matschig –, mit einem jungen Käse, der einen etwas rötlichen Milchbart hatte. Das war nun nichts Neues und ist auch an anderen Orten schon vorgekommen; sagt man doch bei uns im Kuhland noch jetzt, daß es gar nichts Besseres gäbe, als eine Birne und einen Käse zusammenzutun. In einem andern Saal war ich Augenzeuge, wie ein altes Felleisen mit einem jungen schlanken Stiefel verheiratet wurde, und nach Pantagruels Worten nahm der junge Stiefel das alte Felleisen bloß deshalb, weil es so rund, dick und fett war, was man in der Wirtschaft recht gut brauchen kann, namentlich ein Fischer. Im dritten Saal, hinten hinaus, vermählte sich ein junger Schuh mit einer alten Latsche, und zwar, wie allgemein behauptet wurde, nicht ihrer Schönheit und Liebenswürdigkeit wegen, sondern aus reiner Habgier, bloß um die vielen Schaumünzen zu kriegen, mit denen sie besteckt war.

Zehntes Kapitel

Wie Pantagruel auf der Insel Cheli[1] landete, wo der heilige Panigon[2] König war

Der Südwest blies uns von hinten voll in die Segel, als wir diese geschmacklosen Verwandtschaftler und Wortgaukler mit ihren Treffasnasen verließen und wieder in See stachen. Bei Sonnenuntergang landeten wir auf Cheli, einer großen, reichen, dicht bevölkerten Insel, wo der heilige Panigon König war. Begleitet von seinen Kindern und den Fürsten seines Hofs, war er zum Hafen hinabgeeilt, um Pantagruel zu begrüßen, den er dann sofort in sein Schloß geleitete, wo die Königin mit ihren Töchtern und Hofdamen den Reisenden am Eingang entgegenkam. Panigon bestand darauf, sie und ihr ganzes Gefolge solle Pantagruel und die Seinigen küssen, denn das verlangte die Höflichkeit und die Sitte des Landes. So geschah es denn; nur Bruder Hans machte sich aus dem Staub, indem er sich unter die Würdenträger des Königs mischte. Hierauf bat der König Pantagruel sehr dringend, daß er doch diesen und den folgenden Tag bei ihm verweilen möge; aber dieser lehnte die Einladung ab, indem er sich mit dem herrlichen Wetter und dem günstigen Wind entschuldigte, der, von Seefahrern öfter ersehnt als angetroffen, nicht ungenutzt gelassen werden dürfe, denn nur zu oft, wenn man ihn ersehne, zeige er sich nicht. Diesen Vorstellungen gab Panigon nach und entließ uns, nachdem wir Mann für Mann so fünfundzwanzig- oder dreißigmal hatten anstoßen müssen. Bei der Rückkehr zum Hafen vermißte Pantagruel Bruder Hans und fragte, wo er stecke und weshalb er nicht bei der Gesellschaft sei. Panurg, der nicht wußte, wie er ihn entschuldigen sollte, wollte eben nach dem Schloß zurückkehren, um ihn zu rufen, als der Mönch höchst vergnügt herbeigelaufen kam und fröhlich ausrief: »Es lebe der edle Panigon! Beim heiligen Ochsenziemer, der versteht sich auf die Küche! Geradewegs komme ich daher; da behandeln sie die Sache schöpflöffelweise. Dachte gleich, daß meine Mönchskutte da was würde profitieren können.« – »Unser Freund«, sagte Pantagruel, »hat's immer mit der Küche.« – »Zum Kuckuck«, erwiderte Bruder Hans, »darauf versteh' ich

1 »Brot« (hebr.) – 2 vielleicht von lat. *panicus* Brötchen

mich auch besser als aufs Herumlöffeln bei den Weibern, aufs Süßholzraspeln, Zuckerpillendrehen, Komplimentemachen, Kniebeugen, aufs Umhalsen und Umbrüsten, küss' die Hand Eu'r Gnaden, Eu'r Majestät, schauen's, befehlen's. Ist alles Quark, der schon stinkt wie alter Käse; geb' nicht das Schwarze unterm Nagel dafür. *Per Dio*, will nicht damit gesagt haben, daß ich nicht auch meinen Schuß abfeuerte, wenn sich's eben macht, und mein Fäßlein nicht auch anzapfte; aber das Tänzeln und Scharwenzeln ist mir auf den Tod zuwider, fastens wie der Teufel, wollte sagen wie des Teufels Fasten. Darin hat Sankt Benedikt recht; alles, was ihr wollt – aber Mädchen küssen? Nein, bei meiner Kutte, ich passe. Könnt' mir sonst ergehen wie dem guten Herrn von Guyercharois.« – »Wie ging's denn dem?« fragte Pantagruel; »den kenn' ich ja, er gehört zu meinen besten Freunden.« – »Der war«, fuhr Bruder Hans fort, »zu einem prächtigen, erlesenen Gelage eingeladen, das einer seiner Verwandten und Nachbarn veranstaltete; alle Edelleute, Edelfrauen und -fräulein aus der Umgegend waren auch dazu geladen. Als er nun kommen sollte, machten diese sich den Spaß, die Pagen der Gesellschaft als schmucke, vornehme Fräulein herauszuputzen. An der Zugbrücke angelangt, wurde er von diesen männlichen Jungfrauen begrüßt. Er küßte sie alle der Reihe nach auf das höflichste und ehrerbietigste, worüber die Damen, die ihn in der Galerie erwarteten, in lautes Gelächter ausbrachen; zuletzt gaben sie den Pagen ein Zeichen, worauf diese ihre Verkleidung abwarfen. Sobald der gute Herr das sah, war er davon so peinlich berührt und verstimmt, daß er nun die wirklichen Damen durchaus nicht küssen wollte; denn, sagte er, da man die Pagen so verkleidet hätte, wer Teufel stünde ihm dafür, daß jene nicht auch Dienstleute, nur vielleicht noch besser verkleidet wären. Himmel und Hölle, *da jurandi*[1], warum sollen wir nicht gleich unsere Menschlichkeit in die schöne Küche Gottes führen? Warum nicht lieber dort das Drehen des Bratspießes, die Harmonie des Hammelkeulenwenders, die Verteilung der Speckschichten, den Hitzegrad der Suppen, die Zurüstungen zum Nachtisch und die Geheimnisse der Weinkarte studieren? *Beati immaculati in via*[2]. So steht's im Brevier.«

1 mit Verlaub zu schwören (lat.) – 2 Selig die auf dem Wege Unbefleckten (lat.; Psalm 119, 1 der lat. Bibelfassung).

Elftes Kapitel
Warum die Mönche so gern in der Küche sind

»Das ist recht wie ein Mönch gesprochen«, sagte Epistemon, »ich meine wie ein echter, nicht wie ein gerechter Mönch. Du erinnerst mich in der Tat an etwas, das ich – es mag nun wohl etwa zwanzig Jahre her sein – in Florenz erlebt habe. Wir waren damals eine prächtige Gesellschaft junger, wißbegieriger Leute, Freunde des Umherstreifens und gar eifrig darauf aus, die gelehrten Männer, die Altertümer und die sonstigen Sehenswürdigkeiten Italiens kennenzulernen. So besichtigten wir mit größtem Interesse das schöne Florenz, die Architektur seines Doms, seine reichen Tempel und seine prächtigen Paläste, und wetteifernd bemühten wir uns, all diese Schönheit würdig zu preisen, als ein Mönch aus Amiens, Bernhard Spick mit Namen, ganz ärgerlich und aufgebracht zu uns sagte: ›Zum Teufel, ich weiß gar nicht, was ihr von alledem für ein Aufhebens macht. Hab's mir doch auch genau angesehen und bin auch nicht blind. Was ist denn da so Absonderliches?‹ fuhr er fort. ›Schöne Häuser, das ist aber auch alles. Doch dafür hab' ich, so wahr Gott und der heilige Bernhard, unser Schutzpatron, euch gnädig sein mögen, in der ganzen Stadt nicht eine einzige Garküche gesehen, wie eifrig ich mich auch umgeschaut habe. Wahrhaftig, ich sage euch, daß ich umhergespäht hab' und zur Rechten und zur Linken zählen wollte, wieviel wir an brutzelnden Bratständen finden würden. Das ist in Amiens denn doch anders; auf einem Drittel, ja einem Viertel des Wegs, den wir jetzt zurückgelegt haben, zeig' ich euch da mehr als vierzehn alte, solide köstlich duftende Garküchen. Ich begreife nicht, was es euch für Vergnügen machen kann, die Löwen und die Afrikanen – so nennt ihr doch, was sonst Tiger hieß – am Glockenturm oder die Stachelschweine und Strauße am Palast des Herrn Philipp Strozzi zu begucken. So wahr ich lebe, Kinder, mir macht eine gute fette Gans, die am Bratspieß steckt, weit mehr Vergnügen.

Diese granitenen und marmornen Geschichten mögen ganz schön sein, dagegen will ich nichts sagen; aber die Amiensschen Sahnetörtchen sind doch mehr nach meinem Geschmack. Und ebenso die alten Bildsäulen! Gewiß, sie sind ganz vortrefflich gemacht; aber beim heiligen Feriol von Abbeville, die jungen Dirnen bei uns zulande sind doch tausendmal handlicher.‹«

»Woher es nur kommen mag«, fragte Bruder Hans, »daß man die Mönche immer in der Küche findet, Könige, Päpste und Kaiser dagegen niemals.« – »Sollte es nicht vielleicht daher kommen«, erwiderte Rhizotom, »daß in den Kochtöpfen und Bratspießböcken eine ganz besondere geheime Kraft und verborgene Eigenschaft liegt, die, wie der Magnet das Eisen, zwar Mönche, nicht aber Könige, Päpste und Kaiser anzieht? Oder vielleicht ist es ein den Kutten und Kapuzen innewohnender natürlicher Zug und Drang, der die frommen Väter ganz von selbst in die Küche treibt, ohne daß es von ihrer Wahl und ihrem freien Willen abhängt.« – »Er denkt an die Formen, die der Materie folgen, wie Averroes sich ausdrückt«, sagte Epistemon. »Eben, eben«, sagte Bruder Hans.

»Ohne die aufgeworfene Frage beantworten zu wollen, die ein bißchen kitzlig ist und an der man sich leicht die Finger verbrennen kann, will ich«, so bemerkte hier Pantagruel, »nur erwähnen, was ich mich erinnere, einmal gelesen zu haben[1]. – Eines Tages trat Antigonos, der makedonische König, in die Küche seines Lagers und fand dort den Poeten Antagoras, der einen Meeraal briet und selbst mit der Bratpfanne herumhantierte. Scherzend fragte er ihn: ›Briet Homer auch Aale, als er Agamemnons Heldentaten besang?‹ Antagoras aber antwortete ihm darauf: ›Und Agamemnon? Meinst du, daß er so neugierig gewesen sei, wissen zu wollen, wer in seinem Lager Aale briete, als er ebendiese Heldentaten vollbrachte?‹ – Schien es dem König unpassend, daß sich der Poet in seiner Küche mit der Zubereitung von Speisen beschäftigte, so deutete der Poet darauf hin, daß es noch viel unpassender sei, wenn ein König sich in der Küche sehen lasse.« – »Noch besser ist das, was Breton Villandry einmal dem Herzog von Guise[2] antwortete«, sagte Panurg. »Sie sprachen nämlich von einer der Schlachten, die Franz I. Karl V. geliefert und bei der sich Breton nirgends im Handgemenge hatte blicken lassen, obgleich er von Kopf bis Fuß aufs prächtigste bewaffnet und vortrefflich beritten gewesen war. ›Auf Ehre‹, sagte Breton, ›Ich war dabei, was ich beweisen kann, allerdings

1 Plutarch »Apophthegmata«; »Tischgespräche« 4,4 – 2 Claude de Guise

an einem Ort, wo Ihr nicht gewagt haben würdet, Euch sehen zu lassen.‹ Sichtbar beleidigt von diesen Worten, die ihn prahlerisch und unverschämt dünkten, wollte der Herzog eben heftig erwidern, als Breton ihn lachend beschwichtigte, indem er hinzufügte: ›Ich war nämlich beim Troß und somit an einem Ort, wo es Eure Ehre Euch gewiß nicht erlaubt haben würde, Euch zu verstecken, wie ich es tat.‹«

Unter solchen heiteren Gesprächen kamen sie bei ihren Schiffen an und verweilten nun nicht länger auf der Insel Cheli.

Zwölftes Kapitel

Wie Pantagruel nach Prokurazien gelangte und von der sonderbaren Lebensweise der Schikanusen

Wir setzten unsere Reise fort und gelangten am folgenden Tag nach Prokurazien, welches ein recht verkleckstes und verschmiertes Land ist. Ich habe dort nichts deutlich erkennen können. Hier fanden wir Prokultusen und Schikanusen[1], ganz haarige Leute. Es fiel ihnen nicht ein, uns etwas zu essen oder zu trinken anzubieten; nur durch unzählige gelehrte Verbeugungen gaben sie zu verstehen, daß sie gegen Bezahlung ganz zu unseren Diensten stünden. Einer unserer Dolmetscher erzählte Pantagruel, auf welche sonderbare Weise diese Leute sich ihren Lebensunterhalt erwürben, gerade auf die entgegengesetzte Art als die Romikolen. In Rom nämlich lebten unzählige Leute vom Giftmischen, Prügelausteilen und Töten, die Schikanusen aber davon, daß sie sich prügeln ließen, so daß sie mit Weib und Kind Hungers sterben müßten, wenn sie längere Zeit ungeprügelt blieben. – »Das ist ja«, sagte Panurg, »geradeso, wie es nach Galens Bemerkung Leute gibt, die den Hohlnerv nicht anders gegen den Zirkel des Äquators richten können[2], als wenn man sie gehörig stäupt. Bei Sankt Thibaut[3], wollte man mich so peitschen, so würde mich das, hol' mich der Teufel, erst recht aus dem Steigbügel bringen.« – »Die Sache«, fuhr der Dolmetscher fort, »ist die: Wenn ein Mönch, ein Priester, ein Wucherer oder

1 gemeint sind Gerichtsvollzieher und Büttel – 2 d.h., es nicht zur Erektion bringen – 3 Schutzpatron der gehörnten Ehemänner

ein Advokat einem Edelmann des Landes etwas am Zeug flicken will, so läßt er einen Schikanusen auf ihn los. Dieser zitiert ihn, ladet ihn vor Gericht, fordert ihn heraus und beleidigt ihn gröblich, wie sein Auftraggeber es ihn geheißen, bis der Edelmann, wenn er nicht geradezu stumpfsinnig und noch dümmer als eine Kaulquappe ist, sich gedrungen fühlt, ihm die Bastonade geben zu lassen oder mit dem Degen über den Kopf zu hauen oder die

Knochen zu zerbrechen oder ihn zum Fenster seines Schlosses hinauszuwerfen. Daran hat der Schikanuse dann immerhin genug, um vier Monate davon zu leben; für ihn sind Stockprügel die beste Ernte. Denn von dem Mönch, dem Wucherer, dem Advokaten erhält er seinen guten Lohn und von dem Edelmann öfters eine so bedeutende, ja übermäßige Entschädigung, daß dieser dabei sein ganzes Vermögen einbüßt und noch froh sein kann, wenn er nicht im Gefängnis verfaulen muß, so als ob er den König selbst geschlagen hätte.«

»Gegen dies Übel«, sagte Panurg, »weiß ich ein vortreffliches Mittel, das Herr von Basché anwandte.« – »Was für eins?« fragte Pantagruel. – »Dieser Herr von Basché«, fuhr Panurg fort, »war ein tapferer, tugendhafter, hochherziger und ritterlicher Mann. Als er einst aus einem langen Krieg, in welchem sich der Herzog von Ferrara mit Hilfe der Franzosen tapfer gegen Papst Julius II. seiner Haut gewehrt hatte, wieder nach Hause kam, machte sich der feiste Prior von Saint-Louand den Spaß, ihn Tag für Tag vor Gericht zu fordern, ihn zitieren zu lassen und auf alle erdenkliche Weise zu schikanieren. Daher ließ Herr von Basché eines Tags beim Morgenimbiß, den er mit seinen Leuten einzunehmen pflegte – denn er war ein freundlicher, freigebiger Herr –, seinen Bäcker, Loire mit Namen, und dessen Frau rufen, auch den Pfarrer des Kirchspiels, Oudart, der nach der damals in Frankreich üblichen Sitte zu gleicher Zeit sein Keller- und Küchenmeister war, und sprach zu ihnen in Gegenwart seiner Vasallen und Diener wie folgt: ›Kinder, ihr seht, wie diese verdammten Schikanusen mich Tag für Tag quälen; helft ihr mir nicht, so bin ich fest entschlossen, das Feld zu räumen und lieber zu den Türken, ja, wenn's sein muß, zum Teufel zu gehen. Also hört! Wenn sie wieder hierherkommen, so haltet euch bereit. Du, Loire, und deine Frau, ihr geht ihnen, mit den schönsten Hochzeitskleidern angetan, im großen Saal entgegen, so als ob man euch eben trauen wollte, wie das erste Mal, als ihr getraut worden seid. Hier habt ihr hundert Goldstücke, die schenk' ich euch; schafft euch dafür die nötigen Kleider an. Ihr aber, Meister Oudart, säumt dann nicht, in Eurem schönsten Chorrock und in der Stola zu erscheinen; auch Weihwasser bringt mit, ganz als ob Ihr sie trauen wolltet. Du, Trudon‹ – so hieß der Spielmann –, ›sei gleichfalls mit Flöte und Tamburin zur Stelle. Wenn dann die Trauformel gesprochen und die junge Frau abgeküßt ist, so reiche einer dem andern beim Tamburinklang den Hochzeitsdenkzettel, das heißt die kleinen Püffe. Das Abendbrot schmeckt danach um so besser. Kommt aber der Schikanuse dran, so gebt's ihm ordentlich und schont ihn nicht; knufft ihn, pufft ihn, haut ihn gründlich, ich bitte euch darum. Hier habt ihr zierliche Panzerhandschuhe, die mit Ziegenleder überzogen sind; damit verabfolgt ihm, was ihm gebührt, unbesehen, ihr braucht nicht zu zählen. Wer am besten haut, liebt mich am meisten. Und fürchtet nicht, daß man euch deshalb etwas anhaben wird; ich stehe für alles. Solche Püffe werden im Scherz gegeben, das ist Hochzeitsbrauch.‹ – ›Woran erkennen wir aber, daß es ein Schikanuse ist?‹ fragte Oudart; ›in Euer Haus kommen täglich viele Leute.‹ – ›Ich habe schon den betreffenden Befehl gegeben‹, sagte Herr von Basché. ›Wenn sich am Tor des Schlosses ein Mann zeigt, zu Fuß oder schlecht beritten, mit einem großen, breiten silbernen Ring am Daumen, so ist das ein Schikanuse. Dann soll der Torhüter, sobald er ihn hereingelassen, das Glöckchen läuten; ihr aber macht euch fertig und lauft gleich in den Saal, um die Tragikomödie aufzuführen, wie ich's euch erklärt habe.‹

Und richtig! Gott fügte es, daß noch am selben Tag ein alter, dicker, rotnasiger Schikanuse Einlaß begehrte. Als er die Glocke am Eingang zog, erkannte ihn der Torhüter gleich an seinen plumpen Dreckstiefeln, seiner jammervollen Mähre, an dem leinenen Sack voll Zahlungsbefehlen, der ihm am Gurt hing, vor allem aber an dem breiten silbernen Ring an seinem linken Daumen. Er empfing ihn also sehr zuvorkommend, bat ihn höflich einzutreten und ließ sein Glöcklein frohlockend ertönen, bei dessen Klang sich Loire und seine Frau sogleich in ihre schönen Kleider warfen und festlich geschmückt im Saal erschienen. Zur gleichen Zeit trat Oudart, mit Chorrock und Stola angetan, aus seinem Wirtschaftsraum und dem Schikanusen entgegen, führte ihn aber, damit die anderen Zeit gewännen, ihre Panzerhandschuhe anzuziehen, erst noch einmal dahin zurück, schenkte ihm tapfer ein und sagte zu ihm: ›Ihr hättet gar nicht gelegener kommen können. Unser Herr ist heute in der besten Laune. 's wird bald zum Schmaus gehen, und da wollen wir uns den Bauch tüchtig vollstopfen, denn heute ist hier im Haus Hochzeit; nur zugegriffen, trinkt und seid lustig!‹ Basché, der jetzt, während der Schikanuse trank, alle seine Leutchen vollständig ausgerüstet und im Saal versammelt sah, schickte nunmehr nach Oudart. Also erschien Oudart mit dem Weihwasser im Saal, und der Schikanuse, der ihm folgte, vergaß nicht, Herrn von Basché beim Eintritt mit vielen tiefen Kratzfüßen zu begrüßen und ihn vor Gericht zu laden. Basché empfing ihn auf das liebenswürdigste, schenkte ihm einen Gulden und lud ihn ein, der Unterzeichnung des Ehekontrakts und der Trauung beizuwohnen, was auch geschah. Nach beendigter Zeremonie fingen die Püffe an, und als die Reihe an den Schikanusen kam, bearbeiteten sie ihn dermaßen mit ihren Panzerhandschuhen, daß er zuletzt ganz betäubt und zerbleut auf dem Platz liegenblieb, das eine Auge blutunterlaufen, acht Rippen eingedrückt, das Schlüsselbein gebrochen, die Schulterblätter in vier, die Kinnlade in drei Stücke gehauen, und all das unter Lachen und Scherzen. Heiliger Gott, wie Oudart auf ihn einhämmerte, wobei er die schweren, mit Hermelin besetzten Handschuhe im Ärmel seines Chorrocks verbarg; denn er war ein vierschrötiger Geselle. So kehrte der Schikanuse, fleckig wie ein Tiger, nach Isle-Bouchard zurück, trotzdem sehr zufrieden und geschmeichelt von dem Empfang, den Herr von Basché ihm hatte angedeihen lassen, und lebte dann mit Hilfe der trefflichen Wundärzte des Landes noch so lange, wie's euch gefällt. Von der Sache selbst aber war weiter keine Rede, und die Erinnerung daran starb mit dem Klang der Glokken, die ihn zu Grabe läuteten.«

Dreizehntes Kapitel

Wie Herr von Basché nach Meister François Villons Beispiel seine Leute lobt

»Sobald der Schikanuse zum Schloß hinaus war und seinen Blinzelklepper – so nannte er seine einäugige Schindmähre – wieder bestiegen hatte, rief Basché seine Frau, ihre Zofen und alle seine Leute in die Laube seines Gartens, ließ Wein, Pasteten, Schinken, Obst und Käse bringen, trank allen höchst vergnügt zu und redete so zu ihnen: ›In seinen alten Tagen zog sich Meister François Villon nach Saint-Maixent in Poitou zurück und stellte sich unter den Schutz des dortigen Abtes, eines kreuzbraven Mannes. Hier faßte er den Entschluß, zur Unterhaltung des Volks ein Passionsspiel im Poiteviner Dialekt aufführen zu lassen. Als die Rollen verteilt und aufs beste einstudiert und das Theater aufgeschlagen war, zeigte er dem Bürgermeister und den Schöffen an, daß das Mysterienspiel zum Schluß des Jahrmarkts von Niort gespielt werden könne; nur müsse man noch passende Kostüme für die Spieler beschaffen. Bürgermeister und Schöffen gaben die dazu nötigen Befehle; er selbst aber bat den Sakristan der dortigen Barfüßer, den Pater Étienne Tappecoue, ihm für einen alten Bauern, der als Gottvater auftreten sollte, einen Chorrock und eine Stola zu leihen. Tappecoue aber schlug ihm dies rundweg ab und führte als Grund an, daß es nach den Regeln des Ordens streng verboten sei, Schauspielern irgend etwas zu geben oder zu leihen. Zwar wendete Villon dagegen ein, daß dies Verbot sich doch nur auf Possen, Mummenschanz und unsittliche Spiele bezöge, so wenigstens habe er es in Brüssel und an anderen Orten halten sehen; aber Tappecoue blieb bei seiner Weigerung, er möge sich die Sachen verschaffen, woher er wolle, aus seiner Sakristei, das stünde fest, werde er kein Stück bekommen. – Ganz entrüstet teilte Villon dies seinen Schauspielern mit und fügte noch hinzu: ›Dafür wird Gott Tappecoue gewiß bald exemplarisch bestrafen.‹ – Am Sonnabend darauf erfuhr Villon, daß Tappecoue auf der Klosterjungfrau – so nannten sie eine noch unbeegte Stute – zum Einsammeln von Almosen nach Saint-Liguaire geritten sei und nachmittags um zwei Uhr zurückkehren würde. Alsbald ordnete er einen Schauzug seiner Teufelszunft durch die Stadt an. Die Teufel waren von Kopf bis Fuß in Wolfs-, Kalbs- und Ziegenfelle gehüllt, alle herausgeputzt mit Widderköpfen, Ochsenhörnern, Ofengabeln und breiten Gürteln, an denen mächtige Kuhglocken und Maultierschellen hingen, die einen schrecklichen Lärm machten. Einige von ihnen trugen schwarze Stangen mit Raketen in den Händen, andere lange brennende Lunten, auf welche sie, sooft sie an eine Straßenecke kamen, Hände voll pulverisierten Harzes warfen, das schaurig aufleuchtete und schwarzen Rauch verbreitete. Nachdem er zur Belustigung des Volks und zum unaussprechlichen Entsetzen der kleinen Kinder so mit ihnen in der Stadt herumgezogen war, führte er sie zuletzt in eine Schenke, die vor dem Tor auf dem Weg nach Saint-Liguaire lag, um dort mit ihnen zu zechen. Kaum angekommen, gewahrte er in der Ferne Tappecoue, der von seiner Bettelfahrt zurückkehrte, und sprach die makkaronischen Verse[1]:

Hic est de patria, natus de gente belistra,
qui solet antiquo bribas portare bisacco[2].

›Potz Blitz‹, schrien die Teufel, ›er hat Gottvater nicht einmal einen lumpigen Priesterrock borgen wollen; dafür wollen wir ihn erschrecken.‹ – ›Das ist recht‹, entgegnete Villon: ›aber ver-

1 gemischt aus lat. und neusprachlichen Wörtern mit lat. Endung – 2 Dieser, vom Vater herstammend aus einer Familie von Lumpen, /trägt in dem schmierigen Sack die erbettelten Brokken nach Hause

steckt euch, bis er vorbeikommt, und macht indessen eure Raketen und Lunten fertig.‹ – Als nun Tappecoue herangekommen war, sprangen sie alle mit gewaltigem Lärm plötzlich auf die Straße hinaus und überschütteten ihn und seine Stute von allen Seiten mit Feuer, ließen ihre Schellen rasseln und heulten wie die Teufel: ›Hu-hu-hu-hu, burre-urre, ho-ho-ho! Gelt, Bruder Étienne, spielen wir nicht gut Teufel?‹ Erschrocken fing die Stute an sich in Trab zu setzen, furzte, sprang zur Seite, galoppierte, schlug hinten aus, bockte, bäumte sich und wurde immer wilder, bis sie zuletzt Tappecoue abwarf, obwohl er sich mit aller Gewalt am Sattelknopf festhielt. Da aber sein rechter Fuß so fest in dem hanfenen Steigbügel steckte, daß er ihn nicht herausziehen konnte, so wurde er von der Stute mitgeschleppt, die ihn, durch Hecken, Gebüsch und Gräben dahinrasend, schrecklich mit ihren Hufen bearbeitete. Zuerst zerhieb sie ihm den Schädel, so daß das Gehirn beim Hosiannakreuz herausfiel; dann schlug sie ihm die Arme ab, erst den einen, dann den andern, darauf die Beine; dann wühlte sie ihm das Eingeweide aus dem Leib, bis endlich, als sie beim Kloster ankam, nichts weiter von ihm übrig war als der rechte Fuß mit der eingeklemmten Sandale. Da Villon aber sah, daß es so gekommen war, wie er es vorausberechnet hatte, sprach er zu seinen Teufeln: ›Meine Herren Teufel, ihr werdet eure Sache gut machen, ihr werdet sie sehr gut machen. Darauf könnt ihr euch verlassen. Oh, ihr werdet sie ausgezeichnet machen. Ihr könnt es mit allen Teufeln von Saumur, Doué, Montmorillon, Langeais, Saint-Épain und Angers aufnehmen, ja, bei Gott, selbst mit denen von Poitiers, trotz ihrer Schaubude; gut, wenn sie sich nur mit euch vergleichen können. Oh, oh, oh, wie werdet ihr spielen!‹

›Wohlan, liebe Freunde‹, fuhr Basché fort, ›ebenso sehe auch ich jetzt voraus, daß ihr die Tragikomödie fortan vortrefflich spielen werdet, da ihr mir gleich beim ersten Versuch und bei der ersten Probe den Schikanusen so wundervoll zugerichtet, so überzeugend gepufft, geknufft und mit euren Fäusten gekitzelt habt. Dafür verdoppele ich euch allen euren Lohn. – ›Ihr, meine Liebe‹, sagte er, zu seiner Frau gewandt, ›mögt von Euch aus verteilen, was Euch beliebt; Ihr habt ja all meine Schätze unter Verschluß und in Gewahrsam. Was aber mich anbetrifft, so trinke ich, liebe Freunde, zuerst auf euer aller Wohl! Laßt's euch schmecken, es ist ein guter und kühler Trunk. Zweitens schenke ich dir, Haushofmeister, diese silberne Schüssel; da, nimm sie! Ihr, meine Stallmeister, nehmt die beiden Becher aus vergoldetem Silber. Ihr, Pagen, sollt drei Monate lang vor Rutenstreichen sicher sein, und du, liebes Herz, gib ihnen auch meine schönen weißen Hutfedern mit den Goldagraffen. Euch, Ehrwürden Oudart, schenke ich diese silberne Flasche; die andere geb' ich den Köchen. Diesen silbernen Korb schenk' ich den Kammerdienern, den Stallknechten dies Schälchen aus vergoldetem Silber, dem Torwächter die beiden Teller hier und den Maultiertreibern diese zehn Eßlöffel. Du, Trudon, nimm all die anderen Löffel und hier die Zuckerdose. Ihr, Lakaien, nehmt das große Salzfaß. Dient mir nur gut, liebe Freunde, ich werd' es euch schon vergelten; denn bei Gott, das könnt ihr mir glauben, lieber will ich im Krieg für unsern trefflichen König hundert Keulenschläge auf meinen Helm aushalten, als ein einziges Mal von solch einem schikanusischen Schwein vor Gericht geladen werden, nur weil's einem feisten Pfaffen so beliebt!‹«

Vierzehntes Kapitel

Fährt fort zu erzählen, wie noch mehr Schikanusen in Herrn von Baschés Haus durchgebleut wurden

»Vier Tage darauf kam ein andrer Schikanuse, ein junger, langgeschossener, hagerer Bursche, nach dem Schloß des Herrn von Basché, um ihn auf Verlangen des feisten Priors vor Gericht zu laden. Der Torwächter, der ihn sogleich als das erkannte, was er war, läutete die Glocke, und die Bewohnerschaft des Schlosses verstand auch sofort das Zeichen. Loire war gerade dabei, seinen Teig zu kneten, seine Frau beutelte Mehl, Oudart rechnete in seinem Wirtschaftsbuch, die Kavaliere schlugen Ball, Herr von Basché spielte mit seiner Ehehälfte Sechsundsechzig, die Zofen ein Würfelspiel, die Bedienten Rommé und die Pagen *alla mora* um Nasenstüber. Da hören sie plötzlich, daß ein Schikanuse im Anzug ist. Sogleich zieht Oudart seinen Priesterrock an, Loire und seine Frau fahren in ihre Hochzeitskleider, Trudon fängt an die Flöte zu blasen und trommelt auf dem Tamburin herum; alles lacht, alles macht sich fertig, und die Panzerhandschuhe werden hervorgeholt. Unteredessen ging Herr von Basché in den Hof hinab, wo er den Schikanusen traf, der sich vor ihm auf das Knie niederließ und ihn bat, ihm nicht darob zu zürnen, daß er ihn auf Verlangen des feisten Priors vor Gericht laden müsse; denn er sei, wie er mit beredten Worten darlegte, eine offizielle Person und im Dienst des Klosters Seiner Herrlichkeit des Abtes Gerichtsdiener – übrigens allezeit bereit, für ihn, ja für den Geringsten seines Hauses ebenso alles zu tun, was er nur von ihm verlangen oder ihm befehlen würde. – ›Ei was‹, sagte Herr von Basché, ›Eure Vorladung nehm' ich nicht an, eh' Ihr nicht meinen guten Wein von Quinquenais gekostet und die Hochzeit mitgemacht habt, die hier gerade gefeiert wird. Meister Oudart, gebt ihm ordentlich was zu trinken und laßt ihn sich erfrischen; dann führt ihn in den Saal. Vorläufig seid mir willkommen.‹

Nachdem der Schikanuse gut gefüttert und gehörig angefeuchtet worden war, ging er mit Oudart in den Saal, wo die Spieler der Posse schon auf ihn warteten und alle in Reih und Glied dastanden. Sein Eintritt erregte allgemeine Heiterkeit, und der Schikanuse lachte zur Gesellschaft mit. Dann murmelte Oudart einige unverständliche Worte über die Brautleute, fügte ihre Hände ineinander, die Braut wurde abgeküßt, und jeder wurde mit Weihwasser besprengt. Als man den Wein und das Konfekt herumreichte, fingen die Püffe an. Der Schikanuse ließ Oudart ein paar davon zukommen, der seinen Handschuh unter dem Priesterrock versteckt hatte und ihn sofort anzog. Nun ging das Puffen und Knuffen tüchtig los. Von allen Seiten regnete es Faustschläge auf den Schikanusen, und dabei wurde immer ›Hochzeit, Hochzeit, denkt an die Hochzeit!‹ geschrien. Das Blut spritzte ihm aus Maul und Nase, Ohren und Augen; man drosch ihn windelweich, renkte ihm die Schulter aus und zerschlug ihm Kopf, Nase, Rücken, Brust, Arme, kurz jedes Glied am Leibe. Wahrhaftig, die Studenten in Avignon trommeln ihr Patschpatsch zur Fastnachtszeit nicht melodischer, als hier getrommelt wurde. Zuletzt stürzte er zu Boden; man goß ihm Wein ins Gesicht, steckte ihm ein paar gelbe und grüne Hochzeitsschleifen an den Ärmel seines Wamses und setzte ihn dann auf seine Mähre. So kam er nach Isle-Bouchard zurück; ob seine Ehehälfte und die Bader des Orts ihn gut verbunden und gehörig gepflegt haben, kann ich euch mit bestem Willen nicht sagen. Von der Sache selbst war aber weiter keine Rede.

Tags darauf fand eine ähnliche Szene statt. In der Gerichts- und Reisetasche des spindeldürren Schikanusen hatte sich nämlich die Bescheinigung über den Vollzug des ihm erteilten Auftrags nicht finden lassen. Daher ließ der feiste Prior Herrn von Basché noch einmal durch einen neuen Schikanusen vorladen, dem zu größerer Sicherheit zwei Gehilfen mitgegeben wurden. Als der Torwächter die Glocke läutete und man daraus entnahm, daß wieder ein Schikanuse da sei, freute sich das ganze Haus. Basché saß gerade mit seiner Frau und seinen Kavalieren bei Tisch. Sogleich läßt er den Schikanusen hereinführen, setzt ihn an seine Seite, die Gehilfen zu den Frauen und bewirtet sie aufs schönste und beste. Beim Nachtisch steht der Schikanuse auf und verliest in Gegenwart der beiden Zeugen die Vorladung. Freundlich bittet ihn Herr von Basché um eine Abschrift, die auch schon fertig ist; der Empfang wird bescheinigt, und der Schikanuse nebst Gehilfen erhält vier Sonnentaler. Unterdessen haben sich die anderen zum Beginn der Posse zurückgezogen. Trudon trommelt schon auf dem Tamburin, Basché bittet den Schikanusen, der Trauung eines seiner Bedienten beizuwohnen und den Ehekontrakt aufzusetzen, wofür er sich dankbar erweisen werde. Der Schikanuse, sehr geschmeichelt, hakt sein Tintenfaß los und macht das Papier fertig, ihm zur Seite die beiden Gehilfen. Jetzt treten, hochzeitlich angetan, Loire durch die eine Tür, seine Frau mit den Zofen durch die andere in den Saal. Oudart, in seinem Priestergewand, nimmt sie bei der Hand, fragt sie, ob es ihr Wille sei, gibt ihnen seinen Segen und spart nicht mit dem Weihwasser. Der Kontrakt wird aufgesetzt und unterschrieben; während aber von der einen Seite Wein und Konfekt, von der andern ein ganzer Haufen Hochzeitsschleifen herbeigeschleppt werden, zieht man die Panzerhandschuhe an.«

Fünfzehntes Kapitel

Wie der Schikanuse die alten Hochzeitsbräuche wieder zu Ehren bringt

»Erst gießt der Schikanuse einen großen Becher Bretagner Wein hinunter, dann spricht er zu Herrn von Basché: ›Was denken Eure Gnaden davon? Heißt das Hochzeit feiern? Potztausend, die guten alten Sitten kommen immer mehr aus der Mode. Hasen gibt's auch schon nicht mehr. Freunde auch nicht. Und hat man nicht sogar die alten Weihnachtsschmäuse der O-O-Heiligen in manchen Kirchen abgeschafft[1]? Die Welt wird immer kopfhängerischer, es geht zu Ende mit ihr. Da – da – Hochzeit! Hochzeit! Hochzeit!‹, und indem er das rief, versetzte er Herrn von Basché, dessen Frau, den jungen Mädchen und dem braven Oudart einige Püffe. Jetzt aber fingen die Panzerhandschuhe zu spielen an; dem Schikanusen wurden einige Löcher in den Kopf geschlagen, dem einen Gehilfen wurde der rechte Arm ausgerenkt und dem andern der Oberkiefer aus dem Scharnier gehauen, so daß er halb aufs Kinn herunterhing und das Zäpfchen zum Vorschein kam, wobei zugleich eine beträchtliche Anzahl Backen-, Kau- und Schneidezähne in die Brüche gingen. Sobald das Tamburin eine andere Weise anschlug, versteckte man schnell die Handschuhe; frische Schüsseln mit Konfekt wurden herumgereicht, und die Lustigkeit wuchs immer mehr. Während man einander Bescheid tat und auf die Gesundheit des Schikanusen und seiner Gehilfen trank, fluchte und wetterte Oudart über solche Hochzeitsbräuche und behauptete, der eine Gehilfe habe ihm das Schulterblatt ganz herausgeschultert; trotzdem trank er ihm fröhlich zu. Der Gehilfe mit der ausgerenkten Kinnlade faltete die Hände und bat ihn schweigend um Entschuldigung; denn sprechen konnte er nicht. Loire beklagte sich, der Gehilfe mit dem ausgerenkten Arm habe ihm einen so wuchtigen Faustschlag auf den einen Ellbogen gegeben, daß er glattweg aus dem Gelenk ausgekugellagersehnenscheidenlenkt sei. – ›Aber‹, sagte Trudon und hielt sich dabei das linke Auge mit dem Schnupftuch zu, während er sein Tamburin zeigte, durch das eine Faust gefahren war, ›was hab'

1 9 Abende vor Weihnachten wurden in den Kirchen mit »O« beginnende Hymnen gesungen; anschließend fand man sich nach der Dorfsitte zum Festschmaus zusammen.

ich ihnen denn getan? Nicht genug, daß sie mir mein armes Auge vermorrabuzankonorpatamassakriert haben, auch mein Tamburin haben sie mir noch eingeschlagen. Freilich, Tamburine werden nun einmal auf Hochzeiten geschlagen; aber Tamburinschläger pflegt man doch sonst anders zu traktieren, die schlägt man nicht. Jetzt kann sich der Teufel eine Mütze draus machen lassen.‹ – ›Bruder‹, sagte der angeschlagene Schikanuse, ›ich werd' dir einen schönen, großen, alten königlichen Patentbrief geben, den ich da in meinem Sack habe, damit kannst du dein Tamburin wieder flicken. Verzeih uns nur um Himmels willen. Bei der Heiligen Jungfrau von Rivière, der guten Dame, ich hab's nicht böse gemeint.‹ Einer von den Stallmeistern hinkte und humpelte herum wie der gute, brave Herr von La Roche-Posay[1] und wandte sich an den Gehilfen mit der hängenden Kinnlade, zu dem er sagte: ›Was, seid Ihr Klipper, Klepper oder Klopper? Ist es nicht genug, daß Ihr mit Euren Dreckkloben den Leuten alle Gliedmaßen am Oberkörper zerschnauzbleuhackpufftrimfreßnagelsohltrampelt, müßt Ihr einem noch mit Euren verdammten Stiefelspitzen die Schienbeine vermorderprippiotabilorischambürelükokalürotympanieren? Nennt Ihr das Spaß? Der Teufel hole solchen Spaß!‹ – Der Gehilfe faltete die Hände, als ob er um Verzeihung bäte, und bewegte die Zunge, ließ aber nach Art der Murmeltiere nur ein dumpfes Mummummumrumsumsum hören. – Die junge Frau klagte halb unter Weinen und Lachen und halb unter Lachen und Weinen, daß der Schikanuse, nicht zufrieden damit, ihr wo's gerade getroffen hätte, die Gliedmaßen zu dreschen, sie auch noch derb an den Haaren gezerrt und hinterlistigerweise ihre Scham verrumpumpenilorifrisoniert hätte. –›Da muß der Teufel seine Hand im Spiel gehabt haben‹, sagte nun Herr von Basché. ›Das tat wohl eben noch not, daß der Herr König‹ – so nennen sich nämlich die Schikanusen –[1] ›mir mein allerwertestes Rückgrat bearbeitete! Ich bin ihm deshalb zwar nicht böse, denn das sind alles kleine Hochzeitszärtlichkeiten; aber soviel seh' ich doch klar, wie ein Engel hat er mich vor Gericht geladen, wie ein Teufel hat er dagegen geknufft. Es steckt etwas von einem Klopffechter in ihm. Nichtsdestoweniger trink' ich von ganzem Herzen auf sein Wohl und

1 Chasteigner – 2 da sie im Namen des Königs vorluden

auf das eurige ebenfalls, meine Herren Gehilfen!‹ – ›Aber weshalb er mich nur mit seinen Fäusten so bearbeitet hat‹, sagte jetzt Frau von Basché. ›Ich hab' ihm doch keine Veranlassung dazu gegeben. Mag ihn der Teufel holen, wenn ich's will – aber ich will's nicht. Gott steh' mir bei, nur soviel sag' ich, daß er die härtesten Klauen hat, die ich jemals auf meinen Schultern gespürt habe.‹ – Der Haushofmeister, der seinen linken Arm in eine Binde gehängt hatte, als ob er ganz knacksknochenbammelbrochen wäre, rief: ›Eine verfluchte Hochzeit das! Oh, oh, daß ich auch dabeisein mußte! So wahr ich lebe, meine Arme sind mir beide ganz matschimurkiflamboniert! Nennt ihr das vermählen? Ich nenn's zermahlen. Das ist ja das reine Symposion der Lapithen[1], wie's der Philosoph von Samosata beschreibt.‹ – Der Schikanuse antwortete schon nicht mehr, während die Gehilfen sich noch entschuldigten, sie hätten es mit den Püffen gewiß nicht so böse gemeint, und um Gottes willen baten, daß man ihnen verzeihen möchte. So schieden sie. Eine halbe Meile vom Schloß entfernt wurde dem Schikanusen recht unwohl. Als die Gehilfen nach Isle-Bouchard zurückkamen, erklärten sie vor allen Leuten, daß sie noch nie einen so vortrefflichen Herrn wie den Herrn von Basché und noch nie ein so ehrenwertes Haus wie das seinige gesehen hätten. Auch einer schöneren Hochzeit hätten sie noch nie beigewohnt. Sie hätten nur nicht anfangen sollen zu knuffen. Danach lebten sie noch – wie lange, weiß ich wirklich nicht –, und es galt seitdem als ausgemacht, daß Herr von Baschés Geld den Schikanusen und ihren Gehilfen schädlicher, unheilbringender und tödlicher sei, als einst das Gold von Tolosa und das Pferd des Sejus[2] ihren Besitzern gewesen. Fortan hatte der gute Mann Ruhe, und die Hochzeit des Herrn von Basché wurde im Volke zum Sprichwort.«

Sechzehntes Kapitel

Wie Bruder Hans die Natur der Schikanusen erprobte

»Diese Erzählung«, sagte Pantagruel, »wäre schon ganz lustig, müßten wir nur nicht stets die Furcht Gottes vor Augen haben.«

1 Anspielung auf Lukian »Das Gastmahl oder Die Lapithen« – 2 bei den Römern sprichwörtlich für Dinge, die ihren Besitzern Verderben brachten

– »Noch besser würde es gewesen sein«, sagte Epistemon, »wenn auf den feisten Prior die Handschuhpüffe gehagelt wären. Der ließ es sich zum Spaß etwas kosten, einmal, damit er Herrn von Basché ärgerte, und dann auch, um seine Schikanusen durchgeprügelt zu sehen. Seinem Glatzkopf wären die Püffe viel gesünder gewesen, wenn man die fortwährenden Erpressungen dieser Friedensrichter unter der Dorflinde bedenkt. Was hatten aber die armen Teufel, die Schikanusen, verbrochen?« – »Mir fällt«, sagte Pantagruel, »bei dieser Gelegenheit ein altrömischer Edler, L. Neratius mit Namen, ein. Dieser war aus vornehmer Familie und seinerzeit ein sehr reicher Mann, aber von so tyrannischem Charakter, daß er jedesmal, wenn er seinen Palst verließ, seinen Dienern befahl, sich alle Taschen voll Gold und Silber zu stecken, und dann jeden Stutzer oder anständig gekleideten Menschen, der ihm auf der Straße begegnete, mit der Faust ins Gesicht schlug, ohne doch irgendwie von ihm beleidigt zu sein, aus reinem Übermut. Damit aber der Geschlagene nicht etwa klagbar würde, ließ er ihm von dem mitgenommenen Geld so viel als Sühne auszahlen, bis er sich nach dem Gesetz der Zwölf Tafeln für entschädigt und zufriedengestellt erklärte. Auf solche Weise verschwendete er seine Einkünfte und ließ es sich etwas kosten, die Leute durchzuprügeln.« – »Bei Sankt Benedikts heiligem Stiefel«, sagte Bruder Hans, »das will ich gleich einmal probieren.« Alsbald ließ er sich an Land setzen, steckte die Hand in den Geldbeutel, holte zwanzig Sonnentaler heraus und rief mit lauter Stimme, so daß alles schikanusische Volk, das dort versammelt war, ihn hören konnte: »Wer von euch will sich für zwanzig Sonnentaler einmal tüchtig durchprügeln lassen?« – »Ich, ich, ich«, schrien alle. »Natürlich werdet Ihr höllisch zuhauen, lieber Herr, das versteht sich von selbst; aber dafür ist auch was Hübsches dabei zu verdienen.« In ganzen Scharen liefen sie herbei, und jeder suchte den andern zu überholen, um nur ja die kostbaren Prügel für sich zu erhaschen. Bruder Hans aber griff sich aus dem dicksten Haufen einen rotnasigen Schikanusen heraus, der am Daumen seiner linken Hand einen sehr breiten und dicken silbernen Ring trug, in den ein ziemlich großer Krötenstein eingelassen war. Bei dieser Wahl bemerkte ich, wie alles Volk zu murren anfing, und ein langer, junger, hagerer Schikanuse, der allgemein als gewandter Beamter und im geistlichen

Gericht als ehrenwerter Mann galt, ließ seine Unzufriedenheit darüber laut werden, daß der Rotnasige ihnen alle Kunden wegschnappe. Wenn's im ganzen Lande dreißig Stockprügel zu verdienen gäbe, so könne man ganz sicher sein, daß er achtundzwanzig und einen halben davon in seine Tasche stecke. All dies Klagen und Murren aber war nichts als Neid. Darum machte sich Bruder Hans über den Rotnasigen her und bearbeitete ihm Rücken und Bauch, Arme und Beine, Kopf und Glieder dermaßen mit seinem Knüppel, daß ich glaubte, er würde den Geist aufgeben. Dann zahlte er ihm die zwanzig Taler aus, und eins, zwei, drei war mein Schlawiner wieder auf den Beinen und vergnügt wie ein König oder zwei. Die anderen aber sagten zu Bruder Hans: »Hochwürden, Herr Teufel, wenn es Euch gefällig wäre, noch einige von uns, wenn auch für einen geringeren Preis, durchzuprügeln, so stehen wir Euch alle zu Diensten, wir alle, wie wir da sind, ohne Ausnahme, mit Aktensack, Papier und Feder und dem ganzen Krempel.« Ihnen entgegen schrie der Rotnasige mit lauter Stimme: »Himmeltausendsackerment, ihr Lumpengesindel wollt mir das Geschäft verderben, mir meine Kunden wegfangen und abspenstig machen? Ich lade euch auf den achten Tag nach Hopsasa vor den Disziplinarrichter, da will ich euch plagen wie ein Vauvertscher Teufel[1].« – Dann wandte er sich an Bruder Hans und sagte zu ihm mit lachendem und frohem Gesicht: »Ehrwürdiger Vater von Teufels Gnaden, lieber Herr, solltet Ihr gefunden haben, daß ich meine Sache verstehe, und weitere Lust verspüren, Euch auf mir auszuprügeln, so tu ich's auch für den halben Preis. Schont mich nur nicht, ich bitte Euch; ich stehe Euch ganz und gar zu Diensten, Herr Teufel, mit Kopf, Lungen, Eingeweiden und allem übrigen. Ich sage es Euch in aller Freundschaft.« Diese Rede schnitt Bruder Hans dadurch ab, daß er ihm den Rücken zukehrte. Indessen liefen die anderen Schikanusen zu Panurg, Epistemon, Gymnast und den übrigen und baten sie flehentlich, sie möchten sie doch für ein Geringes ein bißchen durchprügeln, weil sie sonst gewärtigen müßten, noch recht lange Hunger zu leiden. Aber keiner ließ sich erweichen.

Als wir hierauf nach Wasser suchten, das wir in die Schiffe ein-

1 Gespenst, das im Schloß Vauvert südl. Paris umgegangen sein soll

nehmen könnten, begegneten wir zwei alten Schikanusinnen aus dem Ort, die ganz jämmerlich heulten und wehklagten. Pantagruel, der auf dem Schiff geblieben war, ließ schon zur Rückkehr läuten. Da wir vermuteten, daß die Weiber Verwandte jenes Schikanusen wären, der die Prügel abbekommen hatte, fragten wir nach der Ursache ihrer großen Betrübnis. Sie erwiderten uns, daß sie gewiß Grund genug hätten, so zu heulen, denn eben wären die beiden besten Leute, die es in ganz Schikanusien gegeben, »den Mönch[1] am Hals, dem Galgen übergeben worden«. – »So binden«, sagte Gymnast, »meine Pagen ihren schlaftrunkenen Kameraden ›den Mönch an den Fuß‹. ›Den Mönch an den Hals binden‹, soll das etwa erdrosseln, aufhängen bedeuten?« – »Stimmt«, sagte Bruder Hans, »Ihr sprecht davon wie der heilige Johannes von der offnen Paarung.« – Über den Grund des Aufhängens befragt, erwiderten sie, daß die Gehenkten das Meßgerät gestohlen und unter dem Glockenturm des Dorfs versteckt hätten.

»Das nennt man doch in schauerlichen Metaphern reden«, meinte Epistemon.

Siebzehntes Kapitel

Wie Pantagruel die Inseln Tohu und Bohu[1] passierte sowie von dem höchst seltsamen Tode des Windmühlenverschlingers Nasenstüber

Am selben Tage passierte Pantagruel die beiden Inseln Tohu und Bohu, wo nichts zu finden war, womit man hätt' braten und bakken können. Nasenstüber, der allgewaltige Riese, hatte nämlich in Ermangelung von genügend Windmühlen, die seine gewöhnliche Nahrung darstellten, alle Bratpfannen, Kessel, Kasserollen, Kochtöpfe usw., die's im ganzen Land gab, verschlungen. Davon war er dann gegen Tagesanbruch, wo die Verdauung bei ihm stattzufinden pflegte, in eine schwere Krankheit verfallen, weil, wie die Ärzte meinten, die digestiven Kräfte seines Magens, die nur auf schwingende Mühlen berechnet waren, sich für die Bratpfannen und Kasserollen als unzureichend erwiesen. Die

1 gemeint ist Strick – 2 wüst und leer (hebr.); I. Moses I,2

Kessel und Kochtöpfe hatte er noch leidlich verdaut, das sähen sie, wie sie behaupteten, an dem Bodensatz und den Trübungen der vier Maß Urin, die er an diesem Morgen zweimal von sich gegeben hatte. Um ihn zu kurieren, verordneten sie allerhand kunstgerechte Mittel; aber das Übel war stärker als die Mittel. Und so war denn der edle Nasenstüber an diesem Morgen eines so seltsamen Todes gestorben, daß man sich wirklich über den Tod des Aischylos künftig nicht mehr groß zu wundern braucht, dem von Wahrsagern vorausgesagt worden war, er werde an einem bestimmten Tag durch irgendeinen Gegenstand, der auf ihn fiele, sterben, weshalb er diesen Tag außerhalb der Stadt, fern von allen Häusern, Bäumen, Felsen und dergleichen hohen Gegenständen, die fallen und ihm durch ihren Sturz verderblich werden könnten, zubrachte und sich mitten auf eine große Wiese setzte, fest überzeugt, daß er so unter dem freien, gnädigen Himmelsgewölbe vollkommen sicher sei, da dies doch nicht herabfallen würde. Obgleich man sagt, die Lerchen sollen den Einsturz des Himmels sehr fürchten, weil sie dann alle gefangen würden[1]. Auch die Kelten am Rhein fürchteten ihn einst; das sind nämlich die edlen, tapferen, ritterlichen, kriegerischen und ruhmreichen Franzosen. Denn als Alexander der Große sie fragte, was sie am meisten fürchteten, und nichts anderes erwartete, als daß sie in Anbetracht seiner Heldentaten, Siege, Eroberungen und Triumphe ihn nennen würden, antworteten sie: »Nichts als den Einsturz des Himmels!« Doch waren sie nicht abgeneigt, mit einem so tapferen und heldenmütigen König ein Waffen- und Freundschaftsbündnis zu schließen. So erzählt Strabon *lib. VII* und Arrian *lib. I*, wenn ihr's glauben wollt. Auch erwähnt Plutarch in seinem Buch über das in der Mondscheibe erscheinende Gesicht einen gewissen Phenakes, der sehr gefürchtet habe, der Mond möchte auf die Erde niederfallen, und alle bedauerte und beklagte, die gerade darunter wohnten wie die Äthiopier und Taprobaner[2]. Nicht weniger war dieser Phenakes in großer Sorge, ob der Himmel und die Erde auch sicher genug auf den Säulen des Atlas ruhten, wie es nach Aristoteles *lib. V metaphys.* die Meinung der Alten war. – Was nun aber Aischylos anbetrifft, so wurde er, aller Vorsicht ungeachtet, von einer nieder-

1 sprichwörtlich für unbegründete Furcht – 2 Bewohner von Ceylon

G. Doré

fallenden Schildkröte erschlagen, die den Fängen eines hoch in der Luft schwebenden Adlers entglitt und ihm den Schädel zerschmetterte.

Noch über den Tod des Dichters Anakreon, der an einem Weinkern, oder den des römischen Prätors Fabius, der an einem Ziegenhaar erstickte, als er eine Satte dicker Milch aß; noch über den jenes Verschämten, der sich in Gegenwart des römischen Kaisers Claudius seinen Wind verkniff, statt ihn ruhig fahrenzulassen, und dadurch eines jähen Todes starb; noch über den jenes Mannes, der zu Rom am Flaminischen Weg begraben liegt und der sich in seiner Grabschrift darüber beklagt, daß er am Biß einer Katze in seinen kleinen Finger gestorben sei; noch über den des Q. Lecanius Bassus, der unerwartet an einem unbedeutenden Nadelstich in den Daumen seiner rechten Hand – so unbedeutend, daß man's kaum sehen konnte – verstarb; noch über den Quenelaults, eines Arztes aus der Normandie, der plötzlich zu Montpellier verschied, weil er sich ein Tierchen mit dem Federmesser aus der Hand gezogen hatte; noch über den des Philomenes[1], dem sein Diener frische Feigen zum Imbiß auf den Mittagstisch gestellt hatte, bevor er weggegangen war, um den Wein zu holen. Doch indessen kam ein verlaufener Esel ins Haus und fraß die Feigen ganz gravitätisch auf. Philomenes, der dazukam, sah den graziösen Bewegungen des feigenfressenden Esels mit großem Interesse zu, und als der Diener zurückkehrte, rief er diesem zu: »Billigerweise mußt du dem würdigen Esel hier, dem du die Feigen hingestellt hast, nun auch noch von dem guten Wein, den du da bringst, vorsetzen.« Und nachdem er das gesagt hatte, verfiel er in eine solche Lustigkeit und brach in ein so gewaltiges, unaufhörliches Gelächter aus, daß ihm durch die Erschütterung des Zwerchfells die Luft ausging und er plötzlich tot zu Boden fiel. – Noch über den des Spurius Saufejus, der starb, als er ein weiches Ei genoß, sobald er aus dem Bade kam; noch über den jenes Mannes, von dem Boccaccio erzählt, daß er plötzlich gestorben sei, als er sich gerade mit einem Salbeiblatt die Zähne putzte;

noch über den von Jean Placut,
der – eben noch ganz wohlgemut –
mit einem Male war kaputt,

1 gemeint ist Philemon

ohne alle vorhergegangene Krankheit, als er grade eine alte Schuld bezahlen wollte; noch über den des Malers Zeuxis, der über das fratzenhafte Gesicht einer alten Frau, das er selbst gemalt hatte, so unbändig lachte, daß er plötzlich starb; noch über den tausend anderer, die man noch anführen könnte, wie etwa des Verrius, Plinius, Valerius, Baptista Fulgoso, Bacabery des Älteren[1] usw. – Der brave Nasenstüber aber starb – ach! – den Erstickungstod, als er, wie die Ärzte ihm verordnet hatten, vor einem geheizten Backofen ein Stück frischer Butter hinunterschlingen wollte.

Übrigens wurde dort noch erzählt, daß der König von Cullan[2] auf Bohu die Satrapen des Königs Mechloth[3] geschlagen und die Festung Belima[4] zerstört hätte. Hierauf passierten wir die Inseln Hohn und Spott, desgleichen die Inseln Nektar und Honig, die höchst reizend und, was den Klistierstoff anbelangt, außergewöhnlich fruchtbar sind, und endlich die Inseln Enig und Ewig, woher sich der Landgraf von Hessen die Schmarre geholt hat[5].

Achtzehntes Kapitel

Wie Pantagruel einen schweren Sturm auf dem Meer überstand

Am folgenden Tag begegneten uns auf unserer Steuerbordseite neun Huker[6], voll beladen mit Mönchen, Jakobinern, Jesuiten, Kapuzinern, Eremiten, Augustinern, Bernhardinern, Zölestinern, Theatinern, Egnatinern, Amadeisten, Franziskanern, Karmelitern, Minimen und anderen frommen Brüdern, die nach Chesil[7] zum Konzil fuhren, um die Glaubensartikel gegen die neuen Ketzer durchzubeuteln. Als Panurg sie erblickte, wurde er ungemein lustig; denn er war fest überzeugt, daß man nun für diesen und viele folgende Tage auf gutes Wetter rechnen könne. Und nachdem er die ehrwürdigen Brüder höflich begrüßt und

1 Anagramm von: Rabelais als letzter – 2 nordfranz. Stadt – 3 »Vernichtung« (hebr.) – 4 »Nichts« (hebr.) – 5 Anspielung auf die gefälschte kaiserliche Unterwerfungsurkunde für den protestantischen hess. Landgrafen Philipp I., den Großmütigen, in der für die Worte, daß die Unterwerfung dem Landgrafen »nicht zu einiger Gefängnis« gereichen sollte, »nicht zu ewiger Gefängnis« eingesetzt worden war – 6 dreimastige Frachtschiffe – 7 von hebr. *kessil* Narr; gemeint ist das Tridentinische Konzil 1545/63 zur Überwindung der Glaubensspaltung

ihren andächtigen Gebeten und Fürbitten das Heil seiner Seele anempfohlen hatte, ließ er achtundsiebzig Dutzend Schinken, mehrere Fässer Kaviar, einige Zentner Zervelatwurst, etliche hundert gesalzene Fische sowie zweitausend blanke Engelstaler für Seelenmessen an Bord ihrer Schiffe schaffen. Pantagruel aber war schweigsam und verstimmt; Bruder Hans, der das bemerkte, fragte ihn, weswegen er so ungewöhnlich niedergeschlagen sei, als man plötzlich die Stimme des Steuermanns vernahm, der, aus der unruhig hin und her flatternden Windfahne auf eine schwere Bö und anbrechenden Sturm schließend, den Matrosen, Ruderknechten, Schiffsjungen und uns Passagieren zurief, wir sollten Hand anlegen, das Fock-, Mars-, Bram-, Groß- und Sturmsegel, Flieger und Toppsegel reffen, Buleinen, Vorstag- und Besansegel einholen und von den Rahen nichts stehenlassen als die Wewelings und Wanten. Alsbald fing das Meer an, sich emporzubäumen und aus der Tiefe heraufzuwühlen; mächtige Wogen schlugen an die Seiten unserer Schiffe; der Nordwest, begleitet von unbändigem Sturmestosen, schwarzen Wasserhosen, schrecklichen Luftwirbeln und todbringenden Windstößen, pfiff durch unsere Stengen; dazu von oben herab Donner, Knattern, Blitze, Regen, Hagel, die Luft aller Klarheit beraubt, vollkommen undurchsichtig, finster, schwarz, als ob es außer Gewitterschein, Wetterleuchten und flammenden Wolkenrissen gar kein anderes Licht gäbe; rund um uns her Katägiden, Thyellen, Lälapen und Presteren[1], von Psoloenten, Argen, Helikien[2] und von andern Ausgeburten der Luft in Flammen gesetzt; überall, so weit wir sehen konnten, alles zerrissen, alles in Aufruhr, schreckliche Typhone[3] berghohen Wellen sich entgegenstürzend. Glaubt mir, wir meinten das uralte Chaos zu erblikken, worin alle Elemente, Feuer, Wasser, Luft und Erde durcheinandergemischt, sich gegenseitig bekämpfen. Panurg, der mit dem Inhalt seines Magens die skatophagen[4] Fische reichlich gefüttert hatte, lag jetzt verzagt, jammernd und halb tot auf dem Deck und rief alle Heiligen beiderlei Geschlechts um Hilfe an, schwor, er wolle bei erster Gelegenheit beichten, und schrie dann wieder in höchster Bedrängnis: »Verpflegungsmeister, hohoho, liebster Freund, Väterchen, Onkelchen, schaff mir ein bißchen

1 Sturmarten – 2 Blitzarten – 3 Sturmwinde – 4 kotfressenden

was Gesalzenes her; ich sehe schon, zu saufen werden wir bald nur zuviel bekommen. Reichlich saufen, wenig speisen wird fortan meine Losung heißen! Wollte doch Gott und die heilige, liebreiche, gebenedeite Jungfrau, daß ich jetzt – ich mein' auf der Stelle – unangefochten auf dem festen Land säß'.

Oh, ihr dreifach, ihr vierfach Gesegneten, die ihr euren Kohl pflanzen könnt! Oh, warum habt ihr, Parzen, mich nicht zu einem Kohlpflanzer gesponnen! Oh, wie beklagenswert klein ist doch die Zahl derer, die Jupiter in seiner Gnade dazu ausersehen hat, Kohl zu pflanzen. Die haben doch wenigstens den einen Fuß immer auf dem Land, und der andere ist auch nicht weit davon. Mag, wer will, über Glück und Glückseligkeit streiten, ich erkläre hiermit feierlichst, daß ich jeden, der Kohl pflanzt, für einen glückseligen Menschen halte, mit mehr Recht noch, als Pyrrhon, da er in gleicher Gefahr war wie wir jetzt, das Schwein zweimal glücklich pries, das er die am Ufer hingestreute Gerste fressen sah: erstens, weil es Gerste im Überfluß hatte, und zweitens, weil es auf dem festen Land war. Ha, es gibt gar keine erhabenere, vornehmere Behausung als einen guten, festen Kuhstall. Diese Welle wird uns noch verschlingen, hilfreicher Gott! Liebe Freunde, ein Töpfchen Weinessig. Der Angstschweiß bricht mir aus allen Poren. Ach, ach, die Segel sind in Fetzen, das Liek ist zum Teufel, die Kauschen brechen, die oberste Spiere stürzt ins Meer. Der Kiel beguckt sich den Himmel, das Tauwerk ist schon alles gerissen. Ach, ach, wo sind unsere Buleinen? Es ist alles frelore bigot[1]. Unser Bugspriet steckt die Nase unter Wasser. Ach, ach, wer doch nur unser Wrack auffischen wird! Liebe Freunde, helft mir hinter einen von den Aufbauten da. Kinder, euer Jagtroß[2] ist herunter. Ach, laßt nur die Ruderpinne nicht los und haltet den Kolderstock[3] fest. Da hör' ich die Saling[4] krachen. Ist sie entzwei? Um Gottes willen, nehmt das Brohk[5] in acht, um das Kolsem[6] braucht ihr euch keine Sorge zu machen. Be-be-be-bu-bu-bu! Lieber Meister Astrophil[7], ach, seht doch bitte mal nach Eurem Kompaß, woher es eigentlich bläst. Meiner Treu, ich habe eine höllische Angst. Bu-bu-bu-bu-bu, 's ist aus mit

1 alles verloren, bei Gott; Refrain eines volkstümlichen franz. Liedes auf die Niederlage der Schweizer bei Marignano – 2 Tau – 3 Stange zum Bedienen des Steuerruders – 4 kreuzweise Hölzer als Auflage für den Mastkorb – 5 Tau – 6 Balken längs des Kiels – 7 »Sternenfreund« (griech.)

mir; ich bescheiße mich vor niederträchtiger Angst. Bu-bu-bu-hu-hu-hu-hu-o-o-bu-bu-bu-bu, ich ersaufe, ich ersaufe, ich sterbe, erbarmt euch, liebe Leute, ich sterbe.«

Neunzehntes Kapitel

Wie Panurg und Bruder Hans sich während des Sturms benahmen

Nachdem Pantagruel den Beistand des Allmächtigen erfleht und vor aller Augen mit inbrünstiger Andacht sein Gebet verrichtet hatte, machte er sich nach dem Rat des Steuermanns daran, den hochragenden Mast des Schiffs mit seinen Armen festzuhalten. Bruder Hans hatte alles bis aufs Wams abgeworfen, um den Matrosen zu helfen, und dasselbe hatten Epistemon, Ponokrates und die anderen getan. Panurg allein rührte den Hintern nicht vom Deck und weinte und jammerte. Dort sah ihn Bruder Hans, der den Schiffsgang daher kam, sitzen und sagte zu ihm: »Bei Gott, Panurg, du Kalb, du altes Weib, du Heulsack, würdest gescheiter tun mitzuhelfen, statt wie eine Kuh hier zu plärren und wie ein Affe auf dem Arsch zu hocken.« – »Be-be-be-bu-bu-bu«, entgegnete Panurg, »lieber Bruder Hans, Väterchen, Freundchen, ich ersaufe, ich ersaufe, Väterchen, ich ersaufe. Mit mir ist's aus, du mein Seelenarzt, mein Herzensfreund! Mit mir ist's aus. Deine Plempe kann mir auch nicht mehr helfen. Ach, ach, ach, wir sind in Fis geraten, über die ganze Tonleiter hinaus. Be-be-be-be-bu-bu, o weh, o weh, da sind wir schon wieder unterm hohen C. Ich ersaufe, Väterchen, Onkelchen, mein ein und alles! Das Wasser läuft mir schon durch den Halskragen in die Schuhe. Bu-bu-bu-bu-hu-hu-hu-hu-ah-ah-ah, ich ersaufe. Ah-ah-ah-hu-hu-hu-hu-be-be-be, bu-be, bu-bu-bu-bu, oh-oh-oh-oh-oh, ah-ah. Sieh nur, der richtige Purzelbaum, Kopf unten, Beine oben! Wollt' Gott, daß ich jetzt in dem Huker wäre, bei den trefflichen, glückseligen Konzilienfarzern, -fahrern wollt' ich sagen, die uns heute begegnet sind, bei den frommen, fetten, lustigen, fidelen, angenehmen Burschen ho-lo-lo-lo, ach-ach-ach, diese himmelsackermentsche – *mea culpa, Deus* –[1], diese himmelhohe

1 meine Schuld, Gott (lat.); Worte des katholischen allgemeinen Sündenbekenntnisses

Welle wollt' ich sagen, wird unserem Schiff noch den Garaus machen. Ach, Bruder Hans, mein Vater, liebster Freund, beichten, beichten. Sieh mich hier vor dir auf den Knien. *Confiteor*[1], gib mir den Segen.« – »Himmeltausendschwerenot!« sagte Bruder Hans, »die Hand angelegt, hilf mit, du Teufelsaas, oder ich – na wird's?« – »Nur jetzt nicht fluchen, Väterchen«, sagte Panurg, »Herzensfreundchen, nur jetzt nicht. Morgen, soviel du willst. Ach, ach, ach, weh geschrien, weh – weh, unser Schiff zieht Wasser, ich ersaufe, ach, ach, be-be-be-be-be-bu-bu-bu-bu. Sind wir schon unter? Ach, ach, ach, ach, achtmalhunderttausend Taler Wegzoll wollt' ich zahlen, wenn mich einer über die Landgrenze brächte, beschissen und bedreckt, wie ich bin. *Confiteor!* Bitte, bitte, ein kleines Testamentchen, nur ein Zusätzelchen.« – »I, dir sollen tausend Teufel in den Eunuchenleib fahren, du Hahnrei«, sagte Bruder Hans; »was schwatzt du jetzt von Testamenten, wo wir alle unsere Kräfte zusammennehmen müssen, eh's zu spät ist. Zum Teufel, wird's? He, Bootsmann, Rudermeister, Gymnast, hier, hierher, nach hinten! Bei Gott, der Stoß gibt uns den Rest. Da ist die Schiffslaterne nun auch ausgegangen. Es geht alles zum Teufel.« – »Ach, ach, ach«, sagte Panurg, »bu-bu-bu-bu-bu, also hier war es uns vorbestimmt zu sterben. Oah, oah, liebe Leute, ich ersaufe, ich sterbe. *Consummatum est*[2]! 's ist aus mit mir!« – »Bläh, bläh, bläh«, sagte Bruder Hans. »Pfui Teufel, wie der Scheißkerl aussieht. Schiffsjunge, he, du Tausendsappermenter, nimm dich vor der Kajüte in acht. Hast du dir weh getan? Hier – bind dich fest. Teufel, mach, daß du da wegkommst. So, mein Jung'.« – »Ha«, sagte Panurg, »Bruder Hans, mein Beichtvater, mein Freund, nur nicht fluchen. Du versündigst dich ja. Ah-ah, be-be-bu-bu-bu, ich ersaufe, ich sterbe, liebe Freunde. Ich verzeihe allen Menschen. Lebt wohl – *in manus* – bu-bu-bu, hu-hu-hu. Heiliger Michael von Aure, heiliger Nikolaus, nur diesmal noch und nicht wieder. Hier gelob' ich's euch und unserem Erlöser, wenn ihr mir nur diesmal aus der Patsche helft, das heißt, wenn ihr mich aus dieser Gefahr befreit und sicher ans Land setzt, so will ich euch eine schöne, große, kleine Kapelle errichten oder meinetwegen zwei

1 Ich bekenne (lat.); Anfang des Sündenbekenntnisses – 2 Es ist vollbracht! (lat.); Worte des sterbenden Christus (Johannes 19,30)

zwischen Candes und Montsoreau[1],
wo nicht Kuh noch Kalb wird froh.

Ach, ach, ach, da sind mir mehr als achtzehn Eimer voll oder immerhin zwei ins Maul gespritzt. Bu-bu-bu-bu. Wie bitter und salzig das schmeckt!« – »Heiliges Blut und Fleisch, Eingeweide und Haupt«, rief Bruder Hans, »wenn ich dich nun noch länger so winseln höre, so schind' ich dich wie einen Seewolf. Sapperment, warum schmeißen wir ihn nicht über Bord? Heda, Ruderknecht, guter Freund, festgehalten! Ha, das nenn' ich wahrhaftig gedonnert und geblitzt. Ich glaube, heute sind alle Teufel los, oder Proserpina liegt in Kindswehen. Die ganze Hölle tanzt zu der Musik.«

Zwanzigstes Kapitel

Wie die Mannschaft die Schiffe der Wut des Sturms überläßt

»Ha«, sagte Panurg, »du versündigst dich, Bruder Hans, mein ehemaliger Freund. Ich sage: mein ehemaliger, denn jetzt bin ich nichts, und du bist nichts. Es tut mir leid, daß ich das sagen muß, denn ich glaube, ein bißchen Fluchen tut der Milz ganz gut, gradso wie's einem Holzhacker die Arbeit leichter macht, wenn sein Nebenmann bei jedem Hieb, den er vollführt, ›Uff!‹ schreit, oder wie's einen Kegelschützen, der seine Kugel falsch aufgesetzt hat, wunderbar tröstet, wenn ein gescheites Kerlchen neben ihm Kopf und Oberleib nach der Seite hin dreht und wendet, wo die Kugel die Kegel treffen würde, wenn sie besser geworfen wäre. Nichtsdestoweniger versündigst du dich, Herzensfreund. Aber was meinst du, wenn wir ein Stück Ziegenbraten zu uns nähmen? Sollte uns das nicht vor diesem schrecklichen Sturm schützen? Ich habe gelesen, daß die Priester jener Ziegengottheiten, welche Orpheus, Apollonius, Pherekydes, Strabon, Pausanias und Herodot so hoch gepriesen haben, niemals Furcht vor den Meeresstürmen hatten und stets vor ihnen sicher waren.« – »Er faselt, der arme Teufel«, sagte Bruder Hans. »Zu tausend und Millionen und hundert Millionen Teufeln mit diesem gehörnten

1 Ortschaften westl. Chinon, die so nahe beieinanderliegen, daß keine Weide zwischen ihnen Platz hat; sprichwörtlich

Teufelshahnrei! Hand angelegt, du Vieh. Wird's? Hie, Backbord! Kotz Haupt voll Reliquien, was murmelst du nun wieder für ein Affenpaternoster zwischen den Zähnen? Diese verdammte Wassermemme ist ganz allein an dem Sturm schuld, und gerade er ist der einzige, der nicht die Hand rührt. Ich werd' dich wie ein wilder Sturmteufel strafen! Hierher, Maat, hierher, Lieber, halt fest, damit ich den griechischen Knoten schlagen kann. Ein braver Junge das! Wollt' Gott, du wärest Abt von Talemouze, und der's jetzt ist, wäre Oberer von Croulay. Bruder Ponokrates, du wirst noch zu Schaden kommen. Epistemon, geh vom Schotgatt[1] weg; eben hab' ich gesehen, wie ein Blitz durchfuhr. Heiß auf! Recht so. Hau-ruck, hau-ruck, komm, mein Schiffchen! Himmel, was ist das? Der Schnabel in Stücke? Donnert, Teufel, furzt, rülpst, kackt. Scheiß in die Welle, hätt' mich, hol' mich der Teufel, beinahe mitgerissen. Ich glaube, alle Millionen Teufel halten hier ihre Provinzialsynode oder zanken sich um einen neuen Rektor. Backbord, Backbord – so war's gut! He – du, Junge, nimm deinen Nüschel in acht. Backbord, Backbord!« – »Be-be-be-bu-bu-bu«, sagte Panurg, »bu-bu-be-be-bu-bu, ich ersaufe. Ich sehe weder Erde noch Himmel mehr. Ach, ach, von allen vier Elementen ist nichts mehr übrig als Wasser und Feuer. Bu-bu-bu, bu-bu; wollte Gott, ich wär' im Klostergarten von Seuilly oder bei Innozenz, dem Pastetenbäcker, in seinem bemalten Keller zu Chinon, und sollt' ich auch 'nen Kittel anziehen und die Pasteten selbst backen müssen. He, Unterbootsmann, könnt Ihr mich nicht irgendwo an Land setzen? Ihr versteht doch sonst allerlei Kunststücke, wie man mir gesagt hat. Ich geb' Euch ganz Salmigondien und die große Schneckerei noch dazu, wenn Ihr's zustande bringt und mir wieder festen Boden unter die Füße schafft. Ach, ach, ach, ich ersaufe. *Per Dio*, liebe Freunde, wenn wir nun doch einmal in keinen Hafen hineinkommen können, so wollen wir uns lieber irgendwo auf die Reede legen. Laßt alle Anker fallen, ich bitte euch, nur daß wir aus dieser Gefahr herauskommen. Lieber Getreuer, laß doch die Leine mit dem Senkblei hinunter, damit wir die Höhe von dieser Tiefe erfahren. Um Christi willen, lote doch, du mein Allergetreuester, ich bitte dich, lote. Möchte doch wissen, ob man hier

1 Öffnung in der Schanzverkleidung zum Durchlassen der Segeltaue

stehends ersaufen kann und sich nicht zu bücken braucht. Sollte fast meinen!« – »Ho«, schrie der Steuermann, »ho, Segel ein; Hände ans Gangspill, streicht, streicht! Anker aufgesetzt! Holt ein! Das Drehreep in acht genommen! Hoho, Halsen, Halsen! Ho, Leeseite! Helmstock los! Beigelegt!« – »Sind wir so weit?« sagte Pantagruel, »dann helfe uns der barmherzige Gott!« – »Beigelegt, ho!« schrie Jamet Brayer, der Obersteuermann, »beigelegt! Denke jeder an seine Seele, betet! Nur ein Wunder Gottes kann uns retten.« – »Laßt uns recht was Ordentliches, recht was Schönes geloben«, sagte Panurg. »Oje, oje, oje, bu-bu-bu, bebe-bu-bu, bu-bu, eine Wallfahrt, bu-bu-bu-bu-bu, jeder steuert drei Heller dazu bei, be-be-be.« – »Hohoho, in Teufels Namen«, schrie Bruder Hans, »Steuerbord, Steuerbord! Beigelegt, um Gottes willen! Helmstock los, hoho! Beigelegt! Beigelegt! So, nun wollen wir eins trinken; aber vom Besten, recht was Magenstärkendes. Kellermeister, he, verstanden? 'raus damit, laß vorfahren! Es geht doch zu allen tausend Teufeln. He, du, Page, bring mir meinen Sorgentröster« – so nannte er sein Brevier –, »klapp's auf, mein Junge. Ha, das nenn' ich geblitzt und gehagelt! Festgehalten, ich bitt' euch. Wann werden wir Allerheiligen haben? Heut ist Allerteufel, glaub' ich.« – »Ach«, sagte Panurg, »lieber Bruder Hans, so stürze dich doch nicht selbst in Verdammnis. Was für einen Freund würd' ich da verlieren. Oje, oje, oje, das wird ja immer toller! Oah, oah, das geht von der Skylla in die Charybdis – ich ersaufe. *Confiteor!* Nur ein kleines Testamentchen, Bruder, mein Vater Hans; Herr Abstraktor, mein Freund, mein Achates[1], liebster Freund Xenomanes, du mein alles – ich ersaufe –, nur ein ganz, ganz kleines Testamentchen – hier – hier auf dieser Koje.«

Einundzwanzigstes Kapitel

Fortsetzung des Sturms und kurzer Disput über Testamente, die auf dem Meer gemacht werden

»Jetzt ein Testament zu machen«, sagte Epistemon, »wo alles darauf ankommt, daß wir Hand anlegen und unserer Mann-

1 treuster Gefährte des Äneas

schaft beispringen, um uns samt und sonders vorm Untergang zu retten, scheint mir ein ebenso unzeitiges und törichtes Tun zu sein wie das der Hauptleute und Günstlinge Cäsars, die, als sie in Gallien einrückten, auch nichts Besseres anzustellen wußten, als Testamente und Kodizille aufzusetzen und über die Trennung von ihren Frauen und Bekannten in Rom zu klagen, statt, wie's nötiger gewesen wäre, zu den Waffen zu greifen und sich Ariovist, ihren Feind, mit aller Gewalt vom Leibe zu halten[1]. Es ist ganz dieselbe Dummheit wie die jenes Fuhrmanns, dessen Karren im frisch gepflügten Feld umgefallen war und der auf seinen Knien Herkules um Hilfe anflehte, statt seine Ochsen anzutreiben und selbst wacker zuzugreifen, um die Räder wieder aufzurichten. Wozu soll das hier nützen, ein Testament zu machen? Entweder wir kommen davon, oder wir gehen zugrunde. Kommen wir davon, so war es unnütz; denn Testamente werden erst nach dem Tode des Testators rechtskräftig. Ersaufen wir aber, nun, ersäuft es dann nicht mit? Wer wird es den Vollstreckern übergeben?« – »Eine günstige Welle«, antwortete Panurg, »kann es wie Odysseus ans Ufer werfen, eine Königstochter kann da spazierengehen, kann es finden und Punkt für Punkt zur Ausführung bringen lassen, ja mir vielleicht am Strand gar noch ein prächtiges Denkmal errichten wie Dido ihrem Gemahl Sychäus; wie Äneas dem Deiphobos auf dem trojanischen Strand bei Rhöteum; Andromache dem Hektor in der Stadt Buthrotum; Aristoteles dem Hermias und Eubulos; die Athener dem Dichter Euripides; die Römer dem Drusus in Germanien und ihrem Kaiser Alexander Severus in Gallien; Argentarius dem Kalläscher; Xenokrit der Lysidike; Timares seinem Sohn Teleutagoras; Eupolis und Aristodike ihrem Sohn Theotimos; Onestes dem Timokles; Kallimachos dem Sohn des Dioklides, Sopolis; Catull seinem Bruder; Statius seinem Vater; Germain de Brie dem bretonischen Seehelden Hervé.« – »Redest du irre?« sagte Bruder Hans. »Fünfhunderttausend Millionen Wagen voll Teufel sollen dir die Pest in den Schnurrbart hängen und drei Ellen Pestbeulen dazu, zu einem neuen Paar Hosen samt allem, was drin und dran baumelt. Sitzt unser Schiff fest? Wie kriegen wir's wieder los? Hol' der Teufel das verfluchte Meer. Ich will zur Hölle fahren,

1 s. Cäsar »Gallischer Krieg« I,39

wenn wir glücklich davonkommen.« – Da vernahm man Pantagruels betende Worte, der mit lauter Stimme sprach: »Herr Gott, hilf uns, wir gehen unter. Doch nicht unser Wille, sondern dein heiliger Wille geschehe!« – »Gott und die Heilige Jungfrau mögen uns beistehen«, sagte Panurg. »Oah, oah, ich ersaufe. Be-be-bu-bu, be-be-bu-bu. *In manus.* Wahrhaftiger Gott, schicke mir einen Delphin, der mich armen kleinen Arion ans Land trägt. Ich will ja gern die Harfe schlagen, wenn sie nur nicht aus dem Leim gegangen ist.« – »Hol' mich der Teufel«, sagte Bruder Hans – »Gott sei uns gnädig«, murmelte Panurg zwischen den Zähnen –, »wenn ich dich da unten nicht mit der Nase drauf stoße, daß du ein verdammtes Hornvieh, ein Scheißkerl bist. Bläh, bläh, bläh, hilf lieber mit, du heulendes Kalbsgesicht, dem dreißig Millionen Teufel ins Maul fahren sollen. Nu, wird's bald, du Seekalb? Pfui über das plärrende Scheusal. Was, fällt dir nichts Besseres ein? Komm, du mein Sorgentröster, laß dich gegen den Strich bürsten. *Beatus vir qui non abiit*[1] – das weiß ich alles auswendig. Versuchen wir's lieber mit der Legende vom heiligen Nikolaus:

Horrida tempestas montem turbavit acutum[2].

Ja, Tempête war in der Schule Montaigu ein gewaltiger Arschpauker vor dem Herrn. Wenn die Schulmeister deswegen verdammt werden, weil sie die armen kleinen Kindlein und die unschuldigen Abc-Schützen mit Ruten streichen, so steckt der, auf Ehre, jetzt im Rad Ixions und peitscht den kurzgeschwänzten Hund, der's in Gang hält. Wenn ihnen aber wegen des Peitschens besagter unschuldiger Kindlein ihre Sünden vergeben werden sollten, na, dann freilich ist er über...«

Zweiundzwanzigstes Kapitel
Ende des Sturms

»Land, Land«, rief da Pantagruel plötzlich aus, »Land, Kinder! Mut gefaßt, wir sind nicht weit vom Hafen. Schon seh' ich, wie im Norden die Wolken sich zerteilen. Spürt ihr den Südost?« –

1 Wohl dem, der nicht wandelt... (lat.); Psalm I,1 – 2 Einen gezackten Berg wühlte auf der entsetzliche Sturmwind; oder: Montaigu (franz. »gezackter Berg«) hat herum der entsetzliche Tempête (franz. »Sturmwind«) gewirbelt (lat.; Parodie auf Horaz, Epoden 13,1).

»Mut, Leute«, sagte der Steuermann, »die See fängt an sich zu legen. Marssegel auf! Auf, ho! An die Fockmastbuleinen; das Gangspill laßt gehen, hohoho! Taljen dicht! Heiß, heiß! Helmstock eingehängt. Haltet den Läufer straff; die Halsen auf! Schoten klar! Buleinen klar! Backbord Brassen anholen! Helmstock unterm Wind! Laß die Steuerbordschoten los, Hurensohn« – »Es muß dir doch recht angenehm sein, mein Junge«, sagte Bruder Hand zu dem Matrosen, »wieder einmal etwas von deiner Mutter zu hören!« –; »luv ab Steuerbord, scharf bei. Heiß, heiß, Ruderpinne hoch!« – »Ist hoch!« antworteten die Matrosen –; »frisch, frisch, aufs Land zugehalten! Leesegel bei, heiß!« – »Wohlgesprochen«, sagte Bruder Hans, »hohoho, Kinder, fix, heiß, heiß, leewärts. Sehr gut, sehr richtig. Mir scheint, der Sturm nimmt ab und will Schicht machen, zur rechten Zeit. Gott sei Dank, die Teufel drücken sich.« – »Abfallen!« – »Wohlgesprochen, weise, sehr weise! Abfallen, abfallen! Hier, hierher, zum Teufel, edler Ponokrates! Was das für ein Kerl ist! Der wird nichts als Buben in die Welt setzen. Braver Eusthenes, ans Vorstagsegel!« – »Heiß, heiß!« – »Wohlgesprochen. In Teufels Namen, heiß, heiß! Heute braucht man nicht bang zu sein. 's ist ja Festtag! Nur festgehalten, fest, fest!« – »Richtig«, sagte Epistemon, »heute ist Festtag!« – » Heiß, heiß! So ist's gut.« – »Oh«, rief Epistemon, »habt nur alle guten Mut. Dort, da rechts, seh' ich Kastor blinken.« – »Be-be-bu-bu-bu«, sagt Panurg, »wenn's nur nicht Helena, die Hure, ist.« – »Nein, Kastor ist's oder Mixarchagetas, wenn dir die argivische Bezeichnung etwa besser gefällt. Hei, hei, hei, ich sehe Land, ich sehe den Hafen, ich sehe eine Menge Leute auf dem Hafendamm, ich sehe den Leuchtturm.« – »Hei, hei, hei, das Kap umfahren, um die Sandbänke herum«, sagte der Steuermann. – »Wir sind herum«, antworteten die Matrosen. – Wir kommen auf«, sagte der Steuermann, »und unser Geleit auch. Das war Hilfe zur rechten Zeit.« – »Heiliger Hans«, sagte Panurg, »das läßt sich hören, das war ein Wort.« – »Bläh, bläh, bläh«, sagte Bruder Hans; »wenn du einen Tropfen davon abkriegst, soll der Teufel mich holen. Verstanden, du Teufelsaas? He, Bursche, eine Kanne vom Allerbesten und die Trinkbecher, Gymnast, und das große Biest, die Schenkel- oder Schinkenpastete – laß sie heißen, wie sie will –, her damit. Nur vorsichtig!« – »Mut, Kinder«, sagte Pantagruel, »Mut!

Freut euch. Seht, die guten Leute von den Inseln schicken uns Hilfe; da sind schon zwei Jollen, drei Nachen, fünf Kähne, acht Boote, vier Gondeln und sechs Kutter ganz nah bei unserem Schiff. Aber wer ist der Ukalegon da hinten, der so jammert und schreit? Hielt ich den Mast nicht fest in meinen Händen? Hundert Taue könnten ihn nicht so gerade und fest halten.« – »'s ist Panurg, der arme Teufel«, sagte Bruder Hans, »er hat das Kalbsfieber; wenn er voll ist, pflegt er vor Furcht zu zittern.« – »Sollte er während dieses schrecklichen und gefährlichen Sturms Furcht gehabt haben«, sagte Pantagruel, »so acht' ich ihn deshalb nicht um ein Haar geringer; nur sollte er dann auch Hand angelegt haben. Denn wenn es ein Zeichen von gemeinem und niederem Herzen ist, sich bei jeder Gelegenheit zu fürchten, wie zum Beispiel Agamemnon, dem Achill deshalb spottend vorwarf, er habe Hundsaugen und ein Hirschherz, so ist es ein Zeichen von geringer oder gänzlich mangelnder Einsicht, wenn man sich in wirklich augenscheinlicher Gefahr gar nicht fürchtet. Nun will ich nicht gerade sagen, daß von allem, was uns im Leben treffen kann, nächst Gottes Mißfallen der Tod das Allerschrecklichste wäre; auch auf die Streitfrage zwischen Sokrates und den Akademikern, daß der Tod an und für sich kein Übel und nicht zu fürchten sei, will ich mich nicht einlassen. Aber ich sage, solch ein Tod durch Schiffbruch ist so schrecklich, wie es nur etwas gibt. Schon Homer sagt, auf der See umzukommen sei schrecklich, abscheulich und widernatürlich. Und so bedauerte Äneas, als seine Flotte in der Nähe von Sizilien vom Sturm ereilt wurde, daß er nicht von der Hand des tapfren Diomedes gefallen sei, und pries jene drei- und viermal glücklich, die beim Brand von Troja umgekommen wären. Von uns ist niemand umgekommen. Gott der Allmächtige sei dafür gelobt. Aber es sieht hier bei uns kläglich genug aus. Wir werden zu tun haben, bis dieses Wrack wieder instand gesetzt ist. Sorgt nur dafür, daß wir nicht auflaufen.«

Dreiundzwanzigstes Kapitel
Wie Panurg, sobald der Sturm vorüber ist, sich wieder als lustiger Kumpan aufspielt

»Hahaha«, rief Panurg, »nun ist alles gut. Mit dem Sturm ist's nun vorbei. Bitte laßt mich zuerst vom Schiff herunter. Ich habe allerhand Notwendiges zu erledigen. Soll ich euch nicht ein wenig helfen? Gebt nur, gebt, das Tau werd' ich schon aufrollen. Ich hab' jetzt Mut für drei, nein, kein Körnchen Furcht mehr. Nur hergereicht, guter Freund. Nein, kein Quentchen mehr. Allerdings, wenn die verdammte zehnte Welle[1] uns so von vorn packte, hat es mir das Blut ein bißchen in Wallung gebracht.« – »Segel ein!« – »Wohlgesprochen! Aber wie, Bruder Hans, du tust nichts? Ist jetzt Zeit zum Saufen? Können wir wissen, ob der Knappe des heiligen Martin[2] uns nicht noch einen neuen Sturm zusammenbraut? Soll ich euch nicht auch helfen? Hol's die Vettel, aber ich bedaur' es doch, nur leider zu spät, daß ich die Lehren der braven Philosophen nicht befolgt hab', die uns sagen, das sicherste und angenehmste Ding von der Welt sei, am Meer spazierenzugehen und die Küste entlangzufahren oder zu Fuß zu gehen und das Pferd am Zügel zu führen. Hahaha, bei Gott, jetzt ist alles gut. Soll ich euch auch dort noch helfen? Laßt nur, laßt; ich werde das schon machen, allen Teufeln zum Trotz.«

Epistemon, dem die eine Handfläche ganz zerschunden und blutig war, weil er mit großer Anstrengung ein Ankertau festgehalten hatte, sagte, als er Pantagruels Worte vernahm: »Glaubt mir, Herr, ich habe nicht weniger Angst und Schrecken ausgestanden als Panurg. Aber nichtsdestoweniger hab' ich frisch zugegriffen. Ich meine, wenn es auch, wie nicht zu bestreiten, eine traurige und unvermeidliche Notwendigkeit ist, daß wir zu dieser oder jener Stunde, auf diese oder jene Weise einmal sterben müssen, so steht unser Tod dennoch in Gottes heiligem Willen. Deshalb geziemt es uns, unsren Herrgott unaufhörlich anzurufen, zu bitten und zu beschwören, zu ihm zu flehen und uns mit unserm Gebet an ihn zu wenden. Aber damit allein darf es nicht aus und genug sein, sondern zugleich müssen wir auch unsere eigene Kraft anstrengen und, wie der Apostel sagt[3], Gottes Mitar-

1 nach Ansicht der Römer die höchste – 2 der Teufel – 3 I. Korinther 3,9

beiter sein. Ihr wißt, was der Konsul C. Flaminius sagte, als er sich bei Perusia am Trasumenischen See durch die List Hannibals umzingelt sah. ›Kinder‹, sprach er zu seinen Soldaten, ›hier kommen wir mit bloßen Gelübden und Anrufungen der Götter nicht wieder heraus. Hier gilt es, uns durch Gewalt und Tapferkeit freizukämpfen und uns unseren Weg durch den Feind mit dem Schwert in der Hand zu bahnen.‹ Denselben Gedanken drücken die Worte M. Porcius Catos aus, wie sie bei Sallust zu lesen sind: ›Die Hilfe der Götter wird nicht durch eitle Gelübde und weibische Klagen erfleht. Wach sein, arbeiten, tapfer Hand anlegen, das bringt die Dinge voran und zu gutem Ende. Umsonst beschwört der Nachlässige, der Träge, der Schwächling, wenn er in Not und Gefahr geraten ist, die Götter: sie zürnen ihm und sind beleidigt.‹« – »Des Teufels will ich sein«, sagte Bruder Hans – »Halbpart!« sagte Panurg, »wenn der Klostergarten von Seuilly nicht ratzekahl ausgeplündert und ganz verwüstet worden wäre, hätt' ich wie die anderen verwünschten Mönche auch bloß *contra hostium insidias*[1], wie's im Brevier steht, gesungen, statt mit tüchtigen Kreuzholzhieben den Weinberg gegen die Lernéschen Räuber zu verteidigen.« – »Gut Glück«, sagte Panurg, »es geht vortrefflich. Nur Bruder Hans rührt keinen Finger. Bruder Hans, Maulstelz, Faulpelz, sieh, wie ich schwitze und arbeite, um diesem braven Burschen hier zu helfen, diesem Matrosen, dem ersten seines Namens. He, Meister, auf ein Wort, aber nichts für ungut! Wie dick sind wohl diese Schiffswände?« – »Gut zwei Finger dick«, entgegnete der Steuermann, »Ihr braucht nicht bange zu sein.« – »Du lieber Gott«, sagte Panurg, »so sind wir also immer nur zwei Finger breit vom Tod entfernt? Ist das etwa auch eine von den neun Ehestandsfreuden? Ha, Meister, Ihr tut recht daran, daß Ihr die Gefahr mit der Angstelle meßt. Was mich betrifft, ich habe keine Furcht. Ich nenne mich auch Wilhelm ohne Furcht. Ich habe Courage übergenug, doch notabene: nicht etwa Lämmercourage, nein, Wolfscourage, Mordscourage. Gefahr ausgenommen, fürcht' ich nichts in der ganzen Welt.«

1 wider der Feinde Hinterlist (lat.; Psalm 58,2 der lat. Bibelfassung)

Vierundzwanzigstes Kapitel

Wie Bruder Hans beweist, daß Panurg während des Sturms ganz umsonst Angst gehabt hat

»Guten Tag, liebe Herren«, sagte Panurg, »euch allen guten Tag! Doch alle wohl? Gott sei Dank, und ihr? Sollt mir willkommen sein, tausendmal willkommen. Und nun laßt uns an Land gehen. Ruderknecht, die Treppe hinuntergelassen! Näher ans Boot! Soll ich nicht helfen? Ich bin von all dem Herumplacken und Abrakkern so hungrig wie ein Wolf. Vier Ochsen zusammen haben keinen solchen Hunger. Wahrhaftig, eine schöne Gegend und nette Leute. Braucht ihr meine Hilfe noch, Kinder? Laßt euch den Schweiß meines Leibes nicht etwa leid tun. Adam, das heißt der Mensch, wurde dazu geschaffen, daß er arbeite und sich plage, wie der Vogel zum Fliegen erschaffen ist. Versteht mich wohl; ich meine, unsers Schöpfers Wille ist es, daß wir im Schweiß unsres Angesichts unser Brot essen und nicht so herumlungern sollen wie der alte Sünder da, der Mönch, Bruder Hans, der vor lauter Angst nichts tut als fressen und saufen. Schönes Wetter das! Da sieht man nun, wie richtig und wohlbegründet die Antwort des trefflichen Philosophen Anacharsis war, der auf die Frage, was für ein Schiff ihm das sicherste zu sein scheine, sofort erwiderte: ›Dasjenige, das im Hafen liegt.‹« – »Noch besser«, sagte Pantagruel, »war die Antwort, die er auf die Frage gab, welche Zahl die größere sei, die der Toten oder der Lebenden. ›Zu welcher rechnest du die, welche auf dem Meer schwimmen?‹ entgegnete er und deutete damit fein darauf hin, die auf dem Meer Schwimmenden befänden sich fortwährend in so großer Lebensgefahr, daß sie, obgleich noch lebend, so gut wie schon gestorben und, dem Tode schon anheimgefallen, doch noch als lebend anzusehen seien. Deshalb sagte Porcius Cato, daß es nur drei Dinge gäbe, die er bereue: Erstens, wenn er jemals einem Weib anvertraut habe, was er hätte geheimhalten wollen; zweitens, wenn er einen Tag müßig verbracht habe, und drittens, wenn er dahin zu Wasser gereist sei, wohin er zu Lande hätte kommen können.« – »Bei meiner Kutte«, sagte Bruder Hans, »du Scheißkerl hast dich während des Sturms ganz ohne Grund und Ursache geängstigt; denn du bist nicht dazu bestimmt, im Wasser zu ersaufen, du wirst hoch in der Luft baumeln, oder man röstet dich, Kerl, auf dem Scheiterhaufen wie einen Pastor[1]. Hoheit, gelüstet es Euch nach einem guten Regenmantel? Schenkt mir Euren Wolfs- und Fuchspelz und laßt Panurg das Fell abziehen und hängt das um. Dann aber kommt mir ja nicht dem Feuer zu nahe und geht an keiner Schmiede vorüber, sonst verbrennt es gleich zu Asche; dagegen könnt Ihr Euch dem Regen, dem Schnee und Hagel darin aussetzen, soviel Ihr wollt. Bis über den Kopf könnt Ihr Euch damit ins Wasser werfen und werdet, so wahr ich lebe, noch nicht einmal naß werden. Laßt Euch Wasserstiefel daraus machen, es läßt keine Nässe durch, oder Schwimmkissen für junge Leute, die gern schwimmen lernen wollen, so lernen sie's ohne alle Gefahr.« – »Ei«, sagte Pantagruel, »da wäre deine Haut ja wie das Kraut, das man Frauenhaar nennt; das wird niemals naß, ja nicht einmal feucht, sondern bleibt immer trocken, wie lange man es auch unter Wasser taucht, weshalb es auch *Adiantos*[2] heißt.« – »Lieber Freund Panurg«, sagte Bruder Hans, »du brauchst niemals Angst vor dem Wasser zu haben; dein Leben wird durch das entgegengesetzte Element beendet werden.« – »Aber«, versetzte Panurg, »die Höllenköche sind manchmal zerstreut und passen nicht ordentlich auf im Dienst; was gebraten werden soll, setzen sie zum Kochen auf, wie in unserer Küche die Köche manchmal ihre Rebhühner, Tauben und Fasane spicken, um sie, wie man doch annehmen muß, nachher zu braten, dann aber nichtsdestoweniger die Rebhühner mit Kohl, die Tauben mit Porree und die Fasane mit Rüben kochen. Nun aber hört, liebe Freunde! Hier vor der ganzen hochgeehrten Gesellschaft erkläre ich, daß ich unter der Kapelle, die ich Seiner Heiligkeit dem Herrn Nikolaus zwischen Candes und Montsoreau gelobte, eine Kapelle[3] mit Rosenwasser verstanden habe, worin nicht Kuh noch Kalb froh werden, denn die schmeiß' ich hiermit ins Wasser.« – »Sieh mir einer den Fuchs«, sagte Eusthenes. »Wahrhaftig, ein sauberes Bürschchen. Das nennt man das lombardische Sprichwort zu Ehren bringen: *Passato il pericolo, gabbato il santo*[4].«

1 protestantischer Priester – 2 »Unbenetztes« (griech.) – 3 auch Bezeichnung eines silbernen Kirchengefäßes – 4 Ist erst die Gefahr vorüber, kriegt der Heilige Nasenstüber (ital.).

Fünfundzwanzigstes Kapitel

Wie Pantagruel nach dem Sturm auf der Insel der Makräonen[1] an Land ging

Wir gingen nun im Hafen einer Insel, welche die Insel der Makräonen hieß, an Land. Die guten Leute des Orts empfingen uns mit großer Auszeichnung. Ein alter Makrobe – so nannten sie ihren Schultheiß – wollte Pantagruel aufs Rathaus führen, damit er sich dort erfrische und etwas zu sich nehme; aber dieser wollte die Mole nicht verlassen, ehe nicht alle seine Leute ausgeschifft wären. Nachdem er sie alle gemustert hatte, ließ er jedem von ihnen frische Kleider geben und alle Vorräte aus den Schiffen an Land bringen, damit sie sich daran gütlich tun könnten. Das geschah denn auch, und Gott weiß, wie da gezecht und geschmaust wurde. Die Orstbewohner brachten gleichfalls eine große Menge Lebensmittel herbei, und die Pantagruelisten vergalten's ihnen mit reichlichen Gegengeschenken. Freilich hatte ihr Proviant bei dem überstandenen Sturm etwas gelitten.

Als das Schmausen zu Ende war, forderte Pantagruel die gesamte Mannschaft und jeden insbesondere auf, sich nun unverzüglich daranzumachen und die Seeschäden zu beheben, was sie denn auch gern und willig taten. Die Arbeit wurde ihnen dadurch erleichtert, daß die Bewohner der Insel vortreffliche Zimmerleute und Handwerker waren, wie man sie aus dem Arsenal von Venedig kennt. Die Insel selbst, die ziemlich groß war, war in nicht mehr als drei Hafenstädten und zehn Gemeinden bewohnt. Alles übrige Land war mit einem mächtigen Wald bedeckt und eine Wildnis wie der Ardenner Wald. Auf unsre Bitte zeigte uns der alte Makrobe, was es auf der Insel Merkwürdiges und Sehenswertes gab. In dem düsteren, einsamen Walde fanden wir alte, in Trümmern liegende Tempel, mehrere Obelisken, Pyramiden, Monumente und antike Grabmäler mit Inschriften und Epitaphen, teils in Hieroglyphen, teils in ionischer, arabischer, hagarenischer und slawischer Sprache. Epistemon schrieb davon mehrere ab. Unterdessen sagte Panurg zu Bruder Hans: »Das ist hier die Insel der Makräonen; makräon bezeichnet im Griechischen einen alten Mann, der viele Jahre zählt.« – »Was

1 »Langlebige« (griech.)

schert mich das?« sagte Bruder Hans. »Oder willst du, daß ich mich scheren soll? Ich bin nicht dabeigewesen, als sie getauft worden ist.« – »Übrigens«, sagte Panurg, »ich glaube, der Name Makrele für Bordellwirtin kommt auch daher, denn das Makrelentum ist allemal die Sache der alten Weiber! Den jungen steht's besser an, mit dem Bürzel zu wackeln. Gut möglich also, daß wir hier das Urbild und Original der Pariser Makreleninsel vor uns haben. Komm, laß uns die Austern in der Schale fischen.«

Der alte Makrobe fragte jetzt Pantagruel auf ionisch, wie und durch welche Kunst es ihm möglich gewesen sei, an diesem Tag, wo es so fürchterlich gestürmt und wo das Meer so schrecklich gewütet hätte, ihren Hafen zu erreichen. Pantagruel erwiderte ihm, daß sich der Heiland um der Einfalt und des redlichen Sinnes seiner Mannschaft willen ihrer erbarmt habe; denn sie alle führen nicht aus Gewinnsucht oder um Handel zu treiben auf dem Meer umher, sondern die einzige Veranlassung zu ihrer Seefahrt sei das heftige Verlangen, das Orakel der Bakbuk aufzusuchen, es zu sehen, kennenzulernen, zu erkunden und den Spruch der Flasche in einer höchst schwierigen Angelegenheit, die einen ihrer Gefährten beträfe, zu vernehmen. Immerhin aber hätten sie große Bedrängnis und augenscheinliche Gefahr überstanden. Dann fragte er ihn, wie er sich das Entstehen eines so entsetzlichen Sturms erkläre und ob der Meeresstrich hier um die Inseln herum gewöhnlich so von Stürmen heimgesucht werde, etwa wie im Ozean die Strömungen von Saint-Mathieu[1] und Maumusson[2], im Mittelländischen Meer die Strudel von Adalia[3], von Telamone und Piombino[4] oder das Kap Maleas in Lakonien, die Meerenge von Gibraltar, die Durchfahrt von Messina und andere mehr.

Sechsundzwanzigstes Kapitel

Was der gute Makrobe Pantagruel vom Wohnsitz und vom Sterben der Heroen erzählt

Darauf entgegnete der gute Makrobe: »Liebe Fremdlinge, dies ist eine von den Inseln der Sporaden, nicht jener, die im Karpa-

1 auf der Reede von Brest – 2 an der Mündung der Gironde – 3 an der kleinasiat. Südküste – 4 an der toskan. Küste

thischen Meer[1] liegen, sondern der Sporaden des Ozeans, ehemals reich, viel besucht, blühend, handeltreibend, bevölkert und dem Herrscher von Britannien untertan, jetzt aber im Laufe der Zeit und bei dem allgemeinen Verfall der Welt verarmt und verödet.

In jenem finstern Walde, den ihr dort erblickt und der mehr als achtundsiebzigtausend Parasangen[2] lang und ebenso breit ist, hausen Dämonen und Heroen. Diese sind inzwischen alt geworden, und da wir jetzt den Kometen nicht mehr leuchten sehen, der drei Tage lang am Himmel stand, so nehmen wir an, daß gestern wieder einer von ihnen gestorben ist. Sein Tod wird ohne Zweifel die Veranlassung zu dem schrecklichen Sturm gewesen sein, der euch betroffen hat. Denn solange sie leben und gesund sind, herrschen hier und auf den benachbarten Inseln Glück und Wohlsein, und auf dem Meer ist es vollkommen ruhig und heiter. Aber stirbt einer von ihnen, so hören wir gewöhnlich lautes und herzzerreißendes Wehklagen durch den Wald erschallen und können dann sicher sein, daß das Land von Seuchen, Unglück und Trübsal, die Luft von Finsternis und Kämpfen, das Meer aber von Sturm und Windesbrausen heimgesucht werden wird.« – »Was Ihr da sagt«, erwiderte Pantagruel, »hat sehr viel für sich. Denn wie eine Fackel oder Kerze, solange sie lustig brennt, einem jeden mit ihrem Lichte dient, ihn erfreut und niemand behelligt, sobald sie aber erlischt, die Luft mit ihrem Rauch und Qualm verpestet, die Umstehenden belästigt und ihnen Mißbehagen bereitet, ebenso ist es auch mit den großen und edlen Seelen. Während sie in ihren Körpern hausen, ist ihr Wohnsitz eine Stätte des Friedens, reich an Heil, an Glück und Ehren; mit der Stunde aber, da sie hinscheiden, kommen über die Inseln und Kontinente große Verheerungen: in der Luft Finsternis, Gewitter und Hagel; auf dem Land Erschütterungen, Erdstöße und Erdbeben; auf dem Meer Wirbelwinde und Orkane; dazu Wehklagen der Völker, Religionsveränderungen, Dynastienwechsel und Staatsumwälzungen.« – »Davon«, bemerkte Epistemon, »haben wir erst kürzlich ein Beispiel gesehen bei dem Hinscheiden des tapferen und gelehrten Ritters Guillaume du Bellay. Solange er lebte, war Frankreich so glücklich, daß alle Welt es be-

1 zwischen Kreta und Rhodos – 2 altpers. Längenmaß (Farsang) = 6 km

neidete; alles strömte dahin, und jedermann fürchtete es. Kaum aber war er gestorben, so sank es plötzlich und für lange Zeit in allgemeine Mißachtung.« – »So«, sagte Pantagruel, »überfiel Äneas, als Anchises zu Drepani[1] auf Sizilien gestorben war, ein entsetzlicher Sturm. Und dies war wohl auch – nebenbei sei es gesagt – der Grund, weshalb Herodes, der grausame König und Tyrann von Judäa, als er sich seinem scheußlichen Tode nahe fühlte – denn er starb an Phthiriasis, das heißt, wurde von Läusen und Ungeziefer aufgefressen wie vor ihm L. Sulla, Pherekydes der Syrer, ein Lehrer des Pythagoras, wie der griechische Dichter Alkman und andere – und voraussah, daß die Juden sein Hinscheiden mit Freudenfeuern feiern würden, weshalb er, sage ich, aus allen Städten, Flecken und Burgen Judäas die Ältesten und Vornehmsten unter dem Vorwand, ihnen noch allerhand wichtige Mitteilungen betreffs der Regierung und Sicherung des Landes machen zu wollen, in seinen Palast berief. Die, welche diesem Ruf folgten und persönlich erschienen, ließ er in der Rennbahn des Palastes einsperren. Dann sprach er zu seiner Schwester Salome und ihrem Gemahl Alexander: ›Ich bin dessen gewiß, daß sich die Juden über meinen Tod freuen werden; gehorcht ihr aber und tut, was ich euch jetzt sage, so wird meine Totenfeier ehrenvoll und von allgemeiner Wehklage begleitet sein. In dem Augenblick, wo ich sterbe, laßt alle hier eingesperrten Edlen und Ältesten von den Bogenschützen meiner Leibwache töten; ich habe ihnen den betreffenden Befehl bereits gegeben. So wird Judäa gegen seinen Willen wohl trauern und wehklagen müssen; die Fremden aber werden meinen, es geschähe um meines Todes willen, als sei die Seele eines Helden verschieden[2].‹ – Dasselbe sprach ein unverbesserlicher Tyrann mit den Worten aus: ›Sterbe ich, so sollen Erde und Feuer sich mischen‹, das heißt, soll die Welt untergehen. Welches Wort der nichtsnutzige Nero so umkehrte, daß er sagte: ›Leb' ich usw.‹, wie Sueton uns berichtet. Dieses scheußliche Wort, dessen auch Cicero *lib. III de finibus*[3] und Seneca *lib. II de clementia*[4] Erwähnung tun, wird dagegen von Dion Nikaios und Suidas Kaiser Tiberius zugeschrieben.«

1 heute Trapani an der sizil. Westküste – 2 s. Josephus »Geschichte des jüdischen Kriegs« 17,8 – 3 »Über das höchste Gut und das höchste Übel« 3,19 – 4 »Über die Milde« 2,2

Siebenundzwanzigstes Kapitel

Wie Pantagruel über das Abscheiden der Heldenseelen redet und von den erschrecklichen Wunderzeichen berichtet, welche dem Tode des seligen Herrn de Langey vorausgingen

»Ich will«, fuhr Pantagruel fort, »lieber all die Not und Mühsal des Seesturms erduldet haben, als daß ich nicht vernommen hätte, was uns dieser gute Makrobe da berichtet. So bin ich auch ganz geneigt, für wahr zu halten, was er uns über die Erscheinung eines Kometen etliche Tage vor einem solchen Tode mitgeteilt hat. Denn manche dieser Seelen sind so edel, wertvoll und heldenhaft, daß der Himmel ihre Verrückung und ihr Abscheiden wohl mehrere Tage vorher verkünden mag. Wie ein vernünftiger Arzt, wenn er an den Symptomen erkennt, daß es mit seinem Kranken bald zu Ende gehen wird, schon einige Tage vorher Frau und Kinder, Anverwandte und Freunde von dem bevorstehenden Tode ihres Gatten, Vaters oder Verwandten in Kenntnis setzt, damit sie ihn, solange er noch am Leben ist, dazu veranlassen, sein Haus zu bestellen, seine Kinder zu ermahnen und zu segnen, seiner Frau den Witwenstand anzuempfehlen, für den nötigen Unterhalt der Unmündigen Bestimmungen zu treffen, und er nicht etwa vom Tode überrascht werde, bevor er für seine Seele und sein Haus gesorgt hat: so, scheint es, zünden die huldreichen Himmel, als seien sie froh darüber, wieder neue glückliche Seelen bei sich aufzunehmen, vor ihrem Hinscheiden helle Freudenfeuer in Form von Kometen und Meteoren an, die den Menschenkindern ein sicheres und glaubwürdiges Wahrzeichen sein sollen, daß diese ehrwürdigen Seelen in wenigen Tagen ihren Leib und diese Erde verlassen werden. Ganz genauso, wie sich vormals zu Athen die Richter des Areopags, wenn sie über angeklagte Verbrecher abstimmen sollten, je nach der Verschiedenheit des Urteilsspruchs ebenfalls verschiedener Zeichen bedienten und mit Θ Verurteilung zum Tode, mit T Freisprechung, mit A aber das Verlangen nach weiterer Aufklärung ausdrückten, wenn der Fall noch nicht hinlänglich geklärt worden war. Diese öffentlich ausgestellten Zeichen ersparten den Verwandten und Freunden sowie allen, die begierig waren, das Schicksal des gefangenen Verbrechers zu erfahren, jede weitere

Unruhe und viele unnütze Vermutungen. Und so sagen die Himmel stillschweigend durch diese Kometen wie durch überirdische Zeichen: ›Sterbliche, wenn ihr von diesen glücklichen Seelen noch irgend etwas wissen, erfahren, vernehmen und verkündet haben wollt, was dem Allgemeinen oder euch besonders zum Besten dienen könnte, so säumt nicht, euch an sie zu wenden und sie zu befragen. Denn das Stück ist bald aus und die Katastrophe nahe. Verpaßt ihr diesen Augenblick, so werdet ihr es nachher bereuen.‹

Ja, sie tun noch mehr! Um es den Erdgeborenen ins Bewußtsein zu rufen, daß sie nicht würdig sind, so erhabene Seelen länger bei sich zu beherbergen, mit ihnen zu verkehren und Vorteil aus ihnen zu ziehen, ängstigen und erschrecken sie sie durch Wunder, Verkündigungen, Mißgeburten und andere in der Natur ungewöhnliche Vorzeichen, wie wir selbst es einige Tage vor dem Hinscheiden des so tapferen und gelehrten Ritters de Langey, von dem du eben sprachst, gesehen haben.« – »Mir zittert und bebt noch das Herz im Leibe«, sagte Epistemon, »wenn ich an die vielen und schrecklichen Wunder denke, deren Zeugen wir fünf oder sechs Tage vor seinem Tode waren, so daß die Herren von Assier, Chemant, Mailly der Einäugige, Saint-Ayl, Villeneuve-la-Guyart, Meister Gabriel, der Arzt von Savillan, Rabelais, Cohuau, Massuau, Maiorici, Bullou, Cercu, den sie den Bürgermeister nennen, François Proust, Ferron, Charles Girard, François Bourré und viele andere Freunde, Hausgenossen und Diener des Verstorbenen bestürzt und ohne ein Wörtchen zu reden einander ansahen, alle aber bei sich dachten und davon überzeugt waren, daß Frankreich binnen kurzem eines seiner vollkommensten und zu seinem Ruhm und Schutz unentbehrlichsten Kavaliere beraubt sein und daß der Himmel ihn nunmehr als sein rechtmäßiges Eigentum zurückfordern würde.« – »Bei meiner Kutte«, sagte Bruder Hans, »ich will auf meine alten Tage doch auch einmal den Gelehrten spielen; hab' ich nicht das Zeug dazu?

Ich frag euch drum geschwind
wie der König sein Gesind,
wie die Königin ihr Kind:

Können diese Heroen und Halbgötter, von denen ihr da redet, überhaupt sterben? Bei unsrer Lieben Frau, ich habe so in meinem Denkkasten gedacht, daß sie – Gott verzeih' mir die Sünde – wie die lieben Engelein unsterblich wären. Aber nun sagt dieser edle Makrobe, daß sie schließlich doch ins Gras beißen müssen.« – »Nicht alle«, entgegnete Pantagruel. »Die Stoiker behaupten, daß alle sterblich seien, ein einziger ausgenommen; nur der allein wäre unsterblich, unvergänglich und unsichtbar. Pindar sagt es mit klaren Worten, daß den Hamadryaden[1] kein längerer Faden beschieden sei, das heißt, daß ihnen vom Schicksal und den neidischen Parzen kein längerer Lebensfaden gesponnen werde als den Bäumen, welche sie beschützen und pflegen. Nach der Meinung des Kallimachos und Pausanias verdanken sie ihren Ursprung den Eichen in Phokis; Martianus Capella stimmt dem bei. Was die Halb-, die Wald- und Feldgötter, die Satyrn, Faune, Nymphen und Dämonen anbetrifft, so müssen mehrere von ihnen, wenn man die Gesamtsumme nach den von Hesiod angenommenen Zeitaltern berechnet, es bis auf neuntausendsiebenhundertundzwanzig Jahre gebracht haben. Diese Zahl erhält man nämlich, wenn man den Exponenten zum Quadrat erhebt, das Quadrat viermal mit sich selbst verdoppelt und das Ganze dann fünfmal durch solide Triangel multipliziert. So steht es bei Plutarch im Buch ›Über den Untergang der Orakel‹.«

»Im Brevier steht's nicht«, sagte Bruder Hans, »und so glaub' ich's auch nicht, wenn ich Euch nicht einen besonderen Gefallen damit tue.« – »Ich glaube«, sagte Pantagruel, »daß alle vernünftigen Seelen vor der Schere der Atropos sicher sind; Engel, Dämonen und Menschen, alle sind unsterblich. Übrigens will ich euch bei dieser Gelegenheit eine höchst wunderbare Geschichte erzählen, die schriftlich aufgezeichnet ist und von mehreren grundgelehrten und berühmten Geschichtsschreibern[2] als wahr bezeugt wird.«

Achtundzwanzigstes Kapitel

Wie Pantagruel eine betrübliche Geschichte über den Tod der Heroen erzählt

»Epitherses, der Vater des Ämilianus Rhetor, segelte einst auf einem Schiff, das mit allerlei Waren und vielen Reisenden beladen

1 Baumnymphen – 2 u.a. Plutarch (»Über den Untergang der Orakel«)

war, von Griechenland nach Italien. Als sie bei den Echinaden, einer Inselgruppe zwischen Morea und Tunis, angekommen waren, legte sich gegen Abend der Wind, so daß sie bei Paxos antrieben. Während nun einige von den Reisenden schliefen, andere wachten, diese zechten und jene ihre Abendmahlzeit hielten, hörten sie von der Insel Paxos her eine laute Stimme ›Thamus‹ rufen, worüber alle sehr erschraken. Dieser Thamus war nämlich ihr Steuermann und aus Ägypten gebürtig, aber nur wenige der Reisenden kannten seinen Namen. Da ließ sich die Stimme zum zweitenmal vernehmen; mit schrecklichem Ton rief sie: ›Thamus!‹ Als jedoch niemand antwortete, sondern alle schweigend und zitternd dastanden, ertönte sie schrecklicher als zuvor zum drittenmal, weshalb Thamus nun entgegnete: ›Hier bin ich, was willst du von mir? Was soll ich tun?‹ – Da ließ sich dieselbe Stimme noch lauter vernehmen und sprach zu ihm in befehlendem Ton: ›Wenn du gen Palodes kommst, so verkündige dort, der große Pan sei gestorben.‹

Als sie, so erzählt Epitherses weiter, diese Worte vernommen, wären die Schiffsleute und Reisenden alle von Furcht und Staunen ergriffen worden. Sie berieten miteinander, ob es heilsamer sei, von dem, was die Stimme befohlen, zu schweigen oder es zu verkündigen. Thamus aber sagte, seine Meinung sei die, man solle, wenn man in die Gegend käme und der Wind günstig sei, vorüberfahren, ohne etwas verlauten zu lassen; träte aber gerade zu der Zeit Windstille ein, so solle man verkündigen, was sie gehört hätten. Als sie sich nun Palodes näherten, geschah es, daß Wind und Strömung ausblieben. Demnach stellte sich Thamus vorn an den Schnabel des Schiffs, und mit dem Land zugewandtem Gesicht rief er, wie ihm befohlen worden war, hinüber, der große Pan sei gestorben. Noch hatte er das letzte Wort nicht ausgesprochen, als sich vom Land her tiefes Seufzen, lautes Klagen und Schreckensrufe vieler Stimmen vernehmen ließen. – Weil nun so viele Leute dabei zugegen gewesen waren, wurde die Sache auch in Rom ruchbar. Tiberius, der damalige Kaiser in Rom, ließ Thamus vor sich rufen, und nachdem er ihn befragt hatte, schenkte er seinen Worten Glauben. Hierauf forschte er bei den Gelehrten, deren es an seinem Hof und in Rom viele gab, weiter nach, wer dieser Pan sei, und erfuhr von ihnen, es sei der Sohn Merkurs und der Penelope gewesen, wie Herodot und Cicero im dritten Buche ›Über das Wesen der Götter‹ es gesagt hätten. Ich aber möchte es vielmehr auf den großen Heiland der Gläubigen deuten, der durch den Neid und die Ungerechtigkeit der Hohenpriester, Schriftgelehrten, Pfaffen und Mönche des mosaischen Glaubens in Judäa so schmählich zu Tode kam. Und diese Ansicht scheint mir nicht zu verwerfen. Denn mit vollem Recht kann er ja im Griechischen ›Pan[1]‹ genannt werden, insofern er unser alles ist. Alles, was wir sind, was wir leben, haben und hoffen, sind und haben wir in, von und durch ihn. Er ist der große Pan, der gute Hirt, der, wie der zärtliche Hirt Korydon es bezeugt[2], nicht nur seine Lämmer, sondern auch die Hirten liebt und hegt. Bei seinem Tod erfüllten Wehklagen, Seufzen, Schrekken, Jammer das ganze All, Himmel, Erde, Meer und Unterwelt. Auch die Zeit stimmt mit dieser Deutung überein, denn dieser über alles gute und große Pan, unser alleiniger Heiland, starb zu Jerusalem, während Tiberius zu Rom als Kaiser herrschte.«

Als Pantagruel diese Rede beendet hatte, versank er in Schweigen und tiefe Betrachtung. Bald darauf entrollten seinen Augen Tränen, so groß wie Straußeneier. – Gott strafe mich, wenn nicht jedes Wort, das ich gesagt habe, wahr ist.

Neunundzwanzigstes Kapitel

Wie Pantagruel die Insel der Heimlichen passiert, wo Fastennarr herrscht

Nachdem die Schiffe der lustigen Seefahrer wieder ausgebessert und instand gesetzt waren und man frische Vorräte eingenommen hatte, was den Makräonen, die hübsch dabei verdienten, ausnehmend gefiel, gingen unsere Reisenden vergnügt und munter bei steifem, günstigem Wind am nächsten Tag unter Segel. Gegen Mittag zeigte Xenomanes in der Ferne die Insel der Heimlichen, auf welcher Fastennarr regierte, von dem Pantagruel schon früher gehört hatte und den er jetzt gern persönlich kennengelernt hätte, wäre Xenomanes nicht dagegen gewesen, einmal wegen des großen Umwegs, den man machen mußte, und dann wegen der dürftigen Unterhaltung, die auf der Insel überhaupt, besonders aber am Hof dieses Herrschers zu finden

1 »Alles« – 2 s. Vergil »Hirtengedichte« 2,33

sei. »Was Ihr dort zu sehen bekämt«, sagte er, »wäre alles in allem doch nichts weiter als einen großen Erbsbreifresser, einen großen Heringsvertilger, einen großen Maulwurfsjäger, einen großen Heubinder, einen halben Riesen mit einem Milchbart und mit zweifacher Tonsur, ein Laterner Gewächs, einen übergewaltigen Laternenhelden, einen Bannerträger der Ichthyophagen, einen Diktator des Senfs, Arschpauker kleiner Kinder, Aschenbrenner, Vater und Brotherrn der Ärzte, einen, der in Ablässen, Indulgenzen und Gebeten schwimmt und der ganz verdammt anständig, streng katholisch und überfromm ist. Drei Viertel des Tags flennt er. Auf Hochzeiten geht er nie. Aber eins ist wahr: In vierzig Königreichen zusammen gibt's keinen so geschickten Spicknadel- und Bratspießfabrikanten wie ihn. Als ich vor ungefähr sechs Jahren nach der Heimlicheninsel kam, nahm ich ein Gros davon mit und schenkte es den Fleischern von Candes. Sie lobten sie sehr, und gewiß mit Recht. Wenn wir wieder nach Hause kommen, kann ich Euch noch ein paar davon zeigen, die dort über dem Kirchenportal aufgehängt sind. Die Nahrung, die er zu sich nimmt, besteht aus gesalzenen Panzerhemden, sauren Hellebarden, Pökelhauben und Haubenpickel, wovon er zuweilen heftigen Harnzwang bekommt. Seine Kleidung ist gar lustig, sowohl in der Farbe wie auch im Schnitt, denn sie ist ganz grau und sehr leicht, vorn nichts und hinten nichts, und die Ärmel sind auch nicht da.« – »Da du mich nun mit seinem Anzug, seinen Speisen, seinem Tun und Treiben bekannt gemacht hast«, sagte Pantagruel, »so würde es mir lieb sein, wenn du mir auch sein Äußeres und seine Leibesgestalt in allen ihren Teilen beschreiben wolltest.« – »Ja, tu das, mein Säckchen«, sagte Bruder Hans, »denn ich habe ihn in meinem Brevier zwar gefunden, aber nach den beweglichen Festen läuft er immer wieder davon.« – »Sehr gern«, erwiderte Xenomanes; »übrigens werden wir noch mehr von ihm hören, wenn wir nach der Insel der Grimmigen kommen, wo die strammen Fleischwürste wohnen, seine Todfeinde, gegen die er unablässig Krieg führt. Stünde der edle Fastnacht, ihr guter Freund und Beschützer, ihnen nicht bei, so würde Fastennarr, dieser Laternenheld, sie schon längst vom Erdboden vertilgt haben.«

»Was sind das für Pflanzen«,

fragte Bruder Hans,

»sind's Weiber oder Mannsen,
sterblich oder Englein,
Frauen oder Fräulein?«

»Ihrem Geschlecht nach«, sagte Xenomanes, »sind sie weiblich, ihrer Natur nach sterblich, sonst aber teils Jungfrauen, teils auch nicht.« – »Der Teufel soll mich holen«, sagte Bruder Hans, »wenn ich's nicht mit ihnen halte. Was ist das für ein unnatürliches Verhalten, Krieg zu führen gegen Frauenzimmer! Laßt wenden und uns dem Bösewicht auf den Pelz rücken!« – »Wie?« sagte Panurg, »Fastennarr bekämpfen? Alle Teufel, so töricht und vermessen werden wir doch nicht sein. *Quid juris?*[1] Damit wir zwischen Fastennarr und Fleischwürste, zwischen Hammer und Amboß gerieten? Pest! Bleiben wir lieber davon. Segeln wir lieber weiter! Fastennarr, du Narr, lebe wohl! Laß dir die Fleischwürste bestens empfohlen sein und vergiß auch die Blutwürste nicht.«

Dreißigstes Kapitel

Wie Fastennarr von Xenomanes anatomisch zerlegt und beschrieben wird

»Was die inneren Teile betrifft«, sagte Xenomanes, »so war, zu meiner Zeit wenigstens, das Gehirn Fastennarrs in Größe, Farbe, Substanz und Vermögen wie der linke Hoden eines Mückenmännchens,
die Hirnhöhlen wie eine Zahnzange,
der Wurmfortsatz wie ein Klöppel,
die Hirnhäute wie eine Mönchskappe,
der Hirntrichter wie ein Maurertrog,
die Hirnschale wie eine Türangel,
die Zirbeldrüse wie ein Bofist,
die mamillarischen Additamente[2] wie ein Schlappschuh,
das Wundernetz wie eine Roßstirn,
das Trommelfell wie eine Drehhaspel,
das Felsenbein wie ein Federkissen,
das Genick wie ein Laternenstock,

1 Mit welchem Recht? (lat.) – 2 brustwarzenähnliche Hirnfortsätze

der Gaumen wie ein Fausthandschuh,
der Speichel wie Rüben,
die Mandeln wie ein Nasenkneifer,
der Isthmus[1] wie ein Kutschenschlag,
der Schlund wie ein Winzerkorb,
der Magen wie ein Degengehänge,
der Magenpförtner wie ein Morgenstern,
die Luftröhre wie ein Rebmesser,
der Adamsapfel wie ein Klümpchen Werg,
die Lungen wie ein Chorpelz,
das Herz wie ein Meßgewand,
das Mittelfell[2] wie eine Trinkschale,
das Rippenfell wie ein Rabenschnabel,
die Arterien wie eine Béarner Kappe,
das Zwerchfell wie eines alten Gecken Mütze,
die Leber wie ein Quersack,
die Venen wie ein Gitter,
die Milz wie eine Wachtelpfeife,
das Gedärm wie ein Fangnetz,
die Galle wie ein Hobeleisen,
das Geschlinge wie ein Panzerhandschuh,
das Gekröse wie eine Abtsmitra,
der Leerdarm wie eine Krampe,
der Blinddarm wie ein Brustharnisch,
der Dickdarm wie ein Deckelkrug,
der Mastdarm wie ein Klosterhumpen,
die Nieren wie eine Maurerkelle,
das Kreuz wie ein Tafelbesteck,
die Harnleiter wie ein Kesselhaken,
die Lymphgefäße wie Klistierspritzen,
die Samendrüsen wie Blätterteiggebäck,
die Nebenhoden wie ein Federtopf,
die Harnblase wie ein Flitzbogen,
der Blasenhals wie ein Glockenschwengel,
der Mirach[3] wie ein Albanerhut
der Siphach[4] wie eine Armschiene,

1 Rachen – 2 Trennungswand zwischen rechter und linker Brusthöhle
3 Bauch (arab.) – 4 Bauchfell (arab.)

die Muskeln wie ein Blasebalg,
die Sehnen wie ein Beizhandschuh,
die Bänder wie eine Geldbörse,
die Knochen wie Plundergebäck,
das Mark wie ein Bettelsack,
die Knorpel wie eine Landschildkröte,
die Drüsen wie ein Winzermesser,
die animalischen Geister wie starke Faustschläge,
die Lebensgeister wie tüchtige Rippenstöße,
das schäumende Blut wie unzählige Nasenstüber,
der Urin wie ein brennender Ketzer,
der Same wie ein Hundert Brettnägel – und dabei erzählte mir seine Amme, daß er in seiner Ehe mit Frau Halbfasten nichts zustande gebracht habe als ein paar Lokaladverbien[1] und einige Doppelfasten –,
das Gedächtnis wie eine Schärpe,
der Verstand wie ein Brummbaß,
die Einbildungskraft wie Glockengebimmel,
die Gedanken wie ein Flug Stare,
das Gewissen wie ein ausgeflogenes Reihernest,
die Überlegung wie ein Sack Gerste,
die Buße wie die Protze einer großen Kanone,
die Pläne wie der Ballast einer Galeone,
die Einsicht wie ein abgegriffenes Brevier,
die Begriffe wie ein Haufen Schnecken auf einem Erdbeerfeld,
der Wille wie drei Nußkerne in einer Schale,
das Begehren wie sechs Bündel heiliges Kirchenheu,
das Urteil wie ein Schuhlöffel,
die Bedachtsamkeit wie ein Fausthandschuh und
die Vernunft wie eine Fußbank.«

Einunddreißigstes Kapitel

Fastennarrs Anatomie nach den äußeren Teilen

»Was ferner die äußeren Teile betrifft«, fuhr Xenomanes fort, »so waren diese bei Fastennarr etwas besser proportioniert, aus-

1 die Fragewörter wo, wohin, d.h. nach den Orten, wo man Ablaß erhält

genommen die sieben Rippen, die größer waren als bei gewöhnlichen Menschen.

Die Zehen waren wie ein Spinett,
die Nägel wie ein Faßbohrer,
die Füße wie eine Gitarre,
die Hacken wie eine Keule,
die Fußsohlen wie ein Schmelztiegel,
die Beine wie ein Köder,
die Knie wie ein Schemel,
die Schenkel wie eine Armbrust,
die Hüften wie ein Sprungbrett,
der Spitzbauch nach alter Weise geknöpft und in den Lenden gegürtet,
der Nabel wie eine Leier,
der Schamberg wie ein Sahnetörtchen,
das Glied wie ein Pantoffel,
der Sack wie eine Doppelflasche,
die Hoden wie eine Gartenschaufel,
die Hodenmuskeln wie ein Ballschläger,
der Damm wie ein Flötchen,
das Arschloch wie ein Kristallspiegel,
die Arschbacken wie eine Egge,
die Lenden wie ein Buttertopf,
das Kreuzbein wie ein Billard,
der Rücken wie ein Flitzbogen,
die Wirbel wie ein Dudelsack,
die Flanken wie ein Spulrad,
das Brustbein wie ein Baldachin,
die Schulterblätter wie ein Hammer,
die Brust wie eine Drehorgel,
die Brustwarzen wie ein Bockshorn,
die Achselhöhlen wie ein Damebrett,
die Schultern wie eine Tragbahre,
die Arme wie eine Kappe,
die Handgelenke wie ein Paar Stelzen,
die Schienbeine wie zwei Sensen,
die Ellbogen wie Rattenfallen,
die Hände wie Striegel,
der Hals wie ein Trinkglas,

die Gurgel wie ein Sektfilter,

der Kehlkopf wie ein Fäßchen, an dem gar schön und symmetrisch zwei Kröpfchen baumelten, was wie eine Sanduhr aussah,

der Bart wie eine Laterne,

das Kinn wie ein gemeiner Kürbis,

die Ohren wie ein Paar Topflappen,

die Nase wie ein Schnabelschuh im Wappen,

die Nasenlöcher wie ein Kinderhäubchen,

die Augenbrauen wie eine Schmorpfanne; über der linken hatte er ein Mal, so groß wie ein Nachttopf und von derselben Form,

die Wimpern wie eine Fiedel,

die Augen wie ein Kammfutteral,

die Sehnerven wie eine Flinte,

die Stirn wie eine gebauchte Trinkschale,

die Schläfe wie eine Gießkanne,

die Backen wie ein Paar Holzschuhe,

die Kinnladen wie ein Trinkbecher,

die Zähne wie ein Fangeisen; davon befinden sich zwei Milchzähne zu Coulonges-les-Royaulx in Poitou und zwei über der Kellertür zu Brosse in Saintonge,

die Zunge wie eine Harfe,

der Mund wie eine Pferdeschabracke,

das Gesicht wie ein Maultiersattel,

der Kopf wie ein Destillierkolben,

der Schädel wie eine Jagdtasche,

die Nähte wie ein Fischerring,

die Haut wie ein Regenmantel,

die Epidermis wie ein Mehlbeutel,

das Haupthaar wie eine Schuhbürste und das übrige ebenso.«

Zweiunddreißigstes Kapitel

Weiteres von Fastennarrs Beschaffenheiten

»Ganz wunderbar ist es«, fuhr Xenomanes fort, »wenn man in Betracht zieht, was Fastennarr sonst noch für Eigentümlichkeiten hatte. Wenn er ausspuckte, waren's Körbe voll Artischocken,

wenn er sich schneuzte, waren's gesalzene Aale,
wenn er weinte, waren's Enten mit Zwiebelsoße,
wenn er zitterte, waren's große Hasenpasteten,
wenn er schwitzte, war's Stockfisch mit frischer Butter,
wenn er rülpste, waren's Austern in der Schale,
wenn er nieste, waren's Fäßchen Senf,
wenn er hustete, waren's Büchsen voll Quittenmarmelade,
wenn er schluchzte, waren's Bündchen Kresse,
wenn er gähnte, waren's Töpfe voll Erbsbrei,
wenn er seufzte, waren's geräucherte Ochsenzungen,
wenn er pfiff, waren's Kiepen voll grüner Affen[1],
wenn er schnarchte, waren's Tröge voll gestampfter Bohnen,
wenn er schmollte, waren's Schweinsfüße mit Schmalz,
wenn er redete, war's auvergnisches Sacktuch, also noch lange keine karmesine Seide, aus der Parysatis die Worte derer gewebt haben wollte, die mit ihrem Sohn, dem persischen König Kyrus, redeten,
wenn er keuchte, waren's Ablaßkästen,
wenn er mit den Augen blinzelte, waren's Waffeln und Oblaten,
wenn er brummte, waren's Märzkätzchen,
wenn er den Kopf schüttelte, waren's eisenbeschlagene Karren,
wenn er's Maul verzog, waren's zerbrochene Knüppel,
wenn er murrte, waren's Basochespiele,
wenn er stampfte, war's ein Schuldenaufschub,
wenn er rückwärts ging, waren's Spaßvögel,
wenn er geiferte, waren's Zinsbacköfen,
wenn er heiser war, waren's Moriskentänze,
wenn er furzte, waren's Stiefel aus braunem Rindsleder,
wenn er fistete, waren's Korduanschuhe,
wenn er sich kratzte, waren's Schotenerbsen,
wenn er schiß, waren's Morcheln und Steinpilze,
wenn er pißte, war's Kraut mit Öl alias Olivenkohl,
wenn er sich unterhielt, war's vorjähriger Schnee,

1 Hirngespinste

wenn er sich grämte, war's um nichts,
wenn er was gab, war's das Schwarze unter dem Nagel,
wenn er sich was dachte, waren's fliegende Schwänze, die sich den Kopf an der Wand einstießen,
wenn er sich was vorstellte, waren's Pfandbriefe.

Und das allersonderbarste war: Wenn er arbeitete, tat er nichts, und wenn er nichts tat, arbeitete er; er wachte, wenn er schlief, und schlief mit offenen Augen wie die Hasen in der Champagne, immer in Furcht, von seinen alten Feinden, den Fleischwürsten, überfallen zu werden; aß nichts, wenn er fastete, und fastete, wenn er nichts aß; kaute in Gedanken und trank in der Einbildung; badete sich auf hohen Glockentürmen und trocknete sich in den Teichen und Flüssen ab; fischte in der Luft und fing dort Riesenkrebse; jagte auf dem Meeresgrund und schoß dort Ibisse, Steinböcke und Kamele; hackte allen Krähen, die er heimlich fing, die Augen aus; fürchtete nichts so sehr wie seinen Schatten und das Meckern fetter Ziegen; trottete an bestimmten Tagen auf dem Pflaster umher; trieb's mit Strickgürteln, machte einen Schlegel aus der Faust und schrieb auf grobem Pergament mit seinem großen Schreibzeug Prognostika und Kalendersprüche.« – »Sieh doch einer den Burschen«, sagte Bruder Hans, »das ist mein Mann! So einen hab' ich schon lange gesucht, dem muß ich eine Forderung schicken.« – »Eine sonderbare und ungeheuerliche Art Mensch, wenn man ihn überhaupt noch als Menschen bezeichnen kann«, sagte Pantagruel. »Er erinnert mich in Gestalt und Wesen an Amoduns[1] und Diskordanz.« – »Wie sahen denn die aus?« fragte Bruder Hans. »Gott verzeih' mir, aber ich habe noch nie was von ihnen gehört.« – »Ich will dir erzählen«, sagte Pantagruel, »was ich in den Sagen der Alten über sie gelesen habe. Physis, das heißt die Natur, gebar als ihre Erstlinge Schönheit und Harmonie, und zwar ohne Hilfe des Mannes, denn sie ist aus eigener Kraft fruchtbar und erzeugend. Antiphysis, die stete Gegnerin der Natur, wurde neidisch auf die schöne und ehrenvolle Geburt und gebar sofort mit Hilfe des Tellumo[2] als Gegenstück dazu Amoduns und Diskordanz. Diese beiden hatten einen kugelrunden, an den Seiten nicht abgeflachten Kopf, wie's beim

1 »Maßloser« (küchenlat.) – 2 röm. Gottheit der zeugenden Erdkraft

menschlichen ist; hoch emporstehende Ohren, so groß wie Eselsohren; Augen, die außerhalb des Kopfs auf schuhabsatzähnlichen Knochen saßen, keine Augenbrauen hatten und hart wie die der Krebse waren; Füße, rund wie Bälle, und Arme und Hände nach hinten der Schulter zugewendet. Dabei gingen sie auf den Köpfen und überschlugen sich fortwährend, Kopf unten, Beine oben. Und wie Affenmütter ihre Jungen für die schönsten Wesen von der Welt halten, so pries auch Antiphysis die Gestalt ihrer Kinder und suchte zu beweisen, daß diese schöner und zweckmäßiger sei als die der Kinder der Physis. Denn, sagte sie, die kugelrunden Köpfe und Füße und das kreisartige Überschlagen sei das Allervollkommenste; die schwingende Bewegung habe etwas Göttliches, denn die Götter und die ewigen Dinge würden in solcher Weise bewegt. Daß sie die Füße in der Luft und den Kopf nach unten trügen, das wäre dem Schöpfer der Welt abgesehen, da die Haare beim Menschen ja die Wurzeln und die Beine die Zweige darstellten. Die Bäume ständen doch aber auf ihren Wurzeln bequemer in der Erde als auf ihren Zweigen, wodurch sie dartun wollte, daß ihre Kinder wie ein natürlich dastehender Baum besser und vorzüglicher wären als die der Physis, die einem auf den Kopf gestellten glichen. Was Arme und Hände beträfe, so bewies sie, daß sie zweckmäßiger den Schulterblättern zugekehrt wären, da dieser Teil des Körpers nicht wehrlos bleiben dürfe, während der vordere Teil schon mit Zähnen bewaffnet sei, die, ohne Hilfe der Hand, zur Abwehr schädlicher Dinge dienen könnten und nicht bloß zum Kauen da wären. – So überredete sie, von dem Zeugnis und der Zustimmung der dummen Tiere unterstützt, alle Toren und alle Narren zu ihrer Ansicht, und was nur immer hirnlos und ohne Urteil, bar des gesunden Menschenverstands war, zollte ihr Bewunderung. Darauf gebar sie noch die Matagoten, Kagoten und Papelarden, die Pistolen-Maniaken[1], die kalvinischen Dämoniaken, die Genfer Schubiakken, die tollen Putherben[2] sowie die Kuttner, Heuchler, Gleisner, Kannibalen und dergleichen ungestaltes und widernatürliches Gesindel mehr.«

1 Einwohner der nordital. Stadt Pistoja – 2 nach Puy-Herbault

Dreiunddreißigstes Kapitel

Wie Pantagruel bei der Insel der Grimmigen einen ungeheuren Wal erspähte

Um die Mittagszeit, als wir uns der Grimmigeninsel näherten, bemerkte Pantagruel in der Ferne einen gewaltigen, ungeheuren Wal, der schnaubend, tobend und prustend auf uns zukam; er überragte die Masten unserer Schiffe und stieß aus seinem Rachen solche Wassermassen in die Luft, daß es wie ein vom Gebirge herabstürzender Strom aussah. Pantagruel machte Xenomanes und den Steuermann darauf aufmerksam. Auf den Rat des letztern mußten die Trompeter der Thalamega das Zeichen zum Sammeln der Schiffe geben. In vorschriftsmäßiger Ordnung stellten sich sämtliche Fregatten, Galeonen, Schnellruderer und Lastsegler in Gestalt eines griechischen Y, des Pythagoreischen Buchstabens, auf, so wie man die Kraniche fliegen sieht, das heißt im spitzen Winkel; an der äußersten Spitze die zum Kampf bereite Thalamega. Tapfer und unverzagt nahm Bruder Hans seinen Platz bei den Kanonieren auf dem Vorderkastell ein. Panurg fing an, mehr denn je zu heulen und zu jammern. »Ba-billeba-bu«, schrie er, »das ist ja noch ärger als vorher. Laßt uns fliehen. Spieß' mich der Bulle, wenn das nicht der Leviathan ist, wie ihn der große Prophet Moses im Leben des heiligen Hiob beschrieben hat. Er wird unsere Schiffe mit Mann und Maus verschlingen. Für seinen großen Höllenrachen sind wir alle zusammen ja nicht mehr als ein Pfefferkuchen für einen Eselsrachen. Da ist er. Macht, daß wir fortkommen. Zum Land hin! Das ist, glaub' ich, gerade solch Meerungeheuer wie das, von dem Andromeda verschlungen werden sollte. Wir sind alle verloren. Oh, daß kein heldenmütiger Perseus hier ist, um das Untier zu erschlagen.« – »Per Zeus!« sagte Pantagruel, »ich helfe, nur nicht bange.« – »Kotz Blitz«, sagte Panurg, »dann schafft uns auch erst den Grund zur Bangigkeit vom Hals. Wann soll man denn bange sein, wenn nicht in so drohender Gefahr?« – »Wenn dir das vorherbestimmt ist«, sagte Pantagruel, »was Bruder Hans dir kürzlich darlegte, so solltest du dich eher vor Pyrois, Eous, Äthon und Phlegon, den vier berühmten Sonnenrossen, fürchten, die Feuer aus ihren Nüstern blasen; Wale, welche Wasser aus ihren Rachen und Nasenlöchern speien, brauchst du nicht zu fürchten, denn durch dies Element kommst du in keine Lebensgefahr, ja, wirst eher noch geschützt und bewahrt als gefährdet und geschädigt.« – »Ach was«, jammerte Panurg, »Pik ist nicht Trumpf! Hab' ich Euch nicht die Transmutation der Elemente klar genug bewiesen und dargelegt, wie leicht Braten und Kochen, Kochen und Braten miteinander verwechselt wird? Ah, ah, ah, da ist er. Ich verstecke mich unten im Raum! Das wird unser aller Tod sein! Ich seh's, da oben auf dem Mast sitzt Atropos mit ihrer scharfgeschliffenen Schere, die wird uns allen den Lebensfaden durchschneiden. Vorgesehen! Da ist er. Oh, wie schrecklich er ist, scheußlich! Du hast gewiß schon manchen untergetaucht, der sich dessen nicht mehr gerühmt hat. *Per Dio*, wenn er noch guten weißen, roten, süffigen Wein ausspie, mit dem man sich den Gaumen spülen könnte, nicht solch bitteres, salziges, stinkiges Wasser, so wollt' ich mir's allenfalls gefallen lassen, da könnte man's doch noch aushalten, wie jener englische Lord, der sich dafür entschied, in einem Malvasierfaß ersäuft zu werden, als er sich nachgewiesener Verbrechen halber selbst die Todesstrafe wählen durfte. Da ist er! Hoho, Teufel, Satan, Leviathan! Du bist meinen Augen ein Greuel, so häßlich, so abscheulich bist du. Mach, daß du fortkommst, fort zum Termin, fort zu den Schikanusen.«

Vierunddreißigstes Kapitel

Wie der ungeheure Wal von Pantagruel erlegt wurde

Sobald der Wal den Breitseiten der Fregatten und Galeonen ausgesetzt war, überschüttete er sie mit riesigen Wassermassen, die wie die Katarakte des äthiopischen Nils auf sie herniederrauschten. Pfeile, Spieße, Piken, Lanzen und Speere wurden von allen Seiten auf ihn geschleudert, Bruder Hans allen anderen voran. Panurg in Todesangst. Das grobe Geschütz donnerte und blitzte ganz teufelsmäßig immer drauflos und ließ es sich angelegen sein, ihn tüchtig zu zwacken. Aber es half alles nichts; die schweren Eisen- und Bronzekugeln schienen an seiner Haut wie Butter an der Sonne zu schmelzen. Da rührt Pantagruel, die Not und Gelegenheit erwägend, seine Arme und zeigt, was er kann.

Man sagt und kann es auch geschrieben lesen, daß der Tagedieb Commodus, der römische Kaiser, ein so geschickter Bogenschütze gewesen sei, daß er kleinen Kindern aus großer Entfernung zwischen den Fingern ihrer aufgehobenen Hände hindurchgeschossen habe, ohne sie im geringsten zu verletzen. Auch erzählt man sich von einem indischen Schützen zur Zeit, da Alexander Indien eroberte, der so geübt war, daß er seine Pfeile von drei Armlängen aus weiter Entfernung durch einen Ring schoß; dabei war die Spitze der Pfeile so groß und schwer, daß er damit stählerne Schwerter, Schildbuckel, die stärksten Brustharnische, kurz alles, was sie traf, mochte es noch so fest, widerstandsfähig und hart sein, durchbohrte. Auch von der Geschicklichkeit der alten Franzosen erzählt man uns Wunder, die in der Kunst des Bogens allen überlegen waren und, wenn sie auf Schwarz- oder Rotwild jagten, die Spitzen ihrer Pfeile mit Nieswurz einrieben, damit das Fleisch der erlegten Tiere um so zarter, schmackhafter, gesünder und köstlicher werde; die Stelle aber, wo das Tier getroffen worden war, schnitten sie aus. Desgleichen von den Parthern, die nach hinten noch geschickter schossen als andere Völker nach vorn. Ebenso rühmt man uns die Skythen in Hinsicht dieser Fertigkeit. Einer ihrer Gesandten, den sie zu Darius, dem König der Perser, geschickt hatten, überreichte diesem, ohne ein Wort zu reden, einen Vogel, einen Frosch, eine Maus und fünf Pfeile. Darüber befragt, was das bedeuten solle und ob er den Auftrag habe, etwas zu melden, antwortete er: »Nein.« Der erstaunte Darius konnte das nicht begreifen, bis Gobryes, einer von den sieben Hauptleuten, welche die Magier getötet hatten, ihm folgende Erklärung gab: »Durch diese Gaben und Geschenke wollen die Skythen dir ohne Worte kundtun, daß, wenn die Perser nicht den Vögeln gleich gen Himmel fliegen oder sich nicht wie Mäuse im Schoß der Erde verkriechen oder nicht wie Frösche auf den Grund der Teiche und Sümpfe schlüpfen, sie alle der Macht und den Pfeilen der Skythen erliegen werden.«

Ungleich bewunderungswürdiger in der Kunst des Bogens und des Wurfspießes war jedoch noch der edle Pantagruel; denn mit seinen ungeheuren Speeren und Pfeilen, die an Länge, Dicke, Gewicht und Eisenbeschlag den gewaltigen Pfählen glichen, auf denen die Brücken von Nantes, Saumur und Bergerac, die Wechsler- und Müllerbrücke in Paris ruhen, öffnete er aus einer

Entfernung von tausend Schritt eine Auster in der Schale, ohne die Ränder zu berühren, schneuzte ein Licht, ohne es auszulöschen, traf eine Elster ins Auge, schoß die Sohle von einem Stiefel ab, ohne ihn selbst zu beschädigen, hob ein Visier auf, ohne es zu zerbrechen, und wendete die Blätter von Bruder Hansens Brevier eins nach dem andern um, ohne sie zu zerreißen. Mit einem solchen Pfeil, deren er auf seinem Schiff eine große Menge vorrätig hatte, traf er nun den Wal gleich beim ersten Schuß so vor die Stirn, daß er ihm beide Kinnbacken nebst der Zunge durchbohrte, so daß er weder den Rachen aufsperren noch Wasser schlucken noch Wasser ausspeien konnte. Mit dem zweiten Schuß zerschmetterte er ihm das rechte, mit dem dritten das linke Auge. Jubelnd sahen es alle, wie dem Wal jetzt von der Stirn drei große, ein wenig geneigte Hörner in Gestalt eines gleichschenkligen Dreiecks herabhingen und er schwankend und taumelnd, betäubt, blind und schon dem Tode nahe von einer Seite auf die andere schaukelte. Damit nicht zufrieden, schoß ihm Pantagruel noch einen Pfeil auf den Schwanz, der, um das Gegengewicht zu halten, hintenüberhing; dann noch drei weitere in gleichen Abständen senkrecht auf den Rücken, wodurch die Strecke vom Schwanz bis zum Maul in drei gleiche Abschnitte geteilt wurde; endlich jagte er ihm jeweils fünfzig in die Flanken, so daß der Leib des Wals mit den darin steckenden Balkenpfeilen dem Kiel einer dreimastigen Galeone mit eingefügten Schiffsrippen glich, was gar lustig anzusehen war. Da legte sich der sterbende Wal wie alle toten Fische auf den Rücken, und wie nun die Balken ins Meer hingen, glich er ganz einem Skolopender, jener hundert Fuß langen Riesenschlange, die der gelehrte Nikander uns vorzeiten beschrieben hat.

Fünfunddreißigstes Kapitel

Wie Pantagruel auf der Insel der Grimmigen, dem alten Wohnsitz der Fleischwürste, an Land ging

Die Ruderknechte des Laternenschiffs lotsten den Wal am Schlepptau zur nahen Grimmigeninsel, um ihn dort anatomisch zu zerlegen und den Tran abzuzapfen, der, wie sie sagten, ein vortreffliches und höchst wirksames Mittel gegen eine gewisse

Krankheit wäre, die sie »Geldschwindsucht« nannten. Pantagruel interessierte das alles sehr wenig; denn er hatte viele und noch weit größere Wale im Gallischen Ozean gesehen. Doch zeigte er sich nicht abgeneigt, auf der Südseite der Insel in einer kleinen, unbewohnten Bucht unweit eines kleinen Waldes mit hohen, schönen Bäumen an Land zu gehen, damit die von seinen Leuten, die der abscheuliche Wal durchnäßt und beschmutzt hatte, sich ein wenig trocknen und stärken könnten. Vom Wäldchen her floß ein reizender Bach mit reinem, silbernem, süßem Wasser dem Meer zu. Hier, unter aufgeschlagenen Zelten, wurde die Küche eingerichtet und mit Feuerung nicht gespart. Nachdem jeder nach Bedürfnis und Gefallen die Kleider gewechselt hatte, ließ Bruder Hans das Glöckchen ertönen. Sofort wurden die Tische gedeckt und die Speisen aufgetragen. Als man beim zweiten Gang war, bemerkte Pantagruel, der mitten unter den Seinigen fröhlich bei Tisch saß, wie etliche kleine, zahme Fleischwürste mucksmäuschenstill auf einen hohen Baum kletterten, der nicht weit vom Anrichttisch stand. Er fragte Xenomanes: »Was sind das da für Tierchen?«, da er dachte, es wären Eichhörnchen, Wiesel, Marder oder Hermeline. – »Das sind Würste«, erwiderte Xenomanes. »Wir sind hier auf der Grimmigeninsel, von der ich Euch heute morgen gesprochen habe. Zwischen ihnen und ihrem alten, bösen Feind Fastennarr besteht seit langem eine heftige Fehde. Vermutlich haben die Kanonenschüsse, die wir gegen den Wal abfeuerten, sie erschreckt, und sie fürchten, daß jener, ihr Feind, mit seinen Kriegsscharen gekommen sei, um sie zu überfallen oder ihre Insel zu verwüsten, wie er es schon mehrmals versucht hat, aber wegen ihrer großen Vorsicht und Wachsamkeit stets mit geringem Erfolg. Denn – wie Dido zu den Gefährten des Äneas sagte, die ohne ihr Wissen und ihre Erlaubnis in den Hafen von Karthago einfahren wollten – die Tücke ihres Feindes und die Nähe seines Landes zwangen sie, fortwährend auf ihrer Hut zu sein.« – »*Per Dio*«, sagte Pantagruel, »wenn du, mein Lieber, irgendein anständiges Mittel weißt, wie diesem Krieg ein Ende zu machen wäre und wie man sie miteinander versöhnen könnte, so nenn es mir; denn ich würde von Herzen gern alles tun und keine Mühe scheuen, die Streitpunkte zwischen ihnen zu beseitigen und aus dem Weg zu räumen.« – »Das ist vorderhand unmöglich«, erwiderte Xenomanes. »Als ich vor ungefähr vier Jahren hier und auf der Insel der Heimlichen war, ließ ich es mir angelegen sein, einen Frieden oder doch wenigstens einen längeren Waffenstillstand zwischen ihnen zu vermitteln, und sie wären schon längst gute Nachbarn und Freunde, wenn sie nur in einem Punkt ihren Leidenschaften einen Zaum hätten anlegen wollen. Fastennarr aber wollte nicht zugeben, daß auch die Blutwürste und die Schweizer Würste mit in den Frieden eingeschlossen würden, die Würste dagegen verlangten die Übergabe der Heringsfeste und daß ihnen die Verwaltung und Herrschaft darüber ebenso überlassen werde wie über Salzungen; desgleichen sollte alles stinkende und niederträchtige Mordgesindel, das, wie man sagt, dort haust, vertrieben werden. Das wurde nicht angenommen; jedem Teil erschienen die Bedingungen der anderen Seite unbillig, und so kam kein Vertrag zwischen ihnen zustande. Doch verfuhren sie seit der Zeit etwas weniger streng gegeneinander, und die Feindschaft legte sich ein bißchen. Aber seit das Dekret des Nationalkonzils von Chesil[1] mit Knüppeln auf sie einhaut, sie verdonnert und zerblitzt, zugleich Fastennarr für unrein, besudelt und stockfischig erklärt, wenn er sich in Bündnisse mit ihnen einlassen oder Verträge mit ihnen schließen würde, sind sie über die Maßen wild, giftig, erbost und hartnäckig geworden, so daß gar nichts zu machen ist. Eher würde es Euch gelingen, zwischen Katzen und Ratzen oder Hunden und Hasen Frieden zu stiften.«

Sechsunddreißigstes Kapitel

Wie Pantagruel von den grimmigen Würsten ein Hinterhalt gelegt wird

Während Xenomanes noch sprach, sah Bruder Hans auf dem ansteigenden Ufer des Hafens fünfundzwanzig bis dreißig junge, schlanke Würste, die mit großen Schritten ihrer Stadt, Zitadelle, Burg und Festung Rauchfang zueilten, und sagte zu Pantagruel: »Hier wird es ein schönes Verwechslungsspiel geben, das seh' ich kommen. Diese würdigen Würste könnten Euch wohl gar für Fastennarr halten, obgleich Ihr ihm nicht im geringsten ähn-

1 gemeint ist das Tridentinische Konzil

lich seht. Hören wir lieber mit dem Schmausen auf und rüsten uns zum Widerstand.« – »Gewiß wird das gut sein«, sagte Xenomanes. »Würste bleiben Würste und sind immer heimtückisch, man darf ihnen nicht trauen.« – Demzufolge erhob sich Pantagruel von der Tafel, um den Wald zu durchspähen. Aber schnell kehrte er zurück und versicherte uns, er habe links einen Hinterhalt von Fettwürsten entdeckt, während auf der rechten Seite von einem Hügel herab, etwa eine halbe Meile entfernt, ein gewaltiger Kriegshaufe von mächtigen, riesigen Fleischwürsten unter dem Klang von Dudelsäcken, Sackpfeifen, Stopfhörnern, Blasentrommeln, Querpfeifen, Zinken und Trompeten in voller Wut zur Schlacht gegen uns heranzöge. Nach den achtundsechzig Feldzeichen, die er gezählt hatte, berechneten wir, daß ihre Gesamtzahl nicht weniger als zweiundvierzigtausend Mann sein könne. Die Ordnung, in der sie vorrückten, ihre stolze Haltung und der selbstbewußte Ausdruck ihrer Mienen überzeugten uns, daß wir es hier keineswegs mit weichlichen Frikadellen, sondern mit erprobten Kriegswürsten zu tun hätten. Die ersten Reihen bis zu den Feldzeichen waren vom Kopf bis zu den Füßen gewappnet und führten, soweit man aus der Entfernung sehen konnte, kurze, aber spitze Piken; auf beiden Flügeln wurden sie durch eine stattliche Schar Rotwürste, Preßköpfe und Kochsalami zu Pferd unterstützt, alles Bewohner der Insel, wilde, verwegene Burschen von kräftiger Gestalt. Nicht umsonst geriet Pantagruel daher in große Bestürzung, obwohl Epistemon ihm einreden wollte, daß es ja möglicherweise in diesem Wurstland Brauch und Sitte sei, befreundete Fremde auf ebensolche Art zu ehren und mit kriegerischem Gepränge zu empfangen, wie die treuen Städte des Landes die edlen Könige von Frankreich empfingen und begrüßten, wenn diese nach der Krönungsfeier zum erstenmal bei ihnen einzogen. »Vielleicht«, sagte er, »ist dies die gewöhnliche Leibwache der Landeskönigin, die, sobald sie von den jungen Würsten, die wir auf den Bäumen spähen sahen, erfuhr, daß Euer schönes und prächtiges Geschwader in diesem Hafen vor Anker gegangen sei, sofort vermutet hat, es müsse ein reicher und mächtiger Fürst sein, und die Euch nun in eigener Person entgegenzieht.« – Dadurch aber keineswegs beruhigt, versammelt Pantagruel einen Kriegsrat, um seine Ansicht darüber zu vernehmen, was in diesem zweifelhaften und gefährlichen Fall zu tun sei. Mit kurzen Worten legte er der Versammlung dar, wie solche Sitte, jemanden mit Waffengepränge zu empfangen, nur zu oft unter der Maske der Zuvorkommenheit und Freundschaft zu Mord und Verrat mißbraucht worden sei. »So«, sagte er, »schlachtete der Kaiser Antoninus Caracalla das eine Mal die Alexandriner hin und tötete das andere Mal das Gefolge des parthischen Königs Artaban, indem er tat, als ob er sich

mit der Tochter dieses Königs vermählen wolle, was indessen nicht ungestraft blieb, denn bald verlor er selbst dabei sein Leben. So erschlugen die Söhne Jakobs, um die Schwächung ihrer Schwester Dina zu rächen, die Sichemiter. Auf solche verräterische Weise wurden die Soldaten in Konstantinopel von Gallienus umgebracht. Gleichfalls unter dem Schein der Freundschaft lockte Antonius den König von Armenien, Artavasdes, zu sich, um ihn zuerst gefangennehmen und in schwere Ketten legen und schließlich töten zu lassen. Tausend ähnliche Beispiele mehr finden wir in den alten Geschichtsbüchern aufgezeichnet. Und nicht mit Unrecht wird noch heute die Klugheit König Karls VI. von Frankreich gerühmt, der, als er siegreich aus Flandern nach seiner getreuen Stadt Paris zurückkehrte, sobald er zu Bourget hörte, daß die Pariser, mit ihren Streitkolben bewaffnet – daher ihr Beiname ›die Klobigen‹ –, zwanzigtausend Mann stark, sich in Schlachtordnung vor der Stadt aufgestellt hätten, nicht einziehen wollte, bevor sie nicht nach Hause gegangen wären und ihre Waffen abgelegt hätten, wie hoch sie auch beteuern mochten, diese ohne jeden Hintergedanken und ohne böse Absicht bloß zu dem Zweck mitgenommen zu haben, ihn mit desto größeren Ehren zu empfangen.«

Siebenunddreißigstes Kapitel
Wie Pantagruel die Hauptleute Darmspeiler und Wurstmesser holen ließ nebst einer bemerkenswerten Abhandlung über Personen- und Ortsnamen

Der Kriegsrat beschloß, daß man sich auf alle Fälle vorsehen solle. Also gab Pantagruel Carpalim und Gymnast den Befehl, die Besatzung des Humpens, deren Hauptmann Darmspeiler, und des Schenkbretts, deren Hauptmann Wurstmesser war, herbeizuholen. – »Ich werde Gymnast diese Mühe abnehmen«, sagte Panurg, »seine Gegenwart ist hier nötiger.« – »Bei meiner Kutte«, sagte Bruder Hans, »du Scheißkerl willst dich nur vor dem Kampf aus dem Staube machen. Einmal fort, kommst du sicherlich nicht wieder, woran übrigens auch nichts gelegen ist. Du würdest doch nur wehklagen, heulen und schreien und unseren tapferen Soldaten den Mut rauben.« – »Ich komme gewiß wieder«, sagte Panurg, »gewiß, lieber Bruder Hans, mein Seelentrost, mein alles. Aber gib nur Befehl, daß man diese abscheulichen Würste nicht auf die Schiffe hinaufklettern läßt. Während ihr euch mit ihnen herumbalgt, da will ich Gott um Sieg für euch anflehen wie Moses, der tapfere Kriegsheld und Führer des israelitischen Volks[1].« – »Sollten die Würste uns wirklich angreifen

1 s. 2. Moses 17,8/II

wollen«, sagte Epistemon, »so verheißen uns die Namen Eurer beiden Hauptleute, Darmspeiler und Wurstmesser, Glück und Sieg.« – »Da hast du etwas recht Vernünftiges gesagt«, entgegnete Pantagruel; »es freut mich, daß du aus den Namen dieser unserer Hauptleute auf unsern Sieg schließt und ihn voraussagst. Solch Deuten der Namen ist nichts Neues. Bereits die Pythagoreer gaben etwas darauf und übten es mit Andacht. Manche großen Herrscher und Könige haben daraus Nutzen gezogen. Als Octavianus Augustus, Roms zweiter Kaiser, eines Tags einem Landmann begegnete mit dem Namen Eutychus, was ›der Glückliche‹ heißt, der einen Esel vor sich hertrieb, den er Nikon, das heißt im Griechischen ›der Siegreiche‹, nannte, ergriff ihn die Bedeutung dieser Namen so sehr, daß er daraus Vertrauen auf Glück, Heil und Sieg für sich schöpfte. Und Vespasian, gleichfalls ein römischer Kaiser, faßte Hoffnung und Zuversicht, daß er den römischen Thron besteigen würde, als er eines Tags, während er im Tempel des Serapis betete, einen seiner Diener mit Namen Basilides, das heißt ›der Königliche‹, den er auf einem Heereszug in weiter Ferne krank zurückgelassen, plötzlich vor sich hintreten sah. Einzig und allein wegen der Bedeutung seines Namens wurde Regilian[1] von den römischen Legionen zum Kaiser gewählt. Lest nur den ›Kratylos‹[2] des göttlichen Platon.« – »Bei meinem Durst«, sagte Rhizotom, »ich muß ihn doch wirklich mal lesen. Ihr führt ihn gar zu oft an.« – »Seht, wie die Pythagoreer aus den Namen und Zahlen den Schluß ziehen, daß Patroklos von Hektor, Hektor von Achill, Achill von Paris und Paris von Philoktet getötet werden mußten. Der Verstand steht mir still, wenn ich an die wunderbare Entdeckung des Pythagoras denke, daß man je nach der gleichen oder ungleichen Silbenzahl eines Eigennamens erfahren kann, auf welcher Seite der Träger dieses Namens lahm, bucklig, blind, gichtbrüchig, vom Schlag getroffen, lungenleidend oder sonstwie krank ist. Die gerade Zahl zeigt nämlich die linke, die ungerade die rechte Seite als die kranke an.« – »Wahrhaftig«, sagte Epistemon, »davon habe ich mich zu Saintes bei einer Prozession, an welcher der höchst vortreffliche, tugendhafte, gelehrte und gerechte Gerichtspräsident Briand Vallée, Seigneur du Douhet, teilnahm, selbst über-

1 von lat. *rex* König – 2 Dialog über die Bedeutung der Namen

zeugen können. Sobald ein Mann oder eine Frau, die lahm, einäugig oder bucklig war, an ihm vorüberkam, nannte man ihm ihren Namen. Waren die Silben des Namens von ungleicher Zahl, so sagte er sofort, ohne die Leute angesehen zu haben, daß sie auf der rechten Seite lahm, blind oder bucklig wären; war aber die Zahl eine gerade, so nannte er die linke Seite. Und immer war es richtig, ohne Ausnahme.« – »Mit Hilfe dieser Entdeckung«, sagte Pantagruel, »haben die Gelehrten festgestellt, daß Achilleus, als er kniete, von Paris' Pfeil an der rechten Ferse getroffen wurde, denn sein Name hat eine ungleiche Silbenzahl, wobei zu bemerken ist, daß die Alten mit dem rechten Bein knieten. Venus wurde vor Troja von Diomedes an der linken Hand verwundet, denn ihr griechischer Name ist viersilbig[1]. Ebendarum hinkte Vulkan auch auf dem linken Fuß. König Philipp von Makedonien und Hannibal waren auf dem rechten Auge blind. Und nach derselben Pythagoreischen Regel können wir auch die Stelle des Hüftwehs, der Brüche oder der Migräne bestimmen. Aber um nun wieder auf die Namen zu kommen, seht nur, wie Alexander der Große, des gerade genannten Königs Philipp Sohn, durch die Auslegung eines einzigen Namens eine begonnene Unternehmung zu einem glücklichen Ende führte. Er belagerte die feste Stadt Tyros und hatte sie schon seit vielen Wochen berannt, doch immer ohne Erfolg. Alle Maschinen und Erdarbeiten halfen ihm nichts, alles wurde von den Tyrern immer wieder zerstört und ausgebessert. Nur mit großem Widerstreben dachte er daran, die Belagerung aufzuheben, weil diese Schlappe seinen Ruhm erheblich geschmälert hätte. So von Zweifeln und Betrübnis gequält, schlief er eines Tags ein. Da sah er im Traum einen Satyr auf seinen Bocksbeinen im Zelt umherhüpfen und -tanzen. Alexander wollte ihn greifen, aber der Satyr wußte ihm immer zu entschlüpfen, bis der König ihn zuletzt in eine Ecke drängte, wo er ihn fing. Darüber erwachte er. Als er diesen Traum seinen Hofphilosophen und Gelehrten erzählte, deuteten sie ihn dahin, daß die Götter ihm Sieg verhießen und Tyros bald genommen sein würde; denn wenn man das Wort Satyros teile, so erhalte man die beiden Wörter Sa und Tyros, das aber bedeutet: Dein ist Tyros. Und in der Tat nahm er die Stadt

1 Aphrodite

beim ersten erneuten Angriff und brach den Widerstand dieses Volks durch einen vollständigen Sieg. Nun seht aber als Gegenstück, wie Pompejus über die Bedeutung eines Namens in helle Verzweiflung geriet. Als er sich von Cäsar in der Schlacht bei Pharsalos besiegt sah, blieb ihm nichts übrig, als sich durch die Flucht zu retten. So kam er nach der Insel Zypern. Nahe bei der Stadt Paphos erblickte er am Ufer einen schönen, prächtigen Palast. Als er den Steuermann nach dem Namen dieses Palastes fragte, erfuhr er, man nenne ihn Kakobasilea, was soviel wie ›Schlimm König‹ bedeutet. Der Name flößte ihm solchen Schrecken und Abscheu ein, daß er in die äußerste Verzweiflung geriet. Fest davon überzeugt, er werde nun nicht entrinnen können, ja vielleicht sogar sein Leben verlieren müssen, begann er so laut zu weinen, zu seufzen und zu stöhnen, daß alle Umstehenden und auch die Schiffsleute es hören konnten. Und wirklich, kurze Zeit darauf schnitt ihm ein unbekannter Bauer, ein gewisser Achillas, den Kopf ab. Wir könnten hier weiterhin anführen, was L. Paulus Ämilius widerfuhr, als er vom römischen Senat zum Imperator, das heißt zum Feldherrn, des Heers ernannt worden war, das gegen Perseus, den König von Makedonien, gesandt werden sollte. Als er am Abend desselben Tags in seine Wohnung zurückkehrte, um sich zum Auszug zu rüsten, fiel es ihm auf, daß sein Töchterchen, Tratia mit Namen, bei seinen Liebkosungen so niedergeschlagen war. ›Was fehlt dir, liebe Tratia?‹ fragte er sie; ›warum bist du so traurig und betrübt?‹ – ›Ach, Papa‹, antwortete sie, ›Persa ist gestorben!‹ So hieß nämlich ein kleines Hündchen, das sie zärtlich liebte. Paulus jedoch schöpfte aus diesen Worten die Zuversicht, daß er Perseus besiegen werde. – Erlaubte es die Zeit, die heiligen Bücher der Hebräer zu durchforschen, so würden wir hundert bedeutsame Stellen finden, die uns alle bewiesen, welch eine Wichtigkeit dieses Volk der Bedeutung der Eigennamen beigemessen hat.«

Gegen Ende dieser Unterredung erschienen die beiden Hauptleute mit ihrer Mannschaft, alle trefflich bewaffnet und zum Kampf bereit. Pantagruel hielt ihnen eine kleine Ansprache und ermahnte sie, sich tapfer zu halten, wenn sie zur Abwehr gezwungen werden sollten, obgleich er nicht glauben könne, daß die Würste sich so hinterhältig erweisen würden. Die Losung sollte »Fastnacht« sein.

Achtunddreißigstes Kapitel

Wie die Würste gar nicht so etwas Verächtliches sind

Ihr Zecher macht eure schlechten Witze und glaubt nicht, was ich euch erzähle? Da weiß ich mir nun wirklich nicht zu helfen. Glaubt's, wenn ihr wollt, wenn nicht, so überzeugt euch selbst davon. Was mich anbetrifft, ich weiß, was ich sah. 's war auf der Insel der Grimmigen. Ich nenne sie euch ja. Denkt doch nur, ich bitt' euch, an die Kraft der alten Riesen, die sich unterfingen, den Pelion auf den Ossa zu stülpen und den schattenreichen Olymp in den Ossa einzuwickeln, um die Götter zu bekriegen und sie aus dem Himmel herauszustochern. Das war doch gewiß keine geringe und alltägliche Kraft. Und trotzdem waren sie zur Hälfte Würste oder – damit ich nicht lüge – Schlangen. Die Schlange, von welcher Eva verführt wurde, war auch vom Geschlecht der Würste; nichtsdestoweniger steht von ihr geschrieben, sie sei vor allen anderen Tieren schlau und listig gewesen. Dasselbe gilt von den Würsten. Einige Akademiker[1] behaupten noch jetzt, daß dieser Verführer niemand anders gewesen sei als die Wurst Ithyphallus[2], in welche vorzeiten der gute Meister Priapus verwandelt worden war, ein gar großer Verführer der Weiber im Paradies, wie es auf griechisch, oder im Garten, wie es bei uns heißt. Was wissen wir, ob nicht die jetzt so tüchtigen und tapferen Schweizer einmal Würstchen gewesen sind? Ich möchte meine Hand dafür nicht ins Feuer legen. Auch die Himantopoden, ein namhaftes Volk in Äthiopien, sind nach des Plinius Beschreibung Würste und weiter nichts. Wenn das alles aber eure Ungläubigkeit noch nicht erschüttern kann, ihr Herren, so fahrt – aber erst trinkt einmal! – nach Lusignan, Parthenay, Vouvant, Mervent und Pouzauges im Poitou, da findet ihr viele altadlige, ehrenhafte Zeugen, die beim Arm des heiligen Rigomer schwören werden, daß Melusine, ihre Ahnherrin, bis hin zu den Schamlippen einen Frauenleib gehabt hat, welcher aber von da abwärts in eine Wurstschlange oder Schlangenwurst auslief. Dessenungeachtet bewegte sie sich mit Freiheit und Anmut, worin es ihr die bretonischen Tänzer noch heutigentags gleichtun, wenn sie trällernd ihren Dreischritt tanzen. Und was war

1 Schüler Platons – 2 der Phallus als Kultsymbol

der Grund, weshalb Erichthonios die Kutschen, Sänften und Wagen erfand? Weil Vulkan ihn mit Wurstbeinen erzeugt hatte, die er in einer Sänfte viel besser verstecken konnte als beim Reiten. Denn damals hielt man von den Würsten noch nicht viel. Der Leib der skythischen Nymphe Ora war gleichfalls halb Frau, halb Wurst. Trotzdem fand Jupiter sie so reizend, daß er einen schönen Sohn, Kolaxes, mit ihr zeugte. Hört also mit euren schlechten Späßen auf und glaubt mir: Über die Wahrheit des Evangeliums geht nichts!

Neununddreißigstes Kapitel

Wie Bruder Hans sich mit den Köchen vereinigt, um wider die Würste zu kämpfen

Als Bruder Hans die wutentbrannten Würste so tapfer heranrükken sah, sagte er zu Pantagruel: »Na, das wird eine schöne Schlächterei werden. Ei, was für Ehre und rühmlichen Preis wir da als Sieger einheimsen werden! Am liebsten wär' mir's, Ihr sähet dem Gemetzel vom Schiff aus zu und ließt mich's mit meinen Leuten allein zu Ende führen.« – »Mit was für Leuten?« fragte Pantagruel. – »Hier steht's im Brevier«, entgegnete Bruder Hans. »Warum war Potiphar, der Oberküchenmeister des Pharao, der Joseph kaufte und den Joseph, wenn er gewollt, zum Hahnrei hätte machen können, warum war er Befehlshaber der gesamten ägyptischen Reiterei? Warum wurde Nebusaradan, des Königs Nebukadnezar Küchenmeister[1], vor vielen anderen Hauptleuten dazu erwählt, Jerusalem zu belagern und zu zerstören?« – »Nun, laß hören«, sagte Pantagruel. – »Beim wundertätigen Loch«, fuhr Bruder Hans fort, »ich wollte darauf schwören, es geschah aus keinem andern Grund, als weil sie schon früher gegen Würste zu Felde gezogen waren oder doch gegen Leute, die ihnen völlig Wurst waren und die zu ducken, zu stupsen, unterzukriegen und in Stücke zu hauen Köche unvergleichlich tüchtiger und geeigneter sind als alle schwere und leichte Reiterei und alles Fußvolk der Welt.« – »Du erinnerst mich da an etwas«, sagte Pantagruel, »was sich unter den launigen und scherzhaften

1 s. 2. Könige 25,8 (dort Hauptmann der Trabanten genannt)

Repliken Ciceros findet. Zur Zeit der Bürgerkriege, welche Rom unter Cäsar und Pompejus entzweiten, neigte er mehr der Partei des Pompejus zu, obgleich er von Cäsar herangezogen und sehr begünstigt wurde. Als er einmal vernahm, daß die Truppen des Pompejus in irgendeinem Treffen große Verluste an Leuten erlitten hätten, beschloß er, sich im Lager selbst davon zu überzeugen. Dort angekommen, bemerkte er, daß ihre Macht gering, ihr Mut noch geringer, die Unordnung, die herrschte, aber sehr groß war. Da er voraussah, daß alles böse ausgehen und übel enden würde, wie es denn auch später der Fall war, so fing er an, bald den einen, bald den andern mit spitzen und beißenden Reden aufzuziehen und zu necken, was er mit scharfer Zunge vortrefflich verstand. Einige der Hauptleute, die schmausend beisammensaßen wie Leute, die ihrer Sache ganz sicher und auf alles vorbereitet sind, sagten zu ihm: ›Sieh doch nur, wieviel Adler wir noch haben‹; das waren nämlich die Feldzeichen der Römer. ›Gewiß‹, sagte Cicero, ›wenn ihr gegen Elstern Krieg führtet, wäre das ganz gut und vortrefflich. Aber euch ist der Krieg Wurst; ihr meint, es sei ein leichtes Fressen, und so verbündet ihr euch lieber mit den Köchen. Nun, macht's, wie ihr denkt. Ich werde hierbleiben und mir das Ende dieser Maulheldentaten mit ansehen.‹«

Stracks geht Bruder Hans zu den Küchenzelten, und mit fröhlich lockender Stimme ruft er den Köchen zu: »Kinder, ich möcht' euch alle hoch geehrt und als Sieger sehen. Ihr werdet Waffentaten vollbringen, wie sie seit Menschengedenken nicht gesehen worden sind. Potz Bauch, sollen Küchenhelden etwa nichts gelten? Kommt und laßt uns die lausigen Würste zusammenhauen. Ich will euer Hauptmann sein. Trinken wir drauf, Freunde! Und dann auf sie!« – »Hauptmann«, erwiderten die Köche, »deine Rede ist gut. Befiehl, wir folgen. Von dir geführt, wollen wir leben und sterben.« – »Leben«, sagte Bruder Hans, »gut; sterben – nein: das ist Sache der Würste. Schließt die Reihen! Unsere Losung ist ›Nebusaradan‹.«

Vierzigstes Kapitel

Wie Bruder Hans die große Sau[1] aufstellen läßt und die tapferen Köche darin Platz nehmen

Da ließ Bruder Hans die Kriegsbaumeister die große Sau aufstellen, die sie auf dem Schoppen mit sich führten. Diese Sau war eine Kriegsmaschine, die aus großen, rundum angebrachten Schleudern Steinkugeln und stahlbefiederte Bolzen schoß, während in ihrem Innern leicht mehr als zweihundert Mann gedeckt kämpfen konnten. Sie war nach dem Muster der Sau von La Réole gebaut, vermittels deren unter der Regierung des jungen Karl VI[2]. Bergerac den Engländern entrissen worden war. Hier folgen Zahl und Namen der tapferen und beherzten Köche, welche in besagte Sau einstiegen wie in das Trojanische Pferd:

Salzmann,	Ferkelin,
Allgewandt,	Lackedei,
Spülicht,	Wischab,
Trägsack,	Semmelkrume,
Haferschleim,	Henkelpott,
Fettdarm,	Löffelsack,
Schlapphans,	Mörserkeul,
Leckewein,	Karbonad,
Pfefferkorn,	Kuttelad,
Kotelad,	Rübfleisch, Spießer von,

Senfmehl, Schnitzeling, Frikassör. Alle diese edlen Köche führten in dem roten Feld ihres Wappens eine grüne Spicknadel, mit einem nach links geneigten silbernen Balken durchkreuzt.

Speckelin, Speck von,	Rundspeck,
Schlingespeck,	Widerspeck,
Zerrespeck,	Krausspeck,
Spickespeck,	Bindespeck,
Sparespeck,	Krabbelspeck,
Archispeck,	Wandelspeck,

Rippeck – synkopiert[3] –, aus Rambouillet gebürtig; sein eigentlicher Küchendoktorname war Rippspeck, wie man auch Idolater für Idololater sagt.

1 Belagerungsmaschine – 2 gemeint ist Karl V. von Frankreich (Bergerac wurde 1378 zurückerobert.) – 3 zusammengezogen

Steifenspeck,
Ohnespeck,
Süßspeck,
Kauspeck,
Mausespeck,
Fallenspeck,
Ranzenspeck,
Erbsenspeck,
Gärspeck,
Mückenspeck,
Gutspeck,
Neuspeck,
Sauerspeck,
Pillenspeck,
Fistenspeck,
Zielspeck,
alles Namen, die bei den Maranen und Juden nicht vorkommen.

Löffeling,
Salatier,
Kressander,
Rübeschab,
Schinkenbrett,
Karnickelfell,
Bratenrost,
Kuchenblech,
Reibeisen,
Zapfhahn,
Senfrich,
Pökelschlund,
Schneckenau,
Suppenstiel,
Hammelkeul,
Essigkrug,
Suppennapf,
Siebecke,
Pinseling,
Brühard,
Kasserol,
Töpfel,
Rührintopf,
Topfstürz,
Bittertopf,
Kühlebeiß,
Ochsenrück,
Käselab,
Nudeling,
Austernbrüh,
Krümel; dieser kam später aus der Küche in den Kammerdienst des edlen Kardinals Le Veneur[1].

Rindhart,
Scheuerlapp,
Schüsselkalb,
Sudeling,
Krapfeling,
Weinschenk,
Schwanzinger,
Pfeifenschwanz,
Lahmschwanz,
Niedlich,
Neuenschwanz,
Altenschwanz,
Rauchschwanz,
Raspelmann,
Lampatski,
Schmieratzki,
Kuttelpust,
Grasmaul,
Aalfeld,
Tölpeling,
Krokodilian,
Stutzrich,

1 Jean Le Veneur-Carrouges (16. Jh.), franz. Prälat; als Feinschmecker bekannt

Schlappschwanz,
Steckhinein,
Schnitzler,
Müffling,

Mondam, der Erfinder der Soße »Madame« und deshalb auf schottisch-französisch so benannt.

Zähneklapp,
Streicher,
Pfeifer,
Lumpius,
Zottelmann,
Widerlich,
Wässerling,
Pissart,
Geelschnut,
Schwenkart,
Honigmann,
Maultasch,
Hammelmann,
Wurzelbrech,
Wurster,
Schweinchen,

Robert; dieser war der Erfinder der Soße »Robert«, die zu gebratenen Enten, Kaninchen, zu Schweinefleisch, Spiegeleiern, Stockfisch und tausend anderen Gerichten so gern gebraucht wird und so gesund ist.

Kaltenaal,
Rotstreif,
Fischart,
Rollklops,
Quarking,
Pfeffersalz,
Strohback,
Pfannenstiel,
Schönblatt,
Seekrebs,
Leberkloß,
Großschlund,
Kackal,
Freßbalg,
Ollenbrei,
Kümmel,
Schnitting,
Mischke,
Nagebein,
Bückling,
Schlehmus,
Eberhard,
Schußler,
Langbein,
Großmaul,
Leckelieb,
Naschheim,
Mauseler,
Beutelmann,
Hackebrett,
Kälberich,
Hosibus.

Alle diese edlen, übermütigen und übermutigen, trutzigen und kampflustigen Köche stiegen in die Sau. Bruder Hans mit seiner großen Plempe war der letzte und riegelte die Tür von innen zu.

Einundvierzigstes Kapitel

Wie Pantagruel die Würste übers Knie brach

Als die Würste näher kamen, sah Pantagruel, wie sie ihre Arme vorstreckten und die Lanzen senkten. Sofort schickte er ihnen Gymnast entgegen, um zu erfahren, was ihre Absicht sei und weshalb sie ohne alle Veranlassung gegen alte Freunde, die ihnen doch nichts zuleide getan noch sie gekränkt hätten, zu Felde zögen. Vor den ersten Reihen angekommen, machte Gymnast eine sehr tiefe Verbeugung und rief dann, so laut er konnte: »Wir sind für euch, für euch, für euch, samt und sonders zu dero Befehl, alle, wie wir da sind; halten's mit eurem alten Bundesgenossen Fastnacht.« Später hat mir jemand erzählt, er habe statt Fastnacht Nachfast gesagt. Dem mag nun sein, wie ihm will, genug, eine dicke, gewaltige Zervelatwurst, die vor der Front des Regiments stand, wollte ihm bei diesen Worten an die Kehle. – »Schwerenot«, sagte Gymnast, »da kommst du nur schnittweise 'rein, so im ganzen geht's nicht.« Damit packte er sein Schwert Leckmich, wie er's nannte, mit beiden Händen und hieb die Zervelatwurst in zwei Hälften. Himmel, war das Biest fett! Es erinnerte mich an den großen Berner Stier[1], der bei der Schlappe der Schweizer zu Marignano getötet wurde. Er hatte, so wahr ich lebe, nicht weniger als vier Finger Speck auf dem Leib. Kaum sahen die anderen Würste den Zervelater am Boden liegen, so stürzten sie sich auf Gymnast und wollten ihm den Garaus machen, als Pantagruel mit seinen Leuten ihm im Sturmschritt zu Hilfe kam. Nun folgte ein schreckliches Handgemenge. Darmspeiler spießte die Fleischwürste, Wurstmesser schlitzte den Blutwürsten die Bäuche auf; Pantagruel brach alle, die ihm in den Wurf kamen, übers Knie. Bruder Hans verhielt sich in seiner Sau ganz still und beobachtete alles mit aufmerksamen Augen. Da, mit einemmal, stürzen sich die Sülzen, die im Hinterhalt gelegen, mit furchtbarem Geschrei auf Pantagruel. Kaum, daß Bruder Hans die Verwirrung und den Tumult bemerkt, da öffnet er die Tür der Sau und fällt mit seiner tapferen Besatzung aus. Einige von ihnen sind mit eisernen Bratspießen, andere mit Feu-

1 Pontiner (gest. 1515), schweiz. Feldtrompeter, benannt nach dem Stierhorn, auf dem er zum Angriff blies

errosten, Bratenböcken, Pfannen, Schaufeln, Kochlöffeln, Zangen, Haken, Besen, Töpfen, Mörsern, Mörserkeulen bewaffnet, alle in der schönsten Ordnung wie Mordbrenner, und alle schreien und brüllen aus vollem Hals: »Nebusaradan, Nebusaradan, Nebusaradan!« Bei diesem Geschrei und Anprall machen die Sülzen kehrt und brechen mitten durch die Kochsalami. Auch die Fleischwürste werden die plötzlich eingetroffene Verstärkung gewahr und laufen gleichfalls im Galopp davon, als ob der Teufel sie jagte. Bruder Hans feuert hinter ihnen her und schießt sie wie die Fliegen tot; seine Soldaten sind auch nicht faul. Ein jammervoller Anblick! Das ganze Schlachtfeld war mit toten oder verwundeten Würsten bedeckt, und die Geschichte meldet, wenn Gott nicht ein besonderes Einsehen gehabt hätte, so würde das ganze Wurstgeschlecht von den Küchensoldaten vernichtet worden sein. Da aber geschah etwas höchst Wunderbares; glaubt davon, soviel ihr wollt.

Von jenseits der Berge kam ein großer, fetter, dicker, grauer Eber geflogen mit breiten, langen Flügeln, die wie Windmühlenflügel aussahen. Sein Gefieder war karmesin wie bei einem *Phoenicopterus* oder Flamingo, wie er sonst allgemein genannt wird: die Augen rot und blitzend wie Karfunkel, die Ohren smaragdgrün, die Zähne gelb wie Topas, der Schwanz lang und schwarz wie lukullischer Marmor, die Füße weiß und durchsichtig wie Diamant und dabei breit und glatt wie Gänsefüße, oder wie vorzeiten die Königin Pédauque zu Toulouse sie gehabt hat. Um den Nacken hing ihm ein goldenes Halsband, in welches ionische Schriftzüge eingegraben waren, von denen ich jedoch nur zwei Wörter lesen konnte, nämlich Ὗς᾽ Αϑήναν, das heißt Eber der Minerva. Das Wetter war schön und klar. Aber sobald das Ungetüm herankam, fing es von der linken Seite her so stark zu donnern an, daß wir alle ganz erschreckt dastanden. Kaum hatten die Würste es erblickt, als sie ihre Waffen und Spieße von sich warfen, auf die Erde hinknieten und schweigend die gefalteten Hände aufhoben, gleich als ob sie zu ihm beteten. Unterdessen fuhr Bruder Hans fort, auf die Würste einzuhauen und sie zu spießen; aber Pantagruel gab ihm den Befehl, zum Rückzug blasen zu lassen und den Kampf einzustellen. Nachdem das Ungetüm mehrere Male zwischen den beiden Heeren hin- und hergeflogen war, ließ es mehr als siebenundzwanzig Tonnen Senf aus der Höhe auf die Erde herabfallen und verschwand dann in der Luft, wobei es unaufhörlich »Fastnacht! Fastnacht! Fastnacht!« schrie.

Zweiundvierzigstes Kapitel

Wie Pantagruel mit Niphleseth[1], der Königin der Würste, unterhandelt

Als besagtes Ungetüm nicht mehr zu sehen war und die beiden Heere sich schweigend gegenüberstanden, verlangte Pantagruel, mit der Königin der Würste, Niphleseth, die in ihrer Kutsche bei den Feldzeichen hielt, zu unterhandeln. Dies wurde bereitwilligst zugestanden. Die Königin stieg aus, begrüßte Pantagruel auf das liebenswürdigste und drückte ihre Freude aus, ihn zu sehen. Pantagruel beklagte sich über den feindseligen Angriff; sie entschuldigte sich ohne Rückhalt, indem sie die Schuld auf die falschen Berichte schob, durch welche sie getäuscht worden wäre. Ihre Kundschafter hätten ihr gemeldet, daß Fastennarr, ihr alter Feind, gelandet sei und sich damit die Zeit vertreibe, den Walen den Urin zu beschauen. Dann bat sie dringend, die Beleidigung zu verzeihen, und setzte beteuernd hinzu, eher wäre Kot als Galle bei den Würsten zu finden. Gewähre er ihre Bitte, so wolle sie, Niphleseth, und alle ihre Nachfolgerinnen für ewige Zeiten Land und Insel von ihm und seinen Nachfolgern zu Lehen nehmen, allen seinen Befehlen gehorchen, seiner Freunde Freund, seiner Feinde Feind sein und ihm alljährlich als Beweis der Anerkennung seiner Lehnsherrlichkeit achtundsiebzigtausend Königswürste schicken, die sechs Monate lang beim Imbiß vor seiner Mittagstafel Dienst tun sollten. Und wirklich tat sie das; schon am nächsten Morgen sandte sie die genannte Zahl Königswürste in sechs großen Brigantinen, unter Anführung der jugendlichen Infantin Niphleseth, an den guten Gargantua ab. Dieser schickte sie dem König von Paris zum Geschenk; aber infolge des Klimawechsels und weil es an Senf gebrach, der für Würste ein notwendiger und erfrischender Balsam ist, starben sie fast alle. Nach dem Willen und Befehl des großen Königs wurden sie massenweise an einem Ort zu Paris begraben, der

1 das männliche Glied (hebr.)

noch bis auf den heutigen Tag den Namen Wurstpflastergasse führt. Auf Wunsch der Damen des königlichen Hauses behielt man die junge Niphleseth bei Hofe, wo sie mit großen Ehren behandelt wurde. Später machte sie eine gute, reiche Partie und bekam auch mehrere Kinder, wofür Gott gepriesen sein soll.

Pantagruel dankte der Königin huldreich, verzieh alle Beleidigung, lehnte dagegen ihr Anerbieten ab; darauf schenkte er ihr ein niedliches kleines Perlmuttermesserchen und fragte sie ausführlich nach dem Ungetüm, das ihnen erschienen war. Sie gab zur Antwort, das sei das Urbild Fastnachts, ihres Schutzpatrons in Kriegszeiten, des Stifters und Ahnherrn des ganzen Wurstgeschlechts; deshalb gleiche er auch einem Eber, denn von ihm stammten alle Würste. Pantagruel fragte weiter, weshalb und in welcher Absicht er soviel Senf heruntergeworfen hätte. Senf, antwortete die Königin, sei ihr Gral und himmlischer Balsam; wenn sie nur ein wenig davon in die Wunden der verletzten Würste strichen, so würden diese in kürzester Zeit wieder gesund, und die tot wären, würden wieder lebendig.

Weiter unterhielt sich Pantagruel mit der Königin nicht, sondern kehrte auf sein Schiff zurück, ebenso alle seine tapferen Gefährten mitsamt ihren Waffen und der Sau.

Dreiundvierzigstes Kapitel
Wie Pantagruel auf der Insel Ruach[1] landete

Zwei Tage darauf kamen wir nach der Insel Ruach, und beim Siebengestirn schwör' ich euch, die Art und Lebensweise des Volks dort ist so sonderbar, daß es sich überhaupt nicht sagen läßt. Sie leben einzig und allein vom Wind. Alles, was sie essen und trinken, ist Wind. Ihre Häuser sind Windfahnen. In ihren Gärten säen sie dreierlei Arten von Windrosen[2]. Raute und andere windtreibende Kräuter jäten sie sorgfältig aus. Das einfache Volk nährt sich nach seinen Verhältnissen und Vermögensumständen von Feder-, Papier- und Leinwandwedeln. Die Reichen leben von Windmühlen. Wenn sie ein Fest feiern oder einen Schmaus geben, so lassen sie unter einer Windmühle decken

1 Wind (hebr.), auch Geist (I. Moses I,2) – 2 Anemonen

oder unter einigen. Da tun sie sich dann gütlich wie auf einer Hochzeit. Und während der Mahlzeit erörtern sie die Vortrefflichkeit, Güte, Gesundheit und Seltenheit der Winde, geradeso wie ihr, meine lieben Zecher, bei euren Schmäusen eure tiefsinnigen Bemerkungen über die Weine macht. Der eine lobt den Scirocco, der andere den Südwest, ein dritter den Südost, die Bise, den Zephir, den West und andere andere; einer den Hemdenwind, der für Schürzenjäger und für Verliebte ist. Den Kranken verordnet man Zugluft wie unseren Kranken Zugpflaster. »Ach«, sagte ein kleiner Kerl, der ganz aufgedunsen war, »wenn man doch eine Blase voll von dem guten südlichen Wind kriegen könnte, den man Cyerce[1] nennt. Der treffliche Arzt Scurron, der einmal hier durchreiste, erzählte uns, dieser Wind sei so kräftig, daß er beladene Wagen umwerfe. Wie würde der meinen ödipodischen[2] Beinen wohltun! Das sind nicht gerade die besten, die so dick wie ein Faß sind!« – »Aber«, sagte Panurg, »was meint Ihr, ein Faß von dem guten Südländer, wie er zu Mirevaux, Canteperdris und Frontignan wächst?« – Auch sah ich, wie ein Mann von ganz anständigem Aussehen, der an Blähbauch zu leiden schien, im höchsten Zorn einen seiner Diener, einen großen, dikken Kerl, und einen kleinen Pagen mit den Stiefelabsätzen bearbeitete. Da ich die Ursache seines Zorns nicht kannte, meinte ich zuerst, es geschähe wohl nach ärztlicher Vorschrift und wäre eine ihnen verordnete Diät, wonach der Herr sich so ereifern und der Diener sich prügeln lassen müßte. Ich hörte dann aber, wie er seinen Diener beschuldigte, daß er ihm einen halben Schlauch Südwester hätte auslaufen lassen, den er sich als Leckerbissen für spätere Zeiten sorgfältig aufbewahrt hatte.

Auf dieser Insel wird weder geschissen noch gepißt noch gespuckt. Dafür aber furzen, fisten und rülpsen sie desto mehr. Sie leiden an allerlei Arten und Gattungen von Krankheiten, wie denn auch Hippokrates *lib. de flatibus*[3] es ausspricht, daß jede Krankheit von Winden herrühre. Aber wahrhaft epidemisch ist dort die Windkolik, gegen die sie starke Dosen von windtreibenden Mitteln anwenden, worauf sie dann noch stärkere Dosen von Winden von sich geben. Sie sterben alle an der Trommel-

1 lat. *circius* (franz. *mistral*), kalter Nordostwind in Südfrankreich; als »Luftreiniger« von Augustus durch einen Tempel geehrt – 2 geschwollen – 3 »Buch über die Blähungen«

sucht, die Männer unter Furzen, die Weiber unter Fisten. Die Seele entweicht ihnen durch den Hintern.

Bei einem später unternommenen Spaziergang auf der Insel begegneten wir drei solchen dicken Windbeuteln, die ausgegangen waren, um sich die Regenpfeifer[1] anzusehen, deren es hier eine große Menge gibt und die nach derselben Diät leben. Da sah ich, daß jeder von ihnen, ganz wie ihr, meine lieben Zecher, wenn ihr über Land geht, Flaschen, Butteln und Karaffen mit euch schleppt, einen niedlichen kleinen Blasebalg am Gürtel hän-

gen hatte. Spürten sie Hunger nach Wind, so machten sie sich welchen, ganz frischen, indem sie die kleinen Blasebälge in Bewegung setzten; denn wie ihr wissen werdet, ist Wind, richtig definiert, ja weiter nichts als strömende, bewegte Luft. In diesem Augenblick gelangte der Befehl ihres Königs an uns, wir sollten innerhalb der nächsten drei Stunden keinen Einheimischen, weder Mann noch Weib, in unsere Schiffe aufnehmen. Man hatte ihm nämlich eine Blase mit höchst wertvollem Wind gestohlen, den der Schnarcher Äolus einstmals Odysseus geschenkt hatte, um sein Schiff auch bei stillem Wetter vorwärtszutreiben. Diesen Wind hatte er heilig aufbewahrt wie einen zweiten Gral und

1 lebten nach dem Volksglauben vom Wind

manche schlimme Krankheit damit geheilt, indem er den Kranken nur so viel davon abgelassen und eingegeben hatte, wie zu einem Jungfernfürzchen hinreichte, was fromme Seelen ein »Himmelstönchen« nennen.

Vierundvierzigstes Kapitel
Wie ein kleiner Regen einen großen Wind niederschlägt[1]

Pantagruel lobte ihr Verfahren und ihre Lebensweise sehr und sagte zu dem Landvogt Unterwind: »Wenn ihr der Ansicht Epikurs seid, daß der Genuß, gemeint ist der leicht und mühelos zu erlangende, das höchste Gut der Welt sei, so preis' ich euch glücklich. Denn eure Nahrung, die in Wind besteht, kostet euch nichts oder doch nur sehr wenig; es braucht ja nur zu wehen.« – »Allerdings«, erwiderte der Vogt, »aber in diesem irdischen Leben gibt es eben kein vollkommenes Glück. Oft, wenn wir behaglich wie fromme Brüder bei Tisch sitzen und uns an einem wahren Gotteswind wie an himmlischem Manna laben, kommt ein kleiner Regen und schlägt ihn nieder. So geht uns mancher Schmaus verloren, weil's am Stoff fehlt.« – »Das ist«, sagte Panurg, »wie bei Jenin von Quinquenais, der seinem Weib Quelot auf den Hintern pißte und so den Stinkwind niederschlug, der dort wie aus einem Retortenrohr herausblies. Ich habe das neulich in zierliche Verse gebracht:

Jenin, der eines Abends seinen Wein,
den heurigen, noch brausenden, probiert,
spricht zu Quelot: ›Nun bring die Rüben rein
und setze dich; 's ist Zeit, daß man soupiert.‹
Gesagt, getan! Und als das absolviert,
gehn sie zu Bette – schäkern – schlafen ein;
doch findt Jenin die Ruhe nicht, ach nein.
Wach fistet ihn Quelot, das liebe Kind.
Da brünzelt er sie an und spricht: ›Ich mein,
ein kleiner Regen dämpft den größten Wind.‹«

»Außerdem«, fuhr der Landvogt fort, »leiden wir Jahr für Jahr an einer recht lästigen und schweren Landplage. Ein Riese na-

1 sprichwörtlich

mens Nasenstüber, der auf der Insel Tohu wohnt, kommt nämlich jeden Frühling hierher zu uns, um nach der Vorschrift seiner Ärzte hier eine Frühjahrs- und Reinigungskur durchzumachen. Dabei verschlingt er uns unzählige Windmühlen, die er wie Pillen hinunterschluckt, und Blasebälge, auf die er ganz besonders gierig ist. Das bringt uns großes Elend, und wir haben infolgedessen alljährlich drei- oder viermal Fastenzeit ohne ausdrückliches Kirchengebot und Kirchengebet.« – »Könnt ihr euch denn dagegen nicht schützen?« fragte Pantagruel. – »Unsere Mesarinen[1]«, entgegnete der Landvogt, »rieten uns, wir sollten zu der Zeit, wenn er zu kommen pflegt, eine gehörige Anzahl Hühner, Hähne und Hennen, in die Mühlen sperren. Das taten wir auch. Als er die erste verschlang, wäre er beinahe daran gestorben, denn die Hähne krähten so in seinem Leibe und flogen ihm so im Magen herum, daß er von einer Ohnmacht in die andere fiel, Herzanfälle bekam und sich in schrecklichen, gefährlichen Krämpfen wand, gerade als ob ihm eine Schlange durch den Mund in den Magen gekrochen wäre.« – »Das ist ein recht unpassendes und ungeschicktes ›Gerade als ob‹«, sagte Bruder Hans, »denn ich habe einmal gehört, daß eine Schlange, die in den Magen gekrochen ist, nicht das geringste Unbehagen hervorruft, wenn man nur den Patienten an den Beinen aufhängt und ihm eine Schale mit warmer Milch vor den Mund hält.« – »Das hast du einmal gehört«, sagte Pantgruel, »und die es dir erzählt haben, haben es auch einmal gehört. Trotzdem hat man von solch einem Mittel nie etwas gesehen noch gelesen. Hippokrates *lib. V epid.*[2] sagt, daß der Fall zu seiner Zeit vorgekommen wäre und der Patient an Krämpfen und Konvulsionen gestorben sei.« – »Außerdem«, fuhr der Landvogt fort, »liefen ihm alle Füchse des Landes, die hinter den Hühnern her waren, noch in den Rachen, so daß er jeden Augenblick zu sterben meinte, hätte er nicht bei einem heftigen Anfall, so wie ihm ein lustiger Hexenmeister riet, als Antidot und Gegengift einen Fuchs geschunden[3]. Später wurde er gar noch besser beraten, und jetzt gibt man ihm in solchen Fällen ein Klistier von Weizenkörnern und Hirse, wodurch die Hühner nach hinten gelockt werden, und ein Gän-

1 scherzhaft für Ärzte (von griech. *mesaraion* Gekröse) – 2 »Über epidemische Krankheiten« 5 – 3 d.h. sich erbrochen; sprichwörtlich

seleberklistier, das die Füchse anzieht; auch schluckt er Pillen von Wind- und Dachshunden. Da seht Ihr, was uns plagt.« – »Nun, liebe Leute«, sagte Pantagruel, »faßt nur Mut! Nasenstüber, der große Windmühlenverschlinger, ist tot, das versichere ich euch. Er starb an Erstickung und Halskrampf, als er eben nach Vorschrift der Ärzte vor einem geheizten Backofen ein Stück frischer Butter hinunterschlang.«

Fünfundvierzigstes Kapitel
Wie Pantagruel auf der Insel der Papofeigen landete

Am nächsten Morgen gelangten wir zur Insel der Papofeigen, die einstmals reich an Gütern und frei gewesen waren und die man »Lebemänner« genannt hatte; jetzt aber waren sie arm, unglücklich und den Papomanen untertan. Das war so zugegangen: Der Bürgermeister, der Syndikus und der Oberrabbiner der Lebemänner waren eines schönen Tags zu einem der jährlichen Feste nach der nahegelegenen Insel Papomanien gefahren, um sich dort zu belustigen. Als aber einer von ihnen das Bildnis des Papstes zu Gesicht bekam, das nach einem löblichen Brauch an solchen großen Festen öffentlich ausgestellt wurde, machte er ihm die Feige[1], was in jenem Land für ein unzweideutiges Zeichen der Verachtung und Verhöhnung angesehen wird. Sich dafür zu rächen, griffen alle Papomanen einige Tage darauf zu den Waffen und überfielen hinterrücks die Insel der Lebemänner, plünderten und verheerten sie und ließen alles, was einen Bart trug, über die Klinge springen; den Weibern und Unmündigen aber wurde Gnade gewährt unter denselben Bedingungen, die Kaiser Friedrich Barbarossa einst den Mailändern auferlegt hatte.

Die Mailänder nämlich hatten sich während seiner Abwesenheit empört und seine Gemahlin, die Kaiserin, schmählich aus der Stadt vertrieben, indem sie sie rittlings auf eine alte Mauleselstute namens Thakor[2] setzten, den Hintern dem Kopf, das Gesicht dem Schwanz zugewandt, Gleich nach seiner Rückkehr hatte Friedrich sie wieder gebändigt und seiner Gewalt von

1 d.h., steckte den Daumen zwischen Zeige- und Mittelfinger; Spottgeste in Italien und Spanien – 2 After (hebr.)

neuem unterworfen; auch war es seinen eifrigen Nachforschungen gelungen, die Mauleselstute Thakor in seine Hand zu bringen. Mitten auf dem Broglioplatz mußte der Henker in Gegenwart der gefangenen Bürger eine Feige in die Hinterlefzen dieser Eselin stecken. Dann ließ der Kaiser unter Trompetenschall verkünden, daß jeder, der nicht den Tod erleiden wolle, diese Feige vor aller Augen, ohne Hilfe der Hände, mit den Zähnen da herausholen und wieder hineinstecken müsse. Wem das nicht behage, der solle ohne weiteres gehenkt und erdrosselt werden. Etlichen von ihnen dünkte diese Buße ein so großer Schimpf und solche Schmach, daß sie die Todesfurcht darüber vergaßen, und diese wurden gehenkt. Bei den anderen aber überwog die Todesfurcht. Nachdem sie die Feige mit den Zähnen herausgenommen hatten, zeigten sie sie dem Henker mit den Worten: »*Ecco lo fico!*« In gleich schmachvoller Weise mußte sich das Häuflein der übriggebliebenen trübseligen Lebemänner vom Tode loskaufen. Hierauf wurden sie dann Sklaven und Tributpflichtige und mußten den Namen Papofeigen hinnehmen, weil sie dem Bilde des Papstes die Feige gemacht hatten. Von da an war lauter Unglück über die armen Leute gekommen. Wie eine Strafe für die Sünde ihrer Väter und Vorfahren hatten Hagel, Sturm, Hungersnot und allerlei andere Plagen sie Jahr für Jahr heimgesucht.

Da wir die Not und das Elend dieses Volkes sahen, spürten wir auch kein Verlangen, tiefer ins Land einzudringen. Nur um Weihwasser zu nehmen und unser Gebet zu verrichten, traten wir in eine kleine, am Hafen gelegene Kapelle, die wüst und verfallen aussah und ohne Dach war wie die Peterskirche in Rom. Als wir nun da drinnen das Weihwasser nehmen wollten, sahen wir im Weihwasserbecken einen ganz mit Stolen bekleideten Mann, wie eine Ente untergetaucht, im Wasser sitzen, der nur die Nase zum Atemholen heraussteckte. Um ihn herum standen drei Priester mit glattrasiertem Kinn und Tonsur, die Beschwörungsformeln sprachen und Teufel bannten. Pantagruel, der sich darüber verwunderte, fragte, was sie hier für Hokuspokus trieben, und erfuhr, daß in den letztvergangenen drei Jahren hier auf der Insel eine schreckliche Seuche gewütet habe, von der die Hälfte der Inselbewohner hingerafft worden sei, wodurch viele Ländereien herrenlos geworden wären. Als die Seuche endlich vorüber war, hatte dieser Mann, der im Weihbecken saß, einen großen brachliegenden Acker, der ihm gehörte, mit Korn bestellen wollen. Aber zu derselben Zeit war mit Luzifers allerhöchster Erlaubnis ein kleiner Teufel, der noch nicht einmal etwas verhageln und verdonnern konnte, Petersilie und höchstens Kohl ausgenommen, und der auch weder zu schreiben noch zu lesen verstand, auf die Insel der Papofeigen gekommen, um sich hier ein bißchen zu erholen und zu belustigen. Denn die Teufel lebten mit den Männern und Weibern der Insel auf einem sehr vertrauten Fuß und hielten sich hier oft zu ihrem Vergnügen auf. Als der Teufel zufällig an dem Acker vorüberkam, fragte er den Bauern, was er da mache. Der arme Mann antwortete ihm, er bestelle das Feld mit Korn, damit er im nächsten Jahr etwas zu leben habe. »Aber der Acker gehört dir ja gar nicht«, sagte der Teufel, »er gehört mir. Seitdem ihr dem Papst die Feige gemacht habt, ist all dies Land uns zugesprochen, anheimgefallen und überlassen. Indessen ist Kornsäen meine Sache nicht, und so magst du den Akker immerhin behalten, aber unter der Bedingung, daß wir miteinander teilen, was er trägt.« – »Ich bin's zufrieden«, sagte der Bauer. – »Nämlich so«, sagte der Teufel: »Wir teilen den ganzen Ertrag des Feldes auf. Auf den einen Teil kommt alles das, was über der Erde, und auf den andren alles, was unter der Erde ist. Als Teufel aus altem und edlem Geschlecht hab' ich die Wahl, denn du bist nur ein einfacher Bauer. Ich nehme also als meinen Teil das, was unter der Erde ist; du bekommt das über der Erde. Wann ist die Ernte?« – »Mitte Juli«, antwortete der Bauer. – »Schön«, sagte der Teufel, »dann werde ich mich wieder hier einfinden. Nun tu deine Schuldigkeit und plag dich, Schlingel, plag dich! Ich will unterdessen die adligen Nonnen von Trokkenfurz ein bißchen geil machen, und die Heuchler und Scheinheiligen auch. An ihrer Bereitwilligkeit wird's nicht fehlen, davon bin ich überzeugt. Also auf Wiedersehen – aber dann nimm dich in acht.«

Sechsundvierzigstes Kapitel

Wie der Teufel von einem Papofeiger Bauern angeführt ward

Mitte Juli kam der Teufel, von einer ganzen Schar Chorteufelchen begleitet, wieder an den Ort zurück. Als er den Bauern zu sehen bekam, rief er ihm schon von weitem zu: »Nun, du Schlingel, was hast du geschafft, während ich weg war? Jetzt wollen wir teilen.« – »Das ist recht«, entgegnete ihm der Bauer und fing mit seinen Leuten an das Getreide zu mähen. Die Teufelchen ihrerseits zogen die Stoppeln aus der Erde. Dann drosch der Bauer sein Korn auf dem Felde, worfelte es, tat es in Säcke und brachte es zu Markte. Die Teufelchen machten es ebenso, und auf dem Markt setzten sie sich dicht neben den Bauern hin und boten ihre Stoppeln feil. Der Bauer verkaufte sein Korn sehr vorteilhaft und füllte mit dem erlösten Geld den ganzen alten Halbstiefel, den er am Gürtel trug. Die Teufel verkauften ihre Ware nicht und wurden von den Bauern auf dem Markt obendrein noch ausgelacht. Als der Markt zu Ende war, sagte der Teufel zum Bauern: »Dieses Mal, du Halunke, hast du mich betrogen. Das nächste Mal soll dir das aber nicht wieder gelingen.« – »Wie kann ich Euch betrogen haben, Herr Teufel?« entgegnete ihm der Bauer; »habt Ihr nicht zuerst gewählt? Allerdings dachtet Ihr, mich durch Eure Wahl zu übervorteilen, denn Ihr meintet, über der Erde werde es nichts für mich geben, während Ihr unter der Erde meine ausgestreute Saat zu finden hofftet, um damit die armen Leute, die Gleisner und Wucherer zu versuchen, daß sie der Verführung erlägen und kopfüber in Euren Pfuhl stürzten. Aber Ihr seid noch ein bißchen zu grün. Das Korn in der Erde ist tot und verwest; seiner Verwesung entsproß das andere[1], das Ihr mich verkaufen saht. So habt Ihr das schlimmere Teil gewählt. Deswegen seid Ihr auch in der Heiligen Schrift verdammt.« – »Halt's Maul«, sagte der Teufel; »sage mir lieber, womit du im nächsten Jahr den Acker bestellen willst.« »Als guter Landwirt muß man jetzt Rüben bauen«, sagte der Bauer. – »Ah, du bist ein Prachtkerl«, sagte der Teufel; »tu das, baue nur tüchtig Rüben, ich werde sie schon vor dem Gewitter schützen und dafür Sorge tra-

1 nach Johannes 12,24

gen, daß sie nicht verhageln sollen. Aber höre, diesmal nehme ich, was über der Erde ist, und du bekommst das unter der Erde. Nun schinde dich, Schlingel, schinde dich! Ich will unterdessen den Ketzern etwas auf den Leib rücken; ihre Seelen sind zur Karbonade vortrefflich, solch ein warmer Bissen wird Luzifer bei seiner Kolik willkommen sein.«

– Als die Zeit der Ernte kam, fand sich der Teufel mit einem ganzen Schwarm Kammerteufelchen wieder dort ein, wo er auch schon den Bauern mit seinen Leuten antraf. Sogleich fing er an, das Kraut der Rüben abzuschneiden und zu sammeln. Dann grub der Bauer die großen Rüben aus und tat sie in Säcke. Hierauf gingen sie zusammen zu Markte. Der Bauer verkaufte seine Rüben zu guten Preisen, der Teufel verkaufte nichts, und, was das schlimmste war, man verhöhnte ihn noch öffentlich. Da sagte er: »Ich sehe wohl, daß du verdammter Halunke mich wieder angeführt hast. Ich will nun die Sache mit dem Acker ein für allemal zu Ende bringen. Laß uns ein Abkommen miteinander treffen: Wir wollen uns gegenseitig kratzen, und wer unterliegt, verliert seinen Anteil an dem Acker, der dann dem Sieger ganz allein gehören soll. Das können wir heute über acht Tage abmachen. Warte nur, du Halunke, ich werde dich teufelsmäßig kratzen. Ich hatte mir eigentlich vorgenommen, die räuberischen Schikanusen, die Prozeßverwirrer, die fälschenden Notare und die pflichtvergessenen Advokaten ein bißchen in Versuchung zu führen; aber sie haben mir durch einen Abgesandten sagen lassen, daß sie mir ja schon sowieso mit Leib und Seele angehörten. Luzifer ist ihrer Seelen auch schon überdrüssig und läßt sie gewöhnlich den Küchenteufeln, es sei denn, daß sie recht scharf gesalzen sind. Man sagt wohl, es gäb' gar nichts Besseres zum Frühstück als Scholaren, zu Mittag Advokaten, zum Spätimbiß Winzer, zum Abendbrot Kaufleute und zum Nachtessen Kammerzofen, aber immer und zu allen Zeiten nichts Delikateres als Irrwische[1]. Das ist auch ganz richtig. Luzifer fängt jede Mahlzeit mit ein paar Irrwischen an. Früher pflegte er auch Scholaren zu frühstücken, aber seit einigen Jahren haben sie ihre Studien leider auch auf die Heilige Schrift ausgedehnt. Seitdem können wir dem Teufel keine mehr verschaffen. Und ich glaube, wenn uns die Glatzen nicht helfen und ihnen durch Drohungen, Mißhandlungen, Ge-

1 Spottname für die Franziskaner

walt, Züchtigung und Scheiterhaufen ihren Sankt Paulus aus den Händen reißen, so werden wir uns den Appetit nach ihnen vergehen lassen müssen. Zu Mittag speist er Rechtsverdreher und Leuteschinder, und daran mangelt's nie. Aber immer dasselbe schmeckt zuletzt auch nicht mehr. Neulich sagte er vor dem ganzen Kapitel, ihn gelüste nach nichts so sehr wie nach der Seele eines Glatzkopfs, der sich in seinen Predigten den Leuten nicht selbst empfehle. Wer ihm so eine, knusprig am Spieß gebraten, brächte, dem verspräche er den doppelten Lohn und eine anständige Versorgung dazu. Jeder von uns gab sich die größte Mühe, aber vergebens; denn sie alle, ohne Ausnahme, ermahnen die vornehmen Damen, ihrer Klöster zu gedenken. Den Spätimbiß hat er sich ganz abgewöhnt, seitdem er an der heftigen Kolik leidet, die daher kommt, daß man ihm seine Pflegekinder, die Proviantmeister, Kohlenbrenner und Fleischbrater, in den Nordländern so schändlich behandelt hat[1]. Abends speist er eine sehr große Menge Kaufleute, Wucherer, Apotheker, Kassendiebe, Falschmünzer und Warenfälscher, und manchmal, wenn er bei guter Laune ist, nimmt er zur Nacht auch noch ein paar Dienstmädchen zu sich, die ihrem Herrn den guten Wein austrinken und stinkiges Wasser dafür ins Faß gießen. Nun frisch, du Halunke, arbeite, arbeite! Ich will jetzt die Scholaren von Trapezunt ködern, daß sie Vater und Mutter verlassen, daß sie nicht mehr tun, was sich gehört, die Gesetze des Königs verletzen, in geheimer Zügellosigkeit leben, niemanden achten, über alles spotten, das schöne, lustige, kleine Kindermützchen der poetischen Unschuld aufsetzen und – niedliche Irrwische werden.«

Siebenundvierzigstes Kapitel

Wie der Teufel von einer alten Papofeigin angeführt ward

Betrübt und sehr nachdenklich kehrte der Bauer nach Hause zurück. Seine Frau, die ihn so kommen sah, meinte, man habe ihn auf dem Markt bestohlen. Als sie aber die Ursache seines Trübsinnes vernahm und seinen wohlgespickten Beutel erblickte,

1 Anspielung auf die Aufhebung der Klöster durch die Reformation

tröstete sie ihn mit sanften Worten und versicherte ihm, daß er in diesem Zweikratz nicht den geringsten Schaden erleiden solle; er möge alle seine Sorgen nur ihr überlassen und nichts fürchten, denn sie hätte sich schon etwas ausgedacht, wie ein guter Ausgang möglich sei. – »Schlimmstenfalls«, sagte der Bauer, »krieg' ich eine Schramme weg; beim ersten Kratzer ergeb' ich mich dann und lasse ihm den Acker.« – »Nichts da!« sagte die Alte; »verlaß dich nur auf mich und sei ganz ruhig, ich werd' es schon machen. Sagtest du nicht, es wär' ein kleiner Teufel? Er soll dir den Acker gleich herausgeben. Ja, wenn's ein großer Teufel wäre, dann wäre die Sache freilich schlimmer.«

Der anberaumte Tag war nun ebender, an dem wir auf der Insel gelandet waren. Als guter Katholik hatte der Bauer am Morgen gebeichtet und das Abendmahl genommen, sich dann aber auf den Rat des Pfarrers im Weihwasserbecken verkrochen, wo wir ihn fanden. Gerade als uns diese Geschichte zu Ende erzählt worden war, kam die Nachricht, die Alte hätte den Teufel angeführt und den Acker gewonnen. Das war so zugegangen. Der Teufel war zur Hütte des Bauern gekommen und hatte angeklopft und geschrien: »He, du Halunke, holla, holla, jetzt kann das Kratzen losgehen!« Dann war er keck und ungeniert ins Haus eingetreten, wo er aber den Bauern nicht antraf, sondern nur dessen Frau, die heulend und jammernd auf der Erde lag. »Was gibt's hier?« fragte der Teufel. »Wo ist er? Was macht er?« – »Ach«, schrie die Alte, »wo er ist, der Bösewicht, der Schinder, der Räuber? Er hat mich schrecklich zugerichtet, mit mir ist's vorbei, ich sterbe, so weh hat er mir getan.« – »Was gibt's denn?« fragte der Teufel. »Wart nur, ich werd's ihm schon eintränken!« – »Ha«, schrie die Alte, »der Schinder, der Wüterich, der Kratzteufel! Er sagte, er hätte ausgemacht, sich mit Euch zu kratzen, und um seine Nägel zu probieren, hat er mich nur mit dem kleinen Finger hier zwischen den Beinen gekratzt und so zugerichtet. Oh, oh, ich sterbe, ich werde nie wieder gesund – seht nur! Und nun ist er noch zum Schmied gegangen, um sich die Nägel erst recht spitzen und schärfen zu lassen. Liebster Herr Teufel, allerbester Freund, Ihr seid verloren. Rettet Euch, er wird gleich wieder hier sein; macht, daß Ihr fortkommt, ich beschwöre Euch.« – Damit deckte sie sich bis hoch ans Kinn auf, geradeso wie vorzeiten die persischen Weiber, wenn sie sich ihren aus der

Schlacht fliehenden Söhnen entgegenstellten, und zeigte ihm ihr Weißtjawohl. Als der Teufel diesen ungeheuren, endlosen Spalt sah, schrie er entsetzt: »Mohammed, Demiurgos, Megära, Alekto, Persephone, mich kriegt er nicht, ich mache mich aus dem Staub. So was! Ich lasse ihm den Acker.«

Nachdem wir den Ausgang und das Ende der Geschichte vernommen hatten, kehrten wir auf unser Schiff zurück und verweilten hier nicht länger. Angesichts der großen Armut des Volks und des allgemeinen Elends schenkte Pantagruel dem Gotteskasten der Kirche achtzehntausend Goldgulden.

Achtundvierzigstes Kapitel

Wie Pantagruel auf der Insel der Papomanen landete

Nachdem wir die trostlose Insel der Papofeigen verlassen hatten, fuhren wir bei allerschönstem Wetter und in der heitersten Stimmung weiter, bis sich unseren Blicken die gesegnete Insel der Papomanen zeigte. Kaum, daß wir im Hafen Anker geworfen, und noch ehe wir vertäut waren, sahen wir ein Boot herankommen, in welchem vier verschiedenartig gekleidete Männer saßen: der eine bekuttet, besudelt und beschuht wie ein Mönch; der zweite angetan wie ein Falkner mit Köder und Beizhandschuh; der dritte wie ein Rechtsanwalt mit einem Beutel voll Protokollen, Vorladungen, Gerichtsakten und Vollstreckungsbefehlen in der Hand; der vierte wie ein orleansscher Winzer mit schönen leinenen Gamaschen, einem Täschchen und einem Rebmesser am Gürtel[1]. Sobald sie unserm Schiff nahe waren, erhoben sie alle ihre Stimme und riefen: »Ihr Reisenden, habt ihr ihn gesehen, habt ihr ihn gesehen?« – »Wen?« fragte Pantagruel. – »Den«, antworteten sie. – »Wer ist dieser Der?« fragte Bruder Hans. »Potz Tod, ich will ihm den Rücken zerbleuen!«; denn er war der Meinung, daß sie nach irgendeinem Dieb, einem Mörder oder Gotteslästerer fahndeten. – »Wie, ihr Reisenden«, sagten sie, »kennt ihr den Einzigen nicht?« – »Liebe Herren«, sagte Epistemon, »solche Reden sind uns unverständlich. Aber erklärt uns, ich bitte euch, genauer, was ihr meint, und wir werden euch die lau-

1 Verkörperung der 4 Stände der Insel: Geistlichkeit, Adel, Beamtenschaft, Gewerbe

tere Wahrheit sagen.« – »Den«, sagten sie, »der da ist. Habt ihr ihn nicht gesehen?« – »Nach unsrer heiligen Lehre«, entgegnete Pantagruel, »ist, der da ist, kein anderer als Gott. Als solcher offenbarte er sich Moses[1]. Den aber haben wir sicherlich nicht gesehen, denn er ist leiblichen Augen nicht sichtbar.« – »Wir reden«, sagten sie, »gar nicht von dem hohen Gott, der im Himmel thront, wir reden von dem Gott auf Erden. Sagt, habt ihr ihn gesehen?« – »Bei meiner Ehre«, sagte Carpalim, »die meinen den Papst!« – »Jawohl«, antwortete Panurg, »jawohl, liebe Herren, ganze drei hab' ich gesehen, wüßte aber nicht, daß mir's besonders viel geholfen hätte.« – »Wie ist das möglich!« sagten sie; »unsere heiligen Dekretalen bestimmen doch, daß es immer nur einen geben soll.« – »Das heißt einen nach dem andern«, entgegnete Panurg. »Also habe auch ich jedesmal nur einen gesehen.« – »Oh, ihr drei- und viermal gesegneten Leute«, sagten sie, »seid uns willkommen, hoch willkommen!« Damit knieten sie vor uns nieder und wollten uns die Füße küssen, was wir aber nicht zuließen. Mehr könnten sie ja, so legten wir ihnen dar, nicht tun, wenn der Papst in eigener Person zu ihnen kommen sollte. – »Oh, doch«, erwiderten sie, »das haben wir schon unter uns ausgemacht; dem küssen wir den Hintern und die Eier auch, denn er hat welche, so steht es in unseren herrlichen Dekretalen, sonst könnte er nicht Papst sein. Daraus ergibt sich nach der scharfsinnigen dekretalischen Philosophie von selbst der Schluß: Weil er Papst ist, hat er Eier, und wenn es keine Eier auf der Welt gäbe, so gäb' es auf der Welt auch keinen Papst.«

Unterdessen fragte Pantagruel einen Schiffsjungen aus ihrem Boot, wer diese Leute wären. Dieser sagte ihm, es wären die vier Stände der Insel, und fügte hinzu, daß wir dort sehr gut aufgenommen und bewirtet werden würden, weil wir den Papst gesehen hätten. Als er dies Panurg mitteilte, flüsterte ihm der ins Ohr: »So wahr mir Gott helfe, es ist so! Man muß nur Geduld haben. 's hat uns nie was genützt, daß wir den Papst gesehen haben; aber jetzt, zum Teufel, wird's doch zuletzt was nützen, wie ich sehe.«

Darauf gingen wir an Land, und alles Volk, Männer, Frauen und Kinder, kam uns in Prozession entgegen. Unsere vier Stände

1 s. 2. Moses 3, 14

riefen ihnen mit lauter Stimme zu: »Sie haben ihn gesehen, sie haben ihn gesehen, sie haben ihn gesehen!« Bei diesem Ruf fielen alle Leute vor uns auf die Knie nieder, und die gefalteten Hände gen Himmel emporstreckend, riefen sie: »Oh, ihr glückseligen Leute, wie gesegnet seid ihr!«, und dieses Geschrei dauerte länger als eine Viertelstunde. Hierauf kam der Schulmeister mit seinen Helfern und den Abc-Schützen und Schülern, die er zünftig auspeitschte, wie man bei uns zulande die kleinen Kinder mit Ruten zu streichen pflegte, wenn ein Missetäter gehenkt wurde, damit sie sich's merkten. Pantagruel aber, dem das leid tat, sagte zu ihnen: »Liebe Herren, wenn ihr nicht aufhört, diese Kinder zu peitschen, so kehre ich sogleich wieder um.« Da verwunderte sich das Volk, als es seine Stentorstimme vernahm, und ein kleiner Buckliger mit sehr langen Fingern fragte den Schulmeister: »Bei allem, was extravagant[1] ist, sagt mir, wird jeder, der den Papst sieht, ebensogroß wie jener, der uns da droht? Oh, wie sehne ich mich danach, ihn auch zu sehen, um genauso in die Höhe zu schießen und so groß zu werden wie der!« – Infolge des lauten Willkommensgeschreis eilte auch Tölpeling, wie der Bischof hieß, auf einem ungezäumten, grünbehangenen Esel herbei, begleitet von seinen Apoten, wie sie genannt wurden, und Subpoten, die Kreuze, Banner, Kirchenfahnen, Baldachine, Kerzen und Weihwasserkessel trugen. Auch er wollte uns durchaus die Füße küssen wie der gute Christian Valfinier Papst Klemens und sagte uns, einer ihrer Hypopheten[2], der auch die heiligen Dekretalen ausgestaubt und glossiert hätte, habe es schriftlich hinterlassen, daß, wie der von den Juden so lange erwartete Messias endlich erschienen sei, eines Tags auch der Papst auf diese Insel kommen werde. Bis zu diesem Tage des Heils aber solle jeder, der ihn zu Rom oder sonstwo gesehen hätte, wenn er hierherkomme, von ihnen gefeiert und mit Ehrfurcht begrüßt werden. Nichtsdestoweniger lehnten wir dankend ab.

1 Extravaganten (später Klementinen und Sexti) sind die Bezeichnungen von Dekretalen – 2 Ausleger

Neunundvierzigstes Kapitel

Wie Tölpeling, der Bischof der Papomanen, uns die vom Himmel gefallenen Dekretalen zeigte

Hierauf sagte Tölpeling zu uns: »Unsere heiligen Dekretalen verordnen und befehlen, daß wir erst die Kirchen und dann die Schenken besuchen sollen. Um von dieser lobenswerten Bestimmung nicht abzuweichen, wollen wir erst in die Kirche gehen und dann zum Schmaus.« – »Braver Mann«, sagte Bruder Hans, »geht nur voran, wir folgen. Ihr habt ein gutes Wort gesprochen wie ein echter Christ. Schon lange haben wir keine Kirche mehr gesehen, und ich freue mich von ganzer Seele darauf; das Essen wird danach noch einmal so gut schmecken. Es ist etwas Schönes darum, mit solchen braven Leuten zusammenzutreffen.« – Als wir uns hierauf der Tür des Gotteshauses näherten, bemerkten wir, wie ein dickes vergoldetes Buch an zwei goldenen Ketten vom Bogen des Hauptportals herabhing; dieses Buch war über und über mit den schönsten Edelsteinen besät, mit Rubinen, Smaragden, Diamanten und Perlen, die kostbarer oder mindestens ebenso kostbar waren wie die, welche Oktavian dem kapitolinischen Jupiter weihte. Wir betrachteten es mit Staunen und Bewunderung. Pantagruel, der mit Leichtigkeit hinaufreichte, drehte und wendete es nach allen Seiten und versicherte uns, er spüre bei der Berührung des Buches ein leichtes Prickeln in den Fingerspitzen, desgleichen ein sonderbares Zwacken in den Armen und eine unbeschreibliche Lust in der Seele, einen oder auch ein paar Häscher durchzuhauen, natürlich untonsurierte.

Weiter sprach Tölpeling zu uns: »Moses gab den Juden das von Gottes eigener Hand geschriebene Gesetz. Vor dem Tempel zu Delphi wurde der von der Gottheit selbst geschriebene Spruch: Γνῶϑι σεαυτόν[1], gefunden, und einige Zeit darauf sah man das gleichfalls von der Gottheit geschriebene und vom Himmel stammende *EI*[2]. Das Bildnis der Kybele war nach Phrygien auf ein Feld, Pessinus genannt, vom Himmel herabgebracht worden, ebenso das Bildnis der Diana nach Tauris, sofern Euripides zu trauen ist. Die Oriflamme wurde dem edlen und aller-

1 Erkenne dich selbst (griech.) – 2 ob, du bist, oder gehe (griech.)

christlichsten König von Frankreich zum Kampf gegen die Ungläubigen vom Himmel gesandt. Während der Regierung des zweiten römischen Königs, Numa Pompilius, sah man den Schild Ankile vom Himmel herniederschweben. Auf die Akropolis von Athen fiel aus dem empyreischen Himmel[1] die Statue der Minerva. Hier nun seht ihr gleichermaßen die von der Hand eines Cherubs geschriebenen heiligen Dekretalen. Ihr transpontinischen Leute werdet's nicht glauben . . .« – »Nicht so recht«, sagte Panurg. – »Sie sind auf wunderbare Weise aus Himmelshöhen zu uns herabgekommen, wie aus ähnlichem Anlaß auch Homer, der Vater aller Philosophie, die göttlichen Dekretalen natürlich ausgenommen, den Fluß Nil ›Diipetes‹, den von Zeus Stammenden, nannte. Und weil ihr den Papst, den Evangelisten und allewigen Schirmherrn der Dekretalen, gesehen habt, so wollen wir, wenn ihr es wünscht, euch erlauben, diese Schriftzüge zu schauen und zu küssen. Dann aber müßt ihr drei Tage vorher fasten und nach der Regel beichten, indem ihr eifrig allen euren Sünden nachforscht und sie aufzählt, auch nicht ein Tüttelchen davon vergeßt, so wie es die göttlichen Dekretalen, die ihr hier seht, verkünden. Das erfordert Zeit.« – »Braver Mann«, entgegnete Panurg, »solche Exkrementalen, wollt' sagen Dekretalen, auf Pergament, Glanzpapier und Velin geschrieben und gedruckt, haben wir schon genug gesehen. Bemüht Euch also nicht, uns diese Ehre zu erweisen. Wir nehmen mit dem guten Willen vorlieb und danken Euch bestens.« – »Das ist alles ganz gut«, sagte Tölpeling, »aber solche von Engelshand geschriebene wie diese habt ihr noch nicht gesehen. Alle, die ihr bei euch zulande habt, sind ja nur Abschriften der unsrigen, wie das in einem unserer alten Scholiasten geschrieben steht. Was aber meine Mühe anbetrifft, so bitte ich euch, sie überhaupt nicht in Anschlag zu bringen. Entschließt euch nur, ob ihr beichten und drei kleine hübsche Gottestage fasten wollt.« – »Beichten«, sagte Panurg, »wollen wir schon recht gern, aber das Fasten paßt uns nicht, denn wir haben auf unserer Seefahrt so lange gefastet, daß wir bereits Spinnweben auf den Zähnen haben. Seht den guten Bruder Hans Hackepeter an« – bei diesen Worten gab ihm Tölpeling sehr höflich den Begrüßungskuß », »dem wächst schon

3 Feuerhimmel der griech. Sage

Moos im Schlund, weil er seine Hauer und Kinnbacken gar nicht mehr rührt und in Bewegung hält.« – »Er hat recht«, sagte Bruder Hans; »ich habe so ungeheuer viel gefastet, daß ich schon ganz bucklig davon geworden bin.« – »Also laßt uns in die Kirche treten«, sagte Tölpeling; »ich bitte euch nur, entschuldigt uns, daß wir euch keine Messe lesen können. Aber die Mittagsstunde ist vorüber, und da verbieten es uns unsere heiligen Dekretalen, Messe zu lesen, das heißt die große, feierliche Messe. Ich werde euch dafür eine stille lesen.« – »Ein Maulvoll guter Anjouer wäre mir lieber«, sagte Panurg. »Na, macht's nur kurz, schießt los!« – »Kreuz blau und grün«, sagte Bruder Hans, »mir tut es höllisch leid, daß ich noch nichts im Leibe habe. Hätt' ich nach Klostersitte gut gefrühstückt und wär' satt und er läse uns dann meinetwegen ein Requiem, so hätt' ich doch wenigstens Brot und Wein schon zur Ruhe gebracht. Doch Geduld, fangt immer an, schießt los, pufft ab, krempelt aber die Hosen auf, damit Ihr Euch nicht vollspritzt und auch noch wegen was andrem.«

Fünfzigstes Kapitel
Wie Tölpeling uns das Urbild des Papstes zeigte

Als die Messe zu Ende war, holte Tölpeling aus einem Kasten, der neben dem Hochaltar stand, ein großes Bund Schlüssel hervor, und nachdem er zweiunddreißig Schlösser und vierzehn Schlößchen geöffnet hatte, machte er eine über dem Altar befindliche eiserne Tür auf, bedeckte sich geheimnisvoll mit einem nassen Sack, zog einen dunkelroten Vorhang zur Seite und zeigte uns ein nach unserer Meinung recht schlecht gemaltes Bild, berührte es mit einem langen Stab, dessen Spitze er uns einem nach dem andern zu küssen gab, und fragte endlich: »Nun, was sagt ihr zu diesem Bild?« – »Das ist«, sagte Pantugruel, »das Bildnis eines Papstes; ich erkenne es an der Tiara, dem Pallium, der Dalmatika und dem Pantoffel.« – »Ganz recht«, sagte Tölpeling; »es ist das Urbild jenes segensreichen Erdengottes, dessen Kommen wir in Demut erwarten und den wir noch einmal in diesem Land zu sehen hoffen. O du glückseliger, langerwarteter, heißersehnter Tag und ihr Hochbeglückten und Gesegneten, die ihr von den Sternen so begünstigt seid, daß ihr den lieben Gott auf Erden von Angesicht zu Angesicht und in Wirklichkeit geschaut habt, ihn, den wir nur im Bild schauen, welcher Anblick uns dennoch die völlige Vergebung eines Drittels der uns im Gedächtnis verbliebenen Sünden und von achtzehn Vierzigstel derer, welche wir vergessen haben, verbürgt. Aber selbst das Bild bekommen wir nur an den großen Festen des Kirchenjahrs zu sehen.« Pantagruel bemerkte darauf über das Bildnis, es sei ein Werk wie das des Dädalus. Obgleich häßlich und schlecht gemalt, läge darin doch eine gewisse schlummernde, verborgene Gotteskraft der Sündenvergebung. – »So etwa«, sagte Bruder Hans, »wie bei dem Bettlerpack zu Seuilly, die sich's an einem Feststag im Spittel beim Abendschmaus wohl sein ließen und voreinander prahlten, wieviel jeder von ihnen am Tag erbettelt hätte: der eine zwei Pfennige, der andre zwei Heller, der dritte sieben Karlstaler, während einer von ihnen, ein großer, dicker Lümmel, sich rühmte, drei ganze Silberlinge zusammengebracht zu haben. ›Ja‹, entgegneten seine Kameraden, ›du hast auch ein Gottesbein‹, als ob der liebe Gott selber in dem brandigen, halbverfaulten Bein gesessen hätte!« – »Wenn du uns solche Geschichten erzählen willst«, sagte Pantagruel, »so vergiß nur nicht, auch gleich den Spucknapf mitzubringen; denn es wird einem ganz übel dabei. Wie kann man den heiligen Namen Gottes mit so schmutzigen und abscheulichen Dingen zusammen nennen. Pfui, sage ich dir, pfui! Wenn solcher Mißbrauch mit Worten bei euch Mönchen Sitte ist, so würdest du besser daran getan haben, das im Kloster zu lassen, und solltest es nicht mit auf den Weg nehmen.« – »Die Ärzte«, äußerte Epistemon, »behaupten auch, daß bei gewissen Krankheiten eine Art Mitbeteiligung der Gottheit stattfände. Ähnlich pries Nero die Pilze, indem er sie mit Anspielung auf ein griechisches Sprichwort göttliche Speise nannte, weil er mit ihnen seinen Vorgänger, den römischen Kaiser Claudius, vergiftet hatte.« – »Aber es scheint mir«, sagte Panurg, »daß dieses Bild auf unsere letzten Päpste[1] nicht zutrifft; die hab' ich niemals im Pallium gesehen, sondern mit dem Helm auf dem Kopf und darüber eine persische Tiara. Das ganze christliche Reich war in Ruhe und Frieden, sie allein führten schändliche, grausame Kriege.« – »Das war«, sagte Tölpeling, »gegen die Rebellen, die

1 Alexander VI., 1490-1503, und Julius II., 1503-13

Ketzer, die hoffnungslosen Protestanten – gegen die Unverbesserlichen, die sich der Heiligkeit dieses guten Erdengotts widersetzten. Das ist nicht nur zulässig und erlaubt, sondern ihm durch unsere heiligen Dekretalen sogar anbefohlen; er muß die Kaiser, die Könige, die Herzöge, Fürsten und Staaten, wenn sie nur um ein Jota von seinen Erlässen abweichen, mit Feuer und Schwert überziehen, muß ihre Besitzungen plündern, sie absetzen, verjagen, in Bann tun und nicht allein ihren Leib, ihre Kinder und ihre ganze Sippschaft töten, sondern auch ihre Seele in die allertiefste Hölle, dahin, wo es am heißesten ist, verdammen!« – »Alle Teufel«, sagte Panurg, »die hier sind keine Ketzer wie Schnurrkater, oder wie es ihrer in England und Deutschland so viele gibt. Ihr seid dreimal ausgesiebte Christen.« – »Da habt Ihr recht«, sagte Tölpeling, »deshalb sind wir auch alle im Stande der Gnade. Nun wollen wir uns aber mit Weihwasser besprengen und dann zum Essen gehen.«

Einundfünfzigstes Kapitel

Tischgespräche zum Lob der Dekretalen

Hier dürft ihr nun, meine lieben Zechbrüder, nicht unbeachtet lassen, daß, während Tölpeling die stille Messe gelesen, drei Kirchenälteste, jeder mit einem großen Becken in der Hand, zwischen der Volksmenge umhergegangen waren und unter dem lauten Ruf: »Gedenkt der Hochbeglückten, die ihn gesehn haben!«, freiwillige Beiträge eingesammelt hatten. Als wir aus der Kirche kamen, übergaben sie Tölpeling die Becken voll von papomanischer Münze. Dieser sagte uns, das sei zu einer guten Mahlzeit für uns bestimmt. Laut einer wundervollen Glosse, die an einer gewissen, lange unbeachtet gebliebenen Stelle ihrer heiligen Dekretalen entdeckt worden, sei der eine Teil von dieser Auflage und Steuer auf gute Getränke, der andere auf ein rechtschaffenes Essen zu verwenden – was denn auch in einem allerliebsten Wirtshaus, das dem von Guillot in Amiens fast aufs Haar glich, sofort vor sich ging. Ihr könnt mir's glauben, zu essen war da genug und zu trinken noch mehr. Zweierlei aber fiel mir bei dieser Mahlzeit auf: Erstens, daß alles Fleisch, das auf den Tisch kam, Ziegen, Kapaune, Schweine, wovon's in Papomanien eine

Unmasse gibt, Tauben, Kaninchen, Hasen, Puten usw., ohne Ausnahme mit Magistralfarce gefüllt war, und zweitens, daß bei der Hauptmahlzeit wie beim Nachtisch nur mannbare Jungfrauen des Orts bedienten, alles schöne, appetitliche, blonde, reizende und anmutige Mädchen, so wahr ich lebe! Sie trugen lange, weiße, wallende Gewänder mit doppeltem Gürtel, keine Kopfbedeckung, aber die Haare mit violettseidenen Schnüren und Bändern durchflochten und allerlei duftende Blumen und Kräuter darin, wie Rosen, Nelken, Majoran, Dill, Orangenblüten usw. Unaufhörlich forderten sie mit anmutigen Verbeugungen zum Trinken auf, und die ganze Gesellschaft betrachtete sie mit Wohlgefallen. Bruder Hans schielte von der Seite nach ihnen wie ein Hund, der einen Flederwisch fortschleppt. Nach dem ersten Gang sangen sie höchst melodiös eine Ode zum Lob der heiligen Dekretalen. Als der zweite Gang aufgetragen wurde, rief Tölpeling einem der Kellermeister vergnügt und lustig zu: »Theolog, füll den Trog!« Sogleich brachte ihm eine der Jungfrauen einen großen Becher voll extravaganten Weins. Ihn in der Hand haltend, seufzte er tief auf und sagte dann zu Pantagruel: »Hoher Herr und ihr, meine lieben Freunde, auf euer Wohl von ganzem Herzen. Seid uns willkommen.« Und nachdem er getrunken, gab er der anmutigen Schenkin den Becher zurück und rief mit erhobener Stimme: »Oh, ihr göttlichen Dekretalen, solchen guten, köstlichen Wein verdanken wir nur euch.« – »Ist gewiß nicht das Schlechteste von dem ganzen Krempel«, sagte Panurg. – »Noch besser würde es sein«, sagte Pantagruel, »wenn sie auch den schlechten Wein gut machen könnten.« – »Oh, ihr seraphischen Sexti«, fuhr Tölpeling fort, »wie unerläßlich notwendig seid ihr zum Heil der armen Menschheit. Oh, ihr cherubinischen Klementinen, wie ist in euch so wundervoll niedergelegt und dargetan das vollkommene Wesen des wahren Christen. Oh, ihr engelsgleichen Extravaganten, wie würden die armen Seelen, die hier in diesem Jammertal, an den Leib gebunden, irregehen, ohne euch verloren sein. Ach, wann wird doch den Menschen die besondere Gnadengabe zuteil werden, daß sie ablassen von jedem andern Forschen und Tun und nur euch lesen, nur euch hören, nur euch kennen, anwenden, ausüben, in Fleisch und Blut übergehen und euch mitten in die tiefsten Kammern ihres Gehirns, in das innerste Mark ihrer Knochen, in das verwirrende

Labyrinth ihrer Adern dringen lassen! Oh, dann, nicht eher und nicht anders wird die Welt glücklich sein!« – Hier stand Epistemon vom Tisch auf und sagte seelenruhig zu Panurg: »Da hier kein Nachtstuhl ist, muß ich hinaus. Dies Narrenspiel hat mir den Leib gelockert. Ich kann's nicht mehr halten.« – »Oh«, fuhr Tölpeling fort, »dann wird nicht mehr sein Hagel noch Frost, noch Reif, noch Unwetter. Oh, dann wird herrschen Überfluß an allen Gütern der Erde, oh, dann ein beharrlicher, unantastbarer Friede in aller Welt! Dann werden aufhören Krieg, Plünderung, Frondienst, Räuberei, Totschlag – ausgenommen gegen die Ketzer und die verdammten Unbotmäßigen. Oh, dann wird es unter den Menschen nichts geben als Fröhlichkeit, Frohsinn, Lust, Erholung, Ergötzlichkeit, Freude und Wonne. Oh, du gewaltiges Lehrgebäude, unschätzbare Gelehrsamkeit, göttliche Unterweisung, die du für ewige Zeiten niedergelegt bist in den göttlichen Kapiteln dieser unvergänglichen Dekretalen. Oh, wer nur einen halben Kanon, nur einen kleinen Paragraphen, nur einen einzigen Satz der dreimalheiligen Drekretalen liest, wie fühlt er nicht sein Herz durchglüht von göttlicher Liebe, von Wohlwollen gegen seinen Nächsten, vorausgesetzt, daß dieser kein verfluchter Ketzer ist; wie sicher bleibt er in allen Wechselfällen des Lebens, wie hoch erhoben ist sein Geist, ja, erhoben bis in den dritten Himmel! Wie still befriedigt ist er in all seinen Wünschen!«

Zweiundfünfzigstes Kapitel

Fortsetzung der Wunder, welche die Dekretalen bewirken

»Der redet ganz wie ein Buch«, sagte Panurg. »Aber ich glaube das wenigste davon, denn der Zufall wollt's, daß ich in Poitiers bei dem schottischen Dekretalendoktor einmal ein Kapitel daraus las, und der Teufel soll mich reiten, wenn's mich nicht so verstopfte, daß ich vier oder fünf Tage lang nichts herausdrücken konnte als ein ganz, ganz kleines Würstchen. Und noch dazu was für eins! So eins, schwör' ich euch, wie Nachbar Furius, von dem Catull singt:

Zehn Würstchen scheißt er nur im ganzen Jahr;
zerdrück sie mit der Hand, und du nimmst wahr,
die Finger bleiben dir blitzblank und rein,
denn sie sind hart wie Bohnen und wie Stein.«

»Ah-i-ah-i-ah!« sagte Tölpeling, »Ihr befandet Euch damals sicherlich im Stand der Todsünde, mein Bester.« – »Das gehört nicht hierher«, sagte Panurg.

»In Seuilly«, sagte Bruder Hans, »wischte ich mir einmal den Hintern mit einem Blatt dieser abscheulichen Klementinen, die Hannes Guymard, unser Amtmann, auf den Klosterhof geworfen hatte, und der Teufel soll mich holen, wenn ich nicht solch ein Brennen und solche Hämorrhoiden davon bekam, daß mir mein armes Arschloch ganz in Flammen stand.« – »I-ah«, sagte Tölpeling, »das war die gerechte Gottesstrafe für Eure Sünde; warum habt Ihr diese heiligen Blätter, die Ihr wie etwas Göttliches, ja inbrünstiger noch hättet küssen und verehren sollen, mit Kot beschmiert. Der Panormitaner[1] lügt nun einmal nicht.«

»In Montpellier«, sagte Ponokrates, »hatte Hans Kauz von den Mönchen des Sankt-Olary-Klosters einige schöne Dekretalen auf dickem, glattem lamballschem Pergament eingehandelt, um sie beim Blattgoldschlagen zu benutzen. Aber sonderbar, kein einziges Blatt gelang ihm, alle kamen zerrissen und zerfetzt heraus.« – »Göttliche Züchtigung«, sagte Tölpeling, »Rache des Himmels!«

»In Le Mans«, sagte Eudämon, »hatte sich der Apotheker Franz Tüterich aus einem Blatt der Extravaganten eine Tüte geklebt. Nun will ich aber den Teufel verleugnen, wenn nicht alles, was er in diese Tüte hineintat, auf der Stelle giftig wurde oder verfaulte oder verdarb: Weihrauch, Pfeffer, Nelken, Zinnamom, Safran, Wachs, Gewürz, Quassia, Rhabarber, Tamarinden, kurz alles, sowohl Drogen wie Spezereien und Leckereien.« – »Strafe!« sagte Tölpeling, »göttliche Züchtigung! Wie kann man solche heiligen Schriften zu so profanen Dingen mißbrauchen?«

»In Paris«, sagte Carpalim, »hatte der Schneidermeister Zwillich einige alte Klementinen zu Mustern und Maßen verwendet. Aber nun hört! Alle Kleidungsstücke, die er nach diesen Mustern und Maßen verfertigte, mißlangen und waren für die Katz: Röcke, Umhänge, Mäntel, Joppen, Koller, Wämser, Jagd-, Reit- und Waffenröcke wie Jacken – es war alles dasselbe. Wollte er einen Umhang zuschneiden, so bekam das Ding die Form einer Hose, und statt eines Reitrocks kam ein pflaumenförmiger Hut heraus, statt einer Joppe eine Chorherrenmütze. Nach dem Muster eines Wamses schnitt er ein Ding zu, das wie ein Ofen aussah, und als seine Gesellen es zusammengenäht und unten ausgezackt hatten, glich es aufs Haar einer Pfanne, in der man Kastanien brät. Statt eines Kollers wurde es ein Schnürstiefelchen, nach dem Muster einer Jacke wurde es eine Kapuze. In der Meinung, einen Mantel zuzuschneiden, machte er eine Schweizer

1 Tedeschi

Schornsteinkappe, so daß der arme Mann zuletzt von den Gerichten verurteilt wurde, die verhunzten Stoffe zu ersetzen, und dadurch ganz auf den Hund gekommen ist.« – »Gerechte Strafe«, sagte Tölpeling, »göttliche Vergeltung!«

»Zu Cahuzac«, sagte Gymnast, »veranstalteten die Herren von Estissac und Vicomte von Lausun[1] ein Scheibenschießen. Pérotou[1] hatte ein paar Blätter von dem schönen dicken Papier aus den Dekretalen gerissen und als Weißes in die Scheibe eingesetzt. Aber man soll mich verschenken, verkaufen und allen Teufeln übergeben, wenn auch nur ein einziger von all den Armbrustschützen des Landes, die doch als die besten in ganz Guyenne bekant sind, seinen Bolzen hätte hineinbringen können. Sie schossen alle vorbei. Nicht ein Fleck von dem hochheiligen Weiß wurde entjungfert und durchbohrt. Ja, Sansornin der Ältere[1], der Preisverteiler, schwor ›harte Feigen‹ – was sein allerhöchster Schwur war –, er habe ganz deutlich und mit seinen eigenen Augen gesehen, wie Carquelins[1] Bolzen, der gerade auf den schwarzen Punkt im Weißen losfuhr, im selben Augenblick, wo er ihn hätte berühren und sich hineinbohren sollen, abgelenkt worden und gut einen Klafter weit seitwärts in den Backofen geflogen wäre.« – »Wunder, Wunder über Wunder!« rief Tölpeling aus. »Theolog, füll den Trog! Auf euer aller Wohl! Ihr scheint mir rechtschaffene Christen zu sein.« – Bei diesen Worten fingen die Mädchen an zu kichern. Bruder Hans wieherte durch die Nase wie ein Hengst, der über eine Stute oder Eselin, wie ein Köter, der über arme Leute herwill. – »Mir scheint«, sagte Pantagruel, »daß man in solch einem Weißen so sicher vor dem Getroffenwerden sein muß wie einst Diogenes.« – »Wie, was?« fragte Tölpeling, »war das auch ein Dekretalist?« – »Aha«, sagte Epistemon, der sein Geschäft verrichtet hatte und eben wieder hereintrat, »hier wird Pik ausgespielt.« – »Diogenes«, erwiderte Pantagruel, »sah eines Tags zum Zeitvertreib etlichen Bogenschützen zu, die nach der Scheibe schossen. Einer unter ihnen war so täppisch und ungeschickt und schoß so schlecht, daß, wenn er an die Reihe kam, alle Zuschauer auf die Seite traten, um nicht getroffen zu werden. Diogenes hatte gesehen, wie der erste Pfeil, den er abschoß, mehr als eine Rute vom Ziel entfernt nie-

1 Angehöriger des Gefolges des Bischofs von Estissac

dergefallen war; als nun das Volk beim zweiten Schuß rechts und links zurückwich, stellte er sich gerade vor das Weiße hin, indem er behauptete, daß dies der sicherste Platz sei; denn überall könne dieser Schütze wohl hintreffen, ins Ziel aber bestimmt nicht.« – »Ein Page des Herrn von Estissac«, fuhr Gymnast fort, »mit Namen Chamouillac, wurde auf die Wunderkraft aufmerksam. Auf seinen Rat veränderte Pérotou das Weiße und heftete ein paar Aktenblätter aus dem Pouillacschen Prozeß an die Stelle. Sogleich schossen alle ohne Ausnahme ganz vortrefflich.«

»Zu Landerousse«, sagte Rhizotom, »wurde die Hochzeit von Jean Delif gar feierlich und prächtig begangen, wie es damals dortzulande Sitte war. Nach dem Abendessen gab es verschiedene Scherze, Komödien und Possen, Moriskentänze mit Glöckchen und Tamburins, Maskenzüge und Mummenschanz. Meine Freunde und ich wollten, so gut es ging, dem Fest auch die Ehre antun, da man uns alle am Morgen mit schönen weißen und violetten Bändern beschenkt hatte. Also tanzten wir zum Schluß einen lustigen Schembartreigen mit vielen Sankt-Michael-Muscheln und schönen Schneckenhäuschen. Weil es uns aber an Arons-, Kletten- und Distelblättern wie an Papier gefehlt, so hatten wir uns die Gesichtsmasken aus Blättern eines alten Sextus, der sich da herumtrieb, gemacht, indem wir für Augen, Mund und Nase kleine Öffnungen hineinschnitten. Nun aber geschah etwas Wunderbares. Als unsere kleinen Tänze und Kindereien zu Ende waren und wir die Masken wieder abnahmen, sahen wir samt und sonders so häßlich und verunstaltet aus wie kleine Teufel in einem Douéschen Passionsspiel: überall, wo die erwähnten Blätter unser Gesicht berührt hatten, war es völlig entstellt. Der eine war voller Pocken, der andere hatte die Krätze, wieder ein anderer Pusteln, Ausschlag oder große Geschwüre. Kurz, der von uns, dem die Zähne ausgefallen waren, konnte noch für den Schönsten gelten.« – »Wunder über Wunder!« rief Tölpeling. – »Wartet nur«, sagte Rhizotom, »es kommt noch besser. Meine beiden Schwestern, Katharina und Renate, hatten in den schönen Sextus, der schwere, eisenbeschlagene Deckel hatte, wie in eine Presse ihre frisch gewaschenen, schneeweiß gestärkten Schleier, Manschetten und Halskragen gelegt. Bei Gott ...« – »Halt«, unterbrach ihn Tölpeling, »welchen Gott meint Ihr?« – »Es ist kein anderer als der eine«, sagte Rhizotom. – »Ganz recht«, sagte Tölpeling, »im Himmel; aber haben wir nicht noch einen andern auf Erden?« – »Hü, Esel, hü!« sagte Rhizotom, »das hätt' ich, bei meiner armen Seele, beinah vergessen; also bei Gott Papst auf Erden, ihre Schleier, Halskragen, Brust- und Kopftücher, mit einem Wort: die ganze Wäsche war so schwarz geworden wie ein Kohlensack.« – »Wunder über Wunder!« rief Tölpeling. »Theolog, füll den Trog und merke dir diese schönen Geschichten.« – »Wie kann man«, meinte Bruder Hans, »da in aller Welt noch sagen:

Seit es Dekrete regnet
und Mars den Schnappsack segnet,
seitdem die Mönche reiten,
sind böse, böse Zeiten!«

»Ich verstehe Euch schon«, sagte Tölpeling. »Das sind solche Verschen, wie die neuen Ketzer sie sich ausgedacht haben.«

Dreiundfünfzigstes Kapitel

Wie durch die Kraft der Dekretalen das französische Gold gar geschickt nach Rom gezogen wird

»Einen Kessel Kutteln wollt' ich spenden«, sagte Epistemon, »wenn wir die schrecklichen Kapitel *Execrabilis, De multa, Si plures, De Annatis per totum, Nisi essent, Cum ad monasterium, Quod dilectio, Mandatum*[1] und etliche andere, die jährlich viermalhunderttausend Dukaten aus Frankreich nach Rom ziehen, mit dem Urtext vergleichen könnten. Ist das eine Kleinigkeit?« – »Mir«, sagte Tölpeling, »scheint das sehr wenig zu sein, wenn man erwägt, daß das allerchristlichste Frankreich die alleinige Nährmutter des römischen Hofs ist. Aber nennt mir ein andres Buch, gleich ob ein philosophisches, medizinisches, juristisches, mathematisches, literarisches, ja, Gott soll mir helfen, die Heilige Schrift selbst nicht ausgenommen, das so viel herausziehen könnte. Pah, dagegen sind sie alle nichts. Solche goldziehende Kraft besitzt kein zweites, das könnt Ihr mir glauben. Dennoch wollen diese verdammten Ketzer es nicht anerkennen und gelten

1 Anfänge verschiedener Dekretalen

lassen. Aber man muß sie verbrennen, zwicken, zwacken, zersägen, ersäufen, hängen, pfählen, stäupen, zerreißen, ausweiden, köpfen, frikassieren, rösten, in Stücke hauen, kreuzigen, sieden, im Mörser zerstampfen, vierteln, rädern, zerquetschen, braten, diese niederträchtigen antidekretalistischen Ketzer, diese Dekretaliziden[1], die schlechter sind als Homiziden[2], ja als Parriziden[3], diese Dekretaliktonen des Teufels. Liebe Leute, ich bitte euch flehentlich, glaubt, denkt, sprecht, schafft und tut nichts anderes als einzig und allein, was in unseren heiligen Dekretalen und ihren Korollarien[4], den herrlichen Sexti, den herrlichen Klementinen und den herrlichen Extravaganten aufgezeichnet steht, wenn ihr als wahre Christen gelten wollt. Oh, die göttlichen Bücher! Dann wird Ruhm, Ehre, Beifall, Reichtum, Würde und Vorrang in dieser Welt euch zuteil werden;

von allen verehrt,
von keinem versehrt,
vor jeglichem wert,

werdet ihr auserlesen und auserkoren sein vor allen! Denn unter dem Himmelszelt gibt es keinen Stand, der Leute aufweisen könnte, so tüchtig, alles zu bewirken und zu leiten, als die, welche sich nach dem Ratschluß Gottes und kraft ewiger Vorherbestimmung dem Studium der heiligen Dekretalen gewidmet haben. Wollt ihr einen tapferen Kaiser wählen, einen guten Feldherrn, einen würdigen General und Heerführer in Kriegszeiten, der es versteht, jede Schwierigkeit vorauszusehen, allen Gefahren aus dem Weg zu gehen, seine Soldaten frisch und munter zum Sturm und zur Schlacht zu führen, der nichts aufs Spiel setzt und stets mit dem geringsten Verlust an Leuten siegt und den Sieg wohl zu nutzen weiß? Nehmt einen Dekretisten, ach nein, Dekretalisten wollt' ich sagen.« – »Gut verhauen«, sagte Epistemon. – »Braucht ihr in Friedenszeiten einen geschickten, fähigen Mann, um eine Republik, ein Königreich, ein Kaisertum, eine Monarchie zu regieren, Kirche, Adel, Senat und Volk zu Wohlstand, Ruhe, Einigkeit, Gehorsam, Ehrbarkeit und allen anderen Tugenden zu verhelfen? Nehmt einen Dekretalisten! Sucht ihr einen Mann, der durch sein musterhaftes Leben, seine Redner-

1 Dekretalenmörder – 2 Menschenmörder – 3 Vatermörder – 4 Folgesätze

gabe, durch fromme Ermahnung in kürzester Zeit und ohne alles Blutvergießen es dahin bringt, das Heilige Land zu erobern und die ungläubigen Türken, Juden, Tataren, Moskowiter, Mamelucken und Sarrabaiten[1] zum alleinseligmachenden Glauben zu bekehren? Nehmt niemand anders als einen Dekretalisten! Warum ist das Volk in manchen Ländern so widersetzlich und zügellos, warum sind die Pagen so lüstern und boshaft, warum sind die Studenten Esel? Weil ihre Statthalter, Zuchtmeister und Professoren keine Dekretalisten sind.

Und ich frage euch auf euer Gewissen: Wer hat all diese schönen Orden, mit denen ihr die Christenheit geschmückt, geziert, verherrlicht seht wie das Firmament mit Sternen, geschaffen, bestätigt und mächtig gemacht? Die göttlichen Dekretalen! Wer hat die frommen Brüderschaften in den Klöstern, Monasterien und Abteien, ohne deren unablässige Tag- und Nachtgebete die Welt die äußerste Gefahr liefe, in das alte Chaos zurückzusinken, gestiftet, gegründet und befestigt und wer unterhält, stützt und ernährt sie? Die heiligen Dekretalen! Wer schuf und wer vermehrt noch jetzt so reichlich mit zeitlichen, leiblichen, geistigen Gütern das allgefeierte, hochberühmte Patrimonium Sankt Petri? Die heiligen Dekretalen! Wer machte den Heiligen Stuhl allezeit bis auf den heutigen Tag so allgemein gefürchtet, daß alle Kaiser, Könige, Potentaten und Herrschaften, mögen sie wollen oder nicht, von ihm abhängig sind, von ihm gekrönt, bestätigt und ermächtigt werden, vor ihm sich beugen und den heiligen Pantoffel, dessen Abbild ihr gesehen habt, auf ihren Knien küssen? Die herrlichen Gottesdekretalen! Eins noch will ich euch besonders offenbaren. Die meisten eurer Universitäten führen ein Buch in ihrem Wappen; bei einigen ist es aufgeschlagen, bei anderen geschlossen. Was meint ihr, was für ein Buch das ist?« – »Da ich nie darin gelesen habe«, sagte Pantagruel, »so kann ich's nicht sagen.« – »Die heiligen Dekretalen sind's«, sagte Tölpeling; »ohne sie würden alle Universitäten ihrer Privilegien verlustig sein. Nur ihnen habt ihr sie zu verdanken. Haha – haha!«, und damit fing Tölpeling an zu rülpsen, zu furzen, zu lachen, zu spucken und zu schwitzen und reichte seine große, fettige, viergehörnte Mütze einem der Mädchen hin, das sie fröhlich lachend

1 ägypt. Wüstenmönche, die ein ungebundenes Wanderleben führten

auf den Kopf setzte, nachdem es sie vorher zärtlich geküßt hatte, was ein eindeutiges Zeichen war, daß sie sich als erste von allen verheiraten würde. – »Vivat«, rief Epistemon, »fifat, pipat, bibat! Oh, du apokalyptisches Geheimnis!« – »Theolog«, sagte wieder Tölpeling, »füll den Trog! Erleuchte uns, mehr Licht, mehr Licht! Und bringt das Obst. Also sage ich, wer sich dem Studium der heiligen Dekretalen widmet, der wird in dieser Welt reich und geehrt sein. Aber nun sage ich weiter: Auch dort, in dem seligen Himmelreich, zu dem unseren teuren Dekretalen von Gott die Schlüssel übergeben worden sind, wird er unfehlbar aufgenommen werden. Oh, du guter Gott, den ich anbete und niemals gesehen habe, erschließe uns aus besonderer Gnade wenigstens in unserm Todesstündlein jenen hochgeweihten Hort unserer heiligen Mutter Kirche, dessen Schirmherr, Bewahrer, Schatzmeister, Verwalter und Versorger du bist. Befiehl, daß uns alsdann die überpflichtigen guten Werke und die Notvergebungen nicht mangeln, damit die Teufel an unseren Seelen nur die Zähne wetzen können, der schreckliche Höllenrachen aber uns nicht verschlinge. Müssen wir durchs Fegefeuer hindurch, so verleihe uns Geduld; in deiner Macht und deinem Willen steht es, uns davon zu befreien, wenn du geneigt bist!« Hier fing Tölpeling an bitterlich zu weinen, sich vor die Brust zu schlagen und seine gekreuzten Daumen zu küssen.

Vierundfünfzigstes Kapitel
Wie Tölpeling Pantagruel Gutechristbirnen schenkte

Sobald Epistemon, Bruder Hans und Panurg sahen, was für eine traurige Wendung die Geschichte nahm, fingen sie an, hinter ihren Taschentüchern, mit denen sie sich scheinbar ihre Tränen trockneten, miau, miau, miau zu schreien. Die Mädchen, die gut angelernt waren, kredenzten jetzt allen Tischgenossen volle Becher mit klementinischem Wein, dazu allerhand Leckereien. So ging es denn wieder lustig ans Zechen. Als die Mahlzeit beinahe zu Ende war, überreichte uns Tölpeling eine Anzahl großer, schöner Birnen mit folgenden Worten: »Nehmt, liebe Freunde; dies sind ganz besondere Birnen, die ihr sonst nirgends findet. Nicht jedes Land bringt alles hervor. Indien allein liefert das schwarze Ebenholz; der gute Weihrauch kommt aus Sabaa, die Siegelerde von der Insel Lemnos; so wachsen diese schönen Birnen nur auf unserer Insel. Ihr solltet versuchen, sie auch in eurem Land zu ziehen.« – »Wie nennt man sie?« fragte Pantagruel. »Sie scheinen wirklich sehr gut und saftig zu sein. Wenn man sie, in Stücke zerschnitten, mit etwas Wein und Zucker in einer Kasserolle schmorte, müßte das eine vortreffliche Speise für Kranke wie für Gesunde sein.« – »So ist es«, sagte Tölpeling. »Wir sind einfache Leute, weil es Gott so gefällt; wir nennen Feigen Feigen, Pflaumen Pflaumen und Birnen Birnen.« – »Wahrhaftig«, sagte Pantagruel, »wenn ich nach Hause komme, recht bald, will's Gott, so werde ich versuchen, sie in meinem Garten an der Loire, dort in der Touraine, zu ziehen, und sie sollen Gutechristbirnen heißen, denn nirgends habe ich bessere Christen getroffen als hier in Papomanien.« – »Ich wollte lieber«, sagte Bruder Hans, »Ihr gäbt uns ein paar Wagen voll von den Mädchen da mit.« – »Was wolltet Ihr damit anfangen?« fragte Tölpeling. – »Ihnen zur Ader lassen«, entgegnete Bruder Hans, »gerade zwischen den beiden großen Zehen; wir haben prächtige Schnäpper dazu. So würden wir Gutchristkinder züchten, und die Rasse würde sich vermehren, denn die bei uns zulande taugt nicht sonderlich viel.« – »Wahrhaftig«, sagte Tölpeling, »das fehlte eben noch, daß Ihr Dummheiten mit ihnen triebt. Ich erkenn' Euch an der Nase, und wenn ich Euch auch noch nie gesehen hätte. Ei, ei, Ihr seid mir ein sauberer Geselle, wollt Eure Seele so aufs Spiel setzen? Unsere Dekretalen verbieten das. Wünschte, Ihr kenntet sie besser.« – »Na, nur Geduld«, sagte Bruder Hans. »*Si tu non vis dare, praesta, quaesumus*[1]. So steht's im Brevier. Ich fürchte mich vor keinem, der einen Bart trägt, und wenn's ein dreiwulstiger Dickertaler, wollte sagen Dekretaler, wäre.«

Nach beendigter Mahlzeit verabschiedeten wir uns von Tölpeling und dem guten Volk, dankten auf das verbindlichste und versprachen als Gegendienst für das genossene Gute, sobald wir nach Rom kämen, nach bestem Vermögen dahin zu wirken, daß der Heilige Vater in Person sie besuche. Dann kehrten wir zu unserem Schiff zurück. Freigebig, wie Pantagruel war, und in Erkenntlichkeit gegen das heilige Papstbild schenkte er Tölpeling

1 Wenn du nicht geben willst, so leihe bitte (lat.)

neun Stücken Goldbrokat für einen Vorhang vor die eiserne Tür, ließ den Gotteskasten bis oben mit doppelten Huftalern füllen und bedachte jedes der Mädchen, die uns während der Mahlzeit bedient hatten, mit neunhundertundvierzehn Engelsgrußdukaten, damit sie schneller einen Mann kriegten.

Fünfundfünfzigstes Kapitel
Wie Pantagruel auf dem Meer verschiedene aufgetaute Worte hört

Wieder auf offener See, zechten, schmausten und schwatzten wir miteinander und führten allerhand kleine interessante Gespräche. Pantagruel war aufgestanden und stehengeblieben, um sich bequemer mit allen unterhalten zu können. Auf einmal sagte er: »Freunde, vernehmt ihr nichts? Mir ist, als ob ich Leute in der Luft sprechen hörte; doch sehe ich niemand. Horcht!« – Seiner Aufforderung folgend, strengten wir alle unsere Sinne an und schlürften die Luft wie Austern in der Schale mit gierigen Ohren ein, um zu hören, ob irgendein Ton oder eine Stimme zu vernehmen sei, und damit uns ja nichts entginge, hielten wir wie Kaiser Antonin[1] die Hände an die Ohren. Doch mußten wir gestehen, daß wir nichts hören konnten, während Pantagruel behauptete, er höre noch immer verschiedene Stimmen in der Luft, männliche sowohl wie weibliche; da, mit einemmal, kam es uns vor, als ob auch wir etwas vernähmen oder als ob uns die Ohren klängen. Und wirklich, je länger wir hinhorchten, desto deutlicher vernahmen wir Stimmen, bis wir zuletzt sogar ganze Wörter heraushören konnten. Wir waren darüber sehr erschrocken und hatten wohl Grund dazu; denn wir sahen niemand und hörten doch die verschiedensten Laute, die von Männern, Frauen, Kindern und Pferden herzurühren schienen. Panurg fing sofort an zu schreien: »Sackerment, was ist denn das nun wieder für ein Teufelsspaß! Wir sind verloren. Macht schnell, daß wir fortkommen; wir sind in einen Hinterhalt geraten. Bruder Hans, liebster Freund, bist du da? Um alles in der Welt, bleibe bei mir. Du hast doch deine Plempe bei dir? Sieh nur zu, daß du sie ordentlich aus

1 Caracalla

der Scheide kriegst; du putzt den Rost immer nicht genug ab. Wir sind verloren! Horch, horch! Bei Gott, das sind Kanonenschüsse. Fort, fort! Ich sage nicht wie Brutus in der pharsalischen Schlacht mit Händen und Füßen, ich sage mit Rudern und Segeln. Fort fort! Zur See hab' ich nun einmal keinen Mut. Im Keller und an anderen Orten dafür um so mehr. Fort, fort! Retten wir uns. Das sage ich nicht aus Furcht, denn, Gefahren ausgenommen, fürcht' ich nichts in der Welt. Das hab' ich immer gesagt. Der Freischütz von Bagnolet[1] sagt's auch. Also laßt uns nicht waghalsig sein, damit wir uns nicht das Genick brechen. Fort, fort! Umgekehrt, das Schiff gewendet, du Hurensohn! Wollte Gott, daß ich jetzt in Quinquenais wäre, und sollte ich auch niemals heiraten! Wir nehmen's doch nicht mit ihnen auf; sie sind ihrer zehn gegen einen, glaubt mir. Und dann sind sie hier auf ihrem Mist, wogegen wir die Gegend nicht kennen. Sie werden uns erschlagen! Fort, fort! Das ist keine Schande. Demosthenes sagt: ›Wer flieht, wird wieder kämpfen.‹ Laßt uns wenigstens ein bißchen zurückgehen. Leewärts, Steuerbord, Fockmast, an die Buleinen – 's ist aus mit uns. Fort, zu allen Teufeln fort!« – Pantagruel, der Panurg so lärmen hörte, sagte: »Wer ist die Memme dort? Wollen wir doch erst sehen, wer die Leute sind. Vielleicht sind es welche von den Unsrigen. Zwar erblicke ich niemand, obgleich ich wohl hundert Meilen in die Runde sehen kann, aber wir hören doch etwas. Ich habe einmal gelesen, daß ein gewisser Petronius, ein Philosoph, die Meinung vertreten hat, mehrere Welten in Gestalt gleichseitiger Dreiecke stünden miteinander in Berührung: an ihren Spitzen, im Mittelpunkt des Ganzen, sei, so sagt er, der Sitz der Wahrheit, dort wohnten die Worte, die Ideen, die Vor- und Abbilder aller zukünftigen und vergangenen Dinge; rundherum wäre die Welt. In gewissen, durch lange Zwischenräume getrennten Jahren fiele etwas davon auf die Menschheit herab wie ein Katarrh oder wie der Tau auf das Fell des Gideon[2]; der Rest bleibe dort aufbewahrt für künftige Jahrzehnte, bis die Zeit vollendet sei. Auch erinnere ich mich, daß Aristoteles behauptet, die Worte Homers seien hüpfend, beschwingt, voller Bewegung, also lebendig.

1 Eulenspiegelgestalt des im Anhang zu Villons Werken gedruckten »Selbstgesprächs des Freischützen von Bagnolet« eines unbekannten Verfassers – 2 s. Richter 6, 37

Ferner sagt Antiphanes, Platons Lehre sei den Worten ähnlich, welche in gewissen Gegenden, zu strenger Winterszeit gesprochen, in der Kälte erstarrten und gefrören, so daß sie nicht gehört würden. Was Platon die Jungen lehre, werde von diesen erst halbwegs verstanden werden, wenn sie alt geworden seien. Also muß man nachforschen und untersuchen, ob dies nicht vielleicht die Gegend ist, wo die Worte gefrieren. Oder noch erstaunlicher, wenn es gar Kopf und Leier des Orpheus wären. Denn als die thrakischen Weiber Orpheus in Stücke gerissen, warfen sie seinen Kopf und seine Leier in den Hebros. Von diesem Strom in das Pontische Meer getragen, gelangten beide, stets miteinander schwimmend, zur Insel Lesbos. Dem Haupt enttönte ein immerwährendes Trauerlied, als ob es des Orpheus Tod beklage; die Leier aber begleitete mit ihren vom Winde bewegten Saiten diesen Klagegesang. Suchen wir denn, ob wir sie hier nicht irgendwo finden.«

Sechsundfünfzigstes Kapitel

Wie Pantagruel unter den gefrorenen Worten allerhand Zötlein entdeckte

Da sprach der Steuermann: »Herr, Ihr braucht nicht zu erschrekken. Hier beginnt das Eismeer, wo Anfang vorigen Winters zwischen den Arimaspen[1] und den Nephelibaten[2] eine große, blutige Schlacht geschlagen wurde. Alle Worte und alles Geschrei der Männer und Weiber, das Aneinanderschlagen der Schwerter, das Dröhnen der Schilde und der Harnische, das Wiehern der Rosse, kurz, der ganze Lärm der Schlacht gefror damals. Jetzt, wo der harte Winter vorüber ist, taut das nun alles bei dem warmen, milden Wetter wieder auf und wird hörbar.« – »Bei Gott«, sagte Panurg, »ich glaube, so ist es. Aber könnten wir nicht auch etwas davon zu sehen kriegen? Ich erinnere mich, doch gelesen zu haben, daß drunten am Berg, auf dem Moses das Gesetz der Juden empfing, das Volk die Stimme mit den Augen sah[3].« – »Seht, seht«, sagte Pantagruel, »da sind noch einige nicht aufge-

1 sagenhaftes antikes Volk von Einäugigen im nördl. Skythien – 2 »Nebelschreiter« (griech.) – 3 S. 2. Moses 20, 18

taut.« Damit warf er uns ein paar Hände voll gefrorner Worte aufs Deck. Sie sahen ganz wie buntgefärbte Zuckerkügelchen aus. Es waren rote, grüne, azurblaue, sandfarbene, auch vergoldete Worte, und nachdem wir sie wie Schnee in den Händen hatten auftauen lassen, vernahmen wir sie auch, verstanden aber nichts, denn sie waren alle aus einer barbarischen Sprache. Nur ein ziemlich großes Kügelchen, das Bruder Hans zwischen seinen Händen auftauen ließ, gab einen lauten Knall von sich wie Kastanien, die man auf Kohlen gelegt und nicht angestochen hat, so daß wir alle erschraken. »Dies«, sagte Bruder Hans, »war seinerzeit ein Feldschlangenschuß.« – Panurg bat Pantagruel, ihm doch noch ein paar Worte zu geben. – »Wortgeben«, sagte Pantagruel, »ist die Sache verliebter Leute.« – »Nun, so verkauft mir ein paar«, sagte Panurg. – »Advokaten verkaufen ihre Worte«, sagte Pantagruel. »Ich würde dir eher Schweigen verkaufen und einen höheren Preis fordern als einst Demosthenes dafür, daß er die Silberangina bekam[1].« Dessenungeachtet warf er noch drei oder vier Hände voll davon aufs Deck. Unter ihnen gab's recht häßliche, bitterböse Worte, von denen uns der Steuermann sagte, daß sie zuweilen wieder dahin zurückkehrten, von wo sie hergekommen wären, und die Kehle, die sie ausgesprochen, durchschnitten: ganz erschreckliche Worte! Und andere, die auch nicht gerade schön aussahen. Als sie auftauten. hörten wir: heng, heng, heng, heng, hi, Zecke, Fackel, Schielaug, Scheißdreck, Scheißhaufen, frr, ferrr, ferrr, bu, bu, bu, bu, bu, bu, bu, bu, rr, track, track, trr, trr, trrr, trrr, hu, hu, hu, hu, uf, uf, uf, Gog, Magog und ich weiß nicht, was sonst noch für barbarische Laute, von denen man annehmen mußte, daß es Kampfrufe und Rossegewieher im Augenblick des Angriffs waren; dann hörten wir wieder andere, ziemlich große, die beim Auftauen Töne von sich gaben wie Trommeln und Pfeifen oder wie Zinken und Trompeten. Ihr könnt euch denken, daß uns das viel Spaß machte. Ein paar kleine Zoten wollte ich in Öl aufbewahren wie Schnee und Eis zwischen Stroh, aber Pantagruel erlaubte es nicht. Er meinte, es wäre Torheit, etwas aufbewahren zu wollen, woran es einem nie mangle und was man immer zur Hand hätte,

1 als er in der Volksversammlung schwieg, weil er angeblich heiser, in Wahrheit jedoch, weil er bestochen war

wie artige Zötlein unter braven und lustigen Pantagruelisten. – Hier ärgerte Panurg auch den guten Bruder Hans ein bißchen, so daß dieser alles mögliche daherredete; denn da er sich's am wenigsten versah, nahm er ihn beim Wort, worauf Bruder Hans ihm schwor, das solle er bereuen, wie Guillaume Jousseaume es bereut hätte, dem edlen Patelin sein Tuch aufs Wort verkauft zu haben. Wenn er nur erst verheiratet sein werde, wolle er ihn wie ein Kalb bei den Hörnern nehmen, weil er ihn hier wie ein Mensch beim Wort genommen habe. Panurg schnitt ihm ein Gesicht und rief dann: »Wollte Gott, ich könnte schon hier, ohne noch weiterzufahren, zum Wort der Göttlichen Flasche gelangen.«

Siebenundfünfzigstes Kapitel

Wie Pantagruel beim Wohnsitz Herrn Gasters[1], des ersten Meisters aller Künste, landete

Noch am selben Tag landete Pantagruel auf einer Insel, die sowohl wegen ihrer Beschaffenheit als ihres Herrn wegen höchst verwunderlich war. Auf den ersten Blick war sie nämlich überall rauh, steinig, gebirgig, unfruchtbar, reizlos für das Auge, beschwerlich für die Füße und beinahe so unzugänglich wie der sprichwörtlich gewordene Berg der Dauphiné[2], der die Form eines Pfifferlings hat und von dem man sich nicht erinnern kann, daß er je bestiegen worden wäre, mit Ausnahme von Doyac, dem Befehlshaber der Artillerie Karls VIII., der mit Hilfe sinnreicher Maschinen hinaufgelangte und dort oben einen alten Widder fand. Wer den dahin gebracht hatte, war eine schwierige Frage. Etliche meinten, vielleicht ein Adler, ein Uhu oder eine wilde Katze, die ihn als Lämmchen geraubt hätte und vor der er sich dann ins Gebüsch gerettet hätte.

Aber als wir nicht ohne große Mühe und vielen Schweiß die Höhe erklommen hatten, fanden wir es oben so anmutig, so fruchtbar, gesund und entzückend schön, daß wir im wahrhaftigen irdischen Paradies zu sein glaubten, über dessen Lage die guten Gottesgelehrten sich den Kopf so sehr zerbrechen und einander in den Haaren liegen. Pantagruel indessen behauptete – bes-

1 Magen (griech.) – 2 der Mont-Aiguille südöstl. Grenoble

serer Kenntnis unbeschadet –, es sei der Wohnsitz Aretas, das heißt der Tugend, ganz wie Hesiod ihn beschrieben habe. Herrscher dieser Insel war Herr Gaster, der erste Meister aller Künste dieser Welt. Denn wenn ihr glaubt, der große Meister aller Künste sei, wie Cicero sagt, das Feuer, so irrt ihr und habt unrecht. Cicero glaubte das selbst nicht[1]. Und wenn ihr wie ehemals unsere alten Druiden Merkur für den Erfinder der Künste haltet, so schließt ihr ebenso fehl. Einzig und allein wahr ist, was der Satiriker[2] sagt, der Gaster den Meister aller Künste nennt. Einträchtig lebte mit ihm die gute Dame Penia, auch Not oder Notdurft genannt, die Mutter der neun Musen, die mit Porus, dem Herrn des Überflusses, Amor zeugte, das edle Mittlerkind zwischen Himmel und Erde, wie Platon es im *Symposion* bezeugt. Diesen ritterlichen König mußten wir zwangsläufig begrüßen und ihm unsere Ergebenheit und Ehrfurcht bekunden; denn er ist herrisch, anspruchsvoll, streng, rund, hart, eigenwillig und unbeugsam. Vergeblich würde es sein, ihm etwas vorgaukeln zu wollen; er läßt sich weder etwas aus- noch einreden. Ja, er hört nicht einmal hin. Wie die Ägypter von Harpokrates, dem Gott des Schweigens, behaupteten, daß er mundlos sei, so ist Gaster ohrenlos, ähnlich dem Jupiterbild auf Kandia, das auch keine Ohren hatte. Er spricht nur durch Zeichen. Aber diesen Zeichen gehorcht alle Welt hurtiger als irgendeinem Befehl der Prätoren oder einem Gebot der Könige. Ihr sagt, daß beim Brüllen des Löwen alle Tiere in der Runde, das heißt, so weit seine Stimme zu hören ist, erzittern. So steht es geschrieben, und so ist es auch, wie ich selbst gesehen habe. Aber von Herrn Gasters Befehlen, das schwöre ich euch, erzittert der Himmel und erbebt die ganze Erde. Sein Machtwort lautet: »Gleich tu, was du sollst, oder – stirb.«

Der Steuermann erzählte uns, es hätte sich eines Tags das ganze Volk der Somaten[3] gegen ihn verschworen und zusammengerottet wie in Äsops Fabel die Glieder wider den Bauch, um sich seiner Herrschaft zu entledigen. Aber gar bald wären sie zu besserer Einsicht gekommen, hätten ihren Schritt bereut und wären demütig unter sein Joch zurückgekehrt; denn sonst hätten

1 Cicero (»Über das Wesen der Götter« 3, 14) gab lediglich die Ansicht Heraklits wieder – 2 Persius (Prolog 8) – 3 Glieder (griech.)

sie alle verhungern müssen. In keiner Versammlung macht man ihm den Vorrang und Vortritt streitig; er geht Königen und Kaisern, ja selbst dem Papst voran. Beim Konzil zu Basel, wo doch wahrlich allerlei Ansprüche erhoben wurden und man sich wegen der Rangordnung recht tapfer herumbiß, ließ man ihm ohne weiteres den Vortritt. Alles arbeitet und schafft in seinem Auftrag. Zum Lohn dafür erweist er der Welt die Wohltat, daß er ihr alle Künste, alle Maschinen, alle Handwerke, Werkzeuge und Fertigkeiten des Lebens erfindet. Ja, selbst die wilden Tiere lehrt er Künste, welche die Natur ihnen vorenthalten hat. Die Raben, Häher, Papageien, Stare macht er zu Poeten, die Elstern zu Poetinnen und lehrt sie sich in menschlicher Sprache ausdrücken, reden und singen. Und alles fürs Bäuchlein! Die Adler, Geier, Falken, Weihen, Bussarde, Habichte, Sperber, Merline, die Wasser-, Zug-, Strich- und Raubvögel gewöhnt er an menschliche Wohnungen und zähmt sie, daß sie sich unter freiem Himmel emporschwingen, so hoch er will, dort verweilen, kreisen, fliegen, schweben, spähen, ihm schmeicheln und ihn bis über die Wolken erheben, bis sie sich auf seinen Wink hin plötzlich wieder zur Erde herabstürzen, Und alles fürs Bäuchlein! Die Elefanten, Löwen, Rhinozerosse, Bären, Pferde, Hunde läßt er tanzen, hüpfen, springen, kämpfen, schwimmen, sich verstecken, apportieren, wegtragen, was er will. Und alles fürs Bäuchlein! Die Seefische, Flußfische, Wale und Meerungeheuer läßt er aus der Tiefe heraufsteigen, jagt die Wölfe aus den Wäldern, die Bären aus den Höhlen, die Füchse aus den Bauen und scheucht die Schlangen aus ihren Erdritzen empor. Und alles fürs Bäuchlein! Kurz, so über alle Begriffe gewaltig ist er, daß er, wenn er wütend wird, Tiere und Menschen und was es sonst ist verschlingt, wie man das in den Sertorianischen Kriegen bei den Vaskonen[1] gesehen hat, als Q.Metellus sie belagerte, oder bei den Saguntern, als sie von Hannibal, oder bei den Juden, als sie von den Römern belagert wurden, wie in noch sechshundert anderen Fällen. Und alles fürs Bäuchlein!

Wenn Penia, seine Verwalterin, sich auf die Wanderung begibt, werden überall, wohin sie kommt, die Gerichtshöfe geschlossen; alle Gesetzgebung schweigt, alle Befehle sind wir-

1 lat. Name der Basken

kungslos. Niemand beugt sich dem Gesetz, es herrscht ein allgemeiner Ausnahmezustand. Nach allen Seiten hin sucht jeder ihr zu entfliehen und setzt sich lieber auf dem Meer der Gefahr des Schiffbruchs aus, trotzt lieber den Feuersflammen, klimmt lieber über Berge und Abgründe, als daß er sich von ihr ereilen ließe.

Achtundfünfzigstes Kapitel

Wie am Hof des erfindungsreichen Meisters die Engastrimythen und Gastrolater[1] Pantagruel höchlich mißfielen

Am Hof des großen Meisters aller Künste fielen Pantagruel zwei Arten von Leuten auf, zudringliches, überdiensteifriges Gesindel, das ihm im allerhöchsten Grade zuwider war. Die einen hießen Engastrimythen, die anderen Gastrolater. Die Engastrimythen behaupteten, von dem alten Geschlecht des Eurykles abzustammen, und beriefen sich dabei auf das Zeugnis des Aristophanes in seiner Komödie »Die Bremsen« oder »Die Wespen«[2]. Daher hießen sie im Altertum Euryklier, wie Platon und Plutarch im Buch »Über den Untergang der Orakel« angeben. In den heiligen Dekretalen 26 q. 3 heißen sie *ventriloqui,* und so nennt sie auf ionisch auch Hippokrates *lib. V epid.*[3] »die mit dem Bauch Redenden«. Sophokles nennt sie Sternomanten[4]. Das waren Wahrsager, Hexenmeister, Volksbetrüger, die scheinbar nicht mit dem Mund, sondern mit dem Bauch redeten und auf das, was man sie fragte, Antwort gaben. Eine von dieser Art war Jakoba Rodogina, eine Italienerin niederer Herkunft, aus deren Bauch wir selbst im Jahr unsers Herrn 1513 in Ferrara, ebenso unendlich viele gleich uns anderswo, leise zwar, schwach und gedämpft, aber immerhin deutlich, bestimmt und verständlich die Stimme des unreinen Geistes vernommen haben, als etliche mächtige Herren und Fürsten des zisalpinischen Galliens, von Neugierde getrieben, diese Frau kommen ließen. Um jeden Zweifel auszuschließen, daß Täuschung oder Betrug dabei im Spiel wäre, zog man sie nackt aus und hielt ihr Mund und Nase

1 Bauchredner und Bauchdiener (griech.) – 2 1019/20 – 3 »Über epidemische Krankheiten« 5 – 4 Brustwahrsager (griech.)

zu. Dieser böse Geist ließ sich Crespelus oder Cincinnatulus nennen, und es schien ihm angenehm zu sein, bei diesen Namen gerufen zu werden. Befragte man ihn über gegenwärtige oder vergangene Dinge, so gab er derart treffende Antworten, daß alle, die es hörten, darüber erstaunt waren. Fragte man ihn aber nach Zukünftigem, so log er und sagte nie die Wahrheit. Oftmals schien er seine Unwissenheit selbst einzugestehen, denn statt aller Antwort ließ er einen großen Wind streichen oder murmelte einige unverständliche Worte, die barbarisch klangen.

Die Gastrolater ihrerseits hielten sich trupp- und scharenweise zueinander, einige lustig, lächelnd und stillvergnügt, andere traurig, ernst und mürrisch, alle aber müßig und ohne jede Arbeit und Beschäftigung, eine unnütze Last und Bürde der Erde, wie Hesiod sagt. Vermutlich fürchteten sie, Herr Bauch möchte Schaden erleiden und abmagern. Übrigens waren sie so absonderlich behangen, herausgeputzt und angetan, daß es eine Freude zu sehen war. Ihr sagt wohl, und so liest man's ja auch in den Schriften mancher alten gelehrten Philosophen, daß der Kunsttrieb der Natur sich gar wundervoll in der Lust offenbare, die sie am Bilden der Meermuscheln zu finden scheint, so mannigfaltige, jeder Kunst unerreichbare Verschiedenheiten, Gestalten, Farben, Eigentümlichkeiten und Formen entdecke man an ihnen. Nun, ich versichere euch, die Trachten dieser muschelartigen Gastrolater gaben jenen an Mannigfaltigkeit und Absonderlichkeit wahrlich nichts nach. Sie alle hielten Gaster für ihren höchsten Gott, beteten ihn an als ihren allmächtigen Gott, opferten ihm als ihrem Gott, hatten keine anderen Götter neben ihm und liebten und ehrten ihn als ihren Gott über alles. Man hätte sagen mögen, der heilige Apostel habe sie ganz besonders im Auge gehabt, wenn er Philipper, Kap. III, schreibt: »Denn viele wandeln, von welchen ich euch oft gesagt habe, nun aber sage ich's auch unter Tränen: Sie sind die Feinde des Kreuzes Christi, ihr Ende ist die Verdammnis, ihr Gott ist ihr Bauch.« – Pantagruel verglich sie mit dem Kyklopen Polyphem, den Euripides sagen läßt: »Ich opfere nur mir, nicht den Göttern, und diesem meinem Bauch, welcher der größte von allen Göttern ist.«

Neunundfünfzigstes Kapitel

Von der grotesken Statue Manducus'[1], auch was und wie die Gastrolater ihrem bauchmächtigen Gott opfern

Als wir so die Mienen und Gebärden dieser großmäuligen Gastrolater mit einiger Verwunderung betrachteten, hörten wir mit einemmal einen lauten Glockenschlag; sogleich traten alle, als ob's zur Schlacht ginge, nach Amt, Stand und Alter in Reih und Glied. In dieser Ordnung zogen sie vor Herrn Gaster, voran ein junger, dicker, feister Schmerbauch, der auf einer langen, schön vergoldeten Stange eine schlecht geschnitzte und unbeholfen bemalte Holzpuppe trug, etwa wie Plautus, Juvenal und Pomp. Festus sie uns beschrieben haben. In Lyon beim Karneval heißt sie Krustefraß, hier nannten sie sie Manducus. Es war eine ungestalte, lächerliche, häßliche Fratze, wie um Kindern Furcht einzujagen, mit Augen, größer als der Bauch, und einem Kopf, größer als der ganze Körper, mit schrecklich großen und breiten Kinnladen, die oben und unten mit mächtigen Zähnen bewaffnet waren und die man mittels einer Schnur, welche verborgen in der Stange lief, schauerlich aufeinanderklappen ließ, wie man es in Metz mit dem Drachen des heiligen Klemens macht. Als die Gastrolater näher kamen, da sah ich, daß ihnen ein langer Zug stämmiger Knechte, mit Körben, Kiepen, Ballen, Säcken, Töpfen und Kesseln beladen, folgte. Manducus immer voran, sangen sie verschiedene Dithyramben, Trinklieder und Lobgesänge, und darauf, ihre Körbe und Kessel aufdeckend, reichten sie ihrem Gott weißen Hippokras, dazu geröstete Schnittchen von

Weißbrot,
Milchbrot,
Kuchenbrot,
Hausbrot,
sechserlei Karbonaden,
Koteletten,
kalte gebratene Kalbsniere,
  mit Ingwer bestreut,
Mehlklößchen,
Kalbsgeschlinge,
neunerlei Frikassees,
kleine Pasteten,
grüne Suppen,
Lyoneser Suppen,
Wurzelsuppen,
Kohl, mit Rindermark gefüllt,
Ragouts,
Würzfleisch.

Dazwischen fortwährend Getränke: zuerst guten, schlichten

1 »Kauer« (lat.)

Weißwein, dann Klaret und kühlen Rosée, kalt wie Eis, in großen silbernen Schalen. Hierauf

Würste, mit feinem Senf aufgezäumt
Blutwürste,
Weißwürste,
Zervelatwürste,
geräucherte Ochsenzungen,
Schinken,
Salzfleisch,
Wildschweinsköpfe,
gesalzenes Wildbret mit Rübchen,
Schweinsknöchel mit Erbsen,
Rouladen,
Fleischklößchen
und
Oliven in Öl.

Und zwischendurch immer wieder Getränke. Darauf schoben sie ihm ins Maul

Hammelkeule mit Knoblauchbrühe,
Pasteten mit warmer Soße,
Schweinslenden mit Zwiebelüberguß,
gebratene Kapaune in eigenem Saft,
Doppelkapaune,
Gemsen,
Ziegen,
Damhirsche und Kälber,
Hasen und Häschen,
Rebhühner, Schneehühner und -hühnchen,
Fasane und Fasänchen,
Pfauen und Pfauchen,
Wildenten mit Porree,
Ricken und Rehböcke,
Lammschlegel mit Kapern,
Beefsteaks,
Kalbsbrüste,
gekochte Hühner und fette Kapaune mit Mandelgelee,
Hähnchen,
Küken,
Kaninchen und Karnickel,
Wachteln und Wachtelchen,
Störche und Störchlein,
Schnepfen und Bekassinen,
Ortolane,
Hähne, Hühner und Puten,
Hohl- und Ringeltauben,
Schweine in Most,
Enten in Milch,
Amseln,
Wasserhühner,
Brandenten,
Silberreiher,
Krickenten,
Taucher,
Rohrdommeln,
Brachvögel,
Haselhühner,
Perlhühner,
Regenpfeifer,
Gänse, Gänschen, Holztauben,
Stockenten,
Flamingos,
Schwäne,
Löffelreiher,
Krammetsvögel,
Kraniche,
Knäkenten,
junge Krähen,

Tauben und Täubchen,
Reiher und Reiherchen,
Trappen und Trappchen,
Kreuzschnäbel,

Strandläufer,
Turteltauben,
Igel,
Wasserrallen.

Dazwischen Wein in Mengen. Dann

Wild
Lerchen
Steinbock
Murmeltier } pastete,
Reh
Tauben
Gemsen
Kapaunen

Speckpastetchen,
Schweinsfüße mit Rosinen,
frikassierte Pastetenrinde,
Kapaune, Raben,
allerlei Käse,
roten und dunklen Hippokras,
Tafelpfirsiche,
Artischocken,
Blätterteiggebäck,
Spargelköpfe,
kleines Gebäck,

Zuckerplätzchen,
Sahnetörtchen,
Waffeln und Krapfen,
Quittenmarmelade,
saure Milch mit Zucker,
Sahneschaum,
eingemachte Mirabellen,
Gelee,
Butterkuchen,
Makronen,
zwanzigerlei Törtchen,
Krem,
achtundsiebzigerlei trockene und frische Konfitüren,
Dragees von hunderterlei Farbe,
Rahmkäse und
Marzipan.

Zu guter Letzt, damit's kein Halskratzen gäb', reichlich Getränk nebst gerösteten Schnittchen.

Sechzigstes Kapitel

Wie die Gastrolater ihrem Gott an Fasttagen opferten

Als Pantagruel dieses Opfergesindel und ihre zahlreichen Opferspenden sah, verdroß es ihn sehr, am liebsten wäre er gleich wieder an Bord gegangen, wenn ihn Epistemon nicht gebeten hätte, doch das Ende dieses Narrenspiels abzuwarten. – »Und was opfert denn dies Lumpenpack seinem Gott an Fasttagen?« fragte er. – »Das kann ich Euch sagen«, entgegnete der Steuermann. »Zum Imbiß vor der Mahlzeit bringen sie ihm

Kaviar,
gesalzenen Rogen,
frische Butter,
Erbsenpüree,
Spinat,
weiße Fettheringe,
Räucherheringe,
Sardinen,
Anschovis,
Thunfisch,
Kohl in Öl,
Bohnenpüree,
gesalzenen Lachs,
Neunaugen, Austern,
hunderterlei Salate, wie Kressen-, Hopfen-, Pfaffensack-, Rapunzel-, Judasohrensalat – eine Art Schwamm, der an alten Fliederstämmen wächst –, Spargel-, Geißblatt- und andere Salate mehr.

Hol's der Teufel, dazu muß getrunken werden; das besorgen sie denn auch, und daran ist kein Mangel. Dann geben sie ihm Lampreten mit Hippokrassoße,
Knurrhähne,
Forellen,
Barben,
Meerbarben,
Sprotten,
Pilcharde,
Rochen,
Brachsen,
Störe,
Wale,
Makrelen,
Finte,
Goldbutte,
Lanzettfische,
Barsche,
Delphine,
Salme,
Salmlinge,
Schellfische,
Polypen,
Ukeleie,
Platteisen,
Saiblinge,
Kabeljau,
Seezungen,
gebratene Austern,
Herzmuscheln,
Langusten,
Seeanemonen,
Krabben,
Schleie,
Karpfen,
Hechte,
Boniten,
Tintenfische,
Schwertfische,
Engelfische,
Bricken,
Meeraale,
Steinbutte,
Alsen,
Muränen,
Äschen,
Schiedlinge,
Schollen,
Flundern,
Heilbutte,
Schildfische,
frische Merlane,
Blackfische,

Bücklinge,
Muscheln,
Hummer,
Seekrebse,
Stinte,
Seeigel,
Seehunde,
Weißfische,
Seespinnen,
Wollkrabben,
Taschenkrebse,
Quallen,
Aale,
Schildkröten,
Schlangen oder Buschaale,
Goldbrassen,
Welse,
Grundeln,
Krebse,
Schnecken
und
Frösche.

Würd' er nach all dem Geschlinge nicht trinken, so wär' ihm der Tod auf den Hacken. Also sorgt man dafür.

Dabei opfert man ihm noch gesalzenen Merlan, Stockfisch, Eier, gebackene, verlorene, gedämpfte, geschmorte, durch die Asche gezogene, durch den Schornstein geschmissene, gerührte, geschlagene usw.,
Miesmuscheln,
Dorsch,
marinierte Hechtchen,
zu deren besserer Verdauung das Getränk verdoppelt wird. Zum Schluß endlich

Reis,
Hirse,
Grütze,
Mehlbrei,
Kastanien,
Feigen,
Weintrauben,
Zuckerwurzeln,
Datteln,
Butterschnee,
Mandelbutter,
Pflaumen,
Pistazien,
Walnüsse,
Haselnüsse,
Pastinaken
und
Artischocken.

Dazwischen unablässig Getränk.«

Wahrlich, sie ließen sich keine Mühe verdrießen, diesem Gaster, ihrem Gott, so ausgesuchte, köstliche und reichliche Opfer zu bringen, wie sie dem Götterbild des Heliogabal oder dem Bel zu Babel unter König Balthasar nie und nimmer gebracht worden sind. Dessenungeachtet gab Gaster selbst zu, daß er kein Gott sei, sondern nur eine arme, elende, gebrechliche Kreatur. Und wie König Antigonus, seines Namens der erste, einem gewissen Hermodotus, der ihn in seinen Gedichten als Gott und als Sohn der Sonne besungen hatte, entgegnete: »Mein Lasanophorus[1] weiß das besser« – *lasanon* hieß nämlich der Topf oder das Geschirr, das zur Aufnahme der Exkremente diente –, so verwies Gaster diese Matagoten an seinen Nachtstuhl, damit sie dort nachsehen, sich überzeugen, ergründen und ausschnüffeln könnten, was sie denn Göttliches in seiner fäkalen Materie fänden.

Einundsechzigstes Kapitel

Was für Mittel und Wege Gaster fand, sich Getreide zu verschaffen und es aufzubewahren

Als die verdammten Gastrolater abgezogen waren, machte Pantagruel den edlen Gaster, diesen Meister der Künste, zum Gegenstand eines eingehenden Studiums. Ihr wißt ja, daß Brot und was sonst dazu zu rechnen ist ihm von der Natur als Speise und Nahrung zugewiesen wurde, wozu dann aber als eine weitere Wohltat des Himmels auch noch die kam, daß es ihm, um sich dieses Brot zu verschaffen und zu erhalten, niemals am Nötigen fehlen sollte. So erfand er als erstes von allem das Schmiedehandwerk und den Ackerbau, um den Boden zu bestellen, damit der das Getreide hervorbringe. Er erfand die Kriegskunst und die Waffen, um die Ernte zu verteidigen; Medizin und Astrologie nebst der so notwendigen Mathematik, um es sich jahrhundertelang zu erhalten und vor den schädlichen Einflüssen der Luft wie vor den Verwüstungen schädlicher Tiere und den Diebesklauen der Räuber zu schützen. Er erfand Wasser-, Wind- und Handmühlen nebst vielen anderen Maschinen, um das Getreide zu mahlen und Mehl daraus zu machen; den Sauerteig, um den angerührten Teig aufgehen zu lassen, das Salz, um ihm Wohlgeschmack zu geben – denn er hatte die Erfahrung gemacht, daß für den Menschen nichts ungesünder sei als ungesäuertes und ungesalzenes Brot –, das Feuer, um es zu backen; die Uhren und Zifferblätter, um die zum Backen des Brotes, dieses Erzeugnisses des Korns, nötige Zeit genau bestimmen zu können. Da es vorkam, daß das Getreide in dem einen Land mißriet, so fand er Mittel und Wege,

1 Nachttopfträger (griech.)

um es von einer Gegend in die andere zu befördern. Es war eine wichtige Erfindung, daß er zwei Tierarten, Pferd und Esel, miteinander kreuzte und dadurch eine dritte erzeugte, die stärker, zäher und in der Arbeit ausdauernder ist als die anderen. Er erfand Karren und Wagen, um das Getreide bequemer fortschaffen zu können. Wo Meer oder Flüsse sich dem entgegenstellten, da erfand er Boote, Galeeren und Schiffe – Dinge, worüber selbst die Elemente erstaunten –, um damit über Meere, Ströme und Flüsse hinüberzuschwimmen und es barbarischen, unbekannten, weit entfernten Völkern hinbringen zu können. Seit er das Land bebaute, war es oft vorgekommen, daß in gewissen Jahren der Regen nicht zu rechter Zeit fiel, in welchem Fall das Korn tot und verloren in der Erde liegenblieb; oder es regnete unaufhörlich, und das Korn ersoff, oder der Hagel schlug es zu Boden, oder die Würmer zernagten es, oder die Stürme knickten es. Deshalb hatte er schon vor unserer Ankunft ein sinnreiches Mittel erfunden, den Regen vom Himel herabzuziehen, welches darin bestand, daß er ein gewisses Kraut, das wenig bekannt war, aber überall auf den Wiesen wuchs und das er mir zeigte, einfach in Stücke schnitt. Seiner Meinung nach war es dasselbe, von dem einst die Jupiterpriester zur Zeit einer großen Dürre ein Zweiglein in die Hagnische Quelle auf dem Berg Lykäeus in Arkadien getaucht hatten, wodurch sie Dünste erregten, welche schwere Wolken bildeten, die, als sie sich lösten, die ganze Gegend umher erquickten. Ebenso erfand er ein kunstreiches Mittel, den Regen in der Luft festzuhalten und nach dem Meer hinzulenken, sowie ein anderes, den Hagel unschädlich zu machen, die Würmer zu vernichten und den Sturm einzudämmen, jenem ähnlich, welches die Methaner in der Gegend von Trözen anwendeten.

Ein anderer Übelstand machte sich fühlbar. Strauchdiebe und Räuber nahmen ihm sein Korn und Getreide von den Feldern weg. Also erfand er die Kunst, Städte, Festungen und Burgen zu bauen, in denen er es speichern und sicher aufbewahren konnte. Aber es kam auch vor, daß er selbst auf seinen Feldern kein Korn fand und doch hörte, daß in den Städten, Festungen und Burgen welches vorhanden sei, wo die Einwohner es aber so eifrig bewachten und verteidigten wie Drachen die goldenen Äpfel der Hesperiden. Also erfand er die Kunst, feste Burgen und Schlösser mittels gewisser Maschinen zu zerstören und in Trümmer zu legen, mit Widdern, Ballisten, Katapulten, von denen er uns Abbildungen zeigte, die aber von allen Kriegsbaumeistern, die Vitruv ihren Lehrer nennen, falsch verstanden worden sind, wie mir Meister Philibert Delorme, des Königs Megistus[1] großer Architekt, selbst eingestanden hat. Als diese Mittel dann infolge der tückischen Schlauheit oder der schlauen Tücke der Befestiger nicht mehr ausreichten, erfand er vor nicht langer Zeit die Kanonen, Feldschlangen, Kartaunen, Bombarden und Basilisken, aus denen er eiserne, bleierne und bronzene Kugeln, schwerer als große Ambosse, mit Hilfe eines schrecklichen Pulvers schleudert, über dessen Wirkung die Natur selbst sich entsetzt und von der Kunst besiegt erklärt. Denn hier ist die Art und Weise der Oxydraker[2], mit Hilfe des Donners, Blitzes, Hagels und Sturms zu siegen und ihre Feinde auf offenem Schlachtfeld plötzlich zu töten, weit übertroffen; viel schrecklicher, mörderischer und satanischer ist ein Basiliskenschuß; viel mehr zerreißt, zerschmettert und tötet er, heftiger verwirrt er die Sinne und zertrümmert er das Mauerwerk, als hundert Blitze und Donnerschläge dies zu tun vermögen.

Zweiundsechzigstes Kapitel

Wie Gaster Mittel und Wege fand, von den Kanonenkugeln nicht verwundet noch getroffen zu werden

Aber nun geschah, es daß Gaster, wenn er sein Getreide in die Festung gebracht hatte, sich selbst von Feinden angegriffen sah, die mittels dieser gottverdammten Höllenmaschinen die Befestigungen zertrümmerten und ihm sein Korn und Brot mit Gewalt wegnahmen und raubten. Also fand er Mittel und Wege, seine Bastionen und Mauern, Wälle und Brustwehren vor dem Kanonenfeuer zu schützen, und zwar so, daß die Kugelns sie entweder gar nicht trafen und einfach in der Luft hängenblieben oder, selbst wenn sie ans Ziel kamen, doch den Befestigungen und den sie verteidigenden Bürgern nichts antaten. Zu diesem Zweck hatte er bereits sehr nützliche Vorkehrungen getroffen und

1 gemeint ist Heinrich II., König von Frankreich 1547-59 – 2 sagenhaftes antikes Volk in Indien (s. Philostratos »Das Leben des Wundermannes Apollonius von Tyana« 2, 33)

zeigte mir auch eine Probe davon, die Frontin dann später zur Anwendung brachte und die jetzt von den Thelemiten allgemein unter ihre Spiele und ehrbaren Übungen aufgenommen worden ist. Sie bestand in Folgendem – und ich hoffe, ihr werdet von nun an williger glauben, was Plutarch selbst gesehen haben will, daß, wenn eine Herde Ziegen in vollem Lauf dahinjagt und man der letzten von ihnen ein Zweiglein Männertreu ins Maul steckt, sie alle plötzlich stehenbleiben –: Er lud eine bronzene Kanone mit einer hinreichenden Menge gut entschwefelten, mit feinem Kampfer gemischten Schießpulvers und mit einer eisernen Kugel von schwerem Kaliber nebst vierundzwanzig Schrotkörnern, von denen ein Teil eine runde, kuglige, der andere aber eine tränenförmige Gestalt hatte. Nachdem er sie dann auf einen seiner jungen Pagen, der sechzig Schritte davon entfernt stand, so gerichtet, daß der Schuß ihm mitten durch den Leib gehen mußte, hängte er zwischen der Falkaune und dem Pagen, gleich weit von beiden, an einem Strick, der an einem Balken befestigt war, einen großen Sideritstein auf, das heißt einen Eisen- oder Herkulesstein, wie ihn nach der Aussage Nikanders ein gewisser Magnes auf dem phrygischen Ida gefunden hatte; wir nennen ihn gewöhnlich Magnet. Dann brachte er die Lunte ans Zündloch. Sowie das Pulver sich verzehrte, wurden Kugel und Schrotkörner mit Gewalt aus dem Kartaunenrohr herausgetrieben, damit die Luft in dessen Inneres eindringen könne und, weil das Pulver daraus verschwunden war, kein leerer Raum bliebe, den die Natur nun einmal durchaus nicht leidet; denn eher würde das ganze Weltall, Himmel, Erde, Luft und Meer, wieder in das ursprüngliche Chaos zurückkehren, ehe sie das litte. Nun hätten die so gewaltsam vorwärtsgeschleuderten Kugeln, sollte man meinen, den Pagen treffen müssen; aber sobald sie sich dem erwähnten Stein näherten, verließ sie ihr Ungestüm, sie blieben alle in der Luft schweben und umkreisten den Stein; nicht ein einziges Schrotkorn, so rasch es dahinflog, kam bis zum Pagen hin.

Aber er fand auch Mittel und Wege, die Kugeln mit derselben Gewalt und Schlagkraft und in derselben Linie, wie sie abgeschossen waren, wieder zum Feind zurückfliegen zu lassen. Das fiel ihm nicht allzuschwer, zumal das Kraut *Aethiopis*[1] doch alle

1 wahrscheinlich Mohrensalbei

Schlösser, die man damit berührt, öffnet und der *Echeneis*[1], ein sehr schwacher Fisch, allen Winden, ja heftigstem Sturm zum Trotz die größten Kriegsschiffe zum Stehen zwingt und das gesalzene Fleisch ebendieses Fisches alles Gold aus den unergründlichsten Wassertiefen heraufzieht.

Zumal ja auch Demokrit berichtet, Theophrast aber es geglaubt und bestätigt hat, daß es ein Kraut gibt, durch dessen bloße Berührung ein eiserner Keil aus einem dicken, harten Balken, in den er tief und mit Gewalt hineingetrieben wurde, sogleich herausfliegt, welches Mittels sich denn auch die Pikiden, ich meine die Spechte, bedienen, wenn man ihnen ihr Nest, das sie so geschickt in den Stämmen großer Bäume zu bauen verstehen, mit einem eisernen Keil verschließt.

Zumal die Hirsche und Hirschkühe, wenn sie von Wurfspeeren, Bolzen, Pfeilen und anderen Geschossen schwer getroffen wurden, alle diese Geschosse sich leicht aus dem Leib schütteln und gleich wieder heil und gesund sind, sobald sie nur das Kraut Diptam[2], das in Kandia[3] so häufig ist, auf ihrem Weg finden und ein wenig davon fressen, dasselbe Kraut, womit Venus ihren geliebten Sohn Äneas heilte, als er durch den Pfeil der Schwester des Turnus, Juturna, an der rechten Hüfte verwundet worden war.

Zumal schon der bloße Duft, den die Lorbeer- und Feigenbäume, auch Seekälber ausströmen, den Blitz abwehrt, so daß sie nie von ihm getroffen werden. Zumal der bloße Anblick eines Widders hinreicht, wild gewordene Elefanten wieder zur Vernunft zu bringen, und wütende Stiere, wenn sie auf wilde Feigenbäume stoßen, die wir Ziegenfeigen nennen, zahm werden und wie angewurzelt stehenbleiben. Zumal die Wut der Vipern sich augenblicklich legt, wenn man sie mit einem Buchenzweig berührt. Zumal uns von Euphorion erzählt wird, er habe auf der Insel Samos, bevor dort der Tempel der Venus erbaut worden war, Tiere, Neaden genannt, gesehen, bei deren Brüllen die Erde in Klüfte und Abgründe zerspalten sei. Zumal nach dem Bericht Theophrasts die alten Weisen behaupteten, der Flieder sei melodischer und zum Flötenspiel geeigneter in den Gegenden, wo das Krähen der Hähne nicht gehört werde, gleich als ob das Krähen

1 Schiffshalter – 2 echter kret. Diptam; majoranähnliche Pflanze – 3 Kreta

sein Holz verdumpfe, erweiche und taub mache – ebendas Krähen, das bekanntlich auch den Löwen erschreckt und verwirrt, der sonst doch ein gewaltiges und furchtloses Tier ist. Ich weiß wohl, etliche haben diesen Ausspruch so verstanden, daß damit der wilde Flieder gemeint sei, der so fern von Städten und Dörfern wächst, daß das Krähen der Hähne dort nicht gehört wird, und allerdings ist dieser für Flöten und andere Instrumente demjenigen vorzuziehen, der an Gehöften und Mauern wächst. Dagegen suchen andere in diesem Ausspruch einen höheren Sinn und nehmen ihn nicht dem Buchstaben nach, sondern allegorisch, wie die Phythagoreer es zu tun pflegten, die, als es hieß, die Statue Merkurs dürfe nicht aus jedem beliebigen Holz geschnitzt werden, dies so auslegten, daß der Gott nicht auf gewöhnliche, sondern auf auserwählte, besonders andächtige Weise verehrt werden solle. So sagen sie, bedeute dieser Ausspruch nichts anderes, als daß kluge und gebildete Leute sich nicht mit der niedrigen und gewöhnlichen Musik befassen sollten, sondern allein mit der himmlischen, göttlichen, engelsgleichen, geheimnisvollen, von weit her, das heißt von dort stammenden, wo kein Hahnenkrähen gehört werde. Denn wenn wir einen Ort als recht verborgen und abgelegen bezeichnen wollen, so sagen wir: Da hat man noch nie einen Hahn krähen hören.

Dreiundsechzigstes Kapitel

Wie Pantagruel bei der Insel Heuchelingen einschlief und was für schwierige Fragen bei seinem Erwachen zur Sprache kamen

So setzten wir unter allerlei Gesprächen unsere Reise fort und kamen am andern Tag in die Nähe der Insel Heuchelingen, wo Pantagruels Schiff aber nicht landen konnte, da der Wind sich gelegt hatte und auf dem MKEER Flaute herrschte. Wir konnten uns deshalb nur treiben lassen und schaukelten von Steuer- zu Back-, von Back- zu Steuerbord, obwohl wir alle Segel gesetzt hatten, und saßen da, nachdenklich, verstimmt, übel gelaunt und mürrisch, ohne ein Wort miteinander zu reden. Pantagruel, einen griechischen Heliodor in der Hand, lag nahe den Luken in einer Hängematte und schlief. Das war so seine Gewohnheit: nach dem Text schlief er viel besser als aus dem Kopf. Epistemon maß mit dem Astrolabium die Polhöhe; Bruder Hans hatte sich in die Kombüse hinunterbegeben und berechnete die Tageszeit nach der Bratspießhöhe und dem Frikasseehoroskop; Panurg machte mit einem Hanfstengel im Mund Wasserspäßchen und Wasserbläschen; Gymnast schnitzelte Zahnstocher aus Mastixholz; Ponokrates träumte ganz träumerisch vor sich hin, kitzelte sich von Zeit zu Zeit, um sich zum Lachen zu bringen, und kraute sich mit einem Finger den Kopf; Carpalim bastelte aus einer Walnuß-

schale eine schöne, kleine, lustige, nette Windmühle mit vier kleinen Flügeln aus Erlenholz; Eusthenes trommelte mit den Fingern auf einer Feldschlange wie auf einem Monochord; Rhizotom machte sich ein samtenes Geldtäschchen aus der Schale einer Landschildkröte; Xenomanes flickte eine alte Laterne mit Falkenriemen, und unser Steuermann zog seinen Matrosen die Würmer aus der Nase.

Als Bruder Hans wieder aus der Kombüse heraufkam, bemerkte er, daß Pantagruel wach war. Sofort brach er das hartnäckige Schweigen und warf mit lauter Stimme und großer Munterkeit die Frage auf: »Was macht man gegen diese Windstille?« – Gleich fiel Panurg ein und fragte: »Wie kuriert man die üble Laune?« Und als der Dritte im Bunde fragte der lustige Epistemon: »Wie pißt man, wenn's einen nicht drängt?« Gymnast hingegen, indem er auf beide Beine sprang, fragte nach einem Mittel gegen das Flimmern vor den Augen und Ponokrates, nachdem er sich die Stirn gerieben und die Ohren gekratzt nach einem Mittel gegen das hundemäßige Schlafen. – »Halt!« sagte Pantagruel, »nach der Lehre der scharfsinnigen Peripatetiker müssen alle Probleme, Fragen und Zweifel klar und bestimmt angegeben werden. Was verstehst du unter hundemäßigem Schlafen?« – »Darunter versteh' ich«, erwiderte Ponokrates, »mit nüchternem Magen im dicksten Sonnenschein wie ein Hund schlafen.« – Rhizotom hatte sich im Zwischengang niedergehockt. Als er jetzt den Kopf hob, gähnte er so herzhaft, daß er alle seine Gefährten durch natürliche Sympathie zum Mitgähnen zwang; dann fragte er: »Was für ein Mittel gibt es gegen das Gähnen?« – Xenomanes, ganz in das Ausbessern seiner Laterne vertieft, fragte: »Wie bringt man den verwünschten Dudelsack, den Magen, ins gehörige Gleichgewicht und in die richtige Lage, daß er nach keiner Seite hin überhängt?«, und Carpalim, der mit seinem Mühlchen spielte: »Wieviel natürliche Bewegungen müssen stattgefunden haben, eh' man von jemand sagen kann, daß er Hunger spüre?« – Eusthenes, der laut reden hörte, kam auch herbeigelaufen und rief vom Gangspill her: »Warum besteht mehr Todesgefahr, wenn ein nüchterner Mensch von einer nüchternen Schlange gebissen wird, als wenn Mensch und Schlange schon etwas genossen haben? Warum ist der Speichel eines nüchternen Menschen Gift für Schlangen und alle giftigen Tiere?« – »Freunde«, sagte Pantagruel, »für alle diese Zweifel und Fragen, die ihr da aufgeworfen habt, gibt es nur eine Lösung und für alle derartigen Symptome und Zufälle nur eine einzige Arznei. Die Antwort soll euch ohne viel Worte und Umschweife unverzüglich gegeben werden, aber ein hungriger Magen hat keine Ohren und ist taub. Darum sollt ihr durch Zeichen, Gesten und Handlungen Antwort erhalten und völlig zufriedengestellt werden, wie einst« – hier zog er die Eßglocke, und Bruder Hans stürzte gleich in die Kombüse – »der stolze Tarquinius, der letzte König der Römer, seinem Sohn Sextus durch Zeichen antwortete. Dieser befand sich nämlich in der Stadt der Gabier[1] und hatte ihm

1 die altröm. Stadt Gabii östl. Rom

von dort einen Boten gesandt, um zu erfahren, was er tun solle, um sich die Gabier vollends zu unterwerfen und sie zu unbedingtem Gehorsam zu zwingen. Der König, welcher der Treue des Boten nicht traute, gab diesem keine Antwort, sondern führte ihn in seinen Garten und schlug dort, während dieser dabeistand und es sehen konnte, die höchsten der Mohnköpfe, die dort aufgeschossen waren, mit seinem Schwert ab. Als der Bote nun ohne Antwort zurückkehrte und dem Sohn erzählte, was er seinen Vater hatte tun sehen, war es jenem nicht schwer, das Zeichen dahin zu deuten, daß er ihm den Rat gäbe, den Vornehmsten der Stadt die Häupter abzuschlagen, um die übrigen, das heißt die Volksmenge, besser in Zucht und Gehorsam halten zu können.«

Vierundsechzigstes Kapitel

Wie Pantagruel die aufgeworfenen schwierigen Fragen unbeantwortet ließ

Darauf fragte Pantagruel: »Was für Leute wohnen auf dieser sauberen Hundeinsel?« – »Nichts als Hypokriten, Hydropiker[1], Paternosterhelden, Leisetreter, Kuttenheilige, Mucker und Eremiten«, entgegnete Xenomanes; »alles arme Leute, die von den Almosen leben, welche Reisende ihnen geben, wie der Klausner von Lormont zwischen Blaye und Bordeaux.« – »Dann geh' ich nicht hin«, sagte Panurg, »darauf könnt ihr euch verlassen. Der Teufel soll mir in den Hintern blasen, wenn ich dahin gehe. Eremiten, Kuttenheilige, Leisetreter, Mucker, Hypokriten – daß euch der Teufel! Fort mit dem Pack! Ich muß immer noch an unsere feisten Konzilienfahrer von Chesil denken. Daß Beelzebub und Astaroth sie zu Proserpina hätten fahren lassen, so viel Leiden, Stürme und sonstige Teufeleien hat die Begegnung mit ihnen über uns gebracht. Hör doch, mein Dickerchen, mein Korporalchen, sag doch, Xenomanes, sind diese Hypokriten, diese Eremiten, diese erbärmlichen Schlucker hier auch verheiratet oder nicht? Gibt's davon auch eine weibliche Sorte? Könnte man nicht auf gut hypokritische Art den Hypokritenzehnten bei ihnen erheben?« – »Wahrhaftig«, sagte Pantagruel »eine saubere

1 (von Scheinheiligkeit) Aufgeblasene

und spaßige Frage.« »Ei freilich«, entgegnete Xenomanes, »gibt es da auch eine Menge schöne, lustige Hypokritinnen, Leisetreterinnen und Eremitinnen, tüchtige Betschwestern. Es gibt auch eine Menge kleiner Hypokritlein, Muckerchen, Eremitchen ...« »Weg damit«, warf Bruder Hans ein, »junger Eremit, alter Teufel, sagt das Sprichwort; sonst wäre ja die Insel Heuchelingen schon längst öde und ausgestorben, wenn die Rasse sich nicht vermehrte.«

Pantagruel schickte ihnen mit einem Boot durch Gymnast ein Almosen von achtundsiebzigtausend Stück schönen, kleinen halben Laternentalern. Dann fragte er, wie spät es sei. Epistemon antwortete, es habe schon neun Uhr geschlagen. – »Nun«, sagte Pantagruel, »dann ist es die rechte Zeit, um zu Mittag zu essen. Denn die heilige Linie[1], die Aristophanes in seiner Komödie ›Die Weibervolksversammlung‹ so hoch preist[2] und die mit dem zehnfüßigen Schatten erscheint, ist nahe. Bei den alten Persern war nur den Königen die Stunde der Mahlzeit vorgeschrieben, für alle anderen waren der Magen und der Hunger die alleinige Uhr. Und wirklich beklagt sich bei Plautus ein Parasit darüber, daß Uhren und Stundenzeiger erfunden seien, und spricht seinen heftigen Abscheu vor ihren Erfindern aus, da es doch bekanntlich gar keine richtigere Uhr gäbe als den Magen. Als man Diogenes fragte, zu welcher Zeit zu essen am besten sei, antwortete er: ›Für den Reichen, wenn er hungrig ist; für den Armen, wenn er etwas zu essen hat.‹ Noch besser zeigt uns der alte Ärztespruch die kanonischen Stunden an:

Steh auf um fünf, iß zu Mittag um neun,
zu Abend um fünf, um neun schlaf ein.

Anders war die Magie des berühmten Königs Petosiris.«

Doch noch war dieses Wort nicht ausgesprochen, als die Tafeldiener die Eß- und Trinktische aufstellten, sie mit duftendem Linnen, mit Tellern, Servietten und Salzfässern bedeckten und große Füllkrüge, Karaffen, Flaschen, Schalen, Humpen, Becher und Schüsseln herbeitrugen. Bruder Hans, einen ganzen Schweif von Haushofmeistern, Oberbrotmeistern, Mundschenken Vorschneidern, Vorlegern, Aufwärtern und Dienern hinter sich, schleppte vier mächtige Schinkenpasteten heran, so groß, daß sie

1 auf der Sonnenuhr – 2 651

mich an die vier Bastionen in Turin erinnerten. Du lieber Gott, wie da geschmaust, geschlemmt und gezecht wurde! Noch bevor sie zum Nachtisch gekommen waren, begann ein leichter Westnordwest die Segel zu schwellen, Vorstag-, Groß-, und Besansegel. Da sangen alle verschiedene Lob- und Danklieder zum Preis des allerhöchsten Himmelsgottes. Als man beim Obst angekommen war, fragte Pantagruel: »Nun sagt an, Freunde, sind eure Zweifel jetzt vollständig gelöst?«

»Gott sei Dank«, sagte Rhizotom, »ich gähne nicht mehr!« – »Der hundemäßige Schlaf plagt mich auch nicht mehr«, sagte Ponokrates. – »Mir flimmert's nicht mehr vor den Augen«, versicherte Gymnast. – »Meine Nüchternheit hat sich gänzlich verloren«, sagte Eusthenes. »Darum sind heute vor meinem Speichel sicher alle

Afterspinnen[1],
Amphisbenen,
Alhartafer,
Ammobater,
Asterionen,
Alcharater,
Alhatrabanen,
Arakter,
Argen,
Askalaber,
Askalaboten,
Ämorrhoiden,
Basilisken,
Boen,
Bupresten,
Blindschleichen,
Blutegel,
Cartoblepen,
Cerasten,
Chamäleons,
Crezilien,
Coloten,
Cychrioden,
Aneruduten,
Abedissimonen,
Galeoten,
Harmenen,
Handonen,
Iguane,
Iararaken,
Ilizinen,
Ichneumons,
Kanthariden,
Kiemenmolche,
Kreuzottern,
Kröten,
Krokodile,
Lazerten,
Myopen,
Mantikoren,
Moluren,
Myagern,
Miliaren,
Megalaunen,
Nattern,
Najen,

1 Giftspinnen, -schlangen usw.

Cafezater,
Coluberen,
Crotalen,
Cheliferen,
Cranokolapten,
Dipsaden,
Dryinaden,
Domesen,
Drachen,
Elopen,
Enhydriden,
Erdsalamander,
Feuersalamander,
Selsiren,
Schlangen,
Solifugen,
Skolopender,
Sepedonen,
Ptyaden,
Porphyren,
Pareaden,
Pythonen,
Phalangen,
Penphredonen,
Pityokampen,
Rutelen,
Rhagionen,
Rhaganen,
Salamander,
Stellionen,
Skorpione,
Taranteln,
Typholopen,
tolle Hunde,
Teristalen,
Vipern.«

Fünfundsechzigstes Kapitel

Wie Pantagruel mit seinen Leuten das Wetter hob

»Zu welcher Gattung der giftigen Tiere zählst du denn Panurgs Zukünftige?« fragte Bruder Hans. – »Was«, rief Panurg »du Hurensohn, du blankärschiger Mönch willst die Weiber lästern?« »Beim cönomanischen[1] Leberfüllsel«, sagte Epistemon, »Euripides schreibt und Andromache sagt es, daß die Menschen, von den Göttern belehrt, gegen jedes giftige Tier ein Heilmittel gefunden hätten, nur gegen ein böses Weib sei noch keins gefunden worden.« – »Euripides, das Großmaul, hat die Weiber stets verleumdet«, sagte Panurg. »Deshalb ließ die göttliche Rache ihn auch von Hunden auffressen, wie Aristophanes ihm nachsagt. Aber weiter, wer ist jetzt an der Reihe?« – »Ich kann jetzt pissen, soviel einer will«, sagte Epistemon. – »Mein Magen«, sagte Xenomanes, »hat jetzt den gehörigen Ballast geladen und befindet sich im Gleichgewicht; er hängt nach keiner Seite mehr über.« –

1 aus der nordwestfranz. Stadt Le Mans, lat. *Coenomanum,* mit Anklang an lat. *coena* Mahlzeit

»Ich brauche jetzt nicht Brot noch Wein mehr«, sagte Carpalim, »habe Waffenstillstand geschlossen mit Hunger und Durst.« – »Bin auch nicht mehr übler Laune«, sagte Panurg, »Gott sei's gedankt; bin fidel wie ein Fiedelmann, lustig wie eine Schmerle und munter wie ein Schmetterling. Läßt nicht euer sauberer Euripides Silen, diesen gottbegnadeten Zecher, sagen:

Der ist ein Narr und ganz verwirrt,
der nicht vom Trinken lustig wird?

Ja gewiß, wir können den lieben Gott, unsern Schöpfer, Versorger und Erhalter, gar nicht genug loben und preisen, daß er uns durch dieses gute Brot und diesen guten, kühlen Wein und durch alle diese guten Gerichte von solchen Beschwerden des Leibes und der Seele geheilt hat, gar nicht einmal das Vergnügen und den angenehmen Kitzel gerechnet, den wir beim Essen und Trinken selbst empfunden haben.

Aber auf die Frage dieses gesegneten, ehrwürdigen Bruders Hans, der wissen wollte, wie man das Wetter höbe, ist noch keine Antwort gegeben.« – »Da ihr euch mit einer so leichten Lösung eurer Zweifel zufriedengebt«, sagte Pantagruel »will ich's tun. Anderen Ortes und zu anderer Zeit können wir ausführlicher darüber sprechen, wenn ihr es wünscht.

Also die Frage, die Bruder Hans aufgeworfen hat, wie man das Wetter höbe, bleibt noch zu beantworten. Nun, haben wir es denn nicht schon ganz nach Wunsch gehoben? Seht doch den Wimpel auf der Marsstenge an, hört doch das Rauschen der Segel, seht doch, wie straff gespannt die Schoten und Wanten sind!

Während wir die Becher hoben und leerten, hat sich vermöge der geheimen Sympathie der Natur auch das Wetter gehoben. So hoben es, wenn ihr den gelehrten Mythologen Glauben schenken wollt, einst Atlas und Herkules. Aber sie hoben's um einen halben Grad zu hoch: Atlas, weil er seinen Gast recht schnell und recht festlich bewirten wollte; Herkules, weil er in der Libyschen Wüste gar zu großen Durst hatte ausstehen müssen.« – »Sehr richtig«, unterbrach Bruder Hans hier die Rede, »ich habe mehrere höchst ehrenwerte Gelehrte sagen hören, Turlupin, Eures trefflichen Vaters Kellermeister, spare jährlich mehr als achtzehnhundert Fässer Wein bloß dadurch, daß er den Gästen immer schon zu trinken gibt, eh' sie überhaupt durstig sind.« – »Denn«, fuhr Pantagruel fort, »wie die Kamele und Dromedare der Karawanen gleichzeitig für vergangenen, gegenwärtigen und künftigen Durst saufen, so ähnlich machte es auch Herkules und brachte durch diese übermäßige Hebung des Wetters den Himmel in ein so neuartiges Schwanken und Beben, daß er den vertrackten Astrologen dadurch Anlaß zu endlosen Kontroversen und Debatten gegeben hat.«

»Im Sprichwort«, sagte Panurg, »heißt es:

Bei fettem Schinken und bei gutem Wein
folgt schlechtem Wetter eitel Sonnenschein.«

»Und«, so fuhr Pantagruel fort, »indem wir aßen und tranken, hoben wir nicht nur das Wetter, sondern wir erleichterten auch unser Schiff ganz beträchtlich: nicht etwa bloß so, wie der Korb Äsops leichter wurde, weil die Lebensmittel darin abnahmen[1], sondern deshalb, weil wir jetzt nicht mehr nüchtern sind. Denn wie ein toter Körper schwerer ist als ein lebendiger, so ist auch der nüchterne Mensch erdiger und schwerer als einer, der gegessen und getrunken hat. Deshalb sprechen Leute, die sich auf größeren Reisen befinden, wenn sie ihren Morgentrunk zu sich genommen und gefrühstückt haben, mit gutem Recht: ›Nun werden unsere Pferde um so besser laufen.‹

Ihr wißt ja, daß die alten Amykläer den würdigen Vater Bacchus vor allen anderen Göttern verehrten und anbeteten und ihn sehr treffend und geziemend Psila nannten. Psila aber bedeutet im dorischen Dialekt Flügel. Denn wie die Vögel mittels ihrer Flügel hoch und leicht schweben, so werden die Geister der Menschen mit Hilfe des Bacchus, das ist der wohlschmeckende, köstliche Wein, hoch emporgehoben, und ihr Leib wird leichter sowie alles, was erdig an ihnen ist, geschmeidiger.«

1 Erzählung aus dem mittelalterlichen Roman über das Leben des Äsop, in der dieser auf einer Reise als Traglast den Brotkorb wählt, der am schwersten ist, von Tag zu Tag aber leichter wird, während seine Mitsklaven, die ihn erst verlacht hatten, auf dem ganzen Weg gleich schwer zu tragen haben

Sechsundsechzigstes Kapitel

Wie auf Pantagruels Befehl den Musen bei der Diebsinsel Salut geschossen wurde

Während nun der günstige Wind und die heiteren Reden anhielten, entdeckte Pantagruel in der Ferne ein gebirgiges Land; er machte Xenomanes darauf aufmerksam und fragte ihn: »Siehst du dort links den hohen Felsen mit dem Doppelgipfel? Er gleicht dem phokischen Parnaß.« – »Gewiß sehe ich ihn«, antwortete Xenomanes. »Das ist die Diebsinsel; wollen wir dort landen?« – »Nein«, sagte Pantagruel. – »Es ist auch besser so«, fuhr Xenomanes fort, »denn was es dort zu sehen gibt, ist nicht die Mühe wert. Das Volk besteht aus lauter Dieben und Spitzbuben. Aber dort, nach dem rechten Gipfel hin, ist die schönste Quelle von der Welt und ringsumher ein herrlicher Wald. Unsere Mannschaft könnte dort Holz und Wasser einnehmen.« – »Sehr gut gesprochen, sehr weise«, sagte Panurg. »Pah, pah, wo's Diebe und Spitzbuben gibt, darf man niemals landen. Glaubt mir, das ist so 'ne Insel wie Sark und Herm zwischen England und der Bretagne[1], die ich einmal gesehen habe, oder wie Philipps Poneropol in Thrakien[2], mit lauter Schurken, Spitzbuben, Räubern, Totschlägern und Mördern, dem reinsten Bodensatz der allerärgsten Gefängnishöhlen. Nur da nicht landen, das bitte ich mir aus. Wenn ihr mir nicht glauben wollt, so hört wenigstens, was euch der brave weise Xenomanes rät. Der hölzerne Ochse soll mich spießen, wenn sie dort nicht schlimmer sind als Kannibalen. Sie fressen einen mit Haut und Haaren. Geht dort bloß nicht an Land; da wäre es noch besser, in die Hölle hinabzusteigen. Horch, horch, bei Gott, ich höre die schreckliche Sturmglocke läuten, ganz wie die Gascogner in Bordeaux immer läuteten, wenn die Steuereinnehmer und Zollbeamten kamen. Wie das in den Ohren gellt! Ho angeholt, ho vorbei!« – »Ei was, laßt uns landen«, sagte Bruder Hans, »laßt uns landen. Nur vorwärts, auf. Immerfort weiter, ohne anzulegen, was ist denn das für ein Reisen? Frisch drauf, wir hauen sie alle zusammen. Nur immer gelandet!« – »Der hat den Teufel im Leib«, sagte Panurg. »Dieser verdammte Mönch, dieser rasende Teufelsbruder da fürchtet

1 ehem. Seeräuberschlupfwinkel – 2 Strafkolonie Philipps II. von Makedonien

sich vor nichts. Er ist so waghalsig wie die ganze Hölle zusammengenommen, und um andere Leute schert er sich den Teufel was. Er glaubt, alle Welt sei so mönchisch wie er.« – »Geh zu allen Teufeln, du Rotznase«, sagte Bruder Hans. »Meinetwegen mögen sie dir das Gehirn zerklopfen und Zervelatwurst daraus machen! Der verdammte Narr ist so feig und dabei so boshaft, daß er sich alle Augenblicke vor Angst und Bosheit bescheißt. Wenn du soviel Schiß hast, nun gut, so geh eben nicht an Land und bleib bei der Bagage, oder verkriech dich durch alle Millionen Teufel hindurch unter Proserpinas gestärkten Unterrock.« – Bei diesen Worten verschwand Panurg aus der Gesellschaft und versteckte sich im Schiffsraum unter den Brotrinden, Abfällen und Küchenresten, die dort aufgehäuft lagen. – »Ich fühle«, sagte Pantagruel, »ein heftiges inneres Widerstreben, als ob mir eine Stimme aus weiter Ferne zuriefe, dort nicht zu landen. Jedesmal und sooft ich Ähnliches in meinem Geiste wahrnahm, war es mein Gück, wenn ich dem Ort, vor dem sie mich warnte, den Rücken kehrte und ihn unbetreten ließ, wie es auch stets mein Glück war, wenn ich ihr folgte, wohin sie mich rief; niemals habe ich das eine oder andere zu bereuen gehabt.« – »Ganz wie das Daimonion des Sokrates«, sagte Xenomanes, »das die Akademiker[1] so gepriesen haben.« – »Hört«, sagte Bruder Hans, »während die Leute Wasser einnehmen, sitzt Panurg nun da unten wie der Wolf im Stroh. Habt ihr Lust zu lachen, so laßt uns den Basilisken dort auf dem Hinterdeck abfeuern. Das mag ein Salutschuß für die Musen dieses Antiparnasses sein. Das Pulver verdirbt doch nur im Rohr.« – »Recht so«, entgegnete Pantagruel, »der Oberfeuerwerker soll kommen.« Als er kam, gab Pantagruel ihm den Befehl, den Basilisken abzufeuern, dann aber für alle Fälle wieder neu zu laden. So geschah es. Die Feuerwerker auf den anderen Schiffen, Fregatten, Galeeren und Galeassen des Geleits feuerten ebenfalls je eins ihrer groben Geschütze ab, sobald der erste Schuß auf Pantagruels Schiff gefallen war. Ihr könnt euch vorstellen, was das für einen Teufelslärm gab.

1 Schüler Platons

Siebenundsechzigstes Kapitel

Wie Panurg sich aus elender Angst beschiß und wie er meinte, der große Kater Rodilardus[1] sei ein böser Geist

Mit einemmal springt Panurg gleich einem wildgewordenen Bock im bloßen Hemd, nur das eine Bein in der Hose, aus dem Schiffsraum aufs Deck, den Bart ganz voller Brotkrumen und in der Hand einen großen zobelfarbigen Kater, der sich in das andere Bein der Hose eingekrallt hat. Seine Lippen sind in unaufhörlicher Bewegung wie bei einem Affen, wenn er sich laust; zitternd und zähneklappernd, flüchtet er sich zu Bruder Hans, der auf der Steuerbordreling saß, und bittet ihn flehentlich, sich seiner zu erbarmen und ihn mit seiner Plempe zu beschützen. In einem Atem schwört und beteuert er, so wahr er ein Papomane sei, eben habe er gesehen, wie alle Teufel losgelassen wären. »Kiek«, sagte er, »min Fründ, min Broder, min Seelenvadder, heute ist allgemeine Teufelshochzeit. So'n Höllengelage ist noch nicht dagewesen. Siehst du nicht den Rauch aus den Höllenküchen?« – dabei zeigte er auf den Pulverdampf über den Schiffen –; »so viel verdammte Seelen hast du in deinem Leben nicht gesehen. Ja, und weißt du was? Kick, min Broder, alles lauter schmächtige, blonde, zarte Seelchen, die reinste stygische Ambrosia. Hab' schon gedacht, Gott verzeih' mir, es müssen englische Seelen sein. Gewiß ist die Pferdeinsel vor Schottland mit allen Engländern, die drauf sind, heute morgen von den Herren Thermes und Dessay geplündert und gebrandschatzt worden.«

Schon beim Kommen Panurgs hatte Bruder Hans noch etwas ganz anderes gerochen als Pulverdampf; er zog ihn also zu sich heran und bemerkte, daß sein Hemd von oben bis unten bekackt und beschissen war. Die Tätigkeit des Nervs, der den Aftermuskel zusammenzieht – das ist das Arschloch –, war durch die Heftigkeit der Angst, die seine Einbildungen ihm eingeflößt hatten, paralysiert worden, wozu dann noch der Donner der Kanonen gekommen war, der unten im Schiffsraum viel schrecklicher klingt als oben auf Deck. Eins der Kennzeichen und eine der Wirkungen der Angst aber ist, daß sie gewöhnlich das Hinterpfört-

1 Specknager (lat.)

chen aufriegelt, hinter dem die fäkale Materie sonst immer eine Weile zurückgehalten wird.

Ein Beleg dafür ist Messer Pandolfo della Cassina, ein Sienese, welcher, mit der Post reisend, durch Chambéry kam und, bei dem hochweisen Gastwirt Vinet absteigend, sofort nach einer Mistgabel griff und zu jenem sagte: *Da Roma in qua io non sono andato del corpo. Di gratia, piglia in mano questa forcha e fa mi paura*[1]. Demzufolge machte Vinet mit der Mistgabel einige Luftstöße, als ob er es wirklich auf ihn abgesehen hätte; der Sienese aber sagte: *Se tu non fai altramente, tu non fai nulla. Pero sforzati di adoperarli più guagliardamente*[2], worauf ihm Vinet mit der Mitgabel eins zwischen Hals und Halskragen versetzte, so daß er die Beine gen Himmel streckte; dabei lachte er aus vollem Halse und rief ihm zu: »Potz Fest, Bayard, das nennt man *datum Camberiaci*[3]!« Gleich hatte der Sienese die Hosen herunter und tat einen Schiß, wie neun Ochsen und vierzehn Erzpriester von Ostia[4] ihn nicht besser zustande gebracht hätten. Dann bedankte er sich herzlich bei Vinet und sagte zu ihm: *Io ti ringratio, bel messere. Così facendo tu m' hai esparmiata la speza d'un servitiale*[5].

Ein anderer Beleg dafür ist Eduard V.[6], König von England. Zu diesem war Meister Francois Villon während seiner Verbannung aus Frankreich hinübergegangen und mit so großer Freundlichkeit aufgenommen worden, daß ihm auch die geringsten Kleinigkeiten des königlichen Haushalts nicht unbekannt blieben. Eines Tags, als der König gerade sein Geschäft verrichtete, zeigte er unserm Villon eine Abbildung des französischen Wappens und sagte dazu: »Sieh, was für einen Respekt ich vor deinen französischen Königen habe. Denn nirgendswo hab' ich ihr Wappen anbringen lassen als an diesem Örtchen neben meinem Nachtstuhl.« – »Sapperment«, erwiderte Villon, »daran sieht man, wie weise, klug und verständig Ihr seid, wie sehr Ihr für Eure Gesundheit sorgt und wie trefflich Ihr von Eurem gelehrten Arzt Thomas Linacre beraten werdet. Denn da er sah,

1 Von Rom bis hierher bin ich nicht zu Stuhl gewesen. Ich bitte dich, nimm diese Mistgabel und jag mir damit Angst ein (ital.). – 2 Wenn du's nicht anders machst, nützt es nichts. Drum gib dir Mühe und pack herzhafter zu (ital.). – 3 gegeben zu Chambéry (in Südostfrankreich; lat.); eigtl. Unterzeichnungsformel bei Erlassen – 4 reiche Kirche südwestl. Roms – 5 Vielen Dank, lieber Mann. Dadurch hast du mir die Kosten für ein Klistier erspart (ital.). – 6 gemeint ist sehr wahrscheinlich Eduard IV., engl. König 1461–83, in dessen Regierungszeit Villons Verbannung aus Paris (1463) fiel

wie sehr Ihr in Euren alten Tagen an Verstopfung littet und daß er Euch täglich einen kleinen Apotheker, ich meine ein Klistierchen, würde hinten hineinschicken müssen, wenn Ihr die nötigen Entleerungen haben solltet, ließ er in weiser Voraussicht gerade hier und nirgendwoanders das Wappen Frankreichs hinmalen. Sobald Ihr es nur erblickt, ergreift Euch eine solche Angst und Furcht, daß Ihr wie achtzehn päonische Bonasen[1] scheißen müßt. Wäre es noch an anderen Orten Eures Hauses angebracht, zum Beispiel in Eurem Zimmer, Eurer Kapelle, in der Galerie oder sonstwo, so würdet Ihr alle Augenblicke zu Stuhl gehen müssen, und sähet Ihr die große Oriflamme Frankreichs so oft gemalt vor Euch, so schisset Ihr Euch, mein' ich, die Gedärme aus dem Leib. Aber hm, hm, hm, *atque iterum*[2] hm, hm.

Bin ich kein Schalksnarr aus Paris,
Paris, das bei Pontoise liegt,
um dessen Hals ein Strick sich schmiegt,
zu sehn, wie schwer mein Hintern wiegt?

Ein Narr, sag' ich, ein törichter, kurzsichtiger, schwer begreifender Narr, daß ich mich, als ich mit Euch hierherkam, darüber wundern konnte, warum Ihr Euch schon in Eurem Zimmer die Hosen aufknöpfen ließt. Ich dachte, der Nachtstuhl stünde dort hinterm Vorhang oder zwischen Bett und Wand; denn anders schien es mir doch gar zu töricht, sich im Zimmer aufknöpfen zu lassen und dann noch so weit zum Örtchen zu gehen. War das nicht recht närrisch gedacht? Die Sache hat doch, bei Gott, einen tieferen Sinn. Gewiß, so wie Ihr's macht, so ist es recht, Ihr könntet's nicht besser machen. Laßt Euch nur immer recht zeitig, recht weit vom Schuß, recht gründlich aufknöpfen. Denn man muß bedenken, kämt Ihr unaufgeknöpft hierher und sähet das Wappen, ojemine, so würde Euer Hosenboden als Lasanon, Kackeimer, Fäkaltopf und Nachtstuhl dienen müssen.«

Bruder Hans, der sich mit der linken Hand die Nase zuhielt, wies mit der rechten auf Panurgs Hemd, damit Pantagruel es sähe. Dieser konnte sich des Lachens nicht erwehren, als er Panurg so starr vor Schrecken, zitternd, außer sich, besudelt und von den Krallen des berühmten Rodilardus zerkratzt vor sich stehen sah, und rief ihm zu: »Was machst du denn mit dem Kater?« –

1 Auerochsen – 2 und wiederum (lat.)

»Mit dem Kater?« schrie Panurg. »Der Teufel soll mich holen, wenn ich ihn nicht für ein kleines Milchbartteufelchen gehalten habe, das mir in dem verfluchten großen Brotkasten unversehens an den Hosen hängengeblieben ist. Hol' der Teufel den Teufel; er hat mir mein Fell zu einem Krebsbart zerkrallt!« Und damit schleuderte er den Kater von sich.

»Um alles in der Welt«, sagte Pantagruel, »mach, daß du fortkommst, und wische dich ab, wasche dich, komm wieder zu dir, wechsle das Hemd und zieh dich um.«

»Meint Ihr, ich hätte Angst?« fragte Panurg. »Ich habe so viel Mumm und wohl noch mehr, als ob ich alle Fliegen verschluckt hätte, die zwischen Johannis und Allerheiligen in Paris in den Teig geknetet werden. Haha, haha, hallo! Was zum Teufel ist das? Nennt Ihr das Dreck, Schmutz, Kacke, Scheiße, Scheißdreck, Kot, fäkale Materie, Exkrement, Unflat, Dejektion, Durchfall, Wurstsuppe, Skybalon[1], Spyrathos[2]? 's ist Senf, glaub' ich; o-ho-hi-hi, jaja, spanischer Senf! Trinken wir eins!«

1 Kot (griech.) – 2 Mist (griech.)

Fünftes Buch
Des Pantagruel viertes

Epigramm

Ist Rabelais schon tot? Nein, hier ist noch ein Band!
Sein beßres Teil schuf sich ein neues Leben
und hat das fünfte Buch uns zum Geschenk gegeben:
er wird unsterblich durch dies Werk von seiner Hand.

Nature Quite[1]

1 Die Natur hat ihre Schuld beglichen (franz.); Anagramm von Jean Turquet, Freund Rabelais' und vielleicht Herausgeber dieses Buches

Bruchstück eines Vorworts des Verfassers

Heda, ihr unverwüstlichen Zecher und ihr, meine allerkostbarsten Lustseuchlinge, da ihr doch gerade unbeschäftigt seid und ich auch nichts Wichtigeres zu tun hab', so möcht' ich euch eine Frage stellen: Weshalb hört man jetzt aus aller Leute Mund das Wort »Die Welt ist nicht mehr so einfältig«? – Einfältig ist ein gutes, altes languedocisches Wort und bedeutet nicht gesalzen, ungewürzt, geschmacklos, fade; aber als Metapher gebraucht, bedeutet es unerfahren, albern, unbedeutend, dumm, hirnlos. Soll nun damit, wie man logisch schließen möchte, gesagt sein, daß die Welt einfältig gewesen und jetzt klug geworden ist? In welcher Art und in wievielerlei Hinsicht war sie einfältig? Welche Umstände und wie viele derer waren erforderlich, um sie klug zu machen? Warum war sie einfältig? Warum ist sie jetzt klug? Von welcher Art Leute gibt es mehr, von der, welcher sie einfältig besser gefiel, oder von der, welcher sie klug besser gefällt? Woher kam ihre ehemalige Einfalt? Woher kommt ihre jetzige Klugheit? Warum fing die jetzige Klugheit erst zu unserer Zeit an und warum nicht schon früher? Warum nahm ihre ehemalige Torheit eben jetzt ein Ende und warum nicht schon früher? Welchen Schaden brachte die frühere Torheit? Welchen Nutzen bringt ihr die Klugheit, die ihr folgte? Wie könnte die Torheit von früher vollends überwunden werden? Auf welche Art und Weise wäre der jetzigen Weisheit noch mehr auf die Beine helfen?

Antwortet mir, sofern es euch gefällt! Denn mit stärkerer Beschwörung werd' ich euch nicht zu Leibe gehen , müßte sonst befürchten, so würdige Häupter zu beleidigen. Tut euch keinen Zwang an, bekennt nur alles Herrn Deuwel, diesem Erzfeind des Paradieses und der Wahrheit. Mut, Kinder! Seid ihr mein, so trinkt erst drei- oder fünfmal auf der Predigt ersten Teil und dann antwortet auf meine Frage; seid ihr aber des andern, dann *apage Satanas*[1]! Denn das schwör' ich euch mit meinem großen Hurliburlieid, helft ihr mir das Problem nicht lösen, so soll's mir ewig leid sein, euch's vorgetragen zu haben. Wär' mir etwa so, als hielt' ich den Wolf bei den Ohren, und es käm' keiner, der mir

1 hebe dich weg von mir, Satan! (griech.); Matthäus 4, 10

beistehen wollt'. – Nun? Aha, ich verstehe, seid gerade nicht aufgelegt zum Antworten. Bei meinem Bart, so geht mir's selber auch. Will also nur anführen, was ein hochwürdiger Gelehrter darüber gesagt hat in seinem Buch »Des Pfaffen Dudelsack«. Was sagt der Galgenstrick? Hört zu, ihr Eselsgesichter, hört:

> Das Jubeljahr, wo sich die Welt ihr Haar
> einfältig scheren ließ, ist dreißig Jahr
> und älter schon. Oh, wie man höhnt und lacht!
> Einfältig schien sie, doch der Breven[1] Macht
> schlug Völlerei und Einfalt in die Flucht.
> Auskernen wird sie jetzt die süße Frucht,
> vor deren Blüt im Lenz so bang ihr war.

Ihr habt's gehört – habt ihr's auch verstanden? Unser Gelehrter ist etwas altertümlich, seine Worte sind verschlüsselt und seine Aussprüche nach Art des Scotus ein bißchen dunkel, ganz davon abgesehen, daß schon der Gegenstand, von dem er handelt, tiefgründig und verzwickt ist. Die besten Ausleger des frommen Paters wollen unter dem Jubeljahr, das bereits über die Dreißig hinaus ist, die Jahre verstehen . . .

Erstes Kapitel

Wie Pantagruel bei der Bimmelinsel ankam und was für einen Lärm wir dort hörten

Drei Tage setzten wir unsere Reise fort, ohne auf etwas Besonderes zu stoßen; am vierten sahen wir Land, und der Steuermann sagte uns, daß es die Bimmelinsel sei. Zugleich hörten wir in der Ferne einen ununterbrochenen Lärm, als ob alle Glocken, große, kleine und mittelgroße, gleichzeitig geläutet würden, wie es an großen Festtagen zu Paris, Tours, Nantes und an anderen Orten zu geschehen pflegt. Je näher wir kamen, desto vernehmlicher und stärker wurde das Geläute.

Sollte das vielleicht Dodona sein mit seinen Kesseln[2]? Oder der Portikus Heptaphonon[3] in Olympia? Oder der immerwäh-

1 päpstliche Urkunden – 2 Im Orakel des Zeus in nordwestgriech. Dodona wurde in späterer Zeit aus dem Klingen eines ehernen Kessels geweissagt – 3 »Siebentöniger« Säulengang; nach seinem Echo benannt

rende Lärm von dem Koloß, der auf Memnons Grab im ägyptischen Theben stand? Oder das Getöse, das man einst an dem Ort einer Grabstätte auf der Insel Lipara, einer der Äolischen Inseln[1], hörte? Dazu würde aber die Chorographie[2] nicht stimmen. »Ich vermute«, sagte Pantagruel, »es ist junge Bienenbrut, die zu schwärmen angefangen hat, und die Leute machen mit ihren Kesseln, Pfannen, Becken und korybantischen Zimbeln der Göttermutter Kybele diesen Lärm, um sie zurückzulocken. Horcht!« – Als wir noch näher kamen, schien es uns, als ob wir außer dem unaufhörlichen Geläute der unermüdlichen Glocken auch noch Menschenstimmen vernähmen. Pantagruel meinte deshalb, wir sollten mit unserm Schiff nicht gleich an der Insel anlegen, sondern lieber erst im Boot nach dem kleinen Felsen fahren, neben dem wir eine Einsiedelei und ein Gärtchen liegen sahen. Dort fanden wir einen kleinen braven Eremiten, Hoserich mit Namen und aus Glatigny gebürtig, der uns hinreichend über das Läuten aufklärte und dann auf die sonderbarste Weise bewirtete. Er ließ uns nämlich vier volle Tage hintereinander fasten; sonst, behauptete er, würden wir nicht auf die Bimmelinsel gelassen werden, da sie dort gerade Vierzeitfasten hätten. »Das versteh' ich nicht«, sagte da Panurg, »das ist mir ein Rätsel; es soll wohl Vierzliefasten heißen? Denn wenn man fastet, stopft man sich den Bauch mit Wind voll. Und sagt mir doch: Ist Fasten hier euer einziger Zeitvertreib? Das wäre ein verteufelt mageres Vergnügen. Wir sind auf so viel Gaumenfeiertage nicht sehr erpicht.« – »Ich finde«, sagte Bruder Hans, »in meinem Donat nur drei Zeiten angegeben: *praeteritum, futurum* und *praesens;* die vierte wird wohl ein Trinkgeld für den Kellner sein.« – »Nein«, sagte Epistemon, »das ist der Aorist[3], der aus dem sehr unvollständigen Präteritum der Griechen und Römer hervorging und in wirrer, schwankender Zeit Fuß faßte. Nur Geduld, sagen die Aussätzigen.« – »Es ist nun einmal so, wie ihr gehört habt«, fuhr der Eremit fort; »wer etwas dagegen hat, ist ein Ketzer und wird verbrannt.« – »Ein schöner Kerl von einem Wirt, mein lieber Pater«, sagte Panurg. »Aber da ich nun einmal auf dem Meer bin, so fürchte ich micht mehr vor dem Wasser als vor dem Feuer, mehr zu ersaufen, als zu verbrennen.

1 die Liparischen Inseln nördl. Sizilien – 2 Landbeschreibung – 3 »unbestimmt« (griech.); Verbalform zur Bezeichnung einer abgeschlossenen Handlung

Gut denn, hol's der Teufel, fasten wir also; aber ich habe schon so lange gefastet, daß mir das Fleisch ganz unterminiert ist; ich fürchte, die Bastionen meines Leibes werden einstürzen. Und außerdem werd' ich Euch gewiß ein Ärgernis geben mit meinem Fasten, denn ich versteh's nicht recht und bin schrecklich ungeschickt darin, wenigstens behaupten es die anderen, und gewiß nicht mit Unrecht. Aber wie gesagt, meinetwegen will ich auch fasten, 's ist mir gleich, es gibt ja nichts Leichteres und Bequemeres. Weit mehr liegt mir daran, später nicht zu fasten, denn da muß man was auf dem Leib haben und sein Körnchen auf die Mühle schütten können. Also, hol's der Teufel, wollen wir fasten! Wir sind nun einmal so in die Fastentage hineingetappt; habe schon lange keine mehr gesehen!«

»Und wenn wir nun einmal fasten müssen«, sagte Pantagruel, »so ist es besser, wir suchen schnell darüber hinwegzukommen wie über einen schlechten Weg. Darum will ich meine Schreibereien ein bißchen zur Hand nehmen und sehen, ob's mit dem Studieren auf See ebensogut geht wie auf dem Lande; denn Platon, als er einen unerfahrenen, einfältigen und unwissenden Menschen beschreiben wollte, verglich ihn mit denen, die auf dem Schiff groß geworden wären, wie wir etwa sagen würden, es sei jemand in einer Tonne aufgewachsen und habe immer nur durchs Spundloch geguckt.«

Unsere Fasttage waren ganz schrecklich und über die Maßen streng, denn den ersten Tag fasteten wir auf Mensur, den zweiten auf stumpfe Degen, den dritten auf scharfe Klingen und den vierten auf Tod und Leben. So wollte es das Gebot der Feen.

Zweites Kapitel

Wie die Bimmelinsel von den Sitizinen[1] bewohnt gewesen, die danach Vögel geworden

Als wir unser Fasten beendigt hatten, übergab uns der Eremit einen Brief, der an einen gewissen Albian Camat, Meister Äditus[2] der Bimmelinsel, gerichtet war; bei der Begrüßung nannte Panurg ihn aber Meister Idiotus. Es war ein kleines, gutes, glatz-

1 röm. Leichenbläser – 2 Tempelhüter (lat.)

köpfiges Männchen mit einer leuchtenden Nase und hochgerötetem Antlitz. Dank der Empfehlung des Eremiten empfing er uns sehr gut, da er hörte, daß wir, wie oben gemeldet, gefastet hätten. Nachdem wir uns satt gegessen, machte er uns mit den Verhältnissen der Insel bekannt und versicherte uns, daß sie ursprünglich von den Sitizinen bewohnt gewesen sei, die dann aber nach dem Gesetz der Natur, da doch alle Dinge sich verändern, Vögel geworden wären.

Da erst wurde mir recht klar, was Atejus Capito, Pollux, Marcellus, A. Gellius, Athenäos, Suidas, Ammonios und andere über die Sitizinen und Sikinnisten berichtet haben, wie auch die Verwandlungen der Nyktimene[1], Prokne[2], Alkyone[3] und Antigone[4], des Itys[5], Tereus[6] und andrer in Vögel mir nicht länger unglaublich schienen. Ebensowenig Zweifel hegten wir nunmehr betreffs der Matabrunischen Kinder, die Schwanengestalt annahmen, und der Männer aus Pallene in Thrakien, die plötzlich in Vögel verwandelt wurden, nachdem sie neunmal in den Tritonischen Sumpf getaucht. Er sprach mit uns von gar nichts anderem als von Vögeln und Käfigen. Die Käfige waren groß, prächtig, kostbar und von wundervoller Bauweise, die Vögel groß, schön und sehr leutselig, ganz wie die Menschen bei mir zulande: sie aßen und tranken wie Menschen, verrichteten ihr Geschäft wie Menschen, verdauten wie Menschen, furzten, schliefen, begatteten sich wie Menschen, genug, auf den ersten Blick würde sie jeder für Menschen gehalten haben, und doch waren sie dies keineswegs, wie Meister Äditutus uns belehrte; er versicherte, sie wären weder geistlich noch weltlich. Auch über ihr Gefieder mußten wir staunen: bei einigen war es ganz weiß, bei anderen ganz schwarz oder ganz grau oder halb schwarz und weiß, halb weiß und blau oder ganz rot. Es war ein schöner Anblick! Die Männchen nannte er Klerigeien, Mönchsgeien, Priestergeien, Abtgeien, Bischofsgeien, Kardinalsgeien und Papagei, von welch letzterer Art es nämlich nur einen einzigen gab; die Weibchen Kleriginen, Nonneginen, Priesterginen, Abtginen, Bischofsginen, Kardinalsginen und Papaginen. »Übrigens«, fügte er hinzu, »wie die Hornissen in die Bienenstöcke eindringen und dort nichts tun, als daß sie alles auffressen und besudeln,

1 Nachteule – 2 Schwalbe – 3 Eisvogel – 4 Storch – 5 Fasan – 6 Wiedehopf

so fällt seit dreihundert Jahren von Gott weiß woher alle fünf Monate ein großer Schwarm Duckmäuse über diese lieben Vöglein her, welche die ganze Insel verunreinigen und beschmutzen.« Sie wären, sagte er, so widerlich und unausstehlich, daß jeder ihnen aus dem Wege ginge, ließen alle den Kopf hängen, hätten zottige Beine, Krallen und Bäuche wir Harpyien und Steiße wie die Stymphaliden. Sie auszurotten wäre ganz unmöglich, denn für einen, den man totschlüge, kämen unverzüglich vierundzwanzig neue. »Ich wünschte mir einen Herkules her!«, über welche Äußerung Bruder Hans in tiefe Betrachungen versank. Panurg aber geschah, was Meister Priapus passierte, als der den Opfern der Ceres zusah: ihm wurde die Haut zu kurz.

Drittes Kapitel

Wie es kommt, daß auf der Bimmelinsel nur ein Papagei ist

Wir fragten nun den Meister Äditaus, woher es käme, daß nur ein einziger Papagei da wäre, da die anderen ehrwürdigen Vögel der verschiedensten Art sich doch alle vermehrt hätten. Er antwortete, das sei nun einmal die uralte Ordnung, und stehe in den Sternen geschrieben. Von den Klerigeien entsprängen die Mönchsgeien und Priestergeien, jedoch ohne weibliche Beihilfe, wie das ja auch bei den Bienen durch einen jungen Stier geschähe, der nach der Kunst und Lehre des Aristäos behandelt worden sei[1]. Von den Priestergeien entsprängen die Bischofsgeien und von diesen die schönen Kardinalsgeien, die dann, wenn sie nicht früher stürben, als Papageien endigten, von denen es aber gewöhnlich nur einen gäbe, wie ja auch in jedem Bienenkorb nur eine Königin und im Weltall nur eine Sonne sei. Stürbe nun dieser, so würde von dem ganzen Geschlecht der Kardinalsgeien an seiner Stelle ein anderer geboren, wohlverstanden immer ohne weibliche Beteiligung, so daß hier wie bei dem arabischen Phönix Einzigkeit der Person und Stetigkeit der Nachfolge gewahrt sei. Allerdings habe die Natur vor etwa zweitau-

1 s. Vergil »Vom Landbau« 4, 295/317

sendsiebenhundert Monden einmal zwei Papageien[2] hervorgebracht; das sei aber das allergrößte Unglück gewesen, das die Insel je betroffen hätte. »Denn«, sagte der Äditus, »da fielen die Vögel alle übereinander her und rauften und zausten sich die ganze Zeit so mörderisch, daß die Insel Gefahr lief, sämtliche Einwohner zu verlieren. Ein Teil hielt es mit diesem, ein andrer mit jenem; ein Teil gab keinen Mucks von sich wie die Fische und sagte kein Wort, ein anderer wollte nicht leiden, daß die Glocken geläutet würden. In dieser Zeit der Zwietracht gingen sie Kaiser, Könige, Herzöge, Monarchen, Barone und weltliche Gemeinwesen des Kontinents und festen Landes um Hilfe und Beistand an, und nicht eher endete dieses Schisma und diese Verwirrung, als bis einer von den beiden starb, womit endlich die Vielheit wieder zur Einheit zurückkehrte.«

Hierauf fragten wir, was die Vögel veranlasse, so unaufhörlich zu singen. Der Äditus äußerte,, das käme von den Glocken, die über ihren Köpfen hingen. »Wenn ihr wollt«, sagte er, »werde ich die Mönchsgeien, die da mit dem Hippokrasseihbeutel bekappt sind[2], wie eine Feldlerche singen lassen.« Natürlich baten wir ihn darum. Sofort ließ er die Glocken sechsmal ertönen, und sogleich kamen die Mönsgeien gelaufen und fingen an zu singen. – »Wenn ich nun diese Glocke hier läute«, sagte Pantagruel, »werden die anderen mit dem heringsgrauen Gefieder[3] dann auch singen?« – »Gewiß«, sagte der Äditus. – Also läutete Pantagruel, und augenblicklich kamen die rauchfarbenen Vögel gelaufen und sangen im Chor; aber sie hatten rauhe und unangenehme Stimmen. Von ihnen erzählte uns der Äditus, daß sie nur von Fischen lebten wie bei uns die Reiher und Scharben und daß sie eine fünfte Spielart erst kürzlich eingetroffener Duckmäuse seien. Übrigens, fuhr er fort, habe Robert Valbrun[4], der auf seiner Rückreise von Afrika hier durchgekommen sei, ihn darauf vorbereitet, daß bald noch eine sechste Art hier zu erwarten sein würde, die er Kapuzingeien nannte und die noch trübseliger, hirnverbrannter und unleidlicher wäre als alles, was wir bis jetzt auf der Insel gesehen hätten. – »Von Afrika«, sagte Pantagruel, »ist man allerdings gewohnt, daß man immer etwas ganz Neues und besonders Schrecklichen zu gewärtigen hat.«

1 gemeint sind Urban VI. und der 1380 als Gegenpapst aufgestellte Klemens VII. – 2 Bernhardinermönche – 3 Minimenmönche – 4 gemeint ist Roberval

Viertes Kapitel
Wie alle Vögel der Bimmelinsel Zugvögel waren

»Ihr habt uns nun«, sagte Pantagruel, »zwar erklärt, wie der Papagei von den Kardinalsgeien, die Kardinalsgeien von den Bischofsgeien, diese von den Priestergeien und die Priestergeien von den Klerigeien abstammen; aber jetzt möcht' ich auch noch wissen, wo die Klerigeien herkommen.« – »Diese«, sagte der ÄditUus. »sind samt und sonders Zugvögel und kommen aus dem andern Weltteil zu uns hierher, teils aus einem sehr großen Land, das Ohnebrot heißt, teils aus einem andern, gegen Westen gelegenen, das Garzuviel genannt wird. Aus diesen beiden Ländern fliegen uns jährlich scharenweise die Klerigeien zu; dort verlassen sie Vater, Mutter, Freunde und Verwandte, um zu uns zu kommen. Das hängt nämlich so zusammen: Wenn in einem adligen Haus des letztgenannten Landes der Kinder gar zu viele werden, gleich ob Söhne oder Töchter, so daß, wenn jeder von ihnen erbte, wie doch Vernunft es heischt, Natur es verlangt und Gott es geboten hat, das Haus darüber zugrunde gehen müßte, so entledigen sich die Eltern eines Teils der Kinder, indem sie sie nach unserer Insel Buckelard schicken.« – »Ihr meint wohl Bouchard[1] bei Chinon?« fragte Panurg. – »Ich sage Buckelard«, entgegnete der Äditµus, »denn gewöhnlich sind sie bucklig, einäugig, lahm, einarmig, gichtisch, verwachsen oder schwindsüchtig, eine unnütze Bürde der Erde.« – »Das«, sagte Pantagruel, »wäre also gerade das Gegenteil von dem, was das Gesetz bei der Aufnahme der vestalischen Jungfrauen verlangte; denn dies bestimmte, wie Antistius Labeo bezeugt, ausdrücklich, daß kein Mädchen zu dieser Würde gewählt werden dürfe, das irgendein Gebrechen an Leib oder Seele, irgendeinen geschwächten Sinn oder einen auch noch so versteckten und unbedeutenden Makel an ihrem Körper habe.« – »Ich wundere mich«, fuhr Äditus fort, »nur darüber, daß Mütter, die sie neun Monate unter ihrem Herzen getragen, sie nicht auch neun, ja oft nicht sieben Jahre unter ihrem Dach dulden mögen, sondern sie zu solchen Vögeln machen, wie ihr sie da seht, augenfällig und offensichtlich durch

1 Kleinstadt südöstl. Chinons mit zahllosen Kirchen und Klöstern

pythagoreische Seelenwanderung, indem sie ihnen ein Hemd über das Kleid ziehen, ihnen ich weiß nicht wie viele Haare vom Scheitel scheren und dabei verschiedene Weih- und Bußformeln murmeln, ganz wie die alten Ägypter, die durch Anlegen leinerner Kleider und Haarabschneiden zu Isispriestern machten. Auch weiß ich, liebe Freunde, nicht, woher es kommt, daß die Weibchen, mögen es nun Klerigininen, Nonneginen oder Abtginen sein, niemals liebliche Dank- und Loblieder singen, wie sie nach Zoroasters[1] Gebot dem Ormuzd, sondern nur Kataraten[2] und Skythropäen[3], wie sie dem bösen Ahriman dargebracht werden, und daß sie für ihre Eltern und Angehörigen, die sie in Vögel verwandelten, unaufhörlich büßen und beten.

Eine noch größere Zahl aber kommt aus Ohnebrot, das sich sehr weit erstreckt, zu uns. Denn wenn die Asaphis[4], welches die Bewohner dieses Landes sind, in Not geraten und nichts zu essen haben, weil sie nichts verstehen, nicht arbeiten, ehrliche Kunst und ehrbares Handwerk mißachten, höhergestellten Leuten nicht gehorchen und ihnen nicht dienen wollen, oder wenn sie in ihrer Liebe sich getäuscht sehen oder in ihren Unternehmungen Unglück gehabt haben und darüber verzweifeln oder wenn wie mit irgendeiner schweren Schuld beladen sind und der Todesstrafe entrinnen wollen, so fliehen sie hierher. Hier finden sie ein gemächliches Leben und werden bald so feist wie Murmeltiere, während sie früher so mager waren wie Elstern; hier finden sie vollkommne Straflosigkeit, Sicherheit und Freiheit.«

»Kehren denn von diesen zugeflogenen Vögeln niemals welche dahin zurück, wo sie geheckt wurden?« fragte Pantagruel. – »Manchmal schon«, erwiderte der ÄditUus, »doch geschah es früher nur selten und dann nur zögernd und wider Willen; neuerdings aber ist dies infolge gewisser Veränderungen und himmlischer Konstellationen anders geworden. Uns macht das wenig Kummer; die bleiben, haben desto reichlicheres Futter, und die fortfliegen, lassen zuvor ihr Gefieder hier zwischen den Nesseln und Disteln zurück[5].« Deren fanden wir denn auch in der Tat mehrere, als wir ein wenig auf der Insel umherstreiften, und stießen dabei auch auf ein Nest mit faulen Eiern.

1 Zarathustra – 2 Flüche – 3 Zornausbrüche – 4 »Unklare« (griech.) – 5 Anspielung auf die Reformation

Fünftes Kapitel
Wie die Kondorvögel[1] auf der Insel stumm sind

Er hatte noch nicht ausgesprochen, als fünfundzwanzig bis dreißig Vögel von einer Farbe und einem Gefieder, wie wir's auf der Insel bis dahin nicht gesehen hatten, zu uns herangeflogen kamen. Ihr Gefieder wechselte die Farbe unaufhörlich wie die Haut des Chamäleons oder die Blüte des Tripolions[2] oder Teukrions[3]. Alle hatten unter dem linken Flügel ein Zeichen in Form zweier Durchmesser, die einen Kreis teilen, oder wie eine senkrechte Linie, die von einer horizontalen gekreuzt wird. Überall war dies Zeichen von ungefähr gleicher Form, aber nicht von gleicher Farbe; bei einigen war es weiß, bei einigen grün, bei anderen rot oder blau.

»Wer sind die«, fragte Pantagruel, »und wie heißen sie?« – »Das sind Zwitter«, entgegnete der Ädituus. »Wir nennen sie Kondore, und sie haben in Eurer Welt eine große Menge reicher Kondoreien.« – »Bitte«, sagte ich, »laßt sie doch ein wenig singen; wir möchten gern hören, was für Stimmen sie haben.« – »Sie singen nie«, erwiderte er, »dafür aber fressen sie doppelt soviel wie die anderen.« – »Wo sind denn die Weibchen?« fragte ich. – »Sie haben keine«, antwortete er. – »Wie?« rief Panurg, »sind sie so ausgebeutelt und von der Syphilis zerfressen?« – »Es ist eine Eigentümlichkeit dieser Vögel«, sagte er, »weil sie des öfteren übers Meer fliegen.«

Weiter sagte er dann: »Der Grund, weshalb sie so nah zu euch herangekommen sind, ist der, daß sie sehen wollen, ob nicht welche von der prächtigen Gattung unter euch sind, die man Ritter[4] nennt, gewaltige Raubvögel, die auf keinen Köder beißen und nichts nach des Falkners Handschuh fragen. sie sollen in eurer Welt zu Hause sein, und einige von ihnen sollen schöne, kostbare Riemen um die Beine tragen mit Wappen und Inschrift, die besagt, daß beschissen sei, wer übel davon denkt[5]; andere dagegen an ihrem Gefieder vorn die Trophäen des Verleumders[6] und noch andere ein Widderfell[7].« – »Meister Ädituus«,

1 gemeint sind die geistlichen Ordensritter, besonders Malteser – 2 Strandaster oder Bleiwurz – 3 Ehrenpreis – 4 weltliche Ritter – 5 engl. Hosenbandorden mit dem Wahlspruch: Ein Lump wer schlechtes dabei denkt. – 6 Teufel; gemeint sind die franz. Michaelsritter – 7 der span. Goldene-Vlies-Orden

sagte Panurg, »das kann sein; aber wir kennen sie nicht.«

»Nun«, sagte der Ädituus, »haben wir genug geschwatzt, jetzt wollen wir eins trinken.« –»Und essen?« fragte Panurg. – »Natürlich auch essen«, sagte der Ädituus, »und tüchtig trinken, alles, was auf dem Tisch ist, das eine wie das andere nach Herzenslust. Es gibt nichts Wertvolleres als die Zeit, darum lasset sie uns ausnutzen zu guten Werken.« Erst aber wolle er uns in die Thermen der Kardinalsgeien führen, die überaus schön und prächtig waren, und wenn wir aus dem Bad kämen, sollten die Salber uns mit köstlichem Balsam einreiben.

Doch Pantagruel äußerte, daß er auch ohne das seinen Mann im Trinken stehen würde. Also führte er uns in ein geräumiges, schön verziertes Refektorium und sagte: »Der Eremit Hoserich hat euch vier Tage lang fasten lassen, dafür sollt ihr hier vier Tage lang unausgesetzt zechen und schmausen.«

»Aber sollen wir zwischendurch nicht auch schlafen?« fragte Panurg. – »Das könnt ihr halten, wie ihr wollt«, sagte der Ädituus; »wer schläft, der trinkt.«

Himmel, wie wir es uns da gut sein ließen! Oh, der große, vortreffliche Mann!

Sechstes Kapitel

Wie die Vögel auf der Bimmelinsel gefüttert wurden

Pantagruel machte ein verdrießliches Gesicht und schien mit dem viertägigen Aufenthalt, den uns der Ädituus auferlegt hatte, nicht zufrieden zu sein. Dieser, der es bemerkte, sagte zu ihm: »Herr, Ihr werdet wissen, daß sieben Tage vor und nach der Wintersonnenwende niemals Stürme auf dem Meer herrschen. Das ist eine Gunst, welche die Elemente den Eisvögeln oder Halkyonen, die der Thetis geweiht sind, erweisen; denn dann legen diese ihre Eier und brüten nahe dem Ufer die Jungen aus. Hier bei uns aber entschädigt sich das Meer für die lange Ruhe, und kommen Reisende hierher, so stürmt es ohne Unterlaß vier Tage lang mit verdoppelter Wut, aus keinem andern Grund, wie wir meinen, als um sie zu zwingen, diese Zeit über hier zu verweilen und sich aus den Einkünften der Bimmelinsel bewirten zu lassen. Erachtet diese Zeit also nicht für eine müßig verlorne. Indem Ihr bleibt, gehorcht Ihr einer höheren Macht; Ihr müßtet denn Lust haben, gegen Juno, Neptun, Doris[1], Äolus und die Vejoven[2] ankämpfen zu wollen. Denkt daher an nichts weiter als daran, wie Ihr's Euch wohl sein laßt.

Nachdem Bruder Hans seinen ersten Hunger und Durst gestillt hatte, wandte er sich an den Ädituus mit der Frage: »Hier auf eurer Insel gibt's, wie ich sehe, nur Vögel und Käfige; jene aber pflügen und bebauen das Land nicht, ihre einzige Beschäftigung besteht darin, sich die Zeit zu vertreiben, zu fressen und zu singen. Welches Land ist denn nun euer Füllhorn? Wo kriegt ihr all die guten, leckeren Bissen her?« – »Von der ganzen übrigen Welt«, erwiderte der Ädituus, »außer einigen nördlich gelegenen Gegenden[3], wo sie vor ein paar Jahren den Mist umgerührt haben.« – »Dummheiten, die werden's bereuen, ja, ja, ja, werden's bereuen. Trinken wir einmal, Freunde!« – »Aber aus welchem Land seid Ihr denn?« – Aus der Touraine«, erwiderte Panurg. – »Das muß man sagen«, meinte der Ädituus, »da seid Ihr in keinem schlechten Elsternest geheckt worden, wenn Ihr aus der gesegneten Touraine seid. Von daher schickt man uns alljährlich so viel, so viel, daß Leute von dort, die einmal hier durchkamen, uns versichert haben, der Herzog der Touraine habe alles in allem nicht so viel Einkünfte mehr, um sich an Speck satt zu essen, weil seine Vorfahren so verschwenderisch freigebig gegen diese hochheiligen Vögel gewesen wären, damit sich diese mit Fasanen, Rebhühnern, Hähnchen, Puten, Loudunschen, Kapaunen und allerlei Hoch- und Niederwild vollstopfen könnten.

Trinkt, liebe Freunde! Seht nur diese Vögel, wie sie da auf ihren Stangen sitzen, so behaglich und wohl gemästet von den Einkünften aus der Touraine! Dafür singen sie auch. So schön wie sie flöten keine Nachtigallen, wenn ich ihnen diese beiden vergoldeten Stäbe zeige« – »Das ist das Stabsfest«, sagte Bruder Hans – »und die großen Glocken läuten, die da über ihren Käfigen hängen. Frisch getrunken, liebe Freunde! Ich weiß nicht, es schmeckt heute ganz besonders gut – wie überhaupt alle Tage. Trinkt, trinkt, auf euer Wohl von ganzem Herzen; seid willkommen.

1 griech. Meergottheit – 2 röm. Rachegottheiten – 3 die nordeurop. Länder, in denen die Reformation eingeführt worden war

Nur keine Angst, daß der Wein uns ausgehen könnt'! Und wenn der Himmel ehern wär' und die Erde aus Eisen, wir hätten immer noch genug für sieben bis acht Jahre, eine längere Zeit, als die ägyptische Hungersnot gedauert hat. Also laßt uns trinken, einmütig und in christlicher Liebe.«

»Den Teufel auch«, rief hier Panurg, »wie gut ihr's doch in dieser Welt habt!« – »Und in der andern«, sagte der Ädituus, »werden wir's noch besser haben. Die elysischen Gefilde sind uns, das ist das wenigste, unbedingt sicher. Trinken wir, liebe Freunde! Euch allen zum Wohl!« – »Wahrhaftig«, sagte ich, »es ist doch ein göttlicher und vollkommener Geist gewesen, der euren ersten Sitizinen die Mittel in die Hand gab, in den Besitz alles dessen zu gelangen, wonach jeder Mensch von Natur strebt und was nur so wenigen oder eigentlich niemandem gewährt wird: nämlich das Paradies hier auf Erden und das dort droben gleichfalls. Oh, ihr glückseligen Leute! Ihr Halbgötter! Wollte doch Gott, daß es mir auch so gut ginge.«

Siebentes Kapitel

Wie Panurg die Geschichte von dem Roß und dem Esel erzählt

Nachdem wir uns satt gegessen und satt getrunken hatte, führte uns der Ädituus in ein Zimmer mit schönen Möbeln, kostbaren Tapeten und reicher Vergoldung. Hierher ließ er Myrobalanen, Gewürzstänglein und eingemachten Ingwer bringen, dazu Hippokras und köstliche Weine und lud uns ein, uns durch dieses Mittel wie durch einen Trunk aus dem Lethestrom von allen Gedanken an die auf See erlittenen Beschwerden zu befreien und sie aus unserm Gedächtnis zu verbannen; auch zu unseren Schiffen, die im Hafen lagen, ließ er eine große Menge Lebensmittel hinschaffen. Dann legten wir uns zur Nachtruhe nieder, aber wegen des unaufhörlichen Glockengebimmels konnte ich nicht einschlafen.

Um Mitternacht weckte uns der Ädituus zum Trinken; er selbst trank zuerst und sagte dann: »Ihr Leute aus der andern Welt behauptet immer, Unwissenheit sei die Wurzel allen Übels, und darin habt ihr nicht unrecht. Trotzdem verjagt ihr sie aus euren Köpfen nicht, sondern lebt in ihr, mit ihr und durch sie. So kommt es, daß euch so viele Übel Tag und Nacht plagen; immer klagt, immer jammert ihr und kommt nie zur Ruhe, das sehe ich jetzt. Die Unwissenheit schmiedet euch hier an das Bett wie Vulkans Kunst den Gott der Schlachten; denn ihr seht nicht ein, daß ihr, um eure Pflicht zu tun, wohl mit eurem Schlaf, nicht aber mit den guten Dingen dieser Insel sparsam umgehen solltet. Ihr hättet schon drei Mahlzeiten halten können. Ja, ja, um all das aufzuessen, was die Bimmelinsel an Nahrungsmitteln bietet, muß man früh aufstehen; denn wenn man ißt, mehren sie sich, spart man aber, so schwinden sie.

Eine Wiese muß man zu rechter Zeit mähen, dann wächst das Gras dichter und üppiger wieder; wird sie nicht gemäht, so vermoost sie, ehe man sich's versieht. Trinkt, liebe Freunde, laßt uns alle, alle trinken. Selbst die magersten von unseren Vögeln singen uns jetzt eins, also wollen wir ihnen eins trinken, wenn's euch gefällig ist. Trinken wir ein-, zwei-, drei-, neunmal, *non zelus, sed charitas*[1].«

Desgleichen weckte er uns bei Tagesanbruch, um die Nüchternheit mit einer Primsuppe zu vertreiben. Dann kam eine Mahlzeit, die den ganzen Tag dauerte, so daß wir nicht wußten, ob's Frühstück oder Mittagessen, Zwischenimbiß oder Abendbrot war. Zur Abwechslung gingen wir zwischendurch ein wenig spazieren, um die Insel kennenzulernen und den Gesang der gesegneten Vögel zu hören.

Am Abend sagte Panurg zum Äditüus: »Lieber Herr, wenn's Euch gefällt, will ich Euch eine lustige Geschichte erzählen, die sich vor etwa dreiundzwanzig Monaten in der Gegend von Châtelerault zugetragen hat. Der Reitknecht eines dortigen Edelmanns ritt eines Morgens im April die Staatspferde seines Herrn spazieren und traf auf seinem Wege eine muntere Schäferin, die

in eines Busches Dämmer
ließ grasen ihre Lämmer,

zusammen mit einem Esel und etlichen Ziegen. Er schwatzte mit ihr und überredete sie zuletzt, hinter ihm aufzusitzen, um sich seinen Stall anzusehen und einen Bissen bei ihm zu essen, so gut er's eben da hätte. Während sie nun so miteinander sprachen,

1 Nicht Eifer, sondern Liebe ist das (lat.).

wandte sich das Pferd zum Esel um und sagte ihm ins Ohr, denn es war gerade das Jahr, wo die Tiere hie und da sprechen konnten: ›Langohr, du armer, elender Kerl, du tust mir recht leid. Du mußt alle Tage schwer arbeiten, das seh' ich an deinem abgeriebenen Schwanzriemen. Das ist gewiß recht lobenswert, denn Gott hat dich nun einmal erschaffen, den Menschen zu dienen, und du bist ein guter Esel; aber so schlecht geputzt, gestriegelt und gefüttert zu werden, wie du es wirst, ist doch ein bißchen grausam und gegen alle Vernunft. Du bist ja ganz zerzaust, ganz mit Kot beschmiert und spindeldürr und kriegst hier nichts zu fressen als Binsen und harte Disteln. Darum, Esel, lad' ich dich ein, mit mir zu trotten und dir einmal anzusehen, wie wir, die wir von der Natur zum Krieg bestimmt sind, gehalten und gefüttert werden. Kannst da auch gleich einmal kosten, wie ich's alle Tage habe.‹ – ›Ei‹, erwiderte der Esel, ›die Einladung nehme ich mit Vergnügen an, Herr Pferd.‹ – ›Für dich‹, sagte das Pferd, ›Immer noch Herr Roß, du Esel.‹ – ›Bitte um Verzeihung, Herr Roß‹, sagte der Esel, ›aber wir dummen Bauersleute wissen uns nicht so fein und gebildet auszudrücken. Weil du mir aber eine so große Gnade und Ehre erweist, gehorche ich gern und will dir mit gebührendem Abstand folgen, damit ich nicht Prügel bekomme, wovon mir das Fell ohnehin schon ganz zerfetzt ist.‹

Sobald die Schäferin nun aufgestiegen war, folgte der Esel dem Pferd mit der festen Absicht, sich in dem fremden Stall einmal recht satt zu fressen. Der Reitknecht, der ihn bemerkte, befahl dem Stalljungen, ihn mit der Mistgabel wegzujagen und ihm das Fell tüchtig durchzuwalken. Der Esel, der das hörte, empfahl sich seinem Schutzgott Neptun und machte, daß er geschwind davonkam, indem er bei sich dachte und philosophierte: Er hat recht, ich gehöre nicht auf den Hof vornehmer Herren; mich hat die Natur nur für arme Leute erschaffen. In einer seiner Fabeln hat Äsop mir das schon längst gesagt. Es war vermessen von mir, hierherzukommen; das beste ist, ich nehm' Reißaus, bevor noch der Spargel weich gekocht ist.

Und so, mein Esel, hopp, hopp, hopp,
davon mit Furzen und Galopp!

Die Schäferin, die ihn davonlaufen sah, sagte dem Reitknecht, daß er ihr gehöre, und bat, daß man ihn gut behandeln möge, sonst werde sie umkehren und nicht mit ihm ins Haus gehen. Also befahl der Reitknecht, man solle ihm so viel Hafer geben, wie er fressen wolle, und müßten die Pferde auch acht Tage lang deshalb hungern. Aber es war gar nicht leicht, ihn wieder zurückzulocken; die Jungen mochten ihm noch soviel gute Worte geben und ›Komm, Grauchen!‹ rufen, er sagte: ›Nein, ich bin bange.‹ – Je freundlicher sie ihm zuredeten, desto widerspenstiger wurde er, machte Sätze und furzte dazu, und es wäre alles umsonst gewesen, hätte die Schäferin ihnen nicht geraten, sie sollten Hafer in einem hochgehaltenen Sieb schwingen und ihn dabei rufen. Das taten sie. Augenblicklich wandte der Esel den Kopf und sagte: ›Haber will ich haben – Mistgabel nicht! Da sag' ich, passe ohne Treff!‹ Und melodisch singend – Ihr wißt ja, wie lieblich Stimme und Tonfall dieser arkadischen Tiere sind – ergab er sich.

Sobald er herangekommen war, führte man ihn in den Stall neben das große Pferd, bürstete, striegelte ihn, gab ihm eine frische Streu, die bis an den Bauch reichte, und füllte ihm die Raufe mit Heu, die Krippe aber bis an den Rand voll mit Hafer, den die Stalljungen vorher erst siebten, wobei er sie ansah und die Ohren spitzte, als wollte er sagen: ›Ich fresse ihn auch ungesiebt; soviel Ehre kommt mir gar nicht zu.‹

Als sie nun eine Zeitlang gefressen hatten, fragte das Pferd den Esel: ›Nun, du Hungerleider, wie geht's? Gefällt dir die Behandlung? Und da hast du dich noch nötigen lassen zu kommen! Was sagst du nun?‹ – ›Bei der Feige, an der Philemon vor Lachen erstickte, als einer meiner Vorfahren sie fraß‹, sagte der Esel, ›das ist der reinste Zucker, Herr Roß. Aber doch immer erst das halbe Vergnügen. Geht ihr Herren Rosse hier nicht auch mal drüber?‹ – ›Wo drüber, du Langohr?‹ fragte das Pferd. ›Daß dich der Rotz! Denkst du, Grauer, ich bin ein Esel?‹ – ›Hahaha‹, entgegnete der Esel, ›es fällt mir ein bißchen schwer, mich in der Hofpferdesprache auszudrücken: Ich meine, roßt ihr nicht auch manchmal, ihr Herren Rosse?‹ – ›Sprich leise, Grauer‹ sagte das Pferd; ›wenn die Stalljungen dich hören, werden sie dir das Fell mit der Mistgabel gerben, so daß dir die Lust zum Drübergehen schon vergehen wird. Wir wagen ihn hier kaum zum Stallen herauszustecken, gleich setzt's Hiebe; aber sonst leben wir wie die Könige.‹ – ›Beim Packsattel, den ich tragen muß‹, sagte der Esel. ›Dann danke ich bestens und sage pfui über deine Streu, über dein Heu und über deinen Hafer! Da lob' ich mir die Disteln auf dem Feld, wobei man nach Belieben rossen kann. Lieber weniger fressen, aber doch seinen gehörigen Strich rossen, so heißt es bei mir; das ist unser Heu und Hafer. Ach, Herr Roß, liebster Freund, wenn du nur einmal gesehen hättest, wie wir auf den Jahrmärkten unsere Provinzialkapitel abhalten, wie wir da rossen, daß die Federn nur so fliegen, während unsere Bäuerinnen ihre Eier und Hühner verkaufen!‹ – Und damit trennten sie sich. Ich habe gesprochen!«

Hier schwieg Panurg, ohne noch ein Wort hinzuzufügen. Pantagruel wollte ihn bewegen, in seiner Rede fortzufahren; doch der Äditnuus sagte: »Wer Ohren hat, dem genügt ein Wort. Ich verstehe sehr wohl, was Ihr mit dieser Geschichte vom Roß und vom Esel andeuten wollt und was ihr geradeheraus zu sagen Euch doch schämt. Wisset denn, daß es hier nichts für Euch gibt, und sprecht nicht mehr davon.« – »'s ist wahr«, sagte Panurg, »ich habe hier auch nur eine einzige weiße Abtsgine gesehen, die ich lieber reiten als am Zügel führen möchte. Sind die anderen Matronenvögel, so könnt' man ihr den Namen Jungfervögeline geben: sauber, nett, appetitlich und schon einer Sünde wert oder, wenn's sei muß, einiger. Gott verzeih' mir, hab' nichts Böses dabei gedacht; hab' ich's, so mag's gleich über mich hereinbrechen.«

Achtes Kapitel

Wie schwer es hielt, daß der Papagei uns gezeigt ward

Wie an den beiden vergangenen Tagen, so dauerten die zahllosen Zechereien und Schmausereien auch am dritten fort. An diesem sprach Pantagruel den dringlichen Wunsch aus, den Papagei zu sehen; aber der Äditnuus meinte, das würde nicht so leicht sein. »Wie«, sagte Pantagruel, »trägt er Plutons Helm auf dem Kopf oder Gyges' Ring an den Klauen oder ein Chamäleon auf der Brust, daß er sich vor den Augen der Welt unsichtbar machen kann?« – »Das nicht«, sagte der Äditnuus, »aber er ist von Natur nicht leicht zu sehen. Übrigens werde ich Befehl geben, daß man ihn Euch zeigen soll, wenn es angeht.« Damit verließ er uns, während wir weitertafelten. Nach Verlauf einer Viertelstunde kam er zurück und sagte uns, daß der Papagei jetzt gerade sichtbar sei. Leise und schweigend führte er uns zu dem Käfig hin, wo er, umgeben von zwei kleinen Kardinalsgeien und sechs großen, dicken Bischofsgeien, in sich zusammengekauert dasaß. Panurg musterte seine Gestalt, seine Bewegungen und seine Haltung voll Neugierde. Plötzlich rief er mit lauter Stimme: »Pest, das Tier scheint mir ein Gimpel zu sein.« – »Um Himmels willen«, sagte der Ädituus, »sprecht leise, er hat Ohren, wie Michael von Matiscones weise bemerkt hat.« – »Hat ein Gimpel keine?« fragte Panurg. – »Liebe Leute, wenn er solche gotteslästerlichen Reden hört, seid ihr verloren. Seht ihr in seinem Käfig den Napf da? Aus dem werden Blitze, Donner, Unwetter, Teufel und Sturmgebraus fahren, die euch alle im Handumdrehen hundert Fuß tief in die Erde schmettern.« »Da ist mir Schmausen und Zechen doch lieber«, sagte Bruder Hans. – Noch immer betrachtete Panurg den Papagei und seine Umgebung mit der allergrößten Aufmerksamkeit, als er auf einmal unter dem Käfig einen Kauz bemerkte und laut aufschrie: »Bei Gott, hier wird falsch gespielt, man bemogelt uns. Hier gibt's nichts als Lug und Trug und Hinterlist. Seht nur den Kauz da! Bei Gott, man will uns ermorden.« – »Um Himmels willen«, sagte der Ädituus, »sprecht leise; es ist ja keine Käuzin, sondern ein Kauz, ein edler Kauzler.« – »Aber«, sagte Pantagruel, »laß doch den Papagei ein bißchen singen, ich möchte gern seinen Schlag hören.« – »Er singt nur an bestimmten Tagen«, sagte der Ädituus, »und frißt auch nur zu bestimmten Stunden.« – »Das kann ich von mir nicht behaupten«, sagte Panurg; »mir sind, was das anbetrifft, alle Stunden recht. Kommt nun und laßt uns ordentlich trinken.« – »Da sprecht Ihr einmal ein vernünftiges Wort«, sagte der Ädituus, »und wenn Ihr so weiterredet, werdet Ihr kein Ketzer werden. Ich bin ganz Eurer Meinung.«

Als wir zu unsrer Schmauserei zurückkehrten, sahen wir in einer dichten Laube einen alten Bischofsgei mit grünem Kopf, der dort in Gesellschaft dreier niedlicher Onokrotalen[1] dasaß und schnarchte. Neben ihm saß eine allerliebste Abtsgine und sang so

1 Pelikane, auch »Eselszungendrescher« (griech.); Onokrotalen statt franz *crotte-notaires* Drecknotare für Protonotare, päpstliche Kanzleijuristen

reizend, daß wir ganz Ohr waren, um keinen Ton von ihrem Gesang zu verlieren. – »Diese schöne Abtsgine«, sagte Panurg, »singt sich die Kehle heiser, und der Rüpel von einem Bischofsgeien schnarcht dazu. Wart, du Satan, ich werde dich gleich mitsingen lehren.« Damit läutete er die Glocke, die über dem Käfig hing; aber wie stark er auch läutete, der Bischofsgei schnarchte tapfer weiter und sang nicht. »Bei Gott, du alte Blasebalgschnauze«, sagte Panurg, »ich habe noch ein anderes Mittel, dich zum Singen zu bringen.« Nahm also einen großen Stein, um nach ihm zu werfen; aber der Ädituus rief: »Guter Mann, wirf, schlage, töte, massakriere meinetwegen alle Könige und Fürsten der Welt, verrate, vergifte sie, verjage die Engel aus dem Himmelreich, und der Papagei wird dir's vergeben; aber diese heiligen Vögel rühre nicht an, wenn dir dein Leben, Wohlsein und Gedeihen, wenn das deiner lebenden und toten Anverwandten und Freunde dir lieb ist. Wahrlich, ihre Kinder würden dafür noch büßen müssen. Denk an den Napf.« – »Also ist es besser, wir schmausen und zechen«, sagte Panurg – »Er hat recht, Herr Ädituus«, sagte Bruder Hans; »sobald wir diese verdammten Vögel zu sehen bekommen, fangen wir immer gleich zu lästern an; leeren wir dagegen Eure Flaschen und Kannen, so loben und preisen wir Gott. Kommt also und laßt uns trinken! Trinken, ach was für ein schönes Wort!«

Am vierten Tag dann, nachdem wir, wie sich von selbst versteht, erst noch tüchtig gezecht hatten, entließ uns der Ädituus. Wir schenkten ihm zum Abschied ein schönes kleines Percher Messerchen, das er mit noch größerer Huld entgegennahm als Artaxerxes das Glas frischen Wassers[1], das ein Bauer ihm reichte. Er dankte uns sehr freundlich, schickte Erfrischungen aller Art auf unsere Schiffe, wünschte uns eine glückliche Fahrt, auf daß wir heil und gesund Ziel und Zweck unserer Reise erreichen möchten, und ließ uns schließlich bei Jupiter Peter[2] schwören, auf unserer Rückreise wieder bei ihm vorsprechen zu wollen. Zu guter Letzt sagte er noch: »Eins, liebe Freunde, merkt euch: Es gibt mehr Eier auf der Welt als Männer. Vergeßt das ja nicht.«

1 nach Plutarch (»Apophthegmata«) ein Apfel – 2 d. h. beim Papst (als Nachfolger von Petrus), mit Anspielung auf den in Gestalt eines Steins verehrten Jupiter *lapis* (lat.) Stein (griech. *petros*), bei dessen Namen die Römer den heiligsten Eid schworen

Neuntes Kapitel

Wie wir auf der Eisenzeuginsel landeten

Mit wohlgefülltem Magen machten wir uns wieder auf den Weg. Der Wind blies voll in die Segel, und unser großer Besanmast wurde aufgetakelt. So kamen wir in noch nicht zwei Tagen nach der Eisenzeuginsel, die wüst und unbewohnt war. Hier sahen wir eine große Menge Bäume, auf denen Hacken, Karste, Hauen, Sicheln, Spaten, Sensen, Schaufeln, Kellen, Äxte, Beile, Sägen, Hobeleisen, Meißel, Scheren, Zangen und Bohrer wuchsen.

Andere von ihnen trugen Stilette, Dolche, Kurzschwerter, Hirschfänger, Stoßdegen, Flamberge, Säbel, Pallasche, Rapiere und Messer.

Wer etwas davon haben wollte, brauchte nur den Baum zu schütteln, dan fielen sie herunter wie Pflaumen. Ja, noch mehr! Wenn sie so herunterkamen, fielen sie auf eine Art Kraut, das Scheidekraut hieß, und blieben darin stecken. Man mußte sich nur in acht nehmen, daß sie einem nicht auf den Kopf oder auf die Füße oder auf einen andern Teil des Körpers fielen, denn um richtig in die Scheide zu kommen, fielen sie immer mit der Spitze nach unten, so daß sie einen verletzt hätten. Wieder unter anderen Bäumen bemerkte ich gewisse Arten von Kräutern, die dort als Piken, Lanzen, Wurfspieße, Hellebarden, Saufedern, Partisanen, Speere, Korseken und Gleven wuchsen. Wenn sie bis zur Höhe des Baums gelangt waren, trafen sie dort auf eine eiserne Spitze, wie sie eben passend für sie war. Die klugen Bäume, welche sie emporschießen und heranwachsen sahen, hatten schon dafür gesorgt, ähnlich wie man Kindern, die bald nicht mehr gewickelt werden sollen, vorher schon Kleider zuschneidet. Wahrhaftig, diese Bäume kamen uns vor wie eine Art vegetabilischer Tiere – also verachtet mir die Ansicht des Platon, Anaxagoras und Demokrit in Zukunft nicht mehr; waren sie etwa keine Philosophen? –, welche sich von den wirklichen Tieren weniger dadurch unterscheiden, daß es ihnen an Haut, Fett, Fleisch, Venen und Arterien, Sehnen, Nerven, Knorpeln, Mark, Lebenssäften, Gebärmutter, Gehirn und Geschlechtssteilen, was jene haben, gefehlt hätte, denn das alles besitzen sie, wie Theophrast uns beweist, auch, als allein dadurch, daß sie den Kopf, nämlich den Stamm, nach unten und die Haare, nämlich die Wurzeln, in der Erde haben, die Beine aber, nämlich die Zweige, himmelwärts wie ein Mensch, der auf dem Kopf steht. Und wie ihr, meine braven Lustseuchlinge, in euren Hüftknochen und Schulterblättern schon lange vorher den kommenden Regen und Wind oder heiteren Himmel, kurz jeden Witterungsumschlag spürt, so spüren ihre Wurzeln und Stämme, Harze und Marke schon vorher, was für Stangen unter ihnen emporschießen werden und danach erzeugen sie die betreffenden Klingen und Eisenspitzen. Zuweilen unterläuft jedoch auch hier – und davon ist Gott allein ausgenommen – ein kleines Versehen, was sich ja selbst die Natur zuschulden kommen läßt, wenn sie unförmige Dinge und mißgestaltete Tiere hervorbringt. Dergleichen bemerkte ich auch an diesen Bäumen, denn eine Halbpike, die unter diesen eisenzeugtragenden Bäumen bis an die Zweige hinaufgewachsen war, stieß statt auf eine Eisenspitze auf einen Besen: man wird also den Schornstein damit fegen müssen. Eine Partisane traf auf eine Schere und muß nun im Garten zum Abraupen gebraucht werden. Ein Hellebardenschaft wuchs gerade in eine Sensenklinge hinein, und so gab's eine Zwittergattung; es wird sich aber schon ein Schnitter dafür finden. Man darf nur nicht an Gottes Güte verzweifeln.

Als wir zu unseren Schiffen zurückkehrten, sah ich hinter einem Busch ich weiß nicht was für Leute, die ich weiß nicht was machten; sie schoben ich weiß nicht was für Eisenzeug hin und her, das sie ich weiß nicht auf welche Weise sich irgendwoher ich weiß nicht wie beschafft haben mußten.

Zehntes Kapitel

Wie Pantagruel auf der Würfelinsel landete

Die Eisenzeuginsel verlassend, setzten wir unsere Fahrt fort und kamen am nächsten Tag nach der Würfelinsel, dem wahren Urbild von Fontainebleau; denn der Boden ist hier so mager, daß die Knochen, nämlich die Felsen, durch die Haut dringen, sandig, unfruchtbar, allen Reizes bar. Der Steuermann machte uns auf zwei kleine viereckige Felsen in Würfelform mit acht gleichen Seitenflächen[1] aufmerksam; die waren so weiß, daß ich

1 an beiden zusammen

glaubte, sie wären aus Alabaster oder mit Schnee bedeckt, aber er versicherte uns, sie wären ganz und gar aus Knochen gebildet. »Dort«, sagte er, »hausen in sechs Stockwerken vierundzwanzig Glücksteufel, vor denen man bei uns zulande gewaltig zittert. Die vornehmsten von ihnen, die Zwillingspaare sind, heißen Sechser, die kleinsten Einer, die mittelgroßen Fünfer, Vierer, Dreier und Zweier. Die anderen heißen Sechsfünf, Sechsvier, Sechsdrei, Sechszwei, Sechseins oder Fünfvier, Fünfdrei usw.« – Hier machte ich die Bemerkung, daß es überhaupt wenig Spieler gibt, die nicht den Teufel um Hilfe anflehen. Denn wenn sie die beiden Würfel auf den Tisch werfen, unterlassen sie nie, mit großer Andacht auszurufen: »Sechser, mein Freund« – das ist der große Teufel –, »Einer, mein Schätzchen« – das ist der kleine Teufel –, »Vierzwei, Kinderchen«, und so die anderen. Das heißt, sie rufen die Teufel bei ihren Namen, ja, geben ihnen Schmeichelnamen, wodurch sie sich als ihre Freunde und Vertrauten bekennen. Allerdings folgen die Teufel diesem Ruf nicht immer so spornstreichs, wie gewünscht wird; aber sie sind zu entschuldigen. Andere riefen sie früher, und sie waren so anderweitig beschäftigt. Einer nach dem andern! Man kann also nicht sagen, sie hörten nicht oder gäben nicht acht. Oh, sie haben feine Ohren, das könnt ihr mir glauben. Weiter sagte uns der Steuermann, daß es an und bei diesen Felsen schon mehr Havarie und Schiffbruch gegeben hätte, mehr an Gut und Leben zugrunde gegangen sei als durch alle Syrten[1], Charybden, Sirenen, Skyllen, Strophaden[2] und Strudel sämtlicher Meere zusammengenommen. – Das glaube ich gern, denn ich erinnere mich, daß Neptun schon bei den weisen Ägyptern durch einen Würfel bezeichnet wurde, desgleichen Apollo durch eine Eins, Diana durch eine Zwei, Minerva durch eine Sieben usw. – Ferner sagte er uns, daß sie hier eine Flasche mit Gralsblut aufbewahrten, das etwas Hochgöttliches und nur von wenigen gekannt sei, – Panurg bat also die Vorsteher des Orts recht inständig, es uns zu zeigen, was hierauf mit viel Zeremonien und solcher Feierlichkeit geschah, daß daneben alles verblaßt, was man etwa in Florenz beim Vorzeigen der Justinianischen Pandekten oder in Rom beim Vorzeigen des Schweißtuchs der Veronika anzustellen pflegt. Nie in

1 Sandbänke – 2 »Treibinseln« (griech.); zwei Inseln vor der westpelopones. Küste

meinem ganzen Leben sah ich soviel Reliquiendecken, Fackeln, Kerzen, Schleier und Gebetsverrichtungen wie hier. Zuletzt zeigte man uns dann den Kopf eines gebratenen Kaninchens.

Sonst sahen wir dort nichts Merkwürdiges, außer Frau Gutemiene, die Gemahlin von Herrn Bösespiel, und die Schalen der beiden Eier der Leda, woraus sie Kastor und Pollux ausgebrütet hatte, die Brüder der schönen Helena. Für einen Bettel verkauften uns die Vorsteher ein Stückchen davon. Eh' wir abfuhren, kauften wir auch noch eine Kiste Würfelkappen und -hüte, an denen wir aber wohl nichts verdienen werden. Noch weniger aber, glaub' ich, die, welche sie uns abkaufen.

Elftes Kapitel

Wie wir nach Zwinggart kamen, wo Krallfratz, der Großfürst der Muffelkater, hauste

Hierauf kamen wir, indem wir Kondemnazien, ebenfalls eine durch und durch wüste Insel, links liegenließen, nach Zwinggart, wo Pantagruel nicht mit aussteigen wollte, was auch gut für ihn gewesen war; denn hier wurden wir von Krallfratz, dem Großfürsten der Muffelkater, festgenommen und eingesperrt, weil einer unserer Leute einem Greifimnu Würfelkappen hatte verkaufen wollen. Die Muffelkater sind schreckliche, ganz abscheuliche Bestien; sie fressen kleine Kinder vom nackten Marmorparkett weg[1], woraus ihr, liebe Zechbrüder, schließen könnt, was das für verdammte Quetschnasen sein müssen. Sie haben den Pelz nicht nach außen, sondern nach innen gekehrt, und als besonderes Abzeichen und Sinnbild trägt jeder von ihnen einen offenstehenden Geldbeutel mit sich herum, jeder auf andere Weise: dem einen hängt er wie eine Kette um den Hals, dem andern auf dem Hintern, dem auf dem Wanst und jenem an der Seite, was alles seinen guten Grund und seine Bedeutung hat. Sie haben starke, lange und scharfe Krallen, so daß nichts wieder loskommt, was sie einmal gepackt haben. Einige von ihnen bedekken sich das Haupt mit Vierspitzen, andere mit Mörsermützen, noch andere mit Mörserkäppchen.

1 Die Hohe Kammer, oberster Pariser Gerichtshof, war mit Marmorplatten ausgelegt.

Und als wir weiter nachgefragt,
hat uns ein Bettelmann gesagt,

den wir im Wirtshaus trafen und dem wir einen halben Silbertaler schenkten: »Ihr lieben Leute, gebe es Gott, daß ihr mit heiler Haut wieder von hier wegkommt; seht euch nur einmal die Gesichter dieser wackeren Säulen krallfratzischer Gerechtigkeit an. Soviel aber laßt euch gesagt sein: Wenn ihr noch sechs Olympiaden und zwei Hundealter lebt, so werdet ihr sehen, daß diese Muffelkater Herren von ganz Europa und unumschränkte Besitzer aller Güter und Reichtümer sind, es sei denn, daß die göttliche Gerechtigkeit all ihren ungerecht erworbenen Besitz wieder dahinnähme; glaubt einem alten Bettelmann. Bei ihnen regiert die Sextessenz[1], vermöge deren sie alles mit ihren Klauen pakken, alles verschlingen, alles besudeln; sie verbrennen, vierteilen, köpfen, morden, kerkern ein, unterminieren und ruinieren alles, was ist, gleichviel ob Gutes oder Böses. Bei ihnen heißt Laster Tugend, Bosheit Gutheit, Verrat Treue, Diebstahl Freigebigkeit; Raub ist ihr Wahlspruch, und begehen sie ihn, so wird er von jedermann gutgeheißen, die Ketzer ausgenommen. Alles das tun sie als unumschränkte Herren und Gebieter. Zum Zeichen, wie richtig meine Prophezeiung ist, seht nur, wie da drinnen bei ihnen die Krippen über den Raufen angebracht sind. Denkt eines Tags daran! Und sollte einmal die Pest über die Welt kommen, oder sollten Hungersnot, Krieg, verheerende Stürme, Wasserfluten, Feuersbrünste und andere Plagen sie treffen, so schreibt und rechnet das nicht etwa dem unheilschwangeren Stand der Gestirne zu, nicht den Mißbräuchen des römischen Hofs, der Tyrannei der Könige und Landesherren, dem Lug und Trug der Heuchler, Ketzer und falschen Priester, der Bosheit der Wucherer, Falschmünzer, Geldabschürfer, nicht der Unwissenheit, Unverschämtheit und dem Leichtsinn der Ärzte, Chirurgen und Apotheker noch der Verderbtheit ehebrecherischer, mannstoller, kindesmörderischer Weiber, sondern einzig und allein der unsäglichen, unglaublichen, unermeßlichen Niedertracht, die hier in der Werkstatt dieser Muffelkater ohne Unterlaß geschmiedet und geübt wird und von der die Welt nicht mehr weiß als von der Kabbala der Juden, woher es denn auch kommt, daß

1 »Sechstessenz« (lat.); Steigerung von Quintessenz

sie nicht in Grund und Boden verdammt, gezügelt und unterdrückt wird, wie sie es verdient. Wird sie aber jemals dem Volke klar begreiflich gemacht werden, so gibt und gab es keinen so beredten Redner, der es dann zurückhalten, kein noch so strenges, drakonisches Gesetz, das es durch Furcht vor Strafen davon abschrecken und keine noch so allmächtige Obrigkeit, die es durch nackte Gewalt daran hindern könnte, sie in ihrem Rattenloch lebendig zu verbrennen. Ihre eigenen Kinder, die Miezekatzen, sogar alle ihre Verwandten verabscheuen und verwünschen sie. Und wie einst Hannibal von seinem Vater Hamilkar durch einen feierlichen, heiligen Eid verpflichtet wurde, die Römer zu verfolgen, solange Atem in ihm sei, so ist auch mir von meinem verstorbenen Vater anbefohlen worden, von diesem Ort hier nicht zu weichen und zu wanken, sondern des Augenblicks zu harren, wo des Himmels Blitz hier einschlagen und sie alle zu Asche verbrennen wird wie vor ihnen andere Titanen, Frevler und Gotteslästerer; denn die Menschen sind so abgestumpft in ihrem Herzen, daß sie des Übels, das sie traf, trifft oder treffen wird, nicht achten, es nicht fühlen und nicht kommen sehen oder, fühlen sie es, doch nicht den Mut und Willen oder die Kraft haben, es auszurotten.«

»Was ist das?« sagte Panurg, »nein, nein, da geh' ich nicht hin. Kommt fort, bei Gott! Kommt fort, sag' ich euch!

Verwirrt macht mich des Bettlers Red,
als ob's im Spätherbst donnern tät.«

Aber als wir umkehren wollten, fanden wir das Tor verschlossen und merkten, daß man zwar, wie in den Avernus[1], hier sehr leicht herein-, aber um so schwerer wieder herauskommen könne. Ohne behördlichen Passier- und Erlaubnisschein wäre gar nicht an ein Herauskommen zu denken gewesen, und zwar ganz einfach deshalb, weil man vom Jahrmarkt niemals so zurückkommt, wie man hingegangen ist, und – weil unsere Füße staubig waren. Noch schlimmer war's, als wir nach Zwinggart hineingingen; denn wegen unseres Passierscheins wurden wir von einem Ungetüm geführt, das über alle Beschreibung scheußlich war. Man nannte es Krallfratz. Ich kann es euch nicht

1 Der Kratersee Averno westl. Neapel galt nach Vergil (»Äneis« 6, 126/29) als Eingang zur Unterwelt

besser schildern, als wenn ich es mit der Chimära vergleiche oder der Sphinx oder dem Zerberus oder noch besser mit Osiris, wie die Ägypter ihn darstellten; gleich diesem hatte er drei Köpfe, nämlich einen wie ein brüllender Löwe, einen wie ein zähnefletschender Hund und einen wie ein zuschappender Wolf, alle drei von einer Schlange umwunden, die sich selbst in den Schwanz biß und zuckende Blitze um sich schoß. Die Tatzen dieses Ungetüms waren mit Blut besudelt, seine Krallen glichen denen der Harpyien, sein Maul einem Rabenschnabel, seine Zähne den Hauern eines vierjährigen Ebers, und die Augen sprühten Flammen wie ein Höllenrachen. Dabei war er ganz mit Mörsern und dazwischengesteckten Mörserkeulen bedeckt, so daß nur die Klauen sichtbar waren. Er nebst allen seinen Wildkaterkollegen saßen nebeneinander auf einer langen, ganz neuen Raufe, über welcher schöne, breite Krippen angebracht waren, ganz wie der Bettler es uns vorher gesagt hatte. Wo der Präsident saß, sah man das Bildnis eines alten Weibes, das in der rechten Hand eine Sensenklinge, in der linken eine Waage hielt und auf der Nase eine Brille trug. Anstelle der Waagschale hingen zwei samtene Geldbeutel am Waagebalken: der eine, mit klingender Münze gefüllt, tief bis zur Erde herab, der andere, ganz leer, hoch in der Luft. Ich meine, es war dies das treue Abbild der Krallfratzischen Gerechtigkeit, also ganz im Gegensatz zum Brauch der alten Thebaner, die ihren Dikasten[1] und Richtern nach dem Tode Statuen aus Gold, Silber oder Marmor zu setzen pflegten, je nachdem sie es verdient hatten, aber stets ohne Hände. – Nachdem man uns vorgestellt hatte, wurden wir von Leuten, die ganz mit Geldbeuteln und vollgestopften Schriftsäcken behängt waren, angehalten, uns auf dort bereitstehende Schemel zu setzen. Panurg sagte: »Verehrteste Freunde, wertes Lumpenpack, ich stehe hier ganz gut; für einen Menschen mit neuen Hosen und kurzem Wams ist das viel zu niedrig.« – »Setze dich sofort hin«, herrschten sie ihn an, »und laß dir's nicht noch einmal sagen. Die Erde wird sich sogleich öffnen und dich lebendig verschlingen, wenn du nicht gebührlich antwortest.«

1 Rechtsprecher

Zwölftes Kapitel

Wie Krallfratz uns ein Rätsel aufgab

Sobald wir uns gesetzt hatten, schrie uns Krallfratz, der, von seinen Muffelkatern umgeben, dasaß, mit wütender, heiserer Stimme zu: »'s soll gelten, her!« – »Wein her«, murmelte Panurg zwischen den Zähnen –; »was ist das:

Ein Mägdelein, blond und blütenweis, empfing
ganz ohne Vater einen Mohrensohn,
gebar ihn schmerzlos dann, das zarte Ding,
weil er wie eine Schlange ging davon
und sie durchbohrte wie zum größten Hohn,
indem er sich durch ihre Hüfte nagt',
da's ihm in ihrem Schoße länger nicht behagt'.
Dann schweift er über Berg und Tal, der Wicht:
der Weisheit Freund hat staunend sich gefragt,
ob dies ein menschlich Wesen oder nicht?

's soll gelten«, sagte Krallfratz, »löse mir dies Rätsel, sag uns, was das ist!« – »Gelt's bei Gott«, erwiderte ich, »hätt' ich eine Sphinx zur Hand wie Verres, Euer Vorfahr, so könnt' ich, gelt's bei Gott, das Rätsel lösen, so aber mag ich mit der Geschichte nichts zu tun haben; ich bin, gelt's bei Gott, nicht dabeigewesen und bin daran unschuldig.« – »Oho«, schrie Krallfratz, »beim Styx, so du nicht gestehen willst, werd' ich dir's begreiflich machen, daß dir's, gelt, lieber wär', du Kerl, du wärst Luzifer in die Klauen gefallen oder, gelt, allen Teufeln als uns, Kerl. Was schwatzt du uns da von Unschuld? Gelt, Kerl, siehst du das nicht ein? Als ob dich das vor der Tortur schützen könnt'! Gelt, Kerl, wir haben Gesetze gleich Spinnweben; dumme Fliegen und kleine Schmetterlinge fangen sich darin, die großen Bremsen zerreißen sie, gelt, und brennen durch, die Übeltäter. Fahnden also auch nicht nach den großen Schurken und Wüterichen, sind für uns, gelt, zu schwer zu verdauen, würden uns doch Schaden tun. Aber solche unschuldigen Lämmer, Kerl, wie ihr seid, die werden hier, gelt, belämmert, und der Teufel singt ihnen die Messe, gelt, Kerl.«

Ärgerlich über diese Rede von Krallfratz sagte Bruder Hans: »Oho, du gepfefferter Höllenbraten, wie willst du denn, daß er antworten soll, wenn er von der ganzen Geschichte nichts weiß?

Bist du mit der Wahrheit nicht zufrieden?« – »Gelt, Kerl«, schrie Krallfratz, »solang ich auf dem Thron sitze, ist mir das nicht vorgekommen, daß hier einer das Maul auftut, der, gelt, nicht gefragt ist. Wer hat uns den verrückten Narren hier losgelassen?« – »Du lügst«, sagte Bruder Hans, ohne die Lippen dabei zu bewegen. – »Gelt, Kerl, wenn du an der Reihe bist, hast du genug zu tun, für dich selbst Rede zu stehen.« – »Du lügst, Schurke«, sagte Bruder Hans wie vorher zwischen den Zähnen. – »Gelt, Kerl, du glaubst wohl, daß du im akademischen Wald bist, wo, gelt, die Müßiggänger nach der Wahrheit schnüffeln und jagen? Hier, Kerl, haben wir Besseres zu tun; hier antwortet man, gelt, kategorisch, du Kerl, ob man's weiß oder nicht. Hier, Kerl, gesteht man's, wenn man's, gelt, auch nicht getan hat. Hier heißt es, gelt, Kenntnis haben von Dingen, von denen man niemals gehört hat, sonst, Kerl, wird man wild und bringt einem Vernunft bei! Hier rupft man, gelt, die Gans, ohne daß sie schreien darf. Gelt, Kerl, du bist ein vorlauter Geselle, das seh' ich, Kerl; daß dir, gelt, die Pest angetraut wär'!« – »Alle Teufel«, rief Bruder Hans aus, »Erzteufel, Überteufel, Allerweltsteufel, willst du einen Mönch verheiraten? Hoho, du bist ja ein Ketzer.«

Dreizehntes Kapitel

Wie Panurg das Krallfratzische Rätsel löst

Krallfratz, der tat, als ob er die letzten Worte nicht gehört hätte, wandte sich jetzt an Panurg und sagte zu ihm: »Holla, he, du Haupthahn, willst du, gelt, auch kein Wort sagen?« Worauf Panurg erwiderte: »Zum Teufel auch, gelt, Kerl, ich seh' es klar, daß wir hier, gelt, in einer schlimmen Patsche sitzen, maßen alle Unschuld, gelt, hier nichts verfängt und der Teufel, gelt, die Messe liest. So bitt' ich Euch, gelt, daß ich, gelt, für uns alle zahlen darf und daß Ihr dann, zum Teufel, uns alle gehen laßt. Ich halt's, beim Teufel, hier, gelt, nicht länger aus.« – »Gehen lassen?« schrie Krallfratz, »gelt, Kerl, das ist seit dreihundert Jahren hier nicht vorgekommen, daß hier, gelt, einer losgekommen wäre, Kerl, ohne Haare zu lassen oder, gelt, meistens sogar das ganze Fell. Hieße das nicht, Kerl, du wärst ungerechterweise vorgeladen und wir hätten dich, gelt, nicht nach dem Gesetz behandelt?

Ist dir's jetzt schon zuviel? Wart nur, Kerl, 's wird, gelt, noch anders kommen, wenn du das Rätsel nicht lösen kannst, das ich aufgegeben. He, was sagst du dazu, Kerl?« »Nun zum Teufel«, sagte Panurg, »es ist ein schwarzer Wurm, der aus einer weißen Bohne hervorgegangen ist und sich, gelt, durchgefressen hat. Der kriecht, hol's der Teufel, auf der Erde und fliegt dann auch in der Luft, weswegen Pythagoras, der erste Freund der Weltweisheit oder, wie es griechisch heißt, Philosophie, der Meinung war, daß er, gelt, Kerl, dank der Seelenwanderung eine menschliche Seele hätte. Gelt, Kerl, er meint, wenn ihr Menschen wäret, würdet ihr nach eurem verdammten Tod auch in solchen Wurmleib fahren. Denn in diesem Leben zernagt und freßt ihr alles, und im jenseitigen würdet ihr, gelt,

wie man von Nattern pflegt zu sagen,
der eignen Mutter Leib zernagen.«

»Bei Gott«, sagte Bruder Hans, »wenn doch mein Arschloch eine Bohne wäre und dies Wurmgezücht sich durchfressen müßt'! Wünschte mir nichts Besseres!«

Als Panurg ausgeredet hatte, warf er einen großen ledernen Beutel voll Sonnentaler mitten in den Saal. Beim Klang, den der Beutel von sich gab, begannen sämtliche Muffelkater ihre Krallen zu spreizen, als ob sie alle Saiten der Violine übergreifen wollten, und riefen mit lauter Stimme: »Das ist die wahre Würze, das sind die Sporteln; der Prozeß war sehr gut, sehr schmackhaft, sehr würzig. Es sind sehr gute Leute.« – »Es ist Geld«, sagte Panurg, »hört ihr? Es sind Sonnentaler.« – »Der Gerichtshof versteht schon«, sagte Krallfratz, »Geld, Geld, schön, sehr schön, Geld! Geht nur, Kinder, macht, daß ihr weiterkommt. Geld, sehr schön; wir sind, gelt, nicht so schlimm, wie wir aussehen. Geld, sehr schön.«

Als wir aus Zwinggart herauskamen, wurden wir von einigen Gebirgsgreifbolden nach dem Hafen geführt. Ehe wir aber auf unsere Schiffe gelassen wurden, verkündeten sie uns, daß wir unsere Reise nicht fortsetzen dürften, bevor wir nicht Frau Krallfratz und allen Muffelkatern ein anständiges Geschenk verehrt hätten; sonst hätten sie den Befehl, uns nach Zwinggart zurückzubringen. »Pah«, sagte Bruder Hans, »wir werden hier ein bißchen auf die Seite gehen und sehen, was wir bei uns haben. Sie sollen zufrieden sein.« – »Aber«, sagten die Burschen, »vergeßt auch das Trinkgeld für die armen Teufel nicht.« – »Ei«, sagte Bruder Hans, »die armen Teufel vergißt man schon nicht, die kriegen's immer zuerst ab und allemal ordentlich.«

Vierzehntes Kapitel

Wie die Muffelkater von Korruption leben

Kaum hatte Bruder Hans dies gesagt, als man achtundsechzig Galeeren und Fregatten in den Hafen einlaufen sah; sogleich eilte er dahin, um zu erfahren, was es Neues gäbe und was die Schiffe geladen hätten. Da sah er denn, daß sie alle mit Wild, Hasen, Kapaunen, Tauben, Schweinen, Kaninchen, Kälbern, Hähnen, wilden und zahmen Enten, Gänsen und anderem Geflügel beladen waren. Auch viele Stücke Samt, Seidenzeug und Damast bemerkte er. Er fragte also die Reisenden, wohin und wem sie all diese schönen Sachen brächten, und erhielt zur Antwort, das alles sei für Krallfratz sowie für die Muffelkater und Muffelkatzen bestimmt.

»Und wie nennt ihr diese Arzneien?« fragte Bruder Hans. – »Wir nennen's Korruption«, erwiderten die Reisenden. – »Sie leben also von Korruption, das heißt von Fäulnis und Verwesung,« sagte Bruder Hans, »und daran wird ihr Geschlecht zugrunde gehen. Beim allmächtigen Gott, so ist es. Ihre Väter fraßen die biederen Edelleute auf, die, wie es ihrem Stand zukam, jagten und Vögel beizten, womit sie sich für den Krieg übten und abhärteten. Denn die Jagd ist ein Abbild der Schlacht, und gewiß nicht mit Unrecht sagt Xenophon, es sei mit dem Weidwerk wie mit dem Trojanischen Pferd: tapfere und ausgezeichnete Krieger gingen daraus hervor. Ich selbst bin zwar kein Gelehrter, aber so, glaub' ich, hat man mir's gesagt. Krallfratz aber meint, ihre Seelen wären nach ihrem Tod in Eber, Hasen, Hirsche, Kaninchen, Rebhühner und andere derartige Tiere, die sie während ihres ersten Lebens so sehr liebten und begehrten, übergegangen. Und nachdem diese Muffelkater nun alle ihre Schlösser, Ländereien, Domänen, Renten und Revenuen und ihr ganzes Besitztum zerstört und verschlungen haben, dürsten sie auch noch nach ihrem Blut und ihrer Seele im zweiten Leben. Oh, der brave Bettler wies nicht umsonst auf die Krippe hin, die über der Raufe ange-

bracht wäre!« – »Aber«, sagte Panurg, »der große König hat doch verkündigen lassen, niemand solle bei Todesstrafe Hirsche noch Hirschkühe, Eber noch Rehe töten!« – »Das ist freilich wahr«, entgegnete einer für alle, »aber der große König ist so gut und mild, die Muffelkater aber sind so gierig und lüstern nach Christenblut, daß wir weniger fürchten, ihn zu beleidigen, als wir Vorteil davon erwarten, wenn wir sie durch solche Korruption zufriedenstellen, vornehmlich jetzt; denn morgen verheiratet Krallfratz eines seiner Muffelkätzchen mit dem großen Muffelkater Krallwart. In alten Zeiten nannte man sie Grasfresser, aber ach, Gras fressen sie schon lange nicht mehr. Jetzt nennen wir sie Hasenfresser, Rebhuhnfresser, Schnepfen-, Fasanen-, Hühner-, Kaninchen- und Schweinefresser. Etwas anderes fressen sie gar nicht mehr.« – »Pah, pah«, sagte Bruder Hans, »nächstes Jahr sollen sie Kotfresser, Dreckfresser, Scheißefresser heißen; wollt ihr das glauben?« – »Oh, sehr gern, sehr gern!« ließ sich die gesamte Mannschaft vernehmen. – »Also«, fuhr er fort, »laßt uns zweierlei tun: erstens, all dieses Wildbret hier beschlagnahmen – gegen Bezahlung versteht sich –, denn ich hab's ohnehin satt, nur Salzfleisch zu essen, es macht mich geradezu trübsinnig; und zweitens, laßt uns nach Zwinggart umkehren und diese ganze verfluchte Muffelkaterbrut ausrotten.« – »Verzeih«, sagte Panurg, »da gehe ich nicht mit, denn ich leide etwas an natürlicher Feigheit.«

Fünfzehntes Kapitel

Wie Bruder Hans Hackepeter den Vorschlag macht, den Muffelkatern das Fell zu gerben

»Bei meiner Kutte«, sagte Bruder Hans, »was ist das für eine Reise? Das ist ja eine Drecksreise! Wir tun nichts als fisten, furzen, scheißen und pissen, nichts als nichts tun. Donnerwetter, das ist nicht meine Art; wenn ich nicht ein paar Heldentaten vollbracht habe, kann ich die Nacht nicht schlafen. Habt ihr mich dazu auf diese Fahrt mitgenommen, daß ich euch Messe lesen und Beichte hören soll? Beim Ostersonntag, der erste, der mir damit kommt, soll's kriegen; zur Strafe für seine Frechheit und Hinterlist soll er sich ins Meer stürzen müssen, wenn er den Qualen des Fegefeuers entgehen will – kopfüber, anders tu' ich's nicht. Woher hat Herkules seinen Namen und seinen unsterblichen Ruhm? Woher sonst als daher, daß er auf seinen Streifzügen durch die Welt die Völker von Tyrannei, Irrtum, Gefahr, und Plagen befreite? Er tötete alle Räuber, Ungeheuer, giftigen Schlangen, reißenden Tiere. Warum folgen wir nicht seinem Beispiel? Warum machen wir's in den Ländern, wohin wir kommen, nicht ebenso? Er überwand die Stymphaliden, die Lernäische Schlange, Kakus, Antäus und die Kentauren. Ich bin zwar kein Gelehrter, aber die Gelehrten sagen es. Also machen wir's wie er, vertilgen wir all diese abscheulichen Muffelkater; es ist eine Teufelsbrut, befreien wir das Land von ihrer Tyrannei. Wäre ich so stark und so gewaltig wie er, so wahr Mohammed kein Prophet ist, ich verlangte von euch weder Hilfe noch Rat. Vorwärts also! Verlaßt euch drauf, es ist ein Kinderspiel, sie alle miteinander totzuschlagen. Sie werden's ganz gewiß geduldig über sich ergehen lassen; haben sie doch von unseren Schimpfworten mehr hinuntergeschluckt, als zehn Säue Spülicht saufen können. Vorwärts also, marsch!

Seht, Schimpfworte und Schande kümmern sie nicht; sie klimpern mit ihren Talern im Beutel, wenn man sie auch noch so sehr mit Dreck beschmeißt. Darum laßt sie uns alle vertilgen, wie's Herkules' Art war; wir brauchen nur einen Eurystheus, der's befiehlt, sonst nichts. Dann wollt' ich gleich ein paar Stunden lang als Jupiter unter ihnen wandeln in der Gestalt, wie er seiner Liebsten Semele, der Mutter des braven Bacchus, einst erschienen.«

»Gott«, sagte Panurg, »hat uns die große Gnade erwiesen, daß er uns aus ihren Krallen befreit hat; ich begebe mich nicht wieder hinein, ich nicht. Mir zittern noch jetzt alle Glieder von der Angst, die ich ausgestanden habe. Aus drei Gründen ist mir höllisch schlecht zumute gewesen; erstens, weil mir schlecht zumute war; zweitens, weil mir noch einmal schlecht zumute war; und drittens, weil mir sehr schlecht zumute war. Lieber Bruder Hans, du mein linkes Eichen, höre nur, was ich dir ins rechte Ohr sagen will: Wann und sooft dir's gefällt, zu allen Teufeln zu gehen oder vor des Minos, Äakos, Rhadamanthys[1] und Dis[2] Her-

1 Totenrichter der griech. Sage – 2 röm. Gott der Unterwelt

scherthron, ich bin dabei, will dein unzertrennlicher Gefährte sein, will den Acheron, den Styx, den Kokytos[1] mit dir überqueren, einen großen Becher Lethe hinuntersaufen und Charon das Fährgeld für uns beide bezahlen. Aber nach Zwinggart zurück? Wenn dir das einfallen sollte, dann such dir nur einen anderen Begleiter, da geh' ich nicht mit; das Wort steht fest wie eine eiserne Mauer. Wenn man mich nicht mit Gewalt hinschleppt, komme ich dem verfluchten Nest, solange ich lebe, nicht wieder nahe, sowenig Kalpe und Abila[2] je zueinanderkommen. Kehrte Odysseus etwa in die Höhle des Kyklopen zurück, um sein Schwert zu holen? Den Teufel auch, er hütete sich wohl. Darum werde ich auch nicht noch einmal nach Zwinggart gehen, wo ich nichts vergessen habe.«

»Oh, du herziger Junge«, sagte Bruder Hans, »du braver Gefährte mit den lahmen Fäusten! Aber reden wir einmal deutlich miteinander, du Schlauberger: Was zum Teufel plagte dich denn, ihnen den Beutel mit soviel Geld hinzuwerfen? Haben wir etwa zuviel davon? Hätten's ein paar lausige Batzen nicht auch getan?« – »Das geschah deshalb«, entgegnete Panurg, »weil Krallfratz bei jedem Satz seiner Rede den samtenen Geldbeutel aufriß und ›Gelt, Kerl, Gèld, Kerl, gelt, Kerl‹ dazu schrie. So dacht' ich mir gleich, daß wir frei werden und davonkommen würden, wenn ich, hol's der Teufel, dem Kerl Geld in den Rachen schmisse. Aber ein samtener Beutel ist kein Reliquienschrein für Batzen und kleine Münze, das ist ein Rezeptakulum[3] für Sonnentaler. Verstanden, Bruder Hans, mein Säckchen? Wenn du erst so viele abgebrüht haben wirst wie ich und so wie ich wirst abgebrüht worden sein, so wird dein Latein schon anders lauten. Aber er sagte, wir sollten machen, das wir weiterkämen.«

Indessen wartete das Lumpengesindel immer noch im Hafen, daß wir ihnen Geld gäben. Da sie nun sahen, daß wir segelfertig waren, wandten sie sich an Bruder Hans und bedeuteten ihm, sie würden uns nicht wegfahren lassen, wenn wir ihnen nicht vorher das Trinkgeld gegeben hätten, das den Gerichtsdienern nach der Sporteltaxe zukäme. – »Beim heiligen Hurliburli!« rief Bruder Hans, »seid ihr Lumpenpack auch noch da? Bin ich nicht

1 Ströme der Unterwelt – 2 antiker Name der zwei Felsen beiderseits der Osteinfahrt der Straße von Gibraltar – 3 Behälter

schon fuchtig genug, daß ihr mich lieber in Ruhe lassen solltet? Nun zum Teufel, ihr sollt euer Trinkgelt gleich haben, das versprech' ich euch!« – Damit zog er seine Plempe und sprang vom Schiff herunter, mit dem festen Vorsatz, sie alle zusammenzuhauen. Aber sie machten, daß sie so schnell wie möglich davonkamen, und ließen sich nicht wieder blicken. Trotzdem waren wir noch nicht aller Plackerei überhoben; denn während man uns bei Krallfratz verhört hatte, waren einige von unseren Matrosen mit Pantagruels Erlaubnis in eine nahe am Hafen gelegene Schenke gegangen, um etwas zu sich zu nehmen und sich ein bißchen zu stärken. Ich weiß nun nicht, hatten sie ihre Rechnung richtig bezahlt oder nicht, genug, als Bruder Hans vom Schiff heruntergesprungen war und am Ufer stand, kam ein altes Wirtsweib und brachte in Gegenwart eines Silbergreifs, des Schwiegersohns eines Muffelkaters, und zweier Gerichtszeugen eine weitläufige Klage bei ihm vor. Ungeduldig, ihre Reden und Ausführungen länger mit anhören zu müssen, sagte Bruder Hans: »Wertes Lumpengesindel, wozu das alles? Wollt ihr damit sagen, unsere Matrosen wären keine anständigen Leute? Ich behaupte das Gegenteil und werd' es euch nach allen Regeln der Gerechtigkeit beweisen, wie mein Säbel hier sie vorschreibt.« Und damit zückte er seine Plempe; aber die Lümmel liefen, so rasch sie konnten, davon. Nur die Alte blieb und beteuerte Bruder Hans, seine Matrosen wären ehrliche Leute und ihr fiele nicht ein, sich über sie zu beklagen; nur hätten sie für ein Bett zu zahlen vergessen, auf dem sie sich nach Tisch etwas ausgeruht hätten, und für das Bett verlange sie fünf Sous tourainisch. – »Das ist in der Tat wohlfeil genug«, sagte Bruder Hans, »da sind sie undankbar gewesen; für solchen Preis können sie das anderswo nicht haben. Ich will den Preis gern bezahlen, aber ich muß das Bett vorher sehen.« – Also führte die Alte ihn nach der Schenke und zeigte es ihm, und als er es sehr lobte, sagte sie, fünf Sous wäre gewiß nicht zuviel dafür. – Bruder Hans bezahlte ihr die fünf Sous; dann aber hieb er mit seinem Säbel den Pfühl und die Kissen mittendurch und schüttelte die Federn zum Fenster hinaus, während die Alte zetermordio schrie und auf die Straße hinauslief, wo sie sich natürlich vergeblich bemühte, die Federn wieder zusammenzulesen. Ohne sich das weiter kümmern zu lassen, nahm Bruder Hans Decke, Matratze und beide Laken auf den Rücken und trug sie, von niemandem gesehen, denn die Luft war von den Federn so undurchsichtig wie bei Schneegestöber, nach dem Schiff hin, wo er sie den Matrosen schenkte. Gegen Pantagruel aber äußerte er, die Betten wären hier doch weit wohlfeiler als in der Gegend um Chinon, obwohl dort die berühmten Gänse von Pautille zu Hause wären. Die Alte hätte für das Bett nicht mehr als fünf Sous tourainisch gefordert, während es um Chinon herum nicht unter zwölf Franken zu haben wäre.

Sobald Bruder Hans und die übrige Gesellschaft wieder an Bord waren, ließ Pantagruel die Segel hissen. Es erhob sich aber ein so hefiger Sturm, daß sie die Richtung verloren und beinahe wieder zur Insel der Muffelkater zurückverschlagen worden wären. Sie trieben in einen großen Wirbel hinein, der das Meer so gewaltig aufschäumen ließ, daß der Schiffsjunge hoch oben im Mastkorb rief, er sehe immer noch die scheußliche Burg von Krallfratz. Panurg geriet darüber in sinnlose Furcht und wimmerte: »Lieber Steuermann, mein Freund, trotz Wind und Wellen, oh, wende! Ach wir wollen nicht wieder in dies schlimme Land, wo ich meinen Beutel gelassen habe.« Der Wind trieb sie nahe an einer Insel vorbei, auf der sie jedoch nicht so ohne weiteres zu landen wagten, und so ankerten sie eine gute Meile entfernt an einem hohen Felsgestade.

Sechzehntes Kapitel

Wie Pantagruel auf der Insel der langfingrigen und krummhändigen Apedeften[1] ankam und von den schrecklichen Abenteuern und Ungeheuern, denen er dort begegnete

Sobald nun der Anker geworfen war und das Schiff festlag, bestieg man das Boot, um an Land zu gehen; vorher aber verrichtete der gute Pantagruel sein Gebet und dankte dem lieben Gott für seinen Schutz und für die Rettung aus so großer und drohender Gefahr. Die Landung geschah ohne Schwierigkeit, denn der Wind hatte sich gelegt, und das Meer war ruhig; schnell erreichte

1 »Ungebildete« (griech./franz.); gemeint sind die Beamten der Oberrechnungskammer am obersten Gerichtshof (die nicht studiert zu haben brauchten)

man das felsige Ufer. Als alle ausgestiegen waren, bemerkte Epistemon, der die Gegend und die eigentümliche Bildung der Felsen mit Verwunderung betrachtete, etliche Einheimische. Der erste, an den er sich wandte, trug eine kurze Robe in des Königs Farbe, ein Wams von Halbleinen mit Atlasaufschlägen, gamsfarbene Hosen und eine Hahnbartsmütze: ein recht feiner Mann, von dem wir später erfuhren, daß er Raffegut[1] heiße. Epistemon fragte ihn, was diese sonderbaren Täler und Felsen für einen Namen trügen, und Raffegut sagte ihm, dies sei eine Kolonie von Prokurazien und heiße Registrazien. Jenseits dieser Felsen, wenn wir eine kleine Furt durchschritten hätten, würden wir zur Insel der Apedeften kommen. – »Bei den Extravaganten!« sagte Bruder Hans, »wovon aber lebt ihr denn hier, ihr guten Leute? Wenn ihr nur mal trinken wollt, wie fangt ihr das denn an? An Werkzeug und Geschirr find' ich ja bei euch nichts anderes vor als Pergament, Tintenfässer und Schreibfedern.« – »Davon leben wir auch«, antwortete Raffegut, »denn alle, die hier auf der Insel zu tun haben, müssen erst durch meine Hände.« »Wie das?« fragte Panurg, »seid Ihr der Barbier, daß Ihr ihnen die Haare rupft?« – »Wir rupfen ihre Geldbeutel«, sagte Raffegut. – »Bei Gott«, sagte Panurg, »ich werd' euch keine Feder lassen. Aber bitte, guter Freund«, setzte er hinzu, »führt uns jetzt zu den Apedeften, denn wir kommen aus dem Lande der Gelehrten, wo ich nicht eben viel profitiert habe.« – So kamen sie unter allerlei Gesprächen nach kurzer Zeit zur Insel der Apedeften, denn die Furt war leicht zu durchschreiten. Pantagruel staunte sehr, als er sah, wie die Leute dort wohnten. Sie wohnten nämlich alle in einer großen Kelter, zu der fünfzig Stufen hinaufführten. Ehe man in diese Hauptkelter selbst gelangte – in ihr befanden sich nämlich noch viele andere, große, kleine, mittelgroße, versteckte usw. – trat man in einen großen Säulengang, auf dessen Wände die Trümmer fast der ganzen Welt, so viele Galgen, Spitzbuben, Blutgerüste, Folterungen gemalt waren, daß uns angst und bange wurde. Als Raffegut bemerkte, daß die Bilder Pantagruels Aufmerksamkeit erregten, sagte er: »Kommt weiter, lieber Herr, das ist noch nichts!« –

»Wie?« sagte Bruder Hans, »noch nichts? Bei meinem roten

1 gemeint ist der kgl. Sachwalter an der Oberrechnungskammer

Hähnchen, Panurg und ich, wir zittern und beben schon vor – Hunger.

Wahrlich, ein guter Trunk wäre mir lieber als das Angucken dieser wüsten Dinge.« – »So kommt«, sagte Raffegut. Damit führte er uns in eine kleine Kelter, die ganz versteckt hinten hinaus lag und in der Inselsprache mit dem Namen Pithien[1] bezeichnet wurde. Da braucht ihr nun nicht noch zu fragen, ob Bruder Hans und Panurg sich's schmecken ließen; gab's doch hier Mailänder Würstchen, Puten, Kapaune, Trappen und Malvasier, alles fix und fertig hingestellt. Ein kleiner Kellermeister, der die zärtlichen Blicke bemerkte, die Bruder Hans einer Flasche zuwarf, die für sich neben dem Flaschenhaufen nahe dem Schanktisch stand, sagte zu Pantagruel: »Ich sehe, Herr, daß einer von Euren Leuten mit jener Flasche liebäugelt; aber ich muß bitten, sie nicht anzurühren, die ist für die Herren.« – »Wieso«, fragte Panurg, »gibt's hier auch Herren? Man macht hier also Unterschiede?« – Raffegut aber ließ uns eine kleine geheime Treppe hinauf in ein Zimmer steigen und zeigte uns von dort aus die Herren, die in einer großen Kelter saßen, wo freilich, wie er sagte, niemand ohne Erlaubnis hineingehen dürfe; doch könnten wir sie uns durch das kleine Guckfenster ansehen, ohne selbst gesehen zu werden.

So sahen wir denn, wie in einer großen Kelter zwanzig bis fünfundzwanzig dicke Galgenvögel um einen großen, grünbespannten Tisch saßen und einander anguckten. Sie hatten Hände, so lang wie Kranichbeine, und wenigstens zwei Fuß lange Nägel daran, die sie nicht beschneiden durften, weshalb sie wie Haken gekrümmt waren. Eben brachte man eine große Traube herein, die hierzulande von einem Gewächs gepflückt wird, das Extraordinarium[2] heißt, und die gewöhnlich von Pfählen herunterhängt. Kaum war die Traube hereingebracht, so legte man sie unter eine große Presse, und jeder quetschte sich, Beere nach Beere, sein Tröpfchen Goldöl so rein heraus, daß die arme Traube zuletzt knochentrocken war und kein bißchen Saft mehr enthielt. Übrigens, meinte Raffegut, wären solche große Trauben nicht häufig, aber kleinere hätten sie immer unter der Presse. – »Sagt,

1 »Faßraum« (griech.) – 2 »Außerordentliches« (lat.); eingezogene Vermögen der wegen Unterschlagung bei der »Außerordentlichen Kriegsbehörde« Gehängten

Gevatter, haben sie vielerlei Gewächse, von denen sie solche Trauben lesen?« fragte Panurg. – »O ja«, erwiderte Raffegut. »Seht Ihr die kleine, die sie da eben hineinlegen? Die ist vom Zehntstock; die haben sie neulich schon einmal gepreßt, aber das Öl schmeckte nach dem Pfaffensack, und das war den Herren nicht nach Geschmack.« – »Warum bringen sie sie dann noch einmal unter die Presse?« fragte Pantagruel. – »Wahrscheinlich, um zu sehen, ob nicht irgend etwas versäumt worden ist und ob man nicht noch was aus den Trebern gewinnen kann.« – »Donnerwetter«, sagte Bruder Hans, »und diese Leute nennt Ihr Stümper? Ha, die könnten ja Öl aus einer steinernen Mauer pressen.« – »Das tun sie auch«, sagte Raffegut; »oft bringen sie ganze Schlösser, Parks und Forste unter ihre Presse, und aus allem gewinnen sie trinkbares Gold.« – »Ihr meint wohl bares Gold«, sagte Epistemon. – »Ich sage trinkbares Gold, denn man trinkt unzählige Flaschen davon, was sonst nicht möglich wäre. Es gibt hier so viele traubentragende Gewächse und Pflanzen, daß man ihre Zahl gar nicht kennt. Kommt nur einmal hierher und seht in den Garten dort; da stehen mehr als tausend, die nur darauf warten, unter die Presse zu kommen. Da ist die Allgemein-, die Zuschlags-, die Befestigungs-, die Staatsschulden-, die Gnadengeschenks-, die Kasual-, die Domänen-, die Luxus-, Post-, Weihgaben-, Hofhaltungspflanze.« – »Und was für eine ist die große da, um die herum all die kleinen stehen?« – »Das ist die königliche Hausschatzpflanze, die allerergiebigste im ganzen Land; wenn man die keltert, so gibt's keinen von den Herren, der's nicht noch sechs Monate nachher spürte.«

Als die Herren fortgegangen waren, bat Pantagruel Raffegut, ihn doch in die große Kelter hineinzuführen, wozu dieser auch bereit war. Dort zeigte Epistemon, der aller Sprachen Kundige, Pantagruel die verschiedenen Inschriften, die in der schönen, geräumigen und, wie Raffegut uns versicherte, aus Kreuzesholz erbauten Kelter überall zu lesen war. Jeder der verschiedenen Gegenstände war mit seinem Namen in der Landessprache bezeichnet. Die Schraube der Kelter hieß »Einnahme«, der Kasten »Ausgabe«, die Schraubenmutter »Etat«, der Torkelbaum »Verrechnet« und »Nicht eingegangen«, die Docken »Gestundet«, die Widder »Gestrichen«, die Dauben »Wiedereinzug ungesetzlicher Schenkungen«, die Kufen »Saldo«, die Handhaben »Listen«, die Abzugsrinnen »Quittungen«, die Bütten »Voranschlag«, die Tragkörbe »Fällige Wechsel«, die Eimer »Vollzug«, die Trichter »Generalquittungen«. – »Nur, bei der großen Wurstkönigin«, sagte Panurg, »gegen dieses Kauderwelsch sind die ägyptischen Hieroglyphen ja ein wahres Kinderspiel; hier ist jedes für sich, Ding und Name, wie Ziegenkötel. Aber lieber Freund und Gevatter, weshalb heißen die Leute denn Unwissende?« – »Weil sie«, entgegnete Raffegut, »unstudierte Leute sind und auch nicht studiert haben dürfen, denn hier wird auf ihre Anordnung hin alles mit Unwissenheit betrieben, ohne daß es einen andern Grund haben darf, als weil die Herren es so wollen, es so gesagt haben und so befehlen.« – »Wenn sie aber soviel herbsten«, sagte Pantagruel, »so ist ihre Lage, bei Gott, nicht die herbste.« – »Zweifelt Ihr daran?« sagte Raffegut. »Sie herbsten einen Monat wie den andern, nicht wie bei Euch zulande nur einmal im Jahr.«

Als wir weitergingen, um uns noch Tausende anderer, kleinerer Keltern anzusehen, fiel uns ein zweiter, etwas kleinerer grünbespannter Tisch auf, an welchem vier bis fünf dieser Unwissenden standen, recht schmutzig von Ansehen und ungebärdig wie Esel, denen man eine Rakete unter den Schwanz gebunden hat. Sie preßten auf einer kleinen Kelter, die sie vor sich hatten, die Treber der schon gekelterten Trauben noch einmal aus; in der Landessprache hießen sie Revisoren. »Das sind die widerlichsten Kerle, die mir jemals im Leben begegnet sind«, sagte Bruder Hans. Von der großen Kelter gingen wir dann durch unzählig viele kleinere, die allesamt von Winzern voll waren, welche mit einem eisernen Werkzeug, das sie »Rechnungsparagraph« nannten, Trauben abbeerten, und gelangten darauf in einen niedrigen Saal, wo wir einen großen Bullenbeißer sahen, der zwei Hundeköpfe, einen Wolfsleib und Klauen wie ein Lamballescher[1] Teufel hatte und der hier mit Amendelmilch[2] gefüttert und auf Befehl der Herren besonders gut gehalten wurde, denn er war jedem von ihnen so lieb und wert wie die beste Meierei; auf apedeftisch nannten sie ihn Duplum[3]. Seine Mutter lag an seiner Seite und glich ihm vollkommen an Gestalt und Fell, nur daß sie

1 aus der Stadt Lamballe im Norden der Bretagne – 2 von franz. *amende* Geldstrafe und *amande* Mandel – 3 »Doppelt-Soviel« (lat.)

vier Köpfe hatte, zwei männliche und zwei weibliche; sie führte den Namen Quadruplum[1] und war von allen Tieren die allerbissigste und gefährlichste Bestie, ihre Großmutter ausgenommen, die hinter Schloß und Riegel gehalten wurde und Defizit hieß. – Bruder Hans, der immer an die zwanzig Ellen und mehr leere Kaldaunen parat hatte, um ein Advokatenragout zu sich zu nehmen, verlor jetzt die Geduld und bat Pantagruel, doch daran zu denken, daß es Zeit zum Essen sei; man müsse auch Raffegut dazu einladen. Als wir infolgedessen die Kelter durch eine Hintertür verließen, sahen wir einen gefesselten alten Mann, halb Apedeften, halb Studierten, solch eine verdammte Zwittergattung, der wie eine Schildkröte über und über mit Brillen bedeckt war und der sich von eine Speise nährte, die sie in ihrem Kauderwelsch »Appellation« nannten[2]. Pantagruel fragte Raffegut, zu welcher Gattung von Leuten dieser Protonotarius gehöre und wie er heiße, worauf jener ihm sagte, dieser Mann sei hier zum größten Ärger und Mißfallen der Herren, die ihn fast verhungern ließen, schon solange man denken könne, angekettet und heiße Revisit. – »Beim heiligen Gemächt des Papstes!« sagte Bruder Hans, »ich wundere mich nicht darüber, daß die Herren ein so großes Ärgernis an dem Kerl nehmen. Sieh dir doch nur einmal die Fratze an, Panurg, sieht er nicht ganz wie Krallfratz aus? Was Apedeften! Die verstehen ihre Sache so gut wie andere Leute. Ich würde ihn mit Fuchtelhieben dahin zurückschicken, wo er hergekommen ist.«

»Bei meiner orientalischen Brille, du hast recht, lieber Bruder Hans«, sagte Panurg; »denn nach dem Galgengesicht dieses abscheulichen Revisit zu urteilen, ist er noch viel bösartiger und apedeftischer als die anderen Apedeften hier, die wenigstens ohne Umstände raffen, was sie kriegen können, und ohne viele Instanzen und Firlefanzen die Weinberge ablesen, was die Muffelkater natürlich höllisch erbost.

1 »Viermal-Soviel« (lat.) – 2 gemeint ist ein Unterschreiber, der über die angefochtenen Entscheidungen der Oberrechnungskammer Buch führte

Siebzehntes Kapitel

Wie wir nach Übermaß kamen

Wir nahmen nun, um weiter-, das heißt recht weit zu kommen, den Weg nach Übermaß und erzählten unterwegs Pantagruel unser Abenteuer; er bedauerte uns deswegen und dichtete zum Zeitvertreib ein paar Klagelieder darauf. Als wir auf der Insel angekommen waren, stärkten wir uns ein wenig und nahmen dann Holz und frisches Wasser ein. Die Einwohner schienen dem Aussehen nach lustige Leute zu sein, die gern etwas Gutes aßen. Sie waren allesamt übermäßig dick, so daß sie vor Fett trieften. Auch bemerkten wir – was wir nirgendswo gesehen hatten –, daß sie sich die Haut einritzten, um das Fett hervorquellen zu lassen, so wie die Schmerbäuche bei uns zu Hause ihre Hosen schlitzen, damit der Taft hervorguckt. Aber sie sagten uns, das geschähe nicht aus Eitelkeit oder Prahlerei, sondern weil sie es sonst in ihrer Haut nicht aushalten könnten. Taten sie es, so wurden sie alsbald davon größer, wie die Gärtner ja auch den jungen Bäumen die Rinde einritzen, damit sie rascher in die Höhe wachsen. Nahe beim Hafen stand ein schönes Wirtshaus von stattlichem Aussehen, wohin wir eine große Menge des übermäßigen Volks beiderlei Geschlechts und verschiedensten Alters und Standes eilen sahen, so daß wir glaubten, es fände dort eine besondere Gasterei oder große Schmauserei statt. Aber man sagte uns, diese Leute wären alle zum Platzefest des Wirts eingeladen und ohne Ausnahme Freunde, Verwandte und Bekannte von ihm. Zuerst verstanden wir dies Kauderwelsch nicht und meinten, Gastereien hießen hierzulande Platzefeste, etwa wie man bei uns von Verlobungsfest, Hochzeitsfest, Schafschurfest und Erntefest redet, bis man uns belehrte, es sei der Wirt seinerzeit ein flotter Bursche gewesen, ein echtes Leckermaul, ein großer Suppenfreund, ein braver Stundenzähler, so einer wie der Wirt von Rouillac, der den ganzen Tag über zu Mittag gegessen hätte; aber seit zehn Jahren habe er an der Fettsucht gelitten, und schließlich sei er nun bei seinem Platzefest angelangt und, wie das hierzulande gewöhnlich geschähe, am Zerplatzen, weil sein Bauchfell und seine Haut infolge langjährigen Einritzens die Kaldaunen im Leibe nicht mehr festhalten könnten, so daß sie wie aus einer Tonne ohne Boden herausfielen. – »Aber liebe Leute«, sagte Panurg, »könnt ihr ihm denn den Bauch nicht mit breiten Gürteln oder tüchtigen Eschenreifen oder, wenn's nicht anders geht, mit Eisenbändern einschnüren? So würde er beieinanderbleiben und nicht so bald platzen.« – Kaum, daß er dies gesagt hatte, hörten wir in der Luft ein krachendes Geräusch, als ob eine Eiche mitten durchrisse. Die Nachbarn sagten uns, nun wäre das Platzefest zu Ende, das sei der Todesfurz gewesen.

Unwillkürlich mußte ich hier an den Dechanten von Chastelliers denken, der's seinen Dienstmägden immer nur im Meßgewand besorgte. Als seine Freunde und Verwandten in ihn drangen, in Anbetracht seines hohen Alters sein Amt doch niederzulegen, sträubte er sich dagegen mit Händen und Füßen und schwor, daß er nur dem Tode weichen würde: der letzte Furz, den er ließe, solle noch ein Dechantenfurz sein.

Achtzehntes Kapitel

Wie unser Schiff in Gefahr geriet und wie etwelche Quintessenzfahrer uns zu Hilfe kamen

Nachdem wir die Anker gelichtet und die Taue eingeholt hatten, gingen wir bei schwachem Nordwestwind wieder unter Segel. Wir waren etwa zweihundertzweiundzwanzig Meilen weit gesegelt, als sich ein heftiger Wirbelwind erhob, um den wir bloß unter Focksegel und mit Buleinen eine Zeitlang herumfuhren, eigentlich nur, um dem Steuermann den Willen zu tun, der uns versicherte, es sei bei der geringen Heftigkeit der verschiedenen Luftströme und ihrem harmlosen Gegeneinanderkämpfen wie bei der Klarheit der Luft und dem schwachen Seegang zwar nicht viel Gutes zu erwarten, indessen auch nicht viel Schlimmes zu befürchten. Demnach würden wir am besten tun, dem Rat des Weisen[1] zu folgen, nämlich auszuhalten und uns zu enthalten, also mit anderen Worten: abzuwarten. Aber der Wirbelwind hielt so lange an, daß der Steuermann zuletzt unserm Drängen, ihn zu durchbrechen und wieder unsern Ausgangskurs aufzunehmen, nachgeben mußte. Also ließ er den großen Besan auftakeln, und, das Steuerruder scharf nach rechts wendend, durchbrach er den Wirbel, wobei ihm ein günstiger Windstoß zu Hilfe kam. Leider aber half uns das nicht viel, und wir kamen von der Skylla in die Charybdis, denn zwei Meilen weiter geriet unser Schiff auf Sandbänke, die sich dort wie die Ratten von Saint-Maixent[2] gelagert hatten.

Unsere Mannschaft geriet in die größte Bestürzung; der Wind pfiff durch die Stengen. Nur Bruder Hans behielt den Kopf oben. Er suchte bald diesem, bald jenem Mut zuzusprechen und bewies allen, daß der Himmel uns bald zu Hilfe kommen werde, denn er habe Kastor auf der Marsstenge gesehen. – »Wollte Gott«, seufzte Panurg, »daß ich jetzt auf dem Land wäre, weiter wünschte ich mir nichts. Ihr anderen alle, die ihr so vernarrt in

1 Epiktet – 2 Meeresströmung vor dem Dorf Saint-Maixent südl. Nantes

die See seid, könntet meinetwegen ein jeder zweimalhunderttausend Taler haben. Ich wollt' euch auch bei eurer Rückkehr ein Kalb rupfen und hundert Stück Reisigbündel kühl stellen lassen. Seht, ich bin's meinetwegen zufrieden, nie zu heiraten, setzt mich nur irgendwo an Land und gebt mir ein Pferd, damit ich nach Hause reiten kann. Einen Diener brauch' ich nicht, hol' ihn der Teufel; bin nie so gut bedient gewesen, als wenn ich keinen hatte. Plautus lügt wahrhaftig nicht, wenn er sagt, daß die Zahl unserer Kreuze, das heißt unserer Plagen, Ärgernisse und Trübsale, gleich der Zahl unserer Diener sei, selbst wenn sie keine Zungen hätten, was bei einem Diener bekanntlich das allerbösartigste und gefährlichste Glied ist, um dessentwillen allein alle Torturen, Materwerkzeuge und Folterinstrumente für Diener erfunden worden sind und nicht etwa aus einem andern Grund, was für alogische, das heißt widersinnige, Konsequenzen sich fremdländische Kochkünstler der Rechte derzeit daraus auch mögen destilliert haben.«

In diesem Augenblick kam ein ganz mit Tamburinen beladenes Schiff auf uns zugesteuert, unter dessen Passagieren ich mehrere Leute aus gutem Hause erkannte, so zum Beispiel Henri Cotiral, einen alten Freund von mir, dem ein großer Eselskopf am Gürtel hing, etwa wie Frauen ihren Rosenkranz zu tragen pflegen; in der linken Hand hielt er eine große, alte, fettige, schmutzige Grindkappe und in der rechten einen Kohlstrunk. Sobald er mich bemerkte, schrie er laut vor Freude auf und rief mir zu: »Aha, hab' ich ihn? Da, schau her!« Dabei zeigte er auf den Eselskopf. »Das ist der wahrhaftige Stein der Weisen; dieser Doktorhut ist unser unübertreffliches Elixier und dies« – auf den Kohlstrunk zeigend – »*Lunaria major*[1]. Seid nur erst wieder zu Hause, dann wollen wir's schon fertigbringen.« – »Aber«, fragte ich, »woher kommt Ihr, wohin geht Ihr, was bringt Ihr da? Habt Ihr auch einmal Salzwasser gekostet?« – »Von der Quintessenz – nach der Touraine – Alchimie – bis übern Hals«, antwortete er.

»Und was sind denn das für Leute«, fragte ich weiter, »die Ihr da auf Eurem Deck habt?« – »Sänger«, antwortete er, »Musikanten, Poeten, Astrologen, Verseschmiede, Zauberkünstler, Alchimisten, Uhrmacher – alles Verehrer und Jünger der Quintessenz,

1 Mondveilchen; in der Alchimie verwandt

führen wunderschöne Empfehlungsschreiben von ihr mit sich.« – Kaum hatte er dies gesagt, als Panurg ärgerlich und voll Unwillen ausrief: »Wenn Ihr somit alles machen könnt, sogar gutes Wetter und kleine Kinder, warum nehmt Ihr uns nicht ins Schlepptau und bringt uns wieder ins Fahrwasser?« – »Das wollte ich soeben tun«, sagte Herr Cotiral; »wartet nur, in einer Minute sollt ihr vom Grund los sein.« – Sogleich ließ er sieben Millionen fünfhundertzweiunddreißigtausendachthundertundzehn Tamburine auf einer Seite einschlagen, schichtete sie, mit dieser Seite gegen den Achtersteven gekehrt, übereinander, zog überall die Taue an, nahm unsern Bug an sein Hinterteil, machte es an den Pollern[1] fest und zog uns mit einem Ruck ganz leicht und nicht ohne eine höchst angenehme Empfindung von der Sandbank los; denn das Summen der Taburine, das leise Knirchen des Meeressands und das Rufen der Matrosen ergaben einen Wohlklang, der fast der Harmonie der Sphären glich, welche Platon zuweilen nachts im Schlaf gehört haben will.

Da wir uns für diesen Liebesdienst gern erkenntlich zeigen wollten, denn es gibt kein größeres Laster als Undank, so teilten wir ihnen von unserem Wurstvorrat mit, füllten ihnen die Tamburine mit Würsten voll und hatten soeben zwei Fässer Wein für sie auf Deck bringen lassen, als zwei ungeheure Wale wütend auf ihr Schiff losschossen und so viel Wasser hineinspien, daß alles Wasser der Vienne von Chinon bis Saumur nichts dagegen bedeuten will. Die Tamburine wurden alle schwappvoll, das ganze Takelwerk wurde patschnaß, und den Leuten auf dem Schiff lief das Wasser durch den Halskragen in die Hosen. Als Panurg das sah, sprang er vor Vergnügen umher und strengte sein Zwerchfell so an, daß er länger als zwei Stunden nachher noch Bauchschmerzen hatte. »Ich wollt' ihnen Wein geben« rief er, »da ist rechtzeitig das Wasser dazwischengekommen. Auf Süßwasser geben sie nichts, sie brauchen's bloß zum Händewaschen; nun können sie's mit der Salzlake probieren; Salpeter und Ammoniak aus Gebers Küche.«

Zu einer weitern Unterhaltung mit ihnen war keine Zeit, denn der Wirbelwind hinderte uns am freien Steuern. Der Steuermann bat uns, daß wir uns nunmehr völlig seiner Leitung überlassen

1 Pfosten zum Befestigen der Taue

möchten; wir sollten nur für anständiges Essen sorgen. Übrigens müßten wir am Rande des Wirbelwinds entlangfahren und uns treiben lassen, wenn wir das Land der Quintessenz ohne Gefahr erreichen wollten.

Neunzehntes Kapitel
Wie wir nach Entelechien, dem Lande der Quintessenz, kamen

Noch einen halben Tag lang fuhren wir vorsichtig am Rande des Wirbels entlang, dann, am dritten Tag, schien uns die Luft klarer als sonst zu werden, und wohlbehalten gingen wir im Hafen Matäotechne[1], nicht weit von dem Palast der Quintessenz, an Land. Hier stießen wir auf einen starken Trupp von Bogenschützen und Kriegsleuten, die das Arsenal bewachten. Zuerst jagten sie uns einigermaßen Schrecken ein, denn wir mußten ihnen alle unsere Waffen ausliefern, und barsch fragten sie uns: »Woher kommt ihr, Leute?« – »Liebe Vettern«, entgegnete Panurg, »wir sind Tourainer, kommen aus Frankreich und möchten gern der edlen Dame Quintessenz unsere Aufwartung machen sowie das hochberühmte Königreich Entelechien kennenlernen.«

»Wie sagt ihr?« fragten sie; »sagt ihr Entelechien oder Endelechien?« – »Werteste Vettern«, erwiderte Panurg, »wir sind einfache, dumme Leute, deshalb entschuldigt unsere ungeschickte Rede; aber unser Herz ist gut und ohne Falsch.« – »'s ist wahr«, sagten sie, »wir hätten auch gar nicht zu fragen brauchen, denn schon viele sind aus eurer Touraine zu uns herübergekommen, und alle schienen gute Kerle zu sein und sprachen richtig. Aber aus anderen Gegenden kamen Gott weiß was für eingebildete Narren hierher, hochnäsig wie Schotten, die sich gleich von vornherein auf die Hinterbeine stellen wollten; denen haben wir's trotz ihrer Bramarbasmienen tüchtig gegeben. Übrigens müßt ihr dort in der andern Welt sehr viel Zeit haben, daß ihr nichts Besseres damit anzufangen wißt, als über unsere Königin zu schwatzen, euch ihretwegen herumzuzanken und so unverschämt viel dummes Zeug über sie zu schreiben. So hätte Cicero wahrhaftig auch was Gescheiteres tun können, als sich auf Ko-

1 »Eitle-Kunst« (griech.)

sten seiner ›Republik‹ um sie zu kümmern, und ebenso Diogenes Laërtius und Theodoros Gaza und Argyrophil und Bessarion und Politian und Budé und Laskaris und wie all die verdammten gelehrten Narren heißen, deren Zahl übrigens so groß nicht sein würde, wären neuerdings nicht Scaliger, Bigot, Chambrier, François Fleury und was weiß ich was für gelbschnäblige Schlukker noch dazugekommen.

Daß sie am Zäpfchen in ihrem eigenen Hals erstickten! Wir werden ihnen – aber zum Deuker« – »Aha, die schmeicheln den Teufeln«, murmelte Panurg zwischen den Zähnen –, »ihr wollt ja von ihrem Unsinn nichts wissen und habt nicht damit zu tun. Reden wir also weiter nicht davon.

Aristoteles, der erste aller Menschen, das Muster aller Weltweisheit, stand bei unserer Frau Königin Gevatter; sehr klug und treffend nannte er sie Entelechia. Also Entelechia ist ihr wahrer Name. Leck' mich, wer sie anders nennt. Wer sie anders nennt, ist auf dem Holzweg. Ihr aber seid uns herzlich willkommen!« Damit umarmten sie uns, was uns alle sehr froh stimmte.

Panurg raunte mir ins Ohr: »Hör, Freund, ist dir bei der Geschichte nicht ganz angst und bange geworden?« – »Ein bißchen schon«, erwiderte ich. – »Ich aber«, sagte er, »habe mehr Angst ausgestanden als die Krieger Ephraims, die von den Gileaditern erschlagen und ersäuft wurden, weil sie Siboleth statt Schiboleth sagten[1]. Und das reicht noch nicht; in ganz Beauce gibt's keinen, der mir mein Angstloch mit einem Fuder Heu hätt' kalfatern können.«

Schweigend und mit vielen Zeremonien führte uns darauf der Hauptmann zum Palast der Königin. Unterwegs wollte sich Pantagruel mit ihm unterhalten; jener konnte aber nicht zu ihm hinaufreichen und wünschte sich erst eine Leiter oder ein Paar recht hohe Stelzen, sagte dann aber: »Ach was, wenn unsere Königin nur wollte, so wären wir ebensogroß wie Ihr. Beliebt's ihr, so können wir's noch werden!« – In der ersten Galerie trafen wir auf eine große Schar von Kranken, die je nach ihrer Krankheit verschieden aufgestellt waren: die Aussätzigen ganz abseits, die Vergifteten an einem Platz, die Pestkranken an einem anderen, die Lustseuchlinge in der vordersten Reihe und so weiter die anderen.

1 s. Richter 12, 5/6

Zwanzigstes Kapitel

Wie Quintessenz die Kranken durch Musik heilt

In der zweiten Galerie zeigte uns der Hauptmann die junge Dame, die wenigstens achtzehnhundert Jahre alt, trotzdem aber sehr schön, von zarter Körperbildung und prächtig gekleidet war; wir fanden sie von den Herren und Damen ihres Hofes umgeben.. Der Hauptmann sagte zu uns: »Jetzt könnt ihr sie nicht sprechen, aber gebt nur auf alles, was sie tut, recht acht. Ihr habt zwar in eurem Land auch Könige, die durch bloßes Handauflegen gewisse Krankheiten, wie Kropf, Epilepsie und Wechselfieber, sympathetisch heilen; aber unsere Königin heilt alle Krankheiten ohne die geringste Berührung nur dadurch, daß sie den Kranken ein Stückchen vorspielt, wie es ihr Übel gerade verlangt.« Darauf zeigte er uns die Orgeln, durch deren Spiel diese Wunderheilungen vollbracht wurden. Sie waren ganz eigentümlich konstruiert, denn die Pfeifen waren aus Kassiaröhren, die Windladen aus Franzosenholz[1], die Register aus Rhabarber, das Pedal aus Turpeth[2] und die Klaviatur aus Skammoniumholz[3] gearbeitet.

Während wir uns dieses neue und wunderbare Orgelwerk ansahen, wurden die Aussätzigen von den Abstraktoren, Spodizatoren[4], Massiteren[5], Prägusten[6], Tabachinen[7], Schaschaninen[8], Neemaninen[9], Raberbanen[10], Nerzinen[11], Rosuinen[12], Tearinen[13], Sagamionen[14], Nedibinen[15], Peraronen[16], Schesininen[17], Sarinen[18], Sotrinen[19], Abothen[20], Enilinen[21], Archasdarpeninen[22], Mebinen[23], Giburinen[24] und anderem Hofgesinde der Königin hereingeführt. Sie spielte ihnen irgendein Stückchen vor, und dann waren sie gesund. Darauf wurden die Vergifteten hereingebracht – ein anderes Stückchen, und alle waren wieder munter auf den Beinen. Nicht anders ging es mit den Blinden, den Tauben und den Stummen. Darüber staunten wir, wahrlich nicht mit Unrecht, so sehr, daß wir uns vor Begeisterung zu Bo-

1 Holz des südamerikan. Guajakbaums; ehem. Syphilismittel – 2 ind. Windenart; Abführmittel – 3 vorderasiat. Windenart; Abführmittel – 4 Aschenbrater (griech.) – 5 Kauer (griech.) – 6 Vorkoster (lat.) – 7 Köche (hebr.) – 8 Nachbarn (hebr.) – 9 Fürsten (hebr.) – 10 Hochgestellte (hebr.) – 11 Jünglinge (hebr.) – 12 Räte (hebr.) – 13 Kaufleute (hebr.) – 14 Beamte (hebr.) – 15 Herrscher (hebr.) – 16 Ritter (hebr.) – 17 Starke (hebr.) – 18 Höflinge (hebr.) – 19 Beamte (hebr.) – 20 Wahrsager (hebr.) – 21 unbekannt – 22 Statthalter (hebr.) – 23 Kluge (hebr.) – 24 Mächtige (hebr.)

den warfen und, hingerissen von Bewunderung über die Kraft, welche wir diese Frau hatten ausüben sehen, kein Wort hervorzubringen vermochten. Sie aber, als wir so dalagen, berührte Pantagruel mit dem Rosenstrauch, den sie in ihren Händen hielt, worauf wir wieder zu uns kamen und aufstanden. Dann redete sie in samtenen Worten, wie Parysatis wollte, daß man mit ihrem Sohne Kyrus reden sollte, oder wenigstens in karmesintaftnen folgerndermaßen zu uns:

»Ein Glanz von Ehrbarkeit, der euch umgibt, läßt mich mit Sicherheit auf die in eurer Seele verborgenen Tugenden schließen, und sehe ich die reizende Anmut eurer beredten Huldigung, so sage ich mir, daß euer Herz an keinem Laster krankt und an keinem Makel freien und edlen Wissens, dagegen aber reich ist an vielen fremden und seltenen Wissenschaften und Künsten, die bei dem jetzigen allgemeinen Treiben des ungebildeten Haufens mehr zu wünschen als wirklich anzutreffen sind. Deshalb und obschon die Erfahrung mich gelehrt hat, mein Gefühl zu beherrschen, kann ich doch nicht umhin, euch mit dem so abgeschmackten Allerweltswort zu begrüßen: Seid mir hoch, seid mir von ganzem Herzen, seid mir von ganzer Seele willkommen!«

»Ich bin kein Gelehrter«, sagte Panurg zu mir; »antworte du, wenn du Lust hast. Da ich dazu aber nicht geneigt war und Pantagruel auch nicht antwortete, so blieben wir alle stumm. Demzufolge begann die Königin aufs neue: »An euerer Schweigsamkeit erkenne ich nicht allein, daß ihr Anhänger der Pythagoreischen Schule seid, von welcher das alte Geschlecht meiner Vorfahren in gerader Linie abstammt, sonder auch daß ihr in Ägypten, der berühmten Schmiede tiefster Weltweisheit, manch Jahr zurück an den Nägeln gekaut und euch den Kopf mit dem Zeigefinger gekraut habt. In der Schule des Pythagoras war Schweigsamkeit das Erkennungszeichen, und bei den Ägyptern galt Schweigen als etwas Göttliches. Schweigend opferten die Priester von Hieropolis[1] dem großen Gott, ohne das geringste Geräusch dabei zu machen oder einen Laut von sich zu geben. Meine Absicht ist aber nicht, mit Privation des Danks in euch zu

1 gemeint ist Heliopolis nördl. Kairo; Mittelpunkt der ägypt. Sonnenreligion, die mit dem urspr. Stadtgott Atum die übrigen Lichtgottheiten Re, Horus, später auch Osiris verschmolz

dringen, sondern euch meine Gedanken in lebendiger Formheit zu exzentrieren, wenngleich sich die Materie von mir hat abstrahieren wollen.«

Nach diesen Worten wandte sie sich ihren Hofbedienten zu und sagte zu ihnen: »Tabachinen, *in Panacea*[1]!» Sobald sie dies Wort gesprochen, baten uns die Tabachinen, daß wir entschuldigen möchten, wenn wir nicht an der Tafel der hohen Frau speisen könnten; es würde dort außer einigen Kategorien, Abstraktionen, Intentionen, Definitionen, Problemen, Antithesen, Metempsychosen[2] und transzendentalen Prolepsen[3] nichts zu sich genommen.

Sie führten uns daher in einen Saal, der mit allerhand erstaunlichen Dingen ausgestattet war; dort wurden wir Gott weiß wie herrlich bewirtet. Man erzählt, Jupiter habe auf das gegerbte Fell der Ziege, die ihn einst auf Kandia[4] gesäugt hatte – das er später im Kampf gegen die Titanen als Schild benutzte, weshalb er auch Ägiochus[5] hieß –, alles aufgeschrieben, was in der Welt geschehen sei. Bei meinem Durst, liebe Freunde und Zechbrüder, nicht auf achtzehn solcher Ziegenfelle hätte man all die guten Gerichte, Zwischenspeisen und Leckereien aufschreiben können, die man uns vorsetzte, und wenn man auch die kleinste Schrift gewählt hätte, eine so kleine wie zu der Homerischen »Ilias«, die Cicero gesehen haben will und von der er sagt, daß sie in einer Nußschale Platz gefunden habe. Und wenn ich hundert Zungen, hundert Münder, eine eherne Stimme und den honigtriefenden Redefluß Platons besäße, so würd' ich euch in vier Büchern auch noch nicht den dritten Teil einer Hälfte davon erzählen können. Pantagruel aber äußerte die Vermutung, es habe die edle Frau, als sie ihren Dienern *In Panacea!* zugerufen, sich mit diesem Wort einer unter ihnen eingeführten Bezeichnung für »Festessen erster Güte« bedient, wie Lucullus, wenn er seine Freunde ganz besonders bewirten wollte, *In Apollo* sagte und dann nichtsdestoweniger so tat, als sei man ihm unvorbereitet in die Suppe gefallen, was Cicero und Hortensius ja auch manchmal machten.

1 zum Allheilmittel (lat.) – 2 Seelenwanderungen – 3 vorgefaßte Begriffe – 4 mittelalterlicher Name Kretas – 5 (»Ziegenfell–)Schildhalter«

Einundzwanzigstes Kapitel
Wie sich die Königin nach dem Essen die Zeit vertrieb

Nach beendeter Mahlzeit wurden wir von einem Schaschaninen in den Saal der Königin geführt und sahen dort, wie sie, was sie immer zu tun pflegte, die Zeit nach Tisch mit ihren Hofdamen und Hofkavalieren durch ein schönes, großes, blauweißes Seidensieb durchschlug, seihte und filtrierte. Sahen dann zu, wie sie miteinander allerlei Tänze des Altertums tanzten, wie

Kordax,	Phrygisch,	Zernophorisch,
Emmelia,	Nikatimisch,	Mongas,
Sikinnis,	Thrakisch,	Thermaystris,
Jambisch,	Kalabrisch,	Florulisch,
Persisch,	Molossisch,	Pyrrichisch

und tausend andere Arten mehr. Dann zeigte man uns auf ihren Befehl den Palast, wo wir so viel Neues, Staunenswertes und Wundervolles erblickten, daß ich noch jetzt ganz entzückt davon bin, wenn ich nur daran denke. Aber nichts erregte unsere staunende Bewunderung so sehr wie die Taten ihrer Hofleute, der Abstraktoren, Parazonen[1], Nedibinen, Spodizatoren usw., die uns offen und ohne Hehl sagten, die Frau Königin beschränke sich nur auf das Unmögliche und heile nur die Unheilbaren; alles übrige täten und heilten sie, ihre Diener.

So sah ich, wie ein junger Parazone Venerische von der allerfeinsten Sorte, echtes Rouner Hochgewächs, bloß durch dreimaliges Betupfen des zahnförmigen Rückenwirbels mit einem alten Schuhflicken kurierte.

Einen andern sah ich Brust-, Bauch- und Unterleibswassersüchtige sowie Tympanisten[2] dadurch von Grund aus heilen, daß er ihnen mit einem Hammer neunmal auf den Bauch klopfte; irgendwelche lösenden Mittel wandte er nicht an.

Wieder einer kurierte jedes Fieber im Handumdrehen, indem er dem Kranken auf der linken Seite einen Fuchsschwanz an den Gürtel hängte.

Noch ein anderer Zahnschmerzen, indem er die Wurzel des

1 wahrscheinlich mit *parazonia* (griech.) Kurzschwertern bewaffnete Leibwächter – 2 Trommelbauchsüchtige

kranken Zahns dreimal in Holunderessig badete und dann eine halbe Stunde an der Sonne trocknen ließ.

Ein anderer alle Arten von Gicht, gleich ob warme, kalte, chronische oder akute, indem er die Kranken den Mund schließen und die Augen aufreißen ließ.

Einer heilte in wenigen Stunden neun brave Edelleute vom Sankt-Franziskus-Übel[1], indem er sie von all ihren Schulden befreite und jedem eine Schnur um den Hals hängte, an der eine Börse mit zehntausend Sonnentalern baumelte.

Einer warf mittels einer wunderbaren Maschine die Häuser zum Fenster hinaus und verbesserte dadurch die Luft in ihnen außerordentlich.

Ein anderer heilte die drei Arten von Ketzerei, die schwindsüchtige, die ausgezehrte und die bleichsüchtige, ohne Bäder, Milchdiät, Pecheinreibung oder sonstige Mittel bloß dadurch, daß er die Patienten für drei Monate ins Kloster schickte. Wenn das nicht hülfe, versicherte er mir, so würden sie nun einmal nicht fetter, und alle Kunst wäre an ihnen verloren.

Einen sah ich, der von zwei großen Haufen Frauenzimmern umringt war; davon bestand der eine Haufe aus lauter jungen, appetitlichen, zarten, anmutigen und, wie es schien, gutwilligen Mädchen, der andere aus zahnlosen, triefäugigen, runzligen, verwitterten, leichenfarbigen alten Weibern. Pantagruel hörte, er schmölze die alten Weiber um, so daß sie durch seine Kunst wieder so jung würden wie jene Mädchen, die er erst heute umgeschmolzen und denen er dieselbe Schönheit, Anmut, Gestalt, Größe und Gliederfülle zurückgegeben hatte, die sie im Alter von fünfzehn bis sechzehn Jahren besessen, nur mit dem einzigen Unterschied, daß ihre Fersen dabei etwas kürzer geworden waren als zur Zeit ihrer ersten Jugend. Das wäre denn auch der Grund, weshalb sie nunmehr bei jeder Begegnung mit Männern so außerordentlich gefällig wären und so leicht hintenüberfielen.

Der Haufe alter Weiber wartete auf das Umschmelzen mit großer Begierde und plagte den guten Mann fortwährend mit der Versicherung, daß es der Natur widerspräche, wenn zu einem bereitwilligen Hintern nicht auch ein hübsches Gesicht gehörte. An Kundschaft und guter Einnahme gebrach's ihm wahrlich nicht! – Pantagruel fragte ihn, ob er auch alte Männer um-

1 sprichwörtlich für Armut

schmölze. Er sagte aber nein; wenn die sich verjüngen wollten, so müßten sie einer umgeschmolzenen Frau beiwohnen. Dann bekämen sie die fünfte Spezies der Venerie, welche man Häutung nenne, auf griechisch Ophiasis, wodurch man Haut und Haare wechsle wie jährlich die Schlangen; auf diese Weise erlangten sie wieder ihre Jugend wie der arabische Phönix. – Das ist der wahre Jungbrunnen! Was alt und häßlich geworden, wird plötzlich wieder jung, frisch und lebendig, wie Euripides uns erzählt, daß es Iolaus geschehen sei, oder wie es durch Venus' Gunst dem schönen Phaon geschah, dem Herzliebsten der Sappho, oder durch die Kunst der Medea dem Äson, der nach des Pherekydes und Simonides Zeugnis von ihr wieder aufgefärbt und verjüngt wurde, oder wie den Ammen des guten Bacchus und ihren Ehemännern, was Aischylos erwähnt.

Zweiundzwanzigstes Kapitel

Was für verschiedenartige Dinge die Diener der Quintessenz vollbrachten und wie die hohe Frau uns unter ihre Abstraktoren aufnahm

Danach sah ich eine große Menge des Hofgesindes, die wuschen in der allerkürzesten Zeit Mohren weiß, indem sie ihnen den Leib mit einem Korbboden scheuerten.

Andere bestellten mit drei Joch Füchsen den Sand am Meer, und ihre Saat ging auf.

Andere wuschen von Dachziegeln die Farbe ab.

Andere zogen aus Pumex oder, wie ihr's nennt, Bimsstein Wasser, indem sie ihn längere Zeit in einem marmornen Mörser zerstießen und dadurch seine Substanz veränderten.

Andere schoren Esel und bekamen von ihnen eine vortreffliche Wolle.

Andere lasen Trauben von Dornen und Feigen von Disteln.

Ander melkten Böcke und fingen die Milch zum großen Nutzen für den Haushalt in einem Sieb auf.

Andere wuschen Eseln die Köpfe und machten ihr Handtuch nicht umsonst naß.

Andere jagten mit Netzen in der Luft und fingen Riesenkrebse.

Einen jungen Spodizator sah ich, der preßte einem toten Esel höchst kunstvoll einen Furz aus und verkaufte die Elle davon für fünf Heller.

Ein anderer ließ Maikäfer anfaulen, damit sie Geschmack bekämen. Ein schönes Fressen!

Wie ein Reiher aber kotzte Panurg, als er einen Archasdarpeninen einen großen Kübel Menschenurin mit Pferdeäpfeln und ehrlicher Christenscheiße zu fauliger Gärung zusammenrühren sah. Pfui über das Schwein! Er aber meinte, dieses wundervolle Gebräu werde er Königen und hohen Fürsten zu trinken geben und so ihr Leben um einen oder zwei Klafter verlängern.

Andere brachen Würste übers Knie.

Andere zogen Aalen vom Schwanz her die Haut ab, und sie gaben keinen Mucks von sich, ehe sie nicht geschunden waren wie die von Melun.

Andere machten aus einer Mücke einen Elefanten und umgekehrt.

Andere schnitten das Feuer mit Messern und schöpften Wasser in Netzen.

Andere machten aus Blasen Laternen und aus Wolken eiserne Öfen. Ein Dutzend von ihnen sahen wir unter einem Laubdach aus schönen, schwappvollen Humpen viererlei Wein trinken, der ihnen trefflich zu munden schien. Wie man uns sagte, hoben sie das Wetter nach der hiesigen Landessitte, geradeso wie's Herkules und Atlas getan.

Andere machten aus der Not eine Tugend, was mir ein recht gutes und zweckmäßiges Stück Arbeit zu sein schien.

Andere machten Gold mit den Zähnen[1] und dabei die Nachttöpfe nicht sehr voll.

Andere maßen auf einem langen Gang mit äußerster Genauigkeit Flohsprünge. Das, meinten sie, wäre etwas sehr Wichtiges für die Regierungskunst, Staatslenkung und Kriegführung, und sie unterließen nicht, darauf hinzuweisen, daß Sokrates, der doch als erster die Philosophie aus Himmelshöhen herabgezogen und sie von einer müßigen und eitlen zu einer nützlichen, fruchtbaren Wissenschaft gemacht, die Hälfte seiner Studienzeit darauf verwandt hätte, den Flohsprung zu messen, wie Aristophanes, der Quintessenzler, es bezeuge[2].

1 d. h., sie sparten es sich vom Munde ab – 2 »Die Wolken« 144/52

Sah auch zwei Giburinen, die auf einem hohen Turm Wache standen; man sagte uns, sie paßten auf, daß die Wölfe den Mond nicht fräßen.

Vier anderen begegnete ich am Ende des Gartens; sie disputierten heftig miteinander und waren drauf und dran, einander in die Haare zu geraten. Als ich mich erkundigte, was es damit auf sich hätte, erfuhr ich, daß sie schon vier Tage lang über sehr wichtige hyperphysikalische Fragen stritten, von deren Lösung sie sich goldene Berge versprachen. Die erste betraf des Esels Schatten[1], die zweite den Laternenrauch[2], und die dritte bezog sich darauf, ob Ziegen Wolle hätten oder nicht. Später sagte man uns, diese Leute hielten es keineswegs für unmöglich, daß zwei Dinge, die sich in Modus, Form, Beschaffenheit und Zeit widersprächen, dennoch beide wahr sein könnten, eine Ansicht, zu der ein Pariser Sophist sich nie bekennen wird; eher schwört er seine Taufe ab.

Als wir dem erstaunlichen Treiben dieser Leute voll Neugierde zuschauten, kam die hohe Frau mit ihrem edlen Gefolge auf uns zugeschritten, während Hesperus schon leuchtend am Himmel stand. Ihr Anblick verwirrte von neuem unsere Sinne und blendete unsere Augen. Sie, die sogleich unsere Erregung bemerkte, sprach zu uns folgendermaßen: »Das, was die menschlichen Gedanken sich in den Abgründen der Bewunderung verlieren läßt, ist nicht sowohl die Gewalt der Wirkungen, welche aus natürlichen Ursachen kraft der Fähigkeit weiser Künstler entspringen, als vielmehr die Neuheit der Erfahrung, welche wir in uns aufnehmen, indem wir nicht sogleich erkennen, wie leicht das Kunstwerk mit klarem Urteil und eifrigem Studium zu erfassen ist. Darum kommt zur Besinnung, und bannt jeden Schrecken aus eurer Seele, der euch etwa bei dem ergriffen haben mag, was ihr von meinen Dienern vollbringen saht. Schauet, höret, prüfet nach eurem Belieben alles, was mein Haus bietet, so werdet ihr euch nach und nach von der Knechtschaft der Unwissenheit frei machen. Das ist mein Wille. Um euch davon aber einen aufrichtigen Beweis zu geben sowie in Anbetracht der heftigen Wißbegierde, die ihr, wie ich zu meiner hohen Freude erkannt zu haben glaube, in eurem Herzen hegt,

1 s. Aristophanes »Die Wespen« 191 – 2 svw. des Kaisers Bart

nehme ich euch hiermit in den Stand und Rang meiner Abstraktoren auf. Geber, mein Obertabachin, wird euch, wenn ihr diesen Ort verlaßt, in die Rangliste eintragen.«

Wortlos dankten wir untertänigst und nahmen die schöne Bestallung an.

Dreiundzwanzigstes Kapitel

Wie der Königin das Abendessen gereicht wurde und wie sie aß

Nachdem die Dame diese Worte gesprochen, wandte sie sich an ihre Edelleute und sagte: »Der Magenmund, welcher von sämtlichen Gliedmaßen, den niederen wie den höheren, mit dem Geschäft der Ernährung beauftragt ist, mahnt uns daran, ihnen durch Zuführung probater Alimente zurückzuerstatten, was sie durch die fortwährende Aktion der natürlichen Wärme an ursprünglichen Säften verloren haben. Darum, ihr Spodizatoren, Schesininen, Neemaninen und Parazonen, säumet nicht länger, und richtet uns nun die Tafel her, reich besetzt mit zuträglichen und kräftigenden Speisen. Ihr aber, meine würdigen Prägusten, und desgleichen ihr, meine edlen Massiteren, beweist eure stets wache und eifrige Sorge, jeden Befehl, der euch gegeben wird, gewissenhaft auszuführen; seid stets auf alles bedacht. Es bedarf von meiner Seite nichts, als euch daran zu erinnern, das zu Tuende zu tun.«

Sobald sie dies gesagt hatte, zog sie sich für eine kurze Weile mit einem Teil ihrer Damen zurück, um, wie sie uns sagen ließ, ein Bad zu nehmen, worin sie einer Sitte der Alten folgte, die bei jenen so allgemein war wie bei uns das Händewaschen vor dem Essen. Schnell wurden die Tische aufgestellt und mit sehr kostbaren Tüchern gedeckt. Die Dame selbst aß nur Ambrosia und trank dazu himmlischen Nektar. Aber den Herren und Damen ihres Hauses wie auch uns reichte man so auserlesene, schmackhafte und köstliche Speisen, wie Apicius sie sich nicht hat träumen lassen.

Für den Fall, daß der Hunger noch nicht gestillt sein sollte, kam zum Schluß noch eine Allerleischüssel von solcher Größe und Mächtigkeit, daß die goldene Platane, die Pythius Bithynus einst König Darius schenkte, sie kaum würde bedeckt haben. Sie bestand aus verschiedenen Suppen, Salaten, Frikassees, Haschees, Koteletten, gebratenem und gekochtem Fisch, Karbonaden, gesalzener Rinderbrust, braungeräuchertem Schinken, himmlischen Schweinsknöchelchen, Pasteten, Torten, einer Menge maurischen Kuskussus, allerhand Sorten Käse, Sahnequark, Gelees und den verschiedenartigsten Früchten. Alles schien vorzüglich und sehr schmackhaft zubereitet zu sein; aber ich rührte nichts davon an, da ich schon satt und voll war. Nur das will ich euch noch sagen, daß ich da Pasteten mit Rinde sah, was etwas Seltenes ist, und diese Rindenpasteten waren in einer Form gebacken. Aus dem Boden der Pastete sah ich einen Haufen Würfel, Karten, Tarockspiele, Billards, Schachfiguren und Damebretter nebst einigen großen Schalen mit Sonnentalern für die, die etwa spielen wollten.

Ganz unten standen auch noch eine Anzahl schön gesattelter Maulesel und Paßgänger zum Gebrauch für Herren und Damen und ich weiß nicht wieviel mit Samt ausgeschlagene Sänften, auch einige ferrarische Kutschen, wenn jemand spazierenfahren wollte.

Das schien mir nun nicht gerade so merkwürdig zu sein; aber die Art und Weise, wie die Dame aß, war etwas ganz Neues. Sie kaute nämlich gar nicht; nicht etwa daß es ihr an guten, starken Zähnen gefehlt oder daß ihr Essen nicht hätte gekaut werden müssen, o nein, aber es war nun einmal ihre Art und Gewohnheit. Nachdem nämlich die Prägusten die Speise gekostet hatten, nahmen die Massiteren diese in den Mund und kauten sie ihr auf eine höchst anständige Art klein, indem sie sich den Gaumen mit feingemasertem, golddurchwebtem Taft und die Zähne mit schönem weißem Elfenbein belegten. Das Gutdurchkaute wurde ihr dann mittels eines Röhrchens aus feinstem Gold unmittelbar in den Magen hinuntergelassen. Ebenso, sagte man uns, ginge sie auch *per procuram*[1] zu Stuhle.

1 mittels eines Stellvertreters (lat.)

Vierundzwanzigstes Kapitel

Wie in Gegenwart der Quintessenz ein anmutiger Tanz in Gestalt eines Turniers aufgeführt ward

Nach dem Abendessen fand in Gegenwart der Dame eine Art Turnier oder vielmehr ein Tanz statt, der nicht nur wert war, angesehen zu werden, sondern es wirklich verdiente, in unauslöschlicher Erinnerung zu bleiben. Zuerst breitete man auf dem Parkett einen großen samtenen Teppich aus, der ein Schachbrettmuster trug und halb mit weißen, halb mit gelben Feldern bedeckt war, von denen jedes drei Spannen im Quadrat maß. Darauf traten zweiunddreißig junge Leute in den Saal. Sechzehn von ihnen waren ganz in Goldbrokat gekleidet, nämlich acht Nymphen, wie die Alten sie im Gefolge der Diana darzustellen pflegten, ein König, eine Königin, zwei Turmwächter, zwei Ritter und zwei Bogenschützen; desgleichen sechzehn andere, aber in Silberbrokat gekleidet. Ihre Aufstellung auf dem Teppich war folgende: Die Könige nahmen in der hintersten Reihe das vierte Feld ein, so daß der goldene König auf das weiße, der silberne auf das gelbe Feld zu stehen kam; die Königinnen standen neben ihnen, die goldene auf dem gelben, die silberne auf dem weißen Feld; die Bogenschützen als Schirmer ihrer Könige und Königinnen neben ihnen zu beiden Seiten; neben den Schützen die beiden Ritter, neben den Rittern die beiden Wächter. In der Reihe vor ihnen standen die je acht Nymphen. Zwischen den beiden Nymphengruppen blieben vier Reihen Felder unbesetzt. Außerdem hatte jede Partei ihre Musikanten, welche in der gleichen Farbe gekleidet waren, die einen in orangefarbenen, die anderen in weißen Damast; auf jeder Seite standen acht davon, alle mit verschiedenen Instrumenten der allerdrolligsten Bauart, sehr schön im Zusammenklang und wunderbar melodisch, die in Ton, Tempo und Taktart wechselten, wie der fortschreitende Tanz es verlangte, was mich, wenn ich die große Mannigfaltigkeit der Schritte, Gänge, Sprünge, Sätze, die Hinterhalte und Überfälle, die verschiedenen Arten des Zurückweichens und Fliehens erwäge, mit der größten Bewunderung erfüllte. Was mir aber noch mehr über menschliches Begreifen hinauszugehen schien, war, daß die Tanzenden so schnell die zu ihrer Bewegung gehörenden Töne aufnahmen, daß sie den Fuß schon auf die richtige Stelle setzten, wenn die Musik noch kaum erklungen war, obwohl so verschiedenartige Bewegungen gemacht werden mußten. Denn die Nymphen, die im ersten Glied stehen, gehen gerade auf ihren Feind los, und zwar immer von einem Feld zum nächsten, außer beim ersten Schritt, wo sie zwei Felder auf einmal überschreiten dürfen; sie allein weichen nie zurück. Gelingt es einer von ihnen, bis in die Reihe des feindlichen Königs vorzudringen, so wird sie zur Königin ihres Königs gekrönt und erhält damit das Recht, sich ebenso wie die Königin zu bewegen. Sonst schlagen sie ihre Feinde nur in der Diagonale und in Richtung nach vorn. Weder ihnen noch irgendeinem der anderen ist es aber erlaubt, einen Feind zu schlagen, wenn ihr König dadurch bloßgestellt werden würde.

Die Könige schreiten nach allen Richtungen hin von Feld zu Feld und schlagen so auch ihre Feinde; sie gehen vom weißen immer zum nächsten gelben Feld und umgekehrt, nur wenn sie den ersten Schritt machen und die Reihe bis zum Wächter von anderen Offizieren frei ist, können sie jenen auf ihren Platz treten lassen und sich neben ihn stellen.

Die Königinnen bewegen sich und schlagen ihre Feinde mit weitaus größerer Freiheit als all die anderen, nämlich nach jeder Richtung hin und auf jede Art und Weise: geradeaus, so weit sie wollen, wenn nicht einer der Ihrigen ihnen etwa im Wege steht, ebenso in der Diagonale, wobei sie jedoch die Farbe des Feldes, auf dem sie stehen, einhalten müssen.

Die Schützen gehen sowohl vor- als auch rückwärts, eine weite oder kurze Strecke; auch sie dürfen die Farbe ihres Standfeldes nicht verändern.

Die Ritter bewegen sich und schlagen in gerad-schräger Weise, indem sie ein Feld überspringen, gleich ob es von Freund oder Feind besetzt ist, und sich dann links oder rechts von dem zweiten hinstellen, wobei sie die Farbe wechseln, ein Sprung, der dem Feind sehr gefährlich werden kann und von ihm wohl im Auge behalten werden muß; denn sie schlagen nicht geradeaus und offen.

Die Wächter schreiten und schlagen geradeaus, rechts, links, vor- und rückwärts wie die Könige, können aber, sofern die Bahn frei ist, gehen, so weit sie wollen, was die Könige nicht können.

Die allgemeine Regel für beide Parteien und das letzte Ziel des Kampfes besteht darin, den König so zu bedrängen und einzuschließen, daß er nach keiner Seite hin mehr ausweichen kann. Sobald er so fest eingeschlossen ist, daß er nicht mehr entfliehen, auch von den Seinigen nicht mehr befreit werden kann, ist die Partie zu Ende und der bedrängte König besiegt. Um ihn vor diesem Mißgeschick zu bewahren, bringt jeder von seiner Partei willig sein eigenes Leben zum Opfer, und so schlägt bald hier, bald dort einer den andern, wie es die Musik anzeigt. Nimmt irgendwer einen von der feindlichen Partei gefangen, so gibt er ihm einen kleinen Schlag auf die rechte Hand, schickt ihn weg vom Teppich und stellt sich an seinen Platz. Geschieht es aber, daß ein König geschlagen werden könnte, so darf die feindliche Partei dies nicht tun, sondern der, welcher ihn seines Schutzes beraubt oder ihn bedroht, ist streng angewiesen, sich tief vor ihm zu verbeugen und folgendermaßen zu ihm zu sprechen: »Gott stehe Euer Majestät bei«, auf daß seine Offiziere ihm zu Hilfe kämen und ihn schützten oder aber, wenn solche Hilfe unmöglich sei, er den Platz wechsle. Auf keinen Fall darf er von der feindlichen Partei gefangengenommen werden, sondern ist es so weit mit ihm gekommen, so beugt man vor ihm das linke Knie und sagt: »Wünsche guten Morgen!« – Und damit ist das Turnier zu Ende.

Fünfundzwanzigstes Kapitel
Wie die zweiunddreißig Tänzer gegeneinander kämpfen

Sobald die beiden Parteien auf ihren Plätzen standen, stimmten auch schon die Musikkapellen gemeinsam einen kriegerischen Marsch an, ganz so schrecklich wie zum Angriff. Eine Bewegung lief durch die beiden Haufen, sie rüsteten sich zu tapferem Kampf, denn die Stunde der Schlacht war gekommen, wo sie das Lager verlassen sollten. – Plötzlich schwieg die Musik der Silbernen, und die der Goldenen allein tönte weiter, was soviel bedeutete, wie daß die Goldenen angreifen würden. So war's auch: eine neue Weise erklang, und wir sahen, wie die Nymphe, welche vor dem König stand, sich nach links diesem zuwandte, als ob sie ihn um Erlaubnis bäte, den Kampf beginnen zu dürfen, wobei sie zugleich die ganze Schar grüßte. Dann ging sie züchtigen Schritts zwei Felder vor und verbeugte sich leicht gegen die feindliche Partei, die sie angriff. Jetzt schwieg die Musik der Goldenen, und die der Silbernen fiel ein.

Hier soll nicht unerwähnt bleiben, daß die Nymphe sich deshalb ihrem König zugewandt und ihn und die Ihrigen gegrüßt hatte, damit diese nicht müßig dastünden; denn alle erwiderten den Gruß, indem sie sich nach links verbeugten, die Königin allein ausgenommen, die sich nach rechts ihrem König zuwandte. Dieses Grüßen und Gegengrüßen wurde aber im weitren Verlauf des Tanzes von allen Tänzern der einen wie der andern Partei vollzogen.

Unter den Klängen der silbernen Musikkapelle ging die silberne Nymphe, die vor dem König stand, vor, nachdem sie vorher ihren König und ihre Schar gegrüßt und deren Gegengruß empfangen hatte, ganz wie es bei der andern geschehen war, nur daß diese sich jetzt nach rechts wandten, ihre Königin aber nach links; dann stellte sie sich auf das zweite Feld nach vorn und machte ihren Gegnern eine Verbeugung, Stirn an Stirn mit der goldenen Nymphe, ohne daß ein Zwischenraum zwischen beiden blieb, als ob sie im Begriff wären, sich zu schlagen, wäre dies überhaupt möglich gewesen, da sie nur diagonal schlagen konnten. Ihnen folgten ihre Mitkämpferinnen, goldene und silberne jeweils abwechselnd, und fingen mit dem Scharmützel an, indem die goldene Nymphe, welche zuerst vorgegangen war, einer silbernen Nymphe, die links vor ihr stand, auf die Hand schlug, sie dadurch außer Gefecht setzte und ihren Platz einnahm. Aber sobald eine andere Weise erklang, wurde sie selbst von einem silbernen Schützen geschlagen. Eine goldene Nymphe bedrohte wiederum diesen; da verließ der silberne Ritter das Lager, und die Königin stellte sich vor den König.

Jetzt wechselte der silberne König seinen Platz, denn er fürchtete die Wut der goldenen Königin, und zog sich rechts neben seinen Wächter zurück, welcher Platz wohl geschützt und leicht zu verteidigen schien.

Alsbald gehen die beiden Ritter, der silberne wie der goldene, welche auf der linken Seite kämpfen, vor und nehmen mehrere feindliche Nymphen, die nicht zurückweichen können, gefangen; besonders leistet der goldene darin Erstaunliches. Aber der silberne plant etwas Wichtigeres; er verheimlicht seine Absicht. Mehrmals hätte er eine goldene Nymphe gefangennehmen können, aber er ließ sie stehen und ging weiter; so ist es ihm geglückt, nahe an den Feind heranzukommen, bis er auf einen Platz gelangt ist, von dem aus er den feindlichen König begrüßt und ihm sein »Gott stehe Euer Majestät bei!« zuruft. Als die Schar der Goldenen diese Aufforderung, ihrem König zu helfen, vernimmt, erbebt sie; nicht, daß sie ihm nicht leicht beizuspringen vermöchte, aber während sie ihren König schützt, verliert sie, ohne daß sie es hindern kann, ihren rechten Wächter. Der goldene König zieht sich nach links zurück, und der silberne Ritter nimmt den goldenen Wächter gefangen, was für die andern ein großer Verlust ist. Doch die goldene Schar überlegt, wie sie sich dafür rächen kann, und so umstellt sie den Ritter von allen Seiten, so daß es ihm unmöglich ist, zu entfliehen, und er sich ihren Händen nicht entwinden kann. Alle Versuche herauszukommen, alle Listen der Seinigen, ihn zu befreien, sind vergebens. Zuletzt nimmt ihn die goldene Königin gefangen.

Die Schar der Goldenen, einer ihrer Hauptstützen beraubt, ermannt sich jetzt und sucht, ohne aber die nötige Vorsicht dabei walten zu lassen, sich auf jede Weise zu rächen; so fügt sie dem feindlichen Heer allerlei Schaden zu. Die Schar der Silbernen läßt sich nichts anmerken und wartet den Augenblick der Vergeltung ab. Sie stellt der goldenen Königin eine Nymphe zum Schlagen hin, legt ihr dabei aber einen Hinterhalt, so daß, als die Nymphe genommen wird, die Silberkönigin in Gefahr gerät, von dem goldenen Schützen genommen zu werden. Der goldene Ritter bedroht den silbernen König und die silberne Königin zur gleichen Zeit und sagt schon: »Wünsche guten Morgen!« Der Silberschütze, der sie rettet, wird von einer goldenen Nymphe genommen, die wieder von einer silbernen gefangengenommen wird. Heiß entbrennt die Schlacht. Die Wächter verlassen ihre Plätze und kommen zu Hilfe. In gefahrvollem Knäuel wühlt alles durcheinander. Noch entscheidet sich Enyo nicht. Ein paarmal dringen die Silbernen bis zum Zelt des goldenen Königs vor und werden dann plötzlich wieder zurückgetrieben. Die goldene Königin besonders vollbringt Wunder der Tapferkeit; auf einen Streich nimmt sie den Schützen und, rasch sich wendend, auch den silbernen Wächter gefangen. Kaum aber, daß die silberne

Königin dies gewahr wird, eilt sie nach vorn, und von gleichem Heldenmut getrieben, nimmt sie den letzten goldenen Wächter und eine Nymphe dazu. Lange kämpfen die beiden Königinnen gegeneinander; jede ist bemüht, die andere zu überraschen, sich zu schützen oder ihren König zu decken. Endlich nimmt die goldene Königin die silberne gefangen, wird aber gleich darauf von dem Silberschützen selbst gefangengenommen. Dem silbernen König bleiben jetzt nur noch drei Nymphen, ein Schütze und ein Wächter, dem goldenen bloß drei Nymphen und der rechte Ritter, was beide veranlaßt, von nun an langsamer und vorsichtiger zu kämpfen. Beide scheinen den Verlust ihrer Königinnen schmerzlich zu empfinden; ihr ganzes Streben und all ihre Anstrengungen gehen dahin, womöglich durch eine neue Heirat eine der Nymphen zu dieser Würde zu erheben, und so schützen sie sie, so gut sie vermögen, und versprechen heilig, ihnen diese Würde zuteil werden zu lassen, sobald sie nur bis in die letzte Reihe des feindlichen Königs vorgedrungen sein würden. Den Goldenen gelingt dies zuerst; sie gewinnen sich eine neue Königin, deren Haupt jetzt mit einer goldenen Krone geschmückt und die in köstliche Gewänder gehüllt wird.

Die Silbernen folgen ihnen auf dem Fuße nach, nur noch einen Schritt, und auch sie haben eine neue Königin; aber hier lauert der goldene Wächter, weshalb sie noch etwas warten müssen.

Sobald die Königin den Thron bestiegen, will sie ihre Stärke, Tapferkeit und ihren kriegerischen Mut beweisen. Inzwischen aber nimmt der silberne Ritter den goldenen Wächter, der den Zugang zum Lager verwehrte, gefangen, und so kommen die Silbernen zu einer neuen Königin. Auch diese will sich gleich nach ihrer Thronbesteigung hervortun. Der Kampf entbrennt von neuem, heftiger als zuvor. Tausend Listen, tausend Angriffe, tausend Züge werden von der einen wie von der andern Seite unternommen; heimlich schleicht sich die Silberkönigin sogar ins Lager des Königs und ruft: »Gott stehe Euer Majestät bei!« Dieser kann nur durch seine neue Königin gerettet werden, die auch nicht zögert, sich dem Feind entgegenzustellen; aber der Silberritter sprengt in wenigen Sätzen zur Unterstützung seiner Königin heran, und sie bedrängen den König so hart, daß er, um sich zu retten, seine Königin opfern muß. Dafür nimmt der Goldkönig den silbernen Ritter gefangen; aber obwohl der Golschütze und die beiden übriggebliebenen Nymphen ihren König nach Kräften verteidigen, werden auch sie schließlich gefangengenommen und außer Gefecht gesetzt, so daß der Goldkönig zuletzt ganz allein zurückbleibt. Sofort ruft ihm die Schar der Silbernen in tiefster Ehrfurcht ihr »Wünsche guten Morgen!« zu. – Der Silberkönig hatte gesiegt, und die beiden Musikkapellen spielten gemeinsam, sobald dies Wort gesprochen war, einen stolzen Siegesmarsch.

Damit endete dieser erste Tanz auf so fröhliche Weise, mit so anmutigen Bewegungen, in so würdevoller Haltung und unnachahmlichem Anstand, daß wir uns ganz entzückt im Geiste fühlten und es uns, nicht mit Unrecht, vorkam, als ob wir in die höchsten Wonnen und Seligkeiten des olympischen Himmels versetzt wären.

Nachdem das erste Turnier zu Ende war, stellten sich die beiden Parteien von neuem auf wie zuvor und fingen den Kampf auf dieselbe Art zum zweitenmal an, nur daß die Musik jetzt um einen halben Ton höher gestimmt war. Auch die Schritte waren anders als das erste Mal. Da sah ich, wie die goldene Königin, ganz verzweifelt über die Niederlage ihres Heers, unter den mahnenden Klängen der Musik mit einem Schützen und einem Ritter ins Feld rückte und beinahe den Silberkönig in seinem Zelt mitten unter seinen Offizieren überrascht hätte. Als sie inne wurde, daß ihr Anschlag entdeckt war, scharmützelte sie hin und her und ließ so viele Nymphen und Offiziere ins Gras beißen, daß es jammervoll anzusehen war. Wie eine zweite Penthesilea, die das Lager der Griechen verwüstete, erschien sie mir. Aber das dauerte nicht lange, denn die Silbernen, obgleich über den Verlust ihrer Leute bestürzt, verwanden ihren Schmerz und legten unbemerkt in einem entfernten Winkel einen Schützen und einen Ritter in den Hinterhalt, durch die sie endlich gefangengenommen und außer Gefecht gesetzt wurde. Der Rest war dann bald besiegt. Ein anderes Mal wird sie hoffentlich klüger sein und sich nicht so weit hinauswagen, sondern bei ihrem König bleiben oder, wenn sie vorgeht, weil es nun einmal sein muß, wenigstens für bessere Unterstützung sorgen. So blieben die Silbernen Sieger wie das erste Mal.

Zum dritten- und letztenmal traten die beiden Parteien jetzt an wie vorher, und es wollte mir scheinen, als täten sie es mit noch fröhlicheren und entschlosseneren Mienen als die beiden vorigen Male. Auch die Musik war um mehr als anderthalb Töne höher gestimmt, in der phrygischen, der kriegerischen Tonart, die Marsyas einst erfand. Von neuem fingen sie an sich zu messen und kämpften mit so wunderbarer Gewandheit gegeneinander, daß sie zu jedem Takt der Musik vier Schritte nebst den dazugehörigen Verbeugungen machten: Sätze, Sprünge, Gambaden und Seiltänzerkunststückchen, alles in buntem Gemisch durcheinander. Ja, wenn sie sich nach einer Verbeugung auf einem Fuß herumdrehten, so glichen sie einem Kreisel, den die Kinder mit der Peitsche treiben und dessen Bewegung so schnell wie ruhig ist, so daß er scheinbar stillsteht und schläft und ein farbiger Punkt auf ihm nicht mehr als Punkt, sondern als gezogene Linie erscheint, wie das Cusanus in seiner Abhandlung über höchst erhabene Dinge scharfsinnig bemerkt hat.

Da vernahm man nichts als Händeklatschen und Zurufe, die auf beiden Seiten, bald von der einen, bald von der anderen Partei, zu hören waren. Und wie mürrisch Cato, wie ernsthaft der ältere Crassus, wie misanthropisch Timon von Athen auch immer gewesen sein mögen und wie sehr Heraklit der Menschheit ureigene Gabe, das Lachen, verabscheut haben mag, hier würden sie doch außer sich geraten sein, hätten sie diese Jünglinge, diese Königinnen und Nymphen zu den Klängen der beschwingten Musik sich auf so hunderterlei verschiedene Art bewegen, so unaufhörlich vorwärts schreiten, springen, hüpfen, Sätze machen und sich tummeln sehen, und das alles mit solcher Geschicklichkeit, daß nie einer dem andern im Wege war. Je weniger der Kämpfenden wurden, desto unterhaltsamer war es, die Listen und Winkelzüge zu beobachten, womit sie, immer nach den Klängen der Musik, sich einander zu überraschen und hinters Licht zu führen suchten. Und muß ich schon sagen, daß dieses übermenschliche Schauspiel unsere Sinne ganz verwirrte und unsern Geist in Erstaunen setzte, so wurden wir doch von den Tönen der Musik noch mehr im tiefsten Herzen bewegt und erschüttert, so daß ich jetzt wohl begreife, wie Alexander der Große, von ähnlichen Tönen des Ismenias aufgerüttelt, von der Tafel, an der er ruhig speiste, aufspringen konnte, um die Waffen anzulegen. – Bei diesem dritten Turnier blieb der goldene König Sieger.

Während des Tanzes hatte die Dame sich zurückgezogen, und wir sahen sie nicht wieder. Von Gebers Getreuen geleitet, wurden wir an den Ort geführt, wo wir in die Liste des Standes eingetragen werden sollten, den sie uns verliehen hatte. Dann begaben wir uns wieder zum Hafen Matäotechne und gingen an Bord unserer Schiffe; denn es wehte ein günstiger Wind vom Lande her, den wir nicht versäumen wollten, weil Gleiches, wie man uns sagte, in drei Mondvierteln nicht wieder der Fall sein dürfte.

Sechsundzwanzigstes Kapitel

Wie wir auf der Straßeninsel landeten, wo die Wege sich bewegen

Nachdem wir zwei Tage gefahren, zeigte sich unseren Blicken die Straßeninsel, auf der wir etwas sehr Merkwürdiges sahen. Dort sind nämlich die Wege Tiere, insofern der Ausspruch des Aristoteles, das untrüglichste Merkmal eines Tieres sei, daß es sich von selbst bewegt, stimmt; denn sie gehen wie die Tiere und sind entweder Wandelwege ähnlich den Planeten oder Fuß- oder Kreuz- oder Schleichwege. Wenn Reisende oder Bewohner des Landes fragen: »Wo ist hier der Weg nach dem Wirtshaus, dem Kirchdorf, der Stadt, dem Fluß?«, so bekommen sie zur Antwort: »Dort geht er!« Alsdann brauchen sie sich nur fest an den betreffenden Weg zu halten und kommen so ohne alle Mühe und Anstrengungen an das gewünschte Ziel, gleichwie man von Lyon nach Avignon oder Arles kommt, wenn man sich auf ein Rhoneschiff setzt. Aber wie bekanntlich jedes Ding seine Mängel hat und nichts auf der Welt vollkommen ist, so gibt es hier, sagte man uns, einen gewissen Menschenschlag, den sie Wegelagerer und Pflastertreter nennen. Die armen Wege fürchten sich vor ihnen und fliehen sie wie Räuber, denn sie lauern ihnen auf, wie man den Wölfen mit Fallgruben und den Schnepfen mit Netzen nachstellt. So sahen wir einen, den die Justiz gefaßt hatte, weil er gewalttätig, Minerva zum Trotz, den Weg zur Schule genommen hatte, welcher der längste von allen war. Ein anderer dagegen prahlte damit, daß er den Kriegsweg eingeschlagen habe, den kürzesten, weil ihm das vorteilhaft erschienen sei; so wäre er am schnellsten zum Ziel gekommen.

Ähnlich sagte einmal Carpalim zu Epistemon, als er ihn, seinen Schwengel in der Hand, pissend an einer Mauer traf, er wundere sich nun nicht mehr, daß jener beim Morgenempfang des guten Pantagruel immer der erste wäre, weil bei ihm alles so kurz sei und sich nicht in die Länge zöge.

Da erkannte ich denn auch die Landstraße von Bourges wieder, die im Abtsschritt einherging[1], und sah sie später verschwinden, als etliche Kärrner des Wegs kamen; vermutlich fürchtete sie, die Hufe ihrer Pferde würden sie zerstampfen und ihre Karren über ihren Leib hinweggehen wie Tullias Wagen über den Leib ihres Vaters Servius Tullius, des sechsten römischen Königs. Ferner den alten Weg von Péronne nach Saint-Quentin, der mir ein braver Weg zu sein schien. Sah auch zwischen Felsen den guten alten Weg von Ferrate, der ritt auf einem großen Bären[2]. So, von weitem gesehen, erinnerte er mich an die Abbildungen des heiligen Hieronymus, nur daß der Löwe ein Bär war; denn er sah recht erbärmlich aus. Ein langer, weißer, ungekämmter Bart hing ihm wie Eiszapfen auf die Brust herab; um den Leib trug er eine Menge großer, rohgedrechselter Rosenkränze aus Fichtenholz, und dabei saß er weder aufrecht, noch lag er hingestreckt, sondern kauerte auf den Knien und schlug sich die Brust mit großen, rauhen Steinen, so daß wir alle von Schreck und Mitleid ergriffen wurden. Als wir so nach ihm hinsahen, zog uns ein fahrender Schüler des Landes beiseite und zeigte uns einen hübschen, schlanken Weg, der blendend weiß und leicht mit Stroh bedeckt war. »Schätzt mir«, sagte er, »fortan Thales von Milet nicht gering, welcher der Meinung ist, daß das Wasser der Ursprung aller Dinge sei, noch die Meinung Homers, der versichert, alles Leben käme aus dem Ozean. Dieser Weg ist aus Wasser entstanden und wird zu Wasser werden; zwei Monate sind es her, da sah man hier Schiffe fahren, wo jetzt Wagen rollen.« – »Was Ihr uns da sagt«, entgegnete Pantagruel, »will nicht viel bedeuten. In unserer Welt sehen wir solcher Umgestaltungen alljährlich mehr als fünfhundert.«

Als er darauf den Gang dieser Wege eine Weile beobachtet hatte, äußerte er zu uns, er sei überzeugt davon, daß Philolaos

1 Die mittelfranz. Stadt Bourges liegt auf einem Berg. – 2 Die Straße führt über einen Berg namens Großer Bär.

und Aristarchos auf dieser Insel müßten philosophiert haben; auch Seleukos werde wohl hier zu der Ansicht gekommen sein, daß die Erde sich um ihre Pole, nicht aber der Himmel um die Erde drehe, obgleich es uns anders erscheine, wie ja auch, wenn wir auf der Loire sind, die Bäume am Ufer sich zu bewegen scheinen, nicht weil sie, sondern weil wir uns mit dem dahingleitenden Boot bewegen.

Auf dem Rückweg zu unseren Schiffen sahen wir, wie man drei Wegelagerer aufs Rad flocht, die in einem Hinterhalt erwischt worden waren. Desgleichen, wie man einen Taugenichts bei langsamen Feuer briet, weil er einen ganz besonderen Weg eingeschlagen hatte, dem dadurch eine Rippe gebrochen war; man sagte uns, es wäre der ägyptische Nildammweg gewesen.

Siebenundzwanzigstes Kapitel

Wie wir auf der Insel der Sandalier[1] *anlangten und von dem Orden der Mummbrüder*

Hierauf kamen wir nach der Insel der Sandalier, die einzig und allein von Stockfischsuppe leben; doch wurden wir von dem König der Insel, Benius III., sehr gut aufgenommen und bewirtet. Nachdem er uns zu trinken gegeben hatte, führte er uns zu einem neuen Kloster, das er nach eigenen Plänen für die Mummbrüder – so nannte er seine Mönche – hatte bauen und einrichten lassen. Auf dem Festland, sagte er, gäb' es die kleinen Brüder und die Freunde der holdseligen Frau; *item* die ruhmreichen, trefflichen Minoriten, die mit den Bullen kürzer verfahren; *item* die Minimen, gewaltige Pökelheringsfresser vor dem Herrn, und die Hohlhandminimen, so daß man den Namen nun nicht weiter hätte minuieren können als in Mim- oder Mummbrüder. Kraft ihrer Statuten und der Stiftungsurkunde, die sie von Quinta, ihrer Gönnerin, erhalten hatten, waren sie alle wie die Mordbrenner angezogen, nur daß sie ähnlich den Dachdeckern in Anjou, die ein Polster auf den Knien tragen, den Bauch gepolstert hatten; die Bauchauspolsterer standen bei ihnen in hohem Ansehen. Ihr Hosenlatz hatte die Form eines Pantoffels, und sie trugen de-

1 gemeint sind die Bettelmönche

ren zwei, nämlich einen vorn und einen hinten, durch welche Hosenlatzzweiheit ihrer Versicherung nach gewisse schauerliche Mysterien symbolisch dargestellt würden. Ihre Schuhe waren tellerrund, wie die Bewohner des Sandmeers[1] sie tragen; außerdem schoren sie sich den Bart, und ihre Sohlen waren mit Nägeln beschlagen. Um zu zeigen, daß Fortuna und jeglicher Besitz ihnen gleichgültig sei, hatten sie sich den Hinterkopf vom Scheitel bis hinab zu den Schulterblättern nach Schweineart scheren und rupfen lassen; vorn dagegen, vom Scheitelbein an, wuchsen die Haare ungehindert. So kontrafortunierten sie wie Leute, die nach allen Gütern der Welt nichts fragen. Und um der launenhaften Göttin noch mehr zu trotzen, trug jeder von ihnen – aber nicht in der Hand wie jene, sondern am Gürtel wie einen Rosenkranz – ein scharfes Schermesser, das er jeden Tag zweimal schliff und jede Nacht dreimal abzog.

Jeder trug eine Kugel auf den Füßen, weil Fortuna, wie es heißt, eine unter den Füßen hat. Die Spitzen ihrer Kapuzen waren vorn angenäht, nicht hinten, so daß ihr Gesicht bedeckt war und sie sich ungescheut über das Glück und seine Günstlinge lustig machen konnten wie unsere Damen, wenn sie ihren Häßlichkeitsverstecker vorhaben, den man jetzt Nasenfutteral nennt; früher nannte man ihn Mantel der Liebe, weil er doch so viele Sünden verhüllt. Den Hinterkopf trugen sie stets unbedeckt wie unsereins das Gesicht, weshalb sie auch sowohl mit dem Bauch als mit dem Hintern vorangehen konnten, wie's ihnen gerade einfiel. Gingen sie mit dem Hintern voran, so hätte man schwören mögen, dies sei ihre natürliche Gangart, besonders wegen der runden Schuhe und des hinten vorgehängten Hosenlatzes, wozu noch das kahle Hintergesicht kam, das auf grobe Weise mit einem Paar Augen und einem Mund bemalt war, wie man es bei Kokosnüssen sieht. Gingen sie dagegen mit dem Bauch voran, so meinte man, es wären Leute, die Blindekuh spielten. Wirklich, sie nur anzusehen war ein Hauptspaß.

Ihre Lebensweise war folgende: Sobald der helle Luzifer[2] am Himmel aufging, stiefelten und spornten sie sich gegenseitig, und zwar aus Menschenliebe. So gestiefelt und gespornt schliefen sie dann ein oder schnarchten wenigstens; während des

1 antiker Name der nordwestarab. Wüste – 2 lat. Name des Morgensterns

Schlafens trugen sie auf der Nase eine Brille oder doch einen Kneifer.

Wir fanden das sonderbar, aber die Erklärung, die sie uns gaben, überzeugte uns. Sie wiesen darauf hin, daß Schlaf und Ruhe der Menschheit erst dann zuteil werden würden, wenn der Jüngste Tag angebrochen sei; um nun zu zeigen, daß sie nicht säumig sein würden, als Gesegnete dort zu erscheinen, hielten sie sich immer fertig gestiefelt und gespornt, damit sie sich gleich aufs Pferd schwingen könnten, sobald die Posaune ertönte.

Mit dem Glockenschlag zwölf – hier ist zu bemerken, daß ihre Glocken, und zwar Turm-, Kirchen- wie Speiseglocken, nach der pontanischen Art konstruiert waren, nämlich aus Flaumfedern gesteppt und mit einem Fuchsschwanz als Klöppel –, also mit dem Glockenschlag zwölf wachten sie auf und zogen die Stiefel wieder aus. Wer dann pissen wollte, pißte, wer scheißen wollte, schiß; aber jeder von ihnen, und das war eine allgemein verbindliche, strenge Regel, war verpflichtet, aus tiefster Seele ein bestimmtes Quantum auf nüchternen Magen zu gähnen und damit sozusagen das Gähnfasten zu brechen. Dieser Anblick war zu komisch! Nachdem sie nämlich Stiefel und Sporen auf ein Wandbrett gestellt hatten, gingen sie in den Kreuzgang hinunter, wuschen sich dort sorgfältig Hände und Mund, setzten sich dann auf eine lange Bank und stocherten in den Zähnen, bis der Prior durch einen Pfiff auf den Fingern das Zeichen gab. Darauf rissen alle die Mäuler auf, so weit sie nur konnten, und gähnten, manchmal eine halbe Stunde lang, manchmal eine kürzere oder längere Zeit, je nachdem der Prior das Gähnfrühstück zur Feier des Tages für notwendig erachtete. Alsdann machten sie einen schönen Umzug, bei dem zwei Fahnen vorangetragen wurden, die eine mit dem Bildnis der Tugend, die andere mit dem Bildnis der Fortuna. Der vorangehende Mummbruder trug die Fahne mit der Fortuna, ihm folgte ein anderer mit der Tugend; dieser hielt außerdem einen in Merkurialwasser getauchten Wedel in der Hand, wie Ovid es in seinen »Fasten« beschreibt, mit dem er den voranschreitenden Fortunabruder unablässig peitschte. – »Hier«, sagte Pantagruel, »handelt der Orden der Lehre Ciceros und der Akademiker zuwider, denn diese wollten, daß die Tugend vorangehe und das Glück ihr nachfolge.« Es wurde uns aber bewiesen, daß es so sein müßte, damit das Glück ausgepeitscht werden könnte. Während des Umzugs mummten und summten sie Gott weiß was für Antiphonien zwischen den Zähnen. Ich verstand ihr Kauderi welsch nicht, merkte aber, als ich aufmerksam hinhörte, daß sie nur mit den Ohren sangen. Ein schöner Gesang, der vortrefflich zum Geläut ihrer Glocken paßte. Von Mißklängen war überhaupt keine Rede. Über ihren Umzug machte Pantagruel eine erstaunliche Bemerkung. »Ist euch«, fragte er uns, »wohl die Schlauheit dieser Mummbrüder aufgefallen? Zu der einen Tür der Kirche sind sie hinausgezogen, und wieder herein kommen sie zur andern. Sie hüten sich wohl, durch die Tür wieder hereinzukommen, durch die sie hinausgegangen sind. Auf Ehre, das sind feine Burschen, die können sich vergolden lassen! So fein wie ein bleierner Dolch, extrafein, durch den Schmelztiegel gegangen – urfein!« » »Diese Feinheit«, sagte Bruder Hans, »ist eine Frucht verborgener Philosophie, verstehe davon den Teufel nichts!« – »Desto gefährlicher ist sie«, sagte Pantagruel, »je weniger man sie versteht. Denn eine Feinheit oder Schlauheit, die man durchschaut, auf die man gefaßt ist, die offen zutage liegt, ist ihrem Wesen nach keine Schlauheit mehr und heißt auch nicht mehr so: man nennt sie Plumpheit. Auf Ehre, die verstehen's besser!«

Nachdem der Umzug, der als eine Art Spaziergang und heilsame Leibesübung gelten konnte, zu Ende war, zogen sie sich in ihr Refektorium zurück und knieten unter den Tischen nieder, wobei sie sich mit Brust und Bauch auf eine Laterne stützten. Während sie dort auf den Knien lagen, trat ein langer Sandalier herein, in der Hand eine mächtige Gabel, und reichte jedem ein Gabelfrühstück. Das fing mit Käse an und endete mit Lattich, ganz wie es nach Martial bei den Alten Sitte war. Zuletzt stellte man jedem noch ein Fäßchen Senf hin, so daß sie also die Würze nach dem Essen bekamen. Ihre Speisekarte war wie folgt: Sonntags aßen sie Blutwurst, Fleischwurst, Würstchen, Frikadellen, geröstete Leberschnitten und Wachteln, dazu ein wie allemal zu Anfang der Mahlzeit Käse und zum Schluß Senf; montags Speck und Erbsen mit ausführlichem Kommentar und Randglossen; dienstags verschiedenerlei Weißbrot, Kuchen, Wecken, Fladen und Zwieback; mittwochs Bauernschleck, das heißt schöne Schafs-, Kalbs- und Dachsköpfe, wovon es dortzulande wimmelt; donnerstags sieben verschiedene Suppen und dazu den unvermeidlichen Senf; freitags nichts als Speierlingsbeeren, die, nach der Farbe zu schließen, nicht einmal reif waren; sonnabends wurden die Knochen abgenagt, und dabei kamen sie einem doch nicht abgezehrt und hungerleiderisch vor, denn jeder von ihnen besaß ein ansehnliches Bäuchlein. Ihr Getränk bestand in Antifortunal, wie sie Gott weiß was für ein Gebräu des Landes nannten. Wenn sie essen oder trinken wollten, schlugen sie die Kapuzen nach vorn herunter, die ihnen dann als Lätzchen dienten. Zum Schluß der Mahlzeit beteten sie, wie sich's gehört, auf gut mummisch. Den Rest des Tags verbrachten sie in Erwartung des Jüngsten Gerichts mit Werken der Liebe: sonntags knufften sie einander, montags teilten sie Nasenstüber untereinander aus, dienstags hänselten, mittwochs kratzten sie sich, donnerstags zogen sie sich gegenseitig die Würmer aus der Nase, freitags kitzelten sie sich, und sonnabends bearbeiteten sie sich mit der Peitsche. Das war ihre Regel im Kloster; hielten sie sich aber auf Befehl ihrer Oberen irgendwo außerhalb des Klosters auf, so war es ihnen aufs strengste und unter Androhung schwerer Strafen verboten, solange sie auf dem Meer oder einem Fluß waren, Fisch, und solange sie auf dem festen Land waren, Fleisch zu essen, damit es einem jeden klar und deutlich werde, daß sie zwar die Sache selbst, nicht aber die Verfügung darüber noch die Neigung dazu hätten, noch haben dürften und sowenig dadurch jemals ins Schwanken gerieten wie der marpesische Fels. Alles, was sie taten, begleiteten sie mit passenden Antiphonien, die sie, wie schon gesagt, immer mit den Ohren sangen. Bei sinkender Sonne stiefelten und spornten sie sich wie am Morgen, setzten sich die Brille auf die Nase und legten sich schlafen. Um Mitternacht kam der Sandalier herein, sie sprangen auf, schliffen ihre Schermesser und zogen sie ab, knieten, wenn der Umzug zu Ende war, unter den Tischen nieder und hielten ihre Mahlzeit wie zuvor.

Als Bruder Hans Hackepeter diese gediegenen Mummbrüder sah und Näheres über ihre Statuten erfuhr, geriet er ganz außer sich und rief mit lauter Stimme: »Daß dich die Ratte beiße! Ich will nichts weiter davon wissen, ich mache, daß ich fortkomme. Schade, schade, daß Priapus nicht hier ist wie bei den heiligen Nokturnalien der Canidia! Ei, wie der zu ihrer Mummerei aus Herzenslust furzen und kontrafurzen würde! Jetzt seh' ich ein, daß wir auf Erden gewiß und wahrhaftig Antichthonen und Antipoden[1] sind. In Deutschland reißt man die Klöster nieder und zerrt den Mönchen die Kutten vom Leib, und hier im Gegenteil, hier baut man sie erst auf.«

Achtundzwanzigstes Kapitel
Wie Panurg einen Mummbruder befragte und einsilbige Antworten bekam

Seitdem wir hier waren, hatte Panurg nichts weiter getan, als daß er die Gesichter dieser königlichen Mummbrüder unverwandt angestiert hatte; jetzt zupfte er einen von ihnen, der mager war wie ein Pökelhering, am Ärmel und fragte ihn: »Bruder Mumm, Mummedie, Mummedei, wo ist denn das Weibsstück?« – Der Mummbruder: »Drin.«

P.: »Habt ihr viel hier?« M.: »Nein.«

P.: »Wieviel denn?« M.: »Zwölf.«

P.: »Und wieviel möchtet ihr haben?« M.: »Mehr.«

P.: »Wo haltet ihr sie versteckt?« M.: »Dort.«

P.: »Ich nehme an, daß sie nicht alle gleich alt sind; aber wie ist ihr Wuchs?« M.: »Schlank.«

P.: »Und ihre Haut?« M.: »Weiß.«

P.: »Ihr Haar?« M.: »Blond.«

P.: »Wie sind ihre Augen?« M.: »Schwarz.«

P.: »Ihre Brüste?« M.: »Rund.«

P.: »Ihr Gesicht?« M.: »Hübsch.«

P.: »Ihre Brauen?« M.: »Sanft.«

P.: »Ihre Schönheit?« M.: »Reif.«

P.: »Ihr Blick?« M.: »Frei.«

P.: »Wie sind ihre Füße?« M.: »Platt.«

P.: »Ihre Fersen?« M.: »Kurz.«

P.: »Das Unterteil?« M.: »Schön.«

P.: »Wie sind ihre Arme?« M.: »Lang.«

P.: »Tragen sie Handschuhe?« M.: »Ja.«

P.: »Was für Ringe?« M.: »Gold.«

P.: »Was gebt ihr ihnen zu den Kleidern?« M.: »Tuch.«

[1] Bewohner der Gegenseite der Erde

P.: »Wie ist das?« M.: »Neu.«

P.: »Von welcher Farbe?« M.: »Blau.«

P.: »Wie ist die Haube?« M.: »Blau.«

P.: »Und ihr Schuhzeug?« M.: »Braun.«

P.: »Ist das Tuch, welches ihr ihnen gebt, grob?« M.: »Fein.«

P.: »Wie sind ihre Schuhe?« M.: »Fest.«

P.: »Was ist sonst noch dran?« M.: »Dreck.«

P.: »Also gehen sie doch umher?« M.: »Viel.«

P.: »Doch nun zur Küche, ich meine zur Küche der Weibsstücke; wollen wir uns nicht übereilen, eins nach dem andern. Was gibt's da in der Küche?« M.: »Glut.«

P.: »Was unterhält die?« M.: »Holz.«

P.: »Wie ist das?« M.: »Dürr.«

P.: »Wie brennt's?« M.: »Hell.«

P.: »Was für Späne nehmt ihr zum Feueranmachen?« M.: »Kien.«

P.: »Womit heizt ihr die Zimmer?« M.: »Torf.«

P.: »Und wie?« M.: »Warm.«

P.: »Aber die Weibsstücke interessieren mich mehr; wie füttert ihr sie?« M.: »Gut.«

P.: »Was essen sie?« M.: »Brot.«

P.: »Woraus ist das?« M.: »Korn.«

P.: »Was essen sie noch?« M.: »Fleisch.«

P.: »Gebraten?« M.: »Ja.«

P.: »Gebt ihr ihnen auch Suppe?« M.: »Nie.«

P.: »Aber Pasteten?« M.: »Viel.«

P.: »Aha, das ist nicht schlecht. Essen sie auch Fisch?« M.: »Doch.«

P.: »So, und was noch?« M.: »Ei.«

P.: »Essen sie gern Ei?« M.: »Gern.«

P.: »Gekocht, wenn ich fragen darf?« M.: »Hart.«

P.: »Ist das alles, was sie bekommen?« M.: »Nein.«

P.: »Na, also was noch?« M.: »Rind.«

P.: »Weiter?« M.: »Schwein.«

P.: »Noch?« M.: »Lamm.«

P.: »Ferner?« M.: »Gans.«

P.: »Außerdem?« M.: »Huhn.«

P.: »Und als Gewürz?« M.: »Salz.«

P.: »Aber zu den besseren Speisen?« M.: »Senf.«

P.: »Und zum Nachtisch?« M.: »Reis.«
P.: »Was noch?« M.: »Milch.«
P.: »Und sonst?« M.: »Kohl.«
P.: »Wie?« M.: »Grün.«
P.: »Was kocht ihr daran?« M.: »Speck.«
P.: »Gebt ihr ihnen auch Früchte?« M.: »Oft.«
P.: »Wie?« M.: »Roh.«
P.: »Auch Nüsse?« M.: »Ja.«
P.: »Und wie trinken sie?« M.: »Aus.«
P.: »Aber was?« M.: »Wein.«
P.: »Was für eine Sorte?« M.: »Weiß.«
P.: »Wie ist der im Winter?« M.: »Klar.«
P.: »Doch im Frühling?« M.: »Trüb.«

P.: »Im Sommer?« M.: »Kühl.«

P.: »Und im Herbst, zur Zeit der Lese?« M.: »Süß.«

»Potz Kutte!« rief da Bruder Hans, »wie diese Meerschweinchen fett sein und was für einen Trab sie laufen müssen, wenn man sie so gut und reichlich füttert.«

»Warte nur«, sagte Panurg, »bis ich fertig bin.«

P.: »Wann legen sie sich schlafen?« M.: »Nachts.«

P.: »Und wann stehen sie auf?« M.: »Früh.«

»Das ist doch«, sagte Panurg, »wirklich der allernetteste Bruder Mumm, den ich das ganze Jahr über geritten habe; wollte Gott und der heilige Mumm und die hochwerte, gebenedeite Jungfer Mumme, er wäre Gerichtspräsident in Paris! Donnerwetter, Freundchen, was der für kurzen Prozeß machen, wie der die Sachen schnell erledigen, die Debatten abschneiden, die Akten ausstauben, die Eingaben durchsieben und seine Urteile abfeuern würde! Aber laßt uns jetzt auf die anderen Lebensbedürfnisse zu sprechen kommen, und reden wir eingehend und sachlich von den besagten barmherzigen Schwestern: Wie ist ihr Monstrum?«

M.: »Dick.«

P.: »Vorn?« M.: »Frisch.«

P.: »Und drinnen?« M.: »Hohl.«

P.: »Ich wollt' eigentlich fragen, wie fühlt sich's drinnen an?« M.: »Heiß.«

P.: »Was ist um den Rand herum?« M.: »Haar.«

P.: »Wie sieht das aus?« M.: »Schwarz.«

P.: »Und bei den Alten?« M.: »Grau.«

P.: »Wie geht's hinein?« M.: »Leicht.«

P.: »Wie wackelt der Hintern?« M.: »Stark.«

P.: »Sind sie alle springlustig?« M.: »Sehr.«

P.: »Wie sind eure Apparate?« M.: »Groß.«

P.: »Wie außen herum?« M.: »Rund.«

P.: »Und vorn an der Spitze, wie ist da ihre Farbe?« M.: »Rot.«

P.: »Wie sind sie nach der Arbeit?« M.: »Schlaff.«

P.: »Wie sind die Hoden?« M.: »Schwer.«

P.: »Aufgeschürzt?« M.: »Hoch.«

P.: »Aber wenn's vorbei ist, wie dann?« M.: »Matt.«

P.: »Bei eurem Gelübde, und wenn ihr reiten wollt, wie legt ihr sie hin?« M.: »Flach.«

P.: »Und was sagen sie während des Rittes?« M.: »Nichts.«

P.: »Sie verschaffen's euch und sind im übrigen mit den Gedanken ganz bei der Sache, he?« M.: »Wahr.«

P.: »Lassen sie sich auch Kinder machen?« M.: »Nein.«

P.: »Wie liegt ihr beieinander?« M.: »Nackt.«

P.: »Nun, im Gelübde, das ihr abgelegt, wievielmal, richtig gezählt, macht ihr's tagsüber?« M.: »Sechs.«

P.: »Und nachts?« M.: »Zehn.«

»Pest«, sagte Bruder Hans, »der Hurenbock schämt sich doch, über sechzehn hinauszugehen; das wäre gegen seine Ehre.«

P.: »Wahrhaftig, Bruder Hans, könntest du das auch? Der sticht ja einen Aussätzigen aus. Machen sie's alle so oft?« M.: »Ja.«

P.: »Wer von euch aber ist der Hauptkerl?« M.: »Ich.«

P.: »Und versagst nie?« M.: »Nie.«

P.: »Das geht über meinen Verstand. Wenn man tags zuvor all seine Samenbläschen so ausgepumpt und leergefegt hat, wie kann da gleich am nächsten Tag wieder soviel drin sein?« M.: »Mehr.«

P.: »Ich träume, oder die müssen das indische Kraut besitzen, das Theophrast so sehr rühmt. Aber wenn sich's nun ergibt, daß ein natürlicher Hinderungsgrund oder sonst irgend etwas die Zahl eurer Freuden herabsetzt, wie fühlt ihr euch dann?« M.: »Schlecht.«

P.: »Und wie werden dann die Weibsstücke?« M.: »Bös.«

P.: »Und wenn ihr einmal ganz aufhört?« M.: »Wild.«

P.: »Was gebt ihr ihnen dann?« M.: »Schacht.«

P.: »Und sie, was machen sie?« M.: »Stunk.«

P.: »Was sagst du?« M.: »Furz.«

P.: »Wie klingt das?« M.: »Dumpf.«

P.: »Straft ihr sie dafür?« M.: »Hart.«

P.: »Was kommt dabei heraus?« M.: »Blut.«

P.: »Wie wird dann ihre Haut?« M.: »Wund.«

P.: »Freilich, für euch wär' besser, sie wäre nicht so . . .« M.: »Bunt.«

P.: »Aber ihr tut ihnen wenigstens eure Überlegenheit . . .« M.: »Kund.«

P.: »Und sie haben dann an euch zu denken . . .« M.: »Grund.«

P.: »Bei dem hölzernen Gelübde, das ihr abgelegt habt, nun

sagt mir nur noch, in welcher Zeit geht's am flausten?« M.: »Herbst.«

P.: »Und am hitzigsten?« M.: »Lenz.«

P.: »Im übrigen allezeit . . .« M.: »Flott.«

Lachend sagte Panurg: »Das ist wirklich der drolligste Mummbruder von der Welt. Habt ihr gehört, wie maulfaul, wie wortkarg und kurz angebunden er in seinen Antworten ist? Er spricht nur in Einsilbern. Ich glaube, der würde aus einer Erdbee-re drei Happen machen.« – »Donnerwetter«, sagte Bruder Hans, »mit den Weibsstücken ist er recht vielsilbig. Und beim heiligen Strohsack, schwören wollt' ich, daß der Kerl aus einer Ham-mel-keu-le nicht mehr als zwei Happen macht und ein Maß Wein in einem Zug hinunterkippt. Seht doch nur, wie ausgemergelt er ist.« – »Diese abscheuliche Luderschaft der Mönche«, sagte Epistemon, »ist überall aufs Fressen erpicht, und dann heißt's noch, sie hätte auf der Welt nichts als das liebe Leben. Was Teufel haben denn die Könige und die stolzesten Fürsten mehr?«

Neunundzwanzigstes Kapitel
Wie Epistemon die Einrichtung des Fastens mißfällt

»Habt ihr achtgegeben«, fragte Epistemon, »wie dieser nichtsnutzige Schuft, dieser Mummbruder, uns gerade den Lenz als die beste Springzeit bezeichnet hat?« – »Jawohl«, sagte Pantagruel, »obgleich in ihn stets die Fastenzeit fällt, die dazu verordnet ist, das Fleisch zu kasteien, die sinnlichen Begierden abzutöten und die Furien der Lust zu zügeln.« – »Danach«, sagte Epistemon, »mögt ihr beurteilen, welchen Sinnes jener Papst gewesen ist, der sie einführte, da dieser Lumpenhund von einem Mummbruder selbst eingesteht, er wäre niemals geiler als zur Fastenzeit. Haben doch auch alle tüchtigen und gelehrten Ärzte es mit den stichhaltigsten Gründen bewiesen, daß während des ganzes Jahres nicht soviel zur Unzucht reizende Speisen genossen werden als in dieser Zeit: Pferdebohnen, Erbsen, Kichererbsen, Zwiebeln, Nüsse, Austern, Heringe, Eingesalzenes, Mariniertes, Salate von allerlei stimulierenden Kräutern, wie Rauke, Estragon, Brunnen- und Gartenkresse, Wassereppich, Rapunzel, Hornmohn, Hopfen, Feigen, Reis und Weinbeeren.« – »Ihr werdet staunen«, sagte Pantagruel, »wenn ihr erfahrt, daß der gute Papst, der das Fasten einführte, ebendadurch, daß er zu der Jahreszeit, wo die während des Winters im Innern des Körpers zurückgehaltene Wärme wie der Saft der Bäume wieder in alle Glieder dringt, jene genannten Speisen vorschrieb, für die Vermehrung des menschlichen Geschlechts sorgen wollte. Was mich auf diesen Gedanken gebracht hat, ist das Taufregister von Thouars, dem zufolge im Oktober und November viel mehr Kinder als in den übrigen zehn Monaten geboren werden, die also, wenn man zurückrechnet, während der Fastenzeit zustande gebracht, gezeugt und empfangen sein müssen.«

»Ich höre Euch mit Vergnügen zu«, sagte Bruder Hans, »aber der Pfarrer von Jambet wußte doch einen andern Grund dafür zu nennen. Er meinte nämlich, das häufigere Schwangerwerden der Frauen käme weit weniger von den Fastenspeisen her als von den windschiefen kleinen Bettelbrüdern, den gestiefelten kleinen Kanzelhelden und den schmierigen kleinen Beichtvätern, die um diese Zeit ihrer unbeschränkten Herrschaft die Ehebrecher ausnahmslos drei Faden tief in die Hölle verdammen. Die Ehemänner, die sich von ihnen ins Bockshorn jagen ließen, gäben sich dann nicht mehr mit ihren Dienstmägden ab und begnügten sich mit ihren Weibern. Ich habe gesprochen.«

»Legt euch die Sache zurecht, wie ihr wollt«, sagte Epistemon, »und möge jeder bei seiner Meinung bleiben; aber soviel steht fest: Die Ärzte werden sich der Abschaffung des Fastens samt und sonders widersetzen. Denn ohne Fasten verlöre ihre Kunst alles Ansehen, es würde niemand mehr krank werden, und sie verdienten nichts mehr. Zur Fastenzeit werden alle Krankheiten ausgesät: sie ist die wahre Pflanzstätte, das Brutnest aller erdenklichen Übel, und wohlgemerkt, da siecht nicht nur der Leib dahin, sondern rast auch die Seele; da werden die Teufel geschäftig, die Heuchler kriechen aus ihren Schlupfwinkeln, und die Gleisner feiern ihre Feste mit Sessionen, Stationen, Indulgenzen, Beichten, Geißelungen und Verdammungen. Ich will nicht geradezu behaupten, daß die Arimaspen[1] besser wären als wir, aber etwas ist daran«

1 sagenhaftes antikes Volk von Einäugigen im nördl. Skythien; gemeint sind die nordeurop. Protestanten

»Alle Wetter«, sagte Panurg, »was meinst du, hurender und mummender Hodensack, scheint dir der nicht sehr ketzerisch zu reden?« M.: »Sehr.«

P.: »Was wär's, ihn zu verbrennen?« M.: »Zeit.«

P.: »Nicht wahr, so bald wie möglich?« M.: »Gleich.«

P.: »Und brauchte ihn vorher nicht ein bißchen einräuchern?« M.: »Nein.«

P.: »Wie also?« M.: »So.«

P.: »Wie wird er dann?« M.: »Tot.«

P.: »Er hat euch gekränkt?« M.: »Schwer.«

P.: »Wie kommt er dir vor?« M.: »Toll.«

P.: »Toll wie ein Hund meinst du?« M.: »Mehr.«

P.: »Was möchtest du aus ihm machen?« M.: »Staub.«

P.: »Hat man auch schon andere verbrannt?« M.: »Viel.«

P.: »Die ketzerisch dachten?« M.: »Kaum.«

P.: »Wird man noch welche verbrennen?« M.: »Oft.«

P.: »Laßt ihr nie Gnade walten?« M.: »Nie.«

P.: »Also müssen alle verbrannt werden?« M.: »Ja.«

»Ich weiß nicht«, sagte Epistemon, »was es dir für Spaß machen kann, dich mit diesem Lumpenkerl, diesem Mönch, zu unterhalten; kennte ich dich nicht besser, so könnte mich das wirklich in meiner Meinung über dich irremachen.« – »Ach was«, sagte Panurg, »der Kerl gefällt mir nun einmal; ich würde ihn gern Gargantua als Geschenk mitbringen, oder wenn ich erst verheiratet bin, könnte er zu den Spaßvögeln meiner Frau zählen.« – »Das heißt, deine Frau zum Spaß vögeln, wenn man das Wort rhetorisch in seine Bestandteile zerlegt.« – »Da hast du's, armer Panurg«, sagte Bruder Hans, »es ist nun einmal dein Los, Hahnrei zu werden, magst es anfangen, wie du willst.«

Dreißigstes Kapitel
Wie wir das Teppichland besuchten

Sehr erfreut darüber, daß wir den neuen Orden der Mummbrüder kennengelernt hatten, fuhren wir nun zwei Tage lang weiter, bis unser Steuermann am dritten eine Insel entdeckte, die schöner und lieblicher war als alles, was wir bis dahin gesehen hatten; man nannte sie die Friesinsel, weil hier die Wege alle aus Fries waren. Auf dieser Insel lag das Teppichland, das bei den Hofpagen in so hohem Ruf steht, wo die Bäume und Sträucher nie ihre Blüten und Blätter verlieren und durchweg aus Damast und geblümtem Samt sind; auch die Tiere und Vögel waren Teppichgebilde. Da sahen wir in den Bäumen verschiedene Tiere und Vögel, ebenso gestaltet, ebenso groß, dick und von gleicher Farbe wie bei uns, nur daß sie nicht fraßen, nicht sangen und sich nicht bissen, wie die unsrigen es tun. Doch sahen wir auch manche, die wir nie gesehen hatten, zum Beispiel allerlei Elefanten der verschiedensten Art. Besonders fielen mir sechs Männchen und sechs Weibchen auf, die zur Zeit des Germanicus, der ein Neffe des Kaisers Tiberius war, von dem Mann, der sie abgerichtet hatte, im Zirkus zu Rom gezeigt worden waren: gelehrte, musikalische, philosophische Elefanten, Tänzer von Volks-, Hof- und Ballettänzen. Sie saßen in schönster Ordnung an einer Tafel und aßen und tranken schweigend, so daß man darauf hätte schwören mögen, es wären Mönche im Refektorium. Diese Elefanten haben einen zwei Ellen langen Rüssel, *proboscis* genannt, mit dem sie beim Trinken das Wasser einsaugen, Palmzweige, Pflaumen und was sonst zu ihrer Nahrung dient wie mit einer Hand ergreifen und womit sie sich verteidigen. Im Kampf werfen sie die Leute hoch in die Luft, daß sie beim Niederfallen vor Lachen bersten. An den Füßen haben sie Zehen und Gelenke, und wer das Gegenteil behauptet, kennt sie nur von Abbildungen. Zwischen den Zähnen haben sie zwei große Hörner, wie Juba sie nennt; auch Pausanias sagt, daß es Hörner wären, nicht Zähne, Philostratos dagegen behauptet, es wären Zähne und keine Hörner. Uns kann das völlig gleichgültig sein; merkt euch nur so viel, daß dies das wahre Elfenbein ist. Im übrigen sind sie drei bis vier Ellen lang und sitzen in der oberen Kinnlade, nicht in der unteren.

Glaubt ihr denen, die es euch anders sagen, zum Beispiel Älian, der ein großes Lügenmaul ist, nur um so schlimmer für euch. – Hier und nirgendwo anders hat sie auch Plinius nach der Musik auf einem Seil tanzen und bei einem Trinkgelage auf dem Tisch herumspazieren sehen, ohne daß sie die Zechenden irgendwie angestoßen hätten.

Ferner sah ich hier ein Rhinozeros, das dem, welches Heinrich Klerberg mir früher einmal gezeigt hatte, sehr ähnlich war: es unterschied sich kaum von einem Eber, den ich seinerzeit in Limoges gesehen habe, nur daß es vorn an der Schnauze ein anderthalb Ellen langes spitzes Horn hatte, mit dem es den Kampf gegen Elefanten aufnimmt; es stößt ihnen damit in den Bauch, des Elefanten empfindlichste und verwundbarste Stelle, und streckt sie tot zu Boden. Dann sah ich zweiunddreißig Einhörner, ein sehr bösartiges Tier, das einem schönen Pferd gleicht, nur daß es einen Kopf wie ein Hirsch, Beine wie ein Elefant, einen Schwanz wie ein Wildschwein und vorn auf der Stirn ein spitzes, schwarzes Horn von sechs bis sieben Fuß Länge hat, welches gewöhnlich gleich dem Kamm eines Truthahns herunterhängt; will es aber kämpfen oder sich sonst seiner bedienen, so richtet das Einhorn es kerzengerade auf. Eins von ihnen, von einem Rudel wilder Tiere umgeben, sah ich mit seinem Horn eine Quelle reinigen. Bei dieser Gelegenheit war es, daß Panurg mir sagte, sein Wedel gliche, wenn auch nicht an Länge, so doch an Kraft und Leistung, diesem Einhorn. Denn wie jenes das Wasser der Lachen und Quellen von allem Gift und Schmutz, der sich darin angesammelt hätte, rein fege, so daß nach ihm jedes Tier ohne Gefahr daraus saufen könne, so könnte man nach ihm auch ruhig drübersteigen und brauche sich vor Schanker, Tripper, Bubonen und dergleichen kleinen Übeln nicht zu fürchten. Denn wäre in dem mephitischen Loch irgend etwas nicht geheuer, so hole er es mit seinem nervigen Horn heraus. – »Wenn du verheiratet sein wirst, wollen wir das einmal bei deiner Frau probieren«, sagte Bruder Hans; »wir tun's um Gotteslohn, weil du so lieb für unsere Gesundheit sorgst.« – »Und ich, wie sich von selbst versteht, verschreib' euch dann sofort die niedliche kleine Gottespille von zweiundzwanzig Dolchstößen in den Leib nach Cäsars Rezept!« sagte Panurg.

Hier sah ich auch das Goldene Vlies, das Jason sich geholt

hatte. Die, welche behaupten, es wäre gar kein Vlies, sondern ein goldener Apfel, weil μῆλον sowohl Apfel wie Schaf bedeute, sind umsonst im Teppichland gewesen. Sah auch ein Chamäleon, wie Aristoteles es beschreibt und Charles Marias, der treffliche Arzt in der Rhonestadt Lyon, es mir seinerzeit gezeigt hat; es lebte wie jenes ebenfalls nur von Luft. Sah auch drei Hydern, wie ich sie schon anderwärts gesehen habe; das sind Schlangen mit sieben Köpfen. Sah auch vierzehn Phönixe. Bei mehreren Autoren hatte ich gelesen, es hätte in jedem Zeitalter nur einen auf der Welt gegeben. Meiner unmaßgeblichen Meinung nach haben alle, die darüber geschrieben, nie einen anderswo gesehen als im Teppichland, nicht einmal Lactantius Firmianus. Sah auch das Fell von Apulejus' goldenem Esel, ferner dreihundertundneun Pelikane und sechstausendundsechzehn seleukidische Vögel[1], die in Reih und Glied marschierten und die Heuschrecken von den Äckern fraßen; desgleichen Kynamolgen[2], Argathylen[3], Kaprimulgen[4], Tinnunkulen[5], Kotnotare, wollt' sagen Onokrotalen[6], mit riesigen Schlünden, Stymphaliden, Harpyien, Panther, Gazellen, Kemaden[7], Kynokephalen[8], Satyrn, Kartazonen[9], Taranden[10], Einäuger, Pegasen, Kepen[11], Neaden[12], Presteren[13], Kerkopitheken[14], Bisons, Musmonen[15], Byturen[16], Ophyren[17], Strygen[18] und Greife.

Sah hier auch Mittfasten zu Roß, dem Mittlenz und Mittherbst den Steigbügel hielten, und Werwölfe, Kentauren, Tiger, Leoparden, Hyänen, Kameloparden[19] und Orygen[20] sah ich auch.

Sah hier auch eine Remora[21], welches ein kleiner Fisch ist, den die Griechen Echeneis nannten, vor einem großen Schiff, das sich nicht von der Stelle bewegte, obgleich es sich auf hoher See befand und alle Segel gesetzt hatte; ich nehme an, es war das des Tyrannen Periander, das ja von solchem kleinen Fisch trotz des

1 von Plinius (»Naturgeschichte« 10, 27) erwähnte vorderasiat. Drosselart – 2 »Zimtleser«; von Plinius (10, 33) u. a. erwähnte ind. Vogelart – 3 von Plinius (10, 33) erwähnte Meisenart – 4 Ziegenmelker – 5 von Plinius (10, 37) erwähnte Raubvögel, vielleicht Turmfalken – 6 Pelikane – 7 von Homer (»Ilias« 10, 361) u. a. erwähnte Hirsch- oder Antilopenart – 8 Paviane – 9 nach Älian (»Über das Wesen der Tiere« 16, 20) ind. Name des Einhorns – 10 von Plinius (8, 34) erwähnte rindähnliche Tiere (Ren oder Elch) in Skythien – 11 von Plinius (8, 19) u. a. erwähnte Affenart – 12 von Älian (17, 28) erwähnte unbekannte Ungeheuer auf Samos – 13 Giftschlangenart – 14 Meerkatzen – 15 wahrscheinlich Mufflons – 16 von Plinius (30, 15) erwähnte Weinrebenschädlinge – 17 vielleicht Schlangenart – 18 Ohreulen; in der Antike als Vampire geltend – 19 Giraffen – 20 von Plinius (2, 40) u. a. erwähnte nordafrikan. Gazellenart – 21 Schiffshalter

Windes aufgehalten wurde. Sicherlich hier im Teppichland und nirgendwo anders wird Mucianus diesen Fisch gesehen haben. Bruder Hans sagte uns, ehemals habe es in den Gerichtshöfen auch zwei Arten solcher Fische gegeben; die hätten allen, die dort Prozesse geführt, Adligen wie Bürgerlichen, Armen wie Reichen, Hohen wie Niederen, Leib und Seele zugrunde gerichtet. Die eine Art wären Aprilfische gewesen, nämlich Makrelen[1], die andere Benefizremoren[2], das heißt endlose Prozesse ohne Urteilsspruch.

Sah hier auch Sphingien[3], Raphen[4], Luchse und Kephen[5], die Vorderfüße wie Hände und Hinterfüße wie Menschenbeine haben, Krokuten[6], Ealen[7], so groß wie ein Flußpferd, mit einem Elefantenschwanz, mit Kiefern wie ein Wildeber und mit beweglichen Hörnern wie Eselsohren, Leukrokuten[8], sehr flinke Tiere von der Größe eines Mirebalaisschen Esels, Hals, Schwanz und Brust wie ein Löwe, Beine wie ein Hirsch, Schnauze bis zu den Ohren gespalten und nichts darin als ein Ober- und ein Unterzahn; sie sollen mit menschlicher Stimme reden, ließen aber damals gerade nichts verlauten. Ihr behauptet, es hätte noch niemand je ein Würgefalkennest gesehen: ihr könnt mir's glauben, hier sah ich elf Stück davon. Schreibt euch das auf. Auch linkshändige Hellebarden waren da; na, so etwas hatt' ich doch noch nicht gesehen. Sah auch Mantichoren[9], was ganz besondere Tiere sind; sie haben einen Leib wie ein Löwe, rotes Fell, Gesicht und Ohren wie ein Mensch, drei Reihen Zähne, die ineinandergreifen, wie wenn man die Finger der Hände verschränkt, hinten am Schwanz einen Stachel, mit dem sie wie ein Skorpion stechen können, und eine sehr melodische Stimme. Sah auch Katoblepen[10], äußerst wilde Tiere, von Gestalt klein, aber mit einem unverhältnismäßig großen Kopf, den sie kaum vom Erdboden erheben können. Sie haben so giftige Augen, daß, wer hinsieht, auf der Stelle stirbt, als ob er einen Basilisken gesehen hätte. Auch Tiere mit zwei Rücken sah ich hier; sie schienen mir sehr lustig und im Steiß noch munterer zu sein als die Bachstelzen, denn der

1 gemeint sind käufliche Zeugen – 2 Fristgewährungen – 3 vielleicht Paviane – 4 von Plinius (8, 19) erwähnter gall. Name einer gefleckten Wolfsart – 5 Affenart (= Kepen) – 6 wahrscheinlich Hyänenart – 7 von Plinius (8, 21) erwähnte nordafrikan. Tierart – 8 von Plinius (8, 21) erwähnte ind. Tierart – 9 von Aristoteles (»Tiergeschichte« 2, I) u. a. erwähnte ind. Vierfüßer mit Giftstachel – 10 von Plinius (8, 21) erwähnte afrikan. Büffelart

Bürzel stand ihnen keinen Augenblick still. Milchgebende Krebse sah ich auch, die hatt' ich noch nie gesehen; sie marschierten in Reih und Glied, daß es ein wahres Vergnügen war.

Einunddreißigstes Kapitel

Wie wir im Teppichland Hörensagen sahen, der Zeugenschule hielt

Als wir uns etwas weiter ins Teppichland hineinbegaben, sahen wir das Mittelländische Meer offen und bis auf den tiefsten Grund aufgedeckt vor uns daliegen, so wie sich im Arabischen Meerbusen das Rote Meer öffnete, damit die Juden aus Ägypten durchziehen konnten. Da sah ich Triton, auf einer großen Muschel blasend, auch Glaukos, Proteus, Nereus und noch viele andere Meergötter und Ungeheuer, desgleichen eine Menge Fische der verschiedensten Art, welche tanzten, flogen, sprangen, kämpften, schmausten, Atem schöpften, sich paarten, jagten und verfolgten oder sich in den Hinterhalt legten, Frieden schlossen, feilschten, schworen und sich vergnügten. Dicht dabei in einer Ecke stand Aristoteles, der ungefähr so aussah, wie man den Einsiedler neben dem heiligen Christophorus darstellt, und hielt eine Laterne in der Hand; er sah sich alles sehr genau an und schrieb's dann auf. Hinter ihm, sozusagen als Zeugen, standen noch viele andere Philosophen, wie Heliodor, Appian, Athenäos, Porphyrios, Pankrates der Arkadier, Numenios, Poseidonios, Ovid, Oppian, Olympios, Seleukos, Leonidas, Agathokles, Theophrast, Damostrat, Mucian, Nymphodor, Älian und wohl noch fünfhundert weitere, die ganz genausoviel Zeit und Muße hatten wie Chrysippos[1] oder Aristarch von Soli[2], der achtundfünfzig Jahre lang den Staatshaushalt der Bienen studierte, ohne während dieser ganzen Zeit irgend etwas anderes zu unternehmen. Mitten unter ihnen stand auch Pierre Gilles, ein Glas in der Hand, ganz vertieft in die Betrachtung des Urins dieser schönen Fische.

Nachdem wir uns das Teppichland eine ganze Weile angese-

1 gemeint ist Philiskos von Thasos – 2 gemeint ist Aristomachos von Soli (s. Plinius 11, 9)

hen hatten, sagte Pantagruel: »Nun habe ich aber meine Augen lange genug geweidet, jetzt kann ich nicht mehr, der Magen bellt mir vor Hunger.« – »Also laßt uns vor allem etwas genießen«, sagte ich, »die Anakampseroten[1] zum Beispiel, die dort hängen.« – »Pfui Teufel, wie das schmeckt!« Ich wählte mir ein paar Myrobalanen, die in einer Teppichecke hingen, konnte sie aber weder zerkauen noch hinunterschlucken, sie schmeckten durch und durch nach gezwirnter Seide; von der Lieblichkeit einer Frucht nicht die Spur. Nach ihrem Vorbild bewirtete wahrscheinlich Heliogabal die Leute, die er lange hatte hungern lassen und denen er ein prächtiges und üppiges kaiserliches Mahl versprach, dann aber bloß wächserne, marmorne, tönerne, gemalte und ins Tischtuch eingewebte Gerichte vorsetzen ließ. Als wir uns weiter im Lande umsahen, ob wir nicht etwas zu essen finden könnten, vernahmen wir in der Ferne ein unbestimmtes Geräusch, als ob Wäsche gewaschen würde oder die Mühlen vom Bascale[2] bei Toulouse in Betrieb wären. Unverzüglich begaben wir uns dahin, woher es kam, und fanden dort ein altes, kleines buckliges, ungestaltes Männchen, das man Hörensagen nannte. Er hatte ein Maul, das bis zu den Ohren reichte, und in diesem Maul sieben Zungen, von denen jede wiederum siebenmal gespalten war. Mit allen sieben sprach er Gott weiß wie zu gleicher Zeit, in den verschiedensten Sprachen und die allerverschiedensten Dinge. Dabei hatte er sowohl am Kopf wie auch am übrigen Körper so viel Ohren, wie Argus ehemals Augen hatte; im übrigen war er blind und an den Beinen gelähmt. Um ihn herum stand eine unzählige Menge aufmerksam lauschender Männer und Frauen, zum Teil recht vertrauensselig dreinschauend, deren einer eine Landkarte in der Hand hielt. Diese erklärte er ihnen kurz in einigen knappen Sätzen, wodurch sie in wenigen Stunden grundgelehrt wurden, so daß sie fließend und frei aus dem Kopf über die erstaunlichsten Dinge reden konnten, die nur zum hundertsten Teil zu ergründen ein Menschenleben nicht ausgereicht hätte: zum Beispiel über den Nil, über die Pyramiden, über Babylon, die Troglodyten[3], die Himantopoden[4], Blemmyer[5], Pygmäen,

1 von Plinius (24, 17) erwähntes Kraut, das erloschene Liebe neu entfachen soll – 2 alte Wassermühle westl. Toulouse – 3 Höhlenbewohner – 4 »Schleppfüße«; sagenhaftes nordafrikan. Volk – 5 sagenhaftes nordafrikan. Volk von Kopflosen, mit Augen und Mund auf der Brust

Kannibalen, die Hyperboreischen Berge, die Ägipanen[1], kurzum, über alles und weiß der Teufel was noch, und alles – von Hörensagen. Da sah ich, wie mir's schien, Herodot, Plinius, Solinus, Berosus, Philostrat, Mela, Strabon und noch viele andere der Alten, dann Albert, den großen Jakobiner[2]. Peter den Zeugen[3], Papst Pius II., Volaterran, Paulus Jovius, den wackeren Mann, Jacques Cartier, Haithon den Armenier, Marco Polo aus Venedig, Ludovicus Romanus, Pedro Alvarez[4] und ich weiß nicht wie viele andere neuere Historiographen mehr; die schrieben alle, hinter einem Stück Teppich verborgen, die schönsten Lügen auf, und alles – von Hörensagen.

Hinter einem mit Fuchsschwänzen gemusterten Stück Samt in der Nähe von Hörensagen sah ich eine ganze Schar Füchse und Brandfüchse stehen, durchweg gute Jungen, Studenten und noch ziemlich grün. Als wir uns erkundigten, zu welcher Fakultät sie gehörten, sagte man uns, sie widmeten sich hier von Jugend an dem Zeugenstudium und brächten es in dieser Kunst so weit, daß sie, wenn sie von hier abgingen, in der Provinz als Zeugen von Berufs wegen ihr gutes Auskommen fänden, indem sie denen, die den besten Tagelohn zahlten, über alles und jedes Zeugnis ablegten, und alles – von Hörensagen. Darüber denkt nun, was ihr wollt; aber einen Bissen Brot gaben sie uns doch und auch einen Schluck aus ihrem Fäßchen. Dann machten sie uns auf die freundschaftlichste Weise darauf aufmerksam, mit der Wahrheit immer so sparsam wie irgend möglich umzugehen, da wir es sonst an den Höfen der großen Herren nicht allzuweit bringen würden.

Zweiunddreißigstes Kapitel

Wie wir das Laternenland erblickten

Schlecht getränkt und schlecht gespeist, verließen wir also das Teppichland und fuhren wieder drei Tage lang weiter, bis wir in der Frühe des vierten uns Laternien näherten. Da sahen wir auf dem Meer verschiedene Flämmchen hin und her fliegen. Ich hielt

1 sagenhaftes nordafrikan. Volk mit Ziegenfüßen – 2 Albertus Magnus – 3 Petrus Martyr Anglerius – 4 Reisebeschreiber

das nicht für Laternen, sondern für Fische, die ihre blitzenden Zungen aus dem Meer herausstreckten, oder für Lampyriden – ihr nennt sie Johanniskäfer –, die hier so leuchteten wie bei uns zu Hause um die Zeit, wenn die Gerste reift. Aber der Steuermann sagte uns, es wären Scharwächterlaternen, die das Grenzgebiet durchstreiften und etliche fremde Laternen geleiteten, die sich als gute Franziskaner und Jakobiner zum Provinzialkapitel einfänden. Als wir nichts destoweniger befürchteten, es könnte das Anzeichen eines nahenden Sturms sein, da versicherte er uns auf das bestimmteste, es sei so, wie er gesagt habe.

Dreiunddreißigstes Kapitel

Wie wir in den Hafen der Lampionbrüder einliefen und nach Laternien kamen

Bald darauf legten wir im Hafen von Laternien an. Hier erkannte Pantagruel hoch auf einem Turm die Laterne von La Rochelle, die uns hell entgegenleuchtete. Auch die Laternen von Pharos, Nauplia und der Athener Akropolis, die der Pallas geweiht war, bemerkten wir. – Dicht beim Hafen liegt ein kleines Dorf, das von Lampionbrüdern bewohnt wird, einem Volk, das von Laternen lebt wie bei uns die Bettelbrüder von den Nonnen, anständige, fleißige Leute. Demosthenes hatte vorzeiten an diesem Ort laternt. Von hier bis zum Palast wurden wir von drei Leuchttürmlern begleitet, die zur militärischen Hafenwache gehörten und spitze Mützen trugen wie die Albaner. Wir machten sie mit dem Zweck unserer Reise bekannt und sagten ihnen, daß wir die Absicht hätten, die Königin von Laternien um eine Laterne zu bitten, die uns auf unserer Fahrt nach dem Orakel der Flasche leuchten und leiten solle. Sie versprachen, unser Anliegen zu befürworten, und fügten hinzu, daß wir Zeit und Gelegenheit gar nicht besser hätten treffen können, uns eine gute Laterne auszusuchen, da gerade das Provinzialkapitel stattfände. Als wir im königlichen Palast angekommen waren, wurden wir von zwei Ehrenlaternen, der des Aristophanes und der des Kleanthes, der Königin vorgestellt, und mit wenigen Worten setzte ihr Panurg in laternischer Sprache den Zweck unserer Reise auseinander. Sie nahm uns sehr gnädig auf und lud uns ein, an ihrem

Abendessen teilzunehmen. Das war ganz nach unserem Wunsch, und wir unterließen denn auch nicht, alles aufmerksam zu betrachten und auf jede ihrer Gebärden, ihre Kleidung, ihr Benehmen sowie die Art und Weise der Bewirtung recht genau achtzugeben.

Die Königin trug ein Kleid aus geblümtem Jungfernkristall, reich mit Diamanten besetzt. Die Laternen von Geblüt waren in Glasfluß gekleidet oder auch in phengitischen Stein[1], die übrigen in Horn, Papier und wachsgetränkte Leinwand; die Stocklaternen ebenso, je nach dem Alter ihres Geschlechts. Nur bei einer fiel mir auf, daß sie mitten unter den Allervornehmsten stand und trotzdem nur aus Töpferton war. Als ich darüber meine Verwunderung äußerte, sagte man mir, dies wäre die Laterne des Epiktet; vergebens habe man schon dreitausend Dukaten für sie geboten. Sehr aufmerksam betrachtete ich Art und Ausstattung der vieldochtigen Laterne des Martial und noch aufmerksamer die zwanzigdochtige, die Kanope, die Tochter des Kritias, ehemals im Tempel geweiht hatte. Auch die Hängelampe sah ich mir genau an, die aus dem Tempel des Palatinischen Apoll zu Theben geraubt und später von Alexander dem Eroberer nach dem äolischen Kyme gebracht worden war, desgleichen eine höchst merkwürdige, die einen schönen rotseidenen Federbusch auf dem Kopf trug; man erklärte mir, das sei Bartolus, die Rechtslaterne. Ferner fielen mir noch zwei andere auf, denen Klistierspritzen am Gürtel hingen; es hieß, die eine von ihnen sei die große, die andere die kleine Apothekerleuchte. Als es zum Abendessen ging, nahm die Königin zuoberst Platz, darauf die anderen nach Rang und Würden. Anfangs gab es große gezogene Lichter; nur der Königin wurde eine große, dicke, brennende Kerze aus weißem Wachs gereicht, die an der Spitze ein wenig rot gefärbt war. Auch die Laternen von Geblüt bekamen etwas Besseres als die anderen, ebenso die Provinziallaterne von Mirebalais, welcher man ein Nußlicht gab, und die von Niederpoitou, die ein Licht mit einem Wappen darauf erhielt. Und Gott im Himmel weiß, was sie dann alle zusammen für eine Helligkeit ausstrahlten! Nur einige junge Laternen, die unter der Aufsicht einer dicken Laterne standen, muß ich hier ausnehmen; denn sie

1 antiker Name des Glimmers

leuchteten nicht wie die anderen, sondern schienen mir eher Bettlampen zu sein.

Vierunddreißigstes Kapitel
Wie den Laternierdamen zum Abendessen aufgetischt wurde

Die Flöten, Hörner und Dudelsäcke erklangen harmonisch, und die Gerichte wurden aufgetragen. Vor dem ersten Gang nahm die Königin eine wohlriechende Pille und, um sich den Magen zu reinigen, einen Löffel voll Rizinusöl. Dann wurden gereicht

saftige Nasenstüber,	Albernheiten im Schlafrock,
feinste Kinnhaken,	Essigschalen,
beste Puffboxer,	Alfanzereien,
Putzmörtel,	fleischige Würstchen,
falsche Edelsteine,	frühste Gemüsekräuter,
Feuerzangen,	Zwetschenstrudel,
wunderbare Hasenpastete,	Eisenstangen,
Meermuscheln,	Zahnzangen.

Zum zweiten Gang gab es

gehackten Braten,	Laß mich in Frieden,
Reiherbeine,	Zwick mich da,
Leberbrei,	Setz dich selbst 'rein,
flüssige Blase,	Händeklatschen,
Eselsfett,	Hopsasa,
Sperlingsschulter,	Kugelfuß,
Staubpinsel,	Was ist das?,
Rachenputzer,	Treffas mit Soße.

Der letzte Gang bestand aus

Schnee vom Vorjahr, wie es ihn in Laternien massenweise gab,

zerschnittenen Hosenträgern,	Drogistensaft,
	Sandalenragout,
Hornmuscheln,	Mennige,
Hosenwind,	Schnepfenmehl,
Fliegenfängern,	Windhundpfoten.

Zum Nachtisch brachte man eine mit Blumen bemalte große Platte voll weißem Honig, den ein scharlachroter Seidenschleier verhüllte. – Sie tranken aus schönen alten Gläsern, und nichts weiter als Ölwein, ein Getränk, das mir wenig mundete, das in Laternien aber als Göttertrank galt; sie bezechten sich regelrecht damit, und zwar dermaßen, daß ich eine zahnlose alte Pergamentlaterne, eine Aufseherin junger Laternen, sich mit dem Ruf: »Unsere Lampen erlöschen!« so daran berauschen sah, daß sie auf der Stelle Licht und Leben verlor. Pantagruel erzählte man, die Laternen in Laternien stürben oft auf diese Weise, sogar zur Zeit ihres Kapitels.

Als die Mahlzeit beendet war, wurde die Tafel aufgehoben. Darauf stimmten die Spielleute ein noch lieblicheres Stück an als vorher, und die Königin eröffnete einen Reigen, den allesamt, Fackeln wie Laternen, miteinander tanzten. Dann zog sich die Königin auf ihren Thronsitz zurück, und die übrigen tanzten zu verschiedenen Weisen verschiedene Tänze, wie

Drück, Martin,
Die schöne Franziskanermelodei,
Auf den Stufen von Arras,
Bastienne,
Bretonischer Quersprung,
Ach, wie schön,
Die sieben Gesichter,
Die Muntere,
Frösche und Kraniche,
Marquise,
Ist meine schöne Zeit dahin?,
Der Dorn,
Oh, ich bin allzu braun,
Wenn ich dran denke,
Kathrinchen,
Robinet,
Biskaya,
Klatschmohn,
Mein Nichtchen,
Halbpart,
Wie ihr wollt,
Schöne Picardie,
Ich bin allein,
Der Auftritt des Narren,
Liebesprinzessin,
Sie geht dahin,
Jacqueline,
Der große Kummer,
Die Blüte,
Die Klagen des Lamms,
Der spanische Ball,
Wie hat sie mich betrogen,
Die Geduld des Mohren,
Ich weiß nicht was,
Die Seufzer des Polen,
Jetzt darf ich klagen,
Der Schmerz des Reiters,
Die Valentinoiserin,
Im Grünen,
Ach Schäferin, mein Leben,
Die Margerite,
Im schönen Wald,
Die Stunde kommt,
Die Hecke.

Ferner sah ich sie nach Weisen aus dem Poitou tanzen, gesungen von einer Fackel aus Saint-Maixent oder einem großen Leuchtfeuer aus Parthenay-le-Vieil.

Wißt auch, ihr Zecher, daß alles lustig herging und die edlen Fackeln auf ihren Holzbeinen sich redlich hervortaten. Zum Schluß wurde der Schlaftrunk gereicht und auf das Wohl der freigebigen Königin ein Becher Rizinusöl geleert. Darauf forderte die Königin uns auf, eine ihrer Laternen auszuwählen, damit sie uns den Weg weise. Wir dankten der hohen Frau ergebenst und wurden von sieben neckischen jungen Fackeln bis zu unserem Schiff begleitet. Dann nahmen wir Abschied.

Fünfunddreißigstes Kapitel
Wie wir beim Orakel der Flasche ankamen

Unsere treffliche Laterne leuchtete aber so hell und munter und wies uns den Weg so sicher, daß wir nun endlich bei der ersehnten Insel ankamen, auf der sich das Orakel der Flasche befand. Als wir an Land gingen, schlug Panurg ausgelassen mit beiden Beinen hinten aus und sagte zu Pantagruel: »Jetzt haben wir endlich nach so viel Mühen und Beschwerden gefunden, was wir suchten.« Dann empfahl er sich höflich dem Wohlwollen unserer Laterne. Diese ermahnte uns, guten Muts zu sein und über nichts, was wir sehen würden, zu erschrecken. Als wir uns dem Tempel der Göttlichen Flasche näherten, mußten wir über einen großen Weinberg hinweg, auf dem die verschiedensten Weinsorten wuchsen: Falerner, Malvasier, Muskateller, Tajo, Beaune, Mirevaux, Orleans, Picardent, Arbois, Coussy, Anjou, Grave, Korsika, Véron, Nérac usw. Der Weinberg war einst von Bacchus angelegt und so gesegnet worden, daß er jederzeit Blätter, Blüten und Früchte zugleich trug wie die Orangenbäume von Suresnes[1]. Unsere herrliche Laterne befahl jedem von uns, drei Weinbeeren zu essen, unsere Schuhe mit Weinlaub auszulegen und eine grüne Ranke in die linke Hand zu nehmen. Am Ende des Weinbergs kamen wir durch einen alten Triumphbogen, auf dem die Trophäen eines Zechers sehr sauber in Stein ausgehauen waren, nämlich eine große Menge Flaschen, Karaffen, Bocks-

1 Kleinstadt westl. Paris; ehem. mit Orangerien im kgl. Park

beutel, Kannen, Kruken, Fässer und altertümliche Henkelkrüge, die an einem Rebengeländer hingen; dann, an einer andren Stelle, sehr viel Knoblauch, Zwiebeln, Schalotten, Schinken, Kaviar, Parodellen[1], geräucherte Ochsenzungen, alter Käse und ähnliche schöne Sachen, aber alles mit Weinlaub durchflochten und durch Rankenwerk sehr zierlich zu einem Ganzen verbunden; an einer dritten Stelle über hundert Arten verschiedener Gläser zu Fuß und zu Roß, Römer, Sturzbecher, Angster, Humpen, Pokale, Trinkschalen, Kelche und anderes bacchantisches Handwerkszeug mehr. Vorn am Bogen, unter dem Fries, standen die beiden Verse:

> Laßt euch, wollt ihr dies Tor durchschreiten,
> von zünftigen Laternen leiten.

»Dafür«, sagte Pantagruel, »haben wir gesorgt, denn im ganzen Laternenland gibt es keine bessere und göttlichere Laterne als unsere hier.« – Der prächtige Torbogen mündete in einen schönen, dichten Laubengang aus Weinreben, an denen Trauben in fünfhundert verschiedenen Farben und ebensoviel verschiedenen, ganz eigentümlichen Formen hingen, alles Erzeugnis der Gartenkunst; gelbe, braune, blaue, azurne, weiße, schwarze, grüne, violette, scheckige, fleckige, lange, runde, dreieckige, viereckige, eiförmige, apfelförmige, bekelchte, bepelzte. Hinten war der Laubengang durch drei uralte Efeustämme geschlossen, die tief grün und ganz mit schwarzen Beeren bedeckt waren. Aus diesem Efeu mußte sich jeder von uns auf Befehl unserer hochweisen Laterne einen albanischen Spitzhut flechten und damit den Kopf bedecken, was sofort geschah. Pantagruel meinte, unter diesem Rebendach wäre der Priester Jupiters seinerzeit wohl nicht hingegangen. »Allerdings nicht«, sagte unsere erleuchtete Laterne, »davon würde ein mystischer Grund ihn abgehalten haben. Denn wäre er darunter hingegangen, so würde der Wein über seinem Kopf gewachsen sein, und es hätte scheinen können, als stünde er unter dem Einfluß des Weins, das heißt, als würde er von ihm beherrscht; er wollte also zu verstehen geben, daß Priester wie alle die, welche sich der Betrachtung göttlicher Dinge widmen und hingeben, ihren Geist frei halten sollten von jeder

1 Käsegebäck

Unruhe und von allen Störungen durch die Sinne, die bei der Trunksucht offenkundiger auftreten als bei irgendeiner anderen Leidenschaft.

Auch ihr würdet in den Tempel der Göttlichen Flasche nicht eingelassen werden, da ihr unter diesem Rebendach hingegangen seid, sähe nicht Bakbuk, die Hohepriesterin, daß eure Schuhe voll Weinlaub wären, welches das dem andern geradezu Entgegengesetzte ist und anzeigt, daß ihr den Wein nicht fürchtet, ihn mit Füßen tretet und ihn euch unterwürfig macht.« – »Ich bin«, sagte Bruder Hans, »Gott sei's geklagt, zwar kein Gelehrter; aber in meinem Brevier steht, daß in der Apokalypse ein Weib gesehen wurde, die sogar den Mond unter ihre Füße trat.[1] Bigot erklärte mir das so, daß sie ganz anderer Art und Natur gewesen sei als alle anderen Weiber, die den Mond doch gewöhnlich im Kopf haben und deshalb närrisch und mondsüchtig sind. Darum, Frau Laterne, mein liebes Schätzchen, wird mir's auch gar nicht schwer, zu glauben, was du da sagst.«

Sechsunddreißigstes Kapitel

Wie wir in die Erde hinabstiegen, um in den Tempel der Flasche zu gelangen, und wie Chinon die erste Stadt der Welt ist

So stiegen wir in die Erde hinab durch ein mit Stuck bekleidetes Gewölbe, auf dessen Außenwänden in ziemlich roher Weise ein Tanz von Weibern und Satyrn dargestellt war, die den auf seinem Esel reitenden Silen begleiteten. Da sagte ich zu Pantagruel: »Dieser Eingang erinnert mich an den bemalten Keller der ersten Stadt der Welt, denn dort sieht man ähnliche Bilder wie hier, auch *al fresco*.« – »Wo ist das«, fragte Pantagruel, »wie heißt diese erste Stadt, von der du da sprichst?« – »Chinon«, sagte ich, »oder Caynon in der Touraine.« – »Oh, ich kenne Chinon«, sagte Pantagruel, »und den bemalten Keller kenn' ich auch, habe manch Glas kühlen Wein da getrunken, zweifle auch gar nicht daran, daß Chinon eine recht alte Stadt ist; schon ihr Wappen beweist's, auf dem man zwei- bis dreimal lesen kann:

1 Offenbarung 12, I

Chinon ist eine kleine Stadt,
die einen großen Namen hat,
und ist schon viele Jahre alt,
im Tal die Vienne, am Berg der Wald.

Aber wie sollte sie die erste Stadt der Welt sein? Wo hast du das gelesen? Wo steht das geschrieben? Was bringt dich auf diesen Gedanken?« – »Ich habe«, sagte ich, »in der Heiligen Schrift gelesen, daß Kain der erste Städtebauer war. Nun aber ist doch mit Gewißheit anzunehmen, daß er die erste Stadt auch nach seinem Namen benannt haben wird, also Caynon, wie ihm später darin alle Gründer und Erbauer von Städten nachfolgten, die den ihrigen gleichfalls ihre Namen gaben: Athene, die griechische Minerva, nannte die von ihr erbaute Stadt Athen, Alexander die seinige Alexandrien, Konstantin Konstantinopel, Pompejus Pompejopolis in Kilikien, Hadrian Hadrianopel; ebenso nannten die Kanaaniter die ihre Kanaan, die Sabäer Saba, die Assyrer Assur, und auch Ptolemaïs, Cäsarea, Tiberium, Herodium in Judäa haben ihre Namen daher.«

Während wir so miteinander plauderten, kam der Großflaschner – Leuchte nannte ihn unsere Laterne – oder Hofmarschall der Göttlichen Flasche in Begleitung der Tempelwache heraus; die letztere setzte sich aus lauter französischen Buttlern zusammen. Als er sah, daß wir, wie oben erwähnt, Thyrsusstäbe in den Händen hielten, mit Efeu bekränzt waren und die ehrwürdige Laterne bei uns hatten, ließ er uns ungehindert eintreten und gab Befehl, daß man uns sogleich zur Prinzessin Bakbuk, der Ehrendame der Flasche und aller Mysterien Priesterin, führen solle. Und so geschah es.

Siebenunddreißigstes Kapitel

Wie wir die tetradischen Stufen[1] hinabstiegen und was für Angst Panurg ausstand

Wir stiegen nunmehr eine Marmorstufe in die Erde hinab, bis wir zu einem Absatz kamen; dann, uns links wendend, deren zwei, wieder bis zu einem Absatz; dann nach rechts hin drei, bis

1 Viererstufen

zu einem neuen Ruhepunkt, und endlich noch vier, ebenso. Darauf fragte Panurg: »Sind wir nun angekommen?« – »Wie viele Stufen habt Ihr gezählt?« ließ sich unsere herrliche Laterne vernehmen. – »Eins, zwei, drei, vier«, gab Pantagruel zur Antwort. – »Wieviel sind das zusammen?« fragte sie weiter. – »Zehn«, erwiderte Pantagruel. – »Mit derselben pythagoreischen Tetras«, sagte sie, »multipliziert das Produkt.« – »So ergibt es zehn, zwanzig, dreißig, vierzig«, sagte Pantagruel. – »Wieviel macht das zusammen?« fragte sie. – »Hundert«, erwiderte Pantagruel. »Legt noch den ersten Kubus, das sind acht, hinzu: am Ende dieser Schicksalszahl werden wir die Pforte des Tempels finden. Und seid klug und merkt Euch, daß dies die wahre Psychogonie[1] des Platon ist, die von den Akademikern so hoch gepriesen und doch so schlecht verstanden wird, deren Hälfte aus der Einheit der beiden ersten Zahlen, der beiden Quadrate und der beiden Kuben zusammengesetzt ist.«

Um diese zahlreichen unterirdischen Stufen hinabzusteigen, waren uns zwei Dinge dringend vonnöten: einmal unsere Beine, denn ohne diese wären wir wie Fässer in einen Keller hinuntergerollt, und zum andern unsere erlauchte Laterne, denn außer ihr leuchtete uns keinerlei Licht, nicht anders, als hätten wir in Sankt Patricks Loch in Hibernien oder in Trophonios' Höhle in Böotien gesteckt. Als wir an die achtundsiebzig Stufen hinuntergestiegen waren, wandte sich Panurg zu unsrer leuchtenden Laterne um und sagte zu ihr: »Wundertätige Dame, mit bekümmertem Herzen beschwöre ich Euch, laßt uns umkehren. Potz Tod, ich sterbe vor Angst! Lieber will ich das Heiraten ein für allemal aufgeben. Ihr habt viel Last und Mühe meinetwegen gehabt; Gott wird Euch das bei der großen Abrechnung gewiß hoch anrechnen, und ich werde auch nicht undankbar sein, wenn ich nur erst wieder aus dieser Troglodytenhöhle heraus bin. Um alles in der Welt, laßt uns umkehren! Ich glaube, wir sind hier am Tänaron, von wo's geradewegs in die Hölle hinabgeht, und es kommt mir schon so vor, als ob ich drunten Zerberus bellen hörte. Horch, horch! Das muß er sein, oder mir klingen die Ohren. Möchte nichts mit ihm zu tun haben, denn es gibt gar keine schlimmeren Zahnschmerzen, als wenn die Hunde einen an den

1 Seelenentstehungslehre

Beinen packen. Wenn das die Höhle des Trophonios ist, so werden uns die Lemuren und Kobolde lebendig fressen, wie sie's in Ermangelung von was Besserem mit dem Leibwächter des Demetrius gemacht haben. Bruder Hans, bist du da? Ich bitte dich, Dickerchen, halte dich zu mir, ich sterbe vor Angst. Du hast doch deine Plempe mit? Wenn ich nur auch was hätte, um mich zu wehren oder womit ich um mich hauen könnte. Aber so – kehren wir also lieber um.«

»Da bin ich ja«, sagte Bruder Hans, »ich bin ja hier, du brauchst dich nicht zu fürchten; ich halte dich am Kragen fest, achtzehn Teufel sollen dich mir nicht aus den Fäusten reißen, wenn du auch keine Waffen hast. An Waffen ist in der Not nie Mangel, wenn nur Herz und Arm tapfer sind; wenn's drauf ankommt, regnet's welche vom Himmel wie seinerzeit in der Ebene von Crau am Mariusgraben in der Provence, wo es Felsbrocken regnete – die liegen noch da –, damit sich Herkules wehren könnte, der nichts hatte, womit er sich die beiden Söhne Neptuns vom Leib hielte. Aber wie, steigen wir hier etwa in die Kleinkinderunterwelt[1], damit sie uns alle vollkacken? Oder gar in die richtige Hölle zu allen Teufeln? Sapperment, die sollen's kriegen, jetzt, wo ich Weinlaub in meinen Schuhen habe! Grün und blau will ich sie hauen. Heda, wo sind sie? Nur vor ihren Hörnern fürcht' ich mich. Aber die zwei, die Panurg als Ehemann wachsen, werden mich hinlänglich schützen. Ich sehe ihn im Geist schon vor mir als gehörnten, gehürnten, geharnten Aktäon.« – »Nimm du dich nur in acht, Bruder«, sagte Panurg, »daß man dir nicht die Pest antraut, wenn man erst einmal die Mönche verheiratet; 's könnt' doch immerhin sein, daß ich heil und gesund aus dem Loch hier herauskäme, und dann sollst du mal sehen, auch die bumfiedel ich dir, bloß um dich zum hornfurzigen Hahnrei zu machen. Ist sonst freilich ein garstiges Stückchen, mein' ich, die Pest. Muß immer dran denken, wie Krallfratz sie dir zum Weib geben wollte; schimpftest ihn dafür aber auch einen Ketzer.«

Hier unterbrach unsere erlauchte Laterne das Gespräch, indem sie uns darauf aufmerksam machte, daß dieser Ort dadurch geehrt sein wolle, daß man sich des Redens enthielte und Schweigen bewahrte; zugleich versicherte sie uns, daß wir ohne Erlaubnis der Göttlichen Flasche gar nicht mehr umkehren könnten, da wir nun einmal das Weinlaub in unseren Schuhen hätten.

»Also vorwärts«, sagte Panurg, »vorwärts durch alle Teufel! Ein Hieb, und aus ist der Spaß. Hätte freilich mein Leben lieber für eine Schlacht aufgespart. Los, los, vorwärts, drauf! Habe mehr Mumm als nötig. Nun ja, das Herz im Leibe puppert mir ein bißchen; aber das kommt von der Kälte und der verdammten

1 nach katholischer Lehre Nebenhölle für die Seelen ungetauft gestorbener Kinder

feuchten Kellerluft. Furcht ist das nicht, Gott bewahre, Aufregung auch nicht. Also los, vorwärts, marsch in'n Arsch! Ich nenne mich Wilhelm ohne Furcht.«

Achtunddreißigstes Kapitel

Wie die Torflügel des Tempels sich wunderbarerweise von selbst öffneten

Am Ende der Stufen angekommen, standen wir vor einem Portal aus feinem Jaspis, das im dorischen Stil erbaut war; an seiner Stirnseite las man in ionischen Buchstaben aus reinstem Gold den Spruch: Ἐν οἴνῳ ἀλήθεια, das heißt: »Im Wein ist Wahrheit.« Die beiden Torflügel waren aus einer Art korinthischem Erz, massiv, mit kleinen erhabenen Vignetten darin und, wo das Bildwerk es verlangte, liebevoll emailliert. Ohne daß Schloß, Riegel oder Band zu sehen gewesen wäre, waren sie gleichmäßig ineinandergefügt; nur ein indischer Diamant von der Größe einer ägyptischen Bohne, sechskantig und geradlinig, an beiden Enden in Feingold gefaßt, hing davor, und mehr zur Wand hin hing an beiden Seiten ein Büschel Skordion[1]. Hier sagte uns unsere edle Laterne, daß wir sie entschuldigen möchten, wenn sie nun nicht weiter mit uns gehen könne; wir hätten jetzt einzig und allein den Weisungen der Priesterin Bakbuk zu folgen: ihr wäre es nicht gestattet, einzutreten, aus Gründen, die sterblichen Menschen besser verschwiegen blieben als mitgeteilt würden. Auf alle Fälle sollten wir nur ruhig Blut bewahren, alle Angst und Furcht verbannen und, was den Rückweg anbeträfe, uns auf sie verlassen. Darauf nahm sie den Diamanten, der vor der Tür hing, ab und legte ihn rechts in eine silberne Kapsel, die zu diesem Zweck dort angebracht war, nahm dann auch von der Angel jedes Torflügels die anderthalb Klafter lange karmesinrote Seidenschnur herunter, an der das Skordion hing, knüpfte sie an zwei dazu bestimmte goldene Ringe zu beiden Seiten und zog sich zurück.

Augenblicklich und ohne daß jemand sie berührt hätte, taten sich die Torflügel von selbst auf, nicht mit knarrendem Geräusch

1 Knoblauch

und lautem Dröhnen, wie schwere Erztüren es gewöhnlich zu tun pflegen, sondern mit sanftem, anmutigem Klingen, das im Gewölbe des Tempels widerhallte und dessen Entstehung Pantagruel auch sofort begriff; denn an der unteren Kante jedes der beiden Torflügel bemerkte er eine kleine Walze, die über der Angel in die Tür griff, wo sie, sobald sich diese der Wand zudrehte, durch Reibung an einem harten, spröden und glattgeschliffenen Ophitstein jenes angenehme, liebliche Klingen hervorbrachte.

Daß die beiden Torflügel sich von selbst, ohne jemandes Zutun, geöffnet hatten, setzte mich in größtes Erstaunen. Um dieser merkwürdigen Erscheinung auf den Grund zu gehen, warf ich, sobald wir eingetreten waren, begierig meine Blicke zwischen Tür und Wand, um herauszufinden, welche Kraft und welches Mittel hier im Spiel wäre. Ich meinte zuerst, unsere gute Laterne hätte an das versperrte Tor das Kraut *Aethiopis* gehalten, durch das alles, was verschlossen ist, geöffnet werden kann, sah dann aber, daß an der Stelle, wo die beiden Torflügel zusammenstießen, im inneren Falz eine Platte aus reinem Stahl in das korinthische Erz eingelassen war.

Außerdem bemerkte ich zwei Tafeln indischen Magnets, eine halbe Spanne breit und dick, von meergrüner Farbe, glatt poliert, die ihrer ganzen Dicke nach an der Stelle, wo die geöffneten Torflügel anschlugen, in die Wand eingemauert waren.

Somit waren es die Anziehungskraft der Magnete und die stählernen Platten, welche nach dem verborgenen und wunderbaren Gesetz der Natur die Bewegung ausgelöst hatten; langsam wurden die Torflügel an- und aufgezogen, doch nur, nachdem der oben erwähnte Diamant entfernt war, dessen Nähe den Stahl beherrschte, wie aus demselben Grunde auch die beiden Büschel Skordion abgenommen wurden, die unsere gute Laterne an ihrer karmesinroten Schnur beiseite gehängt hatte, weil dieses Kraut den Magnet abtötet und seiner Anziehungskraft beraubt.

Auf einer der erwähnten Tafeln, der zur Rechten, stand in altertümlicher lateinischer Schrift folgender sechsfüßige Jambus eingegraben:

Ducunt volentem fata, nolentem trahunt.
den Willigen lenkt das Geschick, den Nichtwilligen
aber zieht es.

Auf der andern, der zur Linken, stand in großen Buchstaben, schön eingegraben, folgender Spruch:

DEM ENDE ZU STREBT JEDES DING.

Neununddreißigstes Kapitel

Wie den Tempel ein wundervoller Mosaikfußboden zierte

Nachdem ich die Inschriften gelesen, richtete ich meine Blicke auf die Pracht des Tempels und betrachtete das wundervolle Mosaik des Fußbodens, mit dem keins unter dem Firmament zu vergleichen war, nicht das des Fortunatempels in Präneste zur Zeit Sullas noch die griechischen Mosaike, die *asarotum*[1] genannt und von Sosistratus[2] in Pergamon ausgeführt wurden. Es setzte sich nämlich aus lauter kleinen Plättchen zusammen, alle aus geschliffenen Edelsteinen, ein jeder in seiner natürlichen Farbe; so war das eine aus schön geflecktem rotem Jaspis, ein anderes aus Ophit, ein drittes aus Porphyr, aus Lykophtalm[3], mit winzigen Goldpünktchen dicht besät, aus geflammtem Achat mit unregelmäßig gewellter milchfarbener Zeichnung, aus kostbarem Chalzedon[4] oder aus grünem Jaspis mit roten und gelben Adern, und alle Plättchen waren diagonal zueinander angeordnet.

In der Säulenhalle erweckte das Fußbodenmosaik, aus kleinen Steinen in ihrer natürlichen Farbe zusammengesetzt, den Eindruck, als ob Weinlaub mit nachlässiger Hand hingestreut wäre: hier lag es dicht, dort spärlicher, und war dies Blattwerk auch überall vortrefflich, so doch besonders an Stellen im Halbschatten, wo sich hier Schnecken zeigten, die auf Trauben krochen, dort kleine Eidechsen, die durchs Laub schlüpften, hier reife, dort halbreife Trauben, die alle mit solcher Kunst und solcher Meisterschaft nachgebildet und ausgeführt waren, daß Stare und andere kleine Vögel sich davon ebenso hätten täuschen lassen wie von dem Bild des Zeuxis aus Herakleia. Soviel wenigstens steht fest, daß *unsere* Täuschung vollkommen war; denn wo der Künstler das Laub besonders dicht hingestreut hatte, da

1 »Ungefegtes« (griech.); antike Bodenmosaike mit Darstellungen von Mahlzeitresten – 2 gemeint ist Sosos – 3 Achatart – 4 Quarzart

machten wir große, weite Schritte, um nicht zu stolpern, wie man es auf unebenen, steinigen Wegen zu tun pflegt.

Dann richtete ich meine Blicke auf das Gewölbe und die Wände des Tempels, die ganz mit Marmor und Porphyr verkleidet waren und ein wundervolles Mosaikbild zeigten, das links beim Eingang anfing und vom einen Ende bis zum andern fortlief; es stellte mit unglaublicher künstlerischer Feinheit den Sieg des guten Bacchus über die Inder folgendermaßen dar:

Vierzigstes Kapitel

Wie auf dem Mosaikbild des Tempels der Sieg dargestellt war, den Bacchus über die Inder errungen

Wo das Bild anfing, sah man mehrere Schlösser, Dörfer, Städte und Burgen in hellen Flammen stehen, dazu viele rasende, sich zügellos gebärdende Weiber, die lebendige Kälber, Schafe und Lämmer in Stücke rissen und das Fleisch verschlangen. Damit sollte angedeutet werden, daß Bacchus, als er in Indien einzog, alles durch Feuer und Schwert verwüstete.

Dessenungeachtet waren die Inder so verblendet, daß sie es gar nicht der Mühe wert hielten, sich ihm entgegenzustellen; denn es war ihnen von ihren Kundschaftern berichtet worden, sein Heer bestünde überhaupt nicht aus Kriegern, sondern nur aus einem gutmütigen, weibischen, stets betrunkenen Alten, der von einer Schar junger, nackter Bauernbengel, die unaufhörlich tanzten und Hörner und Schwänze trügen wie junge Ziegenböcke, sowie von einem Rudel betrunkener Weiber umgeben sei. Daher beschlossen sie, sie ruhig ihres Wegs ziehen zu lassen und ihnen nicht mit Waffengewalt entgegenzutreten, da solche Leute zu besiegen nur Schmach, nicht Ruhm, nur Unehre und Schande, nicht Ehre und Lob einbringen könne. Infolge dieser Verblendung faßte Bacchus immer festeren Fuß, überzog das ganze Land mit Feuer – denn Feuer und Blitz sind vom Vater her die Waffen des Bacchus, den Jupiter schon vor der Geburt mit dem Donnerkeil begrüßt hatte, wobei seine Mutter Semele und sein ganzes mütterliches Haus durch Feuer in Asche verwandelt worden waren – und tränkte die Erde mit Blut, das er im Frieden bereitet und im Kriege abzapft. Zeugnis davon gibt das Gefilde der Insel Samos, Panaima genannt, das heißt »voller Blut«, auf dem Bacchus die Amazonen angriff, als sie aus dem Land der Epheser flohen, und wo er sie alle verbluten ließ, so daß der Boden durch und durch mit Blut getränkt und gedüngt war. Somit könnt ihr nun besser, als es Aristoteles in seinen »Problemen« vermochte, verstehen, warum es im alten Sprichwort heißt: »Wenn Krieg ausbricht, so iß und pflanze Minze nicht.« Die Sache ist nämlich die, daß in Kriegszeiten die Hiebe gewöhnlich sehr rücksichtslos ausgeteilt werden; hat man nun aber an dem Tag, wo man einen Hieb abbekommt, Minze angefaßt oder gar gegessen, so ist es unmöglich oder doch sehr schwer, einem das Blut zu stillen.

Als nächstes stellte das Mosaik dar, wie Bacchus in die Schlacht zog. Er saß auf einem prächtigen Wagen, der von drei Joch junger Leoparden gezogen wurde. Sein Antlitz war das eines Kindes, was ausdrücken sollte, daß wackere Zecher nie altern, und rosig wie das eines Cherubs, ohne ein einziges Barthaar am Kinn; sein Haupt zierten spitze Hörner, auf denen ein schöner Kranz aus Weinlaub und Trauben saß und darüber eine karmesinrote Mütze; an den Füßen trug er vergoldete Stiefel.

Um ihn sah man keinen einzigen Mann; seine ganze Leibwache und Kriegsmacht bestand aus Bassariden, Euanthen, Euiaden, Edoniden, Trieteriden, Ogygien, Mimallonen, Mänaden, Thyaden und Bacchiden[1], wilden, rasenden, wutentbrannten Weibern, die als Gürtel lebende Drachen und Schlangen um den Leib geschlungen trugen und ihr mit Weinlaub durchflochtenes Haar im Winde flattern ließen. Sie waren mit Hirsch- und Ziegenfellen bekleidet und schwangen in den Händen kleine Beile, Thyrsusstäbe, Lanzen und Spieße in Pinienzapfenform sowie kleine, leichte Schilde, die schon bei der leisesten Berührung einen hellen, durchdringenden Ton von sich gaben und die sie notfalls als Tamburin oder Trommel benutzten. Ihre Zahl belief sich auf neunundsiebzigtausendzweihundertsiebenundzwanzig.

Die Vorhut führte Silen, ein Mann, in den Bacchus sein ganzes Vertrauen setzte und dessen Tapferkeit, Heldenmut und Klugheit zu erproben er oft Gelegenheit gehabt hatte. Dies war ein kleiner, zittriger, gekrümmter Greis mit einem gewaltigen

1 verschiedene Bezeichnungen der Bacchantinnen

Bauch, großen, emporstehenden Ohren, scharfer Adlernase und dichten, buschigen Augenbrauen; er ritt daher auf einem Eselhengst, hielt in der Hand einen Stab, um sich, wenn er abstieg, darauf zu stützen oder um damit zu kämpfen, und war in ein gelbes Frauengewand gehüllt. Die Schar, die er anführte, bestand aus jungen Bauernburschen, alle gehörnt wie Ziegenböcke und grausam wie Löwen, dabei splitternackt und unaufhörlich singend und den Kordax[1] tanzend; man nannte sie Tityrn und Satyrn, und ihre Zahl belief sich auf fünfundachtzigtausendeinhundertdreiundsechzig.

Pan führte die Nachhut, ein schrecklicher, mißgestalter Geselle, denn vom Nabel abwärts glich er einem Ziegenbock, hatte dichtbehaarte Lenden, himmelwärts gerichtete Hörner auf dem Kopf, ein feuerrotes Gesicht und einen übermäßig langen Bart: ein kühner, dreister, waghalsiger, aufbrausender Kerl; in der linken Hand hielt er eine Flöte, in der rechten einen Krummstab. Seine Heerschar bestand ebenfalls aus Satyrn, Ägipanen, Argipanen, Sylvanen, Faunen, Lemuren, Lamien, Irrwischen und Kobolden, achtundsiebzigtausendeinhundertundvierzehn Mann an der Zahl.

Die Losung für alle lautete: Euoe![2]

Einundvierzigstes Kapitel

Wie auf dem Mosaikbild die Schlacht zwischen Bacchus und den Indern dargestellt war

Als nächstes war des guten Bacchus Angriff auf die Inder und die Schlacht, die er ihnen lieferte, dargestellt. Da sah ich, wie Silen, der die Vorhut führte, große Schweißtropfen schwitzte und seinem Esel hart zusetzte, der den Rachen aufsperrte, um sich biß, hinten ausschlug und sich so fuchsteufelswild gebärdete, als ob ihm eine Hornisse in den Hintern kröche.

Sobald die Bockshörner erklangen, sah man die Satyrn, Obristen, Hauptleute, Sergeanten und Korporale, die Heerhaufen mit rasenden Ziegensprüngen, hinten und vorn ausschlagend, bokkend und stoßend, umkreisen und ihnen Mut zusprechen, damit

1 obszöner Tanz urspr. der griech. Komödie – 2 Jubelruf der Bacchantinnen

sie sich um so tapferer schlügen. Alles auf dem Bild schrie »Euoe«. Die Mänaden stürzten sich mit furchtbarem Geschrei unter dem ohrenbetäubenden Lärm ihrer Pauken und Schilde zuerst auf die Inder; der ganze Himmel erdröhnte davon, wie man auf dem Bilde deutlich sehen konnte, weshalb ihr denn auch über die Kunst des Apelles, des Aristides von Theben und anderer ihresgleichen, die Donner, Blitz, Wind, Worte, Sitten und Geister gemalt haben, gar nicht mehr so außer euch zu geraten braucht.

Als nächstes sah man das Heer der Inder, die nun endlich gemerkt hatten, daß Bacchus ihr Land verwüstete. Zuvorderst standen die Elefanten, die Türme mit einer Unmenge von Kriegern auf dem Rücken trugen. Aber schon war das ganze Heer in der Auflösung begriffen, denn die Elefanten, von dem fürchterlichen Lärm der Bacchiden in Verwirrung gebracht und von panischem Schrecken ergriffen, hatten sich gegen die eigenen Reihen gewandt und trampelten alles nieder. Da hättet ihr sehen sollen, wie Silen seinem Esel unerbittlich die Sporen gab und mit seinem Stab zünftige Fechthiebe austeilte und wie der Esel mit aufgerissenem Maul, als ob er sein Iah ausstieße – so wacker wie damals, als er mitten im Bacchanal die Nymphe Lotis weckte, die Priapus gerade, echt priapeisch, schlafend und ungefragt priapusieren wollte –, zum Angriff blies.

Da hättet ihr auch sehen können, wie Pan auf seinen krummen Beinen um die Mänaden herumsprang und sie mit seiner Bauernflöte zu tapferem Kampfe anfeuerte; auch wie ein junger Satyr siebzehn Könige gefangennahm; auch wie ein kleiner Faun zwölf Fahnen schulterte, die er dem Feind abgenommen hatte, und wie der gute Bacchus nun sicher auf dem Schlachtfeld einherfuhr und lachte und sich freute und einem jeden tüchtig zutrank. Als letztes war der Siegeszug des guten Bacchus dargestellt.

Sein Triumphwagen war über und über mit Efeu vom Berg Meros bedeckt, und zwar deshalb, weil diese Pflanze in Indien sehr selten ist, Seltenheit aber jedes Ding wertvoller macht. Dies ahmte später Alexander der Große bei seinem indischen Triumph nach. Der Wagen wurde von einem Gespann Elefanten gezogen. Dies ahmte später Pompejus der Große bei seinem afrikanischen Triumph in Rom nach. Droben stand der edle Bacchus und trank aus einem Henkelkrug. Dies ahmte später Gajus Marius nach, als er die Kimbern bei Aix in der Provence besiegt hatte. Das ganze Heer war mit Efeu bekränzt; auch ihre Thyrsusstäbe, Schilde und Pauken waren damit umwunden. Selbst Silens Esel hatte seinen Efeukranz.

Neben dem Wagen her gingen die gefangenen indischen Könige, mit schweren goldenen Ketten gebunden. Die gesamte Schar der Sieger schritt dahin mit göttlichem Gepränge, in unaussprechlicher Lust und Freude, unzählige Trophäen, Schaugerüste[1] und Beutestücke der Feinde mit sich tragend, Epinikien[2], ländliche Liedchen und Dithyramben singend. Ganz zum Schluß kam noch die Darstellung des Landes Ägypten mit dem Nil und seinen Krokodilen, Kerkopitheken[3], Ibissen, Affen, Kolibris, Ichneumons, Flußpferden und anderen ihm eigentümlichen Tieren. Und diesem Land nahte nun Bacchus, gezogen von zwei Rindern, auf deren einem mit goldenen Buchstaben der Name Apis[4] geschrieben stand, während das andere den Namen Osiris trug; denn vor der Ankunft des Bacchus war in Ägypten weder Stier noch Kuh gesehen worden.

Zweiundvierzigstes Kapitel

Wie der Tempel von einer wundervollen Lampe erleuchtet ward

Ehe ich auf die Flasche zu sprechen komme, muß ich noch die wundervolle Form einer Lampe beschreiben, die ein so reiches Licht durch den ganzen Tempel ergoß, daß man, obwohl er unter der Erde war, dort alles so deutlich sehen konnte, als ob die Mittagssonne hell und klar vom Himmel schiene. In der Mitte des Gewölbes war ein schwer goldener, etwa faustdicker Ring befestigt, von dem drei etwas dünnere, aber kunstvoll geschmiedete Ketten herabhingen, die in einer Tiefe von zweieinhalb Fuß an drei einander gegenüberliegenden Punkten eine runde Platte aus feinstem Gold und mit einem Durchmesser von mehr als zwei Ellen und einer halben Spanne trugen. In ihr befanden sich

1 Tragen für die Götterbilder – 2 Siegeslieder – 3 Meerkatzen – 4 ägypt. Gottheit in Gestalt eines schwarzen Stiers

vier runde Löcher, in deren jedes eine Kugel eingepaßt war, die, inwendig hohl und oben offen, die Form einer kleinen Lampe hatte; jede Kugel maß zwei Spannen im Umfang und war aus dem kostbarsten Edelstein: die eine aus Amethyst, die andere aus libyschem Karfunkel, die dritte aus Opal und die vierte aus Topas. Alle waren mit fünfmal in der Retorte destilliertem Weingeist gefüllt, der sich ebensowenig verzehrt wie das Öl, welches einstmals Kallimachos auf der Akropolis von Athen in die goldene Lampe der Pallas goß, und darin war ein Lychnion[1], halb aus Steinflachs oder Asbest wie ehedem das im Tempel des Jupiter Ammon, welches der grundgelehrte Philosoph Kleombrotos sah, und halb aus karpasischem Flachs, welche beiden Stoffe sich ja im Feuer nicht verzehren, sondern verjüngen.

Ungefähr zweieinhalb Fuß unter der Platte waren die drei Ketten in derselben Weise wie oben an drei Ösen einer großen runden Lampe aus reinstem Kristall befestigt. Diese hatte etwa anderthalb Ellen im Durchmesser, und die Öffnung oben war ungefähr zwei Spannen breit; mitten in diese Öffnung war ein kristallenes Gefäß eingesetzt, das die Form eines Flaschenkürbisses oder eines Uringlases hatte, bis auf den Boden der großen Kugel reichte und so weit mit Weingeist gefüllt war, daß die Flamme des Dochts sich gerade in der Mitte der Lampe befand. Dadurch wirkte es, als ob die ganze Kugel in Flammen stünde und leuchte, eben weil das Feuer vom Kern und Mittelpunkt ausging.

Und schwer war es, den Blick lange und fest darauf gerichtet zu halten, wie man ja auch nicht in die Sonne sehen kann; denn die wunderbare Durchsichtigkeit des Stoffes und die Klarheit des Schliffs wurden durch den Widerschein der verschiedenen, den Edelsteinen eigentümlichen Farben der vier oberen, kleineren Lampen nur wenig gemildert, deren Schimmer sich unbestimmt und schwankend nach allen Richtungen des Tempels hin verbreitete. Wo dieses schwankende Licht den glatten Marmor, der den ganzen Tempel bekleidete, stärker traf, da entstanden Farben, wie man sie am Regenbogen sieht, wenn die Sonnenstrahlen auf Regenwolken treffen.

Die Erfindung war bewunderungswürdig; aber noch bewun-

1 für *ellychnion* (griech.) Docht

derungswürdiger schien mir der Künstler, der rund um die Kristallampe in kataglyphischer Arbeit[1] eine lustige Schlacht nackter Kinder eingegraben hatte, die auf Steckenpferden ritten, kleine Haselrutenspeere und Schilde, aus Weinlaub und Weinbeeren geflochten, schwangen und sich so kindlich tummelten und gebärdeten, daß Mutter Natur selbst es nicht so trefflich hätte darstellen können wie hier die Kunst. Und all das schien nicht in das Kristall eingegraben, sondern erhaben zu sein; wenigstens trat es durch das spielende, angenehme Licht, das von innen her leuchtete, deutlich hervor.

Dreiundvierzigstes Kapitel

Wie uns von der Priesterin Bakbuk ein märchenhafter Brunnen im Tempel gezeigt ward

Als wir so mit dem größten Entzücken den wundervollen Tempel und die einzigartige Lampe betrachteten, trat uns mit freundlich lächelnder Miene die ehrwürdige Priesterin Bakbuk mit ihrem Gefolge entgegen und führte uns, da sie uns, wie oben beschrieben worden ist, ausstaffiert sah, ohne weiteres zur Mitte des Tempels hin, wo sich gerade unter der erwähnten Lampe der schöne, märchenhafte Brunnen befand.

Die Einfassung dieses Brunnens war aus kostbarem Material und von so herrlicher Arbeit, so ausgesucht und wundervoll, wie sich Dädalus etwas Ähnliches niemals hat träumen lassen. Limbus, Plinthe und Basament[2] waren aus dem reinsten, durchsichtigsten Alabaster; das Ganze, etwas mehr als drei Spannen hoch, hatte außen die Form eines regelmäßigen Siebenecks, rundherum mit Stylobaten[3], kannelierten Balustern und Wellenbandfriesen im dorischen Stil verziert. Innen dagegen war das Becken kreisrund. Mitten auf jeder Ecke des Randes erhob sich eine bauchige Säule von der Form eines Wasserkrugs – die neueren Architekten nennen's *portri*[4] –, und zwar waren es im ganzen sieben, entsprechend der Zahl der Ecken. Ihre Höhe, auf das genaueste durch den Mittelpunkt des Umfangs und der inneren Rundung gemessen, betrug von der Basis bis zum Architrav et-

1 Bildeinschneidekunst – 2 Rand, Sockel und Grundfläche – 3 abgestufter Unterbau von Säulenreihen – 4 ungeklärt

was weniger als sieben Spannen. Die Anordnung war dergestalt, daß, wenn man den Blick, hinter einer der Säulen stehend, gleichviel welcher, auf die ihr gegenüberstehenden richtete, der pyramidalische Konus der Augenlinie allemal in dem erwähnten Mittelpunkt auslief und dort auf ein gleichschenkliges Dreieck von zwei gegenüberstehenden traf, von dem zwei Schenkel die Säule die man messen wollte, in zwei gleiche Teile schnitten, und ging man von einer Seite zur andern, so trafen immer zwei gleiche Säulen im ersten Drittel des Zwischenraums mit ihrer Boden- und Standlinie zusammen, deren Ergänzungslinie, bis zum gemeinsamen Mittelpunkt verlängert, das richtige Maß der Entfernung der einander gegenüberstehenden sieben Säulen ergab, da, wie euch bekannt ist, in jedem Vieleck mit ungerader Seitenzahl ein Winkel sich allemal zwischen zwei anderen eingeschlossen findet. Wodurch uns denn implizite gezeigt wird, daß sieben halbe Durchmesser, nämlich drei ganze und etwas mehr als anderthalb Achtel oder etwas weniger als anderthalb Siebtel, nach geometrischem Verhältnis nicht ganz soviel ausmachen wie der Umfang und die Entfernung der Peripherie ihres Kreises, wie dies schon Euklid, Aristoteles, Archimedes und andere der Alten gelehrt haben.

Die erste Säule, nämlich die, welche uns beim Eintreten sofort in die Augen fiel, war aus azurnem, himmlischem Saphir; die zweite aus Hyazinth in seiner natürlichen Farbe, hier und da mit den griechischen Buchstaben *AI* darauf, ein Abbild jener Blume, in welche das zornige Blut des Ajax verwandelt worden war; die dritte aus anachitischem[1] Diamant, leuchtend und blendend wie ein Blitzstrahl; die vierte aus männlichem Balas[2], amethystartig schillernd, so daß sein Feuer wie beim Amethyst ins Purpurviolette spielte; die fünfte aus Smaragd, fünfhundertmal prächtiger als einstmals die des Serapis im ägyptischen Labyrinth, funkelnder, leuchtender als die, welche man dem marmornen Löwen auf des Königs Hermias Grab als Augen eingesetzt hatte; die sechste aus dem bunten, in so verschiedenen Lichtern und Farben spielenden Achat, den der epirotische König Pyrrhus so hoch schätzte; die siebte endlich aus durchsichtigem Selenit[3], weiß wie

1 »schmerzstillend« (griech.); in der Antike den Diamanten zugeschriebene Eigenschaft – 2 *blaßroter Rubin* – 3 *Marienglas*

Beryll, glänzend wie der Honig des Hymettos, und in ihr sah man den Mond wie am Himmel still seine Bahn ziehen, voll, zu- und abnehmend.

Diese Edelsteine haben die alten Chaldäer und Magier den sieben himmlischen Planeten zugeordnet. Dies auch den minder beschlagenen Gelehrten deutlich zu machen, befand sich unmittelbar über dem Kapitell der ersten, saphirnen Säule ein Standbild des Saturnus aus dem kostbarsten elutischen Blei, in der Hand die Sichel und zu seinen Füßen einen goldenen Kranich mit den diesem Vogel eigentümlichen Farben in Email; über der zweiten links, der hyazinthenen, stand, aus jovetianischem Zinn gebildet, Jupiter, einen goldenen, nach der Natur emaillierten Adler auf der Brust; über der dritten, aus obriziertem Gold[1], mit einem weißen Hahn in der Hand, Phöbus; über der vierten, aus korinthischem Erz, einen Löwen zu seinen Füßen, Mars; über der fünften, eine Taube zu ihren Füßen, Venus, aus Kupfer, demselben Metall, aus dem Aristonidas die Statue des Athamas bildete, um durch den rötlichen Schimmer die Scham auszudrükken, die dieser empfand, als er seinen zu Tode geschleuderten Sohn vor sich liegen sah; über der sechsten, aus festem, hämmerbarem, völlig starrem Quecksilber, Merkur, einen Storch zu seinen Füßen; über der siebten, aus Silber, Luna, zu ihren Füßen ein Windspiel. – Diese Standbilder waren etwas mehr als ein Drittel der unter ihnen stehenden Säulen hoch und so meisterhaft nach den Gesetzen der Mathematik ausgeführt, daß der Kanon des Polyklet, welcher, wie man zu sagen pflegt, die Kunst bei der Kunst in die Schule geschickt hat, sich schwerlich damit hätte vergleichen können.

Die Basen der Säulen, die Kapitelle, Architrave, Friese und Karniese waren, phrygische Arbeit und bestanden aus gediegenem Gold, das reiner war und feiner, als es der Lez bei Montpellier, der Ganges in Indien, der Po in Italien, der Hebros in Thrakien, der Tajo in Spanien, der Paktolos in Lydien führen. Die Bogen zwischen den einzelnen Säulen waren jeweils von der einen bis zur nächsten aus demselben Stein wie die erste Säule: also vom Saphir bis zum Hyazinth aus Saphir, vom Hyazinth bis zum Diamant aus Hyazinth und so fort. Über den Boden und Kapi-

1 *Feingold*

tellen wölbte sich nach innen zu eine Kuppel als Brunnendach, die hinter den Planetsäulen als Siebeneck begann und dann allmählich in die Kugelform überging. Der Kristall, aus dem sie bestand, war so rein, durchsichtig und glatt, so gleichmäßig und einheitlich in all seinen Teilen, ohne Adern, Trübungen, Wolken und Flecke, daß Xenokrates sein Leben lang nichts dergleichen gesehen hatte. In vortrefflichen Bildern und Symbolen waren darin der Reihe nach die zwölf Zeichen des Tierkreises, die zwölf Monate des Jahres mit ihren Attributen, die beiden Solstitien, die beiden Tagundnachtgleichen, die Ekliptik nebst einigen der wichtigsten Fixsterne um den südlichen Pol herum und anderwärts mit solcher Kunst und in solcher Deutlichkeit eingegraben, daß ich meinte, es müsse zweifellos das Werk des Königs Necho oder das des alten Mathematikers Petosiris sein.

Im Scheitelpunkt der Kuppel, gerade über der Mitte des Brunnens, waren drei birnenförmige Perlen, schimmernd wie Tränen, so miteinander verbunden, daß sie eine mehr als spannenhohe Lilie bildeten. Aus dem Kelch dieser Lilie ragte, so groß wie ein Straußenei, ein siebenkantig geschliffener Karfunkel hervor – diese Zahl liebt die Natur ganz besonders –, von einer solchen Schönheit und einem solchen Glanz, daß wir beinah erblindeten, als wir die Augen aufhoben, um ihn zu betrachten. Denn leuchtender und blendender ist nicht das Feuer noch die Sonne, noch der Blitz, als dieser Stein uns damals erschien, so daß bei richtiger Einschätzung leicht festzustellen war, daß in diesem Brunnen und den oben beschriebenen Lampen eine größere Fülle an Reichtümern und Kostbarkeiten vereinigt war, als sie Asien, Afrika und Europa zusammen aufzuweisen haben; auch der Pantarbes[1] des indischen Magiers Jarchas wäre davor verblaßt wie die Sterne vor der hellen Mittagssonne.

Was wollen demgegenüber selbst die beiden Perlen sagen, welche einst die ägyptische Königin Kleopatra voller Stolz als Ohrgehänge trug und von denen sie die eine, ein Geschenk des Triumvirn Antonius und allein schon auf tausend Sesterze geschätzt, mittels Weinessig auflöste und trank?

Was das Kleid der Lollia Paulina, das abwechselnd mit Sma-

1 von Philostratos (»Leben des Wundermannes Apollonius von Tyana« 3, 46) erwähntes magnetisches Feuerjuwel

ragden und Perlen besetzt war und über das die ganze Bevölkerung der Stadt Rom, von der man doch gesagt hat, daß sie das Lagerhaus und die Räuberhöhle allen Diebsgesindels der ganzen Welt gewesen sei, in laute Bewunderung ausbrach?

Die Quelle selbst ergoß sich durch drei Röhren und Rinnen aus herrlichen Perlmuscheln, die in der Richtung der oben erwähnten gleichschenkligen Winkel verliefen; sie waren aus je zwei ineinandergewundenen Spiralen gebildet. Wir hatten sie betrachtet und wandten unsern Blick woandershin, als Bakbuk uns aufforderte, auf das Ausströmen des Wassers zu horchen. Da hörten wir ein merkwürdiges harmonisches Rauschen, wenn auch dumpf und gebrochen wie unterirdisch und aus der Ferne kommend, was uns aber angenehmer dünkte, als wenn es näher und deutlicher gewesen wäre, so daß nun unser Geist, da wir dieses melodische Rauschen vernahmen, auch durch die Vermittlung des Ohres ergötzt wurde, wie ihm dies bei der Betrachtung all der erwähnten Dinge durch die Fenster unserer Augen zuteil geworden war.

Darauf sagte Bakbuk zu uns: »Eure Philosophen haben geleugnet, daß kraft bloßer Formen Bewegung möglich sei; nun hört und seht hier das Gegenteil. Einzig und allein durch die Schneckenform der Spirale und durch eine fünffache Klappenvorrichtung an jedem Berührungspunkt – ähnlich wie bei der Hohlader, die in die rechte Herzkammer einmündet – wird diese Quelle emporgesogen und dadurch jene Harmonie hervorgerufen, die bis ins Meer eurer Welt hinüberdringt.«

Vierundvierzigstes Kapitel

Wie jeder, der das Wasser aus dem Brunnen trank, den Wein schmeckte, den er sich einbildete

Dann befahl sie, daß uns Humpen, Becher und Kelche aus Gold, Silber, Kristall und Porzellan gereicht würden, und wir wurden höflich eingeladen, von der Quelle zu trinken, die aus dem Brunnen sprang. Wir ließen uns nicht nötigen, denn, offen gestanden, wir zählen nicht zu den lahmen Gesellen, denen man's, wie man den Spatzen auf die Schwänze klopft, wenn sie fressen sollen, mit Hebeln einzupumpen braucht, damit sie fressen und saufen: wir haben's noch nie einem abgeschlagen, der uns höflich zum Trinken aufgefordert hat. Nachdem wir getrunken, fragte uns Bakbuk nach unserer Meinung. Wir erwiderten, unserer Meinung nach wäre es ein recht schönes, frisches Quellwasser, reiner noch und klarer als das des Argyrondes in Ätolien, des Peneus in Thessalien, des Axios in Mygdonien und des Kydnos in Kilikien, von dessen Schönheit, Klarheit und Kälte mitten im Sommer Alexander von Makedonien so unwiderstehlich zum Bade verlockt wurde, obwohl er die schlimmen Folgen dieses kurzen Vergnügens voraussah. – »Ha«, sagte da Bakbuk, »das nenn' ich denn doch schlecht gekostet und nicht auf die Bewegungen der Muskulatur der Zunge achtgegeben, wenn das Getränk über sie hinweg, nicht, wie der gute Platon, Plutarch, Macrobius und andere meinten, durch die Schlagader in die Lungen, sondern durch den Schlund in den Magen hinunterläuft. Fremdlinge, sind eure Gaumen wirklich so dick verputzt, gepflastert und gekachelt wie einstmals der des Pithyllos, genannte Teuthes[1], daß ihr den Wohlgeschmack und die Lieblichkeit dieses göttlichen Tranks nicht wahrnehmt?« Und zu ihren Frauen gewandt, sprach sie: »Bringt die Putzbürsten her und säubert, fegt und reinigt ihnen den Gaumen.« – Also wurden herbeigeschleppt schöne, saftige, appetitliche Schinken, schöne, große, appetitliche Ochsenzungen, schönes, leckeres Salzfleisch, Zervelatwürste, Kaviar, schöne, schmackhafte Wildbretwürstchen und dergleichen Rachenputzer mehr. Auf ihren Befehl mußten wir davon essen, bis unser Magen sauber ausgescheuert war und wir einen gottjämmerlichen Durst verspürten. Da sprach sie: »Ein weiser und ritterlicher Heerführer der Juden, da er sein bald verschmachtendes Volk durch die Wüste führte, erflehte vom Himmel das Manna, welches den Seinigen nach ihrer Einbildung geradeso schmeckte wie die Speisen, die sie gewohnt waren. Hier habt ihr dasselbe: Wenn ihr dies Wunderwasser trinkt, wird es euch dünken, ihr tränket gerade den Wein, den ihr euch jeweils einbildet. Laßt es also etwas Gutes sein und trinkt!« Das taten wir denn auch. Da rief Panurg: »Bei Gott, das ist ja der allerköstlichste Beaunewein, den ich je getrunken, oder sechsundneunzig Teufel sollen mich holen! Ach, ach, ach, wer doch einen drei El-

1 eigentl. *tenthes* (griech.) Feinschmecker

len langen Hals hätte, wie Philoxenos ihn sich wünschte, oder wenigstens einen Kranichhals, der Melanthios so in die Nase stach, dann könnte man ihn um so länger schmecken.«

»Auf Laternierehre«, rief Bruder Hans, »das ist ein Graver Weinchen, voll Glut und Feuer! Großer Gott, meine Teure, lehrt mich, wie man den macht.« – »Mir«, sagte Pantagruel, »scheint es Mirevauxer Gewächs zu sein, denn daran dacht' ich, eh ich trank. Nur einen Fehler hat er, er ist zu kalt, so kalt wie Eis, mein' ich, kälter noch als das Wasser von Nonakris[1] und Dirke[2] und das der Kontoporienquelle bei Korinth, womit sich alle, die es tranken, den Magen und die Gedärme erkälteten.« – »Trinkt«, sagte Bakbuk, »ein-, zwei-, dreimal. Sooft ihr euch eine andere Sorte einbildet, so oft habt ihr den Geschmack und die Blume des eingebildeten Weins, und nun sagt noch, daß bei Gott ein Ding unmöglich sei.« – »Das haben wir auch nie gesagt«, entgegnete ich; »wir sind überzeugt davon, daß er allmächtig ist.«

Fünfundvierzigstes Kapitel

Wie Bakbuk Panurg ausstaffierte, damit er des Worts der Flasche teilhaftig werde

Als das Reden und Trinken beendet war, fragte Bakbuk: »Wer von euch ist es, den nach dem Wort der Göttlichen Flasche verlangt?« – »Das bin ich«, sagte Panurg, »Eure kleine, ergebene durstige Kehle.« – »So will ich dir, guter Freund«, sagte sie, »nur einen Ratschlag geben, den beherzige, wenn du zum Orakel kommst: Man darf das Wort nur mit einem Ohr hören!« – »Also sozusagen ein einöhriges Weinchen«, warf Bruder Hans ein. – Hierauf legte sie ihm einen grünen Mantel um, setzte ihm ein schönes weißes Käppchen auf, darüber einen Hippokrasfilter mit drei Spitzen statt der Quaste am Zipfel, behandschuhte ihn mit zwei altfränkischen Hosenlätzen, umgürtete ihn mit drei aneinandergebundenen Dudelsäcken, wusch ihm die Stirn dreimal in besagtem Brunnen und warf ihm danach eine Handvoll Mehl ins

1 altgriech. Stadt in der mittelpeloponnes. Landschaft Arkadien, nahe dem Sturzbach Styx (heute Mavronero), dessen Wasser in der Antike als tödlich galt – 2 Quelle in der mittelgriech. Landschaft Boiotien

Gesicht, steckte ihm an die rechte Seite des Hippokrasfilters drei Hahnenfedern, ließ ihn neunmal um den Brunnen herumgehen, drei hübsche kleine Luftsprünge machen und zuletzt siebenmal mit dem Hintern den Fußboden berühren, wobei sie ununterbrochen Gott weiß was für Beschwörungen in etruskischer Sprache vor sich hin murmelte und zuweilen etwas aus einem Ritualbuch las, das eine ihrer Mystagoginnen ihr vor die Augen hielt. Ich glaube, weder Numa Pompilius, Roms zweiter König, noch die Käriter in Etrurien, noch der heilige Führer der Juden haben jemals so viele Zeremonien ersonnen, wie ich hier vor sich gehen sah, noch ist wohl jemals der Apisdienst in Ägypten von den memphitischen Zeichendeutern oder der Dienst der Rhamnusis[1] in der Stadt Rhamnus oder der des Jupiter Ammon oder der Feronia[2] mit so vielen feierlichen Handlungen ausgeübt worden, wie ich sie hier beobachten konnte.

Nachdem sie ihn derart ausstaffiert hatte, nahm sie ihn mit sich fort und führte ihn an ihrer rechten Hand durch eine goldene Pforte aus dem Tempel in eine runde Kapelle, die ganz aus Marienglas und Glimmer erbaut war, deren Durchsichtigkeit das durch eine Felsspalte in den Tempel einfallende Tageslicht ohne alle Fenster oder sonstige Öffnungen so völlig ungehindert und in solcher Fülle durchließ, als ob es hier entstünde und nicht von draußen käme: ein Werk, nicht minder bewunderungswürdig als einstmals der heilige Tempel zu Ravenna oder der auf der Insel Chemnis[3] in Ägypten. Um aber deutlich zu machen, welche vollkommene Symmetrie in dieser runden Kapelle herrschte, darf nicht unerwähnt bleiben, daß der Durchmesser ihres Grundrisses genau der Höhe der Kuppel entsprach. In der Mitte der Kapelle war ein Brunnen aus dem reinsten Alabaster, siebeneckig, von einzigartiger Arbeit und Verzierung, der voll so klaren Wassers war, wie nur ein Element in seiner Lauterkeit es sein kann. Darin stand, zur Hälfte herausragend, die heilige Flasche, ganz eingehüllt in reinen, schönen Kristall und von anmutiger länglichrunder Form, nur daß der Hals oben ein klein wenig weiter war, als es bei dieser Form sonst zu sein pflegt.

1 Beiname der griech. Sühnegöttin Nemesis – 2 altital. Erdgöttin – 3 Insel vor der altägypt. Stadt Buto im nördl. Nildelta, mit Tempel der gleichnamigen Ortsgöttin

Sechsundvierzigstes Kapitel

Wie die Priesterin Bakbuk Panurg der Göttlichen Flasche vorstellte

Jetzt ließ Bakbuk, die edle Priesterin, Panurg sich niederbeugen und dreimal den Rand des Brunnens küssen, sich darauf wieder aufrichten und drei Ithymbus[1] um das Becken herumtanzen. Nachdem er damit fertig war, befahl sie ihm, sich zwischen zwei Sesseln, die eigens dazu dastanden, ärschlings auf den Boden zu setzen; worauf sie ihr Ritualbuch aufschlug und ihm folgendes Epilenion[2] ins linke Ohr raunte, das er nachsingen mußte:

1 bacchischer Tanz – 2 Winzerlied

Sobald dieses Lied gesungen war, warf Bakbuk ich weiß nicht was ins Brunnenbecken, und augenblicklich fing das Wasser so stark zu kochen an wie der große Kessel in Bourgueil[1], wenn Kirchweih ist. Panurg hörte mit einem Ohr hin, während Bakbuk neben ihm auf den Knien lag. – Da drang aus der Göttlichen Flasche ein Geräusch, wie wenn Bienen aus dem Leib eines erschlagenen jungen Stiers hervorschwärmen, der nach des Aristäos Kunst und Erfindung hergerichtet worden ist, oder wie wenn ein Bolzen von der Armbrustsehne schwirrt oder wie wenn ein sommerlicher Platzregen plötzlich vom Himmel niederrauscht. Dann vernahm man das Wort

TRINK.

»Sie muß geplatzt oder gesprungen sein«, rief Panurg, »bei Gott, ich lüge nicht; genauso sprechen bei uns zulande die Kristallflaschen, wenn sie bersten, weil man sie zu nahe ans Feuer gestellt hat.«

Bakbuk aber erhob sich, und indem sie Panurg sanft unter die Arme faßte, sprach sie: »Danke den Göttern, Freund, denn du hast allen Grund dazu: das Wort der heiligen Flasche hat nicht auf sich warten lassen, und das allerlustigste, göttlichste, untrüglichste ist dir zuteil geworden, das ich je von ihr vernommen habe, seitdem ich hier im Tempel den Dienst an ihrem heiligen Orakel versehe. Erhebe dich und laß uns nun das Kapitel aufsuchen, in dessen Auslegung dieses herrliche Wort erläutert wird.« – »Gehen wir«, sagte Panurg, »in Gottes Namen! Ich bin jetzt geradeso klug wie zuvor. Sag an, wo ist das Buch? Schlag um, wo ist das Kapitel? Laß sehen, was ist das für eine lustige Auslegung?«

Siebenundvierzigstes Kapitel
Wie Bakbuk das Wort der Flasche auslegt

Danach warf Bakbuk wiederum ich weiß nicht was ins Becken, worauf sich die Wallung des Wassers augenblicklich legte; dann führte sie Panurg in die Mitte des großen Tempels zurück, dorthin, wo der Lebensbrunnen stand. Hier nahm sie ein großes silbernes Buch, eine Art Halb- oder Viertelsentenzenmaß, schöpfte

1 Benediktinerkloster nordwestl. Chinon

damit aus dem Brunnen und sprach zu ihm: »Die Philosophen, Kanzelredner und Doktoren eurer Welt speisen euch durch die Ohren mit schönen Worten; hier trichtern wir euch unsere Lehren stofflich durch den Mund ein. Darum sage ich nicht zu dir: Lies dies Kapitel, höre diese Auslegung, sondern ich sage: Schmeck dies Kapitel, schluck diese schöne Auslegung. Ein alter Prophet des jüdischen Volkes[1] aß vorzeiten ein Buch und wurde auf diese Weise bis an die Zähne ein gelehrter Mann; du wirst jetzt trinken und bis an die Leber gelehrt werden. Sperr also deine Kiefer auf!« – Und nachdem Panurg sein Maul aufgerissen hatte, nahm Bakbuk das silberne Buch, das wir für ein wirkliches Buch gehalten hatten, das aber ein sogenanntes Brevier war, das heißt eine kreuzbrave, landläufige Flasche mit Falerner Wein, und ließ sie ihn bis auf den letzten Tropfen aussaufen.

»Das muß ich gestehen«, sagte Panurg, »ein sehr bemerkenswertes Kapitel, eine höchst authentische Auslegung! Und ist das alles, was das Wort der trismegistischen[2] Flasche bedeutet? Da bin ich wirklich gut dran!« – »Nichts weiter«, entgegnete Bakbuk; »denn ›trink‹ ist ein Weltwort, das sämtliche Völker hochhalten und verstehen und das soviel heißt wie: Zechen sollst du! Bei euch, in eurer Welt, sagt man, ein solches allen Sprachen gemeinsame Wort sei ›Sack‹ und nicht ohne Fug und Recht sei es von sämtlichen Völkern übernommen, da ja nach der Fabel des Äsop alle Menschen mit einem Sack um den Hals geboren würden, bedürftig von Natur, Bettler alle, einer bei dem andern bettelnd; kein König unter dem Himmel so mächtig, daß er nicht der andern bedürfte, kein Armer so protzig und trotzig, daß er des Reichen entbehren könnte, und wäre er Hippias, der Philosoph, der alles konnte. Noch weniger als den Sack aber kann man das Trinken entbehren! Und nicht Lachen, sondern Trinken ist des Menschen Vorrecht; freilich nicht so einfach und schlechthin trinken, denn das können die Tiere auch: guten, kühlen Wein trinken, mein' ich. Merkt euch wohl, liebe Freunde:

Was aus Trauben quoll,
Gottes voll
machen soll;

es gibt kein Argument, das so stichhaltig, keine Kunst der Weis-

1 Hesekiel (2, 8) – 2 dreimalgroß (griech.)

sagung, die so untrüglich wäre. Das bestätigen eure Akademiker, die das Wort ›Wein‹, auf griechisch οἶνος, von *vis,* Kraft, Vermögen, ableiten; denn der Wein hat das Vermögen, die Seele mit aller Wahrheit, allem Wissen und aller Weisheit zu erfüllen. Wenn ihr vorhin acht darauf gegeben habt, was in ionischer Schrift über dem Tempeltor geschrieben steht, so werdet ihr begriffen haben, daß die Wahrheit im Wein verborgen liegt. Darauf weist euch die Göttliche Flasche hin; sucht also selbst den Sinn eures Vorhabens.«

»Man kann unmöglich gescheiter reden«, sagte Pantagruel, »als diese ehrwürdige Priesterin es getan hat. Hab' ich dir nicht ganz dasselbe gesagt, als du zum erstenmal mit mir darüber sprachst? Also ›trink!‹, und sehen wir dann, was das Herz, von Bacchus begeistert, uns verkünden wird.« – »Trinkt«, sagte Panurg:

»Wohlan, beim guten Bacchus, trinkt!
Denn bald, hoho, ein Arsch mir winkt
zu meines Sackes Lust, und weit
stopf meine kleine Menschlichkeit
dann ich hinein mit Haut und Haar!
Wie ist mir, Herz? Ja, du sagst wahr,
du liebes Herzchen, nicht allein
werd bald ein Ehemann ich sein
– wenn wir nur erst zu Hause sind –,
o nein, mein Weib, gern und geschwind
bereit zum wilden Liebesspiel,
wird Arbeit heischen oft und viel.
Du liebe Zeit, bei Tag und Nacht
wird nicht die Bude zugemacht;
denn sagt, bin ich nicht wohl genährt,
nicht ganz der Kerl, den sie begehrt?
Der beste Mann, *io Paean,*
io Paean, io Paean[1]*!*
Dreimal *io* dem Ehestand,
das schwör ich hier mit Herz und Hand,
das, Hänschen, ist Orakelspruch,
ohn Falsch und ohne allen Trug,
so will's das Schicksal, so ist's Fug!«

1 lat. Jubelruf

Achtundvierzigstes Kapitel

Wie Panurg und die übrigen vom Dichterwahnsinn ergriffen werden

»Bist du toll geworden«, fragte Bruder Hans, »oder hat man dich verhext? Seht doch, wie ihm der Schaum vorm Maul steht, und hört, wie er reimt! Was zum Teufel hat er gefressen? Er verdreht die Augen im Kopf wie eine Ziege, die verrecken will. Sollte er sich nicht lieber in die Büsche schlagen, um dort loszukacken, oder Hundskraut fressen, um seinen Bauch zu entleeren, oder wie die Mönche, wenn sie sich die Milz erleichtern wollen, die Faust bis an den Ellbogen in den Rachen stecken, oder sollt' er nicht ein Haar von dem Hund, der ihn gebissen hatte, hinunterschlucken?«

Hier wurde Bruder Hans von Pantagruel unterbrochen, der zu ihm sagte: »Das kann nur Dichterwahnsinn sein:
benebelt von des Bacchus Wein,
er ganz von selbst in Versen tobt.
Ich bezweifle nicht,
was aus ihm spricht,
ist Leidenschaft;
ihn drängt's wie Pflicht,
halb trüb, halb licht,
wie ein Gedicht
durch Weines Kraft
der Dichterschaft
höchst fabelhaft
die Sorgen bricht.
Drum wäre es nicht allzufein,
verlachte man, wie jemand probt,
da man doch jeden Zecher lobt.«

»Wie«, sagte Bruder Hans, »Ihr reimt auch? Sind wir denn alle angesteckt? Oh, daß Gargantua uns in dieser Verfassung sähe! Ich weiß wahrhaftig nicht, was ich tun soll: Soll ich auch reimen wie Ihr, oder tu' ich's lieber nicht? Freilich versteh' ich's nicht, aber die Reimwut ist nun einmal über uns gekommen. Beim heiligen Johannes, ich will auch reimen wie die anderen; es kommt schon, wartet einmal, aber Ihr müßt mir's nicht übelnehmen, wenn es kein Staatsreim wird:

Mach, Gott, du Herr der Sterne,
der Wasser schuf zu Wein,
den Arsch mir zur Laterne,
daß er dem Nachbarn schein.«

Panurg aber fuhr in seiner Rede fort und sagte:

»Von Pythias Dreifuß niemals scholl
Orakelspruch so wundervoll,
so klar und wahr! Man glaubt beinah,
er wäre in dem Brunnen da
und fern von Delphis Tempelhut
versenkt in diese klare Flut.
Ja, hätt Plutarch getrunken dort
gleich uns, er hätt mit keinem Wort
gefragt, weshalb zu Delphi doch
jetzt die Orakel stummer noch
als Fische sind: der Grund ist klar
und einem jeden offenbar;
denn nicht in Delphi, hier nur ist
der heilge Dreifuß, daß ihr's wißt,
der alle Dinge sagt vorher,
ja, nämlich auch der Dreifuß wär,
kann man bei Athenäos lesen,
nur eine Flasche einst gewesen
voll Einohrwein, der Wahrheit Wein.
Kann nichts doch so wahrhaftig sein
in all der edlen Seherkunst,
so ohne Falsch und eitlen Dunst,
als wenn man Flaschenworte trinkt.
Drum, lieber Bruder Hans, mich dünkt,
du tätest gut, solang wir hier,
zu schöpfen auch ein Wörtchen dir
aus dieser Flasche Riesenschlund,
so würd dir auf der Stelle kund,
ob nichts dich hindern wird zu frein.
Auf, auf, es könnte dich sonst reun,
spiel den bemehlten Harlekin
und laß dir mein Gewand anziehn.
Schmeißt etwas Mehl ihm ins Gesicht!«

Darauf erwiderte Bruder Hans heftig:

»Ich frein? Hoho, beileibe nicht,
trau, bei des Benediktus Schuh,
mir eher alles andre zu;
ich wollt mich lieber hinten scheren
als nur ein Wörtchen davon hören:
aus freien Stücken je ein Weib
zu laden mir auf Seel und Leib?
Nicht wahr, damit es, ei der Daus,
mit meiner Freiheit wäre aus
und ich fortan nur eine hätte?
Nein, niemand legt mich an die Kette,
kein Alexander zwingt zur Fron,
kein Cäsar mich nebst Schwiegersohn,
ja, nicht der größte Held auf Erden!«

Panurg aber entgegnete, während er seinen Mantel und seine mystische Vermummung ablegte:

»Ein Grund für dich, verdammt zu werden
wie ein Stück Dreck, du altes Schwein,
indessen ich als Edelstein
auffahr zum selgen Paradies,
von wo ich auf den Kopf dir piß,
du Hurenbock! Doch wenn du erst,
was sicher ist, zur Hölle fährst
und dort vielleicht – man weiß ja nicht,
was noch geschieht – ins Auge sticht
der Frau Proserpina der Spund
in deines Latzes Tiefen und,
in diesen Vaterschaft verliebt,
sie die Gelegenheit dir gibt,
daß du geruhsam ihren Wanst
besteigen und sie reiten kannst,
sag, schickst zur Höllenschenke dann
du Luzifer, den Liederjan,
nach Wein zu eurem Schmaus? Stets willig
war sie und schön, so schön wie billig.«

»Hol' dich der Teufel, du unverbesserlicher Narr«, sagte Bruder Hans; »ich kann nicht mehr reimen, hab' schon den Reimatismus davon in der Kehle. Fragen wir lieber danach, was wir schuldig sind.«

Neunundvierzigstes Kapitel

Wie sie von Bakbuk Abschied nehmen und das Orakel der Göttlichen Flasche verlassen

»Darüber«, sagte Bakbuk, »macht euch keine Sorge; alles, was wir begehren, ist, daß ihr mit uns zufrieden seid. Hier unten, in diesen zirkumzentralen Bezirken, erblicken wir das höchste Gut nicht im Nehmen und Empfangen, sondern im Geben und Gewähren, und wir schätzen uns weit weniger glücklich, wenn wir von anderen viel nehmen und empfangen können, wie es die Orden eurer Welt gebieten mögen, als wenn wir anderen viel zu geben und mitzuteilen imstande sind. Nur um das eine bitt' ich euch, daß ihr eure Namen und das Land, aus dem ihr stammt, in dieses Ritualbuch eintragt.« Damit schlug sie ein großes, schönes Buch auf, in das eine ihrer Mystagoginnen alles, was wir ihr diktierten, mit einem goldenen Griffel einzutragen schien; denn die Schriftzüge auf dem Papier konnten wir nicht sehen.

Nachdem dies geschehen war, füllte sie drei Schläuche mit dem Wunderwasser und überreichte sie uns mit folgenden Worten: »So geht denn, liebe Freunde, und euer Schutz und Schirm sei jene geistige Sphäre, deren Mittelpunkt überall und deren Peripherie ohne Grenzen ist, die, welche wir Gott nennen. Und kommt ihr in eure Welt zurück, so legt Zeugnis davon ab, daß unter der Erde die großen Schätze und Wunderdinge verborgen sind. Ja, nicht umsonst klagte Ceres, die von aller Welt Gefeierte, da sie den Ackerbau gelehrt, das Getreide erfunden und dadurch den Menschen vom tierischen Genuß der Eicheln entwöhnt hat – nicht umsonst, sage ich, klagte und jammerte sie so untröstlich darüber, daß ihr die Tochter[1] in unsere Tiefen entführt worden war; unzweifelhaft nämlich sah sie voraus, jene werde hier unten Schöneres und Herrlicheres finden, als was sie, die Mutter, dort oben geschaffen hatte. Was ist aus der Kunst geworden, die einst der weise Prometheus erfand, Blitz und Feuer vom Himmel herabzuholen? Sie ist euch verlorengegangen und ist von eurem Erdenrund verschwunden. Hier unten aber wird sie geübt, und zu Unrecht wundert ihr euch, wenn ihr zuweilen Städte auflodern und durch Blitz und himmlisches Feuer in

1 Proserpina

Brand geraten seht; denn ihr könnt nur nicht begreifen, von wem, wodurch und woher dieser Aufruhr heraufbeschworen wurde, der eure Augen so schrecklich dünkt, uns aber vertraut und heilsam erscheint. Oh, wie sehr sind eure Weltweisen doch im Unrecht, wenn sie sich beklagen, es sei ihnen nichts Neues zu entdecken übriggeblieben, da ja die Alten schon alles beschrieben hätten. Was ihr zu euren Häupten seht und was ihr Himmelserscheinungen nennt, was die Erde euch bietet, was Fluß und Meer in sich bergen, ist mit dem, was sich unter der Erde den Blicken entzieht, nicht im mindesten zu vergleichen.

Darum wird der Herrscher der Unterwelt auch in allen Sprachen nach seinen Schätzen benannt. Und werden sich die Völker unter Anrufung des höchsten Gottes – den die alten Ägypter in ihrer Sprache den Verborgenen, Verhüllten, Geheimnisvollen nannten und den sie bei diesem Namen anflehten, daß er sich ihnen enthülle und offenbare –, werden sich, sage ich, die Völker in ernsthafter Forschung darum bemühen, so wird er ihre Kenntnis seiner selbst und seiner Geschöpfe erweitern, besonders aber wenn eine gute Laterne ihnen voranleuchtet. Denn um den Weg der göttlichen Erkenntnis leicht und sicher zu gehen und der Weisheit auf die Spur zu kommen, haben alle Philosophen und Weisen des Altertums zwei Dinge für unerläßlich erachtet: Gottes Führung und der Menschen Gemeinschaft. So nahm bei den Persern Zoroaster[1] als Gefährten auf seinen philosophischen Entdeckungsreisen Arimaspes; bei den Ägyptern hatte Hermes Trismegistos . . ., Äskulap hatte Merkur, Orpheus Musäos, Pythagoras Aglaophamos zum Begleiter; bei den Athenern stand Platon zuerst Dion von Syrakus auf Sizilien und nach dessen Tod Xenokrates und Apollonius stand Damis zur Seite.

Wenn also eure Philosophen unter Gottes Führung und von einer hellen Laterne geleitet sich ernsthaft der Mühe unterziehen, zu suchen und zu forschen – was ja des Menschen Natur ist, weswegen Herodot und Homer Alphesten, das heißt Sucher und Forscher, genannt worden sind –, so werden sie die Wahrheit der Antwort bestätigt finden, die der weise Thales dem ägyptischen König Amasis gab, als er von ihm gefragt wurde, worin die größte Klugheit bestünde, und er ihm antwortete: ›In der Zeit‹; denn alles Verborgene ist mit der Zeit gefunden worden und

1 Zarathustra

wird mit ihr gefunden werden. Deshalb haben die Alten Saturn, die Zeit, den Vater der Wahrheit und die Wahrheit die Tochter der Zeit genannt. Für eure Philosophen wird sich somit unfehlbar alles Wissen, das sie und ihre Vorgänger besitzen und besaßen, als der geringste Teil dessen herausstellen, was ist und was es zu wissen gäbe.

Aus den drei Schläuchen, die ich euch hier gebe, werdet ihr Urteilskraft schöpfen und dann, wie das Sprichwort sagt, den Löwen an den Klauen erkennen. Durch die Verdünnung des darin befindlichen Wassers unter der Einwirkung der Wärme des Himmels und der Kraft des Meeres wird in ihnen gemäß der natürlichen Verwandlung der Elemente eine heilsame Luft erzeugt werden, welche euch dann als freundliche, erfrischende Brise dient; denn Wind ist ja nichts anderes als aufgewühlte, strömende Luft. Vermöge dieses Windes könnt ihr geraden Weges und ohne noch irgendwo anlaufen zu müssen bis zum Hafen von Olonne segeln, indem ihr aus diesem kleinen goldenen Spundrohr dort soviel Wind herauslaßt, wie euch zur Fahrt in aller Sicherheit und ohne Unwetter vonnöten ist.

Zweifelt nicht daran und glaubt nicht etwa, daß Unwetter durch Wind hervorgebracht wird; der Wind entsteht vielmehr aus dem Unwetter, das aus der Tiefe des Abgrunds hervorbricht. Glaubt auch nicht, daß der Regen dadurch entsteht, daß der Himmel der Schwere der niederhängenden Wolken wegen das Wasser nicht mehr zurückhalten kann; er entsteht vielmehr durch die Wirkungskraft der unterirdischen Tiefen, von wo er in die Höhe gezogen wurde, zu dessen Beweis euch der prophetische König dienen möge, der gesungen hat, daß ein Abgrund den anderen ruft.

Von den drei Schläuchen enthalten zwei besagtes Wasser, während der dritte aus dem Brunnen der weisen Inder, den man das Faß der Brahmanen nennt, gefüllt ist.

Ihr werdet auch eure Schiffe reichlich versehen mit allem, was für die Heimfahrt nützlich und nötig ist, vorfinden; während ihr hier verweiltet, habe ich den Befehl gegeben, euch aufs beste zu versorgen. Geht, Freunde, in der Heiterkeit des Geistes, und überbringt diesen Brief eurem König Gargantua; richtet ihm samt allen Fürsten und Dienern seines edlen Hofes Grüße von uns aus.«

Damit gab sie uns einen verschlossenen und versiegelten Brief und ließ uns, nachdem wir ihr von ganzem Herzen gedankt hatten, durch eine Seitentür aus der durchsichtigen Kapelle treten.

Wir schritten durch ein heiteres, wonnevolles Gefilde, das milder war als das Tempeltal in Thessalien, gesünder als jener Streifen Ägyptens, der an Libyen grenzt, blühender und grünender als die Täler des Taurusgebirges, die Hyperboreische Insel im jüdischen Meer oder Kaliges auf dem Berge Kaspit und ebenso schön, reich und fruchtbar wie das Land der Touraine. Und schließlich gelangten wir zum Hafen, wo unsere Schiffe lagen.

Anhang

Editorische Notiz

François Rabelais, Gargantua und Pantagruel. Titel der französischen Originalausgabe »Gargantua et Pantagruel«. Entstanden 1532 bis ca. 1553. Erstveröffentlichung in fünf Teilen: Teil 2: Lyon 1532, Teil 1: Lyon 1534, Teil 3: Paris 1546, Teil 4: Paris 1552. Teil 5: Paris 1564. Der Text der vorliegenden Übersetzung folgt der Ausgabe: François Rabelais, »Gargantua und Pantagruel«, herausgegeben von Horst und Edith Heintze. Erläutert von Horst Heintze und Rolf Müller. Dieterich'sche Verlagsbuchhandlung Leipzig 1974.

Die vorliegende Ausgabe setzt sich das Ziel, Rabelais' Werk deutschen Lesern auf Grund des heutigen Textverständnisses erneuert und vollständig darzubieten und es nach dem Stande heutiger Kenntnis zu erläutern. Ihre Neufassung der Übersetzung Ferdinand Adolf Gelbckes, der weder einen maßgeblichen französischen Text zugrunde legen konnte noch auf den von Rabelais' letzter Hand zurückgriff, stützt sich auf folgende Ausgaben:

Œuvres de François Rabelais. Edition critique, publiée par Abel Lefranc. Tome I–V (Buch 1–3). Paris 1912/31.
Gargantua. Texte établi par Pierre Grimal. Paris 1957.
Pantagruel. Texte établi par Pierre Grimal, Paris 1959.
Œuvres de François Rabelais. Edition critique, publiée sous la direction de Abel Lefranc. Tome VI: Le Quart Livre, Chapitre I–XVII. Genève/ Lille 1955.
Le Quart Livre. Édition critique, commentée par Robert Marichal. Lille/ Genève 1947.
Les Œuvres de François Rabelais, colligées et présentées par Pierre d'Espezel. Tome IV (Buch 5). Paris 1928.

Aufgabe der Herausgeber war erstens die Vervollständigung der Gelbckeschen Übersetzung. Es mußten Lücken geschlossen werden, die zum Teil nur unwesentlichere Einzelheiten, oft aber auch wichtige Zusammenhänge betrafen. Wo Gelbcke bei Worthäufungen in den Aufzählungen gekürzt hatte, wurde versucht, sie durch deutsche Entsprechungen in ihrer ursprünglichen Fülle wiederzugeben. Größere Abschnitte galt es im Vorwort des vierten und am Ende des fünften Buches durch Neuübersetzung zu ergänzen.

Ferner waren an unzähligen Stellen Berichtigungen nötig, wo Gelbcke veralteten Auslegungen gefolgt war, den Zusammenhang sprachlich oder sachlich mißverstanden und es vorgezogen hatte, den Sinn zu erraten, statt philologisch zu erfassen. Abschwächende Umschreibungen, zu denen er bei der Wiedergabe derber erotischer Scherze und scharfer Attacken auf die Geistlichkeit der Zeit neigte, wurden, dem Original entsprechend, durch kräftigere Wendungen ersetzt, ohne solche Übertreibungen dafür einzutauschen, wie sie sich in der Bearbeitung Gelbckes durch K. und L. Wächter (Rudolstadt 1954) finden. Wortspiele brauchten weniger verändert zu werden, weil sie teilweise schon treffend mit den Mitteln der deutschen Sprache nachgebildet worden waren.

Schwierigkeiten ergaben sich vor allem im vierten und fünften Buch, für die noch keine kritische französische Ausgabe und Kommentierung vorliegt, und gerade in diesen Teilen schweift auch Gelbcke am weitesten vom Wortlaut ab. Soweit sich der Sinn eindeutig aus dem Text erschließen ließ, wurde auch hier verbessert, doch nicht überall war die Absicht des Dichters mit Sicherheit zu bestimmen. Bevor die kritische französische Ausgabe nicht zu Ende geführt ist, lassen sich nicht alle allegorischen Einzelheiten aufschlüsseln.

Am zahlreichsten sind die stilistischen Änderungen. Sie waren dort erforderlich, wo Gelbckes Ausdruck zu allgemein blieb oder heute nicht mehr dieselbe Bedeutung hat. Ausgesprochen veraltete Wendungen und Spracheigentümlichkeiten des 19. Jahrhunderts wurden ersetzt, und auch der Neigung des Übersetzers zu allzu häufigem Fremdwortgebrauch, soweit dieser nicht durch den Text gerechtfertigt ist, mußte entgegengearbeitet werden.

Außerdem ließen sich einige Namen mit komischer oder satirischer Bedeutung sinngemäß ins Deutsche übertragen. Gelbckes freie Umgestaltung der französischen Satz- und Wortfolge galt es im allgemeinen zu berücksichtigen, weil sie eine bezeichnende Sprach- und Stileinheit darstellt. Dagegen mußte eine Anzahl von Versen erneuert werden, deren Übersetzung sich oft prosaisch eng an die Vorlage hielt, ohne mit gleicher Genauigkeit die formalen Besonderheiten zu beachten. Es wurde dort kein Enjambement gebraucht, wo es sich auch bei Rabelais nicht findet. Ebenso wurde versucht, das Reimschema einzuhalten und, soweit wie möglich, den Rhythmus.

Die Erläuterungen beschränken sich im wesentlichen auf das zum Verständnis des Textes Notwendige. In den Fußnoten werden fremdsprachliche Abschnitte und Zitate, Buchtitel und Namensbildungen übersetzt, verschlüsselte Anspielungen und Wortspiele, unbekanntere geographische Angaben, naturwissenschaftliche Bezeichnungen und seltenere Begriffe erklärt und Stellen vorwiegend aus antiken Autoren nachgewiesen. Die alphabetisch geordneten Erläuterungen am Ende eines jeden Bandes umfassen außer einigen geläufigeren Begriffen und Ortsnamen hauptsächlich die – oft mehrfach wiederkehrenden – historischen, mythologischen und literarischen Gestalten; sie werden zunächst allgemein bestimmt, doch ist auch auf besondere Anspielungen im Text eingegangen. Auf Einzelerläuterungen von Namen, die in ganzen Ketten auftreten und deren Sinn in der Aufzählung selbst liegt, wurde in der Regel verzichtet.

Absalom (um 950 v. Chr.): Sohn von König David; blieb auf der Flucht mit seinen Haaren an einem Baum hängen und konnte so von seinen Verfolgern getötet werden (2. Samuel 18, 9/15).

Accursius, lat. Form von Accorso, Francesco (1182–1260): ital. Rechtskommentator; Verfasser der maßgeblichen »Großen« oder »Allgemeinen Glosse« (1228) zum röm. Recht.

Agathokles (2. Jh. v. Chr.): griech. Geschichtsschreiber; Verfasser einer bis auf wenige Fragmente verlorenen »Geschichte von Kyzikos«.

Agesilaos: spartan. König 401–361; von Plutarch in den »Lakonischen Apophthegmata« angeführt.

Agnelet, Thibaut: Schäfer in der franz. Volksposse »Pierre Patelin« (um 1460), der seinem Herrn, dem Tuchhändler Guillaume Jousseaume, mehrere Hammel stiehlt und Patelin, seinen Verteidiger vor Gericht, durch dieselbe List, die ihm der Anwalt gegen den Tuchhändler riet, um sein Honorar betrügt.

Agrippa von Nettesheim, Heinrich Cornelius (1486–1535): deutscher Arzt und Philosoph; Verfasser eines neuplatonisch-mystischen, mit alchimistischen, astrologischen, magischen und kabbalistischen Gedanken durchsetzten Werks »Über die Geheimwissenschaft« (1510).

Ahriman (Aka Mainyu): altpers. Gott der Finsternis, als Verkörperung des bösen Prinzips Gegenspieler Ormuzds.

Aischines der Sokratiker (um 400 v. Chr.): griech. Philosoph, Schüler und Verehrer des Sokrates.

Ajax d. Gr., gen. der Telamonier: einer der griech. Haupthelden vor Troja, der aus Zorn, weil die Waffen des gefallenen Achill nicht ihm zugesprochen worden waren, die griech. Heerführer erschlagen wollte, doch, von Athene in Raserei versetzt, statt ihrer eine Viehherde niedermetzelte und sich aus Scham darüber in sein Schwert stürzte, als der Wahnsinn von ihm gewichen war; aus seinem Grab wuchs eine hyazinthenartige rote Blume mit dem griech. Schmerzenslaut AI auf den Blättern.

Aktäon: sagenhafter griech. Jäger, der die jungfräuliche Jagdgöttin Artemis beim Bade belauschte; aus Zorn verwandelte sie ihn in einen Hirsch, der von seinen Jagdhunden verfolgt und zerrissen wurde.

Albertus Magnus (d. Gr.), eigtl. Albert Graf von Bollstädt (um 1200–80): deutsch. scholastischer Philosoph und kritischer Naturbeobachter, der umfassendste Gelehrte des Mittelalters.

Alekto: eine der griech. Rachegöttinnen.

Alexander Severus, eigtl. Severus Alexander, Marcus Aurelius: röm. Kaiser 222–235.

Alexander von Aphrodisias (um 200): griech. Philosoph, Aristoteleskommentator; die »Medizinischen und naturwissenschaftlichen Probleme« wurden ihm fälschlich zugeschrieben.

Alexander von Myndos (1. Jh.): griech. zoologischer, mythologischer und kuriositätensammelnder Schriftsteller; Verfasser eines Werks »Über die Tiere«.

Älian(us), Claudius (um 200): griech. schreibender röm. Schriftsteller; Verfasser eines Werks »Über das Wesen der Tiere« und der Anekdotensammlung »Vermischte Geschichten«.

Alkibiades (um 450–404): athen. Staatsmann und Feldherr des Peloponnesischen Kriegs; Schüler des Sokrates.

Alliacus, lat. Form von Ailly, Pierre d' (1350–1420): franz. scholastischer Theologe und Prälat, der für eine Kirchenreform eintrat, Kanzler der Pariser Universität; auch Verfasser logischer Abhandlungen.

Almain, Jacques (um 1500): franz. scholastischer Theologe an der Pariser Universität.

Amauroten (griech. »Dunkle«): Bewohner der Hauptstadt der Insel Utopia in Thomas Morus' gleichnamigem Roman.

Ämilius Paulus Macedonicus, Lucius (gest. 160 v. Chr.): röm. Konsul, Sieger über den makedon. König Perseus bei Pydna 168; von Cicero als Redner gerühmt.

Ammonier: von Herodot (»Geschichte« 2, 42) erwähntes antikes Mischvolk aus Ägyptern und Äthiopiern.

Ammonios von Lamptrai (2./1. Jh.): von Athenäos erwähnter nicht näher bekannter griech. Kultschriftsteller in Athen; Verfasser eines nur in Fragmenten erhaltenen Werks »Über Altäre und Opfer«.

Amphion: griech. Sagenheld; beim Spiel der ihm von Hermes geschenkten Leier fügten sich die Mauern Thebens von selbst zusammen.

Amy, Pierre: franz. Franziskanermönch, mit dem Rabelais 1520 im Kloster von Fontenay-le-Comte nordöstl. La Rochelle zusammentraf; es verband sie die gemeinsame Vorliebe für die griech. Literatur und die gemeinsame Verfolgung durch die studienfeindlichen Franziskaner.

Anacharsis (6. Jh. v. Chr.): skyth. Weiser, der zur Bereicherung seines Wissens weite Reisen unternahm und den die Griechen wegen seines gesunden Menschenverstands rühmten; das ihm zugeschriebene Werk »Über die Zeichen« ist unbekannt.

Anaxagoras (um 500–um 430): griech. Naturphilosoph, Wegbereiter der Atomlehre; hielt die Pflanzen für beseelt und vernunftbegabt.

Andrea, Giovanni (15. Jh.): ital. Rechtskommentator.

Angest on Mans, eigtl. Hierome de Hangest (gest. 1538): franz. Theologe und Prälat, Bischof von Le Mans; Verfasser einer Abhandlung »Über die Ursachen« (1515).

Antiphanes (um 405–um 330): griech. Komödiendichter, von dessen rund 300 Stücken nur wenige Fragmente erhalten sind.

Antonius, Marcus (um 80–30): röm. Staatsmann und Feldherr, Parteigänger Cäsars; als Machthaber im Ostteil des Reichs nahm er 34 den abtrünnigen armen. König Artavasdes durch eine List gefangen, band ihn mit goldenen Ketten und führte ihn im Triumph durch Alexandrien, wo ihn Kleopatra 30 enthaupten ließ.

Antonin(us), Marcus Aurelius (Mark Aurel): röm. Kaiser 161 bis 180; Anhänger der stoischen Philosophie.

Äolus: griech. Herr der Winde; nach Homer (»Odyssee« 10, 19/24) gab er Odysseus einen Schlauch mit, in den er alle widrigen Winde verschnürt hatte.

Apelles (4. Jh. v. Chr.): berühmtester griech. Maler, Hofmaler Alexanders d. Gr.

Apicius, Marcus Gavius (um 25): sprichwörtlicher röm. Feinschmecker, unter dessen Namen das bekannteste lat. Kochbuch überliefert ist.

Apollonius von Tyana (1. Jh.): griech. neupythagoreischer Philosoph, weitgereister Wanderprediger und Wundertäter; nach Philostratos (»Das Leben des Wundermannes Apollonius von Tyana« 3, 3) sah er in Indien angeblich eine Frau mit weißem Ober- und schwarzem Unterkörper.

Apulejus, Lucius (um 125–um 180): röm. Romanschriftsteller; Verfasser der »Verwandlungen«, auch gen. »Goldener Esel«, worin die Abenteuer eines in einen Esel verzauberten jungen Römers erzählt werden.

Archelaos der Kappadozier (1. Jh. v. Chr.): pont. Feldherr unter Mithridates VI., für den er ganz Griechenland besetzte; von Sulla 87/86 in Athen belagert und 86 bei Chaironeia, 85 bei Orchomenos geschlagen.

Argyrophil, eigtl. Argyropulos, Johannes (1416–86): byzantin. Humanist in Padua und Florenz; Aristotelesübersetzer und -kommentator.

Arion (um 600 v. Chr.): griech. Lyriker und Sänger, von dessen Gedichten nichts erhalten ist; nach der Sage wollten ihn bei einer Meerfahrt die Seeleute töten und berauben, doch er sprang über Bord und wurde von einem Delphin, der sein letztes Lied gehört hatte, sicher ans Land getragen.

Ariovist (1. Jh. v. Chr.): Heerkönig des german. Stammes der Sueben; von Cäsar 58 im Elsaß trotz der Germanenfurcht seines Heeres geschlagen und am Vordringen nach Gallien gehindert.

Ariphron (4. Jh. v. Chr.): griech. Lyriker; Verfasser einer Chorhymne »Auf die Gesundheit«, von der einige Verse erhalten sind.

Aristäos: griech. Landgott, Beschützer besonders der Bienenzucht; als er die Nymphen, seine Ziehmütter und Lehrmeister in der Bienenzucht, gekränkt und sie zur Strafe seine Bienen getötet hatten, opferte er ihnen 4 Stiere und 4 Kühe, aus deren Leibern neue Bienen schwärmten.

Aristarchos von Samos (um 320–250): griech. Astronom; lehrte nach Plutarch, daß die Sonne im Mittelpunkt der Welt steht, die Erde sich um sie und um ihre eigene Achse dreht.

Aristides von Theben (um 350 v. Chr.): griech. Maler, der angeblich die Darstellung seelischer Regungen und Leidenschaften eingeführt hat.

Aristipp von Kyrene (um 435–um 355): griech. Philosoph, der die in Selbstbeherrschung genossene Lust des Augenblicks als höchstes Gut ansah.

Aristomachos von Soli: von Plinius (»Naturgeschichte« 11, 9) erwähnter nicht näher bekannter griech. Verfasser eines Werks »Über die Bienenzucht«.

Aristonidas (wahrscheinlich 2. Jh. v. Chr.): nicht näher bekannter griech. Erzgießer von Rhodos; bei seinem in der Antike berühmten Sitzbild des sagenhaften König Athamas von Orchomenos in der mittelgriech. Landschaft Boiotien, der im Wahnsinn seinen Sohn Learchos an einem Felsen zerschmettert hatte, mengte er nach Plinius (»Naturgeschichte« 34, 14) der Bronze Eisen bei, um den Ausdruck der Wut und Reue wiederzugeben.

Aristophanes (um 445–um 385): bedeutendster älterer griech. Komödiendichter, dessen 11 erhaltene Stücke sich mit dem politischen und sozialen Leben, dem Erziehungs- und Literaturwesen des damaligen Athens satirisch auseinandersetzen; im Vorspiel seiner »Weibervolksversammlung« (392) zeigt der Schein einer Tonlampe den Beginn der Versammlung an.

Artaban V.: König von Parthien südöstl. des Kaspischen Meers 212–224.

Artavasdes (Artabazes): armen. König um 55–34; abtrünniger Bundesgenosse der Römer.

Artemidor(os) der Daldianer (2. Jh.): griech. Wahrsager; Verfasser eines Werks »Über die Traumdeutung«.

Artemisia: Königin von Karien in Südwestkleinasien 353–351; Witwe des König Mausolos, dem sie in der Hauptstadt Halikarnaß ein zu den 7 Weltwundern gerechnetes Grabmal (Mausoleum) errichten ließ.

Äskulap: röm. Gott der Heilkunde.

Äsop (6. Jh. v. Chr.): halblegendärer griech. Fabeldichter, nach der Überlieferung ein buckliger Sklave aus Phrygien; eine unter seinem Namen von Livius (»Seit Gründung der Stadt« 2, 32) erzählte Fabel handelt von einer Verschwörung der Glieder gegen den Bauch.

Athenäos (um 200): griech. Grammatiker; Verfasser des »Gastmahls der Gelehrten« mit erdachten Tischgesprächen über die verschiedensten Wissensgebiete.

Attis: phryg. Naturgottheit, Geliebter der Kybele (von den Griechen mit

Rhea gleichgesetzt); von ihr mit Raserei gestraft, weil er das ihr gegebene Keuschheitsgelübde gebrochen hatte, entmannte er sich.

Audeau, Jean: wahrscheinlich Landsmann Rabelais'.

Aurelian, Lucius Domitius: röm. Kaiser 270–275; Wiederhersteller der Reichseinheit.

Ausonius, Decimus Magnus (um 310–um 395): gallo-röm. Gelegenheitsdichter, Verfasser eines Moselpreisgedichts »Mosella«; das Gedicht »Gryphus« fand er angeblich zwischen den staubigen Bänden einer Bibliothek wie in Plautus' »Topfkomödie« der Hahn des Geizhalses Euklin dessen Goldschatz.

Averroes, eigtl. Abu Walid Mohammed ibn Ruschd (1126–98): arab. Philosoph, der bedeutendste Aristoteleskommentator des Mittelalters; als Arzt auch Verfasser eines vielbenutzten Werks über die Heilbehandlung »Allgemeinheiten«.

Avicenna, eigtl. Abu Ali Husain ibn Sina (980–1037): arab. Arzt und Philosoph pers. Abstammung, Verfasser der für die mittelalterliche Medizin grundlegenden »Richtschnur der Heilkunde« und des 18bdg. enzyklopädischen »Buchs der Genesung der Seele«, das auf die Scholastik stark eingewirkt hat.

Barbaro, Ermolao II. (1454–93): ital. Humanist, Philosophieprofessor in Padua; durch Wasserbeckenbeschwörung hat er angeblich die Geister über die Aristotelische Lehre befragt.

Barbarossa, eigtl. Chareddin (um 1480–1546): türk. Admiral und gefürchteter Seeräuber; Herrscher von Algier 1515–46.

Barbatias, Andrea (15. Jh.): ital. Rechtsgelehrter.

Bartolus, lat. Form von Bartolo, de Sassoferrato (1314–57): namhafter ital. Rechtskommentator, gen. »Leuchte des Rechts«; auch Verfasser einer Abhandlung »Über Würdezeichen und Wappen« mit Ausführungen über die Farbensymbolik.

Basoche: 1302 bestätigte Vereinigung der Gerichtsschreiber, besonders in Paris; ihre Mitglieder führten mittelalterliche geistliche Spiele und vielfach stark satirische Volkspossen auf.

Bayard, Pierre du Terrail, Seigneur de (um 1475–1524): volkstümlicher franz. Heerführer, gen. »Ritter ohne Furcht und Tadel«.

Becket, Thomas (um 1120–70): engl. Kanzler und Prälat, Heiliger; urspr. Günstling Heinrichs II. von England, trat er nach seiner Ernennung zum Erzbischof von Canterbury rückhaltlos für die kirchlichen Machtansprüche ein und wurde im Auftrag des Königs ermordet.

Beda Venerabilis (673–735): engl. Kirchengeschichtsschreiber und Bibelkommentator, Heiliger; auch Verfasser einer Abhandlung »Über die Fingerzeichensprache«.

Bellay, Seigneur de Langey, Guillaume du (1491–1543): franz. Generalleutnant und Diplomat, Verfasser teilweise verlorener Memoiren; Gönner Rabelais'.

Bellerophon: griech. Sagenheld; zur Strafe, weil er mit seinem Flügelroß Pegasos zum Olymp fliegen wollte, vom Zorn der Götter bis zu seinem Tod in der Einöde umhergetrieben.

Bessarion, Johannes (um 1395–1472): byzantin. Humanist und Prälat in Italien, Anhänger der Platonischen Philosophie.

Bicoque, franz. Form von Bicocca: ital. Dorf nördl. Mailand; Niederlage der Franzosen gegen die Kaiserlichen 1522.

Bigot, Guillaume (1502–um 1550): franz. humanist. Philosophieprofessor in Nîmes, Anhänger des Aristoteles; als Schützling Guillaume du Bellays traf er höchstwahrscheinlich auch mit Rabelais zusammen.

Bonnet de Lates (um 1500): jüd.-franz. Arzt und Astrolog; Leibarzt Papst Alexanders VI.

Bourgeois, Jean (gest. 1494): franz. Kanzelredner, gen. »Brillenfranziskaner«.

Brayer, Jamet (gest. 1533): franz. Loireschiffer; Verwandter Rabelais'.

Breton, Seigneur de Villandry, Jean Le (gest. 1542): franz. kgl. Sekretär unter Franz I. und Heinrich II.

Briareus: 50köpfiger und 100armiger Riese der griech. Sage.

Brutus, Marcus Junius (85–42): röm. Republikaner, Cäsarmörder; in der Schlacht bei Pharsalos 48 auf Pompejus' Seite kämpfend, retteten ihn nach seinen Worten nur die fechtenden Hände, nicht die fliehenden Füße; nach seiner Niederlage gegen Oktavian bei Philippi 42 gab er sich selbst den Tod.

Budé, Guillaume (1468–1540): franz. Humanist, einer der ersten Griechischkenner seiner Zeit, Verfasser der »Erläuterungen zur griechischen Sprache« (1529); über die Aristotelische Quintessenz spricht er im I. Buch seiner Münz- und Maßabhandlung »Über das As und seine Teile« (1514).

Cäcias: lat. Name des Nordostwinds; nach Gellius (»Attische Nächte« 2, 22) treibt er die Wolken nicht vor sich her, sondern zieht sie an.

Cajetan, eigtl. Thomas del Vio (1469–1534): ital. Theologe und Prälat, Kardinal, als päpstlicher Legat Gegenspieler Luthers; auch Verfasser von Bibelkommentaren.

Calepinus, lat. Form von Calepino, Ambrosio (1435–1511): ital. Augustinermönch; Verfasser eines weitverbreiteten »Wörterbuchs der lateinischen Sprache« (1502).

Calphurnius Bassus (1. Jh.): röm. Grammatiker; das ihm zugeschriebene Werk »Über unlesbare Buchstaben« ist unbekannt.

Camillus, Marcus Furius (um 400 v. Chr.): halblegendärer röm. Kriegsheld, Sieger über die ital. Nachbarvölker.

Cancale: Kleinstadt an der nordwestfranz. Küste; der Herr von Cancale, Jean de Rieux, Seigneur de Châteauneuf, gehörte einer auch in Rabelais' Heimatstadt Chinon ansässigen Familie an.

Canidia (1. Jh. v. Chr.): röm. Hetäre; von Horaz (Satiren 1, 8) als Zauberin verspottet.

Capito, Gajus Atejus (gest. 22): röm. Rechtsgelehrter; über die Bedeutung des damals schon unbekannten Wortes Sitizinen schrieb er nach Gellius (»Attische Nächte« 20, 2) in den nur in Fragmenten erhaltenen »Aufzeichnungen« zum öffentlichen Recht.

Caracalla, eigtl. Marcus Aurelius Antonius, urspr. Bassianus: röm. Kaiser 211–217; aus Angst vor Mordanschlägen befragte er Wahrsager und verstärkte die Geheimpolizei; nachdem er in Alexandrien 215 alle jungen Männer unter dem Vorwand, eine Kerntruppe aus ihnen zu bilden, zusammengerufen und Tausende hatte niedermetzeln lassen, angeblich weil er sich von den Einwohnern der Stadt verspottet glaubte, rückte er 216 in Parthien ein, wo er bald, nachdem er König Artaban V. durch eine List gefangengenommen hatte, von der eigenen Leibgarde erstochen wurde.

Carvel, Hans: wahrscheinlich Bekannter Rabelais'; der auf ihn übertragene Ringschwank gehört zum allgemeinen Novellenstoff der Renaissance (Poggio Bracciolini »Die hundert neuen Novellen«, Ariost, später La Fontaine).

Cato Censorius, Priscus od. d. Ä., Marcus Porcius (234–149): röm. Staatsmann und Schriftsteller, als Vertreter des altbäuerlichen Römertums Feind des griech. Kultureinflusses; Verfasser der Lehrschrift »Über den Ackerbau« und einer nur in Fragmenten erhaltenen »Urgeschichte« Roms; seine Worte über die 3 Dinge, die er bereue, berichtet Plutarch im »Leben Catos«.

Catull, Gajus Valerius (um 85–um 55): größter röm. Lyriker.

Censorinus (3. Jh.): röm. Grammatiker; Verfasser einer Schrift »Über den Geburtstag« (238), die vom Einfluß der Gestirne auf den Menschen handelt.

Cepola, Bartolommeo (gest. 1474): ital. Rechtsgelehrter; Verfasser der als Lehrbuch von Advokatenkniffen berüchtigten »Vorsichtsmaßregeln in Zivilrechtssachen«.

Chambrier, franz. Form von lat. Camerarius, eigtl. Liebhard, gen. Kammermeister (1500–74): deutsch. Humanist, der bedeutendste klassische Philologe des 16. Jh. in Deutschland, auch Biograph; über die Aristotelische Quintessenz spricht er in seinen »Bemerkungen zu Ciceros ›Tuskulanischen Gesprächen‹« (10).

Champier, Symphorien (1471–um 1540): franz. vielseitiger humanistischer Gelehrter.

Chappuis, Michel: franz. Schiffskapitän; vermutlich Bekannter Rabelais'.

Charmoys (Charmoy), Charles (16. Jh.): nicht näher bekannter franz. Maler, nachweislich 1537/50 im kgl. Schloß Fontainebleau südöstl. Paris tätig.

Chasteigner, Seigneur de La Roche-Posay, Jean de (um 1490 bis 1567): franz. Haushofmeister unter Franz I.; hinkte seit einer Beinverwundung bei der Belagerung von Pavia 1524.

Chilon (um 560 v. Chr.): spartan. Philosoph, einer der Sieben Weisen Griechenlands; starb nach Plinius vor Freude über den Sieg seines Sohns bei den Olympischen Spielen.

Chrysippos (um 280–um 205): griech. stoischer Philosoph aus Soli in der südostkleinasiat. Landschaft Kilikien.

Cœur, Jacques (um 1395–1456): franz. Kaufmann, der durch den Mittelmeerhandel ein Millionenvermögen erwarb und zum Finanzminister aufstieg; später des Hochverrats angeklagt, verlor er seinen sprichwörtlichen Reichtum.

Crassus d. Ä., Marcus Licinius (1. Jh. v. Chr.): nicht näher bekannter röm. Gerichtsbeamter, Großvater des Parteigängers Cäsars; gen. »Nielacher«, weil er angeblich nur ein einziges Mal in seinem Leben gelacht hat.

Crassus (d. J.), Marcus Licinius, gen. »der Reiche« (um 115–53): röm. Staatsmann von sprichwörtlichem Reichtum, Parteigänger Cäsars, auch Feldherr; als Statthalter von Syrien unternahm er 53 einen Feldzug gegen die Parther südl. des Schwarzen Meers, wurde in eine unwegsame Gegend gelockt und bei einer Unterhandlung mit den Feinden erschlagen.

Cretin, eigtl. Guillaume Dubois (gest. 1525): franz. dilettierender Dichter, Verfasser zahlreicher allegorischer Gelegenheitsgedichte mit verwickeltem Versbau und einer schwerfälligen Reimchronik.

Crocquemouche: literarisch nicht überlieferte franz. Sagengestalt.

Cugnières (Cognières), Pierre de (14. Jh.): franz. Rechtsgelehrter, Verteidiger der weltlichen Gerichtsbarkeit gegen die Übergriffe der geistlichen; die Kirche rächte sich nach seinem Tode dadurch an ihm, daß sie eine Steinfratze in einem Winkel der Pariser Kathedrale Notre-Dame, die sie Pierre de Coignet (franz. »coin« Winkel) nannte, als sein Abbild hinstellte, dessen Verhöhnung jedem als Verdienst angerechnet wurde.

Curius Dentatus, Manius (3. Jh. v. Chr.): röm. Feldherr, der seiner Einfachheit und Unbestechlichkeit wegen als die Verkörperung echten Römertums galt.

Cusanus od. Cusa, lat. Form von Kues (Mosel), Nikolaus von (1401–64): deutsch. Philosoph und Theologe, Kardinal, Wegbereiter des neuzeitlichen Denkens; in seiner Schrift »Über den jüngsten Tag« (1453) hatte er das Weltende für das 34. Halbjahrhundert nach Christi

Geburt berechnet und in seiner Schrift »Über das Spiel der Kugel« (1463) faßte er die Welt als »Entfaltung des Punktes« unter dem Gleichnis der Linie auf, als die sich ein Punkt, der gleich Gott sei, auf einer sich drehenden Kugel darstellt.

Dädalus: erfindungsreicher Baumeister der griech. Sage, legendärer Begründer des Kunsthandwerks.

Daimogorgon: griech. Weltschöpfungsgottheit im Innern der Erde.

Danaiden: die 50 Töchter des sagenhaften Königs Danaos von Argos im Nordosten des Peloponnes; zur Strafe, weil sie ihre Männer in der Hochzeitsnacht ermordet hatten, mußten sie in der Unterwelt ewig Wasser in ein durchlöchertes Faß schöpfen.

Darius (Dareios) I., d. Gr.: pers. Großkönig 521–485.

Darius (Dareios) III.: pers. Großkönig 336–330; von Alexander d. Gr. 333 bei Issos, 331 zwischen Gaugamela und Arbela geschlagen.

Dekretalen: ehem. Bezeichnung für Päpstliche Rechtserlasse.

Dekretalist: Kirchenrechtsgelehrter.

Delorme (de l'Orme), Philibert (um 1510–70): franz. Renaissancearchitekt, Erbauer des Pariser Tuilerien-Königsschlosses; Hofbaumeister Heinrichs II. von Frankreich.

Demiurgos (griech.): Handwerker, bei Platon philosophische Bezeichnung für Weltformer; gemeint ist wahrscheinlich Daimogorgon, griech. Weltschöpfungsgottheit im Innern der Erde.

Demokrit(os) von Abdera (um 460–um 370): griech. Naturphilosoph, Mitbegründer der Atomlehre, nach der täglich neue Welten entstehen und vergehen; zu seinen Werken, von denen nur wenige Fragmente erhalten sind, zählte Plinius auch ein naturwissenschaftliches über das Chamäleon; die Lebewesen gingen nach seiner Auffassung aus dem feuchten Erdschlamm hervor; nach der spätantiken Auffassung, er habe nichts in der Welt ernst genommen, wurde er als der lachende Philosoph Heraklit als dem weinenden gegenübergestellt.

Demonax (gest. um 175): griech. kynischer Philosoph, in Lukians »Leben des Demonax« als Meister heiterer Weltweisheit gerühmt; als Greis von über 100 Jahren suchte er angeblich den Hungertod, um den Gebrechen des Alters zu entgehen.

Demosthenes (384–322): größter griech. politischer Redner; Pytheas warf ihm vor, seine Reden röchen nach der Studierzimmerlampe.

Dessay, eigtl. Essé und d'Épanvilliers, André de Montalembert, Seigneur d' (um 1485–1553): franz. Generalleutnant; als Befehlshaber eines nach Schottland entsandten Hilfsheers eroberte er 1548 die von den Engländern besetzte Insel Inchkeit vor Edinburg, gen. »Pferdeinsel«, durch einen Handstreich zurück.

Deukalion: sagenhafter Stammvater der Griechen, der sich als einziger mit seiner Frau Pyrrha in einem hölzernen Kasten aus der von Zeus aus Zorn über die unbotmäßigen Sterblichen entfesselten Sintflut retten konnte; aus Steinen, die er und Pyrrha hinter sich warfen, entstand das neue Menschengeschlecht.

Diagoras von Rhodos (5. Jh. v. Chr.): griech. Faustkämpfer; starb nach Gellius vor Freude über den Sieg seiner 3 Söhne bei den Olympischen Spielen.

Dinarius: wahrscheinlich Phantasieautor.

Diodorus von Sizilien (um 80–um 30): griech. Geschichtsschreiber; Verfasser der »Historischen Bibliothek«, einer aus größtenteils verlorenen älteren Quellen zusammengetragenen volkstümlichen Weltgeschichte von sagenhafter Vorzeit bis zu Cäsar.

Diogenes Laërtius (3. Jh.): griech. Schriftsteller; Verfasser einer anekdotenhaften Philosophiegeschichte »Über Leben, Lehren und Worte berühmter Männer«.

Diomedes: einer der griech. Hauptheiden vor Troja.

Dionysios I., d. Ä.: Herrscher von Syrakus 405–367; starb nach Plinius vor Freude über seinen Sieg im Wettstreit der Tragödiendichter.

Dioskurides, Pedanios (um 50): kleinasiat. Arzt in Rom; Verfasser eines rund 600 Heilpflanzen behandelnden Werks »Über die Arzneistoffe«, das bis ins 16. Jh. in hohem Ansehen stand.

Domitian, Titus Flavius: röm. Kaiser 81–96; nach Sueton (»Das Leben Domitians« 3) schloß er sich zu Beginn seiner Herrschaft täglich eine Zeitlang ein, um Fliegen mit seinem Schreibgriffel aufzuspießen.

Donat(us), Älius (4. Jh.): röm. Grammatiker; seine »Grammatik« bildete die Grundlage für den Lateinunterricht an den mittelalterlichen Schulen.

Douhet, Briand Vallée, Seigneur du (gest. um 1540): franz. Rechtsgelehrter, Gerichtsrat in Bordeaux.

Dragut (Torgud) *Reis* (gest. 1565): türk. Admiral und gefürchteter Seeräuber, Herrscher von Tripolis 1551–65; als Verbündeter Frankreichs brandschatzte und plünderte er 1552 die Küsten Italiens.

Druiden: kelt. Priester in Gallien und Britannien.

Drusus Germanicus d. Ä., Nero Claudius (38–9 v. Chr.): röm. Feldherr, Stiefsohn des Augustus; das ihm nach seinem Tode durch einen Sturz vom Pferd auf einem seiner Feldzüge gegen die Germanen in Mainz errichtete Denkmal, der 12 m hohe »Eigelstein«, ist heute noch erhalten.

Duns Scotus, Joannes (um 1265–1308): schott. scholastischer Philosoph, gen. »Scharfsinniger Lehrer«.

Eck, eigtl. Mayer, Johann (1486–1543): deutsch. Theologe, Disputationsgegner Luthers.

Empedokles (um 495–um 435): griech. Naturphilosoph; suchte angeblich den Tod durch einen Sprung in den Ätna und wurde nach Lukian (»Ikaromenippos oder Der Himmelsstürmer«) von der Rauchwolke bis zum Mond emporgetragen.

Enguerrand de Monstrelet (um 1390–1435): franz. Chronist; Verfasser einer »Chronik« Frankreichs 1400–44.

Ennius, Quintus (239–169): erster bedeutender röm. Dichter; Verfasser des vorvergilischen Nationalepos »Jahrbücher«, das die röm. Geschichte von sagenhafter Vorzeit an behandelt.

Entelechia (griech.): Tätigkeit, bei Aristoteles philosophische Bezeichnung für die dem Stoff innewohnende zielstrebige Entwicklungskraft; in der formalistischen Auffassung der Scholastik und im weiteren Sinn svw. Seele einer Sache.

Enyo: griech. Kriegsgöttin, Begleiterin des Ares.

Epiktet (um 50–138): griech. stoischer Philosoph, der als freigelassener Sklave in Rom lehrte; die Grundzüge seiner humanitären, asketischen Ethik sind im »Handbüchlein der Moral« zusammengefaßt.; von seiner Tonlampe glaubte ein Käufer, wenn er bei ihrem Schein studierte, würde er so weise wie ihr ehem. Besitzer.

Erasmus, gen. von Rotterdam, Desiderius, eigtl. Gerard Gerards (1466–1536): niederländ. Humanist, der bedeutendste klassische Philologe der Zeit; als humanistischer Schriftsteller verfaßte er die Satire »Das Lob der Torheit« und das geistvoll-ironische Erziehungsbuch »Vertraute Gespräche« über die verschiedensten Lebensfragen.

Erichtho (um 50 v. Chr.): Zauberin aus der nordgriech. Landschaft Thessalien.

Estissac, Geoffroy II. d' (gest. 1543): franz. Prälat, 1518–43 Bischof von Maillezais nördl. La Rochelle; Gönner Rabelais'.

Euphorion von Chalkis (geb. um 260 v. Chr.): griech. Dichter mythologischer Kurzepen und Verfasser geschichtlicher Einzeldarstellungen.

Eurykles (5. Jh. v. Chr.): griech. Bauchstimmenwahrsager aus Athen.

Eurystheus: sagenhafter König von Mykene im Nordwesten des Peloponnes; Auftraggeber der 12 Arbeiten des Herakles.

Eustathios (gest. um 1195): byzantin. philologischer und theologischer Schriftsteller und Prälat, Erzbischof von Thessalonich; Verfasser umfangreicher Homerkommentare.

Everard de Béthune (13. Jh.): franz. Grammatiker und Pamphletist; 11 Kapitel seines lat. Wörterbuchs »Gräzismus« (1212) behandeln die aus dem Griech. entlehnten Wörter.

Fabius Pictor, Quintus (geb. um 250 v. Chr.): ältester röm. Geschichtsschreiber; Verfasser einer griech. geschriebenen Geschichte Roms von sagenhafter Vorzeit an, von der nur Fragmente erhalten sind.

Ferrandat (Ferrendat), Henri (um 1525): franz. Kirchenrechtskommentator.

Folengo, Teofilo (1496–1544): ital. Renaissancedichter, unter dem Pseudonym Merlin(us) Coccaj(us) Verfasser des Ritterdichtung und Mönchswesen verspottenden komischen Heldenepos »Baldus« (1517) in makkaronischen – an ital. Wörter lat. Endungen hängendem – Latein); im Widmungsbrief zu seinem Kurzepos »Zanitonella« (1519) spielt er auf Baldus' Wanderung ins Teufelsreich mit den Worten an, er habe 5 Bücher »über die Wohnungen der Teufel« geschrieben.

Fleury, franz. Form von lat. Floridus, eigtl. Florido Sabino Francesco (1511–48): ital. Humanist, Griechisch- und Lateinlehrer in Bologna, von Franz I. nach Frankreich berufen; Verfasser einer »Verteidigung gegen die Verleumder des Plautus und anderer Dichter sowie der lateinischen Sprache« (1537).

Frontin, Sextus Julius (um 40–um 105): röm. Staatsbeamter und technischer Schriftsteller, Statthalter von Britannien; Verfasser einer Beispielsammlung »Kriegslisten«.

Galen(os) (129–um 200): griech. Arzt in Rom, Anhänger der Lehre des Hippokrates; sein in rund 150 Schriften über alle Heilgebiete niedergelegtes medizinisches System galt bis in die Renaissance als maßgeblich.

Galienus Restoratus: Titelheld eines franz. Ritterromans (um 1500) von unbekanntem Verfasser.

Galland, Pierre (1510–59): franz. klassischer Philologe, seit 1543 Rektor der Pariser Universität; Verteidiger der Aristotelischen Philosophie im Streit mit Ramus.

Gallienus, Publius Licinius Egnatius: röm. Kaiser 253/60–268; bei meutereiähnlichen Ausschreitungen der in Byzanz stehenden röm. Truppen erschien er selbst und hielt, von den Meuterern nicht am Einzug gehindert, über sie ein blutiges Strafgericht.

Gallus, Gajus Aquilius (gest. um 45 v. Chr.): röm. Rechtsgelehrter.

Gaster (griech.): Bauch; sein Lob, angeregt durch den Tugendtempel in Lemaire de Belges' Gedicht »Die Eintracht beider Sprachen« (1511), ist ein Beispiel für die humanistische Parodie, besonders auf den platonischen Liebesbegriff des ital. Renaissancephilosophen Marsiglio Ficino (1433–99), in dessen Kommentar zu Platons »Gastmahl« ein Kapitel (3, 3) lautet: »Die Liebe als Lehrmeisterin aller Künste«.

Gawein: Ritter aus der Tafelrunde des sagenhaften kelt. Königs Artus; Verkörperung des vollkommenen Edelmanns.

Gaza, Theodoros (1398–1475): byzantin. Philosophie- und Griechischlehrer in Italien, Verfasser einer »Grammatischen Einführung« in das

Griech. und Übersetzer griech. Autoren ins Lat.; in seinen Aristotelesübersetzungen gab er »entelecheia« mit »agitatio« wieder.

Geber, eigtl. Dschabir ibn Hajjan (angeblich 8./9. Jh.): arab. Arzt, halblegendärer Begründer der Alchimie.

Gellius, Aulus (geb. um 130): röm. gelehrter Schriftsteller; Verfasser der »Attischen Nächte«, eines Zitat- und Notizensammelwerks über grammatische, literarische, historische, juristische, medizinische u. a. Fragen in 20 Büchern, in dem er auch über die Bedeutung des damals schon unbekannten Wortes Sitizinen spricht (20, 2).

Gelonen: antikes Waldvolk nördl. des Schwarzen Meers.

Gerson, Jean de, eigtl. Jean Champier (1362–1428): franz. Theologe und Kirchenpolitiker, Kanzler der Pariser Universität; in seiner Abhandlung »Über die Absetzbarkeit des Papstes durch die Kirche« (1414) spricht er den Konzilien das Recht zur Absetzung von Gegenpäpsten zu.

Gilles, Pierre, gen. Gilles d'Albi (1489–1555): franz. humanistischer Zoologe und Forschungsreisender; Verfasser eines Werks »Über die französischen und lateinischen Namen der bei Marseille vorkommenden Fische« (1533).

Gnatho: von Plutarch (»Ob der Satz: Lebe im Verborgenen, richtig ist«) erwähnter nicht näher bekannter griech. Schlemmer aus Sizilien.

Gobryes (6. Jh. v. Chr.): einer der 7 pers. Adligen, die Darius I. durch Ermordung Gaumatas aus dem medisch. Stamm der Magier, der sich der Herrschaft bemächtigt hatte, auf den Thron verhalfen.

Goderan (11. Jh.): franz. Benediktinerabt, 1060–73 Bischof von Saintes, Heiliger.

Gottfried von Bouillon: Herzog von Niederlothringen 1076 bis 1100, Führer eines Heers auf dem 1. Kreuzzug; wurde zur legendären Gestalt.

Gottfried von Lusignan, Seigneur von Vouvant und Mervent, gen. »Großer Zahn« (gest. 1248): durch Aufsässigkeit und Mordbrennerei berüchtigter franz. Adliger; nach der Sage Sohn der Wasserfee Melusine und damit zugleich Vorfahr Pantagruels.

Gouffier, Seigneur de Bonnivet, Guillaume (um 1490–1525): franz. Admiral; sein Wappen zeigte einen Anker und einen Delphin als Sinnbilder des Verweilens und des Dahineilens.

Gracchus, Tiberius Sempronius (162–133): röm. Volkstribun, Vorkämpfer für die Agrarreform; von Cicero als Redner gerühmt.

Gratius, eigtl. de Graes, Ortuin (1481–1542): deutsch. scholastischer Theologieprofessor in Köln, Gegner Reuchlins; Scheinempfänger der Reuchlins Ankläger verspottenden »Dunkelmännerbriefe« (1515/17), in deren einer Episode (1, 40) er sich nicht an den Rat des Briefschreibers hält, sich mit einer Alten zu begnügen, sondern sich mit einer jungen Magd einläßt, die darauf von ihm ein Kind bekommt.

Guadagni, Tomaso I. (16. Jh.): ital. Kaufmann in Lyon, Geldleiher Franz' I. von Frankreich.

Guinglain: Ritter aus der Tafelrunde des sagenhaften kelt. Königs Artus, Sohn Gaweins.

Guise, Claude I. de Lorraine, Comte d'Aumale, später Duc de (1496–1550): franz. Großjägermeister, der sich unter Franz I. in mehreren Schlachten auszeichnete.

Gyges: König von Lydien an der Westküste Kleinasiens um 685–652; nach der Sage tötete er seinen Vorgänger Kandaules mit Hilfe eines unsichtbar machenden Ringes.

Gymnosophisten (»nackte Weise«): griech. Name für die ind. Fakire.

Haimonskinder: die mit Karl d. Gr. in Fehde lebenden 4 Söhne des Grafen Haimon, Gestalten der altfranz. Sage; nach ihrer Versöhnung mit dem Kaiser pilgert Renaud de Montauban, der eine der Brüder, zusammen mit seinem Vetter, dem zauberkundigen Einsiedler Maugis d'Aigremont, ins Hl. Land.

Hali Abbas, eigtl. Ali ibn Abbas, gen. »der Magier« (gest. 994): pers.-arab. Arzt; Verfasser eines »Königlichen Buchs« über die gesamte Heilkunde.

Heliodor (3. Jh.): griech. Romanschriftsteller; Verfasser des Liebesromans »Äthiopische Abenteuer«.

Heliogabal (Elagabal): röm. Kaiser 218–222; urspr. Oberpriester des syr. Sonnengotts Elagabal, suchte er dessen orgiastischen Kult als röm. Staatsreligion einzuführen.

Helle: Schwester des Phrixos, die bei ihrer Flucht auf dem goldenen Flügelwidder in die seitdem Hellespont (heute Dardanellen) genannte Meerenge stürzte und ertrank.

Herakleides Pontikos (um 390–um 310): griech. Philosoph, Schüler Platons, auch Astronom und Grammatiker; die ihm ehem. zugeschriebenen »Homerallegorien« sind das Werk eines nicht näher bekannten griech. Grammatikers Herakleitos (1. Jh.).

Heraklit (um 560–um 480): griech. Naturphilosoph, der das Feuer als Urgrund und »den Krieg – die Gegensätze – als Vater aller Dinge« ansah, seines Stils wegen gen. »der Dunkle«; nach der spätantiken Auffassung von seiner pessimistischen Weltanschauung wurde er als der weinende Philosoph Demokrit als dem lachenden gegenübergestellt.

Herkules von Gallien: röm. Name für den gall. Gott der Beredsamkeit Ogmios, dargestellt als schwacher Greis, dessen Zunge mit den Ohren seiner Zuhörer zusammengekettet ist.

Hermes Trismegistos: griech. Name für den ägypt. Zeit- und Maßgott Thot, dem als sagenhaftem Begründer aller Wissenschaft mehrere in spätantiken Neuplatonikerkreisen entstandene mystische Weisheitsbücher zugeschrieben wurden; nach späteren Kommentatoren geht auf ihn die Vorstellung Gottes als einer Kugel zurück.

Hermias: Herrscher von Atarneus an der Westküste Kleinasiens um 350 v. Chr., philosophisch gebildeter Freund des Aristoteles; von den Persern gefangen und gekreuzigt, Aristoteles errichtete ihm in Delphi eine Bildsäule mit noch erhaltener Inschrift.

Herodot (um 485–um 425): griech. Geschichtsschreiber, gen. »Vater der Geschichte«; Verfasser der »Geschichte« der Perserkriege.

Herophilus (um 300 v. Chr.): griech. Arzt in Alexandrien, Mitbegründer der Anatomie.

Hervé de Portzmoguer, gen. Primauguet (um 1470–1512): franz. Seeheld; deckte 10. 8. 1512 mit seinem Schiff »Cordelière« den Rückzug der franz. Flotte und enterte, von 12 Engländern umstellt, das feindliche Flaggschiff, mit dem zusammen er sich in die Luft sprengte.

Hesiod (um 700 v. Chr.): griech. epischer Dichter; Verfasser der Lehrgedichte »Theogonie« über Weltentstehung und Götterabstammung und »Werke und Tage« über die Landarbeit, wo er Vers 289/92 über den steilen und anfangs rauhen Weg verdienstlicher Lebensführung spricht.

Hesperiden: griech. Nymphen, die zusammen mit dem Drachen Ladon in einem Paradiesgarten am Westrand der Welt einen Baum mit goldenen Äpfeln bewachten.

Hesperus: griech.-lat. Name des Abendsterns.

Hippias (um 400 v. Chr.): griech. sophistischer Philosoph; trat als Allerweltsgelehrter und Gedächtniskünstler auf.

Hippokrates von Kos (um 460–377): griech. Arzt, gen. »Vater der Medizin«; die »Hippokratische Sammlung« (um 300 v. Chr.) umfaßt 53 verschiedenartige Schriften, von denen wahrscheinlich nur ein Teil von Hippokrates selbst stammt.

Hipponax (6. Jh. v. Chr.): griech. Spottversdichter; das ihm zugeschriebene Werk »Über die Unverlautbarkeiten« ist unbekannt.

Horapollon von Nilopolis: nicht näher bekannter Verfasser einer Schrift über die Hieroglyphen in ägypt. Sprache, von der eine griech. Übersetzung aus dem 4. Jh. erhalten ist.

Hortensia (1. Jh. v. Chr.): Tochter des röm. Redners Quintus Hortensius Hortalus (114–50), die gleichfalls als Rednerin hervortrat.

Hugutio von Pisa (13. Jh.): ital. Prälat, Bischof von Ferrara; Verfasser des »Buchs der Ableitungen«, eines von den Humanisten nicht geschätzten lat. Wörterbuchs.

Huon von Bordeaux: Titelheld eines auf ein Heldenepos (um 1220) zurückgehenden franz. Ritterromans (um 1515) von unbekanntem Verfasser.

Hymettos: griech. Name eines Bergzugs (heute Trevoluni) östl. Athens; in der Antike berühmt durch seinen Marmor und seinen Honig.

Ichthyophagen: griech. Name mehrerer antiker asiat. und afrikan. Küstenvölker, die sich vorwiegend von Fischen ernährten; »Ichthyophagie« ist der Titel eines der »Vertrauten Gespräche« (1519) von Erasmus, in dem er sich mit dem Gelübde der Enthaltsamkeit der Geistlichen, die zur Fastenzeit Fisch essen, satirisch auseinandersetzte.

Ismenias (4. Jh. v. Chr.): griech. Flötenspieler aus Theben.

Ivo, lat Form von Yves (1253–1303): franz. Priester, gen. »Anwalt der Armen«, Landesheiliger der Bretagne; Schutzpatron der Juristen.

Ixion: sagenhafter König in der nordgriech. Landschaft Thessalien; zur Strafe, weil er sich der Gunst Heras gerühmt hatte, von Zeus in der Unterwelt auf ein sich ewig drehendes Flammenrad geflochten.

Jamblichus (gest. um 330): griech. neuplatonischer Philosoph.

Jason: griech. Sagenheld; holte im Auftrag seines Onkels Pelias mit den Argonauten das Goldene Vlies, das Fell des von Phrixos nach seiner Rettung geopferten Widders, aus Kolchis an der Ostküste des Schwarzen Meers.

Johann von Paris: Titelheld eines den Geist der Renaissance ankündigenden franz. Abenteuerromans (um 1490) von unbekanntem Verfasser.

Johannes Alexandrinus (7. Jh.): nicht näher bekannter byzantin. Hippokrates- und Galenkommentator in Alexandrien.

Josephus, Flavius (37–um 100): griech. schreibender jüd. Geschichtsschreiber in Rom; Verfasser einer »Geschichte des jüdischen Kriegs« der Bevölkerung Judäas gegen die röm. Herrschaft 66–70.

Jovius, Paulus, lat. Form von Paolo Giovio (1483–1552): ital. humanist. Geschichtsschreiber; Verfasser von 45 Büchern der Geschichte seiner Zeit (1550/52), einer Darstellung der ital. Geschichte 1494–1547.

Juba II.: König von Mauretanien an der Nordwestküste Afrikas 25–23 v. Chr.; Verfasser nur in Fragmenten erhaltener geographischer, historischer und grammatischer Abhandlungen.

Julian Apostata, Flavius Claudius: röm. Kaiser 361–363; fiel in einem Rückzugsgefecht gegen die Perser im Innern Mesopotamiens.

Justinian I.: oström. Kaiser 527–565; gab 528 den Auftrag zur Zusammenstellung des Gesetzbuchs des röm. Rechts, mit den Teilen Institutionen, Pandekten, Kodex, Novellen.

Juventius Thalna, Marcus (2. Jh. v. Chr.): röm. Konsul; starb einer Anekdote zufolge beim Lesen einer freudigen Nachricht.

Kalenden: der 1. Monatstag des röm. Kalenders; Kalenden nach den griech. Brevieren oder griech. Kalendern svw. Niezeit.

Kallianax (um 250 v. Chr.): griech. Arzt; von Galen als »überblödsinnig« bezeichnet.

Kallimachos (um 400 v. Chr.): griech. Bildhauer und Metallstecher; seine Tag und Nacht brennende Goldlampe mit einer bronzenen Palme als Rauchabzug stand im Erechtheiontempel auf der Akropolis von Athen.

Kallimachos (um 310–um 240): griech. gelehrter Dichter in Alexandrien, Haupt der alexandrin. Dichterschule; Verfasser von mythologischen Kurzepen, Götterhymnen und Epigrammen.

Kanope, eigtl. Kallistion: in einem Epigramm des Kallimachos erwähnte Griechin, die Serapis in der nordägypt. Stadt Kanopus eine zwanzigdochtige Lampe weihte.

Kassandra: Tochter des sagenhaften Königs Priamos von Troja; Weissagerin, die stets die Wahrheit voraussah, doch niemals Glauben fand.

Kastor: griech. Sagenheld, Nothelfer der Seeleute; sein Erscheinen als Doppelflamme an der Mastspitze (St.-Elms-Feuer) wurde als Rettungszeichen angesehen, während eine einfache Flamme als Helena galt und Untergang bedeutete.

Kleanthes (um 330–um 230): griech. stoischer Philosoph; seine Studierlampe war in der Antike sprichwörtlich als Sinnbild peinlicher Genauigkeit.

Kleon von Daulien: von Plutarch (»Über den Untergang der Orakel«) erwähnter nicht näher bekannter Grieche.

Klembrotos (1. Jh.): reicher Grieche aus Sparta, der aus Wissensdrang mehrere Reisen nach Ägypten unternahm; im Heiligtum des ägypt. Orakelgotts Ammon in der libysch. Oase Siwa erklärten ihm angeblich die Priester, das »ewige Licht« braucht von Jahr zu Jahr weniger Öl.

Koröbos: sagenhafter phryg. Königssohn, Bundesgenosse der Trojaner und Verlobter Kassandras; seine an Wahnwitz grenzende Tollkühnheit bei der vergeblichen Verteidigung Kassandras gegen die in Troja eindringenden Griechen war in der Antike sprichwörtlich.

Kritolaos (2. Jh. v. Chr.): griech. Philosoph, Anhänger des Aristoteles; sein Bild von der Waage mit den Gütern der Seele auf der einen, denen des Leibes auf der anderen Schale, die jene auch nicht aufwöge, wenn man sie mit Erde und Meer beschwerte, war in der Antike sprichwörtlich.

Kybele, gen. »Große Mutter«: phryg. Fruchtbarkeitsgöttin, von den Griechen mit Rhea gleichgesetzt; ihr besonders auf bewaldeten Bergen von entmannten Bettelpriestern, den Gallen, mit ekstatischen Tänzen und orgiastischer Musik verrichteter Kult verbreitete sich von ihrem Hauptverehrungsort Pessinus im Innern Kleinasiens über die ganze Mittelmeerwelt.

Kyrus (Kyros) II., d. Gr. od. d. Ä.: pers. Großkönig um 550 bis 529, Gründer des Reichs.

Kyrus (Kyros) d. J. (423–401): pers. Prinz, als Empörer gegen seinen königlichen Bruder Artaxerxes II. in der Schlacht bei Kunaxa gefallen.

Labeo, Marcus Antistius (gest. um 20): röm. Rechtsgelehrter.

Lactantius, Lucius Cä(ci)lius Firmianus (um 250–um 325): lat. Kirchenschriftsteller aus Nordafrika, gen. »Christlicher Cicero«, Verfasser der »Unterweisungen über Gott« zur Verteidigung der christlichen Religion; das ihm ehem. zugeschriebene Lobgedicht »Über den Phönix« als Sinnbild der Unsterblichkeit ist vermutlich das Werk eines andern.

Langey, Guillaume du Bellay, Seigneur de, s. *Bellay*.

Lampridius, Älius (4. Jh.): röm. Geschichtsschreiber; Verfasser von Lebensbeschreibungen mehrerer röm. Kaiser.

Lanzelot vom See: Ritter aus der Tafelrunde des sagenhaften kelt. Königs Artus; Titelheld eines franz. Ritterromans (um 1500) von unbekanntem Verfasser.

Laskaris Rhyndakenos, Andreas Johannes, gen. Janos (um 1445 bis 1535): byzantin. Philologe in Rom und Paris, Griechischlehrer und Textherausgeber; zeitweilig Bibliothekar Franz' I. von Frankreich.

Legist: Gelehrter des röm. Rechts.

Lemaire de Belges, Jean (1473–um 1525): franz. Frührenaissancedichter und Hofhistoriograph; zur Unterstützung der Politik Ludwigs XII. spricht er sich in der »Abhandlung über die verschiedenen Spaltungen und Konzilien der Römischen Kirche ...« (1511) gegen die weltliche Macht der Päpste aus.

Lemuren: röm. Totengeister, die nachts umherirrten und die Lebenden heimsuchten.

Leonicus Thomäus, Nicolaus, lat. Form von Niccolò Leonico Tomeo (1456–1531): ital. humanistischer Philologe und Philosoph, auch Arzt und Dichter; Verfasser eines Dialogs »Sanuto oder Über das römische Würfelspiel« (1524).

Lesbia, eigtl. Clodia Metalla (1. Jh. v. Chr.): röm. Patrizierin, Geliebte Catulls; ihrem zahmen Sperling widmete er 2 Gedichte (2 u. 3).

Limoges: Hauptstadt der südwestfranz. Landschaft Limousin; in der Sprachverschandelung des Studenten, den Rabelais aus dieser Stadt kommen läßt, ehem. als Satire auf den Gelehrtenstil der Zeit aufgefaßt, sieht die neuere Forschung einen Rückgriff auf die volkssprachliche Theatertradition, die den lat.-franz. Sprachvermenger als komische Figur einführte.

Linacre, Thomas (um 1460–1524): engl. Arzt, auch klassischer Philologe; Leibarzt Heinrichs VIII. von England.

Livius, Titus (59 v. Chr. – 17 n. Chr.): röm. Geschichtsschreiber; Verfasser einer Geschichte Roms »Seit Gründung der Stadt«.

Lollia Paulina (gest. 49): erste Frau des röm. Kaisers Caligula; ihr Festschmuck wurde auf 40 Mill. Sesterze geschätzt.

Lucilius, Gajus (um 180–um 100): röm. Satirendichter, von dessen Werk nur Fragmente erhalten sind; um sich zu decken, gab er nach Cicero vor, sein Spott richte sich nur gegen seine südital. Landsleute.

Lukian (um 120–um 180): griech. Satiriker, Verfasser von »Götter-«, »Toten-« und »Hetärengesprächen«; in seinem Dialog »Ikaromenippos oder Der Himmelsstürmer« läßt er den Philosophenfeind Menippos, der sich mit eigenen Augen von den Vorgängen im Weltraum überzeugen will, mit Vogelschwingen zum Himmel fliegen, dort mit Zeus über irdische Dinge plaudern und ihm zusehen, wie er durch verschiedene Luken die Gebete der Sterblichen anhört und ihre Opfer entgegennimmt; im Dialog »Das Gastmahl oder Die Lapithen« artet der Meinungsstreit von Philosophen verschiedener Richtung in eine blutige Rauferei aus.

Lullus, Raimundus, lat. Form von Ramón Lull (1235–1315): span. mystischer Theologe und scholastischer Philosoph, auch Dichter; Verfasser der »Großen und letzten Kunst« (1274), in der er durch Verknüpfung der obersten Allgemeinbegriffe alle übrigen Wahrheiten abzuleiten suchte.

Lykaon: sagenhafter König von Arkadien im Innern des Peloponnes, Vater Kallistos, die von Zeus verführt wurde; von diesem in einen Werwolf verwandelt, weil er ihm Menschenfleisch vorgesetzt hatte.

Lyra s. Nikolaus von.

Machiavelli, Niccolò di Bernardo dei (1469–1527): ital. Geschichtsschreiber und Staatsrechtstheoretiker, auch Komödiendichter; Verfasser des »Fürsten« (1532), des lange als Leitfaden skrupelloser Gewaltpolitik berüchtigten Lehrbuchs vom absolutistischen Staat.

Macrinus, Marcus Opellius: röm. Kaiser 217–218.

Macrobius, Aurelius Ambrosius Theodosius (um 400): röm. gelehrter Schriftsteller; Verfasser der »Saturnalien«, Tischgespräche über grammatische, philosophische, historische, mythologische u. a. Fragen in 7 Büchern.

Maillard, Oliver (um 1430–1502): franz. Kanzelredner, dessen wirkungsvolle Predigten mit volkstümlich-schwankhaften Wendungen durchsetzt waren.

Maïnus, Jason, lat. Form von Giasone del Maino (1435–1519): ital. Rechtskommentator; Verfasser von »Rechtsgutachten«.

Malcoln, eigtl. Marcoul, deutsch Markolf: Salomons bauernschlauer Gegenspieler in den beliebten mittelalterlich-europ. »Zwiegesprächen zwischen Salomon und Marcoul« von unbekanntem Verfasser.

Malicorne, Jean de Chourses (Chaources, auch Sources), Seigneur de (um 1525–1609): franz. Hofmann und Offizier, seit 1560 kgl. Stallmeister, später Statthalter der westfranz. Provinz Poitou.

Maranen: Schimpfname für getaufte span. Mauren und Juden, die hohe runde Mützen trugen.

Mareau, Louise de (16. Jh.): Frau des Orleaner Obergerichtsverwalters François des Saint-Mesmin; nach ihrer Beerdigung ließen die Franziskanermönche der Begräbniskirche, weil sie sich durch den plötzlichen Tod der reichen Gönnerin in ihren Erwartungen auf die Erbschaft betrogen sahen, einen Klosterzögling als den von Reue über das Versäumnis geplagten Geist der Verstorbenen umgehen, wurden aber des Betrugs überführt und 1534 des Landes verwiesen.

Margarete von Navarra od. von Angoulême (1492–1549): franz. Lyrikerin und Novellistin, Verfasserin des »Heptameron«, als Schwester Franz' I. von Frankreich und Königin von Navarra Beschützerin und Förderin verfolgter Protestanten und Humanisten; ihren späteren mystischen Neigungen kam Rabelais in seinem Widmungsgedicht zum 3. Buch entgegen.

Marignan, franz. Form von Marignano, heute Melegnano: ital. Kleinstadt südöstl. Mailands; Sieg der Franzosen über die schweiz. Mietstruppen des Herzogs von Mailand 1515.

Marignano, heute Melegnano s. *Marignan*

Marius, Gajus (156–86 v. Chr.): röm. Feldherr, Sieger über die german. Stämme der Teutonen 102 bei Aquä Sextiä nördl. Marseille und der Kimbern 101 bei Vercellä südwestl. Mailands.

Marot, Clément (1496–1544): franz. Renaissancelyriker, Verfasser geistreich-tändelnder Epigramme, Episteln, Rondos, Balladen, Sonette und der Psalmennachdichtungen des »Hugenottenpsalters«.

Marotus vom See: wahrscheinlich Phantasieautor.

Marsyas: sagenhafter phryg. Flötenspieler, sinnbildlicher Vertreter der kleinasiat. Musik gegenüber dem griech. Leierspiel.

Martial, Marcus Valerius (um 40–104): röm. Epigrammatiker, geistreicher Satiriker der Sitten seiner Zeit; in einem Epigramm (14, 41) beklagt sich eine Lampe mit vielen Dochten darüber, nur »eine« Lampe genannt zu werden.

Martianus Capella (5. Jh.): röm. allegorischer Schriftsteller aus Nordafrika; Verfasser eines in den mittelalterlichen Schulen viel benutzten Werks »Über Merkurs Vermählung mit der Philologie«, eines aus Vers und Prosa gemischten Handbuchs der Sieben Freien Künste in romanhaftem Gewand.

Martin von Cambrai: volkstümlicher Name einer kurzröckigen, enggegürteten Bauernfigur an der Rathausuhr von Cambrai, die mit einem Hammer die Stunden anschlug.

Massageten: antikes Nomadenvolk nordöstl. des Kaspischen Meers.

Massoreten: jüd. Schriftgelehrte, die um 800–1000 das Alte Testament textkritisch erläuterten und auslegten.

Matabrune: Titelheldin eines als Volksbuch (1504) gedruckten Auszugs aus dem franz. Heldenepos »Der Schwanenritter« (um 1200) von unbekanntem Verfasser.

Matiscones, Michael von (Michel de Mâcon): bisher nicht ermittelter Franzose.

Mattei d'Udine, Leonardo (um 1400–69): ital. Kanzelredner.

Maulevrier, Michel de Ballan, Seigneur de: Nachbar von Rabelais' Familie in Chinon.

Mausolos: König von Karien in Südwestkleinasien 377–353.

Medea: zauberkundige Tochter des sagenhaften Königs Aietes von Kolchis an der Ostküste des Schwarzen Meers, Helferin Jasons beim Raub des Goldenen Vlieses; nach ihrer Flucht mit Jason in seiner griech. Heimat angekommen, verjüngte sie seinen Vater Aison in einem Kessel, in dem sie ihn zerstückelt mit Zauberkräutern kochte.

Megära: eine der griech. Rachegöttinnen.

Melanthios (um 400 v. Chr.): griech. Tragödien- und Elegiendichter, von dessen Werken nichts erhalten ist; von Aristophanes, Athenäos (»Gastmahl der Gelehrten« 1, 5/6) u. a. als Schlemmer und Wüstling hingestellt.

Melinde: ehem. portug. Hafenstadt (heute Malindi) an der mittleren Ostküste Afrikas; im 16. Jh. Inbegriff einer exotischen Gegend.

mephitisch: stinkend; nach Mephitis, altital. Göttin der Schwefeldämpfe.

Merkurialwasser: gemeint ist Weihwasser; nahe dem Haupttempel Merkurs in Rom besprengten die Kaufleute alljährlich am 15. 5., dem Stiftungstag des Tempels, Haupt und Waren mit dem Wasser einer dem Handelsgott geweihten Quelle.

Meschinot, Jean (um 1420–91): franz. Versdichter im kunstvoll-allegorischen Stil des 15. Jh.; seine gesammelten Gedichte erschienen unter dem Titel »Fürstenbrille« (1493).

Messalina, Valeria (gest. 48): Frau des Claudius, röm. Kaiser 41 bis 54; sprichwörtlich wegen ihrer hemmungslosen Sinnlichkeit.

Metellus Pius, Quintus Cäcilius (130–64): röm. Feldherr; 80 bis 72 Befehlshaber eines Heers im Krieg gegen die um ihre Freiheit kämpfenden Spanier unter Führung des abgefallenen röm. Statthalters Quintus Sertorius (123–72), den die Römer 74 in der nordostspan. Baskenstadt Callagurris (heute Calahorra) erfolglos belagerten.

Metrodoros von Chios (4. Jh. v. Chr.): griech. Philosoph, Schüler Demokrits; hielt nach Plutarch die Zahl der Welten für unendlich.

Midas: sagenhafter König von Phrygien, dem Bakchos die Gabe verliehen hatte, alles, was er berührte, in Gold zu verwandeln; zur Strafe, weil er dem Leierspiel Apollons nicht den höchsten Preis zuerkannt hatte, ließ dieser ihm Eselsohren wachsen.

Miles d'Illiers (gest. 1493): franz. Kirchenrechtsgelehrter, seit 1459 Bischof von Chartres; sprichwörtlicher Freund von Prozessen.

Milon von Kroton (6. Jh. v. Chr.): berühmtester griech. Athlet, sechsmaliger Sieger bei den Olympischen Spielen.

Mithridates VI. Eupator: König von Pontos an der Südostküste des Schwarzen Meers 111–63; einer der gefährlichsten Gegner der Römer.

Momus: griech. Spott- und Tadelgottheit; nach Aristoteles und Lukian soll er die Stellung der Hörner auf dem Kopf der Tiere als unzweckmäßig beanstandet haben, da sie auf den Schultern mehr Stoßkraft besäßen.

Montaigu: Pariser Gymnasium mit Internat für 200 arme Schüler; berüchtigt wegen seiner Vernachlässigung humanistischer Bildung, wegen seiner grausamen Prügelstrafen und der menschenunwürdigen Unterkunft und Kost seiner Zöglinge.

Morgant: Riese aus dem altfranz. Heldensagenkreis.

Morus, lat. Form von More, Sir Thomas (1478–1535): engl. Humanist und Justizminister; Verfasser des sozialutopischen Romans »Über die beste Staatsform und über die neue Insel Utopia« (1516).

Mucian(us), Gajus Licinius (gest. um 75): mehrmaliger röm. Konsul und einflußreicher Statthalter von Syrien; auch Verfasser eines von Plinius benutzten verlorenen Kuriositätensammelwerks, in dem er über merkwürdige Erscheinungen bei Quellen, Fischen, Elefanten usw. berichtete.

Mulei Mohammed I. al. Mahdi: Sultan von Fez und Marokko 1549–57; unternahm 1550 im Einvernehmen mit Frankreich einen Handstreich auf Oran.

Nebudkadnezar II.: neubabylon. König 604–562, Zerstörer Jerusalems; nach Daniel (4, 29/30) verstoßen zu »den Tieren, so auf dem Felde gehen«.

Necho I.: Stadtfürst von Saïs in Nordägypten 671–663; in der Antike berühmt als Zauberer und Astrolog.

Neufville, in lat. Form Villanovanus, Simon de (1495–1530); franz. Humanist, Hauptvertreter der ciceronianischen Schule in Padua.

Nikander (um 200 v. Chr.): griech. Arzt und Lehrdichter; Verfasser der Kurzepen »Mittel gegen den Biß giftiger Tiere« und »Mittel gegen den Genuß giftiger Speisen«.

Nikolaus von Lyra (um 1270–1349): franz. scholastischer Theologe, Bibelkommentator; Verfasser der vielbenutzten »Fortlaufenden Erklärungen zum Alten und Neuen Testament«.

Nominalismus: Richtung der scholastischen Philosophie, die im Gegensatz zum zeitgenössischen metaphysischen Realismus die allgemeinen Begriffe als bloße Namen auffaßte und nur den einzelnen Dingen selbst Wirklichkeit zuerkannte.

Ockham, William (um 1295–um 1350): engl. scholastischer Philosoph, Hauptvertreter des Nominalismus.

Octavianus: urspr. Name von Kaiser Augustus.

Odet de Coligny, gen. Kardinal von Châtillon (1517–71): franz. Kardinal und Erzbischof, seit 1561 Anhänger der Reformation und einer der Anführer der Hugenotten, später nach England geflohen; Gönner Rabelais'.

Ogier der Däne: Titelheld eines auf ein umfangreiches Heldenepos aus dem Stoffkreis um Karl. d. Gr. zurückgehenden franz. Ritterromans (um 1500) von unbekanntem Verfasser.

Oppian (um 175): griech. Lehrdichter; Verfasser eines Kurzepos »Über den Fischfang«, mit dem zusammen ein ihm ehem. zugeschriebenes weiteres »Über die Jagd« (um 215) überliefert ist.

Oribasius (um 325–um 400): griech. Arzt, Leibarzt des röm. Kaisers Julian Apostata; Verfasser eines medizinischen Auszugswerks »Sammlungen« in 70 Büchern.

Ormuzd (Ahura Mazda): altpers. Gott des Lichts, als Verkörperung des guten Prinzips siegreicher Gegenspieler Ahrimans.

Orpheus: Sänger der griech. Sage; als Gegner des ekstatischen Bacchuskults von rasenden Mänaden zerrissen, schwammen sein Kopf und seine Leier nach der Insel Lesbos, einer der Geburtsstätten der griech. Lyrik; von den Orphikern, Anhängern eines angeblich von ihm eingeführten Geheimkults seit dem 6. Jh. v. Chr., als Verfasser verschiedener Dichtungen und Schriften angesehen.

Orson: Bruder Valentins in dem franz. Ritterroman »Valentin und Orson« (um 1500) von unbekanntem Verfasser.

Osiris: ägypt. Fruchtbarkeitsgott, später Herrscher des Totenreichs, dargestellt als menschliche Mumie mit Krummstab und Geißel; in griech. Zeit aufgegangen in Serapis, der als Zeus oder als Tier mit schlangenumwundenem Löwen-, Hunde- und Wolfskopf dargestellt wurde.

Oxylos: griech. Waldgottheit, Sohn eines nicht näher bekannten Oreios; nach Athenäos (»Gastmahl der Gelehrten« 3, 14) hatte er mit seiner Schwester, der Baumnymphe Hamadryade, 8 Nymphen verschiedener Baumarten zu Töchtern.

Pacolet: hilfreicher Zwerg mit einem windschnellen Holzpferd in dem franz. Ritterroman »Valentin und Orson« (um 1500) von unbekanntem Verfasser.

Pamyla, eigtl. Pamyles: sagenhafter Thebaner, dem nach Plutarch (»Über Isis und Osiris« 12, 355) beim Wasserholen eine Stimme aus dem Zeustempel gebot, die Geburt des Wohltäterkönigs Osiris zu verkünden.

Pandekten: Sammlung von Auszügen aus Abhandlungen röm. Rechtsgelehrter; Hauptteil des Gesetzbuchs des röm. Rechts.

Pandora: ersterschaffene Frau der griech. Sage, die Zeus zur Strafe für den Feuerraub des Prometheus zu den Menschen sandte, um aus einer ihr mitgegebenen Büchse, die sie neugierig öffnete, alle Übel über die Erde zu verbreiten; nur die Hoffnung blieb auf dem Boden zurück, als sie den Deckel erschrocken wieder schloß.

Papinian, Ämilius (um 140–212): bedeutender röm. Rechtsgelehrter.

Parysatis (um 400 v. Chr.): Frau des pers. Großkönigs Darius II. und Mutter von Kyrus d. J., dem sie vergeblich auf den Thron zu verhelfen suchte; von den »zartlinnenen Worten«, mit denen sie den Sohn anzureden befahl, berichtet Plutarch (»Apophthegmata«).

Pasquin: volkstümlicher Name einer antiken Marmorstatue in Rom, an die seit dem 14. Jh. Schmähschriften (»Pasquille«) angeheftet wurden.

Passavantus, lat. Form von Passavanti, Jacopo (1297–1357): ital. theologischer Schriftsteller, Verfasser des »Spiegels der wahren Reue« (1354); auch Kommentator von Kommentaren anderer.

Patelin: Advokat in der franz. Volksposse »Pierre Patelin« (um 1460), in deren Verlauf der Tuchhändler Guillaume Jousseaume um seine gestohlenen Schafe prozessiert, doch immer wieder vom Gegenstand abschweift und auf den Stoff zu sprechen kommt, um den ihm Patelin, der Verteidiger des Schafdiebs geprellt hat, so daß ihm der Richter allemal ins Wort fällt: »Zurückzukommen auf die Hammel«; seither sprichwörtlich in Frankreich.

Patrick, eigtl. Sucat (um 375–465): irisch. Nationalheiliger; nach der Legende entdeckte er einen Zugang zum Fegefeuer in einer Höhle auf einer Insel des Sees Lough Derg im südwestl. Irland, die als »Fegefeuer des hl. Patrick« zum Wallfahrtsort wurde.

Pausanias (um 175): griech. Reisebeschreiber; Verfasser eines »Reiseführers durch Griechenland« in kunstgeschichtlicher, landeskundlicher, historischer und mythologischer Sicht.

Pavia: ital. Stadt südl. Mailands; Niederlage der Franzosen gegen die Kaiserlichen 1525, wobei Franz I. in Gefangenschaft geriet.

Pédauque, Bertha: Mutter Karls d. Gr. in der altfranz. Sage, deren Name auf einen Plattfuß (südfranz. »pé d'auco« Gänsefuß) zurückgeht; mit

Gänsefüßen war sie an verschiedenen alten Kirchenportalen, darunter in Toulouse, dargestellt.

Pedro von Kastilien, der Grausame: kastil. König 1350–69.

Penthesilea: sagenhafte Amazonenkönigin, Bundesgenossin der Trojaner.

Perceforêt: Titelheld eines auf einen umfangreichen Kompilationsroman (um 1330) zurückgehenden franz. Ritterromans (1528) von unbekanntem Verfasser.

Periander: Herrscher von Korinth 627–um 585, einer der Sieben Weisen Griechenlands; über das festgehaltene Botenschiff berichtet Plinius (»Naturgeschichte« 9, 25).

Pertinax, Publius Helvius: röm. Kaiser 1. 1. – 28. 3. 193.

Persephone (röm. Proserpina): griech. Göttin der Unterwelt.

Persius Flaccus, Aulus (34–62): röm. Satirendichter stoischer Lebenshaltung.

Petosiris (um 300 v. Chr.): ägypt. Hoherpriester, von den Griechen als Philosoph, Mathematiker und Astrolog gerühmt; über seine Lehre vom Einfluß der Gestirne auf das Leben der Menschen berichtet Plinius (»Naturgeschichte« 7, 50).

Petronius, eigtl. Petronos, von Himera (6. Jh. v. Chr.): griech. pythagoreischer Philosoph; nahm 163 in Dreiecksform angeordnete Welten an.

Petrus Lombardus (um 1100–60): ital. scholastischer Theologe in Paris; Verfasser der bis ins 16. Jh. als Religionslehrbuch benutzten »Sentenzen«, eines aus Aussprüchen von Kirchenvätern zusammengestellten theologischen Systems.

Petrus Martyr Anglerius, lat. Form von Pietro Martire d'Anghiera (1445–1526): span. Geschichtsschreiber; mit seinen »Achtmal zehn Büchern über die ozeanischen Begebenheiten und den neuen Erdteil« (1516/30) Verfasser der ersten Entdeckungsgeschichte Amerikas.

Pherekydes (6. Jh. v. Chr.): griech. Philosoph von der Zykladeninsel Syros im Ägäischen Meer, angeblich Lehrer des Phytagoras; Begründer einer sagenhaften Weltschöpfungslehre.

Pherekydes von Athen (um 450 v. Chr.): griech. Familiengeschichtsschreiber; Verfasser von »Genealogien«, in denen er die Stammbäume attischer Adelsgeschlechter von den Göttern herleitete.

Philemon (um 360–263): griech. Komödiendichter; starb nach einer Anekdote an einem Lachanfall.

Philipp II.: makedon. König 356–336, Vater Alexanders d. Gr.

Philippides (um 300 v. Chr.): griech. Komödiendichter; starb nach Gellius vor Freude über seinen Sieg im Wettstreit der Komödiendichter.

Philiskos von Thasos: von Plinius (»Naturgeschichte« 11, 9) erwähnter nicht näher bekannter griech. Verfasser eines Werks über die Bienenzucht; gen. »der Wilde«, weil er sich als Imker in die Einöde zurückzog.

Philistion (1. Jh.): griech. Dichter volkstümlich-burlesker Szenen aus dem Alltagsleben, von denen nichts erhalten ist; starb an einem Lachanfall.

Philolaos (um 400 v. Chr.): griech. pythagoreischer Philosoph; nach ihm drehen sich die kugelgestaltige Erde und die Gestirne um einen Feuerkern im Mittelpunkt des Alls.

Philostrat(os), gen. der Athener, Flavius (um 175–um 250): griech. sophistischer Philosoph; Verfasser eines phantastischen »Lebens des Wundermannes Apollonius von Tyana«.

Philoxenos (5. Jh. v. Chr.): von Athenäos (»Gastmahl der Gelehrten« 1, 5/6) erwähnter nicht näher bekannter griech. Schlemmer und Wüstling aus Athen, angeblich Schüler des Anaxagoras.

Phönix: ägypt. heiliger Sagenvogel, Verkörperung des Sonnengottes Re, als Sinnbild der Auferstehung gleichgesetzt mit Osiris; nach griech.-röm. Überlieferung verbrannte er sich alle 500 Jahre auf einem Scheiterhaufen von Gewürzen, um aus der Asche verjüngt aufzuerstehen.

Phornutus, eigtl. Cornutus, Lucius Annäus (1. Jh.): röm. stoischer Philosoph; Verfasser einer Abhandlung »Über das Wesen der Götter« mit Ausführungen über Homer.

Phrixos: Sohn des sagenhaften Königs Athamas von Orchomenos in der mittelgriech. Landschaft Boiotien; vor seiner bösen Stiefmutter Ino floh er mit seiner Schwester Helle auf einem goldenen Flügelwidder über den Hellespont (heute Dardanellen), in dem Helle ertrank, nach Kolchis an der Ostküste des Schwarzen Meers.

Phrygien: antike Landschaft in Westkleinasien, ehem. berühmt durch ihre Schafwolle und ihren Goldreichtum; Stickerei und Teppichweberei galten als Erfindung der Phrygier, und auf den phryg. Flötenspieler Olympos (8. Jh. v. Chr.) führte man die enharmonische »phrygische Tonart«, eine der Haupttonarten der griech. Musik, zurück; nahe dem nordwestl. Küstenstreifen Kleinphrygien lag Troja, von dessen einer Flüchtlingsschar nach mittelalterlicher Geschichtsvorstellung angeblich die Franzosen abstammten.

Picatris (13. Jh.): Pseudonym des Verfassers einer Zusammenstellung der Lehren angeblich der berühmtesten Zauberer der Antike (1256).

Picus Mirandula, lat. Form von Pico della Mirandola, Giovanni (1463–94): ital. Renaissancephilosoph; hatte 1486 alle Gelehrten der Welt zu einer Disputation über 900 von ihm aufgestellte Thesen nach Rom eingeladen, wogegen der Papst ein Verbot erließ.

Pindar (um 520–um 445): griech. Chorlyriker; Dichter verlorener Götter-, Helden- und Klagelieder und 4 erhaltener Bücher Hymnen auf die Sieger der gesamtgriech. Wettkämpfe in Olympia, Delphi usw.

Pison: einer der 4 Ströme des irdischen Paradieses in Mesopotamien (1. Moses 2, 11).

Pithyllos: von Athenäos (»Gastmahl der Gelehrten« 1, 6) erwähnter nicht näher bekannter griech. Feinschmecker.

Planudes, Maximos (um 1260–um 1320): byzantin. vorhumanistischer Philologe, Herausgeber einer Sammlung griech. Gedichte und einer Prosafassung der Äsopischen Fabeln; ehem. auch als Verfasser eines romanhaften »Lebens des Äsop« angesehen.

Plautus, Titus Maccius (um 250–184): röm. Komödiendichter, Verfasser volkstümlicher Intrigenstücke, von denen 20 erhalten sind.

Plinius Secundus d. Ä., Gajus (23–79): röm. gelehrter Schriftsteller; Verfasser einer enzyklopädischen »Naturgeschichte« in 37 Büchern.

Plotin(os) (um 205–270): griech. Philosoph. Hauptvertreter des Neuplatonismus; die Schrift »Über die Unaussprechlichkeiten« zählt innerhalb seines gesammelten Werks, der »Enneaden«, zu der seine metaphysische Naturlehre behandelnden Abteilung.

Plutarch (um 45–um 120): griech. biographischer und moralphilosophischer Schriftsteller, Verfasser der »Parallelen Lebensläufe«, in denen die Biographien je eines berühmten Griechen und Römers nebeneinandergestellt sind; zu seinen »Moralien«, einer Sammlung philosophischer, politischer, pädagogischer u. a. Aufsätze, Dialoge uws., zählen besonders 9 Bücher »Tischgespräche« über Fragen der verschiedensten Wissensgebiete; ein »Leben Homers« wurde ihm fälschlich zugeschrieben.

Poitiers: Hauptstadt der westfranz. Landschaft Poitou; ihre 1431 gegründete Universität, berühmt durch ihre rechtswissenschaftliche Fakultät, nahm im 16. Jh. nach Paris die erste Stelle unter den franz. Universitäten ein.

»*Poliphilos'* Liebestraumkampf« (1499): allegorischer Roman des ital. Dominikanermönchs Francesco Colonna (1433–1527); die vielfach eingestreuten antiken Inschriften sind in verschiedenen Sprachen und Schriften, darunter in Hieroglyphen, wiedergegeben.

Politian, endungslose lat. Form von Poliziano, eigtl. Ambrogini, Angelo (1454–94): ital. Renaissancedichter und Humanist, der die Textkritik in die klassische Philologie einführte; seine »Rede zur Erklärung Homers« übersetzt stellenweise wörtlich das fälschlich Plutarch zugeschriebene »Leben Homers«; »Der Landmann«, ein Kurzepos zum Lob des Ackerbaus, ahmt Hesiods »Werke und Tage« und Vergils »Gedicht vom Landbau« nach; über die Aristotelische Quintessenz spricht er im I. Kapitel seiner »Vermischten Aufsätze« (1489).

Pollux, eigtl. Polydeukes, Julius (um 180): griech. Grammatiker und Rhetoriklehrer; Verfasser eines nach Sachgruppen geordneten griech. Wörterbuchs.

Polo, Marco (1254–1324): ital. Ostasienreisender, der erste Europäer in China; seine Reiseerlebnisse erschienen unter dem Titel »Der Millionenmann«.

Polybios von Kos (5. Jh. v. Chr.): griech. Arzt, Schüler des Hippokrates.

Polyklet (um 475–um 415): griech. Erzgießer, bekannt durch sein Standbild des Speerträgers, auch Kunsttheoretiker; in seiner verlorenen Abhandlung »Kanon« legte er die für die klassische Kunst verbindlichen menschlichen Proportionsgesetze nieder.

Polykrita: sagenhafte Griechin von Naxos; von den Milesiern geraubt, starb sie nach Gellius und Plutarch beim Anblick der zu ihrer Befreiung herbeigeeilten Landsleute, denen sie die heimliche Botschaft gesandt hatte, daß die Milesier im Rausch lägen.

Pontanus, lat. Form von Pontano, Giovanni, gen. Gioviano (1426–1503): ital. Humanist, Geschichtsschreiber und Renaissancedichter, Staatssekretär Ferdinands I. von Neapel; Verfasser lat. Gedichte und moralphilosophischer Abhandlungen.

Populia, eigtl. Popillia (um 50 v. Chr.): röm. Priesterin der Herdgöttin Vesta.

Porphyrios (um 235–um 305): griech. neuplatonischer Philosoph; Verfasser einer Abhandlung »Über die Enthaltung« vom Fleischgenuß; Herausgeber der Werke Plotins und Verfasser von Platon- und Aristoteleskommentaren.

Pragmatische Sanktion: franz. kgl. Erlaß von 1438, auf dem die Freiheiten der Staatskirche Frankreichs gegenüber dem Papst beruhen.

Priapus: urspr. kleinasiat. Fruchtbarkeitsgott, dargestellt mit übergroßem Phallus.

Proclus, eigtl. Proklos Diadochos (410–485): griech. Philosoph, letzter bedeutender Vertreter des Neuplatonismus; die Abhandlung »Über Opfer und Zauberei« zählt zu seinen Schriften zur Rechtfertigung mythologischer Anschauungen und asiat. Dämonenglaubens.

Proserpina: röm. Göttin der Unterwelt; von Pluto, dem Gott der Unterwelt, geraubt, durfte sie nur für einen Teil des Jahres auf die Oberwelt zurückkehren; in den mittelalterlichen geistlichen Dramen spielte sie die Rolle der Frau des Teufels.

Proteus: weissagender griech. Meergott, der verschiedenste Gestalten annehmen konnte.

Psammetich I.: ägypt. König 663–609.

Pseudo-Seneca, eigtl. Martin de Bracara od. Braga (um 515 bis 580): span.-portug. Prälat, Bischof von Mondonedo und Erzbischof von Braga, Heiliger; Verfasser einer in den mittelalterlichen Schulen benutzten Abhandlung »Über die vier Kardinaltugenden«.

Puy-Herbault, in lat. Form Putherbeus, Gabriel du (16. Jh.): franz. Benediktinermönch; Verfasser einer Streitschrift »Theotimus oder Über zu vertilgende und auszumerzende schlechte Bücher...« (1549), zu denen er auch Rabelais' Werke zählte.

Pyrrha: Frau des sagenhaften griech. Stammvaters Deukalion.

Pyrrhus: König von Epirus in Nordwestgriechenland 298–272, langjähriger Gegner der Römer.

Pythagoras von Samos (um 580–496): griech. Mathematiker und Philosoph, der in der Zahl das Grundprinzip aller Dinge sah; da er angeblich an die Wanderung der menschlichen Seelen in Bohnen glaubte, war seinen Anhängern das Essen von Bohnen verboten.

Pytheas (um 355–324): athen. Redner; Gegner des Demosthenes.

Pythius Bithynus: bei Plinius (»Naturgeschichte« 33) erscheinende Namensform von Pythios (um 500 v. Chr.), von Herodot (»Geschichte« 7, 27) erwähnter millionenreicher Fürst aus Lydien an der kleinasiat. Westküste.

Quintessenz: spätere Bezeichnung des über Erde, Wasser, Feuer, Luft schwebenden fünften, feinsten Elements Äther bei Aristoteles.

Quintilian, Marcus Fabius (um 35–um 95): röm. Redner; Verfasser eines »Lehrbuchs der Redekunst«, das auf die Humanisten stark eingewirkt hat.

Raclet, Raimbert (16. Jh.): franz. Rechtslehrer in Dôle.

Ramus, Petrus, lat. Form von Pierre de la Ramée (1515–72): franz. humanistischer Philosoph, als Gegner der scholastischen Aristotelesauslegung Begründer einer »natürlichen« Logik; seit 1551 in einen erbitterten Gelehrtenstreit mit dem Aristotelesanhänger Galland verwickelt.

Renaud de Montauban: einer der 4 Brüder in den »Haimonskindern«; im Alter fromm geworden, hilft er den Maurern beim Bau des alten Kölner Doms.

Reuchlin, Johann(es), gen. Capnio od. Kapnion (1455–1522): deutsch. Humanist, Begründer der klassischen Philologie in Deutschland, auch Verfasser lat. Komödien; wegen seines Eintretens für die hebr. Sprache und Literatur von den Theologen der Kölner Dominikaneruniversität der Ketzerei beschuldigt, doch von den Humanisten verteidigt, besonders in den seine Ankläger verspottenden »Dunkelmännerbriefen« (1515/17).

Rhea: griech. Göttin, Mutter des Zeus, mit Kybele gleichgesetzt; das abgebrochene Horn der Ziege Amaltheia, mit deren Milch sie den Sohn von den Nymphen Adrasteia und Ida auf Kreta aufziehen ließ, füllten diese mit Früchten und Blumen und schenkten es Zeus, der ihm die Gabe verlieh, unerschöpflichen Segen zu spenden.

Roberval, Jean-François de La Roque de (1500–61): franz. Seefahrer, der 1541/43 vergeblich eine Siedlung in Kanada zu gründen suchte.

Rocquetaillade: literarisch nicht überlieferte südfranz. Sagengestalt.

Saint-Gelais, Mellin de (1491–1558): franz. Hofdichter unter Heinrich II., Verfasser kurzer Gelegenheitsgedichte.

Salel de Cassatz, Hugues (1504–53): franz. Renaissancedichter, Übersetzer der ersten 10 Gesänge von Homers »Ilias«.

Sallust(ius) Crispus, Gajus (86–35): röm. Geschichtsschreiber; Verfasser von Werken »Über die Verschwörung Catilinas« und »Über den Jugurthinischen Krieg«.

Sappho (geb. um 610 v. Chr.): größte griech. Lyrikerin, Dichterin von Liebes-, Hochzeits- und Götterliedern; ihre unerwiderte Liebe zu dem von Aphrodite verschönten Schiffer Phaon, um dessentwillen sie sich von einem Felsen ins Meer stürzte, gehört der späteren Sage an.

Sardanapal, griech. Form wahrscheinlich von Assurbanipal: assyr. Großkönig 868–826; nach griech. legendärer Vorstellung ein schwelgerisch-weibischer Herrscher, der nur unter Frauen lebte und mit ihnen Wolle spann.

Scaliger, Julius Cäsar, eigtl. Bordone della Scala (1484–1558): ital. humanistischer Philologe, auch lat. Dichter, seit 1525 in Frankreich, Verfasser einer bis ins 17. Jh. verbindlichen »Lehre von der Dichtkunst«; Übersetzer und Kommentator von Aristoteles.

Scotisten: Schüler von Duns Scotus; Anhänger einer formalistischen Methode subtiler Begriffsunterscheidung.

Scotus, Duns, eigtl. Duns Scotus, Johannes (um 1265–1308): schott. scholastischer Philosoph, gen. »Scharfsinniger Lehrer«.

Scurron, Jean (gest. 1556): franz. Medizinprofessor in Montpellier; Freund Rabelais'.

Seleukos von Babylon od. Seleukia (um 150 v. Chr.): griech. Astronom, der »Kopernikus des Altertums«; bewies Aristarchs Lehre von der Doppeldrehung der Erde um die Sonne und um ihre eigene Achse.

Semele: Tochter des sagenhaften Königs Kadmos von Theben nordwestl. Athens, Geliebte des Zeus, von dem sie Mutter des von diesem in seinem Schenkel ausgetragenen Bakchos wurde; von der eifersüchtigen Hera überredet, bat sie den Gott, ihr in seiner wahren Gestalt zu erscheinen, und verging in der Glut seiner Blitze, als er als Donnerer zu ihr kam.

Seneca d. J., Lucius Annäus (um 5 v. Chr.–65): röm. stoischer Philosoph, Verfasser »Moralischer Briefe an Lucilius« und besonders Wettererscheinungen behandelnder »Naturfragen«, auch Dichter mythologischer Tragödien, darunter »Thyestes«; die Einzelabhandlung

»Über die Milde« in 2 Büchern ist an seinen ehem. Zögling Nero gerichtet.

Serapis (Sarapis): spätägypt. Sonnen-, Toten- und Himmels-, auch Heilgott, Reichsgott Ägyptens unter griech. Herrschaft; von seiner Säule im ägypt. Labyrinth, einer weitläufigen Tempelanlage (um 2200) angeblich mit 3000 Räumen südl. Kairos, berichtet Plinius (»Naturgeschichte« 37, 5).

Servius Honoratus, Maurus (um 400): röm. Grammatiker; Verfasser des wichtigsten antiken Vergilkommentars.

Servius Tullius: sagenhafter röm. König 578–534; von seinem Schwiegersohn Tarquinius Superbus, König 534–514, auf Anstiften seiner Tochter Tullia gestürzt.

Silen: satyrähnlicher Begleiter des Bacchus.

Simonides von Keos (um 555–468): griech. Chorlyriker, Dichter nur in Fragmenten erhaltener Klagelieder, Epigramme und Hymnen auf die Sieger der gesamtgriech. Wettkämpfe.

Sinon: hinterlistiger Grieche vor Troja, der die Feinde überredete, das hölzerne Pferd in die Stadt zu ziehen.

Sixtus IV.: Papst 1471–84, berüchtigt wegen Günstlingswirtschaft.

Soranus von Ephesus (um 120): griech. Arzt in Rom, der bedeutendste Frauenarzt der Antike.

Sosos (3./2. Jh. v. Chr.): griech. Mosaikkünstler; sein berühmtestes Werk war das Bodenmosaik des »ungefegten Hauses« in Pergamon.

Strabon (um 65–19 v. Chr.): griech. Geograph; Verfasser einer »Erdbeschreibung« der damals bekannten Welt in 17 Büchern.

Strozzi d. J., Filippo, eigtl. Giambattista (1489–1538): ital. Bankier, auch Politiker in Florenz; der Bau des 1907 zum Nationaldenkmal erklärten Palazzo Strozzi war 1489 von seinem Vater, Filippo Strozzi d. Ä. (1428–91), begonnen worden und wurde 1533 beendet.

Stymphaliden: von Herakles erlegte menschenfressende Vögel mit ehernen Flügeln und Federn.

Sueton(ius) Tranquillus, Gajus (um 70–um 150): röm. biographischer Schriftsteller; Verfasser der Biographiensammlung »Über das Leben der Kaiser« von Cäsar bis Domitian.

Suidas, eigtl. Suda (10. Jh.): nicht näher bekannter byzantin. Verfasser od. Titel eines griech. Sprach- und Sachwörterbuchs mit über 3000 Artikeln.

Sulla, Lucius Cornelius (138–78): röm. Feldherr und Staatsmann, 82–79 Diktator; als Konsul 88 zum Oberbefehlshaber im Krieg gegen Mithridates VI. ernannt; von seinem Tod an Läusesucht (eigtl. durch Blutsturz) berichtet Plinius (»Naturgeschichte« 11, 33; 16, 13).

Sulpizio da Veroli, Giovanni (15. Jh.): ital. Grammatiker, auch Lehrdichter.

Tahmasp I.: pers. Kaiser 1524–76; bis 1554 in 20jährigem wechselvollem Krieg mit den Türken.

Tänaron: Südspitze des Peloponnes; eine Höhle des Vorgebirges galt in der Antike als einer der Eingänge zur Unterwelt.

Tedeschi (Tudeschi), Niccolò, gen. Abbas Siculus, Abbas Modernus od. Panormitanus (1386–um 1445): ital. Kirchenrechtslehrer und -kommentator; Verfasser von »Erklärenden Zusätzen zu den Klementinen«.

Tempête, wahrscheinlich Pierre (16. Jh.): franz. Pädagoge; seit 1524 Rektor des Pariser Gymnasiums Montaigu.

Terpsion (um 400 v. Chr.): von Plutarch (»Über das Daimonion des Sokrates« 11) erwähnter Schüler des Sokrates.

Thales von Milet (um 625–545): griech. Naturphilosoph, Mathematiker und Astronom, einer der Sieben Weisen und der erste Philosoph Griechenlands; sah das Wasser als Urgrund aller Dinge an.

Themistokles (um 525–um 460): athen. Staatsmann und Feldherr der Perserkriege; Sieger über die pers. Flotte unter Xerxes bei Salamis 480.

Thenaud, Jehan (um 1500): franz. Franziskanermönch; Verfasser einer »Reise und Weggeleitung über Meer ... von Angoulême bis Kairo«.

Theophrast (um 370–287): griech. Philosoph, Schüler des Aristoteles, bekannt durch seine »Ethischen Charaktere«; als Begründer der Botanik hinterließ er die Werke »Über die Naturgeschichte der Pflanzen« und »Über die Physiologie der Pflanzen«.

Thermes, Paul de La Barthe, Seigneur de, gen. Marschall von (1482–1562): franz. Marschall; 1549/50 Nachfolger Dessays als Befehlshaber des nach Schottland entsandten Hilfsheers.

Thetis: griech. Meergöttin.

Thomas von Aquino (1225–74): ital. scholastischer Kirchenlehrer, Verfasser der »Summe der Theologie«, eines auf Aristoteles fußenden philosophisch-theologischen Systems; auch Dichter lat. Hymnen.

Thrasybul (gest. 389 v. Chr.): athen. Feldherr; Führer der Demokraten, der die nach Athens Niederlage im Peloponnesischen Krieg eingesetzten Dreißig Tyrannen stürzte.

Thrasymedes von Heraia: von Plutarch (»Über den Untergang der Orakel«) erwähnter nicht näher bekannter Grieche.

Tigranes II., d. Gr.: armen. König um 95–56, Verbündeter Mithridates' VI.

Timon von Athen (5. Jh. v. Chr.): griech. Philosoph, sprichwörtlicher Menschenfeind; auch Titelgestalt eines Dialogs von Lukian.

Timotheus von Theben (4. Jh. v. Chr.): griech. Musiker, Flötenspieler Alexanders d. Gr.

Tiraqueau, André (um 1480–1558): franz. Rechtsgelehrter, gen. »Varro seines Zeitalters«; Freund Rabelais', den er als Oberamtmann seiner

Heimatstadt Fontenay-le-Comte nordöstl. La Rochelle aus dem Klostergefängnis der Franziskaner befreite.

Triton: griech. Meergottheit, dargestellt als Jüngling mit Fischschwanz, auf einem Muschelhorn blasend.

Trivulzio (Trivulzi) d. Gr., Gian Giacomo (1448–1518): ital. Heerführer, seit 1494 in franz. Diensten, Marschall von Frankreich.

Trogus Pompejus, eigtl. Pompejus Trogus (wahrscheinlich 1. Jh.): gallo-röm. Geschichtsschreiber; Verfasser der »Philippischen Geschichte«, einer nur im Auszug erhaltenen Weltgeschichte von sagenhafter Vorzeit bis zu Augustus.

Trophonios: griech. Sagenheld, einer der Erbauer des Apollontempels in Delphi; später verehrt als Zeus Trophonios in Lebadeia in der mittelgriech. Landschaft Boiotien, wo er ein Orakel in einer Höhle besaß.

Tunstall, Cuthbert (1474–1559): engl. Prälat und Diplomat, Bischof von London, später von Durham; Verfasser einer Abhandlung »Über die Rechenkunst« (1522).

Turpin, eigtl. Tilpin (gest. um 800): fränk. Prälat, Erzbischof von Reims; angeblicher Verfasser von »Turpins ... Geschichte des Lebens Karls des Großen und Rolands« (um 1150) mit phantastischen Schilderungen von den Kämpfen gegen die Mauren in Spanien.

Ukalegon: trojan. Ältester, der bei Homer (»Ilias« 3, 148) zusammen mit den anderen Greisen dem Kampf von der Stadtmauer aus untätig zusieht.

Valentin: Bruder Orsons in dem franz. Ritterroman »Valentin und Orson« (um 1500) von unbekanntem Verfasser.

Valla, Laurentius, lat. Form von Lorenzo della Valle (1406–57): ital. Humanist, Gegner der scholastischen Logik, des mittelalterlichen Lateins und des mönchischen Lebensideals; gegen Bartolus' Abhandlung »Über Würdezeichen und Wappen« schrieb er die Streitepistel »Zum weißen Dezember«.

Vallée, Seigneur du Douhet, Briand (gest. um 1540): franz. Rechtsgelehrter, Gerichtsrat in Bordeaux.

Varro, Marcus Terentius (116–27): röm. Universalgelehrter, Verfasser historischer, literaturgeschichtlicher, grammatischer, landwirtschaftlicher Werke; von seinen »Mennipeischen Satiren« sind nur Fragmente erhalten.

Verres, Gajus (gest. 43 v. Chr.): röm. Statthalter von Sizilien 73–71, von Cicero der Erpressung von 40 Mill. Sesterzen überführt; Ciceros Witzwort über die Sphinx berichtet Plutarch (»Apophthegmata«).

Verrius Flaccus, Marcus (1. Jh.): röm. Grammatiker; Verfasser eines nur im Auszug erhaltenen Lexikons der röm. Altertümer »Über die Bedeutung der Wörter«.

Viardière: vielleicht Phantasiegestalt.

Villon, eigtl. de Montcorbier, Francois (1431–um 65): bedeutendster franz. Lyriker des ausgehenden Mittelalters, Verfasser des »Kleinen Testaments« und »Großen Testaments«, in dessen satirischen Balladen die Erfahrungen seines Vagabundenlebens ihren Niederschlag fanden.

Vitruv(ius) Pollio, Marcus (um 90–um 25): röm. Architekt und Kriegsmaschinenkonstrukteur, Verfasser eines Werks »Über die Baukunst«.

Vulkan: röm. Name des griech. Feuer- und Schmiedegotts Hephaistos; nach Homer (»Odyssee« 8, 266/366) fing er seine Frau Aphrodite beim Ehebruch mit dem Kriegsgott Ares in einem kunstvollen unsichtbaren Netz.

Waleys (Walleys), in lat. Form Wallensis, Thomas (gest. um 1350): engl. Dominikanermönch, Theologieprofessor in Paris und Oxford; legte die Ovidischen Verwandlungssagen als christliche Symbole aus.

Winchester, Marquise von: gemeint sind die »Winchester geese«, ehem. engl. Bezeichnung für Dirnen, nach einem Bischof von Winchester, der in London eine Reihe von Freudenhäusern besaß.

Xenokrates (um 405–314): griech. Philosoph, Schüler Platons, der dessen Lehre pythagoreisch umbildete und die Ideen mit den Zahlen gleichsetzte; nach seiner Berechnung lassen sich aus den Buchstaben des griech. Alphabets 100200000 Silben zusammensetzen.

Xenokrates von Aphrodisias (1. Jh.): griech Arzt, Anhänger einer Zauberheilmittellehre; auch Verfasser eines von Plinius (»Naturgeschichte« 37) benutzten Gemmenlexikons »Edelsteinkenner«.

Xenophon (um 430–354): griech. Geschichtsschreiber, Verfasser der »Anabasis«, die den Rückzug von 10000 Griechen in pers. Sold quer durchs armen. Hochland schildert; zu seinen kleinen Lehrschriften zählt auch eine Abhandlung »Über die Jagd«.

Xerxes: pers. Großkönig 486–465; von den Griechen 480 in der Seeschlacht bei Salamis geschlagen.

Zarathustra, in griech. Form Zoroaster (630–530): altpers. Religionsstifter, nach dessen Lehre die Welt in die einander widerstreitenden Reiche des Lichts oder des Guten und der Finsternis oder des Bösen geteilt ist und nach der nur die freie Entscheidung für das Gute ewige Seligkeit im Jenseits verbürgt.

Zeuxis (um 400 v. Chr.): griech. Maler aus Süditalien, der das Hauptgewicht auf täuschende Naturtreue legte; außer großen mythologischen Szenen malte er Bilder aus dem Alltagsleben, wie ein altes Weib und einen Jungen mit Weintrauben.

Zoilus (4. Jh. v. Chr.): griech. sophistischer Rhetoriklehrer, der Homer herabzusetzen suchte; sein Name seither sprichwörtlich für einen ungerechten, kleinlichen Kritiker.

Zopyrus (6. Jh. v. Chr.): einer der 7 pers. Adligen, die Darius I. auf den Thron verhalfen; nach Herodot (»Geschichte« 3, 153/60) spielte er dem König das 519 vergeblich belagerte Babylon dadurch in die Hände, daß er sich Ohren und Nase abschnitt, sich so als Überläufer ausgeben und den Persern die Stadttore öffnen konnte.

Zoroaster, griech. Form von Zarathustra (630–530): altpers. Religionsstifter, nach dessen Lehre die Welt in die einander widerstreitenden Reiche des Lichts oder des Guten und der Finsternis oder des Bösen geteilt ist und nach der nur die freie Entscheidung für das Gute ewige Seligkeit im Jenseits verbürgt; das ihm zugeschriebene Werk »Über schwer zu entziffernde Buchstaben« ist unbekannt.

Inhalt

Drittes Buch Des Pantagruel zweites

Viertes Buch · Des Pantagruel drittes